Lew Tolst
Anna Karen

Anna Karenina ist eine wundervolle junge Frau. Sie scheint alles zu besitzen, was glücklich macht, lebt aber seit Jahren in einer unerfüllten, monotonen Ehe. Als der glanzvolle Offizier Graf Wronski in ihr Leben tritt, begegnet sie in ihm ihrer großen Liebe. Dafür ist sie bereit, alles zu opfern. Doch ihre Leidenschaft wird auf eine harte Probe gestellt, und das erträumte Leben mit dem Geliebten rückt in immer weitere Ferne.
Die Tragödie einer Frau zwischen gesellschaftlichem Ansehen und glühender Leidenschaft zeichnet ein unerbittliches Gesellschaftsporträt und zugleich ein Charakterbild von unerreichter psychologischer Feinheit. Der Roman zählt neben ›Effi Briest‹ und ›Madame Bovary‹ zu den großen Schicksalsromanen der Weltliteratur.

Lew Nikolajewitsch Graf Tolstoi, geboren am 9. September 1828 in Jasnaja Poljana, verwaltete nach seinem Studium das heimatliche Gut, heiratete und widmete sich ganz der schriftstellerischen Tätigkeit sowie praktisch-humanitärer Arbeit. Mit seinen beiden Hauptwerken ›Krieg und Frieden‹ und ›Anna Karenina‹ gilt er als einer der bedeutendsten russischen Autoren des 19. Jahrhunderts. Er starb am 20. November 1910 in Astapowo.

Rosemarie Tietze übersetzt und präsentiert russische Literatur. Sie ist Initiatorin des Deutschen Übersetzerfonds und wurde für ihre Arbeit bereits mehrfach ausgezeichnet.

Lew Tolstoi

Anna Karenina

Roman in acht Teilen

Aus dem Russischen neu übersetzt
und kommentiert von Rosemarie Tietze

dtv

Von Lew Tolstoi
ist bei dtv außerdem lieferbar:
Auferstehung
Krieg und Frieden

9. Auflage 2022
2011 dtv Verlagsgesellschaft mbH & Co. KG, München
© 2009 der deutschsprachigen Ausgabe
Carl Hanser Verlag, München
Umschlagkonzept: Balk & Brumshagen
Umschlagbild: ›Porträt Maria Gartung‹
von Ivan Kuzmich Makarov
Satz: Filmsatz Schröter, München
Druck und Bindung: Druckerei C.H.Beck, Nördlingen
Printed in Germany · ISBN 978-3-423-13995-3

Die Rache ist mein, und Ich will vergelten

ERSTER TEIL

I

Alle glücklichen Familien sind einander ähnlich, jede unglückliche Familie ist unglücklich auf ihre Weise.

Drunter und drüber ging es bei den Oblonskis. Die Frau des Hauses hatte erfahren, dass ihr Mann eine Liaison hatte mit einer Französin, die als Gouvernante im Haus gewesen war, und hatte ihrem Mann verkündet, dass sie nicht mehr im selben Haus mit ihm leben könne. Diese Situation dauerte schon den dritten Tag und wurde sowohl von den Eheleuten wie von allen Familienmitgliedern und Hausgenossen als qualvoll empfunden. Alle Familienmitglieder und Hausgenossen hatten das Gefühl, dass ihr Zusammenleben keinen Sinn habe und dass in jedem Absteigequartier die zusammengewürfelten Gäste mehr miteinander verbinde als sie, die Familienmitglieder und Hausgenossen der Oblonskis. Die Frau des Hauses kam nicht aus ihren Räumen, ihr Mann war den dritten Tag nie daheim. Die Kinder rannten wie verloren im Haus herum; die Engländerin hatte sich mit der Wirtschafterin zerstritten und schrieb einer Freundin ein Billett, sie möge sich nach einer neuen Stelle für sie umtun; der Koch hatte gestern das Weite gesucht, noch während des Diners; Küchenmagd und Kutscher baten um Auszahlung.

Am dritten Tag nach dem Streit erwachte Fürst Stepan Arkadjitsch Oblonski — Stiwa, wie er in der vornehmen Welt genannt wurde — zur gewohnten Stunde, also um acht Uhr morgens, nicht im Schlafzimmer seiner Frau, sondern im Kabinett auf dem Saffiansofa. Er

drehte seinen fülligen, wohlgepflegten Leib auf den
Sprungfedern des Sofas zur anderen Seite, als wollte er
noch einmal richtig einschlafen, umfing das Kissen fest
mit den Armen und drückte die Wange hinein; doch
plötzlich fuhr er hoch, setzte sich auf und öffnete die
Augen.

›Ja, ja, wie war das noch mal?‹ Er suchte sich eines
Traums zu entsinnen. ›Ja, wie war das? Ah ja! Alabin
gab ein Diner in Darmstadt; nein, nicht in Darmstadt,
es war etwas Amerikanisches. Doch, nur war Darmstadt
dort in Amerika. Ja, Alabin gab ein Diner auf Glas-
tischen, ja, und die Tische sangen *Il mio tesoro*, oder
nicht *Il mio tesoro*, sondern etwas Besseres, und solche
kleinen Karaffinen, die waren zugleich Frauen‹, entsann er sich.

Stepan Arkadjitschs Augen begannen vergnügt zu
funkeln, und er dachte lächelnd nach. ›Ja, gut war das,
sehr gut. Noch vielerlei gab es da an Vorzüglichem, aber
das lässt sich nicht in Worte fassen und nicht einmal
im Wachen in Gedanken ausdrücken.‹ Und als er den
Lichtstreifen bemerkte, der sich an einem der Tuch-
vorhänge vorbei hereindrängte, warf er vergnügt die
Beine vom Sofa, seine Füße suchten nach den Pantoffeln, besetzt mit goldschimmerndem Saffian und bestickt von seiner Frau (ein Geburtstagsgeschenk im vorigen Jahr), und nach alter, neunjähriger Gewohnheit
streckte er, ohne aufzustehen, die Hand nach der Stelle
aus, wo im Schlafzimmer sein Morgenrock hing. Da fiel
ihm plötzlich ein, wie und warum er nicht im Schlafzimmer seiner Frau schlief, sondern im Kabinett; das
Lächeln verschwand aus seinem Gesicht, er runzelte
die Stirn.

›Ach, ach, ach! Aaah!‹ stöhnte er, da ihm in den
Sinn kam, was geschehen war. Und vor seinem geisti-
gen Auge sah er noch einmal in allen Einzelheiten den
Streit mit seiner Frau, die ganze Ausweglosigkeit seiner

Lage und, was am qualvollsten war, seine eigene
Schuld.

›Ja! das wird sie nicht verzeihen, kann sie nicht
verzeihen. Und am entsetzlichsten ist, dass es meine
Schuld ist, meine Schuld, dabei bin ich gar nicht schuldig. Das ist ja die Tragödie‹, dachte er. ›Ach, ach, ach!‹
murmelte er verzweifelt, da ihm die bedrückendsten
Momente aus dem Streit in den Sinn kamen.

Am unangenehmsten war jener erste Augenblick gewesen, als er aus dem Theater zurückkehrte, vergnügt
und zufrieden, eine riesige Birne für seine Frau in der
Hand, und seine Frau nicht im Salon fand; zu seiner
Verwunderung fand er sie auch nicht im Kabinett, und
schließlich erblickte er sie im Schlafzimmer, in der
Hand das Unglücksbillett, das alles entdeckt hatte.

Sie, diese ewig besorgte, rührige und, wie er sie einschätzte, ein wenig beschränkte Dolly, saß unbeweglich, in der Hand das Billett, und mit Entsetzen, Verzweiflung und Zorn im Gesicht sah sie ihn an.

»Was ist das? das da?« fragte sie und deutete auf das
Billett.

Und bei dieser Erinnerung peinigte Stepan Arkadjitsch, wie das häufig so ist, weniger das Ereignis selbst
als vielmehr, wie er auf die Worte seiner Frau geantwortet hatte.

Ihm erging es in diesem Augenblick, wie es Menschen ergeht, wenn sie urplötzlich bei etwas allzu
Schmachvollem ertappt werden. Er schaffte es nicht,
sein Gesicht der Situation anzupassen, in die er nach
Entdeckung seiner Schuld vor seiner Frau geraten war.
Statt verletzt zu sein, alles abzustreiten, sich zu rechtfertigen, um Verzeihung zu bitten oder gar gleichgültig
zu bleiben – alles wäre besser gewesen als das, was er
tat! –, hatte sich sein Gesicht ganz unwillkürlich (›Reflexe des Gehirns‹, dachte Stepan Arkadjitsch, der viel
für Physiologie übrig hatte) – ganz unwillkürlich hatte

es sich mit einemmal zu seinem üblichen, gutmütigen und deshalb dummen Lächeln verzogen.

Dieses dumme Lächeln konnte er sich nicht verzeihen. Als Dolly dieses Lächeln erblickte, zuckte sie zusammen wie vor körperlichem Schmerz, brach mit der ihr eigenen Hitzigkeit in einen Schwall harter Worte aus und rannte aus dem Zimmer. Seither wollte sie ihren Mann nicht sehen.

›Schuld an allem ist dieses dumme Lächeln‹, dachte Stepan Arkadjitsch.

›Aber was tun? was nur tun?‹ fragte er sich verzweifelt und fand keine Antwort.

II

Stepan Arkadjitsch war ein Mensch, der aufrichtig war zu sich selbst. Er konnte sich nichts vormachen und sich einreden, dass er seine Tat bereute. Er konnte jetzt nicht bereuen, was er vor sechs Jahren einst bereut hatte, als er die erste Untreue an seiner Frau beging. Er konnte nicht bereuen, dass er, ein vierunddreißigjähriger, schöner, sich leicht verliebender Mann, nicht mehr verliebt war in seine Frau, die Mutter von fünf lebenden und zwei gestorbenen Kindern, die nur ein Jahr jünger war als er. Er bereute lediglich, dass er es vor seiner Frau nicht besser zu verbergen gewusst hatte. Aber er empfand sehr wohl das Bedrückende seiner Lage und bedauerte seine Frau, die Kinder und sich selbst. Vielleicht hätte er seine Sünden vor seiner Frau besser zu verbergen gewusst, wenn er erwartet hätte, dass diese Nachricht derart auf sie wirken würde. Klar durchdacht hatte er das Problem nie, aber vage sich vorgestellt, seine Frau ahnte längst, dass er ihr nicht treu war, würde jedoch ein Auge zudrücken. Ihm war sogar, als müsste sie, eine abgezehrte, gealterte, nicht mehr schöne Frau, gänzlich unauffällig und schlicht, nur gute Mutter und Hausfrau, aus einem Gefühl der Gerechtigkeit heraus nachsichtig sein. Das Gegenteil war der Fall.

›Oh, entsetzlich! o weh, o weh! entsetzlich!‹ sagte sich Stepan Arkadjitsch ein ums andre Mal und hatte doch keine einzige Idee. ›Und wie gut alles war bisher, wie gut wir gelebt haben! Sie war zufrieden, glücklich mit den Kindern, ich stand ihr nicht im Weg, habe es ihr überlassen, sich mit Kindern und Haushalt abzugeben, wie sie das wollte. Freilich gehört es sich nicht, dass sie in unserem Haus Gouvernante war. Gehört sich nicht! Es hat etwas Triviales, Abgeschmacktes, der eigenen Gouvernante den Hof zu machen. Aber was für eine Gouvernante! (Er erinnerte sich lebhaft an die schelmischen schwarzen Augen von *m-lle Roland* und an ihr Lächeln.) Aber solange sie bei uns im Haus war, habe ich mir ja nichts herausgenommen. Und am schlimmsten ist, dass sie schon bald... So was aber auch, wie mit Fleiß! O weh, o weh! Oooh! Aber was tun, was denn nur tun?‹

Eine Antwort gab es nicht, außer der allgemeinen, die das Leben auf die kompliziertesten und unlösbarsten Fragen immer bereithält. Diese Antwort war: den Erfordernissen des Tages leben, also vergessen. Vergessen im Traum war nicht mehr möglich, zumindest bis zur Nacht, es war nicht möglich, zu jener Musik zurückzukehren, die die Karaffinen-Damen gesungen hatten; so musste er im Tagtraum des Lebens Vergessen suchen.

›Wird sich schon weisen‹, sagte sich Stepan Arkadjitsch, stand auf, schlüpfte in den grauen Morgenrock mit dem himmelblauen Seidenfutter, band den Quastengürtel zur Schleife, sog tief die Luft in seinen breiten Brustkasten, und auf den ausgestellten Füßen, die so leicht seinen fülligen Leib trugen, ging er gewohnten, munteren Schrittes zum Fenster, zog den Vorhang auf

und läutete laut. Auf das Läuten kam sogleich sein alter Freund herein, Kammerdiener Matwej, und brachte Kleider, Stiefel und ein Telegramm. Hinter Matwej
kam auch der Barbier mit den Rasierutensilien herein.
»Sind Schriftstücke aus dem Amt gekommen?« fragte Stepan Arkadjitsch, nahm das Telegramm und setzte
sich vor den Spiegel.

»Liegen auf dem Tisch«, antwortete Matwej, schaute
fragend und teilnahmsvoll auf seinen Herrn, und nach
einem Weilchen fügte er mit schlauem Lächeln hinzu:
»Vom Chef des Droschkenstalls war jemand da.«

Stepan Arkadjitsch antwortete nichts und blickte nur
im Spiegel auf Matwej; dem Blick, mit dem sie sich
im Spiegel trafen, war anzusehen, wie sie einander verstanden. Stepan Arkadjitschs Blick schien zu fragen:
›Weshalb sagst du das? weißt du denn nicht?‹

Matwej steckte die Finger in die Taschen seiner Ja-
quette, stellte ein Bein vor und schaute seinen Herrn
schweigend, gutmütig und mit leichtem Lächeln an.

»Ich habe geheißen, am übernächsten Sonntag wie-
derzukommen, aber bis dahin Sie und sich selber nicht
unnötig zu bemühen«, sagte er einen offenbar vorbereiteten Satz.

Stepan Arkadjitsch begriff, dass Matwej einen Spaß
machen und sich ein wenig aufspielen wollte. Er riss
das Telegramm auf und las es, legte sich die wie immer
verdrehten Wörter zurecht, und sein Gesicht erstrahlte.

Für einen Moment hielt er das glänzende, pummelige Händchen des Barbiers auf, das zwischen seinen langen, lockigen Koteletten bereits einen rosa Pfad
freigelegt hatte, und sagte: »Matwej, morgen kommt
meine Schwester Anna Arkadjewna!«

»Gott sei Dank«, sagte Matwej, und mit dieser Antwort zeigte er, dass er die Bedeutung dieses Besuchs
genauso verstand wie sein Herr, das heißt, dass Stepan Arkadjitschs geliebte Schwester Anna Arkadjewna

zur Versöhnung zwischen Mann und Frau beitragen könnte.

»Allein oder mit dem Herrn Gemahl?« fragte Matwej.

Stepan Arkadjitsch konnte nicht reden, da der Barbier mit der Oberlippe beschäftigt war, so hob er einen Finger. Matwej nickte dem Spiegel zu.

»Allein. Soll das Zimmer oben gerichtet werden?«

»Sag Darja Alexandrowna Bescheid, wo die gnädige Frau möchte.«

»Darja Alexandrowna?« wiederholte Matwej quasi zweifelnd.

»Ja, sag ihr Bescheid. Hier, nimm das Telegramm mit und berichte dann, was die gnädige Frau gesagt hat.«

›So, Sie wollen es versuchen‹, dachte sich Matwej, sagte aber nur:

»Zu Befehl!«

Stepan Arkadjitsch war bereits gewaschen und gekämmt und wollte sich ankleiden, als Matwej, mit seinen knarrenden Stiefeln langsam über den weichen Teppich schreitend, ins Zimmer zurückkehrte, das Telegramm in der Hand. Der Barbier war nicht mehr da.

»Darja Alexandrowna lassen Bescheid sagen, dass sie verreisen. Ganz wie der Herr, wie Sie also, wünschen«, sagte er, und nur seine Augen lachten, während er, die Finger in den Taschen und den Kopf zur Seite gelegt, den Blick auf seinen Herrn richtete.

Stepan Arkadjitsch schwieg. Dann zeigte sich ein gutmütiges und ein wenig klägliches Lächeln auf seinem schönen Gesicht.

»Und? Matwej?« Er wiegte den Kopf.

»Wird schon, gnädiger Herr, das renkt sich ein«, sagte Matwej.

»Renkt sich ein?«

»Aber ja, mit Verlaub.«

»Meinst du? Wer da?« fragte Stepan Arkadjitsch, denn er hörte vor der Tür ein Frauenkleid rascheln.

»Ich, mit Verlaub«, sagte eine entschiedene und angenehme Frauenstimme, und Matrjona Filimonowna, die Kinderfrau, streckte das strenge pockennarbige Gesicht zur Tür herein.

»Nun, was ist, Matrjona?« fragte Stepan Arkadjitsch und trat zu ihr an die Tür.

Obwohl Stepan Arkadjitsch rundherum schuldig war vor seiner Frau und das auch selbst spürte, waren fast alle im Haus, sogar die Kinderfrau, Darja Alexandrownas wichtigste Vertraute, auf seiner Seite.

»Nun, was ist?« fragte er verzagt.

»Geht rüber, Herr, bekennt Euch noch mal schuldig. Vielleicht hilft der Herrgott. Quälen sich sehr, die Gnädige, ein Jammer, es mit anzuschauen, und im Haus läuft alles holterdipolter. Die Kinder, Herr, müssen einen dauern. Bekennt Euch schuldig, Herr. Was tun! Wer gern rodelt, muss auch gern den Schlitten ziehen ...«

»Aber sie wird mich nicht empfangen ...«

»Tut das Eure. Gott ist barmherzig, betet zu Gott, Herr, betet zu Gott.«

»Na schön, geh jetzt«, sagte Stepan Arkadjitsch, plötzlich rot geworden. »Na, komm, ankleiden«, sagte er zu Matwej und warf entschlossen den Morgenrock ab.

Matwej hielt das vorbereitete Hemd schon wie ein Kummet, blies ein unsichtbares Stäubchen weg und legte das Hemd mit sichtlichem Vergnügen um den wohlgepflegten Leib seines gnädigen Herrn.

III

Nach dem Ankleiden bestäubte Stepan Arkadjitsch sich mit Parfüm, zog die Hemdsärmel lang, verstaute routiniert Papirossy, Brieftasche, Zündhölzer und die Uhr mit den zwei Ketten und den Berlocken in den Taschen, schüttelte das Taschentuch auf, und da er sich trotz seines Unglücks nun rein, wohlriechend, gesund und körperlich vergnügt fühlte, ging er, auf jedem Bein leicht wippend, ins Esszimmer, wo ihn bereits der Kaffee erwartete und neben dem Kaffee Briefe und Schriftstücke aus dem Amt.

Stepan Arkadjitsch setzte sich, las die Briefe. Einer war sehr unangenehm — von dem Kaufmann, der auf dem Gut seiner Frau einen Wald kaufen wollte. Der Wald musste dringend verkauft werden; doch jetzt, vor einer Versöhnung mit seiner Frau, konnte davon nicht die Rede sein. Am unangenehmsten war, dass der bevorstehenden Versöhnung mit seiner Frau damit finanzielle Interessen untergemengt wurden. Und der Gedanke, er könnte sich von diesen Interessen leiten lassen, er würde zum Zweck des Waldverkaufs die Versöhnung mit seiner Frau suchen — dieser Gedanke beleidigte ihn.

Nach der Lektüre der Briefe zog Stepan Arkadjitsch die Schriftstücke aus dem Amt her und blätterte rasch zwei Vorgänge durch, machte mit einem großen Bleistift ein paar Merkzeichen, schob die Akten dann beiseite und ging an den Kaffee; beim Kaffeetrinken schlug er die noch feuchte Morgenzeitung auf und begann zu lesen.

Stepan Arkadjitsch bezog und las eine liberale Zeitung, keine radikale, sondern von jener Richtung, der die Mehrheit anhing. Und obwohl ihn eigentlich weder Wissenschaft noch Kunst, noch Politik interessierten, hing er bei all diesen Gegenständen unbeirrbar den An-

sichten an, denen die Mehrheit und seine Zeitung an-
hingen, und änderte sie nur, wenn die Mehrheit sie
änderte, oder besser gesagt, änderte sie nicht, denn sie
änderten sich unmerklich von allein.

Stepan Arkadjitsch suchte sich Richtungen oder Ansichten niemals aus, die Richtungen und Ansichten kamen von allein zu ihm, genauso wie er den Zuschnitt
von Hut oder Rock nicht auswählte, sondern nahm, was
man trug. Ansichten zu haben war für ihn, der in einer
bestimmten Gesellschaft lebte und einer gewissen, sich
gewöhnlich in reiferen Jahren entwickelnden Geis-
testätigkeit bedurfte, genauso eine Notwendigkeit, wie
einen Hut zu haben. Falls es überhaupt einen Grund
gab, weshalb er der liberalen Richtung gegenüber der
konservativen, der ebenfalls viele aus seinem Kreis an-
hingen, den Vorzug gab, so geschah das nicht, weil er die
liberale Richtung für vernünftiger gehalten hätte, sondern weil sie mehr seiner Lebensweise entsprach. Die
liberale Partei sagte, in Russland sei alles von Übel, und
tatsächlich hatte Stepan Arkadjitsch viele Schulden,
das Geld reichte einfach nie aus. Die liberale Partei
sagte, die Ehe sei eine überholte Institution und müsse
umgestaltet werden, und tatsächlich bereitete das Familienleben Stepan Arkadjitsch wenig Vergnügen und
zwang ihn, zu lügen und sich zu verstellen, was seiner
Natur widerstrebte. Die liberale Partei sagte, oder besser, legte den Gedanken nahe, die Religion sei nur das
Zaumzeug für den barbarischen Teil der Bevölkerung,
und tatsächlich konnte Stepan Arkadjitsch sogar einen
kurzen Gottesdienst nicht ohne Schmerzen in den Beinen überstehen und konnte nicht begreifen, wozu diese
schrecklichen und hochtrabenden Worte über das Jenseits, da es sich doch auch im Diesseits sehr vergnügt
leben lasse. Zugleich gefiel sich Stepan Arkadjitsch,
einem heiteren Scherz nie abgeneigt, bisweilen darin,
einen friedlichen Zeitgenossen dadurch zu verblüffen,

dass jedermann, der auf edle Abkunft stolz sei, nicht bei Rjurik haltmachen und den allerersten Urahnen verleugnen dürfe – den Affen. So war die liberale Richtung Stepan Arkadjitsch zur Gewohnheit geworden, und er mochte seine Zeitung wie die Zigarre nach dem Diner, um des leichten Nebels willen, den sie in seinem Kopf verbreitete. Er las den Leitartikel, in dem erklärt wurde, heutigentags erhebe sich völlig zu Unrecht ein Geschrei darüber, dass der Radikalismus angeblich alle konservativen Elemente zu verschlingen drohe und dass die Regierung angeblich Maßnahmen ergreifen müsse, um die revolutionäre Hydra zu ersticken, vielmehr liege »unserer Meinung nach die Gefahr nicht in einer angeblichen revolutionären Hydra, sondern in halsstarriger Traditionalität, die den Fortschritt hemmt« usw. Er las auch einen anderen Artikel, über Finanzen, in dem Bentham und Mill erwähnt wurden und subtile Sticheleien gegen das Ministerium verpackt waren. Mit seiner raschen Auffassungsgabe begriff er die Bedeutung jeder Stichelei, von wem und gegen wen sie aus welchem Anlass gerichtet war, und das bereitete ihm wie immer ein gewisses Vergnügen. Heute aber war dieses Vergnügen vergällt durch die Erinnerung an Matrjona Filimonownas Ratschläge und daran, dass der Haussegen so schief hing. Er las außerdem, dass Graf Beust, wie man höre, in Wiesbaden Station mache und dass es nun keine grauen Haare mehr gebe, las vom Verkauf einer leichten Kutsche und vom Stellengesuch einer jungen Person; doch alle diese Nachrichten verschafften ihm nicht das stille ironische Vergnügen wie sonst.

Als er mit der Zeitung, einer zweiten Tasse Kaffee und seinem Kalatsch mit Butter fertig war, stand er auf, schüttelte die Kalatschkrümel von der Weste, reckte die breite Brust und lächelte freudig – nicht, weil ihm besonders angenehm zu Gemüt gewesen wäre, das freu-

dige Lächeln war vielmehr von der guten Verdauung
bewirkt.

Aber dieses freudige Lächeln rief ihm gleich wieder
alles ins Gedächtnis, und er dachte nach.

Zwei Kinderstimmen (Stepan Arkadjitsch erkannte
die Stimme von Grischa, dem kleineren Jungen, und
Tanja, dem ältesten Mädchen) waren vor der Tür zu
hören. Sie zogen etwas und ließen etwas fallen.

»Ich habe doch gesagt, dass man Passagiere nicht
aufs Dach setzen darf«, rief das Mädchen auf Englisch,
»jetzt kannst du sie einsammeln!«

›Drunter und drüber geht es‹, dachte Stepan Arkadjitsch, ›da rennen die Kinder allein herum.‹ Er ging zur
Tür und rief die beiden. Sie ließen die Schatulle stehen,
mit der sie Eisenbahn spielten, und kamen zum Vater.

Das Mädchen, Vaters Liebling, kam keck hereingelaufen, umarmte ihn und hing ihm wie immer lachend
am Hals, freute sich über den vertrauten Parfümduft,
der von den Koteletten ausging. Als sie ihm endlich das
von der gebeugten Haltung rot gewordene und vor
Zärtlichkeit strahlende Gesicht geküsst hatte, löste sie
die Hände und wollte davonlaufen; aber der Vater hielt
sie auf.

»Was ist mit Mama?« fragte der Vater und fuhr mit
der Hand über das glatte, zarte Hälschen der Tochter.
»Guten Morgen«, sagte er und lächelte dem Jungen zu,
der ihn begrüßt hatte.

Er war sich bewusst, dass er den Jungen weniger
liebte, und bemühte sich stets, ihn gleich zu behandeln;
aber der Junge spürte das, er lächelte nicht auf das kalte
Lächeln des Vaters.

»Mama? Sie ist aufgestanden«, antwortete das Mädchen.

Stepan Arkadjitsch seufzte. ›Also hat sie wieder die
ganze Nacht nicht geschlafen‹, dachte er.

»Und, ist sie fröhlich?«

Das Mädchen wusste, dass zwischen Vater und Mutter Streit herrschte und dass die Mutter nicht fröhlich sein konnte, dass der Vater das wissen musste und dass er sich verstellte, wenn er so leichthin fragte. Und sie errötete für den Vater. Er begriff das sofort und errötete ebenfalls.

»Ich weiß nicht«, sagte sie. »Sie hat uns nicht lernen geheißen, sondern geheißen, wir sollen mit Miss Hull einen Spaziergang machen zur Großmama.«

»Na, dann geh, meine Tanja. Ah ja, warte«, sagte er, hielt sie doch fest und streichelte ihr das zarte Händchen.

Er nahm vom Kamin, wo er sie gestern hingestellt hatte, eine Schachtel Konfekt und gab ihr zwei Stück, suchte ihr Lieblingskonfekt aus, eines mit Schokolade und eines mit Pomade.

»Für Grischa?« fragte das Mädchen und deutete auf das mit Schokolade.

»Ja, ja.« Noch einmal streichelte er ihr die Schulter, küsste sie auf den Haaransatz und den Hals und entließ sie.

»Der Wagen steht bereit«, sagte Matwej. »Und eine Bittstellerin ist da«, fügte er hinzu.

»Schon lange?« fragte Stepan Arkadjitsch.

»So ein halbes Stündchen.«

»Wie oft wurde dir schon befohlen, gleich Meldung zu machen!«

»Man muss Sie doch erst mal Kaffee trinken lassen«, sagte Matwej in dem freundschaftlich ruppigen Tonfall, bei dem man nicht böse werden konnte.

»Dann bitte sie sofort herein«, sagte Oblonski und zog die Stirn in Falten vor Verdruss.

Die Bittstellerin, eine Stabskapitänin Kalinina, bat um Unmögliches und Ungereimtes; aber Stepan Arkadjitsch ließ sie nach seiner Gewohnheit Platz nehmen, hörte sie aufmerksam an, ohne zu unterbrechen, und gab ihr einen ausführlichen Rat, an wen sie sich wenden solle und wie, er schrieb ihr sogar, beherzt und wohlformuliert, in seiner großen, ausgreifenden, schönen und klaren Handschrift ein Billett an eine Persönlichkeit, die ihr behilflich sein könnte. Als er die Stabskapitänin entlassen hatte, griff Stepan Arkadjitsch nach seinem Hut und blieb stehen, um sich zu vergewissern, ob er nichts vergessen hatte. Wie sich zeigte, hatte er nichts vergessen, außer dem, was er vergessen wollte – seine Frau.

›Ah ja!‹ Er senkte den Kopf, und sein schönes Gesicht nahm eine betrübte Miene an. ›Gehen oder nicht gehen?‹ fragte er sich. Und eine innere Stimme sagte ihm, dass er nicht zu gehen brauche, dass außer Unaufrichtigkeit nichts sein könne, dass ihr Verhältnis unmöglich zu korrigieren und zu reparieren sei, weil sie unmöglich wieder attraktiv werden und Liebe erwecken oder er ein liebesunfähiger Greis werden könne. Außer Unaufrichtigkeit und Lüge konnte jetzt nichts dabei herauskommen; doch Unaufrichtigkeit und Lüge widerstrebten seiner Natur.

›Allerdings, irgendwann muss es sein; so kann das ja nicht bleiben‹, sagte er sich und suchte sich Mut zu verleihen. Er reckte die Brust gerade, zog eine Papirossa hervor, steckte sie an, paffte zweimal und warf sie in den perlmuttenen Muschelaschenbecher, durchmaß raschen Schrittes den düsteren Salon und öffnete die nächste Tür, die zum Schlafzimmer seiner Frau.

IV

Darja Alexandrowna stand im Nachtjäckchen, das bereits schüttere, einst dichte und wunderschöne Haar in Zöpfen am Hinterkopf hochgesteckt, mit hohlwangigem, hagerem Gesicht und großen, durch die Hagerkeit des Gesichts hervortretenden, erschrockenen Augen, umgeben von lauter im Raum verstreuten Sachen vor der offenen Chiffonniere, in der sie etwas aussortierte. Als sie die Schritte ihres Mannes hörte, hielt sie inne und blickte zur Tür, dabei mühte sie sich vergebens um einen strengen und verächtlichen Gesichtsausdruck. Sie spürte, dass sie ihren Mann fürchtete und die bevorstehende Begegnung fürchtete. Gerade hatte sie versucht, das zu tun, was sie schon dutzendmal versucht hatte in diesen drei Tagen: Sachen von den Kindern und ihr selbst auszusortieren, um sie zu ihrer Mutter zu bringen – und wieder hatte sie sich nicht dazu durchringen können; doch auch jetzt sagte sie sich wie bei den vorigen Malen, dass das nicht so bleiben könne, dass sie etwas unternehmen müsse, ihn bestrafen, blamieren, ihm aus Rache wenigstens einen Bruchteil des Schmerzes antun, den er ihr angetan hatte. Immer noch redete sie davon, sie würde von ihm wegziehen, spürte aber, dass es unmöglich war; es war deshalb unmöglich, weil sie sich nicht abgewöhnen konnte, ihn für ihren Mann zu halten und ihn zu lieben. Außerdem spürte sie, dass ihre fünf Kinder, wenn sie es schon hier in ihrem Haus kaum schaffte, sich um sie zu kümmern, es dort, wohin sie mit ihnen umziehen würde, noch schlechter hätten. Sowieso war in diesen drei Tagen der Jüngste krank geworden, weil man ihm eine verdorbene Bouillon gegeben hatte, und die übrigen hatten gestern fast nichts zum Diner bekommen. Sie spürte, dass wegzuziehen unmöglich war; aber sie machte sich etwas vor, sortierte trotzdem Sachen aus und tat so, als ob sie wegzöge.

Als sie ihren Mann erblickte, senkte sie die Hände in eine Schublade der Chiffonniere, wie wenn sie etwas suchte, und drehte sich erst zu ihm um, als er nah herangekommen war. Ihr Gesicht aber, dem sie einen strengen und entschiedenen Ausdruck hatte geben wollen, drückte Verlorenheit und Leiden aus.

»Dolly!« sagte er mit leiser, schüchterner Stimme. Er zog den Kopf zwischen die Schultern und wollte kläglich und gefügig aussehen, dennoch strotzte er vor Frische und Gesundheit.

Mit raschem Blick maß sie seine vor Frische und Gesundheit strotzende Gestalt von Kopf bis Fuß. ›Ja, er ist glücklich und zufrieden!‹ dachte sie. ›Aber ich?!‹ ... Und diese widerliche Gutmütigkeit, deretwegen ihn alle so lieben und loben; ich hasse diese Gutmütigkeit‹, dachte sie. Ihr Mund presste sich zusammen, auf der rechten Seite des bleichen, nervösen Gesichts begann der Wangenmuskel zu zucken.

»Was wollen Sie?« sagte sie rasch, mit Bruststimme, nicht ihrer eigenen.

»Dolly!« wiederholte er mit zitternder Stimme. »Anna kommt heute.«

»Und was geht mich das an? Ich kann sie nicht empfangen!« schrie sie.

»Aber, Dolly, da muss doch ...«

»Gehn Sie, gehn Sie, gehn Sie!« schrie sie, ohne ihn anzublicken, ein Schrei, wie hervorgerufen durch körperlichen Schmerz.

Stepan Arkadjitsch konnte ruhig sein, solange er an seine Frau nur dachte, konnte hoffen, alles würde sich einrenken, nach Matwejs Ausdruck, und konnte ruhig Zeitung lesen und Kaffee trinken; aber sobald er ihr verhärmtes, leidendes Gesicht sah, diese Stimme hörte, gefügig und verzweifelt, benahm es ihm den Atem, etwas stieg ihm die Kehle hoch, und in seinen Augen funkelten Tränen.

»Mein Gott, was habe ich getan! Dolly! Um Gottes willen! Schließlich ...« Er konnte nicht fortfahren, Schluchzen steckte ihm in der Kehle.

Sie schlug die Chiffonniere zu und warf einen Blick auf ihn.

»Dolly, was kann ich sagen? Eines nur: verzeih, verzeih ... Erinnere dich, können denn neun Lebensjahre nicht ein paar Minuten aufwiegen, Minuten ...«

Sie stand, die Augen niedergeschlagen, und hörte zu, wartete, was er sagen würde, es war, als flehte sie ihn an, sie irgendwie vom Gegenteil zu überzeugen.

»Minuten ... Minuten einer flüchtigen Passion ...« stieß er hervor und wollte fortfahren, aber bei diesem Wort pressten sich erneut, wie vor körperlichem Schmerz, ihre Lippen zusammen, und erneut begann der Wangenmuskel an der rechten Gesichtsseite zu hüpfen.

»Gehn Sie, gehn Sie fort von hier!« schrie sie noch durchdringender. »Und sagen Sie mir nichts von Ihren Passionen, von Ihren Abscheulichkeiten!«

Sie wollte selbst gehen, schwankte aber und griff nach einer Stuhllehne, um sich zu stützen. Sein Gesicht zog sich in die Breite, die Lippen schwollen an, in seinen Augen quollen Tränen.

»Dolly!« sagte er, bereits schluchzend. »Um Gottes willen, denk an die Kinder, sie sind nicht schuldig. Ich bin schuldig, und mich bestrafe, heiße mich meine Schuld abbüßen. Womit auch immer, ich bin bereit! Ich bin schuldig, es ist nicht in Worten zu fassen, wie schuldig ich bin! Aber, Dolly, verzeih!«

Sie setzte sich. Er vernahm ihren schweren, lauten Atem, und sie tat ihm unsäglich leid. Sie wollte ein paarmal zu sprechen beginnen, konnte aber nicht. Er wartete.

»Du denkst an die Kinder, um mit ihnen zu spielen, ich jedoch denke an sie und weiß, dass sie nun zugrunde gerichtet sind«, sagte sie, offenbar einen der Sätze, die sie in diesen drei Tagen sich selbst oft gesagt hatte.

Sie hatte du zu ihm gesagt, und er sah sie an mit Dankbarkeit und machte eine Bewegung, um ihre Hand zu fassen, doch sie rückte angewidert von ihm weg.

»Ich denke an die Kinder und würde deshalb alles in der Welt tun, um sie zu retten; aber ich weiß selbst nicht, wie ich sie retten soll — dadurch, dass ich sie vom Vater weghole oder dadurch, dass ich sie bei ihrem lasterhaften Vater lasse ... ja, lasterhaften Vater ... Sagen Sie doch, nach allem ... was gewesen ist, ist es denn möglich, dass wir noch zusammenleben? Ist das denn möglich? Sagen Sie doch, ist das denn möglich?« wiederholte sie, die Stimme erhebend. »Nachdem mein Mann, der Vater meiner Kinder, ein Liebesverhältnis eingegangen ist mit der Gouvernante seiner Kinder ...«

»Aber was ... Aber was denn nur tun?« sagte er mit kläglicher Stimme; er wusste selbst nicht, was er redete, und senkte immer tiefer den Kopf.

»Sie sind mir widerwärtig, ein Greuel!« schrie sie und geriet immer mehr in Hitze. »Ihre Tränen sind Wasser! Sie haben mich nie geliebt; Sie haben weder Herz noch Edelsinn! Sie sind mir widerwärtig, abscheulich, fremd, ja, fremd!« Mit Schmerz und Wut sprach sie dieses für sie so entsetzliche Wort fremd aus.

Er schaute sie an, und die Wut, die auf ihrem Gesicht lag, erschreckte und erstaunte ihn. Er begriff nicht, dass sein Bedauern sie noch mehr aufbrachte. Sie sah bei ihm Mitleid, aber keine Liebe. ›Nein, sie hasst mich. Sie wird nicht verzeihen‹, überlegte er.

»Das ist entsetzlich! Entsetzlich!« wiederholte er.

In diesem Augenblick begann im Nebenzimmer ein Kind zu schreien, wohl weil es gefallen war. Darja Alexandrowna lauschte, und ihre Miene wurde plötzlich weicher.

Sie musste sich offenbar einige Sekunden besinnen, als wüsste sie nicht, wo sie war und was sie tun sollte, dann stand sie rasch auf und begab sich zur Tür.

›Aber sie liebt doch mein Kind‹, dachte er, da er bemerkt hatte, wie sich ihre Miene beim Schrei des Kindes veränderte, ›mein Kind, wie kann sie mich dann hassen?‹

»Dolly, noch ein Wort«, sprach er und folgte ihr.

»Wenn Sie mir nachkommen, rufe ich die Dienstboten, die Kinder! Sollen doch alle wissen, dass Sie ein Schuft sind! Ich ziehe heute weg, dann können Sie hier mit Ihrer Geliebten leben!«

Sie ging hinaus und schlug die Tür zu.

Stepan Arkadjitsch seufzte, wischte sich das Gesicht ab und ging leisen Schrittes aus dem Zimmer. ›Matwej sagt, es renke sich ein; aber wie? Ich sehe nicht die geringste Möglichkeit. Ach, ach, wie entsetzlich! Und wie trivial sie geschrien hat‹, sagte er sich, da ihm die Worte »Schuft« und »Geliebte« einfielen. ›Vielleicht haben es die Mädchen gehört? Entsetzlich trivial, entsetzlich.‹ Stepan Arkadjitsch stand einige Sekunden allein da, wischte sich die Augen, seufzte und verließ, die Brust gereckt, endgültig das Zimmer.

Es war Freitag, und im Esszimmer zog der Uhrmacher, ein Deutscher, die Uhr auf. Stepan Arkadjitsch fiel sein Scherz über diesen pünktlichen kahlköpfigen Uhrmacher ein, der Deutsche sei »für ein Leben aufgezogen worden, um Uhren aufzuziehen«, und er musste lächeln. Stepan Arkadjitsch hatte für einen guten Scherz viel übrig. ›Vielleicht renkt es sich ja auch ein! Netter Ausdruck, das renkt sich ein‹ überlegte er. ›Muss ich weitererzählen.‹

»Matwej!« rief er. »Richte mit Marja dort im Diwanzimmer alles für Anna Arkadjewna her«, sagte er, als Matwej erschien.

»Zu Befehl.«

Stepan Arkadjitsch zog den Pelz über und trat vors Haus.

»Zum Essen kommen Sie nicht heim?« fragte Matwej, der ihn begleitete.

»Je nachdem. Hier, nimm das für die Auslagen.« Er holte zehn Rubel aus der Brieftasche. »Genug so?«

»Ob genug oder nicht genug, es muss eben langen«, sagte Matwej, schlug die Wagentür zu und trat zum Hauseingang zurück.

Darja Alexandrowna hatte unterdessen ihr Kind beruhigt, und als sie am Wagenrasseln erkannte, dass er fort war, kehrte sie wieder ins Schlafzimmer zurück. Das war ihr einziger Zufluchtsort vor den Sorgen des Haushalts, die sie umdrängten, sobald sie das Zimmer verließ. Schon jetzt, in der kurzen Zeit, als sie im Kinderzimmer war, hatten die Engländerin und Matrjona Filimonowna ihr schnell einige Fragen gestellt, die keinen Aufschub duldeten und die nur sie beantworten konnte: Was sollten die Kinder zum Spaziergang anziehen? sollten sie Milch bekommen? sollte nicht nach einem anderen Koch geschickt werden?

»Ach, lasst mich in Ruhe, lasst mich in Ruhe!« hatte sie gesagt, und zurück im Schlafzimmer, setzte sie sich an denselben Platz wie beim Gespräch mit ihrem Mann; sie presste die abgezehrten Hände zusammen, an denen die Ringe von den knochigen Fingern rutschten, und ging nun in Gedanken das ganze Gespräch durch. ›Er ist fort! Aber hat er denn ein Ende gemacht mit ihr?‹ überlegte sie. ›Trifft er sie womöglich noch? Weshalb habe ich ihn nicht gefragt? Nein, nein, wir kommen nicht mehr zusammen. Falls wir im selben Haus bleiben sollten – wir sind uns fremd. Für immer fremd!‹ wiederholte sie erneut mit besonderer Betonung das für sie so schlimme Wort. ›Und wie habe ich geliebt, mein Gott, wie habe ich ihn geliebt! Wie habe ich geliebt! Und jetzt, liebe ich ihn jetzt denn nicht? Liebe ich ihn nicht noch mehr als früher? Entsetzlich, vor allem, weil …‹ hob sie an, führte aber ihren Gedanken nicht zu Ende, da Matrjona Filimonowna den Kopf zur Tür hereinstreckte.

»Lassen Sie doch nach meinem Bruder schicken«,
sagte sie, »der macht Ihnen ein ganzes Essen; sonst geht
es wie gestern, wo die Kinder bis um sechs nichts in den
Bauch gekriegt haben.«

»Na schön, ich komme gleich und treffe Anordnungen. Ist denn nach frischer Milch geschickt worden?«

Und Darja Alexandrowna tauchte in die Alltagssor-
gen ein und ertränkte darin für eine Weile ihren Kummer.

V

Stepan Arkadjitsch war dank seiner guten Anlagen
ein guter Schüler gewesen, doch war er faul und ein
Schlingel und beim Schulabschluss daher einer der
schlechtesten, aber trotz seines stets ausschweifenden
Lebenswandels, seiner niederen Rangklasse und der
noch jungen Jahre bekleidete er den ehrenvollen und
gutdotierten Posten des Amtsvorstehers in einer Moskauer Behörde. Diesen Posten hatte er über den Mann
seiner Schwester Anna bekommen, Alexej Alexandrowitsch Karenin, der in dem Ministerium, zu dem die
Behörde gehörte, einen der einflussreichsten Posten bekleidete; doch selbst wenn Karenin seinen Schwager
nicht auf diesen Posten berufen hätte, so hätte Stiwa
Oblonski über Hunderte anderer Personen, Brüder,
Schwestern, Verwandte, Vettern, Onkel und Tanten,
diesen Posten bekommen oder etwas dergleichen, do
tiert mit um die sechstausend im Jahr, die er auch
brauchte, denn seine Finanzen waren trotz des erkleck-
lichen Vermögens seiner Frau zerrüttet.

Halb Moskau und Petersburg war mit Stepan Arkadjitsch verwandt und befreundet. Zur Welt gekommen
war er in den Kreisen derjenigen, die die Mächtigen

dieser Welt waren oder dazu wurden. Ein Drittel der Staatsmänner, der alten Herren, war mit seinem Vater befreundet gewesen und hatte ihn noch als Hemdenmatz gekannt; das zweite Drittel war mit ihm per du und das dritte Drittel waren gute Bekannte; folglich waren die Verteiler irdischer Güter in Form von Posten, Verpachtungen, Konzessionen und dergleichen alle mit ihm befreundet und konnten einen der Ihren nicht übergehen; so brauchte sich Oblonski gar nicht besonders anzustrengen, um einen einträglichen Posten zu bekommen; er durfte sich nur nicht verweigern, nicht neidisch sein, sich nicht streiten und nicht beleidigt sein, was er aufgrund der ihm eigenen Gutmütigkeit auch niemals tat. Es wäre ihm komisch vorgekommen, hätte ihm jemand gesagt, er könnte einen Posten mit dem Gehalt, das er brauchte, nicht bekommen, zumal er ja nichts Außergewöhnliches verlangte; er wollte nur, was seine Altersgenossen bekamen, und ausüben konnte er einen Dienst solcher Art nicht schlechter als jeder andere.

Alle, die Stepan Arkadjitsch kannten, hatten ihn nicht nur wegen seines gutmütigen, heiteren Wesens und seiner unbezweifelbaren Ehrlichkeit gern; an ihm, seiner schönen, gewinnenden Erscheinung, den funkelnden Augen, den schwarzen Brauen und Haaren, am Weiß und Rot des Gesichts, war vielmehr etwas, das auf Menschen, die ihm begegneten, geradezu körperlich einnehmend und heiter wirkte. »Oh! Stiwa! Oblonski! Da ist er ja!« sagte, wer ihm begegnete, fast immer mit freudigem Lächeln. Zwar stellte sich nach dem Gespräch mit ihm schon manchmal heraus, dass gar nichts besonders Freudiges geschehen war – am nächsten Tag oder am übernächsten freute man sich bei einer Begegnung genauso.

In den mehr als zwei Jahren, seit Stepan Arkadjitsch den Posten des Amtsvorstehers einer Behörde in Mos-

kau bekleidete, hatte er außer der Liebe seiner Dienst-
kollegen, Untergebenen, Vorgesetzten und aller, die mit
ihm zu tun hatten, auch ihren Respekt errungen. Stepan Arkadjitschs Eigenschaften, die ihm diesen allseitigen Respekt im Dienst hauptsächlich verschafft hatten, waren erstens seine außergewöhnliche, im Bewusstsein der eigenen Mängel begründete Nachsicht
mit den Menschen; zweitens seine absolute Liberalität,
nicht diejenige, die er aus Zeitungen herauslas, sondern
diejenige, die ihm im Blut lag und mit der er absolut gleichmäßig und einheitlich allen Menschen ge-
genübertrat, welchen Standes und Titels sie auch sein
mochten, und drittens – das hauptsächlich – seine absolute Gleichgültigkeit gegenüber dem, womit er befasst war, weshalb er sich nie hinreißen ließ und keine
Fehler machte.

Am Ort seines Dienens angekommen, ging Stepan
Arkadjitsch, begleitet vom ehrerbietigen Portier, mit
der Aktenmappe in sein kleines Kabinett, zog die Uniform an und betrat den Sitzungssaal. Die Kopisten und
Kanzlisten standen alle auf und verbeugten sich, heiter
und ehrerbietig. Stepan Arkadjitsch ging wie immer
eilends an seinen Platz, drückte den Kollegiumsmit-
gliedern die Hand und setzte sich. Er scherzte und plauderte exakt soviel, wie es schicklich war, und begann
die Amtsgeschäfte. Niemand wusste besser als Stepan
Arkadjitsch jene Grenze von Freiheit, Schlichtheit und
Amtlichkeit zu treffen, die für eine angenehme Akten-
tätigkeit vonnöten ist. Heiter und ehrerbietig wie alle
in Stepan Arkadjitschs Behörde, kam der Sekretär mit
Schriftstücken und sprach in dem familiären, liberalen
Ton, den Stepan Arkadjitsch eingeführt hatte:

»Wir haben nun doch die Gouvernementsverwal-
tung von Pensa zu Auskünften bewogen. Hier, wenn Sie
belieben ...«

»Sind endlich eingetroffen?« sprach Stepan Arkad-

jitsch und legte den Finger auf ein Schriftstück. »Ja
dann, meine Herren ...« Und die Sitzung begann.

›Wenn sie wüssten‹, dachte er, während er mit bedeutsamer Miene, den Kopf geneigt, dem Rapport
lauschte, ›was für ein schuldbewusster kleiner Junge ihr
Vorsitzender vor einer halben Stunde gewesen ist!‹ Und
seine Augen lachten, während der Rapport verlesen
wurde. Bis zwei Uhr mussten die Amtsgeschäfte ohne
Unterbrechung weitergehen, um zwei gab es eine Pause
zum Dejeuner.

Es war noch nicht zwei, als die große Glastür des
Sitzungssaals plötzlich aufging und jemand hereinkam. Erfreut über die Abwechslung, blickten alle Kollegiumsmitglieder, unterm Porträt und hinterm Gerichtsspiegel vor, zur Tür; doch der Türsteher vertrieb
den Eingetretenen gleich wieder und schloss hinter
ihm die Glastür.

Als der Vorgang verlesen war, stand Stepan Arkadjitsch auf, reckte sich, holte, als Tribut an die Liberalität
der Zeit, noch im Sitzungssaal eine Papirossa hervor
und begab sich zu seinem Kabinett. Zwei seiner Beisitzer, der alte Amtshengst Nikitin und Kammerjunker
Grinewitsch, kamen mit.

»Nach dem Dejeuner schaffen wir das noch«, sagte
Stepan Arkadjitsch.

»Und wie wir das schaffen!« sagte Nikitin.

»Dieser Fomin muss ja ein gehöriger Spitzbube
sein«, sagte Grinewitsch über einen der Beteiligten aus
dem Vorgang, den sie gerade behandelten.

Stepan Arkadjitsch runzelte auf Grinewitschs Worte
die Stirn, womit er zu verstehen gab, es sei unschicklich, sich vor der Zeit ein Urteil zu bilden, und erwiderte nichts.

»Wer kam da herein?« fragte er den Türsteher.

»Der ist einfach reingewitscht, Euer Exzellenz, ich
hab mich bloß umgedreht. Hat nach Ihnen gefragt.

Ich sag: Wenn die Kollegiumsmitglieder rauskommen, dann ...«

»Wo ist er?«

»Ist, scheint's, runter in die Halle, vorher lief er dauernd hier herum. Das ist er«, sagte der Türsteher und deutete auf einen kräftig gebauten, breitschultrigen, krausbärtigen Mann, der, ohne die Lammfellmütze abzunehmen, rasch und leicht die ausgetretenen Stufen der Steintreppe hochgerannt kam. Einer der Hinabsteigenden, ein hagerer Beamter mit Aktenmappe, hielt inne, schaute missbilligend auf die Beine des Laufenden und dann fragend auf Oblonski.

Stepan Arkadjitsch stand oben an der Treppe. Sein gutmütig strahlendes Gesicht strahlte noch mehr hinterm bestickten Uniformkragen hervor, als er den Hochrennenden erkannte.

»Tatsächlich! Lewin, na endlich!« rief er mit freundschaftlichem, belustigtem Lächeln, den Blick auf den näherkommenden Lewin geheftet. »Dass du dir nicht zu schade bist, mich in dieser Räuberhöhle aufzusuchen?« Stepan Arkadjitsch begnügte sich nicht mit einem Händedruck und küsste seinen Freund. »Bist du schon lange hier?«

»Ich bin soeben angekommen und wollte dich zu gerne sehen«, antwortete Lewin, dabei blickte er schüchtern und zugleich aufgebracht und beunruhigt um sich.

»Komm, gehn wir ins Kabinett«, sagte Stepan Arkadjitsch, der die empfindliche und grimmige Schüchternheit seines Freundes kannte; er hakte ihn unter und zog ihn mit sich, als führte er ihn zwischen Gefahren hindurch.

Stepan Arkadjitsch war mit fast allen seinen Bekannten per du – mit sechzigjährigen Greisen, mit zwanzigjährigen Jüngelchen, mit Schauspielern, mit Ministern, mit Kaufleuten und mit Generaladjutanten, so dass sehr

viele, die per du waren mit ihm, an den entgegengesetzten Enden der gesellschaftlichen Stufenleiter standen und sehr verwundert gewesen wären, hätten sie
erfahren, dass sie über Oblonski etwas gemein hatten.
Er war mit allen per du, mit denen er Champagner
trank, und Champagner trank er mit allen, und traf er
in Gegenwart seiner Untergebenen eines seiner »peinlichen Dus«, wie er viele seiner Bekannten im Scherz
nannte, so wusste er mit dem ihm eigenen Taktgefühl
den unangenehmen Eindruck bei den Untergebenen
abzuschwächen. Lewin war kein »peinliches Du«, aber
Oblonski mit seinem Taktgefühl spürte, dass Lewin
meinte, er wolle vor den Untergebenen seine enge
Freundschaft vielleicht nicht merken lassen, deshalb
führte er ihn hastig ins Kabinett.

Lewin war fast ebenso alt wie Oblonski und nicht
allein des Champagners wegen mit ihm per du. Seit
frühster Jugend war Lewin sein Kamerad und Freund.
Trotz der Unterschiede in Charakter und Geschmack
liebten sie einander, wie Freunde einander lieben, die
sich in frühster Jugend gefunden haben. Und trotzdem — wie oft bei Menschen, die unterschiedliche
Tätigkeitsfelder gewählt haben, empfand jeder der beiden, auch wenn er bei vernünftiger Überlegung die
Tätigkeit des anderen rechtfertigte, tief im Innern Verachtung dafür. Jeder meinte, das Leben, das er selbst
führte, sei allein das wahre Leben, und das des Freundes sei nur ein Scheinleben. Oblonski konnte bei Lewins
Anblick ein leichtes, belustigtes Lächeln nicht zurückhalten. Zum wievielten Mal schon sah er ihn nach Moskau kommen von seinem Landsitz, wo er irgendetwas
tat, aber was genau, das hatte Stepan Arkadjitsch nie
so recht begreifen können, es interessierte ihn auch
nicht. Lewin kam stets erregt und in Hast nach Moskau,
ein wenig befangen und verdrossen über diese Befangenheit, und meistens mit völlig neuen, überraschen-

den Ansichten. Stepan Arkadjitsch lachte darüber und mochte das. Ganz genauso verachtete Lewin tief im Innern sowohl die städtische Lebensweise seines Freundes wie seinen Dienst, den er für Unfug hielt, und lachte darüber. Der Unterschied war nur, dass Oblonski, da er tat, was alle taten, selbstsicher und gutmütig lachte, Lewin dagegen nicht selbstsicher und manchmal aufgebracht.

»Wir erwarten dich seit langem«, sagte Stepan Arkadjitsch, als er ins Kabinett trat und Lewins Arm losließ, wie um damit zu zeigen, dass die Gefahren vorüber seien. »Ich freue mich sehr, wirklich sehr, dich zu sehen«, fuhr er fort. »Nun, was machst du? Wie geht's? Wann bist du angekommen?«

Lewin schwieg, er blickte abwechselnd auf die ihm unbekannten Gesichter von Oblonskis beiden Beisitzern und insbesondere auf die Hand des eleganten Grinewitsch mit den derart weißen, dünnen Fingern, derart langen, gelben, an der Spitze umgebogenen Nägeln und derart riesigen, funkelnden Manschettenknöpfen am Hemd, dass diese Hände anscheinend Lewins ganze Aufmerksamkeit fesselten und ihm keine Gedankenfreiheit ließen. Oblonski bemerkte das sofort und lächelte.

»Ah ja, darf ich vorstellen«, sagte er. »Meine Beisitzer Filipp Iwanytsch Nikitin und Michail Stanislawitsch Grinewitsch«, und zu Lewin gewandt: »Konstantin Dmitritsch Lewin, Semstwo-Politiker, neuer Mann der Selbstverwaltung, Turner, stemmt mit einer Hand fünf Pud, Viehzüchter und Jäger und mein Freund, Bruder von Sergej Iwanytsch Kosnyschew.«

»Sehr angenehm«, sagte das alte Männlein.

»Habe die Ehre, Ihren Bruder Sergej Iwanytsch zu kennen«, sagte Grinewitsch, während er seine dünne Hand mit den langen Fingernägeln ausstreckte.

Lewin blickte mürrisch, drückte kühl seine Hand

und wandte sich gleich wieder an Oblonski. Obwohl er seinem Halbbruder mütterlicherseits, einem in ganz Russland bekannten Schriftsteller, großen Respekt entgegenbrachte, konnte er es nicht ausstehen, wenn er nicht als Konstantin Lewin angesprochen wurde, sondern als Bruder des berühmten Kosnyschew.

»Nein, ich bin kein Semstwo-Politiker mehr. Ich habe mich mit allen verzankt und fahre nicht mehr zu den Versammlungen«, sagte er zu Oblonski.

»So schnell!« Oblonski lächelte. »Wie das? Weshalb?«

»Eine lange Geschichte. Die erzähle ich ein andermal.« Lewin begann jedoch gleich zu erzählen. »Also, kurz gesagt, ich bin zu der Überzeugung gekommen, dass es eine Semstwo-Tätigkeit gar nicht gibt und nicht geben kann.« Er sprach, wie wenn ihn gerade jemand beleidigt hätte. »Einerseits ist es ein Spielzeug, sie spielen Parlament, ich bin jedoch weder jung genug noch alt genug, um an Spielzeug Vergnügen zu finden; andererseits (er stotterte) ist es ein Werkzeug für die *coterie** der Provinz, hübsch was einzuheimsen. Früher waren es Vormundschaften, Gerichte, heute ist es das Semstwo... nicht in Form von Schmiergeldern, sondern in Form unverdienter Dotationen«, sagte er so hitzig, wie wenn einer der Anwesenden seine Meinung angezweifelt hätte.

»Ohoho! Du bist ja, wie ich sehe, wieder in einer neuen Phase, einer konservativen«, sagte Stepan Arkadjitsch. »Doch im übrigen – davon später.«

»Ja, später. Doch ich musste dich sehen«, sagte Lewin und betrachtete hasserfüllt Grinewitschs Hand.

Stepan Arkadjitsch lächelte kaum merklich.

»Hattest du nicht gesagt, du würdest nie wieder europäische Kleidung anlegen?« Er musterte Lewins neuen Anzug, gefertigt offenbar von einem französi-

---

* den Klüngel *(frz.)*

schen Schneider. »So, so! Wie ich sehe: eine neue Phase.«

Lewin errötete plötzlich, aber nicht, wie erwachsene Menschen erröten, nur leicht, ohne es selbst zu merken, sondern wie kleine Jungen erröten – sie spüren, wie lächerlich sie sind in ihrer Schüchternheit, schämen sich deshalb und erröten noch mehr, bis fast die Tränen kommen. Es war so merkwürdig, dieses gescheite, mannhafte Gesicht in derart kindlicher Verfassung zu sehen, dass Oblonski wegsah.

»Ja, wo treffen wir uns? Ich muss nämlich sehr, sehr dringend mit dir reden«, sagte Lewin.

Oblonski schien nachzudenken.

»Folgendes: Fahren wir dejeunieren zu Gurin und reden wir dort. Bis drei habe ich Zeit.«

»Nein«, erwiderte Lewin nach kurzem Nachdenken, »ich muss noch woanders hin.«

»Na gut, dann lass uns zusammen dinieren.«

»Dinieren? Aber ich will ja gar nichts Besonderes, bloß zwei Worte sagen, kurz etwas fragen, plaudern können wir später.«

»Dann sag deine zwei Worte jetzt, und beim Diner unterhalten wir uns.«

»Zwei Worte zu folgendem«, sagte Lewin, »im übrigen, nichts Besonderes.«

Sein Gesicht nahm plötzlich einen bösen Ausdruck an, so groß war die Anstrengung, seine Schüchternheit zu überwinden.

»Was machen Schtscherbazkis? Alles beim alten?« fragte er.

Stepan Arkadjitsch, der schon lange wusste, dass Lewin in seine Schwägerin Kitty verliebt war, lächelte kaum merklich, und seine Augen funkelten vergnügt.

»Du hast deine zwei Worte gesagt, aber ich kann nicht in zwei Worten antworten, denn ... Entschuldige einen Moment ...«

Der Sekretär war hereingekommen. In familiärer Ehrerbietung und dem – allen Sekretären eigenen – bescheidenen Bewusstsein, seinem Vorgesetzten an Sachkenntnis überlegen zu sein, trat er mit Schriftstücken zu Oblonski und erläuterte unter dem Vorwand einer Frage eine Komplikation. Ohne ihn ausreden zu lassen, legte Stepan Arkadjitsch liebevoll seine Hand auf den Ärmel des Sekretärs.

»Nein, Sie müssen es schon so machen, wie ich gesagt habe«, versetzte er, wobei ein Lächeln den Verweis milderte, und nach kurzer Erklärung, wie er die Sache sehe, schob er die Schriftstücke weg und sagte: »So machen Sie es bitte. Bitte, so, Sachar Nikititsch.«

Verwirrt entfernte sich der Sekretär. Lewin war während der Beratung mit dem Sekretär seiner Verlegenheit Herr geworden und stand da, beide Arme auf einen Stuhl gestützt, und auf seinem Gesicht lag belustigte Aufmerksamkeit.

»Ich versteh das nicht, versteh das nicht«, sagte er.

»Was verstehst du nicht?« Oblonski lächelte noch genauso vergnügt und griff nach einer Papirossa. Er war auf eine Lewinsche Eskapade gefasst.

»Ich verstehe nicht, was ihr tut.« Lewin zuckte die Achseln. »Wie kannst du das ernsthaft betreiben?«

»Warum?«

»Ja, weil es da nichts zu tun gibt.«

»Das meinst du, aber wir sind mit Arbeit überhäuft.«

»Mit Papierkram. Doch ja, du hast einen Sinn dafür«, fügte Lewin hinzu.

»Das heißt, du meinst, dass mir etwas abgehe?«

»Vielleicht sogar ja«, sagte Lewin. »Dennoch ergötze ich mich an deiner Bedeutsamkeit und bin stolz, dass mein Freund so ein bedeutender Mann ist. Allerdings hast du nicht auf meine Frage geantwortet«, fügte er hinzu und sah in einem verzweifelten Kraftakt Oblonski gerade in die Augen.

»Na gut, na gut. Wart's ab, auch du kommst noch so weit. Gut, wenn man wie du dreitausend Desjatinen im Kreis Karasin hat und solche Muskeln und eine Frische wie ein zwölfjähriges Mädchen – aber auch du kommst noch so weit wie wir. Und zu dem, wonach du gefragt hast: Es gibt keine Veränderung, doch schade, dass du so lange nicht hier warst.«

»Wieso?« fragte Lewin erschrocken.

»Oh, nichts«, erwiderte Oblonski. »Wir reden noch. Weshalb bist du eigentlich hergekommen?«

»Ach, darüber reden wir ebenfalls später.« Wieder errötete Lewin bis hinter die Ohren.

»Na gut. Verstehe«, sagte Stepan Arkadjitsch. »Schau, ich würde dich zu uns einladen, aber meine Frau ist unpässlich. Und noch eins. Wenn du Schtscherbazkis sehen möchtest – sie sind heute wahrscheinlich von vier bis fünf im Zoologischen Garten. Kitty läuft Schlittschuh. Fahr hin, ich komme nach, und zusammen gehen wir irgendwo dinieren.«

»Wunderbar. Dann auf Wiedersehen.«

»Und pass auf, ich kenne dich doch, nicht dass du es vergisst oder plötzlich aufs Land heimfährst!« rief Stepan Arkadjitsch lachend.

»Nein, bestimmt nicht.«

Erst unter der Tür fiel Lewin ein, dass er vergessen hatte, sich von Oblonskis Beisitzern zu verabschieden, dann verließ er das Kabinett.

»Wohl ein sehr energischer Herr«, sagte Grinewitsch, als Lewin draußen war.

»O ja, mein Bester!« Stepan Arkadjitsch wiegte den Kopf. »Ein Glückspilz! Dreitausend Desjatinen im Kreis Karasin, hat alles noch vor sich, und soviel Frische! Nicht wie unsereiner.«

»Was können Sie sich beklagen, Stepan Arkadjitsch?«

»Es ist übel, geht schlecht«, sagte Stepan Arkadjitsch und seufzte tief.

VI

Als Oblonski Lewin fragte, weshalb er eigentlich hergekommen sei, war Lewin errötet und seines Errötens wegen wütend geworden auf sich selbst, weil er ihm nicht antworten konnte: »Ich bin hergekommen, um deiner Schwägerin einen Heiratsantrag zu machen«, doch hergekommen war er nur deshalb.

Die Lewins und die Schtscherbazkis waren alte Moskauer Adelshäuser und hatten schon immer enge und freundschaftliche Beziehungen unterhalten. Diese Verbindung war während Lewins Studienzeit noch fester geworden. Er hatte sich mit dem jungen Fürsten Schtscherbazki, dem Bruder Dollys und Kittys, auf das Studium vorbereitet und mit ihm die Universität bezogen. Zu dieser Zeit war Lewin oft im Haus der Schtscherbazkis zu Besuch und verliebte sich in das Haus der Schtscherbazkis. So merkwürdig es auch scheinen mag, doch Konstantin Lewin war wirklich verliebt in das Haus, in die Familie, besonders in die weibliche Hälfte der Familie Schtscherbazki. Lewin hatte keine Erinnerung an seine Mutter, und seine einzige Schwester war älter als er, so dass er im Haus der Schtscherbazkis erstmals die Atmosphäre einer gebildeten und redlichen alten Adelsfamilie kennenlernte, die er durch den Tod von Vater und Mutter hatte entbehren müssen. Alle Mitglieder dieser Familie, besonders die weibliche Hälfte, kamen ihm vor wie von einem geheimnisvollen, poetischen Schleier überdeckt, und nicht nur, dass er überhaupt keine Mängel an ihnen sah, sondern er vermutete unter diesem poetischen, sie überdeckenden Schleier auch die erhabensten Gefühle und allerlei Vollkommenheiten. Wozu diese drei jungen Damen einen Tag Französisch, einen Tag Englisch reden mussten; wozu sie zu bestimmten Stunden abwechselnd Klavier spielten, wie beim Bruder oben, wo

die Studenten lernten, stets zu hören war; wozu diese
Lehrer für französische Literatur, für Musik, Zeichnen
und Tanzen ins Haus kamen; wozu die drei jungen Damen zu bestimmten Stunden mit *m-lle Linon* in der
Kalesche zum Twerskoi Boulevard fuhren, alle drei in
pelzgefütterten Atlasmänteln, Dolly im langen, Nathalie im halblangen und Kitty im dermaßen kurzen, dass
ihre wohlgestalten Beine in den straff sitzenden roten
Strümpfen allen Blicken ausgesetzt waren; wozu sie
in Begleitung eines Lakaien mit Goldkokarde am Hut
über den Twerskoi Boulevard spazieren mussten – all
dies und vieles andere, was in ihrer geheimnisvollen
Welt vor sich ging, verstand er nicht, wusste aber, dass
alles, was dort vor sich ging, wunderschön war, und gerade in das Geheimnisvolle des Geschehens war er verliebt.

Während seiner Studienzeit hätte er sich fast in die
älteste verliebt, Dolly, aber sie wurde bald Oblonski zur
Frau gegeben. Dann war er drauf und dran, sich in die
zweite zu verlieben. Als ob er ahnte, dass er sich in eine
der Schwestern verlieben musste, sich bloß nicht klar-
werden könnte, in welche. Aber auch Nathalie, kaum
in die Gesellschaft eingeführt, heiratete den Diplomaten Lwow. Kitty war noch ein Kind, als Lewin die Universität abschloss. Der junge Schtscherbazki ging zur
Marine und ertrank in der Ostsee, und trotz Lewins
Freundschaft mit Oblonski verkehrte er nun seltener
bei den Schtscherbazkis. Aber als Lewin zu Beginn dieses Winters, nach einem Jahr auf dem Land, nach Moskau kam und die Schtscherbazkis wiedersah, begriff
er, in welche der drei sich zu verlieben ihm bestimmt
war.

Man sollte meinen, nichts wäre einfacher gewesen,
als dass er, ein Mann guter Abkunft, eher reich als arm,
zweiunddreißigjährig, Prinzessin Schtscherbazkaja einen Heiratsantrag gemacht hätte; aller Wahrschein-

lichkeit nach wäre er sogleich als gute Partie erachtet worden. Aber Lewin war verliebt, darum kam es ihm vor, als wäre Kitty in jeder Hinsicht derart vollkommen, ein Wesen, derart hoch über allem Irdischen, er hingegen ein derart irdisches, niedriges Wesen, dass kein Gedanke daran sein könnte, die anderen wie sie selbst würden ihn als ihrer würdig erachten.

Nachdem er wie in einem Taumel zwei Monate in Moskau verbracht hatte, dabei Kitty fast täglich bei gesellschaftlichen Anlässen sah, die er nun aufsuchte, um sie zu treffen, da entschied Lewin plötzlich, es könne nicht sein, und reiste ab aufs Land.

Lewins Überzeugung, es könne nicht sein, gründete darauf, dass er in den Augen der Angehörigen eine unvorteilhafte, unwürdige Partie für die reizende Kitty wäre und Kitty selbst ihn nicht lieben könne. In den Augen der Angehörigen gehe er keiner üblichen, eindeutigen Tätigkeit nach und habe keine Position in der Gesellschaft, während seine Altersgenossen nun, da er zweiunddreißig war, bereits etwas waren – einer Oberst und Flügeladjutant, einer Professor, einer angesehener Adelsmarschall, Bank- und Eisenbahndirektor, oder Amtsvorsteher wie Oblonski; er dagegen (er wusste sehr gut, wie er anderen erscheinen musste) war Gutsbesitzer, damit beschäftigt, Kühe zu züchten, Schnepfen zu schießen und Bauten zu errichten, ein unbegabter Kerl also, aus dem nichts geworden war und der nach den Begriffen der Gesellschaft das tat, was Leute taten, die zu gar nichts taugten.

Die geheimnisvolle, reizende Kitty wiederum könne diesen derart unschönen Mann, für den er sich hielt, gar nicht lieben, vor allem nicht einen derart schlichten, durch nichts hervorstechenden Mann. Außerdem erschien ihm sein früheres Verhältnis zu Kitty – das Verhältnis eines Erwachsenen zu einem Kind, infolge der Freundschaft mit ihrem Bruder – als zusätzliche Barriere für die Liebe. Den unschönen, gutmütigen Mann, für den er sich hielt, könne man als Freund lieben, aber um mit jener Liebe geliebt zu werden, mit der er Kitty liebte, dazu müsste man schön sein und vor allem – ein außergewöhnlicher Mann.

Gehört hatte er zwar, Frauen liebten oftmals unschöne, schlichte Männer, aber er glaubte es nicht, da er nach sich selbst urteilte, und lieben konnte er nur schöne, geheimnisvolle und außergewöhnliche Frauen.

Aber nachdem er zwei Monate allein auf dem Land verbracht hatte, kam er zu der Überzeugung, dass dies keine der Verliebungen war, wie er sie in früher Jugend erlebt hatte; dass dieses Gefühl ihm keinen Augenblick Ruhe ließ; dass er nicht leben konnte, ohne die Frage geklärt zu haben, würde sie seine Frau werden oder würde sie es nicht; und dass seine Verzweiflung nur aus seiner Einbildung kam, dass er keinerlei Beweise hatte, er könnte abgewiesen werden. Und nun war er nach Moskau gekommen mit dem festen Entschluss, den Heiratsantrag zu machen und zu heiraten, wenn er angenommen würde. Andernfalls... er konnte nicht daran denken, was aus ihm würde, sollte er abgewiesen werden.

VII

Mit dem Frühzug in Moskau angekommen, logierte sich Lewin bei Kosnyschew ein, seinem älteren Halbbruder mütterlicherseits, und als er sich umgezogen hatte, trat er zu ihm ins Studierzimmer, in der Absicht, ihm gleich zu erzählen, wozu er hergekommen war, und ihn um Rat zu bitten; doch der Bruder war nicht allein. Bei ihm saß ein bekannter Philosophieprofessor, der eigens aus Charkow angereist war, um ein Missverständnis aufzuklären, das sich an einem überaus bedeutsamen philosophischen Problem zwischen den beiden aufgetan hatte. Der Professor führte eine hitzige Polemik gegen die Materialisten, Sergej Kosnyschew hatte diese Polemik mit Interesse verfolgt und, nach der Lektüre von des Professors letztem Artikel, ihm einen Brief mit seinen Einwänden geschickt; er warf dem Professor vor, den Materialisten zu viele Zugeständnisse zu machen. Und der Professor war umgehend angereist, um Einvernehmen zu erzielen. Es ging um ein Problem, das in Mode war: Gibt es eine Grenze zwischen psychischen und physiologischen Phänomenen in der Tätigkeit des Menschen und wo ist sie?

Sergej Iwanowitsch empfing den Bruder mit seinem üblichen, stets liebevoll-kühlen Lächeln, stellte ihn dem Professor vor und führte das Gespräch fort.

Das kleine, gelbe Männlein mit Brille und schmaler Stirn hatte sich zur Begrüßung einen Moment vom Gespräch ablenken lassen und führte dann seine Rede fort, ohne Lewin zu beachten. Lewin setzte sich, um zu warten, bis der Professor aufbräche, bald interessierte ihn jedoch der Gegenstand des Gesprächs.

Lewin hatte manche von den Artikeln, um die es ging, in Zeitschriften gesehen und gelesen, denn ihn als Naturwissenschaftler interessierte die Entwicklung der ihm seit dem Studium bekannten Grundlagen der Naturkunde, niemals aber hatte er die wissenschaftlichen Herleitungen über die Abstammung des Lebewesens Mensch, über die Reflexe und über Biologie und Soziologie in die Nähe dessen gebracht, was Leben und Tod ihm selbst bedeuteten – Fragen, die ihm in letzter Zeit immer häufiger in den Sinn kamen.

Während er dem Gespräch des Bruders mit dem Professor lauschte, fiel ihm auf, dass sie wissenschaftliche Probleme in Verbindung brachten mit intim menschlichen, sich diesen ein paarmal fast annäherten, doch jedesmal, wenn sie nahe vor dem standen, was ihm das

wichtigste zu sein schien, entfernten sie sich gleich
wieder hastig und vertieften sich erneut in subtile
Unterkategorien, Vorbehalte, Zitate, Anspielungen und
Verweise auf Autoritäten, und er begriff nur mit Mühe,
worum es ging.

»Ich kann das nicht hinnehmen«, sagte Sergej Iwanowitsch in seiner üblichen Klarheit, Prägnanz und
eleganten Diktion, »ich kann auf gar keinen Fall Keiss
zustimmen, dass meine Vorstellung von der Außenwelt
sich gänzlich aus Eindrücken ergebe. Der grundlegende
Begriff des Seins wurde mir nicht über die Empfindung zuteil, denn es gibt gar kein spezielles Sinnesor-
gan zur Übermittlung dieses Begriffs.«

»Ja, aber sie alle, Wurst wie Knaust wie Pripassow,
würden Ihnen erwidern, dass Ihr Bewusstsein vom Sein
sich aus der Gesamtheit aller Empfindungen ergebe,
dass dieses Bewusstsein vom Sein das Resultat der Emp
findungen sei. Wurst sagt sogar ausdrücklich, sofern es
keine Empfindungen gebe, gebe es auch keinen Begriff
vom Sein.«

»Ich sage das Gegenteil«, hob Sergej Iwanowitsch
an ...

Doch hier schien es Lewin wieder, als hätten sie sich
dem Wichtigsten angenähert und entfernten sich wieder, und er entschloss sich, dem Professor eine Frage
vorzulegen.

»Folglich, wenn meine Sinne ausgelöscht sind, wenn
mein Körper stirbt, kann es keinerlei Existenz mehr geben?« fragte er.

Der Professor blickte sich ärgerlich und wie mit geis-
tigem Schmerz über die Unterbrechung zu dem sonderbaren Frager um, der eher einem Treidler ähnlich sah
als einem Philosophen, und richtete dann den Blick auf
Sergej Iwanowitsch, wie wenn er fragte: Was soll man
da sagen? Sergej Iwanowitsch jedoch, der bei weitem
nicht mit soviel Nachdruck und Einseitigkeit sprach

wie der Professor und in seinem Kopf noch Raum behielt, um sowohl dem Professor zu antworten wie den
schlichten und natürlichen Standpunkt zu begreifen,
von dem die Frage ausging, lächelte und sagte:

»Dieses Problem zu lösen haben wir noch nicht das
Recht ...«

»Haben wir noch keine Fakten«, bestätigte der Professor und setzte seine Beweisführung fort. »Nein«,
sagte er, »ich verweise darauf – auch wenn die Empfindung, wie Pripassow ausdrücklich sagt, auf dem Eindruck gründet, müssen wir diese beiden Begriffe dennoch streng auseinanderhalten.«

Lewin hörte nicht weiter zu und wartete, wann der
Professor aufbräche.

VIII

Als der Professor fort war, wandte sich Sergej Iwanowitsch an den Bruder:

»Ich freue mich sehr, dass du hergekommen bist. Für
lange? Was macht die Gutswirtschaft?«

Lewin wusste, dass die Gutswirtschaft den älteren
Bruder wenig interessierte und dass er ihn nur aus Ent-
gegenkommen fragte, darum sagte er nur etwas vom
Verkauf des Weizens und von den Finanzen.

Lewin hatte dem Bruder von seinen Heiratsabsich-
ten berichten und ihn um Rat fragen wollen, er hatte
es sich sogar fest vorgenommen; aber als er den Bruder
vor sich sah und seinem Gespräch mit dem Professor
lauschte, als er nun den unwillkürlich gönnerhaften
Ton hörte, in dem der Bruder ihn nach den Gutsangelegenheiten fragte (das mütterliche Gut war nicht geteilt worden, und Lewin verwaltete beide Teile), da
hatte Lewin das Gefühl, er würde wohl doch nicht mit
dem Bruder über seinen Heiratsentschluss reden kön-

nen. Er hatte das Gefühl, sein Bruder würde das nicht so sehen, wie er es gerne hätte.

»Und was macht bei euch das Semstwo, wie läuft es?« fragte Sergej Iwanowitsch, der sich sehr für das Semstwo interessierte und ihm große Bedeutung beimaß.

»Also, ich weiß nicht ...«

»Wie? Du bist doch Mitglied des Vorstands?«

»Nein, bin ich nicht mehr, ich bin ausgetreten«, antwortete Konstantin Lewin, »und fahre nicht mehr zu den Versammlungen.«

»Schade!« Sergej Iwanowitschs Miene verfinsterte sich.

Zu seiner Rechtfertigung erzählte Lewin nun, wie es auf den Versammlungen in seinem Kreis zuging.

»So ist es immer!« unterbrach ihn Sergej Iwanowitsch. »Wir Russen machen es immer so. Mag sein, das ist ein guter Zug an uns, die Fähigkeit, die eigenen Mängel zu sehen, aber wir treiben es zu weit, wir trösten uns mit Ironie, die liegt uns immer auf der Zunge. Ich sage dir nur eins — bekäme ein anderes europäisches Volk die gleichen Rechte wie unsere Semstwo-Einrichtungen, so würden die Deutschen und die Engländer daraus Freiheit entwickeln, wir dagegen machen uns bloß lustig.«

»Aber was tun?« meinte Lewin schuldbewusst. »Es war mein letzter Versuch. Und ich habe es von ganzem Herzen versucht. Ich kann das nicht. Bin unfähig.«

»Nicht unfähig«, entgegnete Sergej Iwanowitsch, »sondern du hast nicht den rechten Blick auf die Dinge.«

»Mag sein«, sagte Lewin niedergeschlagen.

»Übrigens, Bruder Nikolai ist wieder hier.«

Bruder Nikolai war Konstantin Lewins älterer Bruder und Sergej Iwanowitschs Stiefbruder, ein gescheiterter Mensch, der den größten Teil seines Vermögens

durchgebracht hatte, sich in höchst sonderbarer und
schlechter Gesellschaft herumtrieb und sich mit den
Brüdern entzweit hatte.

»Was du nicht sagst!« rief Lewin entsetzt. »Woher
weißt du das?«

»Prokofi hat ihn auf der Straße gesehen.«

»Hier, in Moskau? Wo ist er? Weißt du es?« Lewin erhob sich vom Stuhl, als wollte er gleich aufbrechen.

»Ich bedaure, dass ich es dir gesagt habe.« Sergej
Iwanowitsch schüttelte über die Erregung des jüngeren
Bruders den Kopf. »Ich ließ in Erfahrung bringen, wo
er wohnt, und schickte ihm seinen Wechsel für Trubin,
den ich eingelöst hatte. Das hat er mir geantwortet.«

Und Sergej Iwanowitsch zog ein Billett unterm
Briefbeschwerer hervor und reichte es dem Bruder.

Lewin las, was in der sonderbaren, ihm vertrauten
Schrift geschrieben stand: »Bitte ergebenst, mich in
Ruhe zu lassen. Es ist das einzige, was ich von meinen
lieben Brüderchen verlange. Nikolai Lewin«.

Lewin las es, er stand, ohne den Kopf zu heben, vor
Sergej Iwanowitsch, das Billett in der Hand.

In seinem Innern kämpfte der Wunsch, den unglücklichen Bruder jetzt zu vergessen, mit dem Bewusstsein, dass dies übel wäre.

»Er will mich offenbar beleidigen«, fuhr Sergej Iwanowitsch fort, »aber beleidigen kann er mich nicht, ich
würde ihm von ganzem Herzen gerne helfen, weiß jedoch, dass es unmöglich ist.«

»Ja, ja«, sagte Lewin. »Ich verstehe und achte dein
Verhältnis zu ihm, dennoch will ich zu ihm fahren.«

»Wenn du möchtest, fahr hin, ich rate es dir aber
nicht«, meinte Sergej Iwanowitsch. »Das heißt, was
mich angeht, da befürchte ich nichts, er wird dich nicht
mit mir entzweien, aber um deiner selbst willen rate
ich dir, besser nicht zu fahren. Zu helfen ist unmöglich.
Im übrigen, tu, wie du möchtest.«

»Mag sein, dass zu helfen unmöglich ist, ich habe jedoch das Gefühl, vor allem in diesem Augenblick — aber
das ist etwas anderes —, ich habe das Gefühl, dass ich
nicht ruhig sein könnte.«

»Nun, das verstehe ich nicht«, sagte Sergej Iwano-
witsch. »Eines verstehe ich«, fügte er hinzu, »es ist eine
Lektion in Demut. Ich habe eine andere und mildere
Sicht auf das, was man Niedertracht nennt, seit Bruder
Nikolai zu dem geworden ist, was er ist … Du weißt,
was er getan hat …«

»Oh, das ist schrecklich, schrecklich ist das!« sagte
Lewin mehrfach.

Als er von Sergej Iwanowitschs Lakaien die Adresse
des Bruders erhalten hatte, wollte er gleich zu ihm fahren, beschloss aber nach einigem Überlegen, es auf den
Abend zu verschieben. Um innere Ruhe zu erlangen,
musste er vor allem die Entscheidung herbeiführen,
deretwegen er nach Moskau gekommen war. Vom Bruder fuhr Lewin zu Oblonski ins Amt, und als er über die
Schtscherbazkis Auskunft bekommen hatte, fuhr er
dorthin, wo er, wie ihm gesagt worden war, Kitty treffen würde.

IX

Um 4 Uhr stieg Lewin mit spürbar klopfendem Herzen
am Zoologischen Garten aus der Droschke und ging
über den Parkweg zu Rodelberg und Eisbahn, da er sicher war, sie dort zu finden, denn er hatte die Kutsche
der Schtscherbazkis vor dem Eingang gesehen.

Es war ein klarer Frosttag. Vor dem Eingang standen Reihen von Kutschen, Schlitten, Lohndroschken
und Gendarmen. In der grellen Sonne prangten die
Hüte des gehobenen Publikums, von dem es am Tor
und auf den freigeräumten Parkwegen und zwischen

den russischen Holzbuden mit geschnitztem First nur so wimmelte; die üppigen alten Birken des Parks, deren Zweige unter der Schneelast herabhingen, schienen herausgeputzt in neuem Feiertagsornat.

Er ging über den Parkweg zur Eisbahn und sagte sich: >Darfst dich nicht aufregen, musst dich beruhigen. Was willst du? Was hast du? Schweig still, dummes Ding!< So redete er auf sein Herz ein. Und je mehr er sich zu beruhigen suchte, desto schlimmer benahm es ihm den Atem. Ein Bekannter kam entgegen und grüßte, aber Lewin erkannte nicht einmal, wer es war. Er kam zum Rodelberg, wo die Ketten an den Schlitten beim Herunterfahren und Hochziehen klirrten, wo die fahrenden Schlitten polterten und fröhliche Stimmen ertönten. Er ging noch ein paar Schritte weiter, und vor ihm tat sich die Eisbahn auf, und unter allen Schlittschuhläufern erkannte er sogleich sie.

Dass sie hier war, hatte er schon an der Freude und der Furcht erkannt, die sein Herz ergriffen. Sie stand im Gespräch mit einer Dame am gegenüberliegenden Ende der Eisbahn. Nichts Besonderes schien an ihr zu sein, weder an ihrer Kleidung noch an ihrer Haltung; aber Lewin konnte sie ebenso leicht unter der Menge erkennen wie einen Rosenstock unter Brennesseln. Alles war von ihr erleuchtet. Sie war das Lächeln, das ringsum alles strahlen ließ. >Kann ich wirklich hinuntergehen, aufs Eis, und zu ihr treten?< dachte er. Die Stelle, wo sie stand, kam ihm vor wie ein unbetretbares Heiligtum, und es gab einen Moment, da wäre er fast gegangen, so sehr graute ihm. Er musste sich zusammenreißen und sich zureden, dass alle möglichen Leute sich um sie bewegten, dass er auch von sich aus zum Schlittschuhlaufen hätte herkommen können. Er ging hinunter und vermied es wie bei der Sonne, zu lange hinzuschauen zu ihr, aber wie die Sonne sah er sie, auch ohne hinzusehen.

Auf dem Eis hatten sich an diesem Wochentag und zu dieser Tageszeit Menschen des gleichen Kreises eingefunden, die sich alle untereinander kannten. Es gab meisterhafte Läufer, die mit ihrer Kunst brillierten, es gab Anfänger mit zaghaften, ungeschickten Bewegungen, die sich an Sesselschlitten festhielten, es gab Jungen und alte Menschen, die aus Gründen der Gesundheit Schlittschuh liefen; alle kamen sie Lewin als ausgemachte Glückspilze vor, weil sie hier waren, in ihrer Nähe. Alle Läufer schienen vollkommen gleichgültig sie zu überholen und einzuholen, sprachen sogar mit ihr und vergnügten sich vollkommen unabhängig von ihr, nutzten das vorzügliche Eis und das schöne Wetter.

Nikolai Schtscherbazki, ein Vetter Kittys, saß in kurzem Jäckchen und engen Hosen, Schlittschuhe an den Füßen, auf einer Bank und rief, als er Lewin erblickte:

»Oh, der beste russische Schlittschuhläufer! Schon lange hier? Vorzüglich, das Eis, ziehen Sie doch Schlittschuhe an.«

»Ich habe gar keine Schlittschuhe«, antwortete Lewin, verwundert über diese Kühnheit und Ungezwungenheit in ihrer Gegenwart, verlor sie jedoch keine Sekunde aus dem Blick, obwohl er nicht zu ihr hinschaute. Er hatte das Gefühl, ihm näherte sich die Sonne. Sie hatte gewendet, tapsig setzte sie die schmalen Füßchen in den hohen Stiefeln und fuhr, offenbar zaghaft, zu ihm. Ein verwegen die Arme schwenkender und zu Boden gebeugter Junge in russischer Kleidung überholte sie. Sie lief nicht ganz sicher; die Hände hatte sie aus dem kleinen, an einer Kordel hängenden Muff gezogen und hielt sie in Bereitschaft, und den Blick auf Lewin gerichtet, den sie erkannt hatte, lächelte sie ihm und ihrer Bangigkeit zu. Als die Runde zu Ende war, stieß sie sich ab mit dem geschmeidigen Füßchen und kam geradewegs auf Schtscherbazki zugeglitten; an ihm hielt sie sich fest und nickte lächelnd

her zu Lewin. Sie war noch schöner als in seiner Vorstellung.

Wenn er an sie dachte, hatte er sie lebhaft und ganz
vor Augen, besonders die Anmut des kleinen blonden
Köpfchens von kindlicher Klarheit und Güte, das so frei
über den wohlgestalten Jungmädchenschultern ragte.
Der kindliche Ausdruck ihres Gesichts machte im Verein mit der feinen Schönheit der Gestalt ihre besondere
Anmut aus, die er gut im Gedächtnis hatte; aber was ihn
jedesmal ganz unvermutet an ihr frappierte, war der
Ausdruck ihrer Augen, sanfter, ruhiger und aufrichtiger
Augen, und besonders ihr Lächeln, das Lewin jedesmal
in eine Zauberwelt versetzte, wo er sich so gerührt und
besänftigt fühlte, wie er das nur von wenigen Tagen seiner frühen Kindheit in Erinnerung hatte.

»Sind Sie schon lange hier?« sagte sie und reichte ihm die Hand. »Haben Sie Dank«, fügte sie hinzu,
als er das Tuch aufhob, das ihr aus dem Muff gefallen
war.

»Ich? ich bin vor kurzem, bin gestern ... das heißt,
heute ... angekommen«, antwortete Lewin, da er vor
Aufregung ihre Frage nicht gleich verstanden hatte.
»Ich wollte zu Ihnen kommen«, sagte er, und da ihm
einfiel, mit welcher Absicht er sie gesucht hatte, wurde
er sofort verlegen und errötete. »Ich wusste nicht, dass
Sie Schlittschuh laufen, und wunderbar laufen.«

Sie betrachtete ihn aufmerksam, als suchte sie den
Grund für seine Verlegenheit zu verstehen.

»Ihr Lob ist viel wert. Hier hält sich die Überlieferung, Sie seien der beste Schlittschuhläufer«, sagte sie
und wischte mit dem kleinen Händchen im schwarzen
Handschuh Reifnadeln vom Muff.

»Ja, früher einmal war ich ein leidenschaftlicher
Läufer, ich wollte es zur Vollkommenheit bringen.«

»Sie scheinen alles mit Leidenschaft zu machen«,
sagte sie lächelnd. »Ich möchte so gerne sehen, wie Sie

laufen. Ziehen Sie doch Schlittschuhe an, und lassen Sie uns zusammen laufen.«

›Zusammen laufen! Sollte das möglich sein?‹ dachte Lewin, den Blick auf sie geheftet.

»Gleich ziehe ich welche an«, sagte er.

Und er ging zum Häuschen.

»Lange waren Sie nicht bei uns, gnädiger Herr«, sagte der Eisbahngehilfe, während er das Bein festhielt und den Absatz anschraubte. »Nach Ihnen ist von den Herren keiner mehr meisterhaft gelaufen. Gut so?« Und er zog den Riemen fest.

»Ja, gut, sehr gut, bitte, machen Sie schnell«, antwortete Lewin und hielt mit Mühe das Lächeln des Glücks zurück, das sich unwillkürlich auf seinem Gesicht breitmachte. ›Ja‹, dachte er, ›das ist Leben, das ist Glück! Zusammen, hat sie gesagt, lassen Sie uns zusammen laufen. Sag ich es ihr jetzt? Aber ich fürchte ja deshalb, es ihr zu sagen, weil ich jetzt glücklich bin, glücklich zumindest aus Hoffnung! Und danach? Aber ich muss doch! ich muss, ich muss! Fort mit der Schwäche!‹

Lewin stellte sich auf die Füße, legte den Mantel ab, nahm auf dem beim Häuschen holprigen Eis einen Anlauf, lief hinaus auf die glatte Fläche und glitt mühelos dahin, als ob er einzig durch seinen Willen den Lauf beschleunigte, verhielte oder ausrichtete. Er näherte sich ihr zaghaft, aber wieder beruhigte ihn ihr Lächeln.

Sie reichte ihm den Arm, und sie liefen nebeneinander, kamen in Schwung, und je schneller sie wurden, desto fester drückte sie seinen Arm.

»Mit Ihnen würde ich es rascher lernen, irgendwie bin ich sicher bei Ihnen«, sagte sie zu ihm.

»Und ich bin mir meiner selbst sicher, wenn Sie sich auf mich stützen«, sagte er, erschrak aber sofort, was er da gesagt hatte, und errötete. Und tatsächlich, kaum hatte er es ausgesprochen – als verschwände die Sonne hinter Wolken, verlor ihr Gesicht plötzlich alle Herzlichkeit, und Lewin sah das Mienenspiel, das er kannte an ihr, das angestrengtes Nachdenken bedeutete: auf ihrer glatten Stirn schwoll eine Falte.

»Ist Ihnen auch nichts unangenehm? Im übrigen habe ich kein Recht zu fragen«, stieß er rasch hervor.

»Wieso denn? Nein, mir ist nichts unangenehm«, erwiderte sie kühl und setzte gleich hinzu: »Haben Sie *mademoiselle Linon* schon gesehen?«

»Nein, noch nicht.«

»Gehen Sie zu ihr, sie mag Sie so gerne.«

›Was ist nur? Ich habe sie betrübt. Herrgott, hilf mir!‹ Lewin lief zu der alten Französin mit den grauen Ringellöckchen, die auf einer Bank saß. Lächelnd und ihre falschen Zähne entblößend, begrüßte sie ihn wie einen alten Freund.

»Ja, wir wachsen heran«, sagte sie, mit den Augen auf Kitty weisend, »und werden älter. *Tiny bear* ist schon groß geworden!« fuhr die Französin lachend fort und erinnerte ihn an seinen Scherz über die drei jungen Damen, die er als die drei Bären aus dem englischen Märchen bezeichnet hatte. »Erinnern Sie sich, das hatten Sie manchmal gesagt?«

Er erinnerte sich überhaupt nicht, sie aber lachte gewiss schon zehn Jahre über den Scherz und mochte ihn.

»Nun, gehn Sie, laufen Sie weiter. Gut läuft unsere Kitty inzwischen, nicht wahr?«

Als Lewin wieder zu Kitty kam, war ihre Miene nicht mehr streng, ihre Augen blickten erneut aufrichtig und herzlich, aber Lewin kam es vor, als habe ihre Herzlichkeit nun eine besondere, vorsätzlich ruhige Tonart. Das machte ihn traurig. Sie sprach über ihre alte Gouvernante, über ihre Schrulligkeiten, dann fragte sie ihn nach seinem Leben.

»Ist es Ihnen denn nicht langweilig im Winter auf dem Land?« sagte sie.

»Nein, langweilig ist es nicht, ich habe viel zu tun.«
Er merkte, dass sie ihn hineinzwang in ihre ruhige Tonart, der er sich nicht würde entziehen können, wie es
schon zu Beginn des Winters gewesen war.

»Sind Sie für lange hergekommen?« fragte Kitty.

»Ich weiß nicht«, antwortete er, ohne zu überlegen,
was er sagte. Ihm kam der Gedanke, dass er wieder ohne
Entscheidung abreisen würde, wenn er auf ihre Tonart
ruhiger Freundschaft einginge, und er beschloss, sich
dagegen aufzulehnen.

»Wie – Sie wissen es nicht?«

»Nein. Das hängt von Ihnen ab«, sagte er und war
sofort über seine Worte entsetzt.

Ob sie nun seine Worte nicht gehört hatte oder nicht
hören wollte, sie schien jedenfalls zu stolpern, stampfte
zweimal mit dem Füßchen und lief eilends von ihm
weg. Sie fuhr zu *m-lle Linon*, sagte etwas zu ihr und
begab sich zu dem Häuschen, wo die Damen die Schlittschuhe ablegten.

›Mein Gott, was habe ich getan! Du lieber Gott! hilf
mir, unterweise mich!‹ betete Lewin, und da er zugleich
ein Bedürfnis nach heftiger Bewegung empfand, nahm
er einen Anlauf und beschrieb Außen- und Innenkreise.

In diesem Augenblick trat einer der jungen Leute,
der beste der neuen Schlittschuhläufer, eine Papirossa
im Mund und bereits in Schlittschuhen, aus dem Kaf-
feehaus, nahm einen Anlauf und fuhr auf Schlittschuhen die Treppe hinab, krachend und springend. Er sauste hinab, veränderte nicht einmal die freie Haltung der
Arme und glitt übers Eis.

»Oh, ein neues Kunststück!« sagte Lewin und rannte
sogleich hinauf, um das neue Kunststück auszuprobie-
ren.

»Stürzen Sie nicht, das verlangt Übung«, rief ihm
Nikolai Schtscherbazki zu.

Oben an den Stufen nahm Lewin, so gut es ging,

einen Anlauf und jagte hinab, dabei hielt er während der ungewohnten Bewegung mit den Armen das Gleichgewicht. Auf der letzten Stufe blieb er hängen, berührte aber nur leicht mit der Hand das Eis, fing sich wieder mit einem kräftigen Ruck und fuhr lachend weiter.

›Wie famos er ist, wie nett‹, dachte in diesem Augenblick Kitty, die mit *m-lle Linon* aus dem Häuschen trat und mit stillem, liebevollem Lächeln zu ihm hinsah wie zu einem geliebten Bruder. ›Habe ich mir denn etwas zuschulden kommen lassen, habe ich denn etwas Übles getan? Die Leute sagen – Koketterie. Ich weiß, dass ich nicht ihn liebe, dennoch ist mir froh zumute mit ihm, er ist so famos. Bloß, warum hat er das gesagt?‹ dachte sie.

Als Lewin sah, wie Kitty und ihre Mutter, die sie am Treppchen abgeholt hatte, sich entfernten, blieb er stehen, glühend rot vom raschen Lauf, und dachte nach. Er legte die Schlittschuhe ab und holte Mutter und Tochter am Parkausgang ein.

»Freue mich sehr, Sie zu sehen«, sagte die Fürstin. »Wir empfangen wie immer donnerstags.«

»Also heute?«

»Werden uns sehr freuen, Sie zu sehen«, sagte die Fürstin reserviert.

Diese Reserviertheit betrübte Kitty, sie konnte den Wunsch nicht unterdrücken, die Kühle der Mutter abzumildern. Sie wandte den Kopf und sagte mit einem Lächeln:

»Auf Wiedersehen.«

In diesem Augenblick betrat Stepan Arkadjitsch den Park, in fröhlicher Siegerhaltung, den Hut schief auf dem Kopf, Gesicht und Augen blitzten. Als er aber zur Schwiegermutter trat, antwortete er mit kummervollem, schuldbewusstem Gesicht auf ihre Fragen nach Dollys Gesundheit. Nach dem leisen und bedrückten

Gespräch mit der Schwiegermutter reckte er die Brust und hakte Lewin unter.

»Was ist, fahren wir?« fragte er. »Ich habe die ganze Zeit über dich nachgedacht, und ich freue mich sehr, wirklich sehr, dass du hergekommen bist«, sagte er und schaute ihm bedeutsam in die Augen.

»Fahren wir, fahren wir«, antwortete der glückliche Lewin, der noch immer den Klang der Stimme hörte, wie sie »Auf Wiedersehen« sagte, und das Lächeln sah, mit dem es gesagt worden war.

»Ins Anglija oder ins Eremitage?«

»Mir ist das gleich.«

»Dann ins Anglija.« Stepan Arkadjitsch wählte darum das Anglija, weil er dort, im Anglija, mehr Schulden hatte als im Eremitage. Er hielt es darum für ungehörig, dieses Hotel zu meiden. »Hast du eine Droschke? Wunderbar, ich habe meine Kutsche nämlich ziehen lassen.«

Den ganzen Weg über schwiegen die Freunde. Lewin überlegte, was die Veränderung in Kittys Gesichtsausdruck zu bedeuten habe, und bald versicherte er sich, es gebe Hoffnung, bald geriet er in Verzweiflung und sah klar, dass seine Hoffnung Aberwitz war, dabei fühlte er sich als ganz anderer Mensch, nicht mehr dem gleich, der er vor ihrem Lächeln und ihrem Auf Wiedersehen gewesen war.

Stepan Arkadjitsch komponierte unterwegs das Menü.

»Du magst doch Turbot?« sagte er zu Lewin, als sie vorfuhren.

»Wie?« fragte Lewin. »Turbot? Ja, Turbot mag ich schrecklich gern.«

X

Als Lewin mit Oblonski das Hotel betrat, fiel ihm nun doch dieser besondere Ausdruck auf Stepan Arkadjitschs Gesicht und in seiner ganzen Gestalt auf – gleichsam ein verhaltenes Strahlen. Oblonski legte den Mantel ab, und den Hut auf dem Ohr, ging er weiter in den Speisesaal, dabei erteilte er den befrackten Tataren mit Serviette, die ihn umdrängten, bereits Orders. Nach rechts und links sich verbeugend, denn wie überall fanden sich auch hier ihn freudig begrüßende Bekannte, trat er ans Büfett, aß zum Wodka ein Fischchen und sagte etwas zu der geschminkten, mit Schleifchen, Spitzen und Kräusellöckchen ausstaffierten Französin, die am Comptoir saß, so dass sogar diese Französin herzhaft lachte. Lewin dagegen trank nur deshalb keinen Wodka, weil ihn der Anblick dieser Französin beleidigte, die gänzlich aus fremdem Haar, *poudre de riz* und *vinaigre de toilette** zu bestehen schien. Wie von einem schmutzigen Ort entfernte er sich eilends von ihr. Seine Seele war übervoll von der Erinnerung an Kitty, und in seinen Augen leuchtete das Lächeln des Triumphs und des Glücks.

»Hier herein, Euer Erlaucht, wenn ich bitten darf, hier werden Sie nicht behelligt, Euer Erlaucht«, sagte ein besonders aufdringlicher, fahlweißer alter Tatar, über dessen breitem Becken die Frackschöße aufsprangen. »Wenn ich bitten darf, den Hut, Euer Erlaucht«, sagte er zu Lewin, denn aus Achtung vor Stepan Arkadjitsch kümmerte er sich auch um seinen Gast.

Im Nu hatte er auf einem schon tischtuchbedeckten runden Tisch unter einem Bronzeleuchter ein frisches Tischtuch ausgebreitet, die Samtstühle hergerückt und blieb, Serviette und Karte in der Hand, vor

* Gesichtspuder und Toilettenessig *(frz.)*

Stepan Arkadjitsch stehen, in Erwartung seiner Orders.

»Wenn Sie wünschen, Euer Erlaucht, gleich wird ein
Séparée frei: Fürst Golizyn mit Dame. Es sind frische
Austern eingetroffen.«

»Oh! Austern.«

Stepan Arkadjitsch überlegte.

»Sollen wir nicht den Plan ändern, Lewin?« Sein
Finger verharrte auf der Karte. Und sein Gesicht drückte ernstliche Unentschlossenheit aus. »Sind sie auch
gut, die Austern? Sieh mir zu!«

»Flensburgische, Euer Erlaucht, ostendische gibt es
nicht.«

»Flensburgische, meinetwegen, aber sind sie auch
frisch?«

»Gestern eingetroffen, mit Verlaub.«

»Tja, sollen wir nicht mit Austern beginnen und danach den ganzen Plan ändern? Hm?«

»Mir ist das gleich. Mir schmeckt am besten Kohlsuppe und Grütze, aber hier gibt es das ja nicht.«

»Grütze à la russe, wünschen Sie das?« sagte der Tatar und beugte sich über Lewin wie die Amme über das
Kind.

»Nein, im Ernst: was du wählst, ist mir recht. Ich bin
Schlittschuh gelaufen und habe Hunger. Und glaube
nicht«, fügte er hinzu, da er eine Spur Unzufriedenheit auf Oblonskis Gesicht bemerkte, »ich würde deine
Wahl nicht schätzen. Ich werde mit Genuss gut essen.«

»Wie auch nicht! Sag, was du willst, das ist nun
mal einer der Genüsse des Lebens«, meinte Stepan Arkadjitsch. »Also bring uns, mein Freund, Austern, zwei
oder, das ist zu wenig, drei Dutzend, eine Gemüsesuppe ...«

»Printanière«, bestätigte der Tatar. Aber Stepan Arkadjitsch wollte ihm offenbar nicht das Vergnügen bereiten, die Speisen auf Französisch zu nennen.

»Gemüsesuppe, ja? Dann Turbot unter dicker Soße, dann … Roastbeef, aber sieh zu, dass es gut ist. Kapaun vielleicht noch, ja, und eingemachte Früchte.«

Dem Tataren fiel Stepan Arkadjitschs Manier wieder ein, die Speisen nicht nach der französischen Karte zu bezeichnen, doch er sprach ihm nicht nach, sondern bereitete sich das Vergnügen, die ganze Bestellung nach der Karte zu wiederholen: »Soupe printanière, turbot sauce Beaumarchais, poularde à l'estragon, macédoine de fruits …« – und im Nu hatte er, wie von der Feder geschnellt, die eine gebundene Karte weggelegt und die andere geschnappt, die Weinkarte, und reichte sie Stepan Arkadjitsch.

»Was werden wir denn trinken?«

»Ich – was du willst, bloß wenig, Champagner«, sagte Lewin.

»Wie? zu Beginn? Eigentlich, warum nicht. Magst du den mit weißem Siegel?«

»Cachet blanc«, bestätigte der Tatar.

»Also, bring uns diese Marke zu den Austern, dann sehen wir weiter.«

»Zu Befehl. Welchen Tischwein wünschen Sie?«

»Bring uns einen Nuits. Nein, besser einen klassischen Chablis.«

»Zu Befehl. Wünschen Sie I h r e n Käse?«

»Aber ja, Parmesan. Oder magst du einen anderen?«

»Nein, mir ist das gleich.« Lewin konnte ein Lächeln nicht unterdrücken.

Und der Tatar sprang davon, dass die Frackschöße wehten über dem breiten Becken, und nach fünf Minuten kam er angesaust mit einer Platte geöffneter Austern in Perlmuttschalen und mit einer Flasche zwischen den Fingern.

Stepan Arkadjitsch knüllte die gestärkte Serviette, steckte sie sich in die Weste, stützte bequem die Arme auf und machte sich an die Austern.

»Gar nicht übel«, sagte er, während er die schwappigen Austern mit dem Silbergäbelchen aus den Perlmuttschalen löste und eine nach der anderen verschlang. »Nicht übel«, wiederholte er und richtete den feuchten und glänzenden Blick bald auf Lewin, bald auf den Tataren.

Lewin aß auch Austern, obwohl ihm Weißbrot mit Käse mehr zusagte. Aber er hatte seine Freude an Oblonski. Sogar der Tatar blickte, als er den Pfropfen herausgedreht und den Schaumwein in die ausladenden dünnen Sektschalen gegossen hatte, mit sichtlich vergnügtem Lächeln auf Stepan Arkadjitsch, während er seine weiße Halsbinde zurechtrückte.

»Du magst Austern nicht besonders?« fragte Stepan Arkadjitsch und leerte seinen Pokal. »Oder bist du bekümmert? Hm?«

Er hätte Lewin gern fröhlich gesehen. Aber Lewin war gar nicht unfröhlich, er war befangen. Angesichts dessen, was in seiner Seele vorging, fühlte er sich unwohl und fehl am Platz in einem Gasthaus, zwischen Séparées, wo mit Damen diniert wurde, inmitten von Gerenne und Gehetze; diese Umgebung, Bronze, Spiegel, Gaslampen, Tataren – alles beleidigte ihn. Er fürchtete, das zu beflecken, wovon seine Seele übervoll war.

»Ich? Ja, ich bin bekümmert. Doch außerdem macht mich all das befangen«, sagte er. »Du kannst dir nicht vorstellen, wie für mich, einen Menschen vom Land, das alles befremdlich ist, genauso wie die Fingernägel des Herrn, den ich bei dir gesehen habe ...«

»Ja, ich habe gesehen, dass die Fingernägel des armen Grinewitsch dich sehr interessierten«, meinte Stepan Arkadjitsch lachend.

»Ich ertrage das nicht«, sagte Lewin. »Versuch dich einmal in mich zu versetzen, nimm den Blickwinkel eines Menschen vom Land ein. Auf dem Land suchen

wir unsere Hände in einen Zustand zu bringen, dass wir
gut damit arbeiten können, dazu schneiden wir die Nägel kurz und krempeln manchmal die Ärmel hoch. Hier
dagegen lassen die Leute die Nägel absichtlich wachsen,
so lange sie sich halten, und knöpfen sich Untertassen
an die Manschetten, damit sie ja nichts mehr mit den
Händen tun können.«

Stepan Arkadjitsch lächelte fröhlich.

»Ja, es ist ein Zeichen, dass er keine grobe Arbeit ver-
richten muss. Er arbeitet mit dem Kopf ...«

»Mag sein. Trotzdem ist das für mich befremdlich,
wie es jetzt auch für mich befremdlich ist, dass wir
Menschen vom Land versuchen, möglichst rasch satt zu
werden, um wieder ans Werk gehen zu können, während wir beide jetzt versuchen, möglichst lang nicht satt
zu werden, und dazu essen wir Austern ...«

»Versteht sich«, bestätigte Stepan Arkadjitsch. »Aber
dies ist doch das Ziel der Bildung: alles zum Genuss
werden zu lassen.«

»Na, wenn dies das Ziel ist, bleibe ich lieber unzivilisiert.«

»Bist du sowieso. Ihr Lewins seid alle unzivilisiert.«

Lewin seufzte. Er dachte an seinen Bruder Nikolai,
ihm schlug schmerzlich das Gewissen, und seine Miene
verfinsterte sich; Oblonski begann jedoch von einem
Gegenstand zu sprechen, der ihn sofort ablenkte.

»Was ist, kommst du heute abend zur Verwandtschaft, das heißt, zu Schtscherbazkis?« Während er
fragte, schob er die karstigen leeren Austernschalen weg
und zog den Käse her, und seine Augen funkelten bedeutungsvoll.

»Ja, ich komme unbedingt«, erwiderte Lewin. »Obwohl ich den Eindruck hatte, dass die Fürstin mich ungern einlud.«

»Ach woher! Unsinn! Das ist so ihre Manier ...
Heda, Freund! Bring uns doch die Suppe! Das ist so ihre

Manier, *grande dame*«, sagte Stepan Arkadjitsch. »Ich komme auch, muss aber erst zur Chorprobe bei Gräfin Banina. Und du wärst nicht unzivilisiert? Wie erklärt es sich denn, dass du plötzlich aus Moskau verschwunden bist? Schtscherbazkis haben mich andauernd nach dir gefragt, als müsste ich etwas wissen. Ich weiß nur eins: du tust immer das, was niemand tut.«

»Ja«, sagte Lewin langsam und erregt, »du hast recht, ich bin unzivilisiert. Bloß besteht meine Unzivilisiertheit nicht darin, dass ich abgereist, sondern dass ich jetzt hergekommen bin. Jetzt bin ich hergekommen ...«

»Was bist du doch für ein Glückspilz!« bekräftigte Stepan Arkadjitsch und sah Lewin in die Augen.

»Weshalb?«

»Die feurigen Pferde erkenne ich an ihren Brandzeichen, die verliebten Jünglinge erkenne ich an ihrem Augenleuchten«, deklamierte Stepan Arkadjitsch. »Du hast alles noch vor dir.«

»Hast du denn alles schon hinter dir?«

»Nein, hinter mir zwar nicht, aber du hast eine Zukunft, ich habe eine Gegenwart, und die Gegenwart ist, na ja, ein Mick und Mack.«

»Wieso?«

»Ach, nicht gut. Aber ich will nicht von mir reden, zumal sich gar nicht alles erklären lässt«, sagte Stepan Arkadjitsch. »Also, wozu bist du nach Moskau gekommen? ... Heda, räum ab«, rief er dem Tataren zu.

»Errätst du es?« erwiderte Lewin, ohne seine tief im Innern leuchtenden Augen von Stepan Arkadjitsch abzuwenden.

»Ich errate es, kann aber nicht von mir aus davon anfangen. Schon daran magst du sehen, ob ich es richtig erraten habe.« Stepan Arkadjitsch sah Lewin mit feinem Lächeln an.

»Und was sagst du mir dazu?« fragte Lewin mit zitternder Stimme; er spürte in seinem Gesicht alle Muskeln zittern.»Was hältst du davon?«

Stepan Arkadjitsch trank langsam sein Glas Chablis aus, ohne die Augen von Lewin zu wenden.

»Ich?« sagte Stepan Arkadjitsch.»Ich wünschte nichts so sehr wie das, gar nichts. Es wäre das Beste, was kommen könnte.«

»Aber du irrst dich nicht? Du weißt, wovon wir reden?« Lewins Blick krallte sich an seinem Gesprächspartner fest.»Du denkst, es wäre möglich?«

»Ich denke, es wäre möglich. Weshalb sollte es nicht möglich sein?«

»Also, du denkst wirklich, es wäre möglich? Also, sag alles, was du denkst! Ja, und wenn ... wenn mich eine Abfuhr erwartet? Ich bin mir sogar sicher ...«

»Weshalb denkst du das?« Stepan Arkadjitsch lächelte über Lewins Erregung.

»So kommt es mir manchmal vor. Das wäre nämlich schrecklich, für mich wie für sie.«

»Nun, für ein junges Mädchen ist daran nichts schrecklich. Auf einen Heiratsantrag ist jedes Mädchen stolz.«

»Ja, jedes Mädchen, aber nicht sie.«

Stepan Arkadjitsch musste lächeln. Nur zu gut kannte er dieses Gefühl Lewins, wusste, dass sich für ihn alle Mädchen dieser Welt in zwei Kategorien unterteilten: die einen, das waren alle Mädchen dieser Welt außer ihr, und die hatten alle menschlichen Schwächen und waren sehr gewöhnliche Mädchen; die anderen, das war sie allein, sie hatte keine Schwächen und stand hoch über der gesamten Menschheit.

»Warte, nimm Soße«, sagte er und hielt Lewins Hand fest, da dieser die Soße wegschieben wollte.

Lewin nahm sich gehorsam Soße, ließ Stepan Arkadjitsch aber nicht zum Essen kommen.

»Also, warte mal, warte«, sagte er.»Begreif doch, für

mich ist das eine Frage von Leben und Tod. Ich habe nie mit jemand darüber gesprochen. Und kann auch mit niemand darüber sprechen außer mit dir. Wir beide sind uns ja in allem fremd – andere Geschmäcke, andere Ansichten, in allem. Aber ich weiß, dass du mich gern hast und verstehst, und daher habe ich dich schrecklich gern. Aber sei, um Gottes willen, ganz offen.«

»Ich sage dir, was ich denke.« Stepan Arkadjitsch lächelte. »Aber ich sage dir noch mehr. Meine Frau ist ein höchst erstaunlicher Mensch ...« Stepan Arkadjitsch seufzte, da ihm das Verhältnis zu seiner Frau einfiel, er schwieg ein Weilchen und fuhr dann fort: »Sie hat hellseherische Fähigkeiten. Sie sieht die Menschen durch und durch, aber nicht nur das, sie weiß auch, was kommt, besonders, was Ehen angeht. Sie hat zum Beispiel vorhergesagt, Schachowskaja würde Brenteln heiraten. Niemand wollte es glauben, aber so kam es. Und sie ist auf deiner Seite.«

»Das heißt – wie?«

»Das heißt, dass sie nicht nur dich gern hat, sie sagt auch, Kitty werde ganz bestimmt deine Frau.«

Bei diesen Worten erstrahlte Lewins Gesicht plötzlich in einem Lächeln, einem der Art, das den Tränen der Rührung nahe ist.

»Das sagt sie!« rief Lewin. »Ich habe immer gesagt, dass sie eine Pracht ist, deine Frau! Doch nun genug, genug davon geredet«, sagte er und sprang auf.

»Gut, aber setz dich, da ist auch die Suppe.«

Aber Lewin konnte nicht sitzen. Er durchmaß zweimal mit seinen festen Schritten den Raum von Käfiggröße, zwinkerte, damit seine Tränen nicht sichtbar wären, und setzte sich erst dann wieder an den Tisch.

»Begreif doch«, sagte er, »das ist keine Liebe. Ich war verliebt, aber das ist es nicht. Das ist kein Gefühl von mir, sondern eine Kraft von außen hat sich meiner bemächtigt. Ich bin damals abgereist, weil ich mir sagte, es könne nicht sein, verstehst du, wie ein Glück, das es nicht gibt auf Erden. Aber ich habe gerungen mit mir und erkannt, dass es ohne das kein Leben ist. Und sich entscheiden muss ...«

»Wieso bist du bloß abgereist?«

»Ach, warte! Ach, wie viele Gedanken! Wieviel ich fragen muss! Hör zu. Du kannst dir nicht vorstellen, was du für mich getan hast mit deiner Äußerung. Ich bin so glücklich, dass ich sogar grundschlecht werde, ich vergesse alles ... Heute habe ich erfahren, dass mein Bruder Nikolai ... weißt du, er ist hier ... auch ihn habe ich vergessen. Mir ist, als wäre auch er glücklich. Eine Art Wahnsinn ist das. Doch eines ist schrecklich ... Du hast geheiratet, du kennst dieses Gefühl ... Schrecklich ist, dass wir alt sind, eine Vergangenheit haben ... nicht der Liebe, sondern der Sünden ... und da nähern wir uns einem reinen, unschuldigen Wesen, und das ist widerwärtig, daher muss man sich einfach unwürdig vorkommen.«

»Na, du hast doch kaum Sünden.«

»Ach, trotzdem«, sagte Lewin, »trotzdem, ›und voller Abscheu lese ich mein Leben, erschaure und verwünsche es, bedaure bitterlich ...‹ Ja.«

»Was tun, so ist nun mal die Welt«, sagte Stepan Arkadjitsch.

»Wie in dem Gebet, das ich schon immer gern mochte, ist der einzige Trost: Vergib mir nicht nach meinen Verdiensten, sondern aus Barmherzigkeit. Nur so wird auch sie vergeben können.«

XI

Lewin leerte seinen Pokal, und sie schwiegen.

»Eines muss ich dir noch sagen. Kennst du Wronski?« fragte Stepan Arkadjitsch Lewin.

»Nein. Weshalb fragst du?«

»Bring noch eine«, wandte sich Stepan Arkadjitsch an den Tataren, der nachschenkte und immer dann um sie herumscharwenzelte, wenn man ihn nicht brauchen konnte.

»Weshalb sollte ich Wronski kennen?«

»Deshalb solltest du Wronski kennen, weil er einer deiner Konkurrenten ist.«

»Wer ist dieser Wronski?« Lewins Gesichtsausdruck schlug von der kindlichen Begeisterung, an der Oblonski gerade seine Freude gehabt hatte, plötzlich ins Böse und Unangenehme um.

»Wronski ist einer der Söhne des Grafen Kirill Iwanowitsch Wronski und eines der Musterbeispiele der Petersburger Jeunesse dorée. Ich habe ihn in Twer kennengelernt, als ich dort in Dienst stand und er zur Rekrutenaushebung anreiste. Fürchterlich reich, schön, mit dicken Beziehungen, Flügeladjutant und zugleich ein sehr netter, guter Kerl. Doch mehr als nur ein guter Kerl. Wie ich ihn hier kennengelernt habe, ist er auch gebildet und sehr klug, ein Mann, der es weit bringen wird.«

Lewin runzelte die Stirn und schwieg.

»Tja, er tauchte hier bald nach dir auf, und wie ich verstehe, ist er bis über die Ohren in Kitty verliebt, und du verstehst, dass die Mutter …«

»Entschuldige, aber ich verstehe überhaupt nichts«, erwiderte Lewin mit finsterer Miene. Sogleich fiel ihm auch Bruder Nikolai wieder ein und wie grundschlecht er doch war, dass er ihn vergessen konnte.

»Warte, warte!« Stepan Arkadjitsch berührte lächelnd seine Hand. »Ich habe dir gesagt, was ich weiß, und sage noch einmal, dass in dieser delikaten Herzensangelegenheit, soweit sich das erkennen lässt, die Chancen, wie mir scheint, auf deiner Seite sind.«

Lewin lehnte sich im Stuhl zurück, sein Gesicht war bleich.

»Aber ich würde dir raten, die Angelegenheit möglichst schnell zur Entscheidung zu bringen«, fuhr Oblonski fort und schenkte ihm nach.

»Nein, hab Dank, ich kann nichts mehr trinken.« Lewin schob den Pokal weg. »Ich bin sonst betrunken ... Na, und wie geht es dir?« fuhr er fort, in der offenkundigen Absicht, das Thema zu wechseln.

»Ein Wort noch: auf jeden Fall rate ich, die Entscheidung schnellstens herbeizuführen. Heute etwas zu sagen rate ich nicht«, meinte Stepan Arkadjitsch. »Fahr morgen vormittag hin, ganz klassisch, um den Heiratsantrag zu machen, und Gott segne dich ...«

»Du wolltest doch immer mal zur Jagd zu mir kommen? Komm im Frühjahr zum Schnepfenstrich«, sagte Lewin.

Jetzt bereute er von ganzem Herzen, dass er dieses Gespräch mit Stepan Arkadjitsch begonnen hatte. Sein besonderes Gefühl war durch das Gespräch über die Konkurrenz irgendeines Petersburger Offiziers, durch Stepan Arkadjitschs Mutmaßungen und Ratschläge entweiht.

Stepan Arkadjitsch lächelte. Er verstand, was in Lewin vorging.

»Irgendwann komme ich«, sagte er. »Ja, Freund, die Frauen sind die Schraube, durch die sich alles dreht. Auch bei mir steht es schlecht, sehr schlecht. Und alles wegen der Frauen. Sag du mir einmal offen«, fügte er hinzu, holte eine Zigarre hervor und hielt sich dann mit der einen Hand am Glas fest, »gib du mir einen Rat.«

»Aber wofür?«

»Für Folgendes. Angenommen, du bist verheiratet, du liebst deine Frau, aber du hast dich von einer anderen Frau berücken lassen ...«

»Entschuldige, aber das verstehe ich absolut nicht, wie wenn ... es ist mir so unverständlich, wie wenn ich jetzt, rundum satt, an einer Bäckerei vorbeikäme und einen Kalatsch stehlen würde.«

Stepan Arkadjitschs Augen funkelten mehr als sonst.

»Wieso? Ein Kalatsch duftet manchmal derart, dass du dich nicht beherrschen kannst.

Himmlisch ist's, wenn ich bezwungen
Meine irdische Begier;
Aber doch wenn's nicht gelungen,
Hatt' ich auch recht hübsch Plaisier.«

Dabei lächelte Stepan Arkadjitsch delikat. Lewin musste ebenfalls lächeln.

»Ja, aber Spaß beiseite«, fuhr Oblonski fort. »Begreif doch, dass diese Frau, ein nettes, sanftes, liebendes Geschöpf, arm ist und alleinstehend und alles geopfert hat. Jetzt, da es nun einmal geschehen ist, begreif doch, sollte man sie da verlassen? Angenommen, eine Trennung, damit das Familienleben nicht zerstört wird; aber sollte man da nicht sie bedauern, ihr etwas verschaffen, die Umstände mildern?«

»Also, du musst entschuldigen. Weißt du, für mich teilen sich die Frauen in zwei Kategorien ... das heißt, nein ... genauer gesagt: es gibt Frauen, und es gibt ... Reizende Geschöpfe, die gefallen sind, habe ich nie zu Gesicht bekommen und werde es auch nicht, und solche wie die angemalte Französin am Comptoir, mit den Ringellöckchen, das ist für mich Geschmeiß, und alle gefallenen Frauen genauso.«

»Und die im Evangelium?«

»Ach, hör doch auf! Christus hätte niemals diese

Worte gesagt, wenn er gewusst hätte, wie sie miss-
braucht werden. Aus dem ganzen Evangelium erinnert
man sich nur an diese Worte. Im übrigen sage ich nicht,
was ich denke, sondern was ich fühle. Es ekelt mich
vor gefallenen Frauen. Du hast Angst vor Spinnen, ich
vor diesem Geschmeiß. Du hast die Spinnen bestimmt
nicht studiert und kennst ihre Sitten nicht – so auch
ich.«

»Du hast gut reden – genauso wie dieser Herr bei
Dickens, der alle schwierigeren Probleme mit der linken Hand über die rechte Schulter wirft. Doch eine Tatsache nicht anzuerkennen ist keine Antwort. Was tun,
sag mir doch, was tun? Deine Frau altert, und du bist
voller Leben. Eh du dich's versiehst, fühlst du schon,
dass du deine Frau nicht mehr mit Liebe lieben kannst,
so sehr du sie auch achtest. Und da läuft dir auf einmal eine Liebe über den Weg, und du bist verloren, verloren!« stieß Stepan Arkadjitsch verzagt und verzweifelt hervor.

Lewin feixte.

»Ja, verloren«, fuhr Oblonski fort. »Aber was soll ich
nur tun?«

»Keine Kalatsche stehlen.«

Stepan Arkadjitsch musste lachen.

»O Moralist! Aber begreif doch, da sind zwei Frau-
en: die eine beharrt nur auf ihren Rechten, und diese
Rechte sind deine Liebe, die du ihr nicht geben kannst;
die andere opfert dir alles und verlangt nichts. Was tust
du? Wie verhältst du dich? Ein schlimmes Drama.«

»Wenn du von mir ein Bekenntnis dazu haben möchtest, sage ich dir, dass ich nicht glaube, es gäbe da ein
Drama. Aus folgendem Grund. Ich meine, die Liebe ...
beide Arten von Liebe, wie Plato, du erinnerst dich, sie
in seinem ›Gastmahl‹ definiert, beide sind ein Prüf-
stein für die Menschen. Die einen begreifen nur die
eine Liebe, die anderen die andere. Und diejenigen, die

nur die nichtplatonische Liebe begreifen, sprechen zu Unrecht von einem Drama. Bei solch einer Liebe kann es kein Drama geben. ›Danke Ihnen ergebenst für das Vergnügen, habe die Ehre‹ – das ist das ganze Drama. Und für die platonische Liebe kann es kein Drama geben, weil in einer solchen Liebe alles klar ist und rein, weil...«

In dem Moment fielen Lewin seine Sünden ein und der innere Kampf, den er durchgemacht hatte. Und er fügte unvermittelt hinzu:

»Im übrigen hast du ja womöglich recht. Sehr wohl möglich... Aber ich weiß es nicht, weiß es absolut nicht.«

»Siehst du«, sagte Stepan Arkadjitsch, »du bist ein sehr einheitlicher Mensch. Das ist dein Vorzug und deine Schwäche. Du bist selbst ein einheitlicher Charakter und möchtest, dass das ganze Leben aus einheitlichen Erscheinungen besteht, doch das gibt es nicht. Du verachtest eine Tätigkeit zu Diensten der Gesellschaft, weil du gerne hättest, dass jedes Tun beständig einem Ziel entspricht, doch das gibt es nicht. Du möchtest außerdem, dass die Tätigkeit des einzelnen Menschen stets ein Ziel hat, dass Liebe und Familienleben stets in eins fallen. Aber das gibt es nicht. Die ganze Vielfalt, der ganze Reiz, die ganze Schönheit des Lebens besteht aus Schatten und Licht.«

Lewin seufzte und erwiderte nichts. Er hatte über das Seine nachgedacht und Oblonski nicht zugehört.

Und mit einemmal spürten beide, dass sie zwar Freunde waren, zwar zusammen diniert und Wein getrunken hatten, der sie noch mehr hätte näherbringen müssen, dass aber jeder nur über das Seine nachdachte und der eine den anderen gleichgültig ließ. Oblonski hatte schon oft nach einem Mahl diese äußerste Entfremdung anstelle von Annäherung empfunden und wusste, was in solchen Fällen zu tun war.

»Die Rechnung!« rief er und ging in den Speisesaal nebenan, wo er sogleich einem Bekannten begegnete, einem Adjutanten, und ein Gespräch anfing über eine Schauspielerin und den Mann, der sie aushielt. Und sogleich empfand Oblonski im Gespräch mit dem Adjutanten Erleichterung und Erholung vom Gespräch mit Lewin, der ihm stets zu große geistige und seelische Anspannung abverlangte.

Als der Tatar mit der Rechnung über sechsundzwanzig Rubel plus Kopeken plus zusätzlichem Trinkgeld erschien, schenkte Lewin, den als Menschen vom Land zu anderer Zeit sein Anteil von vierzehn Rubel entsetzt hätte, dem keinerlei Beachtung, er zahlte und begab sich nach Hause, um sich umzuziehen und zu den Schtscherbazkis zu fahren, wo sich sein Schicksal entscheiden würde.

XII

Prinzessin Kitty Schtscherbazkaja war achtzehn Jahre alt. In diesem Winter nahm sie erstmals am Gesellschaftsleben teil. Ihre Erfolge waren größer als die ihrer beiden älteren Schwestern, sogar größer, als die Fürstin erwartet hatte. Nicht nur, dass die jungen Männer, die auf den Moskauer Bällen tanzten, fast alle in Kitty verliebt waren, schon in diesem ersten Winter zeichneten sich auch zwei ernsthafte Partien ab: Lewin und, gleich nach seiner Abreise, Graf Wronski.

Lewins Auftauchen zu Beginn des Winters, seine häufigen Besuche und seine deutliche Liebe zu Kitty waren für Kittys Eltern ein Anlass zu ersten ernsthaften Gesprächen über ihre Zukunft und zu Auseinandersetzungen zwischen Fürst und Fürstin. Der Fürst war auf Lewins Seite, sagte, er könne sich für Kitty nichts Besseres wünschen. Die Fürstin, die nach typisch weib-

licher Angewohnheit das Problem umging, sagte dagegen, Kitty sei noch zu jung, Lewin zeige mitnichten,
dass er ernsthafte Absichten habe, Kitty hege keine Zuneigung zu ihm, und andere Argumente; doch sagte sie
nicht die Hauptsache, nämlich dass sie für ihre Tochter
eine bessere Partie erhoffte, dass Lewin ihr unsympa-
thisch war und dass sie ihn nicht verstand. Als dann
Lewin urplötzlich abreiste, war die Fürstin hocherfreut
und sagte triumphierend zu ihrem Mann: »Siehst du,
ich hatte recht.« Als dann Wronski auftauchte, war sie
noch mehr erfreut, da sie sich in ihrer Meinung bestärkt
fühlte, Kitty müsse nicht bloß eine gute, sondern eine
glänzende Partie machen.

Für die Mutter konnte es überhaupt keinen Vergleich
geben zwischen Wronski und Lewin. Der Mutter missfielen an Lewin seine sonderbaren und schroffen Urteile, seine Unbeholfenheit in Gesellschaft, die, wie sie
meinte, auf Stolz beruhte, sowie sein − nach ihren Begriffen − unzivilisiertes Leben auf dem Land, die Beschäftigung mit Viehzeug und Bauern; sehr missfiel
ihr auch, dass er, in ihre Tochter verliebt, anderthalb
Monate häufig ins Haus kam, wie auf etwas zu warten schien, Beobachtungen anstellte und zu befürchten
schien, es sei zuviel der Ehre, wenn er einen Antrag
machte, dabei nicht begriff, dass er bei häufigen Besuchen in einem Haus mit heiratsfähiger Tochter sich
erklären musste. Und plötzlich, ohne sich erklärt zu
haben, reiste er auch noch ab. ›Gut, dass er so wenig anziehend ist, dass Kitty sich nicht in ihn verliebt hat‹,
dachte die Mutter.

Wronski stellte sämtliche Wünsche der Mutter zufrieden. Sehr reich, klug, vornehm, auf dem Weg zu
einer glänzenden Karriere bei Militär und Hof, dazu
ein bezaubernder Mensch. Besseres konnte man sich gar
nicht wünschen.

Wronski machte auf den Bällen Kitty deutlich den

Hof, er tanzte mit ihr und kam häufig ins Haus, folglich konnte es an der Ernsthaftigkeit seiner Absichten
keine Zweifel geben. Trotzdem befand sich die Mutter
diesen ganzen Winter in schlimmer Besorgnis und Aufregung.

Die Fürstin selbst hatte vor dreißig Jahren geheiratet, auf Vermittlung einer Tante. Der Bräutigam, über
den im vorhinein alles bekannt war, kam zu Besuch,
nahm die Braut in Augenschein und wurde selbst in Augenschein genommen; die ehestiftende Tante brachte
den jeweils hinterlassenen Eindruck in Erfahrung und
übermittelte ihn; der Eindruck war gut; dann wurde an
einem festgesetzten Tag den Eltern der zu erwartende
Heiratsantrag gemacht und wurde angenommen. Alles
ging sehr leicht und einfach vonstatten. Zumindest war
es der Fürstin so vorgekommen. Aber bei ihren Töchtern erfuhr sie, wie wenig leicht und einfach diese so gewöhnlich erscheinende Angelegenheit, die Töchter zu
verheiraten, doch war. Wie viele Ängste waren durchlebt, wie viele Gedanken durchdacht, wie viele Gelder aufgewandt worden, wie viele Zusammenstöße mit
ihrem Mann hatte es gegeben bei der Verheiratung
der beiden älteren, Darja und Natalja! Jetzt, da sie die
jüngste in die Gesellschaft einführte, durchlebte sie
dieselben Ängste, dieselben Zweifel und noch größere
Streitereien mit ihrem Mann als bei den älteren. Der
alte Fürst war wie alle Väter besonders empfindlich, sobald es um Ehre und Reinheit seiner Töchter ging; in
bezug auf die Töchter war er unvernünftig eifersüchtig,
besonders in bezug auf Kitty, die sein Liebling war, und
machte der Fürstin auf Schritt und Tritt Szenen, dass sie
die Tochter kompromittiere. Die Fürstin war daran seit
den älteren Töchtern schon gewöhnt, jetzt aber spürte
sie, dass die Empfindlichkeit des Fürsten durchaus begründet war. Sie sah, dass sich in letzter Zeit im Verhalten der Gesellschaft vieles geändert hatte, dass die Mut-

terpflichten noch schwieriger geworden waren. Sie sah, dass Kittys Altersgenossinnen irgendwelche Vereine bildeten, irgendwelche Kurse besuchten, frei mit Männern umgingen, allein durch die Straßen fuhren, viele machten auch keinen Knicks mehr, und vor allem waren sie der festen Überzeugung, sich einen Mann auszusuchen sei ihre Sache und nicht die der Eltern. ›Heutzutage wird nicht mehr so verheiratet wie früher‹, dachten und sagten alle diese jungen Mädchen und sogar die älteren Leute. Aber wie heute verheiratet werde, konnte die Fürstin von niemand erfahren. Der französische Brauch – die Eltern entscheiden über das Schicksal ihrer Kinder – war nicht mehr akzeptiert, wurde verworfen. Der englische Brauch – vollkommene Freiheit des jungen Mädchens – war ebenfalls nicht akzeptiert und in der russischen Gesellschaft unmöglich. Der russische Brauch der Heiratsvermittlung galt als schauderhaft, alle machten sich lustig darüber, auch die Fürstin. Aber wie geheiratet und verheiratet werden sollte, wusste niemand. Mit wem die Fürstin sich auch austauschte, alle sagten ein und dasselbe: »Aber erlauben Sie, in unserer Zeit sollte man diese alten Zöpfe endlich sein lassen. Schließlich gehen die jungen Leute eine Ehe ein, nicht ihre Eltern; folglich sollte man es auch den jungen Leuten überlassen, sich einzurichten, wie sie es verstehen.« Die hatten allerdings gut reden, die keine Töchter hatten; die Fürstin wusste, bei näherer Bekanntschaft könnte ihre Tochter sich verlieben, verlieben in jemand, der gar nicht heiraten mochte, oder in jemand, der zum Ehemann nicht taugte. Und soviel der Fürstin auch eingeredet wurde, in unserer Zeit müssten die jungen Leute ihr Schicksal selbst einrichten, konnte sie das genausowenig glauben, wie sie geglaubt hätte, zu irgendeiner Zeit wären für fünfjährige Kinder geladene Pistolen das beste Spielzeug. Und deshalb war die Fürstin bei Kitty besorgter als bei den älteren Töchtern.

Jetzt fürchtete sie, dass Wronski es dabei beließe, ihrer Tochter lediglich den Hof zu machen. Sie sah, dass die Tochter schon in ihn verliebt war, tröstete sich aber damit, dass er ein Ehrenmann sei und das deshalb nicht tun würde. Aber zugleich wusste sie, wie leicht es war bei den heutigen freien Sitten, einem Mädchen den Kopf zu verdrehen, und wie leicht die Männer im allgemeinen diese Schuld nahmen. In der vorigen Woche hatte Kitty der Mutter ihr Gespräch mit Wronski während einer Mazurka erzählt. Dieses Gespräch beruhigte die Fürstin teilweise; aber ganz ruhig konnte sie nicht sein. Wronski hatte zu Kitty gesagt, er und sein Bruder seien es beide so gewohnt, sich in allem ihrer Mutter unterzuordnen, dass sie niemals einen wichtigen Schritt unternähmen, ohne sich mit ihr beraten zu haben. »Und jetzt erwarte ich, als besonderes Glück, die Ankunft meiner Frau Mutter aus Petersburg«, hatte er gesagt.

Kitty hatte es erzählt, ohne diesen Worten irgendwelche Bedeutung beizumessen. Aber die Mutter verstand es anders. Sie wusste, dass die alte Dame jeden Tag erwartet wurde, wusste, dass die alte Dame über die Wahl ihres Sohns erfreut wäre, und es kam ihr sonderbar vor, dass er aus Furcht, die Mutter zu verletzen, keinen Heiratsantrag machte; allerdings wünschte sie so sehr diese Ehe und ganz besonders ein Nachlassen ihrer Unruhe, dass sie daran glaubte. So bitter es auch war für die Fürstin, das Unglück der ältesten Tochter Dolly, die ihren Mann verlassen wollte, mitansehen zu müssen, hielt die Aufregung, dass sich nun das Schicksal der jüngsten Tochter entschied, doch alle ihre Gefühle in Beschlag. Der heutige Tag hatte ihr mit dem Auftauchen Lewins noch neue Sorgen gebracht. Sie fürchtete, dass ihre Tochter, die, ihrem Eindruck nach, für Lewin seinerzeit gewisse Gefühle gehegt hatte, aus übertriebener Redlichkeit Wronski abweisen könnte und dass überhaupt Lewins Eintreffen die Angelegenheit, die einem Abschluss so nahe war, verwirren und verzögern könnte.

»Und, ist er seit langem hier?« fragte die Fürstin, als sie nach Hause zurückkehrten.

»Seit heute, *maman*.«

»Ich möchte eines sagen …« hob die Fürstin an, und an ihrer ernsthaften, lebhaften Miene erkannte Kitty, wovon die Rede sein würde.

»Mama«, sagte sie und wandte sich, über und über rot, rasch zur Mutter um, »bitte, bitte, sprechen Sie nicht darüber. Ich weiß schon, ich weiß alles.«

Sie wünschte dasselbe, was ihre Mutter wünschte, doch die Motive des mütterlichen Wunsches verletzten sie.

»Ich möchte lediglich sagen, wenn du einem Hoffnung gemacht hast …«

»Mama, liebste, um Gottes willen, sprechen Sie nicht darüber. Es ist so schrecklich, darüber zu sprechen.«

»Gut, gut, ich werde es nicht tun«, sagte die Mutter, da sie in den Augen der Tochter Tränen sah. »Doch eines, mein Herz: du hast mir versprochen, du würdest keine Geheimnisse vor mir haben. Würdest du doch nicht?«

»Niemals, Mama, niemals!« Kitty wurde wieder rot und blickte der Mutter gerade ins Gesicht. »Aber ich habe jetzt nichts zu sagen. Ich … ich … auch wenn ich wollte, ich weiß nicht, was ich sagen sollte und wie … ich weiß nicht.«

›Nein, die Unwahrheit kann sie nicht sagen mit diesen Augen‹, dachte die Mutter, lächelnd angesichts ihrer Erregung und ihres Glücks. Die Fürstin lächelte darüber, wie riesig und bedeutsam ihr, der Ärmsten, erschien, was jetzt in ihrem Herzen vorging.

XIII

Kitty hatte nach dem Diner und bis zum Beginn des Abends ein Gefühl, dem vergleichbar, was ein Jüngling vor einer Schlacht empfindet. Ihr Herz schlug heftig, und ihre Gedanken konnten nirgends verweilen.

Sie fühlte, dass der heutige Abend, da die beiden sich zum erstenmal begegnen würden, für ihr Schicksal entscheidend sein müsste. Und sie stellte sich die beiden unablässig vor, bald jeden für sich, bald beide zusammen. Wenn sie an Vergangenes dachte, verweilte sie mit Behagen und Rührung bei den Erinnerungen an ihr Verhältnis zu Lewin. Kindheitserinnerungen und die Erinnerungen an Lewins Freundschaft mit ihrem verstorbenen Bruder verliehen ihrem Verhältnis zu ihm besonderen poetischen Reiz. Seine Liebe zu ihr, von der sie überzeugt war, war schmeichelhaft und freute sie. Es fiel ihr leicht, an Lewin zu denken. Den Gedanken an Wronski war dagegen etwas Peinliches beigemischt, obwohl er ein im höchsten Maß weltläufiger und ruhiger Mensch war; als wäre da etwas Verlogenes, nicht an ihm, er war sehr schlicht und nett, sondern an ihr selbst, während sie bei Lewin ein absolut schlichtes und klares Gefühl hatte. Sobald sie allerdings an eine Zukunft mit Wronski dachte, tat sich eine glänzende und glückliche Perspektive vor ihr auf; mit Lewin jedoch erschien die Zukunft wie im Nebel.

Als sie nach oben ging, um sich für den Abend umzukleiden, und in den Spiegel schaute, bemerkte sie voll Freude, dass es einer ihrer guten Tage war und sie über alle ihre Kräfte verfügte, und das brauchte sie auch für das Bevorstehende; sie spürte in sich die äußere Ruhe und freie Grazie ihrer Bewegungen.

Um halb acht, sie war gerade in den Salon hinuntergegangen, meldete der Lakai: »Konstantin Dmitritsch Lewin«. Die Fürstin war noch in ihrem Zimmer, der

Fürst zeigte sich nicht. ›Also ja‹, dachte Kitty, und alles Blut strömte ihr zum Herzen. Sie war entsetzt über ihre Blässe, als sie in den Spiegel schaute.

Jetzt wusste sie sicher, dass er deshalb früher kam, um sie allein anzutreffen und ihr einen Heiratsantrag zu machen. Und erst da stellte sich ihr alles zum erstenmal in ganz anderem, neuem Licht dar. Erst da begriff sie, dass es nicht allein um sie ging – mit wem sie glücklich würde und wen sie liebte –, sondern dass sie gleich einen Menschen verletzen musste, den sie lieb hatte. Und grausam verletzen musste ... Weshalb? Deshalb, weil er, der Gute, sie liebte, verliebt war in sie. Aber da war nichts zu machen, das sollte, das musste sein.

›Mein Gott, muss ich es ihm wirklich selbst sagen?‹ überlegte sie. ›Was sag ich ihm bloß? Sag ich ihm wirklich, dass ich ihn nicht liebe? Das wäre nicht wahr. Was sag ich ihm dann? Sag ich, dass ich einen anderen liebe? Nein, das ist unmöglich. Ich gehe, ich gehe.‹

Sie war schon an der Tür, als sie seine Schritte hörte. ›Nein! das ist nicht redlich. Was fürchte ich? Ich habe nichts Schlechtes getan. Komme, was wolle! Ich sage die Wahrheit. Mit ihm kann es gar nicht peinlich sein. Da ist er‹, sagte sie zu sich, als sie seine kräftige und schüchterne Gestalt mit den funkelnden, auf sie gerichteten Augen erblickte. Sie sah ihm gerade ins Gesicht, als flehte sie um Schonung, und reichte ihm die Hand.

»Ich komme nicht zur rechten Zeit, anscheinend zu früh«, sagte er mit einem Blick auf den leeren Salon. Als er sah, dass seine Erwartungen sich erfüllt hatten, dass ihn nichts am Sprechen hinderte, wurde sein Gesicht finster.

»O nein«, sagte Kitty und setzte sich an den Tisch.

»Doch eben das wollte ich auch, Sie allein antreffen«, begann er, ohne sich zu setzen und ohne sie anzublicken, um den Mut nicht zu verlieren.

»Mama erscheint gleich. Sie war gestern sehr müde. Gestern …«

Sie redete, ohne zu wissen, was ihre Lippen sagten, und ohne den flehenden und zärtlichen Blick von ihm zu wenden.

Er blickte sie an; sie errötete und verstummte.

»Ich sagte Ihnen, dass ich nicht wisse, ob ich für lange hergekommen bin … dass es von Ihnen abhänge …«

Sie neigte den Kopf tiefer und tiefer, wusste selbst nicht, was sie antworten würde auf das, was nun nahe war.

»Dass es von Ihnen abhänge«, wiederholte er. »Ich wollte sagen … ich wollte sagen … Ich bin deshalb hergekommen … weil … meine Frau zu werden!« stieß er hervor und wusste selbst nicht, was er sagte; aber da er fühlte, dass das Schlimmste gesagt war, hielt er inne und schaute sie an.

Sie atmete schwer, ohne ihn anzublicken. Sie empfand Begeisterung. Ihr Herz war übervoll von Glück. Sie hätte niemals erwartet, dass das Geständnis seiner Liebe einen so starken Eindruck auf sie machen würde. Aber das dauerte nur einen Augenblick. Ihr fiel Wronski ein. Sie hob ihre lichten, aufrichtigen Augen zu Lewin, und als sie sein verzweifeltes Gesicht sah, antwortete sie hastig:

»Das kann nicht sein … verzeihen Sie mir …«

Wie war sie noch vor einer Minute ihm nahe gewesen, wie wichtig für sein Leben! Und wie wurde sie ihm nun fremd und fern!

»Das konnte nicht anders sein«, sagte er, ohne sie anzublicken.

Er verneigte sich und wollte gehen.

XIV

Doch in diesem Augenblick erschien die Fürstin. Auf ihrem Gesicht malte sich Entsetzen, als sie die beiden allein sah und dazu ihre verstörten Gesichter. Lewin verneigte sich vor ihr und sagte nichts. Kitty schwieg, ohne den Blick zu heben. ›Gott sei Dank, sie hat ihn abgewiesen‹, dachte die Mutter, und ihr Gesicht erstrahlte in dem üblichen Lächeln, mit dem sie donnerstags die Gäste empfing. Sie setzte sich und begann Lewin nach seinem Leben auf dem Land auszufragen. Er setzte sich auch und wartete auf die Ankunft der Gäste, um unauffällig zu verschwinden.

Fünf Minuten später kam eine Freundin Kittys herein, die letzten Winter geheiratet hatte, Gräfin Nordston.

Sie war eine hagere, gelbhäutige, kränkliche und nervöse Frau mit glänzenden schwarzen Augen. Sie hatte Kitty gern, und wie immer bei der Liebe verheirateter Frauen zu unverheirateten drückte sich ihre Liebe in dem Wunsch aus, Kitty nach ihrem eigenen Glücksideal zu verheiraten, und deshalb war ihr Wunschkandidat Wronski. Lewin, den sie zu Beginn des Winters oft hier getroffen hatte, war ihr stets unangenehm gewesen. Wenn sie ihn traf, war es jedesmal ihre Lieblingsbeschäftigung, ihren Scherz mit ihm zu treiben.

»Ich mag das, wenn er von der Höhe seiner Grandeur auf mich schaut, entweder sein kluges Gespräch mit mir einstellt, weil ich zu dumm bin, oder sich herablässt. Ich mag das sehr: er lässt sich herab zu mir! Ich bin sehr froh, dass er mich nicht ausstehen kann«, pflegte sie zu sagen.

Sie hatte recht, denn Lewin konnte sie tatsächlich nicht ausstehen und verachtete sie für das, worauf sie stolz war und was sie sich als Verdienst anrechnete – für ihre Nervosität, für ihre feinsinnige Verachtung und

Gleichgültigkeit gegenüber allem Rohen und Gewöhnlichen.

Zwischen Nordston und Lewin hatte sich das in der vornehmen Welt nicht selten anzutreffende Verhältnis ergeben, dass zwei Menschen sich zwar äußerlich freundlich verhalten, doch einander dermaßen verachten, dass sie nicht einmal ernsthaft miteinander umgehen und nicht einmal voneinander beleidigt werden können.

Gräfin Nordston stürzte sich sogleich auf Lewin.

»Oh! Konstantin Dmitritsch! Wieder in unserem verderbten Babel?« Als sie ihm die winzige gelbe Hand reichte, war ihr eingefallen, dass er zu Beginn des Winters einmal gesagt hatte, Moskau sei ein Babel. »Nun, ist das Babel besser oder sind Sie schlechter geworden?« fügte sie hinzu und sah sich spöttisch lächelnd nach Kitty um.

»Es schmeichelt mir sehr, Gräfin, dass Sie sich so an meine Worte erinnern«, versetzte Lewin, der inzwischen die Fassung wiedergewonnen hatte und aus Gewohnheit gleich in sein scherzhaft-feindliches Verhältnis zu Gräfin Nordston hineinfand. »Diese haben offenbar großen Eindruck auf Sie gemacht.«

»Gewiss doch! Ich schreibe alles auf. Nun, Kitty, warst du wieder Schlittschuh laufen?«

Und sie unterhielt sich mit Kitty. So peinlich es Lewin auch war, jetzt zu gehen, fiel ihm diese Peinlichkeit jedoch leichter, als den ganzen Abend zu bleiben und Kitty zu sehen, die hie und da zu ihm herschaute und seinem Blick auswich. Er wollte aufstehen, aber die Fürstin bemerkte, dass er schwieg, und wandte sich an ihn:

»Sind Sie für lange nach Moskau gekommen? Sie geben sich ja wohl mit dem Semstwo ab, da können Sie nicht lange weg.«

»Nein, Fürstin, ich gebe mich nicht mehr mit dem

Semstwo ab«, sagte er. »Ich bin für ein paar Tage hergekommen.«

›Irgendwas hat er heute Besonderes‹, überlegte Gräfin Nordston, während sie sein strenges, ernstes Gesicht betrachtete, ›irgendwie lässt er sich nicht zum Räsonieren verleiten. Aber ich kriege ihn noch. Zu gerne lasse ich ihn vor Kitty als Dummkopf erscheinen, und das mache ich auch.‹

»Konstantin Dmitritsch«, sagte sie zu ihm, »setzen Sie mir bitte auseinander, was das zu bedeuten hat – Sie kennen das alles: Auf unserem Gut in Kaluga haben alle Bauern und alle Bauernweiber alles vertrunken, was sie hatten, und jetzt zahlen sie uns nichts. Was hat das zu bedeuten? Sie heben die Bauern doch immer in den Himmel.«

In diesem Augenblick betrat noch eine Dame den Raum, und Lewin erhob sich.

»Entschuldigen Sie mich, Gräfin, aber ich weiß davon wirklich nichts und kann Ihnen nichts dazu sagen«, erklärte er und sah sich nach dem Offizier um, der hinter der Dame hereinkam.

›Das muss Wronski sein‹, überlegte Lewin, und um sicher zu gehen, blickte er zu Kitty. Sie hatte schon auf Wronski einen Blick geworfen und blickte sich nun zu Lewin um. Und dank diesem einen Blick ihrer unwillkürlich strahlenden Augen begriff Lewin, dass sie diesen Menschen liebte, begriff es ebenso eindeutig, als hätte sie es ihm in Worten ausgedrückt. Aber was war das für ein Mensch?

Jetzt konnte Lewin – ob das gut war oder schlecht – nicht anders als bleiben; er musste herausfinden, was das für ein Mensch war, den sie liebte.

Es gibt Menschen, die bei einer Begegnung mit ihrem glücklichen Rivalen, ganz gleich auf welchem Gebiet, dazu neigen, sich sofort von allem Guten, das in ihm ist, abzukehren und allein das Schlechte in ihm zu sehen; es gibt Menschen, die, im Gegenteil, in diesem glücklichen Rivalen vor allem jene Qualitäten finden wollen, durch die er sie besiegt hat, und mit bohrendem Schmerz im Herzen allein das Gute in ihm suchen. Lewin gehörte zu diesen Menschen. Doch es fiel ihm nicht schwer, das Gute und Anziehende an Wronski herauszufinden. Es sprang ihm sofort in die Augen. Wronski war mittelgroß, kräftig gebaut, von dunklem Typ, das Gesicht gutmütig-schön, außerordentlich ruhig und unerschütterlich. An Gesicht und Gestalt, vom kurzgeschorenen schwarzen Haar und frischrasierten Kinn bis zur locker sitzenden, nagelneuen Uniform, war alles schlicht und zugleich elegant. Wronski hatte der hereinkommenden Dame den Vortritt gelassen, ging dann zur Fürstin und danach zu Kitty.

Während er auf sie zuging, glänzten seine schönen Augen besonders zärtlich, und mit einem kaum merklichen, glücklichen und bescheiden triumphierenden Lächeln (so kam es Lewin vor) beugte er sich ehrerbietig und behutsam über sie und hielt ihr seine nicht große, aber breite Hand hin.

Als er alle begrüßt und jeweils ein paar Worte gewechselt hatte, setzte er sich, ohne Lewin, der die Augen nicht von ihm wandte, einmal angeschaut zu haben.

»Darf ich Sie vorstellen«, sagte die Fürstin und wies auf Lewin. »Konstantin Dmitritsch Lewin, Graf Alexej Kirillowitsch Wronski.«

Wronski stand auf, sah Lewin freundlich in die Augen und drückte ihm die Hand.

»Ich hätte diesen Winter wohl einmal mit Ihnen dinieren sollen«, sagte er mit seinem schlichten und offenen Lächeln, »aber Sie waren überraschend aufs Land abgereist.«

»Konstantin Dmitritsch verachtet und hasst die Stadt und uns Städter«, warf Gräfin Nordston ein.

»Meine Worte müssen starken Eindruck auf Sie gemacht haben, dass Sie sich so daran erinnern«, sagte Lewin, und da ihm einfiel, dass er das schon einmal gesagt hatte, errötete er.

Wronski blickte auf Lewin und Gräfin Nordston und lächelte.

»Sind Sie denn immer auf dem Land?« fragte er. »Im Winter ist es, denke ich, langweilig?«

»Langweilig nicht, wenn man zu tun hat, auch mit einem selbst ist es nicht langweilig«, antwortete Lewin schroff.

»Ich bin gern auf dem Land«, sagte Wronski; er hatte Lewins Ton bemerkt, tat aber, als bemerkte er ihn nicht.

»Aber ich hoffe, Graf, Sie wären nicht einverstanden, immer auf dem Land zu leben«, sagte Gräfin Nordston.

»Ich weiß nicht, für längere Zeit habe ich es nicht versucht. Ein sonderbares Gefühl empfand ich einmal«, fuhr er fort. »Nirgends hatte ich solche Sehnsucht nach dem Land, nach dem russischen Dorf mit Bastschuhen und Bauern, wie in Nizza, als ich mit meiner Frau Mutter dort einen Winter verbrachte. Nizza ist an sich langweilig, das wissen Sie. Auch Neapel und Sorrent sind nur für kurze Zeit schön. Und gerade dort kommt einem besonders lebhaft Russland in den Sinn, und besonders das Land. Gerade als ob ...«

Er redete, zu Kitty und zu Lewin gewandt, und richtete seinen ruhigen und freundlichen Blick vom einen zum anderen – sagte offenbar, was ihm in den Sinn kam.

Als er bemerkte, dass Gräfin Nordston etwas einwerfen wollte, hielt er inne, ohne das Begonnene zu Ende zu führen, und hörte ihr aufmerksam zu.

Das Gespräch versiegte keine Minute, so dass die alte Fürstin, die für den Fall eines Themenmangels stets zwei schwere Geschütze in Reserve hatte – klassische oder Realschulbildung und allgemeine Wehrpflicht –, diese nicht in Stellung bringen musste, und Gräfin Nordston musste Lewin nicht aufziehen.

Lewin wollte sich am allgemeinen Gespräch beteiligen und konnte nicht; jeden Moment sagte er sich: ›Jetzt gehe ich‹, ging aber nicht, als ob er auf etwas wartete.

Man kam auf Tischrücken und Geister zu sprechen, und Gräfin Nordston, die an Spiritismus glaubte, berichtete von den Wunderdingen, die sie gesehen hatte.

»Oh, Gräfin, nehmen Sie mich unbedingt mit, seien Sie so gut, nehmen Sie mich dorthin mit! Ich habe noch nie etwas Ungewöhnliches gesehen, obgleich ich überall danach suche«, sagte Wronski lächelnd.

»Schön, am kommenden Sonnabend«, antwortete Gräfin Nordston. »Aber Sie, Konstantin Dmitritsch, glauben Sie daran?« fragte sie Lewin.

»Wozu fragen Sie mich? Sie wissen doch, was ich sagen werde.«

»Aber ich möchte Ihre Meinung hören.«

»Meiner Meinung nach«, versetzte Lewin, »beweisen diese ruckenden Tische lediglich, dass die sogenannte gebildete Gesellschaft nicht höher steht als die Bauern. Die glauben an den bösen Blick, an Behexung, an Zauberei, und wir …«

»Also, Sie glauben nicht daran?«

»Ich kann nicht, Gräfin.«

»Aber wenn ich es selbst gesehen habe?«

»Auch die Bauernweiber berichten, wie sie selbst Hausgeister gesehen haben.«

»So meinen Sie, dass ich die Unwahrheit sage?«

Und sie lachte unfroh.

»Aber nein, Mascha, Konstantin Dmitritsch erklärt, dass er nicht daran glauben kann«, sagte Kitty und errötete an Lewins Stelle, worauf Lewin, der das begriff, noch gereizter antworten wollte, doch Wronski kam dem Gespräch, das unangenehm zu werden drohte, mit seinem offenen, fröhlichen Lächeln sofort zu Hilfe.

»Sie lassen nicht einmal die Möglichkeit zu?« fragte er. »Warum lassen wir denn die Existenz von Elektrizität zu, die wir nicht kennen, warum darf es nicht eine neue, uns noch unbekannte Kraft geben, die ...«

Lewin fiel ihm ins Wort. »Als die Elektrizität gefunden wurde, entdeckte man nur das Phänomen, und es war unbekannt, woher es stammt und was es bewirkt, und Jahrhunderte vergingen, bis man an eine Anwendung dachte. Die Spiritisten dagegen haben damit angefangen, dass die Tische für sie schreiben und die Geister zu ihnen kommen, und dann erst redeten sie davon, das sei eine unbekannte Kraft.«

Wronski hörte Lewin aufmerksam zu, wie er immer zuhörte, mit offenkundigem Interesse für das, was er sagte.

»Ja, aber die Spiritisten sagen: Jetzt wissen wir nicht, was für eine Kraft das ist, aber die Kraft ist da, und sie wirkt unter folgenden Umständen. Worin sie besteht, das sollen ruhig die Wissenschaftler herausfinden. Nein, ich sehe nicht, warum das nicht eine neue Kraft sein kann, wenn sie ...«

Lewin fiel ihm erneut ins Wort. »Darum, weil Sie bei der Elektrizität jedesmal, wenn Sie Harz an Wolle reiben, das bekannte Phänomen sehen können, hier jedoch nicht jedesmal, folglich ist das kein Naturphänomen.«

Da Wronski wohl merkte, dass das Gespräch für einen Salon zu ernst wurde, entgegnete er nichts, und um den Gesprächsgegenstand zu wechseln, lächelte er fröhlich und wandte sich an die Damen.

»Lassen Sie es uns doch gleich versuchen, Gräfin«, hob er an, aber Lewin wollte seinen Gedankengang zu Ende führen.

»Ich meine«, fuhr er fort, »dass dieser Versuch der

Spiritisten, ihre Wunder durch eine neue Kraft zu erklären, denkbar ungeschickt ist. Sie sprechen ausdrücklich von einer geistigen Kraft und wollen diese einem materiellen Experiment unterziehen.«

Alle warteten darauf, wann er fertig wäre, und er spürte das.

»Ich meine aber, Sie wären ein ausgezeichnetes Medium«, sagte Gräfin Nordston, »Sie haben etwas Enthusiastisches.«

Lewin machte den Mund auf, um etwas zu sagen, errötete und sagte nichts.

»Lassen Sie uns jetzt gleich, Prinzessin, die Tische befragen, bitte!« sagte Wronski. »Sie gestatten es, Fürstin?«

Und Wronski stand auf, seine Augen suchten nach einem Tischchen.

Kitty stand auf, um für ein Tischchen zu sorgen, und als sie vorüberging, trafen sich ihre Augen mit denen Lewins. Er tat ihr von ganzem Herzen leid, um so mehr, als sie ihn wegen eines Unglücks bemitleidete, für das sie selbst der Grund war. ›Wenn es möglich ist, mir zu verzeihen, verzeihen Sie mir‹, sagte ihr Blick, ›ich bin so glücklich.‹

›Ich hasse alle, auch Sie, auch mich‹, erwiderte sein Blick, und er griff nach dem Hut. Aber zu gehen war ihm nicht vergönnt. Gerade wollten sich alle um das Tischchen versammeln und Lewin sich zum Gehen wenden, da trat der alte Fürst ein, und nach Begrüßung der Damen wandte er sich an Lewin.

»Oh!« begann er erfreut. »Schon lange hier? Ich wusste nicht, dass du hier bist. Freue mich sehr, Sie zu sehen.«

Der alte Fürst sagte manchmal du, manchmal Sie zu Lewin. Er umarmte ihn, und während er mit ihm sprach, bemerkte er Wronski nicht, der aufgestanden war und ruhig wartete, bis der Fürst sich ihm zuwandte.

Kitty fühlte, wie nach dem, was geschehen war, die Liebenswürdigkeit des Vaters Lewin schwer ankam. Sie sah außerdem, wie kühl ihr Vater schließlich Wronskis Verbeugung erwiderte und wie Wronski in freundlicher Verwunderung ihren Vater ansah, zu verstehen suchte und nicht verstand, wie und weshalb man ihm unfreundlich gesonnen sein könnte, und sie errötete.

»Fürst, überlassen Sie uns Konstantin Dmitritsch«, sagte Gräfin Nordston. »Wir wollen ein Experiment machen.«

»Was für ein Experiment? Tische rücken? Also, entschuldigen Sie, meine Herrschaften, da ist es meines Erachtens lustiger, Ringlein-Ringlein zu spielen«, meinte der alte Fürst; ein Blick auf Wronski sagte ihm, dass er dahintersteckte. »Dieses Spiel hat wenigstens einen Sinn.«

Wronski schaute mit seinem festen Blick erstaunt auf den Fürsten, lächelte flüchtig und begann sofort mit Gräfin Nordston über den großen Ball in der nächsten Woche zu sprechen.

»Ich hoffe, Sie kommen auch?« wollte er von Kitty wissen.

Sobald der alte Fürst sich abgewandt hatte, verließ Lewin unauffällig den Raum, und der letzte Eindruck, den er von diesem Abend davontrug, war das lächelnde, glückliche Gesicht Kittys, die Wronski auf die Frage nach dem Ball antwortete.

XV

Als der Abend zu Ende war, erzählte Kitty der Mutter von ihrem Gespräch mit Lewin, und trotz allen Mitleids, das sie für Lewin empfand, freute sie der Gedanke, dass ihr ein Heiratsantrag gemacht worden war. Sie hatte keinen Zweifel, dass sie sich verhal-

ten hatte wie nötig. Doch im Bett konnte sie lange
nicht einschlafen. Da war ein Eindruck, der sie unablässig verfolgte: Lewins Gesicht mit den hochgezogenen Brauen und den finster und verzagt darunter her-
vorschauenden gutmütigen Augen, wie er dastand, dem
Vater zuhörte und dabei sie und Wronski beobachtete.
Und er tat ihr dermaßen leid, dass ihr Tränen in die
Augen stiegen. Sogleich aber dachte sie an den, gegen
den sie ihn eingetauscht hatte. Sie rief sich lebhaft
dieses mannhafte, unerschütterliche Gesicht ins Gedächtnis, diese noble Ruhe und die Güte, die in allem
und für alle leuchtete; sie rief sich die Liebe dessen,
den sie liebte, zu ihr ins Gedächtnis, und wieder wurde
ihr froh zumute, mit einem Lächeln des Glücks legte
sie sich aufs Kissen. ›Er tut mir leid, so leid, aber was
tun? Ich bin nicht schuldig‹, sagte sie sich; eine innere
Stimme sagte ihr jedoch etwas anderes. Ob sie nun bereute, dass sie Lewin angelockt oder dass sie ihn abgewiesen hatte, wusste sie nicht. Aber ihr Glück war
von Zweifeln vergällt. ›Herr, erbarme dich, Herr, erbarme dich, Herr, erbarme dich!‹ sagte sie bei sich, bis
sie einschlief.

Zur selben Zeit fand unten, im kleinen Kabinett des
Fürsten, eine der zwischen den Eltern sich oft wiederholenden Szenen um die Lieblingstochter statt.

»Was? Na, das!« schrie der Fürst, fuchtelte mit den
Armen und schlug seinen Schlafrock aus Feh übereinander. »Dass Sie keinen Stolz haben, keine Würde, dass
Sie die Tochter blamieren, sie ins Unglück stürzen mit
dieser abgeschmackten, albernen Ehestifterei!«

»Aber ich bitte dich, um des Himmels willen, Fürst,
was habe ich getan?« Die Fürstin weinte beinahe.

Glücklich und zufrieden nach dem Gespräch mit
der Tochter, war sie zum Fürsten gekommen, um wie
gewöhnlich gute Nacht zu wünschen, und obwohl sie
nicht beabsichtigte, ihm von Lewins Antrag und Kit-

tys Ablehnung etwas zu sagen, deutete sie ihrem Mann
doch an, ihrer Meinung nach stehe die Sache mit Wronski vor dem Abschluss, sie entscheide sich, sobald seine
Mutter einträfe. Da jedoch, auf diese Worte, brauste der
Fürst plötzlich auf und schrie Ungehöriges.

»Was Sie getan haben? Na, das: erstens umgarnen
Sie einen Bräutigam, und ganz Moskau wird darüber
reden, und mit gutem Grund. Wenn Sie Abende veranstalten, so laden Sie alle ein, und nicht ausgesuchte
Freier. Laden Sie alle diese Gickel ein (so nannte der
Fürst die Moskauer jungen Männer), laden Sie einen
Klavierspieler ein, und dann sollen sie herumhopsen,
aber nicht wie heute – Freier, und dann wird verkup-
pelt. Es schüttelt mich, wenn ich das sehe, und Sie haben es erreicht, haben dem Mädel den Kopf verdreht.
Lewin ist der tausendmal bessere Mensch. Und dieser
Petersburger Stutzer, solche sind doch auf der Maschine
gefertigt, alle von gleicher Fasson, und alle nichts wert.
Selbst wenn er ein Prinz von Geblüt wäre, meine Tochter hat so jemanden nicht nötig!«

»Aber was habe ich nur getan?«

»Ja, das …« schrie der Fürst zornig.

»Ich weiß, wenn ich auf dich höre«, unterbrach die
Fürstin, »werden wir unsere Tochter nie verheiraten.
Wenn das so ist, müssen wir aufs Land fahren.«

»Wäre auch besser.«

»Nun warte mal. Tue ich denn jemandem schön? Keinesfalls tue ich jemandem schön. Sondern ein junger
Mann, und ein vortrefflicher, hat sich verliebt, und sie
scheint …«

»Ja, das scheint Ihnen so! Doch was, wenn sie sich
tatsächlich verliebt und er ebensowenig ans Heiraten denkt wie ich? Oh! Könnten doch meine Augen
nicht sehen! ›Ach, Spiritismus, ach, Nizza, ach, auf dem
Ball!‹« Und der Fürst, da er seine Frau nachzuahmen
meinte, ging bei jedem Wort in die Knie. »Doch dann,

wenn wir unsere Katja ins Unglück gestürzt haben,
wenn sie es sich tatsächlich in den Kopf setzt ...«

»Aber weshalb meinst du das?«

»Ich meine es nicht, ich weiß es. Dafür haben wir
einen Blick, nicht die Weiber. Ich sehe einen Mann, der
ernste Absichten hat, und das ist Lewin, und ich sehe
eine Wachtel wie diesen Maulhelden, der sich nur amüsieren möchte.«

»Also, was du dir so in den Kopf setzt ...«

»Und du wirst dich besinnen, wenn es zu spät ist, wie
bei Dascha.«

»Ist ja gut, ist ja gut, reden wir nicht mehr davon«, dämpfte ihn die Fürstin, da sie an die unglückliche Dolly dachte.

»Ganz recht, gute Nacht!«

Die Eheleute bekreuzigten und küssten einander, bevor sie auseinandergingen, spürten aber, dass jeder bei
seiner Meinung geblieben war.

Die Fürstin war erst fest davon überzeugt gewesen,
dass der heutige Abend Kittys Schicksal entschieden
habe und dass es an Wronskis Absichten keinen Zweifel
geben könne; was ihr Mann sagte, verunsicherte sie jedoch. Und in ihr Zimmer zurückgekehrt, wiederholte
sie wie Kitty, mit Grauen vor einer ungewissen Zukunft, mehrmals in ihrem Herzen: ›Herr, erbarme dich,
Herr, erbarme dich, Herr, erbarme dich!‹

XVI

Wronski hatte Familienleben nie gekannt. Seine Mutter war in ihrer Jugend eine brillante Dame von Welt
gewesen, die während ihrer Ehe und besonders danach
viele Affären hatte, von denen alle Welt wusste. An seinen Vater erinnerte er sich kaum; aufgezogen wurde er
im Pagenkorps.

Als sehr junger, brillanter Offizier verließ er die Schule und geriet sogleich in den Bann reicher Petersburger Militärkreise. Zwar besuchte er bisweilen die Petersburger Salons, aber seine Liebesinteressen ver folgte er außerhalb der Salons.

Nach dem luxuriösen und rohen Petersburger Leben empfand er in Moskau zum erstenmal den Charme einer Annäherung an ein nettes und unschuldiges Mädchen der vornehmen Welt, das ihn liebgewann. Es kam ihm gar nicht in den Sinn, an seinem Verhältnis zu Kitty könnte irgendetwas von Übel sein. Auf den Bällen tanzte er vorwiegend mit ihr; er kam zu Besuch ins Haus. Er redete mit ihr, was man in Gesellschaft üblicherweise redet, allerlei Unsinn, doch Unsinn, dem er für sie unwillkürlich einen besonderen Sinn beigab. Obwohl er nichts zu ihr sagte, was er nicht vor aller Welt hätte sagen können, spürte er, dass sie mehr und mehr von ihm abhängig wurde, und je mehr er das spürte, desto angenehmer war es ihm und desto zärtlicher wurde sein Gefühl für sie. Er wusste nicht, dass sein Vorgehen gegenüber Kitty einen bestimmten Namen hatte, das Umgarnen junger Damen ohne Heiratsabsicht, und dass dieses Umgarnen eine der üblen, unter brillanten jungen Männern wie er verbreiteten Verhaltensweisen war. Er meinte, er hätte dieses Vergnügen als erster entdeckt, und genoss seine Entdeckung.

Wenn er hätte hören können, was ihre Eltern an diesem Abend sprachen, wenn er sich auf den Blickpunkt der Familie hätte versetzen und erfahren können, dass Kitty unglücklich würde, wenn er sie nicht heiratete, hätte er sich sehr gewundert und es nicht geglaubt. Er hätte nicht glauben können, was ihm und vor allem auch ihr ein so großes und schönes Vergnügen bereitete, könnte von Übel sein. Noch weniger hätte er glauben können, dass er heiraten müsste.

Eine Heirat war ihm nie als eine Möglichkeit erschienen. Nicht nur, dass er das Familienleben nicht mochte; unter der Familie und insbesondere einem Ehemann stellte er sich, nach der allgemeinen Ansicht der Junggesellenwelt, in der er lebte, etwas ihm Fremdes, Feindliches und vor allem Lächerliches vor. Doch obwohl Wronski keine Ahnung von dem hatte, was die Eltern sprachen, spürte er an diesem Abend, als er die Schtscherbazkis verließ, dass die geheime geistige Verbindung, die es zwischen ihm und Kitty gab, sich am heutigen Abend so gefestigt hatte, dass etwas unternommen werden sollte. Was jedoch unternommen werden konnte und musste, fiel ihm nicht ein.

›Es ist doch charmant‹, dachte er auf dem Rückweg von den Schtscherbazkis, wobei er wie immer ein angenehmes Gefühl der Reinheit und Frische von dort mitnahm, zum Teil schon deswegen, weil er den ganzen Abend nicht geraucht hatte, und zugleich ein neues Gefühl der Rührung angesichts ihrer Liebe zu ihm – ›es ist doch charmant, dass weder von mir noch von ihr etwas gesagt wurde, wir uns aber derart verstanden im unsichtbaren Gespräch der Blicke und Tonfälle, dass sie mir heute klarer denn je gesagt hat, sie liebe mich. Und wie nett, schlicht und vor allem zutraulich! Ich selbst fühle mich besser, reiner. Ich fühle, dass ich ein Herz habe und dass viel Gutes in mir steckt. Diese netten, verliebten Augen! Als sie sagte: und sehr ...‹

›Und weiter? Nichts weiter. Mir ist dabei wohl, und ihr ist dabei wohl.‹ Und er überlegte, wo er den heutigen Abend beschließen sollte.

In Gedanken ließ er Revue passieren, wohin er noch fahren könnte. ›In den Klub? eine Partie Bésigue, Champagner mit Ignatow? Nein, mache ich nicht. *Château des fleurs*, dort finde ich Oblonski, Couplets, *Cancan*? Nein, habe ich satt. Eben darum mag ich die Schtscherbazkis, weil ich selbst besser werde. Ich fahre nach Haus.‹ Im Dusseau ging er gleich auf sein Zimmer, bestellte sich ein Nachtessen, und als er sich dann ausgezogen hatte, brauchte er nur den Kopf aufs Kissen zu legen, und schon fiel er in tiefen und wie immer ruhigen Schlaf.

XVII

Anderntags fuhr Wronski um 11 Uhr morgens zum Bahnhof der Petersburger Eisenbahnlinie, um seine Mutter abzuholen, und der erste, der ihm an den Stufen der großen Treppe begegnete, war Oblonski, der mit demselben Zug seine Schwester erwartete.

»Oh, Euer Erlaucht!« rief Oblonski. »Wen holst du ab?«

»Ich? Meine Frau Mutter.« Lächelnd wie jedermann, der Oblonski begegnete, drückte Wronski ihm die Hand und stieg mit ihm die Treppe hoch. »Sie muss heute aus Petersburg kommen.«

»Und ich habe bis zwei auf dich gewartet. Wo bist du von den Schtscherbazkis noch hingefahren?«

»Nach Haus«, antwortete Wronski. »Offen gestanden, war mir gestern so wohl nach den Schtscherbazkis, dass ich nirgends mehr hinwollte.«

»Die feurigen Pferde erkenne ich an ihren Brandzeichen, die verliebten Jünglinge erkenne ich an ihrem Augenleuchten«, deklamierte Stepan Arkadjitsch, genauso wie zuvor bei Lewin.

Wronski lächelte mit einer Miene, als bestreite er es nicht, wechselte jedoch sofort das Thema.

»Und wen holst du ab?« fragte er.

»Ich? ich eine hübsche Frau«, sagte Oblonski.

»Schau an!«

»*Honni soit qui mal y pense!* Meine Schwester Anna.«

»Ach, also Karenina?« sagte Wronski.

»Du kennst sie bestimmt?«

»Wohl schon. Oder nein ... Wirklich, ich entsinne mich nicht«, antwortete Wronski zerstreut; beim Namen Karenina hatte er die vage Vorstellung von etwas Förmlichem und Langweiligem.

»Aber Alexej Alexandrowitsch, meinen berühmten Schwager, kennst du bestimmt. Ihn kennt alle Welt.«

»Also, ich kenne ihn von seinem Renommee und vom Sehen. Weiß, dass er gescheit ist, gelehrt, wohl recht fromm ... Aber du weißt, das ist nicht in meiner ... *not in my line**«, sagte Wronski.

»Ja, er ist ein höchst bemerkenswerter Mensch, ein wenig konservativ, aber ein famoser Mensch«, bemerkte Stepan Arkadjitsch, »ein famoser Mensch.«

»Um so besser für ihn«, meinte Wronski lächelnd. »Ah, du bist hier«, sagte er zu dem hochgewachsenen alten Lakaien der Mutter, der an der Tür stand, »komm mit herein.«

Wronski fühlte sich in dieser letzten Zeit Stepan Arkadjitsch nicht nur wegen seines für jedermann angenehmen Wesens zugetan, sondern auch, weil er in seiner Vorstellung mit Kitty verbunden war.

»Na, was ist, am Sonntag veranstalten wir ein Souper für die Diva?« sagte er zu ihm und hakte ihn lächelnd unter.

»Unbedingt. Ich werde dafür sammeln. Übrigens, hast du gestern meinen Freund Lewin kennengelernt?« fragte Stepan Arkadjitsch.

»O ja. Doch ist er sehr bald gegangen.«

»Er ist ein famoser Kerl«, fuhr Oblonski fort. »Nicht wahr?«

»Ich weiß nur nicht«, erwiderte Wronski, »woher alle Moskauer, Anwesende natürlich ausgenommen«, schob er zum Scherz ein, »so etwas Schroffes haben. Irgendwie stellen sie sich ständig auf die Hinterbeine,

---

* ist nicht mein Fall *(engl.)*

sind verärgert, als wollten sie einen etwas spüren lassen ...«

»Das gibt es, stimmt, das gibt es ...« Stepan Arkadjitsch lachte fröhlich.

Wronski sprach einen Bahnbeamten an. »Was ist,
kommt er bald?«

»Der Zug ist abgelassen«, antwortete der Beamte.

Das Nahen des Zuges kündigte sich mehr und mehr
in den Bewegungen und Vorbereitungen auf dem Bahnhof an, im Gerenne der Gepäckträger, dem Auftauchen
von Gendarmen und Beamten und der Ankunft von Ab-
holern. Durch den Frostdunst waren Arbeiter in kurzen
Schafpelzen und weichen Filzstiefeln zu sehen, die über
die Schienen der einbiegenden Gleise schritten. Von
entfernteren Gleisen war das Pfeifen einer Dampflok
und das Rattern von etwas Schwerem zu hören.

»Nein«, sagte Stepan Arkadjitsch, der Wronski zu
gerne von Lewins Absichten auf Kitty erzählt hätte.
»Nein, du schätzt meinen Lewin nicht richtig ein. Er ist
sehr nervös und kann unangenehm werden, stimmt,
aber dafür kann er manchmal auch sehr nett sein. Ein
ganz redlicher, aufrichtiger Charakter und ein goldenes
Herz. Gestern gab es allerdings besondere Gründe«,
fuhr Stepan Arkadjitsch mit bedeutsamem Lächeln
fort, wobei er jenes echte Mitgefühl, das er gestern für
seinen Freund empfunden hatte, völlig vergaß und jetzt
das gleiche empfand, allerdings für Wronski. »Ja, es gab
einen Grund, weshalb er entweder besonders glücklich
oder besonders unglücklich sein konnte.«

Wronski blieb stehen und fragte ohne Umschweife:
»Das heißt was? Oder hat er gestern deiner *belle
sœur** einen Heiratsantrag gemacht?«

»Vielleicht«, sagte Stepan Arkadjitsch. »Irgendwie
kam es mir gestern so vor. Und wenn er früh gegangen

---

* Schwägerin *(frz.)*

ist und zudem missgelaunt war, ist dem so … Er ist so lange schon verliebt, und mir tut er sehr leid.«

»Schau an! Ich meine im übrigen, dass sie auf eine bessere Partie rechnen kann«, sagte Wronski, reckte die Brust und ging wieder weiter. »Im übrigen kenne ich ihn nicht«, fügte er hinzu. »Ja, das ist eine schwierige Situation! Deshalb ziehen es die meisten auch vor, nur mit Klaras zu tun zu haben. Dort beweist ein Misserfolg bloß, dass du nicht genug Geld hattest, hier steht deine Würde auf dem Spiel. Doch da ist ja der Zug.«

Tatsächlich, in der Ferne pfiff bereits die Lokomotive. Ein paar Minuten später erbebte der Perron, und schnaubend, wobei der Frost den Dampf niederdrückte, rollte die Lokomotive ein, mit der Hebelstange am mittleren Rad, die sich, gemächlich und gleichmäßig, verdrossen zusammenzog und auseinanderschob, und mit dem Lokführer, der, vermummt und bereift, sich verbeugte; nach dem Tender kam, immer gemächlicher und stärker den Perron erschütternd, der Wagen mit dem Gepäck und einem winselnden Hund; schließlich folgten, ruckend vor dem Halt, die Personenwagen.

Ein schneidiger Schaffner pfiff, während er absprang, und hinter ihm stiegen, nacheinander, ungeduldige Fahrgäste aus: ein Gardeoffizier, der sich geradehielt und streng um sich blickte; ein quecksilbriger, vergnügt lächelnder Krämer mit Tasche; und ein Bauer mit einem Sack über der Schulter.

Wronski stand neben Oblonski, betrachtete die Waggons und die Aussteigenden und hatte seine Mutter völlig vergessen. Was er soeben über Kitty erfahren hatte, erregte und freute ihn. Seine Brust hatte sich unwillkürlich gereckt, seine Augen funkelten. Er kam sich als Sieger vor.

Der schneidige Schaffner trat zu Wronski und sagte: »Gräfin Wronskaja ist in diesem Compartiment.«

Die Worte des Schaffners ließen ihn aufschrecken, er

erinnerte sich an die Mutter sowie das bevorstehende
Wiedersehen mit ihr. In seinem Herzen achtete er die
Mutter nicht, und ohne sich dessen bewusst zu sein,
liebte er sie auch nicht, obwohl er sich nach den Auf-
fassungen des Kreises, in dem er lebte, und nach seiner
Erziehung kein anderes Verhältnis zur Mutter vorstellen konnte als ein in höchstem Maße ergebenes und
ehrerbietiges, und zwar ein äußerlich um so ergebene-
res und ehrerbietigeres, je weniger er sie im Herzen
achtete und liebte.

XVIII

Wronski folgte dem Schaffner in den Waggon und blieb
am Eingang des Compartiments stehen, um einer herauskommenden Dame den Vortritt zu lassen. Mit dem
Feingefühl des Mannes von Welt hatte Wronski die
Dame, nach einem einzigen Blick auf ihr Aussehen, den
höheren Kreisen zugeordnet. Er entschuldigte sich und
wollte schon ins Wageninnere weitergehen, fühlte sich
aber genötigt, noch einen Blick auf sie zu werfen –
nicht, weil sie sehr schön gewesen wäre, nicht wegen
der Eleganz und bescheidenen Grazie, die an ihrer gesamten Gestalt zu sehen waren, sondern weil der Ausdruck des anmutigen Gesichts, als sie an ihm vorüberging, etwas besonders Herzliches und Zärtliches hatte.
Als er sich umblickte, wandte auch sie den Kopf. Die
funkelnden, unter den dichten Wimpern dunkel wir-
kenden grauen Augen verharrten freundlich und aufmerksam auf seinem Gesicht, wie wenn sie ihn erkennen würden, und wandten sich sogleich der näherkommenden Menschenmenge zu, als suchten sie jemand. In
dem kurzen Blick konnte Wronski verhaltene Lebhaftigkeit bemerken, die auf ihrem Gesicht spielte und
zwischen den funkelnden Augen und dem kaum merk-

lichen Lächeln auf ihren roten Lippen hin- und her-
flatterte. Als ob ihr Wesen von irgendeinem Übermaß
derart übervoll wäre, dass es gegen ihren Willen bald
im Funkeln des Blicks, bald im Lächeln zum Ausdruck
käme. Sie löschte vorsätzlich das Licht in den Augen,
doch es leuchtete gegen ihren Willen im kaum merklichen Lächeln.

Wronski betrat den Waggon. Seine Mutter, eine
dürre alte Frau mit schwarzen Augen und Ringellöckchen, sah dem Sohn aus zugekniffenen Augen entgegen, und ihre dünnen Lippen lächelten leicht. Sie stand
von der Polsterbank auf, übergab der Zofe ihr Täschchen, reichte dem Sohn eine dürre kleine Hand, hob
dann seinen Kopf von ihrer Hand und küsste ihn ins
Gesicht.

»Du hast das Telegramm bekommen? Bist gesund?
Gott sei Dank.«

»Hatten Sie eine gute Reise?« fragte der Sohn, setzte
sich zu ihr und lauschte unwillkürlich der Frauenstimme vor der Tür. Er wusste, es war die Stimme jener
Dame, die ihm am Eingang begegnet war.

»Dennoch bin ich nicht Ihrer Meinung«, sagte die
Stimme der Dame.

»Die Petersburger Sichtweise, gnädige Frau.«

»Nicht die Petersburger, sondern schlicht eine weibliche«, erwiderte sie.

»Nun, so gestatten Sie, dass ich Ihnen die Hand
küsse.«

»Auf Wiedersehen, Iwan Petrowitsch. Schauen Sie
doch, ob nicht mein Bruder da ist, und schicken Sie ihn
zu mir«, sagte die Dame dicht an der Tür und kam erneut herein.

»Was ist, haben Sie Ihren Bruder gefunden?« fragte
Wronskaja die Dame.

Jetzt fiel es Wronski ein, dass die Dame Karenina
war.

»Ihr Bruder ist hier«, sagte er und stand auf. »Entschuldigen Sie, ich habe Sie nicht erkannt, auch war unsere Bekanntschaft so flüchtig«, sagte Wronski und verneigte sich, »dass Sie sich bestimmt nicht an mich erinnern.«

»O doch«, erwiderte sie, »ich hätte sie erkannt, da wir, Ihre Frau Mutter und ich, die ganze Reise, glaube ich, nur von Ihnen gesprochen haben.« Endlich erlaubte sie der nach außen drängenden Lebhaftigkeit, sich in einem Lächeln auszudrücken. »Mein Bruder ist aber trotzdem nicht da.«

»Hol ihn doch, Alexej«, sagte die alte Gräfin.

Wronski trat hinaus auf den Perron und rief:

»Oblonski! Hierher!«

Karenina wartete jedoch nicht auf den Bruder; als sie ihn erblickt hatte, stieg sie entschiedenen und leichten Schrittes aus. Und sobald der Bruder vor ihr stand, machte sie eine Bewegung, deren Entschiedenheit und Grazie Wronski frappierte, sie umfasste mit der Linken seinen Hals, zog den Bruder rasch an sich und küsste ihn herzhaft. Wronski ließ kein Auge von ihr und lächelte, ohne zu wissen worüber. Doch da ihm einfiel, dass seine Mutter auf ihn wartete, betrat er erneut den Waggon.

»Nicht wahr, sie ist sehr liebenswürdig?« sagte die Gräfin über Karenina. »Ihr Mann hat sie zu mir gesetzt, und ich war sehr froh. Die ganze Reise über haben wir geredet. Na, und du – es heißt, *vous filez le parfait amour. Tant mieux, mon cher, tant mieux**.«

»Ich weiß nicht, worauf Sie anspielen, *maman*«, erwiderte der Sohn kühl. »Nun, *maman*, gehn wir.«

Karenina betrat erneut den Waggon, um sich von der Gräfin zu verabschieden.

»Sehen Sie, Gräfin, Sie haben Ihren Sohn getroffen,

---

* Sie schwelgten in romantischer Liebe. Um so besser, mein Lieber, um so besser *(frz.)*

ich meinen Bruder«, sagte sie fröhlich. »Und meine Geschichten sind alle erschöpft; weiter hätte ich nichts zu erzählen gewusst.«

»Nicht doch, Liebe«, sagte die Gräfin und fasste ihre Hand, »mit Ihnen würde ich um die ganze Welt reisen und mich nicht langweilen. Sie sind eine jener liebenswürdigen Frauen, mit denen Reden so angenehm ist wie Schweigen. Und wegen Ihres Sohnes machen Sie sich bitte keine Gedanken, es geht nicht, dass man sich niemals trennt.«

Karenina stand unbeweglich, hielt sich außerordentlich gerade, und ihre Augen lächelten.

»Anna Arkadjewna hat nämlich«, erklärte die Gräfin ihrem Sohn, »ein Söhnchen von acht Jahren, glaube ich, und sie hat sich noch nie von ihm getrennt und macht sich Sorgen, dass sie ihn alleingelassen hat.«

»Ja, die Gräfin und ich sprachen die ganze Zeit – ich von meinem, sie von ihrem Sohn«, sagte Karenina, und wieder erleuchtete ein Lächeln ihr Gesicht, ein herzliches Lächeln, das ihm galt.

»Gewiss waren Sie des Themas sehr überdrüssig.« Den koketten Ball, den sie ihm zugeworfen hatte, fing er im Flug. Doch sie wollte offenbar das Gespräch in diesem Ton nicht fortsetzen und wandte sich an die alte Gräfin:

»Ich danke Ihnen sehr. Ich habe gar nicht bemerkt, wie der Tag gestern verging. Auf Wiedersehen, Gräfin.«

»Leben Sie wohl, meine Freundin. Lassen Sie mich Ihr hübsches Gesichtchen küssen. Ich als alte Frau darf Ihnen schlicht und ohne Umschweife sagen, dass ich Sie liebgewonnen habe.«

So nichtssagend dieser Satz auch war, Karenina glaubte es offenbar von ganzem Herzen und freute sich darüber. Sie errötete, beugte sich leicht vor, hielt ihr Gesicht vor die Lippen der Gräfin, richtete sich wieder auf, und mit demselben, zwischen Lippen und Augen wogenden Lächeln reichte sie Wronski die Hand. Er drückte die ihm gereichte kleine Hand, und wie über etwas Besonderes freute er sich über den energischen Händedruck, mit dem sie ihm fest und beherzt die Hand schüttelte. Sie ging hinaus mit raschem Gang, der so merkwürdig leicht ihren recht fülligen Körper trug.

»Sehr liebenswürdig«, sagte die alte Frau.

Das Gleiche dachte ihr Sohn. Er sah ihr nach, bis ihre graziöse Gestalt verschwunden war, und das Lächeln verharrte auf seinem Gesicht. Durch das Fenster sah er, wie sie zu ihrem Bruder trat, ihm die Hand auf den Arm legte und lebhaft etwas sagte, etwas, das mit ihm, mit Wronski, offenkundig nichts zu tun hatte, und das kam ihm verdrießlich vor.

»Und Sie, *maman*, sind vollkommen gesund?« fragte er noch einmal die Mutter.

»Alles in Ordnung, alles bestens. *Alexandre* war sehr liebenswürdig. Und *Marie* hat sich sehr gut gemacht. Sie ist sehr hübsch.«

Und sie begann wieder von dem zu erzählen, was sie am meisten interessierte, von der Taufe des Enkels, zu der sie nach Petersburg gereist war, und von dem besonderen Wohlwollen des Zaren gegenüber ihrem älteren Sohn.

»Da ist auch Lawrenti.« Wronski hatte ihn beim Blick aus dem Fenster gesehen. »Jetzt gehen wir, wenn es Ihnen beliebt.«

Der alte Haushofmeister, der mit der Gräfin gereist war, kam herein und meldete, alles sei bereit, und die Gräfin erhob sich.

»Gehen wir, jetzt sind nur noch wenig Leute da«, sagte Wronski.

Die Zofe nahm Täschchen und Hündchen, der Haushofmeister und ein Gepäckträger die übrigen Gepäckstücke. Wronski nahm die Mutter beim Arm; als sie schon beim Aussteigen waren, kamen aber plötzlich ein paar Leute mit erschrockenen Gesichtern vorbeigelaufen. Auch der Stationsvorsteher mit seiner Schirmmütze von ungewöhnlicher Farbe rannte vorbei. Offenkundig war etwas Ungewöhnliches geschehen. Die Leute rannten vom Zug nach hinten.

»Was? ... Was? ... Wo? ... Hat sich vor den Zug gestürzt! Wurde totgefahren!« war von den Vorübereilenden zu hören.

Stepan Arkadjitsch kehrte mit seiner Schwester am Arm zurück, beide ebenfalls mit erschrockenen Gesichtern, und sie blieben, um den Leuten auszuweichen, am Eingang zum Waggon stehen.

Die Damen gingen hinein, während Wronski und Stepan Arkadjitsch den Leuten folgten, um Einzelheiten über das Unglück zu erfahren.

Ein Wächter, ob er nun betrunken war oder zu sehr eingemummt gegen den starken Frost, hatte einen rückwärts rangierenden Zug nicht gehört und war überfahren worden.

Noch bevor Wronski und Oblonski zurückkehrten, erfuhren die Damen diese Einzelheiten vom Haushofmeister.

Oblonski und Wronski hatten beide den verunstalteten Leichnam gesehen. Oblonski machte das sichtlich zu schaffen. Er verzog das Gesicht und schien dem Weinen nah.

»Oh, wie entsetzlich! Oh, wenn du das gesehen hättest, Anna! Oh, wie entsetzlich!« stieß er immer wieder hervor.

Wronski schwieg, sein schönes Gesicht war ernst, aber vollkommen ruhig.

»Oh, wenn Sie das gesehen hätten, Gräfin«, sagte Stepan Arkadjitsch. »Auch seine Frau ist da ... Entsetzlich, sie anzusehen! Sie warf sich über die Leiche. Es heißt, er habe allein eine riesige Familie ernährt. Einfach entsetzlich!«

»Könnte man nicht etwas für sie tun?« sagte Karenina, erregt flüsternd.

Wronski sah sie an und verließ sofort den Zug. Unter der Tür wandte er sich um und sagte: »Ich bin gleich zurück, *maman.*«

Als er einige Minuten später zurückkehrte, unterhielt sich Stepan Arkadjitsch bereits mit der Gräfin über die neue Sängerin, während die Gräfin sich ungeduldig zur Tür umschaute, in Erwartung des Sohnes.

»Jetzt gehen wir«, sagte Wronski, als er eintrat.

Sie stiegen zusammen aus. Wronski ging mit seiner Mutter vorweg. Dahinter ging Karenina mit ihrem Bruder. Am Bahnhofsausgang holte der Stationsvorsteher Wronski ein.

»Sie haben meinem Gehilfen zweihundert Rubel übergeben. Hätten Sie die Güte zu erläutern, für wen diese bestimmt sind?«

»Für die Witwe«, sagte Wronski achselzuckend. »Ich verstehe nicht, wozu Sie fragen.«

»Das haben Sie getan?« rief von hinten Oblonski. Er drückte den Arm seiner Schwester und fügte hinzu: »Sehr nett, sehr nett! Ein famoser Kerl, nicht wahr? Meine Verehrung, Gräfin.«

Und er blieb mit der Schwester stehen, um ihre Zofe zu suchen.

Als sie nach draußen kamen, war die Kutsche der Wronskis bereits abgefahren. Die Herauskommenden besprachen immer noch, was vorgefallen war.

»Ein entsetzlicher Tod!« sagte ein Herr im Vorübergehen. »Es heißt, in zwei Stücke zerteilt.«

»Im Gegenteil, ich finde, ein sehr leichter, augenblicklicher«, bemerkte ein anderer.

»Dass da keine Maßnahmen ergriffen werden«, sagte ein dritter.

Karenina nahm in der Kutsche Platz, und Stepan Arkadjitsch erkannte verwundert, dass ihre Lippen zitterten und sie mit Mühe die Tränen zurückhielt.

»Was hast du, Anna?« fragte er, als sie ein Stück weit gefahren waren.

»Ein böses Vorzeichen«, sagte sie.

»Dummes Zeug!« sagte Stepan Arkadjitsch. »Du bist hier, das ist die Hauptsache. Du kannst dir nicht vorstellen, wieviel Hoffnung ich auf dich setze.«

»Kennst du Wronski schon lange?« fragte sie.

»Ja. Weißt du, wir hoffen, dass er Kitty heiratet.«

»Ja?« sagte Anna leise. »Nun lass uns über dich sprechen«, fügte sie hinzu mit einer Kopfbewegung, als wollte sie etwas Unnötiges und Störendes körperlich abschütteln. »Lass uns über deine Angelegenheiten sprechen. Ich erhielt deinen Brief, und da bin ich.«

»Ja, alle Hoffnung setze ich auf dich«, sagte Stepan Arkadjitsch.

»Nun, erzähle mir alles.«

Und Stepan Arkadjitsch begann zu erzählen.

Vor dem Hauseingang half Oblonski seiner Schwester beim Aussteigen, seufzte, drückte ihr die Hand und begab sich ins Amt.

XIX

Als Anna in den kleinen Salon trat, saß dort Dolly mit einem flachsblonden, pummeligen Jungen, der schon jetzt dem Vater glich, und hörte ihm die Französischlektion ab. Der Junge las vor, dabei drehte seine Hand einen kaum noch haltenden Knopf an seinem Kittel und suchte ihn abzureißen. Die Mutter hatte die Hand schon ein paarmal weggezogen, aber das pummelige Händchen griff wieder zum Knopf. Die Mutter riss den Knopf ab und steckte ihn in die Tasche.

»Halte die Hände ruhig, Grischa«, sagte sie und ging wieder an ihre Decke, eine uralte Handarbeit, die sie stets in schweren Zeiten vornahm, und nun häkelte sie nervös, immer wieder stieß der Finger vor, zählte sie die Maschen. Wenngleich sie gestern ihrem Mann hatte ausrichten lassen, es gehe sie nichts an, ob seine Schwester komme, hatte sie für die Ankunft alles vorbereitet und erwartete nun aufgeregt die Schwägerin.

Dolly war am Boden zerstört vor Kummer, ging ganz in ihm auf. Dennoch war sie sich bewusst, dass Anna, ihre Schwägerin, die Frau eines der einflussreichsten Staatsmänner in Petersburg war und eine Petersburger *grande dame*. Und dank diesem Umstand hatte sie nicht ausgeführt, was sie ihrem Mann angekündigt hatte, also nicht vergessen, dass die Schwägerin ankam. ›Schließlich trägt Anna ja keine Schuld‹, dachte Dolly. ›Ich weiß von ihr bloß das Allerbeste, und mir gegenüber hat sie nur Herzlichkeit und Freundschaft an den Tag gelegt.‹ Allerdings, soweit sie sich an ihren Eindruck aus Petersburg erinnerte, hatte es ihr im Haus der Karenins nicht gefallen; irgendetwas war verlogen an der Art ihres Familienlebens. ›Aber weshalb sollte ich sie nicht empfangen? Wenn sie sich bloß nicht einfallen lässt, mich zu trösten‹, dachte Dolly. ›Alle Tröstungen und Ermahnungen und christlichen Vergebungen, das habe ich alles schon tausendmal durchdacht, und das taugt alles nichts.‹

Die ganzen Tage war Dolly mit den Kindern allein gewesen. Über ihren Kummer sprechen wollte sie nicht, und mit diesem Kummer im Herzen über anderes sprechen konnte sie nicht. Sie wusste, dass sie Anna so oder so alles sagen würde, und bald freute sie der Gedanke, wie sie es sagen würde, bald erboste es sie, mit ihr, seiner Schwester, über ihre Erniedrigung sprechen zu müssen und vorgestanzte Phrasen der Ermahnung und Tröstung von ihr zu hören.

Sie hatte, wie das oft vorkommt, Anna mit Blick auf die Uhr jeden Moment erwartet, verpasste dann jedoch den Moment der Ankunft, dieweil sie die Klingel überhört hatte.

Als sie das Rascheln des Kleides und die leichten Schritte bereits an der Tür hörte, blickte sie sich um, und ihr verhärmtes Gesicht drückte unwillkürlich keine Freude, sondern Verwunderung aus. Sie stand auf und umarmte die Schwägerin.

»Wie, du bist schon hier?« sagte sie und küsste Anna.

»Dolly, wie ich mich freue, dich zu sehen!«

»Auch ich freue mich.« Dolly lächelte schwach und suchte an Annas Gesichtsausdruck abzulesen, ob sie es schon wusste. ›Bestimmt weiß sie es‹, dachte sie, als sie Mitgefühl auf Annas Gesicht bemerkte. »Nun komm, ich bringe dich auf dein Zimmer«, fuhr sie fort, denn sie wollte den Moment der Aussprache so weit wie möglich hinausschieben.

»Das ist Grischa? Mein Gott, wie groß er geworden ist!« sagte Anna, küsste ihn, ohne den Blick von Dolly zu wenden, stockte und wurde rot. »Nein, erlaube, dass ich hierbleibe.«

Sie nahm ihr Tuch ab und den Hut, und da er sich in einer Locke ihrer schwarzen, überall sich kringelnden Haare verfing, schüttelte sie den Kopf, um die Haare loszumachen.

»Und du strahlst vor Glück und Gesundheit!« sagte Dolly fast mit Neid.

»Ich? Ja«, sagte Anna. »Mein Gott, Tanja! So alt wie mein Serjoscha«, fuhr sie fort; ein Mädchen war gerade hereingelaufen, sie nahm es in die Arme und küsste es. »Ein reizendes Mädchen, ganz reizend! Zeige sie mir alle.«

Sie nannte alle beim Namen, und nicht nur das, auch Geburtsjahr und -monat, die Charaktere und Krankheiten aller Kinder hatte sie sich gemerkt, und Dolly musste das einfach anerkennen.

»Na komm, wir gehen zu ihnen«, sagte sie. »Wasja schläft jetzt leider.«

Nach Besichtigung der Kinder setzten sie sich, nun allein, in den Salon zum Kaffee. Anna griff zum Tablett und schob es dann weg.

»Dolly«, sagte sie, »er hat es mir gesagt.«

Dolly schaute Anna kühl an. Sie erwartete jetzt heuchlerisch-mitfühlende Phrasen; doch Anna sagte nichts dergleichen.

»Dolly, Liebe!« sagte sie. »Ich möchte weder für ihn sprechen noch dich trösten, das ist unmöglich. Doch du tust mir einfach leid, mein Herz, tust mir von ganzem Herzen leid!«

Hinter den dichten Wimpern ihrer funkelnden Augen zeigten sich plötzlich Tränen. Sie setzte sich näher zu ihrer Schwägerin und nahm deren Hand in ihre energische kleine Hand. Dolly rückte nicht weg, doch ihr frostiger Gesichtsausdruck änderte sich nicht. Sie sagte:

»Mich zu trösten ist unmöglich. Alles ist verloren, nach dem, was gewesen ist, alles ist dahin!«

Kaum hatte sie das gesagt, wurde ihr Gesichtsausdruck plötzlich sanfter. Anna hob Dollys trockene, hagere Hand hoch, küsste sie und sagte:

»Doch was tun, Dolly, was nur tun? Wie geht man am besten vor in dieser schrecklichen Lage? – darüber wäre nachzudenken.«

»Alles ist zu Ende, weiter gibt es nichts«, sagte Dolly. »Und das Schlimmste ist, begreif doch, dass ich ihn nicht verlassen kann – die Kinder, ich bin gebunden. Doch mit ihm leben kann ich nicht, ihn zu sehen ist mir eine Qual.«

»Dolly, meine Teure, er hat es mir gesagt, aber ich möchte es von dir hören, sage mir alles.«

Dolly sah sie fragend an.

Ungeheuchelte Teilnahme und Liebe waren auf Annas Gesicht zu sehen.

»Meinetwegen«, sagte sie plötzlich. »Aber dann von Anfang an. Du weißt, wie ich geheiratet habe. Erzogen von *maman*, war ich nicht nur unschuldig, sondern ich war dumm. Ich hatte keine Ahnung. Es heißt, das weiß ich, die Männer würden den Frauen ihr Vorleben erzählen, aber Stiwa« – sie verbesserte sich – »Stepan Arkadjitsch sagte mir nichts. Du wirst es nicht glauben, aber bis jetzt habe ich gedacht, ich sei die einzige Frau, die er kennt. So habe ich acht Jahre gelebt. Begreif doch – nicht nur, dass ich keinerlei Verdacht hatte, ich hielt Untreue auch für unmöglich, und da, stell dir vor, mit solchen Vorstellungen im Kopf, muss ich plötzlich all das Entsetzliche erfahren, all das Scheußliche ... Begreif das doch. Sich seines Glückes vollkommen sicher zu sein, und plötzlich ...« fuhr Dolly fort und hielt das Schluchzen zurück, »und einen Brief zu bekommen ... einen Brief von ihm an seine Geliebte, an meine Gouvernante. Nein, das ist zu entsetzlich!« Sie holte eilends ihr Taschentuch hervor und bedeckte damit das Gesicht. »Eine flüchtige Passion, das verstehe ich noch«, fuhr sie nach einer Weile fort, »aber mich mit Bedacht und schlau zu betrügen ... und mit wem? ... Weiterhin mein Mann zu sein, zusammen mit ihr ... das ist entsetzlich! Du kannst es nicht verstehen ...«

»O doch, ich verstehe es! Verstehe es, liebe Dolly, verstehe es«, sagte Anna und drückte ihr die Hand.

»Und meinst du, er verstünde, wie entsetzlich meine Lage ist?« fuhr Dolly fort. »Nicht im Geringsten! Er ist glücklich und zufrieden.«

»O nein!« unterbrach Anna rasch. »Er ist ein Bild des Jammers, ist am Boden zerstört vor Reue ...«

»Ist er zu Reue überhaupt fähig?« unterbrach Dolly und sah der Schwägerin aufmerksam ins Gesicht.

»Ja, ich kenne ihn. Es jammerte mich, ihn zu sehen. Wir kennen ihn beide. Er ist gutmütig, aber er ist stolz, und jetzt so erniedrigt. Was mich am meisten gerührt hat (und da erriet Anna, was Dolly am meisten rühren könnte) – ihn quälen zwei Dinge: dass er sich vor den Kindern schämt und dass er dir, wo er dich doch liebt … ja, ja, wo er dich mehr liebt als alles auf der Welt,« – sie kam Dollys Widerspruch eilends zuvor – »dass er dir wehgetan, dich am Boden zerstört hat. ›Nein, nein, sie wird nicht verzeihen‹, sagt er ständig.«

Dolly sah nachdenklich an der Schwägerin vorbei, während sie ihr zuhörte.

»Ja, ich verstehe, dass seine Lage entsetzlich ist; der Schuldige ist schlechter dran als der Unschuldige«, sagte sie, »wenn er fühlt, dass alles Unglück von seiner Schuld herrührt. Aber wie kann ich verzeihen, wie kann ich wieder seine Frau sein nach ihr? Mit ihm zusammen zu sein wird nun zur Qual für mich, eben darum, weil ich ihn geliebt habe, wie ich ihn geliebt habe, weil ich meine vergangene Liebe zu ihm liebe …«

Und ihre Rede wurde von Schluchzen unterbrochen.

Jedesmal, wenn sie sich besänftigte, fing sie wie mit Vorsatz wieder von dem an, was sie aufbrachte.

»Sie ist doch jung, sie ist doch schön«, fuhr sie fort. »Verstehst du, Anna, meine Jugend, meine Schönheit, wer hat sie mir denn genommen? Er und seine Kinder. Ich habe ausgedient, und in diesem Dienst habe ich alles, was ich hatte, ihm gegeben; versteht sich, dass ihm ein frisches, vulgäres Geschöpf jetzt lieber ist. Sie haben bestimmt miteinander geredet über mich, oder schlimmer noch, haben geschwiegen – verstehst du?« Wieder entzündete sich Hass in ihren Augen. »Und danach soll er zu mir wieder sagen … Und ich soll ihm glauben? Niemals. Nein, es ist alles zu Ende, alles, was ein Trost war, ein Lohn für die Mühe, die Qualen … Du wirst es kaum glauben, gerade habe ich Grischa unterrichtet: Früher war mir das oft eine Freude, jetzt ist es eine Qual. Wozu mühe ich mich, rackere mich ab? Wozu die Kinder? Entsetzlich ist, dass mein Herz sich auf einmal umgekehrt hat, und statt Liebe und Zärtlichkeit empfinde ich für ihn nur noch Grimm, ja, Grimm. Ich könnte ihn umbringen und ...«

»Dolly, mein Herz, ich verstehe das, aber quäl dich nicht. Du bist dermaßen verletzt, dermaßen erregt, dass du vieles nicht richtig siehst.«

Dolly verstummte, sie schwiegen gewiss zwei Minuten.

»Was tun, lass dir was einfallen, Anna, hilf mir. Ich habe alles durchdacht und finde nichts.«

Es fiel auch Anna nichts ein, aber ihr Herz antwortete unmittelbar auf jedes Wort, auf jeden Gesichtsausdruck der Schwägerin.

»Ich sage dir eines«, begann Anna, »ich bin seine Schwester, ich kenne seinen Charakter, diese Fähigkeit, alles, aber auch alles zu vergessen (sie machte eine Handbewegung vor der Stirn), diese Fähigkeit zu absoluter Passion, aber auch zu absoluter Reue. Er kann nicht glauben, kann jetzt nicht verstehen, wie er tun konnte, was er getan hat.«

»Doch, er versteht es, hat es auch vorher verstanden!« unterbrach sie Dolly. »Aber ich ... du vergisst mich ... ist mir davon leichter?«

»Warte. Als er es mir sagte, das gebe ich zu, verstand ich noch nicht, wie entsetzlich deine Lage wirklich ist. Ich sah nur ihn und dass die Familie zerrüttet ist; er jammerte mich, aber nachdem ich mit dir gesprochen habe, sehe ich als Frau auch das andere. Ich sehe deine Leiden, und ich kann dir gar nicht sagen, wie du mich dauerst! Aber Dolly, mein Herz, ich verstehe dein Leiden durchaus, nur eines weiß ich nicht: ich weiß nicht ... ich weiß nicht, ob in deinem Herzen noch

Liebe zu ihm vorhanden ist. Das weißt nur du – ob noch
soviel vorhanden ist, damit es zum Verzeihen reicht.
Wenn ja, dann verzeih!«

»Nein«, begann Dolly, doch Anna unterbrach sie und
küsste ihr noch einmal die Hand.

»Ich kenne die große Welt besser als du«, sagte sie.
»Ich kenne diese Männer wie Stiwa, ihre Sicht auf die
Dinge. Du sagst, er habe mit ihr über dich gesprochen.
Keinesfalls. Diese Männer begehen eine Untreue, aber
ihr heimischer Herd und ihre Ehefrau – das ist ihr Heiligtum. Irgendwie stehen solcherart Frauen weiterhin
in ihrer Verachtung, sie stören die Familie nicht. Diese
Männer ziehen eine nicht überschreitbare Grenze zwischen der Familie und diesem. Ich kann das nicht verstehen, aber so ist es.«

»Ja, aber er hat sie geküsst ...«

»Dolly, warte, mein Herz. Ich habe Stiwa gesehen,
als er in dich verliebt war. Ich erinnere mich an die
Zeit, als er mich besuchen kam und weinte, wenn er
von dir sprach, wieviel Poesie und auf welcher Höhe
du für ihn warst, und ich weiß, je länger er mit dir
zusammen war, desto höher standst du für ihn. Wir
machten uns manchmal sogar lustig über ihn, weil
er nach jedem Satz sagte: ›Dolly ist eine erstaunliche
Frau‹. Du bist für ihn stets eine Göttin gewesen und bist
es geblieben, und das hier ist keine Passion seines Herzens ...«

»Aber wenn eine solche Passion sich wiederholt?«

»Das kann sie nicht, nach meinem Verständnis.«

»Ja, aber würdest du ihm verzeihen?«

»Ich weiß nicht. Ich kann das nicht beurteilen ...
Doch, ich kann es«, sagte Anna nach einigem Nachdenken. Und als sie in Gedanken die Situation erfasst und
sie auf ihrer inneren Waage gewogen hatte, fügte sie
hinzu: »Doch, ich kann es, ich kann es. Ja, ich würde
ihm verzeihen. Ich wäre nicht mehr dieselbe, ja, doch

verzeihen würde ich ihm, so verzeihen, als wäre es nicht
gewesen, gar nicht gewesen.«

»Das versteht sich«, warf Dolly rasch ein, als sagte
Anna etwas, woran sie selbst schon oft gedacht hatte,
»anders wäre es auch kein Verzeihen. Wenn man verzeiht, dann ganz, ganz. Nun komm, ich bringe dich auf
dein Zimmer.« Sie stand auf, und auf dem Weg dorthin
umarmte sie Anna noch einmal. »Du meine Liebe, wie
ich mich freue, dass du hier bist, wie ich mich freue.
Nun ist mir leichter, soviel leichter.«

XX

Diesen ganzen Tag verbrachte Anna zu Hause, das
heißt, bei den Oblonskis, und empfing niemanden, obwohl einige ihrer Bekannten schon von ihrer Ankunft
erfahren hatten und am selben Tag zu Besuch kommen
wollten. Anna verbrachte den ganzen Mittag bei Dolly
und den Kindern. Sie schickte ihrem Bruder nur ein
Billett, er solle unbedingt zu Hause dinieren. »Komm
her, Gott ist gnädig«, schrieb sie.

Oblonski dinierte zu Hause; es kam ein gemeinsames
Gespräch zustande, seine Frau redete mit ihm und sagte
du zu ihm, was sie zuvor nicht getan hatte. Im Verhält-
nis zwischen Mann und Frau herrschte nach wie vor
Entfremdung, aber von Trennung war nicht mehr die
Rede, und Stepan Arkadjitsch sah die Möglichkeit einer
Aussprache und Versöhnung.

Gleich nach dem Essen kam Kitty zu Besuch. Sie
kannte Anna Arkadjewna, doch nur wenig, und kam zu
ihrer Schwester nun nicht ohne Furcht, wie diese Petersburger Dame von Welt, die alle so lobten, sie empfangen würde. Aber sie gefiel Anna Arkadjewna – das
erkannte sie gleich. Anna hatte offensichtlich Freude
an ihrer Schönheit und Jugend, und ehe Kitty es sich

versah, spürte sie schon, dass sie nicht nur unter ihrem Einfluss stand, sondern verliebt war in sie, wie eben junge Mädchen sich in verheiratete und ein wenig ältere Damen verlieben können. Einer Dame von Welt oder der Mutter eines achtjährigen Sohnes glich Anna überhaupt nicht, eher einem zwanzigjährigen Mädchen dank der Geschmeidigkeit ihrer Bewegungen, ihrer Frische und der auf ihrem Gesicht stets zu findenden Lebhaftigkeit, die bald im Lächeln, bald im Blick aufbrechen wollte, wäre nicht der ernste, manchmal traurige Ausdruck ihrer Augen gewesen, der Kitty verwunderte und anzog. Kitty spürte, dass Anna vollkommen schlicht war und nichts verbarg, aber dass sie eine andere, höhere Welt in sich trug, komplizierte und poetische Interessen, zu denen Kitty keinen Zugang hatte.

Als Dolly nach dem Essen in ihr Zimmer gegangen war, erhob sich Anna rasch und trat zu ihrem Bruder, der sich gerade eine Zigarre anzündete.

»Stiwa«, sagte sie zu ihm, zwinkerte fröhlich, bekreuzigte ihn und wies mit den Augen auf die Tür. »Geh, und Gott helfe dir.«

Er legte die Zigarre weg, da er sie verstanden hatte, und verschwand hinter der Tür.

Als Stepan Arkadjitsch fort war, kehrte sie zum Sofa zurück, zu ihrem vorigen Platz, umringt von den Kindern. Weil die Kinder sahen, dass die Mutter diese Tante lieb hatte, oder weil sie selbst ihren besonderen Charme spürten, waren die beiden älteren und danach die jüngeren, wie das bei Kindern häufig vorkommt, schon vor dem Essen der neuen Tante nicht mehr von der Seite gewichen. Es ergab sich unter ihnen eine Art Spiel, das darin bestand, so nah wie möglich bei der Tante zu sitzen, sie zu berühren, ihre kleine Hand zu halten, sie zu küssen, mit ihrem Ring zu spielen oder zumindest die Volants ihres Kleids zu berühren.

»Nicht doch, wie wir vorher gesessen sind«, sagte

Anna Arkadjewna, als sie sich wieder auf ihren Platz setzte.

Wieder schob Grischa seinen Kopf unter ihrem Arm durch und legte ihn auf ihr Kleid und strahlte vor Stolz und Glück.

»Und wann ist nun der Ball?« wandte sie sich an Kitty.

»In der nächsten Woche, und es ist ein wunderschöner Ball. Einer der Bälle, wo es immer fröhlich zugeht.«

»Gibt es das denn, Bälle, wo es immer fröhlich zugeht?« fragte Anna mit sanfter Ironie.

»Seltsamerweise ja. Bei Bobrischtschews geht es immer fröhlich zu, bei Nikitins auch, bei Meschkows jedoch immer langweilig. Ist Ihnen das nie aufgefallen?«

»Nein, mein Herz, für mich gibt es keine Bälle mehr, wo es fröhlich zugeht«, sagte Anna, und Kitty erblickte in ihren Augen jene besondere Welt, die ihr nicht offenstand. »Für mich gibt es höchstens Bälle, auf denen es weniger beschwerlich und langweilig zugeht.«

»Wie kann I h n e n auf einem Ball langweilig sein?«

»Weshalb sollte m i r auf einem Ball nicht langweilig sein können?« fragte Anna.

Kitty merkte, dass Anna wusste, was die Antwort wäre.

»Weil Sie immer die Beste sind von allen.«

Anna hatte die Fähigkeit zu erröten. Sie errötete und sagte:

»Erstens ist dem nicht so. Und zweitens, selbst wenn dem so wäre, was hätte ich davon?«

»Gehen Sie auf diesen Ball?« fragte Kitty.

»Ich denke, dass ich wohl nicht anders kann. Hier, nimm das«, sagte sie zu Tanja, die ihr einen leicht gleitenden Ring von ihrem weißen, an der Spitze dünnen Finger zog.

»Ich würde mich sehr freuen, wenn Sie gingen. Ich würde Sie zu gerne auf dem Ball sehen.«

»Wenn ich gehen muss, wird mich nun wenigstens der Gedanke trösten, dass es Ihnen Vergnügen bereitet ... Grischa, zaus mich bitte nicht, sie sind auch so schon ganz zerwühlt«, sagte sie zu Grischa und ordnete eine herausgerutschte Haarlocke, mit der Grischa gespielt hatte.

»Ich stelle Sie mir auf dem Ball in Lila vor.«

»Weshalb unbedingt in Lila?« fragte Anna lächelnd.

»Nun geht, Kinder, geht. Hört ihr, Miss Hull ruft euch zum Tee«, sagte sie, machte die Kinder von sich los und schickte sie ins Esszimmer.

»Ich weiß, weshalb Sie mich zum Ball auffordern. Sie erwarten sich viel von diesem Ball, und Sie möchten, dass alle dabei sind, alle Anteil nehmen.«

»Woher wissen Sie das? Ja.«

»Oh, was sind Sie doch in einer schönen Zeit«, fuhr Anna fort. »Ich weiß noch, ich kenne diesen himmelblauen Nebel, ähnlich wie in den Schweizer Bergen. Dieser Nebel, der alles bedeckt in jener seligen Zeit, wenn die Kindheit demnächst zu Ende ist und der Weg aus diesem riesigen, glücklichen und fröhlichen Kreis immer enger und enger wird und es fröhlich und schaurig ist, diese Zimmerflucht zu betreten, obgleich sie licht ist und wunderschön ... Wer hätte das nicht durchschritten?«

Kitty lächelte schweigend. ›Aber wie hat sie das durchschritten? Wie gerne würde ich ihre ganze Liebesgeschichte kennen‹, dachte Kitty in Gedanken an das unpoetische Aussehen von Alexej Alexandrowitsch, ihrem Ehemann.

»Ich weiß einiges. Stiwa hat es mir gesagt, und ich gratuliere Ihnen, er gefällt mir sehr«, fuhr Anna fort, »ich bin Wronski auf dem Bahnhof begegnet.«

»Ach, war er dort?« fragte Kitty errötend. »Und was hat Stiwa Ihnen gesagt?«

»Stiwa hat mir alles ausgeplaudert. Und ich würde

mich sehr freuen. Ich bin gestern mit Wronskis Mutter gereist«, fuhr sie fort, »und die Mutter erzählte ohne Unterlass von ihm, er ist ihr Liebling. Ich weiß, wie voreingenommen Mütter sind, aber ...«

»Was hat Ihnen die Mutter denn erzählt?«

»Ach, viel! Ich weiß, er ist ihr Liebling, dennoch sieht man, dass er ein Ritter ist ... Zum Beispiel hat sie erzählt, dass er sein ganzes Vermögen seinem Bruder geben wollte, dass er noch als Kind etwas Außerge-wöhnliches getan hat, eine Frau aus dem Wasser geret-tet. Mit einem Wort – ein Held«, schloss Anna lächelnd, und ihr kamen die zweihundert Rubel in den Sinn, die er auf dem Bahnhof gespendet hatte.

Aber sie erzählte nichts von den zweihundert Ru-beln. Irgendwie war es ihr unangenehm, sich dessen zu entsinnen. Sie spürte, dass darin etwas lag, das sie be-traf, etwas, das nicht hätte sein dürfen.

»Sie hat mich sehr gebeten, sie zu besuchen«, fuhr Anna fort, »und ich freue mich, die alte Dame wieder-zusehen und werde morgen zu ihr fahren. Allerdings, Gott sei Dank, Stiwa bleibt lange in Dollys Boudoir.« Anna stand auf, als sie das Thema wechselte – mit ir-gendetwas unzufrieden, wie es Kitty vorkam.

»Nein, ich zuerst! nein ich!« schrien die Kinder, die nach ihrem Tee hereingerannt kamen zu Tante Anna.

»Alle zusammen!« rief Anna, lief ihnen lachend ent-gegen und umarmte sie und ließ sich mit dem ganzen Haufen herumwuselnder und vor Begeisterung juch-zender Kinder aufs Sofa fallen.

XXI

Zum Tee der Großen kam Dolly aus ihrem Zimmer. Stepan Arkadjitsch kam nicht. Er hatte ihr Zimmer an-scheinend durch den Hinterausgang verlassen.

»Ich befürchte, dass du es kalt haben wirst oben«, bemerkte Dolly zu Anna, »ich möchte dich nach hier unten verlegen, dann sind wir uns näher.«

»Oh, macht euch um mich bitte keine Sorgen«, erwiderte Anna; sie sah Dolly prüfend ins Gesicht und suchte zu erkennen, ob die Versöhnung stattgefunden habe.

»Du wirst es heller haben hier«, meinte die Schwägerin.

»Ich sage dir ja, ich schlafe immer und überall wie ein Murmeltier.«

Stepan Arkadjitsch trat aus seinem Kabinett. »Worum geht es?« fragte er, an seine Frau gewandt.

An seinem Tonfall erkannten Kitty wie Anna sofort, dass die Versöhnung stattgefunden hatte.

»Ich möchte Anna nach unten verlegen, aber hier müssen andere Gardinen aufgehängt werden. Das macht niemand richtig, da muss ich selbst ran«, erwiderte Dolly, an ihn gewandt.

›Weiß der Himmel, ob sie sich völlig versöhnt haben‹, dachte Anna, als sie ihren kalten und ruhigen Tonfall hörte.

»Ach, Dolly, mach doch nicht immer solche Umstände«, sagte ihr Mann. »Wenn du möchtest, mache ich es ...«

›Ja, anscheinend haben sie sich versöhnt‹, dachte Anna.

»Ich weiß, wie du das machst«, entgegnete Dolly, »du sagst Matwej, er solle es so machen, wie es gar nicht geht, fährst selbst weg, und er bringt alles durcheinander.« Und das übliche spöttische Lächeln verzog Dollys Mundwinkel, als sie das sagte.

›Vollkommene, vollkommene Versöhnung‹, dachte Anna, ›Gott sei Dank!‹ Und vor Freude, dass sie die Ursache dafür war, ging sie zu Dolly und küsste sie.

»Überhaupt nicht, weshalb sprichst du so verächtlich von mir und Matwej?« sagte Stepan Arkadjitsch mit kaum merklichem Lächeln, an seine Frau gewandt.

Den ganzen Abend war Dolly ihrem Mann gegenüber so leicht spöttisch wie immer, Stepan Arkadjitsch hingegen zufrieden und fröhlich, aber gerade im rechten Maß, um nicht den Anschein zu erwecken, nun, da ihm verziehen, hätte er seine Schuld vergessen.

Um halb zehn wurde die besonders frohe und angenehme abendliche Familienunterhaltung am Teetisch der Oblonskis durch einen, dem Augenschein nach, höchst schlichten Vorfall gestört, aber irgendwie kam dieser schlichte Vorfall allen merkwürdig vor. Während des Gesprächs über gemeinsame Petersburger Bekannte stand Anna rasch auf.

»Ich habe sie in meinem Album«, sagte sie, »dann zeige ich auch meinen Serjoscha«, fügte sie mit stolzem Mutterlächeln hinzu.

Nach neun, wenn sie gewöhnlich ihrem Sohn gute Nacht sagte und ihn, bevor sie auf einen Ball fuhr, oft selbst zu Bett brachte, war sie traurig geworden, dass sie so weit von ihm weg war; worüber auch gesprochen wurde, sie kehrte in Gedanken ständig zu ihrem Lockenkopf Serjoscha zurück. Sie wollte zu gern sein Photo anschauen und über ihn sprechen. So nutzte sie den ersten besten Vorwand, stand auf und ging mit ihrem leichten, entschiedenen Gang das Album holen. Die Treppe nach oben, zu ihrem Zimmer, endete auf dem Absatz der großen, beheizten Treppe vom Eingang her.

Während sie den Salon verließ, war die Klingel am Eingang zu hören.

»Wer kann das sein?« fragte Dolly.

»Um mich abzuholen, ist es zu früh, für jemand anderes zu spät«, bemerkte Kitty.

»Bestimmt wer mit Schriftstücken«, fügte Stepan Arkadjitsch an, und als Anna an der Treppe vorbeiging, kam ein Diener hochgelaufen, um den Ankömmling zu melden, und der Ankömmling selbst stand bei der Lampe. Anna schaute hinunter und erkannte sogleich Wronski, und ein merkwürdiges Gefühl von Vergnügen und zugleich Furcht regte sich plötzlich in ihrem Herzen. Er stand im Mantel da und holte etwas aus der Tasche. In dem Moment, als sie auf der Mitte der Treppe war, hob er die Augen und erblickte sie, und sein Gesichtsausdruck bekam etwas Verlegenes und Erschrockenes. Sie neigte leicht den Kopf und ging weiter, und hinter ihr war die laute Stimme Stepan Arkadjitschs zu hören, der ihn zum Eintreten aufforderte, und die weniger laute, weiche und ruhige Stimme des ablehnenden Wronski.

Als Anna mit dem Album zurückkehrte, war er nicht mehr da, und Stepan Arkadjitsch berichtete, er sei vorbeigefahren, um etwas über das Diner zu erfahren, das sie morgen einer gastierenden Berühmtheit geben wollten.

»Er mochte auf gar keinen Fall hereinkommen. War irgendwie merkwürdig«, fügte Stepan Arkadjitsch an.

Kitty errötete. Sie dachte, sie allein wüsste, warum er vorbeigefahren und wieso er nicht hereingekommen sei. ›Er war bei uns‹, dachte sie, ›hat mich nicht angetroffen und gedacht, ich sei hier; aber er kam nicht herein, weil er dachte, es sei zu spät, auch ist Anna hier.‹

Alle blickten sich gegenseitig an, ohne etwas zu sagen, und betrachteten dann Annas Album.

Überhaupt nichts Außergewöhnliches oder Merkwürdiges war daran, dass ein Mann um halb zehn bei seinem Freund vorbeifährt, um Einzelheiten eines geplanten Diners zu erfahren, und nicht hereinkommt; doch es erschien allen merkwürdig. Merkwürdiger als den anderen und ungut erschien es Anna.

XXII

Der Ball hatte eben erst begonnen, als Kitty mit ihrer Mutter die große, lichtüberflutete Treppe hochstieg, die gesäumt war von Blumen und gepuderten Lakaien in roten Kaftanen. Aus den Sälen drang wie aus einem Bienenstock das gleichmäßige Rauschen der Bewegung, und während die beiden auf dem Treppenabsatz, zwischen Bäumchen, vor dem Spiegel ihre Frisuren ordneten, waren aus dem einen Saal die vorsichtig-deutlichen Geigenklänge des Orchesters zu hören, das den ersten Walzer anstimmte. Ein altes Männlein in Beamtenuniform, das vor dem anderen Spiegel seine grauen Schläfenhaare geordnet hatte und Parfümgeruch verbreitete, stieß an der Treppe mit ihnen zusammen und trat beiseite, mit sichtlichem Vergnügen an der ihm unbekannten Kitty. Ein bartloser Jüngling in weit offener Weste, einer derjenigen aus der Hautevolee, die der alte Fürst »Gickel« nannte, rückte im Gehen die weiße Halsbinde zurecht, grüßte die beiden und rannte weiter, kehrte aber zurück, um Kitty zur Quadrille aufzufordern. Die erste Quadrille war bereits an Wronski vergeben, sie musste dem Jüngling die zweite überlassen. Ein Offizier, der sich gerade den Handschuh zuknöpfte, trat an der Tür beiseite, strich sich den Schnurrbart und hatte sein Vergnügen an der rosaroten Kitty.

Obgleich die Toilette, die Frisur und alle Ballvorbereitungen Kitty viel Mühe und Überlegung gekostet hatten, betrat sie in ihrer raffinierten Tüllrobe mit rosa Unterkleid den Ball nun so frei und schlicht, wie wenn diese ganzen Rosetten, Spitzen und alle Details der Toilette sie und ihre Hausangehörigen keine Minute Aufmerksamkeit gekostet hätten, wie wenn sie in diesem Tüll, den Spitzen, mit dieser Hochfrisur samt Rose und zwei Blättern obendran zur Welt gekommen wäre.

Als die alte Fürstin ihr vor dem Saaleingang ein ver-
drehtes Band am Gürtel ordnen wollte, wich Kitty
leicht aus. Sie hatte das Gefühl, alles an ihr müsste von
allein schön und graziös sein, da sei nichts zurechtzu-
rücken.

Kitty hatte einen ihrer glücklichen Tage. Das Kleid
engte sie nirgends ein, nirgends hing die Spitzenberthe
herab, die Rosetten waren nicht zerknittert und nicht
abgerissen; die rosa Schuhe mit den hohen, gebogenen
Absätzen drückten nicht, sondern stimmten das Füßchen heiter. Die dicken blonden Haarflechten hielten
sich auf dem kleinen Köpfchen, als wären es die eigenen. Die Handschuhknöpfe waren alle drei zugegangen, ohne zu reißen, und der lange Handschuh um-
schmiegte den Arm, ohne dessen Form zu verändern.
Das schwarze Samtband des Medaillons umschlang besonders liebevoll ihren Hals. Dieses Samtband war zu
reizend, und als Kitty zu Hause ihren Hals im Spiegel angeschaut hatte, hatte sie ein Gefühl, als ob das
Samtband spräche. Bei allem anderen konnte es noch
Zweifel geben, aber das Samtband war reizend. Kitty
lächelte auch hier auf dem Ball, als sie es im Spiegel erblickte. An den entblößten Schultern und Armen
spürte Kitty eine kalte Marmorhaftigkeit, ein Gefühl,
das sie besonders gern mochte. Ihre Augen blitzten, und
die roten Lippen konnten nicht anders als zu lächeln im
Bewusstsein ihrer Anziehungskraft. Kaum hatte sie
den Saal betreten, und noch hatte sie nicht die Tüll-,
Bänder-, Spitzen- und Farbwolken der Damen erreicht,
die in Gruppen auf eine Aufforderung zum Tanz warteten (Kitty stand niemals lange in diesen Gruppen), da
wurde sie bereits zum Walzer aufgefordert, und aufgefordert vom besten Kavalier, vom obersten Kavalier
in der Ballhierarchie, dem berühmten Tanz- und Zere-
monienmeister, dem verheirateten, schönen und statt-
lichen Jegoruschka Korsunski. Eben erst hatte er sich

von Gräfin Banina getrennt, mit der er die erste
Walzerrunde gedreht hatte, und schaute sich in seinem
Reich um, also unter den wenigen tanzenden Paaren,
da sah er Kitty eintreten und kam in jenem besonderen,
nur Tanzmeistern eigenen, ungezwungenen Passgang
angelaufen, verbeugte sich und legte, ohne überhaupt
zu fragen, ob sie wolle, seinen Arm um ihre dünne
Taille. Sie sah sich um, wem sie ihren Fächer geben
könnte, und lächelnd nahm ihn die Gastgeberin ihr ab.

»Wie schön, dass Sie rechtzeitig kommen«, sagte er,
als er ihre Taille umfing, »was ist das für eine Art, sich
zu verspäten.«

Sie legte, zurückgebeugt, die linke Hand auf seine
Schulter, und die kleinen Füßchen in den rosa Schuhen
bewegten sich rasch, leicht und gleichmäßig im Takt
der Musik über das glatte Parkett.

»Eine Erholung, mit Ihnen Walzer zu tanzen«, sagte
er während der ersten, noch langsameren Walzer-
schritte. »Reizend, welche Leichtigkeit, welche *préci-
sion*!« Das sagte er zu fast allen guten Bekannten.

Sie lächelte auf sein Lob, und über seine Schulter betrachtete sie weiterhin den Saal. Sie war keine De-
bütantin mehr, für die alle Gesichter auf einem Ball zu
einem einzigen, zauberhaften Eindruck verfließen; sie
war auch kein schon lange von Ball zu Ball geschlepptes
junges Mädchen, dem sämtliche Ballgesichter derart
vertraut sind, dass sie sie langweilen; sie war in der
Mitte zwischen beidem – sie war erregt, hatte sich aber
soweit in der Hand, dass sie zugleich beobachten
konnte. In der linken Saalecke hatte sich, das sah sie,
die Creme der Gesellschaft versammelt. Dort war die
über alle Maßen dekolletierte schöne Liddy, Korsunskis
Frau, dort war die Gastgeberin, dort glänzte die Glatze
Kriwins, der immer dort war, wo auch die Creme der
Gesellschaft war; dorthin schauten die Jünglinge, ohne
sich näher hinzutrauen; und dort fanden ihre Augen

auch Stiwa, dann erblickte sie die reizende Gestalt und
den Kopf von Anna im schwarzen Samtkleid. Auch er
war dort. Kitty hatte ihn seit dem Abend, als sie Lewin
abwies, nicht mehr gesehen. Mit ihren weitsichtigen
Augen hatte Kitty ihn sofort erkannt und sogar bemerkt, dass er zu ihr herschaute.

»Wie wäre es, noch eine Runde? Sie sind nicht
müde?« fragte Korsunski, ein wenig außer Atem.

»Nein, haben Sie Dank.«

»Wohin darf ich Sie bringen?«

»Dort ist, glaube ich, Karenina – bringen Sie mich zu
ihr.«

»Wohin Sie wünschen.«

Und Korsunski walzte gemäßigteren Schrittes geradewegs auf die Gruppe in der linken Saalecke zu, unter
vielfachem: »*Pardon, mesdames, pardon, pardon, mesdames*« lavierte er durch das Meer von Spitzen, Tüll und
Bändern und blieb nicht einmal an einem Federchen
hängen, dann schwenkte er seine Dame so heftig, dass
ihre schlanken Beine in den durchbrochenen Strümpfen zu sehen waren und ihre Schleppe sich fächerartig
ausbreitete, Kriwin über die Knie. Korsunski verbeugte
sich, reckte die offene Brust und bot ihr den Arm, um
sie zu Anna Arkadjewna zu bringen. Über und über rot,
löste Kitty die Schleppe von Kriwins Knien, und ein wenig taumelig blickte sie sich nach Anna um. Anna stand,
von Damen und Herren umringt, und unterhielt sich.
Sie trug nicht Lila, wie Kitty es unbedingt gewollt
hatte, sondern ein schwarzes, tief ausgeschnittenes
Samtkleid, das ihre wie aus altem Elfenbein gedrechselten, vollen Schultern und den Busen freilegte und
die rundlichen Arme mit den dünnen, winzigen Händen. Das Kleid war gänzlich mit venezianischer Gipüre
besetzt. Auf dem Kopf, im schwarzem Haar, eigenem
ohne fremde Zutat, hatte sie eine kleine Girlande aus
Stiefmütterchen und eine gleiche auf dem schwar-

zen Gürtelband zwischen den weißen Spitzen. Ihre Frisur war unauffällig. Auffällig waren nur, und das schmückte sie, die eigenwilligen kurzen Kringel des lockigen Haars, die am Hinterkopf und an den Schläfen stets hervorrutschten. An dem gedrechselten, kraftvollen Hals trug sie eine Perlenkette.

Kitty hatte Anna jeden Tag gesehen, war in sie verliebt und hatte sie sich unbedingt in Lila vorgestellt. Jetzt aber, da sie sie in Schwarz sah, merkte sie, dass sie ihren betörenden Reiz noch nicht begriffen hatte. Sie sah sie jetzt auf vollkommen neue, für sie selbst überraschende Weise. Jetzt begriff sie, dass Anna nicht in Lila hatte kommen können und dass ihr Reiz eben darin bestand, dass sie stets aus ihrer Toilette heraustrat, dass die Toilette an ihr niemals sichtbar war. Auch das schwarze Kleid mit den üppigen Spitzen war an ihr nicht sichtbar; es war nur ein Rahmen, und sichtbar war allein sie, Anna, schlicht, natürlich, elegant und zugleich fröhlich und lebhaft.

Sie stand und hielt sich wie immer außerordentlich gerade, und als Kitty zu der Gruppe trat, sprach sie mit dem Gastgeber, den Kopf leicht zu ihm gedreht.

»Nein, ich werfe nicht den ersten Stein«, entgegnete sie ihm gerade, »obwohl ich es nicht verstehe«, fuhr sie achselzuckend fort, um sich sogleich mit einem herzlichen, protegierenden Lächeln Kitty zuzuwenden. Ein flüchtiger weiblicher Blick, und sie hatte ihre Toilette begutachtet und machte eine kaum merkliche, doch Kitty verständliche, ihre Toilette und Schönheit gutheißende Kopfbewegung. »Sogar den Saal betreten Sie tanzend«, fügte sie noch hinzu.

»Sie ist eine meiner treusten Helferinnen«, sagte Korsunski und begrüßte Anna Arkadjewna, die er noch nicht gesehen hatte. »Die Prinzessin hilft mit, einen Ball fröhlich und schön werden zu lassen. Anna Arkadjewna, eine Walzerrunde!« sagte er und verneigte sich.

»Sind Sie denn bekannt miteinander?« fragte der Gastgeber.

»Wen kennen wir nicht? Meine Frau und ich, wir sind wie weiße Wölfe, uns kennt jeder«, antwortete Korsunski. »Eine Walzerrunde, Anna Arkadjewna.«

»Ich tanze nicht, wenn es möglich ist, nicht zu tanzen«, sagte sie.

»Heute ist das aber unmöglich«, entgegnete Korsunski.

In diesem Augenblick trat Wronski hinzu.

»Nun, wenn nicht zu tanzen heute unmöglich ist, dann kommen Sie«, sagte sie, ohne Wronskis Verbeugung zu beachten, und hob ihre Hand rasch auf Korsunskis Schulter.

›Wieso ist sie mit ihm unzufrieden?‹ überlegte Kitty, da sie bemerkt hatte, dass Anna Wronskis Verbeugung mit Absicht übersah. Wronski trat zu Kitty, erinnerte sie an die erste Quadrille und bedauerte, dass er die ganze Zeit nicht das Vergnügen hatte, sie zu sehen. Kitty betrachtete mit Bewunderung die tanzende Anna und hörte ihm zu. Sie erwartete, dass er sie zum Walzer auffordern würde, aber er forderte sie nicht auf, und sie blickte ihn verwundert an. Er wurde rot und forderte sie hastig zum Tanzen auf, aber kaum hatte er ihre dünne Taille umfasst und den ersten Schritt getan, als die Musik plötzlich abbrach. Kitty schaute ihm ins Gesicht, das sie in so geringem Abstand vor sich hatte, und noch lange danach, Jahre später, sollte ihr dieser Blick voll Liebe, mit dem sie ihn damals angesehen hatte und den er nicht erwiderte, mit peinigender Scham ins Herz schneiden.

»*Pardon, pardon!* Walzer, Walzer!« rief auf der anderen Seite des Saales Korsunski; er griff sich die erste beste junge Dame und begann zu tanzen.

XXIII

Wronski tanzte ein paar Walzerrunden mit Kitty. Nach
dem Walzer ging Kitty zu ihrer Mutter, und kaum hatte
sie ein paar Worte mit Nordston gewechselt, holte
Wronski sie bereits zur ersten Quadrille ab. Während
der Quadrille kam nichts von Bedeutung zur Sprache,
das immer wieder unterbrochene Gespräch drehte sich
mal um die Korsunskis, Mann und Frau, die Wronski
sehr drollig als nette vierzigjährige Kinder beschrieb,
mal um das künftige Theater für die ganze Gesellschaft, und nur einmal ging das Gespräch ihr empfindlich nahe, als er nach Lewin fragte, ob er hier sei, und
hinzufügte, er habe ihm sehr gefallen. Aber Kitty hatte
sich von der Quadrille auch nicht mehr erwartet. Sie
wartete beklommenen Herzens auf die Mazurka. Ihr
schien, während der Mazurka müsste es sich entscheiden. Dass er sie während der Quadrille nicht zur Mazurka aufforderte, beunruhigte sie nicht. Sie war überzeugt, wie auf früheren Bällen würde sie die Mazurka
mit ihm tanzen, und wies fünf Bewerber ab, sagte, sie
habe schon jemanden. Bis zur letzten Quadrille war der
gesamte Ball für Kitty ein zauberhafter Traum aus frohen Farben, Klängen und Bewegungen. Nur wenn sie
sich zu müde fühlte und Erholung brauchte, tanzte sie
nicht. Als sie jedoch mit einem der langweiligen Jünglinge, den sie nicht hatte abweisen können, die letzte
Quadrille tanzte, gelangte sie zufällig *vis-à-vis* von
Wronski und Anna. Seit ihrer Ankunft auf dem Ball
war sie nicht mehr mit Anna zusammengetroffen, und
nun erblickte sie Anna plötzlich auf wieder vollkommen neue, überraschende Weise. Sie erblickte an ihr,
was sie selbst so gut kannte – Erregung über den Erfolg.
Sie sah, dass Anna berauscht war vom Wein des von ihr
erregten Entzückens. Sie kannte dieses Gefühl, kannte
seine Anzeichen und sah sie an Anna – sah den beben-

den, flackernden Glanz der Augen und das Lächeln des
Glücks und der Erregung, das unwillkürlich die Lippen
verzog, sah die ausgeprägte Grazie, Bestimmtheit und
Leichtigkeit der Bewegungen.

›Wer ist es?‹ fragte sie sich. ›Alle oder einer?‹ Dem
sich abquälenden Jüngling, ihrem Tanzpartner, der den
Gesprächsfaden verloren hatte und nicht wieder zu fassen bekam, half sie nicht, und nur äußerlich ordnete sie
sich den lauten und fröhlichen Befehlen Korsunskis unter, der alle bald in den *grand rond**, bald in die *chaîne***
trieb, − sie beobachtete, und ihr Herz krampfte sich
mehr und mehr zusammen. ›Nein, nicht die Bewunderung der Menge hat sie berauscht, sondern das Entzücken eines einzigen. Und dieser einzige? ist es wirklich er?‹ Jedesmal, wenn er mit Anna sprach, flackerte
in ihren Augen freudiger Glanz auf und das Lächeln
des Glücks verzog ihr die roten Lippen. Sie schien sich
angestrengt zu beherrschen, um diese Freudenzeichen
nicht zu offenbaren, aber sie traten ganz von allein auf
ihrem Gesicht hervor. ›Doch was ist mit ihm?‹ Kitty
schaute zu ihm und war entsetzt. Was Kitty im Spiegel
von Annas Gesicht so klar vorgeführt bekam, erblickte
sie auch an ihm. Wo waren seine stets ruhige, unerschütterliche Art und der unbekümmert ruhige Gesichtsausdruck hingeraten? Nein, jetzt neigte er jedesmal, wenn er sich an sie wandte, ein wenig den Kopf, als
wollte er vor ihr niederfallen, und in seinem Blick lag
nichts als Ergebenheit und Furcht. ›Ich möchte nicht
verletzen‹, schien sein Blick jedesmal zu sagen, ›sondern möchte mich retten und weiß nicht, wie.‹ Auf seinem Gesicht lag ein Ausdruck, den sie vorher noch nie
gesehen hatte.

Sie sprachen von gemeinsamen Bekannten, führten

---

* großen Kreis *(frz.)*
** Kette *(frz.)*

ein überaus nichtssagendes Gespräch, aber Kitty kam es vor, als entscheide jedes Wort, das sie sagten, über das Schicksal der beiden wie über ihr eigenes. Und es war seltsam, obwohl sie tatsächlich davon sprachen, wie lächerlich Iwan Iwanowitsch mit seinem Französisch sei und dass man für Jelezkaja eine bessere Partie hätte finden können, dennoch hatten diese Worte für sie eine Bedeutung, und sie fühlten das ebenso wie Kitty. Der ganze Ball, die ganze Welt überzog sich in Kittys Herz mit Nebel. Lediglich die strenge Schule der Erziehung, die sie durchlaufen hatte, hielt sie aufrecht und ließ sie tun, was von ihr verlangt wurde, also tanzen, Fragen beantworten, sprechen, sogar lächeln. Vor Beginn der Mazurka jedoch, als bereits die Stühle aufgestellt wurden und einige Paare sich aus den kleineren Sälen in den großen begaben, befiel Kitty ein Moment der Verzweiflung und des Entsetzens. Fünf hatte sie abgewiesen, und jetzt würde sie die Mazurka nicht tanzen. Es gab auch keine Hoffnung mehr, dass sie noch aufgefordert würde, eben weil sie viel zuviel gesellschaftlichen Erfolg hatte und es niemandem in den Sinn käme, sie sei bislang noch nicht aufgefordert worden. Sie musste der Mutter sagen, dass sie sich unwohl fühlte, und nach Hause fahren, aber dazu hatte sie keine Kraft. Sie fühlte sich am Boden zerstört.

Sie zog sich in die Tiefe eines kleinen Salons zurück und ließ sich in einen Sessel fallen. Der luftige Rock ihrer Robe umwölkte ihre schlanke Gestalt; der eine entblößte, dünne und zarte Mädchenarm fiel kraftlos herab, versank in den Falten der rosa Tunika; in der anderen Hand hielt sie den Fächer und fächelte sich mit raschen, knappen Bewegungen das erhitzte Gesicht. Trotz ihres Anblicks – ein Schmetterling, der sich kurz an einen Grashalm klammert, um gleich wieder aufzuflattern und die farbenfrohen Flügel auszubreiten – presste schlimme Verzweiflung ihr das Herz ab.

›Vielleicht irre ich mich ja, vielleicht war gar nichts?‹

Und sie ging erneut in Gedanken durch, was sie gesehen hatte.

»Kitty, was hat das zu bedeuten?« fragte Gräfin Nordston, die auf dem Teppich unhörbar herangekommen war. »Ich begreife das nicht.«

Kittys Unterlippe zuckte; sie stand rasch auf.

»Kitty, tanzt du nicht die Mazurka?«

»Nein, nein«, sagte Kitty mit vor Tränen zitternder Stimme.

»Er hat sie in meinem Beisein um die Mazurka gebeten.« Nordston wusste, dass Kitty begriff, wer er war und sie. »Sie sagte: Aber tanzen Sie denn nicht mit Prinzessin Schtscherbazkaja?«

»Ach, mir ist alles gleich!« versetzte Kitty.

Niemand außer ihr selbst verstand ihre Lage, niemand wusste, dass sie unlängst einen Mann abgewiesen hatte, den sie vielleicht liebte, darum abgewiesen hatte, weil sie an einen anderen glaubte.

Gräfin Nordston fand Korsunski, mit dem sie die Mazurka tanzen sollte, und hieß ihn Kitty auffordern.

Kitty tanzte im ersten Paar, und zu ihrem Glück musste sie nicht reden, denn Korsunski hatte ständig zu laufen und sein Reich zu befehligen. Wronski und Anna saßen ihr fast gegenüber. Sie sah die beiden mit ihren weitsichtigen Augen, sah sie auch aus der Nähe, wenn sie in den Paaren aufeinandertrafen, und je öfter sie die beiden sah, desto mehr gewann sie die Überzeugung, dass ihr Unglück besiegelt war. Sie sah, dass die beiden sich allein fühlten in diesem überfüllten Saal. Und auf Wronskis stets so unerschütterlichem und unabhängigem Gesicht sah sie, was sie frappierte, einen Ausdruck von Verlorenheit und Ergebenheit, dem Ausdruck eines klugen Hundes gleich, wenn er schuldig ist.

Anna lächelte, und ihr Lächeln übertrug sich auf ihn. Sie dachte nach, und er wurde ernst. Eine übernatürliche Kraft zog Kittys Augen immer wieder zu Annas Gesicht. Sie war betörend in ihrem schlichten schwarzen Kleid, betörend waren ihre fülligen Arme mit den Armbändern, betörend der entschlossene Hals mit der Perlenkette, betörend die hervorgerutschten Haarkringel der in Unordnung geratenen Frisur, betörend die graziösen, leichten Bewegungen der kleinen Füße und Hände, betörend dieses schöne Gesicht in seiner Lebhaftigkeit; doch war etwas Entsetzliches und Grausames an ihrem betörenden Reiz.

Kitty bewunderte sie noch mehr als zuvor, und sie litt immer mehr. Sie fühlte sich völlig zermalmt, und ihr Gesicht brachte es zum Ausdruck. Als Wronski in der Mazurka mit ihr zusammentraf und sie erblickte, erkannte er sie nicht gleich, so hatte sie sich verändert.

»Ein wundervoller Ball!« sagte er zu ihr, nur um irgendetwas zu sagen.

»Ja«, erwiderte sie.

Mitten in der Mazurka trat Anna in den Kreis, um eine komplizierte, von Korsunski neu erdachte Figur nachzumachen, suchte sich zwei Kavaliere aus und holte eine Dame und Kitty dazu. Kitty schaute sie erschrocken an, während sie zu ihr ging. Die Augen zugekniffen, schaute Anna sie an, drückte ihr die Hand und lächelte. Doch als sie merkte, dass Kittys Gesicht nur mit einem Ausdruck der Verzweiflung und Verwunderung ihr Lächeln erwiderte, wandte sie sich ab und begann fröhlich mit der anderen Dame zu reden.

›Ja, etwas Fremdes, Dämonisches und Betörendes hat sie an sich‹, sagte sich Kitty.

Anna wollte nicht zum Souper bleiben, der Gastgeber drängte sie aber.

»Nicht doch, Anna Arkadjewna«, sagte Korsunski und nahm ihren entblößten Arm unter seinen Frack-

ärmcl. »Was für eine Idee ich habe für den Cotillon!
Un bijou*!«

Und er machte ein paar Schritte, um sie mitzuzie-
hen. Der Gastgeber lächelte zustimmend.

»Nein, ich bleibe nicht«, erwiderte Anna lächelnd;
trotz ihres Lächelns hatten Korsunski wie der Gastgeber an dem entschiedenen Ton ihrer Antwort verstanden, dass sie nicht bleiben würde.

»Nein, sowieso habe ich in Moskau auf Ihrem einen
Ball mehr getanzt als in Petersburg den ganzen Win-
ter.« Anna blickte sich zu dem danebenstehenden
Wronski um. »Ich muss mich ausruhen vor der Reise.«

»Sie haben entschieden, morgen zu fahren?« fragte
Wronski.

»Ja, ich denke schon«, erwiderte Anna, gleichsam
verwundert über die Kühnheit seiner Frage; doch der
unbändige, bebende Glanz ihrer Augen und ihres Lächelns versengte ihn, während sie das sagte.

Anna Arkadjewna blieb nicht zum Souper und fuhr
nach Haus.

XXIV

›Ja, etwas Widerwärtiges, Abstoßendes habe ich an
mir‹, dachte Lewin, als er die Schtscherbazkis verließ
und zu Fuß den Weg zu seinem Bruder einschlug. ›Ich
bin nicht gemacht für andere Menschen. Stolz, heißt es.
Nein, auch Stolz habe ich nicht. Hätte ich Stolz, brächte ich mich nicht in solch eine Lage.‹ Und er stellte
sich den glücklichen, gutmütigen, klugen und ruhigen
Wronski vor, der bestimmt niemals in dieser schrecklichen Lage gewesen war wie heute abend er. ›Ja, sie
musste ihn wählen. So hat es zu sein, und ich kann mich

* Ein Kleinod *(frz.)*

über nichts und niemand beklagen. Schuld bin nur ich. Welches Recht hatte ich zu glauben, sie könnte ihr Leben mit dem meinigen vereinen wollen? Wer bin ich? Und was bin ich? Ein nichtswürdiger Mensch, für nichts und niemand zu gebrauchen.‹ Ihm kam sein Bruder Nikolai in den Sinn, und er verweilte mit Freuden bei dieser Erinnerung. ›Hat er nicht recht, dass alles auf der Welt übel und abscheulich ist? Wohl kaum urteilen wir gerecht über Bruder Nikolai oder haben es je getan. Versteht sich, aus der Sicht Prokofis, der ihn im abgerissenen Pelz und betrunken gesehen hat, ist er ein verachtenswerter Mensch; aber ich kenne ihn anders. Ich kenne seine Seele und weiß, dass wir uns ähnlich sind. Doch statt mich auf die Suche nach ihm zu machen, fahre ich zum Diner und hierher.‹ Lewin trat unter eine Straßenlaterne, las die Adresse des Bruders, die er in der Brieftasche hatte, und hielt eine Droschke an. Den ganzen langen Weg bis zum Bruder rief Lewin sich lebhaft alle ihm bekannten Begebenheiten aus Bruder Nikolais Leben ins Gedächtnis. So erinnerte er sich, wie der Bruder auf der Universität und im Jahr nach der Universität, trotz des Spotts seiner Kameraden, wie ein Mönch gelebt hatte, streng alle religiösen Rituale beachtete, die Gottesdienste, die Fastenzeiten, und sich von jeglichen Vergnügungen fernhielt, besonders von den Frauen; und wie dann auf einmal ein Damm brach, er tat sich mit den abscheulichsten Menschen zusammen und gab sich den liederlichsten Ausschweifungen hin. So erinnerte er sich an die Geschichte mit dem Jungen, den er vom Land geholt hatte, um ihn zu erziehen, und in einem Wutanfall derart verprügelte, dass es zu einem Prozess wegen Körperverletzung kam. Erinnerte sich dann an die Geschichte mit dem Falschspieler, dem er verspieltes Geld schuldete, einen Wechsel gab und gegen den er noch selbst Klage erhob, da er zu beweisen dachte, der andere habe ihn betrogen. (Das war das Geld, das Sergej Iwanowitsch bezahlt hatte.) Erinnerte sich, wie der Bruder einmal wegen Tobsucht eine Nacht auf der Wache verbrachte. Erinnerte sich auch an den schmachvollen Prozess, den er gegen seinen Bruder Sergej Iwanowitsch angestrengt hatte, weil der ihm angeblich seinen Anteil am Landgut der Mutter nicht ausbezahlt habe; und an den letzten Fall, wie er im Westen des Landes in Diensten war und dort vor Gericht kam, weil er einen Gemeindevorsteher geschlagen hatte. All das war höchst abscheulich, doch es stellte sich Lewin gar nicht so abscheulich dar, wie es sich jenen darstellen musste, die Nikolai Lewin nicht kannten, nicht seine ganze Geschichte kannten, nicht sein Herz kannten.

Lewin wusste noch, wie seinerzeit, als Nikolai in seiner Phase der Gottesfurcht, des Fastens, der Mönche und Gottesdienste war, als er in der Religion Hilfe suchte, um seiner leidenschaftlichen Natur Zügel anzulegen, wie ihn da nicht nur kein Mensch unterstützte, sondern alle, auch er, sich über ihn lustig machten. Er wurde gehänselt, Noah oder Mönch genannt; und als der Damm brach, half ihm keiner, alle wandten sich mit Entsetzen und Ekel ab.

Lewin hatte das Gefühl, dass Bruder Nikolai in seiner Seele, auf tiefstem Seelengrund, trotz all dem Schlamassel seines Lebens auch nicht mehr im Unrecht war als die Menschen, die ihn verachteten. Es war nicht seine Schuld, dass er mit einem haltlosen Charakter und irgendwie beeinträchtigten Verstand zur Welt gekommen war. Doch hatte er immer gut sein wollen. ›Alles werde ich ihm sagen, alles ihn sagen lassen und werde ihm zeigen, dass ich ihn liebe und deshalb verstehe‹, beschloss Lewin, als er nach zehn Uhr an dem Gasthaus vorfuhr, das in der Adresse angegeben war.

»Oben, Zimmer 12 und 13«, antwortete der Portier auf Lewins Frage.

»Ist er da?«

»Müsste da sein.«

Die Tür zu Zimmer 12 stand halb offen, von dort drang in einem Lichtstreifen dichter Qualm schlechten und schwachen Tabaks heraus und war eine Lewin unbekannte Stimme zu hören; doch merkte Lewin gleich, dass der Bruder da war, er hörte sein Gehüstel.

Als er durch die Tür trat, sagte die unbekannte Stimme:

»Alles hängt davon ab, inwieweit die Sache vernünftig und durchdacht geführt wird.«

Konstantin Lewin blickte in den Raum und sah den, der sprach, einen jungen Mann mit tailliertem Mantel und riesiger Haarmähne, während eine pockennarbige junge Frau in einem Wollkleid ohne Manschetten und Krägelchen auf dem Sofa saß. Der Bruder war nicht zu sehen. Konstantins Herz zog sich schmerzlich zusammen bei dem Gedanken, unter was für fremden Leuten sein Bruder lebte. Niemand hatte Lewin gehört, und während er die Galoschen abnahm, lauschte er, was der Mann im taillierten Mantel sagte. Er sprach von einem Unternehmen.

»Hol sie der Teufel, die privilegierten Klassen«, sagte die Stimme des Bruders unter Gehüstel. »Mascha! Besorg uns was zum Abendessen und stell Wodka her, wenn noch was da ist, sonst schick danach.«

Die Frau stand auf, kam in den Vorraum und erblickte Konstantin.

»Da ist ein Herr, Nikolai Dmitritsch«, sagte sie.

»Zu wem will er?« fragte Nikolai Lewins Stimme ärgerlich.

»Ich bin es«, antwortete Konstantin Lewin und trat in den Lichtschein.

»Wer ist ich?« fragte Nikolais Stimme noch ärgerlicher. Zu hören war, wie er rasch aufstand, irgendwo hängenblieb, und Lewin erblickte vor sich in der Tür die so bekannte, in ihrer Ungebärdigkeit und Kränklichkeit dennoch verblüffende, riesige, hagere und gebeugte Gestalt des Bruders mit seinen großen, erschrockenen Augen.

Er war noch hagerer als vor drei Jahren, als Konstantin Lewin ihn das letzte Mal gesehen hatte. Er trug einen kurzen Überrock. Und die Arme und die breiten Knochen wirkten noch riesiger. Die Haare waren spärlicher geworden, derselbe starre Schnurrbart hing über die Lippen, dieselben Augen schauten sonderbar und naiv dem Eintretenden entgegen.

»Oh, Kostja!« sagte er plötzlich, als er den Bruder erkannte, und seine Augen leuchteten vor Freude. Doch im selben Augenblick schaute er sich zu dem jungen Mann um und machte die Konstantin vertraute, krampfhafte Bewegung von Kopf und Hals, als ob ihn die Krawatte drückte; und ein ganz anderer, ungebärdiger, leidender und harter Ausdruck legte sich auf sein eingefallenes Gesicht.

»Ich habe Ihnen wie Sergej Iwanowitsch geschrieben, dass ich Sie nicht kenne und nicht zu kennen wünsche. Was willst du, was wollen Sie?«

Er war ganz anders, als Konstantin sich das vorgestellt hatte. Das Schwierigste und Übelste an seinem Charakter, was den Umgang mit ihm so mühsam machte, hatte Konstantin Lewin vergessen, als er an ihn dachte; nun, da er sein Gesicht erblickte, besonders dieses krampfhafte Umdrehen des Kopfes, fiel ihm alles ein.

»Ich will überhaupt nichts von dir«, antwortete er schüchtern. »Ich komme einfach, um dich zu sehen.«

Die Schüchternheit des Bruders besänftigte Nikolai offenbar. Seine Lippen zuckten.

»Oh, einfach so?« sagte er. »Na, komm rein, setz dich. Möchtest du zu Abend essen? Mascha, bring drei Portionen. Nein, halt. Weißt du, wer das ist?« wandte er

sich an den Bruder und deutete auf den Mann im taillierten Mantel.»Das ist Herr Krizki, mein Freund noch
aus Kiew, ein höchst bemerkenswerter Mensch. Selbstverständlich verfolgt ihn die Polizei, denn er ist kein
Schuft.«

Und er schaute seiner Gewohnheit gemäß alle im
Raum nacheinander an. Als er sah, dass die Frau, die unter der Tür stand, gehen wollte, schrie er:»Warte, hab
ich gesagt!«. Und mit der Ungeschicktheit, der Zerfah-
renheit, die Konstantin so gut kannte, begann er, wieder alle nacheinander anschauend, dem Bruder Krizkis
Geschichte zu erzählen: wie er von der Universität gejagt wurde, weil er einen Verein zur Unterstützung armer Studenten sowie Sonntagsschulen gegründet hatte,
wie er dann in einer Dorfschule als Lehrer anfing, wie
er dort ebenfalls fortgejagt wurde und wie er zuletzt
wegen irgendwas vor Gericht stand.

»Sie waren an der Kiewer Universität?« sagte Konstantin Lewin zu Krizki, um das danach eingetretene
peinliche Schweigen zu durchbrechen.

»Ja, der Kiewer, da war ich«, sagte Krizki ärgerlich
und mit verdrossener Miene.

»Und diese Frau«, unterbrach ihn Nikolai Lewin
und deutete auf sie,»ist meine Lebensgefährtin, Marja
Nikolajewna. Ich habe sie aus einem dieser Häuser geholt.« Er ruckte mit dem Hals, als er das sagte.»Aber
ich liebe und achte sie und jeder, der mit mir zu tun haben will«, fügte er hinzu, dabei hob er die Stimme und
blickte finster,»hat sie, bitte schön, auch zu lieben und
zu achten. Sie ist ohnehin so gut wie meine Frau, ohnehin. Also, du weißt, mit wem du es zu tun hast. Und
wenn du meinst, das wäre erniedrigend für dich – da ist
der Herrgottswinkel, da die Türschwelle.«

Und wieder wanderte über alle sein fragender Blick.

»Wieso es für mich erniedrigend wäre, verstehe ich
nicht.«

»Also, Mascha, lass das Abendessen bringen, drei Portionen, Wodka und Wein. Nein, warte ... Nein, nicht nötig ... Geh.«

XXV

»Also, siehst du«, fuhr Nikolai Lewin fort, runzelte angestrengt die Stirn und ruckte mit dem Kopf. Ihm fiel offenbar nur mit Mühe ein, was er sagen und tun könnte. »Siehst du, da ...« Er deutete auf Eisenstangen in der Zimmerecke, die mit Schnüren zusammengebunden waren. »Siehst du das? Das ist der Beginn einer neuen Sache, die wir in Angriff nehmen. Und diese Sache ist ein Produktions-Artel ...«

Konstantin hörte kaum zu. Er betrachtete sein kränkliches, schwindsüchtiges Gesicht, und ihn dauerte der Bruder mehr und mehr, er konnte sich nicht dazu bringen, zuzuhören, was er ihm von dem Artel erzählte. Er sah, dass dieses Artel nur ein Rettungsanker war, ein Schutz vor Selbstverachtung. Nikolai Lewin redete weiter:

»Du weißt, dass das Kapital den Arbeiter auspresst – die Arbeiter, Bauern und Landarbeiter, tragen bei uns die ganze Last der Arbeit und sind so gestellt, dass sie, ganz gleich, wie sehr sie sich mühen, nicht herauskönnen aus ihrer Lage als Arbeitsvieh. Aller Profit aus ihrem Arbeitslohn, durch den sie ihre Lage verbessern, sich Muße und infolgedessen Bildung verschaffen könnten, alle Überschüsse ihres Lohns werden ihnen von den Kapitalisten weggenommen. So ist die Gesellschaft beschaffen – je mehr sie arbeiten, desto mehr bereichern sich die Kaufleute und Grundbesitzer, sie dagegen bleiben immer das Arbeitsvieh. Und diese Ordnung muss man verändern«, schloss er und sah den Bruder fragend an.

»Ja, versteht sich«, sagte Konstantin und betrachtete die Röte im Gesicht des Bruders, unterhalb der vorstehenden Wangenknochen.

»Und darum richten wir ein Schlosser-Artel ein, da wird die gesamte Produktion, der Profit und vor allem auch die Produktionsmittel – alles wird allen gehören.«

»Wo soll das Artel sein?« fragte Konstantin Lewin.

»Im Kirchdorf Wosdrema, Gouvernement Kasan.«

»Wieso denn in einem Kirchdorf? Mir scheint, in Kirchdörfern gibt es sowieso genug zu tun. Weshalb in einem Kirchdorf ein Schlosser-Artel?«

»Deshalb, weil die Landarbeiter heute noch genauso Sklaven sind, wie sie es früher waren, und daher ist es dir und Sergej Iwanowitsch nicht genehm, dass sie aus dieser Sklaverei herausgeholt werden sollen«, sagte Nikolai Lewin, durch den Einwand gereizt.

Konstantin Lewin seufzte, er hatte das Zimmer betrachtet, es war finster und schmutzig. Der Seufzer schien Nikolai noch mehr zu reizen.

»Ich weiß doch, was ihr für aristokratische Anschauungen habt, du und Sergej Iwanowitsch. Ich weiß, dass er alle Geisteskräfte einsetzt, um das bestehende Böse zu rechtfertigen.«

»Nein, aber wozu sprichst du von Sergej Iwanowitsch?« sagte Lewin lächelnd.

»Von Sergej Iwanowitsch? Dazu!« Beim Namen Sergej Iwanowitsch schrie Nikolai Lewin plötzlich. »Dazu ... Doch was rede ich? Nur eins noch ... Wieso bist du zu mir gekommen? Du verachtest das, wunderbar, dann geh mit Gott, aber geh!« schrie er und erhob sich vom Stuhl. »Geh, los, geh!«

»Ich verachte das keineswegs«, warf Konstantin Lewin schüchtern ein. »Ich bestreite es nicht einmal.«

In diesem Augenblick kehrte Marja Nikolajewna zurück. Nikolai Lewin blickte sich verärgert zu ihr um. Sie trat rasch zu ihm und flüsterte etwas.

»Ich bin nicht gesund, ich bin reizbar geworden.« Nikolai Lewin beruhigte sich, atmete schwer. »Und da kommst du mir mit Sergej Iwanowitsch und seinem Artikel. Das ist ein solcher Unsinn, so verlogen, ein solcher Selbstbetrug. Was kann ein Mensch, der Gerechtigkeit nicht kennt, darüber schreiben? Haben Sie seinen Artikel gelesen?« wandte er sich an Krizki, setzte sich wieder an den Tisch und schob halb gestopfte Papirossy weg, um Platz zu machen.

»Habe ich nicht«, sagte finster Krizki, der sich offenbar nicht ins Gespräch einmischen wollte.

»Wieso nicht?« Nikolai Lewins Gereiztheit galt nun Krizki.

»Weil ich es nicht für nötig halte, dafür Zeit zu verschwenden.«

»Also, erlauben Sie, woher wissen Sie denn, dass Sie Zeit verschwenden? Vielen ist dieser Artikel unverständlich, das heißt, er geht über ihren Horizont. Ich hingegen, ich durchschaue ja seine Gedanken völlig und weiß, weshalb das schwach ist.«

Alle schwiegen. Krizki stand zögernd auf und griff nach seiner Mütze.

»Wollen Sie nicht zu Abend essen? Nun, leben Sie wohl. Kommen Sie morgen mit dem Schlosser.«

Krizki war kaum draußen, da lächelte Nikolai Lewin und zwinkerte.

»Taugt auch nichts«, meinte er, »ich sehe doch ...«

Aber da rief ihn Krizki von der Tür.

»Was denn noch?« sagte er und ging zu ihm hinaus in den Flur. Mit Marja Nikolajewna allein geblieben, wandte sich Lewin an sie:

»Sind Sie seit langem mit meinem Bruder zusammen?«

»Nun schon das zweite Jahr. Um die Gesundheit des Herrn steht es sehr schlecht. Der Herr trinkt viel«, sagte sie.

»Trinkt? In welchem Sinn?«

»Wodka trinkt er, und das schadet ihm.«

»Ach, wirklich viel?« flüsterte Lewin.

»Ja«, sagte sie und blickte sich bang zur Tür um, wo Nikolai Lewin auftauchte.

»Worüber habt ihr geredet?« Er schaute finster drein, seine erschrockenen Augen wanderten vom einen zum anderen. »Worüber?«

»Nichts Besonderes«, antwortete Konstantin verlegen.

»Wollt es nicht sagen – nun, wie ihr wollt. Allerdings hast du nichts zu reden mit ihr. Sie ist eine Dirne, du bist ein gnädiger Herr«, stieß er hervor und ruckte mit dem Hals.

Mit erhobener Stimme setzte er von neuem an: »Ich sehe doch, du hast alles begriffen und bewertet und vermerkst mit Bedauern meine Verirrungen.«

»Nikolai Dmitritsch, Nikolai Dmitritsch!« flüsterte Marja Nikolajewna erneut und trat zu ihm.

»Schon gut, schon gut! Wo bleibt nur das Abendessen? Ah, da ist es ja!« Er hatte den Kellner mit dem Tablett erblickt. »Hierher, stell es hierher«, sagte er ärgerlich und griff sofort nach dem Wodka, schenkte sich ein Gläschen ein und leerte es gierig. »Trink, möchtest du?« fragte er den Bruder, sofort vergnügt geworden. »Genug von Sergej Iwanowitsch. Ich freue mich trotzdem, dich zu sehen. Sag, was du willst, immerhin sind wir uns nicht fremd. Komm, trink doch. Erzähle, was machst du?« Er kaute gierig ein Stück Brot und schenkte sich das zweite Gläschen ein. »Wie lebst du?«

»Ich lebe allein auf dem Land, wie ich früher gelebt habe, kümmere mich um die Gutswirtschaft«, erwiderte Konstantin, dabei beobachtete er entsetzt, mit welcher Gier sein Bruder trank und aß, suchte jedoch seine Aufmerksamkeit zu verbergen.

»Weshalb heiratest du nicht?«

»Hat sich nicht ergeben.« Konstantın errötete.

»Weshalb? Für mich ist es aus! Ich habe mein Leben verpfuscht. Schon früher habe ich das gesagt und sage es wieder: Wenn man mir damals meinen Anteil gegeben hätte, als ich ihn brauchte, wäre mein Leben anders verlaufen.«

Konstantin Dmitritsch lenkte das Gespräch rasch ab. »Weißt du übrigens, dass dein Wanja bei mir in Pokrowskoje als Kontorist arbeitet?«

Nikolai ruckte mit dem Hals und wurde nachdenklich.

»Erzähl mir doch, wie geht es in Pokrowskoje? Nun, steht das Haus noch, auch die Birken, auch unser Klassenzimmer? Und der Gärtner Filipp, ist er noch am Leben? Wie mir die Laube und das Sofa in Erinnerung sind! Sieh zu, verändere im Haus nichts, aber heirate möglichst schnell und richte alles so ein, wie es war. Dann komme ich dich besuchen, falls du eine gute Frau hast.«

»Komm mich doch jetzt besuchen«, sagte Lewin. »Wie schön wir es uns machen würden!«

»Ich würde dich besuchen kommen, wenn ich wüsste, dass ich Sergej Iwanowitsch nicht vorfinde.«

»Du findest ihn nicht vor. Ich lebe völlig unabhängig von ihm.«

»Ja, aber wie dem auch sei, du musst dich entscheiden zwischen mir und ihm«, sagte er und sah dem Bruder schüchtern in die Augen. Diese Schüchternheit rührte Konstantin.

»Wenn du in der Hinsicht meine ganze Beichte hören möchtest, sage ich dir, dass ich in deinem Zwist mit Sergej Iwanowitsch weder auf der einen noch auf der anderen Seite bin. Ihr habt beide unrecht. Du hast eher äußerlich unrecht, er eher innerlich.«

»Oh, oh! Das hast du begriffen, hast du begriffen?« schrie Nikolai freudig.

»Aber mir persönlich ist, wenn du es wissen willst, die Freundschaft mit dir teurer, weil ...«

»Warum, warum?«

Konstantin konnte nicht sagen, sie sei ihm teurer, weil Nikolai unglücklich war und Freundschaft brauchte. Aber Nikolai begriff, dass er das sagen wollte, und mit finsterer Miene griff er wieder zum Wodka.

»Es langt, Nikolai Dmitritsch!« sagte Marja Nikolajewna und streckte ihren rundlichen entblößten Arm zu der Karaffe aus.

»Lass mich! Misch dich nicht ein! Ich schlag zu!« schrie er.

Marja Nikolajewna lächelte ihr sanftes und gütiges Lächeln, das sich auch auf Nikolai übertrug, und nahm den Wodka an sich.

»Du meinst vielleicht, sie würde nichts begreifen?« sagte Nikolai. »Sie begreift das alles besser als wir alle. Hat sie nicht etwas Gutes, Liebes an sich?«

»Sind Sie vorher nie in Moskau gewesen?« sagte Konstantin zu ihr, um irgendetwas zu sagen.

»Sag doch nicht Sie zu ihr. Das fürchtet sie. Niemand außer dem Friedensrichter, als sie vor Gericht stand, weil sie aus dem Haus der Unzucht fort wollte – niemand hat je Sie zu ihr gesagt. Mein Gott, wieviel Sinnloses es gibt auf der Welt!« schrie er plötzlich. »Diese neuen Institutionen, diese Friedensrichter, das Semstwo, was ist das für ein Unfug!«

Und er berichtete von seinen Zusammenstößen mit den neuen Institutionen.

Konstantin Lewin hörte ihm zu, und es war ihm unangenehm, nun aus dem Mund des Bruders zu hören, wie dieser allen gesellschaftlichen Institutionen den Sinn absprach, obwohl er diese Ansicht teilte und oft schon geäußert hatte.

»Im Jenseits werden wir es begreifen«, sagte er zum Scherz.

»Im Jenseits? Oh, das mag ich nicht, das Jenseits! Mag ich nicht!« Und seine erschrockenen, ungebärdigen Augen verharrten auf dem Gesicht des Bruders. »Dabei sollte man meinen, fortzugehen aus diesen Greueln, dieser Wirrnis, fremder und eigener, wäre gut, aber ich habe Angst vor dem Tod, habe schreckliche Angst vor dem Tod.« Ihn schauderte. »Nun trink doch was. Möchtest du Champagner? Oder fahren wir wohin. Fahren wir zu den Zigeunern! Weißt du, ich mag die Zigeuner und die russischen Lieder neuerdings sehr ...«

Seine Zunge wurde immer schwerer, nun sprang er von einem Gegenstand zum nächsten. Mit Hilfe von Marja Nikolajewna überredete ihn Konstantin, nirgends hinzufahren, und brachte den völlig Betrunkenen zu Bett.

Marja Nikolajewna versprach, im Falle einer Notlage Konstantin zu schreiben und Nikolai Lewin zu überreden, zum Bruder aufs Land zu ziehen.

XXVI

Am Morgen reiste Konstantin Lewin von Moskau ab und kam gegen Abend zu Hause an. Unterwegs, im Zug, unterhielt er sich mit den Mitreisenden über Politik und über die neuen Eisenbahnen, und ebenso wie in Moskau befiel ihn allmählich Begriffsverwirrung, Unzufriedenheit mit sich selbst und unklare Scham; aber als er an seiner Bahnstation ausstieg und den einäugigen Kutscher Ignat mit dem hochgestülpten Kaftankragen erkannte, als er im blassen Licht, das aus den Stationsfenstern fiel, seinen deckenbelegten Schlitten und seine Pferde mit den aufgebundenen Schweifen, mit den Ringen und Quasten am Geschirr erblickte, als Kutscher Ignat ihm noch während des Einladens die Gutsneuigkeiten erzählte, dass der Verdinger eingetroffen sei und Pawa gekalbt habe – da spürte er, wie die Verwirrung sich nach und nach legte und Scham und Unzufriedenheit mit sich selbst abflauten. Gespürt hatte er das schon beim Anblick Ignats und der Pferde; aber als er den ihm gebrachten Schafpelz anzog, eingemummt in den Schlitten stieg und losfuhr, die Gedanken auf die bevorstehenden Anordnungen zu Hause gerichtet und den Blick auf das beigespannte Pferd vom Don, ein ehemaliges Reitpferd, zu Schanden geritten, aber noch flott, da sah er das, was ihm zugestoßen war, allmählich in ganz anderem Licht. Er spürte, er war er selbst und wollte kein anderer sein. Nur wollte er jetzt besser sein als früher. Erstens beschloss er, von diesem Tag an nicht mehr auf das außerordentliche Glück zu hoffen, das ihm eine Heirat bringen müsste, und infolgedessen die Gegenwart nicht so zu missachten. Zweitens würde er nie wieder zulassen, dass ihn diese abscheuliche Leidenschaft hinriss, an die zurückzudenken ihn so gepeinigt hatte, als er den Heiratsantrag machen wollte. Dann beschloss er in Gedanken an Bruder Nikolai, er würde nie wieder zulassen, dass er ihn vergaß, er würde in Verbindung bleiben und ihn nicht aus den Augen verlieren, um zur Hilfe bereit zu sein, falls es ihm schlecht ging. Und das käme bald, das spürte er. Dann ließ auch das Gespräch des Bruders über den Kommunismus, das er abends auf die leichte Schulter genommen hatte, ihn jetzt nachdenklich werden. Er hielt eine Umgestaltung der wirtschaftlichen Bedingungen für Unsinn, doch hatte er sein Leben im Überfluss, im Vergleich zur Armut des Volkes, stets als ungerecht empfunden und beschloss nun, um sich völlig im Recht zu fühlen, würde er jetzt, obschon er auch früher viel gearbeitet und nicht im Luxus gelebt hatte, noch mehr arbeiten und sich noch weniger Luxus erlauben. Und ihm war, als würde ihm das alles so leicht fallen, dass er die ganze Fahrt in angenehmsten Träumereien verbrachte. Frischen Mutes, in der Hoffnung auf ein neues, besseres Leben, fuhr er gegen neun Uhr abends an seinem Haus vor.

Aus den Fenstern des Zimmers von Agafja Michailowna, der alten Kinderfrau, die in seinem Haus die Rolle der Wirtschafterin ausübte, fiel Licht auf den Schnee vor dem Haus. Sie schlief noch nicht. Von ihr geweckt, kam Kusma verschlafen und barfuß auf die Vortreppe gelaufen. Die Vorstehhündin Laska kam ebenfalls herausgesprungen, fast hätte sie Kusma umgeworfen, und winselte, rieb sich an Lewins Knien, hob sich auf die Hinterbeine und hätte ihm gern die Vorderpfoten auf die Brust gelegt, traute sich aber nicht.

»Seid rasch zurückgekehrt, Väterchen«, sagte Agafja Michailowna.

»Heimweh, Agafja Michailowna. Zu Gast sein ist gut, zu Haus ist es besser«, gab er ihr zur Antwort und ging ins Arbeitszimmer.

Das Arbeitszimmer wurde dank der hereingebrachten Kerze langsam hell. Die vertrauten Dinge kamen zum Vorschein: die Hirschgeweihe, die Bücherregale, die Kachelwand des Ofens mit dem Abzug, der längst hätte repariert werden müssen, das väterliche Sofa, der große Schreibtisch, darauf ein aufgeschlagenes Buch, ein kaputter Aschenbecher und ein Heft mit seinen Schriftzügen. Als er das alles sah, kamen ihm einen Moment Zweifel, ob es möglich wäre, jenes neue Leben einzurichten, von dem er unterwegs geträumt hatte. Wie wenn all diese Spuren seines Lebens ihn umringten und ihm sagten: ›Nein, du entkommst uns nicht, du wirst kein anderer, sondern wirst sein, wie du gewesen bist: zweifelnd, ewig unzufrieden mit dir selbst, mit unnützen Besserungsversuchen und Rückfällen und ewigem Warten auf ein Glück, das sich nicht einstellt und dir nicht möglich ist.‹

Das sagten zwar seine Gegenstände, eine andere

Stimme in seinem Inneren sagte jedoch, man dürfe sich nicht der Vergangenheit unterwerfen, und aus sich selbst könne man alles machen. Dieser Stimme gehorchte er, ging in die Ecke, wo er zwei pudschwere Hanteln stehen hatte, und begann sie zur Leibesübung zu stemmen, um sich in einen frischen Zustand zu versetzen. Vor der Tür knarrten Schritte. Er stellte die Hanteln eilends ab.

Der Verwalter kam herein und sagte, alles sei, Gott sei Dank, in Ordnung, teilte jedoch mit, dass der Buchweizen in der neuen Darre angebrannt sei. Diese Nachricht verstimmte Lewin. Die neue Darre war von ihm gebaut und zum Teil auch entworfen worden. Der Verwalter war immer gegen diesen Darre gewesen und verkündete jetzt mit verhohlenem Triumph, dass der Buchweizen angebrannt sei. Lewin hingegen war fest überzeugt, wenn er angebrannt sei, so nur, weil nicht die Maßnahmen ergriffen wurden, die er hundertmal befohlen hatte. Das verdross ihn, und er erteilte dem Verwalter eine Rüge. Doch gab es auch ein wichtiges und erfreuliches Ereignis: Pawa hatte gekalbt, die beste Kuh, eine teure, gekauft auf einer Ausstellung.

»Kusma, hol den Schafpelz. Und Sie lassen eine Laterne holen, ich möchte mir das ansehen«, sagte er zum Verwalter.

Der Stall für die teuren Kühe lag nun hinterm Haus. Lewin ging über den Hof, an der Schneewehe beim Flieder vorbei, und kam zum Viehstall. Warmer Mistdunst schlug ihnen entgegen, als die angefrorne Tür geöffnet wurde, und auf dem frischen Stroh regten sich die Kühe, verwundert über das ungewohnte Laternenlicht. Der glatte, schwarzbunte breite Rücken einer Holländerkuh tauchte auf. Berkut, der Stier, lag mit seinem Ring in der Nase und wollte eigentlich aufstehen, überlegte es sich aber anders und schnaubte bloß zweimal, als sie vorübergingen. Pawa, die rote Schönheit, riesig wie ein Nilpferd, drehte ihnen das Hinterteil zu, sie schützte ihr Kalb vor den Hereinkommenden und beschnupperte es.

Lewin trat in die Box, begutachtete Pawa und stellte das rotbunte Kälbchen auf seine schwankenden langen Beine. Die aufgeregte Pawa wollte schon muhen, beruhigte sich aber, als Lewin das Kälbchen zu ihr hinschob, und nach einem schweren Seufzer leckte sie es mit rauher Zunge. Das Kälbchen suchte an der Flanke unten, es stubste seine Mutter mit der Nase und drehte das Schwänzchen.

»Leuchte hierher, Fjodor, hierher die Laterne«, sagte Lewin, während er das Kälbchen begutachtete. »Schlägt der Mutter nach! Auch wenn es die Farbe vom Vater hat. Sehr schön. Lang und mit eingefallenen Flanken. Ist doch schön, Wassili Fjodorowitsch?« wollte er vom Verwalter wissen und hatte den Buchweizen vergeben und vergessen, vor lauter Freude über das Kalb.

»Von wem könnte es auch Schlechtes haben? Der Verdinger Semjon kam übrigens am Tag nach Ihrer Abreise. Sie müssten sich mit ihm über die Verdingarbeit absprechen, Konstantin Dmitritsch«, sagte der Verwalter. »Von der Maschine habe ich Ihnen ja schon berichtet.«

Schon allein dieses Problem führte Lewin wieder mitten hinein in den Gutsbetrieb, der groß war und kompliziert, und aus dem Kuhstall ging er glcich ins Kontor, und nachdem er mit dem Verwalter und dem Verdinger Semjon gesprochen hatte, kehrte er ins Haus zurück und ging gleich hinauf in den Salon.

XXVII

Das Haus war groß und sehr alt, und obwohl Lewin allein darin wohnte, heizte und nutzte er das ganze Haus. Er wusste, dass das dumm war, wusste, dass das sogar ungut war und seinen jetzigen neuen Plänen widersprach, aber dieses Haus war für Lewin eine ganze Welt. Es war die Welt, in der sein Vater und seine Mutter gelebt hatten und gestorben waren. Sie hatten das Leben gelebt, das Lewin als Ideal jeglicher Vollkommenheit erschien und das er zu erneuern hoffte mit seiner Frau, seiner Familie.

Lewin erinnerte sich kaum an seine Mutter. Ihr Bild war ihm eine heilige Erinnerung, und in seiner Vorstellung musste seine künftige Frau eine Wiederholung des herrlichen, hehren Frauenideals sein, das seine Mutter für ihn war.

Die Liebe zu einer Frau konnte er sich ohne Ehe gar nicht vorstellen, doch stellte er sich zuallererst sogar eine Familie vor, dann erst die Frau, die ihm diese Familie schenken würde. Seine Vorstellung vom Heiraten glich deshalb nicht den Vorstellungen der meisten seiner Bekannten, für die Heiraten zum Leben gehörte wie vieles andere auch; für Lewin war es die Hauptsache im Leben, von der sein ganzes Glück abhing. Und jetzt musste er darauf verzichten!

Als er in den kleinen Salon trat, wo er immer den Tee trank, und sich mit einem Buch in seinem Sessel niederließ, Agafja Michailowna ihm den Tee brachte und sich mit ihrem üblichen »Ich setz mich mal, Väterchen« auf den Stuhl am Fenster setzte, hatte er das Gefühl, so seltsam es auch war, dass er seine Träume nicht aufgegeben hatte und ohne sie nicht leben konnte. Ob mit ihr, ob mit einer anderen, aber es käme dazu. Er las in dem Buch, dachte nach über das, was er las, hielt inne, um Agafja Michailowna zuzuhören, die unermüdlich schwatzte; und zugleich sah er, verbindungslos, Bilder aus seinem Gutsbetrieb und dem künftigen Familienleben vor seinem inneren Auge. Er spürte, wie sich in der Tiefe seiner Seele etwas kräftigte, mäßigte und klärte.

Er hörte Agafja Michailownas Geplauder zu, dass Prochor völlig gottvergessen sei und für das Geld, das Lewin ihm zum Kauf eines Pferdes geschenkt hatte, trinke ohne Unterlass, und seine Frau habe er halbtot geprügelt; er hörte zu und las in dem Buch und erinnerte sich an den Gang seiner durch die Lektüre angeregten Gedanken. Es war das Buch von Tyndall über die Wärme. Er erinnerte sich an seine Kritik Tyndalls wegen dessen Selbstzufriedenheit, wie geschickt er Versuche anstelle, und wegen des Mangels an philosophischer Tiefe. Und plötzlich mengte sich ein freudiger Gedanke darunter: ›In zwei Jahren habe ich zwei Holländerkühe in meiner Herde, Pawa ist vielleicht noch am Leben, zwölf Töchter von Berkut, und dann, als die besten Stücke, diese drei dazwischen – großartig!‹ Wieder nahm er das Buch vor.

›Na schön, Elektrizität und Wärme sind ein und dasselbe; aber lässt sich in einer Gleichung, um ein Problem zu lösen, eine Größe durch eine andere ersetzen? Nein. Was also dann? Die Verbundenheit aller Naturkräfte untereinander merkt man sowieso, instinktiv … Besonders günstig ist, dass Pawas Tochter bereits eine rotbunte Kuh sein wird, und die ganze Herde, in der diese drei dazwischen … Hervorragend! Mit Frau und Gästen aus dem Haus treten, der heimkommenden Herde entgegenblicken … Die Frau sagt: Wir haben, Kostja und ich, dieses Kalb wie ein Kind aufgepäppelt. Wie kann Sie das so interessieren? fragt ein Gast. Alles, was ihn interessiert, interessiert auch mich. Aber wer ist sie?‹ Und er erinnerte sich, was in Moskau vorgefallen war. ›Tja, was tun? Meine Schuld ist es nicht. Aber von

nun an läuft alles auf neue Weise. Das ist Unsinn, dass
das Leben es nicht zuließe, die Vergangenheit es nicht
zuließe. Man muss kämpfen darum, besser zu leben,
viel besser ...‹ Er hob den Kopf und versank in Nachdenken. Die alte Laska, die noch nicht ganz die Freude
über seine Rückkehr verdaut hatte und zum Bellen auf
den Hof hinausgelaufen war, kehrte schwanzwedelnd
zurück und brachte den Geruch frischer Luft herein; sie
kam zu ihm, schob den Kopf unter seine Hand und verlangte unter kläglichem Winseln, dass er sie streichelte.

»Bloß, dass sie nicht redet«, meinte Agafja Michailowna. »Ein Hund ... Versteht aber, dass der Herr trübselig heimgekehrt ist.«

»Wieso denn trübselig?«

»Als hätte ich keine Augen, Väterchen! Wird Zeit,
dass ich mich auskenne mit der Herrschaft. Bin doch
von klein an bei der Herrschaft aufgewachsen. Nicht
schlimm, Väterchen. Haben wir nur Gesundheit und
ein reines Gewissen.«

Lewin sah sie unverwandt an, erstaunt, wie sie seine
Gedanken erfasst hatte.

»Na, soll ich noch Tee bringen?« Sie nahm die Tasse
und ging hinaus.

Laska schob noch immer den Kopf unter seine Hand.
Er streichelte sie, und sogleich rollte sie sich vor seinen
Füßen zusammen und legte den Kopf auf den vorge-
schobenen Hinterlauf. Und zum Zeichen, dass nun alles
gut und in Ordnung sei, sperrte sie leicht das Maul auf,
schmatzte, um die klebrigen Lippen besser über die alten Zähnen zu decken, und lag still, in wohliger Ruhe.
Lewin beobachtete aufmerksam ihre letzten Bewegungen.

›So auch ich!‹ sagte er sich. ›So auch ich! Nicht
schlimm. Alles ist gut.‹

XXVIII

Frühmorgens nach dem Ball schickte Anna Arkadjewna ihrem Mann ein Telegramm, sie werde noch am selben Tag aus Moskau abreisen.

»Doch, ich muss fahren, ich muss!« Sie verkündete der Schwägerin ihre gewandelte Absicht in einem Ton, als wäre ihr soviel eingefallen, dass es sich gar nicht aufzählen ließe. »Doch, besser schon heute!«

Stepan Arkadjitsch dinierte nicht zu Hause, versprach aber, um sieben Uhr vorbeizukommen, um die Schwester zu begleiten.

Kitty kam ebenfalls nicht, sie schickte ein Billett, dass sie Kopfschmerzen habe. Dolly und Anna dinierten allein, mit den Kindern und der Engländerin. Vielleicht, weil Kinder wankelmütig sind oder sehr feinfühlig und sie spürten, dass Anna an diesem Tag ganz anders war als an jenem, da sie sie derart liebgewonnen hatten, dass sie anderes im Sinn hatte als die Kinder, jedenfalls ließen sie ihr Spiel mit der Tante und die Liebe zu ihr plötzlich sein, und es kümmerte sie überhaupt nicht, dass sie abreiste. Anna war den ganzen Vormittag mit Reisevorbereitungen beschäftigt. Sie schrieb Billetts an Moskauer Bekannte, notierte ihre Ausgaben und packte. Dolly hatte überhaupt den Eindruck, als sei sie innerlich nicht in ruhiger, sondern in der geschäftigen Verfassung, die Dolly von sich selbst gut kannte, die einen nicht ohne Grund befällt und meist Unzufriedenheit mit sich selbst überdeckt. Nach dem Essen ging Anna auf ihr Zimmer, um sich umzuziehen, und Dolly folgte ihr.

»Wie sonderbar du heute bist!« sagte Dolly zu ihr.

»Ich? findest du? Ich bin nicht sonderbar, ich bin verquer. Das kommt bei mir vor. Ich möchte ständig weinen. Das ist sehr töricht, aber das vergeht«, sagte Anna rasch und beugte das errötende Gesicht über das winzige Täschchen, in das sie ihr Nachthäubchen und die Batisttüchlein packte. Ihre Augen funkelten auf besondere Weise und überzogen sich ständig mit Tränen. »Wie ungern bin ich aus Petersburg fortgefahren, und jetzt möchte ich ungern von hier fort.«

»Du bist hergekommen und hast ein gutes Werk getan«, sagte Dolly, die sie aufmerksam beobachtete.

Anna sah sie aus tränennassen Augen an.

»Sag das nicht, Dolly. Ich habe nichts getan und konnte gar nichts tun. Es wundert mich oft, weshalb alle Leute einhellig mich verderben wollen. Was habe ich schon getan, was konnte ich tun? In deinem Herzen hat sich genügend Liebe gefunden, um zu verzeihen ...«

»Ohne dich, weiß der Himmel, was da gewesen wäre! Wie glücklich du bist, Anna!« sagte Dolly. »In deinem Herzen ist alles klar und schön.«

»Jeder hat im Herzen seine *skeletons**, wie die Engländer sagen.«

»Was hast du schon für *skeletons*? In dir ist alles so klar.«

»Doch, ich habe welche!« sagte Anna plötzlich, und ein verschmitztes, amüsiertes Lächeln, überraschend nach den Tränen, kräuselte ihre Lippen.

»Dann sind sie zum Lachen, deine *skeletons*, und nicht finster«, meinte Dolly lächelnd.

»Doch, finster. Weißt du, warum ich heute fahre und nicht morgen? Dieses Geständnis drückt mich nieder, ich möchte es dir machen«, sagte Anna, lehnte sich entschieden im Sessel zurück und blickte Dolly gerade in die Augen.

Und Dolly sah zu ihrem Erstaunen, dass Anna errötete bis zu den Ohren, bis zu den schwarzen Haarkringeln am Hals.

* Jeder hat seine Leichen im Keller

»Ja«, fuhr Anna fort. »Weißt du, weshalb Kitty nicht zum Essen gekommen ist? Sie ist auf mich eifersüchtig. Ich habe ihr den Ball verdorben ... ich war der Grund, weshalb dieser Ball für sie eine Qual war und keine Freude. Aber ich bin wirklich, wirklich nicht schuldig, oder nur ein ganz klein bisschen« – mit dünnem Stimmchen zog sie das »ein ganz klein bisschen« lang.

»Oh, das sagst du ja fast so wie Stiwa!« meinte Dolly lachend.

Anna war verletzt.

»O nein, o nein! Ich bin nicht Stiwa«, erwiderte sie stirnrunzelnd. »Ich sage es dir, weil ich mir nicht einen Moment lang gestatte, an mir zu zweifeln.«

Doch in dem Moment, als sie das aussprach, fühlte sie, dass es unzutreffend war; nicht nur, dass sie an sich selbst zweifelte, der Gedanke an Wronski erregte sie, und sie reiste schneller ab, als sie gewollt hatte, nur um ihm nie wieder zu begegnen.

»Ja, Stiwa sagte mir, dass du mit ihm die Mazurka getanzt hast und dass er ...«

»Du kannst dir nicht vorstellen, wie lächerlich es ausgegangen ist. Ich hatte nur vor, die Heiratsvermittlerin zu spielen, und dann kam es völlig anders. Vielleicht habe ich gegen meinen Willen ...«

Sie errötete und stockte.

»Oh, das merken sie sofort!« sagte Dolly.

»Aber ich wäre verzweifelt, wenn von seiner Seite da etwas Ernsthaftes wäre«, unterbrach Anna sie. »Ich bin mir sicher, es gerät in Vergessenheit und Kitty hört auf, mich zu hassen.«

»Im übrigen, Anna, um dir die Wahrheit zu sagen, ich wünsche mir für Kitty diese Ehe nicht so sehr. Besser, es geht auseinander, wenn er, Wronski, sich in einem Tag in dich verlieben konnte.«

»Ach, mein Gott, das wäre so töricht!« sagte Anna, und wieder überzog das dichte Rot der Befriedigung ihr

Gesicht, als sie den Gedanken, der sie beschäftigte, in Worte gefasst hörte. »Ich reise also ab und habe mir Kitty, die ich so liebgewonnen hatte, zum Feind gemacht. Oh, wie nett sie ist! Du wirst das doch in Ordnung bringen, Dolly? Ja?«

Dolly konnte ein Lächeln kaum zurückhalten. Sie liebte Anna, doch sah sie nicht ungern, dass auch sie Schwächen hatte.

»Zum Feind? Das kann nicht sein.«

»Ich möchte so gerne, dass ihr mich liebt, wie ich euch liebe. Und nun habe ich euch noch mehr liebgewonnen«, sagte Anna mit Tränen in den Augen. »Ach, wie töricht ich heute bin!«

Sie fuhr sich mit dem Taschentuch übers Gesicht und begann sich anzukleiden.

Unmittelbar vor Abfahrt kam verspätet Stepan Arkadjitsch, das Gesicht rot und fröhlich, um ihn der Geruch von Wein und Zigarren.

Annas Sentimentalität übertrug sich auch auf Dolly, und als sie die Schwägerin ein letztes Mal umarmte, flüsterte sie:

»Merke dir, Anna: Was du für mich getan hast, werde ich niemals vergessen. Merke dir auch, dass ich dich liebe und immer lieben werde, als meine beste Freundin!«

»Ich verstehe nicht, wofür«, sagte Anna, küsste sie und suchte die Tränen zu verbergen.

»Du hast mich verstanden und weißt es. Leb wohl, mein Herz!«

XXIX

›Nun, alles ist zu Ende, und Gott sei Dank!‹ war Anna Arkadjewnas erster Gedanke, als sie sich ein letztes Mal von ihrem Bruder verabschiedet hatte, der bis zum drit-

ten Glockenzeichen den Durchgang im Waggon versperrte. Sie setzte sich auf ihre Polsterbank, neben Annuschka, und blickte sich im Zwielicht des Schlafwagens um. ›Gott sei Dank, morgen sehe ich Serjoscha
und Alexej Alexandrowitsch, dann geht mein Leben
wieder seinen guten und gewohnten alten Gang.‹

Noch immer in der geschäftigen Verfassung, in der
sie sich den ganzen Tag befunden hatte, richtete Anna
sich mit Behagen und Umsicht für die Reise ein; ihre
kleinen, geschickten Hände schlossen das rote Täschchen auf und schlossen es zu, sie nahm sich ein kleines
Kissen, legte es sich auf die Knie, hüllte sorgfältig die
Beine ein und setzte sich bequem zurecht. Eine kranke
Dame legte sich bereits schlafen. Zwei andere Damen
fingen eine Unterhaltung mit ihr an, und eine dicke
Alte umhüllte sich fest die Beine und machte Bemerkungen über die Heizung. Anna gab den Damen ein
paar Worte zurück, aber da ihr das Gespräch nicht interessant zu werden schien, bat sie Annuschka, das Laternchen vorzuholen, sie klemmte es an der Armlehne
fest und nahm aus ihrer Tasche ein Papiermesser und
einen englischen Roman. Die erste Zeit konnte sie nicht
lesen. Zunächst störten das Gehetze und Gerenne;
dann, als der Zug losfuhr, musste sie einfach den Geräu-
schen lauschen; dann war es der Schnee, der ans linke
Fenster schlug und an der Scheibe kleben blieb, der Anblick des eingemummt vorbeigehenden und einseitig
schneeverwehten Schaffners, waren es die Gespräche,
welch ein schlimmer Schneesturm draußen herrsche,
was ihre Aufmerksamkeit ablenkte. Später war es stets
dasselbe, stets dasselbe; dasselbe Gerüttel und Geklopfe,
derselbe Schnee am Fenster, dieselben raschen Über-
gänge von Dampfeshitze zu Kälte und wieder zu Hitze,
dasselbe Vorbeihuschen derselben Gesichter im Halbdunkel und dieselben Stimmen, und nun las Anna und
verstand, was sie las. Annuschka war bereits eingenickt,

sie hielt mit ihren breiten Händen, an denen ein Handschuh zerrissen war, auf den Knien das rote Täschchen. Anna Arkadjewna las und verstand, was sie las, aber es behagte ihr nicht zu lesen, also dem Abbild fremden Lebens zu folgen. Viel zu sehr wollte sie selbst leben. Las sie, wie die Romanheldin einen Kranken pflegte, wollte sie mit unhörbaren Schritten durchs Zimmer des Kranken gehen; las sie, wie ein Parlamentarier eine Rede hielt, wollte sie diese Rede halten; las sie, wie Lady Mary der Hundemeute hinterherritt und die Schwägerin hänselte und alle durch ihre Kühnheit verwunderte, wollte sie selbst das tun. Aber da war nichts zu tun, so befingerten ihre kleinen Hände das glatte Papiermesser, und sie zwang sich zum Lesen.

Der Romanheld war bereits seinem englischen Glück nahe, dem Baronat und einem Landsitz, und Anna wäre gerne mit ihm auf diesen Landsitz gefahren, da hatte sie plötzlich das Gefühl, als müsste er sich schämen und als schämte sie sich für das Gleiche. Doch wofür sollte er sich schämen? ›Wofür sollte ich mich schämen?‹ fragte sie sich mit gekränkter Verwunderung. Sie legte das Buch weg und lehnte sich auf dem Sitz zurück, umklammerte dabei das Papiermesser mit beiden Händen. Beschämend war da nichts. Sie ging ihre gesamten Moskauer Erinnerungen durch. Alle waren gut und angenehm. Sie erinnerte sich an den Ball, erinnerte sich an Wronski und sein verliebtes, ergebenes Gesicht, erinnerte sich an ihr gesamtes Verhältnis zu ihm: da war nichts beschämend. Zugleich wurde an dieser Stelle der Erinnerungen das Gefühl der Scham stärker, wie wenn eine innere Stimme ihr gerade, als sie sich an Wronski erinnerte, gesagt hätte: ›Warm, sehr warm, heiß.‹ − ›Ja, und?‹ sagte sie sich entschieden und setzte sich anders hin. ›Was heißt das denn? Fürchte ich vielleicht, es mir vor Augen zu führen? Ja, und? Als gäbe es zwischen mir und diesem Offizier, diesem Bürsch-

chen, als könnte es da ein anderes Verhältnis geben wie
zu jedem Bekannten!‹ Sie feixte verächtlich und nahm
sich wieder ihr Buch vor, konnte nun jedoch gar nicht
mehr verstehen, was sie las. Sie fuhr mit dem Papiermesser die Fensterscheibe entlang, legte sich dann seine
glatte und kalte Oberfläche an die Wange und hätte fast
laut aufgelacht vor der Freude, die sie plötzlich grundlos befiel. Sie spürte, dass ihre Nerven sich wie Saiten
immer straffer spannten, als würden sie mit Wirbeln
angezogen. Sie spürte, dass ihre Augen sich immer
mehr weiteten, dass Finger und Zehen sich nervös bewegten, dass in der Brust etwas den Atem abpresste und
dass alle Gestalten und Geräusche in diesem schwankenden Halbdunkel mit ungewöhnlicher Deutlichkeit
auf sie eindrangen. Ständig erneut befielen sie Zweifel,
ob der Zug vorwärts fahre oder zurück oder überhaupt
stillstehe. War das Annuschka neben ihr oder eine
Fremde? ›Was hängt dort, am Halter, ein Pelz oder ein
Tier? Und was tue ich selbst hier? Bin ich es, ist es eine
andere?‹ Es graute ihr, sich dieser Bewusstlosigkeit hinzugeben. Aber etwas zog sie hinein, und sie konnte sich
willkürlich dem hingeben oder entziehen. Sie stand auf,
um zu sich zu kommen, schlug ihr Plaid zurück und
nahm vom warmen Kleid die Pelerine ab. Für einen
Moment kam sie zu sich und begriff, dass der hereinkommende hagere Kerl im langen Nankingmantel, an
dem ein Knopf fehlte, der Heizer war, dass er auf das
Thermometer schaute, dass hinter ihm Wind und
Schnee zur Tur hereinbrachen; aber dann ging wieder
alles drunter und drüber… Der Kerl mit der langen
Taille begann, die Wand anzunagen, die Alte streckte
ihre Beine über die ganze Länge des Waggons aus und
erfüllte ihn mit einer schwarzen Wolke; dann fing etwas grauenhaft zu knirschen und zu klopfen an, als
würde jemand zerfetzt; dann blendete ein rotes Feuer
die Augen, und dann war alles von einer Wand ver-

deckt. Anna hatte ein Gefühl, als stürzte sie ab. Aber es war alles nicht grauenhaft, sondern lustig. Die Stimme eines vermummten und schneeverwehten Mannes schrie etwas nah an ihrem Ohr. Sie stand auf und kam zu sich; sie begriff, dass sie in eine Station eingefahren waren und dass es der Schaffner war. Sie bat Annuschka, ihr die abgenommene Pelerine wieder zu reichen und das Tuch, beides zog sie über und wandte sich zur Tür.

»Sie belieben hinauszugehen?« fragte Annuschka.

»Ja, ich möchte Luft schnappen. Hier ist es sehr heiß.«

Und sie öffnete die Tür. Schneegestöber und Wind stürmten ihr entgegen und wetteiferten mit ihr um die Tür. Auch das kam ihr lustig vor. Sie öffnete die Tür und trat hinaus. Der Wind schien gerade auf sie gewartet zu haben, pfiff freudig und wollte sie umfangen und davontragen, doch sie fasste mit starker Hand die kalte Haltestange, raffte ihr Kleid, stieg hinab auf den Perron und trat hinter den Wagen. Der Wind war stark gewesen auf dem Waggontreppchen, doch auf dem Perron herrschte hinter dem Wagen Windstille. Mit Genuss und voller Brust atmete sie die schneeige Frostluft ein, und beim Wagen stehend betrachtete sie den Perron und das erleuchtete Stationsgebäude.

XXX

Ein grauenhafter Sturm riss und pfiff zwischen den Wagenrädern, an den Masten und hinter der Stationsecke hervor. Wagen, Masten, Menschen, was auch immer zu sehen war, alles war einseitig von Schnee verweht und schneite immer mehr zu. Für einen Augenblick flaute der Sturm ab, doch dann brauste er wieder in solchen Stößen heran, dass ihm, so schien es, nicht zu widerstehen war. Indes rannten Menschen umher, knirschten über die Bohlen des Bahnsteigs, wechselten dabei fröhlich Worte und machten unablässig die große Tür auf und zu. Der gebückte Schatten eines Mannes huschte vor Annas Füßen durch, und Hammerschläge gegen Eisen waren zu hören. »Gib mir die Depesche!« ertönte eine ärgerliche Stimme von der anderen Seite, aus der stürmischen Finsternis. »Bitte hierher! Nr. 28!« schrien noch andere Stimmen, und vorüber rannten, schneeverweht, vermummte Menschen. Zwei Herren, Papirossa-Glut am Mund, gingen an ihr vorüber. Sie holte ein allerletztes Mal tief Luft und hatte schon die Hand aus dem Muff gezogen, um nach der Haltestange zu greifen und einzusteigen, da verdeckte neben ihr noch ein Mann im Militärmantel das schwankende Laternenlicht. Sie blickte sich um und erkannte im selben Augenblick das Gesicht Wronskis. Die Hand an den Mützenschirm gelegt, verneigte er sich vor ihr und fragte, ob sie nicht etwas brauche, ob er ihr nicht zu Diensten sein könne. Sie betrachtete ihn ziemlich lange, ohne etwas zu erwidern, und obgleich er im Schatten stand, sah sie, oder glaubte es zumindest, den Ausdruck seines Gesichts wie seiner Augen. Es war erneut jener Ausdruck ehrerbietigen Entzückens, der sie gestern so beeindruckt hatte. Nicht nur einmal hatte sie sich in diesen letzten Tagen und soeben wieder gesagt, Wronski sei für sie einer von hunderten, ewig gleichen, überall anzutreffenden jungen Männern, sie werde sich niemals gestatten, auch nur an ihn zu denken; doch nun, im ersten Augenblick der Begegnung, erfasste sie ein Gefühl freudigen Stolzes. Sie brauchte nicht zu fragen, weshalb er hier war. Sie wusste das ebenso sicher, wie wenn er ihr gesagt hätte, er sei hier, um da zu sein, wo sie ist.

»Ich wusste nicht, dass Sie reisen. Weshalb reisen Sie?« sagte sie und ließ die Hand sinken, die nach der

Haltestange greifen wollte. Und nicht zu bändigende Freude und Lebhaftigkeit strahlten auf ihrem Gesicht.

»Weshalb ich reise?« wiederholte er und blickte ihr gerade in die Augen. »Wissen Sie, ich reise, um da zu sein, wo Sie sind«, sagte er, »ich kann nicht anders.«

Im selben Augenblick begann der Wind, als hätte er Hindernisse überwunden, Schnee vom Waggondach zu schütten, an einem losgerissenen Stück Blech zu rütteln, und weiter vorn tutete kläglich und düster die satte Pfeife der Lokomotive. Dieser entsetzliche Schneesturm kam ihr jetzt noch wundervoller vor. Er hatte gesagt, was ihr Herz wünschte, was ihr Verstand jedoch fürchtete. Sie erwiderte nichts, und auf ihrem Gesicht sah er einen Kampf.

»Verzeihen Sie, wenn Ihnen unangenehm ist, was ich gesagt habe«, begann er ergeben.

Er sprach respektvoll, ehrerbietig, doch so fest und beharrlich, dass sie lange nichts erwidern konnte.

»Es ist übel, was Sie sagen, und ich bitte Sie, wenn Sie ein guter Mensch sind, vergessen Sie, was Sie gesagt haben, wie auch ich es vergessen werde«, sprach sie schließlich.

»Kein einziges Ihrer Worte, keine einzige Ihrer Bewegungen werde ich je vergessen und kann ich je ...«

»Genug, genug!« rief sie und bemühte sich vergebens, ihrem Gesicht, in das er gierig spähte, einen strengen Ausdruck zu verleihen. Ihre Hand griff nach der kalten Haltestange, sie stieg die Stufen hoch und betrat rasch den Vorraum des Waggons. Doch in dem kleinen Vorraum verharrte sie und ließ sich durch den Sinn gehen, was geschehen war. Ohne dass sie sich an ihre oder seine Worte erinnerte, begriff ihr Gefühl, dass dieses minutenkurze Gespräch sie einander grauenhaft nahegebracht hatte; und sie war erschrocken und glücklich darüber. Ein paar Sekunden stand sie, trat dann ins Wageninnere und setzte sich an ihren Platz. Jener ver-

zauberte, angespannte Zustand, der sie zuvor gepeinigt
hatte, kam nicht nur zurück, sondern verstärkte sich
und ging so weit, dass sie befürchtete, jeden Moment
könnte etwas zu sehr Angespanntes in ihr reißen. Sie
schlief die ganze Nacht nicht. Doch die Anspannung
und die Traumbilder, die ihre Phantasie erfüllten, hatten nichts Unangenehmes und Düsteres; im Gegenteil,
sie hatten etwas Freudiges, Versengendes und Erregen-
des. Gegen Morgen nickte Anna im Sitzen ein, und als
sie erwachte, war es bereits weiß und hell und der Zug
näherte sich Petersburg. Sogleich umdrängten sie die
Gedanken an ihr Zuhause, ihren Mann, ihren Sohn und
an die Sorgen des bevorstehenden und der folgenden
Tage.

In Petersburg hatte der Zug kaum gehalten und war
sie kaum ausgestiegen, da zog als erstes das Gesicht ihres Mannes ihre Aufmerksamkeit an. ›O mein Gott! woher hat er auf einmal solche Ohren?‹ dachte sie beim
Blick auf seine kalte und stattliche Gestalt und besonders auf die sie nun verblüffenden Ohrenknorpel, auf
denen die Krempe des runden Hutes aufsaß. Als er sie
erblickte, ging er ihr entgegen, die Lippen zu seinem
üblichen spöttischen Lächeln verzogen, die großen müden Augen gerade auf sie gerichtet. Ein unangenehmes
Gefühl presste ihr das Herz ab, als sie seinem beharr-
lichen und müden Blick begegnete, wie wenn sie ihn
anders erwartet hätte. Insbesondere verblüffte sie das
Gefühl der Unzufriedenheit mit sich selbst, das sie bei
der Begegnung mit ihm empfand. Dieses Gefühl war
uralt, ein bekanntes Gefühl, ähnlich der Verstellung,
die sie im Verhältnis zu ihrem Mann erlebte; früher
hatte sie dieses Gefühl jedoch nicht wahrgenommen,
jetzt war sie sich dessen klar und schmerzlich bewusst.

»Ja, wie du siehst, dein zärtlicher Gatte, zärtlich wie
im Jahr nach der Eheschließung, hatte das brennende
Verlangen, dich zu sehen«, sagte er mit seiner schlep-

penden dünnen Stimme und in dem Ton, den er ihr gegenüber fast immer anschlug, im Ton des Spotts über diejenigen, die quasi tatsächlich so redeten.

»Ist Serjoscha gesund?« fragte sie.

»Und das ist der ganze Lohn«, sagte er, »für meine Feurigkeit? Gesund, ja, gesund ...«

XXXI

Wronski hatte die ganze Nacht gar nicht erst einzuschlafen versucht. Er saß in seinem Sessel, bald blickte er gerade vor sich hin, bald betrachtete er die Hereinkommenden und Hinausgehenden; zwar hatte er auch früher ihm unbekannte Menschen mit seinem Anblick unerschütterlicher Ruhe verblüfft und empört, doch wirkte er jetzt noch stolzer und selbstgenügsamer. Er schaute die Menschen an wie Dinge. Ein nervöser junger Mann, Beamter am Kreisgericht, der ihm gegenübersaß, hasste ihn für diesen Anblick. Der junge Mann bat ihn um Feuer, begann ein Gespräch mit ihm, stieß ihn sogar, um ihn fühlen zu lassen, dass er kein Ding, sondern ein Mensch war, aber Wronski schaute ihn noch genauso an wie eine Laterne, und der junge Mann schnitt Grimassen, da er das Gefühl hatte, seine Selbstbeherrschung zu verlieren unter dem Druck dieser Nichtanerkennung als Mensch, und davon konnte er nicht einschlafen.

Wronski sah nichts und niemand. Er fühlte sich als Zar, und nicht, weil er geglaubt hätte, auf Anna Eindruck gemacht zu haben, daran glaubte er noch nicht – sondern weil der Eindruck, den sie auf ihn gemacht hatte, ihm Glück und Stolz verlieh.

Was aus alledem werden sollte, wusste er nicht, er dachte nicht einmal daran. Er spürte, dass all seine bislang frei schweifenden, verstreuten Kräfte nun gebündelt und mit grauenhafter Energie auf ein beseligendes Ziel ausgerichtet waren. Und das machte ihn glücklich. Er wusste lediglich, dass er ihr die Wahrheit gesagt hatte, dass er dahin reiste, wo sie war, dass er alles Lebensglück, den einzigen Lebenssinn nun darin fand, sie zu sehen und zu hören. Und als er in Bologoje aus dem Zug gestiegen war, um Selterswasser zu trinken, und Anna erblickte, sagten seine ersten Worte ihr unwillkürlich, was er dachte. Und er war froh, dass er es ihr gesagt hatte, dass sie es nun wusste und daran denken würde. Er schlief die ganze Nacht nicht. In seinen Waggon zurückgekehrt, ging er unablässig alle Situationen durch, in denen er sie gesehen hatte, alle Worte, die sie gesagt hatte, und durch seine Phantasie jagten Bilder einer möglichen Zukunft, die ihm das Herz stocken ließen.

Als er in Petersburg aus dem Zug stieg, fühlte er sich nach der schlaflosen Nacht belebt und frisch wie nach einem kalten Bad. Er blieb bei seinem Waggon stehen, um zu warten, bis sie ausstieg. ›Dann sehe ich sie noch einmal‹, sagte er sich, unwillkürlich lächelnd, ›sehe ihren Gang, ihr Gesicht; sie sagt etwas, wendet den Kopf, blickt her, lächelt vielleicht.‹ Aber noch bevor er sie sah, sah er ihren Mann, den der Bahnhofsvorsteher höflich durch die Menge geleitete. ›Ah ja! ihr Mann!‹ Jetzt kam es Wronski zum erstenmal klar zu Bewusstsein, dass ihr Mann eine mit ihr verbundene Person war. Er hatte gewusst, dass sie einen Mann hatte, doch er hatte an seine Existenz nicht geglaubt und glaubte erst richtig daran, als er ihn sah, mit seinem Kopf, den Schultern und den Beinen in den schwarzen Beinkleidern; und besonders, als er sah, wie dieser Mann mit Besitzgefühl ruhig ihren Arm nahm.

Erst beim Anblick Alexej Alexandrowitschs mit seinem petersburgisch frischen Gesicht und der streng selbstbewussten Gestalt, mit dem runden Hut und dem leicht vorstehenden Rücken, erst da glaubte er an ihn und hatte ein unangenehmes Gefühl, ähnlich dem, das ein Mensch hätte, der von Durst gequält endlich zu einer Quelle gelangt und in dieser Quelle ein Tier findet, Hund, Schaf oder Schwein, das getrunken und das Wasser verunreinigt hat. Alexej Alexandrowitschs Gang, bei dem das gesamte Becken über den ausgestellten Füßen eierte, kränkte Wronski besonders. Er gestand nur sich selbst das unanzweifelbare Recht zu, sie zu lieben. Doch sie war noch dieselbe; und ihr Anblick wirkte auf ihn noch in derselben Weise, belebte ihn körperlich, erregte ihn und erfüllte sein Herz mit Glück. Seinen deutschen Lakaien, der aus der zweiten Klasse angerannt kam, hieß er das Gepäck nehmen und losfahren, und er ging zu ihr. Er sah die erste Begegnung von Mann und Frau und bemerkte mit der Scharfsicht des Verliebten die leichte Beklommenheit, mit der sie zu ihrem Mann sprach. ›Nein, sie liebt ihn nicht, kann ihn nicht lieben‹, entschied er bei sich.

Noch während er von hinten auf Anna Arkadjewna zuging, bemerkte er voll Freude, dass sie sein Näherkommen fühlte und sich schon halb umschaute, und als sie ihn erkannte, wandte sie sich wieder ihrem Mann zu.

»Hatten Sie eine gute Nacht?« fragte er und verneigte sich vor ihr und vor ihrem Mann und überließ es Alexej Alexandrowitsch, die Verbeugung auf sich zu beziehen und ihn zu erkennen oder nicht zu erkennen, wie es ihm beliebte.

»Danke, sehr gut«, erwiderte sie.

Ihr Gesicht erschien müde, jetzt spielte darauf nicht jene bald ins Lächeln, bald in die Augen drängende Lebhaftigkeit; doch beim Blick auf ihn blitzte einen Moment etwas in ihren Augen auf, und obschon dieses Feuer gleich erlosch, war er glücklich über diesen Moment. Sie blickte zu ihrem Mann, um herauszufin-

den, ob er Wronski kannte. Alexej Alexandrowitsch sah
Wronski missvergnügt an, zerstreut suchte er sich zu
entsinnen, wer das war. Die Ruhe und Selbstsicherheit
Wronskis trafen hier, wie die Sense auf den Stein, auf
die kalte Selbstsicherheit Alexej Alexandrowitschs.

»Graf Wronski«, sagte Anna.

»Ah! Wir sind wohl bekannt«, sagte Alexej Alexandrowitsch gleichmütig und reichte ihm die Hand.
»Die Hinreise mit der Mutter, zurück mit dem Sohn.«
Er sprach jedes Wort so deutlich aus, als machte er es
zum Geschenk. »Sie kommen gewiss aus dem Urlaub?«
Und ohne eine Antwort abzuwarten, fragte er in seinem
scherzhaften Ton seine Frau: »Na, wurden in Moskau
viele Tränen vergossen beim Abschied?«

Mit dieser Frage an seine Frau gab er Wronski zu verstehen, dass er allein zu bleiben wünschte, und zu ihm
gewandt, berührte er seinen Hut; Wronski fragte jedoch
Anna Arkadjewna:

»Ich hoffe auf die Ehre, Sie besuchen zu dürfen?«

Alexej Alexandrowitsch blickte aus müden Augen
auf Wronski.

»Würde mich freuen«, sagte er kalt, »wir empfangen montags.« Nach diesem endgültigen Abschied von
Wronski sagte er zu seiner Frau: »Und wie gut, dass
ich gerade eine halbe Stunde Zeit hatte, um dich abzuholen, und dass ich dir meine Zärtlichkeit beweisen
konnte«, fuhr er in demselben scherzhaften Ton fort.

»Du hebst deine Zärtlichkeit viel zu sehr hervor,
als dass ich sie ästimieren könnte«, sagte sie im gleichen scherzhaften Ton, dabei lauschte sie unwillkürlich den Schritten Wronskis, der hinter ihnen ging.
›Aber was betrifft das mich?‹ überlegte sie und fragte
nun ihren Mann, wie Serjoscha ohne sie die Zeit verbracht habe.

»Oh, wunderbar! *Mariette* sagt, dass er sehr lieb
war und … ich muss dich bekümmern … keine Sehn-

sucht nach dir hatte, nicht wie dein Gatte. Doch noch einmal *merci*, meine Freundin, dass du mir einen Tag geschenkt hast. Unser lieber Samowar wird begeistert sein. (Als Samowar bezeichnete er die berühmte Gräfin Lidija Iwanowna, da sie immer und über alles in Erregung und Hitze geriet.) Sie fragte nach dir. Und weißt du, wenn ich dir einen Rat geben darf, du könntest heute bei ihr vorbeifahren. Sie nimmt sich doch alles zu Herzen. Jetzt ist sie, noch zu ihren sonstigen Sorgen, mit der Aussöhnung der Oblonskis befasst.«

Gräfin Lidija Iwanowna war eine Freundin ihres Mannes und das Zentrum eines Zirkels der Petersburger vornehmen Welt, mit dem Anna über ihren Mann besonders stark verbunden war.

»Ich habe ihr doch geschrieben.«

»Aber sie muss alles im Detail wissen. Fahr vorbei, wenn du nicht müde bist, meine Liebe. Die Kutsche wird Kondrati für dich vorfahren, und ich begebe mich nun ins Komitee. Und werde nicht wieder allein dinieren«, fuhr Alexej Alexandrowitsch fort, nicht mehr in scherzhaftem Ton. »Du glaubst gar nicht, wie ich es gewöhnt bin ...«

Und er drückte ihr lange die Hand und half ihr mit einem besonderen Lächeln beim Einsteigen in die Kutsche.

XXXII

Der erste, der Anna zu Hause entgegenkam, war ihr Sohn. Er kam die Treppe heruntergesprungen, trotz des Rufens der Gouvernante, und schrie mit überkippender Begeisterung: »Mama, Mama!« Er rannte zu ihr, warf sich ihr an den Hals.

»Ich hab Ihnen doch gesagt, es ist Mama!« rief er der Gouvernante zu. »Ich wusste es!«

Auch ihr Sohn weckte, ebenso wie ihr Mann, in Anna ein Gefühl, das einer Enttäuschung glich. Ihr Phantasiebild von ihm war besser gewesen, als er in Wirklichkeit war. Sie musste erst zur Wirklichkeit herabsteigen, um entzückt zu sein von dem, wie er war. Aber auch so, wie er war, war er reizend mit seinen weißblonden Locken, den blauen Augen und den fülligen, wohlgeformten Beinchen in den straff sitzenden Strümpfen. Anna empfand ein fast körperliches Entzücken von seiner Nähe und Liebkosung und eine moralische Beruhigung, wenn sie seinem offenherzigen, vertrauensvollen und liebevollen Blick begegnete und seine naiven Fragen hörte. Anna holte die Geschenke hervor, die Dollys Kinder mitgeschickt hatten, und erzählte ihrem Sohn, was für ein Mädchen Tanja es in Moskau gebe und wie diese Tanja lesen könne und es sogar den anderen Kindern beibringe.

»Also, bin ich schlechter als sie?« fragte Serjoscha.

»Für mich bist du der Beste auf der Welt.«

»Das weiß ich«, sagte Serjoscha lächelnd.

Anna hatte noch nicht fertig Kaffee getrunken, da wurde bereits Gräfin Lidija Iwanowna gemeldet. Gräfin Lidija Iwanowna war eine große, beleibte Frau mit ungesund gelber Gesichtsfarbe und wunderschönen, versonnenen schwarzen Augen. Anna mochte sie gern, sah sie aber heute gleichsam zum erstenmal mit all ihren Mängeln.

»Was ist, meine Liebe, brachten Sie den Ölzweig?« fragte Gräfin Lidija Iwanowna, kaum dass sie das Zimmer betreten hatte.

»Ja, es ist zu Ende, doch es war auch gar nicht so bedeutend, wie wir gemeint hatten«, sagte Anna. »Meine *belle sœur* ist ein wenig zu entschieden.«

Aber Gräfin Lidija Iwanowna, die sich für alles interessierte, was sie nichts anging, hatte die Gewohnheit, niemals sich anzuhören, was sie interessierte; sie unterbrach Anna: »Ja, viel Kummer und Böses gibt es auf der Welt, ich bin heute dermaßen entkräftet.«

»Was ist?« fragte Anna und suchte ein Lächeln zu unterdrücken.

»Ich beginne müde zu werden vom vergeblichen Lanzenbrechen für die Wahrheit und gerate bisweilen völlig aus der Fassung. Die Sache mit den Schwesterchen (dies war eine philanthropische, religiös-patriotische Einrichtung) ging erst wunderbar voran, aber mit diesen Herren lässt sich einfach nichts ausrichten«, fügte Gräfin Lidija Iwanowna hinzu, voll spöttischer Ergebenheit ins Schicksal. »Sie nahmen die Idee in Beschlag, verunstalteten sie und bereden nun alles auf niedrigem, nichtswürdigem Niveau. Zwei oder drei Menschen, darunter Ihr Mann, begreifen die Sache in ihrer ganzen Bedeutung, die anderen würdigen sie nur herab. Gestern schreibt mir Prawdin ...«

Prawdin war ein bekannter Panslawist im Ausland, und Gräfin Lidija Iwanowna berichtete den Inhalt seines Briefes.

Danach berichtete die Gräfin noch von den Umtrieben und Ränken gegen die Sache der Kirchenvereinigung und fuhr eilends davon, denn sie musste an diesem Tag noch zur Sitzung eines Vereins und ins Slawische Komitee.

›Das war alles ja auch früher so; doch warum ist es mir früher nicht aufgefallen?‹ fragte sich Anna. ›Oder war sie heute besonders aufgebracht? Tatsächlich, zu komisch: ihr Ziel ist die Tugend, sie ist Christin, dabei ist sie immer verärgert, immer hat sie Feinde, und immer sind es Feinde des Christentums und der Tugend.‹

Nach Gräfin Lidija Iwanowna kam eine Freundin zu Besuch, eine Direktorsgattin, und berichtete alle städtischen Neuigkeiten. Um drei Uhr fuhr auch sie wieder ab, versprach aber, zum Diner zu kommen. Alexej Alexandrowitsch war im Ministerium. Allein geblieben, nutzte Anna die Zeit vor dem Diner, um beim Essen des Sohnes anwesend zu sein (er dinierte separat), um ihre Sachen in Ordnung zu bringen und die Billetts und Briefe, die sich auf ihrem Schreibtisch stapelten, zu lesen und zu beantworten.

Das Gefühl grundloser Scham, das sie unterwegs empfunden hatte, und die Erregung waren völlig verschwunden. Unter den gewohnten Lebensumständen fühlte sie sich wieder unerschütterlich und ohne Makel. Sie erinnerte sich verwundert an ihren gestrigen Zustand. ›Was war eigentlich? Nichts. Wronski hat eine Dummheit gesagt, der leicht ein Ende zu machen war, und ich habe geantwortet, wie es zu sein hatte. Davon etwas meinem Mann zu sagen ist unnötig und unmöglich. Davon etwas zu sagen hieße, dem Bedeutung zu verleihen, was keine hat.‹ Sie erinnerte sich, wie sie einmal von einer halben Liebeserklärung berichtete, die ihr ein junger Untergebener ihres Mannes in Petersburg gemacht hatte, und wie Alexej Alexandrowitsch erwiderte, verkehre man in der Gesellschaft, könne jede Frau dem ausgesetzt sein, doch er vertraue völlig ihrem Taktgefühl und werde sich niemals gestatten, sie und sich selbst durch Eifersucht zu erniedrigen. ›Also, kein Grund, etwas zu sagen? Ja, Gott sei Dank, und was auch‹, sagte sie sich.

XXXIII

Alexej Alexandrowitsch kehrte um vier Uhr aus dem Ministerium zurück, doch wie das häufig der Fall war, kam er nicht dazu, bei ihr vorbeizuschauen. Er ging geradewegs in sein Kabinett, um wartende Bittsteller zu empfangen und einige Schriftstücke zu unterzeichnen, die sein Kanzleivorsteher gebracht hatte. Zum Diner trafen ein (gewiss drei Gäste dinierten jedesmal bei den

Karenins): Alexej Alexandrowitschs alte Cousine, der
Departementsdirektor mit Frau und ein junger Mann,
welcher Alexej Alexandrowitsch für den Dienst emp-
fohlen worden war. Anna ging in den Salon, um sich
den Gästen zu widmen. Punkt fünf Uhr, die Bronzeuhr aus Peters des Großen Zeiten hatte noch nicht den
fünften Schlag getan, trat Alexej Alexandrowitsch ein,
in weißer Halsbinde und im Frack mit zwei Orden,
da er gleich nach dem Diner weg musste. Jede Minute
in Alexej Alexandrowitschs Leben war belegt und eingeteilt. Und damit er schaffte, was jeden Tag vor ihm
stand, wahrte er strengste Pünktlichkeit. ›Ohne Hast
und ohne Müßiggang‹, war sein Wahlspruch. Sich die
Stirn reibend, betrat er den Saal, begrüßte alle und
nahm hastig Platz, mit einem Lächeln für seine Frau.

»Ja, meine Einsamkeit hat ein Ende. Du glaubst gar
nicht, wie misslich es ist (das Wort misslich betonte
er), allein zu dinieren.«

Während des Essens sprach er mit seiner Frau über
Moskau, erkundigte sich mit spöttischem Lächeln nach
Stepan Arkadjitsch; aber das Gespräch drehte sich
hauptsächlich um allgemeine Themen aus dem Dienst
und der Petersburger Gesellschaft. Nach dem Essen verbrachte er eine halbe Stunde mit den Gästen, drückte
wiederum mit einem Lächeln seiner Frau die Hand,
ging hinaus und begab sich zum Staatsrat. Anna fuhr
diesmal weder zu Fürstin Betsy Twerskaja, die von ihrer
Rückkehr erfahren und sie für den Abend eingeladen
hatte, noch ins Theater, wo sie diesen Abend über eine
Loge verfügte. Sie fuhr hauptsächlich deshalb nicht,
weil das Kleid, mit dem sie gerechnet hatte, nicht fertig war. Überhaupt war Anna, als sie sich nach Abfahrt
der Gäste mit ihrer Toilette befasste, in höchstem Maße
verärgert. Vor der Abreise nach Moskau hatte sie – und
sie verstand es meisterhaft, sich nicht teuer zu kleiden – der Modistin drei Kleider zum Umarbeiten ge-

geben. Die Kleider mussten so umgearbeitet werden, dass sie nicht wiederzuerkennen waren, und sie hätten schon vor drei Tagen fertig sein sollen. Wie sich herausstellte, waren zwei Kleider gar nicht fertig, und eines war nicht so umgearbeitet, wie Anna es wollte. Die Modistin kam zu einer Aussprache, behauptete, so sei es besser, und Anna ereiferte sich derart, dass ihr hinterher die Erinnerung peinlich war. Um sich völlig zu beruhigen, ging sie ins Kinderzimmer und verbrachte den ganzen Abend mit ihrem Sohn, legte ihn selbst schlafen, bekreuzigte ihn und deckte ihn zu. Sie war froh, dass sie nirgends hingefahren war und diesen Abend so gut verbracht hatte. Ihr war so leicht und ruhig ums Herz, sie sah so klar, dass alles, was ihr auf der Eisenbahn als derart bedeutsam vorgekommen war, nur eines der üblichen, unbedeutenden Vorkommnisse aus dem Gesellschaftsleben war und dass sie sich vor niemandem, auch nicht vor sich selbst, schämen musste. Anna setzte sich mit ihrem englischen Roman an den Kamin und wartete auf ihren Mann. Punkt halb zehn war sein Klingeln zu hören, und er trat ins Zimmer.

»Endlich kommst du!« sagte sie und reichte ihm die Hand.

Er küsste ihr die Hand und setzte sich zu ihr.

»Wie ich sehe, ist deine Reise gelungen«, sagte er zu ihr.

»Ja, sehr«, antwortete sie und berichtete ihm nun alles von Anfang an: ihre Reise mit Wronskaja, ihre Ankunft und das Vorkommnis auf der Eisenbahn. Dann berichtete sie über ihr Mitgefühl erst für den Bruder, dann für Dolly.

»Ich bin nicht der Ansicht, dass man einen solchen Menschen entschuldigen könne, auch wenn es dein Bruder ist«, sagte Alexej Alexandrowitsch streng.

Anna lächelte. Sie wusste, dass er das ausdrücklich sagte, um zu zeigen, verwandtschaftliche Überlegungen könnten ihn nicht davon abhalten, offen seine Meinung zu äußern. Sie kannte diesen Wesenszug an ihrem Mann und mochte ihn.

»Ich bin froh, dass alles ein gutes Ende gefunden hat und dass du wieder hier bist«, fuhr er fort. »Und was spricht man dort über die neue Verordnung, die ich im Staatsrat durchgesetzt habe?«

Anna hatte von dieser Verordnung nichts gehört, und sie bekam ein schlechtes Gewissen, dass sie so leicht vergessen konnte, was für ihn so wichtig war.

»Hier dagegen hat das viel Aufsehen erregt«, sagte er mit selbstzufriedenem Lächeln.

Sie sah, dass Alexej Alexandrowitsch ihr mitteilen wollte, was für ihn an der Sache erfreulich war, und sie lenkte ihn durch Fragen zu einem Bericht. Mit dem gleichen selbstzufriedenen Lächeln berichtete er über die Ovationen, die ihm infolge der Durchsetzung dieser Verordnung bereitet worden waren.

»Ich war sehr, sehr froh. Es beweist, dass bei uns endlich eine vernünftige und feste Sicht auf diese Sache vorzudringen beginnt.«

Als Alexej Alexandrowitsch sein zweites Glas Tee mit Sahne und einem Brot beendet hatte, stand er auf, um sich in sein Kabinett zu begeben.

»Du bist ja nirgends hingefahren, gewiss war es dir langweilig?« fragte er.

»O nein!« antwortete sie und stand ebenfalls auf, um ihn durch den Saal zum Kabinett zu geleiten. »Was liest du zur Zeit?« fragte sie.

»Zur Zeit lese ich *Duc de Lille, ›Poésie des enfers‹*«, antwortete er. »Ein sehr bemerkenswertes Buch.«

Anna lächelte, wie man über die Schwächen geliebter Menschen lächelt, sie schob ihren Arm unter den seinen und geleitete ihn zur Tür des Kabinetts. Sie kannte seine Angewohnheit, die ihm zum Bedürfnis geworden war, nämlich abends zu lesen. Sie wusste, dass er es für

seine Pflicht hielt, obwohl die dienstlichen Verpflichtungen fast seine gesamte Zeit beanspruchten, alles zu
verfolgen, was sich an Wichtigem in der Sphäre des
Geistes tat. Sie wusste außerdem, dass ihn politische,
philosophische und theologische Bücher tatsächlich interessierten, dass ihm die Kunst, seinem Wesen nach,
völlig fremd war, aber dass Alexej Alexandrowitsch, obwohl dem so war, oder besser infolgedessen, nichts ausließ, was in diesem Bereich Aufsehen erregte, und es für
seine Pflicht hielt, alles zu lesen. Sie wusste, dass Alexej
Alexandrowitsch im Bereich der Politik, Philosophie
und Theologie Zweifel hegte oder auf der Suche war;
aber wenn es um Kunst und Poesie ging, insbesondere
um Musik, für die ihm jedes Verständnis vollkommen
fehlte, hatte er die bestimmtesten und entschiedensten
Ansichten. Er sprach gerne über Shakespeare, Raffael,
Beethoven und über die Bedeutung neuer Schulen in
Poesie und Musik, die für ihn alle mit sehr klarer Abfolge unterteilt waren.

»Nun, Gott mit dir«, sagte sie an der Tür zum Kabinett, in dem schon der Lampenschirm über der Kerze
und die Wasserkaraffe am Sessel für ihn gerichtet waren. »Ich schreibe nach Moskau.«

Er drückte ihr die Hand und küsste sie erneut.

›Trotz allem ist er ein guter Mensch, aufrichtig, gütig
und auf seinem Gebiet hervorragend‹, sagte sich Anna,
als sie in ihr Zimmer zurückgekehrt war, wie wenn sie
ihn vor jemandem verteidigte, der ihn anklagte und
sagte, man könne ihn nicht lieben. ›Aber wieso stehen
bloß seine Ohren so seltsam ab! Oder hat er sich die
Haare schneiden lassen?‹

Punkt zwölf, als Anna noch am Schreibtisch saß
und den Brief an Dolly abschloss, waren gleichmäßige
Schritte in Pantoffeln zu hören, und Alexej Alexandrowitsch, gewaschen, gestriegelt, ein Buch unterm Arm,
trat zu ihr.

»Es ist Zeit, es ist Zeit«, sagte er mit besonderem Lächeln und ging weiter ins Schlafzimmer.

›Und was hatte er für ein Recht, ihn so anzuschauen?‹ dachte Anna, da ihr Wronskis Blick auf Alexej Alexandrowitsch einfiel.

Sie zog sich aus und trat ins Schlafzimmer, aber auf ihrem Gesicht lag nichts von der Lebhaftigkeit, die ihr nur so aus Augen und Lächeln gesprüht war während des Moskauer Aufenthalts – im Gegenteil, jetzt schien das Feuer in ihr gelöscht oder irgendwo weit weg versteckt zu sein.

XXXIV

Bei der Abreise aus Petersburg hatte Wronski seine große Wohnung an der Morskaja seinem Freund und Lieblingskameraden Petrizki überlassen.

Petrizki war ein junger Leutnant von nicht sonderlich vornehmer Abkunft, keinesfalls reich, vielmehr rundum verschuldet und gegen Abend immer betrunken; wegen diverser komischer wie schmutziger Geschichten war er schon oft auf der Hauptwache gelandet, bei Kameraden wie Vorgesetzten jedoch beliebt. Als Wronski gegen zwölf von der Eisenbahn zu seiner Wohnung gefahren kam, erblickte er vor dem Hauseingang eine ihm bekannte Mietkutsche. Auf sein Klingeln hörte er schon durch die Tür lautes Männerlachen und französisches Geplapper einer Frauenstimme und Petrizkis Ruf: »Wenn es einer dieser Bösewichte ist – nicht hereinlassen!« Wronski veranlasste den Burschen, ihn nicht zu melden, und trat leise ins erste Zimmer. Baronin Shilton, Petrizkis Freundin, prachtvoll mit ihrem lila Atlaskleid und dem rotwangigen, weißblonden Gesichtchen, erfüllte wie ein Kanarienvögelchen das ganze Zimmer mit ihrem Pariser Gezwitscher, dabei saß sie am runden Tisch und kochte Kaffee. Petrizki im Mantel und Rittmeister Kamerowski in voller Montur, wohl eben vom Dienst, saßen links und rechts von ihr.

»Bravo! Wronski!« schrie Petrizki und sprang auf, dass der Stuhl polterte. »Der Hausherr! Baronin, einen Kaffee für ihn aus der neuen Kaffeemaschine. So eine Überraschung! Ich hoffe, du bist zufrieden mit der Zierde deines Kabinetts«, sagte er und deutete auf die Baronin. »Sie kennen sich doch?«

»Aber ja!« sagte Wronski, lächelte fröhlich und drückte der Baronin das kleine Händchen. »Wie auch nicht! bin ein alter Freund.«

»Sie kehren nach Hause zurück von einer Reise«, sagte die Baronin, »darum geh ich rasch. Ja, ich fahre auf der Stelle, wenn ich störe.«

»Sie sind da zu Hause, wo Sie sind, Baronin«, sagte Wronski. »Sei gegrüßt, Kamerowski«, fügte er hinzu und drückte Kamerowski kühl die Hand.

Die Baronin wandte sich an Petrizki: »Sie bringen es niemals fertig, so etwas Hübsches zu sagen.«

»Doch, wieso? Nach dem Diner kann ich das nicht schlechter.«

»Nach dem Diner ist das kein Kunststück! Also, Sie bekommen von mir Kaffee, gehen Sie sich waschen und herrichten«, sagte die Baronin, setzte sich wieder und drehte sorgfältig das Schräubchen an der neuen Kaffeemaschine »Pierre, geben Sie mir den Kaffee.« Sie nannte Petrizki seines Nachnamens wegen Pierre, ohne ihre Beziehung zu ihm zu verbergen. »Ich tue noch mehr hinein.«

»Sie verderben ihn.«

»Nein, keineswegs. Und was ist mit Ihrer Frau?« sagte die Baronin plötzlich, unterbrach Wronskis Gespräch mit dem Kameraden. »Haben Sie Ihre Frau nicht mitgebracht? Wir haben Sie hier verheiratet.«

»Nein, Baronin. Als Zigeuner bin ich geboren, als Zigeuner werde ich sterben.«

»Um so besser, um so besser. Geben Sie mir Ihre Hand.«

Und ohne Wronski loszulassen, berichtete ihm die Baronin, wobei die Scherze nur so purzelten, von ihren jüngsten Lebensplänen und fragte ihn um Rat.

»Er willigt noch immer nicht in die Scheidung ein! Was soll ich nur tun? (Er war ihr Mann.) Ich will jetzt einen Prozess anstrengen. Was würden Sie mir raten? Kamerowski, passen Sie doch auf den Kaffee auf – er läuft über; Sie sehen, ich bin ernsthaft beschäftigt! Ich will den Prozess, denn mein Vermögen brauche ich. Begreifen Sie vielleicht diesen Unsinn – ich sei ihm untreu«, sagte sie verächtlich, »und darum möchte er mein Landgut nutzen.«

Wronski lauschte mit Vergnügen diesem fröhlichen Geplapper einer hübschen Frau, redete ihr nach dem Mund, gab halb im Spaß Ratschläge und verfiel gleich wieder in seinen gewohnten Tonfall gegenüber Frauen dieser Art. In seiner Petersburger Welt unterteilten sich die Menschen in zwei absolut entgegengesetzte Kategorien. Eine niedrigere Kategorie: die banausischen, dummen und vor allem lächerlichen Menschen, die glaubten, dass ein Mann mit der einen Frau zusammenleben müsse, mit der er getraut ist, dass ein Mädchen unschuldig sein müsse, eine Frau schamhaft, ein Mann mannhaft, enthaltsam und entschlossen, dass man Kinder erziehen, sein Brot verdienen und Schulden zahlen müsse – und andere Dummheiten dieser Art. Das war die Kategorie der altmodischen und lächerlichen Menschen. Aber es gab noch eine andere Kategorie, die wahren Menschen, zu der sie alle gehörten, wozu man hauptsächlich elegant, schön, großmütig, kühn und fröhlich sein musste, sich jeder Leidenschaft ohne Erröten hingeben und alles Übrige verlachen.

Wronski war nach den Eindrücken aus einer völlig anderen Welt, die er aus Moskau mitgebracht hatte, nur im ersten Moment verdutzt; doch als hätte er die Füße in alte Pantoffeln gesteckt, war er gleich wieder in seine frühere, fröhliche und angenehme Welt hineingelangt. Kaffee zu kochen gelang natürlich nicht, er bespritzte alle und lief über und verursachte das, was nötig war, gab also Anlass zu Lärm und Gelächter und schwappte über einen teuren Teppich und das Kleid der Baronin.

»Nun, leben Sie wohl, sonst kommen Sie nie dazu, sich zu waschen, dann lastet auf meinem Gewissen das schlimmste Verbrechen für einen anständigen Menschen, nämlich Unsauberkeit. Sie raten also, ihm das Messer an die Kehle zu setzen?«

»Unbedingt, und zwar so, dass Ihr Händchen nah an seinen Lippen ist. Er wird Ihnen das Händchen küssen, und alles hat ein gutes Ende«, erwiderte Wronski.

»Also dann – heute im Französischen Theater!« Und sie verschwand unter Kleiderrascheln.

Kamerowski erhob sich ebenfalls, doch Wronski wartete nicht, bis er ging, er reichte ihm die Hand und begab sich ins Toilettenzimmer. Während er sich wusch, skizzierte ihm Petrizki in knappen Strichen seine Situation, sofern sie sich seit Wronskis Abreise verändert hatte. Geld habe er keines. Sein Vater habe gesagt, er gebe ihm nichts und bezahle seine Schulden nicht. Der Schneider wolle ihn einsperren lassen, jemand anderes drohe auch, ihn unbedingt einsperren zu lassen. Der Regimentskommandant habe verkündet, wenn diese Skandale nicht aufhörten, müsse er das Regiment verlassen. Die Baronin hänge ihm zum Hals raus, besonders, weil sie ihm andauernd Geld zustecken wolle; dabei, es gebe da eine, die würde er Wronski zeigen, wundervoll, hinreißend, im strengen orientalischen Stil, »*genre* Sklavin Rebekka, du verstehst«. Mit Berkoschew habe er sich gestern auch verzankt, der wolle Sekundanten schicken, aber selbstverständlich werde da nichts draus. Überhaupt sei alles vorzüglich und außerordentlich lustig. Und bevor sein Kamerad auf Einzelheiten der Situation eingehen konnte, fing Petrizki an, ihm alle interessanten Neuigkeiten zu berichten. Während Wronski den so vertrauten Geschichten Petrizkis in der so vertrauten Umgebung seiner dreijährigen Petersburger Wohnung lauschte, überkam ihn das angenehme Gefühl, ins gewohnte und sorglose Petersburger Leben zurückgekehrt zu sein.

»Nicht möglich!« rief er und nahm den Fuß vom Pedal des Waschbeckens, an dem er seinen roten, gesunden Nacken abspülte. »Nicht möglich!« rief er bei der Nachricht, Lora habe sich mit Milejew zusammengetan und Fertingof verlassen. »Und er ist noch genauso dumm und selbstzufrieden? Na, und was ist mit Busulukow?«

»Oh, mit Busulukow gab es eine Geschichte – hinreißend!« rief Petrizki. »Seine Leidenschaft sind doch Bälle, er lässt keinen einzigen Hofball aus. Er begibt sich also auf einen großen Ball, mit neuem Helm. Hast du die neuen Helme schon gesehen? Sind sehr gut, leichter. Da steht er also ... Wirklich, hör zu.«

»Ich höre ja zu.« Wronski rieb sich gerade mit einem Frottiertuch trocken.

»Eine Großfürstin kommt vorbei mit irgendeinem Gesandten, und zu Busulukows Pech unterhalten sie sich gerade über die neuen Helme. Und die Großfürstin möchte so einen neuen Helm vorzeigen. Sie sehen, da steht unser komischer Vogel. (Petrizki machte vor, wie er dastand mit dem Helm.) Die Großfürstin bittet, ihr den Helm zu geben – er gibt ihn nicht. Was ist los? Man zwinkert ihm zu, nickt, blickt streng. Gib her. Er gibt ihn nicht. Steht starr. Kannst dir das vorstellen! Da will dieser ... wie heißt er nur ... ihm den Helm schon wegnehmen – er gibt ihn nicht her! Der andere entreißt ihm den Helm, gibt ihn der Großfürstin. ›Das ist der neue‹, sagt die Großfürstin. Dreht den Helm um, und – kannst dir vorstellen? – pardauz! da fallen eine Birne und Pralinen, zwei Pfund Pralinen heraus! Hat er mitgehen lassen, der komische Vogel!«

Wronski bog sich vor Lachen. Und noch lange danach, als er schon von anderem redete, schüttelte ihn gesundes Gelächter, so dass seine kräftigen, lückenlosen Zähne blitzten, wenn ihm der Helm einfiel.

Als Wronski alle Neuigkeiten erfahren hatte, legte er mit Hilfe des Lakaien seine Uniform an und fuhr sich zurückmelden. Danach beabsichtigte er, bei seinem Bruder und bei Betsy vorbeizufahren und noch einige Visiten abzustatten, um sich in jenen Kreisen einzuführen, wo er Karenina begegnen könnte. Wie immer in Petersburg, verließ er das Haus, um erst spätnachts zurückzukehren.

ZWEITER TEIL

I

Ende des Winters fand bei den Schtscherbazkis ein Konsilium statt, welches zu einem Schluss kommen sollte, wie es um Kittys Gesundheit stehe und was zur Wiederherstellung ihrer schwindenden Kräfte zu unternehmen sei. Sie war krank, und beim Heraufziehen des Frühjahrs verschlechterte sich ihr Zustand. Der Hausarzt hatte ihr Lebertran, dann Eisen, dann Lapis verabreicht, aber da weder das eine noch das andere, noch das dritte half und da er riet, ab dem Frühjahr ins Ausland zu reisen, wurde ein berühmter Arzt zugezogen. Der berühmte Arzt, ein noch nicht alter, höchst gutaussehender Mann, bestand auf einer Untersuchung der Kranken. Mit besonderem Vergnügen, so schien es, beharrte er darauf, dass mädchenhafte Schamhaftigkeit lediglich ein Überrest von Barbarei sei und dass es nichts Natürlicheres gebe, als dass ein noch nicht alter Mann ein junges, entblößtes Mädchen betaste. Er fand das natürlich, weil er es tagtäglich machte und dabei nichts empfand und nichts Schlimmes dachte, wie ihm schien, deshalb hielt er die Schamhaftigkeit eines jungen Mädchens nicht nur für einen Überrest von Barbarei, sondern auch für eine Beleidigung seiner selbst.

Da musste man sich fügen, denn wiewohl alle Ärzte in derselben Schule und nach ein und denselben Büchern gelernt hatten und dieselbe Wissenschaft kannten und wiewohl es Stimmen gab, dieser berühmte Arzt sei ein schlechter Arzt, galt es im Haus der Fürstin und in ihrem Kreis irgendwie als ausgemacht, dass allein dieser berühmte Arzt etwas Besonderes wisse und allein er Kitty retten könne. Nach eingehendem Untersuchen und Abklopfen der fassungslosen und vor Scham vergehenden Kranken und nach sorgfältigem Händewaschen stand der berühmte Arzt im Salon und sprach mit dem Fürsten. Der Fürst blickte mürrisch und hüstelte, während er dem Arzt zuhörte. Als Mann mit Lebenserfahrung, nicht dumm und nicht krank, glaubte er nicht an die Medizin und war innerlich erbost über die ganze Komödie, um so mehr, als womöglich nur er den Grund für Kittys Krankheit ganz durchschaute. ›So ein Gernebeller!‹ In Gedanken bezog er diesen Begriff aus der Jägersprache auf den berühmten Arzt, während er sich dessen Geschwätz über die Krankheitssymptome der Tochter anhörte. Der Arzt konnte indes mit Mühe seine Verachtung für diesen alten Junker zügeln und stieg mit Mühe in die Niederungen seines Begriffsvermögens hinab. Er sah, dass ein Gespräch mit dem Alten sinnlos war und dass in diesem Haus die Mutter den Ton angab. Vor ihr beabsichtigte er auch seine Perlen auszustreuen. Da betrat die Fürstin mit dem Hausarzt den Salon. Der Fürst zog sich zurück, bemüht, sich nicht anmerken zu lassen, wie lächerlich ihm die ganze Komödie vorkam. Die Fürstin war außer Fassung und wusste nicht, was tun. Sie fühlte sich vor Kitty schuldig.

»Nun, Doktor, entscheiden Sie über unser Schicksal«, sagte die Fürstin. »Entdecken Sie mir alles.« – ›Gibt es Hoffnung?‹ wollte sie noch sagen, aber ihre Lippen begannen zu zittern, und sie brachte die Frage nicht heraus. »Nun, was ist, Doktor?«

»Gleich, Fürstin, ich bespreche mich mit dem Kollegen, dann werde ich die Ehre haben, Ihnen meine Meinung vorzutragen.«

»Sollen wir Sie allein lassen?«

»Wie es Ihnen beliebt.«

Die Fürstin ging seufzend hinaus.

Als die Ärzte allein waren, legte der Hausarzt schüchtern seine Meinung dar, die darin bestand, dass der Beginn eines tuberkulösen Prozesses vorliege, jedoch … usw. Der berühmte Arzt hörte ihm zu, und mitten in der Rede schaute er auf seine große goldene Uhr.

»Hm«, sagte er. »Jedoch …«

Der Hausarzt verstummte respektvoll mitten in der Rede.

»Erkennen können wir, wie Sie wissen, den Beginn eines tuberkulösen Prozesses nicht; vor dem Auftreten von Kavernen gibt es nichts zu erkennen. Aber den Verdacht haben können wir. Auch gibt es Hinweise: schlechte Ernährung, nervliche Überreizung und anderes. Es stellt sich die Frage: bei Verdacht auf einen tuberkulösen Prozess – was ist zu tun, um die Ernährung zu unterstützen?«

»Doch wissen Sie ja, dahinter stecken immer innere, seelische Gründe«, erlaubte sich der Hausarzt mit feinem Lächeln einzuwerfen.

»Ja, das versteht sich von selbst«, erwiderte der berühmte Arzt nach erneutem Blick auf die Uhr. »Pardon, ist die Brücke über die Jausa eigentlich fertig, oder muss man immer noch einen Umweg machen?« fragte er. »So, sie ist fertig. Dann schaffe ich es ja in zwanzig Minuten. Also, wir sagten, die Frage stelle sich folgendermaßen: die Ernährung unterstützen, die Nerven in Ordnung bringen. Das eine ist mit dem anderen verbunden, man muss in beide Kreisrichtungen wirken.«

»Jedoch eine Auslandsreise?« fragte der Hausarzt.

»Ich bin ein Gegner der Auslandsreisen. Sehen Sie doch bitte schön: Wenn der Beginn eines tuberkulösen Prozesses vorliegt, was wir nicht wissen können, wird eine Auslandsreise nicht helfen. Vonnöten ist ein Mittel, das die Ernährung unterstützt und nicht schadet.«

Und der berühmte Arzt legte seinen Behandlungsplan mit Sodener Heilwässern dar, bei deren Verordnung das Hauptziel offenbar darin bestand, dass sie nicht schaden könnten.

Der Hausarzt hörte aufmerksam und respektvoll zu.

»Jedoch zugunsten einer Auslandsreise würde ich eine Veränderung der Gewohnheiten anführen und die Distanz zu einer Umgebung, die Erinnerungen wachruft. Außerdem möchte es die Mutter«, sagte er.

»Aha! In dem Fall, je nun, sollen sie reisen. Bloß werden dann die deutschen Scharlatane Schaden anrichten. Auf uns müssen sie hören ... Gut, sollen sie reisen.«

Er blickte erneut auf die Uhr.

»Oh, es wird Zeit!« Und ging zur Tür.

Der berühmte Arzt eröffnete der Fürstin (sein Anstandsgefühl gab ihm das ein), dass er die Kranke noch einmal sehen müsse.

»Wie! sie noch einmal untersuchen!« rief die Mutter entsetzt.

»O nein, nur noch ein paar Einzelheiten, Fürstin.«

»Ich darf bitten.«

Und die Mutter trat in Begleitung des Arztes in den Salon zu Kitty. Abgemagert und rot im Gesicht, mit besonderem Glanz in den Augen infolge der erduldeten Scham, stand Kitty in der Mitte des Raums. Als der Arzt eintrat, wurde sie flammend rot, und ihre Augen füllten sich mit Tränen. Ihre ganze Krankheit und die Behandlung erschien ihr als so etwas Dummes, sogar Lächerliches! Die Behandlung erschien ihr genauso lächerlich, wie wenn die Scherben einer zertrümmerten Vase zusammengesetzt würden. Ihr Herz war in Trümmern. Und da soll sie mit Pillen und Pülverchen behandelt werden? Aber sie durfte die Mutter nicht verletzen, zumal die Mutter sich schuldig fühlte.

»Hätten Sie die Güte, Platz zu nehmen, Prinzessin«, sagte der berühmte Arzt.

Er setzte sich ihr lächelnd gegenüber, fühlte den Puls

und stellte erneut lästige Fragen. Sie antwortete ihm, und auf einmal geriet sie in Zorn und stand auf.

»Entschuldigen Sie, Doktor, aber das führt wirklich zu gar nichts, und Sie fragen mich dreimal ein und dasselbe.«

Der berühmte Arzt war nicht beleidigt.

»Krankhafte Gereiztheit«, sagte er zur Fürstin, als Kitty draußen war. »Im übrigen bin ich fertig ...«

Und der Arzt setzte der Fürstin als einer ausnehmend gescheiten Frau seine Diagnose vom Gesundheitszustand der Prinzessin wissenschaftlich auseinander und schloss mit Verhaltensregeln, wie jene Heilwässer zu trinken seien, die unnötig waren. Auf die Frage, ob sie ins Ausland reisen sollten, erging sich der Arzt in Überlegungen, als löste er ein schwieriges Problem. Schließlich wurde auch die Lösung dargelegt: reisen und nicht den Scharlatanen glauben, sondern sich in allem an ihn wenden.

Nach Abfahrt des Arztes schien es, als wäre etwas Heiteres geschehen. Die Mutter war heiterer, als sie zur Tochter zurückkehrte, und Kitty tat, wie wenn auch sie heiterer wäre. Sie musste sich jetzt oft verstellen, fast immer.

»Wirklich, ich bin gesund, *maman*. Aber wenn Sie reisen möchten, reisen wir!« Und da sie zu zeigen suchte, dass sie sich für die bevorstehende Reise interessierte, begann sie von den Reisevorbereitungen zu sprechen.

II

Gleich nach dem Arzt traf Dolly ein. Sie wusste, dass an dem Tag das Konsilium stattfinden sollte, und obwohl sie erst kürzlich aus dem Wochenbett aufgestanden war (sie hatte Ende des Winters ein Mädchen zur Welt gebracht), obwohl sie genug eigenen Kummer und Sorgen hatte, verließ sie den Säugling und ein erkranktes Mädchen, um sich zu erkundigen, wie sich Kittys Los heute entschieden habe.

»Na, was ist?« sagte sie, als sie den Salon betrat, ohne den Hut abzunehmen. »Ihr seid alle heiter. Also steht es gut?«

Man versuchte ihr zu berichten, was der Arzt gesagt hatte, doch nun zeigte sich, dass der Arzt zwar sehr schlüssig und lange geredet hatte, dennoch ließ sich überhaupt nicht wiedergeben, was er gesagt hatte. Von Interesse war bloß, dass die Auslandsreise nun beschlossen war.

Dolly seufzte unwillkürlich. Ihre beste Freundin, die Schwester, würde wegfahren. Dabei war ihr eigenes Leben nicht heiter. Das Verhältnis zu Stepan Arkadjitsch war nach der Versöhnung demütigend geworden. Was Anna zusammengelötet hatte, erwies sich als nicht haltbar, und der Familienfrieden riss wieder an derselben Stelle. Es gab nichts Bestimmtes, aber Stepan Arkadjitsch war fast nie zu Haus, Geld war auch fast nie im Haus, der Verdacht auf Untreue plagte Dolly andauernd, und nun scheuchte sie ihn immer weg, da sie die erlittenen Eifersuchtsqualen fürchtete. Der erste Ausbruch von Eifersucht konnte so, wie einmal erlebt, nicht wiederkehren, und selbst die Entdeckung einer Untreue könnte nicht so auf sie wirken wie beim ersten Mal. Eine solche Entdeckung entzöge ihr jetzt nur die Familiengewohnheiten, und so ließ sie sich täuschen, verachtete dabei ihn und am meisten sich selbst wegen dieser Schwäche. Darüberhinaus plagten sie unablässig die Sorgen um ihre große Familie; mal wollte das Stillen des Säuglings nicht klappen, mal kündigte die Kinderfrau, mal wurde wie jetzt eines der Kinder krank.

»Und was ist mit den deinen?« fragte die Mutter.

»Ach, *maman*, Sie haben genug eigenen Kummer.
Lily ist krank geworden, und ich befürchte, es ist Scharlach. Ich bin jetzt aus dem Haus gegangen, um mich zu
erkundigen, wenn es aber, Gott behüte, Scharlach ist,
sitze ich zu Hause fest.«

Der alte Fürst kam nach Abfahrt des Arztes ebenfalls
aus seinem Kabinett; er bot Dolly die Wange, sprach mit
ihr, dann wandte er sich an seine Frau:

»Wie entscheidet ihr, reist ihr? Und was habt ihr mit
mir vor?«

»Ich meine, du solltest bleiben, Alexander«, sagte
seine Frau.

»Wie ihr wollt.«

»*Maman*, weshalb soll Papa nicht mitkommen?«
sagte Kitty. »Das wäre für ihn vergnüglicher und für
uns auch.«

Der alte Fürst stand auf und strich Kitty übers Haar.
Sie hob das Gesicht und schaute ihn an, gezwungen
lächelnd. Ihr war immer, als ob er sie besser verstünde
als alle anderen in der Familie, obgleich er wenig mit
ihr sprach. Sie, die Jüngste, war Vaters Liebling, und ihr
war, als ob ihm seine Liebe zu ihr den Blick schärfte.
Wie sie nun seinen blauen, gütigen Augen begegnete,
die sie unverwandt anschauten aus seinem gefurchten
Gesicht, war ihr, als ob er sie durch und durch sähe und
alles Unschöne verstünde, was sich in ihr tat. Errötend
reckte sie sich ihm entgegen, erwartete einen Kuss, aber
er tätschelte ihr nur das Haar und sagte:

»Diese albernen Chignons! Zur echten Tochter
dringt man nicht durch, streichelt die Haare verreckter
Weiber. Nun, Dollinka«, wandte er sich an die älteste
Tochter, »was treibt dein Trumpfas?«

»Nichts, Papa«, antwortete Dolly; sie verstand, dass
von ihrem Mann die Rede war. »Er ist ständig unterwegs, ich sehe ihn kaum«, musste sie allerdings mit
spöttischem Lächeln hinzufügen.

»Ist er denn noch nicht aufs Gut gefahren, um den Wald zu verkaufen?«

»Nein, er will ständig aufbrechen.«

»So, so!« meinte der Fürst. »Und ich soll also auch aufbrechen? Zu Befehl!« sagte er zu seiner Frau und setzte sich. »Und du, Katja, sieh zu«, wandte er sich an die jüngste Tochter, »dass du eines schönen Tages aufwachst und dir sagst: Aber ich bin ja ganz gesund und vergnügt, ich geh wieder mit Papa frühmorgens im Frost spazieren. Ja?«

Was der Vater sagte, schien ganz harmlos zu sein, aber Kitty wurde bei diesen Worten verlegen und verlor die Fassung wie ein ertappter Verbrecher. ›Ja, er weiß alles, versteht alles und sagt mir mit diesen Worten, es sei zwar beschämend, aber man müsse seine Scham überwinden.‹ Sie konnte sich nicht soweit fassen, um etwas zu erwidern. Sie hob an, und plötzlich brach sie in Tränen aus und rannte aus dem Zimmer.

»Das sind so deine Späße!« Die Fürstin fiel über ihren Mann her. »Immer musst du ...« begann sie ihre geharnischte Rede.

Der Fürst hörte sich ziemlich lange die Vorwürfe der Fürstin an und schwieg, aber sein Gesicht wurde immer mürrischer.

»Sie ist so bedauernswert, die Ärmste, so bedauernswert, aber du merkst nicht, dass ihr jede Anspielung auf das, was der Grund ist, weh tut! Oh, dass man sich so in Menschen täuschen kann!« sagte die Fürstin, und an ihrem veränderten Tonfall erkannten Dolly und der Fürst, dass sie von Wronski sprach. »Ich verstehe nicht, wieso es keine Gesetze gibt gegen solche garstigen, unedlen Menschen.«

»Das hätte ich nicht hören dürfen!« stieß der Fürst finster hervor, stand vom Sessel auf und wandte sich zum Gehen, blieb jedoch unter der Tür stehen. »Gesetze gibt es, meine Teure, und da du mich nun schon heraus-

forderst, will ich dir sagen, wer an allem schuld ist:
du, einzig und allein du. Gesetze gegen solche sauberen Bürschchen hat es immer gegeben und gibt es noch!
Mit Verlaub, wenn nicht gewesen wäre, was nicht hätte
sein dürfen – ich bin ein alter Mann, aber ich hätte ihn
zum Duell gefordert, diesen Windhund. Ja, und jetzt
wird herumgedoktert, dürfen diese Scharlatane kommen.«

Der Fürst schien noch viel in petto zu haben, aber sobald die Fürstin seinen Ton hörte, lenkte sie sofort ein
und bereute, wie immer bei ernsten Problemen.

»*Alexandre, Alexandre*«, flüsterte sie, tat einen
Schritt und brach in Tränen aus.

Sobald sie zu weinen begann, verstummte auch der
Fürst. Er ging zu ihr.

»Ist ja gut, ist ja gut! Auch dir ist schwer zumute,
ich weiß. Was tun? Ist ja kein großes Unglück. Gott ist
gnädig … sei dankbar …« Er wusste selbst nicht mehr,
was er redete, erwiderte den feuchten Kuss der Fürstin, den er auf seiner Hand spürte, und verließ das Zimmer.

Schon als Kitty weinend das Zimmer verlassen hatte,
war es Dolly mit ihrem Mutter- und Familienblick bereits klar, dass hier eine Frau eingreifen musste, und sie
stellte sich darauf ein. Sie nahm den Hut ab, krempelte
innerlich die Ärmel hoch und stellte sich darauf ein,
zur Tat zu schreiten. Während die Mutter den Vater
attackierte, suchte sie die Mutter zu zügeln, soweit der
töchterliche Respekt das gestattete. Während der Vater
explodierte, schwieg sie; sie schämte sich für die Mutter und war dem Vater dafür zugetan, dass seine Güte
gleich zurückkehrte; doch als der Vater gegangen war,
machte sie sich an das Wichtigste, das Allernötigste – zu
Kitty gehen und sie beruhigen.

»Ich wollte es Ihnen schon längst sagen, *maman*:
Wissen Sie eigentlich, dass Lewin Kitty einen Heirats-

antrag machen wollte, als er das letzte Mal hier war? Er hat es Stiwa gesagt.«

»Wie das? Ich verstehe nicht ...«

»Vielleicht hat Kitty ihn abgewiesen? Hat sie nichts zu Ihnen gesagt?«

»Nein, sie hat nichts gesagt, weder über den einen noch über den anderen, sie ist viel zu stolz. Aber ich weiß, das kommt alles von diesem ...«

»Jetzt stellen Sie sich vor, wenn sie Lewin abgewiesen hat – und sie hätte ihn nicht abgewiesen, wenn der andere nicht gewesen wäre, das weiß ich ... Und dann muss der sie so furchtbar täuschen.«

Für die Fürstin war der Gedanke, wie schuldig sie war vor ihrer Tochter, viel zu grauenhaft, und so geriet sie in Rage.

»Ach, ich verstehe gar nichts mehr! Heutzutage wollen alle nach ihrem eigenen Kopf leben, sagen der Mutter nichts, und da haben wir es ...«

»*Maman*, ich gehe zu ihr.«

»Geh nur. Verbiete ich es dir denn?« sagte die Mutter.

III

Als Dolly in Kittys Jungmädchenzimmer trat, ein hübsches, rosiges Zimmerchen mit *Vieux-Saxe*-Figürchen, ebenso jung, rosig und heiter, wie Kitty selbst noch vor zwei Monaten gewesen war, da fiel es Dolly ein, wie sie im vorigen Jahr gemeinsam dieses Zimmerchen eingerichtet hatten, mit wieviel Heiterkeit und Liebe. Ihr wurde kalt ums Herz, als sie Kitty auf einem niedrigen Stuhl sitzen sah, dem ersten an der Tür, die Augen starr auf die Ecke des Teppichs gerichtet. Kitty warf einen Blick auf die Schwester, und ihr kalter, ein wenig schroffer Gesichtsausdruck änderte sich nicht.

»Ich fahre jetzt und sitze dann zu Hause fest, und
du darfst nicht zu mir kommen«, sagte Darja Alexandrowna und nahm neben ihr Platz. »Ich möchte mit dir
reden.«

Kitty hob erschrocken den Kopf.

»Worüber?« fragte sie rasch.

»Worüber sonst als über deinen Kummer?«

»Ich habe keinen Kummer.«

»Hör auf, Kitty. Meinst du wirklich, ich wüsste
nichts? Ich weiß alles. Und glaube mir, das ist so unbedeutend ... Wir alle haben das durchgemacht.«

Kitty schwieg, ihr Gesichtsausdruck war streng.

»Er ist es nicht wert, dass du seinetwegen leidest«,
fuhr Darja Alexandrowna fort – sie kam ohne Umschweife zur Sache.

»Ja, weil er mich verschmäht hat«, stieß Kitty mit
blecherner Stimme hervor. »Sag das nicht! Bitte, sag
das nicht!«

»Aber wer hat das denn zu dir gesagt? Niemand hat
das gesagt. Ich bin überzeugt, dass er verliebt in dich
war und verliebt geblieben ist, aber ...«

»Oh, am furchtbarsten sind mir diese Beileidsbezeu-
gungen!« schrie Kitty, plötzlich in Rage. Sie wandte sich
auf dem Stuhl ab, wurde rot und bewegte rasch die Finger, presste bald mit der einen, bald der anderen Hand
die Gürtelschnalle, die sie hielt. Dolly kannte diese Angewohnheit der Schwester, etwas von einer Hand in die
andere zu nehmen, wenn sie in Hitze geriet; sie wusste, dass Kitty in einem hitzigen Moment sich vergessen und viel Überflüssiges und Unangenehmes sagen
konnte, und Dolly wollte sie beruhigen; doch es war zu
spät.

»Was, was willst du mir zu verstehen geben, was?«
sagte Kitty rasch. »Dass ich in einen Mann verliebt war,
der nichts von mir wissen wollte, und dass ich sterbe vor
Liebe zu ihm? Und das sagt mir meine Schwester, die

auch noch meint, dass ... dass ... dass sie mitfühlt! Ich
will dieses Bedauern und diese Heuchelei nicht!«
»Kitty, du bist ungerecht.«
»Warum quälst du mich?«
»Aber ich will doch, im Gegenteil ... Ich sehe, du
hast Kummer ...«
Doch Kitty in ihrer Hitzköpfigkeit hörte sie nicht.
»Grämen und trösten lassen muss ich mich über gar
nichts. Ich bin so stolz, dass ich mir niemals erlauben
würde, einen Menschen zu lieben, der mich nicht liebt.«
»Aber ich sage doch gar nicht ... Nur eines, sag mir
die Wahrheit«, erklärte Darja Alexandrowna und nahm
ihre Hand, »sag mir, hat Lewin mit dir gesprochen?«
Die Erwähnung Lewins schien Kitty die letzte
Selbstbeherrschung zu rauben; sie sprang vom Stuhl
auf, warf die Schnalle zu Boden und sagte unter hefti-
gem Gestikulieren:
»Wieso jetzt auch noch Lewin? Ich verstehe das nicht,
warum musst du mich quälen? Ich habe gesagt und wiederhole es, dass ich stolz bin und niemals, n i e m a l s tun
würde, was du tust – zurückzukehren zu einem Mann,
der dich betrogen hat, der eine andere Frau liebgewonnen hat. Ich verstehe das nicht, verstehe das nicht! Du
kannst es, ich kann es nicht.«
Als sie das gesagt hatte, warf sie einen Blick auf die
Schwester, und als sie sah, dass Dolly schwieg, den Kopf
traurig gesenkt, ließ sich Kitty, anstatt das Zimmer zu
verlassen, wie sie vorgehabt hatte, bei der Tür nieder,
verbarg das Gesicht hinterm Taschentuch und senkte
den Kopf.
Das Schweigen dauerte gewiss zwei Minuten. Dolly
dachte über sich nach. Ihre Demütigung, die sie ständig empfand, setzte ihr nun besonders schmerzhaft zu,
da die Schwester sie erwähnt hatte. Sie hätte solche
Hartherzigkeit von ihrer Schwester nicht erwartet und
war auf sie wütend. Doch plötzlich hörte sie ein Kleid

rascheln und zugleich ein zurückgehaltenes, dennoch ausbrechendes Schluchzen, und jemandes Arme schlangen sich von unten um ihren Hals. Kitty lag vor ihr auf den Knien.

»Dollinka, ich bin so unglücklich, so unglücklich!« flüsterte sie schuldbewusst.

Und das tränenüberströmte, liebe Gesicht verbarg sich im Rock von Darja Alexandrownas Kleid.

Als ob Tränen das notwendige Schmieröl wären, ohne das die Maschine des gegenseitigen Austauschs zwischen den beiden Schwestern nicht laufen könnte – nach dem Weinen kamen die Schwestern nicht über das ins Gespräch, was sie beschäftigte; doch auch indem sie über anderes sprachen, verstanden sie einander. Kitty sah ein, dass ihre arme Schwester von dem, was sie im Zorn über die Untreue ihres Mannes und die Demütigung gesagt hatte, tief ins Herz getroffen war, aber dass sie ihr vergab. Dolly wiederum sah sich in dem bestätigt, was sie wissen wollte; sie war nun überzeugt, dass ihre Vermutungen zutrafen, dass der Kummer, Kittys unstillbarer Kummer, eben darin bestand, dass Lewin ihr einen Heiratsantrag gemacht und sie ihn abgewiesen hatte, während Wronski sie getäuscht hatte, und dass sie nun bereit war, Lewin zu lieben und Wronski zu hassen. Kitty sprach davon kein Wort; sie sprach nur von ihrem Seelenzustand.

»Ich habe keinen Kummer«, sagte sie, ruhig geworden, »aber vielleicht kannst du verstehen, dass mir nun alles abscheulich, widerwärtig und abstoßend vorkommt, besonders ich selbst. Du kannst dir nicht vorstellen, was für abscheuliche Gedanken ich habe.«

»Was kannst du schon für abscheuliche Gedanken haben?« fragte Dolly lächelnd.

»Die allerabscheulichsten und abstoßendsten, ich kann es dir gar nicht sagen. Das ist keine Schwermut, keine Übellaunigkeit, sondern viel schlimmer. Als ob alles, was an Gutem in mir war, alles sich versteckt hätte und einzig und allein das Abscheuliche geblieben wäre. Wie soll ich es dir erklären?« fuhr sie fort, da sie in den Augen der Schwester Befremden sah. »Papa sprach vorhin zu mir – mir war, als dächte er nur daran, ich müsste heiraten. Mama führt mich auf einen Ball – mir ist, als führte sie mich nur deshalb aus, um mich schnellstens zu verheiraten und loszuwerden. Ich weiß, dass das nicht stimmt, aber ich kann diese Gedanken nicht verscheuchen. Sogenannte Heiratskandidaten kann ich nicht sehen. Mir ist, als nähmen sie bei mir Maß. Früher war es für mich das reinste Vergnügen, im Ballkleid irgendwohin zu fahren, ich hatte Gefallen an mir selbst. Jetzt ist es mir peinlich, unangenehm. Und so alles! Der Doktor … Und …«

Kitty stockte; sie hatte sagen wollen, dass ihr seit dieser Veränderung Stepan Arkadjitsch unerträglich unangenehm geworden sei und dass sie ihn nicht ohne die abstoßendsten und hässlichsten Bilder im Kopf sehen könne.

»Und ja, alles stellt sich mir auf die abstoßendste, abscheulichste Weise dar«, fuhr sie fort. »Das ist meine Krankheit. Vielleicht geht es vorbei …«

»Denk nicht daran …«

»Das kann ich nicht. Nur bei den Kindern fühle ich mich wohl, nur bei dir.«

»Schade, dass du mich nicht mehr besuchen darfst.«

»Doch, ich komme. Ich habe Scharlach gehabt, und *maman* werde ich überreden.«

Kitty setzte ihren Willen durch und zog zur Schwester, und während der gesamten Zeit des Scharlachs, der tatsächlich ausgebrochen war, kümmerte sie sich um die Kinder. Die beiden Schwestern brachten alle sechs Kinder wohlbehalten durch, aber Kittys Gesundheitszustand hatte sich nicht gebessert, und in der Fastenzeit reisten Schtscherbazkis ins Ausland.

IV

Die höchsten Petersburger Kreise sind im Grunde ein Kreis; alle kennen einander, besuchen sogar einander. Doch in diesem großen Kreis gibt es gewisse Unterabteilungen. Anna Arkadjewna Karenina hatte Freunde und enge Verbindungen in drei verschiedenen Kreisen. Der eine war der dienstliche, offizielle Kreis ihres Mannes, bestehend aus seinen Mitbeamten und Untergebenen, die in gesellschaftlicher Hinsicht auf höchst vielfältige und kuriose Weise verbunden oder getrennt waren. Anna konnte sich jetzt nur mit Mühe an jenes Gefühl fast frommer Ehrfurcht erinnern, das sie in der ersten Zeit diesen Personen gegenüber hatte. Jetzt kannte sie alle, wie man einander in einer Provinzstadt kennt; kannte von jedem die Angewohnheiten und Schwächen, wusste, wen wo der Stiefel drückte; kannte ihre Beziehungen zueinander wie zum Hauptzentrum; wusste, wer sich an wen hielt und wie und womit, und wer mit wem und worin übereinstimmte und nicht übereinstimmte; doch dieser Kreis staatstragender männlicher Interessen hatte sie niemals interessieren können, trotz der Vorhaltungen von Gräfin Lidija Iwanowna, und sie suchte ihn zu meiden.

Der andere, Anna nahestehende Zirkel war der, über den Alexej Alexandrowitsch Karriere gemacht hatte. Zentrum dieses Zirkels war Gräfin Lidija Iwanowna. Es war dies ein Zirkel alter, hässlicher, tugendhafter und frommer Frauen und gescheiter, gelehrter, ehrgeiziger Männer. Einer der gescheiten Männer, die zu diesem Zirkel gehörten, nannte ihn »das Gewissen der Petersburger Gesellschaft«. Alexej Alexandrowitsch legte großen Wert auf diesen Zirkel, und Anna, die sich mit allen zu arrangieren verstand, hatte in der ersten Zeit ihres Petersburger Lebens auch in diesem Zirkel Freunde gefunden. Jetzt aber, nach der Rückkehr aus Moskau, wurde ihr dieser Zirkel unerträglich. Sie hatte den Eindruck, als ob sie und alle dort sich verstellten, und ihr war nun so öde und unbehaglich in dieser Gesellschaft, dass sie Gräfin Lidija Iwanowna so selten wie möglich besuchte.

Der dritte Kreis schließlich, zu dem sie Verbindungen hatte, war die vornehme Welt im eigentlichen Sinne, die Welt der Bälle, der Diners, der prächtigen Toiletten, jene Welt, die sich mit der einen Hand am Hof festhielt, um nicht in die Halbwelt abzugleiten, welche die Menschen dieses Kreises zu verachten meinten, deren Geschmäcke jedoch den ihren nicht nur glichen, sondern sich damit deckten. Anna hielt Verbindung zu diesem Kreis über Fürstin Betsy Twerskaja, die Frau ihres Cousins, deren Einkünfte hundertzwanzigtausend im Jahr betrugen und die Anna gleich bei ihrem Auftauchen in der Gesellschaft besonders liebgewonnen hatte, sich um sie kümmerte und in ihren Kreis hineinzog, dabei sich lustig machte über den Kreis von Gräfin Lidija Iwanowna.

»Wenn ich einmal alt und hässlich bin, werde ich genauso«, sagte Betsy, »aber für Sie, eine junge, hübsche Frau, ist es noch zu früh für diese Wohltätigkeitsanstalt.«

Anna suchte in der ersten Zeit, so gut sie konnte, die Gesellschaft der Fürstin Twerskaja zu meiden, da sie Ausgaben erforderte, die ihre Mittel überstiegen, auch stand der andere Kreis ihr innerlich näher; aber nach ihrer Moskaureise kehrte sich das um. Sie mied ihre moralischen Freunde und verkehrte in der vornehmen Welt. Dort begegnete sie Wronski und empfand bei diesen Begegnungen eine erregende Freude. Besonders häufig begegnete sie Wronski bei Betsy, die eine geborene Wronskaja war, seine Cousine. Wronski war überall, wo er Anna begegnen konnte, und sprach zu ihr, wenn er konnte, von seiner Liebe. Sie gab ihm keinerlei Anlass dazu, aber jedesmal, wenn sie ihm begegnete, entzündete sich in ihrem Herzen jene Lebhaftigkeit, die sie an dem Tag im Zug befallen hatte, als sie ihn zum erstenmal erblickte. Sie spürte selbst, dass ihr die Freude bei seinem Anblick aus den Augen leuchtete und die Lippen zu einem Lächeln verzog, und sie konnte diesen Ausdruck der Freude nicht zum Erlöschen bringen.

In der ersten Zeit glaubte Anna wahrhaftig, sie sei ungehalten über ihn, weil er sich erlaubte, sie zu verfolgen; aber als sie bald nach ihrer Rückkehr aus Moskau eine Abendgesellschaft besuchte, wo sie ihm zu begegnen meinte, er aber nicht kam, erkannte sie an der Traurigkeit, die sie befiel, dass sie sich getäuscht hatte, dass ihr diese Verfolgung nicht nur nicht unangenehm war, sondern dass sie ihren ganzen Lebensinhalt ausmachte.

Die berühmte Sängerin sang zum zweitenmal, und die ganze vornehme Welt war im Theater. Als Wronski von seinem Platz in der ersten Reihe seine Cousine erblickte, ging er, ohne die Pause abzuwarten, in ihre Loge.

»Wieso kamen Sie nicht zum Diner?« fragte sie. »Ich kann mich nur wundern über die Hellsicht Verliebter«, fügte sie mit einem Lächeln hinzu, so dass nur er es hörte: »Sie war nicht da. Aber kommen Sie nach der Oper.«

Wronski sah sie fragend an. Sie neigte den Kopf. Er dankte ihr mit einem Lächeln und setzte sich neben sie.

»Wenn ich an Ihre Spötteleien zurückdenke!« fuhr Fürstin Betsy fort, die besonderes Vergnügen daran fand, den Fortgang dieser Leidenschaft zu beobachten. »Wo ist das nur alles hin! Sie sind gefangen, mein Bester.«

»Ich wünsche nichts anderes, als gefangen zu sein«,

erwiderte Wronski mit seinem ruhigen, gutmütigen Lächeln. »Falls ich mich beklage, so nur, weil ich zu wenig gefangen bin, um die Wahrheit zu sagen. Ich verliere allmählich die Hoffnung.«

»Was können Sie schon für eine Hoffnung haben?« sagte Betsy, ihrer Freundin wegen gekränkt. »*Entendons nous**...« Aber in ihren Augen huschten Flämmchen, die besagten, dass sie sehr gut – und genauso wie er – verstand, was für eine Hoffnung er haben konnte.

»Überhaupt keine«, sagte Wronski lachend, so dass seine lückenlosen Zähne blitzten. »Pardon«, fügte er hinzu, nahm ihr das Opernglas aus den Händen und betrachtete über ihre entblößte Schulter die Logenreihe gegenüber. »Ich befürchte, dass ich lächerlich werde.«

Er wusste sehr wohl, dass er in den Augen Betsys und aller Menschen von Welt nicht riskierte, lächerlich zu sein. Er wusste sehr wohl, dass in den Augen dieser Leute die Rolle des unglücklichen Liebhabers eines jungen Mädchens und überhaupt einer ungebundenen Frau lächerlich sein mochte; aber die Rolle eines Mannes, der einer verheirateten Frau nachstellte und nach Kräften sein Leben einsetzte, um sie zum Ehebruch zu verleiten – dass diese Rolle etwas Schönes, Großartiges hatte und niemals lächerlich sein konnte, und deshalb setzte er auch mit einem stolzen und vergnügten Lächeln unterm Schnurrbart das Opernglas ab und schaute auf seine Cousine.

»Und weshalb kamen Sie nicht zum Diner?« fragte sie und betrachtete ihn wohlgefällig.

»Das muss ich Ihnen erzählen. Ich war beschäftigt, und womit? Ich wette eins zu hundert, eins zu tausend: Sie erraten es nicht. Ich suchte einen Mann mit dem Beleidiger seiner Frau zu versöhnen. Ja, wirklich!«

»Und haben Sie die beiden versöhnt?«

* Dass wir uns recht verstehen (*frz.*)

»Beinahe.«

»Das müssen Sie mir erzählen«, sagte sie im Aufstehen. »Kommen Sie in der nächsten Pause.«

»Unmöglich, ich fahre ins Französische Theater.«

»Wie, weg von Nilsson?« fragte Betsy entsetzt, dabei
hätte sie Nilsson um nichts in der Welt von einer Cho-
ristin unterscheiden können.

»Was tun? Ich habe dort eine Verabredung, auch zum
Zweck meiner Friedensstifterei.«

»Selig sind die Friedensstifter, denn sie werden erlöst werden«, sagte Betsy; sie erinnerte sich, von irgendwem einmal Derartiges gehört zu haben. »Dann setzen
Sie sich, erzählen Sie, worum geht es?«

Auch sie setzte sich wieder.

V

»Es ist ein wenig indiskret, aber so nett, dass ich es
schrecklich gern erzählen möchte«, sagte Wronski, die
lachenden Augen auf sie gerichtet. »Ich werde keine
Namen nennen.«

»Aber ich werde sie erraten, um so besser.«

»So hören Sie: Es fahren zwei fröhliche junge Männer ...«

»Offiziere Ihres Regiments, versteht sich?«

»Ich sage nicht Offiziere, einfach zwei junge Männer
nach einem Dejeuner ...«

»Übersetzen Sie: angetrunken.«

»Mag sein. Sie fahren zum Diner bei ihrem Kameraden, in fröhlichster Stimmung. Und sehen, wie eine
hübsche Frau sie in einer Droschke überholt, sich um-
schaut und ihnen, so kommt es ihnen zumindest vor,
zunickt und lacht. Die beiden, versteht sich, ihr nach.
Jagen hinterdrein mit aller Macht. Zu ihrer Verwunderung hält die schöne Frau vor ebendem Haus, wohin

auch sie wollen. Die Schöne läuft ins obere Stockwerk. Sie sehen bloß rote Lippen unter einem kurzen Schleier und wunderschöne kleine Füßchen.«

»Sie erzählen das mit soviel Gefühl, dass ich den Eindruck habe, Sie wären selbst einer der beiden.«

»Und soeben haben Sie mir was gesagt? Nun, die jungen Männer kommen zu ihrem Kameraden, er gibt sein Abschiedsdiner. Da trinken sie, mag sein, wirklich zuviel, wie immer bei Abschiedsdiners. Und während des Essens fragen sie, wer in diesem Haus oben wohne. Niemand weiß es, nur der Lakai des Gastgebers antwortet auf ihre Frage, ob Mamsells oben wohnten, da seien ganz viele. Nach dem Essen begeben sich die jungen Männer ins Kabinett des Gastgebers und schreiben einen Brief an die Unbekannte. Einen leidenschaftlichen Brief, ein Liebesgeständnis, und diesen Brief bringen sie selbst nach oben, um zu erläutern, was in dem Brief womöglich nicht verständlich wäre.«

»Weshalb erzählen Sie mir solche Abscheulichkeiten? Und?«

»Sie klingeln. Ein Hausmädchen kommt heraus, sie geben ihr den Brief und versichern, sie seien beide so verliebt, dass sie jetzt gleich an der Tür sterben würden. Das Mädchen ist verdutzt, nimmt Verhandlungen auf. Plötzlich erscheint ein Herr mit Wurstkoteletten, rot wie ein Krebs, verkündet, hier wohne niemand außer seiner Frau, und jagt die beiden davon.«

»Woher wissen Sie denn, dass er, wie Sie sagen, Wurstkoteletten hat?«

»Hören Sie weiter. Heute war ich dort, um sie zu versöhnen.«

»Ja, und?«

»Jetzt kommt das Interessanteste. Wie sich herausstellt, wohnt dort das glückliche Paar eines Titularrats und einer Titularrätin. Der Titularrat reicht Beschwerde ein, und ich werde zum Schlichter, und was für einem! Ich versichere Ihnen, Talleyrand ist nichts im Vergleich zu mir.«

»Wo liegt die Schwierigkeit?«

»Tja, hören Sie zu. Wir entschuldigen uns, wie es sich gehört: ›Wir sind am Boden zerstört, wir bitten Sie, dieses unglückliche Missverständnis zu verzeihen.‹ Der Titularrat mit den Wurstkoteletten beginnt aufzutauen, wünscht jedoch ebenfalls seine Gefühle auszudrücken, und sobald er sie auszudrücken beginnt, gerät er derart in Hitze und sagt Grobheiten, dass ich erneut meine sämtlichen diplomatischen Fähigkeiten in Gang setzen muss. ›Einverstanden, das Benehmen der beiden war ungehörig, aber ich bitte Sie, das Missverständnis zu berücksichtigen, die Jugend der beiden; außerdem kamen die jungen Leute vom Dejeuner. Sie verstehen. Die beiden bereuen von ganzem Herzen, sie bitten, ihnen die Schuld zu verzeihen.‹ Der Titularrat lässt sich erneut beschwichtigen: ›Einverstanden, Graf, ich bin auch bereit zu verzeihen, aber begreifen Sie, dass meine Frau, meine Frau, eine anständige Frau, Verfolgungen ausgesetzt war, den Grobheiten und Frechheiten irgendwelcher Jüngelchen, Kanai…‹ Und Sie verstehen, dieses Jüngelchen ist auch da, und ich muss sie versöhnen. Erneut setze ich Diplomatie in Gang, und als die Affäre vor dem Abschluss steht, gerät mein Titularrat erneut in Hitze, wird rot, die Wurstkoteletten plustern sich, und erneut ergehe ich mich in diplomatischen Feinheiten.«

»Oh, das muss ich Ihnen erzählen«, wandte sich Betsy lachend an eine Dame, die ihre Loge betrat. »Er hat mich derart zum Lachen gebracht.« Und sie fügte hinzu: »Nun, *bonne chance!**« Sie reichte Wronski einen Finger, den sie nicht zum Fächerhalten brauchte, und schob mit einer Schulterbewegung die hochgerutschte

---

* viel Glück! *(frz.)*

Korsage ihres Kleides hinunter, um so recht nackt zu
sein, wie es sich gehörte, wenn sie sich ins Rampen-
licht vorbeugte, ins Licht der Gaslampen und vor aller
Augen.

Wronski fuhr ins Französische Theater, wo er den
Regimentskommandanten, der keine Vorstellung im
Französischen Theater ausließ, tatsächlich sehen musste, um mit ihm über seine Friedensstifterei zu sprechen,
die ihn nun schon den dritten Tag beschäftigte und belustigte. In die Affäre war Petrizki verwickelt, den er
gern mochte, und noch ein anderer, erst kürzlich ein-
getretener Offizier, ein famoser Kerl und vortrefflicher
Kamerad, der junge Fürst Kedrow. Und vor allem: es
waren die Interessen des Regiments betroffen.

Beide dienten in Wronskis Schwadron. Zum Regimentskommandanten war der Beamte gekommen, der
Titularrat Wenden, und hatte sich über die Offiziere
beschwert, die seine Frau beleidigt hätten. Wie Wenden erzählte − er war ein halbes Jahr verheiratet −,
sei seine junge Frau mit ihrer Mutter in der Kirche gewesen, und da sie plötzlich ein Unwohlsein verspürte,
dieweil sie gesegneten Leibes sei, habe sie nicht mehr
stehen können und sei mit der ersten besten Express-
droschke nach Hause gefahren. Da jagten die Offiziere
ihr nach, sie sei erschrocken und, noch unpässlicher, die
Treppe hoch nach Hause gerannt. Wenden selbst habe,
aus dem Amt heimgekehrt, die Klingel und irgendwel
che Stimmen gehört, sei nach draußen gegangen, habe
die betrunkenen Offiziere mit einem Brief erblickt und
sie hinausgeworfen. Er bitte um strenge Bestrafung.

»Doch wie dem auch sei«, hatte der Regimentskommandant zu Wronski gesagt, als er ihn kommen ließ,
»Petrizki macht sich unmöglich. Es vergeht keine Woche ohne eine Geschichte. Dieser Beamte lässt das nicht
auf sich beruhen, er wird weitergehen.«

Wronski sah, dass es nicht sonderlich gut stand und

ein Duell unmöglich war, dass alles getan werden musste, um diesen Titularrat zu beschwichtigen und die Affäre zu vertuschen. Der Regimentskommandant hatte Wronski herzitiert, weil er ihn als edelmütigen und
klugen Mann kannte und vor allem als einen Mann,
der die Ehre des Regiments hochhielt. Sie hatten sich
besprochen und beschlossen, dass Petrizki und Kedrow
mit Wronski zu diesem Titularrat fahren und sich entschuldigen sollten. Der Regimentskommandant und
Wronski verstanden beide, dass Wronskis Name und die
Flügeladjutant-Initialen auf den Achselklappen einiges beitragen müssten zur Beschwichtigung des Titularrats. Und in der Tat, diese beiden Mittel erwiesen
sich zum Teil als wirksam; aber das Ergebnis der Versöhnung blieb zweifelhaft, wie Wronski ja erzählt hatte.

Im Französischen Theater angekommen, zog Wronski sich mit dem Regimentskommandanten ins Foyer
zurück und berichtete ihm von seinem Erfolg oder
Misserfolg. Der Regimentskommandant ließ sich alles
durch den Kopf gehen, dann beschloss er, die Affäre
ohne Folgen zu lassen, doch um des Vergnügens willen
fragte er Wronski noch nach Einzelheiten des Treffens
aus und konnte sich lange nicht fassen vor Lachen bei
Wronskis Bericht, wie der schon beschwichtigte Titularrat plötzlich erneut in Wallung geriet, wenn er sich
an Einzelheiten zurückerinnerte, und wie Wronski, bei
der letzten halben Versöhnung lavierend, Petrizki vor
sich her stieß und retirierte.

»Eine elende Geschichte, aber höchst amüsant.
Schließlich kann sich Kedrow nicht mit diesem Herrn
schlagen! So schrecklich geriet er in Hitze?« fragte er
noch einmal lachend. »Und wie finden Sie heute
Claire? Wundervoll!« sagte er über eine neue französische Schauspielerin. »Sooft man auch zuschaut, sie ist
jeden Tag anders. Das können allein die Franzosen.«

VI

Fürstin Betsy verließ das Theater, ohne das Ende des letzten Aktes abzuwarten. Sie schaffte es gerade noch, sich in ihrem Toilettenzimmer das lange, bleiche Gesicht zu pudern, den Puder abzuwischen, die Frisur herzurichten und für den Tee im großen Salon Order zu geben, da fuhren an ihrem riesigen Haus in der Bolschaja Morskaja nacheinander die Wagen vor. Die Gäste stiegen an der breiten Auffahrt aus, und der feiste Portier, der morgens, zur Erbauung der Passanten, hinter der Glastür Zeitung las, öffnete lautlos die riesige Tür und ließ die Ankommenden herein.

Beinahe gleichzeitig traten die Gastgeberin mit aufgefrischter Frisur und aufgefrischtem Gesicht zur einen Tür, zur anderen die Gäste in den großen Salon mit den dunklen Wänden, den flauschigen Teppichen und dem hell beleuchteten Tisch, auf dem das weiße Tischtuch, der silberne Samowar und das durchsichtige Porzellan des Teeservices im Kerzenlicht schimmerten.

Die Gastgeberin setzte sich zum Samowar und legte die Handschuhe ab. Unter Stuhl- und Sesselrücken mit Hilfe unauffälliger Lakaien nahm die Gesellschaft Platz, unterteilt in zwei Gruppen, eine bei der Gastgeberin am Samowar und eine am entgegengesetzten Ende des Salons, geschart um eine schöne Gesandtengattin in schwarzem Samtkleid und mit schwarzen, kantigen Augenbrauen. Das Gespräch war, wie immer in den ersten Minuten, in beiden Gruppen schwankend, wurde unterbrochen durch Begegnungen und Begrüßungen und das Anbieten des Tees, es suchte gleichsam, wo es verweilen könnte.

»Sie ist als Schauspielerin ungewöhnlich gut, offenbar hat sie Kaulbach studiert«, sagte ein Diplomat in der Runde der Gesandtengattin, »haben Sie bemerkt, wie sie gefallen ist ...«

»O bitte, sprechen wir nicht über Nilsson! Über sie lässt sich überhaupt nichts Neues sagen«, meinte eine dicke, rote, hellblonde Dame ohne Augenbrauen und Chignon, die ein altes Seidenkleid trug. Es war dies Fürstin Mjachkaja, bekannt für ihre schlichten, ungehobelten Umgangsformen und darum *enfant terrible* genannt. Fürstin Mjachkaja saß in der Mitte zwischen beiden Runden, hörte zu und beteiligte sich an bald der einen, bald der anderen. »Mir haben heute drei Leute diesen Satz über Kaulbach gesagt, als hätten sie sich abgesprochen. Und ich weiß gar nicht, was ihnen an dem Satz so gefällt.«

Das Gespräch wurde durch diese Bemerkung unterbrochen, es musste erst wieder ein neues Thema gefunden werden.

»Erzählen Sie uns etwas Amüsantes, aber nichts Boshaftes«, sagte die Gesandtengattin, eine große Meisterin der erlesenen Unterhaltung, die auf Englisch *smalltalk* genannt wird, zu dem Diplomaten, der ebenfalls nicht wusste, womit beginnen.

»Es heißt, das sei sehr schwierig, nur das Boshafte sei komisch«, hob er lächelnd an. »Aber ich will es versuchen. Stellen Sie mir ein Thema. Alles hängt vom Thema ab. Ist das Thema gestellt, ist es leicht mit Ornamenten zu verzieren. Ich denke oft, die berühmten Vielredner des vorigen Jahrhunderts wären jetzt in Kalamitäten, wollten sie etwas Kluges sagen. Alles Kluge ist einem so über ...«

»Ist auch längst gesagt«, unterbrach ihn die Gesandtengattin lachend.

Das Gespräch hatte nett begonnen, doch eben weil es einfach zu nett war, stockte es erneut. Da musste zu einem sicheren, stets verlässlichen Mittel gegriffen werden – zum Lästern.

»Finden Sie nicht, dass Tuschkewitsch etwas von *Louis XV* hat?«, sagte er und wies mit den Augen auf einen schönen, hellblonden jungen Mann, der am Tisch stand.

»O ja! Er ist von der gleichen Geschmacksrichtung wie der Salon, deshalb ist er auch so häufig hier.«

Dieses Gespräch hielt sich, denn in Anspielungen war von dem die Rede, wovon in diesem Salon nicht die Rede sein durfte, nämlich von Tuschkewitschs Verhältnis zur Gastgeberin.

Bei Samowar und Gastgeberin hatte das Gespräch indes genauso eine Zeitlang zwischen den drei unvermeidlichen Themen geschwankt, der letzten Gesellschaftsneuigkeit, dem Theater und dem Durchhecheln von Mitmenschen, bis es aufs letzte Thema einschwenkte und ebenfalls dabei blieb, also beim Lästern.

»Haben Sie gehört, auch Maltischtschewa − nicht die Tochter, sondern die Mutter − lässt sich ein Kostüm *diable rose** schneidern.«

»Nicht möglich! Nein, wie charmant!«

»Ich wundere mich, wie sie bei ihrem Verstand − sie ist ja nicht dumm − nicht merkt, wie lächerlich sie wirkt.«

Jeder wusste etwas zur Verurteilung und Verspottung der unglückseligen Maltischtschewa zu sagen, und das Gespräch prasselte fröhlich wie ein loderndes Lagerfeuer.

Fürstin Betsys Mann, ein gutmütiger Dickwanst und leidenschaftlicher Sammler von Gravüren, hatte gehört, seine Frau habe Gäste, und schaute vor dem Klub im Salon vorbei. Unhörbar schritt er über den weichen Teppich zu Fürstin Mjachkaja.

»Wie hat Ihnen die Nilsson gefallen, Fürstin?« fragte er.

»Ach herrje, wie kann man sich so anschleichen! Sie haben mich aber erschreckt«, antwortete sie. »Sprechen

---

* in schreiendem Rosa *(frz.)*

Sie mit mir bitte nicht über die Oper, Sie verstehen
nichts von Musik. Besser, ich lasse mich zu Ihnen herab
und spreche mit Ihnen über Ihre Majoliken und Gravüren. Na, was für einen Schatz haben sie jüngst auf dem
Trödelmarkt erstanden?«

»Soll ich es Ihnen zeigen? Aber Sie kennen sich nicht
aus.«

»Zeigen Sie es mir. Ich habe viel gelernt bei diesen ... wie heißen sie nur ... die Bankiers ... die haben
wunderschöne Gravüren. Sie haben sie uns gezeigt.«

»Wie, Sie waren bei Schützburgs?« fragte die Gastgeberin vom Samowar herüber.

»Ja, *ma chère*. Sie luden mich mit meinem Mann
zum Diner, und mir wurde hinterbracht, die Soße bei
diesem Diner habe tausend Rubel gekostet«, sprach
Fürstin Mjachkaja laut, da sie merkte, dass alle ihr zuhörten. »Es war eine ganz abscheuliche Soße, irgendwas Grünes. Wir mussten sie auch einladen, ich machte
eine Soße für fünfundachtzig Kopeken, und alle waren
sehr zufrieden. Ich kann keine Tausend-Rubel-Soßen
machen.«

»Sie ist einmalig!« sagte die Gesandtengattin.

»Wunderbar!« sagte jemand.

Der Effekt, den Fürstin Mjachkajas Reden hervorriefen, war stets der Gleiche, und das Geheimnis des
von ihr hervorgerufenen Effekts bestand darin, dass
sie zwar nicht ganz zum Thema sprach, wie auch jetzt,
aber schlichte Dinge sagte, die Sinn hatten. In der Gesellschaft, in der sie lebte, wirkte dergleichen wie ein
höchst geistreicher Scherz. Fürstin Mjachkaja konnte
nicht verstehen, weshalb das so wirkte, aber sie wusste,
dass das so wirkte, und nutzte es aus.

Da während Fürstin Mjachkajas Rede alle ihr zuhörten und das Gespräch bei der Gesandtengattin versiegt
war, wollte die Gastgeberin die Gesellschaft zusammen-
führen und wandte sich an die Gesandtengattin:

»Sie möchten tatsächlich keinen Tee? Sie könnten sich zu uns setzen.«

»Nein, wir fühlen uns sehr wohl hier«, erwiderte die Gesandtengattin lächelnd und setzte das begonnene Gespräch fort.

Es war ein sehr angenehmes Gespräch. Die Karenins wurden durchgehechelt, Gattin und Gatte.

»Anna hat sich sehr verändert seit ihrer Moskaureise. Sie hat etwas Sonderbares an sich«, meinte Annas Freundin.

»Die Hauptveränderung ist, dass sie den Schatten Alexej Wronskis mitgebracht hat«, sagte die Gesandtengattin.

»Ja, und? Bei Grimm gibt es eine Fabel, ein Mann ohne Schatten, ein Mann, dem der Schatten genommen wurde. Und das als Strafe für irgendetwas. Ich habe nie begriffen, worin die Strafe besteht. Eine Frau muss sich allerdings unbehaglich fühlen ohne Schatten.«

»Ja, aber Frauen mit Schatten nehmen gewöhnlich ein schlimmes Ende«, sagte Annas Freundin.

»Hüten Sie Ihre Zunge!« fuhr plötzlich Fürstin Mjachkaja dazwischen, die das gehört hatte. »Karenina ist eine wunderbare Frau. Ihren Mann mag ich nicht, doch sie mag ich sehr.«

»Weshalb mögen Sie denn ihren Mann nicht? Er ist so ein bemerkenswerter Mensch«, sagte die Gesandtengattin. »Mein Mann sagt, solche staatsmännischen Köpfe gebe es wenige in Europa.«

»Mir sagt das mein Mann auch, aber ich glaube es nicht«, erwiderte Fürstin Mjachkaja. »Wenn unsere Männer nicht so redeten, sähen wir, was ist, und Alexej Alexandrowitsch ist meiner Ansicht nach einfach dumm. Ich sage das im Flüsterton ... Nicht wahr, wie klar dann alles wird? Früher, bevor man mich geheißen hat, ihn klug zu finden, habe ich ständig gesucht und gefunden, ich sei selber dumm, sähe seinen Verstand nicht; sobald ich aber sagte: Er ist dumm, allerdings im Flüsterton, da wurde alles so klar, nicht wahr?«

»Wie boshaft Sie heute sind!«

»Nicht im Geringsten. Ich habe keine andere Wahl. Einer von uns beiden ist dumm. Und Sie wissen ja, von sich selbst darf man das niemals sagen.«

»Niemand ist zufrieden mit seinem Vermögen, jeder ist zufrieden mit seinem Verstand«, zitierte der Diplomat einen französischen Vers.

»Eben, eben, sehen Sie«, pflichtete Fürstin Mjachkaja ihm eilends bei. »Aber wie dem auch sei – Anna überlasse ich Ihnen nicht. Sie ist so famos, so nett. Was soll sie machen, wenn alle in sie verliebt sind und wie Schatten hinter ihr herlaufen?«

»Ich will sie ja gar nicht verurteilen«, rechtfertigte sich Annas Freundin.

»Wenn uns niemand hinterherläuft wie ein Schatten, beweist das nicht, dass wir das Recht haben zu verurteilen.«

Und nachdem Fürstin Mjachkaja damit Annas Freundin tüchtig heruntergeputzt hatte, stand sie auf und gesellte sich mit der Gesandtengattin zum Tisch, wo ein gemeinsames Gespräch über den preußischen König im Gange war.

»Worüber haben Sie dort gelästert?« fragte Betsy.

»Über die Karenins. Die Fürstin gab eine Charakteristik von Alexej Alexandrowitsch«, antwortete die Gesandtengattin und setzte sich lächelnd an den Tisch.

»Schade, dass wir es nicht gehört haben«, sagte die Gastgeberin, den Blick auf die Eingangstür gerichtet. »Da sind Sie ja endlich!« empfing sie lächelnd den eintretenden Wronski.

Wronski war nicht nur mit allen bekannt, sondern sah auch jeden Tag alle, die er hier traf, darum kam er in der ruhigen Weise herein, wie man zu Menschen ins Zimmer tritt, die man gerade erst verlassen hat.

»Woher ich komme?« antwortete er auf die Frage
der Gesandtengattin. »Je nun, ich muss es bekennen.
Aus den Bouffes. Wohl zum hundertsten Mal, und stets
mit neuem Vergnügen. Hinreißend! Ich weiß, dass ich
mich schämen sollte, aber in der Oper schlafe ich, und
in den Bouffes sitze ich bis ganz zum Ende und finde es
amüsant. Heute ...«

Er nannte eine französische Schauspielerin und
wollte etwas von ihr erzählen, doch die Gesandtengattin unterbrach ihn mit gespieltem Entsetzen:

»Bitte, erzählen Sie nichts von diesen entsetzlichen
Dingen.«

»Gut, ich tue es nicht, zumal alle diese entsetzlichen
Dinge kennen.«

»Und alle hinfahren würden, wenn es genauso anerkannt wäre wie die Oper«, bekräftigte Fürstin Mjachkaja.

VII

Von der Eingangstür waren Schritte zu hören, und da
Fürstin Betsy wusste, dass es Karenina war, warf sie
einen Blick auf Wronski. Er schaute zur Tür, und sein
Gesicht hatte einen sonderbaren, neuartigen Ausdruck.
Freudig, unverwandt und zugleich schüchtern schaute
er der Eintretenden entgegen und erhob sich langsam.
In den Salon trat Anna. Wie immer in außerordentlich gerader Haltung und raschen, festen und leichten
Schrittes, womit sie sich vom Gang anderer mondäner
Damen unterschied, und ohne die Blickrichtung zu
ändern, legte sie die wenigen Schritte zurück, die sie
von der Gastgeberin trennten, drückte ihr die Hand,
lächelte, und mit diesem Lächeln sah sie sich nach
Wronski um. Wronski verbeugte sich tief und rückte ihr
einen Stuhl her.

Sie neigte darauf lediglich den Kopf, errötete und runzelte die Stirn. Aber sogleich nickte sie rasch den Bekannten zu, drückte ihr entgegengehaltene Hände und wandte sich an die Gastgeberin:

»Ich war bei Gräfin Lidija und wollte früher kommen, blieb jedoch hängen. Bei ihr war Sir John. Sehr interessant.«

»Ah, dieser Missionar?«

»Ja, er hat sehr interessant über das Leben in Indien berichtet.«

Unterbrochen durch Annas Ankunft, geriet das Gespräch wieder ins Flackern, wie ein Lampenlicht, auf das geblasen wird.

»Sir John! Ja, Sir John. Ich habe ihn gesehen. Er spricht gut. Wlasjewa ist ganz verliebt in ihn.«

»Stimmt es, dass die junge Wlasjewa Topow heiratet?«

»Ja, es heißt, das sei beschlossene Sache.«

»Ich kann mich nur über die Eltern wundern. Es heißt, eine Ehe aus Leidenschaft.«

»Aus Leidenschaft? Was haben Sie für vordiluviale Ideen! Wer redet heute von Leidenschaft?« wandte die Gesandtengattin ein.

»Was tun? Diese dumme alte Mode ist immer noch nicht überholt«, sagte Wronski.

»Um so schlimmer für diejenigen, die an dieser Mode festhalten. Ich kenne keine glücklichen Ehen außer Vernunftehen.«

»Ja, doch wie oft verfliegt das Glück von Vernunftehen wie Staub, eben weil jene Leidenschaft aufkommt, die nicht anerkannt wurde«, sagte Wronski.

»Vernunftehen nennen wir doch Ehen, wenn beide sich schon die Hörner abgestoßen haben. Das ist wie Scharlach, da muss man durch.«

»Dann müsste man lernen, künstlich gegen Liebe zu impfen wie gegen Blattern.«

»Ich war in meiner Jugend in einen Küster verliebt«, sagte Fürstin Mjachkaja. »Weiß nicht, ob mir das geholfen hat.«

»Doch, im Ernst, ich meine, um die Liebe kennenzulernen, muss man sich irren und dann sich korrigieren«, sagte Fürstin Betsy.

»Sogar nach der Eheschließung?« fragte scherzhaft die Gesandtengattin.

»Für Reue ist es nie zu spät.« Der Diplomat zitierte ein englisches Sprichwort.

»Eben«, pflichtete Betsy bei, »man muss sich irren und sich korrigieren. »Was meinen Sie dazu?« wandte sie sich an Anna, die mit kaum merklichem, unerschütterlichem Lächeln auf den Lippen schweigend dem Gespräch zuhörte.

»Ich meine«, sagte Anna und spielte mit dem abgestreiften Handschuh, »ich meine … wenn es gilt: so viele Köpfe, so viele Geister, dann gilt auch: so viele Herzen, so viele Arten der Liebe.«

Wronski hatte Anna angeschaut und stockenden Herzens gewartet, was sie sagen würde. Er atmete aus wie nach einer Gefahr, als sie diese Worte gesprochen hatte.

Plötzlich wandte sich Anna an ihn:

»Und ich habe einen Brief aus Moskau erhalten. Man schreibt mir, dass Kitty Schtscherbazkaja richtig erkrankt sei.«

»Wirklich?« sagte Wronski stirnrunzelnd.

Anna sah ihn streng an.

»Sie interessiert das nicht?«

»Im Gegenteil, sehr. Was schreibt man Ihnen denn, wenn ich fragen darf?«

Anna stand auf, ging zu Betsy und blieb hinter ihrem Stuhl stehen. »Geben Sie mir eine Tasse Tee.«

Während Fürstin Betsy ihr Tee einschenkte, trat Wronski zu Anna.

»Was schreibt man Ihnen denn?« wiederholte er.

»Ich meine oft, dass Männer nicht verstehen, was edelmütig ist und was nicht, dabei reden sie immer davon«, sagte Anna, ohne ihm zu antworten. »Ich wollte Ihnen das schon lange sagen«, fügte sie hinzu, ging ein paar Schritte und setzte sich an einen Ecktisch mit Alben.

»Ich verstehe nicht ganz, was Sie meinen«, sagte er und reichte ihr die Teetasse.

Sie blickte auf das Sofa neben sich, und er setzte sich sofort.

»Ja, ich wollte es Ihnen sagen«, sagte sie, ohne ihn anzublicken. »Sie haben übel gehandelt, übel, sehr übel.«

»Weiß ich das nicht selbst, dass ich übel gehandelt habe? Doch wer ist der Grund, dass ich so handelte?«

»Weshalb sagen Sie mir das?« fragte sie und sah ihn streng an.

»Sie wissen, weshalb«, antwortete er kühn und freudig, ohne die Augen zu senken, als er ihren Blick traf.

Nicht er, sie wurde verlegen.

»Das beweist lediglich, dass Sie kein Herz haben«, sagte sie. Aber ihr Blick besagte, dass sie wusste, dass er ein Herz hatte, und eben deshalb ihn fürchtete.

»Wovon Sie gerade gesprochen haben, das war ein Irrtum, keine Liebe.«

Anna fuhr auf. »Sie wissen, dass ich Ihnen verboten habe, dieses Wort auszusprechen, dieses abscheuliche Wort.« Aber sogleich merkte sie, dass sie allein durch das Wort v e r b o t e n zeigte, dass sie sich gewisse Rechte auf ihn anmaßte und ihn damit anspornte, von Liebe zu reden. »Ich wollte es Ihnen schon lange sagen«, fuhr sie fort, blickte ihm entschieden in die Augen, und ihr Gesicht loderte vor brennender Röte, »und heute bin ich absichtlich hergekommen, da ich wusste, ich würde Ihnen begegnen. Ich bin hergekommen, um Ihnen zu sagen, dass das ein Ende haben muss. Noch nie bin ich

vor jemandem errötet, Sie jedoch veranlassen mich,
dass ich mich irgendwie schuldig fühle.«

Er schaute sie an und war betroffen von der neuen,
durchgeistigten Schönheit ihres Gesichts.

»Was wollen Sie von mir?« fragte er schlicht und
ernsthaft.

»Ich will, dass Sie nach Moskau fahren und Kitty
um Verzeihung bitten«, sagte sie, und ein Flämmchen
blinkte in ihren Augen.

»Das wollen Sie nicht«, sagte er.

Er sah, dass sie sagte, wozu sie sich zwang, und nicht,
was sie wollte.

»Wenn Sie mich lieben, wie Sie sagen«, flüsterte sie,
»dann tun Sie es, damit ich ruhig sein kann.«

Sein Gesicht strahlte.

»Wissen Sie denn nicht, dass Sie für mich das ganze
Leben sind; doch Ruhe kenne ich nicht und kann ich
Ihnen nicht geben. Mich ganz und gar, Liebe – ja. Ich
kann Sie und mich nicht getrennt denken. Sie und ich
sind für mich eins. Und Ruhe sehe ich nicht als Möglichkeit vor mir, weder für mich noch für Sie. Ich sehe
Verzweiflung als Möglichkeit, Unglück … oder ich
sehe Glück als Möglichkeit, und was für ein Glück! Ist
es denn nicht möglich?« fügte er hinzu, allein mit den
Lippen, doch sie hörte es.

Sie strengte ihre sämtlichen Geisteskräfte an, um zu
sagen, was zu sein hatte; aber stattdessen verweilte ihr
Blick auf ihm voller Liebe, und sie erwiderte nichts.

›Da ist es!‹ dachte er begeistert. ›Während ich schon
am Verzweifeln bin und es aussieht, als gäbe es kein
Ende – da ist es soweit! Sie liebt mich. Sie gesteht es.‹

»So tun Sie es mir zuliebe, sagen Sie niemals diese
Worte zu mir, und wir werden gute Freunde sein.« Das
sprachen ihre Worte; aber etwas ganz anderes sprach ihr
Blick.

»Freunde werden wir nicht sein, das wissen Sie

selbst. Ob wir jedoch die glücklichsten oder die unglücklichsten aller Menschen sein werden, das steht in Ihrer Macht.«

Sie wollte etwas sagen, aber er unterbrach sie.

»Ich bitte ja nur um eins, bitte um das Recht, zu hoffen und zu leiden wie jetzt; aber wenn auch das unmöglich ist, befehlen Sie mir zu verschwinden, und ich werde verschwinden. Sie werden mich nicht mehr sehen, wenn meine Anwesenheit Ihnen eine Last ist.«

»Ich möchte Sie nicht vertreiben.«

»Nur verändern Sie nichts. Lassen Sie alles, wie es ist«, sagte er mit zitternder Stimme. »Da ist Ihr Mann.«

Tatsächlich trat in diesem Augenblick Alexej Alexandrowitsch mit seinem ruhigen, unbeholfenen Gang in den Salon.

Nach einem Blick auf seine Frau und Wronski ging er zur Gastgeberin, und als er bei einer Tasse Tee Platz genommen hatte, begann er mit seiner gemächlichen, stets unüberhörbaren Stimme und in seinem üblichen, scherzhaften und gleichsam foppenden Ton zu sprechen.

»Ihr Rambouillet ist vollzählig«, sagte er, mit einem Blick über die ganze Gesellschaft, »Grazien wie Musen.«

Fürstin Betsy konnte jedoch diesen Ton bei ihm nicht ausstehen, *sneering** nannte sie ihn, und als kluge Gastgeberin verwickelte sie ihn sofort in ein ernstes Gespräch über die allgemeine Wehrpflicht. Alexej Alexandrowitsch ließ sich sofort vom Gespräch hinreißen und verteidigte ernsthaft den neuen Erlass vor Fürstin Betsy, die ihn angriff.

Wronski und Anna saßen weiterhin am kleinen Tisch.

»Das wird langsam unschicklich«, flüsterte eine

---

* spöttisch *(engl.)*

Dame, wobei sie mit den Augen auf Karenina, Wronski und ihren Gatten deutete.

»Was habe ich Ihnen gesagt?« erwiderte Annas Freundin.

Aber nicht nur diese Damen, fast alle Anwesenden im Salon, sogar Fürstin Mjachkaja und Betsy selbst, blickten mehrfach, als ob es sie störte, zu den beiden, die sich von der gemeinsamen Runde entfernt hatten. Lediglich Alexej Alexandrowitsch blickte kein einziges Mal in diese Richtung und ließ sich das Interesse am begonnenen Gespräch nicht nehmen.

Da Fürstin Betsy bemerkte, welch unangenehmen Eindruck das auf alle machte, schob sie jemand anderes als Zuhörer Alexej Alexandrowitschs auf ihren Platz und ging zu Anna.

»Ich staune jedesmal über die klare und exakte Ausdrucksweise Ihres Mannes«, sagte sie. »Die transzendentesten Begriffe werden mir verständlich, wenn er spricht.«

»O ja!« sagte Anna mit strahlendem, glücklichem Lächeln – sie hatte kein Wort von dem verstanden, was Betsy gesagt hatte. Sie wechselte zum großen Tisch und nahm am allgemeinen Gespräch teil.

Nach einer halben Stunde trat Alexej Alexandrowitsch zu seiner Frau und schlug ihr vor, gemeinsam nach Hause zu fahren; doch sie antwortete, ohne ihn anzublicken, sie bleibe noch zum Souper. Alexej Alexandrowitsch verabschiedete sich und ging.

Der alte, dicke Tatar im speckigen Lederrock, Kareninas Kutscher, konnte mit Mühe den frierenden linken Grauschimmel zügeln, der sich an der Auffahrt bäumte. Ein Lakai stand am geöffneten Wagenschlag. Der Portier stand und hielt die Haustür auf. Anna Arkadjewna suchte mit ihrer kleinen, flinken Hand die Ärmelspitzen vom Haken des Pelzmantels zu lösen, und den Kopf geneigt, lauschte sie entzückt, was der sie begleitende Wronski sprach.

»Sie sagen nichts, und nehmen wir an, ich verlange nichts«, sprach er, »aber Sie wissen, nicht Freundschaft brauche ich, für mich ist nur ein einziges Glück im Leben möglich, dieses Wort, das Sie dermaßen nicht lieben – ja, Liebe …«

»Liebe …« wiederholte sie langsam, mit einer Stimme von tief innen, und in dem Augenblick, als sie die Spitze gelöst hatte, fügte sie plötzlich hinzu: »Ich liebe dieses Wort deshalb nicht, weil es für mich viel zuviel bedeutet, weitaus mehr, als Sie begreifen können« – und sie blickte ihm ins Gesicht. »Auf Wiedersehen.«

Sie reichte ihm die Hand, ging raschen, federnden Schrittes am Portier vorbei und verschwand im Wagen.

Ihr Blick, die Berührung ihrer Hand hatten ihn versengt. Er küsste seine Hand an der Stelle, wo sie ihn berührt hatte, und fuhr nach Hause in dem glücklichen Bewusstsein, dass der heutige Abend ihn seinem Ziel näher gebracht hatte als die letzten beiden Monate.

VIII

Alexej Alexandrowitsch hatte nichts Besonderes und Unschickliches dabei gefunden, dass seine Frau mit Wronski an einem gesonderten Tisch saß und sich lebhaft unterhielt; aber er hatte bemerkt, dass es den anderen im Salon als etwas Besonderes und Unschickliches erschienen war, und deshalb erschien es auch ihm unschicklich. Er beschloss, dass er dies seiner Frau sagen müsse.

Nach Hause zurückgekehrt, ging Alexej Alexandrowitsch geradewegs in sein Kabinett, wie er das gewöhnlich tat, setzte sich in den Sessel, schlug dort, wo er das Papiermesser eingelegt hatte, das Buch über den Papis-

mus auf und las bis nach Mitternacht, wie er es gewöhnlich tat; nur hie und da rieb er sich die hohe Stirn und
schüttelte den Kopf, als ob er etwas verscheuchte. Zur
gewohnten Stunde stand er auf und machte seine nächtliche Toilette. Anna Arkadjewna war noch nicht da. Mit
dem Buch unterm Arm kam er nach oben; doch statt der
gewohnten Gedanken und Überlegungen zu Dienstangelegenheiten waren an diesem Abend seine Gedanken
von seiner Frau erfüllt und von etwas Unangenehmem,
das mit ihr geschehen war. Entgegen seiner Gewohnheit ging er nicht ins Bett, sondern wanderte, die Hände
hinterm Rücken gefaltet, durch die Zimmer auf und ab.
Er konnte nicht ins Bett gehen, da er fühlte, zuvor unbedingt die neu entstandene Sachlage durchdenken zu
müssen.

Als Alexej Alexandrowitsch bei sich beschlossen
hatte, dass er mit seiner Frau reden müsse, war ihm dies
sehr leicht und einfach vorgekommen; jetzt aber, da er
die neu entstandene Sachlage zu durchdenken begann,
erschien sie ihm sehr kompliziert und beschwerlich.

Alexej Alexandrowitsch war nicht eifersüchtig. Eifersucht beleidige eine Frau, seiner Überzeugung nach,
und zu seiner Frau habe man Vertrauen zu haben. Warum man Vertrauen zu haben habe, das heißt, die absolute Gewissheit, dass seine junge Frau ihn immer lieben werde, fragte er sich nicht; er empfand jedoch kein
Misstrauen, weil er Vertrauen hatte und sich sagte, dass
man es haben müsse. Jetzt allerdings, wiewohl seine
Überzeugung, dass Eifersucht ein schmachvolles Gefühl sei und dass man Vertrauen haben sollte, gar nicht
erschüttert war, jetzt merkte er, dass er unmittelbar mit
etwas Unlogischem und Widersinnigem konfrontiert
war, und wusste nicht, was zu tun sei. Alexej Alexandrowitsch war unmittelbar mit dem Leben konfrontiert, mit der Möglichkeit, dass seine Frau eine Liebe
hege zu jemand anderem als ihm, und das erschien ihm

sehr widersinnig und unverständlich, denn das war das
Leben selbst. Gelebt und gearbeitet hatte Alexej Alexandrowitsch sein Leben lang in amtlichen Sphären,
die mit dem Widerschein des Lebens zu tun hatten.
Und jedesmal, wenn er auf das Leben selbst stieß, zog
er sich davor zurück. Jetzt empfand er ein Gefühl, ähnlich wie ein Mensch es empfände, der auf einer Brücke
ruhig eine Schlucht überquert hat und plötzlich sieht,
dass diese Brücke abgetragen wurde und dort der Abgrund gähnt. Dieser Abgrund war das Leben selbst, die
Brücke war jenes künstliche Leben, das Alexej Alexandrowitsch gelebt hatte. Zum allerersten Mal kam ihm
die Möglichkeit in den Sinn, dass seine Frau jemanden
lieben könnte, und er stand entsetzt davor.

Ohne sich auszukleiden, wanderte er gleichmäßi-
gen Schrittes auf und ab über das hallende Parkett des
nur von einer Lampe erleuchteten Esszimmers, über
den Teppich des dunklen Salons, wo lediglich auf dem
großen, unlängst gefertigten Porträt von ihm, das über
dem Sofa hing, ein Widerschein des Lichts lag, und
durch Annas Boudoir, wo zwei Kerzen brannten und die
Porträts ihrer Verwandten und Freundinnen beleuchteten und die schönen, ihm längst vertrauten Nippsachen
auf ihrem Schreibtisch. Durch ihr Zimmer wanderte
er bis zur Tür des Schlafzimmers und machte wieder
kehrt.

Auf jeder Strecke seiner Wanderung, und meistens
auf dem Parkett des hellen Esszimmers, blieb er stehen und sagte sich: ›Ja, das muss man unbedingt entscheiden und unterbinden, seine Ansicht dazu äußern
und seine Entscheidung.‹ Und er machte kehrt. ›Aber
was äußern? welche Entscheidung?‹ sagte er sich im
Salon und fand keine Antwort. ›Schließlich und endlich‹, fragte er sich vor der Biegung zum Boudoir, ›was
ist eigentlich geschehen? Nichts. Sie hat lange mit ihm
geredet. Ja, und? Mit wem kann eine Frau in Gesell-

schaft nicht alles reden? Außerdem, Eifersucht, das
heißt, sich selbst wie auch sie erniedrigen‹, sagte er sich,
wenn er ihr Boudoir betrat; diese Erwägung aber, früher von solchem Gewicht für ihn, hatte jetzt kein Gewicht und keine Bedeutung mehr. Und vor der Schlafzimmertür machte er wieder kehrt zum Esszimmer;
aber sobald er zurück in den dunklen Salon trat, sagte
ihm eine Stimme, dem sei nicht so, und wenn die anderen es bemerkt hätten, heiße das, es liege etwas vor. Und
wieder sagte er sich im Esszimmer: ›Ja, das muss man
unbedingt entscheiden und unterbinden und seine Ansicht äußern ...‹ Und wieder im Salon fragte er sich
vor der Biegung: wie das entscheiden? Und fragte sich
dann, was geschehen sei. Und antwortete: nichts, und
rief sich ins Gedächtnis, dass Eifersucht ein Gefühl sei,
das eine Frau erniedrige, aber wieder im Salon kam er
zur Überzeugung, dass etwas geschehen sei. Seine Gedanken vollführten wie sein Körper einen Kreis, ohne
auf etwas Neues zu stoßen. Er bemerkte es, rieb sich die
Stirn und setzte sich in ihr Boudoir.

Und hier, ihren Schreibtisch mit der obendrauf liegenden Malachit-Briefmappe und einem angefangenen
Billett im Blick, änderten sich plötzlich seine Gedanken. Nun dachte er an sie, daran, was sie dachte und
fühlte. Er stellte sich zum ersten Mal ihr eigenes, persönliches Leben vor, ihre Gedanken und ihre Wünsche,
und der Gedanke, sie könnte und müsste ihr gesonder-
tes Leben haben, erschien ihm so grauenhaft, dass er
ihn hastig verscheuchte. Dies war der Abgrund, in den
hinabzublicken ihn graute. Sich denkend und fühlend
in ein anderes Wesen zu versetzen war eine seelische
Tätigkeit, die Alexej Alexandrowitsch fremd war. Er
hielt solche seelische Tätigkeit für schädliche und gefährliche Phantasterei.

›Und am schrecklichsten ist‹, dachte er, ›dass gerade
jetzt, da meine Sache auf ihr Ende zusteuert (er dachte

an das Projekt, das er gerade durchsetzte), da ich alle Ruhe und alle Seelenkräfte brauche, jetzt bricht diese sinnlose Aufregung über mich herein. Aber was tun? Ich gehöre nicht zu den Menschen, die Unruhe und Aufregung über sich ergehen lassen und nicht die Kraft haben, sie ins Auge zu fassen.‹

»Ich muss das durchdenken, entscheiden und ad acta legen«, sagte er laut.

›Was ihre Gefühle betrifft, was in ihrem Inneren vorgeht und vorgehen könnte, das geht mich nichts an, das geht ihr Gewissen an und fällt in die Kompetenz der Religion‹, sagte er sich und empfand Erleichterung in dem Bewusstsein, dass der Punkt gefunden war, die Legalität, in deren Kompetenz die entstandene Sachlage fiel.

›Folglich‹, sagte sich Alexej Alexandrowitsch, ›was ihre Gefühle und so weiter betrifft, das sind Probleme ihres Gewissens, und das kann mich gar nichts angehen. Meine Pflicht hingegen lässt sich klar bestimmen. Als Familienoberhaupt bin ich die Person, die verpflichtet ist, sie zu lenken, darum die zum Teil verantwortliche Person: Ich muss auf die Gefahr hinweisen, die ich sehe, davor warnen und sogar meine Macht einsetzen. Ich muss ihr dies sagen.‹

In Alexej Alexandrowitschs Kopf hatte sich klar geordnet, was er seiner Frau jetzt alles sagen würde. Während er durchdachte, was er sagen würde, bedauerte er, dass er für den Hausgebrauch, so unauffällig, seine Zeit und seine Geisteskräfte gebrauchen musste; trotzdem hatte sich in seinem Kopf, klar und deutlich wie ein Rapport, Form und Abfolge der bevorstehenden Rede gestaltet. ›Ich muss Folgendes sagen und zum Ausdruck bringen: Erstens muss ich die Bedeutung der Meinung und der Schicklichkeit in der Gesellschaft erklären; zweitens die Bedeutung der Ehe aus der Religion erklären; drittens, falls nötig, auf das möglicherweise eintretende Unglück für den Sohn hinweisen; viertens auf ihr eigenes Unglück hinweisen.‹ Und die Finger verschränkt, mit den Handflächen nach unten, reckte sich Alexej Alexandrowitsch, und die Finger knackten in den Gelenken.

Diese Geste — die schlechte Angewohnheit, die Hände zusammenzulegen und mit den Fingern zu knacken — beruhigte ihn jedesmal und verlieh ihm jene Akkuratheit, die er jetzt so nötig hatte. Von der Auffahrt war das Vorfahren des Wagens zu hören. Alexej Alexandrowitsch blieb mitten im Esszimmer stehen.

Frauenschritte stiegen die Treppe herauf. Alexej Alexandrowitsch, bereit zu seiner Rede, stand und presste seine gekreuzten Finger in der Hoffnung, ob es nicht noch irgendwo knackte. Es knackte ein Gelenk.

Schon beim Geräusch der leichten Schritte auf der Treppe fühlte er sie nahen, und obwohl er zufrieden war mit seiner Rede, graute ihm nun vor der bevorstehenden Aussprache ...

IX

Anna ging, den Kopf gesenkt, und spielte mit den Troddeln ihrer Kapuze. Auf ihrem Gesicht lag ein heller Glanz; aber dieser Glanz war nicht heiter, er glich eher grausigem Feuerschein mitten in finsterer Nacht. Als Anna ihren Mann erblickte, hob sie den Kopf und lächelte, wie wenn sie erwachte.

»Du bist nicht im Bett? Ein Wunder!« sagte sie, warf die Kapuze zurück und ging ohne anzuhalten weiter, ins Toilettenzimmer. »Es ist Zeit, Alexej Alexandrowitsch«, sagte sie zur Tür heraus.

»Anna, ich habe zu reden mit dir.«

»Mit mir?« sagte sie verwundert, trat durch die Tür und schaute ihn an.

»Ja.«

»Was ist denn? Und worüber?« fragte sie und setzte sich. »Dann lass uns reden, wenn es so dringend ist. Besser, wir gingen schlafen.«

Anna sagte, was ihr in den Kopf kam, und wunderte sich, während sie sich zuhörte, über ihre Fähigkeit zum Lügen. Wie schlicht, wie natürlich waren ihre Worte, und wie glaubhaft wirkte, dass sie einfach schlafen wollte! Sie fühlte sich in einen undurchdringlichen Lügenpanzer gekleidet. Sie fühlte, dass eine unsichtbare Kraft ihr half und sie unterstützte.

»Anna, ich muss dich warnen«, sagte er.

»Warnen?« sagte sie. »Wovor?«

Sie schaute so schlicht, so fröhlich, und wer sie nicht kannte, wie ihr Mann sie kannte, hätte weder am Klang noch am Sinn ihrer Worte etwas Unnatürliches bemerken können. Für ihn jedoch, der sie kannte, der wusste, dass sie es bemerkte, wenn er einmal fünf Minuten später zu Bett ging, und nach dem Grund fragte, für ihn, der wusste, dass sie alle ihre Freuden, Fröhlichkeiten und Kümmernisse sogleich ihm mitteilte – für ihn bedeutete es jetzt sehr viel, als er sah, dass sie seinen Zustand nicht bemerken, kein Wort über sich selbst sagen wollte. Er sah, dass die Tiefe ihrer Seele, die zuvor stets offen gewesen war vor ihm, ihm jetzt verschlossen war. Und nicht nur das, an ihrem Tonfall sah er, dass sie gar nicht verlegen war deswegen, ihm vielmehr unverblümt zu sagen schien: Ja, sie ist verschlossen, und so hat es zu sein und wird es auch künftig sein. Jetzt empfand er ein Gefühl, ähnlich wie ein Mensch es empfände, der nach Hause zurückkehrt und sein Haus zugesperrt vorfindet. ›Doch vielleicht lässt sich ja der Schlüssel noch finden‹, dachte Alexej Alexandrowitsch.

»Ich möchte dich davor warnen«, sagte er mit leiser Stimme, »dass du aus Unachtsamkeit und Leichtsinn Anlass geben könntest, dass in der Gesellschaft über dich geredet wird. Dein allzu lebhaftes Gespräch heute mit Graf Wronski (er sprach diesen Namen fest und mit ruhiger Akzentuiertheit aus) hat Aufsehen erregt.«

Er sprach und schaute auf ihre lachenden, in ihrer Undurchdringlichkeit für ihn jetzt schrecklichen Augen, und noch während des Sprechens fühlte er die ganze Nutzlosigkeit und Vergeblichkeit seiner Worte.

»So bist du immer«, erwiderte sie, als ob sie ihn überhaupt nicht verstünde und von allem, was er sagte, vorsätzlich nur das letzte verstünde. »Mal ist es dir nicht recht, wenn ich mich langweile, mal ist es dir nicht recht, wenn ich fröhlich bin. Ich habe mich nicht gelangweilt. Verletzt dich das?«

Alexej Alexandrowitsch zuckte zusammen und verbog die Hände, um sie knacken zu lassen.

»Oh, bitte, knacke nicht, ich kann das nicht ausstehen«, sagte sie.

Alexej Alexandrowitsch bezwang sich und hielt mit der Bewegung der Hände inne. Leise fragte er: »Anna, bist das du?«

»Aber was ist denn?« sagte sie mit aufrichtigster und komischer Verwunderung. »Was willst du von mir?«

Alexej Alexandrowitsch schwieg und rieb sich Stirn und Augen. Statt zu tun, was er wollte, also seine Frau vor einem Fauxpas in den Augen der Gesellschaft zu warnen, regte er sich, wie er nun sah, unwillkürlich über etwas auf, das ihr Gewissen betraf, und rannte in seiner Vorstellung gegen eine Wand an.

»Ich beabsichtige, dir Folgendes zu sagen«, fuhr er kalt und ruhig fort, »und bitte dich, mich anzuhören. Ich erachte Eifersucht, wie du weißt, für ein beleidigendes und erniedrigendes Gefühl und werde mir niemals erlauben, mich von diesem Gefühl lenken zu lassen; aber es gibt gewisse Gesetze der Schicklichkeit, die man nicht ungestraft übertreten darf. Nicht ich habe heute bemerkt, sondern dem Eindruck nach zu schließen, den es auf die Gesellschaft gemacht hat, haben alle bemerkt, dass du dich nicht ganz so verhalten und aufgeführt hast, wie zu wünschen gewesen wäre.«

»Ich verstehe rein gar nichts«, sagte Anna achselzuckend. ›Ihm ist es gleich‹, dachte sie. ›Aber in der Gesellschaft ist es bemerkt worden, und ›das beunruhigt ihn.‹ Und sie fügte hinzu: »Du bist unpässlich, Alexej Alexandrowitsch«, stand auf und wollte zur Tür hinaus; aber er tat einen Schritt, als suchte er sie aufzuhalten.

Sein Gesicht war hässlich und finster, wie Anna es nie gesehen hatte. Sie blieb stehen, neigte den Kopf zurück und zur Seite und begann, mit ihrer flinken Hand die Haarnadeln herauszuziehen.

»Bitte sehr, ich lausche, was kommt«, sagte sie ruhig und spöttisch. »Und lausche sogar mit Interesse, weil ich gerne verstehen würde, worum es geht.«

Sie sprach und wunderte sich über den natürlich ruhigen, sicheren Ton, in dem sie sprach, und über die Worte, die sie wählte.

»Bis in die Einzelheiten deiner Gefühle vorzudringen habe ich nicht das Recht und hielte es ohnehin für unnütz und sogar schädlich«, hob Alexej Alexandrowitsch an. »Wenn wir in unserer Seele graben, fördern wir oftmals etwas zutage, das dort unbemerkt gelegen wäre. Deine Gefühle, die gehen nur dein Gewissen etwas an; ich aber bin vor dir, vor mir und vor Gott verpflichtet, dich auf deine Verpflichtungen hinzuweisen. Unser beider Leben ist verbunden, und verbunden nicht durch Menschen, sondern durch Gott. Dieses Band zerreißen kann nur eine Freveltat, und eine Freveltat dieser Art würde schwere Strafe nach sich ziehen.«

»Gar nichts verstehe ich. Ach, mein Gott, und wie müde ich bin, zu allem Unglück!« Ihre Hand fuhr flink durchs Haar, suchte nach den verbliebenen Haarnadeln.

»Anna, um Gottes willen, sprich nicht so«, sagte er

sanftmütig. »Mag sein, ich täusche mich, aber glaube
mir, was ich sage, sage ich im gleichen Maße meinetwegen wie deinetwegen. Ich bin dein Mann und liebe
dich.«

Für einen Augenblick entglitt ihr die Miene, und
der spöttische Funke im Blick erlosch; doch das Wort
»liebe« empörte sie erneut. Sie dachte: ›Er liebt? Kann
er denn lieben? Wenn er nicht davon gehört hätte, dass
Liebe vorkommt, würde er dieses Wort niemals gebrauchen. Er weiß ja nicht, was Liebe ist.‹

»Alexej Alexandrowitsch, wirklich, ich verstehe
nicht«, sagte sie. »Bezeichne genau, was du meinst ...«

»Lass mich bitte ausreden. Ich liebe dich. Aber ich
spreche nicht von mir; die Hauptpersonen sind dabei
unser Sohn und du selbst. Es mag durchaus sein, das
wiederhole ich, dass dir vollkommen überflüssig und
unpassend erscheint, was ich sage, es mag sein, dass es
auf einem Irrtum meinerseits beruht. In diesem Fall
bitte ich dich, mich zu entschuldigen. Aber solltest du
selbst das Gefühl haben, es gäbe auch nur den geringsten Anlass, so bitte ich dich nachzudenken, und sollte
dein Herz zu dir sprechen, mir dann zu sagen ...«

Ohne es zu bemerken, hatte Alexej Alexandrowitsch
überhaupt nicht gesagt, was er sich zurechtgelegt hatte.

»Ich habe nichts zu sagen. Und überhaupt ...« setzte
sie auf einmal rasch hinzu, mit Mühe ein Lächeln unterdrückend, »es ist wirklich Zeit, schlafen zu gehen.«

Alexej Alexandrowitsch seufzte, und ohne ein weiteres Wort begab er sich ins Schlafzimmer.

Als sie ins Schlafzimmer trat, lag er schon im Bett.
Seine Lippen waren streng zusammengepresst, seine
Augen schauten nicht zu ihr. Anna legte sich in ihr Bett
und erwartete jeden Moment, dass er noch einmal zu
reden begänne mit ihr. Sie fürchtete, dass er zu reden
begänne, und zugleich wünschte sie es. Aber er schwieg.
Sie wartete lange und unbeweglich und hatte ihn schon

vergessen. Sie dachte an den anderen, sie sah ihn und fühlte, wie ihr Herz sich bei diesem Gedanken mit Erregung und frevlerischer Freude füllte. Plötzlich hörte sie ein regelmäßiges und ruhiges Nasenpfeifen. Im ersten Moment schien Alexej Alexandrowitsch über sein Pfeifen zu erschrecken und innezuhalten; doch als er zwei Atemzüge ausgesetzt hatte, ertönte das Pfeifen mit neuer, ruhiger Regelmäßigkeit.

»Es ist spät, spät, schon zu spät«, flüsterte sie lächelnd. Sie lag lange unbeweglich, mit offenen Augen, deren Glanz sie, so kam es ihr vor, selbst sah in der Dunkelheit.

X

Ab diesem Abend begann ein neues Leben für Alexej Alexandrowitsch und für seine Frau. Nichts Besonderes war geschehen. Anna verkehrte wie immer in den Salons, besonders häufig war sie bei Fürstin Betsy, und überall begegnete sie Wronski. Alexej Alexandrowitsch sah das, konnte aber nichts tun. Auf alle seine Versuche, sie zu einer Aussprache herauszufordern, hielt sie ihm die undurchdringliche Wand eines fröhlichen Befremdens entgegen. Äußerlich war alles gleich, aber ihr inneres Verhältnis hatte sich völlig verändert. Alexej Alexandrowitsch, in Staatsdingen ein so mächtiger Mann, fühlte sich hier machtlos. Wie ein Stier, den Kopf ergeben gesenkt, erwartete er den Hieb des Beils, das, er fühlte es, bereits über ihm ausholte. Jedesmal, wenn er erneut daran dachte, fühlte er, dass er es noch einmal versuchen müsste, dass es noch Hoffnung gab, sie mit Güte, Zärtlichkeit und Überzeugungskraft zu retten, zur Besinnung zu bringen, und jeden Tag nahm er sich vor, mit ihr zu reden. Aber jedesmal, wenn er mit ihr zu reden begann, fühlte er, dass der Geist des Bösen und

der Täuschung, der sie ergriffen hatte, auch ihn ergriff,
und er redete mit ihr gar nicht über das und nicht in
dem Ton, in dem er reden wollte. Er redete mit ihr unwillkürlich in seinem gewohnten Ton leichter Flach-
serei über diejenigen, die quasi tatsächlich so redeten.
Und in diesem Ton ließ sich unmöglich sagen, was ihr
gesagt werden musste.

. . . .

. . . .

XI

Was fast ein ganzes Jahr lang für Wronski das einzige und ausschließliche Begehren seines Lebens war
und ihm alles frühere Begehren ersetzte, was für Anna
ein unmöglicher, entsetzlicher und um so verlockende-
rer Glückstraum war – dieses Begehren wurde gestillt.
Bleich, mit bebendem Unterkiefer, stand Wronski vor
ihr und flehte sie an, sich zu beruhigen, ohne selbst zu
wissen, wie und worüber.
»Anna! Anna!« sagte er mit bebender Stimme.
»Anna, um Gottes willen!«
Doch je lauter er sprach, desto tiefer senkte sie ihren
einst stolzen und fröhlichen, nun aber schmachbedeck-
ten Kopf, und sie krümmte sich immer stärker und fiel
beinahe vom Sofa, auf dem sie saß, zu Boden, ihm zu
Füßen; sie wäre auf den Teppich gefallen, wenn er sie
nicht gehalten hätte.
»Mein Gott! Vergib mir!« sagte sie aufschluchzend
und presste seine Hände gegen ihre Brust.
Sie empfand sich als derart frevlerisch und schuldig, dass sie nichts anderes tun konnte, als sich zu demütigen und um Vergebung zu bitten; doch hatte sie im
Leben jetzt niemand mehr außer ihm, so dass sie auch
an ihn ihr Flehen um Vergebung richtete. Blickte sie

ihn an, empfand sie körperlich ihre Demütigung und konnte nichts weiter sagen. Er hingegen empfand, was ein Mörder empfinden muss, wenn er den Leib sieht, dem er das Leben genommen. Dieser Leib, dem er das Leben genommen, war ihre Liebe, die erste Zeit ihrer Liebe. Etwas Entsetzliches und Widerwärtiges war an den Erinnerungen, wofür dieser schlimme Preis der Schande bezahlt worden war. Die Scham vor ihrer inneren Nacktheit drückte sie nieder und teilte sich ihm mit. Aber trotz allen Entsetzens des Mörders vor dem Leib des Ermordeten muss dieser Leib zerstückelt und versteckt werden, muss genutzt werden, was der Mörder durch den Mord erlangt hat.

Und mit Ingrimm, gleichsam mit Leidenschaft, stürzt sich der Mörder auf diesen Leib und verschleppt und zerstückt ihn; so bedeckte auch er ihr Gesicht und ihre Schultern mit Küssen. Sie hielt seine Hand und regte sich nicht. Ja, diese Küsse – das ist mit dieser Schande erkauft. Ja, und diese eine Hand, die immer mein sein wird – es ist die Hand meines Mittäters. Sie hob diese Hand hoch und küsste sie. Er kniete nieder und wollte ihr Gesicht sehen; sie jedoch verbarg es und sagte nichts. Schließlich, als hätte sie sich bezwungen, richtete sie sich auf und stieß ihn weg. Ihr Gesicht war noch genauso schön, um so mehr war es bedauernswert.

»Alles ist zu Ende«, sagte sie. »Ich habe nun nichts außer dir. Vergiss das nicht.«

»Wie könnte ich vergessen, was mein Leben ausmacht. Für einen Augenblick dieses Glücks ...«

»Was für ein Glück!« sagte sie mit Abscheu und Entsetzen, und unwillkürlich übertrug sich das Entsetzen auf ihn. »Um Gottes willen, kein Wort, kein Wort mehr!«

Sie stand rasch auf und rückte von ihm weg.

»Kein Wort mehr!« wiederholte sie, und mit einem

für ihn seltsamen Ausdruck kalter Verzweiflung im Gesicht trennte sie sich von ihm. Sie spürte, dass sie in diesem Augenblick das Gefühl von Scham, Freude und Entsetzen vor dem Eintritt in ein neues Leben nicht hätte in Worte fassen können, und so wollte sie nicht davon sprechen, nicht dieses Gefühl durch ungenaue Worte banal werden lassen. Aber auch später, am nächsten wie am übernächsten Tag, fand sie weder die Worte, um die Kompliziertheit dieser Gefühle zu fassen, noch überhaupt die Gedanken, um bei sich alles zu durchdenken, was in ihrer Seele war.

Sie sagte sich: »Nein, jetzt kann ich nicht darüber nachdenken; später, wenn ich ruhiger bin.« Aber diese Ruhe für das Denken trat niemals ein; jedesmal, wenn der Gedanke vor ihr auftauchte, was sie getan hatte und was aus ihr werden sollte und was sie tun müsste, befiel sie Entsetzen, und sie verjagte diese Gedanken.

»Später, später«, sagte sie, »wenn ich ruhiger bin.«

Im Schlaf allerdings, wenn sie keine Macht hatte über ihre Gedanken, sah sie ihre Lage in all ihrer hässlichen Nacktheit vor sich. Ein Traum suchte sie fast jede Nacht heim. Sie träumte, die beiden seien zusammen ihre Männer, und beide überschütteten sie mit Liebkosungen. Alexej Alexandrowitsch weinte, während er ihr die Hände küsste, und sagte: Wie gut das jetzt ist! Und Alexej Wronski war auch da, und er war ebenfalls ihr Mann. Und verwundert, dass ihr das früher unmöglich vorgekommen war, erklärte sie ihnen lachend, so sei es viel einfacher und nun seien sie beide zufrieden und glücklich. Aber dieser Traum lastete auf ihr wie ein Alp, und jedesmal erwachte sie mit Entsetzen.

XII

Wenn Lewin in der ersten Zeit nach seiner Rückkehr
aus Moskau an die Schmach der Abfuhr dachte und
dabei jedesmal zusammenzuckte und rot wurde, sagte
er sich: ›Genauso rot geworden und zusammengezuckt
bin ich, weil ich alles für verloren hielt, als ich in Physik durchfiel und das Studienjahr wiederholen musste;
genauso für verloren hielt ich mich, als ich den mir
erteilten Auftrag meiner Schwester in den Sand setzte.
Und? – jetzt, da Jahre vergangen sind, denke ich zurück
und wundere mich, wie mir das solchen Kummer bereiten konnte. Mit diesem Kummer wird es genauso sein.
Die Zeit vergeht, und es wird mich gleichgültig lassen.‹

Aber drei Monate vergingen, und es ließ ihn nicht
gleichgültig, daran zurückzudenken tat ihm noch genauso weh wie in den ersten Tagen. Er konnte nicht
zur Ruhe kommen, denn er hatte so lange vom Familienleben geträumt und sich so reif dafür gefühlt, und
nun war er trotz allem nicht verheiratet und war weiter denn je von einer Heirat entfernt. Schmerzlich empfand er, was alle in seiner Umgebung empfanden: es war
nicht gut in seinem Alter, dass der Mensch allein sei.
Er wusste noch, wie er vor der Abreise nach Moskau
zu seinem Viehknecht Nikolai, einem naiven Kerl, mit
dem er gerne redete, einmal gesagt hatte: »Tja, Nikolai!
ich will heiraten«, und wie Nikolai sofort geantwortet hatte, als könnte es da überhaupt keine Zweifel geben: »Ist auch längst Zeit, Konstantin Dmitritsch!«
Doch die Heirat war nun weiter von ihm entfernt denn
je. Der Platz war besetzt, und wenn er in seiner Vorstellung nun eine der jungen Frauen, die er kannte, an
diesen Platz stellte, fühlte er, dass dies vollkommen un
möglich war. Außerdem plagte die Erinnerung an die
Abfuhr und an die Rolle, die er dabei gespielt hatte, sein
Schamgefühl. Sooft er sich auch sagte, er habe sich da

nichts zuschulden kommen lassen, dennoch ließ ihn diese Erinnerung gleich anderen, ähnlich schamvollen Erinnerungen jedesmal zusammenzucken und rot werden. Wie bei jedem Menschen gab es auch in seiner Vergangenheit üble Taten, die ihm bewusst waren, derethalben das Gewissen ihn hätte plagen müssen; aber die Erinnerung an üble Taten plagte ihn längst nicht so sehr wie die unbedeutenden, aber schamvollen Erinnerungen. Diese Wunden wollten niemals verheilen. Und gleich neben diesen Erinnerungen standen nun die Abfuhr und das klägliche Bild, das er an jenem Abend vor den anderen wohl abgegeben hatte. Aber die Zeit und die Arbeit taten das Ihre. Die bedrückenden Erinnerungen wurden mehr und mehr von den unscheinbaren, doch bedeutsamen Ereignissen des Landlebens überdeckt. Mit jeder Woche musste er seltener an Kitty denken. Er wartete ungeduldig auf die Nachricht, dass sie geheiratet habe oder dieser Tage heiraten werde, denn er hoffte, eine solche Nachricht würde ihn wie das Ziehen eines Zahns gänzlich heilen.

Indes kam der Frühling, ein wunderschöner, unaufhaltsamer Frühling ohne falsche Erwartungen, einer jener seltenen Frühlinge, über die Pflanzen, Tiere und Menschen sich gleichermaßen freuen. Dieser wunderschöne Frühling rüttelte Lewin noch mehr auf und bestärkte ihn in der Absicht, sich von allem Vorigen loszusagen und sein Leben entschlossen und unabhängig für sich allein einzurichten. Obgleich er viele der Pläne, mit denen er aufs Land zurückgekehrt war, nicht verwirklicht hatte, war jedoch der wichtigste, keusch zu leben, von ihm befolgt worden. Er empfand nicht mehr jene Scham, die ihn gewöhnlich nach einem Sündenfall plagte, er konnte den Menschen frank und frei in die Augen blicken. Noch im Februar hatte er von Marja Nikolajewna einen Brief erhalten, dass es mit der Gesundheit von Bruder Nikolai bergab gehe, er sich jedoch

nicht behandeln lassen wolle, und infolge dieses Briefes war Lewin zum Bruder nach Moskau gefahren und
hatte ihn überreden können, einen Arzt zu konsultieren
und zu einer Badekur ins Ausland zu reisen. Es gelang
ihm so gut, den Bruder zu überreden und ihm Geld für
die Reise zu leihen, ohne ihn aufzubringen, dass er in
der Hinsicht mit sich zufrieden war. Neben der Gutswirtschaft, die im Frühjahr besondere Aufmerksamkeit
erforderte, und neben seiner Lektüre hatte er in diesem
Winter noch eine Abhandlung über die Landwirtschaft
angefangen, deren Plan darin bestand, dass der Charakter des Landarbeiters als absolute Gegebenheit angenommen werden müsse, wie Klima und Boden, und
dass folglich alle Grundsätze der Landwirtschaftslehre
nicht allein von Boden und Klima herzuleiten seien,
sondern von den Gegebenheiten des Bodens, des Klimas
und des bekannten, stets gleichbleibenden Charakters
des Landarbeiters. So dass sein Leben trotz seiner Zu-
rückgezogenheit oder infolge seiner Zurückgezogen-
heit außerordentlich erfüllt war, und nur manchmal
verspürte er das ungestillte Verlangen, die durch seinen
Kopf schwirrenden Gedanken jemand anderem als Agafja Michailowna mitzuteilen, obgleich er auch mit ihr
recht häufig über Physik, Wirtschaftstheorie und insbesondere über Philosophie disputierte; Philosophie war
Agafja Michailownas Lieblingsthema.

Der Frühling hatte lange nicht anbrechen wollen.
Während der letzten Fastenwochen herrschte klares
Frostwetter. Tagsüber taute es in der Sonne, nachts hatte
es bis sieben Grad minus; die Eiskruste auf dem Schnee
war so fest, dass Fuhrwerke auch außerhalb der Wege
fahren konnten. An Ostern lag noch Schnee. Dann auf
einmal, am zweiten Tag der Osterwoche, wehte ein warmer Wind, zogen dicke Wolken auf, und drei Tage und
drei Nächte fiel stürmischer und warmer Regen. Am
Donnerstag legte sich der Wind und zog dichter grauer

Nebel auf, wie um die Geheimnisse der in der Natur sich vollziehenden Wandlungen zu verhüllen. Unter dem Nebel strömten die Wasser, barsten und bewegten sich die Eisschollen, rascher flossen die trüben, aufschäumenden Wassermassen, und zum Fest Krasnaja Gorka riss schon am Vorabend der Nebel auf, verflüchtigten sich die Wolken als Lämmerwölkchen, es wurde schön, und wahrhaftig war der Frühling angebrochen. Am nächsten Morgen verzehrte die aufsteigende Sonne rasch die dünne Eisschicht, die auf dem Wasser lag, und nun erbebte die warme Luft, so erfüllt war sie von den Ausdünstungen der auflebenden Erde. Nun grünte das alte und das in Nadeln aufsprießende junge Gras, schwollen an Schneeballstrauch, Johannisbeere und der klebrigen, saftigen Birke die Knospen, und an dem von goldenen Blüten übersäten Weidenbusch summte eine erste, bereits eingeflogene Biene. Nun tirilierten unsichtbare Lerchen über den samtgrünen Wintersaaten und den noch vereisten Stoppelfeldern, klagten die Kiebitze über den Niederungen und Sümpfen, gefüllt mit braunem, nicht versickerndem Wasser, und hoch oben flogen mit Frühlingsgegacker die Kraniche und Gänse. Nun muhte auf den Triften das abhaarende, bloß stellenweise noch nicht neu behaarte Vieh, nun tollten krummbeinige Lämmer um die blökenden, Wolle lassenden Mütter, rannten schnellfüßige Kinder über die trocknenden Pfade, hinterließen die Spuren bloßer Füße, nun schnatterten am Teich die fröhlichen Stimmen der Weiber beim Linnen, und auf den Höfen pochten die Äxte der Bauern, die ihre Pflüge und Eggen herrichteten. Wahrhaftig, es war Frühling.

XIII

Lewin zog hohe Stiefel an und zum erstenmal nicht den Pelz, sondern einen Tuchmantel und begab sich auf einen Gang durchs Gut, schritt über Bäche, die unter der Sonne glitzerten, dass es in den Augen stach, und bald trat er auf Eis, bald in zähen Morast.

Der Frühling ist die Zeit des Pläneschmiedens und Vorsätzefassens. Und wie ein Baum im Frühling von den jungen Trieben und Zweigen, die in den prallen Knospen beschlossen liegen, noch nicht weiß, wie und wohin sie wachsen werden, so wusste Lewin, wenn er auf den Hof trat, selbst noch nicht recht, was er jetzt anpacken würde in seiner geliebten Gutswirtschaft, spürte aber, dass er erfüllt war von den besten Plänen und Vorsätzen. Zuerst ging er zum Vieh. Die Kühe waren in den Stangenhag hinausgelassen worden; ihr neu behaartes glattes Fell glänzte, sie hatten sich aufgewärmt in der Sonne und muhten, wollten auf die Weide. Eine Weile ergötzte sich Lewin an den ihm bis ins kleinste vertrauten Kühen, dann ordnete er an, sie auf die Weide zu treiben und die Kälber in den Stangenhag zu lassen. Der Hirte rannte fröhlich davon, um sich für die Weide fertigzumachen. Viehmägde, die Schürzenröcke gerafft, patschten auf bloßen, noch weißen, nicht sonngebräunten Füßen durch den Morast, rannten mit Ruten hinter den muhenden, vor Frühlingsfreude wie tollen Kälbern her und trieben sie auf den Hof.

Eine Weile ergötzte sich Lewin am diesjährigen Zuwachs, der ungewöhnlich wohlgeraten war – die frühen Kälber waren fast so stark wie Bauernkühe, und Pawas dreimonatige Tochter so groß wie die einjährigen –, dann hieß er den Trog für sie nach draußen tragen und das Heu in Raufen geben. Doch stellte sich heraus, dass die schon im Herbst für den winters nicht genutzten Stangenhag gefertigten Raufen kaputt waren. Lewin schickte nach dem Zimmermann, der eingeteilt war zur Dreschmaschine. Doch stellte sich heraus, dass der Zimmermann die Eggen reparierte, die schon seit der Butterwoche hätten repariert sein müssen. Das verdross Lewin sehr. Ihn verdross, dass sich ewig diese Misswirtschaft wiederholte, gegen die er so viele Jahre schon mit aller Kraft ankämpfte. Die Raufen waren, wie er erfuhr, da winters nicht gebraucht, in den Stall der Arbeitspferde gebracht worden und dort kaputtgegangen, denn sie waren leicht gefertigt, für Kälber. Zudem kam dabei heraus, dass die Eggen und alle Ackergeräte, die noch im Winter hätten überprüft und repariert werden sollen, wofür eigens drei Zimmermänner angeheuert wurden, nicht repariert waren, die Eggen wurden erst repariert, da mit der Eggerei angefangen werden sollte. Lewin schickte nach dem Gutsverwalter, ging ihn jedoch gleich selber suchen. Der Verwalter strahlte wie alles an diesem Tag; im kurzen Schafspelz mit Lammfellbesatz kam er von der Tenne, seine Hände knickten einen Strohhalm.

»Weshalb ist der Zimmermann nicht an der Dreschmaschine?«

»Wollte ich gestern schon melden: Die Eggen müssen repariert werden. Es geht ja mit dem Pflügen los.«

»Und wieso wurden sie das nicht im Winter?«

»Und wofür hätten Sie gern den Zimmermann?«

»Wo sind die Raufen vom Kälberhof?«

»Hab ich geheißen an Ort und Stelle zu bringen. Ewig dasselbe mit diesem Volk!« Der Verwalter winkte ab.

»Nicht mit diesem Volk, sondern mit diesem Verwalter!« Lewin wurde zornig, er schrie: »Wozu halte ich Sie eigentlich!« Doch da ihm einfiel, dass er damit nichts bewirkte, stockte er mittendrin und seufzte bloß. »Was ist, können wir säen?« fragte er nach kurzem Schweigen.

»Hinter Turkino könnte es morgen oder übermorgen soweit sein.«

»Und der Klee?«

»Hab Wassili und Mischka geschickt, die säen schon. Weiß bloß nicht, ob sie durchkommen, bei dem Matsch.«

»Auf wieviel Desjatinen?«

»Auf sechs.«

»Wieso denn nicht alles!« rief Lewin.

Dass sie Klee nur auf sechs und nicht auf zwanzig Desjatinen aussäten, verdross Lewin noch mehr. Die Aussaat von Klee wurde sowohl nach der Theorie wie nach Lewins eigener Erfahrung nur gut, wenn sie möglichst früh erfolgte, fast noch bei Schnee. Und nie konnte Lewin das durchsetzen.

»Wir haben keine Leute. Ewig dasselbe mit diesem Volk! Drei sind nicht gekommen. Auch Semjon.«

»Dann hätten Sie Leute vom Stroh abgezogen.«

»Hab ich sowieso.«

»Und wo sind die Leute?«

»Fünf machen Kompott (das hieß: Kompost). Vier schaufeln den Hafer um, dass der uns bloß keinen Stich bekommt, Konstantin Dmitritsch.«

Lewin wusste nur zu gut – »dass der uns bloß keinen Stich bekommt« hieß, dass sie den englischen Saathafer schon verdorben hatten; wieder hatten sie nicht getan, was er befohlen hatte.

»Aber ich habe doch schon in der Fastenzeit gesagt: Belüftungsrohre!« rief er.

»Keine Sorge, wir machen alles rechtzeitig.«

Lewin winkte verärgert ab, ging zu den Kornspeichern, sich den Hafer ansehen, und kehrte zurück zum Pferdestall. Der Hafer war noch nicht verdorben, doch die Arbeiter schaufelten ihn um, während sie ihn gleich in den unteren Speicher hätten rieseln lassen können; als Lewin das angeordnet und zwei Arbeitskräfte von hier zur Kleeaussaat abgestellt hatte, legte sich sein Verdruss über den Verwalter. Auch war das Wetter so schön, dass er sich einfach nicht ärgern konnte.

»Ignat«, rief er dem Kutscher zu, der mit aufgekrempelten Ärmeln am Brunnen die Kalesche wusch. »Sattle mir ...«

»Welches wünschen Sie?«

»Sagen wir – Kolpik.«

»Zu Befehl.«

Während das Pferd gesattelt wurde, rief Lewin den in Sichtweite sich herumtreibenden Verwalter her, um sich mit ihm auszusöhnen, und sagte ihm einiges über die bevorstehenden Frühjahrsarbeiten und Pläne für die Gutswirtschaft.

Mit dem Ausfahren von Mist sei früher anzufangen, damit zur frühen Mahd alles beendet wäre. Und das entlegene Feld sei immer wieder umzupflügen, damit es als Schwarzbrache ruhen könnte. Das Heu sei nicht durch Bauern halbpart einzufahren, sondern durch Tagelöhner. Der Verwalter lauschte aufmerksam und mühte sich offensichtlich, die Pläne seines Herrn gutzuheißen; dennoch machte er jene hoffnungslose und verzagte Miene, die Lewin so gut kannte und die ihn stets aufbrachte. Diese Miene besagte: Alles gut und schön, doch – wie Gott will.

Nichts drückte Lewin so nieder wie dieser Tonfall. Aber das war der übliche Tonfall aller Verwalter, so viele er schon gehabt hatte. Alle hatten sie dieselbe Einstellung zu seinen Plänen, darum ärgerte er sich jetzt nicht mehr, war aber niedergedrückt und fühlte sich um so mehr gedrängt, den Kampf mit dieser geradezu elementaren Macht aufzunehmen, die er nicht anders zu benennen wusste als »was Gott will« und die sich ihm ständig in den Weg stellte.

»Wenn wir es schaffen, Konstantin Dmitritsch«, sagte der Verwalter.

»Weshalb sollten Sie es nicht schaffen?«

»An Arbeitern müssen wir unbedingt noch fünfzehn Mann dingen. Sie kommen ja nicht. Heute waren welche da, aber jeder verlangt siebzig Rubel für den Sommer.«

Lewin schwieg. Wieder stellte sich ihm diese Macht in den Weg. Er wusste, sie konnten sich noch so anstrengen, aber mehr als vierzig, siebenunddreißig oder achtunddreißig Arbeiter konnten sie zu einem guten Lohn nicht dingen; vierzig waren es schon gewesen, mehr nie. Dennoch konnte er den Kampf nicht lassen.

»Schicken Sie nach Sury, nach Tschefirowka, wenn keine kommen. Wir müssen suchen.«

»Schicken, das ginge«, meinte Wassili Fjodorowitsch verzagt. »Aber auch die Pferde sind schwach geworden.«

»Wir kaufen welche dazu. Ich weiß doch«, fügte er lachend an, »bei Ihnen ist immer alles kleiner und schlechter, aber dieses Jahr lasse ich Ihnen nicht mehr freie Hand. Ich kümmere mich selbst.«

»Dabei schlafen Sie, glaub ich, sowieso schon zu wenig. Uns freut es ja, wenn wir vor den Augen des Chefs ...«

»Also, hinterm Berjosowy Dol wird Klee ausgesät? Da reite ich hin, schau es mir an«, sagte er und bestieg den kleinen Falben Kolpik, den der Kutscher hergeführt hatte.

»Durch den Bach kommen Sie nicht, Konstantin Dmitritsch«, rief der Kutscher.

»Na, dann durch den Wald.«

Und im munteren Passgang des wackeren, vom Stehen im Stall steif gewordenen Pferdchens, das über den Pfützen prustete und nach den Zügeln verlangte, ritt Lewin durch den Morast des Hofes zum Tor hinaus und ins Freie.

War es Lewin auf dem Vieh- und dem Getreidehof

schon froh zumute, so wurde ihm noch froher im Freien. Gleichmäßig zum Passgang des wackeren Pferdchens sich wiegend und den warmen, mit Kühle durchmengten Geruch von Schnee und Luft einsaugend, ritt er durch den Wald, hie und da über schüttere, zusammengesackte Schneereste mit konturlosen Spuren, und freute sich an jedem seiner Bäume mit dem wieder frischen Moos auf der Rinde und den schwellenden Knospen. Als er aus dem Wald hinausritt, tat sich vor ihm, in riesiger Ausdehnung, der ebenmäßige Samtteppich der Wintersaaten auf, ganz ohne kahle Stellen und Wasserlöcher, nur hie und da in Senken noch mit Flecken tauender Schneereste. Ihn erzürnte weder der Anblick des Bauernpferds und des Jährlings, die seine Wintersaaten zertraten (einen entgegenkommenden Bauern hieß er sie wegjagen), noch die spöttische und dumme Antwort von Ipat, dem er begegnete und den er fragte: »Na, Ipat, bald geht's ans Säen?«, worauf Ipat erwiderte: »Muss erst gepflügt werden, Konstantin Dmitritsch.« Je weiter er ritt, desto froher wurde ihm zumute, Pläne für die Gutswirtschaft kamen ihm in den Sinn, einer besser als der andere: alle Felder mit Korbweiden zu bepflanzen an den Meridionallinien, und zwar so, dass der Schnee sich darunter nicht zu lange hielt; die Ackerfläche in sechs Dünge- und drei Reservefelder mit Grasanbau zu unterteilen, am entfernten Ende der Weiden einen Viehstall zu errichten und einen Teich auszuheben, und zur Düngung transportable Gatter für das Vieh zu bauen. Und dann hätte er dreihundert Desjatinen Weizen, hundert Kartoffeln und hundertfünfzig Klee, und keine einzige ausgezehrte Desjatine.

Unter solchen Wunschträumen lenkte er sein Pferd vorsichtig über die Feldraine, um seine Wintersaaten nicht zu zertreten, und kam zu den Arbeitern, die Klee aussäten. Der Karren mit dem Saatgut stand nicht am Grenzstreifen, sondern auf dem Acker, und der Winterweizen war von den Rädern zerfurcht und vom Pferd zerscharrt. Beide Arbeiter saßen am Rain, wahrscheinlich rauchten sie eine gemeinsame Pfeife. Auf dem Karren war die Erde, mit der das Saatgut vermischt war, nicht zerbröckelt, sondern in Klumpen zusammengebacken oder zusammengefroren. Als die beiden den Gutsherrn erblickten, ging Wassili zum Karren, Mischka machte sich ans Säen. Das war nicht gut, doch über die Arbeiter ärgerte Lewin sich selten. Als Wassili vor ihm stand, hieß Lewin ihn das Pferd zum Grenzstreifen führen.

»Keine Sorge, Herr, das wird wieder heil«, meinte Wassili.

»Bitte, keine Widerrede«, sagte Lewin, »sondern tu, was man dir sagt.«

»Zu Befehl!« Wassili fasste nach dem Kopf des Pferdes. »Also, die Saat, Konstantin Dmitritsch«, sagte er einschmeichelnd, »ist erstklassig. Bloß zu gehen ist es ein Elend. Schleppst an jedem Bastschuh ein Pudgewicht mit.«

»Weshalb ist denn eure Erde nicht gesiebt?« fragte Lewin.

»Die zerdrücken wir«, erwiderte Wassili, nahm von dem Saatgut und zerrieb die Erde zwischen den Händen.

Wassili war nicht schuld, dass sie ihm ungesiebte Erde aufgeladen hatten, dennoch war es verdrießlich.

Schon mehrfach hatte Lewin mit Gewinn ein Mittel erprobt, um seinen Verdruss hinunterzuschlucken und das, was übel schien, wieder gut werden zu lassen, und dieses Mittel nutzte er auch jetzt. Er schaute, wie Mischka ausschritt, dabei riesige Erdbatzen mitschleppte, die an jedem Bein klebten, und er stieg vom Pferd, nahm von Wassili den Saatkorb und ging säen.

»Wo hast du aufgehört?«

Wassili wies mit dem Fuß auf die Markierung, und

Lewin begann, so gut er konnte, die Erde mit dem Saatgut auszusäen. Zu gehen war schwierig, wie durch Sumpf, und nach dem Abschreiten einer Furche war Lewin schweißgebadet, hielt inne und gab den Saatkorb zurück.

»Also, Herr, dass Ihr mich bloß im Sommer nicht schimpft für die Furche«, meinte Wassili.

»Wieso?« sagte Lewin fröhlich, da er merkte, dass sein Mittel wirkte.

»Schaut mal im Sommer. Die sticht ab. Ihr braucht Euch bloß ansehen, wo ich letztes Frühjahr gesät hab. Wie gepflanzt! Weil ich nämlich, Konstantin Dmitritsch, mich anstrenge, gerade wie für den eigenen Vater. Ich mag selber keine halbe Sachen und leide es auch nicht bei anderen. Geht es dem Herrn gut, geht es auch uns gut. Siehst du das« – Wassili deutete aufs Feld – »hüpft dir das Herz.«

»Ein guter Frühling, nicht, Wassili?«

»So ein Frühling denkt nicht mal den Alten. Ich war jetzt daheim, bei uns hat der Alte auch drei Osminnik Weizen gesät. Den, sagt er, unterscheidest du nicht vom Roggen.«

»Sät ihr seit langem Weizen?«

»Habt Ihr uns doch beigebracht im vorvorigen Jahr. Ihr habt mir ja zwei Kornmaße voll geopfert. Ein Tschetwert haben wir verkauft und drei Osminnik ausgesät.«

»Also, pass mir auf, zerreibe die Erdklumpen«, sagte Lewin und ging zum Pferd. »Und pass auf Mischka auf. Geht die Saat gut auf, kriegst du fünfzig Kopeken je Desjatine.«

»Ergebensten Dank. Sowieso haben wir Euch ja viel zu verdanken.«

Lewin saß auf und ritt zu dem Feld, wo der Klee vom letzten Jahr stand, und zu dem, das für den Sommerweizen gepflügt worden war.

Der Klee war auf dem Stoppelfeld prächtig aufgegangen. Er stand schon hoch, grünte beharrlich zwischen den abgeknickten vorjährigen Weizenstengeln.
Kolpik sank ein bis zu den Fesseln, und es pflotschte jedesmal, wenn er ein Bein aus der halbaufgetauten Erde
zog. Über gepflügtes Ackerland zu reiten war völlig unmöglich, nur, wo noch Eis lag, hielt der Boden, doch
in den aufgetauten Furchen sanken die Beine bis über
die Fesseln ein. Das gepflügte Ackerland war hervorragend, in zwei Tagen würden sie eggen und säen können. Alles war wunderschön, alles war fröhlich. Zurück
ritt Lewin durch den Bach, da er hoffte, das Wasser
sei gefallen. Tatsächlich kam er durch und scheuchte
zwei Enten auf. ›Waldschnepfen müsste es auch geben‹,
überlegte er, und an der Wegbiegung zum Gut begegnete er dem Waldhüter, der ihm seine Vermutung über
die Waldschnepfen bestätigte.

Lewin ritt im Trab nach Haus, um noch zu dinieren
und vor dem Abend die Flinte zu richten.

XIV

Als Lewin in heiterster Gemütsstimmung beim Haus
ankam, hörte er von der Auffahrt her Glöckchenklang.

›Ja, von der Eisenbahn‹, überlegte er, ›es ist die Zeit
des Moskauer Zugs ... Wer könnte das sein? Und wenn
es Bruder Nikolai ist? Er sagte ja: Vielleicht reise ich
in einen Badeort, vielleicht komme ich auch zu dir.‹
Im ersten Augenblick schreckte und verdross ihn, dass
die Anwesenheit von Bruder Nikolai ihm seine glückliche Frühlingsstimmung verderben könnte. Doch dann
schämte er sich dieses Gefühls, er breitete gleichsam
die Arme seines Herzens aus, und mit Rührung und
Freude hoffte und wünschte er nun von ganzem Herzen, dass es der Bruder sei. Er trieb sein Pferd an, und

als er um die Akazie bog, sah er die Miettroika von der Bahnstation vorfahren und einen Herrn im Pelz. Es war nicht sein Bruder. ›Ach, wenn es doch ein angenehmer Mensch wäre, mit dem ich reden könnte‹«, überlegte er. »Oh!« rief Lewin freudig und hob beide Arme. »Was für ein willkommener Gast! Ach, wie ich mich freue über dich!« Er hatte Stepan Arkadjitsch erkannt.

›Nun erfahre ich bestimmt, ob sie geheiratet hat oder wann sie heiraten wird‹, überlegte er.

Und an diesem schönen Frühlingstag spürte er, dass ihm die Erinnerung an sie gar nicht weh tat.

»Na, mich hast du nicht erwartet?« Stepan Arkadjitsch stieg aus dem Schlitten; Nasenrücken, Wange und Brauen waren dreckverspritzt, doch er strahlte vor Heiterkeit und Gesundheit. »Erstens wollte ich dich sehen«, sagte er, während er Lewin umarmte und küsste, »zweitens wollte ich auf den Schnepfenstrich und drittens den Wald in Jerguschowo verkaufen.«

»Wunderbar! Was sagst du zu dem Frühling? Und wieso kommst du mit dem Schlitten?«

»Mit dem Fuhrwerk geht es noch schlechter, Konstantin Dmitritsch«, wandte der Kutscher ein, der ihn kannte.

»Also, ich freue mich sehr über dich, wirklich sehr!« Lewin lächelte ein aufrichtiges, freudiges Kinderlächeln.

Er führte seinen Gast ins Gästezimmer, wohin auch Stepan Arkadjitschs Gepäck gebracht wurde: der Reisebeutel, die Flinte im Futteral und die Zigarrentasche; dann ließ er den Gast sich waschen und umkleiden und ging derweil ins Kontor, um über das Ackerland und den Klee zu reden. Agafja Michailowna, stets sehr besorgt um die Ehre des Hauses, überfiel ihn in der Diele mit Fragen zum Diner.

»Machen Sie, was Sie wollen, bloß schnell«, sagte er und ging zum Verwalter.

Als er zurückkehrte, trat Stepan Arkadjitsch, gewaschen, gestriegelt und mit strahlendem Lächeln, aus seiner Tür, und sie gingen gemeinsam nach oben.

»Ach, wie ich mich freue, dass ich es zu dir geschafft habe! Jetzt werde ich endlich begreifen, worin diese heiligen Handlungen bestehen, die du hier vollziehst. Doch, wirklich, ich beneide dich. Was für ein Haus, wie famos alles ist! So licht, so heiter!« Stepan Arkadjitsch vergaß dabei, dass nicht immer Frühling und so schönes Wetter war wie an diesem Tag. »Und deine Kinderfrau ist ja reizend! Wünschenswerter wäre zwar eine hübsche Zofe mit Schürzchen, aber bei deinem Mönchsleben und strengem Stil ist auch das sehr schön.«

Stepan Arkadjitsch berichtete viele interessante Neuigkeiten und vor allem die für Lewin interessante Neuigkeit, dass sein Bruder Sergej Iwanowitsch diesen Sommer zu ihm aufs Land kommen wollte.

Kein Wort sagte Stepan Arkadjitsch von Kitty, überhaupt von den Schtscherbazkis; er richtete nur den Gruß seiner Frau aus. Lewin war ihm dankbar für sein Feingefühl und freute sich sehr über den Gast. Wie immer hatte sich in der Zeit seiner Abgeschiedenheit eine Unmenge Gedanken und Gefühle in ihm angesammelt, die er nicht an seine Umgebung loswurde, und nun überschüttete er Stepan Arkadjitsch mit seiner lyrischen Freude über den Frühling, mit den Misserfolgen und Plänen in der Gutswirtschaft wie auch mit seinen Gedanken und Bemerkungen zu den Büchern, die er gelesen hatte, vor allem mit der Idee seiner eigenen Abhandlung, der, auch wenn er das nicht merkte, die Kritik aller früheren Abhandlungen über die Landwirtschaft zugrunde lag. Stepan Arkadjitsch, der immer liebenswürdig war und jede leise Andeutung begriff, war diesmal besonders liebenswürdig, und Lewin bemerkte, dass er ihm eine neue Hochachtung, geradezu Herzlichkeit entgegenbrachte, was Lewin schmeichelte.

Die Bemühungen Agafja Michailownas und des Kochs um ein besonders gutes Essen hatten prompt zur Folge, dass die beiden ausgehungerten Freunde sich an die Vorspeisen machten und an Brot mit Butter, geräuchertem Geflügel und eingesalzenen Pilzen sattaßen, und dass Lewin die Suppe servieren ließ ohne die Piröggchen, mit denen der Koch den Gast besonders beeindrucken wollte. Aber Stepan Arkadjitsch, obwohl andere Diners gewöhnt, fand alles vorzüglich, Kräuterschnaps, Brot, Butter und besonders das Geräucherte, die Pilzchen, die Brennesselsuppe, das Huhn in weißer Soße und den Weißwein von der Krim – alles war vorzüglich und wundervoll.

»Ausgezeichnet, ausgezeichnet«, sagte er, als er sich nach dem Hauptgang eine dicke Papirossa anzündete. »Wie wenn ich von einem Dampfschiff nach Lärm und Gerüttel bei dir am stillen Ufer gelandet wäre. Du sagst also, das Element des Arbeiters müsse studiert werden und bei der Wahl der Wirtschaftsmethoden ausschlaggebend sein. Ich bin da ja Laie, doch mir scheint, die Theorie und ihre Anwendung würden sich auch auf den Arbeiter auswirken.«

»Ja, aber warte, ich spreche nicht von Volkswirtschaftslehre, ich spreche von wissenschaftlicher Landwirtschaft. Sie muss so sein wie die Naturwissenschaften und die Gegebenheiten beobachten wie auch den Arbeiter in seiner ökonomischen, ethnographischen ...«

Da kam Agafja Michailowna mit dem Warenje herein.

»Also, Agafja Michailowna«, sagte Stepan Arkadjitsch und küsste die Spitzen seiner pummeligen Finger, »was für Geräuchertes Sie haben, was für Kräuterschnaps!« Und fügte hinzu: »Doch wäre es nicht Zeit, Kostja?«

Lewin sah aus dem Fenster nach der Sonne, die sich den kahlen Waldwipfeln zuneigte.

»Ja, ja, höchste Zeit«, sagte er. »Kusma, den Kremserwagen anspannen!« Und rannte nach unten.

Als Stepan Arkadjitsch nach unten kam, nahm er
eigenhändig und sorgfältig die Segeltuchhülle von dem
lackierten Kasten, schloss ihn auf und setzte seine teure neumodische Flinte zusammen. Kusma, der schon
ein dickes Trinkgeld witterte, wich Stepan Arkadjitsch
nicht von der Seite und zog ihm Strümpfe und Stiefel
an, wobei Stepan Arkadjitsch ihn gerne gewähren ließ.

»Kostja, ordne doch an, wenn der Kaufmann Rjabinin kommt — ihn habe ich heute herbestellt —, soll er
eingelassen werden und warten ...«

»Verkaufst du den Wald denn Rjabinin?«

»Ja. Kennst du ihn denn?«

»Aber ja. Ich hatte mit ihm zu tun, ›positiv und definitiv‹.«

Stepan Arkadjitsch musste lachen. »Definitiv und
positiv« waren die Lieblingswörter des Kaufmanns.

»Ja, er redet unheimlich komisch. Du verstehst, wo
dein Herrchen hinwill«, fügte er hinzu und tätschelte
Laska, die winselnd um Lewin herumsprang und ihm
bald die Hand, bald Stiefel und Flinte leckte.

Die Landdroschke stand schon bereit, als sie aus dem
Haus traten.

»Ich habe anspannen lassen, obwohl es nicht weit ist.
Vielleicht gehen wir zu Fuß?«

»Nein, besser, wir fahren.« Stepan Arkadjitsch ging
zur Landdroschke, stieg ein, wickelte sich ein getigertes
Plaid um die Beine und steckte sich eine Zigarre an.
»Dass du nicht rauchst! Eine Zigarre ist nicht gerade
selbst Behaglichkeit, sondern Krone und Merkmal der
Behaglichkeit. Das ist ein Leben! Wie schön! So wollte
ich auch gern leben!«

»Aber wer hindert dich denn?« fragte Lewin lächelnd.

»Doch, du bist ein glücklicher Mensch. Alles, was du

gern magst, hast du. Du magst Pferde – und hast welche, Hunde – und hast welche, die Jagd – und hast sie, die Landwirtschaft – und hast sie.«

»Vielleicht, weil ich mich an dem freue, was ich habe, und mich nicht gräme über das, was ich nicht habe«, sagte Lewin, da er an Kitty dachte.

Stepan Arkadjitsch begriff, blickte ihn an, sagte aber nichts.

Lewin war Oblonski dankbar, dass dieser mit seinem beständigen Taktgefühl merkte, wie Lewin das Gespräch über die Schtscherbazkis fürchtete, und nichts über sie sagte; jetzt aber hätte Lewin schon gerne erfahren, was ihn so plagte, wagte jedoch nicht, davon anzufangen.

»Nun, und wie steht es bei dir?« Lewin hatte sich überlegt, wie unschön es war von ihm, nur an sich zu denken.

Stepan Arkadjitschs Augen begannen vergnügt zu funkeln.

»Du akzeptierst ja nicht, dass man Kalatsche mögen kann, wenn man seine zugeteilte Ration Korn hat – deiner Ansicht nach ist das ein Frevel; ich aber akzeptiere kein Leben ohne Liebe«, sagte er, da er Lewins Frage auf seine Weise verstand. »Was tun, ich bin nun mal so geschaffen. Und in der Tat, so wenig tut das jemandem Böses an, und soviel bringt es einem Vergnügen…«

»Inwiefern, wieder etwas Neues?« fragte Lewin.

»Ja, mein Freund! Schau, du kennst doch den Typus ossianischer Frauen… Frauen, von denen du träumst… Diese Frauen gibt es in Wirklichkeit… und diese Frauen sind schrecklich. Schau, die Frau ist ein Gegenstand, die kannst du studieren, soviel du willst, sie ist jedesmal wieder vollkommen neu.«

»So studiert man sie besser nicht.«

»Doch. Ein Mathematiker hat einmal gesagt, Genuss

verschaffe nicht die Entdeckung der Wahrheit, sondern die Suche nach ihr.«

Lewin hörte schweigend zu, doch sosehr er sich auch bemühte, konnte er sich trotzdem nicht ins Herz seines Freundes versetzen und seine Gefühle verstehen wie auch die Reize eines Studiums solcher Frauen.

XV

Der Schnepfenstrich war nicht weit weg, in einem niedrigen Espengehölz über dem Flüsschen. Am Wald angekommen, stieg Lewin aus und führte Oblonski in den hintersten Winkel einer moosigen, sumpfigen Lichtung, die schon frei war vom Schnee. Er selbst kehrte ans andere Ende zurück, zu einer Zwillingsbirke, lehnte die Flinte in die Gabelung eines verdorrten unteren Astes, zog den Kaftan aus, gürtete sich neu und prüfte, wie frei er die Arme bewegen konnte.

Die alte, grauhaarige Laska, die ihm auf dem Fuß gefolgt war, setzte sich vorsichtig ihm gegenüber und spitzte die Ohren. Hinterm großen Wald ging die Sonne unter; vor dem Abendrot hoben sich deutlich die vereinzelten Birken im Espengehölz ab, ihre herabhängenden Zweige mit den prallen, zum Aufspringen bereiten Knospen.

Aus dem dichten Wald, wo noch Schnee lag, floss in dünnen, sich schlängelnden Bächlein kaum hörbar das Wasser. Kleinere Vögel zwitscherten und flogen bisweilen von Baum zu Baum.

In der vollkommenen Stille zwischendurch war das Rascheln des vorjährigen Laubs zu hören, das vom Auftauen der Erde und vom Wachsen des Grases bewegt wurde.

›So was! Man hört und sieht, wie das Gras wächst!‹ sagte sich Lewin, als er ein schiefergraues nasses Espenblatt neben einer jungen Grasspitze sich regen sah. Er stand, horchte und blickte bald auf die nasse, moosige Erde oder die lauschende Laska hinab, bald auf das Meer kahler Waldwipfel, das sich unterhalb des Hügels vor ihm ausbreitete, und bald hinauf zum sich eintrübenden, von weißen Wolkenstreifen durchzogenen Himmel. Ein Habicht strich, gemächlich die Flügel schwingend, hoch oben über den fernen Wald; ein anderer strich ebenso in die gleiche Richtung und verschwand. Die Vögel im Hain zwitscherten immer lauter und geschäftiger. In der Nähe rief ein Uhu, und Laska schreckte auf, machte vorsichtig ein paar Schritte und lauschte, den Kopf zur Seite geneigt. Jenseits des Flüsschens war ein Kuckuck zu hören. Er rief zweimal auf die gewohnte Weise kuckuck, dann wurde er heiser, beeilte und verhaspelte sich.

»So was! Schon ein Kuckuck!« sagte Stepan Arkadjitsch und trat hinterm Gebüsch vor.

»Ja, ich höre.« Lewin störte ungern die Waldesstille mit seiner ihm selbst unangenehmen Stimme. »Bald ist es soweit.«

Stepan Arkadjitschs Gestalt verschwand wieder hinterm Gebüsch, und Lewin sah nur noch das helle Flämmchen eines Zündholzes, gleich danach die rote Glut einer Papirossa und blauen Rauch.

Tschik! Tschik! klickten die Flintenhähne, die Stepan Arkadjitsch spannte.

»Was schreit denn da?« Oblonskis Frage lenkte Lewins Aufmerksamkeit auf ein langgezogenes Klagen, als ob mit dünner Stimme ein mutwilliges Fohlen wieherte.

»Das kennst du nicht? Ein Rammler. Doch lass das Reden! Hörst du, sie kommen!« Lewin schrie es beinahe und spannte die Hähne.

Zu hören war ein fernes, dünnes Pfeifen, und genau in dem üblichen Takt, der jedem Jäger so wohlbekannt, folgte nach zwei Sekunden ein zweites, ein drittes, und nach dem dritten Pfeifen war bereits ein Quorren zu hören.

Lewins Blick fuhr nach rechts, nach links, und da zeigte sich vor ihm, am trübblauen Himmel, über den schon verschwimmenden zarten Trieben an den Espenwipfeln, ein streichender Vogel. Er strich geradewegs auf ihn zu, unmittelbar über seinem Ohr erklang das Quorren, das sich anhörte, als würde straff gespannter Stoff langsam zerrissen; schon war der lange Stecher und der Hals des Vogels zu sehen, und in dem Moment, als Lewin anlegte, zuckte hinter dem Gebüsch, wo Oblonski stand, ein roter Blitz; der Vogel schoss wie ein Pfeil herab und schwang sich erneut hoch. Wieder zuckte ein Blitz, ein Schlag war zu hören, und mit den Schwingen flatternd, als suchte er sich in der Luft zu halten, stockte der Vogel, verharrte einen Augenblick und klatschte schwer auf den sumpfigen Boden.

»War doch kein Fehlschuss?« rief Stepan Arkadjitsch, der des Rauchs wegen nichts sehen konnte.

»Da ist er!« Lewin deutete auf Laska, die, ein Ohr aufgestellt und mit dem Ende der hochgereckten buschigen Rute wippend, lockeren Schrittes, als wollte sie das Vergnügen hinauszögern und als lächelte sie, den erlegten Vogel ihrem Herrn apportierte. »Freut mich, dass es dir gelungen ist«, sagte Lewin, zugleich empfand er bereits Neid, dass es nicht ihm gelungen war, die Waldschnepfe zu erlegen.

»Schlimmer Fehlschuss mit dem rechten Lauf«, erwiderte Stepan Arkadjitsch und lud die Flinte neu. »Psst, sie kommen.«

Tatsächlich waren durchdringende, rasch aufeinander folgende Pfiffe zu hören. Zwei Waldschnepfen, die einander spielerisch nachjagten und nur puitzten, nicht quorrten, kamen geradewegs auf die Köpfe der Jäger zu. Es erklangen vier Schüsse, die Waldschnepfen flogen wie Schwalben einen raschen Zickzack und verschwanden von der Bildfläche.

. . . .

Der Schnepfenstrich war herrlich. Stepan Arkadjitsch erlegte noch zwei Stück, auch Lewin zwei, von denen er eines nicht fand. Es dämmerte. Der zarte Glanz der klaren silbernen Venus schimmerte bereits tief im Westen hinter den Birken, und hoch im Osten schillerte in seinem roten Feuer der finstere Arktur. Über seinem Kopf fand Lewin und verlor wieder die Sterne des Großen Bären. Die Waldschnepfen flogen nicht mehr, doch Lewin wollte noch warten, bis die unterhalb eines Birkenastes sichtbare Venus darübersteigen würde und bis alle Sterne des Großen Bären klar wären. Die Venus war bereits über den Ast gestiegen, der Wagen des Großen Bären war bereits mitsamt der Deichsel ganz zu sehen am tiefblauen Himmel, doch Lewin wartete immer noch.

»Wäre es nicht Zeit?« fragte Stepan Arkadjitsch.

Im Wald war es bereits still, kein Vöglein regte sich.

»Bleiben wir noch ein bisschen«, antwortete Lewin.

»Wie du möchtest.«

Sie standen nun fünfzehn Schritt voneinander entfernt.

»Stiwa!« sagte Lewin mit einemmal. »Wieso sagst du mir denn nicht, ob deine Schwägerin geheiratet hat oder wann sie heiraten wird?«

Lewin kam sich so gefestigt und ruhig vor, dass er meinte, ihn könne keine Antwort aufregen. Aber mit dem, was Stepan Arkadjitsch antwortete, hatte er nicht gerechnet.

»Sie hatte nicht vor zu heiraten und hat es auch nicht vor, sondern ist sehr krank, die Ärzte haben sie ins Ausland geschickt. Fürchten sogar um ihr Leben.«

»Was?!« rief Lewin. »Sehr krank? Was hat sie denn? Wie ist sie ...«

Während sie redeten, blickte Laska, die Ohren gespitzt, hoch zum Himmel und vorwurfsvoll zu den beiden.

›Als hätten sie sonst keine Zeit zum Reden‹, dachte
sie. ›Sie kommen ... Da ist eine, na bitte. Verpassen sie
noch‹, dachte Laska.

Doch in diesem Augenblick hörten beide plötzlich
ein durchdringendes Puitzen, das ihnen gleichsam aufs
Ohr peitschte, und beide griffen plötzlich zur Flinte,
und es zuckten zwei Blitze, und zwei Schläge krachten
in ein und demselben Augenblick. Die hoch streichende
Waldschnepfe faltete augenblicklich die Schwingen
und fiel in den Hain, bog die dünnen Triebe.

»Ausgezeichnet! Haben wir gemeinsam!« schrie Lewin und rannte mit Laska in den Hain, die Waldschnepfe suchen. ›Ach ja, was war gerade unangenehm?‹ überlegte er. ›Ja, Kitty ist krank... Was tun, sehr schade‹,
dachte er.

»Ja, sie hat sie! Brav, Laska«, sagte er, nahm Laska
den warmen Vogel aus dem Maul und legte ihn in die
fast volle Jagdtasche. »Habe sie, Stiwa!« rief er.

XVI

Auf dem Heimweg erkundigte sich Lewin nach den
Einzelheiten von Kittys Krankheit und den Plänen der
Schtscherbazkis, und obwohl er sich geschämt hätte,
das einzugestehen, war ihm angenehm, was er erfuhr.
Angenehm deshalb, weil es noch Hoffnung gab, und
noch angenehmer, weil es nun ihr weh tat, ihr, die
ihm so weh getan hatte. Als Stepan Arkadjitsch jedoch
von den Gründen für Kittys Krankheit anfing und
Wronskis Namen erwähnte, unterbrach ihn Lewin:

»Ich habe kein Recht, familiäre Einzelheiten zu erfahren, und offen gestanden auch kein Interesse daran.«

Stepan Arkadjitsch lächelte kaum merklich, da er die jähe und ihm so vertraute Veränderung in Lewins Miene wahrnahm, die sich nun ebenso verfinstert hatte, wie sie vor einem Moment noch fröhlich gewesen war.

»Bist du dir mit Rjabinin schon völlig handelseinig über den Wald?« fragte Lewin.

»Ja, bin ich. Der Preis ist vorzüglich, achtunddreißigtausend. Acht vorweg, den Rest über sechs Jahre. Ich habe mich lange damit herumgeplagt. Niemand wollte mehr geben.«

»Das heißt, du hast den Wald umsonst hergegeben«, sagte Lewin finster.

»Wieso denn, weshalb umsonst?« sagte Stepan Arkadjitsch mit gutmütigem Lächeln, da er wusste, Lewin würde jetzt alles ungut finden.

»Weil der Wald mindestens fünfhundert Rubel pro Desjatine wert ist«, erwiderte Lewin.

»Ach, ihr Landjunker!« sagte Stepan Arkadjitsch scherzhaft. »Ihr mit eurem geringschätzigen Ton gegen unsereinen aus der Stadt! Doch sobald es ums Geschäft geht, gelingt uns das stets besser. Glaub mir, ich habe alles bedacht«, sagte er, »der Wald ist so vorteilhaft verkauft, dass ich befürchte, ob der Händler nicht noch zurücktritt. Es ist nämlich kein Kratt«, sagte Stepan Arkadjitsch, wobei er mit dem Wort Kratt Lewin restlos überzeugen wollte, dass seine Zweifel unberechtigt seien, »sondern größtenteils Brennholzwald. Und gibt nicht mehr her als dreißig Saschen pro Desjatine, doch er zahlt mir jeweils zweihundert Rubel.«

Lewin lächelte geringschätzig. ›Kenn ich doch, diese Manie, nicht nur von ihm, sondern von allen Städtern, die, waren sie zweimal in zehn Jahren auf dem Land und haben sie dort zwei, drei Wörter aufgeschnappt, diese verwenden, ob es passt oder nicht, zutiefst überzeugt, sie wüssten schon alles. Kratt, gibt dreißig

Saschen her. Benutzt die Wörter, aber begreift nichts.‹

»Ich würde dich nicht belehren wollen, was du in deinem Amt dort schreibst«, sagte er, »aber wenn ich etwas brauche, frage ich dich. Du jedoch bist fest überzeugt, du würdest das Einmaleins des Waldes verstehen. Es ist aber kompliziert. Hast du die Bäume gezählt?«

»Wie zählt man Bäume?« sagte Stepan Arkadjitsch lachend, denn er wollte immer noch den Freund aus seiner misslichen Gemütsstimmung herausholen. »Die Sandkörnchen zählen, die Strahlen der Planeten, dies könnte zwar ein hoher Geist ...«

»Ja, ja, aber der hohe Geist Rjabinins kann das. Kein einziger Kaufmann kauft, ohne zu zählen, es sei denn, jemand gibt ihm den Wald umsonst wie du. Ich kenne deinen Wald. Ich bin dort jedes Jahr auf der Jagd, und dein Wald kostet fünfhundert Rubel bar auf die Hand, doch er gibt dir zweihundert in Raten. Das heißt, du hast ihm dreißigtausend geschenkt.«

»Da gehst du aber zu weit«, sagte Stepan Arkadjitsch kläglich, »weshalb wollte das denn keiner geben?«

»Weil er mit den Kaufleuten unter einer Decke steckt, er hat ihnen eine Abstandssumme gezahlt. Ich habe mit all denen zu tun gehabt, ich kenne sie. Das sind keine Kaufleute, sondern Wucherer. So einer macht kein Geschäft, bei dem zehn, fünfzehn Prozent für ihn herausspringen, der wartet, bis er für zwanzig Kopeken einen Rubel kaufen kann.«

»Nun lass gut sein. Du bist nicht bei Laune.«

»Ach woher«, sagte Lewin finster, während sie beim Haus vorfuhren.

An der Auffahrt stand bereits ein Wägelchen, straff bespannt mit Eisen und Leder, davor ein wohlgenährtes, mit breiten Deichselriemen straff angeschirrtes Pferd. Im Wägelchen saß, drall und rotgesichtig und straff gegürtet, Rjabinins Kommis, der ihm auch als Kutscher diente. Rjabinin selbst war bereits im Haus und kam den Freunden in der Diele entgegen. Der Kaufmann war ein hochgewachsener, hagerer Mann mittleren Alters mit Schnurrbart, rasiertem und vorspringendem Kinn und vorstehenden, trüben Augen. Er trug einen langschößigen dunkelblauen Überrock mit Knöpfen unterhalb des Hinterns und hohe, an den Knöcheln faltige und an den Waden gerade Stiefel, denen noch große Galoschen übergestülpt waren. Mit einem Tuch wischte er sich rundherum das Gesicht, schlug am Rock, der auch so schon sehr gut saß, die Schöße übereinander, begrüßte mit einem Lächeln die Hereinkommenden und streckte Stepan Arkadjitsch die Hand hin, als wollte er etwas fangen.

»Da sind Sie also«, sagte Stepan Arkadjitsch und gab ihm die Hand. »Sehr gut.«

»Habe es nicht gewagt, dem Geheiß Eurer Erlaucht nicht Folge zu leisten, obgleich die Straßen zu übel sind. Bin definitiv den ganzen Weg zu Fuß gegangen, erschien aber pünktlich. Konstantin Dmitritsch, habe die Ehre!« Er suchte auch Lewins Hand zu fangen. Lewin aber tat so, als bemerkte er die Hand nicht, und holte mit düsterer Miene die Waldschnepfen aus der Tasche. »Haben sich ein Jagdvergnügen gestattet? Was sind das denn wohl für Vögel?« fügte Rjabinin hinzu und blickte geringschätzig auf die Waldschnepfen. »Die haben wohl Geschmack.« Und er wiegte missbilligend den Kopf, als hegte er gehörige Zweifel, dass dieses Schaffell das Gerben wert sei.

»Möchtest du ins Arbeitszimmer?« fragte Lewin düsteren Blickes Stepan Arkadjitsch auf französisch. »Kommen Sie ins Arbeitszimmer, dort können Sie verhandeln.«

»Warum auch nicht, wohin es Ihnen beliebt«, sagte Rjabinin mit geringschätziger Würde, als wollte er zu

verstehen geben, anderen bereite es womöglich Schwierigkeiten, wie mit wem umzugehen sei, ihm jedoch bereite es nie und nirgends Schwierigkeiten.

Im Arbeitszimmer blickte sich Rjabinin gleich ge-
wohnheitsmäßig um, als suchte er die Ikone, doch als
er sie fand, bekreuzigte er sich nicht. Er betrachtete
die Schränke und Bücherregale, und mit den gleichen Zweifeln wie bei den Waldschnepfen lächelte er
geringschätzig und wiegte missbilligend den Kopf, als
wäre völlig ausgeschlossen, dass dieses Schaffell das
Gerben wert sein könnte.

»Was ist, haben Sie das Geld dabei?« fragte Oblonski.

»Setzen Sie sich.«

»Am Geld soll es nicht fehlen. Um Sie zu sehen, um
zu verhandeln komme ich her.«

»Worüber verhandeln? Setzen Sie sich doch.«

»Warum nicht.« Rjabinin setzte sich und stemmte
den Ellbogen auf unbequemste Weise gegen die Sessellehne. »Sie müssen einen Nachlass geben, Fürst. Es ist
sonst eine Sünde. Das Geld liegt ja bereit, definitiv, bis
zur letzten Kopeke. Wegen dem Geld gibt es keinen
Aufschub.«

Lewin hatte unterdessen die Flinte in den Schrank
gestellt und wollte schon zur Tür hinaus, doch als er die
Worte des Kaufmanns hörte, blieb er stehen.

»Umsonst haben Sie den Wald bekommen«, sagte er.
»Er kam zu spät zu mir, sonst hätte ich den Preis festgesetzt.«

Rjabinin erhob sich und blickte schweigend, mit
einem Lächeln, von unten herauf Lewin an.

»Ein arg geiziger Herr, der Konstantin Dmitritsch«,
sagte er mit einem Lächeln, an Stepan Arkadjitsch gewandt, »billig kauft man da nichts, definitiv. Wie ich
Weizen kaufen wollte, hab ich gutes Geld geboten.«

»Weshalb sollte ich das Meine umsonst hergeben?
Ich habe es weder irgendwo gefunden noch gestohlen.«

»Erlauben Sie, heutigentags ist Stehlen ja positiv unmöglich. Alles ist heutigentags ja definitiv in öffent-
licher Gerichtsbarkeit, alles ist heute wohlanständig,
von wegen stehlen. Wir haben auf Ehre und Gewissen
verhandelt. Zu teuer ist der Wald veranschlagt, da geht
die Rechnung nicht auf. Ich bitte um Nachlass, wenigstens ein bisschen.«

»Seid ihr euch nun handelseinig oder nicht? Wenn
ja, gibt es nichts zu feilschen, wenn nein«, sagte Lewin,
»kaufe ich den Wald.«

Das Lächeln verschwand schlagartig aus Rjabinins
Gesicht. Es nahm einen Habichtsausdruck an, raubtier-
haft und hart. Mit flinken, knochigen Fingern hakte
Rjabinin den Überrock auf, so dass sein Russenhemd,
die Messingknöpfe der Weste und die Uhrkette sichtbar
wurden, und flink holte er eine dicke alte Brieftasche
hervor.

»Wenn ich bitten darf – der Wald ist mein«, sprach
er, bekreuzigte sich und streckte die Hand vor. »Hier ist
das Geld, mein ist der Wald. So nämlich handelt Rjabinin, der zählt nicht die Groschen«, sprach er mit düsterer Miene, die Brieftasche schwenkend.

»Ich an deiner Stelle würde nichts übereilen«, sagte
Lewin.

»Erlaube mal«, sagte Oblonski verwundert, »ich
habe mein Wort gegeben.«

Lewin verließ das Zimmer und schlug die Tür zu.
Den Blick auf die Tür gerichtet, wiegte Rjabinin mit
einem Lächeln den Kopf.

»Diese Jugend, definitiv, nichts als Flausen im Kopf.
Schließlich kauf ich, glaubt mir auf Ehre, einfach so,
des Ruhmes wegen, dass Rjabinin und kein anderer
Oblonski das Wäldchen abgekauft hat. Und ob die
Rechnung aufgeht – das weiß der Herrgott. Glaubt mir,
bei Gott. Wenn ich bitten darf. Ein Verträgchen wäre
aufzusetzen ...«

Eine Stunde später schlug der Kaufmann sorgfältig die Rockschöße übereinander, hakte den Überrock zu, setzte sich, den Vertrag in der Tasche, in sein straff beschlagenes Wägelchen und fuhr nach Hause.

»Oh, diese Herrschaften!« sagte er zum Kommis, »ewig das Gleiche!«

»So ist das nun mal«, antwortete der Kommis, ließ ihn die Leinen halten und knöpfte das Spritzleder zu.

»Und, kann man zum Kauf gratulieren?«

»Schon, schon …«

XVII

Stepan Arkadjitsch kam nach oben, die Tasche ausgebeult von den Reichsschatzbilletten, mit denen der Kaufmann ihn für drei Monate im voraus abgegolten hatte. Das Geschäft mit dem Wald war perfekt, das Geld hatte er in der Tasche, der Schnepfenstrich war herrlich gewesen, und Stepan Arkadjitsch befand sich in heiterster Gemütsstimmung, darum wollte er vor allem Lewin die schlechte Laune vertreiben. Er wollte beim Abendessen den Tag so angenehm beenden, wie er ihn begonnen hatte.

In der Tat war Lewin missgestimmt, und trotz des aufrichtigen Wunsches, freundlich und herzlich zu sein zu seinem lieben Gast, konnte er sich nicht bezwingen. Die Nachricht, dass Kitty nicht geheiratet hatte, stieg ihm allmählich in den Kopf.

Kitty nicht verheiratet und krank, krank vor Liebe zu einem Mann, der sie verschmäht hatte. Diese Beleidigung fiel gleichsam auf ihn. Wronski hatte Kitty verschmäht, und sie hatte ihn verschmäht, Lewin. Folglich hatte Wronski das Recht, Lewin zu verachten, und war darum sein Feind. Aber all das dachte Lewin gar nicht. Er hatte das dumpfe Gefühl, für ihn sei daran irgendetwas beleidigend, und ärgerte sich jetzt nicht über das, was ihn verstimmt hatte, sondern nörgelte an allem, was einen Anlass bot. Der dumme Waldverkauf, der Betrug, dem Oblonski aufgesessen war und der sich in seinem Hause vollzogen hatte, erzürnte ihn.

»Na, bist du fertig?« sagte er, als er Stepan Arkadjitsch oben empfing. »Möchtest du zu Abend essen?«

»Da sage ich nicht nein. Was für einen Appetit ich auf dem Land habe, unglaublich! Wieso hast du Rjabinin nicht zum Essen aufgefordert?«

»Ah, hol ihn der Teufel!«

»Und wie du mit ihm umgehst!« sagte Oblonski. »Hast ihm nicht einmal die Hand gegeben. Weshalb sollte man ihm nicht die Hand geben?«

»Weil ich einem Lakaien nicht die Hand gebe, und ein Lakai ist hundertmal besser.«

»Wie rückschrittlich du doch bist! Und was ist mit dem Zusammenwachsen der Stände?« fragte Oblonski.

»Wer zusammenwachsen mag – bitte schön, mir ist es zuwider.«

»Du bist, wie ich sehe, eindeutig rückschrittlich.«

»Darüber habe ich nie nachgedacht, was ich bin. Ich bin Konstantin Lewin, sonst nichts.«

»Ein Konstantin Lewin, der sehr schlechter Laune ist«, sagte Stepan Arkadjitsch lächelnd.

»Ja, ich bin schlechter Laune, und weißt du, wovon? Von deinem, entschuldige, dummen Waldverkauf ...«

Stepan Arkadjitsch runzelte gutmütig die Stirn, wie ein Mensch, der unschuldig gekränkt und verstimmt wird.

»Nun lass gut sein!« sagte er. »Wann hätte es das je gegeben, dass irgendwer irgendwas verkauft und ihm gleich nach dem Verkauf nicht gesagt würde: ›Das ist viel mehr wert‹? Aber während verkauft wird, will niemand mehr geben ... Nein, ich sehe, du hast einen Zahn auf den unglückseligen Rjabinin.«

»Vielleicht, mag sein. Und weißt du, weshalb? Du
wirst erneut sagen, ich sei rückschrittlich, oder sonst
ein schlimmes Wort. Dennoch, es verdrießt und bedrückt mich, die allseits vorrückende Verarmung des
Adels zu sehen, dem ich angehöre und dem ich, trotz des
Zusammenwachsens der Stände, sehr gern angehöre.
Eine Verarmung nicht aufgrund von Luxus, das ginge ja noch, nach Herrenart zu verjubeln ist Sache des
Adels, das verstehen nur Adlige. Heute kaufen Bauern
um uns das Land auf, das bedrückt mich nicht. Der
Herr tut nichts, der Bauer arbeitet und verdrängt einen
müßigen Menschen. So muss es sein. Ich bin nur froh
für den Bauern. Aber mich bedrückt, wenn ich mir
die Verarmung aus – weiß gar nicht, wie ich es nennen
soll – aus Blauäugigkeit anschauen muss. Da kauft ein
polnischer Pächter von einer Gutsherrin, die in Nizza
lebt, ein herrliches Landgut zum halben Preis. Da wird
einem Kaufmann für einen Rubel eine Desjatine Land
verpachtet, das zehn Rubel wert ist. Da schenkst du
ohne jeden Grund diesem Spitzbuben dreißigtausend.«

»Aber was tun? jeden Baum zählen?«

»Zählen, unbedingt. Du hast nicht gezählt, Rjabinin
hat gezählt. Rjabinins Kinder werden Mittel zum Leben und für ihre Ausbildung haben, deine Kinder wahrscheinlich nicht!«

»Aber entschuldige mal, dieses Zählen hat doch etwas Schäbiges. Wir gehen unseren Beschäftigungen
nach, sie den ihren, und sie brauchen Profite. Im übrigen ist das Geschäft perfekt, und Schluss. Oh, Ochsen-
augen, meine Lieblingseierspeise. Und Agafja Michailowna gibt uns bestimmt von diesem wunderbaren
Kräuterschnaps ...«

Stepan Arkadjitsch setzte sich an den Tisch und
scherzte mit Agafja Michailowna; solch ein Diner und
Souper habe er schon lange nicht mehr gehabt, versicherte er.

»Sie loben wenigstens«, sagte Agafja Michailowna, »Konstantin Dmitritsch dagegen, dem kann man vorsetzen, was man will, sogar eine Brotrinde, der isst, steht auf und geht.«

Sosehr Lewin sich auch zu bezwingen suchte, er war doch finster und schweigsam. Er musste Stepan Arkadjitsch eine Frage stellen, konnte sich aber nicht dazu durchringen und fand weder die Form noch den Moment, wie und wann er es tun könnte. Stepan Arkadjitsch war bereits hinuntergegangen in sein Zimmer, hatte sich ausgezogen, erneut gewaschen, sein gaufriertes Nachthemd angelegt und war zu Bett gegangen, doch Lewin trieb sich immer noch bei ihm herum, redete über Unwichtiges und war nicht imstande zu fragen, was er wollte.

»Wie erstaunlich heute Seife gemacht wird.« Er betrachtete ein duftendes Stück Seife, das Agafja Michailowna für den Gast hergelegt, das Oblonski aber nicht verwendet hatte, und packte es aus. »Schau dir das an, das ist ja ein Kunstwerk.«

»Ja, alles findet heute irgendeine Vervollkommnung«, meinte Stepan Arkadjitsch und gähnte feucht und wohlig. »Die Theater zum Beispiel und diese Vergnügungs... u-a-ah!« gähnte er. »Überall elektrisches Licht ... u-a-ah!«

»Ja, elektrisches Licht, ja.« Plötzlich legte Lewin die Seife hin und fragte: »Und wo ist Wronski jetzt?«

»Wronski?« Stepan Arkadjitsch hielt mit dem Gähnen inne. »Er ist in Petersburg. Bald nach dir reiste er ab und war seither kein einziges Mal in Moskau. Weißt du, Kostja, ich sag dir die Wahrheit«, fuhr er fort, stützte den Arm auf den Tisch und legte darauf sein schönes rotwangiges Gesicht, aus dem seine wollüstigen, gutmütigen und schläfrigen Augen wie Sterne leuchteten. »Du bist selbst schuld. Du bist erschrocken vor dem Rivalen. Aber wie ich dir damals schon sagte,

ich weiß nicht, auf wessen Seite die Chancen besser
standen. Wieso hast du den Stier nicht bei den Hörnern
gepackt? Ich sagte dir damals, dass ...« Er gähnte allein
mit den Kiefern, ohne den Mund zu öffnen.

›Weiß er oder weiß er nicht, dass ich den Heiratsantrag gemacht habe?‹ überlegte Lewin, den Blick auf
Oblonski geheftet. ›Ja, er hat etwas Schlaues, Diplo-
matisches.‹ Und während er spürte, wie er rot wurde,
schaute er Stepan Arkadjitsch schweigend in die Augen.

»Wenn es von ihrer Seite etwas gegeben hat damals,
so bezog sich diese Schwärmerei nur auf das Aussehen«,
fuhr Oblonski fort. »Dieses absolute Aristokratentum
und die künftige Position in der Gesellschaft, weißt du,
die haben nicht sie beeindruckt, sondern ihre Mutter.«

Lewin runzelte die Stirn. Die Verletzung durch die
Abfuhr, die er hatte durchmachen müssen, versengte
sein Herz, als wäre es eine frische, eben erst erhaltene
Wunde. Er war daheim, und daheim helfen die Wände.

»Warte, warte«, fiel er Oblonski ins Wort, »du sagst:
Aristokratentum. Erlaube, dass ich dich frage, worin
denn das Aristokratentum Wronskis oder von wem auch
immer besteht − ein Aristokratentum, das gestattet,
mich zu verschmähen? Du hältst Wronski für einen
Aristokraten, ich aber nicht. Ein Mann, dessen Vater
durch Gerissenheit aus dem Nichts aufgestiegen ist,
dessen Mutter weiß der Himmel mit wem eine Liaison
hatte ... Nein, du musst verzeihen, aber für einen Aristokraten halte ich mich und Leute wie mich, die in
der Vergangenheit auf drei oder vier ehrliche Familien-
generationen verweisen können, die über einen besonders hohen Bildungsstand verfügen (Begabung und
Geist sind etwas anderes) und die sich niemals gegen
jemanden gemein verhalten und niemals jemanden
gebraucht haben, wie mein Vater gelebt hat und mein
Großvater. Und ich kenne viele solcher Leute. Dir erscheint es kleinlich, wenn ich die Bäume im Wald

zähle, du schenkst Rjabinin dreißigtausend, aber du erhältst deine Pacht und was weiß ich noch, ich erhalte das nicht, darum gehe ich mit dem Ererbten und Erarbeiteten achtsam um. Wir sind die Aristokraten, und nicht diejenigen, die nur dank milder Gaben der Mächtigen dieser Welt existieren können und sich kaufen lassen für einen Heller.«

»Über wen fällst du her? Ich stimme dir zu«, sagte Stepan Arkadjitsch aufrichtig und fröhlich, obwohl er spürte, dass Lewin mit denen, die sich für einen Heller kaufen ließen, auch ihn meinte. Er fand aufrichtig Gefallen an Lewins neuer Lebhaftigkeit. »Über wen fällst du her? Zwar ist vieles nicht wahr, was du über Wronski sagst, doch nicht darum geht es mir. Ich sage dir offen, ich an deiner Stelle würde mit mir nach Moskau fahren und ...«

»Nein, ich weiß nicht, ob du es weißt oder nicht, aber es ist mir gleich. Darum sage ich dir: Ich habe einen Heiratsantrag gemacht und eine Abfuhr erhalten, und Katerina Alexandrowna ist für mich seither nur eine bedrückende, schmachvolle Erinnerung.«

»Wieso? Was für ein Unsinn!«

»Reden wir nicht mehr darüber. Verzeih mir bitte, wenn ich grob zu dir war«, sagte Lewin. Jetzt, nachdem er alles gesagt hatte, wurde er wieder zu dem, der er morgens gewesen war. »Du bist mir nicht böse, Stiwa? Bitte, sei nicht böse«, sagte er und griff lächelnd nach seiner Hand.

»Ach woher, kein bisschen, weshalb auch. Ich bin froh, dass wir uns ausgesprochen haben. Weißt du, was? Frühmorgens ist der Schnepfenstrich sehr gut. Wollen wir nicht hin? Ich würde dann nicht mehr schlafen gehen, sondern von der Jagd gleich zur Bahn fahren.«

»Ja, wunderbar.«

XVIII

Wiewohl Wronskis Leben innerlich ganz erfüllt war
von seiner Leidenschaft, bewegte sich äußerlich sein
Leben unverändert und unaufhaltsam in den gewohnten alten Gleisen seiner Verbindungen und Interessen
in Gesellschaft und Regiment. Die Interessen des Regiments spielten in Wronskis Leben schon darum eine
wichtige Rolle, weil er das Regiment liebte, und mehr
noch, weil er im Regiment geliebt wurde. Nicht nur
geliebt wurde Wronski im Regiment, sondern auch geachtet, man war stolz auf ihn, stolz darauf, dass dieser
Mann, ungeheuer reich, vorzüglich gebildet und begabt, dem der Weg zu jeglicher Befriedigung von Ehrgeiz und Eitelkeit offenstand, all das geringschätzte
und dass von allen Interessen im Leben die des Regiments und der Kameradschaft seinem Herzen am
nächsten standen. Wronski war sich bewusst, dass seine
Kameraden dieses Bild von ihm hatten, und außer dass
er dieses Leben liebte, fühlte er sich auch verpflichtet,
diesem Bild von sich zu entsprechen.

Selbstverständlich redete er mit keinem der Kameraden von seiner Liebe, verplapperte sich auch nicht bei
den wüstesten Trinkgelagen (zumal er nie so betrunken war, dass er sich nicht mehr in der Gewalt gehabt hätte), und jenen leichtsinnigen Kameraden, die
auf seine Liaison anzuspielen suchten, stopfte er das
Maul. Doch wiewohl die ganze Stadt von seiner Liebe
wusste – alle Welt war sich mehr oder weniger im klaren über sein Verhältnis zu Karenina –, beneideten ihn
die meisten jungen Männer gerade um das, was an seiner Liebe das Belastendste war, nämlich um die hohe
Position Karenins und infolgedessen die Exponiertheit
dieser Liaison in der Gesellschaft.

Die meisten jungen Frauen, die Anna beneideten
und es längst leid waren, dass sie als eine Gerechte

galt, freuten sich über das, was sie mutmaßten, und warteten nur auf den endgültigen Umschwung der öffentlichen Meinung, um mit der ganzen Wucht ihrer Verachtung über Anna herzufallen. Sie hielten schon die Dreckklümpchen bereit, die sie auf sie werfen wollten, wenn die Zeit gekommen wäre. Die meisten älteren Leute und die hochgestellten Leute waren unzufrieden wegen des heraufziehenden Gesellschaftsskandals.

Wronskis Mutter war zunächst zufrieden gewesen, als sie von seiner Liaison erfuhr — zum einen weil in ihren Augen einem brillanten jungen Mann nichts so sehr den letzten Schliff verlieh wie eine Liaison in den höchsten Kreisen, zum anderen weil Karenina, die ihr dermaßen gefallen und die soviel über ihren Sohn gesprochen hatte, auch nicht anders war als alle schönen und anständigen Frauen in den Augen der Gräfin Wronskaja. Unlängst hatte sie jedoch erfahren, dass ihr Sohn eine ihm angebotene, für seine Karriere wichtige Position ausgeschlagen hatte, nur um im Regiment zu bleiben und sich weiterhin mit Karenina treffen zu können, sie hatte erfahren, dass hochgestellte Persönlichkeiten deshalb mit ihm unzufrieden seien, und sie änderte ihre Meinung. Auch gefiel ihr nicht, dass es nach allem, was sie über diese Liaison erfuhr, keine brillante, anmutige und mondäne Liaison war, die sie gutgeheißen hätte, sondern, wie ihr berichtet wurde, eine Art wertherische tolle Leidenschaft, die ihn zu Dummheiten hinreißen konnte. Sie hatte ihn seit seiner plötzlichen Abreise aus Moskau nicht mehr gesehen und verlangte nun über ihren älteren Sohn, dass er sie besuchen komme.

Der ältere Bruder war ebenfalls unzufrieden mit dem jüngeren. Ihn scherte es nicht, was für eine Liebe das war, ob groß oder klein, leidenschaftlich oder nicht leidenschaftlich, lasterhaft oder nicht lasterhaft (er

selbst hielt eine Tänzerin aus, obwohl er Kinder hatte,
und war deshalb nachsichtig); aber er wusste, dass diese
Liebe jenen nicht gefiel, denen man gefallen musste,
deshalb hieß er das Verhalten des Bruders nicht gut.

Außer Militärdienst und Salons hatte Wronski noch
eine Beschäftigung – Pferde; sie waren seine Leidenschaft.

In diesem Jahr sollte ein Jagdrennen für Offiziere
stattfinden. Wronski hatte sich zu dem Rennen angemeldet, hatte eine englische Vollblutstute gekauft und
war trotz seiner Liebe leidenschaftlich, wenn auch verhalten für das bevorstehende Rennen entbrannt.

Die beiden Leidenschaften störten einander nicht.
Im Gegenteil, er brauchte etwas, das ihn beschäftigte
und begeisterte, unabhängig von seiner Liebe, bei dem
er sich erfrischen und erholen konnte von den ihn allzu
erregenden Eindrücken.

XIX

Am Tag des Rennens von Krasnoje Selo kam Wronski
früher als sonst ins Offizierskasino seines Regiments,
um sein Beefsteak zu essen. Er musste sich nicht sonderlich zurückhalten, da sein Gewicht genau den vorgeschriebenen viereinhalb Pud entsprach; doch durfte
er auch nicht zunehmen, darum mied er Mehlspeisen
und Süßes. Er saß, den Rock über der weißen Weste
aufgeknöpft, beide Ellbogen auf den Tisch gestützt,
und während er auf das bestellte Beefsteak wartete,
schaute er in einen französischen Roman, der auf dem
Teller lag. In das Buch schaute er nur, um nicht mit den
hereinkommenden und hinausgehenden Offizieren reden zu müssen, und dachte nach.

Er dachte daran, dass Anna ihm heute nach dem
Rennen ein Rendezvous versprochen hatte. Aber er

hatte sie drei Tage nicht gesehen, und wegen der Rückkehr ihres Mannes aus dem Ausland wusste er nicht, ob es heute möglich wäre, wusste auch nicht, wie er es erfahren sollte. Das letzte Mal hatte er sie bei seiner Cousine Betsy auf der Datscha getroffen. Zur Datscha der Karenins fuhr er so selten wie möglich. Jetzt wollte er dort hinfahren und überlegte, wie er es anstellen sollte.

›Aber ja, ich werde sagen, Betsy habe mich geschickt, um zu fragen, ob sie zum Rennen käme. Aber ja, ich werde fahren‹, entschied er und hob den Kopf vom Buch. Und da er sich das Glück, sie zu sehen, lebhaft vorstellte, erstrahlte sein Gesicht.

»Schick zu mir nach Hause, sie sollen mir schnellstens die Kalesche mit der Troika bespannen«, sagte er zu dem Diener, der ihm auf einer heißen Silberplatte das Beefsteak servierte, zog die Platte zu sich her und begann zu essen.

Aus dem Billardzimmer nebenan war das Klacken der Kugeln, Reden und Gelächter zu hören. In der Eingangstür erschienen zwei Offiziere, der eine blutjung, mit schwachem, feinem Gesicht, er war vor kurzem aus dem Pagenkorps in ihr Regiment übergetreten; der andere aufgedunsen, ein älterer Offizier mit Armband und verschwiemelten kleinen Augen.

Wronski blickte auf, seine Miene verfinsterte sich, und als hätte er sie nicht gesehen, schielte er in sein Buch und aß und las gleichzeitig.

»Na? stärkst dich für die Arbeit?« sagte der aufgedunsene Offizier und setzte sich neben ihn.

»Wie du siehst«, antwortete Wronski finster und wischte sich den Mund, ohne den anderen anzublicken.

»Hast keine Angst zuzunehmen?« sagte der andere und rückte einen Stuhl für den jungen Offizier her.

»Was?« Wronski verzog ärgerlich und angewidert das Gesicht, wobei er seine lückenlosen Zähne sehen ließ.

»Hast keine Angst zuzunehmen?«

»Ober, einen Jerez!« rief Wronski, ohne zu antworten, legte das Buch auf die andere Seite und las weiter.

Der aufgedunsene Offizier griff nach der Weinkarte und wandte sich an den blutjungen Offizier.

»Such dir selbst aus, was wir trinken.« Er gab ihm die Karte und blickte ihn an.

»Vielleicht Rheinwein«, meinte der junge Offizier, schielte schüchtern zu Wronski, und seine Finger suchten das kaum gesprossene Schnurrbärtchen zu fassen. Als er sah, dass Wronski sich nicht umdrehte, erhob er sich.

»Gehen wir ins Billardzimmer«, sagte er.

Der aufgedunsene Offizier erhob sich folgsam, und sie begaben sich zur Tür.

In diesem Augenblick betrat der hochgewachsene und stattliche Rittmeister Jaschwin den Raum; er nickte verächtlich, von oben herab, den beiden Offizieren zu und ging zu Wronski.

»Da ist er ja!« rief er und hieb ihm mit seiner großen Hand kräftig auf die Achselklappe. Wronski blickte sich ärgerlich um, doch sogleich erstrahlte sein Gesicht in der für ihn typischen, ruhigen und festen Freundlichkeit.

»Sehr vernünftig, Aljoscha«, sagte der Rittmeister mit seinem lauten Bariton. »Iss jetzt und trink ein Gläschen.«

»Mag aber nicht essen.«

»Die sind unzertrennlich«, fügte Jaschwin hinzu, den Blick spöttisch auf die beiden Offiziere gerichtet, die gerade den Raum verließen. Und er setzte sich neben Wronski, dabei beugte er seine für die Stuhlhöhe zu langen Ober- und Unterschenkel in den engen Reithosen zu spitzen Winkeln. »Wieso bist du gestern nicht nach Krasnoje ins Theater gekommen? Die Numerowa war gar nicht übel. Wo warst du?«

»Ich bin bei den Twerskois hängengeblieben«, antwortete Wronski.

»Ah!« meinte Jaschwin.

Jaschwin, ein Spieler, Zechbruder und ein Mensch nicht nur ohne Grundsätze, sondern mit unmoralischen Grundsätzen – Jaschwin war im Regiment Wronskis bester Freund. Wronski liebte ihn sowohl wegen seiner ungewöhnlichen Körperstärke, die er meist damit bewies, dass er trinken konnte wie ein Fass, nicht zu schlafen brauchte und dennoch immer gleich blieb, wie auch wegen seiner großen Charakterstärke, die er, Furcht und Achtung erregend, gegenüber Vorgesetzten und Kameraden bewies, auch im Spiel, das er um Zehntausende führte, und dies trotz des getrunkenen Weins stets so sensibel und entschieden, dass er im Englischen Klub als bester Spieler galt. Wronski achtete und liebte ihn besonders, weil er spürte, dass Jaschwin ihn nicht um seines Namens und Reichtums willen liebte, sondern um seinetwillen. Von allen Menschen hätte Wronski allein mit ihm gerne von seiner Liebe gesprochen. Er spürte, dass allein Jaschwin, wiewohl er jegliches Gefühl zu verachten schien – er allein könnte, schien es Wronski, die starke Leidenschaft verstehen, die jetzt sein Leben erfüllte. Außerdem war er überzeugt, dass Jaschwin gewiss kein Vergnügen hätte an Klatsch und Skandal, sondern dieses Gefühl verstünde, wie nötig, also wüsste und glaubte, dass diese Liebe kein Scherz war, kein Zeitvertreib, sondern ernster und wichtiger.

Wronski hatte nicht mit ihm von seiner Liebe gesprochen, wusste aber, dass er alles wusste, alles verstand, wie nötig, und es war ihm angenehm, Jaschwin dies an den Augen abzulesen.

»Ah so!« sagte Jaschwin darauf, dass Wronski bei den Twerskois gewesen war; seine schwarzen Augen blitzten, er griff zum linken Schnurrbart und schob ihn, nach seiner üblen Angewohnheit, in den Mund.

»Und du hast gestern was gemacht? Gewonnen?« fragte Wronski.

»Achttausend. Davon drei wackelige, die kriege ich wohl nie.«

»Na, dann kannst du auch an mir verlieren«, sagte Wronski lachend. (Jaschwin hatte hoch auf Wronski gesetzt.)

»Auf gar keinen Fall verliere ich.«

»Allein Machotin ist gefährlich.«

Und das Gespräch wechselte zum heutigen Rennen, denn nur daran konnte Wronski jetzt denken.

»Gehen wir, ich bin fertig«, sagte er, stand auf und ging zur Tür. Jaschwin stand ebenfalls auf, reckte seine riesigen Beine gerade und den langen Rücken.

»Zum Essen ist es für mich noch zu früh, doch trinken muss ich. Ich komme gleich. He, Wein!« rief er mit seiner vom Kommandieren berühmten, satten und Fensterscheiben zum Klirren bringenden Stimme. »Nein, muss nicht sein«, rief er gleich darauf. »Du willst ins Quartier, dann komm ich mit.«

Und er ging mit Wronski.

XX

Wronski war in einer geräumigen und sauberen, durch eine Trennwand unterteilten finnischen Hütte einquartiert. Auch im Feldlager wohnte Petrizki mit ihm zusammen. Er schlief, als Wronski und Jaschwin in die Hütte kamen.

Jaschwin trat hinter die Trennwand, wo der zerzauste Petrizki die Nase ins Kissen steckte, sagte: »Steh auf, genug geschlafen« und rüttelte ihn an der Schulter.

Petrizki fuhr hoch auf die Knie und sah sich um.

»Dein Bruder war hier«, sagte er zu Wronski. »Hat

mich geweckt, hol ihn der Teufel, hat gesagt, er käme noch mal.« Und er zog die Decke hoch, warf sich wieder aufs Kissen. »Nun lass doch, Jaschwin!« Er war ungehalten, weil Jaschwin ihm die Decke wegziehen wollte. »Lass!« Und er drehte sich um, öffnete die Augen. »Sag mir lieber, was ich trinken soll. So ein ekliger Geschmack im Mund, dass …«

»Am besten Wodka«, dröhnte Jaschwin. »Tereschtschenko! Wodka für den gnädigen Herrn und eine Gurke«, rief er, offenbar hörte er gern seine Stimme.

»Wodka, meinst du? Ja?« fragte Petrizki stirnrunzelnd und rieb sich die Augen. »Und du trinkst mit? Trinken wir zusammen! Wronski, trinkst du mit?« Dabei stand Petrizki auf und wickelte sich bis zu den Achselhöhlen in seine getigerte Decke.

Er trat durch die Tür in der Trennwand, hob die Arme und fing an, auf Französisch »Es war ein König in Thu-ule« zu singen. »Wronski, trinkst du mit?«

»Pack dich«, sagte Wronski, er schlüpfte gerade in den Rock, den sein Lakai ihm reichte.

»Wohin willst du?« fragte ihn Jaschwin. »Da ist ja auch die Troika«, fügte er hinzu, da er die ankommende Kalesche erblickte.

»Zum Stall, und der Pferde wegen muss ich noch zu Brjanski.«

Wronski hatte tatsächlich versprochen, Brjanski aufzusuchen, zehn Werst von Peterhof entfernt, um ihm das Geld für die Pferde zu bringen, und er wollte das auch noch schaffen. Aber seine Kameraden hatten sofort begriffen, dass er nicht nur dorthin fuhr.

Petrizki zwinkerte, während er weitersang, und stülpte die Lippen, als wollte er sagen: Den Brjanski kennen wir.

»Sieh zu, komm nicht zu spät!« sagte Jaschwin lediglich, und um das Thema zu wechseln, fragte er: »Was ist mit meinem Rehhaar, tut es gute Dienste?« Er blickte zum Fenster hinaus auf das Mittelpferd, das er verkauft hatte.

»Halt!« schrie Petrizki dem bereits aufbrechenden Wronski nach. »Dein Bruder hat einen Brief und ein Billett für dich dagelassen. Warte, wo sind sie?«

Wronski blieb stehen.

»Und wo sind sie?«

»Wo nur? Das ist die Frage!« sprach feierlich Petrizki und rieb sich mit dem Zeigefinger oberhalb der Nase.

»Nun red schon, das ist albern!« sagte Wronski lächelnd.

»Den Kamin habe ich nicht geheizt. Hier irgendwo.«

»Lass die Flunkerei! Wo ist der Brief?«

»Doch, ich hab es wirklich vergessen. Oder geträumt? Warte, warte! Was ärgerst du dich! Hättest du wie ich gestern vier Fläschchen pro Mann getrunken, wüsstest du auch nicht mehr, wo du liegst. Warte, gleich fällt es mir ein!«

Petrizki ging hinter die Trennwand und legte sich aufs Bett.

»Halt! So lag ich, so stand er. Ja-ja-ja-ja … Da ist er doch!« Und Petrizki zog den Brief unter der Matratze hervor, wo er ihn versteckt hatte.

Wronski nahm den Brief und das Billett des Bruders. Es war, was er erwartet hatte – ein Brief von seiner Mutter mit Vorwürfen, weshalb er nicht komme, und ein Billett von seinem Bruder, in dem stand, sie müssten miteinander reden. Wronski wusste, dass es sich um ein und dasselbe handelte. ›Was geht sie das an!‹ dachte er, faltete die Briefe und steckte sie zwischen die Knöpfe seines Rocks, um sie unterwegs aufmerksam zu lesen. In der Diele begegnete er zwei Offizieren, der eine aus seinem Regiment, der andere aus einem anderen.

Wronskis Quartier war stets ein Zufluchtsort für alle Offiziere.

»Wohin?«

»Muss weg, nach Peterhof.«

»Ist die Stute aus Zarskoje gekommen?«

»Ja, aber ich habe sie noch nicht gesehen.«

»Es heißt, Machotins Gladiator lahme.«

»Unsinn! Bloß, wie reitet ihr durch diesen Morast?«
sagte der andere.

»Da sind ja meine Retter!« rief Petrizki, als er die
Eintretenden erblickte; vor ihm stand sein Bursche mit
Wodka und Gurke auf dem Tablett. »Jaschwin heißt
mich trinken, damit ich frisch werde.«

»Also, Sie haben uns gestern ja eingeheizt«, sagte
der eine der Ankömmlinge, »uns die ganze Nacht nicht
schlafen lassen.«

»Aber wie es geendet hat!« erzählte Petrizki. »Wol-
kow steigt aufs Dach und sagt, ihm sei traurig zumute.
Ich sag: Los, Musik, einen Trauermarsch! Und so ist
er auf dem Dach eingeschlafen, zu den Klängen des
Trauermarschs.«

Er hielt das Schnapsglas und runzelte die Stirn. »Ich
soll also trinken?«

»Trink nur, trink, unbedingt Wodka, und dann Selterswasser mit viel Zitrone«, sagte Jaschwin und beugte
sich über Petrizki wie eine Mutter, die ihr Kind zwingt,
eine Arznei einzunehmen, »und dann ein bisschen
Champagner, na, ein Fläschchen.«

»Das ist vernünftig. Warte, Wronski, trinken wir.«

»Nein, empfehle mich, meine Herren, heute trinke
ich nicht.«

»Wieso, wirst du davon schwerer? Dann wir allein.
Bring Selterswasser und Zitrone.«

»Wronski!« rief jemand, als er schon in die Diele trat.

»Was?«

»Du solltest dir die Haare schneiden, die sind sonst
zu schwer, besonders auf der Glatze.«

Wronski begann tatsächlich vor der Zeit kahl zu werden. Er lachte fröhlich, so dass seine lückenlosen Zähne

zu sehen waren, schob die Schirmmütze über die Glatze, ging hinaus und stieg in die Kalesche.

»Zum Stall!« sagte er und wollte schon die Briefe
hervorholen, um sie zu lesen, überlegte es sich jedoch
anders, um sich vor der Besichtigung der Stute nicht
abzulenken. ›Später!‹

XXI

Der provisorische Stall, eine Bretterbude, war gleich
neben der Rennbahn aufgeschlagen worden, und dorthin sollte gestern seine Stute überführt werden. Er
hatte sie noch nicht gesehen. In diesen letzten Tagen
ritt er nicht selbst das Pferd ein, das hatte er dem Trainer aufgetragen und wusste nun absolut nicht, in welchem Zustand seine Stute angekommen war und sich
jetzt befand. Kaum war er aus der Kalesche gestiegen,
hatte sein Stallbursche *(groom)*, der sogenannte Boy, da
er seine Kalesche von weitem erkannt hatte, schon den
Trainer geholt. Der hagere Engländer in hohen Stiefeln und kurzem Jäckchen, der nur am Unterkiefer ein
Büschel Haare stehen ließ, kam ihm entgegen mit dem
ungeschickten Gang des Jockeys, hin und her schaukelnd, die Ellbogen ausgestellt.

»Was macht Frou-Frou?« fragte Wronski auf Englisch.

»*All right, sir*; alles in Ordnung, Herr«, sagte die
Stimme des Engländers irgendwo tief in der Kehle.
»Besser, Sie gehen nicht hinein«, fügte er hinzu und
lüftete den Hut. »Ich habe den Kappzaum angelegt,
und das Pferd ist erregt. Besser, Sie gehen nicht hinein,
das beunruhigt das Pferd.«

»Doch, ich möchte schon. Ich will einen Blick darauf
werfen.«

»Gehen wir«, sagte der Engländer missmutig, wieder ohne den Mund aufzumachen, und mit den Ellbogen schaufelnd, ging er in seinem ausgeleierten Gang voraus.

Sie traten in den kleinen Hof vor der Baracke. Der diensttuende Boy, ein schmucker, fescher Kerl in sauberer Joppe, empfing die Eintretenden, den Besen in der Hand, und folgte ihnen. In der Baracke standen fünf Pferde in ihren Boxen, und Wronski wusste, dass auch sein Hauptrivale hier stehen müsste, heute hergebracht, Machotins zwei Arschin und fünf Werschok hoher Fuchs Gladiator. Lieber noch als seine Stute hätte Wronski Gladiator gesehen, den er nicht kannte; doch Wronski wusste, dass er ihn nach den Anstandsregeln des Pferdesports keinesfalls sehen durfte, es wäre sogar unschicklich gewesen, sich nach ihm zu erkundigen. Während er durch die Stallgasse schritt, sperrte der Boy die Tür zur zweiten Box links auf, und Wronski erblickte einen großen Fuchs und weiße Füße. Er wusste, dass es Gladiator war, aber mit dem Gefühl eines Menschen, der sich von einem fremden geöffneten Brief abwendet, ging er weiter zur Box von Frou-Frou.

»Hier ist das Pferd von Mak… Mak… — nie kann ich diesen Namen aussprechen«, sagte der Engländer über die Schulter, und sein Daumen mit dem schmutzigen Nagel wies auf Gladiators Box.

»Machotin? Ja, das ist mein einziger ernster Rivale«, meinte Wronski.

»Würden Sie ihn reiten«, sagte der Engländer, »würde ich auf Sie setzen.«

»Frou-Frou ist sensibler, er ist kräftiger«, erwiderte Wronski; das Lob für seine Reitkunst machte ihn lächeln.

»Bei Hindernissen hängt alles am Reiten und am *pluck*«, sagte der Engländer.

Pluck, also Energie und Kühnheit, spürte Wronski in sich zur Genüge, doch war er auch, was viel wichtiger

ist, fest davon überzeugt, niemand auf der Welt könne
mehr *pluck* haben als er.

»Und Sie wissen ganz sicher, dass kein stärkeres
Schweißtreiben nötig war?«

»Nein, war es nicht«, antwortete der Engländer.
»Bitte, sprechen Sie nicht laut. Das Pferd regt sich auf«,
fügte er hinzu und wies mit dem Kopf auf die geschlos-
sene Box, vor der sie standen; von innen war Getrappel
auf Stroh zu hören.

Er sperrte die Tür auf, und Wronski betrat die durch
ein winziges Fenster schwach erhellte Box. In der Box
stand eine braunscheckige Stute mit Kappzaum, deren
Beine das frische Stroh stampften. Als Wronski sich an
das Halbdunkel in der Box gewöhnt hatte, umfing sein
Blick noch einmal die ganze Statur seiner geliebten
Stute. Frou-Frou war ein mittelgroßes Pferd und von
Statur nicht makellos. Sie war durchweg schmalkno-
chig; ihr Brustbein ragte zwar weit vor, doch war die
Brust schmal. Die Kruppe war ein wenig abschüssig,
und die Vorder- und besonders die Hinterbeine waren
ziemlich kuhhessig. Die Muskeln an Vor- und Hinterhand waren nicht besonders kräftig; dafür war die Stute
am Widerrist ungewöhnlich breit, was vor allem jetzt
verwunderte, da sie schlank war, baucheng. Die Knochen ihrer Röhrbeine, schaute man von vorn, schienen
nicht dicker zu sein als ein Finger, dafür waren sie ungewöhnlich breit, schaute man von der Seite. Außer an
den Rippen sah sie überall wie seitlich eingefallen und
langgezogen aus. Aber sie besaß in höchstem Maße eine
Eigenschaft, die alle Mängel vergessen ließ; diese Eigenschaft war ihr Blut, jenes Blut, das spricht, dem
englischen Ausdruck nach. Die scharf sich abzeichnen-
den Muskeln unterm Netz der Adern, das die dünne, bewegliche, atlasglatte Haut durchzog, schienen so kräftig zu sein wie die Knochen. Ihr hagerer Kopf mit den
glänzenden, fröhlichen vorgewölbten Augen verbrei-

terte sich an der Nase zu weiten Nüstern mit einer blut-
durchpulsten Membrane dazwischen. Ihre ganze Gestalt und besonders ihr Kopf wirkte ausgesprochen
kraftvoll und zugleich zart. Sie war eines jener Tiere,
die nur deshalb nicht zu sprechen scheinen, weil die
mechanische Ausstattung ihres Mauls es ihnen nicht
erlaubt.

Wronski zumindest kam es vor, als verstünde sie alles, was er bei ihrem Anblick nun empfand.

Sobald Wronski hereingekommen war, hatte sie
tief die Luft eingesogen, ihr vorgewölbtes Auge schielte
derart, dass das Weiße sich mit Blut füllte, und so
schaute sie vom anderen Ende auf die Eintretenden,
schüttelte den Kappzaum und trat federnd von einem
Bein aufs andere.

»Bitte, Sie sehen, wie aufgeregt sie ist«, sagte der
Engländer.

»Oh, meine Liebe! Oh!« Wronski näherte sich der
Stute und redete ihr gut zu.

Doch je näher er kam, desto mehr regte sie sich auf.
Erst als er vor ihrem Kopf stand, wurde sie plötzlich
ruhiger, und unter dem dünnen, zarten Fell erzitter-
ten die Muskeln. Wronski strich ihr über den kräftigen
Hals, ordnete an dem scharfkantigen Kamm ein zur
anderen Seite umgeschlagenes Mähnenbüschel und
führte sein Gesicht nah an ihre weit geöffneten, wie
Fledermausflügel dünnen Nüstern. Sie sog hörbar die
Luft ein und stieß sie aus den angespannten Nüstern,
zuckte zusammen, legte das spitze Ohr an und reckte
die kräftige schwarze Lippe zu Wronski, als wollte
sie ihn am Ärmel packen. Aber da fiel ihr der Kappzaum ein, sie schüttelte ihn und begann wieder, vom
einen wie gedrechselten Füßchen aufs andere zu treten.

»Beruhige dich, meine Liebe, beruhige dich!« sagte
er, strich ihr noch mit der Hand über die Kruppe, und

in dem frohen Bewusstsein, dass die Stute in gutem Zustand war, verließ er die Box.

Die Aufregung des Pferdes hatte sich auf Wronski übertragen; er fühlte, dass ihm das Blut zum Herzen strömte und er genauso wie das Pferd sich gern bewegt und gebissen hätte; das war beängstigend und belustigend.

»Also, ich baue auf Sie«, sagte er zu dem Engländer, »um halb sieben an Ort und Stelle.«

»Alles in Ordnung«, erwiderte der Engländer. »Und wohin fahren Sie, *my lord*?« fragte er und verwendete dabei auf einmal die Anrede *my lord*, die er fast nie verwendete.

Wronski hob voll Verwunderung den Kopf und schaute, wie nur er zu schauen verstand, dem Engländer nicht in die Augen, sondern auf die Stirn, verwundert über die Kühnheit der Frage. Da er jedoch erkannte, dass der Engländer bei dieser Frage nicht den Chef in ihm sah, sondern den Jockey, antwortete er ihm:

»Ich muss zu Brjanski, bis in einer Stunde bin ich zu Hause.«

›Zum wievielten Mal schon werde ich das heute gefragt!‹ sagte er sich und errötete, was ihm selten passierte. Der Engländer betrachtete ihn aufmerksam. Und als ob er wüsste, wohin Wronski fuhr, fügte er hinzu:

»Das Allerwichtigste ist, vor dem Reiten ruhig zu sein. Seien Sie nicht missgelaunt und lassen Sie sich nicht verdrießen.«

»*All right*«, erwiderte Wronski lächelnd, sprang in die Kalesche und befahl, nach Peterhof zu fahren.

Kaum waren sie ein paar Schritte gefahren, zog die Wolke auf, die seit dem Morgen Regen androhte, und ein Platzregen setzte ein.

›Schlecht!‹ dachte Wronski und klappte das Verdeck

hoch. ›Sowieso war es morastig, jetzt ist der Sumpf komplett.‹ In der Abgeschiedenheit der geschlossenen Kalesche holte er den Brief der Mutter und das Billett des Bruders hervor und las sie.

Ja, es war alles ein und dasselbe. Seine Mutter, sein Bruder, alle hielten es für nötig, sich in seine Herzensangelegenheiten einzumischen. Diese Einmischung erregte seinen Grimm – ein Gefühl, das er selten empfand. ›Was geht sie das an? Warum hält es jeder für seine Pflicht, sich um mich zu kümmern? Und weshalb setzen sie mir zu? Deshalb, weil sie sehen, dass es etwas ist, das sie nicht begreifen können. Wäre es eine gewöhnliche, abgeschmackte mondäne Liaison, würden sie mich in Ruhe lassen. Sie spüren, dass es etwas anderes ist, dass es kein Spiel ist, diese Frau ist mir teurer als mein Leben. Das eben ist unbegreiflich, und darum ärgert es sie. Ganz gleich, was unser Schicksal ist und sein wird, wir haben es gewollt, und wir beklagen uns nicht darüber‹, sagte er, und im Wort w i r vereinte er sich mit Anna. ›Aber nein, sie müssen uns beibringen, wie man lebt. Sie haben ja keine Ahnung, was Glück ist, sie wissen nicht, dass es ohne diese Liebe für uns weder Glück noch Unglück gibt – sondern kein Leben‹, dachte er.

Er war ihrer Einmischung wegen auf alle böse, gerade weil er in tiefster Seele fühlte, dass sie recht hatten. Er fühlte, dass die Liebe, die ihn mit Anna verband, keine momentane Passion war, die vorüberginge, wie mondäne Liaisons eben vorübergehen, ohne andere Spuren im Leben des einen wie des anderen zu hinterlassen als angenehme oder unangenehme Erinnerungen. Er fühlte die ganze Mühsal seiner und ihrer Lage, die ganze Schwierigkeit, angesichts der Exponiertheit vor den Augen der Welt, in der sie sich befanden, ihre Liebe zu verbergen, zu lügen und zu trügen; und zwar dann zu lügen, zu trügen, listig zu sein und ständig an die anderen zu denken, wenn die Leidenschaft, die sie

verband, so stark war, dass sie beide alles andere ver-
gaßen außer ihrer Liebe.

Lebhaft sah er jene sich oft wiederholenden Fälle
vor sich, wenn Lug und Trug notwendig waren, was
seiner Natur so widerstrebte; sah besonders lebhaft die
Scham vor sich, die er mehrfach an ihr bemerkt hatte,
weil Lug und Trug notwendig waren. Und er empfand
ein sonderbares Gefühl, das ihn seit seiner Verbindung
mit Anna bisweilen heimsuchte. Es war ein Gefühl des
Ekels, ob vor Alexej Alexandrowitsch, vor sich selbst
oder vor allem auf der Welt, wusste er nicht so recht.
Aber er scheuchte dieses merkwürdige Gefühl jedesmal
weg. Auch jetzt schüttelte er sich und setzte seinen Gedankengang fort.

›Ja, früher war sie unglücklich, aber hatte Stolz und
Ruhe; heute kann sie keine Ruhe und Würde mehr
empfinden, obgleich sie es nicht zeigt. Ja, das muss ein
Ende haben‹, beschloss er bei sich.

Und ihm ging zum erstenmal klar der Gedanke
durch den Sinn, dass dieser Lüge ein Ende gemacht
werden müsse, und je eher, desto besser. ›Wir müssen
alles hinwerfen, sie und ich, und uns irgendwo verstecken, allein mit unserer Liebe‹, sagte er sich.

XXII

Der Platzregen war nicht von Dauer, und als Wronski unterm scharfen Trab des Mittelpferds, das die ohne
Lenkriemen durch den Dreck sprengenden Beipferde
mitriss, zum Ziel kam, schaute wieder die Sonne hervor, die Datschendächer und die alten Linden in den
Gärten beiderseits der Hauptstraße glänzten in nassem
Glanz, von den Zweigen tropfte es fröhlich und von den
Dächern rann das Wasser. Er dachte nicht mehr daran,
wie der Platzregen die Rennbahn beschädigen würde,

sondern freute sich, dass er sie dank dem Regen bestimmt zu Hause und allein antreffen würde, denn er wusste, dass Alexej Alexandrowitsch, unlängst von einer Badekur zurückgekehrt, noch nicht aus Petersburg übersiedelt war.

In der Hoffnung, sie allein anzutreffen, stieg Wronski, wie er das immer tat, um möglichst wenig Aufmerksamkeit zu erregen, noch vor dem Brückchen aus und ging zu Fuß. Er wandte sich nicht zum Vordereingang an der Straße, sondern trat in den Hof.

»Ist der gnädige Herr angekommen?« fragte er den Gärtner.

»I wo. Die gnädige Frau ist zu Hause. Aber bemühen Sie sich doch zum Vordereingang, da sind Leute, die sperren Ihnen auf.«

»Nein, ich gehe durch den Garten.«

Somit überzeugt, dass sie allein war, und in dem Wunsch, sie zu überraschen, denn er hatte nicht versprochen, heute zu kommen, auch nähme sie bestimmt nicht an, dass er vor dem Rennen vorbeikäme, schritt er vorsichtig, den Säbel festhaltend, über den Sand des blumengesäumten Pfads zur Gartenterrasse. Wronski hatte nun alles vergessen, was er unterwegs über die Beschwerlichkeit und Schwierigkeit seiner Lage gedacht hatte. Er dachte nur noch daran, dass er sie gleich sehen würde, nicht in der Phantasie, sondern leibhaftig, ganz wie sie war in Wirklichkeit. Schon stieg er, mit dem ganzen Fuß auftretend, um keinen Lärm zu machen, die schiefen Terrassenstufen hoch, als ihm plötzlich einfiel, was er immer vergaß und was an seiner Beziehung zu ihr das quälendste war − ihr Sohn mit seinem fragenden und, wie ihm schien, feindseligen Blick.

Dieser Junge behinderte ihre Beziehung häufiger als alles andere. Wenn er zugegen war, gestatteten sich weder Wronski noch Anna, irgendetwas zu sagen, was sie

nicht vor aller Welt hätten wiederholen können, sie gestatteten sich nicht einmal, in Andeutungen zu sagen,
was der Junge nicht verstanden hätte. Sie hatten sich
nicht abgesprochen, vielmehr hatte es sich von allein
ergeben. Sie hätten es für eine Beleidigung ihrer selbst
erachtet, dieses Kind zu betrügen. In seiner Anwesenheit sprachen sie miteinander wie Bekannte. Doch trotz
dieser Vorsicht sah Wronski häufig den aufmerksamen
und verunsicherten Blick des Kindes auf sich gerichtet, sah die sonderbare Schüchternheit und Unausgeglichenheit, bald Zuneigung, bald Kälte und Befangenheit, die dieser Junge ihm entgegenbrachte. Als ob das
Kind fühlte, dass es zwischen diesem Menschen und
seiner Mutter eine wichtige Beziehung gab, deren Bedeutung es nicht verstehen konnte.

Tatsächlich fühlte der Junge, dass er diese Beziehung
nicht verstehen konnte, und er strengte sich an und
konnte sich doch nicht klarmachen, was für ein Gefühl
er für diesen Menschen haben müsse. Mit dem Feingefühl des Kindes für Gefühlsäußerungen sah er klar, dass
Vater, Gouvernante und Kinderfrau – sie alle mochten
Wronski nicht, ja mehr noch, sie schauten auf ihn mit
Abscheu und Furcht, obgleich sie nichts über ihn sagten, während die Mutter ihn anschaute wie ihren besten Freund.

›Was bedeutet das nur? Wer ist das? Wie muss ich ihn
lieben? Wenn ich es nicht verstehe, ist es meine Schuld,
bin ich entweder ein dummer oder ein schlechter
Junge‹, dachte das Kind, und daher kam sein prüfender,
fragender, zum Teil ablehnender Gesichtsausdruck,
auch die Schüchternheit und Unausgeglichenheit, die
Wronski so beklommen machten. Die Gegenwart dieses
Kindes rief in Wronski immer und unabänderlich jenes
sonderbare Gefühl grundlosen Ekels hervor, das er in
letzter Zeit oft empfand. Die Gegenwart dieses Kindes
rief in Wronski und in Anna ein Gefühl hervor, ähnlich

dem eines Seefahrers, der auf dem Kompass sieht, dass
die Richtung, in die er sich rasch bewegt, stark abweicht
von der erforderlichen Richtung, dass es aber nicht in
seiner Macht liegt, die Bewegung zu stoppen, dass jede
Minute ihn weiter und weiter von der notwendigen
Richtung abbringt und dass ein Eingeständnis der Ab-
weichung für ihn dem Eingeständnis gleichkäme, verloren zu sein.

Dieses Kind mit seinem naiven Blick auf das Leben
war der Kompass, der ihnen zeigte, wie sehr sie von
dem abwichen, was sie wussten, aber nicht wissen wollten.

Diesmal war Serjoscha nicht zu Hause, sie war vollkommen allein und saß auf der Terrasse, da sie auf die
Rückkehr des Sohnes wartete, der auf dem Spaziergang
vom Regen überrascht worden war. Sie hatte einen Diener und das Mädchen geschickt, ihn zu suchen, und saß
nun wartend. In einem weißen Kleid mit breiter Sticke-
rei saß sie in der Terrassenecke hinter den Blumen und
hörte ihn nicht. Den schwarzgelockten Kopf geneigt,
presste sie die Stirn gegen ein kaltes Gießkännchen, das
auf dem Geländer stand, und ihre beiden wundervollen
Hände mit den ihm so vertrauten Ringen hielten das
Gießkännchen. Die Schönheit ihrer gesamten Gestalt,
des Kopfes, des Halses, der Hände, überraschte und erschütterte Wronski jedesmal von neuem. Er blieb stehen, betrachtete sie voll Entzücken. Doch kaum machte
er einen Schritt auf sie zu, spürte sie bereits sein Nahen,
stieß das Gießkännchen weg und drehte ihm ihr erhitztes Gesicht zu.

»Was haben Sie? Ist Ihnen nicht wohl?« fragte er auf
Französisch, während er zu ihr ging. Er hatte auf sie zu-
stürzen wollen, doch da ihm einfiel, dass jemand zugegen sein könnte, blickte er sich zur Verandatür um und
errötete, wie er jedesmal errötete, wenn er merkte, er
müsste vorsichtig sein und um sich blicken.

»Nein, mir ist wohl«, sagte sie, stand auf und drückte ihm fest die ausgestreckte Hand. »Ich habe ... dich nicht erwartet.«

»Mein Gott! was für kalte Hände!«

»Du hast mich erschreckt«, sagte sie. »Ich bin allein und erwarte Serjoscha, er ist auf dem Spaziergang; sie kommen von dort.«

Doch wiewohl sie ruhig zu sein suchte, bebten ihre Lippen.

»Verzeihen Sie, dass ich hergekommen bin, aber ich konnte den Tag nicht verbringen, ohne Sie zu sehen«, fuhr er fort auf Französisch, wie er immer sprach, wenn er das zwischen ihnen unerträglich kalte Sie und das auf Russisch gefährliche Du vermeiden wollte.

»Was gibt es da zu verzeihen? Ich freue mich so!«

»Aber Sie sind unwohl oder bekümmert.« Er ließ ihre Hand nicht los, beugte sich darüber. »Woran haben Sie gedacht?«

»Stets an das eine«, sagte sie mit einem Lächeln.

Sie sagte die Wahrheit. Wann, in welchem Moment auch immer sie gefragt worden wäre, woran sie denke, sie hätte unfehlbar antworten können: an das eine, an ihr Glück und an ihr Unglück. Soeben, als er sie überraschte, hatte sie gedacht, warum nur für andere, für Betsy beispielsweise, hatte sie gedacht, (sie wusste von ihrer, vor der Gesellschaft geheimgehaltenen, Liaison mit Tuschkewitsch), das leicht sei, für sie hingegen so qualvoll. Aus gewissen Erwägungen peinigte dieser Gedanke sie heute besonders. Sie fragte Wronski nach dem Rennen. Er antwortete, und da er sah, dass sie erregt war, suchte er sie zu zerstreuen und berichtete ihr nun in schlichtestem Ton ausführlich von den Rennvorbereitungen.

›Sag ich es ihm, sag ich es nicht?‹ dachte sie und sah ihm in die ruhigen, zärtlichen Augen. ›Er ist so glücklich, so beschäftigt mit seinem Rennen, er wird es nicht begreifen, wie nötig, wird nicht die volle Bedeutung dieses Ereignisses für uns begreifen.‹

»Aber Sie haben mir nicht gesagt, woran Sie dachten, als ich kam«, unterbrach er seinen Bericht, »bitte, sagen Sie es!«

Sie antwortete nicht, neigte ein wenig den Kopf und schaute ihn von unten, hinter den langen Wimpern hervor, mit ihren funkelnden Augen fragend an. Ihre Hand, die mit einem abgerissenen Blatt spielte, zitterte. Er sah es, und sein Gesicht drückte jene Ergebenheit, jene sklavische Hingabe aus, die sie stets so bestach.

»Ich sehe, dass etwas geschehen ist. Kann ich denn einen Augenblick ruhig sein, wenn ich weiß, dass Sie einen Kummer haben, den ich nicht teile? Sagen Sie es, ich bitte Sie!« wiederholte er flehentlich.

›Ja, das könnte ich ihm nicht verzeihen, wenn er die volle Bedeutung nicht begreifen würde. Besser, ich sage nichts, weshalb es riskieren?‹ dachte sie, dabei blickte sie ihn noch genauso an und spürte, dass ihre Hand mit dem Blatt mehr und mehr zitterte.

»Ich bitte Sie!« wiederholte er und nahm ihre Hand.

»Soll ich?«

»Ja, ja, ja …«

»Ich bin schwanger«, sagte sie leise und langsam.

Das Blatt in ihrer Hand erzitterte noch stärker, doch sie wandte nicht den Blick von ihm, um zu sehen, wie er es aufnehmen würde. Er wurde bleich, wollte etwas sagen, hielt aber inne, ließ ihre Hand los und senkte den Kopf. ›Ja, er hat das Ereignis in seiner vollen Bedeutung begriffen‹, dachte sie und drückte ihm dankbar die Hand.

Sie irrte sich aber, wenn sie meinte, er habe die Bedeutung der Nachricht so begriffen, wie sie als Frau sie begriff. Ihn hatte bei dieser Nachricht, zehnfach verstärkt, dieses sonderbare Gefühl des Ekels gegen irgendjemanden befallen, das ihn schon früher heimgesucht hatte; zugleich aber begriff er, dass die Krise, die er herbeiwünschte, jetzt da war, dass es sich vor dem Ehemann nicht länger geheimhalten ließ und es so oder so notwendig wurde, die unnatürliche Situation bald zu sprengen. Außerdem übertrug sich ihre Aufregung körperlich auf ihn. Er sah sie mit gerührtem, ergebenem Blick an, küsste ihr die Hand, stand auf und wanderte schweigend über die Terrasse.

»Ja«, sagte er entschlossen und trat zu ihr. »Weder Sie noch ich sahen in unserer Beziehung ein Spiel, und nun ist unser Schicksal entschieden. Wir müssen unbedingt«, sagte er und sah sich um, »dieser Lüge, in der wir leben, ein Ende machen.«

»Ein Ende? Aber wie, Alexej?« sagte sie leise.

Sie hatte sich nun beruhigt, und auf ihrem Gesicht strahlte ein zärtliches Lächeln.

»Den Ehemann verlassen und unser Leben vereinen.«

»Es ist auch so vereint«, erwiderte sie kaum hörbar.

»Ja, aber ganz, ganz.«

»Aber wie, Alexej, lehre mich, wie?« sagte sie mit traurigem Spott über die Ausweglosigkeit ihrer Lage. »Gibt es denn einen Ausweg aus solch einer Lage? Bin ich nicht die Frau meines Mannes?«

»Aus jeder Lage gibt es einen Ausweg. Man muss sich entschließen«, sagte er. »Alles ist besser als die Lage, in der du lebst. Ich sehe doch, wie alles dich peinigt, Gesellschaft, Sohn und Mann.«

»Ach, der Mann ja nicht«, sagte sie mit schlichter Ironie. »Ich weiß nichts von ihm, denke nicht an ihn. Es gibt ihn nicht.«

»Du sprichst nicht aufrichtig. Ich kenne dich doch. Du peinigst dich auch seinetwegen.«

»Aber er weiß es doch nicht«, sagte sie, und plötzlich stieg ihr tiefe Röte ins Gesicht; Wangen, Stirn und

Hals erröteten, und in die Augen traten ihr Tränen der Scham. »Aber sprechen wir doch nicht von ihm.«

XXIII

Wronski hatte schon mehrfach versucht, wenn auch nicht so entschieden wie jetzt, sie zu einer Erörterung ihrer Lage zu bewegen, und war jedesmal auf die Oberflächlichkeit und Leichtfertigkeit des Urteils gestoßen, mit der sie jetzt seiner Aufforderung begegnete. Als ob daran etwas wäre, das sie sich nicht klarmachen konnte oder wollte, als ob sie, die wahre Anna, sobald sie davon anfing, sich in sich zurückzöge und eine andere, sonderbare, ihm fremde Frau hervorkäme, die er nicht liebte und fürchtete und die ihm Widerstand leistete. Heute aber entschloss er sich, alles auszusprechen.

»Ob er es weiß oder nicht«, sagte Wronski in seinem üblichen, festen und ruhigen Ton, »ob er es weiß oder nicht, ist für uns unerheblich. Wir können nicht ... Sie können nicht so verharren, besonders jetzt.«

»Was ist zu tun, Ihrer Meinung nach?« fragte sie mit demselben leichten Spott. Sie, die so befürchtet hatte, er könnte ihre Schwangerschaft zu leicht nehmen, war jetzt verdrossen, dass er daraus den Schluss zog, es müsse etwas unternommen werden.

»Ihm alles verkünden und ihn verlassen.«

»Schön und gut, nehmen wir an, ich tue es«, sagte sie. »Wissen Sie, was daraus wird? Ich kann alles im voraus erzählen.« Ein böses Licht entzündete sich in ihren eben noch zärtlichen Augen. »So, Sie lieben einen anderen und sind eine frevlerische Verbindung mit ihm eingegangen? (Da sie ihren Mann nachahmte, betonte sie genauso, wie Alexej Alexandrowitsch es tat, das Wort frevlerisch.) Ich hatte Sie auf die Konsequenzen in religiöser, zivilrechtlicher und familiärer Hinsicht hingewiesen. Sie haben nicht auf mich gehört. Jetzt kann ich meinen Namen nicht der Schande anheimfallen lassen ...‹« – und meinen Sohn, wollte sie sagen, doch mit dem Sohn konnte sie nicht Scherz treiben – »›ja, meinen Namen‹ und noch anderes in dieser Art«, fügte sie an. »Überhaupt wird er in seiner staatsmännischen Manier und mit Klarheit und Exaktheit sagen, dass er mich nicht freigeben könne, aber alle ihm zur Verfügung stehenden Maßnahmen ergreifen werde, um einen Skandal zu unterbinden. Und wird ruhig und akkurat tun, was er sagt. Das nämlich wird daraus. Er ist kein Mensch, sondern eine Maschine, eine böse Maschine, wenn er in Rage gerät«, fügte sie hinzu, dabei sah sie Alexej Alexandrowitsch in allen Einzelheiten seiner Gestalt, Redeweise und seines Charakters vor sich und beschuldigte ihn all dessen, was sie nur Unschönes an ihm finden konnte, ließ ihm nichts durchgehen – der schlimmen Schuld wegen, deren sie an ihm schuldig geworden war.

»Aber Anna«, sagte Wronski mit eindringlicher, weicher Stimme, da er sie zu beruhigen suchte, »dennoch muss man es ihm sagen, und danach sich davon leiten lassen, was er unternehmen wird.«

»Und dann, fliehen?«

»Warum nicht fliehen? Ich sehe keine Möglichkeit, so weiterzumachen. Und nicht meinetwegen – ich sehe, dass Sie leiden.«

»Ja, fliehen, und ich darf dann zu Ihrer Geliebten werden?« entgegnete sie erbost.

»Anna!« sagte er mit zärtlichem Vorwurf.

»Ja«, fuhr sie fort, »zu Ihrer Geliebten werden und alles zugrunde richten ...«

Den Sohn, hatte sie wieder sagen wollen, konnte aber das Wort nicht aussprechen.

Wronski konnte nicht begreifen, wie sie bei ihrer

starken, ehrlichen Natur diesen Zustand des Betrugs
ertragen konnte, ohne ihn beenden zu wollen; er kam
nicht darauf, dass der Hauptgrund dafür das Wort
Sohn war, das sie nicht aussprechen konnte. Wenn sie
an den Sohn dachte und an sein künftiges Verhältnis zu
einer Mutter, die den Vater verlassen hatte, graute ihr
dermaßen vor dem, was sie getan hatte, dass sie nicht
mehr überlegte, sondern sich, als Frau, nur mit verloge-
nen Überlegungen und Wörtern zu beruhigen trachtete, damit alles beim alten bliebe und sie das grauenhafte Problem vergessen könnte, was aus dem Sohn
würde.

»Ich bitte dich, ich flehe dich an«, sagte sie plötzlich
in vollkommen anderem, aufrichtigem und zärtlichem
Ton und nahm ihn bei der Hand, »sprich mit mir niemals darüber!«

»Aber, Anna ...«

»Niemals. Überlass es mir. Die ganze Erbärmlichkeit, den ganzen Schrecken meiner Lage kenne ich;
aber das lässt sich nicht so leicht lösen, wie du denkst.
Überlass es mir und höre auf mich. Sprich darüber niemals mit mir. Versprichst du es? Doch, doch, versprich
es!«

»Ich verspreche alles, aber ich kann nicht ruhig sein,
besonders nach dem, was du gesagt hast. Ich kann nicht
ruhig sein, wenn du nicht ruhig sein kannst ...«

»Ich?« wiederholte sie. »Ja, ich quäle mich manchmal, aber das vergeht, wenn du niemals darüber sprechen wirst mit mir. Wenn du mit mir sprichst darüber,
nur dann peinigt es mich.«

»Ich verstehe nicht ...«

»Ich weiß«, unterbrach sie ihn, »wie schwer es ist für
deine ehrliche Natur zu lügen, und du tust mir leid. Ich
denke oft, wie du meinetwegen dein Leben zugrunde
richten konntest.«

»Ich dachte soeben das Gleiche«, sagte er, »wie konn-

test du meinetwegen alles opfern? Ich kann mir nicht
verzeihen, dass du unglücklich bist.«

»Ich und unglücklich?« Sie beugte sich zu ihm und
sah ihn an mit dem begeisterten Lächeln der Liebe.
»Ich bin wie ein Hungriger, der zu essen bekommen
hat. Vielleicht ist ihm kalt, und seine Kleidung ist zerrissen, er schämt sich, aber er ist nicht unglücklich. Ich
und unglücklich? Nein, da ist mein Glück …«

Sie hörte die Stimme des zurückkehrenden Sohnes,
warf einen raschen Blick über die Terrasse und stand
hastig auf. In ihrem Blick entzündete sich das Feuer,
das er kannte, mit einer raschen Bewegung hob sie ihre
schönen, beringten Hände, nahm seinen Kopf, schaute
ihn mit einem langen Blick an, näherte ihr Gesicht mit
den offenen, lächelnden Lippen, küsste rasch seinen
Mund und beide Augen und stieß ihn weg. Sie wollte
gehen, doch er hielt sie auf.

»Wann?« fragte er flüsternd, Begeisterung im Blick.

»Heute, um eins«, flüsterte sie, seufzte tief und ging
mit ihrem leichten und raschen Gang dem Sohn entgegen.

Serjoscha war im Park vom Regen überrascht worden, er und die Kinderfrau hatten in einer Laube abge-
wartet.

»Nun, auf Wiedersehen«, sagte sie zu Wronski. »Jetzt
muss ich bald los zum Rennen. Betsy hat versprochen,
mich abzuholen.«

Wronski blickte auf die Uhr und fuhr eilends davon.

XXIV

Als Wronski auf der Veranda der Karenins auf die Uhr
schaute, war er so aufgewühlt und in seinen Gedanken
befangen, dass er die Zeiger auf dem Zifferblatt sah,
aber nicht begreifen konnte, wie spät es war. Er ging

zur Chaussee und begab sich, vorsichtig durch den Morast schreitend, zu seiner Kalesche. Sein Gefühl für Anna war so übermächtig, dass er gar nicht nachdachte, wie spät es sei und ob er noch die Zeit habe, zu Brjanski zu fahren. Ihm war, wie das häufig vorkommt, nur das oberflächliche Denkvermögen geblieben, das ihm vorgab, was wonach zu tun war. Er ging zu seinem Kutscher, der im bereits schrägen Schatten einer dichten Linde auf dem Kutschbock döste, bewunderte die schillernden Säulen der Mückenschwärme, die über den dampfenden Pferden wirbelten, und als er den Kutscher geweckt hatte, sprang er in die Kalesche und befahl, zu Brjanski zu fahren. Erst als sie an die sieben Werst gefahren waren, besann er sich soweit, dass er auf die Uhr schaute und begriff, dass es halb sechs war und er sich verspätete.

An diesem Tag gab es mehrere Rennen, eines der Eskorten, dann ein Offiziersrennen über zwei Werst, eines über vier Werst und das, an dem er teilnahm. Zu seinem Rennen konnte er es schaffen, aber wenn er zu Brjanski fuhr, schaffte er es gerade noch und käme erst an, wenn der Hof schon da wäre. Das war ungünstig. Aber er hatte Brjanski sein Wort gegeben, darum beschloss er weiterzufahren und befahl dem Kutscher, die Troika nicht zu schonen.

Er kam zu Brjanski, blieb fünf Minuten und preschte zurück. Die schnelle Fahrt beruhigte ihn. Alles Bedrückende, das an seinem Verhältnis zu Anna war, alle Ungewissheit, die nach ihrem Gespräch geblieben war, alles war ihm entfallen; mit Lust und Erregung dachte er nun an das Rennen, dass er es doch schaffen würde, und die Vorfreude auf das Glück des nächtlichen Rendezvous' blitzte hie und da als helles Licht in seiner Phantasie auf.

Das bevorstehende Rennen bemächtigte sich mehr und mehr seines Gefühls, je weiter er hineinfuhr in die

Rennatmosphäre und die Equipagen derer überholte, die von den Datschen und aus Petersburg zum Rennen fuhren.

In seinem Quartier war bereits niemand mehr, alle waren beim Rennen, und sein Lakai erwartete ihn am Tor. Während er sich umzog, teilte ihm der Lakai mit, das zweite Rennen habe schon begonnen, viele Herren seien gekommen und hätten nach ihm gefragt, und aus dem Rennstall sei zweimal der Stallbursche gelaufen gekommen.

Als Wronski sich ohne Hast umgezogen hatte (er hastete niemals und verlor nie die Selbstbeherrschung), ließ er sich zu den Baracken fahren. Von den Baracken konnte er bereits das Meer der Equipagen, Fußgänger und Soldaten sehen, die die Rennbahn umringten, und die Pavillons, in denen es von Zuschauern wimmelte. Offenbar war das zweite Rennen im Gang, denn während er die Baracke betrat, hörte er die Glocke. Kurz vor dem Stall war er Machotins weißfußigem Fuchs Gladiator begegnet, der mit einer Satteldecke in Orange und Blau und mit blau eingefassten Kappen auf den riesig erscheinenden Ohren zur Rennbahn geführt wurde.

»Wo ist Cord?« fragte er den Stallburschen.

»Im Stall, er sattelt.«

In der aufgesperrten Box stand Frou-Frou bereits gesattelt. Sie sollte gerade hinausgeführt werden.

»Ich komme nicht zu spät?«

»*All right! All right!* Alles in Ordnung, alles in Ordnung«, sagte der Engländer, »seien Sie nicht aufgeregt.«

Wronski umfing noch einmal mit dem Blick die hinreißenden, geliebten Formen der Stute, die am ganzen Leib zitterte; mit Mühe riss er sich von dem Schauspiel los und verließ die Baracke. Bei den Pavillons fuhr er zum günstigsten Zeitpunkt vor, um niemandes Aufmerksamkeit auf sich zu lenken. Gerade ging das Zwei-

Werst-Rennen zu Ende, und aller Augen waren auf den Gardekavalleristen vornedran und den Leibhusaren dahinter gerichtet, die aus letzter Kraft die Pferde trieben und sich dem Siegespfosten näherten. Aus der Mitte und von außerhalb der Rennbahn drängte alles zum Pfosten, und eine Gruppe von Soldaten und Offizieren der Gardekavallerie drückte in lauten Rufen ihre Freude über den zu erwartenden Sieg ihres Offiziers und Kameraden aus. Wronski trat fast im selben Augenblick unauffällig unter die Menge, als die Glocke ertönte, das Zeichen für das Ende des Rennens, und der hochgewachsene, dreckbespritzte Gardekavallerist, der als erster einlief, sich in den Sattel senkte und seinem grauen, vor Schweiß dunklen, schwer schnaufenden Hengst die Zügel locker ließ.

Der Hengst wusste kaum mehr die Beine zu setzen, als er den schnellen Lauf seines großen Leibes verlangsamte, und der Gardekavallerie-Offizier blickte ringsum wie jemand, der aus schwerem Schlaf erwacht, und lächelte mit Mühe. Eine Menge eigener und fremder Leute umringte ihn.

Wronski mied absichtlich die erlesene, hochherrschaftliche Menge, die sich gesittet und ungezwungen vor den Pavillons bewegte und sich unterhielt. Er erfuhr, dass auch Karenina, Betsy und die Frau seines Bruders dort waren, und er ging mit Vorsatz nicht hin, um sich nicht abzulenken. Doch andauernd hielten ihn Bekannte auf, berichteten ihm ausführlich von den vorigen Rennen und fragten ihn, weshalb er sich verspätet habe.

Während die Reiter zum Pavillon gerufen wurden, um die Preise zu empfangen, und alles sich dorthin wandte, trat zu Wronski sein älterer Bruder Alexander, ein Oberst mit Achselschnüren, nicht groß, ebenso stämmig wie Alexej, aber schöner und rotwangiger, mit roter Nase und einem offenen Trinkergesicht.

»Hast du mein Billett erhalten?« fragte er. »Dich trifft man ja nie.«

Alexander Wronski war trotz seines ausschweifenden, vor allem dem Trinken gewidmeten Lebens, für das er berüchtigt war, ein durchaus hoffähiger Mann. Während er nun mit dem Bruder über eine ihm äußerst unangenehme Sache sprach, jedoch wusste, dass vieler Augen auf sie gerichtet sein könnten, hatte er eine lächelnde Miene aufgesetzt, als scherzte er mit dem Bruder über Unwichtiges.

»Ich habe es erhalten und begreife wirklich nicht, was dich das kümmert«, sagte Alexej.

»Mich kümmert es deshalb, weil mir gerade hinterbracht wurde, du seist nicht hier, und am Montag seist du in Peterhof gesehen worden.«

»Es gibt Dinge, die nur für diejenigen zur Debatte stehen, die unmittelbar betroffen sind, und das, was dich so kümmert, gehört dazu ...«

»Ja, aber dann ist man nicht im Dienst, ist nicht ...«

»Ich bitte dich, misch dich nicht ein, weiter nichts.«

Alexej Wronskis düsteres Gesicht war blass geworden, sein vorspringender Unterkiefer erzitterte, was selten vorkam. Als Mensch mit einem sehr guten Herzen geriet er selten in Zorn, aber wenn er in Zorn geriet und wenn sein Kinn zitterte, war er gefährlich, wie auch Alexander Wronski wusste. Alexander Wronski lächelte fröhlich.

»Ich wollte dir nur den Brief unserer Frau Mutter übergeben. Antworte ihr und lass dir vor dem Reiten nicht die Laune verderben. *Bonne chance**«, fügte er lächelnd hinzu und ging.

Aber danach hielt eine weitere freundschaftliche Begrüßung Wronski auf.

»Kennst deine Freunde nicht mehr! Sei gegrüßt, *mon*

---

* Viel Glück *(frz.)*

cher!« sprach Stepan Arkadjitsch, und auch hier, inmitten dieses Petersburger Glanzes, brillierte er nicht weniger als in Moskau mit seinem rotwangigen Gesicht und den schimmernden, gekämmten Koteletten. »Gestern bin ich angekommen und freue mich sehr, dass ich deinen Triumph miterlebe. Wann sehen wir uns?«

»Komm morgen ins Offizierskasino«, sagte Wronski, drückte ihm, sich entschuldigend, den Mantelärmel und begab sich in die Mitte der Rennbahn, wohin schon die Pferde für das große Jagdrennen geführt wurden.

Die vom Rennen erschöpften, schweißnassen Pferde wurden von Stallburschen nach Hause geleitet, und für das bevorstehende Rennen trafen nacheinander die neuen ein, frische, größtenteils englische Pferde, in den Kopfkappen und mit ihren aufgebundenen Bäuchen sonderbaren Riesenvögeln gleich. Rechter Hand wurde die bauchenge schöne Frou-Frou auf und ab geführt, die ihre elastischen und ziemlich langen Kötengelenke wie auf Sprungfedern aufsetzte. Unweit davon wurde dem breitohrigen Gladiator die Satteldecke abgenommen. Die gewaltigen, hinreißenden, vollkommen harmonischen Formen des Hengstes mit der wundervollen Kruppe und den ungewöhnlich kurzen, unmittelbar über den Hufen sitzenden Kötengelenken zogen unwillkürlich Wronskis Aufmerksamkeit an. Er wollte zu seiner Stute gehen, doch wieder hielt ihn ein Bekannter auf.

»Ah, da ist ja Karenin!« sagte der Bekannte während ihres Gesprächs. »Sucht seine Frau, sie ist jedoch im mittleren Pavillon. Haben Sie sie gesehen?«

»Nein, habe ich nicht«, erwiderte Wronski, und ohne sich überhaupt zum Pavillon umzusehen, in der Karenina sitzen sollte, ging er zu seiner Stute.

Wronski hatte noch nicht recht den Sattel überprüft, für den er noch etwas anordnen musste, da wurden die Reiter schon zum Pavillon gerufen, um die Startplätze auszulosen und für den Start registriert zu werden. Mit ernsthaften, strengen, viele mit bleichen Gesichtern versammelten sich die siebzehn Offiziere am Pavillon und zogen Nummern. Wronski fiel Nummer sieben zu. Schon hieß es: »Aufsitzen!«

Da Wronski fühlte, dass er mit den anderen Reitern das Zentrum war, auf das alle Augen sich richteten, begab er sich in dem angespannten Zustand, der ihn gewöhnlich langsam werden ließ und ruhig in den Bewegungen, zu seiner Stute. Cord hatte zur Feier des Rennens sein Paradegewand angelegt: einen schwarzen, zugeknöpften Rock, ein Stehkrägelchen, das ihm die Wangen stützte, dazu einen runden schwarzen Hut und Kanonenstiefel. Er war wie immer ruhig und gesetzt und hielt das Pferd, davorstehend, selbst an beiden Zügeln. Frou-Frou zitterte weiterhin wie im Fieber. Ihr Auge voll Feuer schielte auf den näherkommenden Wronski. Wronski schob einen Finger unter den Sattelgurt. Die Stute schielte stärker, bleckte die Zähne und legte ein Ohr an. Der Engländer krauste die Lippen, er wollte damit belächeln, dass seine Sattelung überprüft wurde.«Sitzen Sie auf, dann sind Sie weniger erregt.«

Wronski blickte sich ein letztes Mal nach seinen Konkurrenten um. Er wusste, dass er sie beim Reiten nicht mehr sehen würde. Zwei ritten schon zu der Stelle, von wo sie starten mussten. Galzin, einer der gefährlichen Konkurrenten und Wronskis Freund, hatte seine liebe Not mit seinem braunen Hengst, der ihn nicht aufsitzen ließ. Ein kleiner Leibhusar in engen Reithosen galoppierte vorüber, wie ein Kater über der Kruppe gebuckelt, da er es den Engländern nachtun wollte. Graf Kusowlew saß bleich auf seiner Vollblutstute aus dem Grabowski-Gestüt, ein Engländer führte sie am Zaum. Wronski und alle seine Kameraden kannten Kusowlew und wussten insbesondere um seine »schwachen« Nerven und seinen grauenhaften Ehrgeiz. Sie wussten, dass er vor allem Angst hatte, auch Angst, ein Armeepferd zu reiten; jetzt aber, eben weil ihm graute, weil die Leute sich das Genick brachen und bei jedem Hindernis ein Arzt stand, eine Lazarettfuhre mit aufgenähtem Kreuz und barmherziger Schwester, hatte er sich zum Reiten entschlossen. Ihre Blicke trafen sich, und Wronski zwinkerte ihm herzlich und aufmunternd zu. Einen nur sah er nicht, den Hauptkonkurrenten, Machotin auf Gladiator.

»Hasten Sie nicht«, sagte Cord zu Wronski, »und denken Sie an eins: Sie sollten sie vor den Hindernissen nicht zurückhalten und nicht treiben, lassen Sie sie machen, wie sie will.«

»Gut, gut«, sagte Wronski und griff nach den Zügeln.

»Wenn möglich, gehen Sie in Führung, aber lassen Sie bis zum letzten Augenblick den Mut nicht sinken, auch wenn Sie hinten sein sollten.«

Bevor die Stute sich rühren konnte, hatte Wronski mit einer gewandten und starken Bewegung den Fuß in den stählernen, schartigen Steigbügel gesetzt und schwang seinen durchtrainierten Körper leicht und fest in den lederknarzenden Sattel. Er schob den rechten Fuß in den Steigbügel, ordnete mit geübtem Griff zwischen den Fingern die Doppelzügel, und Cord ließ los. Als wüsste sie nicht, mit welchem Fuß zuerst auftreten, zog Frou-Frou mit ihrem langen Hals die Zügel straff und setzte sich wie auf Sprungfedern in Bewegung, wiegte den Reiter auf ihrem geschmeidigen Rücken. Cord beschleunigte den Schritt, kam hinterher. Die erregte Stute suchte bald von der einen, bald der anderen Seite durch Straffziehen der Zügel den Reiter zu täuschen, und Wronski setzte vergeblich Stimme und Hand ein, um sie zu beruhigen.

Auf dem Weg zu der Stelle, von wo sie starten sollten, kamen sie schon am gestauten Fluss vorbei. Vi

der Mitreitenden waren vor ihm, viele hinter ihm, als
Wronski plötzlich hinter sich ein Pferd durch den Morast galoppieren hörte, und ihn überholte Machotin auf
seinem weißfußigen, breitohrigen Gladiator. Machotin
lächelte, zeigte seine langen Zähne, aber Wronski warf
ihm einen bösen Blick zu. Er konnte ihn sowieso nicht
leiden, hielt ihn jetzt für seinen gefährlichsten Konkurrenten, und ihn verdross, dass er vorbeigesprengt war
und seine Stute in Wallung gebracht hatte. Frou-Frou
warf das linke Bein zum Galopp vor und machte zwei
Sprünge, und verärgert über die angezogenen Zügel,
fiel sie in stoßenden Trab, der den Reiter hochwarf.
Cord blickte ebenfalls unwillig, und fast rannte er im
Passgang hinter Wronski her.

XXV

Insgesamt ritten siebzehn Offiziere. Das Jagdrennen
sollte auf dem großen, vier Werst langen, elliptischen
Parcours vor dem Pavillon stattfinden. Auf diesem Parcours waren neun Hindernisse errichtet: der Fluss, ein
großes, zwei Arschin hohes, festes Gatter unmittelbar
vor dem Pavillon, ein trockener Graben, ein Wassergraben, ein Berg, eine irische Bank (eines der schwierigsten Hindernisse), bestehend aus einem mit Reisern
bestecktem Wall, hinter dem, für das Pferd unsichtbar,
noch ein Graben lag, so dass das Pferd beide Hindernisse zugleich überspringen musste oder sich das Genick brach; dann noch zwei Wassergräben und ein
trockener, und das Rennen endete gegenüber dem Pavillon. Es begann jedoch nicht auf der Ellipse, sondern
hundert Saschen seitwärts davon, und auf diesem Abschnitt lag das erste Hindernis, der drei Arschin breite,
gestaute Fluss, den die Reiter nach Gutdünken überspringen oder durchwaten konnten.

Dreimal hatten die Reiter sich schon in einer Linie ausgerichtet, aber jedesmal drängte sich ein Pferd vor, und sie mussten sich erneut aufstellen. Oberst Sestrin, ein versierter Starter, wurde schon ärgerlich, bis er schließlich beim viertenmal »Ab!« rief – und es ging los.

Alle Augen, alle Ferngläser waren der bunten Schar der Reiter zugewandt, während sie sich ausrichteten.

»Sie starten! Sie reiten!« war nach der erwartungsvollen Stille von allen Seiten zu hören.

Menschengruppen wie einzelne Zuschauer rannten nun von Ort zu Ort, um besser zu sehen. Gleich in der ersten Minute zog sich die kompakte Schar der Reiter auseinander, zu sehen war, wie sie sich zu zweit, zu dritt und einer nach dem anderen dem Fluss näherten. Den Zuschauern kam es vor, als ritten sie alle gemeinsam; für die Reiter jedoch gab es Sekundenunterschiede, die große Bedeutung für sie hatten.

Die erregte und zu nervöse Frou-Frou hatte den ersten Moment verpasst, einige Pferde stürmten vor ihr los, aber noch bevor sie den Fluss erreichten, hatte Wronski, der mit aller Kraft das sich auf die Zügel legende Pferd zurückhielt, mit Leichtigkeit drei überholt, und vor ihm war nur noch Machotins Fuchs Gladiator, dessen Kruppe unmittelbar vor Wronski gleichmäßig und leicht den Takt schlug, und vorneweg noch die hinreißende Diana, die den mehr toten als lebendigen Kusowlew trug.

Während der ersten Minuten hatte Wronski weder sich noch die Stute im Griff. Bis zum ersten Hindernis, dem Fluss, konnte er die Bewegungen der Stute nicht lenken.

Gladiator und Diana kamen gleichzeitig an, und fast im selben Moment, hopphopp, stiegen sie hoch über den Fluss und flogen auf die andere Seite; unmerklich, wie im Flug, schwang sich hinter ihnen Frou-Frou in die Höhe, aber gerade als Wronski sich in der Luft fühlte, erblickte er, fast unter den Beinen seines Pferds, Kusowlew, der sich samt Diana auf der anderen Flussseite am Boden wälzte (Kusowlew hatte nach dem Sprung die Zügel gelockert, das Pferd war mit ihm gestürzt, Hals über Kopf). Diese Einzelheiten erfuhr Wronski erst später, jetzt sah er nur, dass genau dort, wo Frou-Frou die Beine aufsetzen musste, ein Bein oder der Kopf Dianas sein könnte. Aber Frou-Frou spannte wie eine fallende Katze im Sprung Beine und Rücken an, und an dem Pferd vorbei jagte sie weiter.

›Oh, meine Liebe!‹ dachte Wronski.

Nach dem Fluss hatte Wronski die Stute völlig im Griff und hielt sie nur zurück, da er beabsichtigte, das große Gatter hinter Machotin zu überspringen und erst auf der nächsten, hindernislosen Strecke von vielleicht zweihundert Saschen zu versuchen, ihn zu überholen.

Das große Gatter stand unmittelbar vor dem Zarenpavillon. Der Kaiser, der ganze Hof, die Volksmengen, alle schauten auf sie, auf ihn und den eine Pferdelänge vor ihm reitenden Machotin, als sie sich dem Teufel näherten (so wurde das feste Gatter genannt). Wronski spürte diese von allen Seiten auf ihn gerichteten Blicke, aber er sah nichts als die Ohren und den Hals seiner Stute, die ihm entgegenlaufende Erde, die Kruppe und die weißen Füße Gladiators, die vor ihm rasch den Takt schlugen und immer in derselben Entfernung blieben. Gladiator stieg hoch, und ohne zu touchieren, schwenkte er den kurzen Schweif und verschwand aus Wronskis Blickfeld.

»Bravo!« sagte jemandes Stimme.

Im gleichen Augenblick tauchten in Wronskis Blickfeld, unmittelbar vor ihm, die Bretter des Gatters auf. Ohne die geringste Bewegungsänderung schwang sich die Stute unter ihm in die Höhe; die Bretter verschwanden, nur hinter ihm pochte etwas. Durch den vorweg laufenden Gladiator in Wallung, war die Stute vor dem Gatter zu früh abgesprungen und hatte mit dem Hinterhuf touchiert. Aber ihr Lauf änderte sich nicht, und Wronski, der im Gesicht einen Dreckspritzer abbekommen hatte, erkannte, dass er wieder denselben Abstand von Gladiator hatte. Wieder erblickte er vor sich seine Kruppe, den kurzen Schweif und wieder die sich nicht entfernenden, rasch sich bewegenden weißen Füße.

In demselben Augenblick, als Wronski dachte, jetzt müssten sie Machotin überholen, hatte Frou-Frou schon verstanden, was er dachte, drückte ohne jeden Ansporn gehörig auf das Tempo und näherte sich Machotin von der günstigsten Seite, der des Seils. Machotin ließ sie nicht durch. Wronski dachte gerade, sie könnten auch innen überholen, da wechselte Frou-Frou den Galopp und begann, eben auf diese Weise zu überholen. Frou-Frous vor Schweiß schon dunkler werdende Schulter lag gleichauf mit Gladiators Kruppe. Ein paar Sprünge machten sie nebeneinander. Doch vor dem Hindernis, dem sie sich näherten, setzte Wronski die Zügel ein, um nicht den großen Bogen laufen zu müssen, und rasch hatte er, auf dem Berg, Machotin überholt. Er sah sein dreckverspritztes Gesicht vorbeihuschen. Ihm war sogar, als hätte er gelächelt. Wronski hatte Machotin überholt, doch er spürte ihn gleich hinter sich und hörte unablässig hinter seinem Rücken Gladiators regelmäßigen Hufschlag und die noch vollkommen frischen Atemstöße aus seinen Nüstern.

Die nächsten beiden Hindernisse, Graben und Gatter, waren leicht zu überwinden, doch Wronski hörte Gladiators Schnauben und Springen nun näher. Er trieb die Stute und spürte voll Freude, dass sie leicht den Lauf beschleunigte, und Gladiators Hufschlag war wieder in der vorigen Entfernung zu hören.

Wronski führte das Rennen — eben das hatte er gewollt und hatte Cord ihm geraten, und jetzt war er sich des Erfolgs sicher. Seine Erregung, Freude und Zärtlichkeit für Frou-Frou wurden immer stärker. Er hätte gerne zurückgeschaut, wagte es aber nicht und suchte sich zu beruhigen und das Pferd nicht zu treiben, um ihm eine Reserve zu lassen, ähnlich der, die, er fühlte es, Gladiator noch hatte. Es blieb noch ein Hindernis, das schwierigste; wenn er es vor den anderen überwände, käme er als Erster an. Er sprengte zur irischen Bank. Gemeinsam mit Frou-Frou sah er diese Bank schon von weitem, und beide gemeinsam, ihn und die Stute, befiel kurz ein Zweifel. Er las den Ohren des Pferdes die Unentschlossenheit ab und hob die Peitsche, spürte aber sofort, dass der Zweifel unbegründet war: die Stute wusste, was zu tun war. Sie beschleunigte und schwang sich gemessen, so exakt, wie es ihm vorschwebte, in die Höhe, und vom Boden abgesprungen, überließ sie sich der Schwungkraft, die sie weit über den Graben hinaustrug; und in demselben Takt, ohne Anstrengung, mit demselben Bein, setzte Frou-Frou das Rennen fort.

»Bravo, Wronski!« Aus einer Gruppe hörte er Stimmen — wie er wusste, Leute aus seinem Regiment und Freunde, die an diesem Hindernis standen; unverkennbar war Jaschwins Stimme, aber gesehen hatte er ihn nicht.

›Oh, meine Wonne!‹ dachte er über Frou-Frou und lauschte, was sich hinter ihm tat. ›Drübergesprungen!‹ dachte er, als er hinter sich Gladiators Hufschlag vernahm. Es blieb noch ein letzter Graben, zwei Arschin breit, mit Wasser, Wronski schaute nicht einmal hin, doch da er mit Vorsprung als Erster einlaufen wollte, begann er kreisförmig mit den Zügeln zu arbeiten, hob und senkte den Kopf des Pferdes im Takt der Sprünge. Er spürte, dass die Stute ihre letzten Reserven einsetzte;

nicht nur Hals und Schultern waren nass, sondern an Rist, Kopf und den spitzen Ohren trat der Schweiß in Tropfen hervor, und sie schnaufte heftig und kurz. Aber er wusste, diese Reserve wäre für die verbleibenden zweihundert Saschen mehr als genug. Nur weil er sich der Erde näher fühlte, und an der besonderen Weichheit der Bewegung erkannte Wronski, wie sehr seine Stute noch an Tempo gewonnen hatte. Den Wassergraben überflog sie, als bemerkte sie ihn nicht. Sie überflog ihn wie ein Vogel; doch im selben Augenblick spürte Wronski zu seinem Entsetzen, dass er nicht mit der Bewegung des Pferdes gegangen war und, er begriff gar nicht wie, eine falsche, unverzeihliche Bewegung machte und in den Sattel fiel. Plötzlich veränderte sich seine Haltung, und er begriff, dass etwas Entsetzliches geschehen war. Er konnte sich noch nicht klar werden darüber, was geschehen war, da huschten neben ihm schon die weißen Füße des Fuchshengstes, und Machotin zog in raschem Lauf vorbei. Wronski berührte mit einem Bein den Boden, und die Stute sackte auf dieses Bein. Er konnte gerade noch das Bein freimachen, da fiel sie auf die Seite, schwer röchelnd, und unternahm, um aufzustehen, vergebliche Bemühungen mit ihrem dünnen, schweißnassen Hals, sie zuckte vor seinen Füßen auf der Erde wie ein angeschossener Vogel. Die ungeschickte Bewegung Wronskis hatte ihr das Rückgrat gebrochen. Doch das begriff er viel später. Jetzt sah er nur, dass Machotin sich rasch entfernte, er aber stand schwankend, allein, auf der morastigen, unbeweglichen Erde, und vor ihm, schwer schnaufend, lag Frou-Frou, und den Kopf zu ihm gebogen, schaute sie ihn an mit ihrem hinreißenden Auge. Noch immer nicht begreifend, was geschehen war, zerrte Wronski die Stute am Zügel. Erneut wand sie sich wie ein Fischlein, die Sattelflügel krachten, sie zog die Vorderbeine an, doch da ihr die Kraft fehlte, die Hinterhand zu heben, begann gleich wieder das Geflatter, und sie fiel erneut auf die Seite. Das Gesicht verzerrt vor Leidenschaft, bleich und mit zitterndem Unterkiefer, stieß Wronski ihr den Absatz in den Bauch und zerrte erneut an den Zügeln. Aber sie bewegte sich nicht, und die Nase gegen die Erde gedrückt, schaute sie nur ihren Herrn an mit ihrem sprechenden Blick.

»A-a-ah!« brüllte Wronski und griff sich an den Kopf. »A-a-ah! was habe ich getan!« schrie er. »Das Rennen verloren! Und aus eigener Schuld, schmachvoll, unverzeihlich! Und dieses unglückliche, liebe, zugrunde gerichtete Pferd! A-a-ah! was habe ich getan!«

Leute kamen gelaufen, Arzt und Feldscher, Offiziere seines Regiments. Zu seinem Unglück spürte er, dass er heil war und unversehrt. Die Stute hatte sich das Rückgrat gebrochen, und es wurde beschlossen, sie zu erschießen. Wronski konnte auf Fragen nicht antworten, konnte mit niemandem sprechen. Er drehte sich um, und ohne die ihm vom Kopf gefallene Mütze aufzuheben, ging er fort von der Rennbahn, wusste selbst nicht wohin. Er fühlte sich unglücklich. Zum ersten Mal im Leben traf ihn ein schlimmes Unglück, ein nicht wiedergutzumachendes Unglück, eines, an dem er selbst schuld war.

Jaschwin holte ihn ein mit der Mütze, geleitete ihn nach Hause, und nach einer halben Stunde kam Wronski zu sich. Aber die Erinnerung an dieses Rennen hielt sich in seiner Seele lange als die schlimmste und peinigendste Erinnerung seines Lebens.

XXVI

Äußerlich war Alexej Alexandrowitschs Verhältnis zu seiner Frau das gleiche wie früher. Der einzige Unterschied bestand darin, dass er noch beschäftigter war als früher. Wie in früheren Jahren fuhr er mit Beginn der Saison zur Badekur ins Ausland, um seine Jahr für Jahr durch die angestrengte Winterarbeit zerrüttete Gesundheit wiederherzustellen, und wie gewöhnlich kehrte er im Juli zurück und machte sich sogleich mit gesteigerter Energie an seine übliche Arbeit. Und wie gewöhnlich übersiedelte seine Frau auf die Datscha, er hingegen blieb in Petersburg.

Seit jenem Gespräch nach dem Abend bei Fürstin Twerskaja hatte er mit Anna nie mehr über seinen Verdacht und seine Eifersucht gesprochen, und seine übliche Manier, quasi jemanden nachzumachen, war für das jetzige Verhältnis zu seiner Frau mehr als passend. Er war ein wenig reservierter gegenüber seiner Frau. Er hatte gleichsam nur einen kleinen Pik auf sie wegen jenes ersten nächtlichen Gesprächs, dem sie sich verweigert hatte. In seinem Verhältnis zu ihr lag eine Spur von Ärger, aber nicht mehr. ›Du wolltest dich nicht aussprechen mit mir‹, schien er in Gedanken zu ihr zu sagen, ›um so schlimmer für dich. Jetzt wirst du mich bitten, und i c h werde mich nicht aussprechen mögen. Um so schlimmer für dich‹, sagte er in Gedanken, als wäre er ein Mensch, der vergeblich einen Brand zu löschen versucht hätte, wütend geworden wäre über seine vergebliche Anstrengung und sagte: ›Geschieht dir recht! jetzt verbrennst du dafür!‹

Dieser kluge und in Dienstangelegenheiten so feinfühlige Mann begriff nicht, was für eine Torheit ein solches Verhalten seiner Frau gegenüber war. Er begriff es nicht, weil es ihm zu schrecklich gewesen wäre, seine wahre Lage zu begreifen, und so verschloss, verriegelte und versiegelte er in seinem Herzen die Schublade, in der sich seine Gefühle für seine Familie befanden, also für Frau und Sohn. Dieser aufmerksame Vater war ab dem Ende des Winters besonders reserviert gegenüber seinem Sohn und schlug ihm gegenüber denselben foppenden Tonfall an wie gegenüber seiner Frau.»Ah, der junge Mann!« pflegte er ihn anzureden.

Alexej Alexandrowitsch dachte und sagte, noch in keinem Jahr habe er im Dienst soviel zu tun gehabt wie in diesem; doch machte er sich nicht bewusst, dass er sich in diesem Jahr ständig selbst ausdachte, was noch zu tun wäre, dass dies eines der Mittel war, um die Schublade nicht zu öffnen, in der die Gefühle für Frau und Familie und die Gedanken an sie lagen, und diese wurden um so schrecklicher, je länger sie dort lagen. Wenn jemand das Recht gehabt hätte, Alexej Alexandrowitsch zu fragen, was er über das Benehmen seiner Frau denke, hätte der sanfte, friedliche Alexej Alexandrowitsch nichts zur Antwort gegeben, sondern wäre sehr zornig geworden auf den Menschen, der ihn danach gefragt hätte. Daher auch hatte Alexej Alexandrowitschs Gesichtsausdruck etwas Stolzes und Strenges, wenn er nach dem Befinden seiner Frau gefragt wurde. Alexej Alexandrowitsch wollte sich über Benehmen und Gefühle seiner Frau keine Gedanken machen, und tatsächlich dachte er nicht daran.

Alexej Alexandrowitschs ständige Datscha war in Peterhof, und gewöhnlich verbrachte Gräfin Lidija Iwanowna den Sommer ebenfalls dort, in der Nachbarschaft und in ständigem Umgang mit Anna. In diesem Jahr hatte Gräfin Lidija Iwanowna es abgelehnt, den Sommer dort zu verbringen, war kein einziges Mal bei Anna Arkadjewna gewesen und hatte Alexej Alexandrowitsch bedeutet, Annas enge Beziehung zu Betsy und Wronski sei unpassend. Alexej Alexandrowitsch war ihr mit der barschen Bemerkung ins Wort gefallen,

seine Frau sei über jeden Verdacht erhaben, und seither mied er Gräfin Lidija Iwanowna. Er wollte nicht
sehen und sah auch nicht, dass in der Gesellschaft schon
viele seine Frau schief ansahen, wollte nicht verstehen
und verstand auch nicht, weshalb seine Frau besonders
darauf gedrängt hatte, nach Zarskoje zu übersiedeln,
wo Betsy wohnte und von wo es nicht weit gewesen
wäre zum Feldlager von Wronskis Regiment. Er gestattete sich nicht, daran zu denken, und dachte auch nicht
daran; doch zugleich wusste er in der Tiefe seiner Seele,
ohne es sich je einzugestehen und auch ohne dafür Beweise oder überhaupt einen Verdacht zu haben – zugleich wusste er zweifellos, dass er ein betrogener Ehemann war, und war daher zutiefst unglücklich.

Wie oft hatte Alexej Alexandrowitsch während seines achtjährigen glücklichen Ehelebens, wenn er auf
fremde untreue Frauen und betrogene Ehemänner
blickte, sich gesagt: ›Wie kann man nur so etwas zulassen? und diese unziemliche Situation nicht beendigen?‹
Jetzt aber, da das Unheil über ihn hereingebrochen war,
dachte er keineswegs daran, wie diese Situation zu beendigen wäre, vielmehr wollte er gar nichts wissen davon, wollte deshalb nichts wissen davon, weil sie zu
furchtbar war, zu unnatürlich.

Seit seiner Rückkehr aus dem Ausland war Alexej
Alexandrowitsch zweimal auf der Datscha gewesen.
Einmal zum Diner, das andere Mal hatte er einen
Abend mit Gästen verbracht, aber kein einziges Mal
hatte er dort übernachtet, wie das in früheren Jahren
seine Gewohnheit gewesen war.

Am Tag des Rennens war Alexej Alexandrowitsch
den Tag über sehr beschäftigt; doch als er sich morgens
einen Plan machte für den Tag, beschloss er, nach einem frühen Diner gleich zu seiner Frau auf die Datscha
zu fahren und von dort zum Rennen, wo der gesamte
Hof zugegen wäre und wo er sich zeigen müsste. Bei

seiner Frau würde er vorbeifahren, weil er beschlossen hatte, sie einmal pro Woche aufzusuchen, der Schicklichkeit halber. Außerdem musste er an diesem Tag, nach eingefahrener Ordnung, seiner Frau zum Fünfzehnten das Geld für ihre Ausgaben einhändigen. Wie üblich hatte er seine Gedanken in der Gewalt, und als er sich das zu seiner Frau überlegt hatte, gestattete er seinen Gedanken nicht, weiter dem nachzugehen, was sie betraf.

An diesem Morgen war Alexej Alexandrowitsch sehr beschäftigt. Gräfin Lidija Iwanowna hatte ihm abends zuvor die Broschüre eines berühmten, in Petersburg weilenden China-Reisenden geschickt, mit der brieflichen Bitte, diesen Reisenden zu empfangen, einen Mann, der aus den unterschiedlichsten Erwägungen höchst interessant und nützlich sei. Alexej Alexandrowitsch hatte abends die Broschüre nicht mehr ganz lesen können und las sie morgens zu Ende. Dann erschienen Bittsteller, ging es los mit den Rapporten, Audienzen, Einsetzungen, Absetzungen, der Vergabe von Gratifikationen, Pensionen, Gehältern, mit den Korrespondenzen – jenen Alltagsdingen, wie Alexej Alexandrowitsch das nannte, die soviel Zeit kosteten. Dann folgten persönliche Dinge, der Besuch des Arztes und des Ökonomen. Der Ökonom nahm nicht viel Zeit in Anspruch. Er händigte Alexej Alexandrowitsch lediglich das benötigte Geld ein und legte kurz Rechenschaft ab über den Stand der Dinge, der nicht so gut war, denn wie sich ergab, war in diesem Jahr aufgrund häufiger Ausfahrten mehr verbraucht worden und herrschte ein Defizit. Der Arzt aber, ein berühmter Petersburger Arzt, der zu Alexej Alexandrowitsch in freundschaftlicher Beziehung stand, nahm viel Zeit in Anspruch. Alexej Alexandrowitsch hatte ihn nicht erwartet und war verwundert über seinen Besuch und mehr noch darüber, dass der Arzt ihn sehr eingehend

nach seinem Zustand befragte, ihm die Brust ab-
horchte, ihn abklopfte und die Leber abtastete. Alexej
Alexandrowitsch wusste nicht, dass seine Freundin
Lidija Iwanowna bemerkt hatte, dass Alexej Alexandrowitschs Gesundheit dieses Jahr nicht in Ordnung
war, und den Arzt gebeten hatte, vorbeizufahren und
den Kranken zu untersuchen. »Tun Sie es für mich«,
hatte Gräfin Lidija Iwanowna zu ihm gesagt.

»Ich tue es für Russland, Gräfin«, hatte der Arzt geantwortet.

»Ein unschätzbarer Mann!« hatte Gräfin Lidija Iwanowna gesagt.

Der Arzt war sehr unzufrieden mit Alexej Alexandrowitsch. Er fand die Leber erheblich vergrößert, die
Nahrungsaufnahme verringert und die Badekur ohne
Wirkung. Er verordnete möglichst viel körperliche
Bewegung und möglichst wenig geistige Anspannung
und vor allem keinerlei Verdruss, also genau das, was
für Alexej Alexandrowitsch ebenso unmöglich war, wie
nicht zu atmen; und als er ging, ließ er Alexej Alexandrowitsch in dem unangenehmen Bewusstsein zurück,
irgendetwas sei nicht in Ordnung in ihm und könne
auch nicht wiederhergestellt werden.

Als der Arzt das Haus verließ, stieß er vor der Tür auf
Sljudin, Alexej Alexandrowitschs Kanzleivorsteher, den
er gut kannte. Sie hatten zur gleichen Zeit studiert, und
obgleich sie sich selten begegneten, achteten sie einander und waren gut freund, deshalb hätte der Arzt niemandem außer Sljudin offen seine Meinung über den
Kranken gesagt.

»Wie bin ich froh, dass Sie bei ihm waren«, sagte
Sljudin. »Er ist nicht in Ordnung, und mir scheint …
Was ist denn?«

»Folgendes …« Der Arzt winkte über Sljudins Kopf
hinweg seinem Kutscher, er solle vorfahren. »Folgendes«, sagte er, nahm einen Finger seines Glacéhand-

schuhs in seine weißen Hände und zog ihn lang. »Spannen Sie eine Saite nicht, und versuchen Sie mal, sie zu
zerreißen – sehr schwer! Aber spannen Sie sie bis zum
Letzten und legen Sie nur das Gewicht eines Fingers
auf die gespannte Saite – sie wird reißen. Und er mit
seinem Sitzfleisch, seiner Gewissenhaftigkeit in der Arbeit, er ist gespannt bis zum Gehtnichtmehr. Dazu gibt
es Druck von außen, und zwar gewichtigen«, schloss der
Arzt, die Brauen bedeutsam hochgezogen. »Kommen
Sie zum Rennen?« fügte er hinzu, während er die
Treppe hinunterstieg zur vorgefahrenen Kutsche. »Ja,
ja, versteht sich, das nimmt viel Zeit weg«, erwiderte
der Arzt auf etwas, das Sljudin gesagt und er nicht recht
gehört hatte.

Nach dem Arzt, der soviel Zeit gekostet hatte, erschien der berühmte Reisende, und Alexej Alexandrowitsch nutzte die gerade gelesene Broschüre und seine
frühere Kenntnis des Gegenstands und frappierte den
Reisenden durch seine tiefgründige Kenntnis des Gegenstands und seine umfassenden, aufgeklärten Ansichten.

Mit dem Reisenden war ihm schon die Ankunft
eines Gouvernementsmarschalls gemeldet worden, der
in Petersburg vorsprach und mit dem er zu reden hatte.
Nach dessen Abfahrt waren die Alltagsgeschäfte mit
dem Kanzleivorsteher zu Ende zu bringen und musste
noch in einer ernsten und wichtigen Angelegenheit zu
einer hochgestellten Persönlichkeit gefahren werden.
Alexej Alexandrowitsch kehrte erst gegen fünf zurück,
zur Zeit seines Diners, und als er mit dem Kanzleivorsteher gegessen hatte, lud er ihn ein, mit ihm zusammen zur Datscha und zum Rennen zu fahren.

Ohne sich darüber Rechenschaft abzulegen, suchte
Alexej Alexandrowitsch nun nach Gelegenheiten, bei
Begegnungen mit seiner Frau eine dritte Person dabei-
zuhaben.

XXVII

Anna stand im oberen Stockwerk vor dem Spiegel und steckte mit Annuschkas Hilfe die letzte Schleife am Kleid fest, als sie von der Einfahrt Räder über den Kies knirschen hörte.

›Für Betsy ist es noch zu früh‹, dachte sie, schaute aus dem Fenster und erblickte die Kutsche, den darüberragenden schwarzen Hut und die so vertrauten Ohren Alexej Alexandrowitschs. ›Wie ungelegen, womöglich über Nacht?‹ dachte sie. Und ihr kam so furchtbar und schrecklich vor, was daraus folgen könnte, dass sie, ohne einen Moment nachzudenken, mit fröhlichem, strahlendem Gesicht ihm entgegenging, und da sie den schon vertrauten Geist von Lug und Trug in sich spürte, gab sie sich sogleich diesem Geist hin und fing an zu reden, ohne zu wissen, was sie sagen würde.

»Ach, das ist aber nett!« Sie reichte ihrem Mann die Hand und begrüßte Sljudin als Freund des Hauses mit einem Lächeln. »Du bleibst, hoffe ich, über Nacht?« war das Erste, was der Geist des Trugs ihr eingab. »Und jetzt fahren wir zusammen. Bloß schade, dass ich es Betsy versprochen habe, sie holt mich ab.«

Alexej Alexandrowitsch runzelte beim Namen Betsy die Stirn.

»Oh, da will ich die Unzertrennlichen nicht trennen«, sagte er in seinem üblichen scherzhaften Ton. »Ich fahre mit Michail Wassiljewitsch. Sowieso heißen die Ärzte mich zu Fuß gehen. Ich werde unterwegs ein Stück promenieren und mir vorstellen, ich sei auf Kur.«

»Das hat noch Zeit«, sagte Anna. »Möchten Sie Tee?« Sie klingelte.

»Servieren Sie Tee und sagen Sie Serjoscha, Alexej Alexandrowitsch sei gekommen. Nun, wie steht es um dein Befinden? Michail Wassiljewitsch, Sie sind noch nie hier gewesen, schauen Sie doch, wie schön es ist auf meiner Veranda«, sagte sie, bald zum einen, bald zum anderen gewandt.

Sie sprach sehr schlicht und natürlich, doch zuviel und zu schnell. Sie fühlte es selbst, zumal der neugierige Blick, mit dem Michail Wassiljewitsch sie anschaute, ihr verriet, dass er sie wohl beobachtete.

Michail Wassiljewitsch ging sofort hinaus auf die Terrasse.

Sie setzte sich neben ihren Mann.

»Du siehst nicht so gut aus«, sagte sie.

»Ja«, meinte er, »heute war der Doktor bei mir und nahm eine ganze Stunde in Anspruch. Ich habe das Gefühl, dass jemand von meinen Freunden ihn geschickt hat, so kostbar ist meine Gesundheit ...«

»Aber was hat er denn gesagt?«

Sie fragte ihn nach seinem Befinden und seiner Tätigkeit, redete ihm zu, er solle ausspannen und zu ihr übersiedeln.

All das sagte sie fröhlich, rasch und mit einem besonderen Glanz in den Augen; doch Alexej Alexandrowitsch schrieb ihrem Tonfall jetzt keine Bedeutung mehr zu. Er hörte nur ihre Worte und maß ihnen nur den Sinn bei, den sie unmittelbar hatten. Und er antwortete ihr schlicht, wenn auch scherzhaft. An dem ganzen Gespräch war nichts Besonderes, doch sollte Anna später nie ohne quälende, schmerzhafte Scham an diese kurze Szene zurückdenken.

Serjoscha kam herein, voraus schritt die Gouvernante. Wenn Alexej Alexandrowitsch sich Beobachtung gestattet hätte, wäre ihm der schüchterne, verwirrte Blick aufgefallen, den Serjoscha auf den Vater richtete, dann auf die Mutter. Aber er wollte nichts sehen und sah auch nichts.

»Ah, der junge Mann! Ist gewachsen. Wirklich, wird schon richtig zum Mann. Sei gegrüßt, junger Mann.«

Und er reichte dem erschrockenen Serjoscha die Hand.

Serjoscha, dem Vater gegenüber schon früher schüchtern, hatte nun, seit Alexej Alexandrowitsch ihn junger Mann nannte und ihm das Rätsel in den Sinn gekommen war, ob Wronski Freund oder Feind sei, vor dem Vater zu fremdeln begonnen. Wie schutzsuchend blickte er sich um zur Mutter. Allein bei der Mutter fühlte er sich wohl. Alexej Alexandrowitsch hatte derweil ein Gespräch mit der Gouvernante begonnen und hielt den Sohn noch an der Schulter, und Serjoscha war das so quälend unangenehm, dass Anna sah, er würde gleich zu weinen anfangen.

Anna war rot geworden in dem Moment, als der Sohn hereinkam, und da sie bemerkte, wie unangenehm es Serjoscha war, sprang sie rasch auf, nahm Alexej Alexandrowitschs Hand von der Schulter des Sohnes, küsste ihn, brachte ihn auf die Terrasse und kehrte sofort zurück.

»Es wird allerdings Zeit«, sagte sie nach einem Blick auf ihre Uhr, »wieso Betsy nicht kommt!«

»Ja«, sagte Alexej Alexandrowitsch, stand auf, verschränkte die Hände und knackte mit den Fingern. »Ich komme außerdem vorbei, um dir das Geld zu bringen, denn wie es heißt, wird die Nachtigall ja nicht von Geschichten satt«, sagte er. »Du brauchst es, denke ich.«

»Nein, ich brauche nichts ... doch, ich brauche es«, sagte sie, ohne ihn anzusehen, dabei wurde sie rot bis an die Haarwurzeln. »Aber du kommst doch nach dem Rennen, denke ich, hier vorbei.«

»O ja!« erwiderte Alexej Alexandrowitsch. »Da ist ja auch die Zierde von Peterhof, Fürstin Twerskaja«, fügte er hinzu nach einem Blick aus dem Fenster; draußen fuhr gerade eine englische Equipage mit außerordentlich hoch sitzendem, winzigem Wagenkasten vor, die

Pferde mit Sielengeschirr. »Welche Eleganz! Charmant! Nun, so fahren auch wir.«

Fürstin Twerskaja stieg gar nicht aus, nur ihr Lakai
in Gamaschen, Pelerine und schwarzem Hut sprang an
der Einfahrt ab.

»Ich gehe, lebt wohl!« sagte Anna, küsste den Sohn,
trat zu Alexej Alexandrowitsch und reichte ihm die
Hand. »Sehr nett von dir, dass du gekommen bist.«

Alexej Alexandrowitsch küsste ihr die Hand.

»Dann auf Wiedersehen. Du kommst vorbei zum
Tee, wunderbar!« sagte sie und ging hinaus, strahlend
und fröhlich. Doch sobald sie ihn nicht mehr sah, spürte
sie die Stelle an ihrer Hand, die seine Lippen berührt
hatten, und sie zuckte angeekelt zusammen.

XXVIII

Als Alexej Alexandrowitsch beim Rennen erschien, saß
Anna bereits neben Betsy im Pavillon, jenem Pavillon,
in dem sich die Creme der Gesellschaft versammelte.
Sie erblickte ihren Mann schon von weitem. Zwei Menschen, Mann und Geliebter, waren ihre beiden Lebens-
zentren, und auch ohne Hilfe der Sinne fühlte sie ihre
Nähe. Schon von weitem hatte sie ihren Mann nahen
gefühlt, und ihr Blick war ihm unwillkürlich durch
die Wogen der Menge gefolgt, zwischen denen er sich
bewegte. Sie sah, wie er auf den Pavillon zuging, bald
herablassend auf unterwürfige Bücklinge antwortete,
bald freundschaftlich zerstreut Gleichgestellte begrüßte, bald angestrengt den Blick eines der Mächtigen dieser Welt abpasste und seinen großen runden Hut lüftete, der die Spitzen seiner Ohren andrückte. Sie kannte
alle diese Verhaltensweisen, und alle waren ihr zuwider. ›Nichts als Ehrgeiz, nichts als der Wunsch nach
Erfolg − nur das ist in seiner Seele‹, dachte sie, ›und die

Ideen von Höherem, die Liebe zur Bildung, die Religion – das ist alles nur ein Werkzeug zum Erfolg.‹

Aus seinen Blicken zum Damenpavillon (er schaute gerade zu ihr, erkannte seine Frau jedoch nicht in dem Meer von Musselin, Tüll, Bändern, Haaren und Sonnenschirmen) schloss sie, dass er sie suchte; aber sie nahm ihn absichtlich nicht wahr.

»Alexej Alexandrowitsch!« rief Fürstin Betsy. »Sie sehen Ihre Frau wohl nicht: da ist sie!«

Er lächelte sein kaltes Lächeln.

»Vor soviel Pracht gehen einem die Augen über«, sagte er und kam in den Pavillon. Er lächelte seiner Frau zu, wie ein Mann zu lächeln hat bei der Begegnung mit seiner Frau, die er vor kurzem erst gesehen hat, und begrüßte die Fürstin und andere Bekannte, jeden nach Gebühr, scherzte also mit den Damen und wechselte mit den Männern ein paar Begrüßungsworte.

Unten stand neben dem Pavillon ein von Alexej Alexandrowitsch geschätzter, für seinen Geist und seine Bildung bekannter Generaladjutant. Alexej Alexandrowitsch begann mit ihm ein Gespräch.

Zwischen den Rennen war gerade Pause, darum stand einem Gespräch nichts im Weg. Der Generaladjutant verurteilte die Rennen. Alexej Alexandrowitsch widersprach, verteidigte sie. Anna hörte seine dünne, gleichmäßige Stimme, lauschte auf jedes Wort, und jedes Wort kam ihr verlogen vor und stach ihr schmerzhaft ins Ohr.

Als das Hindernisrennen über vier Werst begann, beugte sie sich vor und ließ kein Auge von Wronski, schaute, wie er zu seinem Pferd ging und aufsaß, und zur gleichen Zeit hörte sie die widerliche, nicht verstummende Stimme ihres Mannes. Die Angst um Wronski peinigte sie, aber mehr noch peinigte sie diese, wie ihr schien, nie verstummende dünne Stimme ihres Mannes mit den vertrauten Intonationen.

›Ich bin eine schlechte Frau, ich bin eine verlorene Frau‹, dachte sie, ›aber ich mag nicht lügen, ich ertrage Lüge nicht, se ine (ihres Mannes) Nahrung dagegen ist die Lüge. Er weiß doch alles, sieht doch alles; was fühlt er eigentlich, wenn er so ruhig reden kann? Würde er mich töten, würde er Wronski töten, ich würde ihn achten. Aber nein, ihn interessiert nur Lüge und Schicklichkeit‹, sagte sich Anna, ohne zu überlegen, was sie eigentlich wollte von ihrem Mann, wie sie ihn gerne gesehen hätte. Auch begriff sie nicht, dass Alexej Alexandrowitschs besondere Redseligkeit an diesem Tag, die sie so verdross, nur Ausdruck seines inneren Aufruhrs und seiner Unruhe war. Wie ein Kind, das sich verletzt hat, durch Hüpfen seine Muskeln in Bewegung setzt, um den Schmerz zu betäuben, so war für Alexej Alexandrowitsch die geistige Bewegung unerlässlich, um jene Gedanken über seine Frau zu betäuben, die in ihrer Gegenwart und in Gegenwart Wronskis und bei der ständigen Erwähnung seines Namens Beachtung verlangten. Und wie es für ein Kind natürlich ist zu hüpfen, so war es für ihn natürlich, schön und gescheit zu reden. Er sagte:

»Gefahr ist bei Rennen von Armeeangehörigen und Kavalleristen eine unerlässliche Voraussetzung. Wenn England die brillantesten Kavallerieeinsätze der Militärgeschichte aufweisen kann, so nur dank dem Umstand, dass es diese Kraft bei Tieren und Menschen historisch entwickelt hat. Dem Sport kommt meiner Ansicht nach eine große Bedeutung zu, und wie immer sehen wir nur die Oberfläche.«

»Nicht nur die Oberfläche«, sagte Fürstin Twerskaja. »Ein Offizier soll sich zwei Rippen gebrochen haben.«

Alexej Alexandrowitsch lächelte sein Lächeln, das nur die Zähne sehen ließ, aber sonst nichts aussagte.

»Zugegeben, Fürstin, das ist nicht die Oberfläche«, sagte er, »sondern das Innere. Aber nicht darum geht es«, und er wandte sich wieder an den General, mit dem er ernsthaft sprach,»vergessen Sie nicht, dass da Offiziere wetteifern, die sich diese Tätigkeit ausgesucht haben, und Sie müssen zugeben, dass jede Berufung ihre Kehrseite der Medaille hat. Das hier gehört unmittelbar zu den Pflichten eines Offiziers. Der abscheuliche Sport des Faustkampfes oder der spanischen Toreadore ist ein Zeichen von Barbarei. Aber zweckdienlicher Sport ist ein Zeichen von Entwicklung.«

»Nein, noch einmal fahre ich nicht her, es regt mich zu sehr auf«, sagte Fürstin Betsy. »Stimmt doch, Anna?«

»Ja, es regt auf, aber man kann den Blick nicht abwenden«, meinte eine andere Dame. »Hätte ich in Rom gelebt, hätte ich nie den Zirkus ausgelassen.«

Anna sagte nichts, sie schaute, ohne das Fernglas abzusetzen, auf ein und dieselbe Stelle.

In diesem Augenblick ging ein hoher General durch den Pavillon. Alexej Alexandrowitsch unterbrach seine Rede, stand hastig, doch würdevoll auf und verbeugte sich tief vor dem Vorübergehenden.

»Sie reiten nicht mit?« scherzte der General.

»Meine Rennbahn ist schwieriger«, antwortete Alexej Alexandrowitsch ehrerbietig.

Und obgleich die Antwort nichts zu bedeuten hatte, machte der General eine Miene, als hätte er ein gescheites Wort von einem gescheiten Mann gehört und verstünde durchaus *la pointe de la sauce**.

»Es gibt da zwei Seiten«, fuhr Alexej Alexandrowitsch fort und setzte sich, »die Ausübenden und die Zuschauenden; und die Vorliebe für derartige Spektakel ist ein untrügliches Zeichen für eine geringe Entwicklung bei den Zuschauenden, einverstanden, aber ...«

* den Witz *(frz.)*

»Fürstin, wetten wir!« ertönte von unten Stepan Arkadjitschs Stimme, an Betsy gerichtet. »Auf wen setzen Sie?«

»Anna und ich auf Fürst Kusowlew«, gab Betsy zurück.

»Ich auf Wronski. Um ein Paar Handschuhe.«

»Die Wette gilt!«

»Und wie schön es ist, nicht wahr?«

Alexej Alexandrowitsch schwieg, solange neben ihm gesprochen wurde, fing aber gleich wieder an.

»Einverstanden, aber Tapferkeitsspiele ...« wollte er fortfahren.

Doch in diesem Augenblick starteten die Reiter, und alle Gespräche brachen ab. Alexej Alexandrowitsch verstummte, alle standen auf und wandten sich zum Fluss. Alexej Alexandrowitsch interessierte sich nicht für Rennen und blickte darum nicht auf die Reitenden, vielmehr wanderten seine müden Augen zerstreut über die Zuschauer. Sein Blick verhielt bei Anna.

Ihr Gesicht war bleich und streng. Offensichtlich sah sie nichts und niemanden außer dem einen. Ihre Hand presste krampfhaft den Fächer, und sie atmete nicht. Er schaute sie an und wandte sich hastig ab, betrachtete andere Gesichter.

›Aber auch diese Dame und andere sind ebenfalls sehr erregt; das ist nur natürlich‹, sagte sich Alexej Alexandrowitsch. Er wollte sie nicht anschauen, doch sein Blick wurde unwillkürlich von ihr angezogen. Wieder betrachtete er dieses Gesicht, bemüht, nicht zu lesen, was so klar darauf geschrieben stand, und gegen seinen Willen las er darauf mit Entsetzen, was er nicht wissen wollte.

Der erste Sturz von Kusowlew am Fluss erregte alle, aber Alexej Alexandrowitsch sah klar auf Annas bleichem, triumphierendem Gesicht, dass derjenige, auf den sie schaute, nicht gestürzt war. Als dann, nach

Machotins und Wronskis Sprung über das große Gatter, der nächste Offizier dort auf den Kopf stürzte und sich das Genick brach und ein entsetztes Raunen durch das ganze Publikum lief, sah Alexej Alexandrowitsch, dass Anna es nicht einmal wahrgenommen hatte und mit Mühe begriff, worüber ringsum plötzlich geredet wurde. Er betrachtete sie immer häufiger und mit immer größerer Hartnäckigkeit. Vom Schauspiel des reitenden Wronski völlig gefesselt, fühlte Anna doch den von der Seite auf sie gerichteten Blick aus den kalten Augen ihres Mannes.

Sie blickte sich einen Moment nach ihm um, schaute ihn fragend an und wandte sich, mit leicht unwilliger Miene, wieder ab.

›Ach, ist mir doch gleich‹, schien sie ihm zu sagen, und danach blickte sie kein einziges Mal mehr zu ihm.

Das Rennen verlief unglücklich, von siebzehn Teilnehmern stürzte und verletzte sich mehr als die Hälfte. Gegen Ende des Rennens war alles in Aufregung, die noch dadurch gesteigert wurde, dass Seine Majestät unzufrieden war.

XXIX

Alle brachten laut ihre Missbilligung zum Ausdruck, alle wiederholten den Satz, den jemand gesagt hatte: »Fehlt bloß noch der Zirkus mit Löwen«, und alle empfanden Entsetzen, so dass, als Wronski stürzte und Anna laut aufstöhnte, daran nichts Ungewöhnliches war. Aber danach ging auf Annas Gesicht eine Wandlung vor, die nun allerdings definitiv unschicklich war. Sie verlor vollkommen die Fassung. Sie zuckte und flatterte wie ein gefangener Vogel, bald wollte sie aufstehen und fortgehen, bald wandte sie sich an Betsy.

»Fahren wir, fahren wir«, sagte sie.

Aber Betsy hörte sie nicht. Sie sprach, nach unten gebeugt, mit einem bei ihr stehengebliebenen General.

Alexej Alexandrowitsch trat zu Anna und bot ihr höflich den Arm.

»Fahren wir, wenn es Ihnen beliebt«, sagte er auf Französisch, doch Anna lauschte, was der General sagte, und bemerkte ihren Mann nicht.

»Hat auch das Bein gebrochen, heißt es«, sagte der General. »Da hört sich doch alles auf!«

Ohne ihrem Mann zu antworten, hob Anna das Fernglas und schaute zu der Stelle, wo Wronski gestürzt war; aber es war so weit weg und dort drängten sich so viele Menschen, dass überhaupt nichts zu erkennen war. Sie ließ das Fernglas sinken und wollte gehen, aber in diesem Augenblick kam ein Offizier angesprengt und erstattete Seiner Majestät Bericht. Anna reckte sich vor und lauschte.

»Stiwa, Stiwa«, rief sie den Bruder.

Aber der Bruder hörte sie nicht. Wieder wollte sie gehen.

»Ich biete Ihnen noch einmal meinen Arm, wenn Sie gehen wollen«, sagte Alexej Alexandrowitsch und berührte sie an der Hand.

Sie zuckte angewidert zurück, und ohne ihm ins Gesicht zu schauen, erwiderte sie:

»Nein, nein, lassen Sie mich, ich bleibe.«

Sie sah nun, dass von der Stelle von Wronskis Sturz ein Offizier quer über den Parcours zum Pavillon gelaufen kam. Betsy winkte ihm mit dem Taschentuch.

Der Offizier brachte die Nachricht, dass der Reiter nicht verletzt sei, aber das Pferd sich das Rückgrat gebrochen habe.

Als Anna das hörte, setzte sie sich rasch hin und bedeckte das Gesicht mit dem Fächer. Alexej Alexandrowitsch sah, dass sie weinte und nicht nur die Tränen

nicht zurückhalten konnte, sondern genausowenig das
Schluchzen, das ihr die Brust hob. Alexej Alexandrowitsch schirmte sie mit seinem Körper ab, gab ihr Zeit,
sich zu fassen.

»Zum dritten Mal biete ich Ihnen meinen Arm«,
sagte er nach einiger Zeit zu ihr. Anna sah ihn an und
wusste nicht, was sie sagen sollte. Fürstin Betsy kam
ihr zu Hilfe, mischte sich ein.

»Nein, Alexej Alexandrowitsch, ich habe Anna hergebracht, ich habe auch versprochen, sie zurückzubrin-
gen.«

»Verzeihen Sie, Fürstin«, sagte er, wobei er ehrerbietig lächelte, doch ihr fest in die Augen blickte, »ich sehe
doch, dass Anna nicht ganz wohlauf ist, und möchte,
dass sie mit mir fährt.«

Anna blickte sich erschrocken um, stand fügsam auf
und legte ihren Arm auf den Arm ihres Mannes.

»Ich schicke zu ihm, erkundige mich und lasse es Sie
wissen«, flüsterte Betsy ihr zu.

Beim Verlassen des Pavillons redete Alexej Alexandrowitsch, ganz wie sonst, mit Leuten, die ihm begegneten, auch Anna musste, wie sonst, antworten und
reden; aber sie war völlig außer sich und ging wie in
Trance am Arm ihres Mannes.

›Ist er verletzt oder nicht? Ist es wahr? Kommt er
oder nicht? Sehe ich ihn heute?‹ dachte sie.

Sie stieg schweigend in Alexej Alexandrowitschs
Kutsche und fuhr schweigend aus der Menge der Equipagen. Ungeachtet all dessen, was er gesehen hatte, gestattete Alexej Alexandrowitsch sich trotzdem nicht,
über die wirkliche Situation seiner Frau nachzudenken.
Er sah nur die äußeren Anzeichen. Er sah, dass sie sich
unschicklich benommen hatte, und hielt es für seine
Pflicht, ihr das zu sagen. Aber es fiel ihm sehr schwer,
nicht mehr zu sagen, sondern nur das. Er öffnete den
Mund, um ihr zu sagen, wie unschicklich sie sich be-

nommen habe, sagte aber unwillkürlich etwas ganz anderes.

»Wie sehr wir doch alle einen Hang haben zu diesen grausamen Schauspielen«, sagte er. »Mir fällt auf ...«

»Wie? ich verstehe nicht«, sagte Anna verächtlich.

Er war gekränkt und fing nun sofort mit dem an, was er hatte sagen wollen.

»Ich muss Ihnen sagen ...« sprach er.

›Da ist sie, die Aussprache‹, dachte sie, und ihr graute.

»Ich muss Ihnen sagen, dass Sie sich heute unschicklich benommen haben«, sagte er ihr auf Französisch.

»Womit habe ich mich unschicklich benommen?« sagte sie laut, drehte ihm rasch den Kopf zu und blickte ihm gerade in die Augen, nun aber überhaupt nicht mehr mit der früheren, etwas verbergenden Fröhlichkeit, sondern mit einer entschiedenen Miene, hinter der sie mühsam ihre Furcht verbarg.

»Vergessen Sie nicht«, sagte er und deutete auf das offene Fenster an der Kutscherseite.

Er erhob sich und zog die Scheibe hoch.

»Was fanden Sie unschicklich?« wiederholte sie.

»Jene Verzweiflung, die Sie nicht zu verbergen verstanden beim Sturz eines der Reiter.«

Er wartete, was sie entgegnen würde; aber sie schwieg, blickte vor sich hin.

»Ich habe Sie schon einmal gebeten, sich in Gesellschaft so zu betragen, dass auch böse Zungen nichts gegen Sie sagen könnten. Es gab eine Zeit, da sprach ich von den inneren Beziehungen; davon spreche ich jetzt nicht. Jetzt spreche ich von den äußeren Beziehungen. Sie haben sich unschicklich betragen, und ich hätte gerne, dass sich das nicht wiederholt.«

Sie hatte die Hälfte seiner Worte nicht gehört, sie empfand Furcht vor ihm und überlegte, ob es stimmte, dass Wronski nichts geschehen sei. Hatten sie wirklich von ihm gesagt, er sei unversehrt, aber das Pferd habe sich das Rückgrat gebrochen? Sie lächelte lediglich mit aufgesetztem Spott, als er endete, und erwiderte nichts, da sie nicht gehört hatte, was er sagte. Alexej Alexandrowitsch hatte frei heraus zu reden begonnen, als er jedoch klar begriff, worüber er redete, übertrug sich die Furcht, die sie empfand, auch auf ihn. Er erblickte dieses Lächeln, und ihn befiel eine sonderbare Verblendung.

›Sie lächelt über meinen Verdacht. Ja, gleich wird sie sagen, was sie mir das letzte Mal gesagt hat: dass mein Verdacht unbegründet, dass es lächerlich sei.‹

Jetzt, da die Enthüllung des Ganzen über ihm schwebte, wünschte er nichts so sehr, als dass sie ihm genauso wie früher spöttisch antwortete, sein Verdacht sei lächerlich und entbehre jeder Grundlage. So grauenhaft war, was er schon wusste, dass er nun bereit war, allem zu glauben. Aber ihr erschrockener, finsterer Gesichtsausdruck verhieß nun nicht einmal mehr Täuschung.

»Vielleicht irre ich mich«, sagte er. »In diesem Fall bitte ich mich zu entschuldigen.«

»Nein, Sie irren sich nicht«, sagte sie langsam und blickte verzweifelt in sein kaltes Gesicht. »Sie irren sich nicht. Ich war verzweifelt und kann nur verzweifelt sein. Ich höre Ihnen zu und denke an ihn. Ich liebe ihn, ich bin seine Geliebte, ich kann Sie nicht ertragen, ich fürchte, ich hasse Sie … Machen Sie mit mir, was Sie wollen.«

Und sie warf sich in die Ecke der Kutsche, brach in Schluchzen aus, bedeckte das Gesicht mit den Händen. Alexej Alexandrowitsch rührte sich nicht und änderte auch die gerade Richtung seines Blickes nicht. Aber sein ganzes Gesicht nahm plötzlich die feierliche Starre eines Toten an, und dieser Ausdruck änderte sich während der ganzen Fahrt zur Datscha nicht. Als sie beim

Haus vorfuhren, wandte er ihr das immer noch unveränderte Gesicht zu.

»Aha! Ich verlange jedoch die Einhaltung der äußeren Schicklichkeitsregeln bis zu der Zeit«, seine Stimme zitterte, »da ich Maßnahmen ergreife, die meine
Ehre gewährleisten, und Ihnen diese mitteile.«

Er stieg zuerst aus und half ihr beim Aussteigen. Vor
den Augen der Dienerschaft drückte er ihr schweigend
die Hand, stieg wieder in die Kutsche und fuhr nach
Petersburg.

Kurz nach ihm kam ein Lakai von Fürstin Betsy und
brachte Anna ein Billett:

»Ich habe zu Alexej geschickt, um mich nach seinem
Befinden zu erkundigen, und er schreibt mir, er sei
wohlauf und unversehrt, aber verzweifelt.«

›Also, er kommt!‹ dachte Anna. ›Wie gut habe ich
daran getan, dass ich ihm alles gesagt habe.‹

Sie schaute auf die Uhr. Es blieben noch drei Stunden, und die Erinnerungen an Einzelheiten des letzten
Rendezvous erhitzten ihr das Blut.

›Mein Gott, wie hell es noch ist! Furchtbar, aber ich
liebe es, sein Gesicht zu sehen, ich liebe dieses phantas-
tische Licht … Mein Mann! ach ja … Gott sei Dank,
dass mit ihm alles zu Ende ist.‹

XXX

Wie an allen Orten, wo Menschen zusammentreffen,
so vollzog sich auch an dem kleinen deutschen Badeort, dem Reiseziel der Schtscherbazkis, sozusagen die
übliche Kristallisation der Gesellschaft, die jedem Einzelnen seinen festen und unabänderlichen Platz zu-
weist. Wie ein Wasserteilchen in der Kälte fest und
unabänderlich die bekannte Form eines Schneekris-
talls annimmt, genauso wurde jeder neue Gast, der am

Badeort eintraf, gleich auf den ihm zukommenden Platz festgelegt.

Fürst Schtscherbazki *samt Gemahlin und Tochter* waren sowohl aufgrund der Wohnung, die sie mieteten, aufgrund ihres Namens wie auch aufgrund der Bekannten, die sie vorfanden, gleich auf ihrem festen und ihnen vorbestimmten Platz kristallisiert worden.

An dem Badeort weilte in diesem Jahr eine echte deutsche *Fürstin*, und infolgedessen vollzog sich die Kristallisation der Gesellschaft noch ungestümer. Fürstin Schtscherbazkaja wollte der Prinzessin unbedingt ihre Tochter vorstellen, und schon am zweiten Tag vollzog sie dieses Ritual. Kitty machte einen tiefen und anmutigen Knicks in ihrem aus Paris georderten, s e h r s c h l i c h t e n , also sehr schmucken Sommerkleid. Die Prinzessin sagte: »Ich hoffe, dass die Rosen bald auf dieses hübsche Gesichtchen zurückkehren werden« – und damit waren für die Schtscherbazkis unabänderlich die Lebenswege festgelegt, von denen sich nicht mehr abweichen ließ. Sie machten die Bekanntschaft mit der Familie einer englischen Lady, mit einer deutschen Gräfin, mit ihrem im letzten Krieg verwundeten Sohn, mit einem schwedischen Gelehrten sowie mit *M. Canut* und seiner Schwester. Am häufigsten verkehrten die Schtscherbazkis jedoch, so hatte es sich ergeben, mit einer Moskauer Dame, Marja Jewgenjewna Rtischtschewa mit Tochter, die Kitty unangenehm war, da sie genauso wie sie aus Liebe erkrankt war, und mit einem Moskauer Obersten, den Kitty seit ihrer Kindheit in Uniform und Epauletten gesehen und gekannt hatte und der hier, mit seinen kleinen Äuglein, dem offenen Hals und der bunten Krawatte, ungewöhnlich lächerlich war und langweilig, dieweil man ihn nie loswurde. Als nun alles so eindeutig festgelegt war, wurde es Kitty sehr langweilig, um so mehr, als der Fürst nach Karlsbad weiterreiste und sie mit der Mutter allein blieb. Sie interessierte sich nicht für die Menschen, die sie kannte, da sie fühlte, dass von ihnen nichts Neues käme. Ihr größtes Herzensinteresse galt an dem Badeort jetzt den Beobachtungen und Mutmaßungen über Menschen, die sie nicht kannte. Ihrem Charakter nach sah Kitty in Menschen stets das Allerbeste, vor allem in denen, die sie nicht kannte. Und während sie jetzt mutmaßte, wer was sei, was für Beziehungen zwischen ihnen bestünden und was für Menschen es wären, stellte sie sich die erstaunlichsten und schönsten Charaktere vor und fand sie in ihren Beobachtungen bestätigt.

Unter diesen Menschen beschäftigte sie besonders ein russisches junges Mädchen, das mit einer kranken russischen Dame zur Kur angereist war, einer Madame Stahl, wie alle sie nannten. Madame Stahl gehörte zur Creme der Gesellschaft, war aber so krank, dass sie nicht gehen konnte, und nur an seltenen guten Tagen erschien sie im Rollstuhl bei den Brunnen. Aber weniger ihrer Krankheit halber als vielmehr aus Stolz, wie die Fürstin erklärte, war Madame Stahl mit niemandem von den Russen bekannt. Das russische Mädchen kümmerte sich um Madame Stahl, außerdem hatte es sich, wie Kitty bemerkte, mit allen Schwerkranken angefreundet, von denen es an dem Badeort sehr viele gab, und kümmerte sich um sie auf die natürlichste Weise. Dieses russische Mädchen war, Kittys Beobachtungen nach, keine Verwandte der Madame Stahl, zugleich war es auch keine gedungene Helferin. Madame Stahl nannte sie Warenka, die anderen nannten sie »m-lle Warenka«. Und nicht nur, dass Kitty interessiert die Beziehungen dieses Mädchens zu Frau Stahl und zu anderen, ihr unbekannten Personen beobachtete, sie empfand auch, wie das häufig vorkommt, eine unerklärliche Sympathie für diese *m-lle* Warenka und spürte, wenn beider Blicke sich kreuzten, dass auch sie gefiel.

Diese *m-lle* Warenka war nicht gerade über die erste

Jugend hinaus, sondern gleichsam ein Geschöpf ohne Jugend: man konnte sie auf neunzehn oder auf dreißig schätzen. Studierte man ihre Gesichtszüge, war sie trotz der kränklichen Gesichtsfarbe eher schön als hässlich. Sie hätte auch eine gute Figur gehabt, wäre ihr Körper nicht zu hager gewesen und der Kopf für ihren mittleren Wuchs unverhältnismäßig groß; doch dürfte sie für Männer nicht anziehend gewesen sein. Sie glich einer wunderschönen Blume, zwar noch mit allen Blütenblättern, doch schon verblüht und ohne Duft. Außerdem konnte sie auch deshalb für Männer nicht anziehend sein, weil es ihr an dem mangelte, was Kitty im Übermaß hatte, an verhaltenem Lebensfeuer und Bewusstsein der eigenen Anziehungskraft.

Sie schien immer mit etwas beschäftigt, das unanzweifelbar war, und schien sich darum für nichts anderes interessieren zu können. Dieser Gegensatz zu Kitty machte sie für diese besonders anziehend. Kitty fühlte, dass sie in ihr, ihrer Lebensweise, ein Vorbild fände für das, wonach sie nun sehnlichst suchte: Lebensinteressen und Lebenswerte jenseits der für Kitty abstoßenden gesellschaftlichen Beziehungen eines jungen Mädchens zu Männern, was ihr jetzt als schändliche Vorführung einer Ware erschien, die auf Käufer wartet. Je länger Kitty ihre unbekannte Freundin beobachtete, desto mehr kam sie zur Überzeugung, dass dieses Mädchen tatsächlich das vollkommene Geschöpf war, für das sie es hielt, und desto mehr wünschte sie es kennenzulernen.

Beide Mädchen begegneten sich jeden Tag mehrfach, und bei jeder Begegnung sagten Kittys Augen: ›Wer sind Sie? was tun Sie? Es stimmt doch, dass Sie das reizende Geschöpf sind, als das ich Sie mir vorstelle? Glauben Sie jedoch, um Gottes willen, nicht‹, fügte ihr Blick hinzu, ›ich erlaubte mir, Ihnen meine Bekanntschaft aufzudrängen. Ich freue mich einfach an Ihnen

und mag Sie gern.‹ – ›Ich mag Sie auch gern, und Sie
sind sehr, sehr nett. Ich würde Sie noch lieber mögen,
wenn ich Zeit hätte‹, erwiderte der Blick des unbekannten Mädchens. Tatsächlich sah Kitty, dass sie immer beschäftigt war: entweder sie führte die Kinder
einer russischen Familie von den Brunnen nach Hause,
brachte einer Kranken ein Plaid und hüllte sie ein, oder
sie suchte einen gereizten Kranken abzulenken oder
wählte und kaufte für jemanden Gebäck zum Kaffee.

Bald nach der Ankunft der Schtscherbazkis erschienen zur morgendlichen Trinkkur noch zwei Personen,
die allgemeine und wenig freundliche Beachtung fanden. Es waren dies ein äußerst hochgewachsener, leicht
gebeugter Mann mit riesigen Händen, einem alten, für
seinen Wuchs zu kurzen Mantel und mit naiven und
zugleich schrecklichen schwarzen Augen, dazu eine po-
kennarbige, hübsch aussehende Frau, die sehr schlecht
und geschmacklos gekleidet war. Kaum hatte Kitty
diese Personen als Russen erkannt, begann sie in ihrer
Phantasie ihnen eine wunderschöne und rührende Liebesgeschichte anzudichten. Die Fürstin erfuhr jedoch
aus der *Kurliste*, dass es sich um Nikolai Lewin und
Marja Nikolajewna handelte, und sie erklärte Kitty,
was für ein übler Mensch dieser Lewin sei, worauf alle
Illusionen über diese beiden Personen verflogen. Der
Grund war weniger, was die Mutter ihr gesagt hatte,
eher weil es Konstantins Bruder war, erschienen diese
Personen Kitty auf einmal in höchstem Maße unangenehm. Dieser Lewin rief durch seine Gewohnheit, mit
dem Kopf zu rucken, nun ein unüberwindliches Gefühl
der Abneigung in Kitty hervor.

Sie meinte, in seinen großen, schrecklichen Augen,
die sie hartnäckig verfolgten, komme Hass und Spott
zum Ausdruck, und sie suchte die Begegnung mit ihm
zu vermeiden.

XXXI

Das Wetter war trüb, es regnete den ganzen Morgen, und die Kurgäste drängten sich mit Schirmen in der Galerie.

Kitty wandelte mit ihrer Mutter und dem Moskauer Obersten, der in seinem europäischen, in Frankfurt fertig gekauften Gehrock fröhlich paradierte. Sie wandelten auf der einen Seite der Galerie und versuchten Lewin auszuweichen, der auf der anderen Seite wandelte. Warenka in ihrem dunklen Kleid und dem schwarzen Hut mit herabgebogener Krempe wandelte mit einer blinden Französin über die ganze Länge der Galerie, und jedesmal, wenn sie und Kitty einander begegneten, warfen sie sich freundschaftliche Blicke zu.

»Mama, darf ich sie ansprechen?« fragte Kitty; sie hatte ihre unbekannte Freundin beobachtet und bemerkt, dass diese zur Quelle ging und sie sich dort begegnen könnten.

»Ja, wenn du das so sehr möchtest, erkundige ich mich erst nach ihr und gehe dann selbst zu ihr hin«, antwortete die Mutter. »Was findest du nur Besonderes an ihr? Eine Gesellschafterin, nehme ich an. Wenn du möchtest, schließe ich Bekanntschaft mit Madame Stahl. Ich kannte ihre *belle-sœur*«, fügte die Fürstin hinzu und reckte stolz den Kopf.

Kitty wusste, dass die Fürstin gekränkt war, weil Frau Stahl anscheinend der Bekanntschaft mit ihr auswich. Darum drängte Kitty nicht.

»Bewundernswert, wie nett sie ist!« sagte sie und schaute zu, wie Warenka gerade der Französin das Glas reichte. »Schauen Sie nur, wie schlicht, wie nett.«

»Zu kurios, deine *engouements**«, sagte die Fürstin, »doch gehen wir besser zurück«, fuhr sie fort, denn sie

---

* Schwärmereien *(frz.)*

sah Lewin mit seiner Dame entgegenkommen und mit
einem deutschen Arzt, auf den er laut und ärgerlich
einredete.

Sie kehrten um, wollten zurückgehen, da hörten
sie nicht mehr lautes Reden, sondern Geschrei. Lewin
war stehengeblieben und schrie, der Arzt ereiferte sich
ebenfalls. Um die beiden sammelte sich eine Menschenmenge. Die Fürstin und Kitty entfernten sich
eilends, während der Oberst sich zu der Menge gesellte,
um zu erfahren, was los war.

Nach ein paar Minuten holte der Oberst sie ein.

»Was ist denn gewesen?« fragte die Fürstin.

»Schimpf und Schande!« antwortete der Oberst.
»Wenn ich eines fürchte, dann − im Ausland Russen zu
begegnen. Dieser hochgewachsene Herr zankte sich mit
dem Doktor, sagte ihm Frechheiten, weil er ihn nicht
richtig behandle, und holte mit dem Stock aus. Eine
Schande!«

»Ach, wie unangenehm!« meinte die Fürstin. »Und
wie ist es ausgegangen?«

»Zum Glück mischte sich diese ... die mit dem Pilz-
hut ein. Eine Russin, so scheint es.«

»*Mademoiselle* Warenka?« fragte Kitty freudig.

»Ja, ja. Sie hatte als erste die Geistesgegenwart, den
Herrn beim Arm zu fassen und wegzuführen.«

»Sehen Sie, Mama«, sagte Kitty zur Mutter, »und Sie
wundern sich, dass ich entzückt bin von ihr.«

Ab dem nächsten Tag bemerkte Kitty, wenn sie bei
der Trinkkur ihre unbekannte Freundin beobachtete,
dass *m-lle* Warenka auch zu Lewin und dieser Frau
schon dasselbe Verhältnis hatte wie zu ihren anderen
*protegés**. Sie ging zu ihnen, unterhielt sich mit ihnen
und diente der Frau, die keine einzige Fremdsprache
konnte, als Dolmetscherin.

* Schützlingen *(frz.)*

Kitty bestürmte ihre Mutter nun noch mehr, sie solle ihr erlauben, Warenkas Bekanntschaft zu machen. Und so unangenehm es der Fürstin auch war, gleichsam den ersten Schritt zu tun zur Bekanntschaft mit Frau Stahl, die sich irgendwelchen Dünkel herausnahm, zog sie doch Erkundigungen über Warenka ein, und als sie Einzelheiten erfahren hatte, die den Schluss zuließen, dass nichts Schlechtes an dieser Bekanntschaft war, wenn auch nicht viel Gutes, ging sie selbst auf Warenka zu und machte ihre Bekanntschaft.

Sie passte die Zeit ab, da ihre Tochter bei der Heilquelle war, und wie Warenka vor einem Bäcker stehenblieb, ging die Fürstin zu ihr.

»Gestatten Sie, Ihre Bekanntschaft zu machen«, sagte sie mit ihrem würdevollen Lächeln. »Meine Tochter ist in Sie verliebt«, sagte sie. »Sie kennen mich vielleicht nicht. Ich ...«

»Von mir kann ich das noch viel mehr sagen, Fürstin«, erwiderte Warenka rasch.

»Was haben Sie gestern doch an unserem kläglichen Landsmann ein gutes Werk getan!« sagte die Fürstin.

Warenka errötete.

»Ich weiß nicht mehr, ich glaube, ich habe gar nichts getan«, sagte sie.

»Wie! Sie haben diesen Lewin vor Unannehmlichkeiten bewahrt.«

»Ja, *sa compagne** rief mich, und ich suchte ihn zu beruhigen. Er ist sehr krank und war mit dem Arzt unzufrieden. Doch bin ich es gewohnt, solche Kranke zu pflegen.«

»Ja, ich habe gehört, Sie lebten in Menton mit Ihrer Tante, glaube ich, Madame Stahl. Ich kannte deren *belle-sœur*.«

»Nein, sie ist nicht meine Tante. Ich nenne sie

---

* Begleiterin *(frz.)*

maman, aber ich bin nicht mit ihr verwandt, sie hat mich erzogen«, antwortete Warenka, wieder errötend.

Das war so schlicht gesagt, so nett war ihr aufrichtiger und offener Gesichtsausdruck, dass die Fürstin begriff, weshalb ihre Kitty diese Warenka liebgewonnen hatte.

»Und was ist nun mit diesem Lewin?« fragte sie.

»Er reist ab«, antwortete Warenka.

In dem Augenblick kam, strahlend vor Freude, dass ihre Mutter ihre unbekannte Freundin kennengelernt hatte, Kitty von der Heilquelle.

»Siehst du, Kitty, dein heftiger Wunsch nach Bekanntschaft mit *mademoiselle* ...«

»Warenka«, half Warenka lächelnd aus, »so nennen mich alle.«

Kitty wurde rot vor Freude und drückte schweigend und lange die Hand ihrer neuen Freundin, deren Hand jedoch unbeweglich blieb, den Händedruck nicht erwiderte. Zwar erwiderte die Hand den Händedruck nicht, aber *m-lle* Warenkas Gesicht erstrahlte in stillem, freudigem, wenngleich ein wenig traurigem Lächeln, das ihre großen, doch wunderschönen Zähne freilegte.

»Ich wollte das selbst seit langem«, sagte sie.

»Aber Sie sind so beschäftigt ...«

»Ach woher, ich bin überhaupt nicht beschäftigt«, entgegnete Warenka, doch im selben Moment musste sie schon ihre neuen Bekannten verlassen, denn zwei kleine russische Mädchen, die Töchter eines Kranken, kamen gelaufen.

»Warenka, Mama ruft!« schrien sie.

Und Warenka folgte ihnen.

XXXII

Die Einzelheiten, die die Fürstin über Warenkas Vergangenheit und über ihre Beziehungen zu Madame Stahl und über Madame Stahl selbst erfahren hatte, waren die folgenden.

Madame Stahl, von der die einen sagten, sie habe ihren Mann zur Verzweiflung gebracht, während die anderen sagten, er habe durch seinen unmoralischen Lebenswandel sie zur Verzweiflung gebracht, war immer eine kränkliche und überschwengliche Frau gewesen. Als sie, schon nach der Scheidung von ihrem Mann, ihr erstes Kind zur Welt brachte, starb dieses Kind sofort, und da Frau Stahls Verwandte um ihre Empfindsamkeit wussten und befürchteten, diese Nachricht brächte sie um, vertauschten sie heimlich ihr Kind gegen die in derselben Nacht und in demselben Petersburger Haus geborene Tochter eines Hofkochs. Das war Warenka. Madame Stahl erfuhr später, dass Warenka nicht ihre Tochter war, aber sie zog sie weiterhin auf, zumal schon bald danach von Warenkas Angehörigen niemand mehr am Leben war.

Madame Stahl lebte schon über zehn Jahre ununterbrochen im Ausland, im Süden, und stand nicht mehr vom Krankenlager auf. Die einen sagten, Madame Stahl habe sich in der Gesellschaft den Ruf einer tugendhaften, zutiefst gläubigen Frau zu verschaffen gewusst; die anderen sagten, sie sei wahrhaftig jenes moralisch hochstehende Wesen, das nur dem Wohl seines Nächsten lebe, wie es ihr Ruf war. Niemand wusste, welcher Religion sie anhing, der katholischen, protestantischen oder orthodoxen; eines jedoch stand fest — sie unterhielt freundschaftliche Beziehungen zu den höchsten Würdenträgern aller Kirchen und Konfessionen.

Warenka lebte beständig mit ihr im Ausland, und

alle, die Madame Stahl kannten, kannten und mochten auch *m-lle* Warenka, wie alle sie nannten.

Als die Fürstin diese Einzelheiten erfahren hatte, fand sie nichts Anstößiges an einer engeren Verbindung ihrer Tochter mit Warenka, zumal Warenka die besten Manieren hatte und bestens erzogen war; sie sprach vorzüglich Französisch und Englisch, und vor allem – sie richtete von Madame Stahl aus, zu ihrem Bedauern müsse sie ihrer Krankheit wegen auf das Vergnügen verzichten, mit der Fürstin Bekanntschaft zu schließen.

Nun, da Kitty Warenka kennengelernt hatte, war sie mehr und mehr von ihr eingenommen und fand tagtäglich neue Vorzüge an ihr.

Die Fürstin hatte gehört, Warenka könne gut singen, und bat sie, einmal abends zum Singen zu kommen.

»Kitty spielt, bei uns steht ein Klavier, kein gutes zwar, aber Sie würden uns ein großes Vergnügen bereiten«, sagte die Fürstin mit ihrem aufgesetzten Lächeln, das Kitty nun besonders unangenehm war, weil sie merkte, dass Warenka nicht gern singen mochte. Warenka kam jedoch abends und brachte ein Notenheft mit. Die Fürstin hatte Marja Jewgenjewna mit Tochter und den Obersten eingeladen.

Warenka schien es vollkommen gleichgültig zu sein, dass da Personen saßen, die sie nicht kannte, sie ging sofort zum Klavier. Sich selbst begleiten konnte sie nicht, aber vom Blatt singen konnte sie wunderbar. Kitty, die gut spielte, begleitete sie.

»Sie haben ein ungewöhnliches Talent«, sagte die Fürstin, nachdem Warenka das erste Stück wunderbar gesungen hatte.

Marja Jewgenjewna mit Tochter dankten ihr und lobten sie.

»Schauen Sie«, sagte der Oberst am Fenster, »was für ein Publikum sich versammelt hat, um Ihnen zuzu-

hören.« Tatsächlich hatte sich vor dem Fenster draußen
eine ziemlich große Menschenmenge versammelt.

»Ich freue mich sehr, dass es Ihnen Vergnügen bereitet«, erwiderte Warenka schlicht.

Kitty blickte voll Stolz auf ihre Freundin. Sie war von
ihrer Kunst wie von ihrer Stimme wie von ihrem Gesicht entzückt, doch am meisten war sie von ihrer Art
entzückt, dass Warenka sich offenbar auf ihren Gesang
nichts zugute hielt und Lob sie vollkommen gleichgültig ließ; sie schien nur zu fragen, ob sie noch singen solle
oder ob es genug sei. ›Wenn ich das wäre‹, dachte Kitty
im stillen, ›wie wäre ich darauf stolz! Wie würde ich
mich freuen beim Anblick dieser Menge vor dem Fenster! Ihr aber ist es vollkommen gleich. Es treibt sie nur
der Wunsch, *maman* nichts abzuschlagen und ihr eine
Freude zu machen. Was hat sie nur in sich? Was gibt ihr
diese Kraft, sich über alles hinwegzusetzen, unabhängig
und ruhig zu sein? Wie gern ich das wüsste und es von
ihr lernen würde‹, dachte Kitty beim Blick auf dieses
ruhige Gesicht. Die Fürstin bat Warenka, noch mehr zu
singen, und Warenka sang ein anderes Stück, ebenso
gleichmäßig, deutlich und schön, sie stand aufrecht neben dem Klavier und schlug darauf mit ihrer mageren,
braungebrannten Hand den Takt.

Das nächste Stück im Notenheft war ein italieni-
sches Lied. Kitty spielte das Präludium, das ihr sehr gefiel, und schaute sich nach Warenka um.

»Lassen wir das aus«, sagte Warenka errötend.

Kitty heftete erschrocken und fragend ihren Blick
auf Warenkas Gesicht.

»Dann ein anderes«, sagte sie hastig und blätterte
die Seiten um, denn sie hatte gleich begriffen, dass mit
diesem Stück etwas verbunden war.

»Nein«, entgegnete Warenka und legte lächelnd ihre
Hand auf die Noten, »nein, singen wir es.« Und sie sang
es ebenso ruhig, kühl und schön wie die vorigen.

Als sie geendet hatte, dankten ihr wieder alle und gingen Tee trinken. Kitty und Warenka traten hinaus in das Gärtchen beim Haus.

»Stimmt es, dass mit diesem Lied für Sie eine Erinnerung verbunden ist?« fragte Kitty. »Sagen Sie nichts«, fügte sie rasch hinzu, »nur, ob es stimmt.«

»Wieso nicht? Das kann ich sagen«, erwiderte Warenka schlicht, und ohne eine Antwort abzuwarten, fuhr sie fort: »Ja, es ist eine Erinnerung, und einst war sie schwer. Ich habe einen Mann geliebt. Dieses Lied sang ich für ihn.«

Kitty sah Warenka aus weit offenen, großen Augen schweigend und gerührt an.

»Ich habe ihn geliebt, und er hat mich geliebt. Aber seine Mutter wollte es nicht, und er heiratete eine andere. Er lebt heute nicht weit von uns, ich sehe ihn oft. Sie haben wohl nicht geglaubt, dass ich auch eine Liebesromanze hatte?« Auf ihrem schönen Gesicht blitzte das Feuer auf, das – Kitty spürte es – sie einst von innen erleuchtet hatte.

»Wie, nicht geglaubt? Wenn ich ein Mann wäre, könnte ich niemand anderes mehr lieben, nachdem ich Sie kennengelernt habe. Ich begreife nur nicht, wie er seiner Mutter zuliebe Sie vergessen und unglücklich machen konnte; er hatte kein Herz.«

»O doch, er ist ein sehr guter Mensch, auch bin ich nicht unglücklich; im Gegenteil, ich bin sehr glücklich. Also werden wir heute nicht mehr singen?« fügte sie hinzu und wandte sich zum Haus.

»Wie gut Sie sind, wie gut!« rief Kitty, hielt sie auf und küsste sie. »Wenn ich Ihnen doch nur ein bisschen ähnlich sein könnte!«

»Weshalb wollen Sie jemandem ähnlich sein? Sie sind gut, wie Sie sind.« Warenka lächelte ihr sanftes und müdes Lächeln.

»Nein, ich bin überhaupt nicht gut. Sagen Sie mir

doch... Halt, setzen wir uns.« Kitty ließ sie erneut auf dem Bänkchen neben sich Platz nehmen. »Sagen Sie, ist denn nicht der Gedanke kränkend, dass der Mann Ihre Liebe verschmäht hat, dass er Sie nicht wollte?«

»Er hat sie doch gar nicht verschmäht, ich glaube ja, dass er mich liebte, aber er war ein gehorsamer Sohn...«

»Gut, aber wenn er nicht nach dem Willen der Mutter, sondern von selbst...?« Kitty merkte, dass sie ihr Geheimnis verriet und dass ihr Gesicht, brennend vor Schamröte, sie schon entlarvt hatte.

»Dann hätte er schlecht gehandelt, und es wäre mir nicht leid um ihn«, erwiderte Warenka; sie hatte offenbar begriffen, dass es nicht mehr um sie ging, sondern um Kitty.

»Aber die Kränkung?« fragte Kitty. »Eine Kränkung kann man nicht vergessen, nein, das nicht.« Sie erinnerte sich an ihren Blick auf dem letzten Ball, als die Musik ausgesetzt hatte.

»Worin liegt die Kränkung? Sie haben doch nicht schlecht gehandelt?«

»Mehr als schlecht – schmachvoll.«

Warenka wiegte den Kopf und legte ihre Hand auf Kittys Hand.

»Wieso denn?« sagte sie. »Sie konnten doch nicht einem Mann, dem Sie gleichgültig waren, sagen, dass Sie ihn liebten?«

»Natürlich nicht, ich habe niemals auch nur ein Wort gesagt, aber er wusste es. Doch, doch, es gibt Blicke, Verhaltensweisen. Auch wenn ich hundert Jahre alt werde, kann ich es nicht vergessen.«

»Ja, und nun? Ich begreife nicht. Es geht doch darum, ob Sie ihn jetzt noch lieben.« Warenka nannte die Dinge beim Namen.

»Ich hasse ihn. Ich kann es mir nicht verzeihen.«

»Ja, und?«

»Die Schmach, die Kränkung.«

»Ach, wenn alle so empfindlich wären wie Sie«, sagte Warenka. »Kein Mädchen, das so etwas nicht erlebt hätte. Und das ist alles so unwichtig.«

»Was ist denn wichtig?« fragte Kitty und forschte erstaunt und neugierig in ihrem Gesicht.

»Ach, vieles ist wichtig«, sagte Warenka lächelnd.

»Was denn?«

»Ach, vieles ist wichtiger«, erwiderte Warenka, da sie nicht wusste, was sie sagen sollte. Doch da ertönte vom Fenster die Stimme der Fürstin:

»Kitty, es wird frisch. Nimm entweder ein Tuch oder komm ins Zimmer.«

»Stimmt, es ist Zeit!« Warenka stand auf. »Ich muss noch bei *madame Berthe* vorbeischauen, sie hat mich gebeten.«

Kitty hielt ihre Hand, und mit leidenschaftlicher Neugier und flehentlich fragte ihr Blick: ›Was ist es, was ist dieses Allerwichtigste, das solche Ruhe verleiht? Sie wissen es, sagen Sie es mir!‹ Aber Warenka verstand nicht einmal, wonach Kittys Blick sie fragte. Sie hatte nur im Sinn, dass sie heute noch bei *m-me Berthe* vorbeischauen und rechtzeitig, gegen zwölf, zum Tee bei *maman* sein musste. Sie ging ins Haus, nahm die Noten an sich, verabschiedete sich von allen und wollte gehen.

»Erlauben Sie, ich begleite Sie«, sagte der Oberst.

»Wie können Sie jetzt in der Nacht allein gehen?« pflichtete die Fürstin bei. »Ich gebe Ihnen wenigstens Parascha mit.«

Kitty sah, dass Warenka mit Mühe ein Lächeln unterdrückte, als es hieß, sie müsse begleitet werden.

»Nein, ich gehe immer allein, und mir stößt nie etwas zu«, sagte sie und nahm den Hut. Noch einmal küsste sie Kitty, und ohne gesagt zu haben, was wichtig sei, verschwand sie munteren Schrittes, die Noten

unterm Arm, im Dämmerlicht der Sommernacht, und
mit sich fort trug sie ihr Geheimnis, was wichtig sei und
was ihr diese beneidenswerte Ruhe und Würde verlieh.

XXXIII

Kitty lernte auch Frau Stahl kennen, und diese Bekanntschaft hatte neben der Freundschaft mit Warenka
nicht nur starken Einfluss auf sie, sondern tröstete sie
auch in ihrem Kummer. Trost fand sie darin, dass sich
ihr dank dieser Bekanntschaft eine völlig neue Welt
offenbarte, die mit ihrer Vergangenheit nichts gemein
hatte, eine erhabene, wunderbare Welt, von deren Höhe
man ruhig auf diese Vergangenheit schauen konnte. Ihr
offenbarte sich, dass es außer dem instinktiven Leben, dem sich Kitty bislang hingegeben hatte, noch ein
geistiges Leben gab. Und dieses Leben wurde ihr eröffnet durch die Religion, eine Religion aber, die nichts
gemein hatte mit der, die Kitty von Kindheit an kannte, jener Religion, die aus Gottesdienst und Vesper im
Witwenhaus bestand, wo man Bekannte treffen konnte,
und aus dem Auswendiglernen altslawischer Texte mit
dem Popen; dies nun war eine erhabene, geheimnisvolle Religion, verbunden mit einer Reihe wunderbarer Gedanken und Gefühle, an sie konnte man nicht
nur glauben, weil es geboten war, sie konnte man sogar
lieben.

Kitty erfuhr das alles nicht aus Gesprächen. Madame
Stahl redete mit Kitty wie mit einem lieben Kind, an
dem man seine Freude hat wie an einer Erinnerung aus
der eigenen Jugend, und nur einmal erwähnte sie, dass
in allen menschlichen Kümmernissen bloß Liebe und
Glaube Trost gewährten und dass keine Kümmernisse
zu gering seien für Jesu Christi Mitgefühl, wonach sie

das Gespräch sofort auf ein anderes Thema lenkte. Aber in jeder ihrer Bewegungen, in jedem Wort, in jedem Himmelsblick, wie Kitty das nannte, und besonders in ihrer ganzen Lebensgeschichte, die sie durch Warenka erfuhr – in allem erkannte Kitty, »was wichtig war« und was sie bis zu dieser Zeit nicht gewusst hatte.

Aber wie erhaben Madame Stahls Charakter auch war, wie rührend ihre Geschichte, wie erhaben und sanft ihre Rede, Kitty beobachtete doch unwillkürlich Wesenszüge an ihr, die sie verwirrten. Sie bemerkte, dass Madame Stahl, als diese Kitty nach ihren Angehörigen ausfragte, abschätzig lächelte, was mit christlicher Güte unvereinbar war. Sie bemerkte außerdem, dass Madame Stahl, als sie bei ihr einmal einen katholischen Priester antraf, ihr Gesicht angestrengt im Schatten des Lampenschirms zu halten suchte und auf besondere Weise lächelte. So unwesentlich diese beiden Beobachtungen auch waren, sie verwirrten sie, und sie bekam Zweifel an Madame Stahl. Dafür jedoch zeichnete Warenka, die allein war, ohne Angehörige, ohne Freunde, melancholisch enttäuscht, die nichts erwartete und nichts bedauerte, jene Vollkommenheit aus, von der Kitty nur zu träumen wagte. An Warenka begriff sie, dass es nur galt, sich selbst zu vergessen und die anderen zu lieben, und man war ruhig, glücklich und wunderbar. Und so wollte Kitty sein. Da sie nun klar begriff, was das Allerwichtigste war, begnügte sie sich nicht damit, entzückt zu sein, sondern gab sich gleich mit Herz und Seele diesem Leben hin, das sich ihr neu eröffnet hatte. Aufgrund von Warenkas Erzählungen, was Madame Stahl und andere, die sie nannte, vollbrachten, hatte Kitty sich schon einen Glücksplan für ihr künftiges Leben aufgestellt. Sie würde genauso wie Frau Stahls Nichte Aline, von der Warenka ihr viel erzählt hatte, überall, wo sie lebte, Unglückliche aufsuchen, ihnen helfen, soviel sie konnte, das Evangelium

verteilen und Kranken, Verbrechern und Sterbenden
aus dem Evangelium vorlesen. Die Idee, Verbrechern
aus dem Evangelium vorzulesen, wie Aline das tat,
berückte Kitty besonders. Aber das waren geheime
Wunschträume, die Kitty weder der Mutter noch Warenka verriet.

In Erwartung der Zeit, da sie ihre Pläne in größerem Umfang verwirklichen könnte, fand Kitty im übrigen auch hier, am Badeort, wo es so viele Kranke und
Unglückliche gab, leicht Gelegenheit, in Nachahmung
Warenkas ihre neuen Grundsätze anzuwenden.

Erst bemerkte die Fürstin nur, dass Kitty stark unter
dem Einfluss ihres, wie die Fürstin das nannte, *engoue-
ment* für Frau Stahl und besonders für Warenka stand.
Sie sah, dass Kitty nicht nur Warenka in ihrer Tätigkeit
nachahmte, sondern unwillkürlich auch in ihrer Art zu
gehen, zu sprechen und zu blinzeln. Aber dann bemerkte die Fürstin, dass sich in der Tochter, unabhängig von dieser Verzauberung, ein ernsthafter seelischer
Umschwung vollzog.

Die Fürstin sah, dass Kitty abends in dem französischen Evangelium las, das Frau Stahl ihr geschenkt
hatte, was sie früher nicht getan hatte; dass sie Bekannte aus der besseren Gesellschaft mied und sich
Kranken anschloss, die unter Warenkas Schutz standen, besonders der armen Familie des kranken Malers
Petrow. Kitty war offenbar stolz darauf, dass sie in dieser Familie die Pflichten einer barmherzigen Schwester
übernommen hatte. All das war gut, die Fürstin hatte
gar nichts dagegen, zumal Petrows Frau eine durchaus
ordentliche Person war und zumal die Prinzessin, als sie
von Kittys Tätigkeit hörte, sie lobte und einen Trostengel nannte. All das wäre sehr gut gewesen, wäre es
nicht zu Übertreibung gekommen. Die Fürstin sah
aber, dass ihre Tochter ins Extrem verfiel, und das sagte
sie ihr auch.

»Il ne faut jamais rien outrer«*, sagte sie zu ihr.

Aber ihre Tochter gab nichts zur Antwort; sie dachte nur im stillen, man könne doch nicht von Übertreibung sprechen, wenn es um Christentum ging. Wie könne es Übertreibung geben, wenn man einer Lehre folgte, die gebot, man solle die andere Wange hinhalten, wenn man auf die eine geschlagen wird, und das Hemd weggeben, wenn einem der Kaftan genommen wird? Aber der Fürstin gefiel diese Übertreibung nicht, um so weniger, als Kitty ihr, das fühlte sie, nicht ganz ihr Herz öffnen wollte. In der Tat hielt Kitty ihre neuen Ansichten und Gefühle vor der Mutter geheim. Sie hielt sie nicht deshalb geheim, weil sie ihre Mutter nicht geachtet oder geliebt hätte, sondern nur, weil es ihre Mutter war. Sie hätte sie jedem anderen eher eröffnet als ihrer Mutter.

»Irgendwie ist Anna Pawlowna schon lange nicht mehr bei uns gewesen«, äußerte die Fürstin einmal über Petrowa. »Ich habe sie eingeladen. Aber sie scheint mit irgendetwas unzufrieden zu sein.«

»Nein, das ist mir nicht aufgefallen, *maman*«, sagte Kitty und wurde glühend rot.

»Warst du schon lange nicht mehr bei ihnen?«

»Wir wollen morgen eine Spazierfahrt in die Berge machen«, antwortete Kitty.

»Na schön, fahrt ruhig«, sagte die Fürstin, musterte das verlegene Gesicht ihrer Tochter und suchte den Grund für ihre Verlegenheit zu erraten.

Am selben Tag kam Warenka zum Diner und teilte mit, Anna Pawlowna sei davon abgekommen, morgen in die Berge zu fahren. Und die Fürstin bemerkte, dass Kitty wieder rot wurde.

»Kitty, ist nicht irgendetwas vorgefallen zwischen dir und den Petrows?« fragte die Fürstin, als sie wieder

---

* Man darf nie übertreiben *(frz.)*

allein waren. »Weshalb schickt sie ihre Kinder nicht und besucht uns auch nicht mehr?«

Kitty antwortete, zwischen ihnen sei nichts vorgefallen und sie wisse überhaupt nicht, weshalb Anna Pawlowna mit ihr unzufrieden sein könne. Dabei sagte Kitty durchaus die Wahrheit. Sie kannte nicht den Grund für Anna Pawlownas veränderte Einstellung zu ihr, aber sie ahnte ihn. Sie ahnte etwas, das sie der Mutter nicht sagen konnte, das sie auch sich selbst nicht sagen konnte. Es war etwas von der Art, das man weiß, aber nicht einmal sich selbst sagt; zu schrecklich und peinlich wäre, sich zu irren.

Wieder und wieder ging sie im Gedächtnis ihre Beziehungen zu dieser Familie durch. Sie dachte an die naive Freude, die auf Anna Pawlownas gutmütigem rundem Gesicht erschienen war, wenn sie sich begegneten; dachte an ihre geheimen Abmachungen über den Kranken, Verschwörungen, um ihn von der Arbeit, die ihm verboten war, abzulenken und zum Spazierengehen zu veranlassen; an die Anhänglichkeit des kleineren Jungen, der sie »meine Kitty« nannte und ohne sie nicht schlafengehen wollte. Wie schön war alles gewesen! Dann kam ihr Petrows klapperdürre Gestalt mit dem langen Hals und dem braunen Rock ins Gedächtnis; seine spärlichen gewellten Haare, die fragenden, in der ersten Zeit für Kitty schrecklichen blauen Augen und seine krankhaften Bemühungen, in ihrer Gegenwart munter und lebhaft zu wirken. Sie dachte daran, wie sie sich anstrengte in der ersten Zeit, um den Ekel zu überwinden, den sie ihm wie allen Schwindsüchtigen gegenüber empfand, und wie sie sich bemühte, sich etwas einfallen zu lassen, das sie ihm sagen könnte. Sie dachte an diesen scheuen, gerührten Blick, mit dem er sie betrachtete, an das sonderbare Gefühl von Mitleid und Befangenheit und an das Bewusstsein ihrer Wohltätigkeit, das sie dabei erlebte. Wie schön war das alles gewesen! Aber alles nur in der ersten Zeit. Jetzt hingegen, vor ein paar Tagen, war alles kaputtgegangen. Anna Pawlowna begegnete Kitty unaufrichtig und beobachtete sie und ihren Mann unaufhörlich.

Sollte seine rührende Freude, wenn sie kam, wirklich der Grund für Anna Pawlownas Reserviertheit sein?

›Ja‹, rief sie sich ins Gedächtnis, ›etwas war unnatürlich an Anna Pawlowna und glich überhaupt nicht ihrer sonstigen Güte, als sie vorgestern ärgerlich sagte: Ewig hat er auf Sie gewartet, wollte ohne Sie nicht Kaffee trinken, obwohl er furchtbar geschwächt war.‹

›Ja, vielleicht war es ihr auch unangenehm, als ich ihm das Plaid reichte. Das war so einfach, doch er hat es so befangen entgegengenommen, so lange sich bedankt, dass auch ich befangen wurde. Und dann dieses Porträt von mir, das er so gut gemalt hat. Und vor allem, dieser befangene und zärtliche Blick! Ja, ja, so ist es!‹ wiederholte sich Kitty entsetzt. ›Nein, das kann nicht sein, darf nicht sein! Er ist so bedauernswert!‹ sagte sie sich danach.

Diese Zweifel vergällten ihr die Freude an ihrem neuen Leben.

XXXIV

Schon vor Ende der Trinkkur kehrte Fürst Schtscherbazki, der von Karlsbad noch zu russischen Bekannten in Baden-Baden und Kissingen gereist war, um sich, wie er sagte, an russischem Geist zu stärken, zu den Seinen zurück.

Fürst und Fürstin waren über das Leben im Ausland absolut gegensätzlicher Ansicht. Die Fürstin fand alles wunderbar, und trotz ihrer gesicherten Position in der russischen Gesellschaft suchte sie im Ausland einer europäischen Dame zu gleichen, die sie nicht war — sie

war nun mal eine russische Gnädige —, deshalb verstellte sie sich, und das machte sie manchmal befangen.
Der Fürst jedoch fand, ganz im Gegenteil, im Ausland
alles grässlich, fühlte sich beengt vom europäischen Leben, hielt an seinen russischen Gewohnheiten fest und
suchte sich im Ausland mit Vorsatz weniger europäisch
zu geben, als er in Wirklichkeit war.

Der Fürst kehrte abgemagert zurück, mit herabhängenden Hautsäckchen an den Wangen, doch in
heiterster Gemütsverfassung. Seine heitere Verfassung
steigerte sich noch, als er die vollkommen wieder-
hergestellte Kitty erblickte. Die Nachricht von Kittys
Freundschaft mit Frau Stahl und Warenka und die
Beobachtungen der Fürstin über eine Veränderung, die
in Kitty vor sich gehe, machten den Fürsten betroffen
und weckten seine übliche Eifersucht auf alles, was
seine Tochter unabhängig von ihm beeindruckte, und
seine Furcht, sie könnte, seinem Einfluss entzogen, in
Bereiche geraten, zu denen er keinen Zugang hatte.
Aber diese unangenehmen Nachrichten gingen in dem
Meer an Gutmütigkeit und Heiterkeit unter, die stets
in ihm waren und sich durch die Karlsbader Brunnen
noch gesteigert hatten.

Am Tag nach seiner Ankunft ging der Fürst in sei-
nem langen Mantel, mit seinen russischen Runzeln im
Gesicht und den schlaffen, vom Stehkragen gestützten
Wangen in heiterster Gemütsverfassung mit seiner
Tochter zu den Brunnen.

Der Morgen war wunderbar; die reinlichen, heiteren
Häuser mit den Gärtchen, der Anblick der rotgesichti-
gen, rothändigen, biergesättigten, freudig schaffenden
deutschen Dienstmägde und die helle Sonne erfreuten
das Herz; doch je näher sie den Brunnen kamen, desto
häufiger begegneten ihnen Kranke, und deren Anblick erschien inmitten des wohleingerichteten deutschen Alltagslebens noch erbarmungswürdiger. Kitty

bestürzte dieser Gegensatz nicht mehr. Die helle Sonne, das heiter glänzende Grün und die Klänge der Musik waren für sie der natürliche Rahmen für all diese Bekannten und die Veränderungen zum Schlechteren oder Besseren, die sie verfolgte; dem Fürsten aber erschienen Licht und Glanz des Junimorgens, die Klänge des Orchesters, das einen heiteren Modewalzer spielte, und vor allem der Anblick der robusten Dienstmägde als etwas Unschickliches und Hässliches angesichts dieser von allen Ecken und Enden Europas angereisten, verzagt dahinschleichenden Leichname.

Trotz des Gefühls von Stolz und gleichsam wiederkehrender Jugend, da die geliebte Tochter an seinem Arm ging, empfand er geradezu Befangenheit und Gewissensbisse wegen seines kräftigen Ausschreitens und seiner stämmigen, fettgepolsterten Glieder. Er kam sich beinahe vor wie ein Mensch, der in Gesellschaft unbekleidet ist.

»Ja, stell mich deinen neuen Freunden vor, ja«, sagte er zur Tochter und drückte mit dem Ellbogen ihren Arm. »Ich habe sogar dein garstiges Soden liebgewonnen dafür, dass es dich so auf die Beine gebracht hat. Bloß traurig ist es bei euch, traurig. Wer ist das?«

Kitty nannte ihm die Bekannten und Unbekannten, denen sie begegneten. Beim Eingang zum Park trafen sie die blinde *m-me Berthe* mit Begleiterin, und der Fürst freute sich über den gerührten Gesichtsausdruck der alten Französin, als sie Kittys Stimme hörte. Sogleich fing sie mit übertriebener französischer Höflichkeit an, ihn dafür zu rühmen, dass er eine so wundervolle Tochter habe, hob Kitty, obwohl sie dabeistand, in den Himmel und nannte sie einen Schatz, eine Perle und einen Trostengel.

»Nun, so ist sie der zweite Engel«, sagte der Fürst lächelnd. »Sie nennt Engel Nummer eins Mademoiselle Warenka.«

»Oh! Mademoiselle Warenka, sie ist wahrhaft ein Engel, *allez**!« bestätigte *m-me Berthe*.

In der Galerie trafen sie auch Warenka selbst. Sie kam ihnen hastig entgegen, eine elegante rote Tasche in der Hand.

»Nun ist auch Papa angekommen!« sagte Kitty zu ihr.

Warenka machte schlicht und natürlich wie alles, was sie machte, eine Bewegung, ein Mittelding zwischen Verbeugung und Knicks, und begann sogleich mit dem Fürsten zu reden, wie sie mit allen redete, unbefangen und schlicht.

»Selbstverständlich kenne ich Sie, und wie ich Sie kenne«, sagte der Fürst mit einem Lächeln, dem Kitty freudig entnahm, dass ihre Freundin dem Vater gefiel. »Wohin haben Sie es so eilig?«

»*Maman* ist hier«, sagte sie, an Kitty gewandt. »Sie hat die ganze Nacht nicht geschlafen, und der Doktor hat ihr geraten auszufahren. Ich bringe ihr ihre Handarbeit.«

»Das ist also Engel Nummer eins«, sagte der Fürst, als Warenka gegangen war.

Kitty sah, dass er sich gern über Warenka lustig gemacht hätte, es aber einfach nicht konnte, weil Warenka ihm gefallen hatte.

»So sehen wir nun alle deine Freunde«, fügte er hinzu, »auch Madame Stahl, wenn sie es für wert befindet, mich zu erkennen.«

»Kanntest du sie denn, Papa?« fragte Kitty furchtsam, denn sie bemerkte, dass sich bei der Erwähnung Madame Stahls ein spöttisches Fünkchen in den Augen des Fürsten entzündet hatte.

»Ich kannte ihren Mann und ein wenig auch sie, noch bevor sie unter die Pietistinnen ging.«

---

* da gibt es nichts *(frz.)*

»Was ist das, eine Pietistin, Papa?« fragte Kitty, schon
dadurch erschrocken, dass das, was sie an Frau Stahl so
hoch schätzte, einen Namen hatte.

»Ich weiß es selbst nicht recht. Weiß nur, dass sie
Gott für alles dankt, für jegliches Unglück, auch dafür,
dass ihr Mann gestorben ist, dankt sie Gott. Und das
wirkt dann komisch, denn sie haben schlecht miteinander gelebt.«

Da sah der Fürst einen mittelgroßen Kranken auf
einer Bank sitzen, in braunem Mantel und weißen
Beinkleidern, die an den fleischlosen Knochen seiner
Beine sonderbare Falten warfen. »Wer ist das? Was für
ein bedauernswertes Gesicht!«

Der Herr lüftete seinen Strohhut über den gewellten
spärlichen Haaren, dabei entblößte er eine hohe, vom
Hutrand krankhaft gerötete Stirn.

»Das ist Petrow, ein Maler«, antwortete Kitty errötend. »Und das ist seine Frau«, fügte sie hinzu und
deutete auf Anna Pawlowna, die, als sie näherkamen,
wie mit Absicht dem Kind hinterherlief, das auf dem
Pfad davongerannt war.

»Wie bedauernswert er ist, und was für ein liebes Gesicht er hat!« sagte der Fürst. »Wieso gehst du nicht
hin? Er wollte dir wohl etwas sagen?«

»Gut, gehen wir hin«, sagte Kitty und drehte sich
entschieden um. »Wie ist heute Ihr Befinden?« fragte
sie Petrow.

Petrow erhob sich, auf seinen Stock gestützt, und
blickte scheu auf den Fürsten.

»Das ist meine Tochter«, sagte der Fürst. »Lassen Sie
uns Bekanntschaft schließen.«

Der Maler verbeugte sich und lächelte, wobei er sonderbar glänzende weiße Zähne entblößte.

»Wir hatten Sie gestern erwartet, Prinzessin«, sagte
er zu Kitty.

Er schwankte, als er das sagte, und wiederholte die

Bewegung, wie um zu zeigen, er habe sie mit Absicht gemacht.

»Ich wollte kommen, aber Warenka sagte, Anna Pawlowna habe ausrichten lassen, Sie würden nicht fahren.«

»Wie – nicht fahren?« Petrow suchte mit den Augen seine Frau, wurde rot und fing sogleich zu husten an.

»Anna, Anna!« sagte er laut, und an seinem dünnen weißen Hals spannten sich die dicken Adern wie Stricke.

Anna Pawlowna trat hinzu.

»Wie konntest du der Prinzessin ausrichten lassen, wir würden nicht fahren?« Verärgert flüsterte er, da ihm die Stimme weggerutscht war.

»Guten Tag, Prinzessin!« sagte Anna Pawlowna mit aufgesetztem Lächeln, das so gar nicht ihrem früheren Verhalten glich. »Sehr angenehm, Sie kennenzulernen«, wandte sie sich an den Fürsten. »Sie wurden seit langem erwartet, Fürst.«

»Wie konntest du der Prinzessin ausrichten lassen, wir würden nicht fahren?« flüsterte der Maler noch einmal heiser und noch ärgerlicher, offenkundig noch mehr gereizt dadurch, dass ihm die Stimme versagte und er seinen Worten nicht so Nachdruck geben konnte, wie er wollte.

»Ach, mein Gott! Ich dachte, wir würden nicht fahren«, erwiderte seine Frau verdrossen.

»Wie konntest du, wo…« Er musste husten und winkte ab.

Der Fürst lüftete den Hut und ging mit seiner Tochter weiter.

»Oh, oh!« seufzte er tief, »oh, diese Unglücklichen!«

»Ja, Papa«, sagte Kitty. »Auch muss man wissen, dass sie drei Kinder haben, keine Dienstboten und fast keine Mittel. Er bekommt etwas von der Akademie«, erzählte sie lebhaft, um die Erregung niederzuringen, die auf-

grund der sonderbaren Veränderung von Anna Pawlownas Verhalten in ihr aufgestiegen war.

»Und da ist auch Madame Stahl«, sagte Kitty und
deutete auf ein Wägelchen, in dem, auf Kissen gebettet
und in Himmelblau und Grau gehüllt, unterm Sonnenschirm etwas lag.

Das war Frau Stahl. Hinter ihr stand ein finster bli-
ckender, robuster deutscher Dienstmann, der sie schob.
Neben ihr stand ein weißblonder schwedischer Graf,
den Kitty dem Namen nach kannte. Einige Kranke verhielten neben dem Wägelchen den Schritt und blickten
auf die Dame wie auf etwas Außergewöhnliches.

Der Fürst trat zu ihr. Und sogleich bemerkte Kitty in
seinen Augen das spöttische Fünkchen, das sie betroffen gemacht hatte. Er trat zu Madame Stahl und sprach
sie in jenem vorzüglichen Französisch an, das nur noch
so wenige nun sprachen, außerordentlich respektvoll
und liebenswürdig.

»Ich weiß nicht, ob Sie sich meiner erinnern, aber
ich muss mich Ihnen in Erinnerung rufen, um Ihnen
für Ihre Güte gegenüber meiner Tochter zu danken.«
Den Hut hatte er abgenommen und setzte ihn nicht
wieder auf.

»Fürst Alexander Schtscherbazki«, sagte Madame
Stahl und hob zu ihm ihre Himmelsaugen, in denen
Kitty Unzufriedenheit bemerkte. »Freue mich sehr. Ich
habe Ihre Tochter so liebgewonnen.«

»Ihr Befinden ist nach wie vor nicht gut?«

»Ach, ich bin es gewohnt«, sagte Madame Stahl und
stellte dem Fürsten den schwedischen Grafen vor.

»Sie haben sich sehr wenig verändert«, sagte der
Fürst zu ihr. »Ich hatte zehn oder elf Jahre nicht die
Ehre, Sie zu sehen.«

»Ja, Gott gibt ein Kreuz und gibt die Kraft, es zu tragen. Es wundert einen oft, wieso dieses Leben sich so
hinzieht ... Von der anderen Seite!« fuhr sie Warenka

an, die ihr das Plaid nicht richtig um die Beine wickelte.

»Um Gutes zu tun wahrscheinlich«, sagte der Fürst, und seine Augen lachten.

»Darüber steht uns kein Urteil zu.« Frau Stahl hatte die Nuance in des Fürsten Gesichtsausdruck bemerkt. Sie wandte sich an den jungen Schweden: »Sie werden mir also dieses Buch schicken, lieber Graf? Da danke ich Ihnen sehr!«

»Oho!« rief der Fürst, denn er sah den Moskauer Obersten unweit von ihnen stehen; er verbeugte sich vor Frau Stahl und ging mit seiner Tochter und dem sich ihnen anschließenden Moskauer Obersten weiter.

»So ist unsere Aristokratie, Fürst!« meinte der Moskauer Oberst, der spöttisch sein wollte und etwas gegen Frau Stahl hatte, weil sie ihn nicht kannte.

»Immer gleich«, entgegnete der Fürst.

»Sie kannten sie noch vor ihrer Krankheit, Fürst, das heißt, bevor sie bettlägerig wurde?«

»Ja. Zu meiner Zeit wurde sie es«, sagte der Fürst.

»Es heißt, sie stehe seit zehn Jahren nicht mehr auf.«

»Sie steht nicht auf, weil sie kurzbeinig ist. Sie hat eine sehr schlechte Figur ...«

»Papa, das kann nicht sein!« rief Kitty.

»Böse Zungen behaupten es, mein Liebes. Deine Warenka muss ja einiges einstecken«, fügte er hinzu. »Ach, diese kranken Gnädigen!«

»O nein, Papa!« widersprach Kitty heftig. »Warenka vergöttert sie. Und dann tut sie auch soviel Gutes! Frag, wen du willst! Sie und Aline Stahl kennt jeder.«

»Mag sein«, sagte er und drückte mit dem Ellbogen ihren Arm. »Aber besser, man tut es so, dass gleichviel, wen man fragt, keiner davon weiß.«

Kitty verstummte, nicht, weil sie nichts zu sagen gehabt hätte; aber sie wollte auch dem Vater nicht ihre geheimen Gedanken offenbaren. Doch es war merkwür-

dig – obwohl sie so darauf eingestellt war, sich den Ansichten des Vaters nicht unterzuordnen, ihm keinen Zugang zu ihrem Allerheiligsten zu gewähren, fühlte sie,
dass jenes göttliche Bild der Frau Stahl, das sie einen
ganzen Monat im Herzen getragen hatte, unwiederbringlich verschwunden war, wie eine Gestalt, die man
in einem achtlos hingeworfenen Kleid sieht, verschwin-
det, wenn man begreift, wie dieses Kleid liegt. Zurück
blieb lediglich eine kurzbeinige Frau, die bettlägrig
war, weil sie eine schlechte Figur hatte, und die unver-
drossene Warenka schikanierte, weil sie sie nicht richtig ins Plaid wickelte. Und sie konnte ihre Phantasie
noch so anstrengen, die frühere Madame Stahl ließ sich
nicht zurückholen.

XXXV

Der Fürst steckte mit seiner heiteren Gemütsverfassung auch seine Familienmitglieder und Bekannten
an und sogar den deutschen Hauswirt, bei dem die
Schtscherbazkis logierten.

Als er mit Kitty von den Brunnen zurückkehrte,
hatte er den Obersten, Marja Jewgenjewna und Warenka zum Kaffee eingeladen, und nun ließ der Fürst
Tisch und Stühle ins Gärtchen unter die Kastanie hin-
austragen und dort zum Dejeuner decken. Den Hauswirt und die Dienstboten brachte seine Fröhlichkeit
in Schwung. Sie kannten seine Großzügigkeit, und
eine halbe Stunde später schaute der kranke Hambur-
ger Arzt, der oben wohnte, aus dem Fenster neidisch
auf diese fröhliche russische Runde gesunder Menschen hinab, die unter der Kastanie versammelt war.
Im Laubschatten mit den zitternden Lichtkringeln, am
weißgedeckten Tisch, bestückt mit Kaffeekannen, Brot,
Butter, Käse und kaltem Wild, saß die Fürstin, einen

Kopfschmuck mit lila Bändern im Haar, und verteilte Tassen und *tartines**. Am anderen Tischende saß der Fürst, langte kräftig zu und unterhielt sich laut und fröhlich. Neben sich hatte der Fürst seine Einkäufe ausgebreitet, geschnitzte Schatullen, Berlocken, alle Arten von Papiermesserchen, von denen er in allen Badeorten Unmengen zusammengekauft hatte, und verschenkte sie an die Anwesenden, auch an Lieschen, die Dienstmagd, und an den Wirt, mit dem er in seinem ulkigen schlechten Deutsch seine Späße trieb; er versicherte ihm nämlich, nicht die Brunnen hätten Kitty geheilt, sondern seine vorzüglichen Speisen, insbesondere die Backpflaumensuppe. Die Fürstin zog ihren Mann mit seinen russischen Gewohnheiten auf, war aber so lebhaft und fröhlich, wie sie es die ganze Zeit im Badeort nicht gewesen war. Der Oberst lächelte wie immer über die Späße des Fürsten; doch was Europa betraf, das er aufmerksam studiert zu haben meinte, war er auf der Seite der Fürstin. Die gutmütige Marja Jewgenjewna musste sich bei allem, was der Fürst Ulkiges sagte, vor Lachen schütteln, und Warenka — was Kitty noch nie gesehen hatte — war ganz ermattet von dem schwachen, doch ansteckenden Lachen, das die Späße des Fürsten bei ihr hervorlockten.

All das erheiterte Kitty, dennoch konnte sie ihre Sorgen nicht verjagen. Sie konnte die Aufgabe nicht lösen, die ihr der Vater durch seinen heiteren Blick auf ihre Freunde und auf das Leben, das ihr so lieb geworden war, unwillkürlich gestellt hatte. Zu der Aufgabe kam die Veränderung im Verhältnis zu den Petrows hinzu, die heute so augenfällig und unangenehm zutage getreten war. Alle waren fröhlich, aber Kitty konnte nicht fröhlich sein, und das bedrückte sie noch mehr. Was sie empfand, glich ihrem Gefühl in der Kindheit, wenn sie

* belegte Brote *(frz.)*

zur Strafe in ihr Zimmer eingesperrt wurde und das
fröhliche Lachen der Schwestern hörte.

»Aber wozu hast du solche Unmengen zusammengekauft?« fragte die Fürstin lächelnd und reichte ihrem
Mann eine Tasse Kaffee.

»Du gehst spazieren, nun, trittst zu einem Laden,
und sie bitten dich, etwas zu kaufen: ›Erlaucht, Exzellenz, Durchlaucht‹. Kaum sagt einer ›Durchlaucht‹,
ist es um mich geschehen, schon sind zehn Taler
weg.«

»Bloß aus Langeweile«, sagte die Fürstin.

»Versteht sich, aus Langeweile. Eine solche Langeweile, mein Herz, dass du nicht mehr weißt, wohin.«

»Wie können Sie sich bloß langweilen, Fürst? Soviel
Interessantes gibt es jetzt in Deutschland«, sagte Marja
Jewgenjewna.

»Ich kenne doch alles Interessante: die Backpflaumensuppe kenne ich, die Erbswurst kenne ich. Alles
kenne ich.«

»Doch, Fürst, gleichwohl, sie haben hier interessante
Einrichtungen«, meinte der Oberst.

»Was ist da interessant? Alle strahlen zufrieden wie
Kupferpfennige: sie haben alle besiegt. Und womit soll
ich zufrieden sein? Ich habe niemand besiegt, darf bloß
die Stiefel selber ausziehen und sie auch noch selber vor
die Tür stellen. Morgens darf ich aufstehn, mich sofort
anziehen und im Salon schlechten Tee trinken. Dagegen zu Hause! Man wacht auf ohne Hast, ärgert sich
ein bisschen über irgendwas, brummelt ein bisschen,
kommt langsam zur Besinnung, denkt über alles nach
und hastet nicht.«

»Aber Zeit ist Geld, das vergessen Sie«, sagte der
Oberst.

»Welche Zeit! Mal ist die Zeit so, dass man einen
ganzen Monat für einen Fuffziger weggeben möchte,
dann wieder würde man für kein Geld der Welt auf eine

halbe Stunde verzichten. So ist es doch, Katja? Was bist du so trübsinnig?«

»Mir geht es gut.«

»Wohin wollen Sie? Bleiben Sie noch ein Weilchen«, wandte er sich an Warenka.

»Ich muss nach Hause«, sagte Warenka beim Aufstehen und brach erneut in Lachen aus.

Wieder ernst, verabschiedete sie sich und ging ins Haus, um ihren Hut zu holen. Kitty folgte ihr. Sogar Warenka kam ihr jetzt anders vor. Sie war nicht schlechter, aber sie war anders, nicht mehr so, wie Kitty sie sich vorgestellt hatte.

»Ach, schon lange habe ich nicht mehr so gelacht!« Warenka griff nach Schirm und Täschchen. »Wie nett er ist, Ihr Papa!«

Kitty schwieg.

»Wann sehen wir uns?« fragte Warenka.

»*Maman* wollte bei den Petrows vorbeischauen. Werden Sie nicht auch dort sein?« fragte Kitty, um Warenka auf die Probe zu stellen.

»Ja, werde ich«, erwiderte Warenka. »Sie wollen abreisen, darum habe ich versprochen, beim Packen zu helfen.«

»Dann komme ich auch.«

»Nein, wozu?«

»Warum, warum, warum?« begann Kitty mit weitgeöffneten Augen, und um Warenka nicht gehen zu lassen, griff sie nach ihrem Schirm. »Nein, warten Sie, warum?«

»Nur so, Ihr Vater ist eingetroffen, außerdem sind Petrows in Ihrer Gegenwart verlegen.«

»Nun sagen Sie mir doch, warum Sie nicht wollen, dass ich oft bei den Petrows bin? Sie wollen es doch nicht? Warum?«

»Das habe ich nicht gesagt«, meinte Warenka ruhig.

»Doch, bitte, sagen Sie es!«

»Soll ich alles sagen?«

»Alles, alles«, beharrte Kitty.

»Es ist nichts Besonderes, nur dass Michail Alexejewitsch (so hieß der Maler) eigentlich früher abreisen
wollte, und jetzt will er nicht abreisen«, sagte Warenka
lächelnd.

»Und? Und?« trieb Kitty sie an mit finsterer Miene.

»Und aus irgendeinem Grund sagte Anna Pawlowna,
er wolle es darum nicht, weil Sie hier sind. Natürlich
war das unpassend, aber deswegen, Ihretwegen, kam es
zum Streit. Und Sie wissen, wie reizbar diese Kranken
sind.«

Kittys Miene verdüsterte sich immer mehr, und
Warenka sprach allein, suchte abzumildern und sie zu
besänftigen, da sie einen Ausbruch kommen sah, sie
wusste bloß nicht, ob von Tränen oder Wörtern.

»Darum sollten Sie besser nicht hin … Und verstehen Sie, seien Sie nicht gekränkt …«

»Das geschieht mir recht, das geschieht mir recht!«
sprudelte es aus Kitty, sie nahm Warenka den Schirm
aus den Händen und schaute an den Augen ihrer Freundin vorbei.

Warenka hätte fast lächeln müssen, als sie den kindlichen Zorn ihrer Freundin sah, fürchtete aber, sie zu
beleidigen.

»Was geschieht Ihnen recht? Ich verstehe nicht …«

»Es geschicht mir recht, weil alles aufgesetzt war,
alles an den Haaren herbeigezogen, und nicht von Herzen kommt. Was hatte ich bei einem fremden Menschen verloren? Und das Ergebnis ist, dass ich Anlass bin
für Streit und dass ich mache, worum mich keiner gebeten hat. Weil alles aufgesetzt ist, unaufrichtig, Heuchelei!«

»Aber Heuchelei zu welchem Zweck?« fragte Warenka leise.

»Oh, wie dumm, wie abscheulich! Wozu hatte ich

das nötig … Alles Heuchelei!« sagte sie, dabei klappte sie den Schirm auf und klappte ihn zu.

»Aber zu welchem Zweck denn?«

»Um besser zu erscheinen vor den Menschen, vor mir selbst, vor Gott, um alle zu täuschen. Nein, jetzt lasse ich mich nicht mehr verleiten! Lieber bin ich schlecht, aber zumindest nicht verlogen, keine Betrügerin!«

»Aber wer ist denn eine Betrügerin?« sagte Warenka tadelnd. »Sie sprechen, als ob …«

Kitty hatte jedoch ihren Anfall von Jähzorn. Sie ließ sie nicht ausreden.

»Ich spreche nicht von Ihnen, überhaupt nicht von Ihnen. Sie sind die Vollkommenheit in Person. Ja, ja, ich weiß, dass Sie die Vollkommenheit in Person sind, aber was tun, wenn ich schlecht bin? Es wäre nicht geschehen, wenn ich nicht schlecht wäre. Gut, bin ich eben so, wie ich bin, aber ich werde nicht mehr so tun als ob. Was geht mich Anna Pawlowna an! Sollen sie doch leben, wie sie wollen, ich lebe, wie ich will. Ich kann nicht anders sein … Das ist alles nicht das Wahre, nicht das Wahre!«

»Was ist nicht das Wahre?« fragte Warenka verdutzt.

»Alles. Ich kann nicht anders leben, als meinem Herzen nach, und Sie leben nach Grundsätzen. Ich habe Sie einfach liebgewonnen, Sie mich aber bestimmt nur, um mich zu retten, mich zu belehren!«

»Sie sind ungerecht«, sagte Warenka.

»Ich spreche doch gar nicht von anderen, ich spreche von mir.«

»Kitty!« ertönte die Stimme der Mutter. »Komm, zeig dem Papa deine Korällchen.«

Mit stolzer Miene, ohne sich mit ihrer Freundin zu versöhnen, nahm Kitty die Korällchen samt Schächtelchen vom Tisch und ging zur Mutter.

»Was hast du? Weshalb bist du so rot?« sagten Mutter und Vater wie aus einem Mund.

»Nichts«, erwiderte sie, »ich komme gleich«, und rannte zurück.

›Sie ist noch da!‹ dachte sie. ›Was sag ich ihr, mein Gott! was hab ich getan, was hab ich gesagt! Wieso habe ich sie gekränkt? Was mach ich nur? Was sag ich ihr?‹ dachte Kitty und blieb an der Tür stehen.

Warenka saß mit Hut, den Schirm in den Händen, am Tisch und betrachtete die Stahlfeder, die Kitty kaputtgemacht hatte. Sie hob den Kopf.

»Warenka, verzeihen Sie mir, verzeihen Sie!« flüsterte Kitty, als sie zu ihr ging. »Ich weiß nicht mehr, was ich gesagt habe. Ich …«

»Ich wollte Sie wirklich nicht betrüben«, sagte Warenka lächelnd.

Der Friede war wiederhergestellt. Doch mit der Ankunft des Vaters hatte sich für Kitty die ganze Welt, in der sie lebte, verändert. Sie sagte sich nicht los von dem, was sie erkannt hatte, begriff aber, dass es Selbsttäuschung gewesen war, als sie meinte, sie könnte sein, was sie sein wollte. Sie war gleichsam zur Besinnung gekommen; sie hatte erfahren, wie schwierig es war, sich ohne Heuchelei und Prahlerei auf der Höhe zu halten, zu der sie gerne aufgestiegen wäre; außerdem hatte sie erfahren, wie bedrückend diese Welt des Kummers, der Krankheiten und der Sterbenden war, in der sie nun lebte; qualvoll kamen ihr die Mühen vor, die sie aufwenden musste, um dies zu lieben, und es drängte sie an die frische Luft, nach Russland, nach Jerguschowo, wohin, wie sie aus einem Brief erfahren hatte, ihre Schwester Dolly mit den Kindern schon übersiedelt war.

Aber ihre Liebe zu Warenka wurde nicht schwächer. Beim Abschied bat Kitty sie inständig, sie in Russland besuchen zu kommen.

»Ich komme, wenn Sie heiraten«, sagte Warenka.

»Ich heirate nie.«

»Nun, dann komme ich auch nie.«

»Nun, dann werde ich nur zu diesem Zweck heira
ten. Sehen Sie zu, vergessen Sie Ihr Versprechen nicht!«
sagte Kitty.

Die Voraussagen des Arztes bewahrheiteten sich.
Kitty kehrte geheilt nach Hause, nach Russland, zurück. Sie war nicht mehr so sorglos und fröhlich wie
früher, aber sie war ruhig, und ihre Moskauer Kümmernisse waren Erinnerung geworden.

DRITTER TEIL

I

Sergej Iwanowitsch Kosnyschew wollte sich von der geistigen Arbeit erholen, und anstatt sich seiner Gewohnheit nach ins Ausland zu begeben, kam er Ende Mai zum Bruder aufs Land. Seinen Überzeugungen nach war das allerbeste Leben das auf dem Land. Um dieses Leben zu genießen, kam er nun zu seinem Bruder. Konstantin Lewin freute sich sehr, zumal er diesen Sommer Bruder Nikolai nicht mehr erwartete. Doch trotz seiner Liebe und Achtung für Sergej Iwanowitsch fühlte sich Konstantin Lewin auf dem Land unbehaglich mit dem Bruder. Es war ihm unbehaglich, sogar unangenehm, die Einstellung des Bruders zum Land mit anzusehen. Für Konstantin Lewin war das Land der Bereich seines Lebens, also von Freuden, Leiden und Arbeit; für Sergej Iwanowitsch war das Land einerseits Erholung von der Arbeit, andererseits ein nützliches Gegengift gegen Verderbtheit, welches er sich mit Vergnügen und im Bewusstsein von dessen Nützlichkeit zuführte. Für Konstantin Lewin war es auf dem Land deshalb schön, weil hier das Betätigungsfeld für zweifellos nützliche Arbeit lag; für Sergej Iwanowitsch war es auf dem Land deshalb besonders schön, weil man dort nichts tun konnte und musste. Außerdem ging auch Sergej Iwanowitschs Einstellung zum Volk Konstantin ein wenig gegen den Strich. Sergej Iwanowitsch sagte, er liebe und kenne das Volk, und unterhielt sich oft mit den Bauern, was er gut fertigbrachte, ohne sich zu verstellen und ohne affektiert zu sein, und aus jeder dieser Unterhaltungen zog er allgemeine Schlüsse zum Nutzen des Volkes und zum Beweis, dass er dieses Volk kenne. Eine solche Einstellung zum Volk gefiel Konstantin Lewin nicht. Für Konstantin war das Volk nur der wichtigste Beteiligte am gemeinsamen Werk, und trotz aller Achtung und geradezu blutsverwandten Liebe zum Bauern, die er, wie er sagte, wahrscheinlich mit der Milch seiner bäuerlichen Amme eingesogen hatte, geriet er, als ebenfalls Beteiligter an der gemeinsamen Sache, über die Kraft, Sanftheit und Gerechtigkeit dieser Menschen manchmal in Entzücken, sehr oft jedoch, wenn die gemeinsame Sache andere Eigenschaften erforderte, geriet er in Zorn auf das Volk – über seine Sorglosigkeit, Nachlässigkeit, Trinkerei und seine Lügen. Wäre Konstantin Lewin gefragt worden, ob er das Volk liebe, hätte er überhaupt nicht gewusst, wie darauf antworten. Er liebte das Volk und liebte es nicht, genauso wie überhaupt die Menschen. Versteht sich, als herzensguter Mensch liebte er die Menschen eher, als dass er sie nicht liebte, und so auch das Volk. Aber das Volk als etwas Besonderes lieben oder nicht lieben konnte er nicht, da er nicht nur mit dem Volk lebte, nicht nur alle seine Interessen mit dem Volk zu tun hatten, sondern er auch sich selbst für einen Teil des Volkes hielt, in sich und im Volk keine besonderen Eigenschaften und Mängel sah und sich dem Volk nicht gegenüberstellen konnte. Außerdem lebte er zwar seit langem in engster Beziehung zu den Bauern, als Gutsherr und Vermittler und vor allem als Ratgeber (die Bauern trauten ihm und kamen sogar über vierzig Werst zu Fuß, um sich Rat bei ihm zu holen), dennoch hatte er kein bestimmtes Urteil über das Volk, und auf die Frage, ob er das Volk kenne, wäre ihm die Antwort ebenso schwergefallen wie auf die Frage, ob er das Volk liebe. Zu sagen, er kenne das Volk, wäre für ihn dasselbe gewesen wie zu sagen, er kenne die Menschen. Er be-

obachtete unentwegt Menschen aller Art und studierte
sie, darunter auch bäuerliche Menschen, die er für gute
und interessante Menschen hielt, und nahm andauernd
neue Wesenszüge an ihnen wahr, änderte sein früheres Urteil und bildete sich ein neues. Bei Sergej Iwanowitsch war es umgekehrt. Ganz genauso wie er das
Landleben liebte und lobte im Gegensatz zu dem Leben, das er nicht liebte, ganz genauso liebte er auch das
Volk im Gegensatz zu der Menschenklasse, die er nicht
liebte, und ganz genauso kannte er auch das Volk als
etwas überhaupt den Menschen Entgegengesetztes. In
seinem methodischen Verstand hatten sich bestimmte
Formen des Volkslebens festgesetzt, die teilweise vom
Volksleben hergeleitet waren, hauptsächlich aber aus
dieser Gegenüberstellung. Er änderte niemals seine
Meinung über das Volk und seine mitfühlende Einstellung zu ihm.

Bei Meinungsverschiedenheiten, die in Erörterungen über das Volk zwischen den Brüdern aufkamen, gewann Sergej Iwanowitsch stets über den Bruder die
Oberhand, eben weil Sergej Iwanowitsch vom Volk, von
seinem Charakter, seinen Eigenheiten und Vorlieben
bestimmte Vorstellungen hatte; Konstantin Lewin hingegen hatte überhaupt keine bestimmte und unabänderliche Vorstellung, so dass in diesen Streitgesprächen
Konstantin stets des Widerspruchs gegen sich selbst zu
überführen war.

Für Sergej Iwanowitsch war sein jüngerer Bruder ein
famoser Bursche mit einem gut plazierten Herzen
(wie er sich auf Französisch ausdrückte), aber einem
zwar recht raschen, allerdings Momenteindrücken un-
terworfenen Verstand und deshalb voller Widersprüche. Mit der Herablassung des älteren Bruders erklärte
er ihm bisweilen die Bedeutung der Dinge, konnte aber
kein Vergnügen daran finden, mit ihm zu disputieren,
da er ihn zu leicht besiegte.

Konstantin Lewin sah in seinem Bruder einen Menschen von ungeheurer Verstandeskraft und Bildung, edelmütig im höchsten Sinne des Wortes und begabt mit der Fähigkeit, für das Gemeinwohl tätig zu sein. Aber je älter er wurde und je näher er seinen Bruder kennenlernte, desto häufiger kam ihm insgeheim der Gedanke, diese Fähigkeit, fürs Gemeinwohl tätig zu sein, die ihm selbst völlig abging, sei vielleicht gar keine gute Eigenschaft, sondern im Gegenteil ein Mangel − nicht ein Mangel an guten, ehrlichen, edlen Wünschen und Vorlieben, sondern ein Mangel an Lebenskraft, an dem, was man Herz nennt, an jenem Streben, das den Menschen veranlasst, von den zahllosen sich anbietenden Lebenswegen den einen auszuwählen und diesen einen zu wollen. Je mehr er den Bruder kennenlernte, desto mehr fiel ihm auf, dass Sergej Iwanowitsch wie auch viele andere Streiter für das Gemeinwohl nicht vom Herzen zu dieser Liebe für das Gemeinwohl gebracht worden waren, sondern mit dem Verstand gefolgert hatten, sich damit zu befassen wäre gut, und sich nur deshalb damit befassten. In dieser Vermutung bestärkte Lewin noch die Beobachtung, dass sein Bruder sich Probleme des Gemeinwohls und der Unsterblichkeit der Seele nicht mehr zu Herzen nahm als eine Schachpartie oder die geistreiche Konstruktion einer neuen Maschine.

Außerdem fühlte sich Konstantin Lewin mit dem Bruder auf dem Land auch deshalb unbehaglich, weil Lewin auf dem Land, besonders im Sommer, unablässig in der Gutswirtschaft zu tun hatte und der lange Sommertag ihm nicht ausreichte, um alles Nötige zu erledigen, Sergej Iwanowitsch dagegen erholte sich. Aber auch wenn er sich nun erholte, also nicht an seiner Schrift arbeitete, war er an geistige Tätigkeit so gewöhnt, dass er die Gedanken, die ihm kamen, gerne in schöner, gedrängter Form zum Ausdruck brachte und es gerne hatte, wenn jemand zuhörte. Sein nächster und natürlichster Zuhörer war sein Bruder. Und trotz der freundschaftlichen Schlichtheit ihres Verhältnisses fühlte sich Konstantin deshalb unbehaglich, wenn er ihn alleinließ. Sergej Iwanowitsch mochte es, sich ins Gras zu legen, in der Sonne zu braten und träge zu plaudern.

»Du wirst es nicht glauben«, sagte er zu seinem Bruder, »wie ich diese kleinrussische Trägheit genieße. Kein einziger Gedanke im Kopf, alles leergefegt.«

Aber Konstantin Lewin fand es verdrießlich, dazusitzen und ihm zuzuhören, vor allem weil er wusste, ohne ihn würden sie den Mist auf ein nicht geackertes Feld fahren und weiß der Himmel wie verteilen, wenn er nicht aufpasste; und das Sech würden sie am Pflug nicht festschrauben, sondern abnehmen und dann sagen, diese neuen Pflüge taugten überhaupt nichts, der Andrejewsche Hakenpflug dagegen, usw.

»Lass doch, was musst du durch die Hitze laufen«, sagte Sergej Iwanowitsch.

»Nein, ich muss bloß für einen Moment ins Kontor«, sagte Lewin und rannte davon aufs Feld.

II

In den ersten Junitagen passierte es, dass die Kinderfrau und Wirtschafterin Agafja Michailowna ein Glas mit soeben von ihr eingesalzenen Pilzchen in den Keller trug, ausrutschte, stürzte und sich die Hand verrenkte. Darauf traf ein junger, redseliger, soeben mit der Universität fertiger Student ein, der Semstwo-Arzt. Er untersuchte die Hand, sagte, sie sei nicht ausgerenkt, legte Kompressen auf, und zum Essen eingeladen, genoss er sichtlich die Unterhaltung mit dem berühmten Sergej Iwanowitsch Kosnyschew und erzählte ihm, um

seine aufgeklärte Sicht der Dinge anzubringen, allen
Klatsch aus dem Kreis, dabei klagte er über die üble
Lage im Semstwo. Sergej Iwanowitsch hörte aufmerksam zu, fragte nach, und durch den neuen Zuhörer
angeregt, geriet er ins Reden, machte einige treffende und gewichtige Bemerkungen, die der junge Doktor respektvoll zu schätzen wusste, und kam in seine –
dem Bruder bekannte – lebhafte Geistesverfassung, wie
auch sonst nach einem brillanten und lebhaften Gespräch. Nach Abfahrt des Arztes wünschte Sergej Iwanowitsch, mit der Angel zum Fluss zu fahren. Er an-
gelte gern und war regelrecht stolz darauf, dass er eine
so dumme Beschäftigung gernhaben konnte.

Kontantin Lewin, der zu seinen Äckern und Wiesen
musste, erbot sich, den Bruder im Kabriolett hinzubrin-
gen.

Es war die Jahreszeit am Übergang des Sommers,
wenn die Ernte des laufenden Jahres sich schon abzeichnet, wenn die Sorgen um die Aussaat des kommenden Jahres beginnen und die Heuernte heran-
rückt, wenn der Roggen schon Ähren schiebt und
diese, graugrün, noch unreif, nicht schwer, im Winde
wogen, wenn die grünen Haferhalme, zwischen Bü-
scheln gelben Grases, auf den Sommersaaten unregelmäßig sprießen, wenn der frühe Buchweizen schon
Blätter trägt und den Boden verdeckt, wenn die Brach-
felder, vom Vieh steinhart getrampelt, zur Hälfte umgebrochen sind, nur noch die Pfade zurückbleiben, die
der Hakenpflug nicht schafft; wenn die leicht ange-
trockneten ausgefahrenen Misthaufen in der Dämme-
rung zusammen mit dem gelben Labkraut duften und
wenn in den Niederungen, in Erwartung der Sense, die
guten Wiesen stehen als endloses Meer, darin schwärz-
liche Häufchen von den Stengeln des ausgestochenen
Sauerampfers.

Es war die Zeit, wenn in der Landarbeit vor Beginn

der alljährlich sich wiederholenden und alljährlich den Leuten sämtliche Kräfte abverlangenden Ernte eine kurze Atempause eintritt. Die Ernte stand prächtig, es herrschte klares, heißes Sommerwetter mit taureichen kurzen Nächten.

Die Brüder mussten durch einen Wald fahren, um zu den Wiesen zu kommen. Sergej Iwanowitsch weidete sich die ganze Zeit an der Schönheit des dicht mit Laub zugewucherten Waldes, wies den Bruder bald auf eine alte, an der Schattenseite dunkle Linde hin, die mit gelben Hochblättchen prangte und kurz vor der Blüte stand, bald auf smaragdgrün glänzende, diesjährige junge Baumschößlinge. Konstantin Lewin hörte und redete nicht gerne von den Schönheiten der Natur. Für ihn nahmen die Wörter dem, was er sah, die Schönheit. Er pflichtete dem Bruder bei, dachte aber unwillkürlich an anderes. Als sie den Wald durchquert hatten, wurde seine Aufmerksamkeit gänzlich vom Anblick des Brachfelds auf der Anhöhe gefesselt, das teils gelb war vom Gras, teils in Vierecke unterteilt, teils mit Misthaufen bedeckt, teils schon umgebrochen war. Über das Feld zogen Fuhren in langer Reihe. Lewin zählte die Fuhren und war zufrieden, dass alles Nötige ausgebracht wurde, und nun wandten sich seine Gedanken beim Anblick der Wiesen der Heumahd zu. Er hatte die Heuernte stets als etwas empfunden, das ihm besonders naheging. An der Wiese ließ Lewin das Pferd halten.

Es lag noch Morgentau unten am dichten Anwuchs des Grases, und um keine nassen Füße zu bekommen, bat Sergej Iwanowitsch, ihn im Kabriolett über die Wiese bis zu jenem Weidenbusch zu bringen, wo die Barsche bissen. So leid es Konstantin Lewin auch tat, dass er sein Gras niederdrückte, er fuhr in die Wiese. Das hohe Gras umspielte sanft die Räder und die Beine des Pferdes, hinterließ seine Samen an den nassen Speichen und Naben.

Der Bruder richtete die Angeln und setzte sich unter den Busch, während Lewin das Pferd wegführte, es anband und hineinging in das von keinem Wind bewegte, riesige graugrüne Meer der Wiese. Das seidige Gras mit den reifenden Samen reichte ihm an einer Schwemmstelle bis zum Gürtel.

Nach Durchqueren der Wiese trat Konstantin Lewin hinaus auf den Weg und traf einen alten Mann mit zugeschwollenem Auge, der einen Bastkorb mit einem Bienenschwarm trug.

»Schon wieder? oder hast du einen gefangen, Fomitsch?« fragte er.

»Gefangen, ach woher, Konstantin Dmitritsch! Bin schon froh, wenn ich meine halten kann. Schon zum zweitenmal ist mir ein Nachschwarm abgeflogen. Gott sei Dank, die Burschen sind ihm hinterher. Waren bei Euch am Pflügen. Haben das Pferd ausgespannt, sind hinterher ...«

»Na, was meinst du, Fomitsch − sollen wir mähen oder noch warten?«

»Tja, bei uns gilt ja: warten bis Peter und Paul. Aber Ihr mäht immer früher. Tja, gäb nur der Herrgott gutes Gras. Da kann das Vieh sich gütlich tun.«

»Und das Wetter, was denkst du?«

»In Gottes Hand. Vielleicht hält es ja.«

Lewin ging wieder zum Bruder. Es hatte nichts gebissen, aber Sergej Iwanowitsch ließ es sich nicht verdrießen, er schien heiterster Gemütsverfassung zu sein. Lewin sah, dass er, durch das Gespräch mit dem Arzt angefeuert, gerne reden wollte. Lewin dagegen wollte rasch nach Hause, um für morgen die Mäher holen zu lassen und um seinen Zweifel wegen des Mähens zu überwinden, der ihn stark beschäftigte.

»Ja dann, fahren wir«, sagte er.

»Wohin so eilig? Bleiben wir noch sitzen. Wie nass du geworden bist! Auch wenn nichts beißt, ist es doch schön. Jegliche Jagd ist deshalb schön, weil man mit der Natur zu tun hat. Wie reizend ist doch dieses stahlblaue Wasser!« sagte er. »Diese Wiesenufer erinnern mich stets an ein Rätsel, kennst du das? Das Gras spricht zum Wasser: Und wir schwanken und schwanken.«

»Ich kenne dieses Rätsel nicht«, erwiderte Lewin lustlos.

III

»Weißt du, ich habe über dich nachgedacht«, sagte Sergej Iwanowitsch. »Wirklich unerhört, was bei euch im Kreis los ist, wie mir dieser Arzt da erzählt hat; übrigens gar kein dummer Kerl. Ich habe es dir schon gesagt und sage noch einmal: Es ist nicht gut, dass du nicht zu den Versammlungen fährst und dich überhaupt aus dem Semstwo zurückgezogen hast. Wenn die anständigen Menschen sich zurückziehen, versteht sich, dass alles weiß der Himmel wie läuft. Wir zahlen Geld, das geht in Gehälter, doch gibt es weder Schulen noch Heilgehilfen, weder Hebammen noch Apotheken, nichts gibt es.«

»Versucht habe ich es ja«, erwiderte Lewin leise und widerstrebend, »ich kann das nicht! was soll ich tun?«

»Was kannst du nicht? Offen gestanden, verstehe ich das nicht. Gleichgültigkeit oder Unfähigkeit schließe ich aus; sollte es schlicht Trägheit sein?«

»Weder das eine noch das andre, noch das dritte. Ich habe es versucht und sehe, dass ich nichts tun kann«, sagte Lewin.

Er hörte nur halb, was der Bruder sagte. Jenseits des Flusses, auf dem Acker, hatte er etwas Schwarzes erspäht, konnte aber nicht erkennen, ob es ein Pferd war oder der Verwalter zu Pferd.

»Weshalb kannst du nichts tun? Du hast einen Versuch gemacht, der ist, wie du meinst, nicht gelungen, und du gibst klein bei. Wo bleibt der Ehrgeiz?«

»Ehrgeiz«, sagte Lewin, von den Worten des Bruders getroffen, »das verstehe ich nicht. Wenn man mir auf der Universität gesagt hätte, die anderen begriffen die Integralrechnung und ich begriffe sie nicht, da wäre es um Ehrgeiz gegangen. Hier jedoch müsste man zuerst überzeugt sein, dass man gewisse Fähigkeiten für diese Dinge hat, und vor allem, dass diese Dinge auch alle sehr wichtig sind.«

»Ja, und? ist es etwa nicht wichtig?« sagte Sergej Iwanowitsch, davon getroffen, dass sein Bruder unwichtig fand, was ihn beschäftigte, und besonders davon, dass er ihm offenbar kaum zuhörte.

»Es kommt mir nicht wichtig vor, bewegt mich nicht, was willst du machen?« Er hatte erkannt, dass es der Verwalter war, den er sah, und dass der Verwalter wahrscheinlich die Bauern vom Pflügen heimschickte. Sie drehten die Hakenpflüge um. ›Sollten sie schon alles gepflügt haben?‹ dachte er.

»Also, hör mal!« Das schöne, kluge Gesicht des Bruders verfinsterte sich. »Alles hat eine Grenze. Wunderbar, wenn man ein Sonderling ist und ein aufrichtiger Mensch und keinen falschen Zungenschlag mag – ich kenne das alles; aber was du sagst, hat entweder keinen Sinn oder hat einen sehr üblen Sinn. Wie kannst du es unwichtig finden, dass jenes Volk, das du liebst, wie du oft beteuerst ...«

›Nie habe ich das beteuert‹, dachte Konstantin Lewin.

»... reihenweise stirbt ohne Hilfe? Ungebildete Wehmütter schinden die Kinder zu Tod, das Volk verharrt in Unwissenheit, jeder Schreiber hat es in seiner Gewalt, dir hingegen wäre das Mittel in die Hand gegeben, dem abzuhelfen, aber du hilfst nicht, weil es nicht wichtig ist.«

Und Sergej Iwanowitsch stellte ihn vor das Dilemma: entweder du bist so unterentwickelt, dass du nicht sehen kannst, was du alles tun könntest, oder du willst nicht von deiner Ruhe oder Eitelkeit oder was weiß ich ablassen, um es zu tun.

Konstantin Lewin spürte, dass ihm nur blieb, sich zu fügen oder seine mangelnde Liebe für die gemeinsame Sache einzugestehen. Und das beleidigte und bekümmerte ihn.

»Sowohl – als auch«, sagte er entschieden. »Ich sehe nicht, dass es möglich wäre ...«

»Wie? Geld sinnvoll einsetzen und ärztliche Hilfe leisten wäre unmöglich?«

»Es ist unmöglich, scheint mir ... Auf den viertausend Quadratwerst unseres Landkreises, bei unseren Tauwassermengen, Schneestürmen, kurzen Arbeitssommern sehe ich keine Möglichkeit, allerorts ärztliche Hilfe zu leisten. Sowieso glaube ich nicht an die Medizin.«

»Erlaube mal, das ist ungerecht ... Ich kann dir tausende von Beispielen anführen ... Und die Schulen?«

»Wozu Schulen?«

»Was redest du da? Kann es denn Zweifel geben am Nutzen der Bildung? Wenn sie für dich gut ist, dann auch für jeden anderen.«

Konstantin Lewin fühlte sich moralisch in die Enge getrieben, darum geriet er in Hitze und gab mit einemmal den Hauptgrund preis, weshalb er der gemeinsamen Sache gleichgültig gegenüberstand.

»Mag sein, all das ist gut; aber warum muss gerade ich mich um die Einrichtung von Sanitätsstellen kümmern, die ich niemals nutzen werde, und von Schulen, wohin ich meine Kinder nicht schicken werde, wohin auch die Bauern ihre Kinder nicht schicken mögen, zumal ich gar nicht fest davon überzeugt bin, dass man sie da hinschicken sollte?«

Sergej Iwanowitsch war einen Moment verdutzt über diese unerwartete Anschauung der Dinge; doch sogleich ersann er einen neuen Angriffsplan.

Er schwieg, zog eine Angel aus dem Wasser, warf sie wieder aus und wandte sich lächelnd an den Bruder.

»Erlaube mal ... Erstens wurde die Sanitätsstelle schon gebraucht. Wir haben doch für Agafja Michailowna den Semstwo-Arzt geholt.«

»Tja, ich glaube, die Hand bleibt schief.«

»Das ist noch die Frage ... Außerdem ist ein Bauer, der lesen und schreiben kann, als Arbeitskraft für dich wichtiger und wertvoller.«

»Nein, da frag, wen du willst«, entgegnete Konstantin Lewin mit Entschiedenheit, »einer, der lesen und schreiben kann, ist als Arbeitskraft viel schlechter. Auch die Straßen auszubessern ist unmöglich, und sobald man Brücken baut, werden sie gestohlen.«

»Im übrigen«, sagte Sergej Iwanowitsch mit gerunzelter Stirn, denn er mochte keine Widerreden, insbesondere, wenn diese ständig vom einen zum andern sprangen und ohne jeden Zusammenhang neue Argumente anführten, so dass man gar nicht mehr wusste, worauf man antworten sollte, »im übrigen geht es nicht darum. Erlaube mal. Erkennst du an, dass Bildung ein Segen ist für das Volk?«

»Das erkenne ich an«, sagte Lewin aus Versehen und überlegte sogleich, dass er nicht gesagt hatte, was er dachte. Er spürte, wenn er das zugäbe, würde ihm bewiesen werden, dass er dummes Zeug rede, völligen Unsinn. Wie ihm das bewiesen würde, wusste er nicht, er wusste aber, dass ihm das zweifellos logisch bewiesen werden würde, und er wartete auf diese Beweisführung.

Der Einwand war schlichter, als Konstantin Lewin erwartet hatte.

»Wenn du das als einen Segen anerkennst«, sagte

Sergej Iwanowitsch, »kannst du als ehrlicher Mensch
gar nicht anders, als die Sache zu lieben und ihr beizu-
stehen und deshalb auch dafür wirken zu wollen.«

»Aber ich erkenne das noch nicht als gut an«, sagte
Konstantin Lewin errötend.

»Wie? Du hast doch eben gesagt ...«

»Das heißt, ich erkenne es weder als gut noch als
möglich an.«

»Das kannst du nicht wissen, ohne dich darum bemüht zu haben.«

»Nehmen wir mal an«, sagte Lewin, obwohl er es
überhaupt nicht annahm, »nehmen wir an, das sei so;
trotzdem sehe ich überhaupt nicht, wozu ich mich darum kümmern soll.«

»Was heißt das?«

»Also, da wir nun einmal darüber reden, so erkläre es
mir aus philosophischem Blickwinkel«, sagte Lewin.

»Ich verstehe nicht, wozu es da Philosophie braucht.«
Sergej Iwanowitsch sagte das in einem Tonfall, hatte
Lewin den Eindruck, als gestehe er dem Bruder nicht
das Recht zum Philosophieren zu. Und das brachte Lewin auf.

»Dazu!« platzte er hitzig heraus. »Ich meine, dass
der Motor aller unserer Handlungen trotz allem das
persönliche Glück ist. Heute sehe ich als Adliger an den
Semstwo-Einrichtungen nichts, was meinem Wohlstand förderlich wäre. Die Straßen sind nicht besser
und können auch nicht besser sein; meine Pferde führen mich auch über schlechte Straßen. Einen Arzt und
eine Sanitätsstelle brauche ich nicht. Einen Friedensrichter brauche ich nicht, ich wende mich nie an ihn
und werde es auch nicht tun. Schulen brauche ich auch
nicht, sie schaden sogar, wie ich dir eben sagte. Für
mich sind die Semstwo-Einrichtungen bloß die Pflicht,
achtzehn Kopeken pro Desjatine zu zahlen, in die Stadt
zu fahren, in verwanzten Betten zu übernachten und

mir allerhand Quatsch und Scheußlichkeiten anzuhören, mich veranlasst kein persönliches Interesse.«

»Erlaube mal«, unterbrach ihn lächelnd Sergej Iwanowitsch, »nicht persönliches Interesse hat uns veranlasst, für die Befreiung der Bauern tätig zu werden, wir
wurden jedoch tätig.«

»Nein!« unterbrach ihn Konstantin, immer mehr in
Hitze. »Die Befreiung der Bauern war etwas anderes.
Da gab es ein persönliches Interesse. Wir wollten dieses
Joch abschütteln, das uns alle drückte, alle anständigen
Menschen. Aber Semstwo-Abgeordneter zu sein und zu
erörtern, wie viele Kloakenräumer gebraucht werden
und wie die Abflussrohre zu verlegen sind in einer
Stadt, wo ich gar nicht wohne; Geschworener zu sein
und einen Bauern abzuurteilen, der einen Schinken gestohlen hat, und mir sechs Stunden den Quatsch anzuhören, den Verteidiger und Staatsanwälte faseln, und
wie der Vorsitzende meinen Alten, den dummen Aljoschka fragt: ›Geben Sie, Herr Angeklagter, die Tatsache des Schinkenraubs zu?‹ – ›Hä?‹«

Konstantin Lewin war wieder abgeschweift, er stellte
sich nun den Vorsitzenden und den dummen Aljoschka
vor, und ihm schien, als gehörte das alles zur Sache.

Aber Sergej Iwanowitsch zuckte die Schultern.

»Und was willst du damit sagen?«

»Ich will damit nur sagen, dass ich die Rechte, die
mich … meine Interessen berühren, stets mit aller
Kraft verteidigen werde; dass ich, als bei uns Studenten
eine Haussuchung gemacht wurde und die Gendarmen
unsere Briefe lasen, bereit war, mit aller Kraft diese
Rechte zu verteidigen, meine Rechte auf Bildung zu
verteidigen, auf Freiheit. Ich verstehe es bei der mi-
litärischen Dienstpflicht, die das Schicksal meiner Kinder, Brüder und von mir selbst berührt; ich bin bereit,
das zu diskutieren, was mich betrifft; aber darüber zu
urteilen, wie die Vierzigtausend der Semstwo-Gelder

zu verteilen sind, oder über den dummen Aljoschka Gericht zu halten – das verstehe ich nicht und kann ich nicht.«

Konstantin Lewin war in einem Redefluss, als wäre in ihm ein Damm gebrochen. Sergej Iwanowitsch lächelte.

»Und morgen stehst du selbst vor Gericht – wäre es dir wirklich angenehmer, vom alten Kriminalgerichtshof abgeurteilt zu werden?«

»Ich werde nicht vor Gericht stehen. Ich schneide keinem die Kehle durch, ich brauche das nicht. Also wirklich!« fuhr er fort und sprang erneut zu etwas, das überhaupt nicht zur Sache gehörte. »Unsere Einrichtungen sehen aus wie Birken, die wir aufstecken wie an Pfingsten, damit es aussieht wie der Wald, der in Europa von allein gewachsen ist, und ich kann nicht von Herzen diese Birken begießen und daran glauben!«

Sergej Iwanowitsch zuckte nur die Schultern, und mit dieser Geste drückte er seine Verwunderung aus, woher in ihrem Streitgespräch auf einmal die Birken kämen, obschon er gleich begriffen hatte, was sein Bruder damit sagen wollte.

»Erlaube mal, so kann man das doch nicht erörtern«, bemerkte er.

Konstantin Lewin wollte aber seinen Mangel rechtfertigen, um den er sehr wohl wusste, seine Gleichgültigkeit gegenüber dem Gemeinwohl, und er fuhr fort.

»Ich meine«, sagte Konstantin, »dass keine Tätigkeit von Dauer ist, wenn sie nicht auf persönlichem Interesse fußt. Das ist eine allgemeine Wahrheit, eine philosophische«, sagte er, wobei er mit Entschiedenheit das Wort philosophisch wiederholte, als wollte er zeigen, dass auch er wie jedermann das Recht habe zu philosophieren.

Sergej Iwanowitsch lächelte erneut. ›Auch er hat da

seine eigene Philosophie, die seine Neigungen bedient«, dachte er.

»Also, mit der Philosophie, das lass lieber«, sagte er. »Die Hauptaufgabe der Philosophie aller Zeiten besteht eben darin, jene notwendige Verbindung zu finden, die zwischen persönlichem Interesse und allgemeinem existiert. Aber das gehört nicht hierher, hierher gehört jedoch, dass ich deinen Vergleich noch geraderücken muss. Die Birken wurden nicht aufgesteckt, die einen wurden gepflanzt, die anderen ausgesät, und man muss vorsichtig mit ihnen umgehen. Nur die Völker haben eine Zukunft, nur die Völker kann man als historisch bezeichnen, die ein Gespür dafür haben, was an ihren Einrichtungen wichtig und bedeutsam ist, und sie wertschätzen.«

Und Sergej Iwanowitsch verfolgte das Problem nun auf geschichtsphilosophischem Gebiet weiter, wo Konstantin Lewin nicht bewandert war, und führte ihm vor, wie ungerechtfertigt seine Ansicht war.

»Was jedoch das anbetrifft, dass dir das nicht gefällt – entschuldige, aber das ist unsere russische Trägheit, unsere Herrenart, und ich bin sicher, dass es ein kurzlebiger Irrtum bei dir ist und vorübergeht.«

Konstantin schwieg. Er spürte, dass er rundherum besiegt war, aber zugleich spürte er, dass sein Bruder nicht verstanden hatte, was er sagen wollte. Er wusste bloß nicht, warum sein Bruder nicht verstanden hatte, ob darum, weil er nicht klar ausdrücken konnte, was er wollte, oder ob darum, weil der Bruder ihn nicht verstehen wollte oder auch konnte. Aber er hing nun nicht weiter diesen Gedanken nach, und ohne dem Bruder etwas zu entgegnen, dachte er über etwas vollkommen anderes nach, über ein persönliches Problem.

»Trotzdem, fahren wir.«

Sergej Iwanowitsch spulte die letzte Angel auf, Konstantin band das Pferd los, und sie fuhren.

IV

Das persönliche Problem, das Lewin während seines Gesprächs mit dem Bruder beschäftigte, war das folgende: Im letzten Jahr war Lewin einmal zur Heumahd gekommen, als er sich über den Verwalter geärgert hatte, und da setzte er sein spezielles Beruhigungsmittel ein – er nahm sich von einem Bauern die Sense und begann zu mähen.

Diese Arbeit gefiel ihm derart, dass er noch mehrfach ans Mähen ging; die gesamte Wiese vor dem Haus hatte er gemäht und in diesem Jahr schon im Frühjahr den Plan gefasst, ganze Tage mit den Bauern zu mähen. Seit der Ankunft des Bruders war er sich unschlüssig: Sollte er mähen, sollte er nicht? Er hatte ein schlechtes Gewissen, wenn er den Bruder tagelang alleinließ, auch fürchtete er, der Bruder könnte sich über ihn lustig machen. Doch als er über die Wiese gegangen und ihm sein Eindruck vom Mähen eingefallen war, hatte er schon fast entschieden, dass er mähen würde. Und nach dem zermürbenden Gespräch mit dem Bruder fiel ihm sein Vorhaben wieder ein.

›Ich brauche körperliche Bewegung, sonst verdirbt offenbar mein Charakter‹, überlegte er und beschloss zu mähen, wie peinlich ihm das vor dem Bruder und den Leuten auch wäre.

Gegen Abend ging Konstantin Lewin ins Kontor, traf Anordnungen für die Arbeiten und ließ in den Dörfern für den nächsten Tag die Mäher bestellen, damit Kalinowy Lug gemäht würde, die größte und beste Wiese.

»Und meine Sense schicken Sie bitte zu Tit, damit er sie dengelt und morgen mitbringt; ich selber werde vielleicht auch mähen«, sagte er, bemüht, nicht verlegen zu werden.

Der Verwalter lächelte und sagte:
»Zu Befehl.«

Abends beim Tee sagte Lewin es auch seinem Bruder.

»Das Wetter scheint zu halten«, sagte er. »Morgen beginne ich mit dem Mähen.«

»Ich habe diese Arbeit sehr gern«, sagte Sergej Iwanowitsch.

»Ich habe sie schrecklich gern. Ich habe selbst manchmal mit den Bauern gemäht und möchte morgen den ganzen Tag mähen.«

Sergej Iwanowitsch hob den Kopf und schaute den Bruder neugierig an.

»Wie das? Auf gleichem Fuß mit den Bauern, den ganzen Tag?«

»Ja, das ist sehr angenehm«, sagte Lewin.

»Als Leibesübung ist das wunderbar, nur kannst du das wohl kaum durchhalten«, sagte Sergej Iwanowitsch ohne jeden Spott.

»Ich habe es versucht. Erst fällt es schwer, dann kommt man rein. Ich denke, dass ich nicht hinter den anderen zurückbleibe ...«

»So was! Aber sag, wie sehen das die Bauern? Machen sich bestimmt lustig, was für Grillen der gnädige Herr hat.«

»Nein, ich glaube nicht; aber die Arbeit ist so fröhlich und schwierig zugleich, dass zum Denken keine Zeit bleibt.«

»Ja, und wie wirst du mit ihnen zu Mittag essen? Dir Lafitte hinauszuschicken und gebackene Pute wäre wohl peinlich.«

»Nein, ich werde bloß in der Zeit, wenn sie Pause machen, nach Hause reiten.«

Am nächsten Morgen stand Konstantin Lewin früher auf als gewöhnlich, wurde aber durch Anordnungen für die Gutswirtschaft aufgehalten, und als er zur Heumahd geritten kam, schritten die Schnitter schon die zweite Reihe ab.

Bereits vom Hügel aus bot sich ihm der Blick auf den noch schattigen, schon gemähten Teil der Wiese mit den grau werdenden Schwaden und den schwarzen Häufchen der Kaftane, die die Schnitter an der Stelle abgelegt hatten, wo sie mit der ersten Reihe anfingen.

Je näher er kam, desto deutlicher sah er die hintereinander, in langgezogener Reihe schreitenden, unterschiedlich die Sensen schwingenden Männer, die einen im Kaftan, andere bloß im Hemd. Er zählte zweiundvierzig Mann.

Sie bewegten sich langsam über den unebenen unteren Teil der Wiese, wo früher ein Stauwehr gewesen war. Einige von seinen Bauern erkannte Lewin. Da war der alte Jermil in einem sehr langen weißen Hemd, der vorgebeugt die Sense schwang; da war der junge Bursche Waska, der bei Lewin als Kutscher gedient hatte und jeden Schwaden mit viel Schwung nahm. Da war auch Tit, beim Mähen Lewins Lehrmeister, ein kleines, hageres Männchen. Ohne sich vorzubeugen, schritt er vorweg, er schien mit der Sense zu spielen, wenn er seine breiten Schwaden schnitt.

Lewin stieg vom Pferd, band es beim Weg fest und begab sich zu Tit, der eine zweite Sense aus dem Gebüsch zog und ihm reichte.

»Ist bereit, Herr, die rasiert, die mäht von allein«, sagte Tit lächelnd, als er die Mütze abnahm und ihm die Sense reichte.

Lewin nahm die Sense und probierte sie aus. Die verschwitzten und fröhlichen Mäher, die ihre Reihen beendet hatten, kamen nacheinander, unter Lachen, auf den Weg heraus und begrüßten ihren Herrn. Sie schauten alle auf ihn, aber keiner sagte ein Wort, bis ein ebenfalls zum Weg gekommener, hochgewachsener Alter mit runzligem, bartlosem Gesicht und einer Lammfelljacke ihn ansprach.

»Sieh zu, Herr, packst du mit an, so bleib nicht

zurück!« sagte er, und Lewin hörte unter den Mähern verhaltenes Gelächter.

»Werde mir Mühe geben«, sagte er, stellte sich hinter Tit und wartete auf den Beginn.

»Sieh nur zu«, wiederholte der Alte.

Tit machte Platz, und Lewin schritt hinter ihm her. Das Gras war beim Weg niedrig, und Lewin, der lange nicht gemäht hatte und wegen der auf ihn gerichteten Blicke verlegen war, mähte schlecht, obwohl er kräftig ausholte. Hinter ihm waren Stimmen zu hören:

»Ist schlecht aufgesetzt, der Griff zu hoch, schau, wie er sich vorbeugt«, sagte einer.

»Muss mehr auf den Bart drücken«, sagte ein anderer.

»I wo, geht schon, das mäht sich ein«, fügte der Alte hinzu. »Schau, es läuft. Nimmst du den Schwaden zu breit, schindest dich ab … Der Herr, der kann ja nicht anders, schafft für sich selber. Aber schau dir die Graskämme an! Unsereins hätte dafür auf den Buckel gekriegt.«

Das Gras wurde weicher, und während Lewin zuhörte, aber nicht antwortete, nur möglichst gut zu mähen suchte, ging er hinter Tit her. Sie hatten vielleicht hundert Schritt zurückgelegt. Tit ging und ging, ohne anzuhalten und ohne das geringste Zeichen von Müdigkeit; Lewin aber graute es schon, er könnte nicht durchhalten, so müde war er.

Er spürte, dass er mit letzter Kraft ausholte, und wollte schon Tit um einen Halt bitten. Aber da machte Tit von allein halt, bückte sich, nahm Gras, wischte die Sense ab und begann sie zu wetzen. Lewin richtete sich auf, atmete durch und blickte zurück. Hinter ihm schritt ein Mann und war offenbar auch müde, denn sofort, noch bevor er Lewin erreicht hatte, machte auch er halt und ging ans Wetzen. Tit wetzte seine eigene Sense und die Lewins, und sie schritten weiter.

Beim nächsten Abschnitt war es das Gleiche. Tit
schritt, Schwung um Schwung, ohne zu halten und
ohne müde zu werden. Lewin schritt hinterdrein,
suchte nicht zurückzubleiben, und es fiel ihm schwerer
und schwerer, der Zeitpunkt war nah, da er, wie er
spürte, keine Kraft mehr hätte, aber in dem Augenblick
machte Tit halt und wetzte die Sense.

So durchschritten sie die erste Reihe. Und diese
lange Reihe kam Lewin besonders schwer vor; doch als
die Reihe abgegangen war und Tit, die Sense geschul-
tert, langsamen Schrittes auf den Spuren, die seine Ab-
sätze im Mahdstreifen hinterlassen hatten, zurückging
und Lewin ganz genauso über seinen Mahdstreifen
ging – obwohl ihm der Schweiß in Strömen übers Gesicht lief und von der Nase tropfte und sein ganzer
Rücken nass war wie aus dem Wasser gezogen, war ihm
da sehr wohl zumute. Ganz besonders freute ihn, dass er
jetzt wusste, er würde durchhalten,

Seine Befriedigung wurde nur dadurch vergällt,
dass seine Reihe nicht gut war. ›Ich werde weniger mit
dem Arm ausholen, mehr mit dem Rumpf‹, überlegte
er, wie er Tits schnurgerade geschnittene Schwaden mit
seinen unordentlich und unregelmäßig liegenden verglich.

Bei der ersten Reihe, merkte Lewin, war Tit besonders rasch gegangen, wohl um den Herrn auf die Probe
zu stellen, und diese Reihe war zufällig lang. Die nächsten Reihen waren bereits leichter, dennoch musste Lewin all seine Kräfte anspannen, um nicht hinter den
Bauern zurückzubleiben.

Er dachte nichts, wünschte nichts, außer dass er
nicht hinter den anderen zurückbleiben und so gut wie
möglich arbeiten wollte. Er hörte nur die Sensen sirren
und sah vor sich Tits aufgerichtete Gestalt sich entfernen, sah den Halbkreis des Mahdstreifens, das langsam
und in Wellen sich neigende Gras, die Blütenköpfchen

an seinem Sensenblatt und weiter vorn das Ende der Reihe, wo es eine Ruhepause gäbe.

Ohne zu begreifen, was es war und woher, spürte er mitten in der Arbeit plötzlich eine angenehme Kühle an den erhitzten, schweißbedeckten Schultern. Er blickte während des Wetzens der Sense zum Himmel hoch. Eine tiefe, schwere Wolke war aufgezogen, und es fielen große Regentropfen. Einige von den Männern gingen zu den Kaftanen und legten sie um; die anderen ruckten genauso wie Lewin nur erfreut die Schultern unter der angenehmen Erfrischung.

Noch eine und noch eine Reihe schritten sie ab. Schritten durch lange Reihen und kurze, mit gutem Gras, mit schlechtem. Lewin hatte jedes Zeitgefühl verloren und wusste überhaupt nicht mehr, ob es spät war oder früh. In seiner Arbeit vollzog sich nun eine Veränderung, die ihm riesiges Vergnügen bereitete. Mitten in der Arbeit gab es Minuten, da vergaß er, was er machte, ihm wurde leicht, und in diesen Minuten bekam er seine Reihe fast so gleichmäßig und gut hin wie Tit. Sobald ihm aber einfiel, was er machte, und er sich erneut bemühte, es besser zu machen, spürte er gleich wieder die ganze Last der Arbeit, und die Reihe wurde schlecht.

Nach einer weiteren Reihe wollte er eine neue beginnen, aber Tit machte halt, ging zu dem Alten und sagte etwas leise zu ihm. Beide blickten zur Sonne. ›Was reden die, weshalb macht er nicht weiter?‹ dachte Lewin, ohne dass ihm eingefallen wäre, dass die Bauern nun schon gewiss vier Stunden unablässig mähten und es Zeit war fürs Vesper.

»Vespern, Herr«, sagte der Alte.

»Ist es denn schon Zeit? Gut, also vespern.«

Lewin gab Tit die Sense, und mit den Männern, die zu den Kaftanen ihr Brot holen gingen, schritt er über die leicht vom Regen besprühten Schwaden des großen, schon gemähten Wiesenstücks zu seinem Pferd. Da erst begriff er, dass er sich mit dem Wetter vertan hatte und der Regen ihm das Heu durchnässte.

»Verdirbt das Heu«, sagte er.

»Nicht schlimm, Herr, mähe bei Regen, reche bei Sonne!« sagte der Alte.

Lewin band das Pferd los und ritt nach Hause, um Kaffee zu trinken.

Sergej Iwanowitsch stand gerade auf. Als Lewin Kaffee getrunken hatte, ritt er wieder zur Heumahd, noch bevor Sergej Iwanowitsch sich ankleiden und ins Esszimmer kommen konnte.

V

Nach dem Vesper kam Lewin nicht mehr an die frühere Stelle in der Reihe, sondern zwischen den Alten, den Spaßvogel, der ihn zu dieser Nachbarschaft aufforderte, und einen jungen Bauern, der erst seit Herbst verheiratet war und den ersten Sommer mitmähte.

Gerade aufgerichtet, schritt der Alte vorweg, setzte gleichmäßig und breitbeinig die auswärts gedrehten Füße, und mit genauer und gleichmäßiger Bewegung, die ihn, hatte es den Anschein, nicht mehr Mühe kostete als Armeschlenkern beim Gehen, legte er wie spielerisch einen hohen Schwaden nach dem andern um. Als wäre es nicht er, als würde die scharfe Sense von allein durchs saftige Gras zischen.

Hinter Lewin schritt der junge Mischka. Sein hübsches junges Gesicht, das am Haaransatz mit einem Strick aus frischem Gras umwunden war, ließ die Anstrengung erkennen; aber sobald er beobachtet wurde, lächelte er. Offenbar wäre er eher gestorben, als zuzugeben, dass es ihm schwerfiel.

Lewin schritt zwischen den beiden. In der stärksten

Hitze kam ihm das Mähen nicht so schwer vor. Der Schweiß, der an ihm herabströmte, spendete Kühle, und die Sonne, die auf Rücken, Kopf und die bis zum Ellbogen freigekrempelten Arme brannte, verlieh der Arbeit Festigkeit und Beharrlichkeit; immer öfter kamen die Minuten des bewusstseinslosen Zustands, da man nicht zu denken brauchte, was man machte. Die Sense schnitt von allein. Das waren die glücklichen Minuten. Noch freudvoller waren die Minuten, wenn sie zum Fluss kamen, an den die Reihen stießen, der Alte im dichten nassen Gras die Sense abwischte, ihr Blatt im frischen Flusswasser spülte, mit dem Wetzkumpf Wasser schöpfte und Lewin anbot.

»Hier, versuch mein Hausgetränk! Ah, tut das gut!« sagte er und zwinkerte.

Und tatsächlich, Lewin hatte noch niemals ein solches Getränk gekostet wie dieses warme Wasser mit dem darin schwimmenden Grünzeug und dem vom Blechkumpf rostigen Geschmack. Gleich danach begann ein wohliger langsamer Spaziergang, den Arm auf der Sense, während dessen man den strömenden Schweiß abwischen, aus tiefer Brust Atem holen und sich die ganze langgezogene Reihe der Schnitter anschauen konnte sowie was sich ringsum tat in Wald und Feld.

Je länger Lewin mähte, desto öfter spürte er die Minuten der Entrückung, wobei nicht mehr die Arme die Sense schwangen, sondern die Sense den seiner selbst bewussten, lebensvollen Körper hinter sich herzog und wie durch Zauberei, ohne Gedanken daran, die Arbeit sich von allein machte, richtig und sorgfältig. Das waren die wohligsten Minuten.

Schwer war es nur dann, wenn diese unbewusst gewordene Bewegung abgebrochen und nachgedacht werden musste, wenn ein Erdhügel oder ein noch nicht ausgestochener Sauerampfer abgemäht werden musste.

Dem Alten gelang das leicht. Kam ein Erdhügel, veränderte er die Bewegung, und teils mit dem Sen-
senbart, teils mit der Spitze mähte er den Hügel von
beiden Seiten mit kurzen Hieben ab. Und während er
das tat, betrachtete und beobachtete er alles, was sich
seinem Blick darbot; mal riss er eine Siegwurz ab, aß sie
oder bot sie Lewin an, mal warf er mit der Sensenspitze
einen Zweig zur Seite, mal schaute er sich ein Wachtel-
nest an, von dem unmittelbar vor der Sense das Weibchen aufgeflogen war, mal fing er ein Schlängchen, auf
das er gestoßen war, hob es hoch mit der Sense wie mit
einer Mistgabel, zeigte es Lewin und warf es beiseite.

Lewin wie dem jungen Burschen hinter ihm fielen
diese Bewegungsänderungen schwer. Wenn sie beide zu
einem angespannten Bewegungsablauf gefunden hatten, gingen sie völlig in der Arbeit auf und waren unfähig, die Bewegung zu ändern und zugleich zu beobachten, was vor ihnen war.

Lewin merkte nicht, wie die Zeit verging. Wäre er
gefragt worden, wie lange er schon mähe, hätte er gesagt – eine halbe Stunde, dabei war es bald Zeit zum
Mittagessen. Beim Beginn einer neuen Reihe wies der
Alte Lewin auf die kleinen Jungen und Mädchen hin,
die von verschiedenen Seiten, kaum sichtbar, durchs
hohe Gras und über den Weg zu den Mähern kamen,
wobei Brotbündel und mit Stofflappen zugepfropfte
Kwaskrüglein ihnen die Ärmchen langzogen.

»Schau, die Käferchen kommen gekrochen!« sagte
er, als er auf sie deutete, und blickte unter der Hand zur
Sonne.

Sie schritten noch zwei Reihen ab, dann machte der
Alte halt.

»Auf, Herr, Mittagessen!« sagte er entschieden. Wer
von den Mähern den Fluss erreicht hatte, begab sich
quer über die Schwaden zu den Kaftanen, wo die Kinder, die das Essen gebracht hatten, saßen und sie erwar-

teten. Die Männer setzten sich zusammen, die von weither im Schatten der Karren, die aus der Nähe unter einem Weidenbusch, über den sie Gras geworfen hatten.

Lewin setzte sich zu ihnen; er mochte nicht fortreiten.

Jegliche Befangenheit vor dem Herrn war längst verschwunden. Die Männer machten sich fertig zum Mittagessen. Die einen wuschen sich, die jungen Burschen badeten im Fluss, andere richteten sich einen Ruheplatz her, knüpften die Brotbündel auf und zogen die Pfropfen aus den Kwaskrüglein. Der Alte brockte Brot in eine Schale, zerdrückte es mit dem Löffelstiel, goss darauf Wasser aus dem Kumpf, schnitt noch Brot auf, streute Salz darüber, und nach Osten gewandt, betete er.

»Hier, Herr, versuch meine Wassersuppe«, sagte er und ließ sich vor der Schale auf die Knie nieder.

Die Wassersuppe schmeckte so gut, dass Lewin die Absicht aufgab, zum Essen nach Hause zu reiten. Er aß mit dem Alten und kam mit ihm ins Gespräch über seine häuslichen Verhältnisse, nahm lebhaftesten Anteil daran und berichtete ihm von den eigenen Problemen und Umständen, was den Alten interessieren konnte. Er hatte das Gefühl, ihm näher zu stehen als seinem Bruder, und die Zuneigung, die er für diesen Menschen empfand, ließ ihn unwillkürlich lächeln. Als der Alte wieder aufstand, betete, gleich hier unter dem Busch sich hinlegte und sich dazu Gras unter den Kopf schob, tat Lewin es ihm nach, und trotz der aufsässigen, in der Sonne zudringlichen Fliegen und Käferchen, die ihm am verschwitzten Gesicht und am Körper kribbelten, schlief er sofort ein und erwachte erst, als die Sonne zur anderen Seite des Buschs gewandert war und ihn erreichte. Der Alte schlief längst nicht mehr, er saß und dengelte die Sensen der jungen Burschen.

Lewin blickte um sich und erkannte den Ort nicht

wieder, so hatte sich alles verändert. Die riesige Fläche der Wiese war abgemäht, und mit ihren bereits duftenden Heuschwaden schimmerte sie unter den schrägen Strahlen der Abendsonne in besonderem, neuem Glanz. Auch das ummähte Buschwerk am Fluss, auch der Fluss selbst, der zuvor nicht sichtbar gewesen, jetzt aber stahlblau glänzte in den Flusswindungen, auch die umhergehenden und sich erhebenden Leute, auch die steile Graswand am ungemähten Teil der Wiese, auch die Habichte, die über der freigelegten Fläche kreisten – alles war vollkommen neu. Zu sich gekommen, überlegte Lewin, wieviel gemäht war und wieviel heute noch zu schaffen wäre.

Für zweiundvierzig Leute hatten sie außerordentlich viel geleistet. Die gesamte große Wiese, an der zur Zeit der Fronarbeit dreißig Sensen zwei Tage gemäht hatten, war abgemäht. Noch zu mähen blieben Ecken mit kurzen Reihen. Aber Lewin hätte gerne so viel wie möglich geschafft an diesem Tag, und er war ärgerlich auf die Sonne, die sich so rasch neigte. Er empfand keinerlei Müdigkeit; er hätte nur gerne noch mehr und so rasch und so viel wie möglich geschafft.

»Und wenn wir weitermähen, was meinst du, noch Maschkin Werch?« sagte er zu dem Alten.

»Wie der Herrgott will, die Sonne steht nicht mehr hoch. Wie wär's mit Wodka für die Burschen?«

Während des Nachmittagsvespers, als sie sich wieder hingesetzt hatten und die Raucher rauchten, verkündete der Alte den Burschen, wenn »Maschkin Werch noch gemäht wird, gibt's Wodka.«

»Schaffen wir doch leicht! Geh los, Tit! Fegen wir weg wie nichts! Sattessen kannst dich nachts. Geh los!« erklangen Stimmen, und noch am Brot kauend, gingen die Schnitter an die nächste Reihe.

»Jetzt, Leute, haltet euch ran!« sagte Tit und schritt fast im Trab vorweg.

»Geh nur, geh!« Der Alte trabte ihm hinterdrein und hatte ihn schon fast eingeholt. »Ich schneid dich! Pass auf!«

Und Jung und Alt mähten quasi um die Wette. Doch trotz aller Eile verdarben sie das Gras nicht, die Schwaden wurden noch genauso sauber und sorgfältig umgelegt. Der übriggebliebene Winkel in der Ecke war weggefegt innerhalb fünf Minuten. Die letzten Mäher beendeten noch ihre Reihen, da schulterten die ersten schon die Kaftane und schritten über den Weg zum Maschkin Werch.

Die Sonne neigte sich bereits den Bäumen zu, als sie unterm Geklapper der Kumpfe zum waldumsäumten Wiesental am Maschkin Werch kamen. Das Gras reichte im Talgrund bis zum Gürtel, war zart und weich, breithalmig, und im Wald da und dort bunt vom Wachtelweizen.

Nach kurzer Beratung, ob sie längs gehen sollten oder quer, schritt Prochor Jermilin vorneweg, auch ein bekannter Schnitter, ein riesiger, schwärzlicher Kerl. Er schritt eine Reihe ab, wandte sich um und zur Seite, und alle richteten sich nun nach ihm, schritten bergab durch den Talgrund und bergauf den Waldsaum entlang. Die Sonne war hinterm Wald verschwunden. Schon schlug sich Tau nieder, und nur auf der Anhöhe waren die Mäher noch in der Sonne, in der Niederung jedoch, aus der Dunst aufstieg, und auf der anderen Seite schritten sie durch frischen, taureichen Schatten. Die Arbeit war auf dem Siedepunkt.

Das Gras, geschnitten unter saftigem Zischen und würzig duftend, fiel in hohen Schwaden. In den kurzen Reihen bedrängten sich die Mäher allenthalben, es klapperten die Kumpfe und die gegeneinanderstoßenden Sensen, es pfiffen die Wetzsteine über die Sensenblätter, und mit fröhlichen Zurufen trieben die Männer sich an.

Lewin schritt noch genauso zwischen dem jungen Burschen und dem Alten. Der Alte hatte seine Lammfelljacke übergezogen und war noch genauso fröhlich, zu Scherzen aufgelegt und frei in den Bewegungen. Im Wald trafen sie andauernd auf Birkenpilze, ganz aufgeschwollen im saftigen Gras, die nun von den Sensen geschnitten wurden. Traf jedoch der Alte auf einen Pilz, bückte er sich jedesmal, hob ihn auf und steckte ihn sich unters Hemd. »Ein Mitbringsel für meine Alte«, sagte er dann.

So leicht das nasse und schwache Gras auch zu mähen war, war es doch schwer, die steilen Talhänge hinab- und hinaufzusteigen. Aber den Alten behinderte das nicht. Zu noch genau dem gleichem Sensenschwung kletterte er mit winzigen, festen Schritten seiner in großen Bastschuhen steckenden Füße langsam den steilen Hang hoch, und obwohl sein ganzer Leib und die unterm Hemd vorhängenden Beinkleider zitterten, ließ er auf seinem Weg keinen einzigen Grashalm, keinen einzigen Pilz aus und scherzte noch genauso mit den Männern und mit Lewin. Lewin schritt hinter ihm her und dachte oft, jetzt würde er bestimmt fallen, wenn er mit der Sense einen so steilen Vorsprung erklomm, dass er auch ohne Sense schwer zu erklettern war; aber er kletterte hinauf und tat, was zu tun war. Lewin fühlte, dass ihn eine Kraft von außen in Bewegung hielt.

VI

Maschkin Werch hatten sie gemäht, die letzten Reihen beendet, die Kaftane angezogen, und nun gingen sie fröhlich nach Haus. Lewin stieg aufs Pferd, verabschiedete sich mit Bedauern von den Männern und ritt nach Haus. Von einer Anhöhe blickte er zurück; sie waren nicht mehr zu sehen in dem aus der Niederung aufsteigenden Nebel; nur die fröhlichen rauhen Stimmen waren zu hören, Gelächter und das Klappern der Sensen gegeneinander.

Sergej Iwanowitsch hatte längst diniert, er trank in seinem Zimmer Zitronenwasser mit Eis und sah die eben von der Post gekommenen Zeitungen und Zeitschriften durch, als Lewin, schweißverklebte wirre Haare auf der Stirn, an Rücken und Brust dunkel durchnässt, unter fröhlichem Gerede zu ihm ins Zimmer stürmte.

»Die ganze Wiese haben wir geschafft! Ach, wie gut, unglaublich! Und wie geht es dir?« Lewin hatte das unangenehme gestrige Gespräch völlig vergessen.

»Du liebe Zeit! wie siehst du denn aus!« Sergej Iwanowitsch blickte im ersten Augenblick missmutig zum Bruder. »Und die Tür, die Tür mach zu!« rief er. »Hast bestimmt ein ganzes Dutzend hereingelassen!«

Sergej Iwanowitsch konnte Fliegen nicht ausstehen und öffnete in seinem Zimmer nur nachts die Fenster und schloss immer sorgsam die Tür.

»Keine einzige, weiß Gott. Und wenn doch, fange ich sie. Du kannst dir nicht vorstellen, was für ein Hochgefühl das ist! Wie hast du den Tag verbracht?«

»Ich? Gut. Aber hast du wirklich den ganzen Tag gemäht? Du musst hungrig sein wie ein Wolf. Kusma hat dir alles bereitgestellt.«

»Nein, ich mag gar nicht essen. Ich habe dort gegesssen. Jetzt geh ich mich erst waschen.«

»Geh, geh, ich komme gleich zu dir«, sagte Sergej Iwanowitsch und sah den Bruder kopfschüttelnd an. »Geh nur, geh schnell«, fügte er lächelnd hinzu und räumte seine Lektüre zusammen, um mitzukommen. Ihm war auf einmal auch fröhlich zumute, er mochte sich nicht vom Bruder trennen. »Und während des Regens, wo warst du da?«

»Ach, von wegen Regen! Die paar Tropfen. Bin gleich wieder da. Du hast den Tag also gut verbracht? Ja, hervorragend!« Und Lewin ging sich umziehen.

Fünf Minuten später trafen sich die Brüder im Esszimmer. Lewin hatte zwar gemeint, er habe keinen Hunger, und sich nur ans Essen gemacht, um Kusma nicht zu kränken, aber als er anfing, fand er das Diner außerordentlich schmackhaft. Sergej Iwanowitsch sah ihm lächelnd zu.

»Ah ja, es kam ein Brief für dich«, sagte er. »Kusma, bring ihn bitte von unten. Und sieh zu, schließ die Tür.«

Der Brief war von Oblonski. Lewin las ihn laut vor. Oblonski schrieb aus Petersburg: »Ich habe einen Brief von Dolly erhalten, sie ist in Jerguschowo und kommt dort irgendwie nicht zurecht. Fahr doch bitte hin, hilf ihr und berate sie, Du weißt alles. Sie wird sich so freuen, Dich zu sehen. Sie ist ganz allein, die Ärmste. Die Schwiegermutter ist mit den anderen noch im Ausland.«

»Hervorragend! Unbedingt fahr ich zu ihnen«, sagte Lewin. »Oder wir fahren zusammen. Sie ist so famos. Stimmt doch?«

»Es ist nicht weit von hier?«

»Um die dreißig Werst, es können auch vierzig sein. Aber die Straßen sind hervorragend. Das wird eine hervorragende Fahrt.«

»Sehr gerne!« Sergej Iwanowitsch lächelte noch immer.

Der Anblick des jüngeren Bruders stimmte ihn unmittelbar fröhlich.

»Also, einen Appetit hast du!« sagte er mit dem Blick auf Lewins über den Teller geneigtes, braunrot verbranntes Gesicht und den Hals.

»Hervorragend! Du kannst dir nicht vorstellen, wie

nützlich ein solcher Tagesablauf gegen jede Art von Narreteien ist. Ich möchte die Medizin mit einem neuen Terminus bereichern: *Arbeitskur*.«

»Na, du brauchst das anscheinend nicht.«

»Ja, aber manche Nervenkranke.«

»Ja, das müsste man ausprobieren. Ich wollte eigentlich zur Heuernte kommen, um dich anzuschauen, aber die Hitze war so unerträglich, dass ich nicht weiter kam als bis zum Wald. Dort saß ich ein Weilchen, ging dann durch den Wald zur Siedlung, traf deine Amme und sondierte bei ihr, was die Bauern von dir halten. Wie mir klar wurde, billigen sie es nicht. Sie sagte: ›Ist nichts für die Herrschaft.‹ Überhaupt habe ich den Eindruck, dass in der Vorstellung des Volkes die Forderung nach einer bestimmten ›Herrentätigkeit‹, wie sie das nennen, sehr fest gefügt ist. Und sie lassen nicht zu, dass die Herrschaft den in ihrer Vorstellung festen Rahmen verlässt.«

»Mag sein, aber es ist ein solches Vergnügen, wie ich es mein Leben lang nicht empfunden habe. Und ist ja nichts Schlechtes. Stimmt doch?« entgegnete Lewin. »Was tun, wenn es ihnen nicht gefällt. Im übrigen, meine ich, macht das nichts. Oder?«

»Jedenfalls«, fuhr Sergej Iwanowitsch fort, »sehe ich: du bist zufrieden mit deinem Tag.«

»Sehr zufrieden. Wir haben die ganze Wiese gemäht. Und mit was für einem Alten ich mich dort angefreundet habe! Du machst dir keinen Begriff, wie prächtig er ist!«

»Also zufrieden. Auch ich bin mit meinem Tag zufrieden. Erstens habe ich zwei Schachaufgaben gelöst, die eine ist sehr hübsch, mit Bauerneröffnung. Ich zeige sie dir. Und dann habe ich über unser gestriges Gespräch nachgedacht.«

»Wie? über das gestrige Gespräch?« Lewin blinzelte wohlig und verschnaufte nach beendetem Mahl und konnte sich beim besten Willen nicht erinnern, was für ein gestriges Gespräch das war.

»Ich finde, dass du zum Teil recht hast. Unsere Meinungsverschiedenheit besteht darin, dass du das persönliche Interesse als Motor ansetzest, während ich meine, dass jeder Mensch, der eine bestimmte Bildungsstufe erreicht hat, am Gemeinwohl Interesse haben müsste. Vielleicht hast du auch darin recht, dass eine mit Interesse betriebene materielle Tätigkeit eher wünschenswert wäre. Überhaupt ist deine Natur allzusehr *prime-sautière**, wie die Franzosen sagen; du möchtest eine leidenschaftliche, energische Tätigkeit oder gar nichts.«

Lewin hörte dem Bruder zu und begriff nicht das mindeste und wollte auch nichts begreifen. Er fürchtete nur, der Bruder könnte eine Frage stellen, wodurch herauskäme, dass er nichts gehört hatte.

»So ist das, mein Freund«, sagte Sergej Iwanowitsch und berührte ihn an der Schulter.

»Ja, versteht sich. Aber je nun! Ich beharre nicht auf meiner Meinung«, erwiderte Lewin mit schuldbewusstem Kinderlächeln. ›Worüber hab ich nur gestritten?‹ überlegte er. ›Versteht sich, ich habe recht und er hat recht und alles ist wunderbar. Bloß müsste ich für weitere Anordnungen ins Kontor.‹ Er stand auf, reckte sich und lächelte.

Sergej Iwanowitsch lächelte ebenfalls.

»Willst du ein Stück spazierengehen, gehen wir zusammen.« Er mochte sich nicht vom Bruder trennen, der soviel Frische und Munterkeit ausstrahlte. »Gehen wir, schauen wir auch im Kontor vorbei, wenn du hinmusst.«

»Ach du lieber Himmel!« rief Lewin so laut, dass Sergej Iwanowitsch erschrak.

* von schnellem Entschluss *(frz.)*

»Was ist, was hast du?«

»Was macht Agafja Michailownas Hand?« Lewin
schlug sich an den Kopf. »Die habe ich ganz vergessen.«

»Viel besser.«

»Trotzdem, ich laufe schnell zu ihr. Du hast noch
nicht den Hut aufgesetzt, bin ich zurück.«

Und wie eine Ratsche mit den Absätzen klappernd,
rannte er die Treppe hinab.

VII

Während Stepan Arkadjitsch nach Petersburg gereist
war, um die allernatürlichste und dringlichste, allen
Beamten bekannte, wenngleich Nichtbeamten unverständliche Pflicht zu erfüllen, ohne die ein Beamten-
dienst unmöglich ist, nämlich sich im Ministerium in
Erinnerung zu bringen, und in Erfüllung dieser Pflicht,
fast alles Geld der Familie in der Tasche, fröhlich und
angenehm seine Zeit bei Rennen und auf Datschen verbrachte, war Dolly mit den Kindern aufs Land übersiedelt, um die Ausgaben so gering wie möglich zu halten. Übersiedelt war sie nach Jerguschowo, einst ihre
Mitgift, das Dorf, wo im Frühjahr der Wald verkauft
worden war und das fünfzig Werst von Lewins Pokrowskoje entfernt lag.

In Jerguschowo war das große alte Haus längst abgetragen, schon der Fürst hatte ein Seitengebäude herrichten und vergrößern lassen. Das Gebäude war vor
zwanzig Jahren, als Dolly noch Kind war, geräumig und
komfortabel gewesen, wenn es auch wie alle Seitengebäude längs der Auffahrtsallee stand, mit der Schmal-
seite nach Süden. Jetzt aber war das Seitengebäude alt
und morsch. Als Stepan Arkadjitsch im Frühjahr zum
Waldverkauf hergereist war, hatte Dolly ihn gebeten,
sich das Haus anzuschauen und, was nötig, ausbessern

zu lassen. Stepan Arkadjitsch, der wie alle schuldbewussten Ehemänner sehr um das Wohlbefinden seiner
Frau besorgt war, hatte sich das Haus angeschaut und
für alles, was seiner Vorstellung nach nötig war, Anordnungen getroffen. Seiner Vorstellung nach mussten alle
Polstermöbel mit Cretonne bezogen werden, mussten
Gardinen aufgehängt und der Garten ausgeputzt, beim
Teich ein Brückchen gebaut und Blumen gepflanzt
werden; vergessen hatte er aber viele andere notwendige Dinge, deren Fehlen Darja Alexandrowna dann
das Leben schwermachte.

So sehr Stepan Arkadjitsch sich auch bemühte, ein
treusorgender Vater und Gatte zu sein, entfiel ihm doch
andauernd, dass er Frau und Kinder hatte. Er hatte die
Vorlieben eines Junggesellen, und nur davon ließ er
sich leiten. Nach Moskau zurückgekehrt, hatte er stolz
seiner Frau verkündet, alles sei vorbereitet, das Haus
werde ein Schmuckstück sein und er rate ihr sehr zu der
Reise. Für Stepan Arkadjitsch war die Abreise seiner
Frau aufs Land in jeder Hinsicht angenehm: für die
Kinder war es gesund, die Ausgaben waren geringer,
und er war freier. Darja Alexandrowna wiederum sah
die sommerliche Übersiedlung aufs Land als für die
Kinder unerlässlich, besonders für das kleine Mädchen,
das nach dem Scharlach einfach nicht auf die Beine
kam, und außerdem, um die kleinen Demütigungen
loszuwerden, die kleinen Schulden beim Holzhändler,
beim Fischhändler, beim Schuhmacher, unter denen sie
litt. Darüberhinaus war die Abreise für sie auch deshalb
angenehm, weil sie sehnlichst wünschte, ihre Schwester Kitty zu sich aufs Land zu locken; diese sollte zur
Sommermitte aus dem Ausland zurückkehren, und ihr
war Baden im Fluss verordnet worden. Kitty schrieb
aus dem Kurort, keine Aussicht stimme sie so froh wie
die, den Sommer mit Dolly in Jerguschowo zu verbringen, das für beide voller Kindheitserinnerungen war.

In der ersten Zeit war das Landleben für Dolly sehr schwer. Sie hatte als Kind oft auf dem Land gelebt, und ihr war haften geblieben, das Landleben sei die Rettung vor allen städtischen Unbilden, das Leben sei zwar nicht schön dort (damit konnte sich Dolly leicht abfinden), dafür billig und komfortabel: alles gibt es, alles ist billig, alles zu bekommen, und den Kindern geht es gut. Nun jedoch, da sie als Hausfrau aufs Land gereist kam, sah sie, dass alles überhaupt nicht so war, wie sie gedacht hatte.

Am Tag nach ihrer Ankunft regnete es in Strömen, nachts lief Wasser in den Flur und ins Kinderzimmer, so dass die Bettchen in den Salon getragen werden mussten. Eine Gesindeköchin gab es nicht; von den neun Kühen waren, so sagte die Viehmagd, die einen trächtig, die anderen mit erstem Kalb, die dritten alt und die vierten hartmelkig; sogar für die Kinder fehlte es an Butter und Milch. Eier gab es nicht. Ein Huhn war nicht zu bekommen; sie brieten und kochten sehnige, violette alte Hähne. Frauen zum Putzen der Fußböden waren nicht zu bekommen, alle waren in den Kartoffeln. Spazierenfahren war unmöglich, weil das eine Pferd bockte und an der Deichsel zerrte. Baden war nirgends möglich, das ganze Flussufer war vom Vieh zertrampelt und von der Straße her einsehbar; sogar Spazierengehen war unmöglich, weil das Vieh durch den kaputten Zaun in den Garten konnte, und es gab einen schrecklichen Stier, der brüllte und darum sicher stößig war. Kleiderschränke gab es nicht. Die es gab, ließen sich nicht recht zumachen und gingen von allein auf, wenn jemand vorbeikam. Gusseiserne und irdene Töpfe gab es nicht; einen Kessel für die Waschküche gab es nicht und nicht einmal ein Bügelbrett für das Mägdezimmer.

In der ersten Zeit, als Darja Alexandrowna statt Ruhe und Erholung diese, aus ihrer Sicht, schrecklichen

Katastrophen vorgefunden hatte, war sie verzweifelt:
sie mühte sich ab nach Kräften, empfand die Lage als
aussichtslos und musste jeden Moment die Tränen zurückhalten, die ihr in die Augen stiegen. Der Ökonom,
ein ehemaliger Wachtmeister, den Stepan Arkadjitsch
seines schönen und respektgebietenden Aussehens wegen liebgewonnen und von seinem Posten als Portier
hierher berufen hatte, nahm an Darja Alexandrownas
Katastrophen keinerlei Anteil, er sagte nur respektvoll:
»Da lässt sich gar nichts machen, so liederlich ist eben
das Volk« und half überhaupt nicht.

Die Lage schien ausweglos. Doch es gab bei den
Oblonskis wie in allen Familien eine unscheinbare, jedoch überaus wichtige und nützliche Person: Matrjona
Filimonowna. Sie beruhigte die Herrin, versicherte ihr,
es würde sich einrenken (das war ihr Wort, von ihr
hatte es Matwej übernommen), und ohne zu hasten und
ohne sich aufzuregen, wurde sie tätig.

Sie freundete sich sofort mit der Gutsverwalters-
frau an und trank gleich am ersten Tag mit ihr und
dem Verwalter Tee unter den Akazien und besprach
alles mit ihnen. Bald hatte sich unter den Akazien
Matrjona Filimonownas Klub gebildet, und über diesen Klub, der aus der Verwaltersfrau, dem Dorfältesten
und dem Kontoristen bestand, glätteten sich allmählich die Schwierigkeiten, und nach einer Woche hatte
sich tatsächlich alles eingerenkt. Das Dach wurde
repariert, eine Gesindeköchin wurde in der Gevatterin
des Dorfältesten gefunden, Hühner wurden gekauft,
Milch geliefert und der Garten mit Stangen abgezäunt,
der Zimmermann machte eine Wäschemangel, an den
Schränken wurden Haken angebracht, so dass sie nicht
mehr von allein aufgingen, und zwischen Sessellehne
und Kommode lag ein Bügelbrett, bespannt mit Solda-
tentuch, so dass es im Mägdezimmer nun nach Bügel-
eisen roch.

»Na bitte, und Sie waren so verzagt«, sagte Matrjona Filimonowna, als sie das Bügelbrett vorführte.

Es wurde sogar aus Strohschilden ein Badehäuschen gebaut. Lily fing an zu baden, und für Darja Alexandrowna gingen wenigstens teilweise ihre Hoffnungen auf ein zwar nicht ruhiges, so doch komfortables Leben auf dem Land in Erfüllung. Ruhig konnte Darja Alexandrowna mit sechs Kindern sowieso nicht sein. Das eine wurde krank, das andre konnte krank werden, dem dritten fehlte etwas, das vierte legte Anzeichen für einen schlechten Charakter an den Tag usw. usw. Selten, sehr selten gab es kurze ruhige Zeiten. Doch waren diese Sorgen und Beunruhigungen für Darja Alexandrowna das einzig mögliche Glück. Wäre das nicht gewesen, so wäre sie alleingeblieben mit ihren Gedanken an einen Ehemann, der sie nicht liebte. Andrerseits, wie schwer für sie als Mutter die Furcht vor Krankheiten, die Krankheiten selbst und der Kummer über die Anzeichen schlechter Neigungen bei den Kindern auch waren – die Kinder selbst vergalten ihr die Kümmernisse jetzt schon mit kleinen Freuden. Diese Freuden waren so klein, dass sie unauffällig waren wie Gold im Sand, und in schweren Minuten sah sie nur die Kümmernisse, nur den Sand; aber es gab auch schöne Minuten, wenn sie nur die Freuden sah, nur das Gold.

Jetzt, in der Abgeschiedenheit auf dem Land, wurden ihr diese Freuden immer häufiger bewusst. Wenn sie die Kinder anschaute, redete sie sich häufig geradezu angestrengt ein, dass sie sich täusche, dass sie als Mutter ihren Kindern gegenüber voreingenommen sei; trotzdem musste sie sich sagen, dass sie prächtige Kinder hatte, alle sechs, alle auf unterschiedliche Weise, aber so, wie das selten vorkommt – und sie war glücklich über sie und stolz auf sie.

VIII

Ende Mai, als schon mehr oder weniger alles in Ordnung war, erhielt sie von ihrem Mann eine Antwort auf ihre Klagen über die Missstände auf dem Gut. Er bat sie um Verzeihung, dass er nicht alles bedacht hatte, und versprach, bei der ersten Gelegenheit anzureisen. Diese Gelegenheit bot sich nicht, und bis Anfang Juni lebte Darja Alexandrowna allein auf dem Land.

Während der Petrifasten fuhr Darja Alexandrowna eines Sonntags zum Gottesdienst, um alle ihre Kinder zum Abendmahl zu führen. In vertrauten philosophischen Gesprächen mit Schwester, Mutter und Freunden setzte Darja Alexandrowna diese sehr oft mit ihrem Freidenkertum hinsichtlich der Religion in Erstaunen. Sie hatte ihre eigene, sonderbare Religion, die Metempsychose, an die sie fest glaubte, ohne sich groß um die Dogmen der Kirche zu scheren. In der Familie jedoch hielt sie sich – und nicht nur, um ein Beispiel zu geben, sondern von ganzem Herzen – streng an alle Gebote der Kirche, und dass die Kinder rund ein Jahr nicht beim Abendmahl gewesen waren, beunruhigte sie sehr, und so wollte sie unter Billigung und Teilnahme von Matrjona Filimonowna das nun im Sommer vollbringen.

Einige Tage im voraus bedachte Darja Alexandrowna, wie sie alle Kinder anziehen könnte. Es wurden Kleidchen genäht, umgeändert und gewaschen, Säume und Falten heruntergelassen, Knöpfchen angenäht und Bänder vorbereitet. Allein das Kleid für Tanja, das die Engländerin sich vorgenommen hatte, kostete Darja Alexandrowna einige Nerven. Die Engländerin hatte beim Umändern die Abnäher nicht an der rechten Stelle gemacht, hatte die Armlöcher zu sehr ausgeschnitten und das Kleid fast schon verhunzt. Es zwickte Tanja derart unter den Achseln, dass es nicht zum Ansehen war. Matrjona Filimonowna hatte jedoch die Idee, Keile einzusetzen und ein Pelerinchen anzubringen. Das war die Rettung, aber mit der Engländerin wäre es fast zum Streit gekommen. Am nächsten Morgen war jedoch alles in Ordnung, und kurz vor neun — dem Zeitpunkt, bis zu dem sie den Priester mit dem Gottesdienst zu warten gebeten hatte — standen die Kinder freudestrahlend und herausgeputzt vor der Freitreppe an der Kalesche und warteten auf die Mutter.

Statt des bockenden Woron war, dank Matrjona Filimonownas Protektion, der Braune des Verwalters vorgespannt, und Darja Alexandrowna, die von ihrer eigenen Toilette aufgehalten worden war, trat im weißen Musselinkleid aus dem Haus, um einzusteigen.

Darja Alexandrowna hatte sich mit Sorgfalt und Erregung frisiert und angekleidet. Früher hatte sie sich um ihrer selbst willen angekleidet, um schön zu sein und zu gefallen; dann wurde ihr das Ankleiden, je älter sie war, desto unangenehmer; sie sah, wie sie ihre Schönheit verlor. Jetzt aber kleidete sie sich erneut mit Vergnügen und Erregung an. Nicht um ihrer selbst willen kleidete sie sich jetzt an, nicht um ihrer Schönheit willen, sondern um als Mutter dieser Prachtkinder den Gesamteindruck nicht zu verderben. Und beim letzten Blick in den Spiegel war sie mit sich zufrieden. Sie sah gut aus. Nicht so gut, wie sie früher auf einem Ball hatte gut aussehen wollen, aber gut für das Ziel, das sie jetzt verfolgte.

In der Kirche war niemand außer den Bauern und den Hausknechten mit ihren Weibern. Aber Darja Alexandrowna sah — oder es kam ihr vor, als sähe sie —, welches Entzücken ihre Kinder und sie hervorriefen. Die Kinder waren nicht nur wunderschön anzuschauen in ihrer Festtagskleidung, sondern auch lieb, weil sie sich so gut aufführten. Aljoscha stand zwar nicht ganz ordentlich, er drehte sich ständig um und wollte seine Jacke von hinten sehen; trotzdem war er ungewöhnlich lieb. Tanja verhielt sich als Älteste und passte auf die Kleineren auf. Die Jüngste, Lily, war allerdings hinreißend, wie sie naiv über alles staunte, und man konnte sich kaum ein Lächeln verbeißen, als sie nach Empfang des Abendmahls sagte: *»Please, some more*.«

Auf dem Rückweg spürten die Kinder, dass sich etwas Feierliches vollzogen hatte, und waren sehr friedlich.

Auch daheim ging alles gut; aber beim Dejeuner fing Grischa zu pfeifen an und, was noch schlimmer war, folgte der Engländerin nicht und bekam darum keinen Kuchen. Darja Alexandrowna hätte es an so einem Tag nicht zu einer Strafe kommen lassen, wenn sie dabeigewesen wäre; aber sie musste die Anordnung der Engländerin unterstützen, und so bestätigte sie deren Entscheidung, Grischa bekomme heute keinen Kuchen. Das verdarb ein wenig die allgemeine Freude.

Grischa weinte, sagte, Nikolenka habe auch gepfiffen, aber er habe keine Strafe bekommen, und nicht wegen dem Kuchen weine er, das sei ihm gleich, sondern weil es ungerecht sei. Das war nun schon zu traurig, und Darja Alexandrowna beschloss, mit der Engländerin zu reden, um Grischa zu verzeihen, und begab sich zu ihr. Aber als sie durch den Saal kam, erblickte sie eine Szene, die ihr das Herz mit solcher Freude erfüllte, dass ihr Tränen in die Augen traten und sie dem Delinquenten selbst verzieh.

Der Bestrafte saß im Saal am Eckfenster, neben ihm stand Tanja mit einem Teller. Angeblich, weil sie ihre Puppen füttern wollte, hatte sie die Engländerin um die Erlaubnis gebeten, ihre Kuchenportion ins Kinderzimmer mitzunehmen, und hatte sie stattdessen dem

---

* Bitte, noch ein bisschen *(engl.)*

Bruder gebracht. Während er weiterhin über die Ungerechtigkeit der erlittenen Strafe weinte, aß er den Kuchen, und zwischen den Schluchzern sagte er: »Iss auch
selber, wir essen ihn zusammen, komm, zusammen.«

Tanja hatte erst das Mitleid für Grischa bewogen,
dann das Bewusstsein ihrer guten Tat, und auch ihr
standen Tränen in den Augen; aber sie lehnte nicht ab
und aß ihren Teil.

Als sie die Mutter erblickten, erschraken sie, doch
nach einem Blick in ihr Gesicht war ihnen klar, dass sie
sich recht verhielten, sie lachten, und die Münder voller Kuchen, wischten sie sich die lächelnden Lippen
mit den Händen ab und verschmierten auf ihren strahlenden Gesichtern Tränen und Warenje.

»Um Himmels willen! Das neue weiße Kleid! Tanja!
Grischa!« Die Mutter suchte das Kleid zu retten, lächelte aber selig und verzückt, Tränen in den Augen.

Die neuen Kleider wurden ausgezogen, nun sollten
die Mädchen Blusen anziehen, die Jungen die alten
Jäckchen, der Kremserwagen sollte angespannt werden, zum Kummer des Verwalters wieder mit dem
Braunen an der Deichsel, denn nun ging es zum Pilze-
suchen und zum Baden. Im Kinderzimmer erhob sich
begeistertes Gejohle und verstummte nicht mehr bis
zur Abfahrt.

Pilze fanden sie einen ganzen Korb voll, sogar Lily
fand einen Birkenpilz. Früher war es eher so gewesen,
dass Miss Hull einen fand und ihr zeigte; jetzt aber fand
sie selbst einen großen, schlubberigen Birkenpilz, und
es erklang ein gemeinsamer Jubelschrei: »Lily hat einen Schlubberhut gefunden!«

Dann fuhren sie zum Fluss, ließen die Pferde bei den
Birken stehen und gingen zum Badehäuschen. Kutscher
Terenti band die Pferde, die ständig die Bremsen fort-
scheuchen mussten, an einem Baum fest, machte sich
im Schatten einer Birke aus Gras ein Lager und rauchte

seinen Knaster, während aus dem Badehäuschen nie verstummendes fröhliches Kindergekreische zu ihm herübertönte.

Wenn es auch eine Plage war, auf alle Kinder aufzupassen und ihre Unarten zu unterbinden, wenn es auch schwierig war, sich alle diese Strümpfchen, Höschen, Schühchen von den verschiedenen Füßen zu merken und nicht zu verwechseln und die Zwirnbändchen und Knöpfchen alle aufzubinden, aufzuknöpfen und wieder zuzumachen, gab es für Darja Alexandrowna, die selbst immer gern gebadet hatte und es für die Kinder als nützlich ansah, kein größeres Vergnügen als dieses Bad mit allen Kindern. All diese pummeligen Beinchen sich vorzunehmen und ihnen die Strümpfchen überzustreifen, diese nackigen Körperchen in die Hände zu nehmen und ins Wasser zu tunken, das mal freudige, mal erschrockene Kreischen zu hören; diese atemlosen Gesichter mit den aufgerissenen, erschrockenen oder fröhlichen Augen zu sehen, all ihre wasserspritzenden kleinen Cherubime, war für sie ein großes Vergnügen.

Als die Hälfte der Kinder schon angezogen war, kamen festlich herausgeputzte Bauernweiber vorbei, die Geißfuß und Milchkraut gesammelt hatten, und blieben schüchtern beim Badehäuschen stehen. Matrjona Filimonowna rief eine von ihnen her, um ihr ein ins Wasser gefallenes Leintuch und ein Hemd zum Trocknen zu geben, und Darja Alexandrowna kam mit den Frauen ins Gespräch. Erst kicherten die Frauen hinter vorgehaltener Hand und verstanden die Fragen nicht, bald jedoch trauten sie sich und kamen ins Reden, wobei sie Darja Alexandrowna sogleich damit gewannen, dass sie aufrichtig ihr Gefallen an den Kindern äußerten.

»So eine Schöne, weiß wie Zucker«, sagte die eine entzückt von Tanja und wiegte den Kopf. »Bloß dünn ...«

»Ja, sie war krank.«

»Ja, so was, das wurde auch gebadet«, sagte eine andere über den Säugling.

»Nein, das ist erst drei Monate«, erwiderte Darja Alexandrowna voller Stolz.

»Ja, so was!«

»Hast du auch Kinder?«

»Vier hab ich gehabt, zwei sind mir geblieben, Bub und Mädel. Vor den letzten Fasten hab ich es entwöhnt.«

»Und wie alt ist es?«

»Im zweiten Jahr.«

»Wieso hast du so lang gestillt?«

»Ist bei uns üblich, drei Fastenzeiten lang.«

Und das Gespräch wurde für Darja Alexandrowna hochinteressant: wie war die Geburt? was für Krankheiten hatten die Kinder? wo ist der Ehemann? ist er oft daheim?

Darja Alexandrowna mochte sich gar nicht trennen von den Frauen, so interessant war für sie das Gespräch mit ihnen, so vollkommen gleich waren ihre Interessen. Am angenehmsten war für Darja Alexandrowna, dass alle diese Frauen offensichtlich am meisten davon entzückt waren, wie viele Kinder sie hatte und wie schön sie waren. Die Frauen erheiterten Darja Alexandrowna und kränkten die Engländerin, weil sie der Anlass war für ein ihr unverständliches Gelächter. Eine der jungen Frauen schaute der Engländerin zu, die sich nach den anderen ankleidete, und als sie den dritten Rock überstreifte, konnte sie sich die Bemerkung nicht verkneifen: »So was, noch einer und noch einer, und trotzdem ein Strich in der Landschaft!« Und alles brach in Gelächter aus.

IX

Umringt von ihren frischgebadeten Kindern mit den nassen Köpfen fuhr Darja Alexandrowna, ein Tuch auf dem Kopf, schon aufs Haus zu, als der Kutscher sagte:

»Da kommt ein Herr, scheint's, der von Pokrowskoje.«

Darja Alexandrowna schaute nach vorn und freute sich, als sie die bekannte Gestalt Lewins erblickte, der ihnen in grauem Hut und grauem Mantel entgegenkam. Sie freute sich immer über ihn, jetzt aber freute sie sich besonders, dass er sie in all ihrer Herrlichkeit sehen würde. Niemand konnte besser als Lewin ihre Imposanz begreifen und worin sie bestand.

Als er sie erblickte, sah er vor sich ein Bild aus einem Familienleben, wie er es sich einst vorgestellt hatte.

»Sie sind eine Glucke, Darja Alexandrowna.«

»Ach, wie ich mich freue«, sagte sie und reichte ihm die Hand.

»Freuen sich, aber haben sich nicht gemeldet. Mein Bruder ist zu Besuch. Und ich muss von Stiwa erfahren, dass Sie hier sind.«

»Von Stiwa?« fragte Darja Alexandrowna verwundert.

»Ja, er schreibt, Sie seien übersiedelt, und meint, Sie erlaubten mir, Ihnen vielleicht behilflich zu sein«, sagte Lewin, und als er das gesagt hatte, wurde er plötzlich verlegen, sprach nicht weiter und schritt schweigend neben dem Kremser her, riss dabei Lindentriebe ab und kaute darauf. Verlegen gemacht hatte ihn die Mutmaßung, Darja Alexandrowna wäre die Hilfe eines fremden Menschen bei dem, was ihr Mann hätte machen müssen, womöglich unangenehm. Tatsächlich missfiel Darja Alexandrowna diese Manier Stepan Arkadjitschs, Familienangelegenheiten Fremden aufzuhalsen. Und sie hatte sogleich verstanden, dass Lewin das verstand. Wegen dieses sensiblen Verständnisses, wegen dieses Taktgefühls hatte Darja Alexandrowna Lewin so gern.

»Ich verstehe selbstverständlich«, sagte Lewin, »dass das nur zu bedeuten hat, Sie wollten mich sehen, und freue mich sehr. Selbstverständlich kann ich mir vorstellen, dass es für Sie als Hausfrau aus der Stadt hier barbarisch zugeht, und falls nötig, stehe ich Ihnen zu Diensten.«

»O nein!« sagte Dolly. »In der ersten Zeit war es unbehaglich, aber jetzt ist alles wunderbar in Ordnung – dank meiner alten Kinderfrau.« Sie deutete auf Matrjona Filimonowna, die verstand, dass von ihr die Rede war, und Lewin fröhlich und freundlich anlächelte. Sie kannte ihn und wusste, dass er ein guter Bräutigam für das Fräulein wäre, und sie wünschte, dass es dazu käme.

»Bitte schön, steigen Sie ein, wir rücken hier zusammen«, sagte sie zu ihm.

»Nein, ich gehe zu Fuß. Kinder, wer läuft mit mir um die Wette mit den Pferden?«

Die Kinder kannten Lewin nur wenig, erinnerten sich nicht, wann sie ihn gesehen hatten, legten aber vor ihm nicht jenes sonderbare Gefühl der Befangenheit und Abneigung an den Tag, das Kinder so oft vor Menschen befällt, die sich verstellen, wofür sie so oft und schmerzlich büßen müssen. Verstellung, worin auch immer, kann den klügsten, scharfsichtigsten Menschen täuschen; aber selbst das beschränkteste Kind wird, mag sie noch so geschickt verborgen sein, sie erkennen und sich abwenden. Was für Mängel Lewin auch haben mochte, Verstellung war nicht darunter, nicht die mindeste Spur, deshalb brachten ihm die Kinder dieselbe Freundlichkeit entgegen, die sie auf dem Gesicht der Mutter lasen. Auf seine Aufforderung sprangen die beiden ältesten sofort vom Wagen und liefen genauso selbstverständlich mit ihm, wie sie mit der Kinderfrau,

Miss Hull oder ihrer Mutter gelaufen wären. Lily
wollte auch zu ihm, und die Mutter reichte sie hinüber,
Lewin setzte sie sich auf die Schultern und trabte los.

»Keine Bange, keine Bange, Darja Alexandrowna!«
Er lächelte fröhlich der Mutter zu. »Völlig ausgeschlossen, dass ich sie verletze oder fallen lasse.«

Ein Blick auf seine geschickten, starken, vorsichtig
behutsamen und überaus beherrschten Bewegungen
beruhigte die Mutter, und sie lächelte fröhlich und zustimmend bei diesem Blick auf ihn.

Hier auf dem Land, mit den Kindern und der ihm
sympathischen Darja Alexandrowna, kam Lewin in
jene kindlich heitere Gemütsverfassung, die ihn oft
befiel und die Darja Alexandrowna besonders an ihm
mochte. Während er mit den Kindern lief, brachte er
ihnen Turnübungen bei, erheiterte Miss Hull mit seinem schlechten Englisch und erzählte Darja Alexandrowna, womit er sich abgab auf dem Land.

Als Darja Alexandrowna nach dem Diner allein mit
ihm auf dem Balkon saß, fing sie von Kitty an.

»Wissen Sie schon? Kitty kommt her und verbringt
mit mir den Sommer.«

»Wirklich?« Er wurde feuerrot, und um das Thema
zu wechseln, sagte er sofort: »Soll ich Ihnen nun zwei
Kühe schicken? Wenn Sie wirklich abrechnen wollen,
bezahlen Sie mir nach Belieben fünf Rubel im Monat,
falls Ihnen das nicht zu peinlich ist.«

»Nein, haben Sie Dank. Bei uns ist alles in Ordnung.«

»Gut, dann schaue ich mir Ihre Kühe an, und wenn
Sie erlauben, gebe ich Anordnungen, wie sie zu füttern
sind. Es hängt alles vom Futter ab.«

Und nur um abzulenken, führte Lewin vor Darja
Alexandrowna seine Theorie der Milchwirtschaft aus,
die darin bestand, eine Kuh sei lediglich eine Maschine
zur Verarbeitung von Futter in Milch usw.

Er redete und hätte doch leidenschaftlich gern Genaueres über Kitty erfahren, zugleich fürchtete er sich davor. Ihn schreckte, dass er die mit soviel Mühe erlangte Ruhe verlieren könnte.

»Ja, aber da muss ständig jemand hinterher sein, und wer sollte das tun?« wandte Darja Alexandrowna widerstrebend ein.

Sie hatte über Matrjona Filimonowna ihren Haushalt jetzt soweit in Schuss gebracht, dass sie nichts daran ändern mochte; auch glaubte sie nicht an Lewins landwirtschaftliche Kenntnisse. Überlegungen, dass eine Kuh eine Maschine zur Milchherstellung sei, kamen ihr verdächtig vor. Sie meinte, solcherart Überlegungen könnten die Wirtschaft nur behindern. Sie meinte, alles sei viel einfacher: Die Buntscheckige und die Weißflankige müssten nur, wie Matrjona Filimonowna erklärte, mehr Futter und mehr zu trinken bekommen, und der Koch dürfe das Spülwasser aus der Küche nicht für die Kuh der Wäscherin mitnehmen. Das war klar. Überlegungen zu Trocken- und Grünfutter waren dagegen zweifelhaft und unklar. Vor allem jedoch wollte sie über Kitty sprechen.

X

»Kitty schreibt mir, sie wünsche nichts so sehnlich wie Abgeschiedenheit und Ruhe«, sagte Dolly, nachdem Schweigen eingekehrt war.

»Und was macht ihre Gesundheit, besser?« fragte Lewin erregt.

»Gott sei Dank ist sie wieder völlig wohlauf. Ich habe nie daran geglaubt, dass sie es auf der Brust hat.«

»Oh, da bin ich sehr froh!« sagte Lewin, und für Dolly schien in seinem Gesicht etwas Rührendes und Hilfloses zu liegen, wie er das sagte und sie dann schweigend ansah.

»Hören Sie, Konstantin Dmitritsch«, sagte Darja
Alexandrowna mit ihrem gutmütigen und ein klein
wenig amüsierten Lächeln, »wieso sind Sie auf Kitty
böse?«

»Ich? Ich bin nicht böse auf sie«, meinte Lewin.

»Doch, das sind Sie. Weshalb haben Sie weder uns
noch die Schtscherbazkis besucht, als Sie in Moskau
waren?«

»Darja Alexandrowna«, sagte er und errötete bis an
die Haarwurzeln, »ich kann mich nur wundern, dass
Sie, bei Ihrer Güte, das nicht spüren. Dass ich Ihnen
nicht einmal leid tue, wo Sie doch wissen ...«

»Was weiß ich?«

»Sie wissen, dass ich einen Heiratsantrag gemacht
habe und abgewiesen wurde«, sagte Lewin, und alle
Zärtlichkeit, die er kurz zuvor noch für Kitty gehegt
hatte, wich in seinem Herzen der Erbitterung über die
Kränkung.

»Weshalb meinen Sie, dass ich das wüsste?«

»Weil alle es wissen.«

»Da täuschen Sie sich aber sehr; ich wusste es nicht,
obgleich ich es ahnte.«

»Ah! so wissen Sie es jetzt.«

»Ich wusste nur, dass etwas geschehen war, aber was,
konnte ich von Kitty nie erfahren. Ich sah nur, dass
etwas geschehen war, das sie entsetzlich quälte, und
sie bat mich, nie davon zu sprechen. Und wenn sie es
mir nicht gesagt hat, hat sie es niemand gesagt. Aber
was ist denn geschehen zwischen Ihnen? Sagen Sie es
mir.«

»Ich habe Ihnen gesagt, was geschehen ist.«

»Und wann?«

»Als ich das letzte Mal bei Ihnen war.«

»Wissen Sie, ich sage Ihnen eins«, begann Darja
Alexandrowna, »Kitty tut mir ganz, ganz furchtbar leid.
Sie leiden nur aus Stolz ...«

»Mag sein«, sagte Lewin, »aber ...«

Sie fiel ihm ins Wort:

»Aber sie, die Ärmste, tut mir ganz, ganz furchtbar leid. Jetzt begreife ich alles.«

»Also, Darja Alexandrowna, Sie entschuldigen mich«, sagte er und stand auf. »Leben Sie wohl! Darja Alexandrowna, auf Wiedersehen.«

»Nein, warten Sie!« Sie fasste ihn beim Ärmel. »Warten Sie, setzen Sie sich.«

»Bitte, sprechen wir nicht mehr davon, bitte!« Er setzte sich, und noch als er es sagte, fühlte er, dass in seinem Herzen die Hoffnung, die er beerdigt glaubte, aufstand und sich regte.

»Wenn ich Sie nicht gern hätte«, sagte Darja Alexandrowna, und Tränen traten ihr in die Augen, »wenn ich Sie nicht kennen würde, wie ich Sie kenne ...«

Das Gefühl, das er gestorben glaubte, lebte mehr und mehr auf, erhob sich und bemächtigte sich seines Herzens.

»Ja, jetzt habe ich alles begriffen«, fuhr Darja Alexandrowna fort. »Sie können das nicht begreifen; euch Männern, die ihr frei seid und die Wahl habt, ist immer klar, wen ihr liebt. Aber ein Mädchen im Wartezustand, mit dieser weiblichen, jungmädchenhaften Scham, ein Mädchen, das euch Männer aus Entfernung sieht, alles für bare Münze nimmt – ein Mädchen kann, so etwas kommt vor, das Gefühl haben, sie wisse nicht, wen sie liebt, und wisse nicht, was sie sagen soll.«

»Ja, wenn das Herz nicht spricht ...«

»Doch, das Herz spricht, aber bedenken Sie doch: Ihr Männer habt Absichten auf ein Mädchen, ihr kommt zu Besuch ins Haus, ihr freundet euch an, prüft genau, wartet ab, ob ihr auch findet, was ihr liebt, und dann, wenn ihr überzeugt seid, dass ihr liebt, macht ihr einen Heiratsantrag ...«

»Nun, ganz so ist es nicht.«

»Gleichwohl, ihr macht einen Heiratsantrag, wenn eure Liebe reif ist und wenn bei zwei Wahlmöglichkeiten die eine schwerer wiegt. Das Mädchen aber wird nicht gefragt. Alles will, dass sie selbst auswählt, aber sie kann gar nicht auswählen, sondern nur antworten, ja oder nein.«

»Ja, die Wahl zwischen mir und Wronski«, dachte Lewin, und der in seiner Seele wieder aufgelebte Leichnam starb erneut und drückte ihm nur qualvoll aufs Herz.

»Darja Alexandrowna«, sagte er, »so wählt man ein Kleid aus oder was weiß ich beim Einkaufen, nicht die Liebe. Die Wahl ist getroffen, um so besser ... Und eine Wiederholung kann es nicht geben.«

»Ach, Stolz, nichts als Stolz!« sagte Darja Alexandrowna, als verachtete sie ihn wegen der Nichtswürdigkeit dieses Gefühls im Vergleich zu dem anderen Gefühl, das nur die Frauen kennen. »Als Sie Kitty den Heiratsantrag machten, war sie genau in dieser Lage, dass sie nicht antworten konnte. Sie schwankte. Schwankte, ob Sie oder Wronski. Ihn sah sie jeden Tag, Sie hatte sie lange nicht gesehen. Gesetzt den Fall, sie wäre älter gewesen – für mich an ihrer Stelle hätte es zum Beispiel kein Schwanken gegeben. Er war mir stets zuwider, und so hat es ja auch geendet.«

Lewin fiel Kittys Antwort ein. Sie hatte gesagt: Nein, das kann nicht sein.

»Darja Alexandrowna«, sagte er kühl, »ich schätze Ihr Vertrauen zu mir; ich glaube jedoch, dass Sie sich irren. Ob ich nun recht habe oder nicht, dieser Stolz, den Sie so verachten, bewirkt jedenfalls, dass für mich nun jeder Gedanke an Katerina Alexandrowna unmöglich ist – verstehen Sie, vollkommen unmöglich.«

»Ich möchte nur eines noch sagen, und Sie verstehen bitte, dass ich von meiner Schwester spreche, die ich liebe wie meine eigenen Kinder. Ich sage nicht, sie habe

Sie geliebt, ich will nur sagen, dass ihr Nein in jenem Augenblick nichts beweist.«

»Ich weiß nicht!« Lewin sprang auf. »Wenn Sie wüssten, wie Sie mir wehtun! Es ist, wie wenn Ihnen ein Kind gestorben wäre und Ihnen gesagt würde: Es hätte so und so werden können, hätte leben können, und Sie hätten an ihm Ihre Freude gehabt. Aber es ist tot, tot, tot ...«

»Wie komisch Sie sind«, sagte Darja Alexandrowna mit traurigem Spott, trotz Lewins Erregung. »Ja, jetzt begreife ich alles«, fuhr sie nachdenklich fort. »Sie werden uns also nicht besuchen, wenn Kitty hier ist?«

»Nein, das nicht. Selbstverständlich werde ich Katerina Alexandrowna nicht ausweichen, werde aber, wo ich kann, sie mit meiner unangenehmen Gegenwart zu verschonen suchen.«

»Sehr, sehr komisch sind Sie«, wiederholte Darja Alexandrowna mit liebevollem Blick auf sein Gesicht. »Na schön, als hätten wir darüber nicht gesprochen. Was willst du, Tanja?« wandte sich Darja Alexandrowna auf Französisch an das Mädchen, das gerade hereinkam.

»Wo ist mein Schäufelchen, Mama?«

»Ich spreche Französisch, dann tu du es auch.«

Das Mädchen wollte es sagen, hatte aber vergessen, was Schäufelchen heißt, die Mutter sagte es ihr vor und erklärte ihr dann wiederum auf Französisch, wo sie das Schäufelchen fände. Und das machte auf Lewin einen unangenehmen Eindruck.

Alles an Darja Alexandrownas Haus und an ihren Kindern war ihm nun längst nicht mehr so sympathisch wie davor.

›Und wozu spricht sie Französisch mit den Kindern?‹ dachte er. ›Wie unnatürlich und verlogen ist das doch! Und die Kinder spüren es. Auf Französisch zu erziehen heißt, Aufrichtigkeit abzuerziehen‹, dachte er bei sich,

ohne zu ahnen, dass Darja Alexandrowna das schon
zwanzigmal hin und her gewendet hatte in ihrem Sinn
und es trotzdem, auch wenn die Aufrichtigkeit litt, für
notwendig erachtete, ihre Kinder auf diese Art zu un-
terweisen.

»Aber wohin wollen Sie denn? Bleiben Sie noch.«

Lewin blieb bis zum Tee, seine Heiterkeit war jedoch
dahin, er fühlte sich befangen.

Nach dem Tee ging er in die Diele, um die Pferde vorfahren zu lassen, und als er zurückkehrte, traf er Darja
Alexandrowna erregt an, mit verdrossener Miene und
Tränen in den Augen. Während Lewin draußen gewesen war, hatte sich etwas für Darja Alexandrowna
Fürchterliches ereignet, das auf einen Schlag ihr heu-
tiges Glück und den Stolz auf die Kinder zunichte
machte. Grischa und Tanja hatten sich um ein Bällchen
geprügelt. Darja Alexandrowna hatte aus dem Kinderzimmer Geschrei gehört, war hingelaufen und fand
einen fürchterlichen Anblick vor. Tanja hielt Grischa
an den Haaren gepackt, er dagegen schlug sie, das Gesicht wutverzerrt, mit Fäusten, wo er nur hintraf. In
Darja Alexandrownas Herzen gab es einen Riss, als sie
das erblickte. Wie wenn Finsternis sich auf ihr Leben
senkte – sie erkannte, dass ihre Kinder, auf die sie so
stolz gewesen war, nicht nur die allergewöhnlichsten
Kinder waren, sondern unartige, schlecht erzogene Kinder, mit groben, animalischen Neigungen, böse Kinder.

Sie konnte von nichts anderem mehr reden und denken und musste Lewin unbedingt von ihrem Unglück
berichten.

Lewin sah, dass sie unglücklich war, und suchte sie
zu trösten, sagte, das beweise noch nichts Schlechtes,
alle Kinder prügelten sich; aber während Lewin das
sagte, dachte er in seinem Innersten: ›Nein, ich werde
nicht affektiert Französisch sprechen mit meinen Kin-

dern, doch werde ich auch nicht solche Kinder haben:
Man darf Kinder bloß nicht verderben, nicht verhun-
zen, dann sind sie prächtig. Ja, solche Kinder werde ich
nicht haben.‹

Er verabschiedete sich und brach auf, und sie hielt
ihn nicht zurück.

XI

Mitte Juli meldete sich bei Lewin der Älteste aus dem
Dorf der Schwester, das zwanzig Werst von Pokrowskoje
entfernt lag, und berichtete vom Stand der Dinge und
von der Heuernte. Die Haupteinkünfte wurden auf
dem Gut der Schwester durch die Schwemmwiesen er-
zielt. In früheren Jahren hatten die Bauern die Heuernte für zwanzig Rubel je Desjatine unter sich aufgeteilt. Als Lewin die Verwaltung des Guts übernahm,
schaute er sich die Heuwiesen an, fand, sie seien mehr
wert, und legte fünfundzwanzig Rubel je Desjatine als
Preis fest. Die Bauern wollten diesen Preis nicht zahlen,
und wie Lewin argwöhnte, vertrieben sie andere Käufer. Darauf fuhr Lewin selbst auf das Gut und ordnete
an, die Wiesen teils mit Taglöhnern, teils für einen Anteil am Heu mähen zu lassen. Die eigenen Bauern suchten dieses neue Verfahren nach Kräften zu verhindern,
doch es kam in Gang, und gleich im ersten Jahr warfen
die Wiesen fast das Doppelte ab. Im vorletzten und im
letzten Jahr setzte sich dieser Widerstand der Bauern
fort, und die Heuernte wurde auf die gleiche Weise
durchgeführt. In diesem Jahr hatten die Bauern alle
Mahden für ein Drittel des Heus übernommen, und
jetzt kam der Dorfälteste, um zu verkünden, das Heu sei
gemäht, und aus Furcht vor Regen habe er den Kontu-
risten dazugeholt und in seiner Anwesenheit bereits
Heu aufgeteilt und elf Schober für die Herrschaft ge-

setzt. Aufgrund der unklaren Antworten auf die Frage, wieviel Heu die Hauptwiese abgeworfen habe, aufgrund der Hast des Dorfältesten, der das Heu ungefragt aufgeteilt hatte, und aufgrund des ganzen Tonfalls des Bauern begriff Lewin, dass es bei dieser Heuteilung nicht mit rechten Dingen zugegangen war, und beschloss, selbst hinzureiten und die Sache zu überprüfen.

Zur Mittagszeit kam er im Dorf an, ließ sein Pferd auf dem Hof eines befreundeten Alten, Ehemann von seines Bruders Amme, und begab sich zu dem Alten in den Bienengarten, da er von ihm Genaueres über die Heuernte erfahren wollte. Der redselige, ehrwürdige alte Parmjonytsch empfing Lewin hocherfreut, zeigte ihm seine gesamte Imkerei, erzählte ihm alles über seine Bienen und über das Schwärmen in diesem Jahr; aber auf Lewins Fragen nach der Heuernte antwortete er unbestimmt und widerwillig. Das bestätigte Lewin noch mehr in seinen Vermutungen. Er ging auf die Heuwiesen und sah sich die Schober an. Das konnten keine fünfzig Fuder sein je Schober, und um die Bauern bloßzustellen, ließ Lewin die Heufuhrwerke herholen, einen Schober aufladen und in die Scheune überführen. Der Schober ergab nur zweiunddreißig Fuder. Trotz der Versicherungen des Dorfältesten, das Heu sei diesmal so luftig gewesen und wie es sich abgesetzt habe in den Schobern, und trotz seiner Beschwörungen, es sei, bei Gott, alles mit rechten Dingen zugegangen, beharrte Lewin darauf, das Heu sei ohne seine Anweisung geteilt worden und deshalb könne er die Menge nicht als fünfzig Fuder je Schober akzeptieren. Nach langen Streitereien wurde entschieden, die Bauern würden diese elf Schober, gerechnet zu je fünfzig Fuder, ihrem Anteil zuschlagen, und der Anteil der Herrschaft würde neu zugeteilt. Diese Verhandlungen und die Aufteilung der Heuhaufen dauerten bis zum Vesper. Als das letzte Heu geteilt war, trug Lewin die weitere Kontrolle dem Kontoristen auf, hockte sich auf einen Heuhaufen, der mit einer Salweidenstange gekennzeichnet war, und beobachtete mit Vergnügen, wie die Menschen sich auf der Wiese tummelten.

Vor ihm, in der Flussbiegung jenseits eines Sumpflochs, bewegte sich eine bunte Reihe von Bauernweibern, fröhlich schnatternd mit tönenden Stimmen, und aus dem aufgeschüttelten Heu wurden auf dem hellgrünen Grummet im Nu graue, sich schlängelnde Heuwälle. Hinter den Frauen schritten die Männer mit Heugabeln, und aus den Heuwällen wuchsen breite, hohe, luftige Heuhaufen. Linker Hand rumpelten Karren über die bereits abgeräumte Wiese, und als riesige Heubündel hochgereicht, verschwanden die Heuhaufen, einer nach dem anderen, und stattdessen türmten sich die auf die Pferdehintern herabhängenden, schweren Fuder duftenden Heus.

»Bei gutem Wetter eingefahren! Das gibt ein Heu!« sagte der Alte, der sich neben Lewin gehockt hatte. »Tee ist das, kein Heu! Wie wenn Entenküken Körner gestreut kriegen, so räumen sie auf!« fügte er hinzu und deutete auf die aufgetürmten Heuhaufen. »Seit dem Mittagbrot haben sie gut die Hälfte weggebracht.«

Dem Burschen, der vorne auf dem Wagenkasten stehend und mit den Hanfleinenenden wippend vorüberfuhr, rief er zu: »Na, die letzte?«

»Ja, die letzte, Väterchen!« rief der Bursche, hielt das Pferd kurz an, schaute sich lächelnd zu der fröhlichen, ebenfalls lächelnden, rotbäckigen Bauersfrau um, die im Wagenkasten saß, und fuhr weiter.

»Wer ist das? Dein Sohn?«

»Mein jüngster«, sagte der Alte mit liebevollem Lächeln.

»Was für ein Prachtkerl!«

»Ja, ist in Ordnung.«

»Schon verheiratet?«

»Seit den Philippsfasten das dritte Jahr.«

»Ach, und hat er Kinder?«

»Kinder, von wegen! Ein ganzes Jahr hat er nichts begriffen, hat sich geschämt«, antwortete der Alte. »Was für ein Heu! Richtiger Tee!« wiederholte er, um das Thema zu wechseln.

Lewin schaute sich Iwan Parmjonow und seine Frau genauer an. Unweit von ihm luden sie einen Heuhaufen auf. Iwan Parmjonow stand auf der Fuhre, nahm die riesigen Heubündel entgegen, die ihm erst mit den Armen, dann mit der Gabel seine junge, schöne Frau geschickt hinaufreichte, verteilte sie gleichmäßig und trat sie fest. Die junge Frau arbeitete leicht, fröhlich und geschickt. Das langstielige, in sich verhakte Heu ließ sich nicht einfach auf die Gabel nehmen. Sie richtete es zunächst aus, schob die Gabel hinein, dann drückte sie in einer geschmeidigen und raschen Bewegung mit ihrem ganzen Körpergewicht dagegen und bog sofort den mit einer roten Leibbinde umspannten Rücken wieder durch, reckte sich gerade, dass die vollen Brüste unterm weißen Brustlatz vorragten, griff geschickt mit den Händen an der Gabel um und schleuderte das Heubündel hoch auf die Fuhre. Iwan suchte ihr offenbar jeden Augenblick unnötiger Arbeit zu ersparen, er nahm, die Arme weit geöffnet, jedes gereichte Bündel eilfertig entgegen und breitete es auf der Fuhre aus. Als die Frau das letzte Heu mit dem Rechen hochgereicht hatte, schüttelte sie den Heustaub ab, der ihr den Hals hinuntergerieselt war, rückte das über der weißen, nicht sonnverbrannten Stirn verrutschte Tuch zurecht und stieg unter den Wagen, um das Fuder festzubinden. Iwan wies sie an, wie sie es am Wagenbaum festmachen sollte, und auf etwas, das sie sagte, brach er in lautes Gelächter aus. Auf beiden Gesichtern lag der Ausdruck einer starken, jungen, unlängst erwachten Liebe.

XII

Das Fuder war festgebunden. Iwan sprang herab und führte das brave, wohlgenährte Pferd am Zügel. Seine Frau hatte den Rechen auf die Fuhre geworfen und ging munteren Schrittes, mit den Armen schlenkernd, zu den Bauernweibern, die sich zu einem Reigen versammelt hatten. Iwan war auf den Weg hinausgefahren und schloss sich mit anderen Fuhren zu einem Wagenzug zusammen. Die Weiber, Rechen auf den Schultern, schritten hinter dem Zug her, es prangten ihre bunten Farben, schnatterten die tönenden, fröhlichen Stimmen. Eine rauhe, unbändige Weiberstimme fing ein Lied an und sang es bis zum Kehrreim, und einträchtig, schlagartig, fiel ein halbes Hundert verschiedenster Stimmen ein und sang es von Anfang an – rauhe und feine, gesunde Stimmen.

Die Weiber mit dem Lied näherten sich Lewin, und ihm war, als bewegte sich eine Wolke donnernder Fröhlichkeit auf ihn zu. Die Wolke erreichte ihn, umfing ihn, und der Heuhaufen, auf dem er lag, und die anderen Heuhaufen und die Fuhren und die ganze Wiese mit dem Feld in der Ferne – alles schwankte und wogte im Takt dieses unbändigen, übermütigen Lieds mit Juchzern, Pfiffen und Glucksern. Lewin wurde neidisch auf diese gesunde Fröhlichkeit, er hätte gern teilgenommen an diesem Ausbruch der Lebensfreude. Aber er konnte nichts tun, er musste daliegen und schauen und lauschen. Als das Weibervolk mit dem Lied ihm aus Augen und Ohren entschwunden war, befiel Lewin schwere Melancholie ob seiner Einsamkeit, ob seines körperlichen Müßiggangs und ob seiner Feindseligkeit gegenüber dieser Welt.

Einige von den Bauern, die am meisten mit ihm um das Heu gestritten hatten, die er gekränkt hatte oder die ihn betrügen wollten, diese Bauern hatten ihn nun

fröhlich gegrüßt und waren ihm offenbar nicht gram,
konnten es gar nicht sein, und nicht, dass sie bereut hätten, sie erinnerten sich nicht einmal daran, dass sie ihn
betrügen wollten. All das war untergegangen in dem
Meer fröhlicher gemeinsamer Arbeit. Gott gab den
Tag, Gott gab die Kraft. Tag wie Kraft waren der Arbeit
geweiht, in ihr lag der Lohn. Arbeit für wen? Was
wären die Früchte der Arbeit? Das waren abwegige Gedanken, unwesentliche.

Lewin hatte dieses Leben schon oft mit Wohlgefallen
betrachtet, hatte schon oft Neid auf die Menschen empfunden, die dieses Leben führten, aber heute zum
ersten Mal, besonders unter dem Eindruck von Iwan
Parmjonows Verhältnis zu seiner jungen Frau – zum
ersten Mal kam Lewin klar der Gedanke, es hänge von
ihm ab, das so bedrückende, müßige, künstliche und
private Leben, das er führte, gegen dieses arbeitsame,
reine und gemeinschaftliche, herrliche Leben einzutauschen.

Der Alte, der bei ihm gesessen war, war längst nach
Hause gegangen; das Bauernvolk hatte sich zerstreut.
Wer in der Nähe wohnte, war heimgefahren, wer weiter weg, hatte sich zu Abendbrot und Nachtlager auf der
Wiese versammelt. Unbemerkt vom Volk, lag Lewin
weiterhin auf dem Heuhaufen, schaute, lauschte und
dachte. Das Volk, das auf der Wiese geblieben war,
schlief fast die ganze kurze Sommernacht nicht. Erst
war allgemeines, fröhliches Geplauder und Gelächter
während des Abendbrots zu hören, dann wieder Lieder
und Lachen.

Der ganze lange Arbeitstag hatte keine andere Spur
bei ihnen hinterlassen als Fröhlichkeit. Vor dem Morgengrauen wurde es still. Nur das nächtliche Konzert
der nicht verstummenden Frösche im Sumpf war noch
zu hören und die Pferde, die auf der Wiese im aufsteigenden Morgennebel schnaubten. Lewin kam zu sich,

stand auf vom Heuhaufen, blickte zu den Sternen und erkannte, dass die Nacht vorüber war.

›Also, was werde ich tun? Wie werde ich es tun?‹ Er suchte für sich selbst auszudrücken, was er in dieser kurzen Nacht alles durchdacht und durchlebt hatte. Alles, was er durchdacht und durchlebt hatte, ließ sich in drei Gedankengänge unterteilen. Einmal die Abkehr von seinem alten Leben, von seinen nutzlosen Kenntnissen, von seiner vollkommen überflüssigen Bildung. Diese Abkehr bereitete ihm Vergnügen und war für ihn leicht und einfach. Andere Gedanken und Vorstellungen betrafen das Leben, das er nun gerne führen wollte. Die Einfachheit, Reinheit und Rechtmäßigkeit eines solchen Lebens fühlte er deutlich und war überzeugt, er würde darin jene Befriedigung, Beruhigung und Würde finden, deren Fehlen er so schmerzlich fühlte. Der dritte Gedankengang kreiste jedoch darum, wie dieser Übergang vom alten zum neuen Leben zuwege zu bringen wäre. Und da hatte er keine klare Vorstellung. ›Sollte ich eine Frau haben? Eine Arbeit haben und zum Arbeiten gezwungen sein? Sollte ich Pokrowskoje aufgeben? Land kaufen? Mich in eine Dorfgemeinde aufnehmen lassen? Eine Bäuerin heiraten? Wie bringe ich das nur zuwege?‹ fragte er sich wieder und wieder und fand keine Antwort. ›Im übrigen habe ich die ganze Nacht nicht geschlafen, ich kann mir nicht klar Rechenschaft ablegen‹, sagte er sich. ›Ich kläre das später. Jedenfalls stimmt es, dass diese Nacht mein Schicksal entschieden hat. Alle meine früheren Träume von einem Familienleben sind Unsinn, nicht das rechte‹, sagte er sich. ›Es ist alles viel einfacher und besser ...‹

Er blickte zu der sonderbaren, geradezu perlmutternen Muschelschale aus weißen Schäfchenwölkchen hoch, die über seinem Kopf stand, mitten am Himmel. ›Wie schön!‹ dachte er. ›Wie ist doch alles herrlich in dieser herrlichen Nacht! Wann hat sich bloß diese Muschel gebildet? Vorhin erst habe ich zum Himmel hochgeschaut, da war nichts, nur zwei weiße Streifen. Ja, genauso unmerklich hat sich auch meine Sicht auf das Leben verändert!‹

Er verließ die Wiese und schritt auf der Landstraße zum Dorf. Leichter Wind kam auf, es wurde grau und düster. Der trübe Moment brach an, der gewöhnlich dem Morgengrauen vorausgeht, dem völligen Sieg des Lichtes über die Finsternis.

Vor Kälte schaudernd, schritt Lewin rasch aus, den Blick zu Boden. ›Was ist das? Da kommt jemand gefahren‹, dachte er, als er Kutschenglöckchen hörte, und hob den Kopf. Vierzig Schritt voraus kam ihm auf dem Rasenteppich der Landstraße, die er entlangging, eine vierspännige Kutsche mit Rindslederkoffern auf dem Verdeck entgegengefahren. Die Deichselpferde drängten zur Deichsel, aber der geschickte Kutscher, der seitwärts auf dem Bock saß, hielt die Deichsel in der Fahrspur, so dass die Räder eben rollten.

Nur das nahm Lewin wahr, und ohne nachzudenken, wer da wohl fahre, blickte er zerstreut in die Kutsche.

In der Ecke der Kutsche döste eine ältere Frau, doch am Fenster saß, offenbar gerade erst aufgewacht, ein junges Mädchen und hielt mit beiden Händen die Bänder ihres weißen Häubchens. Friedvoll und nachdenklich, ganz erfüllt von einem feinen und vielfältigen, Lewin fremden Innenleben, schaute sie über ihn hinweg auf die Morgenröte.

In dem Augenblick, als die Erscheinung schon entschwand, blickten die aufrichtigen Augen ihn an. Sie erkannte ihn, und verwunderte Freude erhellte ihr Gesicht.

Er konnte sich nicht getäuscht haben. Nur einmal gab es auf der Welt diese Augen. Nur ein Wesen gab es auf der Welt, das für ihn alles Licht und allen Lebenssinn in sich zu vereinen vermochte. Das war sie. Das war Kitty. Er begriff, dass sie von der Bahnstation nach Jerguschowo fuhr. Und alles, was Lewin in dieser schlaflosen Nacht bewegt hatte, alle Entschlüsse, die er gefasst, alles war plötzlich verschwunden. Mit Abscheu dachte er an seine Träume, eine Bäuerin zu heiraten.

Nur dort, in dieser rasch sich entfernenden, auf die andere Wegseite übergewechselten Kutsche, nur dort war die Möglichkeit, die in letzter Zeit ihn so qualvoll bedrängenden Lebensrätsel zu lösen.

Sie blickte nicht erneut heraus. Das Quietschen der Kutschenfederung war nicht mehr zu hören, nur leise noch die Kutschenglöckchen. Das Hundegebell wies darauf hin, dass die Kutsche auch das Dorf durchquert hatte – und ringsherum blieben die leeren Felder zurück, das Dorf vor ihm und, einsam und allem fremd, er selbst, wie er einsam über die verlassene Landstraße schritt.

Er blickte zum Himmel, hoffte, jene Muschel dort zu finden, an der er seine Freude gehabt und die ihm die Gedankengänge und Gefühle dieser Nacht verkörpert hatte. Am Himmel war nichts mehr, was der Muschel glich. Dort, in unerreichbarer Höhe, hatte sich bereits eine geheimnisvolle Wandlung vollzogen. Von der Muschel fand sich keine Spur, über die ganze Himmelhälfte breitete sich ein gleichmäßiger Teppich immer winzigerer und winzigerer Lämmerwölkchen. Der Himmel war hellblau und strahlend geworden, und mit noch derselben Freundlichkeit, aber auch derselben Unerreichbarkeit erwiderte er Lewins fragenden Blick.

›Nein‹, sagte er sich, ›wie schön dieses Leben auch sein mag, das einfache und arbeitsame, ich kann nicht dahin zurück. Ich liebe sie.‹

XIII

Niemand außer den Menschen, die Alexej Alexandrowitsch am nächsten standen, wusste, dass dieser dem Anschein nach äußerst kalte und rationale Mann eine Schwäche hatte, die der ganzen Beschaffenheit seines Charakters widersprach. Alexej Alexandrowitsch konnte nicht ungerührt ein Kind oder eine Frau weinen hören und sehen. Der Anblick von Tränen ließ ihn die Fassung verlieren, er büßte vollkommen seine Denkfähigkeit ein. Sein Kanzleivorsteher und der Sekretär wussten das und warnten Bittstellerinnen, sie sollten bloß nicht weinen, wenn sie ihre Angelegenheit nicht scheitern lassen wollten. ›Er wird ärgerlich werden und Sie nicht anhören‹, sagten sie. Tatsächlich schlug in diesen Fällen die seelische Verstörtheit, die Tränen bei Alexej Alexandrowitsch bewirkten, in einen Wutanfall um. »Ich kann nichts machen, gar nichts machen. Verlassen Sie bitte den Raum!« schrie er gewöhnlich in diesen Fällen.

Als Anna ihm bei der Rückfahrt vom Pferderennen ihr Verhältnis zu Wronski bekundete und gleich danach, die Hände vors Gesicht geschlagen, zu weinen begann, hatte Alexej Alexandrowitsch trotz seines Grolls gegen sie zugleich eine Woge jener seelischen Verstörtheit nahen gefühlt, die Tränen bei ihm stets auslösten. Da er das wusste, zudem wusste, dass es der Situation nicht entspräche, würde er in diesem Moment seine Gefühle zum Ausdruck bringen, suchte er jegliche Lebensäußerung in sich zurückzuhalten, weshalb er sich nicht regte und sie nicht ansah. Daher kam jener seltsam tote Ausdruck auf seinem Gesicht, der Anna so frappierte.

Als sie beim Haus vorfuhren, half er ihr beim Aussteigen, bezwang sich, um sich mit gewohnter Höflichkeit von ihr zu verabschieden, und sprach jene Worte, die ihn zu nichts verpflichteten; er sagte, dass er ihr morgen seinen Entschluss mitteilen werde.

Die Worte seiner Frau, die seine schlimmsten Ahnungen bestätigt hatten, fügten Alexej Alexandrowitschs Herzen bitteren Schmerz zu. Dieser Schmerz wurde noch von dem sonderbaren körperlichen Mitgefühl verstärkt, das ihre Tränen in ihm ausgelöst hatten. Doch als Alexej Alexandrowitsch allein geblieben war in der Kutsche, fühlte er sich zu seinem Erstaunen und seiner Freude vollkommen befreit, sowohl von diesem Mitgefühl wie auch von den Ahnungen und Eifersuchtsqualen, die ihn die letzte Zeit geplagt hatten.

Er hatte ein Gefühl wie ein Mensch, der sich einen seit langem schmerzenden Zahn herausgerissen hat: wenn nach schrecklichen Schmerzen und dem Empfinden, etwas Riesiges, größer als der Kopf, würde aus dem Kiefer gezogen, der Kranke, noch ohne seinem Glück zu trauen, plötzlich fühlt, dass nicht mehr vorhanden ist, was ihm so lange das Leben vergällt und all seine Aufmerksamkeit gefesselt hat und dass er wieder leben, denken und sich für anderes als seinen Zahn interessieren kann. Dieses Gefühl hatte Alexej Alexandrowitsch. Der Schmerz war seltsam und grausam gewesen, aber jetzt war er vorbei; er fühlte, dass er wieder leben und an anderes als seine Frau denken konnte.

›Ohne Ehre, ohne Herz, ohne Religion, eine verdorbene Frau! Ich habe das immer gewusst und immer gesehen, obwohl ich mich aus Mitleid für sie zu täuschen suchte‹, sagte er sich. Und er meinte tatsächlich, das schon immer gesehen zu haben; er rief sich Einzelheiten aus beider vergangenem Leben ins Gedächtnis, die ihm vorher nicht als etwas Schlechtes erschienen waren — jetzt bewiesen diese Einzelheiten deutlich, dass sie seit jeher verdorben gewesen war. ›Es war ein Fehler, dass ich mein Leben mit dem ihren vereint habe; aber an meinem Fehler ist nichts Schlechtes, wes-

halb ich nicht unglücklich sein kann. Schuldig bin
nicht ich‹, sagte er sich, ›sondern sie. Aber ich habe mit
ihr nichts zu schaffen. Sie existiert für mich nicht
mehr …‹

All das, was sie ereilen würde wie auch den Sohn, für
den seine Gefühle sich genauso verändert hatten wie
für sie, beschäftigte ihn nicht mehr. Das Einzige, was
ihn jetzt beschäftigte, war die Frage, wie er auf die
allerbeste, allerschicklichste, für ihn günstigste und
darum allergerechteste Weise den Schmutz, mit dem
sie ihn durch ihren Sündenfall bespritzt hatte, abschütteln könnte und weitergehen auf seinem Weg eines
tätigen, ehrlichen und nützlichen Lebens.

›Ich kann nicht unglücklich sein, weil eine verwerf-
liche Frau einen Frevel begangen hat; ich muss nur den
allerbesten Ausweg aus der schwierigen Situation finden, in die sie mich gebracht hat. Und ich werde ihn
finden‹, sagte er sich, mehr und mehr verdrossen.
›Nicht ich bin der Erste, nicht ich der Letzte.‹ Und abgesehen von historischen Beispielen, angefangen von
Menelaos, der dank der »Schönen Helena« in aller Gedächtnis war, kam Alexej Alexandrowitsch eine ganze
Reihe von Fällen heutiger ungetreuer Ehefrauen aus
der besten Gesellschaft in den Sinn. ›Darjalow, Pol-
tawski, Fürst Karibanow, Graf Paskudin, Dram … Ja,
auch Dram, so ein ehrlicher, tüchtiger Mann … Semjo-
now, Tschagin, Sigonin‹, rief sich Alexej Alexandrowitsch in Erinnerung. ›Angenommen, auf diese Männer fiele ein unvernünftiges *ridicule*, habe ich jedoch
nie etwas anderes darin gesehen als ein Unglück und
hatte stets Mitgefühl‹, sagte sich Alexej Alexandrowitsch, obgleich das die Unwahrheit war, er hatte bei
solcherart Unglücksfällen niemals Mitgefühl gehabt,
sondern sich selbst um so höher eingeschätzt, je häufiger es Beispiele von Frauen gab, die ihre Ehemänner
betrogen. ›Das ist ein Unglück, das jeden treffen kann.

Und dieses Unglück hat mich getroffen. Es geht lediglich darum, wie diese Situation auf die allerbeste Weise zu überstehen ist.‹ Und er ging im einzelnen die Handlungsweisen von Männern durch, die sich in der gleichen Situation befunden hatten wie er.

›Darjalow hat sich duelliert ...‹

Das Duell hatte Alexej Alexandrowitschs Denken in seiner Jugend gerade deshalb fasziniert, weil er ein körperlich zaghafter Mensch war und das sehr wohl wusste. Nicht ohne Grausen konnte sich Alexej Alexandrowitsch eine auf ihn gerichtete Pistole vorstellen, und nie im Leben hatte er eine Waffe zur Hand genommen. Dieses Grausen hatte ihn in jungen Jahren oft an ein Duell denken und sich in eine Situation versetzen lassen, in der man sein Leben in Gefahr bringen musste. Nachdem er Erfolg gehabt und im Leben eine feste Position erlangt hatte, war dieses Gefühl längst vergessen; aber die Gewohnheit des Gefühls forderte ihr Recht, und die Angst wegen seiner Feigheit erwies sich auch jetzt als so stark, dass Alexej Alexandrowitsch die Frage des Duells lange und von allen Seiten durchdachte und den Gedanken hätschelte, wiewohl er von vornherein wusste, dass er sich auf gar keinen Fall duellieren würde.

›Zweifellos ist unsere Gesellschaft noch so unzivilisiert (anders als in England), dass sehr viele‹ – und unter diesen vielen waren auch diejenigen, deren Meinung Alexej Alexandrowitsch besonders werthielt – ›ein Duell günstig beurteilen würden; aber was für ein Ergebnis wäre damit erreicht? Angenommen, ich forderte zum Duell‹, fuhr Alexej Alexandrowitsch bei sich fort, und als er sich lebhaft die Nacht vorstellte, die er nach der Forderung verbrächte, sowie die auf ihn gerichtete Pistole, schauderte er und sah ein, dass er dies nie tun würde, ›angenommen, ich forderte ihn zum Duell. Angenommen, man würde mich instruieren‹, fuhr er in Gedanken fort, ›mich aufstellen, ich drückte auf die Gâchette‹, sagte er sich und schloss die Augen, ›und dann zeigte sich, dass ich ihn getötet habe‹, sagte sich Alexej Alexandrowitsch und schüttelte den Kopf, um diese dummen Gedanken zu verjagen. ›Welchen Sinn hätte die Tötung eines Menschen zu dem Zweck, mein Verhältnis zur frevlerischen Ehefrau und zum Sohn zu klären? Ich müsste noch genauso entscheiden, was ich mit ihr machen muss. Was allerdings wahrscheinlicher wäre und wozu es zweifellos käme – dass ich getötet oder verwundet würde. Ich, der Unschuldige, das Opfer, würde getötet oder verwundet. Was noch sinnloser wäre. Aber nicht nur das; eine Forderung zum Duell wäre von meiner Seite ein unehrenhafter Schritt. Weiß ich denn nicht im vorhinein, dass meine Freunde mich niemals zu einem Duell ließen – es nicht zuließen, dass das Leben eines Staatsmannes, den Russland braucht, in Gefahr geriete? Und was dann? Dann sähe es aus, als hätte ich, wohl wissend, dass es bis zur Gefahr niemals kommen würde, mir durch diese Forderung falschen Glanz verleihen wollen. Das wäre unehrenhaft, wäre verlogen, wäre Betrug an den anderen und an mir selbst. Ein Duell ist undenkbar, und niemand erwartet es von mir. Mein Ziel besteht darin, mir die Reputation zu sichern, die ich zur ungehinderten Fortsetzung meiner Tätigkeit brauche.‹ Die Beamtentätigkeit, auch früher schon in Alexej Alexandrowitschs Augen von großer Bedeutsamkeit, erschien ihm nun ganz besonders bedeutsam.

Nach Betrachtung und Ablehnung des Duells wandte Alexej Alexandrowitsch sich der Scheidung zu – dem anderen Ausweg, den einige der Ehemänner, die ihm eingefallen waren, gewählt hatten. Er ging im Gedächtnis alle bekannten Scheidungsfälle durch (und das waren in der höchsten, ihm wohlbekannten Gesellschaft sehr viele), doch fand Alexej Alexandrowitsch keinen einzigen, bei dem das, was ihm vorschwebte, Ziel der Scheidung gewesen wäre. In allen diesen Fällen hatte der Ehemann die ungetreue Frau abgetreten oder verkauft, und gerade die Seite, die ihrer Schuld wegen nicht das Recht hatte, eine neue Ehe einzugehen, war ein vordergründig legalisiertes Phantasieverhältnis mit dem neuen Gatten eingegangen. In seinem eigenen Fall sah Alexej Alexandrowitsch, dass eine gerechte Scheidung – also eine, bei der nur die schuldige Frau verstoßen würde – unmöglich zu erlangen wäre. Er sah, dass die komplizierten Lebensumstände, in denen er sich befand, nicht die Möglichkeit zuließen, jene rohen Beweise zu erbringen, die das Gesetz zur Überführung einer frevelnden Ehefrau verlangte; er sah außerdem, dass die gewisse Delikatesse dieses Lebens auch die Anwendung dieser Beweise nicht zuließe, selbst wenn es sie gäbe, dass die Anwendung dieser Beweise ihn in der öffentlichen Meinung mehr in Misskredit brächten als seine Frau.

Ein Scheidungsversuch könnte nur zu einem Skandalprozess führen, der ein willkommener Anlass wäre für seine Feinde, für üble Nachrede und die Herabwürdigung seiner hohen Position in der Gesellschaft. Das Hauptziel – eine Klärung der Situation mit möglichst geringem Schaden – wäre auch durch eine Scheidung nicht zu erlangen. Außerdem wäre es bei einer Scheidung, sogar einem Scheidungsversuch, offensichtlich, dass seine Frau die Beziehungen zum Ehemann aufgeben und sich mit ihrem Liebhaber verbinden würde. Und in Alexej Alexandrowitschs Herzen war trotz seiner, wie er meinte, jetzt absolut verächtlichen Gleichgültigkeit gegenüber seiner Frau in Bezug auf sie doch ein Gefühl geblieben, nämlich der Wunsch, zu verhindern, dass sie sich ungehindert mit Wronski vereinen könnte, dass ihr Frevel für sie auch noch von Vorteil wäre. Allein der Gedanke brachte Alexej Alexandro-

witsch dermaßen auf, dass er schon bei der Vorstellung
aufstöhnte vor innerem Schmerz, sich halb erhob und
anders hinsetzte in der Kutsche und noch lange danach,
finsteren Gesichts, seine fröstelnden und knochigen
Beine mit dem flauschigen Plaid umwickelte.

›Außer einer förmlichen Scheidung könnte man
noch vorgehen wie Karibanow, Paskudin und dieser
gutmütige Dram, das heißt, in verschiedene Wohnun-
gen ziehen‹, fuhr er in seinen Gedanken fort, als er sich
beruhigt hatte; doch auch diese Maßnahme brächte
dieselben Misslichkeiten der Schande mit sich wie die
Scheidung, und vor allem, genauso wie bei einer förmlichen Scheidung würde das seine Frau in Wronskis
Arme treiben. ›Nein, das ist unmöglich, unmöglich!‹
sagte er laut und wickelte sich erneut anders in sein
Plaid. ›Ich kann nicht unglücklich sein, aber auch sie
und er dürfen nicht glücklich sein.‹

Das Gefühl der Eifersucht, die ihn zur Zeit der Ungewissheit geplagt hatte, war in dem Moment vergangen, als ihm durch die Worte seiner Frau unter Schmerzen der Zahn herausgerissen wurde. Aber an seine
Stelle trat ein anderes Gefühl: der Wunsch, dass sie keinesfalls triumphieren dürfe, vielmehr büßen müsse für
ihren Frevel. Er gestand sich dieses Gefühl nicht ein,
doch tief in seiner Seele wollte er, dass sie leiden müsse
für die Verletzung seiner Ruhe und Ehre. Und nachdem
Alexej Alexandrowitsch die Bedingungen von Duell,
Scheidung und Trennung erneut durchdacht und erneut verworfen hatte, kam er zu der Überzeugung, dass
es nur einen Ausweg gebe, nämlich sie bei sich zu behalten, dabei das Geschehene vor der Gesellschaft zu
verbergen und alle nur denkbaren Maßnahmen zur Beendigung der Liaison zu ergreifen und vor allem – was
er sich selbst nicht eingestand – zu ihrer Bestrafung.
›Ich muss ihr meinen Entschluss verkünden, dass ich
die schwierige Situation, in die sie die Familie gebracht

hat, überdacht habe, dass alle anderen Auswege für beide Seiten schlechter wären als ein äußerer *status quo* und dass ich diesen auch zu wahren gedächte, allerdings unter der strengen Auflage einer Erfüllung meines Willens von ihrer Seite, das heißt, einer Beendigung des Verhältnisses mit ihrem Liebhaber.‹ Zur Bekräftigung dieses Entschlusses kam, als er schon gefasst war, Alexej Alexandrowitsch noch ein anderer wichtiger Gedanke. ›Nur bei einem solchen Entschluss verhalte ich mich in Einklang mit der Religion‹, sagte er sich, ›nur bei diesem Entschluss stoße ich meine frevlerische Frau nicht von mir, sondern gebe ihr die Möglichkeit der Besserung und widme sogar − so schwer mir das auch fallen mag − einen Teil meiner Kräfte ihrer Besserung und Rettung.‹ Obgleich Alexej Alexandrowitsch wusste, dass er keinen sittlichen Einfluss auf seine Frau haben könnte, dass bei diesem Besserungsversuch nichts als Lüge herauskäme; obgleich er beim Durchleben dieser schweren Minuten kein einziges Mal daran gedacht hatte, in der Religion nach einer Richtschnur zu suchen − jetzt, da sein Entschluss mit den, wie ihm schien, Forderungen der Religion zusammenfiel, verschaffte ihm diese religiöse Sanktionierung seines Entschlusses volle Befriedigung und teils auch Beruhigung. Ihn machte der Gedanke froh, dass ihm bei einem so wichtigen Lebensentscheid niemand würde sagen können, er wäre nicht in Einklang mit den Geboten der Religion vorgegangen, deren Fahne er stets hochgehalten hatte inmitten der allgemeinen Kühle und Gleichgültigkeit. Während er weitere Einzelheiten überdachte, wollte es Alexej Alexandrowitsch gar nicht einleuchten, warum sein Verhältnis zu seiner Frau nicht fast so bleiben könnte wie zuvor. Zweifellos wäre er niemals in der Lage, ihr wieder Achtung entgegenzubringen; aber es gab keinen Grund, konnte auch keinen geben, dass er sein Leben zerrüttete und litt, weil sie eine schlechte und ungetreue Frau war. ›Ja, die Zeit vergeht, die alles regelnde Zeit, und das frühere Verhältnis wird sich wieder herstellen‹, sagte sich Alexej Alexandrowitsch, ›das heißt, wird sich in dem Maße wieder herstellen, als ich in meinem Lebensablauf die Zerrüttung nicht mehr merken werde. Sie muss unglücklich sein, aber ich bin nicht schuldig und kann deshalb nicht unglücklich sein.‹

XIV

Bis Alexej Alexandrowitsch in Petersburg einfuhr, hatte er sich nicht nur mit diesem Entschluss angefreundet, sondern in seinem Kopf bereits den Brief entworfen, den er seiner Frau schreiben wollte. In der Portiersloge blickte Alexej Alexandrowitsch kurz auf die Briefe und Schriftstücke, die aus dem Ministerium gekommen waren, und ließ sie sich ins Kabinett nachbringen.

»Abschirren und niemanden empfangen«, antwortete er auf die Frage des Portiers, und das mit gewisser Befriedigung, einem Zeichen für seine gute Stimmung, dabei betonte er die Worte »niemanden empfangen«.

In seinem Kabinett ging Alexej Alexandrowitsch zweimal auf und ab und blieb vor dem riesigen Schreibtisch stehen, auf dem der vorausgegangene Kammerdiener bereits sechs Kerzen entzündet hatte; er knackte mit den Fingern, setzte sich und legte die Schreibutensilien zurecht. Die Ellbogen aufgestützt, neigte er den Kopf zur Seite, dachte eine Minute nach und begann zu schreiben, ohne eine Sekunde zu stocken. Er schrieb ohne Anrede und auf Französisch, benützte dabei das Fürwort »Sie«, das nicht diesen kalten Charakter hat, den es im Russischen hat.

»Bei unserem letzten Gespräch tat ich meine Absicht kund, Ihnen meinen Entschluss bezüglich des Gegenstands dieses Gesprächs mitzuteilen. Nach sorgfältigem Überdenken schreibe ich jetzt zu dem Zweck, dieses Versprechen zu erfüllen. Mein Entschluss ist der folgende: Welcherart Ihre Handlungen auch sein mögen, sehe ich mich nicht berechtigt, jene Bande zu zerreißen, durch die wir dank höherer Macht verbunden sind. Die Familie kann nicht durch die Laune, Willkür oder gar den Frevel eines der Gatten zerstört werden, und unser Leben muss weiterhin ablaufen, wie es bisher abgelaufen ist. Dies ist für mich, für Sie und für unseren Sohn unerlässlich. Ich bin mir sicher, dass Sie bereut haben und bereuen, was Anlass des vorliegenden Briefes ist, und dass Sie mir darin beistehen werden, die Ursache unseres Zwistes mit Stumpf und Stiel auszureißen und das Vergangene zu vergessen. Andernfalls können Sie selbst die Folgerung ziehen, was Sie und Ihren Sohn erwartet. Darüber noch detaillierter zu sprechen hoffe ich bei einer persönlichen Begegnung. Da die Datschensaison dem Ende zugeht, würde ich Sie bitten, schnellstmöglich nach Petersburg zu übersiedeln, spätestens am Dienstag. Alle nötigen Anordnungen für Ihre Übersiedlung werden getroffen werden. Bitte, beachten Sie, dass ich der Erfüllung dieser meiner Bitte besondere Bedeutung beimesse.

A. Karenin

P. S. Diesem Brief liegt Geld bei, das Sie für Ihre Auslagen benötigen könnten.«

Er las den Brief durch und war zufrieden, besonders damit, dass ihm eingefallen war, Geld beizulegen; da war kein hartes Wort, kein Vorwurf, da war aber auch keine Nachsicht. Vor allem war es eine goldene Brücke für eine Rückkehr. Als er den Brief gefaltet, mit einem großen, massivem Elfenbeinmesser geglättet und samt

dem Geld ins Kuvert gesteckt hatte, klingelte er mit
jener Befriedigung, die von dem Umgang mit seinen wohlgeordneten Schreibutensilien jedesmal in ihm
wachgerufen wurde.

»Gib das dem Kurier, er soll es morgen Anna Arkadjewna auf der Datscha zustellen«, sagte er und stand auf.

»Zu Befehl, Euer Exzellenz; wünschen Sie den Tee
im Kabinett?«

Alexej Alexandrowitsch ließ sich den Tee im Kabinett auftragen, und mit dem massiven Messer spielend,
ging er zum Sessel, bei dem die Lampe vorbereitet war
und seine französische Lektüre, ein angefangenes Buch
über die Iguvinischen Tafeln. Über dem Sessel hing, im
Goldrahmen, ein ovales, von einem berühmten Maler
wundervoll gefertigtes Porträt Annas. Alexej Alexandrowitsch warf einen Blick darauf. Undurchdringliche
Augen schauten ihn spöttisch und unverfroren an, wie
an jenem letzten Abend ihrer Aussprache. Unerträglich unverfroren und herausfordernd wirkte auf Alexej Alexandrowitsch der Anblick des vom Maler vorzüglich ausgeführten schwarzen Spitzenschmucks auf
dem Kopf, der schwarzen Haare und der weißen, wunderschönen Hand mit dem ringbedeckten Ringfinger.
Gewiss eine Minute blickte Alexej Alexandrowitsch auf
das Porträt, dann schauderte ihn derart, dass seine Lippen bebten und den Laut »brr« formten und er sich abwandte. Eilends setzte er sich in den Sessel und schlug
das Buch auf. Er versuchte zu lesen, konnte aber sein
vorher durchaus lebhaftes Interesse an den Iguvinischen Tafeln beim besten Willen nicht wiederfinden.
Er sah in das Buch und dachte an anderes. Nicht an
seine Frau dachte er, sondern an eine unlängst in seiner
staatsmännischen Tätigkeit aufgetauchte Komplikation, die ihn derzeit im Amt hauptsächlich beschäftigte.
Er merkte, dass er jetzt tiefer denn je zum Kern dieser
Komplikation vordrang und dass in seinem Kopf —

das konnte er ohne Selbstüberhebung sagen – ein kapitaler Gedanke heranreifte, der die ganze Sache entwirren, ihn in seiner Dienstlaufbahn befördern, seine Feinde blamieren und darum dem Staat kolossalen Nutzen bringen müsste. Sobald der Diener den Tee serviert und den Raum verlassen hatte, stand Alexej Alexandrowitsch auf und ging zum Schreibtisch. Er zog die Mappe mit den laufenden Vorgängen in die Mitte, nahm mit kaum merklichem selbstzufriedenem Lächeln einen Bleistift aus dem Ständer und vertiefte sich in die Lektüre des von ihm angeforderten schwierigen Vorgangs, der die bevorstehende Komplikation betraf. Die Komplikation war die folgende. Alexej Alexandrowitschs Besonderheit als Staatsmann, jener ihm allein eigene Wesenszug – und über einen solchen verfügt jeder sich auszeichnende Beamte –, jener Wesenszug, der neben hartnäckigem Ehrgeiz, Zurückhaltung, Ehrlichkeit und Selbstsicherheit seine Karriere bewirkt hatte, bestand aus der Missachtung des offiziellen Papierkrams, der Reduzierung der Korrespondenz, aus dem – soweit möglich – unmittelbaren und lebendigen Bezug zur Sache und aus Sparsamkeit. Es hatte sich gefügt, dass in der berühmten Kommission vom 2. Juni das Projekt der Felderbewässerung im Gouvernement Saraisk zur Debatte kam, für das Alexej Alexandrowitschs Ministerium zuständig war und das ein schlagendes Beispiel war für ineffektive Ausgaben und bürokratischen Bezug zur Sache. Alexej Alexandrowitsch wusste, dass dies zutraf. Das Projekt der Felderbewässerung im Gouvernement Saraisk war noch vom Vorgänger von Alexej Alexandrowitschs Vorgänger begonnen worden. Und in der Tat war schon sehr viel Geld für dieses Projekt ausgegeben worden und wurde noch immer ausgegeben, und das vollkommen unnütz, denn offensichtlich konnte das Projekt zu gar nichts führen. Alexej Alexandrowitsch hatte das nach seinem Dienstantritt gleich erkannt und dem Projekt einen Riegel vorschieben wollen; aber in der ersten Zeit, als er sich noch unsicher fühlte, wusste er, dass das zu viele Interessen antasten würde und unvernünftig wäre; dann hatte er über der Beschäftigung mit anderen Vorgängen dieses Projekt einfach vergessen. Es lief wie alle Vorgänge von allein weiter, aus eigener Beharrungskraft. (Viele Menschen ernährten sich von diesem Projekt, insbesondere eine hochmoralische und musikalische Familie, alle Töchter spielten ein Saiteninstrument. Alexej Alexandrowitsch kannte die Familie und war bei einer der älteren Töchter Brautvater gewesen.) Dass ein feindliches Ministerium das Projekt aufgriff, war nach Alexej Alexandrowitschs Meinung unredlich, denn in jedem Ministerium gab es Vorgänge, und was für welche, die aus Gründen einer gewissen Amtsetikette niemand aufgriff. Jetzt aber, da ihm dieser Handschuh einmal hingeworfen, griff er ihn beherzt auf und verlangte die Einsetzung einer Sonderkommission zur Analyse und Kontrolle der Arbeit der Kommission für die Felderbewässerung im Gouvernement Saraisk; andererseits ließ er auch jenen Herrschaften nun nichts mehr durchgehen. Er verlangte außerdem die Einsetzung einer Sonderkommission für das Projekt der Eingliederung der Fremdvölker. Das Projekt der Eingliederung der Fremdvölker war im Komitee vom 2. Juni zufällig aufgegriffen und von Alexej Alexandrowitsch dann energisch vorangetrieben worden als etwas, das aufgrund des beklagenswerten Zustands der Fremdvölker keinen Aufschub dulde. Im Komitee diente dieses Projekt als Anlass für eine Kollision mehrerer Ministerien. Das Ministerium, das Alexej Alexandrowitsch feindlich gesinnt war, argumentierte, dass die Fremdvölker sich in einem durchaus blühenden Zustand befänden und dass die vorgesehene Umgliederung ihrer Blüte ein Ende setzen könnte, und wenn noch etwas schlecht stehe, so sei das nur die Folge da-

von, dass Alexej Alexandrowitschs Ministerium die
vom Gesetz vorgeschriebenen Maßnahmen nicht ergriffen habe. Jetzt beabsichtigte Alexej Alexandrowitsch zu verlangen: erstens, dass eine neue Kommission gebildet werde, deren Auftrag es wäre, den Zustand der Fremdvölker vor Ort zu erforschen; zweitens,
falls sich herausstellte, dass die Fremdvölker tatsächlich
in jener Lage sein sollten, wie das aus den dem Komitee
vorliegenden offiziellen Materialien hervorgehe, dann
solle noch eine andere, neue wissenschaftliche Kommission eingesetzt werden, um die Gründe für diese un-
erfreuliche Lage der Fremdvölker zu erforschen, und
zwar in a) politischer, b) administrativer, c) ökonomischer, d) ethnographischer, e) materieller und f) religiöser Hinsicht; drittens, dass dem feindlichen Ministerium Sachberichte abverlangt würden, welche Maßnahmen im letzten Jahrzehnt von diesem Ministerium
ergriffen worden seien, um jene unvorteilhaften Bedingungen abzuwenden, in denen die Fremdvölker sich
jetzt befanden, und schließlich viertens, dass von dem
Ministerium eine Erklärung verlangt werde, weshalb
es, wie aus den unter Nr. 17015 und Nr. 18308 am 5. De-
zember 1863 und 7. Juni 1864 dem Komitee vorgelegten Sachberichten ersichtlich, dem Sinn des grundlegenden und organischen Gesetzes, vgl. Bd. ... Art. 18
und Kommentar zu Art. 36, regelrecht zuwider gehandelt habe. Lebhafte Röte bedeckte Alexej Alexandrowitschs Gesicht, während er sich diese Gedanken rasch
in Stichworten notierte. Als er das Blatt Papier voll-
geschrieben hatte, erhob er sich, klingelte und schickte
seinem Kanzleivorsteher ein Billett, er solle ihm die nötigen Auskünfte übermitteln. Als er von neuem durch
den Raum wanderte, warf er wieder einen Blick auf
das Porträt, runzelte die Stirn und lächelte verächtlich.
Nachdem er noch im Buch über die Iguvinischen Tafeln gelesen und sein Interesse daran erneuert hatte,

ging Alexej Alexandrowitsch um elf Uhr schlafen, und als ihm, schon im Bett, das Ereignis mit seiner Frau wieder einfiel, stellte es sich ihm gar nicht mehr in einem so trüben Licht dar.

XV

Obwohl Anna hartnäckig und erbittert Wronski widersprochen hatte, als er zu ihr sagte, ihre Lage sei unmöglich, und sie beredete, ihrem Mann alles zu entdecken, hielt sie in tiefster Seele ihre Lage für verlogen, unehrenhaft und wünschte von ganzem Herzen, sie zu ändern. Auf der Rückfahrt vom Pferderennen hatte sie ihrem Mann in einem Augenblick der Erregung alles gesagt; trotz des Schmerzes, den sie dabei empfand, war sie froh darüber. Nachdem ihr Mann sie alleingelassen hatte, sagte sie sich, sie sei froh, jetzt werde sich alles klären, zumindest werde es Lug und Trug nicht mehr geben. Ihr schien unzweifelhaft, dass ihre Lage sich jetzt ein für allemal klären würde. Sie könnte schlecht sein, diese neue Lage, aber sie wäre klar, es gäbe keine Uneindeutigkeit und Lüge mehr. Der Schmerz, den sie sich und ihrem Mann durch ihre Worte zugefügt hatte, würde jetzt dadurch vergolten, dass sich alles klären werde, dachte sie. Am gleichen Abend noch traf sie sich mit Wronski, sagte ihm aber nicht, was zwischen ihr und ihrem Mann vorgefallen war, obwohl sie ihm, damit sich die Lage klärte, das hätte sagen müssen.

Als sie am nächsten Morgen erwachte, waren die Worte, die sie ihrem Mann gesagt hatte, das Erste, was ihr in den Sinn kam, und diese Worte kamen ihr so schrecklich vor, dass sie nun nicht fassen konnte, wie sie sich zu diesen sonderbaren, groben Worten hatte entschließen können, und sich nicht vorstellen konnte, was daraus würde. Aber die Worte waren gesagt, und Alexej Alexandrowitsch war abgefahren, ohne etwas gesagt zu haben. ›Ich habe Wronski gesehen und es ihm nicht gesagt. Noch in dem Augenblick, als er ging, wollte ich ihn zurückholen und es ihm sagen, überlegte es mir aber anders, weil es sonderbar war, warum ich es ihm nicht im ersten Augenblick gesagt hatte. Weshalb wollte ich es sagen und tat es nicht?‹ Als Antwort auf diese Frage ergoss sich heiße Schamröte über ihr Gesicht. Sie begriff, was sie davon abgehalten hatte; sie begriff, dass sie sich schämte. Ihre Lage, die ihr gestern abend geklärt zu sein schien, kam ihr nun nicht nur ungeklärt, sondern ausweglos vor. Ihr graute vor der Schande, an die sie früher nie gedacht hatte. Wenn sie nur daran dachte, was ihr Mann tun würde, kamen ihr die schlimmsten Gedanken. Ihr ging durch den Kopf, gleich würde der Ökonom angefahren kommen und sie aus dem Haus jagen, und ihre Schande würde aller Welt verkündet. Sie fragte sich, wo sie hinkönnte, wenn sie aus dem Haus gejagt würde, und fand keine Antwort.

Wenn sie an Wronski dachte, war ihr, als liebte er sie nicht, als falle sie ihm allmählich schon zur Last, als könnte sie sich ihm nicht aufdrängen, und sie hatte ihm gegenüber darum feindselige Gefühle. Ihr schien, als hätte sie die Worte, die sie ihrem Mann gesagt hatte und die sie unablässig in ihrer Vorstellung wiederholte, als hätte sie diese allen gesagt und als hätten alle sie gehört. Sie brachte es nicht über sich, denen in die Augen zu blicken, die mit ihr lebten. Sie brachte es nicht über sich, die Zofe zu rufen, und noch viel weniger, nach unten zu gehen und Sohn und Gouvernante zu sehen.

Die Zofe, die schon lange an ihrer Tür gelauscht hatte, kam von allein ins Zimmer. Anna blickte ihr fragend in die Augen und wurde rot vor Schreck. Die Zofe entschuldigte sich, dass sie hereinkomme, sagte, ihr sei so gewesen, als hätte es geläutet. Sie brachte das Kleid und ein Billett. Das Billett war von Betsy. Betsy erinnerte sie daran, dass heute vormittag Lisa Merkalowa und Baronin Stolz mit ihren Verehrern, Kaluschski und dem alten Stremow, sich zu einer Partie Krocket bei ihr träfen. »Kommen Sie doch wenigstens zum Zuschauen, zum Studium von Sitten und Gebräuchen. Ich erwarte Sie«, schloss das Billett.

Anna las es und seufzte tief.

»Nichts, gar nichts brauche ich«, sagte sie zu Annuschka, die Flakons und Bürsten auf dem Toilettentisch zurechtstellte. »Geh, ich ziehe mich gleich selbst an und komme. Nichts brauche ich, gar nichts.«

Annuschka ging, aber Anna zog sich nicht an, sondern saß in derselben Haltung, Kopf und Hände gesenkt, und bisweilen zuckte sie am ganzen Körper, als wollte sie eine Bewegung machen oder etwas sagen, und erstarrte wieder. Sie wiederholte unaufhörlich: »Mein Gott! Mein Gott!« Aber weder »Mein« noch »Gott« hatten für sie irgendeinen Sinn. Der Gedanke, in ihrer Lage bei der Religion Hilfe zu suchen, war ihr, obwohl sie an der Religion, in der sie erzogen worden war, nie zweifelte, genauso fremd, wie bei Alexej Alexandrowitsch Hilfe zu suchen. Sie wusste im voraus, die Hilfe der Religion wäre nur unter der Bedingung möglich, dass sie sich von allem lossagte, was den Sinn ihres Lebens bildete. Ihr war nicht nur schwer zumute, sondern sie empfand allmählich auch Angst vor ihrem neuen, nie zuvor erlebten Seelenzustand. Sie hatte das Gefühl, als begänne sich in ihrer Seele alles zu verdoppeln, wie sich manchmal in müden Augen die Gegenstände verdoppeln. Sie wusste manchmal nicht, was sie fürchtete und was sie wünschte. Ob sie das fürchtete oder wünschte, was war, oder das, was sein würde, und was überhaupt sie wünschte, wusste sie nicht.

›Ach, was mache ich nur!‹ sagte sie sich, da ihr plötzlich der Kopf auf beiden Seiten schmerzte. Als sie zu sich kam, sah sie, dass sie mit beiden Händen ihre Haare an den Schläfen festhielt und zusammenpresste. Sie sprang auf und ging hin und her.

»Der Kaffee steht bereit, und die Mamsell und Serjoscha warten«, sagte Annuschka, die wieder zurückgekehrt war und Anna wieder in der gleichen Haltung vorgefunden hatte.

»Serjoscha? Was ist mit Serjoscha?« fragte Anna plötzlich lebhaft, da sie sich zum erstenmal an diesem Morgen an die Existenz ihres Sohnes erinnerte.

»Er hat sich anscheinend etwas zuschulden kommen lassen«, erwiderte Annuschka lächelnd.

»Wie? zuschulden?«

»Im Eckzimmer hatten Sie Pfirsiche liegen, und der junge Herr hat einen davon anscheinend heimlich gegessen.«

Die Erwähnung des Sohns riss Anna aus der ausweglosen Lage, in der sie sich befand. Ihr fiel jene teils aufrichtige, wenngleich stark übertriebene Rolle der für ihren Sohn lebenden Mutter wieder ein, die sie die letzten Jahre übernommen hatte, und sie spürte voll Freude, dass sie in dem Zustand, in dem sie sich befand, ein Reich hatte, das unabhängig davon war, in welche Lage sie ihrem Mann und Wronski gegenüber geriet. Dieses Reich war ihr Sohn. In welche Lage sie auch geriete, sie könnte ihren Sohn nicht verlassen. Sollte doch ihr Mann sie der Schande ausliefern und aus dem Haus jagen, sollte doch Wronskis Gefühl für sie erkalten und er sein unabhängiges Leben weiterführen (wieder dachte sie bitter und vorwurfsvoll an ihn), sie könnte ihren Sohn nicht alleinlassen. Sie hatte ein Ziel im Leben. Und sie musste handeln, handeln, damit diese Situation mit dem Sohn gesichert würde, damit er ihr nicht weggenommen würde. Sogar schnell, so schnell wie möglich musste sie handeln, bevor er ihr weggenommen würde. Sie musste den Sohn nehmen und abreisen. Das war es, was sie jetzt tun musste. Sie musste sich beruhigen und diese qualvolle Lage verlassen. Der Gedanke an unmittelbares Handeln, verbunden mit dem Sohn, daran, jetzt gleich mit ihm irgendwohin zu reisen, verschaffte ihr diese Beruhigung.

Sie zog sich rasch an, ging nach unten und trat entschlossenen Schrittes in den Salon, wo der Kaffee und Serjoscha mit der Gouvernante sie gewöhnlich erwarteten. Serjoscha, ganz in Weiß, stand unterm Spiegel am Tisch, Kopf und Rücken gebeugt, und mit der angespannten Aufmerksamkeit, die sie an ihm kannte und worin er dem Vater glich, machte er etwas mit den Blumen, die er mitgebracht hatte.

Die Miene der Gouvernante war besonders streng. Serjoscha schrie durchdringend, wie er das oft an sich hatte: »Oh, Mama!« und stockte unentschlossen – sollte er zur Begrüßung zur Mutter gehen und die Blumen sein lassen oder erst den Kranz fertigmachen und mit den Blumen hingehen?

Die Gouvernante hob nach der Begrüßung an, des langen und breiten von Serjoschas Vergehen zu berichten, aber Anna hörte nicht zu; sie überlegte, ob sie sie mitnehmen sollte. ›Nein, ich nehme sie nicht mit‹, entschied sie. ›Ich fahre allein, mit meinem Sohn.‹

»Ja, das ist sehr schlecht«, sagte Anna, fasste den Sohn an der Schulter, sah ihn nicht mit einem strengen, sondern bangen Blick an, der den Jungen verwirrte und freute, und küsste ihn. »Lassen Sie ihn bei mir«, sagte sie zu der verwunderten Gouvernante, und ohne den Arm des Sohnes loszulassen, setzte sie sich an den gedeckten Kaffeetisch.

»Mama! Ich ... ich wollte nicht ...« Er suchte an ihrem Gesichtsausdruck zu erkennen, was ihn wegen des Pfirsichs erwartete.

»Serjoscha«, sagte sie, sobald die Gouvernante das Zimmer verlassen hatte, »das ist schlecht, aber du wirst es doch nicht wieder tun? Du hast mich lieb?«

Sie fühlte, dass ihr Tränen in die Augen traten. ›Wie könnte ich ihn nicht lieben?‹ sagte sie sich, während sie seinen erschrockenen und zugleich erfreuten Blick zu ergründen suchte. ›Und wird auch er, im Einverständnis mit dem Vater, mich verdammen? Wird auch er kein Mitleid haben?‹ Ihr liefen schon die Tränen übers Gesicht, und um sie zu verbergen, stand sie abrupt auf und rannte beinahe auf die Terrasse hinaus.

Nach den Gewitterregen der letzten Tage war das Wetter nun kalt und klar. Trotz des hellen Sonnenscheins, der durch das frischgewaschene Laub drang, war die Luft kalt.

Sie schauderte vor der Kälte und dem Grauen in ihr, das sie an der reinen Luft mit neuer Kraft gepackt hatte.

»Geh, geh zu *Mariette*«, sagte sie zu Serjoscha, der ihr nachkommen wollte, und ging auf dem Strohteppich der Terrasse hin und her. ›Werden sie mir wirklich nicht vergeben, werden sie nicht einsehen, wie es doch nicht anders kommen konnte?‹ fragte sie sich.

Sie blieb stehen, blickte auf die im Wind schwankenden Espenwipfel mit den frischgewaschenen, im kalten Sonnenschein hell blinkenden Blättern, und sie sah ein, dass sie nicht vergeben würden, dass alle und jeder von nun an so mitleidslos zu ihr wären wie dieser Himmel, wie dieses Grün. Und erneut hatte sie ein Gefühl, als begänne sich in ihrer Seele alles zu verdoppeln. ›Nicht denken, ich darf nicht denken‹, sagte sie sich. ›Ich muss aufbrechen. Wohin? Wann? Wen nehme ich mit? Ja, nach Moskau, mit dem Abendzug. Annuschka und Serjoscha, und nur das Allernötigste. Aber erst muss ich an beide schreiben.‹ Sie ging rasch ins Haus, in ihr Boudoir, setzte sich an den Schreibtisch und schrieb ihrem Mann:

»Nach dem, was geschehen ist, kann ich nicht länger in Ihrem Haus bleiben. Ich verreise und nehme den Sohn mit. Ich kenne die Gesetze nicht und weiß des-

halb nicht, bei welchem Elternteil der Sohn zu sein hat;
doch ich nehme ihn mit, weil ich ohne ihn nicht leben
kann. Seien Sie großmütig, überlassen Sie ihn mir.«

Bis hierher hatte sie rasch und natürlich geschrieben,
aber der Appell an seine Großmut, die sie ihm nicht
zugestand, und die Notwendigkeit, den Brief mit etwas
Rührendem abzuschließen, ließ sie stocken.

»Von meiner Schuld und meiner Reue sprechen kann
ich nicht, weil ...«

Wieder stockte sie und fand keinen Faden in ihren
Gedanken. ›Nein‹, sagte sie sich, ›das braucht es nicht.‹
Und sie zerriss den Brief und schrieb ihn neu, ließ die
Stelle mit der Großmut weg und versiegelte ihn.

Den anderen Brief musste sie an Wronski schreiben.
»Ich habe es meinem Mann verkündet«, schrieb sie und
saß lange, außerstande weiterzuschreiben. Das war so
roh, so unweiblich. ›Überhaupt, was kann ich ihm schon
schreiben?‹ sagte sie sich. Wieder bedeckte Schamröte
ihr Gesicht, ihr fiel seine Ruhe ein, und der Verdruss
über ihn ließ sie das Blatt mit dem ersten Satz in kleine
Schnipsel zerreißen. ›Gar nichts braucht es‹, sagte sie
sich, schloss ihre Briefmappe, ging nach oben, verkündete der Gouvernante und den Dienstboten, sie werde
noch heute nach Moskau reisen, und machte sich sofort
ans Packen.

XVI

Durch alle Zimmer des Datschenhauses gingen Hausknechte, Gärtner und Lakaien und trugen Gepäck heraus. Schränke und Kommoden standen offen; zweimal
rannte jemand in den Laden, um Schnüre zu kaufen;
überall lag Zeitungspapier auf dem Boden. Zwei Reisekoffer, Taschen und verschnürte Plaids waren schon
ins Vorzimmer gebracht worden. Die Kutsche und zwei
Droschken warteten an der Vortreppe. Anna, die über

der Packerei ihre innere Unruhe vergessen hatte, stand am Tisch in ihrem Boudoir und packte ihre Reisetasche, als Annuschka sie auf das Rasseln einer vorfahrenden Equipage hinwies. Anna schaute zum Fenster hinaus und sah auf der Vortreppe Alexej Alexandrowitschs Kurier, der an der Eingangstür klingelte.

»Geh und frag, was ist«, sagte sie, und ruhig und auf alles gefasst, setzte sie sich in den Sessel, die Hände auf die Knie gestützt. Der Lakai brachte eine dicke Sendung, adressiert von Alexej Alexandrowitschs Hand.

»Der Kurier hat den Auftrag, eine Antwort mitzubringen«, sagte er.

»Gut«, sagte sie, und sobald der Diener draußen war, riss sie mit zitternden Fingern den Brief auf. Ein Bündel ungefalteter, mit Banderole zusammengehaltener Banknoten fiel heraus. Sie zog den Brief vor und begann ihn vom Ende zu lesen. »Ich habe für die Übersiedelung alles veranlasst, ich messe der Erfüllung meiner Bitte Bedeutung bei«, las sie. Sie überflog ihn weiter, von hinten, las alles und las den Brief noch einmal von vorn. Als sie geendet hatte, fühlte sie, dass sie fror und dass ein so grauenhaftes Unglück über sie hereingebrochen war, wie sie es nicht erwartet hatte.

Sie hatte morgens bereut, was sie ihrem Mann gesagt hatte, und nur gewünscht, diese Worte wären gleichsam nicht gesagt worden. Dieser Brief nun erkannte ihre Worte als nicht gesagt an und gab ihr, was sie wünschte. Aber jetzt kam ihr dieser Brief schrecklicher vor als alles, was sie sich hatte vorstellen können.

›Er hat recht! hat recht!‹ sprach sie zu sich. ›Versteht sich, er hat immer recht, er ist ein Christ, er ist großmütig! Ja, ein niederträchtiger, garstiger Mensch! Und das begreift niemand außer mir, wird niemand begreifen; und ich könnte es nicht erklären. Alles sagt: ein frommer, moralischer, ehrlicher, gescheiter Mensch; aber sie sehen nicht, was ich gesehen habe. Sie wissen

nicht, wie er acht Jahre lang mein Leben erstickt hat,
alles erstickt hat, was an Lebendigem in mir war, wie
er kein einziges Mal darüber nachgedacht hat, dass ich
eine lebendige Frau bin, die Liebe braucht. Sie wissen
nicht, wie er mich auf Schritt und Tritt verletzt hat
und stets mit sich zufrieden war. Habe ich mich denn
nicht bemüht, mit aller Kraft bemüht, meinem Leben
eine Rechtfertigung zu geben? Habe ich denn nicht versucht, ihn zu lieben, und den Sohn zu lieben, als es nicht
mehr möglich war, den Mann zu lieben? Aber eines Tages sah ich ein, dass ich mich nicht länger selbst täuschen kann, dass ich lebendig bin, dass ich nicht schuld
bin, wenn Gott mich so geschaffen hat, dass ich lieben
und leben muss. Und was ist jetzt? Würde er mich töten, würde er ihn töten, ich würde alles ertragen, würde
alles vergeben, aber nein, er ...‹

›Wie konnte ich nicht vorhersehen, was er tun würde? Er würde tun, was seinem niederträchtigen Charakter entspricht. Er ist stets im Recht, mich aber, die
ich schon verloren bin, stößt er noch mehr, noch tiefer
ins Verderben ...‹ Ihr fiel die Stelle aus dem Brief ein:
»Sie können selbst die Folgerung ziehen, was Sie und
Ihren Sohn erwartet ...« − ›Das ist die Drohung, dass
er mir den Sohn wegnimmt, und ihren dummen Gesetzen nach geht das wahrscheinlich. Aber weiß ich
denn nicht, weshalb er das sagt? Er glaubt nicht an
meine Liebe zum Sohn oder verachtet sie (wie er sich
stets darüber lustig gemacht hat), verachtet mein Gefühl, aber er weiß, dass ich den Sohn nicht verlasse,
den Sohn nicht verlassen kann, dass es ohne den Sohn
für mich kein Leben gibt, sogar mit dem Mann, den
ich liebe, aber dass ich, wenn ich den Sohn verließe und
ihm davonliefe, mich wie die allerschändlichste, gars-
tigste Frau verhalten würde, er weiß das und weiß, dass
ich außerstande wäre, das zu tun.‹

Ihr fiel ein anderer Satz aus dem Brief ein: »Unser

Leben muss ablaufen wie bisher …« — ›Dieses Leben war schon bisher eine Qual, in letzter Zeit war es entsetzlich. Und was kommt jetzt? Und er weiß das alles, weiß, dass ich nicht bereuen kann, dass ich atme, dass ich liebe; weiß, dass außer Lug und Trug nichts dabei herauskommt; aber er muss mich weiterhin quälen. Ich kenne ihn! Ich weiß, dass er in der Lüge schwimmt wie der Fisch im Wasser und es genießt. Doch nein, ich werde ihm diesen Genuss nicht verschaffen, ich werde dieses Lügennetz zerreißen, in das er mich verstricken möchte; komme, was wolle. Alles ist besser als Lug und Trug!‹

›Aber wie? Mein Gott! Mein Gott! War je eine Frau so unglücklich wie ich?‹

»Nein, ich zerreiße, zerreiße es!« rief sie und sprang auf, die Tränen unterdrückend. Und sie ging zum Schreibtisch, um ihm einen anderen Brief zu schreiben. Doch in der Tiefe ihrer Seele spürte sie bereits, dass sie außerstande sein würde, irgendetwas zu zerreißen, außerstande, diese bisherige Lage zu verlassen, wie verlogen und ehrlos sie auch sein mochte.

Sie setzte sich an den Schreibtisch, doch statt zu schreiben, legte sie die Arme darauf und den Kopf auf die Arme und begann zu weinen, unter Schluchzen und Rucken der ganzen Brust, wie Kinder weinen. Sie weinte, weil ihre Hoffnung auf Klärung, auf Eindeutigkeit ihrer Lage ein für allemal dahin war. Sie wusste im voraus, alles würde beim alten bleiben, eher noch viel schlimmer werden als bisher. Sie fühlte, dass die Position in der Gesellschaft, die sie innehatte und die ihr morgens noch so nichtswürdig vorgekommen war, dass diese Position ihr teuer war, dass sie außerstande sein würde, sie gegen die schändliche Position einer Frau einzutauschen, die Mann und Sohn verlassen und sich mit ihrem Liebhaber vereint hat; dass sie, so sehr sie sich auch mühte, nicht stärker sein würde, als sie es war. Sie würde niemals die Freiheit der Liebe erleben, sondern bliebe für immer eine frevelhafte Frau, jeden Moment von Entlarvung bedroht, eine Frau, die ihren Mann betrog zugunsten einer schändlichen Liaison mit einem fremden Mann, einem ungebundenen, mit dem sie nicht gemeinsam leben konnte. Sie wusste, dass es so kommen würde, und zugleich war das so entsetzlich, dass sie sich nicht einmal vorstellen konnte, wie das enden würde. Und sie weinte haltlos, wie bestrafte Kinder weinen.

Die Schritte des Lakaien waren zu hören, das ließ sie zu sich kommen, sie verdeckte vor ihm das Gesicht und tat, als schreibe sie.

»Der Kurier bittet um Antwort«, meldete der Lakai.

»Um Antwort? Ja«, sagte Anna, »er soll warten. Ich werde läuten.«

›Was kann ich schreiben?‹ dachte sie. ›Was kann ich allein entscheiden? Was weiß ich? Was will ich? Was möchte ich?‹ Wieder hatte sie ein Gefühl, als ob sich in ihrer Seele etwas verdoppelte. Sie erschrak wieder vor diesem Gefühl und griff zum ersten besten Vorwand einer Tätigkeit, der sie vom Nachdenken über sich selbst ablenken könnte. ›Ich muss Alexej sehen (so nannte sie Wronski in ihren Gedanken), er allein kann mir sagen, was ich tun soll. Ich fahre zu Betsy, vielleicht sehe ich ihn dort.‹ Sie hatte völlig vergessen, dass noch gestern, als sie ihm sagte, sie fahre nicht zu Fürstin Twerskaja, er gesagt hatte, deshalb fahre er auch nicht. Sie setzte sich wieder, schrieb ihrem Mann: »Ich habe Ihren Brief erhalten. A.«, läutete und gab das dem Lakaien.

»Wir reisen nicht«, sagte sie zu der hereinkommenden Annuschka.

»Reisen überhaupt nicht?«

»Packen Sie bis morgen nichts aus, und lassen Sie die Kutsche angespannt. Ich fahre zur Fürstin.«

»Welches Kleid soll ich herrichten?«

XVII

Die Gesellschaft der Krocketpartie, zu der Fürstin Twerskaja Anna eingeladen hatte, sollte aus zwei Damen und ihren Verehrern bestehen. Diese beiden Damen waren die Hauptvertreterinnen eines exklusiven neuen Petersburger Kreises, der sich, in Nachahmung irgendeiner Nachahmung, *les sept merveilles du monde** nannte. Diese Damen gehörten zwar den höchsten Kreisen an, doch standen diese Kreise jenen, in denen Anna verkehrte, feindlich gegenüber. Außerdem war der alte Stremow, einer der einflussreichsten Männer Petersburgs und Lisa Merkalowas Verehrer, von Amts wegen Alexej Alexandrowitschs Feind. Aus all diesen Überlegungen hatte Anna nicht kommen wollen, und auf ihre Absage bezog sich auch die Anspielung in Fürstin Twerskajas Billett. Jetzt aber wollte Anna fahren, da sie Wronski zu sehen hoffte.

Anna traf vor den anderen Gästen bei Fürstin Twerskaja ein.

Als sie ins Haus trat, kam Wronskis Lakai, der mit seinen gestriegelten Koteletten einem Kammerjunker glich, ebenfalls herein. Er blieb an der Tür stehen, nahm die Mütze ab und ließ sie vor. Anna erkannte ihn, und erst da fiel ihr ein, dass Wronski gestern gesagt hatte, er komme nicht. Wahrscheinlich schickte er deshalb ein Billett.

Während sie im Vorzimmer ablegte, hörte sie, wie der Lakai, der sogar das R aussprach wie ein Kammerjunker, sagte: »Vom Grafen für die Fürstin« und ein Billett übergab.

Sie hätte gerne gefragt, wo sein Herr sei. Sie wäre gerne zurückgekehrt, um ihm einen Brief zu schicken, dass er zu ihr kommen solle, oder um selbst zu ihm zu

---

* die sieben Weltwunder *(frz.)*

fahren. Aber weder das eine noch das andere, noch das dritte war durchführbar, denn schon war das Läuten zu hören, das von ihrem Eintreffen kündete, und Fürstin Twerskajas Lakai stand schon halb seitwärts an der aufgehaltenen Tür, um sie ins Hausesinnere zu lassen.

»Die Fürstin ist im Garten, Sie werden sofort gemeldet. Vielleicht belieben Sie, sich in den Garten zu bemühen?« meldete ein anderer Lakai in einem anderen Zimmer.

Unschlüssigkeit und Unklarheit waren noch die gleichen wie zu Hause, waren noch schlimmer, denn sie konnte überhaupt nichts unternehmen, konnte Wronski nicht sehen, sondern musste hierbleiben, in einer fremden und ihrer Stimmung so entgegengesetzten Gesellschaft; aber ihre Toilette, das wusste sie, stand ihr; sie war nicht allein, war umgeben von der gewohnten festlichen Atmosphäre des Müßiggangs, und ihr war leichter als zu Hause; sie musste sich nicht ausdenken, was sie tun sollte. Alles tat sich von selbst. Als Betsy in weißer, Anna durch ihre Eleganz frappierender Toilette auf sie zukam, lächelte Anna sie bei der Begrüßung an wie immer. Fürstin Twerskaja kam mit Tuschkewitsch und einer jungen Dame, einer Verwandten, die zur übergroßen Freude der Eltern in der Provinz den Sommer bei der berühmten Fürstin verbrachte.

Wahrscheinlich hatte Anna etwas Besonderes an sich, jedenfalls fiel Betsy es sofort auf.

»Ich habe schlecht geschlafen«, antwortete Anna und musterte den Lakaien, der ihnen entgegenkam und, wie sie annahm, ein Billett von Wronski brachte.

»Wie ich mich freue, dass Sie kommen«, sagte Betsy. »Ich bin müde und wollte gerade eine Tasse Tee trinken, bevor die anderen eintreffen. Sie könnten einmal« − wandte sie sich an Tuschkewitsch − »mit Mascha den Krocket-Ground dort ausprobieren, wo er gestutzt wurde. Wir beide werden uns derweil noch beim Tee nach Lust und Laune unterhalten, *we'll have a cosy chat**, nicht wahr?« wandte sie sich lächelnd an Anna und drückte ihr die Hand, die den Sonnenschirm hielt.

»Zumal ich nicht lange bei Ihnen bleiben kann, ich muss dringend zur alten Wrede. Seit Urzeiten habe ich es ihr versprochen«, sagte Anna; die Lüge, eigentlich ihrer Natur fremd, war für sie in Gesellschaft nicht nur schlicht und natürlich geworden, sondern bereitete ihr sogar Vergnügen.

Wieso sie sagte, woran sie im Augenblick davor noch nicht gedacht hatte, hätte sie nicht erklären können. Sie sagte es einzig aus der Überlegung, da Wronski nicht käme, sich die Handlungsfreiheit zu sichern und ihn irgendwie zu sehen. Aber warum sie gerade die alte Hofdame Wrede nannte, bei der sie wie bei vielen anderen eine Visite machen musste, hätte sie nicht zu erklären gewusst, dabei hätte sie sich für ihr Rendezvous mit Wronski die ausgeklügeltsten Finten ausdenken können, wie sich dann zeigte, und sich doch nichts Besseres ausgedacht.

»Nein, ich lasse Sie auf gar keinen Fall fort«, antwortete Betsy und musterte aufmerksam Annas Gesicht. »Wirklich, ich wäre beleidigt, wenn ich Sie nicht so gern hätte. Als ob Sie fürchteten, meine Gesellschaft könnte Sie derart kompromittieren. Bitte, Tee für uns im kleinen Salon«, sagte sie, die Augen zugekniffen, wie sie es Lakaien gegenüber immer tat. Sie nahm das Billett entgegen und las es. »Alexej hat uns einen falschen Sprung getan«, sagte sie auf Französisch, »er schreibt, er könne nicht kommen«, fügte sie in so natürlichem, schlichtem Ton hinzu, als könnte ihr nie im Leben in den Sinn kommen, Wronski habe für Anna eine andere Bedeutung als die eines Krocketspielers.

Anna wusste, dass Betsy alles wusste, aber wenn

---

* wir wollen gemütlich plaudern *(engl.)*

sie hörte, wie Betsy in ihrer Gegenwart von Wronski sprach, war sie immer erst einen Moment überzeugt, dass Betsy nichts wusste.

»Ah!« sagte Anna gleichgültig, als ob sie das wenig interessierte, und fuhr lächelnd fort: »Wie könnte Ihre Gesellschaft jemanden kompromittieren?« Dieses Spiel mit Worten, dieses Verbergen eines Geheimnisses, hatte für Anna wie für alle Frauen einen großen Reiz. Und nicht die Notwendigkeit des Verbergens, nicht das Ziel, wozu etwas verborgen wurde, sondern der Prozess des Verbergens faszinierte sie. »Ich kann nicht katholischer sein als der Papst«, sagte sie. »Stremow und Lisa Merkalowa sind die Crème de la crème der Gesellschaft. Außerdem werden sie überall empfangen, und ich« – dieses ich betonte sie besonders – »bin ja nie streng und unduldsam gewesen. Ich habe einfach keine Zeit.«

»Aber Sie möchten vielleicht Stremow nicht begegnen? Sollen er und Alexej Alexandrowitsch doch ruhig im Komitee die Lanzen kreuzen, das betrifft uns nicht. In Gesellschaft ist er der liebenswürdigste Mensch, den ich kenne, und ein leidenschaftlicher Krocketspieler. Sie werden ja sehen. Und trotz seiner lächerlichen Lage als Lisas uralter Anbeter muss man gesehen haben, wie er sich aus dieser lächerlichen Lage herauswindet! Er ist sehr nett. Sappho Stolz kennen Sie nicht? Das ist ein neuer, ein ganz neuer Ton.«

Betsy sagte das alles, dabei merkte Anna an ihrem heiteren, klugen Blick, dass sie Annas Situation zum Teil begriffen hatte und etwas ausheckte. Sie waren in ihrem kleinen Boudoir.

»Allerdings muss ich an Alexej schreiben.« Betsy setzte sich an den Schreibtisch, schrieb ein paar Zeilen und steckte sie ins Kuvert. »Ich habe geschrieben, er solle zum Diner kommen. Eine meiner geladenen Damen bleibe sonst ohne Kavalier. Schauen Sie selbst, ist das überzeugend? Pardon, ich muss Sie einen Moment verlassen. Bitte, versiegeln Sie es und schicken Sie es fort«, sagte sie schon an der Tür, »ich muss etwas anordnen.«

Ohne einen Augenblick nachzudenken, setzte sich Anna mit Betsys Brief an den Schreibtisch, und ohne ihn zu lesen, fügte sie unten hinzu: »Ich muss Sie dringend sehen. Kommen Sie zu Wredes Garten. Ich bin dort um sechs Uhr.« Sie versiegelte ihn, und Betsy, mittlerweile zurück, schickte in ihrer Gegenwart den Brief los.

Tatsächlich entspann sich beim Tee, der ihnen im kühlen kleinen Salon auf einem Serviertischchen gebracht wurde, zwischen den beiden Frauen *a cosy chat*, wie Fürstin Twerskaja es vor Eintreffen der Gäste versprochen hatte. Sie hechelten durch, wer erwartet wurde, und das Gespräch verweilte bei Lisa Merkalowa.

»Sie ist sehr nett und war mir immer sympathisch«, sagte Anna.

»Sie müssen sie gernhaben. Sie schwärmt von Ihnen. Gestern kam sie nach dem Rennen zu mir und war zutiefst betrübt, dass sie Sie nicht mehr antraf. Sie sagte, Sie seien eine richtige Romanheldin, und wenn sie ein Mann wäre, würde sie Ihretwegen tausend Dummheiten begehen. Stremow sagte darauf, die begehe sie sowieso.«

»Aber sagen Sie bitte, ich habe nie verstehen können«, sagte Anna nach einigem Schweigen und in einem Ton, der deutlich zeigte, dass sie keine müßige Frage stellte, sondern das Gefragte für sie wesentlicher war, als es das sein dürfte. »Sagen Sie bitte, was ist mit ihrer Beziehung zum Fürsten Kaluschski, dem sogenannten Mischka? Ich habe die beiden selten getroffen. Was ist damit?«

Betsy lächelte nur mit den Augen und blickte Anna aufmerksam an.

»Eine neue Manier«, sagte sie. »Alle hängen nun

dieser Manier an. Sie haben die Häubchen hinter die Mühle geworfen. Aber es ist nicht das Gleiche, ob man sie so wirft oder so.«

»Ja, doch was ist mit ihrem Verhältnis zu Kaluschski?«

Betsy fing auf einmal fröhlich und unwiderstehlich zu lachen an, was bei ihr selten vorkam.

»Da erobern Sie das Terrain der Fürstin Mjachkaja. Das ist die Frage eines schrecklichen Kindes.« Und Betsy wollte, konnte aber offenbar nicht an sich halten und brach in jenes ansteckende Lachen aus, das selten lachende Menschen auszeichnet. »Man muss die beiden fragen«, sagte sie unter Lachtränen.

»Ja, Sie lachen«, sagte Anna, von dem Lachen unwillkürlich angesteckt, »aber ich habe es wirklich nie verstehen können. Ich verstehe die Rolle des Ehemanns nicht.«

»Des Ehemanns? Lisa Merkalowas Ehemann trägt ihr die Plaids nach und ist immer zu Diensten. Und was da weiter ist, will niemand wissen. Sie wissen ja, in der guten Gesellschaft wird über einige Details der Toilette nicht gesprochen und nicht einmal daran gedacht. So auch hier.«

»Werden Sie auf Rolandakis Fest gehen?« fragte Anna, um das Thema zu wechseln.

»Ich glaube nicht.« Betsy sah ihre Freundin nicht an, sie goss vorsichtig den duftenden Tee in die durchsichtigen Tässchen. Als sie Anna ein Tässchen hingerückt hatte, holte sie eine Pajito hervor, steckte sie in eine silberne Zigarettenspitze und zündete sie an.

»Sehen Sie, da bin ich in einer glücklichen Lage«, hob sie wieder an, nun ohne Lachen, und griff zum Tässchen. »Ich verstehe Sie und verstehe Lisa. Lisa ist eine jener naiven Naturen, die wie ein Kind nicht verstehen, was gut ist und was schlecht. Zumindest verstand sie das nicht, als sie sehr jung war. Und heute weiß sie, dass dieses Nichtverstehen sie kleidet. Heute versteht sie vielleicht absichtlich nicht«, sagte Betsy mit feinem Lächeln. »Trotzdem, es kleidet sie. Schauen Sie, ein und dasselbe kann man tragisch nehmen und eine Qual daraus machen oder es schlicht und sogar heiter nehmen. Vielleicht neigen Sie dazu, alles zu tragisch zu nehmen.«

»Wie gerne würde ich andere so kennen, wie ich mich kenne«, sagte Anna ernst und nachdenklich. »Bin ich schlechter als die anderen, bin ich besser? Ich glaube, schlechter.«

»Ein schreckliches Kind, schreckliches Kind!« wiederholte Betsy. »Aber da sind sie.«

XVIII

Schritte waren zu hören und eine Männerstimme, dann eine Frauenstimme und Lachen, und danach traten die erwarteten Gäste ein: Sappho Stolz und ein vor überquellender Gesundheit strotzender junger Mann, der sogenannte Waska. Es war unübersehbar, wie gut die Ernährung mit blutigem Roastbeef, Trüffeln und Burgunder bei ihm anschlug. Waska verneigte sich vor den Damen und blickte sie an, aber nur eine Sekunde. Er war hinter Sappho in den Salon gekommen, ging hinter ihr durch den Salon, als wäre er an sie gekettet, und wandte den funkelnden Blick nicht von ihr, als wollte er sie verschlingen. Sappho Stolz war eine Blondine mit schwarzen Augen. Sie war mit kleinen, munteren Schrittchen auf hochhackigen Schühchen hereingekommen und drückte fest, wie ein Mann, den Damen die Hand.

Anna war dieser neuen Berühmtheit noch nie begegnet und war frappiert von ihrer Schönheit, der bis zum Äußersten getriebenen Toilette und der Kühnheit

ihres Verhaltens. Auf ihrem Kopf erhob sich aus eigenem und fremdem, sanft goldfarbenem Haar solch
ein Échafaudage einer Frisur, dass ihr Kopf der Größe
nach ihrer schlank gewölbten und vorne tief entblößten
Büste entsprach. Ihr Vorwärtsdrang war so ungestüm,
dass bei jeder Bewegung sich unterm Kleid die Formen
von Knie und Oberschenkel abzeichneten, und unwillkürlich stellte sich die Frage, wo denn nun an diesem
schwankenden, aufgetürmten Berg ihr echter, kleiner
und schlanker, oben so entblößter und unten und hinten so versteckter Körper eigentlich endete.

Betsy machte sie eilends mit Anna bekannt.

»Können Sie sich vorstellen, wir hätten fast zwei Soldaten überfahren«, begann sie gleich zu erzählen, unter Zwinkern, Lächeln und Ziehen an ihrer Schleppe,
die sie zu heftig zur einen Seite geschwungen hatte.
»Ich fahre also mit Waska … Oh, Sie kennen sich ja gar
nicht.« Und sie stellte den jungen Mann vor, nannte seinen Nachnamen und brach errötend in lautes Lachen
aus über ihren Fauxpas, dass sie ihn vor einer Unbekannten Waska genannt hatte.

Waska verneigte sich noch einmal vor Anna, sagte
aber nichts zu ihr. Er wandte sich an Sappho:

»Die Wette ist verloren. Wir sind zuerst eingetroffen.
Bezahlen Sie«, sagte er lächelnd.

Sappho lachte noch fröhlicher.

»Doch nicht jetzt«, sagte sie.

»Ganz gleich, dann eben später.«

»Na schön, na schön. Ah ja!« wandte sie sich plötzlich an die Frau des Hauses. »Ich bin ja gut … Habe
ganz vergessen … Ich habe Ihnen einen Gast mitgebracht. Da ist er.«

Der junge Überraschungsgast, den Sappho mitgebracht und den sie vergessen hatte, war allerdings ein
Gast von solcher Bedeutung, dass die beiden Damen
trotz seiner Jugend aufstanden, als sie ihn begrüßten.

Das war Sapphos neuer Verehrer. Er folgte ihr nun wie Waska auf dem Fuß.

Bald trafen Fürst Kaluschski und Lisa Merkalowa mit Stremow ein. Lisa Merkalowa war eine dünne Brünette mit einem Gesicht des orientalisch trägen Typs und mit reizenden Augen, unergründlichen, wie alle Welt sagte. Ihre dunkle Toilette entsprach vom Charakter her vollkommen ihrer Schönheit (Anna hatte das sofort bemerkt und gewürdigt). Wie Sappho schroff und drahtig war, so war Lisa weich und lasterhaft.

Doch war Lisa nach Annas Geschmack viel attraktiver. Betsy hatte Anna gesagt, Lisa trete gern als unwissendes Kind auf, aber als Anna sie erblickte, spürte sie, dass das nicht stimmte. Sie war tatsächlich eine unwissende, verdorbene, doch liebe und sanftmütige Frau. Zwar trat sie auf wie Sappho; genauso wie Sappho folgten ihr wie angefesselt zwei Verehrer, der eine jung, der andre alt, und verschlangen sie mit Blicken; aber in ihr war etwas, das höher war als ihre Umgebung – das Funkeln eines Brillanten reinsten Wassers inmitten von buntem Glas. Dieses Funkeln leuchtete aus ihren reizenden, tatsächlich unergründlichen Augen. Der müde und zugleich leidenschaftliche Blick dieser von einem dunklen Ring umrandeten Augen frappierte durch seine absolute Aufrichtigkeit. Wer in diese Augen blickte, dem war, als hätte er diese Frau erkannt und müsste sie, einmal erkannt, einfach lieben. Bei Annas Anblick erstrahlte ihr Gesicht plötzlich in freudigem Lächeln.

»Oh, wie ich mich freue, Sie zu sehen!« sagte sie, als sie auf sie zuging. »Erst gestern beim Rennen wollte ich zu Ihnen kommen, doch Sie waren schon weg. Gerade gestern hätte ich Sie zu gern gesehen. Das war schrecklich, nicht wahr?« Der Blick, mit dem sie Anna anschaute, schien gänzlich die Seele freizulegen.

»Ja, ich hatte überhaupt nicht erwartet, wie aufregend das ist«, sagte Anna errötend.

Derweil erhob sich die Gesellschaft, um in den Garten zu gehen.

»Ich gehe nicht«, sagte Lisa und setzte sich lächelnd zu Anna. »Sie auch nicht? Was finden bloß alle am Krocketspiel!«

»Doch, ich mag es«, meinte Anna.

»Ah ja, und wie machen Sie es, dass Ihnen nicht langweilig wird? Ein Blick auf Sie – und man ist vergnügt. Sie leben, ich langweile mich.«

»Wieso langweilen? Aber Ihr Kreis ist doch der vergnügteste in Petersburg«, meinte Anna.

»Vielleicht ist denen, die nicht zu unserem Kreis gehören, noch langweiliger; uns aber ist, mir jedenfalls, nicht vergnügt zumute, sondern grässlich, grässlich langweilig.«

Sappho hatte sich eine Papirossa angezündet und war mit den beiden jungen Männern in den Garten gegangen. Betsy und Stremow blieben beim Tee sitzen.

»Wieso langweilig?« fragte Betsy. »Sappho sagt, gestern hätten sie sich sehr bei Ihnen amüsiert.«

»Ach, war das trübsinnig!« sagte Lisa Merkalowa. »Wir fuhren nach dem Rennen alle zu mir. Und immer dieselben, immer dieselben! Immer ein und dasselbe. Den ganzen Abend lungerten wir auf den Sofas. Was ist daran amüsant? Wirklich, wie machen Sie es, damit Ihnen nicht langweilig wird?« wandte sie sich wieder an Anna. »Man braucht Sie nur anzublicken und sieht – eine Frau, die vielleicht glücklich ist oder unglücklich, aber sich nicht langweilt. Bringen Sie mir bei, wie Sie das machen.«

»Gar nichts mache ich«, erwiderte Anna; sie errötete unter den zudringlichen Fragen.

»Das ist noch die beste Art«, mischte sich Stremow ins Gespräch.

Stremow war ein Mann um die Fünfzig, halb ergraut, noch frisch, sehr hässlich, doch mit charaktervollem und klugem Gesicht. Lisa Merkalowa war die Nichte seiner Frau, und er verbrachte alle seine freien Stunden mit ihr. Bei der Begegnung mit Anna Karenina suchte er, von Amts wegen Alexej Alexandrowitschs Feind, als kluger Mann von Welt zu ihr, der Frau seines Feindes, besonders liebenswürdig zu sein.

»»Gar nichts«'«, nahm er mit feinem Lächeln den Faden auf, »das ist das beste Mittel. Ich sage Ihnen seit langem«, wandte er sich an Lisa Merkalowa, »damit es nicht langweilig wird, darf man nicht denken, es könnte langweilig werden. Genauso, wie man nicht fürchten darf, man könnte nicht einschlafen, wenn man Schlaflosigkeit fürchtet. Ebendas hat Ihnen auch Anna Arkadjewna gesagt.«

»Ich wäre froh, wenn ich das gesagt hätte, denn es ist nicht nur klug, sondern stimmt auch«, sagte Anna lächelnd.

»Nun sagen Sie doch, weshalb kann man nicht einschlafen und kann sich immer nur langweilen?«

»Um einzuschlafen, muss man gearbeitet haben, und um sich zu amüsieren, muss man ebenfalls gearbeitet haben.«

»Weshalb sollte ich arbeiten, wenn niemand meine Arbeit braucht? Und absichtlich mich verstellen kann ich und will ich nicht.«

»Sie sind unverbesserlich«, sagte Stremow, ohne sie anzublicken, und wandte sich wieder Anna zu.

Da er Anna selten traf, konnte er ihr nichts als Banalitäten sagen, aber er sagte diese Banalitäten – wann sie nach Petersburg übersiedeln werde, wie Gräfin Lidija Iwanowna ihr zugetan sei – auf eine Weise, die zeigte, dass er ihr von ganzem Herzen etwas Angenehmes sagen und seine Achtung und vielleicht sogar mehr erweisen wollte.

Herein kam Tuschkewitsch und verkündete, die ganze Gesellschaft warte auf die Krocketspieler.

»Nein, gehen Sie bitte nicht«, bat Lisa Merkalowa, als sie erfuhr, dass Anna fort wollte, und Stremow schloss sich ihr an.

»Ein zu großer Kontrast«, sagte er, »nach dieser Gesellschaft zur alten Wrede zu fahren. Ihr werden Sie außerdem ein Anlass zum Lästern sein, während Sie hier nur andere Gefühle wecken, die allerbesten, das Gegenteil vom Lästern«, sagte er zu ihr.

Anna überlegte einen Moment unschlüssig. Die Schmeichelreden dieses klugen Mannes, die naive, kindliche Sympathie, die Lisa Merkalowa ihr entgegenbrachte, überhaupt das gewohnte Salonmilieu – all das war so leicht, dagegen erwartete sie etwas so Schwieriges, dass sie einen Moment unentschlossen war, ob sie nicht bleiben, den schweren Moment der Aussprache nicht hinauszögern sollte. Als ihr jedoch einfiel, was sie, allein, zu Hause erwartete, wenn sie keinen Entschluss fasste, als ihr die noch in der Erinnerung schreckliche Geste einfiel, wie sie mit beiden Händen ihr Haar gepackt hatte, verabschiedete sie sich und fuhr davon.

XIX

Wronski war trotz seines, dem Anschein nach, leichtsinnigen mondänen Lebens ein Mensch, der Unordnung hasste. Noch in seiner Jugend, im Pagenkorps, hatte er eine demütigende Abfuhr erlebt, als er in einer Verstrickung einmal Geld leihen wollte, und seither hatte er sich nie wieder in eine solche Situation gebracht.

Um seine Angelegenheiten in Ordnung zu halten, zog er sich an die fünfmal im Jahr zurück, je nach den Umständen häufiger oder seltener, und machte reinen Tisch. Er nannte das Abrechnen oder *faire la lessive**.

* Wäsche waschen *(frz.)*

Als Wronski am Tag nach dem Rennen spät aufwachte, zog er, ohne sich zu rasieren und ohne zu baden, seinen Uniformrock an, breitete auf dem Tisch Geld, Rechnungen und Briefe aus und machte sich an die Arbeit. Petrizki, der wusste, dass er in dieser Situation gereizt war, zog sich leise an, als er aufwachte und den Kameraden am Tisch sah, und ging hinaus, ohne ihn zu stören.

Jeder Mensch kennt bis ins kleinste Detail die Kompliziertheit der Verhältnisse, die ihn umgeben, und vermutet unwillkürlich, die Kompliziertheit dieser Verhältnisse und die Schwierigkeit ihrer Klärung sei nur seine persönliche, zufällige Besonderheit; ihm kommt nicht in den Sinn, andere könnten von genauso komplizierten persönlichen Verhältnissen umgeben sein wie er. So erschien es auch Wronski. Und er dachte nicht ohne inneren Stolz und nicht ohne Grund, jeder andere hätte sich längst verstrickt und wäre zu unlauterem Handeln gezwungen, wenn er sich in ebenso schwierigen Verhältnissen befände. Allerdings spürte Wronski, dass er gerade jetzt unbedingt nachrechnen und seine Situation klären musste, um sich nicht zu verstricken.

Das erste, was Wronski sich als das leichteste vornahm, waren die Finanzen. In seiner winzigen Schrift notierte er auf einem Briefbogen seine Schulden, zog Bilanz und kam auf Schulden von siebzehntausend und ein paar Hundertern, die er der Klarheit halber überging. Als er Bargeld und Bankkonto zusammenzählte, kam heraus, dass ihm noch eintausendachthundert Rubel blieben, während bis Neujahr kein Eingang in Aussicht stand. Wronski las noch einmal die Schuldenliste und schrieb sie ab, dabei unterteilte er sie in drei Rubriken. Zur ersten Rubrik gehörten Schulden, die sofort zu bezahlen waren oder für deren Begleichung zumindest Geld bereitliegen musste, damit es bei einer Forderung nicht die mindeste Verzögerung gäbe. An solchen

Schulden hatte er rund viertausend: tausendfünfhundert für das Pferd und zweitausendfünfhundert als Bürgschaft für den jungen Kameraden Wenewski, der in Wronskis Gegenwart diese Summe an einen Falschspieler verloren hatte. Wronski wollte das Geld damals gleich weggeben (er hatte es bei sich), aber Wenewski und Jaschwin bestanden darauf, dass sie zahlen würden und nicht Wronski, der gar nicht gespielt hatte. Alles war bestens, aber Wronski wusste, dass er in dieser schmutzigen Geschichte, an der er zwar nur dadurch beteiligt war, dass er mit seinem Wort für Wenewski gebürgt hatte, diese zweieinhalbtausend unbedingt bereithalten musste, um sie dem Spitzbuben in den Rachen zu werfen und nicht weiter mit ihm herumzuhandeln. Also, in dieser ersten, wichtigsten Kategorie brauchte er viertausend. In der zweiten Kategorie, achttausend, waren die weniger wichtigen Schulden. Das waren Schulden vorwiegend beim Rennstall, bei dem Hafer- und Heulieferanten, dem Engländer, dem Sattler usw. Von diesen Schulden müsste er ebenfalls um die zweitausend begleichen, um völlig ruhig zu sein. Die letzte Kategorie waren Schulden bei Geschäften, Gasthäusern und dem Schneider, also Schulden, an die man nicht zu denken brauchte. So dass er mindestens 6000 benötigte, aber für die laufenden Ausgaben bloß 1800 hatte. Einen Menschen mit Einkünften von hunderttausend Rubeln im Jahr, wie alle Wronskis Vermögen einschätzten, sollten derartige Schulden eigentlich nicht in Verlegenheit bringen; in Wirklichkeit hatte er diese hunderttausend jedoch bei weitem nicht. Das riesige väterliche Vermögen, das allein bis zu zweihunderttausend im Jahr einbrachte, war zwischen den Brüdern nicht geteilt. Als der ältere Bruder mit einem Berg von Schulden Prinzessin Warja Tschirkowa heiratete, die völlig besitzlose Tochter eines Dekabristen, trat Alexej die gesamten Einkünfte von den väterlichen Gütern

an den älteren Bruder ab und bedang sich nur fünfundzwanzigtausend im Jahr aus. Alexej sagte damals
seinem Bruder, dieses Geld reiche ihm, solange er nicht
heirate, was höchstwahrscheinlich nie geschehen werde. Und der Bruder, Kommandant eines der teuersten
Regimenter und gerade frisch verheiratet, konnte dieses Geschenk nicht ablehnen. Die Mutter, die ihr eigenes Vermögen hatte, gab Alexej neben den ausbedun-
genen fünfundzwanzigtausend jährlich noch um die
zwanzigtausend, und die brachte Alexej gänzlich durch.
In der letzten Zeit hatte ihm seine Mutter, da sie wegen
seiner Liaison und der Abreise aus Moskau in Streit
mit ihm lag, kein Geld mehr geschickt. Infolgedessen
war Wronski, dem ein Leben mit fünfundvierzigtau-
send schon zur Gewohnheit geworden war, der in diesem Jahr aber nur fünfundzwanzigtausend bekommen
hatte, nun in Verlegenheit. Um aus dieser Verlegenheit
herauszufinden, konnte er nicht seine Mutter um Geld
bitten. Ihr letzter Brief, den er tags zuvor erhalten hatte,
verdross ihn besonders durch die Anspielungen, sie sei
ja bereit, zu seinem Erfolg in der Gesellschaft und im
Dienst etwas beizusteuern, aber nicht zu einem Leben,
über das sich die gesamte gute Gesellschaft skanda-
lisiere. Die Absicht der Mutter, ihn zu kaufen, hatte ihn
in tiefster Seele verletzt und seine Gefühle für sie noch
kühler werden lassen. Doch konnte er sein großzügiges
Zugeständnis nicht widerrufen, obwohl er jetzt spürte,
in vager Vorahnung gewisser Unwägbarkeiten in seiner
Verbindung mit Karenina, dass das großzügige Zugeständnis leichtsinnig gewesen war und dass er, auch un-
verheiratet, womöglich die ganzen hunderttausend benötigte. Doch widerrufen konnte er nicht. Er brauchte
sich nur der Frau des Bruders zu entsinnen, sich zu entsinnen, wie diese liebe, famose Warja ihn bei jeder pas-
senden Gelegenheit wissen ließ, dass sie seine Großzügigkeit nicht vergesse und schätze, um einzusehen,

wie unmöglich es war, das Weggegebene zurückzu-
holen. Es war ebenso unmöglich, wie eine Frau zu schlagen, zu stehlen oder zu lügen. Möglich und nötig war
einzig und allein, und dazu entschloss sich Wronski
auch ohne das geringste Schwanken, bei einem Wucherer Geld zu leihen, zehntausend, was nicht schwierig
sein dürfte, seine Ausgaben generell einzuschränken
und Rennpferde zu verkaufen. Als er das beschlossen
hatte, schrieb er gleich ein Billett an Rolandaki, der
ihm schon häufig Angebote geschickt hatte, um von
ihm Pferde zu kaufen. Dann bestellte er den Engländer und den Wucherer ein und verteilte das Geld, das er
bei sich hatte, auf die Rechnungen. Zuletzt schrieb er
eine kalte und schroffe Antwort auf den Brief der Mutter. Dann holte er drei Billetts von Anna aus seiner
Brieftasche, las sie noch einmal, verbrannte sie, rief sich
sein gestriges Gespräch mit ihr ins Gedächtnis und versank in Nachdenken.

XX

Wronskis Leben war darum besonders glücklich, weil er
einen Kodex von Regeln hatte, die unanfechtbar alles
festlegten, was man tun muss und nicht tun darf. Dieser Regelkodex erfasste einen sehr engen Kreis von Umständen, dafür waren die Regeln unanfechtbar, und da
Wronski diesen Kreis niemals verließ, schwankte er niemals auch nur im geringsten bei der Befolgung dessen,
was man tun muss. Diese Regeln legten unanfechtbar
fest, dass man einem Falschspieler zahlen müsse, einem Schneider nicht, dass man Männer nicht anlügen
dürfe, Frauen dagegen schon, dass man niemals jemanden betrügen dürfe, einen Ehemann dagegen schon,
dass man Beleidigungen nicht verzeihen, selbst jedoch
beleidigen könne usw. Alle diese Regeln waren womög-

lich unvernünftig, unschön, aber sie waren unanfechtbar, und wenn Wronski sie befolgte, spürte er, dass
er ruhig war und den Kopf hoch tragen konnte. Erst
in allerletzter Zeit, aus Anlass seines Verhältnisses zu
Anna, spürte Wronski mehr und mehr, dass sein Regelkodex nicht alle Umstände erfasste, und für die Zukunft
sah er Schwierigkeiten und Zweifel voraus, für die er
keinen leitenden Faden mehr hatte.

Sein jetziges Verhältnis zu Anna und zu ihrem Mann
war für ihn einfach und klar. Es war in dem Regelkodex, von dem er sich leiten ließ, klar und präzise festgelegt.

Anna war eine anständige Frau, die ihm ihre Liebe
geschenkt hatte, und er liebte sie, und darum war sie für
ihn eine Frau, die ebensoviel und noch mehr Achtung
verdiente als eine legitime Ehefrau. Er hätte sich eher
die Hand abhacken lassen, als sich zu erlauben, durch
ein Wort oder eine Anspielung sie gar nicht einmal zu
beleidigen, sondern ihr bloß nicht die Achtung entgegenzubringen, auf die eine Frau allemal rechnen kann.

Das Verhältnis zur Gesellschaft war ebenfalls klar.
Alle konnten es wissen, konnten es argwöhnen, aber
niemand durfte wagen, es auszusprechen. Andernfalls
war er bereit, die Schwätzer dazu zu bringen, zu schweigen und die nicht vorhandene Ehre der Frau, die er
liebte, zu achten.

Das Verhältnis zum Ehemann war am allerklarsten.
Von dem Augenblick, da Anna Wronski liebgewonnen
hatte, hielt er sein Recht auf sie für unveräußerlich. Der
Ehemann war nur eine überflüssige und störende Person. Zweifellos war er in einer kläglichen Lage, aber
was war zu tun? Das Einzige, worauf der Ehemann ein
Recht hatte, war, mit der Waffe in der Hand Genugtuung zu fordern, und dazu war Wronski vom ersten
Augenblick an bereit.

In letzter Zeit war ein neues, inneres Verhältnis zwischen ihm und ihr aufgekommen, das Wronski durch seine Unbestimmtheit schreckte. Gestern erst hatte sie ihm verkündet, sie sei schwanger. Und er hatte das Gefühl, diese Neuigkeit und das, was sie von ihm erwartete, erforderte etwas, das in dem Regelkodex, von dem er sich im Leben leiten ließ, nicht recht festgelegt war. Tatsächlich hatte es ihn überrumpelt, und im ersten Augenblick, als sie ihm verkündete, in anderen Umständen zu sein, hatte sein Herz ihm die Forderung eingegeben, sie solle ihren Mann verlassen. Er hatte das gesagt, aber jetzt, als er es durchdachte, sah er klar, dass es besser wäre, wenn es nicht dazu käme, und während er sich das sagte, fürchtete er zugleich, ob das nicht übel sei.

›Habe ich gesagt, sie solle ihren Mann verlassen, so heißt das, sie solle sich mit mir vereinen. Bin ich dazu bereit? Wie hole ich sie jetzt weg, da ich kein Geld habe? Angenommen, das könnte ich arrangieren ... Aber wie hole ich sie weg, solange ich im Dienst bin? Habe ich das gesagt, muss ich auch bereit dazu sein, das heißt, Geld haben und den Dienst quittieren.‹

Und er versank in Nachdenken. Die Frage, ob er den Dienst quittieren sollte, brachte ihn zu einer anderen, geheimen, ihm allein bekannten Frage, zu dem zwar verborgenen, doch vielleicht wichtigsten Interesse seines Lebens.

Ehrsucht war ein uralter Wunschtraum seiner Kindheit und Jugend gewesen, ein Wunschtraum, den er nicht einmal sich selbst eingestand, der aber so stark war, dass noch jetzt diese Leidenschaft gegen seine Liebe ankämpfte. Seine ersten Schritte in der Gesellschaft und im Militärdienst waren erfolgreich gewesen, aber vor zwei Jahren hatte er einen groben Fehler begangen. In dem Wunsch, seine Unabhängigkeit zu demonstrieren und voranzukommen, hatte er eine ihm angebotene Position abgelehnt, in der Hoffnung, diese

Ablehnung erhöhe noch seinen Wert; doch wie sich
zeigte, war er zu weit gegangen und wurde links lie-
gengelassen; da er sich nun einmal als unabhängig si-
tuiert hatte, fand er sich wohl oder übel mit der Rolle
ab, verhielt sich sensibel und klug, wie wenn er niemandem etwas übel nähme, sich von niemandem gekränkt fühlte und einzig und allein wünschte, dass man
ihn in Ruhe lasse, weil ihm fröhlich zumute sei. Im
Grunde war ihm schon letztes Jahr, als er nach Moskau
reiste, nicht mehr fröhlich zumute gewesen. Er spürte,
dass diese unabhängige Position eines Mannes, der alles
könnte, aber nichts wollte, schon allmählich verblasste,
dass viele allmählich dachten, er könnte auch nichts,
außer eben ein ehrlicher und gutmütiger Kerl zu sein.
Seine Verbindung mit Karenina, die soviel Aufsehen erregt und allgemeine Beachtung gefunden hatte, verlieh
ihm neuen Glanz und beschwichtigte kurzzeitig den
Wurm der Ehrsucht, der an ihm nagte, aber vor einer
Woche war dieser Wurm mit neuer Kraft erwacht. Sein
Kamerad seit Kindertagen, aus den gleichen Kreisen,
mit dem gleichen Reichtum und auch im Pagenkorps
sein Kamerad, derselbe Absolventenjahrgang wie er,
Serpuchowskoi, mit dem er im Unterricht wie beim
Turnen wie bei den Jungensstreichen und den Ehr-
suchtsträumen gewetteifert hatte, war dieser Tage aus
Mittelasien zurückgekehrt, wo er zwei Rangerhöhun-
gen und eine Auszeichnung erhalten hatte, die so jungen Generälen selten zufiel.

Kaum war er in Petersburg eingetroffen, war von
ihm als neu aufsteigendem Stern erster Größe die Rede.
Altersgenosse und Schulkamerad Wronskis, war er nun
General und erwartete eine Ernennung, die womöglich
auf den Gang der Staatsgeschäfte Einfluss hätte, während Wronski zwar unabhängig war und brillant war
und von einer reizenden Frau geliebt wurde, doch war
er nur ein Regimentsrittmeister, dem soviel Unabhän-

gigkeit zugestanden wurde, wie er wollte. ›Versteht
sich, ich beneide Serpuchowskoi nicht, kann ihn nicht
beneiden, aber seine Beförderung zeigt mir, dass man
nur den rechten Moment abpassen muss, und jemand
wie ich kann sehr schnell Karriere machen. Vor drei
Jahren war er noch in der gleichen Position wie ich.
Wenn ich den Dienst quittiere, breche ich alle Brücken
hinter mir ab. Wenn ich bleibe, verliere ich nichts. Sie
hat selbst gesagt, dass sie ihre Lage nicht verändern
möchte. Ich dagegen, mit ihrer Liebe, kann Serpuchowskoi nicht beneiden.‹ Und während er langsam seinen
Schnurrbart zwirbelte, stand er vom Tisch auf und wanderte durch den Raum. Seine Augen funkelten besonders hell, und er fühlte sich in der festen, ruhigen und
freudigen Gemütsverfassung, die ihn nach Klärung seiner Lage immer überkam. Wie nach früheren Abrech-
nungen war alles rein und klar. Er rasierte sich, nahm
ein kaltes Bad, zog sich an und ging hinaus.

XXI

»Ich komme dich abholen. Dein Wäschewaschen hat
heute lange gedauert«, sagte Petrizki. »Na, ist es zu
Ende?«

»Ja, ist es«, erwiderte Wronski, nur mit den Augen
lächelnd, dabei zwirbelte er so vorsichtig die Schnurr-
bartspitzen, als könnte nun, da alles in Ordnung gebracht, jede zu kühne und rasche Bewegung die Ordnung wieder zerstören.

»Danach bist du immer wie frisch aus dem Schwitz-
bad«, sagte Petrizki. »Ich komme von Grizko (so nannten sie den Regimentskommandanten), du wirst erwartet.«

Ohne zu antworten, schaute Wronski den Kameraden
an und dachte an anderes.

»Aha, kommt die Musik von dort?« fragte er. Er lauschte den herübergewehten Basstrompetenklängen aus bekannten Polkas und Walzern. »Was ist das für ein Fest?«

»Serpuchowskoi ist da.«

»Ooh!« sagte Wronski. »Das wusste ich nicht.«

Das Lächeln seiner Augen funkelte noch heller.

Hatte er einmal bei sich beschlossen, er sei glücklich in seiner Liebe und opfere ihr seine Ehrsucht, konnte Wronski – zumindest übernahm er diese Rolle – gegenüber Serpuchowskoi weder Neid empfinden noch Verdruss, weil er zum Regiment gekommen war und nicht zuerst zu ihm. Serpuchowskoi war ein guter Freund, und er freute sich auf ihn.

»Oh, da freue ich mich sehr.«

Regimentskommandant Djomin war in einem großen Gutshaus einquartiert. Die ganze Gesellschaft befand sich auf der geräumigen unteren Veranda. Das Erste, was Wronski im Hof auffiel, waren die Liedersänger in Uniformröcken, die neben einem Wodkafässchen standen, und die blühende, fröhliche Gestalt des von Offizieren umringten Regimentskommandanten; auf der ersten Verandastufe stehend, überschrie er die Musik, die eine Offenbachsche Quadrille spielte, befahl etwas und winkte seitwärts stehende Soldaten her. Das Häuflein Soldaten, ein Wachtmeister und ein paar Unteroffiziere kamen mit Wronski zur Veranda. Der Regimentskommandant holte einen Pokal vom Tisch, kehrte auf die Treppe zurück und brachte einen Trinkspruch aus: »Auf das Wohl unseres ehemaligen Kameraden und tapferen Generals, Fürst Serpuchowskoi. Hurra!«

Hinter dem Regimentskommandanten kam, einen Pokal in der Hand, auch Serpuchowskoi lächelnd zur Treppe.

»Du wirst immer jünger, Bondarenko«, wandte er

sich an den direkt vor ihm stehenden, schon zum zweitenmal dienenden, schneidigen und rotbäckigen Wachtmeister.

Wronski hatte Serpuchowskoi drei Jahre nicht gesehen. Jetzt mit Koteletten, wirkte er männlicher, aber er war noch so schlank wie zuvor, beeindruckte weniger durch Schönheit als durch Sanftheit und die Vornehmheit von Gesicht und Gestalt. Eine Veränderung, die Wronski an ihm bemerkte, war das ständige, stille Leuchten, das die Gesichter von Menschen annehmen, die Erfolg haben und sicher sind, dass alle diesen Erfolg anerkennen. Wronski kannte dieses Leuchten und hatte es sofort an Serpuchowskoi bemerkt.

Als Serpuchowskoi die Treppe herabkam, erblickte er Wronski. Ein Lächeln der Freude erhellte Serpuchowskois Gesicht. Er reckte zu Wronskis Begrüßung den Kopf und hob den Pokal, womit er zeigte, dass er unbedingt vorher zu dem Wachtmeister musste, der strammstand und die Lippen schon zum Kuss geschürzt hatte.

»Da ist er ja!« rief der Regimentskommandant. »Mir hat Jaschwin gesagt, du wärst in deiner trüben Stimmung.«

Serpuchowskoi küsste die feuchten und frischen Lippen des schneidigen Wachtmeisters, wischte sich den Mund mit dem Taschentuch ab und trat zu Wronski.

»Wie ich mich freue!« sagte er, drückte ihm die Hand und nahm ihn beiseite.

Der Regimentskommandant rief Jaschwin zu: »Kümmert euch um ihn!«, deutete auf Wronski und stieg die Treppe hinab zu den Soldaten.

»Weshalb warst du gestern nicht beim Rennen? Ich dachte, ich würde dich dort sehen«, sagte Wronski und musterte Serpuchowskoi.

»Ich war dort, aber zu spät. Pardon«, fügte er an und wandte sich an den Adjutanten: »Bitte, lassen Sie das in meinem Namen verteilen, soviel sich pro Mann ergibt.«

Er nahm aus der Brieftasche hastig drei Hundertrubelscheine und wurde rot.

»Wronski! Möchtest du was essen oder trinken?« fragte Jaschwin. »Heda, für den Grafen was zu essen! Und das hier trink!«

Das Gelage beim Regimentskommandanten dauerte lange.

Getrunken wurde sehr viel. Serpuchowskoi wurde unter Hurrarufen in die Luft geworfen. Dann wurde der Regimentskommandant in die Luft geworfen. Dann tanzte vor den Liedersängern der Regimentskommandant höchstpersönlich mit Petrizki. Dann setzte sich der Regimentskommandant, schon ein wenig ermattet, im Hof auf eine Bank und legte Jaschwin dar, Russland sei Preußen überlegen, besonders in der Kavallerieattacke, und das Gelage flaute kurzzeitig ab. Serpuchowskoi ging ins Haus, ins Toilettenzimmer, um sich die Hände zu waschen, und fand dort Wronski; Wronski übergoss sich mit kaltem Wasser. Er hatte den Rock ausgezogen und hielt seinen behaarten roten Nacken am Waschbecken unters Wasser und rieb sich mit den Händen Kopf und Nacken. Nach der Waschung setzte er sich zu Serpuchowskoi. Sie hatten sich gleich an Ort und Stelle aufs Sofa gesetzt, und es begann zwischen ihnen ein Gespräch, das für beide sehr interessant war.

»Ich wusste über meine Frau immer alles von dir«, sagte Serpuchowskoi. »Ich freue mich, dass du sie oft gesehen hast.«

»Sie ist mit Warja befreundet, und das sind die einzigen Petersburger Frauen, bei denen ich mich wohlfühle«, erwiderte Wronski lächelnd. Er lächelte, weil er vorhergesehen hatte, welchem Thema sich das Gespräch zuwenden würde, und das war ihm angenehm.

»Die einzigen?« fragte Serpuchowskoi lächelnd zurück.

»Auch ich wusste immer von dir, aber nicht nur über deine Frau«, sagte Wronski, und sein strenger Gesichtsausdruck verbat sich die Anspielung. »Ich habe mich sehr gefreut über deinen Erfolg, aber keineswegs gewundert. Ich hätte noch mehr erwartet.«

Serpuchowskoi lächelte. Ihm war diese Meinung von ihm offensichtlich angenehm, und er hielt es nicht für nötig, das zu verbergen.

»Ich habe dagegen, offen gestanden, weniger erwartet. Aber ich freue mich, freue mich sehr. Ich bin ehrsüchtig, das ist meine Schwäche, ich gebe es zu.«

»Vielleicht würdest du es nicht zugeben, wenn du keinen Erfolg hättest«, sagte Wronski.

»Ich glaube nicht«, sagte Serpuchowskoi, wieder lächelnd. »Nicht, dass es sich ohne das nicht zu leben lohnte, aber es wäre langweilig. Selbstverständlich täusche ich mich vielleicht, aber mir scheint, dass ich gewisse Fähigkeiten besitze zu dem Tätigkeitsbereich, den ich mir erwählt habe, und dass Macht, ganz gleich welche, wenn sie mir zufällt, in meinen Händen besser aufgehoben ist als in den Händen vieler, die ich kenne«, sagte Serpuchowskoi im strahlenden Bewusstsein des Erfolgs. »Darum bin ich um so zufriedener, je näher ich dem komme.«

»Vielleicht ist das für dich so, aber nicht für alle. Ich hatte das auch gedacht, nun jedoch lebe ich und finde, es lohne nicht, nur dafür zu leben«, sagte Wronski.

»Na bitte! Na bitte!« sagte Serpuchowskoi lachend. »Ich wollte ja gleich davon anfangen, was ich gehört habe, über dich und deine Ablehnung. Selbstverständlich habe ich es gebilligt. Aber alles hat seine Form. Ich glaube, der Schritt war gut, aber du hast ihn nicht so getan, wie nötig gewesen wäre.«

»Was getan ist, ist getan, und du weißt, ich widerrufe

niemals, was ich getan habe. Und außerdem geht es mir bestens.«

»Bestens – eine Zeitlang. Aber dich wird das nicht befriedigen. Ich sage das nicht deinem Bruder. Der ist ein nettes Kind, ebenso wie unser Gastgeber. Da, wieder er!« fügte er hinzu und lauschte den Hurra-Rufen. »Er ist fröhlich, dich jedoch befriedigt nicht das.«

»Ich sage nicht, dass es mich befriedigt.«

»Das ist es nicht allein. Solche Männer wie du werden gebraucht.«

»Von wem?«

»Von wem? Der Gesellschaft. Russland braucht Männer, braucht eine Partei, sonst geht alles weiter und geht vor die Hunde.«

»Das heißt was? Die Partei Bertenews gegen die russischen Kommunisten?«

»Nein!« Serpuchowskoi runzelte die Stirn vor Verdruss, dass er einer solchen Dummheit verdächtigt wurde. »*Tout ça est une blague**. Das war immer so und wird so sein. Es gibt überhaupt keine Kommunisten. Aber intrigante Menschen müssen sich immer eine schädliche, gefährliche Partei ausdenken. Das ist ein alter Hut. Nein, es braucht eine machtvolle Partei unabhängiger Männer wie du und ich.«

»Aber warum denn?« Wronski nannte ein paar Männer, die an der Macht waren. »Warum sollten sie keine unabhängigen Männer sein?«

»Nur deshalb, weil sie von Geburt und bis heute nicht über die Unabhängigkeit eines Vermögens verfügen, nicht über einen Namen und nicht über die Nähe zur Sonne, in der wir zur Welt kamen. Sie lassen sich kaufen, ob mit Geld, ob mit Schmeichelei. Und damit sie sich halten, müssen sie sich eine Richtung ausdenken. So setzen sie irgendeine Idee um, eine Richtung,

* Das ist alles blauer Dunst *(frz.)*

an die sie selbst nicht glauben, die Unheil stiftet; und
diese Richtung ist lediglich ein Mittel, von Amts wegen
ein Haus zu haben und soundsoviel Gehalt. *Cela n'est
pas plus fin que ça**, wenn man ihnen in die Karten
schaut. Vielleicht bin ich schlechter oder dümmer als
sie, obwohl ich nicht sehe, warum ich schlechter sein
sollte. Aber du und ich, wir haben auf jeden Fall einen
wichtigen Vorzug, nämlich, dass wir schwerer zu kaufen sind. Und solche Männer werden mehr denn je gebraucht.«

Wronski hörte aufmerksam zu, doch beschäftigte
ihn weniger der Inhalt des Gesagten, vielmehr die Einstellung Serpuchowskois, der schon daran dachte, den
Kampf mit der Macht aufzunehmen und in dieser
Welt schon seine Sympathien und Antipathien hatte,
während es für ihn im Dienst nur die Interessen der
Eskadron gab. Wronski begriff zudem, wie stark Serpuchowskoi sein konnte mit seiner unbezweifelbaren
Fähigkeit, die Dinge zu durchdenken und zu verstehen, mit seinem Verstand und seiner Wortgewalt, die in
dem Milieu, in dem er lebte, so selten anzutreffen war.
Und wie sehr ihm auch das Gewissen schlug, empfand
er doch Neid.

»Trotzdem fehlt mir dafür etwas Entscheidendes«,
erwiderte er, »mir fehlt das Streben nach Macht. Das
war einmal, doch es ist vorbei.«

»Entschuldige, aber das ist nicht wahr«, sagte Serpuchowskoi lächelnd.

»Doch, es ist wahr − ist jetzt wahr«, fügte Wronski
an, um aufrichtig zu sein.

»Ja, jetzt, das ist etwas anderes; aber dieses Jetzt
gilt nicht für immer.«

»Vielleicht«, erwiderte Wronski.

»Du sagst vielleicht«, fuhr Serpuchowskoi fort, als

---

* Subtiler ist das nicht *(frz.)*

hätte er seine Gedanken erraten, »ich aber sage dir ganz bestimmt. Und zu diesem Zweck wollte ich dich treffen. Dein Schritt war, wie er zu sein hatte. Ich verstehe das, aber perseverieren solltest du nicht. Ich bitte dich lediglich um *carte blanche**. Ich protegiere dich nicht. Obwohl, wieso sollte ich dich nicht protegieren? Du hast so oft mich protegiert. Ich hoffe, dass unsere Freundschaft darüber steht. Ja«, sagte er, dabei lächelte er ihn an, zärtlich wie eine Frau. »Gib mir *carte blanche*, verlass das Regiment, und ich ziehe dich unmerklich hinein.«

»Aber versteh doch, ich brauche nichts«, sagte Wronski, »außer, dass alles bleibt, wie es ist.«

Serpuchowskoi stand auf und stellte sich vor ihn.

»Du sagst, alles solle bleiben, wie es ist. Ich verstehe, was das bedeutet. Aber hör zu. Wir sind gleichalt; vielleicht hast du mehr Frauen kennengelernt als ich.« Serpuchowskois Lächeln und Gesten besagten, Wronski müsse nicht besorgt sein, er würde den wunden Punkt sanft und vorsichtig berühren. »Aber ich bin verheiratet, und glaube mir, lernt man allein die eigene Frau kennen, die man liebt (wie jemand geschrieben hat), so lernt man alle Frauen besser kennen, als wenn man tausende gekannt hätte.«

»Wir kommen gleich!« rief Wronski dem Offizier zu, der den Kopf hereinsteckte und sie zum Regimentskommandanten rief.

Wronski wollte es nun bis zum Ende hören und erfahren, was er ihm sagen würde.

»Da hast du meine Meinung. Frauen sind der größte Stein des Anstoßes in der Tätigkeit des Mannes. Es ist schwer, eine Frau zu lieben und etwas zu tun. Nur ein Mittel gibt es, um komfortabel und ungestört zu lieben — das ist die Heirat. Wie soll ich, wie soll ich dir

* freie Hand *(frz.)*

nur sagen, was ich meine?« Serpuchowskoi mochte Vergleiche. »Warte mal, warte! Ja, wie man einen *fardeau**∗* tragen und zugleich nur dann etwas mit den Händen tun kann, wenn der *fardeau* am Rücken festgebunden ist — das ist die Heirat. Und das habe ich gemerkt, als ich heiratete. Plötzlich hatte ich die Hände frei. Wenn man aber ohne Heirat diesen *fardeau* hinter sich herschleppt, sind die Hände so beladen, dass sich gar nichts tun lässt. Schau dir Masankow und Krupow an. Die haben ihre Karriere der Frauen wegen ruiniert.«

»Was für Frauen!« sagte Wronski; er stellte sich die Französin und die Schauspielerin vor, mit denen die beiden in Liaison waren.

»Um so schlimmer, je fester die Frau in der Gesellschaft verankert ist, um so schlimmer. Das ist, wie wenn du den *fardeau* nicht eigenhändig schleppen, sondern ihn jemand anderem entreißen wolltest.«

»Du hast niemals geliebt«, sagte Wronski leise, sah vor sich hin und dachte an Anna.

»Vielleicht. Aber denk daran, was ich dir gesagt habe. Und noch eins: ›Frauen sind praktischer eingestellt als Männer. Wir machen aus der Liebe etwas Kolossales, sie aber sind stets *terre-à-terre**∗∗*.‹«

Ein Lakai kam herein. »Gleich, gleich!« sagte Serpuchowskoi. Aber der Lakai kam nicht, um sie erneut zu rufen, wie er meinte. Der Lakai brachte Wronski ein Billett.

»Das hat Ihnen ein Diener von Fürstin Twerskaja gebracht.«

Wronski entsiegelte den Brief und wurde feuerrot.

»Ich habe auf einmal Kopfschmerzen, ich fahre nach Hause«, sagte er zu Serpuchowskoi.

* eine Last *(frz.)*
** stehen fest auf dem Boden *(frz.)*

»Dann leb wohl. Gibst du mir *carte blanche*?«

»Wir reden ein andermal, ich finde dich in Petersburg.«

XXII

Es war schon nach fünf, und um noch zurechtzukommen und zugleich nicht mit dem eigenen Gespann zu fahren, das alle Welt kannte, nahm Wronski Jaschwins Droschke und hieß den Kutscher so schnell wie möglich fahren. Die viersitzige alte Droschke war geräumig. Er setzte sich in die Ecke, streckte die Beine auf den Vordersitz und versank in Nachdenken.

Das unbestimmte Bewusstsein, Klarheit in seine Angelegenheiten gebracht zu haben, die unbestimmte Erinnerung an die Freundschaft und Schmeichelei Serpuchowskois, der ihn für einen Mann hielt, der gebraucht wurde, und vor allem die Vorfreude auf das Rendezvous – alles verband sich zu einem Gesamteindruck, einem Gefühl der Lebensfreude. Dieses Gefühl war so stark, dass er unwillkürlich lächelte. Er nahm die Beine herab, legte das eine aufs Knie des anderen, fasste es mit der Hand und betastete die federnde Wade, die er sich gestern beim Sturz geprellt hatte, lehnte sich zurück und atmete ein paarmal aus voller Brust.

›Gut, sehr gut‹, sagte er sich. Auch früher war er sich seines Körpers oft freudig bewusst gewesen, aber niemals hatte er sich und seinen Körper so gern gemocht wie jetzt. Ihm war angenehm, in dem starken Bein den leichten Schmerz zu spüren, war angenehm, beim Atmen die Muskelbewegung der Brust zu spüren. Dieses klare, kalte Augustwetter, das auf Anna so niederdrückend gewirkt hatte, kam ihm erregend und belebend vor und erfrischte sein vom Wasser glühendes Gesicht und den Nacken. Der Duft der Brillantine im Schnurrbart kam ihm in dieser frischen Luft beson-

ders angenehm vor. Alles, was er vor dem Droschken-
fenster sah, alles in dieser kalten, reinen Luft, in diesem blassen Licht des Sonnenuntergangs, war so frisch,
heiter und stark wie er selbst: die Hausdächer, die unter den Strahlen der tiefstehenden Sonne glänzten, die
scharfen Umrisse der Zäune und Hausecken, die Gestalten der wenigen Fußgänger und die Equipagen, das
unbewegliche Grün der Bäume und des Grases und des
Ackers mit den gleichmäßig eingeschnittenen Kartof-
felfurchen wie auch die schrägen Schatten, die Häuser
wie Bäume wie Büsche und sogar die Kartoffelfur-
chen warfen. Alles war schön wie ein hübsches Land-
schaftsbild, gerade fertiggemalt und mit Lack überzogen.

»Fahr zu! Fahr zu!« sagte er, aus dem Fenster gebeugt, zum Kutscher; er holte einen Dreirubelschein
aus der Tasche und steckte ihn dem sich umblicken-
den Kutscher zu. Die Hand des Kutschers tastete nach
etwas bei der Laterne, dann war das Pfeifen der Knute
zu hören, und der Wagen rollte rasch über die ebene
Chaussce.

›Nichts brauche ich, gar nichts außer diesem Glück‹,
dachte er, den Blick auf den beinernen Klingelknopf
zwischen den Fenstern geheftet, und stellte sich Anna
vor, wie er sie das letztemal gesehen hatte. ›Und je länger, desto mehr liebe ich sie. Da ist ja der Garten von
Wredes Staatsdatscha. Und wo ist sie? Wo? Und warum? Wieso hat sie hier ein Rendezvous anberaumt und
schreibt an Betsys Brief?‹ überlegte er jetzt erst, aber
zum Überlegen war keine Zeit mehr. Er ließ den Kutscher noch vor der Allee halten, öffnete den Schlag,
sprang aus der noch fahrenden Kutsche und ging zur
Allee, die zum Haus führte. In der Allee war niemand;
aber als er nach rechts schaute, erblickte er sie. Ihr Gesicht war von einem Schleier verdeckt, aber sein freudiger Blick umfing den besonderen, nur ihr eigenen

Gang, die Neigung der Schultern und die Haltung des Kopfes, und sofort durchfuhr seinen Körper gleichsam ein elektrischer Schlag. Mit neuer Kraft spürte er sich selbst, von den federnden Bewegungen der Beine bis zur Bewegung der Lunge beim Atmen, und es juckte ihn auf den Lippen.

Als sie vor ihm stand, drückte sie ihm kräftig die Hand.

»Du bist mir nicht böse, dass ich dich kommen ließ? Ich musste dich unbedingt sehen«, sagte sie, und die ernst und streng aufeinandergepressten Lippen, die er unterm Schleier sah, ließ seine Stimmung sofort umschlagen.

»Ich und böse sein! Aber wie kommst du hierher, wohin willst du?«

»Das ist gleich«, sagte sie und legte ihren Arm auf den seinen, »gehn wir, ich muss mit dir reden.«

Er begriff, dass etwas passiert war und dieses Rendezvous nicht freudig zu werden versprach. In ihrer Gegenwart hatte er keinen eigenen Willen; ohne den Grund für ihre Unruhe zu kennen, spürte er bereits, dass diese Unruhe sich unwillkürlich auch ihm mitteilte.

»Was ist denn? was?« fragte er, drückte mit dem Ellbogen ihren Arm und suchte ihre Gedanken auf ihrem Gesicht zu lesen.

Sie ging schweigend ein paar Schritte, rang um Fassung, und plötzlich blieb sie stehen.

»Ich habe dir gestern nicht gesagt«, hob sie an, rasch und schwer atmend, »dass ich Alexej Alexandrowitsch, als ich mit ihm nach Hause fuhr, alles entdeckt habe ... gesagt habe, dass ich nicht mehr seine Frau sein kann und dass ... überhaupt alles gesagt habe.«

Er hörte ihr zu, neigte sich unwillkürlich mit dem ganzen Oberkörper vor, wie um ihr die schwierige Situation dadurch zu erleichtern. Aber sobald sie es gesagt hatte, richtete er sich plötzlich gerade, und sein Gesicht nahm einen stolzen und strengen Ausdruck an.

»Ja, ja, das ist besser, tausendmal besser! Ich verstehe, wie schwer das war«, sagte er.

Sie aber hörte nicht auf seine Worte, sie las ihm seine Gedanken vom Gesicht ab. Sie konnte nicht wissen, dass sein Gesichtsausdruck sich auf den Gedanken bezog, der Wronski als erster gekommen war – dass ein Duell jetzt unausweichlich sei. Ihr war der Gedanke an ein Duell nie in den Sinn gekommen, darum erklärte sie sich den flüchtigen Ausdruck von Strenge anders.

Als sie den Brief ihres Mannes erhalten hatte, wusste sie bereits in tiefster Seele, dass alles beim alten bliebe, dass sie nicht imstande wäre, ihre gesellschaftliche Stellung geringzuschätzen, den Sohn zu verlassen und sich mit ihrem Geliebten zu vereinen. Der bei Fürstin Twerskaja verbrachte Vormittag bestärkte sie noch darin. Trotzdem war dieses Rendezvous für sie außerordentlich wichtig. Sie hatte gehofft, dieses Rendezvous würde ihre Situation ändern und sie retten. Wenn er bei dieser Nachricht entschieden und leidenschaftlich, ohne einen Moment zu schwanken, gesagt hätte: »Lass alles im Stich und flieh mit mir!«, so hätte sie den Sohn verlassen und wäre mit ihm gegangen. Aber die Nachricht bewirkte bei ihm nicht, was sie erwartet hatte – er schien nur irgendwie beleidigt zu sein.

»Mir fiel das überhaupt nicht schwer. Es ergab sich von selbst«, sagte sie gereizt, »und hier ...« Sie zog den Brief ihres Mannes aus dem Handschuh.

»Ich verstehe, verstehe«, unterbrach er sie, nahm den Brief, las ihn aber nicht und suchte sie zu beruhigen, »nur das war mein Wunsch, nur das meine Bitte, die Situation zu sprengen, damit ich mein Leben deinem Glück weihen kann.«

»Weshalb sagst du mir das?« fragte sie. »Kann ich denn zweifeln daran? Würde ich zweifeln ...«

»Wer kommt da?« sagte Wronski plötzlich und deutete auf zwei entgegenkommende Damen. »Vielleicht kennen sie uns.« Und er zog sie eilends auf einen Seitenweg.

»Ach, mir ist das gleich!« sagte sie. Ihre Lippen zitterten. Und ihm war, als schauten ihre Augen ihn durch den Schleier sonderbar böse an. »Ich sage ja, es geht nicht darum, ich kann daran nicht zweifeln. Aber schau, was er mir schreibt. Lies es.« Sie blieb wieder stehen.

Wieder, wie im ersten Augenblick, bei der Nachricht vom Bruch mit ihrem Mann, gab Wronski sich beim Lesen des Briefes unwillkürlich dem natürlichen Eindruck hin, den das Verhältnis zu dem beleidigten Ehemann in ihm hervorrief. Jetzt, da er seinen Brief in Händen hielt, stellte er sich unwillkürlich die Forderung vor, die er noch heute oder morgen wohl zu Hause vorfinden würde, und das Duell selbst, wie er mit dem kalten und stolzen Gesichtsausdruck, der auch jetzt auf seinem Gesicht lag, in die Luft schießen und den Schuss des beleidigten Ehemanns erwarten würde. Und sogleich blitzte in seinem Kopf der Gedanke auf, den ihm Serpuchowskoi gerade gesagt und den er morgens selbst gedacht hatte, dass er sich besser nicht binden sollte, und er wusste, dass er ihr diesen Gedanken nicht vermitteln konnte.

Als er den Brief gelesen hatte, hob er die Augen zu ihr, und in seinem Blick war keine Festigkeit. Sie begriff sofort, dass er selbst schon vorher darüber nachgedacht hatte. Sie wusste, ganz gleich, was er nun sagte, er würde ihr nicht alles sagen, was er dachte. Und sie begriff, dass ihre letzte Hoffnung enttäuscht war. Nicht das hatte sie erwartet.

»Du siehst, was für ein Mensch das ist«, sagte sie mit zitternder Stimme, »er …«

»Verzeih, aber ich bin froh darüber«, unterbrach sie Wronski. »Lass mich, um Gottes willen, ausreden«,

fügte er hinzu, und sein Blick flehte, sie solle ihm Zeit
lassen, sich zu erklären. »Ich bin froh, denn es kann
nicht bleiben, auf gar keinen Fall bleiben, wie er sich
das vorstellt.«

»Warum kann es das nicht?« fragte Anna, die Tränen zurückhaltend; sie maß dem, was er sagen würde,
offenbar keine Bedeutung mehr bei. Sie fühlte, dass ihr
Schicksal entschieden war.

Wronski wollte sagen, dass es nach dem, seiner Meinung nach, unausweichlichen Duell nicht so weitergehen könne, doch er sagte etwas anderes.

»Es kann so nicht weitergehen. Ich hoffe, dass du
ihn jetzt verlässt. Ich hoffe« − er wurde verlegen und
errötete −, »dass du mir gestattest, unser Leben einzurichten und zu durchdenken. Morgen ...«, wollte er
fortfahren.

Sie ließ ihn nicht ausreden.

»Und mein Sohn?« rief sie. »Siehst du, was er
schreibt? ich müsste ihn verlassen, doch ich kann und
will das nicht.«

»Aber um Gottes willen, was ist denn besser? Den
Sohn zu verlassen oder diese demütigende Situation
weiterzuführen?«

»Demütigend für wen?«

»Für alle und am meisten für dich.«

»Du sagst demütigend ... sag das nicht. Diese Wör
ter sind für mich bedeutungslos«, sagte sie mit zitternder Stimme. Sie wollte nicht, dass er jetzt die Unwahrheit sagte. Ihr war allein seine Liebe geblieben, und sie
wollte ihn lieben. »Begreif doch, für mich hat sich seit
dem Tag, da ich dich liebgewann, alles verändert, alles.
Für mich gibt es einzig und allein − deine Liebe. Wenn
sie mein ist, so fühle ich mich so hoch über allem, so
sicher, dass nichts für mich demütigend sein kann. Ich
bin stolz auf meinen Zustand, denn ... bin stolz auf ...
stolz ...« Sie sprach nicht aus, worauf sie stolz war. Trä-

nen der Scham und der Verzweiflung erstickten ihr die Stimme. Sie stockte und brach in Schluchzen aus.

Er spürte ebenfalls, dass etwas ihm die Kehle hochstieg, in der Nase kitzelte, und zum erstenmal im Leben spürte er, dass er nah daran war zu weinen. Er hätte nicht sagen können, was genau ihn so rührte; sie tat ihm leid, und er spürte, dass er ihr nicht helfen konnte, und zugleich wusste er, dass er schuld war an ihrem Unglück, dass er etwas Ungutes getan hatte.

»Ist denn Scheidung nicht möglich?« fragte er mit schwacher Stimme. Ohne zu antworten, schüttelte sie den Kopf. »Ginge es denn nicht, den Sohn mitzunehmen und ihn doch zu verlassen?«

»Schon, aber das hängt alles von ihm ab. Jetzt muss ich zu ihm fahren«, sagte sie trocken. Ihr Vorgefühl, dass alles beim alten bliebe, hatte sie nicht getäuscht.

»Am Dienstag bin ich in Petersburg, und alles wird sich entscheiden.«

»Ja«, sagte sie. »Aber sprechen wir nicht mehr davon.«

Annas Kutsche, die sie weggeschickt und zum Gitter an Wredes Garten bestellt hatte, kam angefahren. Anna verabschiedete sich von Wronski und fuhr nach Hause.

XXIII

Am Montag fand die übliche Sitzung der Kommission vom 2. Juni statt. Alexej Alexandrowitsch betrat den Sitzungssaal, begrüßte die Kommissionsmitglieder und den Vorsitzenden wie sonst auch und setzte sich auf seinen Platz, die Hand auf den vor ihm bereitgelegten Akten. Unter diesen Akten waren auch die Auskünfte, die er brauchte, und sein Konzeptentwurf für die Erklärung, die er abzugeben beabsichtigte. Im übrigen brauchte er keine Auskünfte. Er hatte alles im Kopf und hielt es nicht für nötig, im Gedächtnis noch einmal durchzugehen, was er sagen wollte. Er wusste, wenn die Zeit gekommen wäre und wenn er das Gesicht seines Gegners vor sich sähe, wie dieser sich vergebens um eine gleichgültige Miene bemühte, würde seine Rede von allein besser strömen, als er sie jetzt vorbereiten könnte. Er hatte das Gefühl, dass der Inhalt seiner Rede so grandios war, dass jedes Wort Bedeutung hätte. Indes stellte er, während er dem üblichen Rapport lauschte, die allerunschuldigste, harmloseste Miene zur Schau. Wer auf seine weißen, von geschwollenen Adern durchzogenen Hände blickte, deren lange Finger so zärtlich beide Kanten des vor ihm liegenden weißen Blatts Papier betasteten, dazu auf den wie vor Müdigkeit seitwärts geneigten Kopf, hätte niemals gedacht, dass seinem Munde gleich Reden entströmen würden, die einen schrecklichen Sturm auslösen und die Kommissionsmitglieder dazu veranlassen sollten, einander schreiend ins Wort zu fallen, und den Vorsitzenden, auf Wahrung der Ordnung zu pochen. Als der Rapport zu Ende war, verkündete Alexej Alexandrowitsch mit seiner leisen, dünnen Stimme, er habe einige eigene Überlegungen betreffs der Eingliederung der Fremdvölker mitzuteilen. Die Aufmerksamkeit wandte sich ihm zu. Alexej Alexandrowitsch räusperte sich, und ohne einen Blick auf seinen Gegner, doch, wie er das immer tat bei seinen Reden, die Augen fest auf die erste beste vor ihm sitzende Person gerichtet, einen kleinen, friedlichen Greis, der in der Kommission niemals eine Meinung hatte, – so begann er seine Überlegungen vorzutragen. Als er zu dem grundlegenden und organischen Gesetz kam, sprang sein Gegner auf und begann zu widersprechen. Stremow, ebenfalls Kommissionsmitglied und ebenfalls empfindlich getroffen, fing an, sich zu rechtfertigen – durchweg verlief die Sitzung stürmisch; aber Alexej Alexandrowitsch triumphierte, und sein Vorschlag wurde angenommen; es wurden drei neue Kommissionen eingesetzt, und am nächsten Tag war in gewissen Petersburger Kreisen von nichts anderem die Rede als von dieser Sitzung. Alexej Alexandrowitschs Erfolg war sogar größer, als er erwartet hatte.

Am nächsten Morgen, dem Dienstag, erinnerte sich Alexej Alexandrowitsch, als er aufwachte, befriedigt an den gestrigen Sieg, und er konnte ein Lächeln nicht unterdrücken, obwohl er gleichgültig erscheinen wollte, als sein Kanzleivorsteher, um ihm zu schmeicheln, von den Gerüchten berichtete, die über das in der Kommission Vorgefallene zu ihm gedrungen waren.

Über seiner Beschäftigung mit dem Kanzleivorsteher vergaß Alexej Alexandrowitsch völlig, dass heute Dienstag war, der Tag, den er für Anna Arkadjewnas Ankunft festgesetzt hatte, und er war verwundert und unangenehm berührt, als ein Diener kam, um ihre Ankunft zu melden.

Anna war frühmorgens in Petersburg angekommen; auf ihr Telegramm hin war der Wagen für sie geschickt worden, deshalb konnte Alexej Alexandrowitsch von ihrer Ankunft wissen. Doch als sie ankam, empfing er sie nicht. Ihr wurde gesagt, er habe sich noch nicht gezeigt und sei mit dem Kanzleivorsteher beschäftigt. Sie ließ ihrem Mann ausrichten, dass sie angekommen sei, begab sich in ihr Boudoir und ging daran, ihre Sachen aufzuräumen, in der Erwartung, dass er käme. Doch es verging eine Stunde, und er kam nicht. Sie begab sich unter dem Vorwand, etwas anordnen zu müssen, ins Esszimmer und sprach absichtlich laut, in der Erwartung, dass er hereinkäme; doch er zeigte sich nicht, obwohl sie hörte, dass er den Kanzleivorsteher bis zur Tür seines Kabinetts begleitete. Sie wusste, dass er seiner Gewohnheit nach bald ins Amt fahren würde, und sie wollte ihn davor noch sehen, damit ihre Beziehungen geklärt wären.

Sie durchquerte den Saal und schritt entschlossen zu ihm. Als sie sein Kabinett betrat, saß er in Beamtenuniform, offenbar abfahrbereit, an einem kleinen Tisch, auf den er die Arme stützte, und schaute verzagt vor sich hin. Sie erblickte ihn schneller als er sie, und sie begriff, dass er über sie nachgedacht hatte.

Als er sie erblickte, wollte er aufstehen, überlegte es sich anders, dann wurde sein Gesicht feuerrot, was Anna noch nie gesehen hatte, und er stand rasch auf und kam ihr entgegen, wobei er ihr nicht in die Augen blickte, sondern höher, auf ihre Stirn und Frisur. Er trat zu ihr, fasste sie beim Arm und bat sie, Platz zu nehmen.

»Ich bin sehr froh, dass Sie gekommen sind«, sagte er und setzte sich neben sie, wollte offenbar noch etwas sagen, stockte aber. Ein paarmal wollte er anheben, unterließ es jedoch. Obwohl sie sich auf diese Begegnung vorbereitet und darauf eingestimmt hatte, ihn zu verachten und zu beschuldigen, wusste sie nicht, was sie ihm sagen sollte, und er tat ihr leid. So dauerte das Schweigen ziemlich lange. »Ist Serjoscha wohlauf?« fragte er, und ohne die Antwort abzuwarten, fügte er an: »Ich werde heute nicht zu Hause dinieren, und jetzt muss ich los.«

»Ich wollte eigentlich nach Moskau reisen«, sagte sie.

»Nein, Sie haben sehr, sehr gut daran getan, dass Sie hergekommen sind«, sagte er und verstummte erneut.

Da sie sah, dass er außerstande war, das Gespräch selbst zu beginnen, begann sie es.

»Alexej Alexandrowitsch«, sagte sie, blickte ihn an und senkte unter seinem auf ihre Frisur gerichteten Blick nicht die Augen, »ich bin eine frevelhafte Frau, ich bin eine schlechte Frau, aber ich bin, was ich gewesen bin, was ich Ihnen kürzlich gesagt habe, und ich komme jetzt, um Ihnen zu sagen, dass ich nichts daran ändern kann.«

»Ich habe Sie nicht danach gefragt«, sagte er plötz-

lich und schaute ihr entschlossen und voll Hass geradewegs in die Augen,»das habe ich vermutet.« Unterm
Einfluss des Zorns hatte er offenbar seine sämtlichen
Fähigkeiten wiedererlangt. »Aber wie ich Ihnen kürzlich sagte und schrieb«, fuhr er mit scharfer, dünner
Stimme fort,»wiederhole ich auch jetzt, dass ich nicht
verpflichtet bin, das zu wissen. Ich ignoriere es. Nicht
alle Ehefrauen sind so gütig wie Sie, ihren Ehemännern eine derart angenehme Nachricht schnellstmöglich mitzuteilen.« Er betonte besonders das Wort
»angenehm«. »Ich ignoriere es, solange die Gesellschaft
es nicht weiß, solange mein Name nicht befleckt ist.
Darum will ich Sie lediglich vorwarnen, dass unser Verhältnis so sein muss, wie es immer gewesen ist, und dass
nur in dem Fall, wenn Sie sich kompromittieren,
ich Maßnahmen ergreifen muss, um meine Ehre zu
wahren.«

»Aber unser Verhältnis kann nicht so sein wie immer«, hob Anna mit schüchterner Stimme an, den erschrockenen Blick auf ihn gerichtet.

Als sie wieder diese ruhigen Gesten sah, diese durchdringende, kindliche und spöttische Stimme hörte,
löschte der Abscheu das vorherige Mitleid in ihr aus,
und sie hatte nur noch Angst, wollte aber ihre Lage klären, koste es, was es wolle.

»Ich kann nicht Ihre Frau sein, da ich ...« hob sie an.

Er brach in ein böses und kaltes Lachen aus.

»Anscheinend hat die Lebensweise, die Sie gewählt haben, sich auf Ihre Vorstellungen ausgewirkt.
Ich achte oder verachte dermaßen das eine wie das andere ... ich achte Ihre Vergangenheit und verachte Ihre
Gegenwart ... dass ich weit von der Interpretation entfernt bin, die Sie meinen Worten geben.«

Anna seufzte und senkte den Kopf.

»Im übrigen begreife ich nicht, wie jemand wie Sie,
bei soviel Unabhängigkeit«, fuhr er fort, mehr und

mehr in Zorn, »dass Sie dem Ehemann schlankweg Ihre
Untreue verkünden und daran, allem Anschein nach,
nichts anstößig finden, wie Sie es dann anstößig finden
können, Ihrem Mann gegenüber die Pflichten der Ehefrau zu erfüllen?«

»Alexej Alexandrowitsch! Was erwarten Sie von
mir?«

»Ich erwarte, dass ich diesem Menschen hier nicht
begegne und dass Sie sich so aufführen, dass weder die
Gesellschaft noch die Dienerschaft Sie beschuldigen könnte ... dass Sie ihn nicht treffen. Das ist, scheint
mir, nicht viel. Dafür werden Sie alle Rechte einer ehr-
baren Frau genießen, ohne deren Pflichten zu erfüllen.
Das ist alles, was ich Ihnen zu sagen habe. Jetzt muss ich
los. Ich diniere nicht zu Hause.«

Er stand auf und wandte sich zur Tür. Anna stand
ebenfalls auf. Er verneigte sich schweigend und ließ
sie vor.

XXIV

Die Nacht, die Lewin auf dem Heuhaufen verbracht
hatte, war nicht spurlos an ihm vorübergegangen: Die
Wirtschaft, wie er sie führte, war ihm nun zuwider, er
verlor jegliches Interesse daran. Trotz der ausgezeichneten Ernte hatte es noch nie – zumindest nach seinem
Eindruck noch nie – so viele Misserfolge und so viele
Feindseligkeiten zwischen ihm und den Bauern gegeben wie in diesem Jahr, und der Grund für die Misserfolge und diese Feindschaft war ihm nun vollkommen verständlich. Der Reiz, den die körperlicher Arbeit
auf ihn ausgeübt hatte, als Folge davon das nähere Verhältnis zu den Bauern, der Neid, den er auf sie und auf
ihr Leben empfand, der Wunsch, zu diesem Leben überzuwechseln, der in jener Nacht für ihn kein Wunsch-

traum mehr, sondern eine Absicht war, deren Umsetzung er bis ins Detail durchdachte – all das hatte
seine Sicht auf die Gutswirtschaft so verändert, dass er
einfach nicht dasselbe Interesse daran fand wie früher
und sein unersprießliches Verhältnis zu den Arbeitern,
die Grundlage von allem, nicht mehr außer acht lassen konnte. Die Herde besserer Kühe, solcher wie Pawa,
der ganze gedüngte, mit neuen Pflügen umgebroche-
ne Ackerboden, die neun gleichgroßen Felder, alle mit
Weiden umpflanzt, die neunzig Desjatinen mit tief un-
tergepflügtem Mist, die Reihensämaschinen usw. – all
das wäre wunderbar gewesen, hätte er es selbst oder gemeinsam mit Kameraden zuwege gebracht, mit Menschen, die fühlten wie er. Aber jetzt sah er klar (seine
Arbeit an dem Buch über eine Landwirtschaft, in der
das wichtigste Wirtschaftselement der Arbeiter sein
sollte, hatte ihm dabei sehr geholfen) – er sah jetzt klar,
dass die Wirtschaft, wie er sie führte, nichts als ein er-
bitterter und hartnäckiger Kampf zwischen ihm und
den Arbeitern war, dabei herrschte auf der einen Seite,
seiner Seite, ständig das angespannte Streben, alles um-
zuändern nach einem, wie er meinte, besseren Vorbild,
auf der anderen Seite jedoch die natürliche Ordnung
der Dinge. Und er sah, dass in diesem Kampf, bei riesigem Kraftaufwand von seiner Seite und ohne jede
Anstrengung und sogar Absicht von der anderen, lediglich erreicht wurde, dass die Wirtschaft auf der Stelle
trat und wunderbares Arbeitsgerät und Vieh und wunderbarer Boden vollkommen sinnlos ruiniert wurden.
Vor allem aber – nicht nur, dass die dafür aufgewandte
Energie vollkommen nutzlos verpuffte, er konnte jetzt,
da der Sinn seines Wirtschaftens für ihn offen zutage
lag, auch nicht mehr übersehen, dass das Ziel solchen
Energieaufwands die Sache nicht wert war. Denn worum ging im wesentlichen der Kampf? Er verteidigte
jeden Groschen (und musste ihn verteidigen, denn ließe

er nur ein wenig in seiner Energie nach, würde ihm
das Geld nicht reichen, die Arbeiter zu bezahlen), sie
jedoch verteidigten nur ihre ruhige und behagliche
Arbeitsweise, also das, was sie gewohnt waren. In seinem Interesse war, dass jeder Arbeiter möglichst viel
wegschaffte, zudem dass er nicht träumte dabei, dass er
sich bemühte, die Kornschwingen, Pferdeharken und
Dreschmaschinen nicht kaputtzumachen, und dass er
mit dem Kopf bei der Sache war; der Arbeiter dagegen wollte so behaglich wie möglich arbeiten, mit Pausen, und vor allem − sorglos und unbeschwert, ohne
Kopfzerbrechen. Lewin sah das in diesem Sommer auf
Schritt und Tritt. Er hatte Klee fürs Heu mähen lassen,
hatte dazu schlechte Desjatinen ausgewählt, auf denen
Unkraut und Wermut wuchsen und die für Saatklee
nicht taugten − und sie mähten ihm nacheinander die
besten Desjatinen Saatklee ab, rechtfertigten sich dann,
so habe es der Verwalter befohlen, und wollten ihn damit trösten, das Heu werde vorzüglich; aber er wusste,
das kam nur daher, weil diese Desjatinen leichter zu
mähen waren. Er hatte den Heuwender geschickt, das
Heu aufzuschütteln − den machten sie schon bei den
ersten Reihen kaputt, weil es langweilig war für einen
Bauern, auf dem Bock zu sitzen, während sich über ihm
die Flügel schwenkten. Und ihm sagten sie:»Nun machen Sie sich doch keine Sorgen, die Weiber haben das
schnell aufgeschüttelt.« Pflüge waren untauglich geworden, weil es dem Arbeiter nicht eingefallen war, das
hochgestellte Sech herunterzulassen, und da er mit Gewalt umwendete, schindete er die Pferde und verdarb
den Boden; und ihn baten sie, ruhig zu bleiben! Die
Pferde hatten sie in den Weizen laufen lassen, weil kein
Arbeiter Nachthüter sein wollte, und trotz des Befehls,
dies nicht zu tun, wechselten sich die Arbeiter in der
Nachthut ab, und Wanka war nach einem langen Arbeitstag eingeschlafen und bereute sein Vergehen und

sagte: »Euer Wille geschehe«. Drei der besten Kälber hatten sie überfüttert, weil sie sie ohne Tränke aufs Kleegrummet ließen, und wollten um keinen Preis glauben, dass der Klee sie so aufgetrieben habe, sondern erzählten zum Trost, wie beim Nachbarn hundertzwölf Stück Vieh in drei Tagen eingegangen seien. Zu alledem kam es, nicht weil jemand Lewin oder seiner Gutswirtschaft Böses gewollt hätte; im Gegenteil, er wusste, dass sie ihn mochten, für einen einfachen Herrn hielten (was das höchste Lob war); es kam nur deshalb dazu, weil sie gerne heiter und sorglos arbeiten wollten, und seine Interessen waren ihnen nicht nur fremd und unverständlich, sondern ihren eigenen berechtigten Interessen auch fatal entgegengesetzt. Schon lange hatte Lewin über seine Einstellung zur Gutswirtschaft Unbehagen empfunden. Er hatte gesehen, dass sein Boot leckte, aber er fand das Leck nicht und suchte auch nicht danach, vielleicht täuschte er sich absichtlich. Aber nun konnte er sich nicht länger täuschen. Die Wirtschaft, wie er sie führte, war ihm nicht nur uninteressant geworden, sondern widerlich, und er konnte sich nicht länger damit abgeben.

Dazu kam noch, dass dreißig Werst von ihm entfernt Kitty Schtscherbazkaja sich aufhielt, die er gerne gesehen hätte und nicht sehen konnte. Darja Alexandrowna Oblonskaja hatte ihn, als er sie besuchte, zu kommen aufgefordert, zu kommen mit dem Ziel, ihrer Schwester erneut einen Heiratsantrag zu machen, den diese, wie sie merken ließ, nun annehmen würde. Lewin selbst hatte, als er Kitty Schtscherbazkaja erblickte, erkannt, dass er sie nach wie vor liebte; aber er konnte nicht zu den Oblonskis fahren, solange er sie dort wusste. Dass er ihr den Antrag gemacht und sie ihn abgewiesen hatte, lag als unüberwindliche Mauer zwischen ihm und ihr. ›Ich kann sie doch nicht allein deshalb bitten, meine Frau zu sein, weil sie nicht die Frau dessen sein kann, den sie wollte‹, sagte er sich. Der Gedanke daran ließ ihn kalt und feindselig werden ihr gegenüber. ›Ich wäre nicht imstande, ohne innere Vorwürfe mit ihr zu sprechen, ohne Erbitterung sie anzuschauen, und sie würde mich nur noch mehr hassen, wie auch nicht. Außerdem, wie könnte ich nach allem, was Darja Alexandrowna mir gesagt hat, jetzt zu ihnen fahren? Könnte ich denn verbergen, dass ich weiß, was sie mir gesagt hat? Somit käme ich großmütig an, um ihr zu verzeihen, mich ihrer zu erbarmen. Ich vor ihr in der Rolle des Verzeihenden, sie mit seiner Liebe Beglückenden! Weshalb hat Darja Alexandrowna mir das gesagt? Zufällig hätte ich sie sehen können, dann hätte sich alles von allein ergeben, aber jetzt ist das unmöglich, unmöglich!‹

Darja Alexandrowna schickte ihm ein Billett, sie bat ihn um einen Damensattel für Kitty. »Man sagt mir, Sie hätten einen Sattel«, schrieb sie ihm. »Ich hoffe, dass Sie ihn selbst herbringen.«

Das war ihm nun völlig unerträglich. Wie konnte eine kluge, feinfühlige Frau so ihre Schwester erniedrigen! Er schrieb zehn Billetts und zerriss sie alle und schickte den Sattel ohne jede Antwort. Schreiben, dass er komme, konnte er nicht, denn er konnte nicht kommen; schreiben, dass er nicht kommen könne, weil er einfach nicht könne oder verreise, wäre noch übler gewesen. Er schickte den Sattel ohne Antwort, und in dem Bewusstsein, etwas Peinliches getan zu haben, übergab er die ihm überdrüssig gewordene Gutswirtschaft dem Verwalter und reiste am nächsten Tag in einen abgelegenen Landkreis zu seinem Freund Swijaschski, in dessen Nähe es wunderbare Schnepfensümpfe gab und der ihm unlängst geschrieben hatte, er möge doch seine alte Absicht wahrmachen und ihn besuchen. Die Schnepfensümpfe im Surowschen Landkreis lockten Lewin seit langem, doch wegen seiner Gutswirtschaft

hatte er die Reise immer wieder aufgeschoben. Jetzt
war er froh, dass er der Nachbarschaft der Schtscherbazkis und vor allem der Gutswirtschaft entfliehen
konnte, und das zur Jagd, die ihm bei allen Kümmernissen stets der beste Trost war.

XXV

Zum Surowschen Kreis führte weder eine Eisenbahn-
noch eine Postverbindung, so reiste Lewin im Tarantas
mit eigenem Gespann.

Auf halbem Weg machte er halt, um bei einem reichen Bauern die Pferde zu füttern. Der glatzköpfige,
rüstige Alte mit breitem rotem Bart, grau an den Wangen, sperrte das Tor auf und drückte sich an den Pfosten, um die Troika durchzulassen. Dem Kutscher wies
der Alte auf dem großen, sauberen und aufgeräumten
neuen Hof mit den angekohlten Hakenpflügen einen
Platz unterm Vordach an, und Lewin bat er in die gute
Stube. Eine sauber gekleidete junge Frau, Galoschen an
den bloßen Füßen, wischte vorgebeugt den Boden in der
neuen Diele. Sie erschrak über den Hund, der hinter
Lewin hereinlief, und schrie auf, musste aber gleich selber über ihren Schreck lachen, als sie hörte, der Hund
mache nichts. Ihr freigekrempelter Arm wies Lewin auf
die Tür zur Stube, dann beugte sie sich wieder vor, verbarg so ihr schönes Gesicht und putzte weiter.

»Den Samowar, oder?« fragte sie.

»Ja, bitte.«

Die Stube war groß, mit Kachelofen und Trennwand.
Unter den Heiligenbildern standen ein verzierter Tisch,
eine Bank und zwei Stühle. Beim Eingang befand sich
ein Geschirrschränkchen. Die Fensterläden waren geschlossen, Fliegen gab es kaum, und so sauber war es,
dass Lewin befürchtete, Laska, die unterwegs gerannt

war und in Pfützen gebadet hatte, könnte den Boden beflecken, und er wies ihr in der Ecke bei der Tür einen Platz an. Nach Musterung der Stube trat Lewin hinaus auf den Hinterhof. Die ansehnliche junge Frau in Galoschen lief, zwei schaukelnde Wassereimer am Schulterjoch, vor ihm her, um Wasser zu holen vom Brunnen.

»Mach mir voran!« rief der Alte ihr fröhlich zu und trat zu Lewin. »So, gnädiger Herr, Sie fahren zu Nikolai Iwanowitsch Swijaschski? Er schaut auch oft bei uns herein«, hob er redselig an, aufs Treppengeländer gestützt.

Mitten in des Alten Erzählung über seine Bekanntschaft mit Swijaschski quietschte erneut das Tor, und auf den Hof kamen Landarbeiter mit Pflügen und Eggen vom Feld. Die an die Pflüge und Eggen gespannten Pferde waren wohlgenährt und groß. Die Arbeiter, zwei junge mit Kattunhemden und Schirmmützen, gehörten offenbar zur Familie; die anderen beiden, in hänfenen Hemden, der eine alt, der andere ein junger Bursche, waren gedungen. Der Bauer ging von der Treppe zu den Pferden und begann, sie auszuspannen.

»Was haben sie gepflügt?« fragte Lewin.

»Die Kartoffeln haben sie aufgepflügt. Wir halten uns auch ein bisschen Ackerland. Fedot, nimm nicht den Wallach, stell ihn an den Trog, wir spannen ein anderes ein.«

»Was ist, Väterchen, ich brauch doch die Pflugscharen, hast du sie gebracht?« fragte der große, kräftige Kerl, offenbar der Sohn des Alten.

»Dort, auf dem Schlitten.« Der Alte wickelte die rundherum abgenommenen Lenkseile auf und warf sie zu Boden. »Setz sie ein, während gegessen wird.«

Die ansehnliche junge Frau ging mit den vollen, ihre Schultern niederdrückenden Wassereimern zur Diele. Irgendwoher tauchten noch mehr Weiber auf, junge und schöne, mittelalte und alte, unschöne, mit und ohne Kinder.

In der Röhre des Samowars summte es; Arbeiter und Familienangehörige hatten die Pferde versorgt und gingen zum Essen. Lewin holte seinen Proviant aus dem Wagen und lud den Alten zum Tee ein.

»Haben wir ja heut schon getrunken«, sagte der Alte und nahm die Einladung an, sichtlich mit Vergnügen. »Höchstens zur Gesellschaft.«

Beim Tee erfuhr Lewin die ganze Geschichte dieses Bauernhofs. Der Alte hatte vor zehn Jahren von einer Gutsbesitzerin hundertzwanzig Desjatinen gepachtet, im letzten Jahr hatte er sie gekauft und von einem benachbarten Gutsbesitzer noch dreihundert dazugepachtet. Einen kleinen Teil des Ackerlands, den schlechteren, verpachtete er weiter, um die vierzig Desjatinen beackerte er selbst mit seiner Familie und zwei gedungenen Taglöhnern. Der Alte klagte, es stehe schlecht. Aber Lewin merkte, dass er nur anstandshalber klagte, dass seine Wirtschaft vielmehr gedieh. Wäre es schlecht gestanden, hätte er nicht zu je hundertfünf Rubel das Land gekauft, nicht drei Söhne und einen Neffen verheiratet, nicht zweimal nach Bränden neu gebaut, und das besser und besser. Trotz der Klagen des Alten war zu sehen, dass er zu Recht stolz war auf seinen Wohlstand, stolz auf seine Söhne, den Neffen, die Schwiegertöchter, die Pferde, Kühe und besonders darauf, dass die ganze Wirtschaft sich hielt. Aus dem Gespräch mit dem Alten erfuhr Lewin, dass er keineswegs gegen Neuerungen war. Er baute viel Kartoffeln an, und seine Kartoffeln, die Lewin beim Herfahren gesehen hatte, waren schon abgeblüht und hatten Fruchtknoten angesetzt, während sie bei Lewin erst zu blühen begannen. Er pflügte zwischen den Kartoffeln mit einem Pflug, den er vom Gutsherrn lieh. Er säte Weizen. Ein kleines Detail, nämlich dass der Alte beim Ausdünnen des Roggens den ausgedünnten Roggen den Pferden verfütterte, verblüffte Lewin besonders. Wie oft hatte Lewin, wenn er dieses prächtige, unnütz verkommende Futter sah, es einsammeln lassen wollen; aber immer erwies sich das als unmöglich. Bei dem Bauern wurde das gemacht, und er konnte dieses Futter nicht genug rühmen.

»Was haben die Weiber schon zu tun? Sie tragen sie in Häufchen zum Weg, dann fährt der Karren vorbei.«

»Bei uns, den Gutsherren, läuft mit den Taglöhnern alles schlecht«, sagte Lewin und reichte ihm noch ein Glas Tee.

»Man dankt«, antwortete der Alte, nahm das Glas, lehnte den Zucker jedoch ab und deutete auf sein übriggebliebenes, angebissenes Stückchen. »Wo lässt es sich schon mit Taglöhnern wirtschaften?« sagte er. »Das reinste Elend! Zum Beispiel Swijaschski. Unsereiner weiß doch, was für ein Boden das ist, krümelig, trotzdem, der Herr kann mit seinen Ernten nicht arg großtun. Die Aufsicht fehlt!«

»Aber du wirtschaftest doch mit Taglöhnern?«

»Alles Bauernarbeit. Können wir alles selber. Taugt einer nichts — fort mit ihm, wir kommen auch mit unseren Leuten zurecht.«

Das Weib in Galoschen kam herein. »Väterchen, ich soll für Finogen Teer holen.«

»So ist das, gnädiger Herr!« sagte der Alte, stand auf, bekreuzigte sich ausgiebig, dankte Lewin und ging hinaus.

Als Lewin in die Küchenhütte trat, um seinen Kutscher zu holen, saß dort die gesamte männliche Familie bei Tisch. Die Frauen saßen nicht, sie bedienten. Der junge, kräftige Sohn, den Mund voller Grütze, erzählte etwas Komisches, und alle lachten laut, besonders fröhlich das Weib in Galoschen, das gerade Kohlsuppe nachfüllte.

Mag schon sein, dass das ansehnliche Gesicht des

Weibs in Galoschen viel zu dem Eindruck von Wohlstand beitrug, den dieser Bauernhof auf Lewin machte, aber der Eindruck war so stark, dass Lewin nicht
davon loskommen konnte. Und auf dem ganzen Weg
vom Alten zu Swijaschski fiel ihm immer wieder diese
Bauernwirtschaft ein, als ob an diesem Eindruck etwas
wäre, das seine besondere Beachtung verlangte.

XXVI

Swijaschski war in seinem Landkreis Adelsmarschall.
Er war fünf Jahre älter als Lewin und längst verheiratet. In seinem Haus lebte seine Schwägerin, ein junges
Mädchen, das Lewin sehr sympathisch war. Und Lewin
wusste, dass Swijaschski und seine Frau dieses Mädchen
zu gern mit ihm verheiraten würden. Er wusste das so
sicher, wie junge Männer, sogenannte Freier, das immer
wissen, auch wenn er das nie irgendwem hätte sagen
können, und wiewohl er heiraten wollte und wiewohl
dieses durchaus anziehende Mädchen allem Anschein
nach eine prächtige Ehefrau abgeben würde, wusste er
außerdem, dass er sie ebensowenig heiraten könnte wie
zum Himmel hochfliegen, selbst wenn er nicht in Kitty
Schtscherbazkaja verliebt wäre. Und dieses Wissen vergällte ihm das Vergnügen, das er sich von der Reise zu
Swijaschski erhoffte.

Als er Swijaschskis Brief mit der Einladung zur
Jagd erhielt, war ihm dieser Gedanke sofort gekommen, doch er entschied, derartige Absichten Swijaschskis seien lediglich seine eigene, unbegründete Vermutung, darum würde er trotzdem fahren. In tiefster
Seele wollte er zudem sich prüfen, ob er nicht doch zu
dem Mädchen passte. Swijaschskis häusliches Leben
war in höchstem Maße angenehm, und Swijaschski
selbst, der beste Typus eines landständischen Politikers,

den Lewin kannte, war für ihn jedesmal außerordentlich interessant.

Swijaschski war einer der für Lewin stets erstaunlichen Menschen, deren Denken zwar sehr folgerichtig, aber niemals selbständig in eigenen Bahnen verlief, während ihr Leben außerordentlich bestimmt und unbeirrbar zielgerichtet in anderen Bahnen verlief, vollkommen unabhängig von ihrem Denken und meist in Widerspruch dazu. Swijaschski war ein außerordentlich liberaler Mann. Er verachtete den Adel und hielt die meisten Adligen für heimliche Befürworter der Leibeigenschaft, die sich nur aus Furchtsamkeit nicht offen erklärten. Russland hielt er für verloren, für ein Land wie die Türkei, und Russlands Regierung für so schlecht, dass er sich nicht einmal ernsthafte Kritik an der Politik dieser Regierung gestattete, zugleich hatte er ein Amt und war ein mustergültiger Adelsmarschall, und auf Reisen trug er immer die Mütze mit der Kokarde und roten Paspelierung. Er war der Ansicht, ein menschenwürdiges Leben sei nur im Ausland möglich, wohin er auch reiste bei jeder sich bietenden Gelegenheit, doch zugleich leitete er in Russland eine sehr komplizierte und hochentwickelte Gutswirtschaft, verfolgte alles mit außerordentlichem Interesse und wusste alles, was sich in Russland tat. Den russischen Bauern sah er in seiner Entwicklung auf einer Übergangsstufe zwischen Affe und Mensch stehen, zugleich drückte er bei den Semstwo-Wahlen bereitwilliger als alle anderen den Bauern die Hand und hörte sich ihre Meinungen an. Er glaubte weder an Tod noch bösen Blick, kümmerte sich aber sehr darum, die Lebensbedingungen der Geistlichkeit zu verbessern und die Pfarreien zu verkleinern, und besonders eingesetzt hatte er sich dafür, dass in seinem Dorf die Kirche erhalten blieb.

In der Frauenfrage war er auf der Seite derer, die radikal die völlige Freiheit der Frauen verfochten, insbesondere ihr Recht auf Arbeit, lebte aber derart mit seiner Frau, dass jedermann von ihrem einträchtigen kinderlosen Familienleben entzückt war, und hatte seiner Frau das Leben derart eingerichtet, dass sie nichts tat und nichts tun konnte, außer sich ihrem Mann und dem besten und vergnüglichsten Zeitvertreib zu widmen.

Wenn Lewin nicht die Eigenheit gehabt hätte, sich die Menschen von ihrer besten Seite zu erklären, hätte Swijaschskis Charakter ihn vor keine Schwierigkeit oder Frage gestellt; er hätte sich gesagt: ein Narr oder ein Nichtsnutz, und alles wäre klar gewesen. Aber Narr konnte er nicht sagen, denn Swijaschski war ohne Zweifel ein nicht nur sehr gescheiter, sondern auch sehr gebildeter Mann, der von seiner Bildung äußerst wenig Aufhebens machte. Es gab nichts, wovon er nichts gewusst hätte; aber er zeigte sein Wissen nur, wenn er dazu gezwungen war. Noch weniger konnte Lewin sagen, er sei ein Nichtsnutz, denn Swijaschski war ohne Zweifel ein ehrlicher, guter, gescheiter Mann, der heiter, lebhaft und ohne Unterlass Dinge tat, die von seiner gesamten Umgebung hoch geschätzt wurden, und ganz sicher hatte er niemals bewusst etwas Schlechtes getan oder hätte es je tun können.

Lewin suchte ihn zu begreifen und begriff ihn nicht und schaute auf ihn und sein Leben jedesmal wie auf ein lebendes Rätselbild.

Sie waren befreundet, Lewin und er, darum erlaubte sich Lewin, Swijaschski auszuforschen, seiner Lebensauffassung bis auf den Grund zu gehen; aber es war immer vergebens. Jedesmal, wenn Lewin versuchte, weiter vorzudringen als zu den Empfangsräumen von Swijaschskis Geist, deren Türen allen offen standen, bemerkte er, dass Swijaschski leicht verlegen wurde; kaum merklicher Schrecken lag in seinem Blick, wie wenn er befürchtete, Lewin würde ihn durchschauen, und er leistete gutmütig und heiter Gegenwehr.

Jetzt, nach seiner Enttäuschung in der Gutswirtschaft, war es Lewin besonders angenehm, bei Swijaschski zu Besuch zu sein. Abgesehen davon, dass der
Anblick dieser glücklichen, mit sich und der Welt zu-
friedenen Turteltauben und ihres wohleingerichteten
Nests ihn einfach aufheiterte, wollte er nun, da er mit
seinem Leben so unzufrieden war, zu jenem Geheimnis vordringen, das Swijaschski soviel Klarheit, Bestimmtheit und Heiterkeit im Leben verlieh. Außerdem wusste Lewin, dass er bei Swijaschski Gutsbesitzer
aus der Nachbarschaft antreffen würde, und für ihn war
es nun besonders interessant, über die Wirtschaft zu
reden und jenen Gesprächen über die Ernte, das Dingen von Taglöhnern usw. zu lauschen, die, das wusste
Lewin, gemeinhin als etwas sehr Niedriges galten, die
Lewin jetzt aber als die einzig wichtigen erschienen.
›Das war vielleicht zur Zeit der Leibeigenschaft nicht
wichtig oder ist in England nicht wichtig. In beiden
Fällen sind die Bedingungen klar; bei uns aber, da nun
alles umgewälzt ist und sich erst wieder neu gestaltet,
ist die Frage, wie diese Bedingungen sich gestalten werden, die einzig wichtige in Russland‹, dachte Lewin.
    Die Jagd war schlechter, als Lewin erwartet hatte.
Der Sumpf war ausgetrocknet, und Schnepfen gab es
überhaupt keine. Er zog den ganzen Tag umher und
brachte nur drei Stück mit, brachte aber, wie immer von
der Jagd, einen ausgezeichneten Appetit mit, eine aus-
gezeichnete Stimmung und jene hellwache Geistesverfassung, mit der starke körperliche Bewegung bei ihm
stets einherging. Und auf der Jagd, während er eigentlich an gar nichts dachte, fiel ihm immer mal wieder
der Alte mit seiner Familie ein, und dieser Eindruck
schien nicht nur Beachtung zu verlangen, sondern auch
die Lösung von etwas, das damit zusammenhing.
    Abends beim Tee entspann sich in Gegenwart zwei-
er Gutsbesitzer, die wegen irgendwelcher Vormund-

schaftsangelegenheiten gekommen waren, jenes interessante Gespräch, auf das Lewin gehofft hatte.

Lewin saß neben der Gastgeberin am Teetisch und musste mit ihr und der Schwägerin, die ihm gegenübersaß, Konversation machen. Die Gastgeberin war eine rundgesichtige, weißblonde und mittelgroße Frau, sprühend vor Grübchen und Lächeln. Lewin suchte über sie jenes wichtige Rätsel herauszubekommen, das ihr Mann für ihn darstellte; aber er verfügte nicht ganz über die Freiheit des Denkens, da er sich qualvoll befangen fühlte. Qualvoll befangen fühlte er sich, denn ihm gegenüber saß die Schwägerin in einem besonderen, wie ihm vorkam, für ihn angelegten Kleid mit einem besonderen trapezförmigen Ausschnitt auf dem weißen Busen; trotzdem dass der Busen sehr weiß war oder insbesondere weil er sehr weiß war, nahm dieser viereckige Ausschnitt ihm die Freiheit des Denkens. Er bildete sich ein, gewiss irrtümlicherweise, dieser Ausschnitt sei speziell seinetwegen gefertigt worden, und hielt sich nicht für berechtigt, darauf zu schauen, und bemühte sich, nicht darauf zu schauen; aber er hatte das Gefühl, schon deshalb schuldig zu sein, weil der Ausschnitt gefertigt worden war. Lewin kam es vor, als würde er jemanden täuschen, als müsste er etwas erklären, was sich aber gar nicht erklären ließ, und darum wurde er unablässig rot, war unruhig und befangen. Seine Befangenheit übertrug sich auch auf die hübsche Schwägerin. Aber die Gastgeberin schien das nicht zu bemerken und zog sie absichtlich ins Gespräch.

»Sie sagen«, führte die Gastgeberin das begonnene Gespräch fort, »meinen Mann könne alles Russische nicht interessieren. Im Gegenteil, er ist im Ausland heiter, aber nie so wie hier. Hier fühlt er sich in seinem Element. Er hat soviel zu tun, und er hat die Gabe, sich für alles zu interessieren. Oh, Sie waren nicht in unserer Schule?«

»Ich habe sie gesehen ... Das Häuschen, das mit Efeu überwachsen ist?«

»Ja, das ist Nastjas Werk«, sagte sie und wies auf ihre Schwester.

»Unterrichten Sie selbst?« fragte Lewin und suchte an dem Ausschnitt vorbeizuschauen, doch er merkte, wohin er auch schaute in jener Richtung, er würde immer den Ausschnitt sehen.

»Ja, ich habe selbst unterrichtet und unterrichte noch, aber wir haben eine prächtige Lehrerin. Turnen haben wir auch eingeführt.«

»Nein, ich danke, ich möchte keinen Tee mehr«, sagte Lewin, und obwohl er merkte, dass er sich unhöflich verhielt, war er außerstande, dieses Gespräch fortzusetzen, und stand errötend auf. »Ich höre dort ein sehr interessantes Gespräch«, fügte er hinzu und ging zum anderen Tischende, wo der Hausherr mit den beiden Gutsbesitzern saß. Swijaschski saß schräg zum Tisch, drehte, den Arm aufgestützt, mit der einen Hand die Tasse, mit der anderen hielt er den Bart in der Faust gepackt und führte ihn mal zur Nase, mal ließ er ihn wieder los, als ob er daran schnupperte. Seine funkelnden schwarzen Augen schauten unverwandt auf den aufgebrachten Gutsbesitzer mit dem grauen Schnurrbart, und offenbar fand er, was dieser sagte, amüsant. Der Gutsbesitzer klagte über das Volk. Lewin sah, dass Swijaschski auf die Klagen des Gutsbesitzers eine Antwort wusste, die das Gesagte in Grund und Boden verdammen würde, doch aufgrund seiner Stellung konnte er diese Antwort nicht geben und lauschte nicht ohne Vergnügen, was der Gutsbesitzer Komisches sagte.

Der Gutsbesitzer mit dem grauen Schnurrbart war offenbar ein eingefleischter Verfechter der Leibeigenschaft, ein langjähriger Landbewohner und passionierter Landwirt. Anzeichen dafür fand Lewin auch an seiner Kleidung, dem altmodischen, abgewetzten Überrock, der dem Gutsbesitzer sichtlich ungewohnt war, an seinen klugen, mürrischen Augen, seiner wohlgesetzten Rede, an dem offenbar durch lange Übung angenommenen Befehlstonfall und an den entschiedenen Bewegungen der großen, schönen, sonnengebräunten Hände mit einem einzigen alten Ehering am Ringfinger.

XXVII

»Wenn es einen bloß nicht so dauern würde, aufzugeben, was geschaffen ist … soviel Arbeit steckt darin … ich würde alles hinschmeißen, würde verkaufen, verreisen wie Nikolai Iwanytsch … mir ›Die schöne Helena‹ anhören«, sagte der Gutsbesitzer, und ein angenehmes Lächeln erhellte sein kluges altes Gesicht.

»Aber Sie geben ja nicht auf«, sagte Nikolai Iwanowitsch Swijaschski, »folglich ist da ein Nutzen.«

»Der einzige Nutzen ist, dass ich in meinem Haus wohne, das nicht gekauft ist, nicht gemietet. Auch hofft man immer noch, das Volk würde Vernunft annehmen. Dabei, Sie können mir glauben – nur Trunksucht, nur Liederlichkeit! Alles haben sie umverteilt, kein Pferd mehr, keine Kuh! Krepieren vor Hunger, aber dingen Sie einen als Taglöhner, ist er nur erpicht, viel kaputtzumachen, und zieht dann noch vor den Friedensrichter.«

»Dafür erheben auch Sie beim Friedensrichter Klage«, sagte Swijaschski.

»Ich? Klage? Um nichts auf der Welt! Da geht ein Gerede los, dass man seiner Klage nicht froh wird. Neulich, in der Fabrik, nehmen die ihr Handgeld und verschwinden. Und der Friedensrichter? Gibt ihnen recht! Nur das Bezirksgericht hält alles zusammen, und der Bezirksvorsteher. Der verprügelt sie nach altem Brauch. Wär das nicht, könnte man alles stehn- und liegenlassen! Und davonlaufen bis ans Ende der Welt!«

Der Gutsbesitzer suchte Swijaschski offenbar aus der Reserve zu locken, doch Swijaschski ärgerte sich gar nicht, sondern amüsierte sich anscheinend.

»Aber wir führen doch unsere Wirtschaft ohne diese Maßnahmen«, sagte er lächelnd, »ich, Lewin, er auch.« Er deutete auf den anderen Gutsbesitzer.

»Ja, bei Michail Petrowitsch läuft es, aber fragen Sie mal, wie! Ist das vielleicht rationell gewirtschaftet?« Der Gutsbesitzer war offenbar stolz auf das Wort »rationell«.

»Meine Wirtschaft ist schlicht«, sagte Michail Petrowitsch. »Gott sei Dank. Meine Wirtschaft läuft, wenn ich Geld parat habe zur Zeit der Abgaben im Herbst. Da kommen die Bauern gerannt: Väterchen, hilf aus der Klemme! Nun, alles Nachbarn, die Bauern, dauern einen. Nun, gibt man ihnen Geld fürs erste Jahresdrittel, sagt aber: Denkt dran, Leute, ich hab euch geholfen, helft auch mir, wenn Not am Mann ist, beim Haferaussäen, bei der Heumahd, bei der Ernte – nun, und da macht man ab, wieviel je Bauernhof. Gewissenlose gibt es auch darunter, das stimmt.«

Lewin wusste längst um diese patriarchalischen Vorgehensweisen, er wechselte einen Blick mit Swijaschski und unterbrach Michail Petrowitsch, wandte sich erneut an den Gutsbesitzer mit dem grauen Schnurrbart.

»Was meinen Sie denn«, fragte er, »wie sollte man heute einen Gutsbetrieb führen?«

»Tja, so wie Michail Petrowitsch es macht. Oder die Erträge halbpart, oder an die Bauern verpachten; das ist möglich, bloß geht davon das Volksvermögen zugrunde. Wo der Boden mir bei der Leibeigenschaft und bei gutem Wirtschaften das neunfache der Aussaat abwarf, wirft er bei halbpart nur das dreifache ab. Die Emanzipation hat Russland ruiniert!«

Swijaschski blickte mit lächelnden Augen zu Lewin und gab ihm sogar ein kaum merkliches, spöttisches

Zeichen; aber Lewin fand die Worte des Gutsbesitzers nicht komisch, er verstand sie besser, als er Swijaschski verstand. Vieles von dem, was der Gutsbesitzer noch vorbrachte als Beweis, warum Russland ruiniert worden sei durch die »Emanzipation«, erschien ihm sogar sehr treffend, für ihn neu und unwiderlegbar. Der Gutsbesitzer äußerte offenbar seine eigenen Gedanken, was so selten vorkommt, Gedanken, zu denen ihn nicht der Wunsch gebracht hatte, den müßigen Geist irgendwie zu beschäftigen, sondern Gedanken, die aus seinen Lebensbedingungen hervorgewachsen waren, die er in seiner ländlichen Einsamkeit ausgebrütet und von allen Seiten durchdacht hatte.

»Es geht darum, wenn Sie das zu sehen belieben, dass jeglicher Fortschritt immer nur von oben durchgesetzt wird.« Offenbar wollte er zeigen, dass ihm Bildung nicht fremd war. »Nehmen Sie die Reformen Peters, Katharinas oder Alexanders. Nehmen Sie die europäische Geschichte. Ganz besonders den Fortschritt in der Landwirtschaft. Sogar die Kartoffel, auch die wurde bei uns gewaltsam eingeführt. Und mit dem Hakenpflug ist ja auch nicht immer gepflügt worden. Der wurde ebenfalls eingeführt, mag sein, erst auf den Krongütern, aber sicher auch gewaltsam. In unserer Zeit haben wir, die Gutsbesitzer, während der Leibeigenschaft unsere Güter fortentwickelt; Darren, Kornschwingen, das Mistausbringen, sämtliche Geräte – alles haben wir dank unserer Macht eingeführt, und die Bauern haben sich erst widersetzt, dann uns nachgeahmt. Jetzt, mit Verlaub, bei der Aufhebung der Leibeigenschaft, wurde uns die Macht genommen, und wo unser Wirtschaften ein hohes Niveau erreicht hatte, wird es wohl auf einen völlig unzivilisierten, primitiven Stand sinken. So sehe ich es.«

»Aber warum? Ist es rationell, können Sie ja mit gedungenen Kräften wirtschaften«, sagte Swijaschski.

»Ich habe doch keine Macht. Mit wem denn, wenn ich fragen darf?«

›Da hätten wir es, die Arbeitskraft als Hauptelement des Wirtschaftens‹, dachte Lewin.

»Mit Arbeitern.«

»Arbeiter wollen nicht gut arbeiten und nicht mit gutem Gerät arbeiten. Unser Arbeiter kennt nur eines, nämlich sich betrinken wie ein Schwein, und betrunken verdirbt er alles, was Sie ihm geben. Die Pferde übertränkt er, gutes Pferdegeschirr zerreißt er, ein beschientes Rad tauscht er gegen ein einfaches aus, um es zu vertrinken, und in die Dreschmaschine wirft er einen Bolzen, um sie kaputtzumachen. Was er nicht gewohnt ist, widert ihn an. Deshalb ist auch das Niveau des Wirtschaftens gesunken. Äcker sind verwahrlost, von Wermut überwuchert oder wurden an die Bauern verteilt, und wo eine Million Tschetwert Korn produziert wurde, werden jetzt ein paar Hunderttausend produziert. Das gesamte Volksvermögen ist zurückgegangen. Wenn sie das Gleiche gemacht hätten, aber mit Bedacht...«

Und er entwickelte seinen Plan zur Bauernbefreiung, bei dem diese Misslichkeiten ausgeblieben wären.

Das interessierte Lewin nicht, und als er geendet hatte, kehrte Lewin zu seiner ersten Behauptung zurück und sagte, zu Swijaschski gewandt, um diesen zu bewegen, ernsthaft seine Meinung zu äußern:

»Dass das Niveau des Wirtschaftens sinkt und es bei unserem Verhältnis zu den Arbeitern unmöglich ist, rationell und einträglich zu wirtschaften, ist völlig gerechtfertigt.«

»Ich finde das nicht«, entgegnete Swijaschski, nun ernst, »ich sehe lediglich, dass wir nicht zu wirtschaften verstehen und dass unser Wirtschaften zur Zeit der Leibeigenschaft nicht zu hoch stand, sondern im Gegenteil viel zu niedrig. Wir haben weder Maschinen noch gute Arbeitstiere, noch eine richtige Verwaltung, und zu rechnen verstehen wir auch nicht. Fragen Sie doch einen Landwirt, er weiß nicht, was für ihn einträglich ist und was nicht.«

»Italienische Buchführung«, sagte der Gutsbesitzer ironisch. »Egal wie man rechnet, durchweg alles wird verdorben, da kommt kein Profit raus.«

»Wieso denn verdorben? Die lumpige Dreschmaschine, euer russisches Stampfding mit Pferd, wird kaputtgemacht, meine Dampfmaschine aber nicht. Das einheimische Ross, wie heißt es? die Zieh-Rasse, die man am Schwanz ziehen muss, das wird Ihnen verdorben, legen Sie sich aber Percherons oder zumindest Bitjuki zu, werden die nicht verdorben. Und so in allem. Wir müssen die Landwirtschaft auf ein höheres Niveau heben.«

»Ja, womit denn, Nikolai Iwanytsch! Sie haben gut reden, ich aber darf einen Sohn auf der Universität unterhalten, die Kleineren im Gymnasium ausbilden – ich kann mir keine Percherons leisten!«

»Dazu gibt es Banken.«

»Damit auch noch das Letzte unter den Hammer kommt? Nein, danke!«

»Ich bin nicht der Meinung, dass man das Niveau der Landwirtschaft heben müsse oder könne«, sagte Lewin. »Ich befasse mich damit, habe auch Mittel, konnte aber nichts ausrichten. Wem die Banken nützen, weiß ich nicht. Bei mir jedenfalls, egal, wofür ich Geld aufgewandt habe im Betrieb, alles brachte Verlust, das Vieh – nur Verlust, die Maschinen – nur Verlust.«

»Ja, das stimmt«, pflichtete der Gutsbesitzer mit dem grauen Schnurrbart bei, er lachte sogar vor Vergnügen.

»Und ich bin nicht allein«, fuhr Lewin fort, »ich verweise auf alle Landwirte, die rationell wirtschaften: alle, mit wenigen Ausnahmen, wirtschaften mit Verlust. Sagen Sie doch, Ihr Betrieb, ist er einträglich?«

fragte Lewin und bemerkte sofort in Swijaschskis Blick jenen flüchtigen Schrecken, den er jedesmal bemerkte, wenn er in Swijaschskis Geist weiter als bis zu den Empfangsräumen vordringen wollte. Im übrigen war diese Frage von Lewins Seite nicht ganz redlich. Die Gastgeberin hatte ihm soeben beim Tee erzählt, diesen Sommer hätten sie aus Moskau einen Deutschen geholt, einen Buchhaltungsfachmann, und der habe für fünfhundert Rubel Vergütung ihren Gutsbetrieb durchkalkuliert und herausgefunden, dass er dreitausend und soundsoviel Rubel Verlust einbringe. Sie wusste nicht mehr genau, wieviel, aber der Deutsche schien alles bis auf die Viertelkopeke genau berechnet zu haben.

Der Gutsbesitzer lächelte, als die Einträglichkeit von Swijaschskis Betrieb erwähnt wurde, er wusste offenbar, wie es bei seinem Nachbarn und Adelsmarschall um den Profit stand.

»Vielleicht nicht einträglich«, erwiderte Swijaschski. »Das beweist jedoch nur, dass ich entweder schlecht wirtschafte, oder dass ich Kapital einsetze zur Erhöhung der Bodenrente.«

»Oh, die Rente!« rief Lewin entsetzt. »Vielleicht gibt es ja eine Rente in Europa, wo der Boden durch die hineingesteckte Arbeit besser wird, aber bei uns wird der Boden durch die hineingesteckte Arbeit schlechter, das heißt, er wird ausgemergelt, folglich gibt es auch keine Rente.«

»Wieso keine Rente? Das ist ein Gesetz.«

»Dann sind wir außerhalb des Gesetzes: Die Rente erklärt bei uns nichts, im Gegenteil, sie verwirrt nur. Doch, sagen Sie, wie kann die Lehre von der Rente ...«

»Möchten Sie Dickmilch? Mascha, lass uns Dickmilch oder Himbeeren bringen«, wandte sich Swijaschski an seine Frau. »Dieses Jahr halten sich die Himbeeren wunderbar lange.«

Und in allerbester Gemütsverfassung stand Swijaschski auf und ging, anscheinend hielt er das Gespräch für beendet an der Stelle, wo es für Lewin erst anzufangen schien.

Somit ohne Gesprächspartner, setzte Lewin die Unterhaltung mit dem Gutsbesitzer fort und suchte ihm zu beweisen, alle Schwierigkeit komme daher, dass wir die Eigenheiten und Gewohnheiten unserer Landarbeiter nicht kennen wollten; aber der Gutsbesitzer war wie alle Menschen, die in Eigenständigkeit und Abgeschiedenheit denken, harthörig gegenüber fremdem Denken und völlig eingeschworen auf sein eigenes. Er beharrte darauf, der russische Bauer sei ein Schwein und führe mit Vorliebe ein Schweineleben, und um ihn abzubringen von diesem Schweineleben, brauche es Macht, und die sei nicht da, brauche es den Stock, und wir seien so liberal geworden, dass wir den tausendjährigen Stock auf einmal durch Advokaten und Einsperren ersetzt hätten, wobei die untauglichen, stinkenden Bauern mit guter Suppe gefüttert würden und sogar berechnet werde, wieviel Kubikfuß Luft sie brauchten.

Lewin suchte zum Problem zurückzukehren. »Weshalb meinen Sie«, sagte er, »es ließe sich keine Beziehung zur Arbeitskraft finden, bei der die Arbeit produktiv wäre?«

»Ohne Stock kommt es beim russischen Volk nie so weit! Die Macht ist nicht da«, entgegnete der Gutsbesitzer.

»Was könnten schon für neue Bedingungen gefunden werden?« sagte Swijaschski, der Dickmilch gegessen, sich eine Papirossa angesteckt hatte und nun wieder zu den Diskutanten trat. »Alle möglichen Beziehungen zur Arbeitskraft sind definiert und erforscht«, sagte er. »Das Überbleibsel aus barbarischer Zeit, die urtümliche Bauerngemeinde mit wechselseitiger Verantwortlichkeit, zerfällt von allein, die Leibeigenschaft ist aufgehoben, es bleibt die freie Arbeit, ihre Formen sind definiert und liegen bereit, man muss sie nur nutzen. Knecht, Taglöhner, eigenständiger Bauer – darüber kommen Sie nicht hinaus.«

»Aber Europa ist unzufrieden mit diesen Formen.«

»Unzufrieden und sucht neue. Und findet sie wahrscheinlich auch.«

»Von nichts anderem spreche ich«, warf Lewin ein. »Warum sollten wir nicht unsererseits suchen?«

»Weil es das Gleiche wäre, als wollte man die Verfahren zum Bau von Eisenbahnen von neuem ersinnen. Sie liegen bereit, sind ersonnen.«

»Aber wenn sie uns nicht entsprechen, wenn sie dumm sind?« fragte Lewin.

Wieder bemerkte er den Schrecken in Swijaschskis Augen.

»Ja, ja, das schaffen wir doch mit links, wir finden, was Europa sucht! Kenne ich alles, aber, entschuldigen Sie, kennen Sie denn alles, was in Europa zur Eingliederung von Arbeitskräften gemacht wurde?«

»Nein, kaum.«

»Das beschäftigt derzeit die besten Köpfe Europas. Die Richtung von Schulze-Delitzsch … Dann die umfangreiche Literatur zur Arbeiterfrage aus der liberalsten Richtung, der von Lassalle … Die Mülhausener Einrichtung, das ist bereits eine Tatsache, das kennen Sie sicher.«

»Ich habe eine Vorstellung, doch sehr verschwommen.«

»Das sagen Sie nur, bestimmt kennen Sie das nicht schlechter als ich. Versteht sich, ich bin kein Sozialprofessor, aber mich hat das interessiert, und wirklich, wenn es Sie interessiert, befassen Sie sich damit.«

»Aber zu welchem Schluss sind sie gekommen?«

»Pardon …«

Die Gutsbesitzer waren aufgestanden, und Swijaschski ging seine Gäste begleiten, womit er wieder Lewins unangenehme Gewohnheit unterband, auszuspähen, was hinter den Empfangsräumen von Swijaschskis Geist lag.

XXVIII

Lewin war es an diesem Abend mit den Damen unerträglich langweilig. Wie nie zuvor trieb ihn der Gedanke um, dass das Unbehagen am Wirtschaften, das er derzeit empfand, nicht ausschließlich ihn betraf, sondern allgemein im Stand der Dinge in Russland begründet lag und dass eine Beziehung zu den Arbeitern, bei der sie arbeiten würden wie bei dem Bauern auf halbem Weg, kein Wunschtraum war, sondern eine Aufgabe, die dringend zu lösen wäre. Und ihm schien, dass man diese Aufgabe lösen könnte und versuchen sollte, es zu tun.

Nachdem er sich von den Damen verabschiedet und versprochen hatte, morgen noch den ganzen Tag zu bleiben, um auf einem gemeinsamen Ausritt eine interessante Verwerfung im Staatsforst zu besichtigen, trat Lewin vor dem Zubettgehen noch ins Arbeitszimmer des Hausherrn, um sich die Bücher zur Arbeiterfrage zu leihen, die Swijaschski ihm angeboten hatte. Swijaschskis Arbeitszimmer war ein riesiger Raum, möbliert mit Bücherschränken und einem massiven Schreibtisch, der in der Zimmermitte stand, außerdem einem runden Tisch, auf dem sternenförmig um die Lampe in verschiedenen Sprachen die letzten Nummern von Zeitungen und Zeitschriften lagen. Beim Schreibtisch befand sich ein Aktenständer, dessen Fächer mit goldenen Etiketten für verschiedene Aufgaben eingeteilt waren.

Swijaschski suchte die Bücher heraus und setzte sich in den Schaukelstuhl.

»Was sehen Sie sich an?« fragte er Lewin, der am runden Tisch stehengeblieben war und Zeitschriften durchblätterte.

»O ja, darin ist ein sehr interessanter Artikel«, sagte Swijaschski über die Zeitschrift, die Lewin in der Hand hielt. »Wie sich nun zeigt«, fügte er mit lebhafter Heiterkeit hinzu, »war überhaupt nicht Friedrich der Hauptschuldige an der Teilung Polens. Wie sich nun zeigt ...«

Und mit der ihm eigenen Klarheit berichtete er kurz über diese neuen, sehr wichtigen und interessanten Entdeckungen. Obwohl vor allem der Gedanke an die Landwirtschaft Lewin beschäftigte, fragte er sich, während er dem Hausherrn zuhörte: ›Was sitzt da in ihm drin? Und warum interessiert ihn die Teilung Polens? Warum?‹ Als Swijaschski endete, fragte Lewin unwillkürlich: »Ja, und?« Aber da war nichts. Da war nur interessant, dass »sich nun zeigt«. Swijaschski erklärte aber nicht und hielt es auch nicht für nötig zu erklären, warum das für ihn interessant war.

»Ja, aber mich hat der verärgerte Gutsbesitzer sehr interessiert«, sagte Lewin seufzend. »Er ist klug und hat viel Wahres gesagt.«

»Ach, hören Sie auf! Insgeheim ein eingefleischter Verfechter der Leibeigenschaft, wie sie alle!«

»Deren Adelsmarschall Sie sind ...«

»Ja, nur marschiere ich mit ihnen in eine andere Richtung.« Swijaschski lachte.

»Mich beschäftigt besonders das Folgende«, sagte Lewin. »Er hat recht, dass es bei uns, das heißt, in rationellen Wirtschaftsbetrieben, schlecht läuft, dass nur ein Wucherbetrieb läuft wie der von diesem stillen Herrn oder ein ganz einfacher. Wer ist daran schuld?«

»Natürlich wir selbst. Außerdem stimmt es ja nicht, dass es nicht läuft. Bei Wassiltschikow läuft es.«

»Ein Gestüt ...«

»Trotzdem, ich weiß nicht, was Sie verwundert. Das Volk steht in seiner materiellen und moralischen Entwicklung auf einer derart niederen Stufe, dass es offenbar allem zuwiderhandeln muss, was ihm fremd ist. In Europa gelingt rationelles Wirtschaften, weil das Volk gebildet ist; folglich muss man auch bei uns das Volk bilden, das ist alles.«

»Aber wie bildet man das Volk?«

»Um das Volk zu bilden, braucht es drei Dinge: Schulen, Schulen und nochmals Schulen.«

»Aber Sie haben doch selbst gesagt, das Volk stehe in seiner materiellen Entwicklung auf einer niederen Stufe. Was helfen da Schulen?«

»Wissen Sie, Sie erinnern mich an den Witz, wie einem Kranken Ratschläge erteilt werden: ›Probieren Sie doch mal ein Abführmittel.‹ – ›Hab ich: macht es schlimmer.‹ – ›Probieren Sie mal Blutegel.‹ – ›Hab ich: macht es schlimmer.‹ – ›Tja, dann können Sie nur noch zu Gott beten.‹ – ›Hab ich: macht es schlimmer.‹ So auch wir beide. Ich sage: Nationalökonomie, Sie sagen – macht es schlimmer. Ich sage: Sozialismus – macht es schlimmer. Bildung – macht es schlimmer.«

»Aber was helfen da Schulen?«

»Wecken in ihm andere Bedürfnisse.«

»Das genau habe ich noch nie begriffen«, widersprach Lewin heftig. »Auf welche Weise können Schulen dem Volk helfen, seine materielle Lage zu verbessern? Sie sagen, Schulen und Bildung weckten in ihm neue Bedürfnisse. Um so schlimmer, denn das Volk wird außerstande sein, sie zu befriedigen. Und auf welche Weise die Kenntnis der Addition und Subtraktion und des Katechismus ihm helfen soll, seine materielle Lage zu verbessern, habe ich nie begreifen können. Vorgestern abend bin ich einem Bauernweib mit Säugling begegnet; ich frage, wohin sie geht. Sie sagt: ›Bei der Hebamme war ich, der Bub hat die Schreierei gekriegt,

ich war bei ihr, dass sie ihn heilt.‹ Ich frage, wie die
Hebamme die Schreierei heilt. ›Hat das Kindchen zu
den Hühnern auf die Stange gesetzt und Sprüche ge-
murmelt.‹«

Swijaschski lächelte fröhlich. »Na bitte, Sie sagen
es selbst! Damit sie nicht wieder hingeht, die Schreierei auf der Hühnerstange zu behandeln, dafür braucht
es ...«

»Aber nein!« sagte Lewin ärgerlich. »Diese Behandlung ist für mich nur ein Gleichnis für die Behandlung
des Volks mit Schulen. Das Volk ist arm und ungebildet,
das erkennen wir ebenso deutlich wie das Bauernweib
die Schreierei, denn das Kind schreit. Aber warum gegen dieses Elend, gegen Armut und Unbildung, Schulen helfen sollen, ist ebenso unbegreiflich, wie dass gegen die Schreierei die Hühner auf der Stange helfen
sollen. Man muss dem abhelfen, weshalb das Volk arm
ist.«

»Na, darin zumindest stimmen Sie mit Spencer überein, den Sie doch gar nicht mögen; er sagt ebenfalls, Bildung könne die Folge größeren Wohlstands und eines
komfortableren Lebens sein, häufigeren Waschens, wie
er sagt, aber nicht des Lesen- und Rechnenkönnens ...«

»Na bitte, ich bin sehr froh oder, im Gegenteil, gar
nicht froh, dass ich mit Spencer übereinstimme; bloß
weiß ich das seit langem. Schulen helfen nicht, was
hilft, ist eine Wirtschaftsordnung, bei der das Volk reicher wird, mehr Freizeit haben wird – dann kommen
auch die Schulen.«

»Aber in ganz Europa sind Schulen jetzt Pflicht.«

»Und Sie selbst, sind Sie denn hier mit Spencer einverstanden?« fragte Lewin.

In Swijaschskis Augen blitzte aber wieder der Schrecken auf, und er sagte lächelnd:

»Also, das mit der Schreierei ist hervorragend! Sie
haben das wirklich selbst gehört?«

Lewin sah, dass er die Verbindung zwischen dem
Leben dieses Menschen und seinen Gedanken nicht finden würde. Offenbar war ihm vollkommen gleichgültig, wohin seine Überlegungen führten; sein Bedarf
ging über den Denkprozess nicht hinaus. Und es war
ihm unangenehm, wenn ihn der Denkprozess in eine
Sackgasse führte. Das allein mochte er nicht und vermied er, dann lenkte er das Gespräch auf etwas Angenehmes und Heiteres.

Alle Eindrücke dieses Tages, angefangen von dem
Bauern auf halbem Weg, der gleichsam für alle jüngsten Eindrücke und Gedanken die Grundlage abgab,
hatten Lewin stark erregt. Dieser liebenswerte Swijaschski, der sich Gedanken hielt nur zum Gebrauch in
der Gesellschaft und offenbar andere, für Lewin nicht
durchschaubare Lebensgrundlagen hatte, während er
im Verein mit der Menge, deren Name Legion ist, die
öffentliche Meinung mittels ihm fremder Gedanken
lenkte; dieser verbitterte Gutsbesitzer, der vollkommen
recht hatte mit seinen Überlegungen, ihm abgenötigt
vom Leben, aber unrecht in seiner Erbitterung gegen
eine ganze Klasse, Russlands beste Klasse; Lewins eigenes Unbehagen an seiner Tätigkeit und die vage Hoffnung, einen Ausweg zu finden – all das verschmolz zu
einem Gefühl innerer Unruhe und der Hoffnung auf
eine baldige Lösung.

In dem ihm überlassenen Zimmer lag Lewin auf
einer Sprungfedermatratze, die bei jeder Bewegung
Arme und Beine hochschnellen ließ, und schlief lange
nicht. Keines seiner Gespräche mit Swijaschski, obwohl dieser viel Kluges gesagt hatte, interessierte Lewin; aber die Argumente des Gutsbesitzers wollten
überprüft sein. Lewin fiel unwillkürlich alles ein, was
er gesagt hatte, und in seinem Sinn korrigierte er, was
er ihm geantwortet hatte.

›Ja, ich hätte ihm sagen sollen: Sie meinen, unsere

Wirtschaft laufe deshalb nicht, weil der Bauer alle Neuerungen hasst und weil man sie gewaltsam einführen muss; wenn die Wirtschaft überhaupt nicht liefe ohne diese Neuerungen, hätten Sie recht; aber sie läuft, und läuft nur da, wo der Arbeiter seinen Gewohnheiten entsprechend vorgeht, wie bei dem Alten auf halbem Weg. Unser gemeinsames Unbehagen mit dem Wirtschaften, Ihres und meines, beweist, dass wir schuld sind oder die Arbeiter. Wir wälzen seit langem alles nach unserem Gusto um, nach europäischem Vorbild, ohne uns um die Eigenheiten der Arbeitskraft zu scheren. Versuchen wir doch einmal, die Arbeitskraft nicht als ideale Kraft anzusehen, sondern als den russischen Bauern mit seinen Instinkten, und richten wir dementsprechend unsere Wirtschaft ein. Stellen Sie sich vor, hätte ich ihm sagen sollen, Ihre Wirtschaft würde geführt wie die des Alten, Sie hätten ein Mittel gefunden, um die Arbeiter am Erfolg der Arbeit zu interessieren, und hätten auch bei den Neuerungen jene Mitte gefunden, die sie akzeptieren – dann würden Sie, ohne den Boden zu erschöpfen, doppelt und dreifach soviel Ertrag haben wie früher. Teilen Sie dann den Ertrag, geben Sie die Hälfte der Arbeitskraft; was Ihnen bleibt, ist immer noch mehr, und auch der Arbeitskraft fällt mehr zu. Um das zu erreichen, muss man das Niveau des Wirtschaftens senken und die Arbeiter am Erfolg interessieren. Wie das zu erreichen wäre, ist eine Detailfrage, aber es ist zweifellos möglich.‹

Dieser Gedanke versetzte Lewin in starke Erregung. Er schlief die halbe Nacht nicht, sondern durchdachte die Details, um den Gedanken in die Tat umzusetzen. Er hatte am nächsten Tag nicht abfahren wollen, nun aber beschloss er, frühmorgens nach Hause zu fahren. Außerdem hatte diese Schwägerin mit dem Ausschnitt am Kleid ein Gefühl in ihm hervorgerufen, so etwas wie Scham und Reue, als hätte er etwas Schlechtes getan.

Vor allem musste er ohne Aufschub abreisen, um den Bauern das neue Projekt vorzuschlagen, bevor die Wintersaat ausgesät wurde, damit das Aussäen schon auf neuer Grundlage erfolgen konnte. Er hatte beschlossen, die bisherige Wirtschaft von Grund auf umzuwälzen.

XXIX

Die Umsetzung von Lewins Plan bereitete viele Schwierigkeiten; aber Lewin kämpfte nach Kräften und erreichte zwar nicht das, was er wollte, doch etwas, wovon er ohne Selbstbetrug glauben konnte, es sei die Mühe wert. Eine der Hauptschwierigkeiten war, dass seine Wirtschaft ja in Gang war, dass sich nicht alles anhalten und von vorne beginnen ließ, sondern eine laufende Maschine umzurüsten war.

Als er noch am selben Abend, wie er nach Hause kam, dem Verwalter seine Pläne mitteilte, stimmte der Verwalter mit sichtlichem Vergnügen jenem Teil des Gesagten zu, der bewies, dass alles bisher Getane Unsinn sei und nicht einträglich. Der Verwalter meinte, das sage er seit langem, aber auf ihn wolle man ja nicht hören. Was das Angebot betraf, das Lewin ihm machte, nämlich als Teilhaber zusammen mit den Arbeitern am ganzen Wirtschaftsbetrieb beteiligt zu werden – dazu äußerte sich der Verwalter nur höchst verzagt und ganz ohne eine bestimmte Meinung, vielmehr fing er sofort davon an, morgen müssten die restlichen Roggengarben eingefahren und müsste mit dem Überackern begonnen werden, so dass Lewin merkte – jetzt war nicht der rechte Moment.

Wenn er bei den Bauern die Rede darauf brachte und ihnen Land zu neuen Bedingungen anbot, stieß er ebenfalls auf die Haupterschwernis, dass sie von der laufenden Tagesarbeit so beansprucht waren, dass sie keine Zeit hatten, um die Vor- und Nachteile des Unternehmens zu durchdenken.

Der Viehknecht Iwan, ein naiver Kerl, schien Lewins Angebot, mit seiner Familie an den Erträgen des Viehhofs beteiligt zu werden, durchaus begriffen zu haben und mit dem Unternehmen durchaus zu sympathisieren. Wenn Lewin ihm jedoch die künftigen Erträge auszumalen suchte, zeichnete sich auf Iwans Gesicht Unruhe ab und Bedauern, dass er sich nicht alles anhören könne, und eilends fand er etwas, das er jetzt und ohne Aufschub erledigen musste, er griff zur Heugabel, um noch Heu aus dem Pferdestand zu werfen, oder er goss Wasser nach oder räumte den Mist aus.

Eine andere Schwierigkeit bestand in dem unbesiegbaren Misstrauen der Bauern, dass ein Gutsbesitzer ja gar kein anderes Ziel haben könne, als sie nach Strich und Faden auszuplündern. Sie waren fest überzeugt, dass sein eigentliches Ziel (was er ihnen auch immer sagte) stets das sei, was er ihnen nicht sagte. Auch wenn sie selbst sich äußerten, redeten sie viel, sagten aber niemals, worin ihr eigentliches Ziel bestand. Außerdem verlangten die Bauern (und da merkte Lewin, dass der gallige Gutsbesitzer recht hatte) als erste und unabänderliche Bedingung für eine wie auch immer geartete Abmachung, dass sie zu wie auch immer gearteten neuen Arbeitsweisen und zum Einsatz neuer Geräte nicht gezwungen würden. Sie gaben zu, dass der neue Pflug besser pflüge, dass der Grubber mehr leiste, aber sie fanden Tausende von Gründen, warum sie das eine wie das andere auf gar keinen Fall einsetzen könnten, und obwohl Lewin überzeugt war, dass das Niveau des Wirtschaftens gesenkt werden müsse, verzichtete er ungern auf Neuerungen, deren Vorzug so augenfällig war. Trotz all dieser Schwierigkeiten erreichte er jedoch, was er wollte, und auf den Herbst zu war alles in Gang, oder zumindest hatte er diesen Eindruck.

Erst hatte Lewin vorgehabt, den gesamten Betrieb, so, wie er war, zu den neuen genossenschaftlichen
Bedingungen den Bauern, Arbeitern und dem Verwalter zu übergeben, doch sehr bald sah er ein, dass dies
unmöglich war, und beschloss, den Betrieb aufzuteilen. Viehhof, Obst- und Gemüsegarten, Heuwiesen und
Felder mussten, in mehrere Sektionen unterteilt, jeweils eigene Bereiche bilden. Der naive Viehknecht
Iwan, der nach Lewins Eindruck das Ganze am besten begriffen hatte, suchte sich ein Artel zusammen,
vorwiegend aus Familienmitgliedern, und wurde Teilhaber am Viehhof. Das entlegene Feld, das schon acht
Jahre brach lag und überwuchert war, wurde mit Hilfe des gescheiten Zimmermanns Fjodor Resunow von
sechs Bauernfamilien auf der neuen Grundlage gemeinschaftlich übernommen, und der Bauer Schurajew
übernahm zu ebensolchen Bedingungen alle Gemüsegärten. Alles übrige blieb beim alten, aber diese drei
Bereiche waren der Beginn einer neuen Ordnung und
beschäftigten Lewin gehörig.

Allerdings lief es auf dem Viehhof vorerst nicht besser als zuvor, und Iwan leistete starken Widerstand gegen einen warmen Stall für die Kühe und gegen Süß-
rahmbutter, da er behauptete, Kühe brauchten in der
Kälte weniger Futter und Sauerrahmbutter sei habhaf-
ter, außerdem verlangte er Lohn wie in der alten Zeit
und interessierte sich überhaupt nicht dafür, dass das
Geld, das er bekam, kein Lohn war, sondern ein Vorschuss auf seinen Gewinnanteil.

Allerdings hatte Fjodor Resunows Artel zur Aussaat
nicht, wie vereinbart, mit neuen Pflügen überackert,
was sie damit rechtfertigten, die Zeit sei zu kurz gewesen. Allerdings hatten die Bauern dieses Artels zwar
abgemacht, auf den neuen Grundlagen zu wirtschaften,
nannten das Land aber nicht Gemeinschaftsfeld, sondern Halbpartfeld, und immer wieder sagten die Bau-

ern dieses Artels und sogar Resunow selbst zu Lewin: »Würden Sie Geld annehmen mögen für das Land, hätten Sie selber Ihre Ruhe und wir freie Hand.« Außerdem zögerten diese Bauern den mit ihnen abgemachten Bau eines Viehhofs und einer Kornscheune auf diesem Grund unter verschiedenen Vorwänden immer weiter hinaus, schließlich bis in den Winter.

Allerdings hatte Schurajew die übernommenen Gemüsegärten schon in winzigen Teilen an andere weitergeben wollen. Er hatte die Bedingungen, unter denen ihm der Boden überlassen wurde, anscheinend völlig missverstanden – wohl mit Absicht missverstanden.

Allerdings hatte Lewin, wenn er sich mit den Bauern unterhielt und ihnen alle Vorzüge des Unternehmens erläuterte, häufig das Gefühl, dass die Bauern dabei nur dem Singsang seiner Stimme lauschten und der festen Ansicht waren, sie würden, was immer er sagte, sich nicht von ihm täuschen lassen. Besonders hatte er dieses Gefühl, wenn er mit dem gescheitesten der Bauern sprach, Resunow, und in seinen Augen jenes Flackern bemerkte, das deutlich Spott über Lewin enthielt und die feste Überzeugung, wenn hier jemand getäuscht werde, dann bestimmt nicht er, Resunow.

Aber trotz alledem meinte Lewin, dass es vorwärts gehe und er, wenn er streng abrechnen und auf seiner Sicht beharren würde, ihnen in Zukunft die Vorzüge einer solchen Ordnung beweisen könnte, und dann liefe es ganz von allein.

Mitsamt der übrigen Wirtschaft, die Lewin weiterhin in der Hand hatte, und mitsamt der Schreibtischarbeit an seinem Buch beanspruchte ihn das Ganze den Sommer über dermaßen, dass er fast nicht zum Jagen kam. Ende August erfuhr er, dass die Oblonskis nach Moskau abgereist waren, und zwar von ihrem Diener, der den Sattel zurückbrachte. Er hatte das Gefühl, mit seiner Unhöflichkeit, Darja Alexandrownas Brief nicht beantwortet zu haben, woran er nicht ohne Schamesröte zurückdenken konnte, habe er alle Brücken hinter sich abgebrochen und könne nie wieder zu ihnen zu Besuch kommen. Ebenso hatte er sich gegen Swijaschski verhalten, als er abfuhr, ohne sich verabschiedet zu haben. Aber auch zu ihnen würde er nie wieder zu Besuch kommen. Jetzt war ihm das gleichgültig. In seinem Leben hatte ihn noch nie etwas so beschäftigt wie die neue Ordnung seiner Wirtschaft. Er las die Bücher, die ihm Swijaschski gegeben hatte, bestellte andere, die er noch nicht hatte, las auch die nationalökonomischen und sozialistischen Bücher zu diesem Gegenstand, und wie erwartet, fand er nichts, was zu seiner Unternehmung einen Bezug gehabt hätte. In den nationalökonomischen Büchern, bei Mill zum Beispiel, den er als Ersten mit großem Eifer studierte, wobei er jeden Augenblick hoffte, auf eine Lösung der ihn bedrängenden Probleme zu treffen, fand er Gesetze, die aus der Situation der europäischen Wirtschaft abgeleitet waren; aber er sah überhaupt nicht, wieso diese auf Russland nicht anwendbaren Gesetze allgemeingültig sein sollten. Ebenso erging es ihm mit den sozialistischen Büchern; entweder es waren die wunderschönen, aber nicht umsetzbaren Phantasien, für die er sich noch als Student begeistert hatte, oder es waren Korrekturen, Reparaturen jenes Entwicklungsstands, auf dem Europa sich befand und der mit der Landwirtschaft in Russland überhaupt nichts gemein hatte. Die Nationalökonomie behauptete, dass die Gesetze, nach denen sich der Reichtum Europas entwickelt hatte und noch entwickelte, allgemeingültige, nicht anzweifelbare Gesetze seien. Die sozialistische Lehre behauptete, dass die Entwicklung nach diesen Gesetzen in den Untergang führe. Und weder die eine noch die andere gab eine Antwort, gab auch nicht den mindesten Hinweis, was er, Lewin, und alle russischen Bauern und Landbesitzer

machen sollten mit ihren Millionen Händen und Desjatinen, um so produktiv wie möglich zu sein fürs allgemeine Wohl.

Einmal darangegangen, las er gewissenhaft alles, was
sich auf seinen Gegenstand bezog, und hegte die Absicht, im Herbst ins Ausland zu reisen, um die Sache
noch an Ort und Stelle zu studieren, damit ihm bei diesem Problem nicht erneut unterlaufe, was ihm bei verschiedenen Problemen schon so oft unterlaufen war. Er
brauchte nur den Gedanken seines Gesprächspartners
verstanden zu haben und seinen eigenen ausführen zu
wollen, da bekam er zu hören: »Und Kaufmann, und
Jones, und Dubois, und Miccelli? Die haben Sie nicht
gelesen. Lesen Sie die; die haben das Problem behandelt.«

Er sah nun klar, dass Kaufmann und Miccelli ihm
nichts zu sagen hatten. Er wusste, was er wollte. Er sah,
dass Russland vorzügliches Ackerland und vorzügliche
Arbeitskräfte hatte und dass in einigen Fällen, wie beim
Bauern auf halbem Weg, Arbeitskräfte und Ackerboden
viel produzierten, in den meisten Fällen jedoch, wenn
auf europäische Weise Kapital aufgewandt wurde, wenig produzierten, dass dies nur deshalb so war, weil die
Arbeiter einzig auf die vertraute Weise arbeiten wollten
und nur dann auch gut arbeiteten, und dass dies kein
zufälliger, sondern ein beständiger Widerstand war, der
im Geist des Volkes begründet lag. Er dachte, dass das
russische Volk, dazu berufen, riesige ungenutzte Weiten
zu besiedeln und zu beackern, bis zu der Zeit, da alles
Land genutzt wäre, bewusst die dazu geeigneten Arbeitsweisen anwandte und dass diese Arbeitsweisen keineswegs so schlecht waren, wie man gewöhnlich meinte. Und dies wollte er beweisen, theoretisch in seinem
Buch und praktisch in seinem Gutsbetrieb.

XXX

Ende September war das Holz für den Bau des Viehhofs auf dem Genossenschaftsgrund antransportiert, war die Butter verkauft und der Gewinn geteilt. In der Praxis des Betriebs lief alles hervorragend, oder zumindest hatte Lewin diesen Eindruck. Um das Ganze auch theoretisch darzulegen und die Abhandlung zu vollenden, die gemäß seinen Wunschträumen nicht nur einen Umsturz in der Nationalökonomie bewirken, sondern diese Wissenschaft am Boden zerstören und eine neue begründen sollte, eine Wissenschaft über das Verhältnis des Volks zum Boden, musste Lewin nur noch ins Ausland reisen und an Ort und Stelle alles studieren, was dort in dieser Hinsicht erfolgt war, und überzeugende Beweise finden, dass alles, was dort erfolgt war, nicht das war, was benötigt wurde. Lewin wartete nur noch die Weizenlieferung ab, um Geld zu bekommen und ins Ausland zu reisen. Aber da setzte der Regen ein, so dass das letzte Korn nicht eingefahren und die Kartoffeln nicht ausgemacht werden konnten, und alle Arbeiten stockten, sogar die Lieferung des Weizens. Die Wege waren ein undurchdringlicher Morast; zwei Mühlen wurden vom Hochwasser fortgeschwemmt, und das Wetter wurde schlechter und schlechter.

Am 30. September zeigte sich morgens die Sonne, und in der Hoffnung auf besseres Wetter ging Lewin entschlossen an die Reisevorbereitungen. Er ließ Weizen aufschütten, schickte den Verwalter zum Händler, um Geld holen zu lassen, und unternahm selbst einen Ritt über das Gut, um vor der Abreise die letzten Anordnungen zu treffen.

Tatsächlich aller Aufgaben ledig, kehrte Lewin gegen Abend nach Hause zurück, durchnässt von den Bächen, die ihm vom Ledermantel in den Nacken oder in die Stiefelschäfte geronnen waren, doch in äußerst

munterer und aufgekratzter Gemütsverfassung. Das
Unwetter hatte sich gegen Abend noch verschlimmert,
die Graupeln peitschten das triefnasse, mit Ohren und
Kopf schlackernde Pferd so schmerzhaft, dass es schräg
ging; Lewin aber fühlte sich wohl unter der Kapuze,
er blickte vergnügt um sich, mal auf die trüben Bäche,
die durch die Radspuren flossen, mal auf die an jedem
kahlen Zweig hängenden Tropfen, mal auf den weißen
Fleck nicht geschmolzener Graupeln auf den Brücken-
bohlen, mal auf das saftige, noch kräftige Laub einer
Ulme, das in dichter Schicht um den entkleideten Baum
lag. Trotz der Düsternis in der Natur ringsum fühlte
er sich besonders aufgekratzt. Die Gespräche mit den
Bauern in einem entlegenen Dorf hatten gezeigt, dass
sie sich allmählich an das neue Verhältnis gewöhnten.
Der alte Herbergswirt, bei dem er eingekehrt war, um
sich zu trocknen, hatte offenbar Lewins Plan gebilligt
und von sich aus vorgeschlagen, der Genossenschaft als
Viehankäufer beizutreten.

›Wenn ich nur hartnäckig mein Ziel verfolge, er-
reiche ich es auch‹, dachte Lewin, ›und dafür zu leben und sich zu mühen lohnt allemal. Das Ganze ist
nicht mein Privatvergnügen, es geht um das Wohl der
Allgemeinheit. Die gesamte Wirtschaft, vor allem die
Situation des gesamten Volkes, muss sich völlig verändern. Statt Armut allgemeiner Reichtum und Wohl-
fahrt; statt Feindschaft Eintracht und Verbund der
Interessen. Kurzum, eine Revolution ohne Blut, doch
eine grandiose Revolution, erst im kleinen Bereich unseres Landkreises, danach im Gouvernement, in Russland, in der ganzen Welt. Denn ein richtiger Gedanke
muss einfach fruchtbar sein. Ja, das ist ein Ziel, das die
Arbeit wert ist. Und dass ich es bin, Konstantin Lewin,
derselbe, der mit einer schwarzen Halsbinde zum Ball
kam und von Schtscherbazkaja abgewiesen wurde und
der sich selbst so jämmerlich und nichtswürdig vor-

kommt – das beweist gar nichts. Ich bin mir sicher, dass Franklin sich ebenso nichtswürdig gefühlt und sich ebensowenig zugetraut hat, wenn er über sich nachdachte. Das bedeutet gar nichts. Bestimmt hatte auch er seine Agafja Michailowna, der er seine Pläne anvertraute.‹

Unter solchen Gedanken kam Lewin erst bei Dunkelheit zu Hause an.

Der Verwalter, der zum Händler gefahren war, war zurück und hatte einen Teil des Geldes für den Weizen mitgebracht. Die Vereinbarung mit dem Herbergswirt wurde abgesprochen, und unterwegs hatte der Verwalter erfahren, dass noch überall das Korn auf den Feldern stand, so dass die eigenen, noch nicht eingefahrenen hundertsechzig Hocken nichts waren im Vergleich zu dem, wie es bei anderen aussah.

Nach dem Essen setzte sich Lewin wie gewöhnlich mit einem Buch in den Sessel, und beim Lesen dachte er weiter über seine bevorstehende Reise in Verbindung mit seinem Buch nach. Heute war ihm die Bedeutung seiner Pläne besonders klar vor Augen geführt worden, und wie von allein bildeten sich in seinem Kopf ganze Satzfolgen, die den Kern seiner Gedanken zum Ausdruck brachten. ›Das muss ich mir notieren‹, dachte er. ›Das sollte die kurze Einführung werden, die ich zuvor für unnötig gehalten habe.‹ Er stand auf, um zum Schreibtisch zu gehen, und Laska, die zu seinen Füßen lag, reckte sich und stand ebenfalls auf und blickte ihn wie fragend an, wohin es gehe. Doch zum Notieren kam er nicht, denn die Arbeitsführer trafen ein wegen der Aufträge, und Lewin ging zu ihnen in die Diele.

Nachdem er die Aufträge ausgegeben, also die Arbeiten für den nächsten Tag angeordnet und mit allen Bauern, die etwas von ihm wollten, gesprochen hatte, ging Lewin ins Arbeitszimmer und machte sich ans Werk. Laska legte sich unter den Schreibtisch; Agafja

Michailowna setzte sich mit dem Strickstrumpf an ihren Platz.

Als Lewin eine Zeitlang geschrieben hatte, stand ihm plötzlich ungewöhnlich lebhaft Kitty vor Augen, ihre Abfuhr und die letzte Begegnung. Er erhob sich und wanderte durchs Zimmer.

»Kein Grund, Trübsal zu blasen«, sagte Agafja Michailowna. »Was sitzt Ihr auch daheim? Statt dass Ihr in ein warmes Bad fahrt, zum Glück wollt Ihr ja los.«

»Ich fahre sowieso übermorgen, Agafja Michailowna. Ich muss die Sache abschließen.«

»Was denn noch! Als hättet Ihr die Bauern nicht genug beschenkt. Sowieso sagen sie: Eurem Herrn wird das noch vom Zaren vergolten werden. Ist auch komisch, was müsst Ihr Euch so um die Bauern sorgen?«

»Ich sorge mich nicht um sie, ich mache es meinetwegen.«

Agafja Michailowna kannte Lewins Wirtschaftspläne in allen Einzelheiten. Lewin legte ihr seine Gedanken oft bis in die Feinheiten dar, stritt manchmal mit ihr und war mit ihren Erklärungen nicht einverstanden. Jetzt aber verstand sie, was er gesagt hatte, ganz anders.

»An seine Seele soll man bekanntlich am allermeisten denken«, sagte sie mit einem Seufzer. »Der Parfjon Denissytsch, lesen und schreiben hat er ja nicht können, aber wie der gestorben ist, der Herrgott geb's einem jeden«, sagte sie über den kürzlich verstorbenen Hofknecht. »Mit Abendmahl, mit Letzter Ölung.«

»Nicht das meine ich«, sagte Lewin. »Sondern dass ich es meines Vorteils wegen mache. Es ist vorteilhafter für mich, wenn die Bauern besser arbeiten.«

»Ah, da könnt Ihr machen, was Ihr wollt, ist einer ein Faulpelz, wird er immer alles mehr schlecht als recht machen. Hat einer ein Gewissen, wird er arbeiten, hat er keins, kann man nichts machen.«

»Schon, aber Sie haben ja selbst gesagt, Iwan passe besser aufs Vieh auf.«

»Ich sag nur eins«, gab Agafja Michailowna zurück, offenbar nicht zufällig, sondern infolge eines streng logischen Gedankengangs, »Ihr solltet heiraten, das ist es!«

Dass Agafja Michailowna erwähnte, woran er gerade erst gedacht hatte, verstimmte und verletzte ihn. Lewin runzelte die Stirn, und ohne ihr zu antworten, setzte er sich wieder an seine Arbeit, hielt sich zuerst aber noch einmal alles vor Augen, was er über deren Bedeutung dachte. Nur hie und da lauschte er in der Stille auf Agafja Michailownas Nadelgeklapper, und wenn ihm wieder einfiel, woran er nicht denken mochte, runzelte er erneut die Stirn.

Um neun Uhr war ein Glöckchen zu hören und das dumpfe Gerüttel eines Kutschkastens durch den Morast.

»Ah, da kommt Besuch, aus ist's mit Trübsalblasen«, sagte Agafja Michailowna, stand auf und begab sich zur Tür. Aber Lewin überholte sie. Die Arbeit ging ihm jetzt nicht von der Hand, und er war froh über jeden Gast, wer es auch sein mochte.

XXXI

Als Lewin die Treppe halb hinabgelaufen war, hörte er aus der Diele ein vertrautes Gehüstel; aber wegen des Geräuschs seiner eigenen Schritte hörte er es undeutlich und hoffte, dass er sich irrte; dann erblickte er die ganze lange, knochige, vertraute Gestalt, nun konnte er sich eigentlich nicht mehr täuschen, trotzdem hoffte er noch, dass er sich irrte, und dieser lange Mensch, der den Pelz abnahm und sich freihustete − sei nicht Bruder Nikolai.

Lewin liebte seinen Bruder, aber mit ihm zusammenzusein war stets eine Qual. Nun, da Lewin unterm Einfluss des Gedankens, der ihm gerade gekommen war, und Agafja Michailownas Mahnung sich in einem unklaren, verworrenen Gemütszustand befand, kam ihm das bevorstehende Wiedersehen mit dem Bruder besonders belastend vor. Statt eines vergnügten, gesunden, fremden Gastes, der, so hatte er gehofft, ihn ablenken würde von seiner inneren Wirrnis, musste er seinen Bruder empfangen, der ihn kannte durch und durch, der seine intimsten Gedanken hervorlocken und ihn veranlassen würde, alles auszusprechen. Und das wollte er nicht.

Verärgert über sich selbst wegen dieses hässlichen Gefühls, lief Lewin in die Diele. Sobald er den Bruder aus der Nähe sah, war seine persönliche Enttäuschung schon verflogen, an ihre Stelle trat Mitgefühl. Auch früher schon hatte Bruder Nikolai aufgrund seiner Hagerkeit und Kränklichkeit grauenhaft ausgesehen, nun aber war er noch hagerer, noch entkräfteter. Ein Skelett, bedeckt mit Haut.

Er stand in der Diele, ruckte den langen, hageren Hals und riss den Schal herunter, dabei lächelte er seltsam kläglich. Als Lewin dieses Lächeln erblickte, ein demütiges, unterwürfiges Lächeln, fühlte er, wie ihm etwas krampfhaft die Kehle zuschnürte.

»Da komme ich dich also besuchen«, sagte Nikolai mit dumpfer Stimme, ohne einen Moment die Augen vom Gesicht des Bruders zu wenden. »Ich wollte es ja längst, war aber ständig unpässlich. Jetzt aber bin ich wieder gut beisammen«, sagte er, dabei wischte er sich mit den großen, hageren Händen den Bart trocken.

»Ja, ja!« erwiderte Lewin. Und ihm graute noch mehr, als seine Lippen beim Küssen spürten, wie trocken der Körper des Bruders war, und er seine großen, sonderbar leuchtenden Augen aus der Nähe sah.

Einige Wochen zuvor hatte Lewin seinem Bruder geschrieben, nach dem Verkauf jenes kleinen Erbteils, das noch ungeteilt im Haus geblieben war, habe der Bruder jetzt seinen Anteil zu erhalten, rund zweitausend Rubel.

Nikolai sagte, er sei jetzt hergereist, um dieses Geld zu erhalten, und vor allem, um in seinem heimischen Nest zu verweilen, den Boden zu berühren und wie die Recken im Märchen Kraft zu schöpfen für seine bevorstehende Tätigkeit. Trotz seines noch krummeren Rückens, trotz der bei seiner Größe erstaunlichen Hagerkeit waren seine Bewegungen rasch und ruckhaft wie sonst auch. Lewin brachte ihn in sein Zimmer.

Der Bruder kleidete sich besonders sorgfältig um, was früher nie der Fall gewesen war, kämmte seine spärlichen glatten Haare und ging lächelnd in den oberen Stock.

Er war freundlichster und heiterster Stimmung, wie er in Lewins Erinnerung als Kind oft gewesen war. Er erwähnte sogar Sergej Iwanowitsch ohne Groll. Als er Agafja Michailowna erblickte, scherzte er mit ihr und fragte sie nach alten Dienstboten aus. Die Nachricht vom Tod Parfjon Denissytschs berührte ihn unangenehm. Auf seinem Gesicht malte sich Schrecken, doch gleich hatte er sich wieder gefasst.

»Er war auch schon alt«, sagte er und wechselte das Thema. »Ja, nun bleibe ich einen Monat oder zwei bei dir, dann geht es nach Moskau. Weißt du, Mjachkow hat mir eine Stelle versprochen, ich trete in Dienst. Jetzt werde ich mein Leben ganz anders einrichten«, fuhr er fort. »Weißt du, ich habe diese Frau fortgeschickt.«

»Marja Nikolajewna? Wie das, weshalb?«

»Ach, sie ist eine garstige Frau! Hat mir einen Haufen Unannehmlichkeiten bereitet.« Aber er erzählte nicht, was das für Unannehmlichkeiten waren. Er konnte nicht sagen, dass er Marja Nikolajewna davongejagt hatte, weil ihr Tee zu dünn war, vor allem aber, weil sie ihn umsorgt hatte wie einen Kranken. »Überhaupt möchte ich jetzt mein Leben völlig ändern. Selbstverständlich habe ich Dummheiten gemacht wie alle, wobei das Vermögen am unwichtigsten ist, ihm traure ich nicht nach. Wenn ich nur gesund bin, und gesundheitlich bin ich, Gott sei Dank, wieder gut beisammen.«

Lewin hörte zu und dachte nach und konnte sich doch nicht ausdenken, was er sagen sollte. Wahrscheinlich empfand Nikolai das Gleiche; er fragte nun den Bruder nach seiner Tätigkeit aus, und Lewin war froh, von sich sprechen zu können, denn so konnte er ohne Verstellung sprechen. Er berichtete dem Bruder von seinen Plänen und Unternehmungen.

Der Bruder hörte zu, interessierte sich aber offenbar nicht dafür.

Diese beiden Menschen waren einander so nah und vertraut, dass die kleinste Bewegung, der Ton der Stimme beiden mehr verriet, als man mit Worten sagen kann.

Jetzt hatten beide nur einen Gedanken − Nikolais Krankheit und die Nähe seines Todes, und das erdrückte alles andere. Doch keiner der beiden wagte davon zu sprechen, darum brachte alles, was sie auch sagten, nicht zum Ausdruck, was sie bewegte − alles war Lüge. Noch nie war Lewin so froh gewesen, dass ein Abend zu Ende war und die Schlafenszeit kam. Noch nie war er, auch nicht mit Fremden, auch nicht bei offiziellen Visiten, so unnatürlich und unaufrichtig gewesen wie an diesem Abend. Und das Bewusstsein dieser Unnatürlichkeit und die Reue darüber ließ ihn noch unnatürlicher werden. Er hätte am liebsten geweint über seinen geliebten sterbenden Bruder, dabei musste er zuhören und zu dem Gespräch beitragen, wie er leben würde.

Da es im Haus feucht war und nur ein Zimmer geheizt, ließ Lewin den Bruder in seinem Schlafzimmer schlafen, hinter einem Paravent.

Der Bruder ging zu Bett, und ob er nun schlief oder nicht, jedenfalls wälzte er sich im Bett wie ein Kranker, hustete, und wenn er sich nicht freihusten konnte, schimpfte er vor sich hin. Manchmal, wenn der Atem schwer ging, sagte er: »Oh, mein Gott!« Manchmal, wenn der Schleim ihm die Luft nahm, stieß er verärgert hervor: »Ah! Teufel nochmal!« Lewin schlief lange nicht, horchte auf ihn. Ihm kamen die vielfältigsten Gedanken, aber das Ende aller Gedanken war stets: der Tod.

Der Tod, das unvermeidliche Ende von allem, stand erstmals mit unwiderstehlicher Macht vor ihm. Und dieser Tod, hier neben ihm in dem geliebten Bruder, der im Halbschlaf stöhnte und, seiner Gewohnheit nach, bald Gott, bald den Teufel anrief, ganz gleich wen, war gar nicht so fern, wie ihm das früher vorgekommen war. Er war auch in ihm, das fühlte er. Nicht heute, so morgen, nicht morgen, so in dreißig Jahren – blieb sich das nicht gleich? Aber was das war, dieser unvermeidliche Tod, wusste er nicht, nicht einmal nachgedacht hatte er je darüber, vielmehr verstand er nicht daran zu denken und wagte es nicht.

›Ich arbeite, ich möchte etwas schaffen, dabei habe ich vergessen, dass alles ein Ende hat, dass es den Tod gibt.‹

Er saß im Dunkeln auf dem Bett, zusammengekauert und die Arme um die Knie geschlungen, und mit angehaltenem Atem vor gedanklicher Anspannung dachte er nach. Je mehr er aber das Denken anspannte, desto klarer wurde ihm, dass dem zweifellos so war, dass er es wirklich vergessen, im Leben einen kleinen Umstand übersehen hatte – dass der Tod käme und alles zu Ende wäre, dass es gar nicht lohnte, etwas anzufangen,

und dass dem nicht abzuhelfen wäre. Ja, es war furchtbar, doch so war es.

›Aber noch lebe ich ja. Was soll ich jetzt nur tun,
was tun?‹ fragte er sich verzweifelt. Er zündete eine
Kerze an und stand vorsichtig auf, ging zum Spiegel und beschaute sein Gesicht und die Haare. Ja, an
den Schläfen gab es graue Haare. Er sperrte den Mund
auf. Die Backenzähne wurden allmählich schlecht. Er
entblößte seine muskulösen Arme. Ja, Kraft hatte er
viel. Aber Nikolai, der dort mit dem Rest seiner Lunge
atmete, hatte auch einen gesunden Körper gehabt. Und
plötzlich fiel ihm ein, wie sie als Kinder gemeinsam
schlafengegangen waren und nur darauf gewartet hatten, dass Fjodor Bogdanytsch die Tür hinter sich zu-
machte, um sich mit Kissen zu bewerfen und laut zu
lachen, unbändig zu lachen, so dass sogar die Furcht vor
Fjodor Bogdanytsch dieses überschwappende, schäu-
mende Lebensglück nicht aufhalten konnte. ›Und jetzt
diese eingefallene, hohle Brust ... und ich, der ich nicht
weiß, wozu alles und was aus mir wird ...‹

»Kche! Kche! Ah, Teufel nochmal! Was hantierst
du herum, was schläfst du nicht?« rief die Stimme des
Bruders.

»Nur so, ich weiß nicht, Schlaflosigkeit.«

»Und ich habe gut geschlafen, nicht einmal verschwitzt bin ich. Schau mal, fühle am Hemd. Nicht verschwitzt?«

Lewin befühlte es, ging wieder hinter den Paravent
und löschte die Kerze, schlief aber noch lange nicht.
Nun hatte sich ihm gerade ein wenig geklärt, wie er
leben sollte, da stand er schon vor einer neuen unlösbaren Frage – dem Tod.

›Ja, er stirbt, ja, bis zum Frühjahr ist er tot, ja, wie
helfe ich ihm nur? Was kann ich ihm sagen? Was weiß
ich darüber? Ich habe ja sogar vergessen, dass es das
gibt.‹

XXXII

Lewin war es vor langem schon aufgefallen, dass Menschen, aufgrund deren übermäßiger Nachgiebigkeit und Unterwürfigkeit man sich beklommen fühlt, einem aufgrund übermäßiger Ansprüche und Kritteleien sehr bald unerträglich werden. Er spürte, das würde auch mit seinem Bruder geschehen. Tatsächlich hielt Bruder Nikolais Sanftmut nicht lange vor. Schon ab dem nächsten Morgen war er gereizt und bekrittelte den Bruder eifrig, berührte dabei die wundesten Punkte.

Lewin fühlte sich schuldig und konnte doch nichts ausrichten. Er spürte, wenn sie sich beide nicht verstellten, sondern offenherzig sprächen, also nur sagten, was sie wirklich dachten und fühlten, so könnten sie einander nur in die Augen schauen, und Konstantin würde nur sagen:»Du stirbst, du stirbst, du stirbst!«, und Nikolai würde nur antworten:»Ich weiß, dass ich sterbe, doch ich habe Angst, Angst, Angst!« Und mehr könnten sie nicht sagen, wenn sie denn offenherzig sprächen. Aber so konnte man nun mal nicht leben, und deshalb versuchte Konstantin, das zu tun, was er sein Leben lang versucht und nicht fertiggebracht hatte und was, seiner Beobachtung nach, viele so gut fertigbrachten, ohne das man gar nicht leben konnte: er versuchte, nicht zu sagen, was er dachte, und spürte andauernd, dass es unaufrichtig klang, dass sein Bruder ihn dabei ertappte und darum gereizt war.

Am übernächsten Tag veranlasste Nikolai den Bruder, ihm erneut seinen Plan zu schildern, diesmal jedoch verurteilte er ihn, und nicht nur das, er vermengte ihn auch absichtlich mit dem Kommunismus.

»Du hast bloß einen fremden Gedanken aufgegriffen, ihn aber verunstaltet und willst ihn auf etwas anwenden, worauf er nicht anwendbar ist.«

»Ich sage dir doch, es gibt da keine Gemeinsam-keiten. Diese Leute bestreiten die Berechtigung von Eigentum, Kapital und Vererbbarkeit, während ich das nicht negiere, dieses wichtigste Stimulans (es war Lewin selbst zuwider, dass er solche Wörter gebrauchte, aber je mehr er aufging in seinem Werk, desto häufiger gebrauchte er unwillkürlich nichtrussische Wörter), ich will bloß die Arbeit regulieren.«

»Das ist es ja, du hast einen fremden Gedanken aufgegriffen, alles abgeschnitten, was seine Stärke aus-macht, und möchtest einen nun glauben machen, das sei etwas Neues«, sagte Nikolai und ruckte ärgerlich in seiner Halsbinde.

»Aber mein Gedanke hat doch gar nichts gemein mit ...«

»Dort«, sagte Nikolai Lewin mit boshaftem Augen-funkeln und ironischem Lächeln, »dort herrscht we-nigstens noch, wie soll ich sagen, betörende geome-trische Klarheit und Unanfechtbarkeit. Vielleicht ist es eine Utopie. Aber nehmen wir einmal an, es ließe sich mit aller Vergangenheit *tabula rasa* machen, es gäbe kein Eigentum, keine Familie, dann ließe sich auch die Arbeit regulieren. Aber davon ist bei dir nichts ...«

»Weshalb vermengst du das? ich bin nie Kommunist gewesen.«

»Ich jedoch war es und finde, dass es zwar verfrüht ist, aber vernünftig und eine Zukunft hat wie das Chris-tentum in den ersten Jahrhunderten.«

»Ich bin lediglich der Ansicht, dass man die Arbeits-kraft von naturforscherischem Gesichtspunkt betrach-ten müsse, das heißt, sie erforschen, ihre Eigenheiten anerkennen und ...«

»Das ist doch vollkommen überflüssig. Diese Kraft findet, je nach ihrer Entwicklungsstufe, von allein eine bestimmte Tätigkeitsform. Es gab überall Sklaven, dann *metayers**; auch bei uns gibt es Arbeit halbpart, gibt es Pacht, gibt es Knechtsarbeit – also, was suchst du?«

Lewin geriet bei diesen Worten auf einmal in Hitze, weil er auf dem Grunde seines Herzens befürchtete, es sei wahr – wahr sei, dass er zwischen dem Kommunismus und bestimmten Formen die Balance halten wolle und dass dies wohl kaum möglich sei.

»Ich suche Mittel, um produktiv zu arbeiten, für mich wie für den Arbeiter. Organisieren möchte ich ...« entgegnete er hitzig.

»Gar nichts möchtest du organisieren, du möchtest bloß, wie du dein Leben lang gelebt hast, originell sein, möchtest zeigen, dass du die Bauern nicht einfach ausbeutest, sondern mit einer Idee.«

»Tja, wenn du so denkst – lass mich in Ruhe!« entgegnete Lewin; er spürte, wie der Muskel an seiner linken Wange unaufhaltsam zuckte.

»Du hast keine Überzeugungen, hattest sie nie, wenn du nur deinen Ehrgeiz stillen kannst.«

»Tja, wunderbar, lass mich in Ruhe!«

»Lass ich dich auch! Ist längst an der Zeit, scher dich zum Teufel! Ich bedaure zutiefst, dass ich hergekommen bin!«

So sehr Lewin sich später auch bemühte, den Bruder zu beruhigen, Nikolai wollte nichts hören, sagte, sie gingen viel besser auseinander, und Konstantin sah ein, dass dem Bruder einfach das Leben unerträglich geworden war.

Nikolai war schon im Aufbruch begriffen, als Konstantin erneut zu ihm ging und ihn unnatürlich um Entschuldigung bat, falls er ihn irgendwie verletzt haben sollte.

»Oh, wie großmütig!« sagte Nikolai und lächelte.

---

* Pächter *(frz.)*

»Wenn du recht haben möchtest, kann ich dir dieses Vergnügen verschaffen. Du hast recht, doch ich fahre trotzdem!«

Erst unmittelbar vor der Abfahrt küsste ihn Nikolai und sagte auf einmal mit seltsam ernstem Blick auf den Bruder:

»Trotzdem, behalte mich in guter Erinnerung, Kostja!« Und seine Stimme zitterte.

Das waren die einzigen Worte, die aufrichtig waren. Lewin begriff, dass darunter zu verstehen war: ›Du siehst und weißt, dass es schlecht um mich steht, und vielleicht sehen wir uns nicht wieder.‹ Lewin begriff es, und ihm schossen Tränen in die Augen. Er küsste den Bruder noch einmal, konnte ihm aber nichts sagen und wusste auch nicht, was.

Drei Tage nach der Abreise des Bruders fuhr Lewin ins Ausland. Als er in der Eisenbahn Schtscherbazki traf, Kittys Cousin, verblüffte Lewin ihn sehr durch seinen Trübsinn.

»Was hast du?« fragte ihn Schtscherbazki.

»Ach, nichts, es gibt wenig Vergnügliches auf der Welt.«

»Wieso wenig? Fahren wir zusammen nach Paris statt in irgend so ein Mülhausen. Da sehen Sie, wie vergnüglich es ist!«

»Nein, ich bin am Ende. Zeit, dass ich sterbe.«

»Das ist aber ein Ding!« Schtscherbazki lachte. »Ich bin gerade erst soweit, dass ich anfange.«

»Ach, so habe ich auch vor kurzem noch gedacht, aber jetzt weiß ich, dass ich bald sterbe.«

Lewin sagte, was er wahrhaft dachte in dieser letzten Zeit. Er sah in allem nur den Tod oder sein Näherrücken. Um so mehr beschäftigte ihn jedoch die begonnene Unternehmung. Irgendwie musste er ja sein Leben weiterleben, solange der Tod noch nicht kam. Für ihn war nun alles bedeckt von Dunkelheit; aber gerade infolge dieser Dunkelheit spürte er, dass der einzige Leitfaden in dieser Dunkelheit seine Unternehmung war, und daran klammerte er sich nun aus letzter Kraft und hielt sich fest.

VIERTER TEIL

I

Die Karenins, Mann und Frau, lebten weiterhin im selben Haus, begegneten sich jeden Tag, waren einander aber vollkommen fremd. Alexej Alexandrowitsch hatte es sich zur Regel gemacht, seine Frau jeden Tag zu sehen, damit die Dienstboten keinen Anlass für Vermutungen hätten, vermied es aber, zu Hause zu dinieren. Wronski kam nie in Alexej Alexandrowitschs Haus, doch Anna sah ihn außerhalb des Hauses, und ihr Mann wusste das.

Die Situation war für alle drei qualvoll, und keiner der drei wäre imstande gewesen, auch nur einen Tag die Situation auszuhalten, hätte er nicht erwartet, dass sie sich ändern würde und nur eine vorläufige, unglückselige Erschwernis sei, die vorbeiginge. Alexej Alexandrowitsch erwartete, dass diese Leidenschaft vorbeiginge, wie ja alles vorbeigeht, dass alle das Ganze vergäßen und sein Name unbefleckt bliebe. Anna, von der die Situation abhing und für die sie am qualvollsten war, ertrug sie, weil sie nicht nur erwartete, sondern fest überzeugt war, dass sich sehr bald alles auflösen und klären würde. Sie hatte keinerlei Vorstellung, was die Situation auflösen würde, war aber fest überzeugt, dieses Etwas käme nun sehr bald. Wronski ordnete sich ihr unwillkürlich unter und erwartete ebenfalls, irgendetwas müsse unabhängig von ihm alle Erschwernisse klären.

In der Wintermitte verlebte Wronski eine sehr unerquickliche Woche. Er war einem ausländischen Prinzen, der nach Petersburg gekommen war, beigesellt worden und musste ihm die Sehenswürdigkeiten von Petersburg zeigen. Wronski selbst machte eine gute Figur, außerdem beherrschte er die Kunst, sich mit Würde respektvoll zu verhalten, und war den Umgang mit solchen Leuten gewöhnt; darum war er auch dem Prinzen beigesellt worden. Doch kam ihm seine Pflicht sehr beschwerlich vor. Der Prinz wünschte nichts von alledem auszulassen, wonach er zu Hause gefragt werden könnte, ob er es in Russland gesehen habe; auch wünschte er so viele russische Vergnügungen als irgend möglich wahrzunehmen. Wronski hatte die Pflicht, ihn beim einen wie beim anderen zu leiten. Vormittags fuhren sie Sehenswürdigkeiten besichtigen, abends nahmen sie an nationalen Vergnügungen teil. Der Prinz erfreute sich einer — sogar bei Prinzen — außergewöhnlichen Gesundheit; durch Leibesübungen und gute Pflege seines Körpers hatte er es zu solchen Kräften gebracht, dass er ungeachtet allen Übermaßes, dem er sich bei den Vergnügungen hingab, stets frisch war wie eine große, grüne, glänzende holländische Gurke. Der Prinz war viel gereist und fand, einer der Hauptvorzüge der heutigen Verkehrsverbindungen sei die leichtere Erreichbarkeit nationaler Vergnügungen. Er war in Spanien gewesen und hatte dort Serenaden gebracht und eine Spanierin, die Mandoline spielte, näher kennengelernt. In der Schweiz hatte er eine *Gemse* geschossen. In England hatte er im roten Frack sein Pferd über Zäune gejagt und einer Wette wegen zweihundert Fasane erlegt. In der Türkei war er im Harem gewesen, in Indien hatte er einen Elefanten geritten, und nun wünschte er in Russland alle spezifisch russischen Vergnügungen zu kosten.

Wronski, der ihm gleichsam als Oberzeremonienmeister diente, hatte große Mühe, alle russischen Vergnügungen, die dem Prinzen von verschiedenen Leuten vorgeschlagen wurden, unter einen Hut zu bringen. Da gab es Traberhengste, Bliny-Essen, Bärenjagden, Troikafahrten, Zigeuner und Trinkgelage mit russischem Gläserzerschlagen. Und der Prinz eignete sich mit außerordentlicher Leichtigkeit den russischen Geist an, zerschlug tablettweise Gläser, setzte sich eine Zigeunerin auf den Schoß und schien stets zu fragen: Und was noch, oder besteht nur daraus der ganze russische Geist?

Im Grunde gefielen dem Prinzen von allen russischen Vergnügungen am besten die französischen Schauspielerinnen, eine Ballettänzerin und der Champagner mit weißem Siegel. Wronski war Prinzen gewöhnt, aber – sei es, weil er selbst sich in letzter Zeit verändert hatte, oder wegen der zu großen Nähe zu diesem Prinzen, jedenfalls kam ihm diese Woche furchtbar beschwerlich vor. Er hatte die ganze Woche unablässig ein Gefühl, als ob er einem gefährlichen Irren beigesellt wäre, den Irren fürchtete und wegen der Nähe zu ihm gleichzeitig um seinen Verstand fürchtete. Wronski spürte andauernd die Notwendigkeit, keinen Augenblick von dem streng offiziellen, respektvollen Ton abzulassen, um sich nicht beleidigt zu fühlen. Der Umgangston des Prinzen mit jenen Leuten, die sich zu Wronskis Erstaunen ein Bein ausrissen, um ihm russische Vergnügungen zu verschaffen, war verächtlich. Seine Urteile über russische Frauen, die er zu erforschen wünschte, ließen Wronski mehrfach erröten vor Entrüstung. Der Hauptgrund, weshalb Wronski den Prinzen besonders schwer ertrug, war allerdings, dass er unwillkürlich sich selbst in ihm sah. Und was er in diesem Spiegel sah, schmeichelte seinem Selbstgefühl nicht. Das war ein sehr dummer, sehr selbstsicherer, sehr gesunder und sehr reinlicher Mann, nichts weiter. Er war ein Gentleman, das stimmte, das konnte Wronski nicht bestreiten. Er war gelassen und nicht liebedienerisch gegenüber Höhergestellten, war frei und schlicht im Umgang mit Gleichgestellten und war verächtlich gutmütig gegenüber Rangniedrigeren. Wronski war selbst so und hielt das für einen großen Vorzug; aber gegenüber dem Prinzen war er der Rangniedrigere, und dieses verächtlich-gutmütige Verhältnis zu ihm empörte ihn.

›Dummes Stück Rindvieh! Bin ich vielleicht genauso?‹ dachte er.

Jedenfalls, als er sich am siebten Tag, vor des Prinzen Abreise nach Moskau, von ihm verabschiedete und seinen Dank erhielt, war er glücklich, dass er diese peinliche Situation und den unangenehmen Spiegel loswar. Er verabschiedete sich von ihm auf dem Bahnhof, auf dem Rückweg von der Bärenjagd, wo sie die ganze Nacht russisches Draufgängertum zur Schau gestellt hatten.

II

Nach Hause zurückgekehrt, fand Wronski ein Billett von Anna vor. Sie schrieb:»Ich bin krank und unglücklich. Ich kann nicht aus dem Haus, doch Sie noch länger nicht sehen kann ich auch nicht. Kommen Sie abends. Um sieben fährt Alexej Alexandrowitsch in den Rat und bleibt dort bis zehn.« Er überlegte einen Moment, wie merkwürdig es war, dass sie ihn zu sich kommen ließ, trotz der Forderung ihres Mannes, ihn nicht zu empfangen, und beschloss dann zu fahren.

Wronski war diesen Winter zum Obersten befördert worden, hatte das Regiment verlassen und lebte allein. Nach dem Dejeuner legte er sich gleich aufs Sofa, und innerhalb von fünf Minuten hatten sich die abstoßenden Szenen, die er in den letzten Tagen gesehen hatte, in seiner Erinnerung verworren und mit der Vorstel-

lung von Anna und einem Kerl vermengt, der bei der
Bärenjagd das Tier aufgestöbert hatte; und Wronski
schlief ein. Er erwachte bei Dunkelheit, zitternd vor
Furcht, und zündete hastig eine Kerze an. ›Was ist?
Was? Was habe ich da Grauenhaftes geträumt? Ja, ja.
Anscheinend der Kerl von der Bärenjagd, klein, verdreckt, mit zerzaustem Bart, macht etwas, vorgebeugt,
und auf einmal sagt er auf Französisch merkwürdige
Wörter. Ja, mehr war nicht im Traum‹, sagte er sich,
›aber weshalb war das so entsetzlich?‹ Wieder erinnerte
er sich lebhaft an den Kerl und die unverständlichen
französischen Wörter, die dieser Kerl gesprochen hatte,
und kaltes Entsetzen lief ihm über den Rücken.

›Was für ein Unsinn!‹ dachte Wronski und blickte
auf die Uhr.

Es war schon halb neun. Er klingelte dem Diener,
kleidete sich hastig an und trat auf die Haustreppe,
hatte dabei den Traum schon völlig vergessen, ihn peinigte nur, dass er spät dran war. Als er bei den Karenins
vorfuhr, blickte er auf die Uhr und sah, dass es zehn
vor neun war. Eine hohe, schmale Kutsche, mit zwei
Grauschimmeln bespannt, stand an der Auffahrt. Er
erkannte Annas Kutsche. ›Sie fährt zu mir‹, überlegte
Wronski, ›das wäre auch besser. Es ist mir unangenehm,
dieses Haus zu betreten. Doch einerlei, ich kann mich
nicht verstecken‹, sagte er sich, und mit den seit Kindertagen eingeübten Verhaltensweisen eines Menschen,
der sich nicht zu schämen braucht, stieg Wronski aus
dem Schlitten und ging zur Tür. Die Tür öffnete sich,
und der Portier, ein Plaid auf dem Arm, rief die Kutsche her. Wronski, zwar nicht gewohnt, auf Kleinigkeiten zu achten, bemerkte nun jedoch, mit welchem Erstaunen der Portier einen Blick auf ihn warf. In der
Tür stieß Wronski fast mit Alexej Alexandrowitsch zusammen. Ein Gasbrenner warf Licht auf das blutleere,
eingefallene Gesicht unter dem schwarzen Hut und die

weiße Halsbinde, die aus dem Biberkragen des Mantels vorglänzte. Karenins unbewegliche, trübe Augen richteten sich auf Wronskis Gesicht. Wronski verneigte sich, und Alexej Alexandrowitsch, den Mund wie zum Kauen verziehend, hob die Hand zum Hut und ging vorüber. Wronski sah, wie er, ohne sich umzublicken, in die Kutsche stieg, Plaid und Opernglas durchs Fenster entgegennahm und sich abwandte. Wronski betrat das Entree. Seine Brauen waren hochgezogen, in den Augen glänzte es böse und stolz.

›Das ist mir eine Situation!‹ dachte er. ›Wenn er kämpfen, seine Ehre verteidigen würde, könnte ich handeln, meinen Gefühlen Ausdruck geben; aber diese Schwachheit oder Schändlichkeit ... Er verweist mich in die Rolle des Betrügers, aber das wollte und will ich nicht sein.‹

Seit seiner Aussprache mit Anna in Wredes Garten hatten sich Wronskis Gedanken stark verändert. Er ordnete sich nun der Schwäche Annas unter, die sich ihm gänzlich hingab, nur von ihm die Entscheidung ihres Schicksals erwartete und sich von vornherein allem unterordnete, und unwillkürlich dachte er längst nicht mehr, diese Verbindung könnte einmal ein Ende haben, wie er damals noch gedacht hatte. Seine ehrsüchtigen Pläne waren erneut in den Hintergrund getreten, und da er nun den Wirkungsbereich verlassen hatte, in dem alles fest und bestimmt war, gab er sich ganz seinem Gefühl hin, und dieses Gefühl band ihn stärker und stärker an sie.

Noch im Entree hörte er ihre Schritte sich entfernen. Er begriff, dass sie ihn erwartet und gelauscht hatte und nun in den Salon zurückkehrte.

»Nein!« rief sie, als sie ihn erblickte, und beim ersten Ton ihrer Stimme traten ihr Tränen in die Augen, »nein, wenn das so weitergeht, passiert es noch viel, viel früher!«

»Was, meine Liebe?«

»Was? Ich warte, quäle mich, eine Stunde, zwei ...
Nein, ich werde nicht ... Ich kann mich nicht zanken
mit dir. Sicher konntest du nicht eher. Nein, nein!«

Sie legte ihm beide Hände auf die Schultern und
betrachtete ihn lange mit tiefem, entzücktem und zugleich prüfendem Blick. Sie erforschte sein Gesicht
nach der Zeit, da sie ihn nicht gesehen hatte. Wie bei
jeder Begegnung, brachte sie ihr Phantasiebild von ihm
(das ungleich besser war, unmöglich in der Wirklichkeit) in Einklang mit dem, wie er war.

III

»Du bist ihm begegnet?« fragte sie, als sie beim Tisch
unter der Lampe Platz genommen hatten. »Das ist die
Strafe dafür, dass du so spät kommst.«

»Ja, aber wie das? Er sollte doch im Rat sein?«

»War er auch, kehrte zurück und fuhr wieder irgendwohin. Aber das tut nichts. Sprich nicht davon. Wo bist
du gewesen? Die ganze Zeit mit dem Prinzen?«

Sie kannte sein Leben in allen Einzelheiten. Er hatte
sagen wollen, dass er die ganze Nacht nicht geschlafen
hatte und eingeschlafen war, aber beim Blick auf ihr
erregtes und glückliches Gesicht schlug ihm das Gewissen. Und er sagte, er habe noch Rechenschaft ablegen
müssen über die Abreise des Prinzen.

»Aber jetzt ist es zu Ende? Er ist fort?«

»Gott sei Dank, es ist zu Ende. Du glaubst gar nicht,
wie unerträglich mir das war.«

»Wieso denn? So ist das Leben von euch jungen Männern doch immer«, sagte sie, die Brauen zusammen-
gezogen, griff nach ihrer Häkelarbeit, die auf dem Tisch
lag, und ohne Wronski anzuschauen, nestelte sie an der
Häkelnadel.

»Ich habe dieses Leben längst hinter mir gelassen«, sagte er, verwundert über ihren veränderten Gesichtsausdruck und bemüht, dessen Bedeutung zu erraten. »Und ich gebe zu«, – ein Lächeln entblößte seine robusten weißen Zähne – »ich habe diese Woche wie in einen Spiegel geschaut beim Blick auf dieses Leben, und es war mir unangenehm.«

Sie hielt die Häkelarbeit in der Hand, häkelte aber nicht, sondern sah ihn mit einem merkwürdigen, funkelnden und feindseligen Blick an.

»Heute morgen hat Lisa mich besucht – sie haben noch keine Angst, mich zu besuchen, trotz Gräfin Lidija Iwanowna –«, schob sie ein, »und erzählte von eurer Attischen Nacht. Wie abscheulich!«

»Ich wollte nur sagen ...«

Sie unterbrach ihn:

»War da auch diese *Thérèse*, die du früher gekannt hast?«

»Ich wollte sagen ...«

»Wie abscheulich ihr Männer doch seid! Dass ihr euch nicht vorstellen könnt, dass eine Frau das nicht vergessen kann!« Sie redete sich immer mehr in Hitze, und damit entdeckte sie ihm den Grund für ihre Gereiztheit. »Besonders eine Frau, die dein Leben nicht kennen kann. Was kenne ich? was habe ich kennengelernt? Nur, was du mir sagst. Und woher weiß ich denn, ob du mir die Wahrheit sagst ...«

»Anna! Du beleidigst mich. Glaubst du mir denn nicht? Habe ich dir denn nicht gesagt, dass kein Gedanke in mir ist, den ich dir nicht entdecken könnte?«

»Ja, ja«, sagte sie, offenbar suchte sie die eifersüchtigen Gedanken zu verscheuchen. »Doch wenn du wüsstest, wie schwer mir zumute ist! Ich glaube dir, glaube dir ... Was wolltest du sagen?«

Ihm fiel jedoch nicht gleich ein, was er hatte sagen wollen. Diese Eifersuchtsanfälle, die sie in letzter Zeit immer häufiger überkamen, entsetzten ihn und ließen, so sehr er das auch zu verbergen suchte, sein Gefühl erkalten, obwohl er wusste, dass die Liebe zu ihm der Grund für ihre Eifersucht war. Wie oft hatte er sich gesagt, ihre Liebe sei das Glück; nun liebte sie ihn, wie nur eine Frau lieben konnte, für die die Liebe schwerer wog als alle Segnungen des Lebens – und er war viel weiter vom Glück entfernt wie damals, als er ihr aus Moskau nachgereist war. Damals hielt er sich für unglücklich, aber das Glück stand bevor; jetzt fühlte er, dass das größte Glück schon hinter ihm lag. Sie war ganz anders, als er sie in der ersten Zeit gesehen hatte. Geistig wie körperlich hatte sie sich zu ihrem Nachteil verändert. Sie war in die Breite gegangen, und als sie von der Schauspielerin gesprochen hatte, war ein böser, entstellender Zug auf ihrem Gesicht gelegen. Er sah sie an, wie jemand eine Blume ansieht, die er gepflückt hat und die verwelkt ist, in der er nur mit Mühe die Schönheit wiederfindet, derenthalben er sie gepflückt und zugrunde gerichtet hat. Und trotzdem fühlte er, er hätte damals, als seine Liebe stärker war, sie aus seinem Herzen reißen können, wenn er es nur gewollt hätte, jetzt aber, da es ihm wie in diesem Augenblick vorkam, als empfände er keine Liebe mehr für sie, wusste er, das Band zwischen ihm und ihr könnte nicht zerrissen werden.

»Na, was wolltest du mir von dem Prinzen sagen? Ich habe den Dämon verjagt, ja, verjagt«, fügte sie hinzu. Dämon nannten sie untereinander die Eifersucht. »Also, was hattest du von dem Prinzen sagen wollen? Weshalb war dir so schwer zumute?«

»Oh, es war unerträglich!« Er suchte den Faden des verlorenen Gedankens zu fassen. »Er gewinnt nicht bei näherer Bekanntschaft. Wollte man ihn beschreiben, so ist er ein prächtig herausgefüttertes Stück Vieh, wie sie auf Ausstellungen die ersten Preise gewinnen, weiter nichts«, sagte er mit einem Verdruss, der ihr Interesse weckte.

»Aber wie das?« wandte sie ein. »Er hat immerhin viel gesehen, ist gebildet?«

»Das ist eine vollkommen andere Bildung, die Bildung solcher Leute. Er ist anscheinend nur gebildet, um das Recht zu haben, Bildung zu verachten, wie diese Leute alles verachten außer animalischen Vergnügungen.«

»Aber ihr liebt doch alle diese animalischen Vergnügungen«, sagte sie, und wieder bemerkte er den finsteren Blick, der ihm auswich.

»Was verteidigst du ihn dermaßen?« fragte er lächelnd.

»Ich verteidige ihn nicht, mir ist das vollkommen gleichgültig; aber ich meine, wenn dir selbst diese Vergnügungen nicht gefallen würden, hättest du ablehnen können. Es macht dir aber Vergnügen, Theresa im Evaskostüm anzuschauen ...«

»Wieder der Satan, wieder er!« Wronski nahm ihre Hand, die sie auf den Tisch gelegt hatte, und küsste sie.

»Ja, ich kann nicht mehr! Du weißt nicht, wie ich gelitten habe, während ich auf dich wartete! Ich denke, dass ich nicht eifersüchtig bin. Ich bin nicht eifersüchtig; und ich glaube dir, wenn du hier bist, bei mir; aber wenn du irgendwo allein dein mir unverständliches Leben lebst ...«

Sie beugte sich weg von ihm, zog die endlich freigenestelte Häkelnadel aus der Arbeit, und mit Hilfe des Zeigefingers schlang sie aus der weißen, im Lampenlicht strahlenden Wolle rasch eine Schlaufe nach der anderen, und rasch und nervös drehte und wendete sich der schmale Handrücken in dem bestickten Ärmel.

»Und nun? wo bist du Alexej Alexandrowitsch begegnet?« Ihre Stimme klang auf einmal unnatürlich.

»Wir stießen unter der Tür zusammen.«

»Und er hat dich so gegrüßt?«

Sie zog ihr Gesicht in die Länge und schloss halb die Augen, veränderte rasch den Gesichtsausdruck und legte die Hände zusammen, und auf einmal erblickte Wronski auf ihrem schönen Gesicht den Ausdruck, mit dem Alexej Alexandrowitsch ihn gegrüßt hatte. Er lächelte, und sie lachte fröhlich jenes hübsche, aus der Brust steigende Lachen, das einer ihrer betörendsten Reize war.

»Mir ist er völlig unverständlich«, sagte Wronski. »Wenn er nach deiner Erklärung auf der Datscha mit dir gebrochen hätte, wenn er mich zum Duell gefordert hätte – aber das ist mir unverständlich: Wie kann er eine solche Situation ertragen? Er leidet, das sieht man.«

»Er?« sagte sie spöttisch. »Er ist vollkommen zufrieden.«

»Weshalb müssen wir uns alle quälen, wo es doch so gut sein könnte?«

»Er doch nicht. Als ob ich ihn nicht kennen würde, diese Lüge, von der er ganz durchdrungen ist! Als ob jemand, der irgendetwas fühlt, leben könnte, wie er mit mir lebt! Er begreift nichts, fühlt nichts. Als ob ein Mensch, der nur irgendetwas fühlt, mit seiner frevel-haften Frau im selben Haus leben könnte! Mit ihr reden könnte! Du zu ihr sagen könnte!«

Wieder machte sie ihn unwillkürlich nach. »Du, *ma chère*, du, Anna!«

»Das ist kein Mann, kein Mensch, das ist eine Puppe! Niemand weiß es, aber ich weiß es. Oh, wenn ich an seiner Stelle wäre, wenn irgendjemand sonst an seiner Stelle wäre, ich hätte diese Frau, eine wie mich, doch längst totgeschlagen, hätte sie in Stücke gerissen und würde nicht sagen: *ma chère* Anna. Das ist kein Mensch, das ist eine ministerielle Maschine. Er begreift

nicht, dass ich deine Frau bin, dass er fremd ist, dass er
stört... Reden wir nicht darüber, besser nicht!«
»Du hast nicht recht, sicherlich nicht recht, meine
Liebe!« Wronski suchte sie zu beruhigen. »Gleichwohl,
reden wir nicht von ihm. Erzähle mir, was du gemacht
hast. Was fehlt dir? Was ist das für eine Krankheit und
was sagt der Arzt?«

Sie schaute ihn mit spöttischer Freude an. Offenbar
hatte sie weitere komische und hässliche Züge an ihrem
Mann gefunden und wartete nur auf den Moment, um
sie loszuwerden.

Er fuhr fort:
»Ich vermute, das ist keine Krankheit, vielmehr dein
Zustand. Wann ist es soweit?«

Der spöttische Glanz in ihren Augen erlosch, doch
ein anderes Lächeln – es wusste etwas ihm Unbekanntes und war von stiller Trauer – trat an die Stelle ihrer
vorigen Miene.

»Bald, bald. Du sagst, unsere Situation sei qualvoll,
sie müsse aufgelöst werden. Wenn du nur wüsstest, wie
schwer sie für mich ist, was ich gäbe dafür, dich frei und
kühn zu lieben! Ich würde mich nicht quälen und dich
nicht mit meiner Eifersucht quälen... Und das wird
bald sein, aber nicht so, wie wir meinen.«

Bei dem Gedanken, wie das sein würde, kam sie sich
selbst so jämmerlich vor, dass ihr Tränen in die Augen
traten und sie nicht fortfahren konnte. Sie legte ihm die
im Lampenlicht weiß glänzende Hand mit den funkelnden Ringen auf den Ärmel.

»Das wird nicht so sein, wie wir meinen. Ich wollte
es dir nicht sagen, aber du zwingst mich dazu. Bald, bald
wird es sich auflösen, und wir werden alle unsere Ruhe
finden und uns alle nicht weiter quälen.«

»Ich begreife nicht«, sagte er, obwohl er begriff.

»Du fragst, wann es soweit sei? Bald. Und ich werde
es nicht überleben. Unterbrich mich nicht!« Sie redete

überstürzt weiter. »Ich weiß es, weiß es sicher. Ich werde sterben, und ich bin sehr froh, dass ich sterben werde und mich und euch befreie.«

Die Tränen strömten ihr aus den Augen; er beugte sich über ihre Hand und küsste sie, suchte seine Erregung zu verbergen, die unbegründet war, das wusste er, aber er konnte sie nicht bemeistern.

»O ja, das ist besser«, sagte sie und drückte mit einer kräftigen Bewegung seine Hand. »Nur das, nur das ist uns geblieben.«

Er besann sich und hob den Kopf.

»Was für ein Unsinn! Was redest du für einen haltlosen Unsinn!«

»Doch, das ist wahr.«

»Was, was ist wahr?«

»Dass ich sterben werde. Ich hatte einen Traum.«

»Einen Traum?« wiederholte Wronski und erinnerte sich augenblicklich an den Kerl in seinem Traum.

»Ja, einen Traum«, sagte sie. »Schon seit langem habe ich diesen Traum. Ich träume, dass ich in mein Schlafzimmer laufe, weil ich dort etwas holen oder etwas klären muss; du weißt ja, wie das ist, im Traum«, sagte sie, die Augen vor Entsetzen weit geöffnet, »und im Schlafzimmer, in der Ecke, steht etwas.«

»Ach, was für ein Unsinn! Wie kann man glauben an ...«

Doch sie ließ sich nicht unterbrechen. Was sie sagte, war ihr zu wichtig.

»Und dieses Etwas dreht sich um, und ich sehe, es ist ein Kerl, klein, mit zerzaustem Bart, grauenhaft. Ich möchte davonlaufen, aber er beugt sich über einen Sack und kramt darin mit den Händen ...«

Sie machte nach, wie er in dem Sack kramte. Entsetzen stand ihr im Gesicht. Und Wronski, in Erinnerung an seinen Traum, spürte, wie ebensolches Entsetzen seine Seele erfüllte.

»Er kramt darin und murmelt dazu auf Französisch, blitzschnell, weißt du, mit weichem R: ›*Il faut le battre le fer, le broyer, le pétrir**...‹ Und ich will aufwachen vor Angst, wache auch auf — aber ich wache im Traum auf. Und frage mich, was das zu bedeuten hat. Und Kornej sagt zu mir: ›Bei der Geburt, bei der Geburt werden Sie sterben, liebe Frau, bei der Geburt ...‹ Und ich wache auf ...«

»Was für ein Unsinn, was für ein Unsinn!« sagte Wronski, aber er spürte selbst, dass seine Stimme keine Überzeugungskraft hatte.

»Doch sprechen wir nicht davon. Läute, ich lasse Tee servieren. Warte noch, jetzt werde ich nicht lange ...«

Doch plötzlich stockte sie. Ihr Gesichtsausdruck veränderte sich schlagartig. Entsetzen und Erregung wichen plötzlich einer stillen, ernsten und seligen Aufmerksamkeit. Wronski konnte nicht begreifen, was diese Veränderung bedeutete. Sie hatte die Bewegung des neuen Lebens in sich gespürt.

IV

Alexej Alexandrowitsch war nach der Begegnung mit Wronski an seiner Haustür, wie beabsichtigt, in die italienische Oper gefahren. Dort saß er zwei Akte ab und traf alle Leute, die er brauchte. Bei der Rückkehr nach Hause musterte er aufmerksam die Garderobe, und als er sah, dass kein Militärmantel dort hing, ging er nach seiner Gewohnheit auf sein Zimmer. Doch gegen seine Gewohnheit legte er sich nicht schlafen und wanderte in seinem Kabinett bis drei Uhr nachts auf und ab. Der Zorn auf seine Frau, die den Anstand nicht wahren und

---

* Man muss es schlagen, das Eisen, es zermalmen, es durchwalken *(frz.)*

die einzige ihr gestellte Bedingung, ihren Liebhaber nicht zu Hause zu empfangen, nicht erfüllen wollte, ließ ihm keine Ruhe. Sie hatte seine Forderung nicht erfüllt, er musste sie nun bestrafen und seine Drohung vollstrecken, also die Scheidung verlangen und ihr den Sohn wegnehmen. Er wusste, welche Schwierigkeiten damit verbunden wären, aber er hatte gesagt, er würde es tun, und jetzt musste er die Drohung vollstrecken. Gräfin Lidija Iwanowna hatte ihm bedeutet, das wäre in seiner Lage der beste Ausweg, und in letzter Zeit hatte die Scheidungspraxis dermaßen Vervollkommnung gefunden, dass Alexej Alexandrowitsch die Möglichkeit sah, die formalen Schwierigkeiten zu überwinden. Außerdem kommt ein Unglück selten allein, und mit den Projekten zur Eingliederung der Fremdvölker und zur Felderbewässerung im Gouvernement Saraisk hatte Alexej Alexandrowitsch sich dermaßen viele dienstliche Unannehmlichkeiten eingehandelt, dass er die ganze letzte Zeit in äußerst gereizter Verfassung war.

Er schlief die ganze Nacht nicht, sein Zorn nahm in gewaltiger Progression zu und hatte sich morgens bis zum Äußersten gesteigert. Er kleidete sich hastig an, und als ob er die volle Schale seines Zorns vor sich hertrüge und befürchtete, davon zu verschütten, als ob er befürchtete, mit dem Zorn auch die Energie zu verlieren, die er für die Aussprache mit seiner Frau brauchte, trat er zu ihr ins Zimmer, sobald er erfahren hatte, dass sie aufgestanden war.

Anna, die doch meinte, ihren Mann so gut zu kennen, war frappiert von seinem Anblick, als er zu ihr ins Zimmer trat. Seine Stirn war gerunzelt, die Augen schauten finster geradeaus, vermieden ihren Blick; der Mund war fest und verächtlich zugepresst. In seinem Gang, den Bewegungen und im Klang seiner Stimme lag eine Entschiedenheit und Festigkeit, die seine Frau nie an ihm gesehen hatte. Er trat ins Zimmer, und ohne sie zu grüßen, begab er sich sofort zu ihrem Schreibtisch, nahm die Schlüssel und schloss die Schublade auf.

»Was wollen Sie?!« schrie sie.

»Die Briefe Ihres Liebhabers«, sagte er.

»Die sind nicht hier«, sagte sie und machte die Schublade zu; dank dieser Bewegung erkannte er jedoch, dass er richtig geraten hatte, stieß grob ihre Hand weg und griff rasch nach dem Portefeuille, in dem sie, wie er wusste, die wichtigsten Papiere aufbewahrte. Sie wollte ihm das Portefeuille entreißen, doch er stieß sie zurück.

»Setzen Sie sich! ich muss mit Ihnen reden«, sagte er. Das Portefeuille hielt er unterm Arm und klemmte es so angestrengt mit dem Ellbogen fest, dass seine Schulter sich hob.

Mit Verwunderung und Furchtsamkeit sah sie ihn schweigend an.

»Ich hatte Ihnen gesagt, dass ich Ihnen nicht gestatte, Ihren Liebhaber hier im Haus zu empfangen.«

»Ich musste ihn sehen, um ...«

Sie stockte, da ihr nichts einfiel.

»Es interessieren mich keine Details, wozu eine Frau ihren Liebhaber sehen muss.«

»Ich wollte, ich wollte nur ...« sagte sie, feuerrot. Seine Grobheit reizte sie und verlieh ihr Kühnheit. »Merken Sie denn nicht, wie leicht Sie mich beleidigen können?«

»Beleidigen kann man einen ehrenhaften Mann und eine ehrenhafte Frau, aber einem Dieb zu sagen, dass er ein Dieb sei, ist lediglich *la constatation d'un fait**.«

»Ein neuer Charakterzug – Grausamkeit kannte ich an Ihnen noch nicht.«

»Sie nennen es grausam, dass ein Mann seiner Frau

---

* die Feststellung einer Tatsache *(frz.)*

alle Freiheit lässt, ihr das ehrenhafte Dach seines Namens bietet unter der einzigen Bedingung, dass sie den Anstand wahrt. Das ist grausam?«

»Das ist schlimmer als grausam, das ist schändlich, wenn Sie es denn wissen wollen!« schrie Anna in einem Wutausbruch, stand auf und wollte gehen.

»Nein!« schrie er mit seiner piepsigen Stimme, die jetzt noch einen Ton höher klang als sonst, packte sie mit seinen langen Fingern so stark am Arm, dass das Armband, das er dagegen drückte, rote Spuren hinterließ, und zwang sie wieder auf ihren Platz. »Schändlich? Falls Sie dieses Wort gebrauchen wollen, so ist es schändlich, eines Liebhabers wegen Mann und Sohn zu verlassen und weiter das Brot des Mannes zu essen!«

Sie senkte den Kopf. Nicht nur, dass sie nicht sagte, was sie gestern ihrem Liebhaber gesagt hatte, dass er ihr Mann sei und ihr Mann nur störe; sie dachte es nicht einmal. Sie fühlte, wie berechtigt seine Worte waren, und sagte nur leise:

»Schlimmer, als ich selbst es tue, können Sie meine Situation nicht beschreiben, aber warum sprechen Sie es aus?«

»Warum ich es ausspreche? warum?« fuhr er genauso zornig fort. »Damit Sie wissen, dass ich nun, da Sie meinen Willen bezüglich der Wahrung des Anstands nicht erfüllt haben, Maßnahmen ergreifen werde, damit diese Situation ein Ende hat.«

»Bald, bald ist sie sowieso zu Ende«, murmelte sie, und beim Gedanken an den nahen, nun erwünschten Tod traten ihr wieder Tränen in die Augen.

»Sie wird eher zu Ende sein, als Sie sich das mit Ihrem Liebhaber ausgedacht haben! Sie müssen Ihre animalische Leidenschaft befriedigen ...«

»Alexej Alexandrowitsch! Ich sage nicht, es sei nicht großmütig, aber – es ist nicht in Ordnung, auf einen, der am Boden liegt, noch einzuschlagen.«

»Ja, Sie haben nur sich selbst im Sinn, aber die Leiden des Menschen, der ihr Mann war, interessieren Sie
nicht. Es ist Ihnen gleichgültig, dass sein Leben ruiniert
ist, was er alles zu übel… übel… zu übelstehen hat.«

Alexej Alexandrowitsch sprach so schnell, dass er
sich verhaspelte und dieses Wort einfach nicht herausbrachte. Er brachte es schließlich als übelstehen heraus. Sie fand das zum Lachen und schämte sich sogleich,
dass ihr in einem solchen Moment etwas zum Lachen
sein konnte. Und zum allerersten Mal versetzte sie sich
einen Augenblick in seine Gefühle, und er tat ihr leid.
Aber was konnte sie schon sagen oder tun? Sie ließ
den Kopf sinken und schwieg. Er schwieg ebenfalls eine
Weile und hob mit einer nicht mehr so piepsigen, kalten Stimme erneut an, betonte dabei wahllos Wörter,
die überhaupt nicht von Bedeutung waren.

»Ich komme, um Ihnen zu sagen …« begann er.

Sie warf einen Blick auf ihn. ›Nein, das kam mir nur
so vor‹, dachte sie und sah wieder seinen Gesichtsausdruck vor sich, als er sich beim Wort übelstehen ver-
haspelt hatte, ›nein, kann denn ein Mensch mit diesen trüben Augen, mit dieser selbstzufriedenen Ruhe
irgendetwas fühlen?‹

»Ich kann nichts daran ändern«, flüsterte sie.

»Ich komme, um Ihnen zu sagen, dass ich mor-
gen nach Moskau fahren und nicht wieder in dieses
Haus zurückkehren werde, und von meiner Entschei-
dung benachrichtigt werden Sie durch den Anwalt, den
ich mit der Scheidungsklage beauftragen werde. Mein
Sohn hingegen wird zu meiner Schwester ziehen«, sagte
Alexej Alexandrowitsch; nur mit Mühe rief er sich ins
Gedächtnis, was er über den Sohn hatte sagen wollen.

»Sie brauchen Serjoscha, um mir weh zu tun«, sagte
sie und sah ihn stirnrunzelnd an. »Sie lieben ihn doch
nicht … Lassen Sie Serjoscha hier!«

»Ja, ich habe sogar die Liebe zum Sohn verloren,

da mein Widerwille gegen Sie sich mit ihm verbindet. Trotzdem nehme ich ihn mit. Leben Sie wohl!«

Und er wollte gehen, doch jetzt hielt sie ihn auf.

»Alexej Alexandrowitsch, lassen Sie Serjoscha hier!« flüsterte sie noch einmal. »Ich habe sonst nichts zu sagen. Lassen Sie Serjoscha hier bis ... Ich komme bald nieder, lassen Sie ihn hier!«

Alexej Alexandrowitsch wurde feuerrot, entriss ihr seine Hand und ging schweigend aus dem Zimmer.

V

Das Wartezimmer des berühmten Petersburger Anwalts war voll, als Alexej Alexandrowitsch eintrat. Drei Damen – eine alte, eine junge und eine Kaufmannsfrau – und drei Herren – der eine ein deutscher Bankier mit Ring am Finger, der andere ein Kaufmann mit Bart und der dritte ein verdrossener Beamter in Uniform, ein Ordenskreuz am Hals – warteten offenbar schon lange. Zwei Gehilfen schrieben an ihren Tischen, die Federn kratzten. Die Schreibutensilien, für die Alexej Alexandrowitsch ein Faible hatte, waren ungewöhnlich gediegen, das musste Alexej Alexandrowitsch einfach auffallen. Der eine Gehilfe wandte sich, ohne aufzustehen und mit zugekniffenen Augen, verdrossen an Alexej Alexandrowitsch.

»Was wünschen Sie?«

»Ich hätte etwas mit dem Anwalt zu besprechen.«

»Der Anwalt ist beschäftigt«, entgegnete streng der Gehilfe, deutete mit der Feder auf die Wartenden und schrieb weiter.

»Könnte er nicht vielleicht Zeit finden?« fragte Alexej Alexandrowitsch.

»Er hat keine freie Zeit, er ist immer beschäftigt. Wenn Sie zu warten beliebten.«

»Hätten Sie vielleicht die Güte, ihm meine Karte zu überreichen«, sagte Alexej Alexandrowitsch würdevoll, da er die Notwendigkeit sah, sein Inkognito zu lüften. Der Gehilfe nahm die Karte, missbilligte anscheinend ihren Inhalt und verschwand hinter der Tür.

Alexej Alexandrowitsch sympathisierte im Prinzip mit der öffentlichen Gerichtsbarkeit, aber mit einigen Aspekten ihrer Anwendung bei uns zu Lande sympathisierte er nicht ganz, aufgrund ihm bekannter amtlicher Erwägungen an höherer Stelle, er kritisierte sie auch, soweit er etwas an höchster Stelle Sanktioniertes kritisieren konnte. Sein ganzes Leben hatte er mit Verwaltungstätigkeit zugebracht, darum war, wenn er mit etwas nicht sympathisierte, sein Nichtsympathisieren gemildert durch das Zugeständnis, Fehler seien eine Unumgänglichkeit und ihre Korrektur in jedem Fall eine Möglichkeit. An den neuen Gerichtsinstitutionen missbilligte er die Bedingungen, die für die Anwaltschaft galten. Aber er hatte bisher noch nie mit der Anwaltschaft zu tun gehabt und missbilligte sie deshalb nur theoretisch; nun jedoch verstärkte sich seine Missbilligung durch den unangenehmen Eindruck, den er im Wartezimmer des Anwalts erhielt.

»Der Herr kommt gleich«, sagte der Gehilfe; und tatsächlich, zwei Minuten später erschien in der Tür die lange Gestalt eines alten Rechtsgelehrten, der sich mit dem Anwalt beratschlagt hatte, sowie der Anwalt selbst.

Der Anwalt war ein kleiner, untersetzter, kahlköpfiger Mann mit schwarz-rötlichem Bart, langen hellen Augenbrauen und hochgewölbter Stirn. Er war herausgeputzt wie ein Freier, von der Halsbinde und dem doppelten Uhrkettchen bis zu den Lackschuhen. Sein Gesicht war klug, bäurisch, seine Aufmachung jedoch geckenhaft und von schlechtem Geschmack.

»Wenn ich bitten darf«, sagte der Anwalt, zu Alexej

Alexandrowitsch gewandt. Mit finsterer Miene ließ er
Karenin vorgehen und schloss die Tür.

»Möchten Sie nicht Platz nehmen?« Er deutete
auf den Sessel beim papierübersäten Schreibtisch und
übernahm selbst den Vorsitz, dabei rieb er sich die kleinen Händchen mit den kurzen, weißbehaarten Fingern
und neigte den Kopf zur Seite. Kaum aber war er in
seiner Pose zur Ruhe gekommen, da flatterte über den
Schreibtisch eine Motte. Mit einer Flinkheit, die man
ihm nicht zugetraut hätte, nahm der Anwalt die Hände
auseinander, fing die Motte und nahm erneut die vorige
Haltung ein.

Alexej Alexandrowitschs Augen folgten verwundert
der Bewegung des Anwalts. »Bevor ich von meiner Angelegenheit zu sprechen beginne«, hob er an, »muss ich
darauf hinweisen, dass die Angelegenheit, über die ich
mit Ihnen zu sprechen habe, geheim bleiben muss.«

Ein kaum merkliches Lächeln schob den überhän-
genden rötlichen Schnurrbart des Anwalts auseinander.

»Ich wäre nicht Anwalt, wenn ich die Geheimnisse,
die mir anvertraut werden, nicht zu wahren verstünde.
Aber wenn Sie eine Bestätigung wünschen ...«

Alexej Alexandrowitsch blickte ihm ins Gesicht und
sah, dass die klugen grauen Augen lachten und alles
schon wussten.

»Sie kennen meinen Namen?« fuhr Alexej Alexandrowitsch fort.

»Ich kenne Sie und Ihre« — wieder fing er eine
Motte — »nutzbringende Tätigkeit wie jeder Russe«,
sagte der Anwalt und verneigte sich leicht.

Alexej Alexandrowitsch seufzte, suchte sich zu fassen.
Aber da nun einmal entschlossen, fuhr er mit seiner
piepsigen Stimme fort ohne Zaudern und ohne Stocken,
unter Betonung bestimmter Wörter.

»Ich habe das Unglück«, begann Alexej Alexandrowitsch, »ein betrogener Ehemann zu sein, und wünsche

das Eheverhältnis mit meiner Frau gemäß dem Gesetz aufzukündigen, das heißt, mich scheiden zu lassen, aber so, dass der Sohn nicht bei der Mutter bleibt.«

Die grauen Augen des Anwalts mühten sich, nicht zu lachen, doch sie hüpften vor unbändiger Freude, und Alexej Alexandrowitsch sah, dass darin nicht nur die Freude eines Menschen lag, der einen einträglichen Auftrag erhält, darin lag auch Triumph und Entzücken, lag ein Funkeln, jenem unheilvollen Funkeln ähnlich, das er in den Augen seiner Frau gesehen hatte.

»Sie wünschen meine Mitwirkung beim Vollzug der Scheidung?«

»So ist es, doch muss ich Sie vorwarnen«, sagte Alexej Alexandrowitsch, »dass ich Ihre Aufmerksamkeit womöglich umsonst in Anspruch nehme. Ich komme einstweilen nur, um mich mit Ihnen zu beraten. Ich wünsche die Scheidung, doch sind für mich die Formen wichtig, in denen sie möglich ist. Wenn die Formen nicht meinen Anforderungen entsprechen, ist es sehr wohl möglich, dass ich vom Rechtsweg Abstand nehme.«

»Oh, das ist immer so«, sagte der Anwalt, »und das liegt immer in Ihrem Ermessen.«

Der Anwalt senkte seine Augen auf Alexej Alexandrowitschs Beine, da er fühlte, der Anblick der unbändigen Freude könnte den Klienten kränken; er schaute auf die Motte, die vor seiner Nase vorüberflatterte, seine Hand zuckte, doch fing er sie nicht aus Respekt vor Alexej Alexandrowitschs Lage.

»Obschon mir unsere Rechtsvorschriften zu diesem Gegenstand in groben Zügen bekannt sind«, fuhr Alexej Alexandrowitsch fort, »wünschte ich generell die Formen kennenzulernen, in denen solcherart Angelegenheiten in der Praxis vollzogen werden.«

»Sie wünschen also«, erwiderte der Anwalt, wobei er nicht die Augen hob und nicht ohne Vergnügen die

Redeweise seines Klienten aufnahm, »dass ich Ihnen die Wege darlege, mittels derer die Erfüllung Ihres Wunsches möglich ist.«

Und auf ein bestätigendes Kopfnicken fuhr er fort, wobei er nur noch selten und flüchtig auf das von roten Flecken überzogene Gesicht Alexej Alexandrowitschs blickte.

»Eine Scheidung ist nach unseren Gesetzen«, sagte er mit einem leichten Unterton von Missbilligung gegenüber unseren Gesetzen, »wie Sie wissen, möglich in folgenden Fällen ... Soll warten!« rief er dem Gehilfen zu, der den Kopf zur Tür hereinsteckte, stand aber doch auf, sagte ein paar Worte und setzte sich wieder. »In folgenden Fällen: körperliche Mängel der Ehegatten, ferner fünfjährige Abwesenheit mit unbekanntem Aufenthaltsort«, dabei knickte er den haarbewachsenen kleinen Finger um, »ferner Ehebruch (dieses Wort sprach er mit sichtlichem Vergnügen aus). Folgende Unterkategorien (dabei knickte er weiter seine dicken Finger um, obwohl die Fälle und die Unterkategorien offensichtlich nicht gemeinsam zu klassifizieren waren): körperliche Mängel des Ehemannes oder der Ehefrau, ferner Ehebruch des Ehemannes oder der Ehefrau.« Da nun alle Finger verbraucht waren, beugte er sie alle wieder gerade und fuhr fort: »So die theoretische Sicht, aber ich nehme an, dass Sie mir die Ehre Ihres Besuches erweisen, um die praktische Anwendung kennenzulernen. Ausgehend von den Antezedenzien muss ich Ihnen deshalb darlegen, dass alle Scheidungsfälle auf Folgendes hinauslaufen − körperliche Mängel sind nicht vorhanden, soweit ich verstehe? auch keine Abwesenheit mit unbekanntem Aufenthaltsort?«

Alexej Alexandrowitsch neigte bestätigend den Kopf.

»Auf Folgendes hinauslaufen: Ehebruch eines der Gatten und Überführung der schuldigen Seite auf-

grund gemeinsamen Einverständnisses und, ohne ein
solches Einverständnis, die unfreiwillige Überführung.
Ich muss sagen, dass letzterer Fall in der Praxis selten
vorkommt«, sagte der Anwalt, und nach einem flüchtigen Blick auf Alexej Alexandrowitsch verstummte
er wie ein Pistolenverkäufer, der die Vorzüge der einen
oder anderen Waffe beschrieben hat und nun wartet,
was der Käufer wählt. Alexej Alexandrowitsch schwieg
jedoch, darum fuhr der Anwalt fort: »Das Üblichste und
Einfachste, Vernünftigste ist, finde ich, Ehebruch in ge-
genseitigem Einverständnis. Ich würde mir diese Ausdrucksweise nicht erlauben, wenn ich mit einem unge-
bildeten Menschen spräche«, sagte der Anwalt, »doch
ich nehme an, Ihnen ist das verständlich.«

Alexej Alexandrowitsch war allerdings derart verstört, dass er die Vernünftigkeit des Ehebruchs in ge-
genseitigem Einverständnis nicht gleich verstand und
dieses Befremden in seinem Blick ausdrückte; der Anwalt kam ihm jedoch sofort zu Hilfe:

»Menschen können nicht mehr zusammen leben – so
die Tatsache. Und wenn sich beide darüber einig sind,
werden die Details und die Formalitäten unerheblich.
Zugleich ist es das einfachste und sicherste Mittel.«

Alexej Alexandrowitsch hatte nun durchaus verstanden. Doch hatte er religiöse Anforderungen, die dieser
Maßnahme entgegenstanden.

»Das ist im gegebenen Fall ausgeschlossen«, sagte er.
»Da ist nur ein Fall möglich: eine unfreiwillige Überführung, bestätigt durch Briefe, über die ich verfüge.«

Bei der Erwähnung der Briefe presste der Anwalt
die Lippen aufeinander und stieß einen dünnen, teilnahmsvollen und verächtlichen Ton aus.

»Wenn Sie zu sehen beliebten«, hob er an. »Angelegenheiten dieser Art werden, wie Ihnen bekannt, von
der geistlichen Behörde entschieden; die ehrwürdigen
Protopopen haben bei Angelegenheiten dieser Art ein

Faible für die kleinsten Details«, sagte er mit einem
Lächeln, das mit dem Geschmack der Protopopen sympathisierte. »Briefe können zweifellos ihr Teil dazu
beitragen, aber die Beweise müssen auf direktem Weg
erlangt werden, das heißt, durch Zeugen. Überhaupt,
wenn Sie mir die Ehre erweisen, mir Ihr Vertrauen zu
schenken, so überlassen Sie mir die Wahl der Maßnahmen, die angewandt werden müssen. Wer ein Ergebnis
will, lässt auch die Mittel zu.«

Alexej Alexandrowitsch erbleichte. »Wenn dem so
ist …«, hob er an, doch da stand der Anwalt auf und
ging wieder zur Tür, zum Gehilfen, der ihn unterbrochen hatte.

»Sagen Sie ihr, dass wir hier keine Billigware feil-
bieten!« sagte er und kehrte zu Alexej Alexandrowitsch
zurück.

Auf dem Rückweg zu seinem Platz fing er unauffällig noch eine Motte. ›Mein Rips wird ja schön aussehen bis zum Sommer!‹ dachte er, die Stirn runzelnd.

»Also, Sie beliebten zu sagen …« begann er.

»Ich werde Ihnen meinen Entschluss brieflich mitteilen«, sagte Alexej Alexandrowitsch beim Aufstehen
und hielt sich am Schreibtisch fest. Eine Weile stand er
schweigend, dann sagte er: »Aus Ihren Worten kann ich
folglich schließen, dass der Vollzug der Scheidung möglich ist. Ich würde Sie bitten, mir außerdem mitzuteilen, wie Ihre Bedingungen sind.«

»Alles ist möglich, wenn Sie mir völlig freie Hand
lassen«, sagte der Anwalt, ohne die Frage zu beantworten. »Wann kann ich damit rechnen, von Ihnen Nachricht zu erhalten?« fragte der Anwalt und begab sich zur
Tür, und es funkelten Augen und Lackstiefeletten.

»In einer Woche. Und hätten Sie die Güte, mir dann
mitzuteilen, ob Sie die Anwaltschaft in dieser Angelegenheit übernehmen und zu welchen Bedingungen.«

»Sehr wohl, mit Verlaub.«

Der Anwalt verbeugte sich respektvoll, geleitete den Klienten zur Tür, und alleingeblieben, überließ er sich seinem freudigen Gefühl. So fröhlich war ihm zumute, dass er der feilschenden Dame ganz gegen seine Grundsätze Nachlass gewährte und keine Motten mehr fing; und zum nächsten Winter, beschloss er endgültig, würde er die Polstermöbel mit Samt beziehen lassen wie bei Sigonin.

VI

Alexej Alexandrowitsch hatte auf der Kommissionssitzung vom siebzehnten August einen glänzenden Sieg errungen, doch die Folgen dieses Sieges brachten ihn in Bedrängnis. Die neue Kommission zur allseitigen Erforschung des Lebens der Fremdvölker war mit ungewöhnlicher, von Alexej Alexandrowitsch befeuerter Geschwindigkeit und Energie gebildet und an Ort und Stelle gesandt worden. Nach drei Monaten war der Bericht vorgelegt worden. Das Leben der Fremdvölker war in politischer, administrativer, ökonomischer, ethnographischer, materieller und religiöser Hinsicht erforscht worden. Auf alle Fragen waren hervorragende Antworten dargelegt worden, Antworten, die keinem Zweifel unterlagen, denn sie waren nicht das Werk des stets Irrtümern ausgesetzten menschlichen Denkens, sondern waren alle das Werk amtlicher Tätigkeit. Die Antworten waren allesamt Ergebnisse offizieller Angaben, der Meldungen von Gouverneuren und Bischöfen, die sich auf die Meldungen von Kreisoberhäuptern und Pröpsten stützten, die sich wiederum auf die Meldungen von Bezirksvorständen und Gemeindegeistlichen stützten; und deshalb waren alle diese Antworten unanzweifelbar. All die Fragen, zum Beispiel, weshalb es Missernten gab, weshalb die Bevölkerung an ihren

Glaubensrichtungen festhielt usw., Fragen, welche
ohne den Komfort einer Amtsmaschinerie nicht zu
lösen wären und jahrhundertelang nicht gelöst werden
könnten, fanden eine klare, unanzweifelbare Lösung.
Und diese Lösung sprach zugunsten von Alexej Alexandrowitschs Meinung. Stremow allerdings hatte sich auf
der letzten Sitzung tief getroffen gefühlt und schlug
bei Erhalt der Kommissionsmeldungen eine für Alexej
Alexandrowitsch unerwartete Taktik ein. Stremow lief
plötzlich auf Alexej Alexandrowitschs Seite über, wobei
er noch einige andere Kommissionsmitglieder mitriss,
und verteidigte nicht nur hitzig die Verwirklichung
der von Karenin vorgeschlagenen Maßnahmen, sondern schlug sogar andere, extreme Maßnahmen der
gleichen Art vor. Diese Maßnahmen, noch verschärft
gegenüber dem, was Alexej Alexandrowitschs Grund-
gedanke war, wurden angenommen, und daraufhin trat
Stremows Taktik klar zutage. Diese Maßnahmen, ins
Extrem gesteigert, erwiesen sich mit einemmal als so
dumm, dass sowohl Staatsmänner und öffentliche Meinung wie auch kluge Damen und Zeitungen -- alles
fiel zu ein und derselben Zeit über diese Maßnahmen
her und äußerte seinen Unmut sowohl gegen die Maßnahmen selbst wie auch gegen ihren anerkannten Vater, Alexej Alexandrowitsch. Stremow jedoch zog sich
zurück, er gab sich den Anschein, als sei er nur blind
Karenins Plan nachgefolgt und nun selbst erstaunt und
empört, was angerichtet worden sei. Das brachte Alexej Alexandrowitsch in Bedrängnis. Trotz seiner rapide
abnehmenden Gesundheit, trotz der familiären Sorgen
gab Alexej Alexandrowitsch aber nicht klein bei. In der
Kommission kam es zur Spaltung. Die einen Mitglieder mit Stremow an der Spitze rechtfertigten ihren Irrtum damit, dass sie der von Alexej Alexandrowitsch
geleiteten Revisionskommission und der vorgelegten
Meldung geglaubt hätten, und sagten nun, dass die

Meldung dieser Kommission Unsinn sei, nichts als ver-
geudetes Papier. Alexej Alexandrowitsch und die Partei
jener Leute, die in solch revolutionärer Einstellung gegenüber Schriftstücken eine Gefahr sahen, hielten weiterhin an den von der Revisionskommission erarbeiteten Angaben fest. Als Folge davon geriet in höchsten
Sphären und sogar in der Gesellschaft alles in Verwirrung, und trotzdem es alle extrem interessierte, konnte
niemand mehr durchschauen, ob die Fremdvölker tatsächlich im Elend lebten und zugrunde gingen oder ob
sie blühten. Als Folge davon und zum Teil auch als Folge
der auf ihn fallenden Missachtung wegen der Untreue
seiner Frau war Alexej Alexandrowitschs Lage außerordentlich ins Wanken geraten. Und in dieser Lage hatte
Alexej Alexandrowitsch einen wichtigen Entschluss gefasst. Zur Verwunderung der Kommission verkündete
er, dass er um die Genehmigung einkommen wolle, zur
Erforschung der Angelegenheit selbst an Ort und Stelle
zu fahren. Und als Alexej Alexandrowitsch die Genehmigung erhalten hatte, machte er sich auf den Weg in
die entlegenen Gouvernements.

Alexej Alexandrowitschs Abreise wirbelte viel Staub
auf, um so mehr, als er bei der Abreise offiziell, gegen
Quittung, die Fuhrgelder zurückerstattete, die ihm für
zwölf Pferde zur Fahrt an seinen Bestimmungsort ausbezahlt worden waren.

»Ich finde das sehr edel«, sagte aus diesem Anlass
Betsy zu Fürstin Mjachkaja. »Weshalb wird Geld für
Postpferde ausbezahlt, wo doch alle wissen, dass es jetzt
überall Eisenbahnen gibt?«

Aber Fürstin Mjachkaja war nicht einverstanden, die
Meinung der Fürstin Twerskaja brachte sie sogar auf.

»Sie haben gut reden«, sagte sie, »wo Sie ich weiß
nicht wie viele Millionen haben, ich dagegen sehe es
sehr gern, wenn mein Mann sommers auf Revision
fährt. Für ihn ist die Reise sehr gesund und angenehm,

und mir ist es längst zur Gewohnheit geworden, dass ich mit diesem Geld die Equipage und den Kutscher unterhalte.«

Auf dem Weg in die entlegenen Gouvernements machte Alexej Alexandrowitsch drei Tage in Moskau Station.

Am Tag nach seiner Ankunft fuhr er zur Visite beim Generalgouverneur. An der Kreuzung der Gasetny Gasse, wo immer die Equipagen und Droschken sich drängen, hörte Alexej Alexandrowitsch plötzlich eine so laute und fröhliche Stimme seinen Namen rufen, dass er sich unwillkürlich umblickte. An der Ecke des Trottoirs stand, in einem kurzen modischen Mantel, den kurzen modischen Hut schief auf dem Kopf und mit einem Lächeln, das die Zähne zwischen den roten Lippen weiß strahlen ließ, Stepan Arkadjitsch, fröhlich, jung und strahlend, und verlangte durch entschiedenes und beharrliches Rufen, die Droschke solle halten. Mit der einen Hand stützte er sich am Fenster einer an der Ecke haltenden Kutsche, aus der ein Frauenkopf mit Samthut und zwei Kinderköpfchen sich herausstreckten, und winkte lächelnd mit der anderen Hand den Schwager her. Die Dame lächelte gütig und winkte ebenfalls Alexej Alexandrowitsch her. Es war Dolly mit den Kindern.

Alexej Alexandrowitsch wollte in Moskau niemanden sehen, am allerwenigsten den Bruder seiner Frau. Er lüftete den Hut und wollte weiterfahren, aber Stepan Arkadjitsch hieß den Kutscher halten und kam durch den Schnee gerannt.

»Das darf doch nicht wahr sein, ohne sich zu melden! Schon lange hier? Und ich war gestern im Dusseau, sehe an der Tafel ›Karenin‹, doch nie wäre mir in den Sinn gekommen, dass du das bist!« sagte Stepan Arkadjitsch und streckte den Kopf zum Kutschenfenster herein. »Sonst wäre ich vorbeigekommen. Wie ich mich freue, dich zu sehen!« sagte er, dabei schlug er einen Fuß gegen den andern, um den Schnee abzuklopfen. »Darf doch nicht wahr sein!« wiederholte er.

»Ich hatte keine Zeit, bin sehr beschäftigt«, erwiderte Alexej Alexandrowitsch kühl.

»Komm doch zu meiner Frau, sie möchte dich so gern sehen.«

Alexej Alexandrowitsch schlug das Plaid zurück, in das seine fröstelnden Beine gehüllt waren, stieg aus dem Wagen und stapfte durch den Schnee zu Darja Alexandrowna.

»Wie können Sie nur, Alexej Alexandrowitsch, weshalb meiden Sie uns derart?« sagte Dolly und lächelte traurig.

»Ich war sehr beschäftigt. Freue mich sehr, Sie zu sehen«, sagte er in einem Ton, der deutlich machte, wie unfroh er war darüber. »Sind Sie denn wohlauf?«

»Nun, und was macht meine liebe Anna?«

Alexej Alexandrowitsch murmelte etwas und wollte gehen. Aber Stepan Arkadjitsch hielt ihn auf.

»Machen wir morgen doch Folgendes. Dolly, lade ihn zum Diner ein! Dazu laden wir Kosnyschew und Peszow, um ihm Moskauer Geistesgrößen zu kredenzen.«

»Ja, bitte, kommen Sie zu uns«, sagte Dolly, »wir erwarten Sie um fünf, oder um sechs, wenn Sie mögen. Nun, was macht meine liebe Anna? Wie lange schon ...«

»Sie ist wohlauf«, murmelte Alexej Alexandrowitsch finster. »Freue mich sehr!« Und er begab sich zu seinem Wagen.

»Kommen Sie?« rief Dolly.

Alexej Alexandrowitsch sagte etwas, das Dolly im Lärm des Equipagenverkehrs nicht verstehen konnte.

»Ich komme morgen vorbei!« rief Stepan Arkadjitsch ihm nach.

Alexej Alexandrowitsch stieg in den Wagen und zog

sich in die Ecke zurück, um nichts zu sehen und nicht gesehen zu werden.

»Komischer Kauz!« sagte Stepan Arkadjitsch zu seiner Frau, und nach einem Blick auf die Uhr machte er eine Handbewegung vor dem Gesicht, die als zärtliche Geste für Frau und Kinder gedacht war, und schritt forsch über das Trottoir.

»Stiwa! Stiwa!« rief Dolly errötend.

Er wandte sich um.

»Ich muss doch für Grischa einen Mantel kaufen und für Tanja. Gib mir Geld!«

»Was soll's, sag, ich würde bezahlen.« Und er nickte noch fröhlich einem vorbeifahrenden Bekannten zu und war verschwunden.

VII

Am Tag darauf war Sonntag. Stepan Arkadjitsch fuhr beim Bolschoi Theater vorbei, zur Ballett-Probe, und überreichte Mascha Tschibissowa, einer hübschen, dank seiner Protektion kürzlich engagierten Tänzerin, die am Vortag versprochenen Korällchen, und hinter den Kulissen, in der Tagesdunkelheit des Theaters, schaffte er es, ihr hübsches, über das Geschenk strahlendes Gesichtchen zu küssen. Außer dem Geschenk der Korällchen musste er sich mit ihr noch zum Rendezvous nach dem Ballett verabreden. Zwar konnte er nicht zu Beginn des Balletts da sein, wie er erklärte, versprach jedoch, zum letzten Akt zu kommen und sie zum Souper auszuführen. Vom Theater fuhr Stepan Arkadjitsch zum Ochotny Rjad, suchte selbst Fisch und Spargel für das Diner aus und war um zwölf bereits im Dusseau, wo er zu drei Leuten musste, die zu seinem Glück alle drei im selben Hotel abgestiegen waren, zu Lewin, der hier logierte und kürzlich aus dem Ausland zurückgekehrt war, zu seinem neuen Vorgesetzten, der gerade erst diesen hohen Posten angetreten hatte und auf Revision in Moskau war, und zu seinem Schwager Karenin, um ihn auch tatsächlich zum Diner mitzubringen.

Stepan Arkadjitsch dinierte gern, aber noch lieber gab er ein Diner, klein, aber exquisit, sowohl was Speisen und Getränke wie die Auswahl der Gäste anging. Das Programm für das heutige Diner gefiel ihm sehr: es gäbe frischen Flussbarsch, noch lebend gekauft, Spargel und als *pièce de résistance** ein wundervolles, aber schlichtes Roastbeef und dazu passende Weine — dies an Speisen und Getränken. Und an Gästen kämen Kitty und Lewin, und damit das nicht so auffiele, käme noch eine Cousine und der junge Schtscherbazki, und als *pièce de résistance* unter den Gästen — Sergej Kosnyschew und Alexej Alexandrowitsch. Sergej Iwanowitsch war Moskauer und Philosoph, Alexej Alexandrowitsch Petersburger und Praktiker; dann würde er noch einen bekannten Kauz, den Enthusiasten Peszow dazuladen, ein Liberaler, Plauderer, Musiker, Historiker und herzensguter fünfzigjähriger Jüngling, der zu Kosnyschew und Karenin die Sauce oder Beilage abgäbe. Er würde sie aufstacheln und gegeneinander hetzen.

Vom Geld für den Wald war die zweite Rate von dem Kaufmann eingegangen und noch nicht ausgegeben, Dolly war sehr nett und gütig in letzter Zeit, und der Gedanke an das Diner erfreute Stepan Arkadjitsch in jeder Hinsicht. Er war allerfröhlichster Laune. Zwei Umstände waren ein bisschen unangenehm; aber beide Umstände gingen in dem Meer an gutmütiger Fröhlichkeit unter, das in Stepan Arkadjitschs Gemüt Wellen schlug. Diese beiden Umstände waren: erstens dass ihm gestern, als er Alexej Alexandrowitsch auf der Stra-

---

* Hauptgericht *(frz.)*

ße traf, aufgefallen war, wie kühl und abweisend dieser zu ihm war, und wenn er Alexej Alexandrowitschs Gesichtsausdruck und dass er sie nicht besucht und sich nicht gemeldet hatte mit den Gerüchten zusammenbrachte, die er über Anna und Wronski gehört hatte, so ahnte Stepan Arkadjitsch, dass da was im Argen lag zwischen Mann und Frau.

Das war das eine Unangenehme. Das andere, ein bisschen Unangenehme war, dass der neue Vorgesetzte wie alle neuen Vorgesetzten schon den Ruf hatte, ein fürchterlicher Mensch zu sein, der um sechs Uhr früh aufstand, arbeitete wie ein Pferd und solche Arbeit auch von den Untergebenen verlangte. Außerdem hatte dieser neue Vorgesetzte noch den Ruf, im Umgang ein Bär zu sein, und dem Klatsch zufolge vertrat er eine Richtung, die derjenigen vollkommen entgegengesetzt war, der der vorherige Vorgesetzte angehört hatte und bislang auch Stepan Arkadjitsch angehörte. Gestern war Stepan Arkadjitsch dienstlich bei ihm erschienen, in Uniform, und der neue Vorgesetzte war sehr liebenswürdig gewesen und mit Oblonski ins Reden gekommen wie mit einem Bekannten; darum hielt Stepan Arkadjitsch es nun für seine Pflicht, ihm im Gehrock eine Visite abzustatten. Der Gedanke, der neue Vorgesetzte könnte ihn nicht gut empfangen, war der andere unangenehme Umstand. Aber Stepan Arkadjitsch spürte instinktiv, dass sich alles wunderbar einrenken würde. ›Alle Leute, alle Menschen sind fehlbar wie unsereiner – weshalb also sich böse sein und streiten?‹ dachte er beim Betreten des Hotels.

»Sei gegrüßt, Wassili«, sagte er, als er, den Hut schief auf dem Kopf, auf dem Weg durch den Flur einen bekannten Lakaien traf. »Lässt dir Koteletten wachsen? Lewin ist in Zimmer sieben, ja? Bring mich bitte hin. Und erkundige dich, ob Graf Anitschkin (das war der neue Vorgesetzte) empfängt.«

»Zu Befehl«, erwiderte Wassili lächelnd. »Schon lange haben Sie uns nicht mehr beehrt.«

»Ich war gestern hier, bloß im anderen Gebäudeteil. Das ist die Sieben?«

Lewin stand mit einem Bauern aus der Gegend von Twer mitten im Zimmer und maß mit dem Arschin ein frisches Bärenfell, als Stepan Arkadjitsch hereinkam.

»Oh, den habt ihr geschossen?« rief Stepan Arkadjitsch. »Ein Prachtexemplar! Eine Bärin? Guten Tag, Archip.«

Er drückte dem Bauern die Hand und setzte sich auf einen Stuhl, ohne Mantel und Hut abzulegen.

»Ach, leg doch ab, bleib ein Weilchen!« sagte Lewin und nahm ihm den Hut ab.

»Nein, ich habe keine Zeit, ich komme nur auf einen Sprung«, erwiderte Stepan Arkadjitsch. Er schlug den Mantel auf, aber dann legte er ihn doch ab und blieb eine ganze Stunde, unterhielt sich mit Lewin über die Jagd und anderes, was beiden am Herzen lag.

»Nun sag doch bitte einmal: Was hast du im Ausland gemacht? wo bist du gewesen?« fragte Stepan Arkadjitsch, als der Bauer gegangen war.

»Ach, ich war in Deutschland, in Preußen, in Frankreich, in England, aber nicht in den Hauptstädten, sondern in Fabrikstädten und habe viel Neues gesehen. Und bin froh, dass ich dort war.«

»Ja, ich kenne deinen Gedanken von der Eingliederung des Arbeiters.«

»Aber nein, in Russland kann es keine Arbeiterfrage geben. In Russland ist das Verhältnis des arbeitenden Volkes zum Boden das Problem; das gibt es dort auch, ist dort jedoch die Reparatur von etwas Verhunztem, während bei uns ...«

Stepan Arkadjitsch hörte Lewin aufmerksam zu.

»Ja, ja!« sagte er. »Durchaus möglich, dass du recht hast«, sagte er. »Aber ich bin froh, dass du frisch und munter bist, Bären hinterherreisest und arbeitest und voller Energie bist. Schtscherbazki hat mir nämlich gesagt – er hat dich getroffen, und du seist ganz trübsinnig gewesen, habest ständig vom Tod gesprochen ...«

»Ja und, ich denke unablässig an den Tod«, sagte Lewin. »Schon wahr, dass es an der Zeit ist zu sterben. Und dass alles hier Unsinn ist. Ich sage dir allen Ernstes: Mir ist mein Denken und die Arbeit ungeheuer lieb und wert, aber im Grunde, denk mal nach – diese unsere Welt ist eine dünne Schimmelschicht, die einen winzigen Planeten überzieht. Doch wir meinen, wir könnten etwas Großes hervorbringen – Gedanken, Taten! All das sind Sandkörnchen.«

»Aber das, mein Freund, ist so alt wie die Welt!«

»Alt, ja, aber weißt du, wenn du das klar begreifst, wird alles irgendwie nichtig. Wenn du begreifst, dass du über kurz oder lang stirbst und nichts bleibt, wird alles derart nichtig! Ich halte mein Denken durchaus für sehr wichtig, doch erweist es sich, auch wenn man es in die Tat umsetzt, als ebenso nichtig wie die Jagd auf diese Bärin. So verbringt man sein Leben, zerstreut sich auf der Jagd und in der Arbeit – bloß um nicht an den Tod zu denken.«

Stepan Arkadjitsch lächelte fein und liebevoll, während er Lewin zuhörte.

»Versteht sich! So bist auch du zu meiner Erkenntnis gekommen. Weißt du noch, wie du über mich hergefallen bist, weil ich im Leben den Genuss suche?

Drum sei, o Moralist, nicht streng!«

»Nein, trotz allem ist am Leben gut, dass ...« Lewin verlor den Faden. »Ach, ich weiß nicht. Weiß nur, dass wir bald sterben werden.«

»Wieso denn bald?«

»Und weißt du, das Leben ist weniger reizvoll, wenn du an den Tod denkst – aber ruhiger.«

»Im Gegenteil, aufs Ende zu wird es fröhlicher. Allerdings, für mich ist es Zeit«, sagte Stepan Arkadjitsch und stand zum zehnten Mal auf.

»Ach was, bleib noch ein Weilchen!« Lewin hielt ihn auf. »Wann sehen wir uns jetzt wieder? Ich fahre morgen.«

»Oh, ich bin vielleicht gut! Wozu bin ich hier … Komm heute unbedingt zu mir zum Diner. Dein Bruder kommt, und Karenin, mein Schwager, kommt auch.«

»Ist er denn hier?« sagte Lewin und wollte nach Kitty fragen. Er hatte gehört, sie sei zu Beginn des Winters bei ihrer Schwester, der Diplomatengattin, in Petersburg gewesen, und wusste nicht, ob sie schon zurück war, wollte aber lieber nicht fragen. ›Ob sie kommt, ob sie nicht kommt – ist doch gleich.‹

»Du bist also dabei?«

»Selbstverständlich.«

»Also, um fünf, im Gehrock.«

Und Stepan Arkadjitsch stand auf und ging nach unten zum neuen Vorgesetzten. Sein Instinkt hatte ihn nicht getrogen. Der fürchterliche neue Vorgesetzte erwies sich als äußerst umgänglicher Mensch, und Stepan Arkadjitsch dejeunierte mit ihm und blieb dermaßen bei ihm hängen, dass er erst nach drei zu Alexej Alexandrowitsch gelangte.

VIII

Alexej Alexandrowitsch, vom Gottesdienst zurückgekehrt, verbrachte den ganzen Vormittag auf seinem Zimmer. An diesem Vormittag hatte er zwei Dinge zu erledigen: erstens die nach Petersburg reisende und gerade in Moskau befindliche Deputation der Fremdvölker zu empfangen und in die rechte Richtung zu lenken, und zweitens dem Anwalt den versprochenen Brief

zu schreiben. Die Deputation, obschon auf Alexej Alexandrowitschs Initiative herbeordert, brachte viele In-
kommoditäten und sogar Gefahren mit sich, und Alexej
Alexandrowitsch war sehr froh, dass er sie noch in Moskau antraf. Die Mitglieder dieser Deputation hatten
nicht die geringste Ahnung von ihrer Rolle und ihrer
Pflicht. Sie waren der naiven Überzeugung, ihre Aufgabe bestehe darin, ihre Nöte und die tatsächliche Lage
der Dinge darzustellen, um die Regierung um Hilfe zu
bitten, und begriffen überhaupt nicht, dass einige ihrer
Erklärungen und Forderungen die feindliche Partei un-
terstützten und deshalb alles ruinieren würden. Alexej
Alexandrowitsch plagte sich lange mit ihnen ab, schrieb
ihnen ein Programm, von dem sie nicht abweichen sollten, und als er sie entlassen hatte, schrieb er Briefe nach
Petersburg, um die Deputation in die rechte Richtung
zu lenken. Beistand leisten sollte ihm dabei hauptsächlich Gräfin Lidija Iwanowna. Sie war Expertin in Sachen Deputationen, niemand verstand es wie sie, Dinge
an die große Glocke zu hängen und Deputationen in die
rechte Richtung zu lenken. Als das erledigt war, schrieb
Alexej Alexandrowitsch noch den Brief an den Anwalt.
Er erteilte ihm ohne das geringste Zaudern die Genehmigung, nach Gutdünken zu handeln. Dem Brief legte
er drei Billette Wronskis an Anna bei, die sich in dem
entwendeten Portefeuille gefunden hatten.

Seit Alexej Alexandrowitsch sein Haus mit der Absicht verlassen hatte, nicht mehr zur Familie zurückzukehren, seit er bei dem Anwalt gewesen war und
zumindest einem Menschen seine Absicht mitgeteilt
hatte, insbesondere seit er diesen Vorgang aus Leben in
Papier verwandelt hatte, gewöhnte er sich mehr und
mehr an seine Absicht und sah nun deutlich die Möglichkeit ihrer Umsetzung.

Er versiegelte gerade das Briefkuvert an den Anwalt,
als er die laute Stimme Stepan Arkadjitschs hörte. Ste-

pan Arkadjitsch stritt mit Alexej Alexandrowitschs Diener und beharrte darauf, dass dieser ihn melde.

›Was tut's‹, überlegte Alexej Alexandrowitsch, ›um so besser: ich verkünde ihm meine Situation bezüglich seiner Schwester und erkläre, warum ich nicht bei ihm dinieren kann.‹

»Ich lasse bitten!« sagte er laut, sammelte die Papiere ein und verstaute sie in seiner Schreibmappe.

»Na, siehst du, du lügst doch, er ist da!« widersprach Stepan Arkadjitschs Stimme dem Lakaien, der ihn nicht vorgelassen hatte, und während er im Gehen den Mantel abnahm, trat Oblonski ins Zimmer. »Was bin ich froh, dass ich dich antreffe! Also, ich hoffe ...«, begann Stepan Arkadjitsch fröhlich.

»Ich kann nicht kommen«, sagte Alexej Alexandrowitsch kalt, im Stehen und ohne den Gast zum Sitzen aufzufordern.

Alexej Alexandrowitsch hatte gedacht, gleich zu jenem kalten Verhältnis überzugehen, in dem er zum Bruder der Frau stehen müsste, gegen die er die Scheidung anstrengte; aber er hatte nicht mit dem Meer an Gutmütigkeit gerechnet, das in Stepan Arkadjitschs Gemüt über die Ufer strömte.

Stepan Arkadjitsch riss weit seine funkelnden, klaren Augen auf.

»Weshalb kannst du nicht? Was willst du damit sagen?« fragte er verdutzt auf Französisch. »Nein, es ist versprochen. Und wir rechnen alle mit dir.«

»Ich will damit sagen, dass ich nicht zu Ihnen kommen kann, weil das verwandtschaftliche Verhältnis, das zwischen uns bestanden hat, aufhören muss.«

»Wie? Aber wie das denn? Warum?« sprach Stepan Arkadjitsch mit einem Lächeln.

»Weil ich gegen Ihre Schwester, meine Frau, gerade die Scheidung anstrenge. Ich musste ...«

Alexej Alexandrowitsch hatte seine Rede aber noch

nicht beendet, da verhielt sich Stepan Arkadjitsch überhaupt nicht so, wie er es erwartet hatte. Stepan Arkadjitsch stöhnte auf und setzte sich in einen Sessel.

»Nein, Alexej Alexandrowitsch, was sagst du da!«
rief Oblonski, und sein Gesicht drückte Leiden aus.

»So ist es.«

»Entschuldige, ich kann das nicht glauben, kann das
nicht ...«

Alexej Alexandrowitsch setzte sich, da er merkte,
dass seine Worte nicht die Wirkung hatten, die er erhoffte, dass weitere Erklärungen notwendig wären und
dass, wie diese Erklärungen auch ausfallen würden, das
Verhältnis zu seinem Schwager das gleiche bliebe.

»Ja, ich sehe mich vor die schlimme Notwendigkeit
gestellt, die Scheidung zu verlangen«, sagte er.

»Ich sage dir eins, Alexej Alexandrowitsch. Ich kenne
dich als einen vortrefflichen, gerechten Menschen, ich
kenne Anna − entschuldige, ich kann meine Meinung
von ihr nicht ändern − als eine wunderbare, vortreffliche Frau, und darum, entschuldige, kann ich das nicht
glauben. Da liegt ein Missverständnis vor«, sagte er.

»Ja, wäre es nur ein Missverständnis ...«

»Erlaube mal, ich verstehe«, fiel ihm Stepan Arkadjitsch ins Wort. »Selbstverständlich, doch ... Eines
jedenfalls: nichts überstürzen. Nichts, bloß nichts überstürzen!«

»Ich überstürze nichts«, sagte Alexej Alexandrowitsch kalt, »und in solch einer Angelegenheit kann
man sich sowieso mit niemandem beraten. Ich bin fest
entschlossen.«

»Das ist ja furchtbar!« sagte Stepan Arkadjitsch und
seufzte tief. »Ich würde eines tun, Alexej Alexandrowitsch. Ich beschwöre dich, tu es!« sagte er. »Die Sache
ist, wie ich sehe, noch nicht eingeleitet. Bevor du etwas
unternimmst, triff dich mit meiner Frau, sprich mit
ihr. Sie liebt Anna wie eine Schwester, liebt auch dich,

und sie ist eine erstaunliche Frau. Um Himmels willen, sprich mit ihr! Tu mir diesen Freundschaftsdienst, ich beschwöre dich!«

Alexej Alexandrowitsch dachte nach, und Stepan Arkadjitsch sah ihn teilnahmsvoll an, ohne sein Schweigen zu unterbrechen.

»Wirst du zu ihr fahren?«

»Ach, ich weiß nicht. Darum kam ich nicht zu Besuch. Ich bin der Ansicht, unser Verhältnis müsse sich ändern.«

»Weshalb denn? Das sehe ich nicht. Gestatte mir zu glauben, dass du neben unserem Verwandtschaftsverhältnis mir gegenüber wenigstens teilweise so freundschaftliche Gefühle hegst, wie ich sie dir gegenüber immer hatte. Und aufrichtige Hochachtung.« Stepan Arkadjitsch drückte ihm die Hand. »Selbst wenn deine schlimmsten Vermutungen zuträfen, will ich mir nicht herausnehmen – und werde es auch niemals –, die eine oder andere Seite zu verurteilen, und ich sehe keinen Grund, warum unser Verhältnis sich ändern müsste. Jetzt aber – tu es, fahr zu meiner Frau.«

»Tja, das sehen wir unterschiedlich«, sagte Alexej Alexandrowitsch kalt. »Im übrigen, reden wir nicht mehr davon.«

»Aber warum solltest du nicht zu ihr fahren? Wenigstens heute zum Diner? Meine Frau erwartet dich. Bitte, fahr hin. Und vor allem, rede mit ihr. Sie ist eine erstaunliche Frau. Um Himmels willen, auf Knien beschwöre ich dich!«

»Wenn Sie das dermaßen wünschen, komme ich«, sagte Alexej Alexandrowitsch seufzend.

Und da er das Thema wechseln wollte, fragte er, was sie beide interessierte – er fragte nach Stepan Arkadjitschs neuem Vorgesetzten, einem noch nicht alten Mann, der plötzlich auf einen so hohen Posten ernannt worden war.

Alexej Alexandrowitsch hatte Graf Anitschkin schon früher nicht leiden mögen und war stets anderer Meinung gewesen als er, jetzt aber konnte er den allen Beamten verständlichen Hass eines Mannes, der im Dienst eine Niederlage erlitten, gegenüber einem anderen, der eine Beförderung erlangt hatte, nicht unterdrücken.

»Na, was ist, hast du ihn gesehen?« fragte Alexej Alexandrowitsch mit boshaftem Spott.

»Aber ja, er war gestern bei uns im Amt. Er scheint sich vortrefflich auszukennen und sehr tatkräftig zu sein.«

»Ja, aber worauf ist seine Tätigkeit ausgerichtet?« sagte Alexej Alexandrowitsch. »Darauf, etwas zu schaffen, oder umzustrukturieren, was bereits geschaffen ist? Das Unglück unseres Staates ist der administrative Papierkrieg, dessen würdiger Vertreter er ist.«

»Wirklich, ich weiß nicht, was an ihm zu kritisieren wäre. Seine Richtung kenne ich nicht, weiß nur eins: er ist ein vortrefflicher Bursche«, erwiderte Stepan Arkadjitsch. »Ich war gerade bei ihm, wirklich, ein vortrefflicher Bursche. Wir haben dejeuniert, und ich brachte ihm bei, wie man dieses Getränk macht, weißt du, Wein mit Apfelsinen. Das erfrischt sehr. Erstaunlich, dass er es nicht kannte. Es gefiel ihm sehr. Doch, wirklich, ein famoser Bursche.«

Stepan Arkadjitsch warf einen Blick auf die Uhr.

»Ach, du liebe Zeit, schon nach vier, und ich muss noch zu Dolgowuschin! Also, bitte: komm zum Diner. Du kannst dir nicht vorstellen, wie du mich und meine Frau betrüben würdest.«

Alexej Alexandrowitsch verabschiedete seinen Schwager schon ganz anders, als er ihn empfangen hatte.

»Ich habe es versprochen und werde kommen«, antwortete er trübsinnig.

»Glaub mir, ich weiß es zu schätzen, und hoffe, dass du es nicht bereuen wirst«, erwiderte Stepan Arkadjitsch lächelnd.

Und als er im Weggehen den Mantel überzog, stieß sein Arm gegen den Kopf des Dieners, er lachte und ging, kehrte aber erneut zur Tür zurück.

»Um fünf, und bitte, im Gehrock!« rief er noch einmal.

IX

Es war schon nach fünf, und einige Gäste waren schon eingetroffen, als auch der Gastgeber eintraf. Er kam zur gleichen Zeit herein wie Sergej Iwanowitsch Kosnyschew und Peszow, die am Hauseingang aufeinandergestoßen waren. Sie waren zwei bedeutende Größen des Moskauer Geisteslebens, wie Oblonski das nannte. Beide waren sowohl ihrem Charakter wie ihrem Verstand nach achtbare Männer. Sie achteten sich gegenseitig, waren jedoch fast in allem einhellig und unabänderlich uneins miteinander – nicht, weil sie entgegengesetzten Richtungen angehört hätten, sondern eben weil sie im selben Lager waren (ihre Feinde hatten sie ins selbe gesteckt), aber in diesem Lager jeweils eine eigene Schattierung vertraten. Und da nichts weniger zu Übereinstimmung befähigt als geistige Differenzen in halb abstrakter Materie, kamen sie in ihren Meinungen auch niemals überein, sondern waren es längst gewöhnt, sich über die unverbesserlichen Irrtümer des anderen lustig zu machen, ohne es sich übelzunehmen.

Sie unterhielten sich gerade über das Wetter, als sie in den Salon traten und Stepan Arkadjitsch sie einholte. Im Salon saßen bereits Oblonskis Schwiegervater Fürst Schtscherbazki, der junge Schtscherbazki, Turowzyn, Kitty und Karenin.

Stepan Arkadjitsch erfasste sofort, dass es im Salon schlecht stand ohne ihn. Darja Alexandrowna in ihrem grauseidenen Paradekleid, offenbar beunruhigt, weil die Kinder allein im Kinderzimmer essen mussten und weil ihr Mann noch nicht da war, hatte ohne ihn die ganze Gesellschaft nicht recht durchzumengen gewusst. Alle saßen da wie Popentöchter auf Besuch (wie der alte Fürst sich ausdrückte), offenbar verdutzt, warum es sie hierher verschlagen hatte, und pressten sich Wörter ab, bloß um nicht zu schweigen. Der gutmütige Turowzyn fühlte sich offenbar gar nicht in seinem Element, und das Lächeln seiner dicken Lippen, mit dem er Stepan Arkadjitsch begrüßte, drückte so klar aus wie Worte: ›Also, Freund, da hast du mich aber unter Großkopfete gesetzt! Was trinken und ab ins *Château des fleurs* – das wäre eher mein Fall.‹ Der alte Fürst saß schweigend, seine funkelnden Äugelchen blickten immer wieder von der Seite auf Karenin, und Stepan Arkadjitsch erkannte, dass er schon ein Bonmot parat hatte, um es diesem Staatsmenschen hinzureiben, zu dem geladen wurde wie zu einem Sterlet-Essen. Kitty sah zur Tür und nahm alle Kräfte zusammen, um nicht rot zu werden, wenn Konstantin Lewin hereinkäme. Der junge Schtscherbazki, der Karenin nicht vorgestellt worden war, suchte zu zeigen, dass ihm das gar nichts ausmache. Karenin selbst war, nach Petersburger Gewohnheit, zum Diner mit Damen in Frack und weißer Halsbinde erschienen, und Stepan Arkadjitsch erkannte an seiner Miene, dass er nur gekommen war, um Wort zu halten, und mit seiner Anwesenheit in dieser Gesellschaft einer schweren Pflicht genügte. Er vor allem war an der Kälte schuld, die vor Stepan Arkadjitschs Eintreffen alle Gäste zum Gefrieren brachte.

Beim Betreten des Salons entschuldigte sich Stepan Arkadjitsch, erklärte, er sei aufgehalten worden von jenem Fürsten, der bei all seinen Verspätungen und Ab-

wesenheiten stets der Sündenbock war, und im Nu
hatte er alle einander vorgestellt, hatte Alexej Alexandrowitsch mit Sergej Kosnyschew zusammengebracht
und ihnen die Russifizierung Polens als Thema unter
geschoben, an dem sie sich auch sogleich festbissen, zusammen mit Peszow. Turowzyn klopfte er auf die Schulter, flüsterte ihm etwas Komisches ins Ohr und setzte
ihn zu seiner Frau und dem Fürsten. Dann sagte er zu
Kitty, dass sie sehr hübsch sei heute, und stellte Karenin den jungen Schtscherbazki vor. Im Nu hatte er den
gesamten Gesellschaftsteig so durchgemengt, dass der
Salon wer weiß wie aufging und die Stimmen lebhaft
klangen. Einzig Konstantin Lewin war noch nicht da.
Aber auch das hatte sein Gutes, denn bei einem Blick
ins Esszimmer entdeckte Stepan Arkadjitsch zu seinem
Entsetzen, dass Portwein und Sherry von Depré stammten und nicht von Levé, weshalb er anordnete, den Kutscher schnellstens zu Levé zu schicken, und sich dann
wieder in den Salon begab.

Im Esszimmer begegnete er Konstantin Lewin.

»Ich komme nicht zu spät?«

»Als kämst du jemals nicht zu spät!« sagte Stepan
Arkadjitsch und hakte ihn unter.

»Du hast viele Gäste? Wer denn alles?« Lewin errötete unwillkürlich und schlug sich mit dem Handschuh den Schnee von der Mütze.

»Alles gute Bekannte. Kitty ist da. Komm, ich mache
dich mit Karenin bekannt.«

Trotz seiner liberalen Gesinnung wusste Stepan Arkadjitsch, dass eine Bekanntschaft mit Karenin nur
schmeichelhaft sein konnte, darum kredenzte er sie seinen besten Freunden. In diesem Moment war Konstantin Lewin jedoch nicht imstande, das Vergnügen dieser
Bekanntschaft richtig zu genießen. Er hatte Kitty nach
jenem denkwürdigen Abend, an dem er Wronski begegnet war, nicht mehr gesehen, den Moment nicht ge-

rechnet, als er sie auf der Landstraße erblickte. In tiefster Seele hatte er gewusst, dass er sie heute hier sehen würde. Doch um seine Gedankenfreiheit zu wahren, hatte er sich einzureden versucht, dass er das nicht wisse. Nun aber, als er hörte, dass sie hier war, empfand er plötzlich eine solche Freude und zugleich eine solche Angst, dass es ihm den Atem verschlug und er nicht herausbrachte, was er sagen wollte.

›Wie ist sie, wie? So, wie sie früher war, oder so, wie in der Kutsche? Und was, wenn Darja Alexandrowna die Wahrheit gesagt hätte? Warum eigentlich nicht?‹ dachte er.

»Oh, bitte, mach mich mit Karenin bekannt«, brachte er mühsam heraus und schritt mit verzweifeltem Mut in den Salon und erblickte sie.

Sie war weder so wie früher noch so wie in der Kutsche; sie war ganz anders.

Sie war verschreckt, schüchtern, beschämt und daher noch reizvoller. Sie erblickte ihn im selben Augenblick, als er den Raum betrat. Sie hatte ihn erwartet. Sie freute sich und war über ihre Freude in einem Maße verlegen, dass es einen Moment, gerade als er zur Frau des Hauses trat und noch einen Blick auf sie warf, sowohl ihr wie ihm wie Dolly, die alles sah, so vorkam, als würde sie es nicht aushalten und in Tränen ausbrechen. Sie errötete, erbleichte, errötete wieder und erstarrte, und nur ihre Lippen bebten ein wenig, als sie ihn erwartete. Er trat zu ihr, verneigte sich und reichte ihr schweigend die Hand. Wäre nicht das leichte Beben der Lippen gewesen und die Feuchtigkeit, die ihre Augen überzog und ihnen noch mehr Glanz verlieh, wäre ihr Lächeln fast ruhig gewesen, als sie sagte:

»Wie lange wir uns nicht gesehen haben!« Und mit dem Mut der Verzweiflung drückte ihre kalte Hand die seine.

»Sie haben mich nicht gesehen, aber ich habe Sie ge-

sehen«, sagte Lewin und lächelte, strahlend vor Glück.
»Ich habe Sie gesehen, als Sie von der Bahnstation nach
Jerguschowo fuhren.«

»Wann?« fragte sie erstaunt.

»Sie fuhren nach Jerguschowo«, sagte Lewin und
hatte das Gefühl, zu ersticken an dem Glück, das ihm
das Herz überflutete. ›Wie konnte ich es wagen, dieses rührende Geschöpf mit dem Gedanken an etwas,
das nicht Unschuld ist, in Verbindung zu bringen! Ja,
es scheint wahr zu sein, was Darja Alexandrowna gesagt hat‹, dachte er.

Stepan Arkadjitsch nahm ihn beim Arm und führte
ihn zu Karenin.

»Darf ich euch vorstellen.« Er nannte ihre Namen.

»Sehr angenehm, Sie erneut zu treffen«, sagte Alexej
Alexandrowitsch kalt und drückte Lewin die Hand.

»Ihr kennt euch?« fragte Stepan Arkadjitsch verwundert.

»Wir verbrachten drei Stunden zusammen in der
Eisenbahn«, sagte Lewin lächelnd, »aber gingen auseinander wie beim Maskenball – voll Neugier, ich zumindest.«

»Ah! Wenn ich bitten darf!« Stepan Arkadjitsch wies
in Richtung Esszimmer.

Die Herren gingen ins Esszimmer und traten an den
Tisch mit den Vorspeisen, auf dem sechs Sorten Wodka
aufgereiht waren und ebensoviele Käsesorten, mit silbernen Schäufelchen und ohne Schäufelchen, dazu Ka-
viar, Hering, allerlei Eingelegtes und Teller mit Schei-
ben französischen Weißbrots.

Die Herren standen um die duftenden Wodkas und
Vorspeisen, und das Gespräch über die Russifizierung
Polens verebbte zwischen Sergej Iwanowitsch Kosny-
schew, Karenin und Peszow in Erwartung des Essens.

Sergej Iwanowitsch, der es wie kein zweiter verstand,
zum Abschluss des abstraktesten und ernsthaftesten

Streitgesprächs plötzlich attisches Salz zu streuen und
dadurch die Stimmung seiner Gesprächspartner zu beeinflussen, tat dies auch jetzt.

Alexej Alexandrowitsch hatte beweisen wollen, eine
Russifizierung Polens könne sich nur infolge höherer
Prinzipien vollziehen, die von der russischen Verwal-
tung eingebracht werden müssten.

Peszow hatte darauf bestanden, ein Volk könne sich
ein anderes nur assimilieren, wenn seine Bevölkerungsdichte höher wäre.

Kosnyschew hatte das eine wie das andere akzeptiert,
doch mit Einschränkungen. Als sie nun den Salon verließen, sagte Kosnyschew lächelnd, um das Gespräch
abzuschließen:

»Deshalb gibt es zur Russifizierung der Fremdvölker
ein Mittel – so viele Kinder wie möglich in die Welt zu
setzen. Mein Bruder und ich sind da am wenigsten tätig. Während die verheirateten Herrschaften, vor allem
Sie, Stepan Arkadjitsch, durchaus patriotisch handeln;
wie viele haben Sie?« wandte er sich herzlich lächelnd
an den Hausherrn und hielt ihm ein winziges Schnaps-
gläschen hin.

Alles lachte, besonders fröhlich Stepan Arkadjitsch.

»Ja, das ist das allerbeste Mittel!« sagte er, Käse kauend, und goss eine besondere Wodkasorte in das hin-
gehaltene Gläschen. Das Gespräch war mit dem Scherz
tatsächlich zu Ende.

»Dieser Käse ist nicht übel. Möchten Sie?« fragte der
Hausherr. »Warst du tatsächlich wieder beim Turnen?«
wandte er sich an Lewin und betastete mit der Linken
seine Muskeln. Lewin lächelte, spannte den Arm an,
und unter Stepan Arkadjitschs Fingern schnellte wie
ein runder Käse ein Stahlhügel unterm dünnen Tuch
des Gehrocks hoch.

»Was für ein Bizeps! Der reinste Samson!«

»Ich glaube, man braucht viel Kraft für die Bären-

jagd«, sagte Alexej Alexandrowitsch, der von der Jagd
die nebulösesten Vorstellungen hatte; dabei strich er
Käse auf ein spinnwebdünnes Weißbrot und riss es
durch.

Lewin lächelte.

»Überhaupt keine. Im Gegenteil, ein Kind kann
einen Bären erlegen.« Mit einer leichten Verbeugung
vor den Damen, die mit der Gastgeberin zum Vorspei-
sentisch kamen, trat er zur Seite.

»Sie haben einen Bären erlegt, sagt man mir?« fragte
Kitty und mühte sich vergebens, einen unbotmäßigen,
wegglitschenden Pilz mit der Gabel aufzuspießen; dabei schüttelte sie den Spitzenärmel, durch den weiß
ihr Arm schimmerte. »Gibt es bei Ihnen denn Bären?«
fügte sie hinzu, wandte ihr reizendes Köpfchen halb zu
ihm um und lächelte.

Nichts Ungewöhnliches schien in dem zu liegen,
was sie sagte, doch wieviel nicht in Worte zu fassender
Bedeutung lag für ihn in jedem Laut, in jeder Bewegung ihrer Lippen, Augen, Hände, als sie das sagte! Die
Bitte um Verzeihung lag darin, Vertrauen zu ihm, Zärtlichkeit, sanfte, schüchterne Zärtlichkeit, Verheißung,
Hoffnung, und Liebe zu ihm, an die er einfach glauben
musste und die ihn ersticken ließ vor Glück.

»Nein, wir waren im Gouvernement Twer. Auf der
Rückreise begegnete ich im Zug Ihrem *beau-frère** –
oder dem Schwager Ihres *beau-frère*«, sagte er lächelnd,
»Das war eine komische Begegnung.«

Und er erzählte fröhlich und amüsant, wie er die
Nacht nicht geschlafen hatte und im kurzen Schafpelz in Alexej Alexandrowitschs Compartiment gestürmt war.

»Der Schaffner wollte mich aufgrund meines Aufzugs hinauskomplimentieren, aber da fing ich an, mich

* Schwager *(frz.)*

gewählt auszudrücken, und – auch Sie«, wandte er sich
an Karenin, dessen Namen er vergessen hatte, »wollten
mich des Schafpelzes wegen zunächst hinausjagen, aber
dann traten Sie für mich ein, wofür ich sehr dankbar
bin.«

»Überhaupt sind die Rechte der Passagiere auf freie
Platzwahl sehr vage«, meinte Alexej Alexandrowitsch
und rieb sich mit dem Taschentuch die Fingerspitzen
ab.

»Ich sah, dass Sie sich meinethalben unschlüssig
waren«, sagte Lewin mit gutmütigem Lächeln, »so fing
ich schnell ein kluges Gespräch an, um meinen Schafpelz wettzumachen.«

Sergej Iwanowitsch war im Gespräch mit der Gastgeberin begriffen, lauschte dabei mit einem Ohr auf
den Bruder und schielte zu ihm hinüber. ›Was hat er
heute nur? Derart in Siegerpose‹, dachte er. Er wusste
nicht, dass Lewin ein Gefühl hatte, als seien ihm Flügel
gewachsen. Lewin wusste, dass sie ihn reden hörte und
ihn gerne hörte. Und nur das beschäftigte ihn. Nicht
bloß in diesem Zimmer, auf der ganzen Welt existierten
für ihn nur er, der vor sich selbst ungeheure Bedeutung
und Wichtigkeit erlangt hatte, und sie. Er hatte das Gefühl, in einer Höhe zu sein, in der ihn schwindelte, und
irgendwo unten, weit fort, waren all diese netten, famosen Karenins, Oblonskis und die ganze Welt.

Vollkommen unauffällig, ohne die beiden anzublicken, sondern als wäre kein anderer Platz frei, plazierte
Stepan Arkadjitsch Lewin und Kitty nebeneinander.

»Und du, ach, setz dich hierher«, sagte er zu Lewin.

Das Essen war genausogut wie das Geschirr, für das
Stepan Arkadjitsch ein Faible hatte. Die Suppe *Marie-
Louise* war wunderbar gelungen; die winzigen Pirögg-
chen zergingen im Mund, waren tadellos. Die beiden
Lakaien und Matwej, alle in weißen Halsbinden, küm-
merten sich unauffällig, leise und prompt um Speisen

und Wein. Von der materiellen Seite war das Diner gelungen; nicht minder gelungen war es auch seitens der
geistigen Nahrung. Die bald gemeinsamen, bald vereinzelten Gespräche versiegten nicht und wurden gegen Ende des Essens so lebhaft, dass die Herren von der
Tafel aufstanden, ohne die Unterhaltung zu unterbrechen, und sogar Alexej Alexandrowitsch war aufgelebt.

X

Peszow ging den Dingen gerne auf den Grund und gab
sich mit Sergej Iwanowitschs Worten nicht zufrieden,
zumal er das Gefühl hatte, dass seine eigene Ansicht
unzutreffend war.

»Ich hatte keineswegs nur die Bevölkerungsdichte
im Sinn«, sagte er während der Suppe, an Alexej Alexandrowitsch gewandt, »sondern diese in Einklang mit
den Grundlagen, nicht mit den Prinzipien.«

»Mir scheint«, entgegnete Alexej Alexandrowitsch
träge und ohne Eile, »das ist ein und dasselbe. Nach
meiner Ansicht kann nur das Volk auf ein anderes ein-
wirken, das in der Entwicklung höher steht, das …«

»Die Frage ist aber doch«, unterbrach ihn der Bass
Peszows, der es mit dem Reden stets eilig hatte und
jedesmal sein ganzes Herz in das hineinzulegen schien,
worüber er sprach, »was man als höhere Entwicklung
ansieht. Engländer, Franzosen, Deutsche – wer steht
auf einer höheren Entwicklungsstufe? Wer wird dem
anderen seine Nationalität aufprägen? Wir sehen, dass
der Rhein französisch geworden ist, dabei stehen die
Deutschen nicht tiefer!« rief er. »Da herrscht ein anderes Gesetz!«

»Mir scheint, dass der Einfluss stets auf Seiten der
wahren Bildung liegt«, sagte Alexej Alexandrowitsch,
die Brauen leicht hochgezogen.

»Aber worin sollen wir denn die Merkmale wahrer Bildung sehen?« fragte Peszow.

»Ich sehe diese Merkmale als bekannt an«, sagte Alexej Alexandrowitsch.

»Sind sie denn vollauf bekannt?« mischte sich Sergej Iwanowitsch mit feinem Lächeln ein. »Heutzutage ist akzeptiert, dass nur die rein klassische die wahre Bildung sei; doch sehen wir zwischen der einen und anderen Seite einen erbitterten Streit, und es lässt sich nicht leugnen, dass auch das gegnerische Lager starke Argumente zu seinen Gunsten hat.«

»Sie sind ein Klassiker, Sergej Iwanowitsch. Hätten Sie gerne Roten?« fragte Stepan Arkadjitsch.

»Ich führe meine Ansicht über die eine oder andere Bildung nicht aus«, sagte Sergej Iwanowitsch mit nachsichtigem Lächeln wie zu einem Kind, dabei hielt er sein Glas hin, »ich sage nur, dass beide Seiten starke Argumente haben«, fuhr er fort, an Alexej Alexandrowitsch gewandt. »Ich habe eine klassische Bildung genossen, aber in diesem Streit kann ich persönlich keine Position finden. Ich sehe keine eindeutigen Argumente, warum den klassischen Wissenschaften vor den realen der Vorrang eingeräumt werden sollte.«

»Die Naturwissenschaften haben eine ebenso pädagogisch fördernde Wirkung«, pflichtete Peszow bei. »Nehmen Sie nur die Astronomie, nehmen Sie die Botanik oder die Zoologie mit ihrem System allgemeiner Gesetze.«

»Ich kann dem nicht vollauf zustimmen«, entgegnete Alexej Alexandrowitsch. »Mir scheint, es lässt sich nicht bestreiten, dass der Vorgang des Erlernens sprachlicher Formen sich auf die geistige Entwicklung besonders segensreich auswirkt. Außerdem lässt sich nicht leugnen, dass die klassischen Schriftsteller einen in höchstem Maße sittlichen Einfluss ausüben, während mit dem Unterricht der Naturwissenschaften unglück-

licherweise jene schädlichen und falschen Lehren ein-
hergehen, die das Krebsgeschwür unserer Zeit sind.«

Sergej Iwanowitsch wollte etwas sagen, das unterband jedoch mit sattem Bass Peszow. Er argumentierte
voll Feuereifer, wie unzutreffend diese Meinung sei.
Sergej Iwanowitsch wartete ruhig ab, bis er das Wort
hatte, offenkundig hielt er eine triumphale Entgeg-
nung in petto.

»Allerdings«, sagte Sergej Iwanowitsch mit feinem
Lächeln, an Karenin gewandt, »lässt sich nur bestätigen, dass es schwierig ist, sämtliche Vor- und Nachteile
der einen und anderen Wissenschaften gegeneinander
abzuwägen, und dass die Frage, welche vorzuziehen
seien, nicht so schnell und endgültig gelöst worden
wäre, wenn für die klassische Bildung nicht jener Vorzug spräche, den Sie gerade genannt haben, nämlich
der sittliche, der – *disons le mot** – antinihilistische Einfluss.«

»Zweifelsohne.«

»Spräche nicht dieser Vorzug des antinihilistischen
Einflusses für die klassischen Wissenschaften, würden
wir stärker nachdenken, die Argumente beider Seiten
abwägen«, sagte Sergej Iwanowitsch mit feinem Lächeln, »würden wir der einen wie der anderen Richtung mehr Raum geben. Doch wir wissen nun, dass
diese Pillen der klassischen Bildung die Heilkraft des
Antinihilismus enthalten, und so bieten wir sie bedenkenlos unseren Patienten an ... Doch was, wenn auch
sie keine Heilkraft hätten?« schloss er, wieder attisches
Salz streuend.

Bei Sergej Iwanowitschs Pillen lachten alle, besonders laut und fröhlich Turowzyn, der endlich auf seine
komischen Kosten kam, denn nur darum hörte er dem
Gespräch zu.

---

* sprechen wir es aus *(frz.)*

Stepan Arkadjitsch hatte nicht fehlgegriffen, als er Peszow einlud. Mit Peszow konnte ein kluges Gespräch keinen Moment verstummen. Kaum hatte Sergej Iwanowitsch das eine Gespräch mit seinem Scherz beendet, brach Peszow ein neues vom Zaun.

»Nicht einmal das lässt sich bestätigen«, sagte er, »dass die Regierung dieses Ziel hatte. Die Regierung wird offensichtlich von allgemeinen Erwägungen geleitet und bleibt dabei indifferent gegenüber Auswirkungen, die die getroffenen Maßnahmen haben können. Zum Beispiel müsste die Frage der weiblichen Bildung als schädlich angesehen werden, aber die Regierung eröffnet Bildungseinrichtungen und Universitäten für Frauen.«

Und sogleich sprang das Gespräch zum neuen Thema, der weiblichen Bildung.

Alexej Alexandrowitsch äußerte den Gedanken, dass die Bildung der Frauen gewöhnlich vermengt werde mit der Frage nach der Freiheit der Frauen und nur deshalb als schädlich angesehen werden könne.

»Ich bin im Gegenteil der Ansicht, dass die beiden Fragen unlösbar verbunden sind«, sagte Peszow, »das ist ein Zirkelschluss. Die Frau hat aus Mangel an Bildung keine Rechte, und der Mangel an Bildung rührt vom Fehlen der Rechte her. Man sollte nicht vergessen, dass die Versklavung der Frauen so groß und alt ist, dass wir uns oft nicht über den Abgrund im klaren sind, der sie und uns trennt«, meinte er.

Sergej Iwanowitsch wartete ab, bis Peszow schwieg. »Sie sprechen von ›Rechten‹«, sagte er, »von dem Recht, das Amt von Geschworenen, Semstwo-Abgeordneten, Verwaltungsleitern einzunehmen, vom Recht, Beamter zu sein, Parlamentsmitglied …«

»Zweifelsohne.«

»Doch selbst wenn Frauen, in seltenen Ausnahmefällen, diese Ämter einnehmen könnten, scheint mir doch, dass Sie den Begriff ›Rechte‹ nicht richtig verwenden. Zutreffender wäre, von Pflichten zu sprechen. Ein jeder wird bestätigen, dass wir bei der Ausübung eines Amtes als Geschworene, Semstwo-Abgeordnete oder Telegrafenbeamte das Gefühl haben, eine Pflicht zu erfüllen. Darum wäre der Ausdruck zutreffender, die Frauen suchten nach Pflichten, und das berechtigterweise. Und man kann nur Sympathie empfinden für diesen ihren Wunsch, zum Gemeinschaftswerk des Mannes beizutragen.«

»Vollkommen plausibel«, bekräftigte Alexej Alexandrowitsch. »Die Frage ist, meine ich, doch nur, ob sie zur Erfüllung dieser Pflichten befähigt sind.«

»Wahrscheinlich werden sie dazu sehr befähigt sein«, warf Stepan Arkadjitsch ein, »wenn Bildung einmal unter ihnen verbreitet ist. Wir sehen das ...«

»Und das Sprichwort?« sagte der Fürst, der längst schon dem Gespräch lauschte, dabei funkelten seine spöttischen kleinen Augen. »Vor meinen Töchtern darf ich das sagen: Lange Haare ...«

»Genauso dachte man über die Neger vor ihrer Befreiung!« meinte Peszow ärgerlich.

»Ich finde es nur seltsam, dass die Frauen nach neuen Pflichten suchen«, sagte Sergej Iwanowitsch, »während wir unglücklicherweise sehen, dass die Männer diese gewöhnlich fliehen.«

»Pflichten sind mit Rechten gekoppelt, mit Macht, Geld, Ehre − und danach suchen die Frauen«, sagte Peszow.

»Gerade, wie wenn ich nach dem Recht verlangen würde, Amme sein zu dürfen, und gekränkt wäre, dass Frauen gezahlt wird, mir aber nicht«, sagte der alte Fürst.

Turowzyn brach in lautes Gelächter aus, und Sergej Iwanowitsch bedauerte, dass nicht er das gesagt hatte. Sogar Alexej Alexandrowitsch lächelte.

»Ja, doch ein Mann kann nicht sein Kind ernähren«, sagte Peszow, »während eine Frau ...«

»Doch, ein Engländer hat auf einem Schiff sein Kind durchgefüttert«, sagte der alte Fürst – diese Freiheit nahm er sich auch vor seinen Töchtern.

»So viele Engländer es gibt von dieser Art, so viele Frauen werden Beamte sein«, meinte nun Sergej Iwanowitsch.

»Aber was soll denn ein junges Mädchen machen, das keine Familie hat?« schaltete sich Stepan Arkadjitsch ein, im Gedanken an Tschibissowa, die er die ganze Zeit im Sinn hatte, als er mit Peszow sympathisierte und ihn unterstützte.

»Wenn Sie sich die Geschichte dieses jungen Mädchens einmal genauer ansehen, werden Sie herausfinden, dass dieses Mädchen ihre Familie verlassen hat, entweder ihre eigene oder die ihrer Schwester, wo sie eine weibliche Tätigkeit hätte haben können«, mischte sich auf einmal Darja Alexandrowna ins Gespräch, ziemlich aufgebracht, da sie wohl erriet, welches Mädchen Stepan Arkadjitsch im Sinn hatte.

»Aber uns geht es hier doch ums Prinzip, ums Ideal!« widersprach Peszow mit dröhnendem Bass. »Die Frau möchte das Recht haben, unabhängig und gebildet zu sein. Sie ist eingeengt und unterdrückt durch das Bewusstsein, dass dies unmöglich ist.«

»Und ich bin eingeengt und unterdrückt, weil mich eine Erziehungsanstalt nicht als Amme nimmt«, sagte erneut der alte Fürst, zur großen Freude Turowzyns, der vor Lachen einen Spargel mit dem dicken Ende in die Soße fallen ließ.

XI

Alle nahmen teil am gemeinsamen Gespräch, außer Kitty und Lewin. Als zunächst vom Einfluss die Rede war, den ein Volk auf ein anderes ausübt, kam Lewin unwillkürlich in den Sinn, was er zu diesem Gegenstand zu sagen hätte; aber diese Gedanken, früher so wichtig für ihn, huschten ihm wie im Traum durch den Sinn und waren für ihn gar nicht mehr von Interesse. Es kam ihm sogar merkwürdig vor, weshalb sie so angestrengt über etwas redeten, das niemand brauchen konnte. Für Kitty hätte eigentlich genauso interessant sein müssen, was sie über Rechte und Bildung der Frauen sagten. Wie oft hatte sie darüber nachgedacht, wenn sie sich an ihre ausländische Freundin Warenka erinnerte, an ihre schlimme Abhängigkeit, wie oft hatte sie über sich selbst nachgedacht, was aus ihr werden sollte, wenn sie nicht heiraten würde, und wie oft hatte sie darüber mit ihrer Schwester diskutiert! Jetzt aber interessierte sie das kein bisschen. Zwischen ihr und Lewin fand ein Gespräch statt, nicht einmal ein Gespräch, eher ein geheimnisvoller Austausch, der sie beide jeden Moment enger aneinanderband und in beiden ein Gefühl freudiger Furcht weckte vor dem Unbekannten, das sie nun betraten.

Erst hatte Lewin auf Kittys Frage, wie er sie letztes Jahr in der Kutsche habe sehen können, erzählt, wie er nach der Heumahd die Landstraße entlangging und ihr begegnete.

»Es war ganz früh am Morgen. Sie waren wohl gerade aufgewacht. Ihre *maman* schlief in ihrer Ecke. Der Morgen war wundervoll. Ich gehe dahin und denke mir: Wer kommt da in einer vierspännigen Kutsche? Ein prächtiges Viergespann mit Glöckchen, und für einen Augenblick tauchen Sie auf, und durch das Fenster sehe ich: so sitzen Sie da und halten mit beiden Händen die Bändel Ihres Häubchens und sind furchtbar in Gedanken versunken«, sagte er lächelnd. »Zu gerne hätte ich gewusst, woran Sie damals dachten. An etwas Wichtiges?«

›War ich auch nicht zerzaust?‹ überlegte sie; aber als sie das entzückte Lächeln sah, das die Erinnerung an dieses Detail bei ihm hervorrief, merkte sie, dass sie im Gegenteil einen sehr guten Eindruck hinterlassen hatte. Sie errötete und lachte freudig.

»Wirklich, das weiß ich nicht mehr.«

»Wie schön Turowzyn lacht!« sagte Lewin und hatte seine Freude an den feuchtglänzenden Augen und dem sich schüttelnden Leib.

»Kennen Sie ihn schon lange?« fragte Kitty.

»Wer kennt ihn nicht!«

»Und wie ich sehe, halten Sie ihn für einen schlechten Menschen?«

»Nicht schlecht, eher eine Null.«

»Das ist nicht wahr! Das sollten Sie schnellstens nicht mehr denken!« sagte Kitty. »Ich war auch sehr geringer Meinung von ihm, aber er ist – er ist ein überaus lieber und erstaunlich guter Mensch. Mit einem goldenen Herzen.«

»Wie konnten Sie sein Herz kennenlernen?«

»Wir beide sind dicke Freunde. Ich kenne ihn sehr gut. Letzten Winter, bald nach … nachdem Sie bei uns waren«, sagte sie mit schuldbewusstem und zugleich vertrauensvollem Lächeln, »hatten Dollys Kinder alle Scharlach, und einmal kam er zufällig bei ihr vorbei. Und stellen Sie sich vor«, sagte sie flüsternd, »sie tat ihm so leid, dass er dablieb und ihr half, die Kinder zu pflegen. Ja, drei Wochen lang hat er hier im Haus gelebt und wie eine Kinderfrau die Kinder gepflegt.«

Sie beugte sich zu ihrer Schwester. »Ich erzähle Konstantin Dmitritsch gerade von Turowzyn zur Scharlachzeit.«

»Ja, erstaunlich, großartig!« sagte Dolly, schaute zu Turowzyn, der merkte, dass von ihm gesprochen wurde, und lächelte ihm sanftmütig zu. Lewin warf noch einen Blick auf Turowzyn und wunderte sich, wie er früher nicht begreifen konnte, was für ein großartiger Mensch er war.

»Pardon, Pardon, ich werde nie wieder schlecht von Menschen denken!« sagte er fröhlich und drückte damit ehrlich aus, was er gerade empfand.

XII

Das entfachte Gespräch über die Rechte der Frauen betraf auch die in Anwesenheit von Damen heiklen Fragen der ungleichen Rechte in der Ehe. Peszow war während des Essens ein paarmal darauf zugesteuert, doch Sergej Iwanowitsch und Stepan Arkadjitsch brachten ihn jedesmal vorsichtig davon ab.

Als die Tafel aufgehoben wurde und die Damen hinausgingen, folgte Peszow ihnen nicht, sondern wandte sich an Alexej Alexandrowitsch, um ihm den Hauptgrund für diese Ungleichheit auseinanderzusetzen. Die Ungleichheit der Ehegatten bestand seiner Meinung nach darin, dass die Untreue der Frau und die Untreue des Mannes sowohl vom Gesetz wie von der öffentlichen Meinung ungleich geahndet würden.

Stepan Arkadjitsch trat eilends zu Alexej Alexandrowitsch und bot ihm zu rauchen an.

»Nein, ich rauche nicht«, antwortete Alexej Alexandrowitsch ruhig, und als wollte er mit Vorbedacht zeigen, dass er dieses Gespräch nicht scheue, wandte er sich mit kaltem Lächeln an Peszow.

»Ich nehme an, dass eine derartige Sichtweise im Wesen der Dinge selbst begründet liegt«, sagte er und wollte in den Salon weitergehen; aber da kam auf ein-

mal Turowzyn, an Alexej Alexandrowitsch gewandt,
überraschend ins Reden.

»Haben Sie vielleicht von Prjatschnikow gehört?«
Turowzyn war vom Champagner beschwingt und wartete längst auf eine Gelegenheit, das ihn bedrückende
Schweigen zu brechen. »Wasja Prjatschnikow«, sagte er
mit seinem gutmütigen Lächeln auf den feuchten und
roten Lippen, hauptsächlich an Alexej Alexandrowitsch
gewandt, den wichtigsten Gast, »so wurde mir heute
erzählt, hat sich in Twer mit Kwytski duelliert und ihn
getötet.«

Wie man immer meint, an einem wunden Punkt
stoße man sich wie mit Fleiß stets von neuem, so hatte
auch Stepan Arkadjitsch nun das Gefühl, unglücklicherweise ziele das Gespräch heute dauernd auf Alexej Alexandrowitschs wunden Punkt. Er wollte den
Schwager wieder beiseite nehmen, doch Alexej Alexandrowitsch fragte neugierig:

»Weswegen hat sich Prjatschnikow duelliert?«

»Seiner Frau wegen. Hat sich prächtig verhalten!
Ihn gefordert und getötet!«

»So!« sagte Alexej Alexandrowitsch gleichmütig, zog
die Brauen hoch und ging in den Salon.

»Wie froh ich bin, dass Sie gekommen sind«, sagte
Dolly mit verschrecktem Lächeln, als sie ihm im
Durchgang zum Salon begegnete. »Ich muss mit Ihnen
reden. Setzen wir uns doch hier.«

Alexej Alexandrowitsch setzte sich mit demselben
gleichmütigen Ausdruck, den die hochgezogenen Brau-
en ihm verliehen, neben Darja Alexandrowna und lächelte unnatürlich.

»Um so mehr«, sagte er, »als ich Sie um Entschuldigung bitten und mich gleich empfehlen wollte. Ich
muss morgen reisen.«

Darja Alexandrowna war von Annas Unschuld fest
überzeugt und spürte, dass sie bleich wurde und ihre

Lippen bebten vor Zorn über diesen kalten, gefühllosen Mann, der so ungerührt ihre schuldlose Freundin ins Verderben stürzen wollte.

»Alexej Alexandrowitsch«, sagte sie und blickte ihm mit dem Mut der Verzweiflung in die Augen. »Ich hatte Sie nach Anna gefragt, und Sie haben mir nicht geantwortet. Was ist mit ihr?«

»Sie scheint wohlauf zu sein, Darja Alexandrowna«, antwortete Alexej Alexandrowitsch, ohne sie anzublicken.

»Alexej Alexandrowitsch, verzeihen Sie mir, ich habe kein Recht ... aber ich liebe und achte Anna wie eine Schwester; ich bitte Sie, beschwöre Sie, sagen Sie mir, was geht zwischen Ihnen vor? wessen klagen Sie sie an?«

Alexej Alexandrowitsch legte die Stirn in Falten, und die Augen fast geschlossen, senkte er den Kopf.

»Ich nehme an, dass Ihr Mann Ihnen die Gründe übermittelt hat, weshalb ich es für nötig erachte, mein bisheriges Verhältnis zu Anna Arkadjewna zu ändern«, sagte er, ohne ihr in die Augen zu blicken, vielmehr musterte er missmutig Schtscherbazki, der gerade durch den Salon ging.

»Ich glaube das nicht, glaube das nicht, kann das nicht glauben!« Dolly presste mit einer energischen Bewegung die knochigen Hände zusammen. Sie stand rasch auf und legte ihre Hand auf Alexej Alexandrowitschs Ärmel. »Hier werden wir gestört. Kommen Sie bitte mit.«

Darja Alexandrownas Erregung blieb nicht ohne Wirkung auf Alexej Alexandrowitsch. Er stand auf und folgte ihr gehorsam ins Schulzimmer. Sie setzten sich an den Tisch, dessen Wachstuchbezug von Federmessern zerschnitten war.

»Ich glaube das nicht, glaube das nicht!« sagte Dolly und suchte seinen ausweichenden Blick zu erhaschen.

»Es ist unmöglich, den Tatsachen nicht zu glauben, Darja Alexandrowna«, sagte er, mit Betonung auf dem Wort Tatsachen.

»Aber was hat sie denn getan? Was? Was?« fragte Darja Alexandrowna. »Was hat sie wirklich getan?«

»Sie hat ihre Pflichten missachtet und ihren Ehemann betrogen. Das hat sie getan.«

»Nein, nein, das kann nicht sein! Nein, um Gottes willen, Sie irren sich!« Dollys Hände berührten ihre Schläfen, sie schloss die Augen.

Alexej Alexandrowitsch lächelte kalt, nur mit den Lippen, da er ihr wie auch sich selbst die Festigkeit seiner Überzeugung vorführen wollte; aber diese hitzige Verteidigung, auch wenn sie ihn nicht schwanken machte, riss erneut seine Wunde auf. Nun sprach er viel lebhafter.

»Ein Irrtum ist schwer möglich, wenn die Ehefrau selbst es ihrem Mann verkündet. Verkündet, acht Lebensjahre und ein Sohn – das alles sei ein Irrtum, und sie wolle das Leben von vorne beginnen«, stieß er ärgerlich hervor und schnaubte durch die Nase.

»Anna und lasterhaft – ich kann das nicht zusammenbringen, kann das nicht glauben.«

»Darja Alexandrowna!« Nun blickte er Dolly geradewegs in das gütige, erregte Gesicht und fühlte, dass sich ihm auf einmal von selbst die Zunge löste. »Wieviel gäbe ich darum, dass Zweifeln noch möglich wäre. Als ich zweifelte, war mir schwer zumute, doch leichter als jetzt. Als ich zweifelte, war noch Hoffnung; jetzt aber ist keine Hoffnung mehr, und dennoch zweifle ich an allem. Ich zweifle an allem, ich hasse meinen Sohn, manchmal glaube ich nicht, dass er mein Sohn ist. Ich bin sehr unglücklich.«

Er hätte das nicht zu sagen brauchen. Darja Alexandrowna hatte schon begriffen, sobald er ihr ins Gesicht blickte; nun bekam sie Mitleid mit ihm, und der

Glaube an die Unschuld ihrer Freundin geriet ins Wanken.

»Ach, das ist schrecklich, schrecklich! Aber ist es
wirklich wahr, dass Sie zur Scheidung entschlossen
sind?«

»Ich bin zum Äußersten entschlossen. Mir bleibt
nichts anderes übrig.«

»Nichts anderes, nichts anderes ...« sprach sie mit
Tränen in den Augen. »Doch, es ist noch etwas anderes
übrig!« sagte sie.

»Das ist ja das Schreckliche an Kummer dieser Art,
dass man nicht wie bei anderem – einem Verlust, einem
Tod – sein Kreuz tragen kann, sondern handeln muss«,
sagte er, als erriete er ihre Gedanken. »Man muss aus
der erniedrigenden Lage herauskommen, in die man
gebracht wurde: Man kann nicht zu dritt leben.«

»Ich verstehe, ich verstehe das gut«, sagte Dolly und
senkte den Kopf. Sie schwieg, dachte an sich, an ihren
familiären Kummer, und plötzlich hob sie den Kopf mit
einer energischen Bewegung und legte mit beschwö-
render Geste die Hände zusammen. »Doch warten Sie!
Sie sind Christ. Denken Sie an Anna! Was wird aus ihr,
wenn Sie sie verlassen?«

»Ich habe nachgedacht, Darja Alexandrowna, habe
viel nachgedacht«, sagte Alexej Alexandrowitsch. Auf
seinem Gesicht zeigten sich rote Flecken, und die trüben Augen blickten sie offen an. Darja Alexandrowna
bemitleidete ihn nun bereits von ganzem Herzen. »Ich
habe ebendies getan, als mir von ihr selbst meine
Schande verkündet worden war; ich ließ alles beim
alten. Ich gab ihr die Möglichkeit, sich zu bessern, ich
suchte sie zu retten. Und was war? Sie erfüllte nicht einmal meine leichteste Forderung, die Wahrung des Anstands«, sagte er, nun schon hitzig. »Retten kann man
einen Menschen, der nicht untergehen möchte; aber
wenn das gesamte Wesen so verdorben und lasterhaft

ist, dass der Untergang sogar als Rettung erscheint, was dann tun?«

»Alles, nur keine Scheidung«, antwortete Darja Alexandrowna.

»Aber was ist dieses Alles?«

»Nein, das ist schrecklich. Sie wird niemandes Frau sein, und sie wird zugrunde gehen!«

»Aber was kann ich tun?« sagte Alexej Alexandrowitsch, Schultern und Brauen hochgezogen. Die Erinnerung an das letzte Vergehen seiner Frau brachte ihn dermaßen auf, dass er wieder so kalt wurde wie zu Beginn des Gesprächs. »Ich bin Ihnen sehr dankbar für Ihre Teilnahme, aber für mich ist es Zeit«, sagte er und stand auf.

»Nein, warten Sie! Sie dürfen sie nicht ins Verderben stürzen. Warten Sie, ich sage Ihnen etwas von mir. Ich hatte geheiratet. Mein Mann betrog mich; vor Zorn, vor Eifersucht wollte ich alles hinwerfen, wollte auch ich ... Aber ich kam wieder zur Besinnung; und wer hat mich gerettet? Anna. Und so lebe ich nun. Die Kinder wachsen heran, mein Mann kehrt in die Familie zurück und fühlt, dass er unrecht hatte, wird reiner, besser, und ich lebe ... Ich habe vergeben, und auch Sie müssen vergeben!«

Alexej Alexandrowitsch hörte ihr zu, doch was sie sagte, erreichte ihn nicht mehr. In seiner Seele war wieder aller Zorn jenes Tages aufgestiegen, als er sich zur Scheidung entschlossen hatte. Er schüttelte sich und sprach mit durchdringend lauter Stimme:

»Vergeben kann ich nicht und will ich nicht und hielte ich für ungerechtfertigt. Ich habe alles getan für diese Frau, und sie hat alles in den Schmutz getreten, der ihr eigen ist. Ich bin kein böser Mensch, ich habe niemals jemanden gehasst, sie aber hasse ich aus aller Seelenkraft und kann ihr auch nicht vergeben, da ich sie viel zu sehr hasse für all das Böse, das sie mir angetan hat!« sagte er mit Zornesttänen in der Stimme.

»Liebet die, die euch hassen ...« flüsterte Darja Alexandrowna verschämt.

Alexej Alexandrowitsch lächelte verächtlich. Das wusste er längst, aber das ließ sich auf seinen Fall nicht anwenden.

»Liebet die, die euch hassen, aber die zu lieben, die man selbst hasst, ist unmöglich. Verzeihen Sie, dass ich Sie betrübt habe. Ein jeder hat genügend eigenen Kummer!« Alexej Alexandrowitsch hatte die Fassung wiedergefunden, er verabschiedete sich ruhig und fuhr davon.

XIII

Als die Tafel aufgehoben wurde, wäre Lewin gerne Kitty in den Salon gefolgt; er befürchtete jedoch, ob ihr das aufgrund seines zu offenkundigen Werbens um sie nicht unangenehm wäre. Er blieb in der Herrenrunde, beteiligte sich am allgemeinen Gespräch, und ohne zu Kitty hinzuschauen, spürte er ihre Bewegungen, ihre Blicke und wo sie jeweils war im Salon.

Schon jetzt hielt er ohne die geringste Mühe das Versprechen, das er ihr gegeben hatte, nämlich stets von allen Menschen Gutes zu denken und stets alle zu lieben. Das Gespräch drehte sich nun um die Bauerngemeinde, in der Peszow eine besondere Grundstruktur sah, die er als chorische Grundstruktur bezeichnete. Lewin war weder mit Peszow einverstanden noch mit seinem Bruder, der die Bedeutung der russischen Bauerngemeinde auf seine Weise irgendwie anerkannte und auch wieder nicht. Aber Lewin redete mit ihnen, dabei war er nur darauf aus, sie zu versöhnen und ihre Widersprüche abzumildern. Es interessierte ihn überhaupt nicht, was er selbst sagte, und noch viel weniger, was die anderen sagten, er wollte nur das eine, dass sie und alle anderen sich gut und wohl fühlten. Er wusste jetzt, dass nur eines wichtig war. Und dieses Eine war erst dort, im Salon, dann kam es näher und blieb bei der Tür stehen. Ohne sich umzudrehen, spürte er ihren Blick auf sich gerichtet und ihr Lächeln und musste sich nun doch umdrehen. Sie stand mit Schtscherbazki unter der Tür und schaute zu ihm.

»Ich dachte, Sie gingen ans Klavier«, sagte er, als er auf sie zutrat. »Das fehlt mir auf dem Land – die Musik.«

»Nein, wir wollten Sie nur herausholen, und ich danke Ihnen«, sagte sie und bedachte ihn mit dem Geschenk eines Lächelns, »dass Sie gekommen sind. Was müssen alle immer Streitgespräche führen? Der eine überzeugt den andern sowieso nie.«

»Ja, das ist wahr«, meine Lewin, »in den meisten Fällen ist man nur deshalb so hitzig am Streiten, weil man einfach nicht begreifen kann, was der Gegner beweisen möchte.«

Lewin war es bei Streitgesprächen zwischen den klügsten Menschen oftmals aufgefallen, dass nach ungeheuren Anstrengungen, nach ungeheuren Wörtermengen und logischen Finessen den Streitenden schließlich dämmerte, dass ihnen schon längst, schon seit Beginn des Streitgesprächs, bekannt war, was sie einander mit soviel Aufwand beweisen wollten, dass sie aber unterschiedliche Vorlieben hatten und nur darum nicht sagen mochten, was sie liebten, um nicht angegriffen zu werden. Er hatte oftmals erlebt, dass man während eines Streitgesprächs manchmal versteht, was der Gegner liebt, und plötzlich gewinnt man das selber lieb und ist sogleich einverstanden, und alle Argumente entfallen dann als unnütz; und manchmal erlebt man es umgekehrt, man spricht schließlich aus, was man selber liebt und wozu man sich Argumente ausdenkt, und wenn es gelingt, dies gut und aufrichtig auszudrücken, stimmt der Gegner plötzlich zu und hört auf zu streiten. Ebendies wollte er sagen.

Sie zog die Stirn kraus, suchte zu verstehen. Aber kaum hatte er mit der Erklärung begonnen, hatte sie bereits verstanden.

»Ich verstehe: Man muss herausbringen, wofür er streitet, was er liebt, dann kann man ...«

Sie hatte seinen schlecht ausgedrückten Gedanken durchaus getroffen und ausgedrückt. Lewin lächelte erfreut, so verblüffend war für ihn der Übergang vom verwickelten, wortreichen Streitgespräch mit Peszow und seinem Bruder zu dieser lakonischen und klaren, fast wortlosen Übermittlung kompliziertester Gedanken.

Schtscherbazki entfernte sich, und Kitty trat an den aufgeklappten Spieltisch, setzte sich, nahm ein Stück Kreide und begann, auf dem neuen grünen Tuch auseinanderstrebende Kreise zu zeichnen.

Sie kehrten zu dem Gespräch zurück, das bei Tisch über die Freiheit und die Beschäftigungen der Frauen geführt worden war. Lewin stimmte mit Darja Alexandrownas Meinung überein, dass ein unverheiratetes junges Mädchen in der Familie eine weibliche Betätigung finde. Zur Bekräftigung führte er an, dass keine Familie ohne Helferin auskomme und es in jeder, ob arm oder reich, Kinderfrauen gebe und auch geben müsse, gedungene oder verwandte.

»Nein«, sagte Kitty, sie war errötet, aber um so kühner sah sie ihn an mit ihren aufrichtigen Augen, »ein junges Mädchen kann so gestellt sein, dass sie nicht ohne Demütigung zu einer Familie findet, während sie selbst ...«

Er verstand sie schon auf den leisen Hinweis.

»O ja!« sagte er. »Ja, ja, ja, Sie haben recht, haben recht!«

Und hatte zugleich verstanden, was Peszow während des Essens an Argumenten zur Freiheit der Frauen vorgebracht hatte, bloß weil er in Kittys Herzen die Furcht vor Ehelosigkeit und Demütigung sah, und da er sie liebte, spürte er die Furcht und die Demütigung und ließ sofort seine Argumente fallen.

Schweigen trat ein. Sie zeichnete immer noch mit der Kreide auf dem Tisch. Ihre Augen leuchteten in stillem Glanz. Von ihrer Stimmung angesteckt, fühlte er in seinem ganzen Wesen eine immer stärkere Anspannung des Glücks.

»O je! ich habe den ganzen Tisch bemalt!« sagte sie, legte das Kreidestück hin und machte eine Bewegung, als wollte sie aufstehen.

›Wie kann ich nur allein bleiben … ohne sie?‹ dachte er mit Schrecken und griff nach der Kreide. »Warten Sie«, sagte er und setzte sich an den Tisch. »Ich will Sie seit langem etwas fragen.«

Er blickte ihr offen in die liebevollen, wenn auch erschrockenen Augen.

»Bitte, fragen Sie.«

»Das hier«, sagte er und schrieb die Anfangsbuchstaben: A, S, m, a, d, k, n, s, b, d, n, o, n, d? Die Buchstaben bedeuteten: »Als Sie mir antworteten: d a s k a n n n i c h t s e i n, bedeutete das: niemals, oder nur damals?« Es war völlig unwahrscheinlich, dass sie diesen komplizierten Satz verstehen könnte; aber er schaute sie mit einer Miene an, als hinge sein Leben davon ab, ob sie diese Worte verstünde.

Sie blickte ihn ernst an, dann stützte sie die gefurchte Stirn auf die Hand und begann zu lesen. Zwischendurch sah sie zu ihm auf, ihr Blick fragte: ›Ist es das, was ich denke?‹

»Ich habe verstanden«, sagte sie errötend.

»Was ist das für ein Wort?« Er wies auf das n, das n i e m a l s bedeutete.

»Dieses Wort bedeutet niemals«, sagte sie, »aber das stimmt nicht!«

Er wischte rasch das Geschriebene weg, gab ihr die Kreide und stand auf. Sie schrieb: D, k, i, n, a, s.

Dolly war über den Kummer, den ihr das Gespräch mit Alexej Alexandrowitsch bereitet hatte, vollkommen hinweggetröstet, als sie diese beiden Gestalten erblickte: Kitty, das Kreidestück in der Hand, mit scheuem und glücklichem Lächeln, wie sie hochsah zu Lewin, und seine schöne Gestalt, über den Tisch gebeugt, mit brennenden Augen, die bald auf den Tisch, bald auf sie gerichtet waren. Plötzlich strahlte er auf: er hatte verstanden. Das bedeutete: »Damals konnte ich nichts anderes sagen.«

Er blickte sie fragend an, scheu.

»Nur damals?«

»Ja«, antwortete ihr Lächeln.

»Und ... Und jetzt?« fragte er.

»Nun, lesen Sie es. Ich will sagen, was ich mir wünschte. Sehr wünschte!« Sie schrieb die Anfangsbuchstaben: D, S, v, k, u, v, w, g, i. Das bedeutete: »Dass Sie vergessen können und verzeihen, was gewesen ist.«

Er griff mit verkrampften, zitternden Fingern nach der Kreide, und sie zerbrach, als er die Anfangsbuchstaben des folgenden schrieb: »Ich brauche nicht zu vergessen und zu verzeihen, ich habe nie aufgehört, Sie zu lieben.«

Sie blickte auf ihn mit angehaltenem Lächeln.

»Ich habe verstanden«, flüsterte sie.

Er setzte sich und schrieb einen langen Satz. Sie verstand alles, und ohne ihn zu fragen: stimmt es?, nahm sie die Kreide und antwortete sofort.

Er konnte lange nicht verstehen, was sie geschrieben hatte, und blickte ihr mehrfach in die Augen. Vor Glück verwirrte sich sein Geist. Er konnte beim besten Willen nicht die Wörter einsetzen, die sie im Sinn hatte; aber

in ihren hinreißenden, vor Glück strahlenden Augen
las er alles, was er wissen musste. Und er schrieb drei
Buchstaben. Doch er hatte noch nicht zu Ende geschrieben, da las sie schon, seiner Hand folgend, und brachte
es selbst zum Ende und schrieb die Antwort: Ja.

»Spielt ihr Sekretär?« Der alte Fürst trat hinzu.
»Doch lass uns fahren, wenn du noch rechtzeitig ins
Theater kommen willst.«

Lewin stand auf und geleitete Kitty zur Tür.

In ihrem Gespräch war alles gesagt, war gesagt, dass
sie ihn liebe und Vater und Mutter sagen werde, dass er
morgen vormittag komme.

XIV

Als Kitty gefahren war und Lewin allein blieb, befiel
ihn solch eine Unruhe ohne sie und solch ein unge-
duldiges Verlangen, es solle schnell, ganz schnell der
nächste Morgen anbrechen, da er sie wiedersehen und
sich für immer mit ihr vereinen würde, dass er zu
Tode erschrak vor diesen vierzehn Stunden, die er ohne
sie herumzubringen hatte. Er musste unbedingt mit
irgendwem zusammensein und reden, um irgendwie
nicht allein zu bleiben, um die Zeit zu überlisten. Stepan Arkadjitsch wäre ihm der angenehmste Gesprächspartner gewesen, doch er fuhr, wie er sagte, zu einer
Abendgesellschaft, in Wirklichkeit ins Ballett. Lewin
konnte ihm gerade noch sagen, dass er glücklich sei und
ihn liebe und nie, nie im Leben vergessen werde, was
er für ihn getan habe. Stepan Arkadjitschs Blick und
sein Lächeln zeigten Lewin, dass er dieses Gefühl richtig verstand.

»Also ist es nicht an der Zeit zu sterben?« sagte Stepan Arkadjitsch und drückte Lewin innig die Hand.

»O nein!!«

Als Darja Alexandrowna sich von ihm verabschiedete, schien sie ihm ebenfalls zu gratulieren, denn sie sagte:

»Wie freue ich mich, dass Sie Kitty wieder begegnet sind, man muss alte Freundschaften hochhalten.«

Lewin waren diese Worte Darja Alexandrownas jedoch unangenehm. Sie konnte nicht verstehen, in welchen ihr unzugänglichen Höhen das alles lag, und sie hätte nicht wagen dürfen, daran zu rühren.

Lewin verabschiedete sich, doch um nicht allein zu bleiben, hängte er sich an seinen Bruder.

»Wohin fährst du?«

»Ich? Zu einer Sitzung.«

»Dann komme ich mit. Darf ich?«

»Wieso nicht? Fahren wir«, sagte Sergej Iwanowitsch lächelnd. »Was ist nur heute mit dir?«

»Mit mir? Mit mir ist das Glück!« Lewin ließ in der Kutsche, in der sie fuhren, das Fenster herab. »Macht dir doch nichts? Es ist sonst stickig. Mit mir ist das Glück! Weshalb hast du nie geheiratet?«

Sergej Iwanowitsch lächelte.

»Ich freue mich sehr, sie ist offenbar ein famoses Mä...«, hob Sergej Iwanowitsch an.

»Sag nichts, sag nichts, sag nichts!« schrie Lewin, packte mit beiden Händen den Kragen an seines Bruders Pelzmantel und schlug ihn übereinander. »Sie ist ein famoses Mädchen« waren so schlichte, niedrige Worte, völlig unvereinbar mit seinem Gefühl.

Sergej Iwanowitsch brach in fröhliches Lachen aus, was bei ihm selten vorkam.

»Nun, ich darf wohl sagen, dass ich mich sehr freue darüber.«

»Das darfst du morgen, morgen, jetzt kein Wort mehr! Nichts, nichts, Schweigen!« Lewin schlug noch einmal den Pelz übereinander und fügte hinzu: »Ich liebe dich sehr! Also, darf ich mit zu der Sitzung?«

»Gewiss darfst du.«

»Wovon soll bei euch heute die Rede sein?« fragte Lewin und hörte nicht auf zu lächeln.

Sie kamen zu der Sitzung. Lewin hörte zu, wie der Sekretär stockend das Protokoll verlas, das er offenbar selbst nicht verstand; aber Lewin sah diesem Sekretär am Gesicht an, was für ein lieber, guter und famoser Mensch er war. Es war daran zu sehen, wie er sich verhaspelte und drauskam beim Lesen des Protokolls. Dann begann die Aussprache. Gestritten wurde über die Abführung irgendwelcher Beträge und über die Verlegung irgendwelcher Röhren, und Sergej Iwanowitsch verletzte zwei Mitglieder empfindlich und redete lange und triumphal; und ein anderes Mitglied hatte sich etwas auf Papier notiert, war erst befangen, gab ihm dann jedoch sehr giftig und nett heraus. Und dann sagte Swijaschski (auch er war hier) ebenfalls etwas, sehr schön und edel. Lewin hörte ihnen zu und sah klar, dass es weder die abgeführten Beträge noch die Röhren wirklich gab, nichts von alledem, und dass sie überhaupt nicht böse waren aufeinander, sondern alle so gute, famose Menschen und alles so gut und nett bei ihnen ablief. Sie störten niemand, und alle fühlten sich wohl. Bemerkenswert war für Lewin, dass sie heute alle für ihn durchschaubar waren, und an kleinen, bislang unauffälligen Merkmalen lernte er das Herz jedes einzelnen kennen und sah klar, dass sie alle gut waren. Besonders ihn, Lewin, hatten heute alle außerordentlich lieb. Es war daran zu sehen, wie sie mit ihm sprachen, wie freundlich und liebevoll sie auf ihn schauten, sogar diejenigen, die ihn nicht kannten.

»Na, was ist, bist du zufrieden?« fragte ihn Sergej Iwanowitsch.

»Sehr. Ich hätte nie gedacht, dass das so interessant ist! Famos, wunderbar!«

Swijaschski kam zu Lewin und lud ihn zu sich zum

Tee ein. Lewin konnte sich beim besten Willen nicht erinnern, was ihm an Swijaschski missfallen hatte, was er gewollt hatte von ihm. Er war ein kluger und erstaunlich guter Mensch.

»Oh, das freut mich sehr«, sagte er und fragte nach Gattin und Schwägerin. Und da in seiner Vorstellung der Gedanke an Swijaschskis Schwägerin mit der Ehe zusammenhing, kam ihm aufgrund einer sonderbaren Gedankenverknüpfung die Idee, er könne niemandem besser von seinem Glück erzählen als Swijaschskis Gattin und Schwägerin, und er freute sich sehr auf den Besuch.

Swijaschski fragte ihn nach dem Stand der Dinge auf seinem Gut aus, wobei er es wie immer für unmöglich hielt, etwas zu finden, das in Europa noch nicht gefunden wäre, und jetzt war das Lewin überhaupt nicht unangenehm. Im Gegenteil, er spürte, dass Swijaschski recht hatte, dass diese Dinge bedeutungslos waren, und erkannte, wie erstaunlich sanft und liebevoll Swijaschski es vermied, klar auszusprechen, dass er recht hatte. Swijaschskis Damen waren besonders nett. Es kam Lewin vor, als wüssten sie schon alles und fühlten mit ihm, sagten aber nur aus Feingefühl nichts. Er saß eine, zwei, drei Stunden bei ihnen, unterhielt sich über die verschiedensten Gegenstände, meinte aber immer nur das eine, das seine Seele erfüllte, und merkte gar nicht, dass er ihnen schrecklich auf die Nerven ging und für sie längst Schlafenszeit war. Swijaschski geleitete ihn ins Vorzimmer, gähnte und wunderte sich, in was für einer sonderbaren Verfassung sein Freund war. Es war schon nach eins. Lewin kehrte ins Hotel zurück und und erschrak vor dem Gedanken, wie er mit seiner Ungeduld die verbleibenden zehn Stunden nun allein verbrächte. Der Lakai vom Dienst, der nicht schlief, zündete ihm die Kerzen an und wollte gehen, aber Lewin hielt ihn auf. Dieser Lakai, Jegor, den Lewin zuvor

nicht wahrgenommen hatte, erwies sich als ein sehr gescheiter und anständiger und vor allem guter Mensch.

»Na, Jegor, ist es schwer, nicht zu schlafen?«

»Was tun! So ist nun mal unser Dienst. Bei einer
Herrschaft geht's ruhiger zu, dafür springt hier mehr
heraus.«

Wie sich zeigte, hatte Jegor Familie, drei Jungen
und eine Tochter, eine Näherin, die er mit dem Kommis eines Sattlerladens verheiraten wollte.

Lewin teilte Jegor aus diesem Anlass seinen Gedanken mit, dass in der Ehe das allerwichtigste die Liebe
sei und dass man mit Liebe stets auch selbst glücklich
sei, denn das Glück liege nur in einem selbst.

Jegor hatte aufmerksam zugehört und Lewins Gedanken offenbar durchaus verstanden, aber als Bestätigung merkte er zu Lewins Überraschung an, wie er
bei besseren Herrschaften gelebt habe, sei er mit seinen
Herrschaften stets zufrieden gewesen, und auch jetzt sei
er mit seinem Herrn durchaus zufrieden, auch wenn er
Franzose sei.

›Ein erstaunlich guter Mensch‹, dachte Lewin.

»Na, und du, Jegor, als du geheiratet hast, hast du
deine Frau geliebt?«

»Aber wie denn nicht«, antwortete Jegor.

Und Lewin sah, dass Jegor ebenfalls in hochge-
stimmter Verfassung war und die Absicht hatte, sich
über seine intimsten Gefühle auszulassen.

»Mein Leben ist ebenfalls erstaunlich. Ich habe von
klein auf ...« begann er mit glänzenden Augen, offenbar angesteckt von Lewins Hochgefühl, wie Menschen
vom Gähnen angesteckt werden.

Aber in diesem Augenblick läutete es; Jegor ging,
und Lewin blieb allein. Er hatte während des Diners
fast nichts gegessen, hatte bei den Swijaschskis Tee wie
Nachtessen abgelehnt, konnte aber an Essen nicht denken. Er hatte die vorige Nacht nicht geschlafen, aber

auch an Schlaf konnte er nicht denken. Es war frisch im
Zimmer, aber ihm war drückend heiß. Er machte beide
Fensterklappen auf und setzte sich davor auf den Tisch.
Hinter einem schneebedeckten Dach war ein verziertes
Kreuz mit Ketten zu sehen und darüber das heraufzie-
hende Dreieck eines Sternbilds, des Fuhrmanns mit der
hellen, gelblichen Capella. Er sah bald auf das Kreuz,
bald auf den Stern, atmete die kühle Frostluft ein, die
gleichmäßig ins Zimmer rann, und wie im Traum hing
er Bildern und Erinnerungen nach, die in seiner Phantasie auftauchten. Nach drei Uhr hörte er Schritte auf
dem Flur und schaute zur Tür hinaus. Da kehrte der
Spieler Mjaskin, den er kannte, aus dem Klub zurück.
Er ging mit finsterer Miene, die Stirn gerunzelt, und
hüstelte. ›Wie arm, wie unglücklich!‹ dachte Lewin,
und ihm traten Tränen in die Augen vor Liebe und Mitgefühl für diesen Menschen. Er wollte mit ihm reden,
ihn trösten; da ihm jedoch einfiel, dass er im Hemd war,
ließ er es sein und setzte sich wieder vor die Fensterklappe, um in der kalten Luft zu baden und auf dieses
wundervoll geformte, schweigende, aber für ihn so be-
deutungsvolle Kreuz zu blicken und auf den hoch aufsteigenden, hellen gelben Stern. Nach sechs begannen
die Dielenbohnerer zu lärmen, die Glocken zu einem
Gottesdienst zu läuten, und Lewin spürte, dass er allmählich fror. Er schloss die Fensterklappe, wusch sich,
zog sich an und ging hinaus auf die Straße.

XV

Auf den Straßen war es noch leer. Lewin ging zum
Haus der Schtscherbazkis. Der Haupteingang war geschlossen, alles schlief. Er kehrte zurück, ging wieder
auf sein Zimmer und bestellte Kaffee. Der Tageslakai,
nicht mehr Jegor, brachte ihn. Lewin wollte ihn in ein

Gespräch ziehen, aber dem Lakaien wurde geläutet, und er ging. Lewin versuchte, einen Schluck Kaffee zu trinken und ein Stück Kalatsch in den Mund zu nehmen, aber sein Mund wusste mit dem Kalatsch überhaupt nichts anzufangen. Lewin spuckte den Bissen aus, zog den Mantel an und ging wieder wandern. Nach neun kam er zum zweiten Mal zum Hauseingang der Schtscherbazkis. Im Haus war man gerade erst aufgestanden, und der Koch ging Lebensmittel einkaufen. Mindestens zwei Stunden mussten noch herumgebracht werden.

Diese ganze Nacht und den Morgen verlebte Lewin völlig ohne Bewusstsein und fühlte sich den Umständen des materiellen Lebens völlig entrückt. Er hatte einen ganzen Tag nichts gegessen, zwei Nächte nicht geschlafen, hatte einige Stunden kaum angekleidet im Frost verbracht und fühlte sich nicht nur frisch und gesund wie nie, sondern auch völlig unabhängig von seinem Körper: er bewegte sich ohne Muskelanspannung und hatte das Gefühl, alles zu können. Er war überzeugt, dass er in die Luft flöge und eine Hausecke wegschöbe, wenn das nötig wäre. Die verbleibende Zeit wanderte er durch die Straßen, sah dabei ständig auf die Uhr und blickte nach allen Seiten.

Und was er damals sah, sollte er später nie wieder sehen. Besonders gerührt war er von den Kindern, die in die Schule gingen, den graublauen Tauben, die vom Dach aufs Trottoir flogen, und den mehlbestäubten Wecken, die eine unsichtbare Hand ausgelegt hatte. Diese Wecken, die Tauben und die zwei Jungen waren unirdische Wesen. Und alles geschah zur selben Zeit: der eine Junge rannte zu einer Taube und blickte Lewin lächelnd an; die Taube klappte mit den Flügeln und flatterte weg, schimmerte in der Sonne zwischen dem in der Luft flirrendem Schneestaub, und aus einem Verkaufsfenster zog der Duft von gebackenem Brot, und

dort waren die Wecken ausgelegt. All das zusammen
war so ungewöhnlich schön, dass Lewin lachte und
weinte vor Freude. Über die Gasetny Gasse und die Kis-
lowka kehrte er in großem Bogen zurück zum Hotel,
setzte sich, legte die Uhr vor sich hin und wartete, bis
es zwölf würde. Im Nebenzimmer war von Maschinen
und Betrug die Rede und hustete sich jemand mor-
gendlich frei. Die hatten keine Ahnung, dass der Uhrzeiger bereits auf zwölf zuging. Der Uhrzeiger stand
auf zwölf. Lewin trat auf die Treppe vor dem Hotel.
Die Droschkenkutscher wussten offenbar schon alles.
Mit glücklichen Gesichtern umringten sie Lewin, über-
boten einander beim Antragen ihrer Dienste. Lewin
mochte die anderen Droschkenkutscher nicht kränken
und versprach, auch mit ihnen einmal zu fahren, einen
jedoch nahm er und hieß ihn zu den Schtscherbazkis
fahren. Der Droschkenkutscher war hinreißend in seinem weißen Hemd, das unterm Kaftan vorlugte, und
dem Hemdkragen, der den vollen, kräftigen roten Hals
umspannte. Der Schlitten dieses Droschkenkutschers
war hoch und wendig, mit solch einem sollte Lewin später nie wieder fahren, auch das Pferd war gut und gab
sich Mühe, kam aber nicht vom Fleck. Der Droschkenkutscher kannte das Haus der Schtscherbazkis; mit besonderem Respekt für seinen Fahrgast zog er die Arme
an und sagte »Brrr!«, als er ihn davor absetzte. Der Portier der Schtscherbazkis wusste wahrscheinlich schon
alles. Das war am Lächeln seiner Augen zu sehen und
daran, wie er sagte:

»Sie waren aber lang nicht hier, Konstantin Dmitritsch!«

Nicht nur, dass er alles wusste, sondern er frohlockte
auch, für Lewin offensichtlich, und musste sich anstrengen, seine Freude zu verbergen. Beim Blick in seine netten Greisenaugen begriff Lewin sogar noch Neues an
seinem Glück.

»Sind die Herrschaften auf?«

»Bitte, treten Sie ein! Die können Sie hierlassen«, sagte er lächelnd, als Lewin zurückkehren und die Mütze holen wollte. Das hatte etwas zu bedeuten.

»Wem darf ich Sie melden?« fragte der Lakai.

Der Lakai war zwar jung und einer von den neuen, ein Geck, dennoch ein sehr guter und anständiger Mensch und hatte ebenfalls alles begriffen.

»Der Fürstin … Dem Fürsten … Der Prinzessin …«, sagte Lewin.

Die erste Person, die er erblickte, war *mademoiselle Linon.* Sie ging gerade durch den Saal, und Ringellöckchen wie Gesicht strahlten. Kaum hatte er mit ihr zu reden begonnen, da waren vor der Tür plötzlich Schritte zu hören, ein Kleid raschelte, und *mademoiselle Linon* verschwand aus seinen Augen, ihn ergriff freudiges Entsetzen vor der Nähe seines Glücks. *Mademoiselle Linon* hatte es auf einmal eilig, verließ ihn und ging zur anderen Tür. Kaum war sie draußen, huschten leichte, wieselflinke Schritte über das Parkett, und sein Glück, sein Leben, er selbst – sein besseres Selbst, das, was er so lange gesucht und gewünscht hatte, kam wieselflink näher zu ihm. Sie ging nicht, sondern eine unsichtbare Macht trieb sie zu ihm.

Er sah nur ihre klaren, aufrichtigen Augen, darin der Schreck vor derselben Liebesfreude, die auch sein Herz erfüllte. Diese Augen leuchteten näher und näher, blendeten ihn mit ihrem Licht der Liebe. Sie blieb dicht vor ihm stehen, berührte ihn. Hob die Hände und legte sie ihm auf die Schultern.

Sie hatte alles getan, was sie konnte – war zu ihm gelaufen und gab sich, schüchtern und freudig, ihm ganz hin. Er umfing sie und drückte die Lippen auf ihren Mund, der seinen Kuss suchte.

Sie hatte ebenfalls die ganze Nacht nicht geschlafen und den ganzen Morgen ihn erwartet. Mutter und

Vater waren bedenkenlos einverstanden und glücklich über ihr Glück. Sie hatte ihn erwartet. Ihm zuallererst wollte sie ihr und sein Glück verkünden. Sie hatte sich vorgenommen, ihn allein zu empfangen, und sich gefreut über die Idee, noch schüchtern und verschämt, und hatte selbst nicht gewusst, was sie tun würde. Sie hatte seine Schritte gehört und seine Stimme und vor der Tür gewartet, bis *mademoiselle Linon* hinausginge. *Mademoiselle Linon* war hinausgegangen. Ohne nachzudenken, ohne sich zu fragen, wie und was, war sie auf ihn zugegangen und hatte getan, was sie getan hatte.

»Gehn wir zu Mamá!« sagte sie und nahm ihn bei der Hand. Er konnte lange nichts sagen, nicht so sehr weil er gefürchtet hätte, durch Worte seine hohen Gefühle zu trüben, vielmehr weil er jedesmal, wenn er zum Reden ansetzte, fühlte, er würde stattdessen in Freudentränen ausbrechen. Er nahm ihre Hand und küsste sie.

»Ist es wirklich wahr?« sagte er schließlich mit belegter Stimme. »Ich kann nicht glauben, dass du mich liebst!«

Sie lächelte über dieses Du und die Schüchternheit, mit der er sie ansah.

»Ja!« sagte sie bedeutungsvoll und langsam. »Ich bin so glücklich!«

Ohne seine Hand loszulassen, trat sie in den Salon. Als die Fürstin die beiden erblickte, begann sie heftig zu schnaufen und sofort zu weinen und sofort wieder zu lachen und kam so energischen Schrittes, wie Lewin es nicht erwartet hätte, auf sie zugelaufen, umfasste Lewins Kopf, küsste ihn und benetzte seine Wangen mit Tränen.

»So ist alles zu Ende! Bin ich froh. Liebe sie. Bin ich froh ... Kitty!«

»Habt euch ja rasch geeinigt!« Der alte Fürst rang

um Gleichmut; aber Lewin bemerkte, dass seine Augen feucht waren, als er sich an ihn wandte.

»Das war seit langem, schon immer mein Wunsch!« sagte er, ergriff Lewins Hand und zog ihn an sich. »Ich habe schon damals, als dieser Flattergeist sich in den Kopf setzte ...

»Papa!« rief Kitty und hielt ihm mit den Händen den Mund zu.

»Gut, ich werde nicht ...« sagte er. »Ich bin sehr, sehr ... fr ...! Ah, was bin ich dumm!«

Er umarmte Kitty, küsste ihr das Gesicht, die Hand, wieder das Gesicht und bekreuzigte sie.

Und Lewin wurde von einem neuen Gefühl der Liebe zum alten Fürsten erfasst, diesem ihm zuvor fremden Mann, als er sah, wie Kitty lange und zärtlich seine fleischige Hand küsste.

XVI

Die Fürstin saß schweigend im Sessel und lächelte; der Fürst setzte sich neben sie. Kitty stand beim Sessel des Vaters und ließ noch immer seine Hand nicht los. Alle schwiegen.

Die Fürstin nannte als Erste alles beim Namen und überführte Gedanken und Gefühle in Alltagsfragen. Und das kam allen gleichermaßen seltsam und sogar schmerzlich vor im ersten Moment.

»Doch wann? Wir müssen unseren Segen erteilen, müssen es bekanntgeben. Doch wann ist die Hochzeit? Was meinst du, Alexander?«

»Da ist er«, sagte der alte Fürst und deutete auf Lewin, »er ist die Hauptperson.«

»Wann?« Lewin errötete. »Morgen. Wenn Sie mich fragen, also, ich finde – heute den Segen und morgen die Hochzeit.«

»Aber, *mon cher*, das ist Unsinn!«

»Dann in einer Woche.«

»Er ist offenbar verrückt.«

»Aber wieso denn?«

»Erlaube mal!« sagte die Mutter mit freudigem Lächeln über soviel Eile. »Und die Aussteuer?«

›Kommt nun wirklich die Aussteuer und all das?‹ überlegte Lewin entsetzt. ›Allerdings, kann Aussteuer und Segen und all das – kann das mein Glück trüben? Nichts kann es trüben!‹ Er schaute zu Kitty und sah, dass der Gedanke an die Aussteuer sie kein bisschen, kein bisschen gekränkt hatte. ›Also muss es sein‹, überlegte er.

»Ich kenne mich ja nicht aus, ich habe nur meinen Wunsch geäußert«, sagte er entschuldigend.

»So lasst es uns besprechen. Nun also Segen und Bekanntgabe. Das zuerst.«

Die Fürstin trat zu ihrem Mann, küsste ihn und wollte gehen; aber er hielt sie auf, umarmte sie und küsste sie mehrfach, zärtlich und lächelnd wie ein junger Verliebter. Die beiden Alten waren offenbar einen Moment durcheinandergeraten und wussten nicht recht, waren sie erneut verliebt oder nur ihre Tochter. Als Fürst und Fürstin draußen waren, trat Lewin zu seiner Braut und nahm ihre Hand. Er hatte jetzt die Fassung wiedergewonnen und konnte sprechen, und er hatte ihr vieles zu sagen. Doch sagte er überhaupt nicht das, was er zu sagen hatte.

»Wie ich doch wusste, dass es so kommen würde! Hoffnung hatte ich nie; aber in meinem Herzen war ich mir stets sicher«, sagte er. »Ich glaube, dass es vorherbestimmt war.«

»Und ich?« sagte sie. »Sogar damals ...« Sie stockte und fuhr doch fort, ihre aufrichtigen Augen entschlossen auf ihn geheftet. »Sogar damals, als ich mein Glück von mir stieß. Ich habe stets nur Sie geliebt, aber ich

war berückt. Ich muss sagen … Können Sie das vergessen?«

»Vielleicht ist es besser, dass es so gekommen ist.
Sie müssen mir vieles verzeihen. Ich muss Ihnen sagen …«

Das war das eine, was er ihr sagen wollte. Er wollte
ihr gleich in den ersten Tagen zwei Dinge sagen – dass
er nicht so rein war wie sie und dass er nicht gläubig
war. Das war qualvoll, aber er fand, er müsse ihr das eine
wie das andere sagen.

»Nein, nicht jetzt, später«, sagte er.

»Gut, später, aber sagen Sie es unbedingt. Ich habe
vor nichts Angst. Ich muss alles wissen. Jetzt ist es zu
Ende.«

Er ergänzte:

»Zu Ende heißt, dass Sie mich nehmen, ganz gleich,
wie ich bin, sich nicht lossagen von mir. Ja?«

»Ja, ja!«

Ihr Gespräch wurde von *mademoiselle Linon* unterbrochen, die mit zwar gekünsteltem, doch freundlichem Lächeln ihrem Lieblingszögling gratulieren
kam. Noch war sie nicht draußen, da kamen die Dienstboten zum Gratulieren. Dann kamen Verwandte angefahren, und es begann jene Glückswirrnis, aus der
Lewin bis am Tag nach seiner Hochzeit nicht mehr
herausfand. Lewin fühlte sich ständig geniert und fehl
am Platz, aber die Spannkraft seines Glücks nahm immer mehr zu. Er hatte ständig das Gefühl, von ihm
werde vieles verlangt, von dem er nichts wusste, und
er tat alles, was man ihm sagte, und alles verschaffte
ihm Glück. Er hatte gedacht, sein Brautstand habe
überhaupt nichts mit anderen gemein, die üblichen
Umstände eines Brautstands würden sein besonderes
Glück nur trüben; aber zum Schluss machte er alles
genauso wie die anderen, und sein Glück nahm davon
nur noch mehr zu und wurde immer mehr zu etwas

Besonderem, das früher wie jetzt nichts Vergleichbares kannte.

»Jetzt möchten wir Konfekt essen«, sagte *m-lle Linon*, und Lewin fuhr Konfekt kaufen.

»Das freut mich aber sehr«, sagte Swijaschski. »Ich rate Ihnen, die Blumenbouquets bei Fomin zu kaufen.«

»Gehört sich das?« Und er fuhr zu Fomin.

Sein Bruder sagte zu ihm, er müsse Geld aufnehmen, weil viele Ausgaben auf ihn zukämen, die Geschenke…

»Gehört sich das, Geschenke?« Und er jagte zu Fulda.

Und beim Konditor wie bei Fomin wie bei Fulda sah er, dass er erwartet wurde, dass sie sich freuten über ihn und sein Glück ebenso feierten wie alle anderen, mit denen er in diesen Tagen zu tun hatte. Ungewöhnlich war, dass ihn nicht nur alle liebten, sondern auch alle früher unsympathischen, kalten und gleichgültigen Menschen entzückt waren von ihm, sich in allem ihm unterordneten, zart und delikat mit seinem Gefühl umgingen und seine Überzeugung teilten, dass er der glücklichste Mensch der Welt war, weil seine Braut der Gipfel der Vollkommenheit war. Dasselbe empfand auch Kitty. Als Gräfin Nordston sich die Anspielung erlaubte, sie hätte sich etwas Besseres erhofft, geriet Kitty so in Hitze und wies so überzeugend nach, Besseres als Lewin könne es nicht geben auf der Welt, dass Gräfin Nordston das anerkennen musste und in Kittys Gegenwart Lewin niemals mehr ohne entzücktes Lächeln begegnete.

Die Erklärung, die er versprochen hatte, war das einzige bedrückende Ereignis jener Zeit. Er beratschlagte sich mit dem alten Fürsten, und als er von ihm die Erlaubnis erhalten hatte, übergab er Kitty sein Tagebuch, in dem geschrieben stand, was ihn peinigte. Dieses Tagebuch hatte er seinerzeit in Hinblick auf seine künftige Braut verfasst. Ihn peinigten zwei Dinge: dass er nicht unschuldig war und nicht gläubig. Das Geständnis seines Unglaubens wurde nicht weiter bemerkt. Sie war fromm, hatte an den Wahrheiten der Religion niemals gezweifelt, aber sein äußerer Unglaube berührte sie überhaupt nicht. Sie kannte dank ihrer Liebe seine ganze Seele, und in seiner Seele sah sie, was sie wollte, und dass ein solcher Seelenzustand ungläubig genannt werden konnte, war ihr gleichgültig. Sein anderes Geständnis aber ließ sie bitterlich weinen.

Lewin hatte ihr sein Tagebuch nicht ohne inneren Kampf gegeben. Er wusste, dass es zwischen ihm und ihr keine Geheimnisse geben konnte und durfte, und darum hatte er entschieden, es müsse sein; aber er hatte sich nicht klargemacht, wie das wirken könnte, er hatte sich nicht in sie hineinversetzt. Erst als er an jenem Abend vor dem Theater bei ihnen vorbeikam, in ihr Zimmer trat und das verweinte, von dem nicht wiedergutzumachenden Kummer, den er ihr zugefügt hatte, klägliche und liebe Gesicht erblickte, begriff er, was für ein Abgrund seine schändliche Vergangenheit von ihrer täubchenhaften Unschuld trennte, und war entsetzt, was er getan hatte.

»Nehmen Sie bloß diese entsetzlichen Hefte, nehmen Sie sie mit!« sagte sie und stieß die vor ihr auf dem Tisch liegenden Hefte weg. »Wozu haben Sie sie mir gegeben! Nein, es ist doch besser«, fügte sie hinzu, aus Erbarmen über sein verzweifeltes Gesicht. »Aber das ist entsetzlich, entsetzlich!«

Er senkte den Kopf und schwieg. Sagen konnte er nichts.

»Sie verzeihen mir nicht«, flüsterte er.

»Doch, ich habe verziehen, aber das ist entsetzlich!«

Sein Glück war allerdings so groß, dass dieses Geständnis ihm nichts anhaben konnte, sondern ihm nur eine neue Schattierung verlieh. Sie hatte ihm verziehen; aber seither hielt er sich noch mehr für ihrer un-

würdig, verneigte sich moralisch noch tiefer vor ihr und
schätzte sein unverdientes Glück noch höher.

XVII

Auf dem Rückweg zu seinem einsamen Hotelzimmer
ging Alexej Alexandrowitsch im Gedächtnis unwillkürlich die Eindrücke aus den Gesprächen durch, die er
bei und nach dem Diner geführt hatte. Was Darja Alexandrowna über Vergebung gesagt hatte, weckte in ihm
nur Verdruss. Ob das christliche Gebot auf seinen Fall
anwendbar wäre oder nicht, war eine viel zu schwierige Frage, über die man nicht leichthin reden durfte,
auch hatte Alexej Alexandrowitsch diese Frage für sich
längst abschlägig entschieden. Von allem Gesagten waren in seiner Vorstellung am meisten die Worte des
dummen, gutmütigen Turowzyn haften geblieben: hat
sich prachtvoll verhalten; hat ihn zum Duell
gefordert und getötet. Alle hatten offenbar Verständnis dafür gehabt, auch wenn sie es aus Höflichkeit
nicht aussprachen.

›Im übrigen hat die Sache ein Ende, wozu noch daran denken‹, sagte sich Alexej Alexandrowitsch. Und so
hatte er nur die bevorstehende Abreise und die Revision im Sinn, als er sein Hotelzimmer betrat und den
ihn geleitenden Portier fragte, wo sein Lakai sei; der
Portier sagte, sein Lakai sei gerade rausgegangen. Alexej Alexandrowitsch ließ sich Tee bringen, setzte sich
an den Schreibtisch, nahm den Froom zur Hand und bedachte seine Reiseroute.

Der Lakai kehrte zurück. »Zwei Telegramme«, sagte
er, als er ins Zimmer trat. »Entschuldigen Sie, Euer Exzellenz, ich war nur kurz rausgegangen.«

Alexej Alexandrowitsch nahm die Telegramme und
entsiegelte sie. Das erste Telegramm war die Nachricht

von Stremows Ernennung auf jene Stelle, die Karenin
angestrebt hatte. Alexej Alexandrowitsch warf die Depesche hin, wurde rot, stand auf und wanderte durchs
Zimmer. »*Quos vult perdere dementat**«, sagte er, wobei
er unter *quos* die Personen verstand, die an dieser Ernennung mitgewirkt hatten. Ihn verdross nicht, dass
nicht er die Stelle bekommen hatte, dass man ihn offensichtlich übergangen hatte; doch fand er unverständlich und erstaunlich, wieso sie nicht sahen, dass der
Schwätzer und Phrasendrescher Stremow weniger als
jeder andere dazu befähigt war. Wieso sahen sie nicht,
dass sie sich und ihr *prestige* ruinierten mit dieser Ernennung!

›Noch etwas von der Art‹, sagte er sich gallig, als er
die zweite Depesche öffnete. Das Telegramm kam von
seiner Frau. Die Unterschrift mit blauem Stift, »Anna«,
sprang ihm als erstes in die Augen. »Ich sterbe, bitte inständig, kommen Sie. Sterbe mit Vergebung ruhiger«,
las er. Er lächelte verächtlich und warf das Telegramm
hin. Dass dies Betrug war, eine Finte, daran konnte, so
schien ihm im ersten Moment, gar kein Zweifel sein.

›Vor keinem Betrug würde sie doch zurückschrecken.
Sie steht vor der Niederkunft. Vielleicht ein Wochen-
bettleiden. Aber was ist beider Ziel? Das Kind legitimieren, mich kompromittieren und die Scheidung aufhalten‹, dachte er. ›Allerdings heißt es da: ich sterbe ...‹ Er
las das Telegramm noch einmal; und plötzlich traf ihn
der Sinn dessen, was da stand, unmittelbar. ›Und wenn
es wahr ist?‹ sagte er sich. ›Wenn es wahr ist, dass sie
in einem Augenblick des Leidens und der Todesnähe
aufrichtig bereut, und ich weigere mich zu kommen,
da ich es für Betrug halte? Das wäre nicht nur grausam, und alle würden mich verurteilen, das wäre auch
dumm von mir.‹

---

* Wen Gott verderben will, verblendet er zuerst *(lat.)*

»Pjotr, halte einen Wagen an. Ich fahre nach Petersburg«, sagte er zum Lakaien.

Alexej Alexandrowitsch hatte sich entschlossen, nach Petersburg zu reisen und seine Frau zu sehen. Falls ihre Krankheit Betrug sein sollte, würde er schweigend wieder abreisen. Falls sie tatsächlich krank und dem Tod nahe wäre und ihn vor dem Tod sehen wollte, würde er ihr vergeben, falls er sie noch lebend anträfe, und ihr die letzte Ehre erweisen, falls er zu spät käme. Die ganze Reise über dachte er nicht mehr daran, was er tun sollte.

Müde und mit einem Gefühl von Unsauberkeit nach der Nacht im Zug fuhr Alexej Alexandrowitsch im Petersburger Frühnebel über den verlassenen Newski und sah vor sich hin, ohne daran zu denken, was ihn erwartete. Er konnte nicht daran denken, denn stellte er sich vor, was käme, könnte er die Überlegung nicht verscheuchen, dass ihr Tod schlagartig die Lösung wäre für seine ganze schwierige Situation. Die Brotverkäufer, die verschlossenen Geschäfte, die Nachtdroschken, die Hausknechte, die die Trottoirs fegten, alles huschte vor seinen Augen vorüber, und er beobachtete alles, da er den Gedanken zu betäuben suchte, was ihn erwartete und was er nicht zu wünschen wagte und trotzdem wünschte. Er fuhr am Haus vor. Eine Droschke und ein Wagen mit schlafendem Kutscher standen an der Auffahrt. Als Alexej Alexandrowitsch ins Haus trat, holte er gleichsam aus einem fernen Winkel seines Gehirns den Entschluss hervor und zog ihn erneut zu Rate. Da hieß es: »Falls es Betrug ist – ruhige Verachtung und Abreise. Falls es zutrifft – Wahrung des Anstands.«

Der Portier öffnete die Tür, noch bevor Alexej Alexandrowitsch geklingelt hatte. Der Portier Petrow, auch Kapitonytsch genannt, sah sonderbar aus in seinem alten Überrock, ohne Halsbinde und in Pantoffeln.

»Was ist mit der gnädigen Frau?«

»Haben gestern glücklich entbunden.«

Alexej Alexandrowitsch blieb stehen und erblasste. Er begriff nun klar, wie stark er ihren Tod wünschte.

»Und ihr Befinden?«

Kornej kam in seiner Morgenschürze die Treppe herabgerannt.

»Sehr schlecht«, antwortete er. »Gestern kamen ein paar Ärzte zusammen, auch jetzt ist der Doktor da.«

»Hol das Gepäck«, sagte Alexej Alexandrowitsch, und mit gewisser Erleichterung über die Nachricht, dass noch Hoffnung sei auf ihren Tod, trat er ins Entree.

An der Garderobe hing ein Militärmantel. Alexej Alexandrowitsch bemerkte ihn und fragte:

»Wer ist hier?«

»Der Doktor, die Hebamme und Graf Wronski.«

Alexej Alexandrowitsch ging weiter in die Zimmer.

Im Salon war niemand; aus Annas Boudoir kam auf das Geräusch seiner Schritte hin die Hebamme, ein Häubchen mit lila Bändern auf dem Kopf.

Sie trat zu Alexej Alexandrowitsch, und der Nähe des Todes wegen zwanglos, nahm sie ihn beim Arm und führte ihn in Richtung Schlafzimmer.

»Gott sei Dank, dass Sie kommen! Nur von Ihnen, nur von Ihnen hat sie es!«

»Bringen Sie schnellstens Eis!« tönte aus dem Schlafzimmer die befehlende Stimme des Arztes.

Alexej Alexandrowitsch ging in Annas Boudoir. An ihrem Schreibtisch saß auf einem niedrigen Stuhl, seitwärts zur Lehne, Wronski, die Hände vors Gesicht geschlagen, und weinte. Auf die Stimme des Arztes sprang er auf, nahm die Hände vom Gesicht und erblickte Alexej Alexandrowitsch. Der Anblick des Ehemanns bestürzte ihn derart, dass er sich wieder setzte und den Kopf zwischen die Schultern zog, als wollte er im Boden versinken; er bezwang sich jedoch, stand auf und sagte:

»Sie stirbt. Die Ärzte sagen, es gebe keine Hoffnung. Ich bin ganz in Ihrer Gewalt, doch gestatten Sie mir, hierzubleiben ... im übrigen, es steht Ihnen frei, ich ...«

Beim Anblick von Wronskis Tränen überflutete Alexej Alexandrowitschs Gemüt eine Woge jener Verstörung, die der Anblick des Leidens anderer Menschen stets bei ihm auslöste; er wandte das Gesicht ab, und ohne ihn ganz anzuhören, ging er eilends zur Tür. Aus dem Schlafzimmer klang die Stimme Annas, die etwas sagte. Ihre Stimme war heiter, lebhaft, die Redeweise außerordentlich akzentuiert. Alexej Alexandrowitsch betrat das Schlafzimmer und trat ans Bett. Sie lag, das Gesicht ihm zugewandt. Ihre Wangen brannten in tiefem Rot, die Augen glänzten, die kleinen weißen Hände ragten aus den Handkrausen der Nachtjacke und spielten mit der Bettdecke, verdrehten einen Zipfel. Es schien, als wäre sie nicht nur gesund und munter, sondern allerbester Stimmung. Sie sprach rasch, laut und mit ungewöhnlich deutlicher und gefühlsbetonter Redeweise.

»Denn Alexej, ich spreche von Alexej Alexandrowitsch (was für ein seltsames, furchtbares Schicksal, dass beide Alexej heißen, nicht wahr?), Alexej würde es mir nicht abschlagen. Ich würde vergessen, er würde vergeben ... Aber wieso kommt er denn nicht? Er ist gutherzig, er weiß selbst nicht, wie gutherzig er ist. Ach, mein Gott, welche Schwermut! Schnell, gebt mir Wasser, schnell! Ach, das wird ihr schaden, meinem Mädchen! Na schön, schön, gebt ihr eine Amme. Schön, ich bin einverstanden, es ist sogar besser. Wenn er kommt, wird es ihm weh tun, sie zu sehen. Gebt sie weg.«

»Anna Arkadjewna, er ist gekommen. Da ist er!« sagte die Hebamme, suchte ihre Aufmerksamkeit auf Alexej Alexandrowitsch zu lenken.

»Ach, was für ein Unsinn!« fuhr Anna fort, da sie

ihren Mann nicht sah. »Nun gebt sie mir doch, das Mädchen, gebt sie mir! Er ist noch nicht gekommen. Sie sagen ja nur, er werde nicht vergeben, weil Sie ihn nicht kennen. Niemand kennt ihn. Nur ich, und auch mir wurde es zu schwer. Seine Augen, man muss wissen, Serjoscha hat genau dieselben Augen, und ich kann sie daher nicht mehr sehen. Hat Serjoscha sein Mittagessen bekommen? Ich weiß doch, alle vergessen es. Er würde es nicht vergessen. Serjoscha muss ins Eckzimmer verlegt und *Mariette* gebeten werden, bei ihm zu schlafen.«

Plötzlich krümmte sie sich zusammen, verstummte, und erschrocken, als ob sie einen Schlag erwartete, als ob sie sich schützte, hob sie die Hände vors Gesicht. Sie hatte ihren Mann erblickt.

»Nein, nein«, begann sie, »ich fürchte nicht ihn, ich fürchte den Tod. Alexej, komm her. Ich habe es eilig, weil ich keine Zeit habe, mir bleibt nur noch wenig zu leben, gleich beginnt das Fieber, dann verstehe ich nichts mehr. Jetzt verstehe ich noch, verstehe alles, ich sehe alles.«

Alexej Alexandrowitschs zerfurchtes Gesicht bekam einen leidenden Zug; er nahm ihre Hand und wollte etwas sagen, brachte jedoch nichts heraus; seine Unterlippe zitterte, aber er kämpfte noch mit seiner Erregung und blickte nur manchmal zu ihr. Und jedesmal, wenn er zu ihr blickte, sah er ihre Augen, die ihn mit einer gerührten und entzückten Zärtlichkeit ansahen, wie er sie nie in ihnen gesehen hatte.

»Warte, du weißt nicht ... Halt, halt ...« Sie hielt inne, wie um ihre Gedanken zu sammeln. »Ja«, begann sie. »Ja, ja, ja. Das wollte ich sagen. Wundere dich nicht über mich. Ich bin noch dieselbe ... Aber in mir ist eine andere, die fürchte ich — sie hat ihn liebgewonnen, und ich wollte dich hassen und konnte doch diejenige nicht vergessen, die ich früher war. Die bin ich nicht. Jetzt bin ich wahrhaft ich, bin ich ganz. Ich sterbe jetzt, ich weiß, dass ich sterben werde, frag ihn. Auch jetzt habe ich das Gefühl – da, Bleigewichte an den Händen, den Füßen, den Fingern. Solche Finger, riesig! Aber das hat bald ein Ende ... Eines brauche ich: Vergib du mir, vergib mir ganz! Ich bin eine schreckliche Frau, aber die Kinderfrau sagte mir, die heilige Märtyrerin – wie hieß sie nur? – sei noch schlimmer gewesen. Und ich will nach Rom fahren, dort gibt es Einsiedlerklausen, da werde ich niemandem zur Last fallen, nur Serjoscha nehme ich mit und das Mädchen ... Nein, du kannst nicht vergeben! Ich weiß, so etwas kann man nicht vergeben! Nein, nein, geh, du bist zu gut!« Mit der einen heißen Hand hielt sie die seine, mit der anderen stieß sie ihn weg.

Die Verstörung in Alexej Alexandrowitschs Gemüt nahm immer mehr zu und hatte jetzt einen Grad erreicht, dass er nicht mehr dagegen ankämpfte; er fühlte plötzlich, wie das, was er für Verstörung des Gemüts hielt, im Gegenteil eine wonnige Gemütsverfassung war, die ihm plötzlich ein neues, nie erlebtes Glück bescherte. Er dachte nicht daran, dass das christliche Gesetz, dem er sein Leben lang hatte folgen wollen, ihm vorschrieb, seinen Feinden zu vergeben und sie zu lieben; sondern Liebe zu seinen Feinden und Vergebung erfüllten als freudiges Gefühl seine Seele. Er lag auf den Knien, den Kopf in die Beuge ihres Arms gelegt, dessen Feuer ihn noch durch die Nachtjacke versengte, und schluchzte wie ein Kind. Sie umfing seinen kahl werdenden Kopf, beugte sich zu ihm, und ihr Blick war mit herausforderndem Stolz nach oben gerichtet.

»So ist er, ich wusste es! Jetzt lebt alle wohl, lebt wohl! Wieder sind sie da, warum zeigen sie sich nicht? Nun nehmt doch diese Pelze von mir herunter!«

Der Arzt löste ihre Hände, bettete sie vorsichtig aufs Kissen und deckte sie bis über die Schultern zu. Sie legte sich folgsam auf den Rücken und schaute strahlenden Blickes vor sich hin.

»Denke daran, dass ich allein Vergebung gebraucht habe, mehr nicht, sonst will ich nichts ... Wieso kommt er nicht?« fuhr sie fort, zur Tür hinaus an Wronski gewandt. »Komm her, komm her! Reich ihm die Hand.«

Wronski trat zum Rand des Bettes, und bei ihrem Anblick schlug er wieder die Hände vors Gesicht.

»Deck dein Gesicht auf, schau ihn an. Er ist ein Heiliger«, sagte sie. »Nun deck schon dein Gesicht auf!« fügte sie ärgerlich hinzu. »Alexej Alexandrowitsch, deck ihm das Gesicht auf! Ich möchte ihn sehen.«

Alexej Alexandrowitsch nahm Wronskis Hände und zog sie vom Gesicht, das furchtbar war von dem Leid und der Scham, die darauf lagen.

»Reich ihm die Hand. Vergib ihm.«

Alexej Alexandrowitsch reichte ihm die Hand, ohne die Tränen zurückzuhalten, die ihm aus den Augen strömten.

»Gott sei Dank, Gott sei Dank«, fing sie wieder an, »jetzt ist alles bereit. Nur ein wenig noch die Beine langstrecken. Ja, so, ja, wunderbar. Wie geschmacklos diese Blumen sind, sehen Veilchen überhaupt nicht ähnlich«, sagte sie, auf die Tapete deutend. »Mein Gott, mein Gott! Wann ist das nur zu Ende? Geben Sie mir Morphium. Doktor! geben Sie mir Morphium. Mein Gott, mein Gott!«

Und sie warf sich auf dem Bett hin und her.

Arzt und Ärzte sagten, es sei ein Kindbettfieber, das in neunundneunzig von hundert Fällen mit dem Tod ende. Den ganzen Tag über Fieber, wirre Reden, Besinnungslosigkeit. Gegen Mitternacht lag die Kranke in tiefer Ohnmacht und hatte fast keinen Puls.

Das Ende wurde jeden Augenblick erwartet.

Wronski fuhr nach Hause, aber morgens kam er sich

erkundigen, und Alexej Alexandrowitsch sagte, als er ihm im Entree entgegenkam:

»Bleiben Sie, vielleicht fragt sie nach Ihnen«, und führte ihn selbst ins Boudoir seiner Frau.

Gegen Morgen hatten wieder Erregung, Lebhaftigkeit, rasches Denken und Sprechen eingesetzt, und wieder endete es mit Besinnungslosigkeit. Am dritten Tag war es das Gleiche, und der Arzt sagte, es gebe Hoffnung. An diesem Tag trat Alexej Alexandrowitsch in das Boudoir, wo Wronski saß, schloss hinter sich die Tür und setzte sich ihm gegenüber.

»Alexej Alexandrowitsch«, sagte Wronski, da er fühlte, dass eine Aussprache nahte, »ich kann nicht reden, kann nicht begreifen. Schonen Sie mich! So schwer es auch für Sie ist, glauben Sie mir, für mich ist es noch furchtbarer.«

Er wollte aufstehen. Doch Alexej Alexandrowitsch fasste ihn bei der Hand.

»Ich bitte Sie, mich anzuhören, das ist unerlässlich. Ich muss Ihnen meine Gefühle erklären, die Gefühle, die mich geleitet haben und leiten werden, damit Sie, was mich betrifft, nicht in die Irre gehen. Sie wissen, dass ich mich zur Scheidung entschlossen und die Sache sogar begonnen habe. Ich will Ihnen nicht verhehlen, dass ich zunächst, als ich die Sache begann, mir unschlüssig war, mich gequält habe; ich gestehe Ihnen, dass mich der Wunsch verfolgte, mich an Ihnen und ihr zu rächen. Als ich das Telegramm erhielt, reiste ich mit diesen Gefühlen hierher, mehr noch, ich wünschte ihren Tod. Aber ...« Er schwieg eine Weile, hin- und hergerissen, ob er ihm sein Gefühl aufdecken sollte oder nicht. »Aber ich erblickte sie und vergab. Und das Glück der Vergebung wies mir meine Pflicht. Ich habe vollkommen vergeben. Ich möchte die andere Backe darbieten, ich möchte das Hemd weggeben, wenn mir der Kaftan genommen wird, und ich bitte Gott nur darum,

er möge mir nicht das Glück der Vergebung nehmen!«
Tränen standen ihm in den Augen, und ihr lichter, ruhiger Blick erstaunte Wronski. »So ist meine Situation.
Sie können mich in den Schmutz treten, zum Gespött
der Gesellschaft machen, ich werde sie nicht verlassen und Ihnen nie ein Wort des Vorwurfs sagen«, fuhr
er fort. »Meine Pflicht ist mir klar vorgezeichnet: Ich
muss bei ihr sein und werde das auch. Falls sie Sie
zu sehen wünscht, lasse ich Sie das wissen, aber jetzt,
meine ich, sollten Sie sich besser entfernen.«

Er stand auf, und Schluchzen unterbrach seine Rede.
Wronski stand auf, und noch gebeugt, nicht aufgerichtet, schaute er von unten herauf ihn an. Er war am Boden zerstört. Er verstand Alexej Alexandrowitschs Gefühle nicht, spürte aber, dass sie etwas Höheres waren
und für ihn, bei seiner Weltanschauung, sogar etwas
Unfassbares.

XVIII

Nach seinem Gespräch mit Alexej Alexandrowitsch
trat Wronski vor das Haus der Karenins und blieb auf
der Treppe stehen, da er sich mühsam besann, wo er
war und wohin er gehen oder fahren musste. Er fühlte
sich beschämt, gedemütigt, schuldig und jeder Möglichkeit bar, seine Demütigung zu tilgen. Er fühlte sich
aus dem Geleis geworfen, in dem er sich bisher so stolz
und leicht bewegt hatte. Alle Gewohnheiten und Maximen seines Lebens, die so fest erschienen waren, erwiesen sich plötzlich als falsch und nicht anwendbar. Der
Ehemann, der betrogene Ehemann, der sich ihm bisher als jämmerliches Geschöpf dargestellt hatte, als zufälliges und ein wenig komisches Hemmnis für sein
Glück, war plötzlich von ihr selbst hergeholt worden
und erhoben in eine Höhe, die Unterwerfung verlangte,

und dieser Ehemann erschien in dieser Höhe nicht
böse, nicht verlogen, nicht lächerlich, sondern gutherzig, schlicht und erhaben. Wronski konnte nicht anders,
als das zu empfinden. Die Rollen hatten sich plötzlich
verkehrt. Wronski fühlte, wie hoch der Ehemann stand
und wie weit unten er, wie recht der Ehemann hatte
und wie unrecht er. Er fühlte, dass der Ehemann großmütig war auch in seinem Kummer, er hingegen kleinlich, erbärmlich in seinem Betrug. Aber dieses Bewusstsein seiner Erbärmlichkeit gegenüber dem Menschen,
den er ungerechtfertigt verachtet hatte, machte nur einen geringen Teil seines Kummers aus. Er fühlte sich
jetzt unsagbar unglücklich, weil seine Leidenschaft für
Anna, die sich, wie ihm schien, abgekühlt hatte in
letzter Zeit, jetzt, da er wusste, dass er sie für immer
verloren hatte, stärker war denn je zuvor. Er hatte sie
während der Zeit ihrer Krankheit ganz zu Gesicht bekommen, hatte ihre Seele erkannt, und ihm war, als
hätte er sie bislang nie geliebt. Und gerade jetzt, da
er sie erkannt hatte, so liebte, wie Liebe zu sein hatte,
war er gedemütigt vor ihr und hatte sie verloren für
immer, hinterließ er doch bei ihr nichts als eine beschämende Erinnerung. Am schrecklichsten war seine
lächerliche, beschämende Lage gewesen, als Alexej Alexandrowitsch ihm die Hände vom beschämten Gesicht
weggerissen hatte. Er stand wie verloren auf der Treppe
vor dem Haus der Karenins und wusste nicht, was tun.
»Wünschen Sie eine Droschke?« fragte der Portier.
»Ja, eine Droschke.«
Nach drei schlaflosen Nächten wieder zu Hause, warf
sich Wronski, ohne sich auszukleiden, bäuchlings aufs
Sofa, kreuzte die Arme und legte den Kopf darauf. Sein
Kopf war schwer. Vorstellungen, Erinnerungen und Gedanken der seltsamsten Art folgten einander mit außerordentlicher Geschwindigkeit und Klarheit: mal sah er
die Arznei, die er für die Kranke auf einen Löffel gegos-

sen und danebengegossen hatte, mal die weißen Hände der Hebamme, dann wieder, wie sonderbar Alexej Alexandrowitsch vor dem Bett auf dem Boden lag.

›Einschlafen! Vergessen!‹ sagte er sich mit der ruhigen Gewissheit des gesunden Menschen, dass er, müde und schlafbedürftig, auch gleich einschlafen werde. Und tatsächlich, im gleichen Augenblick geriet in seinem Kopf alles durcheinander, und er fiel allmählich in den Abgrund des Vergessens. Schon schlugen die Meereswellen des unbewussten Lebens über seinem Kopf zusammen, als er plötzlich – wie wenn sich eine starke elektrische Ladung in ihm entladen hätte – derart zusammenfuhr, dass sein ganzer Körper auf den Sofafedern hochschnellte und er, mit den Händen abgestützt, erschrocken auf die Knie sprang. Seine Augen waren weit aufgerissen, als hätte er überhaupt nicht geschlafen. Die Schwere im Kopf und die Trägheit in den Gliedern, die er kurz zuvor empfunden hatte, waren plötzlich verschwunden.

›Sie können mich in den Schmutz treten‹, hörte er Alexej Alexandrowitsch sagen und sah ihn vor sich, sah auch Annas Gesicht mit den fieberroten Wangen und glänzenden Augen, wie es voll Zärtlichkeit und Liebe nicht ihn anschaute, sondern Alexej Alexandrowitsch; er sah seine, wie ihm schien, dumme und lächerliche Gestalt, als Alexej Alexandrowitsch ihm die Hände vom Gesicht wegnahm. Wieder streckte er die Beine aus, warf sich in der vorherigen Haltung aufs Sofa und schloss die Augen.

›Einschlafen! einschlafen!‹ sagte er sich mehrfach. Aber mit geschlossenen Augen sah er noch deutlicher Annas Gesicht, so, wie es an dem denkwürdigen Abend vor dem Rennen gewesen war.

»Das war nicht und wird nicht wiederkommen, sie möchte es aus ihrem Gedächtnis löschen. Und ich kann ohne das nicht leben. Wie versöhnen wir uns bloß, wie versöhnen wir uns bloß?« sagte er laut und wiederholte die Worte unbewusst noch mehrfach. Diese Wortwiederholung hielt die neuen Bilder und Erinnerungen im Zaum, die sich, das spürte er, in seinem Kopf drängten. Aber die Wortwiederholung konnte die Phantasie nicht lange im Zaum halten. Wieder zogen mit außerordentlicher Geschwindigkeit nacheinander die besten Momente vorüber und dazu die kürzliche Demütigung. »Nimm die Hände weg«, sagt Annas Stimme. Er nimmt die Hände weg und fühlt, wie beschämt und dumm sein Gesichtsausdruck ist.

Immer noch lag er und suchte einzuschlafen, obgleich er spürte, dass es nicht die geringste Hoffnung gab, und ständig wiederholte er flüsternd zufällige Wörter aus irgendeinem Gedanken, womit er das Auftauchen neuer Bilder im Zaum zu halten suchte. Er lauschte – und hörte, wie ein sonderbares, irrsinniges Flüstern die Worte wiederholte: ›Wusste es nicht zu schätzen, wusste es nicht zu nutzen; wusste es nicht zu schätzen, wusste es nicht zu nutzen.‹

›Was ist das? oder verliere ich den Verstand?‹ sagte er sich. ›Mag sein. Wieso verliert man denn den Verstand, wieso erschießt man sich denn?‹ gab er sich selbst zur Antwort, schlug die Augen auf und erblickte verwundert neben seinem Kopf ein Kissen, bestickt von Warja, der Frau seines Bruders. Er berührte die Quaste am Kissen und versuchte, sich Warja ins Gedächtnis zu rufen, wie er sie das letzte Mal gesehen hatte. Doch es war eine Qual, an etwas anderes zu denken. ›Nein, ich muss einschlafen!‹ Er zog das Kissen her und drückte den Kopf hinein, doch kostete es ihn Mühe, die Augen geschlossen zu halten. Mit einem Ruck richtete er sich auf, setzte sich. ›Es ist für mich zu Ende‹, sagte er sich. ›Ich muss überlegen, was tun. Was bleibt mir?‹ In Gedanken ging er rasch sein Leben außerhalb seiner Liebe zu Anna durch.

›Die Ehrsucht? Serpuchowskoi? Die Gesellschaft?
Der Hof?‹ Nichts ließ ihn innehalten. Das hatte alles
früher einen Sinn gehabt, aber jetzt war davon nichts
mehr übrig. Er stand vom Sofa auf, legte den Rock ab,
machte den Gürtel weiter, entblößte die behaarte Brust,
um freier zu atmen, und wanderte durchs Zimmer. ›So
verliert man den Verstand‹, wiederholte er, ›und so erschießt man sich … um sich nicht zu schämen‹, fügte er
langsam hinzu.

Er ging zur Tür und schloss sie; dann trat er mit
starrem Blick und fest zusammengebissenen Zähnen
zum Schreibtisch, holte den Revolver hervor, betrachtete ihn, wandte den geladenen Lauf gegen sich und
dachte nach. Den Kopf gesenkt, mit dem Ausdruck an-
gestrengten Nachdenkens auf dem Gesicht, stand er gewiss zwei Minuten unbeweglich, den Revolver in den
Händen, und überlegte. ›Selbstverständlich‹, sagte er
sich, als hätte ein logischer, umfänglicher und klarer
Gedankengang ihn zu einem unumstößlichen Schluss
geführt. In Wirklichkeit war dieses für ihn so überzeugende »Selbstverständlich« nur die Folge einer Wiederholung des gleichen Kreises von Erinnerungen und
Vorstellungen, den er in dieser Stunde nun schon dutzendmal durchschritten hatte. Es waren die gleichen
Erinnerungen an ein Glück, nun für immer verloren,
die gleiche Vorstellung, alles Bevorstehende im Leben
sei sinnlos, das gleiche Bewusstsein von seiner Demütigung. Gleich war auch die Aufeinanderfolge dieser Vorstellungen und Gefühle.

›Selbstverständlich‹, wiederholte er, als sein Denken sich zum drittenmal erneut in den gleichen Teu-
felskreis von Erinnerungen und Gedanken begab, und
er setzte den Revolver auf die linke Brustseite, und mit
einem kräftigen Ruck der ganzen Hand, als presste er
sie schlagartig zur Faust, zog er die Gâchette. Er hörte
den Schuss nicht, aber der starke Schlag gegen die Brust

warf ihn um. Er wollte sich an der Schreibtischkante festhalten, ließ den Revolver fallen, schwankte und saß plötzlich auf dem Boden, erstaunt um sich blickend. Er erkannte sein Zimmer nicht beim Blick von unten auf die gebogenen Schreibtischbeine, auf Papierkorb und Tigerfell. Die raschen Schritte des Dieners, die durch den Salon knarrten, ließen ihn zu sich kommen. Er nahm allen Verstand zusammen und begriff, dass er am Boden saß, und als er Blut sah auf dem Tigerfell und an seiner Hand, begriff er, dass er auf sich geschossen hatte.

»Zu dumm! Daneben«, sagte er und suchte mit der Hand nach dem Revolver. Der Revolver lag dicht bei ihm – er suchte weiter weg. Er reckte sich zur anderen Seite, um weiterzusuchen, und außerstande, das Gleichgewicht zu wahren, fiel er stark blutend um.

Der elegante Diener mit Koteletten, der vor seinen Bekannten schon mehrfach über seine schwachen Nerven geklagt hatte, bekam einen solchen Schreck, als er seinen Herrn auf dem Boden liegen sah, dass er ihn bluten ließ und fortrannte, um Hilfe zu holen. Eine Stunde später kam Warja angefahren, die Frau des Bruders, und mit Hilfe von drei Ärzten, nach denen sie in alle Himmelsrichtungen geschickt hatte und die gleichzeitig eintrafen, legte sie den Verletzten ins Bett und blieb bei ihm, um ihn zu pflegen.

XIX

Der Fehler, den Alexej Alexandrowitsch begangen hatte, als er sich auf das Wiedersehen mit seiner Frau einstellte und den Umstand nicht bedachte, dass ihre Reue aufrichtig wäre und er vergäbe, sie jedoch nicht sterben würde – dieser Fehler stellte sich ihm zwei Monate nach seiner Rückkehr aus Moskau in seiner ganzen

Tragweite dar. Doch war der Fehler, den er begangen
hatte, nicht nur deshalb passiert, weil er diesen Umstand nicht bedacht hatte, sondern auch deshalb, weil er
vor diesem Tag, dem Wiedersehen mit seiner sterbenden Frau, sein Herz nicht gekannt hatte. Am Bett seiner kranken Frau hatte er sich zum erstenmal im Leben dem Gefühl gerührten Mitleidens überlassen, das
die Leiden anderer Menschen stets in ihm hervorriefen und dessen er sich früher geschämt hatte wie einer
schädlichen Schwäche; das Mitgefühl für sie wie die
Reue, dass er ihren Tod gewünscht hatte, und vor allem
die Freude der Vergebung bewirkten, dass er plötzlich
nicht nur seine eigenen Leiden gestillt, sondern auch
eine Seelenruhe fühlte, die er nie zuvor empfunden
hatte. Er fühlte plötzlich, dass ebendas, was die Quelle
seiner Leiden gewesen war, zur Quelle seiner geistigen
Freude wurde, ebendas, was unlösbar schien, solange er
verurteilte, Vorwürfe machte und hasste, schlicht und
klar wurde, sobald er vergab und liebte.

Er hatte seiner Frau vergeben und bedauerte sie ihrer
Leiden und ihrer Reue wegen. Er hatte Wronski vergeben und bedauerte ihn, besonders, nachdem Gerüchte
über seine verzweifelte Tat zu ihm gedrungen waren. Er
bedauerte auch den Sohn mehr als früher und machte
sich nun Vorwürfe, dass er sich zu wenig mit ihm abgegeben hatte. Für das neugeborene Mädchen jedoch
empfand er ein ganz besonderes Gefühl, nicht nur Bedauern, sondern auch Zärtlichkeit. Erst hatte er sich
einzig aus Mitleid mit dem schwächlichen neugebore-
nem Mädchen abgegeben, das nicht seine Tochter war,
während der Krankheit der Mutter vernachlässigt wurde und bestimmt gestorben wäre, wenn er sich nicht
um es gekümmert hätte − und hatte selbst nicht gemerkt, wie er es liebgewann. Er ging mehrere Male am
Tag ins Kinderzimmer und saß dort jedesmal lange, so
dass Amme und Kinderfrau, die sich erst geniert hat-

ten, sich gewöhnten an ihn. Manchmal schaute er eine halbe Stunde lang schweigend auf das scharlachrote, flaumige und schrumplige schlafende Gesichtchen des Kindes und beobachtete die Bewegungen der sich runzelnden Stirn und die pummeligen Händchen mit den eingeknickten Fingerchen, die mit dem Handrücken Äuglein und Nasenrücken rieben. Besonders in solchen Momenten fühlte sich Alexej Alexandrowitsch vollkommen ruhig und in Einklang mit sich selbst und sah an seiner Situation nichts Ungewöhnliches, nichts, was verändert werden musste.

Aber je mehr Zeit verging, desto klarer sah er auch – ganz gleich, wie natürlich diese Situation nun war für ihn, man würde ihn nicht darin lassen. Er spürte, dass es außer der guten geistigen Kraft, die seine Seele lenkte, noch eine andere gab, eine rohe, ebenso mächtige oder noch mächtigere Kraft, die sein Leben lenkte, und dass diese Kraft ihm nicht die demutsvolle Ruhe gestatten würde, nach der er verlangte. Er spürte, dass alle ihn mit fragender Verwunderung anschauten, dass sie ihn nicht verstanden und von ihm etwas erwarteten. Insbesondere spürte er, wie unsicher und unnatürlich das Verhältnis zu seiner Frau war.

Als die von der Nähe des Todes in ihr bewirkte Mildherzigkeit vergangen war, bemerkte Alexej Alexandrowitsch, dass Anna ihn fürchtete, bedrückt war in seiner Gegenwart und ihm nicht in die Augen schauen konnte. Es war, als ob sie etwas wollte und sich nicht entschließen könnte, es ihm zu sagen, und wie wenn auch sie ahnte, dass ihr Verhältnis nicht fortdauern könnte, schien sie etwas von ihm zu erwarten.

Ende Februar geschah es, dass Annas neugeborene Tochter, die ebenfalls Anna genannt worden war, erkrankte. Alexej Alexandrowitsch war morgens im Kinderzimmer gewesen, hatte angeordnet, nach dem Arzt zu schicken, und war ins Ministerium gefahren. Als er dort alles erledigt hatte, kehrte er noch vor vier nach Hause zurück. Im Entree erblickte er einen feschen Lakaien, betreßt und mit Bärenfellpelerine, der einen weißen Umhang aus amerikanischem Hundepelz hielt.

»Wer ist hier?« fragte Alexej Alexandrowitsch.

»Fürstin Jelisaweta Fjodorowna Twerskaja«, erwiderte der Lakai, wie es Alexej Alexandrowitsch vorkam, mit einem Lächeln.

In dieser ganzen schweren Zeit hatte Alexej Alexandrowitsch bemerkt, dass seine Bekannten aus der Gesellschaft, besonders die Frauen, an ihm und seiner Frau besonderen Anteil nahmen. Er hatte an allen diesen Bekannten eine nur mühsam verhohlene Freude bemerkt, die gleiche Freude, die er in den Augen des Anwalts und soeben in den Augen des Lakaien gesehen hatte. Als ob alle begeistert wären, als ob alle jemanden zu verheiraten hätten. Wenn sie ihm begegneten, fragten sie mit kaum verhohlener Freude nach ihrem Befinden.

Die Anwesenheit der Fürstin Twerskaja war sowohl der mit ihr verbundenen Erinnerungen wegen wie auch, weil er sie nun mal nicht mochte, für Alexej Alexandrowitsch unangenehm, und er ging gleich ins Kinderzimmer. Im ersten Kinderzimmer lag Serjoscha mit der Brust auf dem Tisch, die Füße auf dem Stuhl, und zeichnete, dazu schwatzte er fröhlich. Die Engländerin, die während Annas Krankheit an die Stelle der Französin getreten war, saß mit einer Mignardise-Häkelei neben dem Jungen, stand eilends auf, knickste und zog Serjoscha herunter.

Alexej Alexandrowitsch strich dem Sohn übers Haar, beantwortete die Frage der Gouvernante nach dem Befinden seiner Frau und fragte, was der Arzt zum *baby* gesagt habe.

»Der Doktor sagt, es sei nichts Gefährliches, und hat Bäder verschrieben, Sir.«

Alexej Alexandrowitsch lauschte auf das Schreien

des Kindes im Nebenzimmer. »Aber sie leidet noch«, sagte er.

»Ich glaube, dass die Amme nichts taugt, Sir«, sagte die Engländerin entschieden.

Er blieb stehen. »Weshalb glauben Sie das?«

»So war es auch bei Gräfin Pohl, Sir. Das Kind wurde behandelt, dann stellte sich heraus, dass es einfach hungrig war. Die Amme hatte keine Milch, Sir.«

Alexej Alexandrowitsch blieb nachdenklich einige Augenblicke stehen, dann ging er durch die nächste Tür. Das Mädchen lag, das Köpfchen zurückgeworfen, verkrampft auf den Armen der Amme und wollte weder die angebotene volle Brust nehmen noch zu schreien aufhören, trotz des doppelten »Sch-sch!« von Amme und Kinderfrau, die sich darüberbeugten.

»Noch nicht besser?« fragte Alexej Alexandrowitsch.

»Sehr unruhig«, flüsterte die Kinderfrau.

»Miss Edward sagt, vielleicht habe die Amme keine Milch«, sagte er.

»Ich glaube das auch, Alexej Alexandrowitsch.«

»Warum sagen Sie denn nichts?«

»Ja, wem denn? Anna Arkadjewna ist doch die ganze Zeit krank«, sagte die Kinderfrau missmutig.

Die Kinderfrau war eine alte Bedienstete des Hauses. Auch in diesen ihren schlichten Worten vermutete Alexej Alexandrowitsch eine Anspielung auf seine Situation.

Das Kind schrie noch lauter, überkippend und nach Luft schnappend. Die Kinderfrau rang die Hände und trat zu ihm, nahm das Kind aus den Armen der Amme und schaukelte es im Gehen.

»Der Arzt muss gebeten werden, die Amme zu untersuchen«, sagte Alexej Alexandrowitsch.

Die gesund aussehende, herausgeputzte Amme bekam einen Schreck, dass sie fortgeschickt würde, und brummelte vor sich hin; während sie die große Brust verhüllte, lächelte sie verächtlich zu dem Zweifel an ihrer Milchergiebigkeit. In diesem Lächeln fand Alexej Alexandrowitsch ebenfalls Spott über seine Situation.

»Unglückskind!« sagte die Kinderfrau, machte weiterhin »Sch-sch« und ging hin und her.

Alexej Alexandrowitsch setzte sich auf einen Stuhl und blickte mit leidender, verzagter Miene auf die hin- und hergehende Kinderfrau.

Als das endlich still gewordene Kind ins tiefe Bettchen gelegt war und die Kinderfrau das Kissen zurechtgerückt hatte und sich entfernte, stand Alexej Alexandrowitsch auf und ging mühsam, auf Zehenspitzen, zu dem Kind. Gewiss eine Minute schwieg er und blickte mit noch derselben verzagten Miene auf das Kind; doch plötzlich trat ein Lächeln auf sein Gesicht, schob ihm Haare und Haut auf der Stirn hoch, und er ging ebenso leise aus dem Zimmer.

Im Esszimmer läutete er und befahl dem eintretenden Diener, erneut nach dem Arzt zu schicken. Er empfand Verdruss über seine Frau, dass sie sich nicht um dieses reizende Kind kümmerte, und mit diesem Verdruss im Herzen mochte er nicht zu ihr gehen, mochte er auch Fürstin Betsy nicht sehen; aber seine Frau hätte verwundert sein können, warum er nicht seiner Gewohnheit nach bei ihr vorbeischaute, darum bezwang er sich und ging zum Schlafzimmer. Als er über den weichen Teppich auf die Tür zuging, hörte er unwillkürlich ein Gespräch, das er nicht hören wollte.

»Würde er nicht abreisen, hätte ich Verständnis für Ihre Weigerung und für seine ebenfalls. Aber Ihr Mann sollte darüberstehen«, sagte Betsy.

»Nicht meines Mannes wegen, meinetwegen möchte ich das nicht. Sagen Sie das nicht!« erwiderte Annas erregte Stimme.

»Ja, aber es kann nicht sein, dass Sie sich nicht von einem Menschen verabschieden wollen, der Ihretwegen auf sich geschossen hat ...«

»Gerade deshalb möchte ich es nicht.«

Alexej Alexandrowitsch war mit erschrockener und schuldbewusster Miene stehengeblieben und wollte sich schon unbemerkt zurückziehen. Aber da er sich sagte, das wäre unwürdig, machte er wieder kehrt, hüstelte und ging zum Schlafzimmer. Die Stimmen verstummten, und er trat ein.

Anna saß im grauen Morgenrock, das schwarze Haar geschoren, doch in dichter Bürste rund um den Kopf nachgewachsen, auf der Chaiselongue. Wie immer beim Anblick ihres Mannes schwand schlagartig alles Leben aus ihrem Gesicht; sie senkte den Kopf und blickte beunruhigt zu Betsy. Betsy, nach dem letzten Schrei der Mode gekleidet, mit einem Hut, der irgendwo hoch über ihrem Kopf schwebte wie eine Glocke über der Lampe, und mit einem taubengrauen, auffällig schräggestreiften Kleid, an der Büste in die eine Richtung und am Rock in die andere – Betsy saß neben Anna, den flachen hohen Rumpf sehr gerade haltend, und sah Alexej Alexandrowitsch, den Kopf geneigt, spöttisch lächelnd entgegen.

»Oh!« sagte sie, anscheinend erstaunt. »Ich bin sehr froh, dass Sie zu Hause sind. Sie lassen sich ja nirgends mehr blicken, seit Annas Krankheit habe ich Sie nicht mehr gesehen. Ich habe alles gehört – wie Sie sich kümmern. Ja, Sie sind ein erstaunlicher Ehemann!« sagte sie mit bedeutsamer und herzlicher Miene, als verleihe sie ihm einen Großmutsorden für sein Verhalten gegenüber seiner Frau.

Alexej Alexandrowitsch verbeugte sich kalt, küsste seiner Frau die Hand und erkundigte sich nach ihrem Befinden.

»Besser, glaube ich«, antwortete sie, seinem Blick ausweichend.

»Aber Ihre Gesichtsfarbe ist wie fiebrig«, sagte er, dabei betonte er das Wort »fiebrig«.

»Wir beide sind zu sehr ins Plaudern gekommen«, sagte Betsy, »ich merke, das ist mein Egoismus, darum fahre ich.«

Sie stand auf, doch Anna, plötzlich errötet, fasste rasch ihre Hand.

»Nein, bitte, bleiben Sie noch. Ich muss Ihnen sagen ... nein, Ihnen«, wandte sie sich an Alexej Alexandrowitsch, und die Röte überzog Hals und Stirn. »Ich will und kann nichts vor Ihnen geheimhalten«, sagte sie.

Alexej Alexandrowitsch knackte mit den Fingern und senkte den Kopf.

»Betsy sagt, Graf Wronski würde uns gern besuchen, um sich vor der Abreise nach Taschkent zu verabschieden.« Sie sah ihren Mann nicht an und beeilte sich offenbar, alles auszusprechen, so schwer ihr das auch fiel. »Ich habe gesagt, dass ich ihn nicht empfangen kann.«

»Sie haben gesagt, meine Freundin, dass es von Alexej Alexandrowitsch abhängen werde«, korrigierte Betsy.

»Aber nein, ich kann ihn nicht empfangen, und das würde auch zu nichts ...« Sie stockte plötzlich und blickte fragend zu ihrem Mann (er schaute sie nicht an). »Kurzum, ich möchte nicht ...«

Alexej Alexandrowitsch kam näher und wollte ihre Hand nehmen.

In einem ersten Impuls zuckte sie zurück vor seiner feuchten Hand mit den dick geblähten Adern, die die ihre suchte; dann bezwang sie sich offenbar und drückte ihm die Hand.

»Ich danke Ihnen sehr für Ihr Vertrauen, aber ...« sagte er, dabei fühlte er beklommen und verdrossen, dass er, was er leicht und klar mit sich allein hätte ausmachen können, nicht erörtern konnte im Beisein von Fürstin Twerskaja, in der er eine Verkörperung jener rohen Kraft sah, die in den Augen der Gesellschaft sein Leben zu lenken hatte und ihn hinderte, sich seinem Gefühl der Liebe und Vergebung zu überlassen. Er stockte, sah zu Fürstin Twerskaja.

»So leben Sie wohl, meine Allerbeste«, sagte Betsy und stand auf. Sie küsste Anna und ging hinaus. Alexej Alexandrowitsch geleitete sie.

»Alexej Alexandrowitsch! Ich kenne Sie als wahrhaft großmütigen Menschen!« Betsy blieb im kleinen Salon stehen und drückte ihm noch einmal besonders kräftig die Hand. »Ich bin unbeteiligt, aber da ich so sehr Anna liebe und Sie achte, erlaube ich mir einen Rat. Empfangen Sie ihn. Alexej ist die verkörperte Ehre, und er reist ab nach Taschkent.«

»Ich danke Ihnen, Fürstin, für Ihre Anteilnahme und Ratschläge. Aber ob meine Frau jemanden empfangen kann oder nicht, entscheidet sie selbst.«

Während er das sagte, zog er wie gewohnt würdevoll die Brauen hoch, dachte aber sofort, dass ganz gleich, was er sagte, an seiner Situation nichts würdevoll sein konnte. Und das sah er auch an dem verhaltenen, bösen und spöttischen Lächeln, mit dem ihn Betsy nach diesem Satz ansah.

XX

Alexej Alexandrowitsch verabschiedete sich von Betsy im Saal und kehrte zu seiner Frau zurück. Sie lag, aber als sie seine Schritte hörte, setzte sie sich eilends hin wie zuvor und blickte ihm erschrocken entgegen. Er sah, dass sie geweint hatte.

»Ich bin dir sehr dankbar für dein Vertrauen zu mir«, wiederholte er sanftmütig auf Russisch den in Betsys

Gegenwart auf Französisch gesagten Satz und setzte sich neben sie. Wenn er Russisch redete und du zu ihr sagte, brachte dieses Du Anna jedesmal unbändig auf. »Und sehr dankbar für deine Entscheidung. Ich bin ebenfalls der Ansicht, da er nun abreist, besteht keinerlei Notwendigkeit, dass Graf Wronski herkommt. Im übrigen ...«

»Ich habe das doch gesagt, wozu es noch wiederholen?« unterbrach ihn Anna plötzlich mit einer Gereiztheit, die sie nicht zurückhalten konnte. ›Keinerlei Notwendigkeit‹, dachte sie, ›dass ein Mann sich verabschieden kommt von der Frau, die er liebt, für die er sterben wollte und sich ins Verderben gestürzt hat, und die ohne ihn nicht leben kann. Keinerlei Notwendigkeit!‹ Sie presste die Lippen zusammen und senkte die funkelnden Augen auf seine langsam sich gegenseitig reibenden Hände mit den geblähten Adern.

»Wollen wir darüber nie mehr sprechen«, fügte sie ruhiger hinzu.

»Ich habe es dir überlassen, diese Frage zu entscheiden, und bin sehr froh zu sehen ...« wollte Alexej Alexandrowitsch fortfahren.

»Dass mein Wunsch sich mit dem Ihren trifft«, beendete sie rasch den Satz; es brachte sie auf, dass er so langsam sprach, während sie im voraus wusste, was er sagen würde.

»Ja«, bestätigte er, »und Fürstin Twerskaja mischt sich völlig unpassend in hochkomplizierte Familienangelegenheiten ein. Gerade sie ...«

»Ich glaube nichts von dem, was über sie geredet wird«, warf Anna rasch ein, »ich weiß, dass sie mich aufrichtig liebt.«

Alexej Alexandrowitsch seufzte und schwieg. Sie spielte nervös mit den Quasten des Morgenrocks, dabei blickte sie ihn mit dem peinigenden Gefühl körperlichen Abscheus an, das sie sich zum Vorwurf machte, aber nicht überwinden konnte. Sie wünschte jetzt nur eins – seine verhasste Anwesenheit loszuwerden.

»Übrigens habe ich gerade nach dem Arzt geschickt«, sagte Alexej Alexandrowitsch.

»Ich bin gesund, wozu brauche ich den Arzt?«

»Nein, die Kleine schreit, und es heißt, die Amme habe zu wenig Milch.«

»Wieso hast du mir denn nicht gestattet, sie zu stillen, als ich dich angefleht habe darum? Ganz gleich (Alexej Alexandrowitsch begriff, was dieses ›ganz gleich‹ bedeutete), sie ist ein Kind, auch sie wird unter die Erde gebracht.« Sie läutete und ließ das Kind holen. »Ich bat darum, stillen zu dürfen, es wurde mir nicht gestattet, und jetzt wird es mir noch vorgeworfen.«

»Ich werfe nichts vor ...«

»Doch, das tun Sie! Mein Gott! warum bin ich nicht gestorben!« Und sie brach in Schluchzen aus. »Verzeih mir, ich bin gereizt, ich bin ungerecht«, sagte sie, als sie zu sich kam. »Doch jetzt geh ...«

›Nein, das kann so nicht bleiben‹, sagte sich Alexej Alexandrowitsch entschieden, als er seine Frau verließ.

Noch nie war ihm die Unmöglichkeit seiner Situation in den Augen der Gesellschaft und der Hass seiner Frau auf ihn wie überhaupt die Machtfülle jener rohen, geheimnisvollen Kraft, die entgegen seinen Seelenregungen sein Leben lenkte und die Erfüllung ihres Willens sowie eine Veränderung der Beziehung zu seiner Frau verlangte, so augenfällig geworden wie heute. Er sah klar, dass die Gesellschaft wie seine Frau etwas von ihm verlangten, aber was genau, konnte er nicht begreifen. Er spürte in seiner Seele darüber Zornesgefühle aufsteigen, die seine Ruhe zerstörten wie auch das ganze Verdienst seiner Heldentat. Er meinte, es wäre besser für Anna, das Verhältnis zu Wronski abzubrechen, aber wenn sie alle fanden, das sei unmöglich, war er sogar bereit, dieses Verhältnis erneut zuzulassen,

brächte es nur keine Schande über die Kinder, verlöre
er diese nicht und veränderte es nicht seine Situation.
So übel das auch war, immerhin war es besser als ein
Bruch, bei dem sie in eine ausweglose, schändliche Lage
geriete und er selbst alles verlöre, was er liebte. Aber
er kam sich kraftlos vor; er wusste im voraus, alle wären gegen ihn und ließen ihn nicht tun, was ihm jetzt
als so natürlich und gut erschien, sondern zwängen ihn
zu etwas, das übel war, aber ihnen als erforderlich erschien.

XXI

Noch hatte Betsy nicht den Saal verlassen, als Stepan
Arkadjitsch, gerade von Jelissejew kommend, wo frische Austern eingetroffen waren, ihr unter der Tür begegnete.

»Oh! Fürstin! das ist aber eine angenehme Begegnung!« hob er an. »Ich war schon bei Ihnen.«

»Eine Kurzbegegnung, denn ich bin im Aufbruch«,
sagte Betsy lächelnd und zog den Handschuh an.

»Warten Sie, Fürstin, bevor Sie den Handschuh anziehen, lassen Sie mich Ihr Händchen küssen. Für
nichts bin ich der Rückkehr uralter Moden so dankbar
wie für den Handkuss.« Er küsste Betsys Hand. »Wann
sehen wir uns?«

»Sie sind es nicht wert«, erwiderte Betsy lächelnd.

»Doch, ich bin es wert, denn ich bin zu einem höchst
ernsthaften Menschen geworden. Ich bringe nicht nur
meine eigenen, sondern auch die Familienangelegenheiten anderer in Ordnung«, sagte er mit bedeutsamer
Miene.

»Oh, da bin ich sehr froh!« Betsy hatte sofort begriffen, dass er von Anna sprach. Sie kehrten in den Saal
zurück und blieben in einer Ecke stehen. »Er bringt sie

unter die Erde«, flüsterte Betsy bedeutsam. »Es ist unmöglich, unmöglich ...«

»Ich bin froh, dass Sie so denken«, antwortete Stepan Arkadjitsch und wiegte mit ernsthafter, leidend-mitfühlender Miene den Kopf, »darum bin ich nach Petersburg gekommen.«

»Die ganze Stadt spricht davon«, fuhr sie fort. »Es ist eine unmögliche Situation. Sie wird immer weniger. Er begreift nicht, dass sie eine der Frauen ist, die mit ihren Gefühlen nicht Scherz treiben können. Da gibt es nur eins: entweder bring sie fort, handle energisch, oder gib ihr die Scheidung. So erstickt sie.«

»Ja, ja ... das ist es«, sagte Oblonski seufzend. »Deswegen bin ich auch angereist. Das heißt, nicht eigentlich deswegen ... Ich wurde zum Kammerherrn ernannt, nun, da musste ich mich bedanken. Aber vor allem muss ich das in Ordnung bringen.«

»Nun, da stehe Gott Ihnen bei!« sagte Betsy.

Nachdem Stepan Arkadjitsch Fürstin Betsy bis zum Hausflur begleitet und ihr noch einmal die Hand oberhalb des Handschuhs geküsst hatte, dort, wo der Puls schlägt, wobei er ihr derart unzüchtigen Unsinn vorfaselte, dass sie nicht mehr wusste, sollte sie böse werden oder lachen, begab er sich zu seiner Schwester. Er fand sie in Tränen.

Trotz der vor Fröhlichkeit sprühenden Gemütsverfassung, in der Stepan Arkadjitsch sich befand, wechselte er sogleich ganz natürlich zu jenem mitfühlenden, poetisch aufgewühlten Tonfall, der ihrer Stimmung entsprach. Er erkundigte sich nach ihrem Befinden und wie sie den Morgen verbracht habe.

»Sehr, sehr übel. Den Tag wie den Morgen wie alle vergangenen und zukünftigen Tage«, sagte sie.

»Mir scheint, du hängst zu sehr der Trübsal nach. Das muss man abschütteln, da muss man dem Leben in die Augen sehen. Ich weiß, das ist schwer, aber ...«

»Ich habe einmal gehört, Frauen liebten Männer sogar um ihrer Laster willen«, hob Anna plötzlich an, »ich
aber hasse ihn um seiner Tugend willen. Ich kann nicht
leben mit ihm. Verstehst du, sein Anblick wirkt körperlich auf mich, ich gerate außer mich. Ich kann nicht
leben mit ihm, kann es nicht. Was soll ich nur tun? Ich
war unglücklich und dachte, unglücklicher könnte man
nicht sein, aber den schrecklichen Zustand, in dem ich
jetzt bin, habe ich mir nicht vorstellen können. Ob du
es glaubst oder nicht – ich weiß, dass er ein gutherziger, vorzüglicher Mensch ist, dass ich seinen Finger-
nagel nicht wert bin, trotzdem hasse ich ihn. Ich hasse
ihn um seiner Großmut willen. Und mir bleibt nichts
anderes mehr als ...«

Sie wollte sagen »der Tod«, aber Stepan Arkadjitsch
ließ sie nicht ausreden.

»Du bist krank und gereizt«, sagte er, »glaub mir,
du übertreibst entsetzlich. Das ist alles nicht dermaßen
schlimm.«

Und Stepan Arkadjitsch lächelte. Niemand hätte an
Stepan Arkadjitschs Stelle, angesichts solcher Verzweiflung, sich zu lächeln gestattet (ein Lächeln wäre als roh
erschienen), aber in seinem Lächeln lag soviel Güte und
fast weibliche Zärtlichkeit, dass sein Lächeln nicht verletzte, sondern besänftigte und beruhigte. Sein leises,
beruhigendes Sprechen und sein Lächeln wirkten so besänftigend und beruhigend wie Mandelöl. Und Anna
sollte das bald spüren.

»Doch, Stiwa«, sagte sie. »Ich bin verloren, verloren!
Schlimmer als verloren. Noch bin ich nicht verloren,
ich kann nicht sagen, alles sei zu Ende, im Gegenteil,
ich spüre, dass es nicht zu Ende ist. Ich bin wie eine gespannte Saite, die reißen muss. Aber noch ist es nicht zu
Ende ... und das Ende wird schlimm.«

»Nicht doch, eine Saite kann man allmählich lo-
ckern. Es gibt keine Situation ohne Ausweg.«

»Ich überlege und überlege. Nur einen ...«

Wieder begriff er an ihrem erschrockenen Blick, dass dieser eine Ausweg ihrer Meinung nach der Tod war, und ließ sie nicht weiterreden.

»Keineswegs«, sagte er, »erlaube mal. Du kannst deine Situation nicht sehen wie ich. Erlaube, dass ich offen meine Meinung sage.« Wieder lächelte er behutsam sein Mandellächeln. »Ich fange beim Anfang an. Du hast einen Mann geheiratet, der zwanzig Jahre älter ist als du. Du hast ohne Liebe geheiratet oder ohne die Liebe zu kennen. Das war, nehmen wir an, ein Fehler.«

»Ein schrecklicher Fehler!« sagte Anna.

»Doch ich wiederhole: das ist eine vollendete Tatsache. Dann hattest du, sagen wir, das Unglück, nicht deinen Mann liebzugewinnen. Das ist ein Unglück, aber auch das ist eine vollendete Tatsache. Und dein Mann hat das anerkannt und vergeben.« Er hielt nach jedem Satz inne, da er ihre Einwände erwartete, aber sie erwiderte nichts. »Das ist so. Jetzt stellt sich die Frage: Kannst du weiterhin mit deinem Mann leben? Möchtest du das? Möchte er das?«

»Ich weiß nichts, gar nichts.«

»Aber du hast selbst gesagt, dass du ihn nicht ertragen kannst.«

»Nein, das habe ich nicht gesagt. Ich widerrufe. Ich weiß nichts und begreife nichts.«

»Aber erlaube mal ...«

»Du kannst das nicht begreifen. Ich habe ein Gefühl, als flöge ich kopfüber in einen Abgrund, dürfte mich aber nicht retten. Kann es auch nicht.«

»Nicht doch, wir breiten ein Tuch aus und fangen dich auf. Ich verstehe dich, begreife, dass du es nicht auf dich nehmen kannst, deinen Wunsch zu äußern, dein Gefühl.«

»Ich wünsche nichts, gar nichts ... nur, dass alles ein Ende habe.«

»Aber er sieht das doch und weiß es. Und glaubst du vielleicht, ihn belaste das weniger als dich? Du quälst dich, er quält sich, und was kann dabei herauskommen? Während eine Scheidung alles löst.« Stepan Arkadjitsch sprach diesen Hauptgedanken nicht ohne Mühe aus und sah sie bedeutsam an.

Sie erwiderte nichts und schüttelte verneinend ihren kurzgeschorenen Kopf. Aber am Ausdruck ihres Gesichts, das plötzlich in früherer Schönheit erstrahlte, sah er, dass sie es nur deshalb nicht wollte, weil es ihr als ein unmögliches Glück erschien.

»Ihr tut mir schrecklich leid! Und wie glücklich wäre ich, wenn ich das in Ordnung bringen könnte!« sagte Stepan Arkadjitsch mit bereits kühnerem Lächeln. »Sag nichts, sag nichts! Gebe Gott mir nur, dass ich mich so ausdrücken kann, wie ich es fühle. Ich gehe zu ihm.«

Anna schaute ihn mit nachdenklichen, funkelnden Augen an und sagte nichts.

XXII

Stepan Arkadjitsch trat mit dem ein wenig feierlichen Gesicht, mit dem er sonst in seiner Behörde im Sessel des Vorsitzenden Platz nahm, in Alexej Alexandrowitschs Kabinett. Alexej Alexandrowitsch, die Hände auf dem Rücken, ging im Zimmer auf und ab und dachte über das Gleiche nach, worüber Stepan Arkadjitsch mit seiner Frau gesprochen hatte.

»Ich störe nicht?« sagte Stepan Arkadjitsch, der beim Anblick des Schwagers plötzlich eine ungewohnte Verlegenheit empfand. Um diese Verlegenheit zu verbergen, holte er ein soeben gekauftes Papirossa-Etui mit einer neuartigen Öffnungsvorrichtung hervor, schnupperte am Leder und nahm eine Papirossa heraus.

»Nein. Brauchst du etwas?« antwortete Alexej Alexandrowitsch lustlos.

»Ja, ich wollte gern ... ich brauche ... ja, ich muss mit dir sprechen«, sagte Stepan Arkadjitsch und empfand voller Verwunderung eine ungewohnte Schüchternheit.

Diese Empfindung war so überraschend und merkwürdig, dass Stepan Arkadjitsch nicht glauben konnte, es wäre die Stimme des Gewissens, die ihm sagte, was er vorhabe, sei von Übel. Stepan Arkadjitsch bezwang sich und rang den Schüchternheitsanfall nieder.

»Ich hoffe, du glaubst mir meine Liebe zu meiner Schwester und die aufrichtige Zuneigung und Achtung für dich«, sagte er errötend.

Alexej Alexandrowitsch blieb stehen und erwiderte nichts, aber Stepan Arkadjitsch war frappiert von seinem Gesichtsausdruck – dem eines gefügigen Opfers.

»Ich hatte die Absicht ... ich wollte über meine Schwester und eure gemeinsame Situation sprechen.« Stepan Arkadjitsch musste immer noch gegen eine ungewohnte Befangenheit ankämpfen.

Alexej Alexandrowitsch lächelte traurig, schaute auf seinen Schwager, und ohne zu antworten, trat er zum Schreibtisch, nahm von dort einen begonnenen Brief und reichte ihn dem Schwager.

»Ich denke unaufhörlich über das Gleiche nach. Und das habe ich nun zu schreiben begonnen, da ich meine, dass ich es besser schriftlich sage und dass meine Gegenwart sie aufbringt«, sagte er, als er ihm den Brief reichte.

Stepan Arkadjitsch nahm den Brief, schaute voll ungläubiger Verwunderung zu den trüben Augen, die bewegungslos auf ihn geheftet waren, und begann zu lesen.

»Ich sehe, dass meine Gegenwart Ihnen zur Last ist. Wenn es mir auch schwerfiel, mich davon zu überzeugen, sehe ich doch, dass dem so ist und es nicht anders sein kann. Ich beschuldige Sie nicht, und Gott ist mein Zeuge, dass ich, als ich Sie während Ihrer Krankheit erblickte, aus ganzer Seele den Willen hatte, alles zu vergessen, was zwischen uns stand, und ein neues Leben zu beginnen. Ich bereue nicht, was ich getan habe, und werde es auch nie bereuen; doch war mein Wunsch dabei nur Ihr Wohl, das Wohl Ihrer Seele, und nun sehe ich, dass ich das nicht erlangt habe. Sagen Sie mir, was Ihnen wahres Glück und Ihrer Seele Ruhe bringen wird. Ich überantworte mich gänzlich Ihrem Willen und Ihrem Gerechtigkeitsgefühl.«

Stepan Arkadjitsch gab den Brief zurück und schaute mit derselben Ungläubigkeit weiterhin den Schwager an, ohne zu wissen, was er sagen sollte. Dieses Schweigen war den beiden so peinlich, dass Stepan Arkadjitschs Lippen wie in einem Krampf zitterten, solange er schwieg, ohne den Blick von Karenins Gesicht zu wenden.

»Das wollte ich ihr sagen«, sagte Alexej Alexandrowitsch und wandte sich ab.

»Ja, ja ...« sagte Stepan Arkadjitsch, zu einer Antwort nicht imstande, da ihm Tränen die Kehle zuschnürten. »Ja, ja. Ich verstehe Sie«, stieß er endlich hervor.

»Ich möchte erfahren, was sie will«, sagte Alexej Alexandrowitsch.

»Ich befürchte, dass sie selbst ihre Situation nicht begreift. Sie hat da kein Urteil«, sagte Stepan Arkadjitsch, wieder gefasster. »Sie ist am Boden zerstört, wirklich, am Boden zerstört von deiner Großmut. Wenn sie diesen Brief liest, wird sie nicht imstande sein, etwas zu sagen, sie wird den Kopf nur noch tiefer senken.«

»Ja, aber, in dem Fall − was dann? Wie lässt sich erklären ... wie lässt sich ihr Wunsch erfahren?«

»Wenn du erlaubst, dass ich meine Meinung sage, so

glaube ich, dass es von dir abhängt, geradeheraus die Maßnahmen zu nennen, die du als notwendig erachtest, um diese Situation zu beenden.«

»Folglich findest du, sie müsste beendet werden?« unterbrach ihn Alexej Alexandrowitsch. »Aber wie?« fügte er hinzu, nach einer ungewohnten Handbewegung vor den Augen. »Ich sehe keinen möglichen Ausweg.«

»In jeder Situation gibt es einen Ausweg«, sagte Stepan Arkadjitsch, stand auf und wurde lebhafter. »Es gab eine Zeit, da wolltest du den Bruch ... Wenn du jetzt zu der Überzeugung kommst, ihr könntet euch gegenseitig kein Glück verschaffen ...«

»Glück kann man unterschiedlich auffassen. Aber angenommen, ich wäre mit allem einverstanden, ich wollte selbst gar nichts. Welchen Ausweg gäbe es aus unserer Situation?«

»Wenn du meine Meinung hören möchtest«, sagte Stepan Arkadjitsch mit jenem besänftigenden, mandelzarten Lächeln, mit dem er auch zu Anna gesprochen hatte. Das gütige Lächeln war so überzeugend, dass Alexej Alexandrowitsch, da er seine Schwäche spürte und sich darein fügte, unwillkürlich bereit war, dem zu glauben, was Stepan Arkadjitsch sagen werde. »Sie würde es niemals aussprechen. Aber eines ist möglich, nur eines kann sie wünschen«, fuhr Stepan Arkadjitsch fort, »nämlich eine Beendigung des Verhältnisses und aller damit verbundener Erinnerungen. Meines Erachtens ist in eurer Situation die Abklärung eines neuen gegenseitigen Verhältnisses unerlässlich. Und dieses Verhältnis kann sich nur herstellen, wenn beide Seiten frei sind.«

»Scheidung«, unterbrach ihn Alexej Alexandrowitsch mit Abscheu.

»Ja, ich nehme wohl an, Scheidung. Ja, Scheidung«, wiederholte Stepan Arkadjitsch errötend. »Das ist in jeder Hinsicht der vernünftigste Ausweg für Ehegatten, die in einem solchen Verhältnis stehen wie ihr. Was denn tun, wenn Ehegatten zu dem Schluss kommen, ein Leben zusammen sei für sie unmöglich? So etwas kann immer passieren.« Alexej Alexandrowitsch seufzte schwer und schloss die Augen. »Da gilt es nur eines zu überlegen: Wünscht einer der Ehegatten eine andere Ehe einzugehen? Wenn nicht, so ist das sehr einfach.« Stepan Arkadjitsch befreite sich mehr und mehr von seiner Befangenheit.

Alexej Alexandrowitsch, das Gesicht vor Erregung verzerrt, murmelte etwas vor sich hin und erwiderte nichts. Alles, was Stepan Arkadjitsch so sehr einfach vorkam, hatte Alexej Alexandrowitsch tausend- und abertausendfach durchdacht. Und ihm kam alles keineswegs sehr einfach vor, vielmehr kam es ihm vollkommen unmöglich vor. Die Scheidung, über deren Einzelheiten er ja Bescheid wusste, kam ihm jetzt unmöglich vor, da sein Selbstwertgefühl und die Achtung vor der Religion ihm nicht erlaubten, die Anschuldigung eines fiktiven Ehebruchs auf sich zu nehmen oder gar zuzulassen, dass seine Frau, der er vergeben hatte und die er liebte, entlarvt und in Schande gestürzt würde. Die Scheidung stellte sich ihm auch aus anderen, noch wichtigeren Gründen als unmöglich dar.

Was würde im Fall einer Scheidung aus dem Sohn? Ihn bei der Mutter zu lassen war unmöglich. Die geschiedene Mutter würde ihre eigene, illegitime Familie haben, in der die Situation des Stiefsohns und seine Erziehung aller Wahrscheinlichkeit nach schlecht wären. Ihn bei sich zu lassen? Er wusste, von seiner Seite aus wäre das Rache, und das wollte er nicht. Darüberhinaus aber kam die Scheidung Alexej Alexandrowitsch deshalb am allerunmöglichsten vor, weil er mit seinem Einverständnis zur Scheidung Anna zugrunde richten würde. Ihm hatte sich tief eingeprägt, was Darja Alexandrowna in Moskau gesagt hatte, nämlich, mit dem Entschluss zur Scheidung denke er an sich, denke aber nicht daran, dass er sie damit unwiederbringlich zugrunde richte. Und da er diese Aussage mit seiner Vergebung und seiner Zuneigung zu den Kindern in Verbindung brachte, begriff er sie nun auf seine Weise. Der Scheidung zuzustimmen, ihr die Freiheit zu geben, bedeutete in seiner Vorstellung, dass ihm das letzte Band zum Leben der Kinder, die er liebte, zerschnitten, ihr die letzte Stütze auf dem Weg zum Guten genommen und sie in den Untergang getrieben würde. Wäre sie eine geschiedene Frau, würde sie, das wusste er, sich mit Wronski vereinen, und diese Liaison wäre illegitim und frevelhaft, denn für eine Ehefrau konnte es, dem Gesetz der Kirche nach, keine Ehe geben, solange der Mann am Leben war. ›Sie wird sich vereinen mit ihm, und in einem Jahr oder zwei wird entweder er sie verlassen, oder sie wird eine neue Liaison eingehen‹, dachte Alexej Alexandrowitsch. ›Und wenn ich einer illegitimen Scheidung zugestimmt habe, werde ich schuld sein an ihrem Untergang.‹ Er hatte das alles Hunderte von Malen durchdacht und war überzeugt, dass ein Scheidungsprozess keineswegs sehr einfach war, wie sein Schwager sagte, vielmehr vollkommen unmöglich. Er glaubte Stepan Arkadjitsch kein einziges Wort, zu jedem Wort hatte er Tausende von Widerlegungen, aber er hörte ihm zu in dem Gefühl, dass in seinen Worten sich jene machtvolle, rohe Kraft äußerte, die sein Leben lenkte und der er sich zu fügen hatte.

»Die Frage ist nur, wie und zu welchen Bedingungen du mit einer Ehescheidung einverstanden bist. Sie möchte gar nichts, wagt nicht, darum zu bitten, sie überlässt alles deiner Großmut.«

›Mein Gott! Mein Gott! wie habe ich das verdient?‹ dachte Alexej Alexandrowitsch, da ihm die Einzelheiten einer Scheidung durch den Kopf gingen, bei der der Mann die Schuld auf sich nahm, und mit der gleichen Geste wie Wronski schlug auch er aus Scham die Hände vors Gesicht.

»Du bist erregt, das verstehe ich. Aber wenn du es durchdenkst ...«

›Und wer dich schlägt auf die rechte Backe, dem biete die linke dar; und wer dir den Kaftan nimmt, dem gib auch den Rock‹, dachte Alexej Alexandrowitsch.

»Ja, ja!« schrie er mit quäkender Stimme, »ich nehme die Schande auf mich, gebe sogar den Sohn her, aber ... wäre es nicht besser, es zu lassen? Im übrigen, mach, was du willst ...«

Und vom Schwager abgewandt, damit dieser ihn nicht sehen konnte, setzte er sich auf einen Stuhl am Fenster. Er empfand Gram, er empfand Scham; aber mit Gram und Scham empfand er zugleich Freude und Rührung angesichts seiner erhabenen Demut.

Stepan Arkadjitsch war gerührt. Er schwieg eine Weile.

»Alexej, glaube mir, sie wird deine Großmut schätzen«, sagte er. »Aber anscheinend war es Gottes Wille«, fügte er hinzu, und als er das gesagt hatte, merkte er, dass es dumm war, und unterdrückte mit Mühe ein Lächeln über seine Dummheit.

Alexej Alexandrowitsch wollte etwas antworten, aber die Tränen ließen es nicht zu.

»Dies ist ein verhängnisvolles Unglück, man muss es annehmen. Ich nehme dieses Unglück als vollendete Tatsache und bemühe mich, dir und ihr zu helfen«, sagte Stepan Arkadjitsch.

Als Stepan Arkadjitsch aus dem Zimmer seines Schwagers trat, war er gerührt, was ihn aber nicht hinderte, befriedigt zu sein, dass er diese Angelegenheit erfolgreich vollendet hatte, denn er war sicher, dass Alexej Alexandrowitsch seine Worte nicht widerrufen würde. Dieser Befriedigung war noch untergemischt, dass ihm die Idee gekommen war, wenn die Angelegenheit im Gange wäre, würde er seiner Frau und nahen Bekannten die Frage stellen: ›Was ist der Unterschied zwischen mir und Seiner Majestät? Seine Majestät veranlasst die Ablösung der Wache, und davon geht es niemandem besser, ich veranlasse die Auflösung einer Ehe, und davon geht es drei Leuten besser ... Oder: Welche Ähnlichkeit besteht zwischen mir und Seiner Majestät? Wenn ... Ah, das denke ich mir noch besser aus‹, sagte er sich mit einem Lächeln.

XXIII

Wronskis Wunde war gefährlich, obgleich das Herz nicht betroffen war. Und ein paar Tage schwebte er zwischen Leben und Tod. Als er zum erstenmal in der Lage war zu sprechen, war nur Warja, die Frau seines Bruders, bei ihm im Zimmer.

»Warja!« sagte er und blickte sie streng an. »Ich habe aus Versehen auf mich geschossen. Und bitte, sprich nie darüber und sage es allen so. Es wäre sonst zu dumm!«

Ohne darauf einzugehen, beugte Warja sich über ihn und schaute ihm mit frohem Lächeln ins Gesicht. Seine Augen waren klar, nicht mehr fiebrig, doch ihr Ausdruck war streng.

»Na, Gott sei Dank!« sagte sie. »Tut dir nichts weh?«

»Hier ein wenig.« Er deutete auf die Brust.

»Komm, ich verbinde dich frisch.«

Schweigend spannte er die breiten Wangenmuskeln an und blickte auf sie, während sie ihn frisch verband. Als sie fertig war, sagte er:

»Ich spreche nicht im Fieber; bitte, tu es, damit es kein Gerede gibt, ich hätte mit Absicht auf mich geschossen.«

»Niemand sagt das. Ich hoffe bloß, dass du nicht noch einmal aus Versehen schießen wirst«, sagte sie mit fragendem Lächeln.

»Das werde ich wohl nicht, doch es wäre besser ...«
Und er lächelte finster.

Trotz dieser Worte und des Lächelns, über die Warja sehr erschrak, fühlte er, als die Entzündung abgeklungen war und er zu Kräften kam, dass er sich von einem Teil seines Kummers völlig befreit hatte. Durch diese Tat hatte er gleichsam die zuvor empfundene Scham und Demütigung getilgt. Er konnte nun ruhig an Alexej Alexandrowitsch denken. Er erkannte seine Großmut an und fühlte sich nicht mehr gedemütigt. Außerdem fand er wieder in sein früheres Lebensgeleis zurück. Er sah die Möglichkeit, den Menschen ohne Scham in die Augen zu blicken, und konnte leben, gelenkt von seinen Gewohnheiten. Das Einzige, was er sich nicht aus dem Herzen reißen konnte, obwohl er unablässig ankämpfte gegen dieses Gefühl, war das bis zur Verzweiflung gehende Bedauern, dass er sie für immer verloren hatte. Dass er nun, nachdem er vor dem Ehemann seine Schuld abgebüßt hatte, auf sie verzichten musste und sich nie wieder zwischen sie und ihre Reue und ihren Mann stellen durfte, war in seinem Herzen fest entschieden; aber er konnte sich das Bedauern über den Verlust ihrer Liebe nicht aus dem Herzen reißen, konnte jene Momente des Glücks nicht aus dem Gedächtnis löschen, die er mit ihr erfahren, damals so wenig geschätzt hatte und die ihn nun mit all ihrem betörenden Reiz verfolgten.

Serpuchowskoi ließ sich für ihn eine Ernennung nach Taschkent einfallen, und Wronski stimmte diesem Vorschlag ohne das geringste Zaudern zu. Aber je näher die Zeit der Abreise kam, desto schwerer fiel ihm das Opfer, das er dem brachte, was er für seine Schuldigkeit hielt.

Seine Wunde war verheilt, und er fuhr bereits aus, bereitete sich auf die Abreise nach Taschkent vor.

›Einmal sie noch sehen und dann sich vergraben, sterben‹, dachte er, und bei einer seiner Abschiedsvisiten äußerte er diesen Gedanken gegenüber Betsy. Mit dieser seiner Botschaft war Betsy zu Anna gefahren und hatte ihm eine negative Antwort gebracht.

›Um so besser‹, dachte Wronski, als er diese Nachricht erhielt. ›Das war eine Schwäche, die mir die letzten Kräfte geraubt hätte.‹

Am nächsten Tag kam Betsy persönlich morgens zu ihm gefahren und verkündete, sie habe über Oblonski die definitive Nachricht erhalten, dass Alexej Alexandrowitsch in die Scheidung einwillige und dass er sie deshalb sehen könne.

Ohne sich auch nur darum zu kümmern, dass Betsy hinausgeleitet wurde, ohne an seine Entschlüsse zu denken, ohne zu fragen, wann es ginge, wo ihr Mann sei, fuhr Wronski sofort zu den Karenins. Er lief die Treppe hoch, sah nichts und niemanden, und raschen Schrittes, fast wäre er gerannt, trat er in ihr Zimmer. Und ohne zu überlegen und ohne darauf zu achten, ob noch jemand im Zimmer war, umarmte er sie und bedeckte ihr Gesicht, Hände und Hals mit Küssen.

Anna hatte sich auf dieses Wiedersehen vorbereitet, hatte überlegt, was sie ihm sagen würde, kam aber nicht dazu, irgendetwas zu sagen: seine Leidenschaft erfasste sie. Sie wollte ihn beschwichtigen, sich selbst beschwichtigen, doch es war zu spät. Sein Gefühl übertrug sich auf sie. Ihre Lippen zitterten derart, dass sie lange nichts sagen konnte.

»Ja, du hast dich meiner bemächtigt, und ich bin dein«, brachte sie schließlich heraus und presste seine Hand an ihre Brust.

»So musste es sein!« sagte er. »Solange wir am Leben sind, muss es so sein. Ich weiß das jetzt.«

»Das ist wahr«, sagte sie, blasser und blasser werdend, und umfing seinen Kopf. »Dennoch, es liegt etwas Schreckliches darin, nach allem, was gewesen ist.«

»Alles vergeht, alles vergeht, wir werden so glücklich sein! Könnte unsere Liebe noch stärker werden, würde sie dadurch stärker, dass etwas Schreckliches darin liegt«, sagte er, hob den Kopf, und ein Lächeln entblößte seine kräftigen Zähne.

Und sie konnte nicht anders, als mit einem Lächeln zu antworten – nicht auf seine Worte, sondern auf seine verliebten Augen. Sie nahm seine Hand und strich sich damit über die kalt gewordenen Wangen und kurzgeschorenen Haare.

»Ich erkenne dich nicht wieder mit diesen kurzen Haaren. Du bist noch viel hübscher geworden. Ein Junge. Aber wie blass du bist!«

»Ja, ich bin sehr schwach«, sagte sie lächelnd. Wieder begannen ihre Lippen zu zittern.

»Wir fahren nach Italien, du wirst zu Kräften kommen«, sagte er.

»Sollte es möglich sein, dass wir sein werden wie Mann und Frau, allein, du und ich, als eine Familie?« sagte sie und blickte ihm von nahem in die Augen.

»Mich hat immer nur gewundert, wie es je anders sein konnte.«

»Stiwa sagt, er sei mit allem einverstanden, aber ich kann seine Großmut nicht annehmen«, sagte sie und schaute nachdenklich an Wronskis Gesicht vorbei. »Ich möchte keine Scheidung, mir ist jetzt alles gleich. Ich weiß nur nicht, was er Serjoschas wegen beschließt.«

Er konnte überhaupt nicht begreifen, wie sie in dieser Minute des Wiedersehens sich an den Sohn erinnern, an die Scheidung denken konnte. War denn nicht alles gleich?

»Sprich nicht davon, denk nicht daran«, sagte er, drehte ihre Hand in der seinen um und suchte ihre Aufmerksamkeit auf sich zu lenken; aber sie sah ihn immer noch nicht an.

»Ach, weshalb bin ich nicht gestorben, es wäre besser gewesen!« sagte sie, und ohne ein Schluchzen liefen ihr die Tränen über beide Wangen; sie bemühte sich aber zu lächeln, um ihn nicht zu bekümmern.

Die schmeichelhafte und gefahrvolle Ernennung nach Taschkent abzulehnen wäre nach Wronskis früheren Ansichten schändlich und unmöglich gewesen. Jetzt aber lehnte er ab, ohne auch nur einen Moment nachzudenken, und als er in höchsten Kreisen Missfallen über seinen Schritt bemerkte, quittierte er sofort den Dienst.

Einen Monat später blieb Alexej Alexandrowitsch mit dem Sohn in seiner Wohnung allein zurück, während Anna mit Wronski ins Ausland reiste, ohne die Scheidung erhalten zu haben; sie hatte diese entschieden abgelehnt.

FÜNFTER TEIL

I

Fürstin Schtscherbazkaja fand, dass die Hochzeit vor der Fastenzeit, bis zu der es noch fünf Wochen waren, unmöglich stattfinden könne, denn bis dahin wäre womöglich die halbe Aussteuer nicht fertig; allerdings musste sie Lewin recht geben, dass nach der Fastenzeit womöglich allzu spät wäre, denn eine alte Tante Fürst Schtscherbazkis war sehr krank und starb womöglich bald, und dann würde die Trauerzeit die Hochzeit noch weiter hinausschieben. Darum entschied die Fürstin, die Aussteuer in zwei Teile zu teilen, die große und die kleine Aussteuer, und sie war einverstanden, die Hochzeit noch vor der Fastenzeit stattfinden zu lassen. Sie entschied, dass sie die kleine Aussteuer zur Gänze jetzt herrichten, die große später nachschicken würde, und war sehr böse auf Lewin, dass er ihr einfach keine ernste Antwort geben mochte, ob er damit einverstanden sei oder nicht. Dieser Ablauf war um so passender, als das junge Paar gleich nach der Hochzeit aufs Land reisen wollte, wo die Sachen aus der großen Aussteuer nicht gebraucht würden.

Lewin befand sich weiterhin im selben Verrücktheitszustand, bei dem es ihm vorkam, als wären er und sein Glück das wichtigste und einzige Ziel alles Irdischen, als brauchte er an nichts zu denken und sich um nichts zu kümmern, als erledigten das andere für ihn und würden das auch weiterhin tun. Nicht einmal Pläne und Ziele für sein künftiges Leben hatte er; die Entscheidung überließ er anderen, wusste er doch, alles würde wunderbar werden. Sein Bruder Sergej Iwanowitsch, Stepan Arkadjitsch und die Fürstin lenkten ihn bei dem, was er zu tun hatte. Er war lediglich mit allem, was ihm vorgeschlagen wurde, vollkommen einverstanden. Sein Bruder nahm Geld für ihn auf, die Fürstin riet, nach der Hochzeit aus Moskau abzureisen. Stepan Arkadjitsch riet, ins Ausland zu reisen. Er war mit allem einverstanden. ›Tut, was ihr wollt, wenn euch das froh stimmt. Ich bin glücklich, und mein Glück kann weder größer noch kleiner werden, ganz gleich, was ihr tut‹, dachte er. Als er Kitty von Stepan Arkadjitschs Rat berichtete, ins Ausland zu reisen, war er sehr verwundert, dass sie nicht einverstanden war, sondern von beider künftigem Leben ihre eigenen, bestimmten Vorstellungen hatte. Sie wusste, dass Lewin auf dem Land eine Tätigkeit hatte, die er gern mochte. Wie er sah, verstand sie nichts von dieser Tätigkeit, sie wollte auch gar nichts davon verstehen. Das hinderte sie allerdings nicht, diese Tätigkeit für sehr wichtig zu halten. Und daher wusste sie, beider Heim wäre auf dem Land, und wollte nicht ins Ausland reisen, wo sie nicht leben würde, sondern dorthin, wo beider Heim wäre. Diese sehr bestimmt geäußerte Absicht verwunderte Lewin. Aber da ihm alles gleich war, bat er umgehend Stepan Arkadjitsch, als ob das dessen Pflicht wäre, aufs Gut zu reisen und dort alles, wie er es verstand, mit jenem Geschmack herzurichten, von dem er doch so viel besaß.

»Allerdings, hör mal«, sagte Stepan Arkadjitsch eines Tages nach der Rückkehr vom Gut, wo er für die Ankunft des jungen Paares alles hergerichtet hatte, »hast du eine Bescheinigung, dass du zur Beichte warst?«

»Nein. Wieso?«

»Ohne das wird man nicht getraut.«

»O je, o je!« rief Lewin. »Ich war, glaube ich, schon neun Jahre nicht mehr beim Abendmahl. Daran habe ich nicht gedacht.«

»Du bist gut!« Stepan Arkadjitsch lachte. »Und mich schiltst du einen Nihilisten! Allerdings, so geht das nicht. Du musst zum Abendmahl.«

»Wann denn? Es sind nur noch vier Tage.«

Stepan Arkadjitsch wusste auch das zu richten. Und Lewin bereitete sich aufs Abendmahl vor. Als einem Menschen, der nicht glaubte und zugleich den Glauben anderer Menschen achtete, fiel Lewin die Anwesenheit und Beteiligung bei allen Kirchenzeremonien sehr schwer. Jetzt, in dem empfindsamen, weichen Gemütszustand, in dem er sich befand, fiel es Lewin nicht nur schwer, sich verstellen zu müssen, es kam ihm vollkommen unmöglich vor. Jetzt, im Zustand seiner Glorie, seiner Hochblüte, würde er lügen oder die Religion lästern müssen. Er fühlte sich weder zum einen noch zum anderen imstande. Aber wie sehr er auch Stepan Arkadjitsch zusetzte, ob nicht die Bescheinigung ohne die Prozedur zu bekommen wäre — Stepan Arkadjitsch erklärte, das sei unmöglich.

»Und was macht es dir schon aus, die zwei Tage? Außerdem ist er ein überaus netter, gescheiter Greis. Er wird dir diesen Zahn so ziehen, dass du es gar nicht merkst.«

Als Lewin im ersten Gottesdienst stand, versuchte er, seine Jugenderinnerungen an jenes starke religiöse Gefühl aufzufrischen, das er mit sechzehn und siebzehn erlebt hatte. Doch überzeugte er sich sogleich, dass ihm das vollkommen unmöglich war. Er versuchte das Ganze als bedeutungslosen, leeren Brauch anzusehen, ähnlich dem Brauch, Visiten zu machen; doch fühlte er, dass er auch das absolut nicht konnte. Lewin hatte gegenüber der Religion die gleiche Haltung wie die meisten seiner Zeitgenossen, nämlich eine höchst unbestimmte. Glauben konnte er nicht, zugleich war er gar nicht fest davon überzeugt, das sei alles unzutreffend. Somit weder imstande, an die Bedeutsamkeit dessen zu glauben, was er tat, noch es gleichgültig anzusehen, als leere Formalität, empfand er während der gesamten zwei Tage Peinlichkeit und Scham, weil er etwas tat, das er selbst nicht verstand, also, wie eine innere Stimme ihm sagte, etwas Verlogenes und Unrechtes.

Während des Gottesdienstes hörte er bald den Gebeten zu, suchte ihnen eine Bedeutung beizulegen, die seinen Ansichten nicht widerspräche, bald fühlte er, dass er sie nicht begreifen konnte und verurteilen müsste, darum suchte er nicht zuzuhören, sondern hing seinen Gedanken, Beobachtungen und Erinnerungen nach, die ihm während dieses müßigen Stehens in der Kirche mit außerordentlicher Lebhaftigkeit durch den Kopf schweiften.

Er ging zum Mittagsgottesdienst, zur Vesper und zum nächtlichen Mahngebet, und am nächsten Tag stand er früher auf als sonst und kam, ohne Tee getrunken zu haben, um acht Uhr früh in die Kirche, um die morgendlichen Mahngebete anzuhören und um zu beichten.

In der Kirche war niemand außer einem bettelnden Soldaten, zwei alten Frauen und den Geistlichen.

Der junge Diakon, unter dessen dünnem Gewand sich die beiden Hälften seines langen Rückens scharf abzeichneten, hatte ihn erwartet, sich sofort zu einem Tischchen an der Wand begeben und begonnen, die Mahngebete vorzulesen. Je länger er las, besonders bei der häufigen und raschen Wiederholung der immer gleichen Worte »Herr, erbarme dich«, die wie »Herbarmdich, Herbarmdich« klangen, hatte Lewin das Gefühl, dass sein Denken versperrt und versiegelt war und jetzt nicht daran gerührt und gerüttelt werden durfte, sonst käme es in Verwirrung, darum hörte er, während er hinter dem Diakon stand, weiterhin nicht zu und dachte sich nicht hinein, sondern hing den eigenen Gedanken nach. ›Erstaunlich, wie ausdrucksstark

ihre Hand ist‹, dachte er, da ihm einfiel, wie sie gestern
am Ecktisch gesessen waren. Zu reden hatten sie nichts,
wie fast immer in dieser Zeit, und sie hatte die Hand
auf den Tisch gelegt, sie geöffnet und geschlossen und
hatte selbst lachen müssen beim Blick auf diese Bewegung. Ihm fiel ein, wie er diese Hand geküsst und
dann die zusammenlaufenden Linien auf der rosa
Handfläche betrachtet hatte. ›Noch ein Herbarmdich‹,
dachte Lewin, bekreuzigte und verneigte sich mit Blick
auf die geschmeidige Rückenbewegung des sich ver-
neigenden Diakons. ›Sie nahm dann meine Hand und
betrachtete die Linien: Du hast eine famose Hand,
sagte sie.‹ Und er schaute auf seine Hand und auf die
kurze Hand des Diakons. ›Ja, jetzt ist es bald zu Ende‹,
dachte er. ›Nein, anscheinend noch mal von vorn.‹ Er
lauschte den Gebeten. ›Nein, es geht zu Ende, da verneigt er sich schon bis zum Boden. Das ist immer vor
dem Ende.‹

Unmerklich nahm die Hand im plüschenen Ärmel-
aufschlag den Dreirubelschein entgegen; der Diakon
sagte, er würde Lewin eintragen, und unter munterem
Getrommel seiner neuen Stiefel schritt er über die
Steinplatten der leeren Kirche und verschwand hinter
der Bilderwand. Nach einem Weilchen schaute er wieder heraus und winkte Lewin. Das bislang versperrte
Denken rührte sich in Lewins Kopf, doch er jagte es
eilends weg. ›Irgendwie wird es sich richten‹, dachte
er und ging zum Ambon. Er stieg die Stufen hinauf,
wandte sich nach rechts und erblickte den Priester. Der
Greis mit dünnem, halb grauem Bart und müden, gutmütigen Augen stand am Lesepult und blätterte in der
Agende. Nach einer leichten Verbeugung vor Lewin
begann er gleich, im gewohnten Tonfall die Gebete zu
lesen. Als er geendet hatte, verneigte er sich bis zum
Boden und wandte sein Gesicht Lewin zu.

»Hier ist Jesus Christus unsichtbar zugegen, um Ihre

Beichte anzunehmen«, sagte er und deutete auf das Kruzifix. »Glauben Sie an alles, was die heilige apostolische Kirche uns lehrt?« fuhr der Priester fort, wandte den Blick von Lewins Gesicht ab und legte die Hände unterm Epitrachelion zusammen.

»Ich habe gezweifelt, ich zweifle an allem«, sprach Lewin in ihm selbst unangenehmem Tonfall und verstummte.

Der Priester wartete einige Augenblicke, ob er nicht noch etwas sagen würde, und die Augen geschlossen, sagte er dann rasch, in der Mundart von Wladimir:

»Der Zweifel ist der menschlichen Schwäche eigen, aber wir müssen beten, auf dass der barmherzige Gott uns stärke. Welche besonderen Sünden haben Sie?« fügte er ohne die geringste Pause an, als suchte er keine Zeit zu verlieren.

»Meine Hauptsünde ist der Zweifel. Ich zweifle an allem und befinde mich größtenteils im Zweifel.«

»Der Zweifel ist der menschlichen Schwäche eigen«, wiederholte der Priester. »Woran zweifeln Sie denn hauptsächlich?«

»Ich zweifle an allem. Ich zweifle manchmal sogar an der Existenz Gottes«, sagte Lewin unwillkürlich und erschrak, wie ungehörig das war, was er da sagte. Aber auf den Priester machten Lewins Worte anscheinend keinen Eindruck.

»Welche Zweifel kann es denn geben an der Existenz Gottes?« sagte er eilends, mit kaum merklichem Lächeln.

Lewin schwieg.

»Welchen Zweifel können Sie denn haben am Schöpfer, wenn Sie die Augen heben zu seiner Schöpfung?« fuhr der Priester rasch, in seiner gewohnten Mundart, fort. »Wer hat denn mit den Gestirnen das Himmelsgewölbe geschmückt? Wer hat die Erde in ihre Schönheit gehüllt? Wie denn, ohne den Schöpfer?« Er blickte Lewin fragend an.

Lewin spürte, dass es ungehörig wäre, mit dem Geistlichen in einen philosophischen Disput zu treten, und darum antwortete er nur, was sich unmittelbar auf die Frage bezog.

»Ich weiß nicht«, sagte er.

»Sie wissen es nicht? Ja, wie können Sie denn daran zweifeln, dass Gott alles geschaffen hat?« fragte der Priester in heiterer Verblüffung.

»Ich begreife gar nichts«, sagte Lewin errötend und spürte, dass seine Worte dumm waren und auch nur dumm sein konnten in dieser Situation.

»Beten Sie zu Gott und bitten Sie ihn. Sogar die heiligen Kirchenväter hatten Zweifel und baten Gott, ihren Glauben zu festigen. Der Teufel hat große Macht, und wir dürfen ihm nicht nachgeben. Beten Sie zu Gott, bitten Sie ihn. Beten Sie zu Gott«, wiederholte er eilends.

Der Priester schwieg eine Weile, als dächte er nach.

»Wie ich höre, beabsichtigen Sie, mit der Tochter meines Gemeindeglieds und Beichtsohnes, des Fürsten Schtscherbazki, die Ehe einzugehen?« fügte er mit einem Lächeln hinzu. »Eine treffliche Jungfer.«

»Ja«, erwiderte Lewin und errötete für den Priester. ›Wozu muss er in der Beichte danach fragen?‹ dachte er.

Und wie zur Antwort auf seinen Gedanken sagte der Priester:

»Sie beabsichtigen, die Ehe einzugehen, und vielleicht wird Gott Sie mit Nachkommen bedenken, nicht wahr? Ja, und was für eine Erziehung können Sie Ihren Kleinen geben, wenn Sie die Versuchung durch den Teufel, der Sie zum Unglauben verleitet, nicht besiegen in sich?« sagte er mit sanftem Vorwurf. »Wenn Sie Ihr Kindlein lieben, werden Sie als guter Vater ihm nicht allein Reichtum, Luxus und Ehre wünschen; Sie werden ihm Seelenheil wünschen, geistige Erleuchtung durch das Licht der Wahrheit. Ist es nicht so? Was werden Sie ihm denn antworten, wenn das unschuldige Kleine Sie fragen wird: ›Papa! wer hat alles erschaffen, was mich verlockt auf dieser Welt − Erde, Gewässer, Sonne, Blumen und Gräser?‹ Werden Sie ihm dann tatsächlich sagen: ›Ich weiß nicht?‹ Ausgeschlossen, dass Sie es nicht wissen, da Gott der Herr in seiner großen Barmherzigkeit es Ihnen offenbart hat. Oder Ihr Kindlein wird Sie fragen: ›Was erwartet mich im jenseitigen Leben?‹ Was werden Sie ihm sagen, wenn Sie nichts wissen? Wie werden Sie ihm denn antworten? Werden Sie es den Betörungen der Welt und des Teufels überlassen? Das wäre nicht gut!« sprach er und hielt inne, den Kopf zur Seite geneigt, und blickte Lewin aus gütigen, sanften Augen an.

Lewin gab keine Antwort − diesmal nicht, weil er mit dem Priester nicht in eine Diskussion eintreten wollte, sondern weil ihm noch nie jemand solche Fragen gestellt hatte; und bis ihm seine Kleinen diese Fragen stellen würden, wäre noch Zeit, um über die Antwort nachzudenken.

»Sie treten in eine Lebenszeit ein«, fuhr der Priester fort, »da man seinen Weg wählen und daran festhalten muss. Beten Sie zu Gott, auf dass er in seiner Gnade Ihnen helfe und sich Ihrer erbarme«, schloss er. »›Unser Herr und Gott Jesus Christus möge dank seiner Gnade und der Fülle seiner Menschenliebe dir vergeben, mein Kind ...‹« Und nach Abschluss des Gebets zur Lossprechung segnete ihn der Priester und entließ ihn.

Als Lewin an diesem Tag nach Hause kam, hatte er das freudige Gefühl, dass eine peinliche Situation beendet war, und so beendet war, dass er nicht hatte lügen müssen. Außerdem blieb ihm die unklare Erinnerung, was dieser gütige und nette Greis gesagt hatte, sei gar

nicht so dumm gewesen, wie es ihm zunächst vorgekommen war, daran sei etwas, das er klären müsse.

›Selbstverständlich nicht jetzt‹, dachte Lewin, ›sondern irgendwann später.‹ Lewin spürte nun mehr als
zuvor, dass in seiner Seele etwas unklar und unsauber
war und dass er bezüglich der Religion die gleiche Haltung hatte, die er so klar bei anderen sah und nicht
mochte und die er seinem Freund Swijaschski zum Vorwurf machte.

An diesem Abend, den Lewin mit seiner Braut bei
Dolly verbrachte, war er besonders fröhlich, und zu Stepan Arkadjitsch sagte Lewin als Erklärung für den auf-
gekratzten Zustand, in dem er sich befand, dass er fröhlich sei wie ein Hund, dem beigebracht wurde, durch
einen Reifen zu springen, der endlich begriffen und
vollbracht hat, was von ihm verlangt wurde, und nun
winselnd und schwanzwedelnd vor Begeisterung auf
Tische und Fensterbretter springt.

II

Am Hochzeitstag sah Lewin seine Braut nicht, ganz
nach dem Brauch (auf die Einhaltung aller Bräuche
hatten die Fürstin und Darja Alexandrowna streng beharrt), er dinierte in seinem Hotel mit drei zufällig
bei ihm zusammengetroffenen Junggesellen, mit Sergej Iwanowitsch, mit Katawassow, seinem Kameraden
von der Universität, jetzt Professor der Naturwissenschaften, den Lewin auf der Straße getroffen und mitgeschleppt hatte, und mit Tschirikow, Bräutigamsfüh-
rer, Friedensrichter in Moskau und Lewins Kamerad
auf der Bärenjagd. Das Diner war sehr fröhlich. Sergej Iwanowitsch war allerbester Gemütsverfassung und
hatte seinen Spaß an Katawassows Originalität. Katawassow merkte, dass seine Originalität ästimiert und

verstanden wurde, und brillierte. Tschirikow unterstützte fröhlich und gutmütig jegliches Gespräch.

»Eigentlich«, sagte Katawassow, wobei er die Worte langzog, eine Gewohnheit, die er sich auf dem Katheder zugelegt hatte, »was war unser Freund Konstantin Dmitritsch doch für ein fähiger Kerl. Ich spreche von Abwesenden, denn ihn gibt es nicht mehr. Sowohl die Wissenschaft hat er geliebt damals, als er die Universität verließ, und menschliche Interessen hatte er auch; jetzt hingegen ist die eine Hälfte seiner Fähigkeiten darauf aus, sich selbst zu täuschen, und die andere, diese Täuschung zu rechtfertigen.«

»Ein entschiedenerer Feind des Heiratens als Sie ist mir noch nie untergekommen«, sagte Sergej Iwanowitsch.

»Nein, ein Feind bin ich nicht. Ich bin ein Freund der Arbeitsteilung. Menschen, die nichts zu machen verstehen, sollen Menschen machen, und die anderen sollen zu deren Bildung und Glück beitragen. So fasse ich das auf. Diese beiden Metiers zu vermischen, dafür gibt es Anwärter ohne Zahl – ich gehöre nicht dazu.«

»Wie glücklich werde ich sein, wenn ich erfahre, dass Sie sich verliebt haben!« sagte Lewin. »Bitte, laden Sie mich zur Hochzeit ein.«

»Ich bin bereits verliebt.«

»Ja, in die Sepia. Weißt du«, wandte sich Lewin an seinen Bruder, »Michail Semjonytsch schreibt ein Werk über die Ernährung, und …«

»Nun bringen Sie es nicht durcheinander! Ganz gleich, worüber. Und die Sepia liebe ich nun wirklich.«

»Aber die hindert Sie doch nicht, eine Frau zu lieben.«

»Das nicht, aber die Frau wird es verhindern.«

»Wieso das?«

»Sie werden ja sehen. Sie lieben doch die Gutswirtschaft, die Jagd – da schauen Sie mal!«

»Heute war Archip da, sagte, es gebe Unmengen von Elchen in Prudnoje und zwei Bären«, warf Tschirikow ein.

»Tja, die müssen Sie ohne mich jagen.«

»Das ist wahr«, sagte Sergej Iwanowitsch. »Von der Bärenjagd kannst du schon mal Abschied nehmen – da lässt deine Frau dich nicht hin!«

Lewin lächelte. Die Vorstellung, seine Frau würde ihn nicht hinlassen, war ihm so angenehm, dass er bereit war, für immer und ewig auf das Vergnügen zu verzichten, Bären zu sehen.

»Trotzdem, schade ist es schon, dass diese beiden Bären ohne Sie gejagt werden. Wissen Sie noch, letztes Mal in Chapilowo? Eine wunderbare Jagd war das«, meinte Tschirikow.

Lewin mochte ihn nicht enttäuschen, wie es ohne seine Frau irgendwo irgend etwas Schönes geben könne, darum sagte er nichts.

»Nicht von ungefähr hat sich dieser Brauch eingebürgert, Abschied zu nehmen vom Junggesellenleben«, sagte Sergej Iwanowitsch. »Wie glücklich du auch sein magst, um die Freiheit ist es dennoch schade.«

»Geben Sie zu, dieses Gefühl wie bei Gogols Bräutigam, dass man aus dem Fenster springen möchte, ist schon da?«

»Es ist sicher da, wird aber nicht zugegeben!« Katawassow brach in lautes Gelächter aus.

»Je nun, das Fenster ist offen … Fahren wir jetzt gleich nach Twer! Das eine ist eine Bärin, die kann man in der Höhle aufstöbern. Wirklich, fahren wir mit dem Fünf-Uhr-Zug! Sollen die hier machen, was sie wollen«, meinte Tschirikow lächelnd.

»Also, ich schwör's«, sagte Lewin lächelnd, »ich kann in meinem Herzen dieses Bedauern über den Verlust der Freiheit nicht finden!«

»Ach, Sie haben derzeit ein solches Chaos im Herzen,

dass Sie gar nichts finden«, wandte Katawassow ein. »Warten Sie, sobald Sie ein wenig durchblicken, finden Sie es!«

»Nein, ich müsste doch zumindest ein bisschen empfinden, dass es trotz meines Gefühls (er wollte vor Katawassow nicht Liebe sagen) ... und Glücks dennoch schade ist, die Freiheit zu verlieren ... Im Gegenteil, ich bin über diesen Verlust der Freiheit ja froh!«

»Schlimm! Ein hoffnungsloser Fall!« sagte Katawassow. »Nun, trinken wir auf seine Genesung oder wünschen wir ihm einfach, dass wenigstens ein Hundertstel seiner Wunschträume in Erfüllung geht. Schon das wäre ein Glück, wie es die Welt noch nie gesehen hat!«

Bald nach dem Diner fuhren die Gäste weg, um sich vor der Hochzeit noch umzuziehen.

Allein geblieben, ging Lewin in seinem Sinn die Gespräche dieser Junggesellen durch und fragte sich noch einmal: War da in seinem Herzen dieses Bedauern über den Verlust seiner Freiheit, von dem sie gesprochen hatten? Er lächelte bei dieser Frage. ›Freiheit? Wozu Freiheit? Das Glück liegt nur in der Liebe und in dem Wunsch, ihre Wünsche, ihre Gedanken zu denken, das heißt, keinerlei Freiheit – das ist das Glück!‹

Plötzlich flüsterte ihm eine Stimme: ›Aber kenne ich denn ihre Gedanken, ihre Wünsche, ihre Gefühle?‹ Das Lächeln verschwand aus seinem Gesicht, er versank in Nachdenken. Und plötzlich befiel ihn ein sonderbares Gefühl. Ihn befiel Angst und Zweifel, Zweifel an allem.

›Und was, so sie mich nicht liebt? Was, so sie mich nur heiratet, um zu heiraten? Was, wenn sie selbst nicht weiß, was sie tut?‹ fragte er sich. ›Sie könnte zur Besinnung kommen, und erst, wenn sie verheiratet ist, begreifen, dass sie mich nicht liebt und nicht lieben kann.‹ Und ihm kamen sonderbare, ganz üble Gedanken über sie. Er war auf Wronski eifersüchtig wie vor einem Jahr, wie wenn der Abend, als er sie mit Wronski gesehen hatte, gestern gewesen wäre. Ihm kam der Verdacht, sie habe ihm nicht alles gesagt.

Er sprang auf. ›Nein, so geht das nicht!‹ sagte er sich verzweifelt. ›Ich fahre zu ihr, frage sie, sage ein letztes Mal: Wir sind frei, und wäre es nicht besser, innezuhalten? Alles besser als ewiges Unglück, Schande, Untreue!!‹ Mit Verzweiflung im Herzen und mit Groll gegen alle Menschen, gegen sich und gegen sie, verließ er das Hotel und fuhr zu ihr.

Niemand erwartete ihn. Er fand sie in den hinteren Zimmern. Sie saß auf einer Truhe und gab ihrer Zofe Anordnungen, sortierte Haufen verschiedenfarbiger Kleider, die auf den Stuhllehnen und am Boden ausgebreitet lagen.

»Oh!« rief sie, als sie ihn erblickte, und strahlte vor Freude. »Wie bist du, wie sind Sie ... (bis zu diesem letzten Tag sagte sie bald du, bald Sie)? Das hätte ich nicht erwartet! Ich sortiere meine Jungmädchenkleider, wer welches ...«

»Aha! Das ist sehr gut!« sagte er und blickte finster auf die Zofe.

»Geh, Dunjascha, ich rufe dann«, sagte Kitty. »Was hast du?« fragte sie mit entschlossenem Du, sobald die Zofe draußen war. Sie hatte sein sonderbares Gesicht bemerkt, das erregt war und finster, und sie bekam Angst.

»Kitty! Ich quäle mich. Ich kann mich nicht allein quälen«, sagte er mit Verzweiflung in der Stimme, blieb vor ihr stehen und blickte ihr flehentlich in die Augen. Er sah bereits an ihrem liebenden, aufrichtigen Gesicht, dass bestimmt nichts herauskäme bei dem, was er sagen wollte, dennoch war ihm unerlässlich, dass sie selbst ihn davon abbrächte. »Ich komme, um zu sagen, dass es noch nicht zu spät ist. Es lässt sich alles noch rückgängig machen und korrigieren.«

»Was? Ich verstehe gar nichts. Was hast du?«

»Was ich tausendmal gesagt habe und nicht anders denken kann ... dass ich deiner nicht wert bin. Du konntest nicht einverstanden sein, mich zu heiraten. Überlege doch. Du hast dich geirrt. Überlege gründlich. Du kannst mich nicht lieben ... Falls ... sag es lieber«, sprach er, ohne sie anzublicken. »Ich werde unglücklich sein. Sollen sie doch reden, was sie wollen; alles besser, als Unglück für immer ... Besser jetzt, solange noch Zeit ist ...«

»Ich verstehe nicht«, antwortete sie erschrocken, »das heißt, du willst zurücktreten ... es müsse nicht sein?«

»Ja, falls du mich nicht liebst.«

»Du hast den Verstand verloren!« rief sie, rot vor Ärger.

Aber seine Miene war so jämmerlich, dass sie ihren Ärger zügelte, die Kleider vom Sessel warf und sich nah zu ihm setzte.

»Was meinst du? sag alles.«

»Ich meine, dass du mich nicht lieben kannst. Wofür solltest du mich lieben?«

»Mein Gott! was mach ich nur?« Sie brach in Tränen aus.

»Oh, was habe ich angerichtet!« rief er, kniete vor ihr nieder und küsste ihr die Hände.

Als die Fürstin fünf Minuten später ins Zimmer kam, fand sie die beiden schon vollkommen ausgesöhnt. Kitty hatte ihm nicht nur beteuert, dass sie ihn liebe, sondern auf seine Frage, wofür sie ihn liebe, ihm sogar erklärt, wofür. Sie hatte ihm gesagt, dass sie ihn liebe, weil sie ihn ganz verstehe, weil sie wisse, was er gernhaben müsse, und weil alles, was er gernhabe, alles gut sei. Und das kam ihm durchaus einleuchtend vor. Als die Fürstin hereinkam, saßen sie nebeneinander auf der Truhe, sortierten die Kleider und stritten, weil Kitty

das braune Kleid, das sie angehabt hatte, als Lewin ihr
den Heiratsantrag machte, Dunjascha geben wollte,
während er darauf beharrte, dieses Kleid niemandem
zu geben, Dunjascha solle das hellblaue bekommen.

»Wieso verstehst du das nicht? Dunjascha ist brü-
nett, ihr wird das nicht stehen ... Das habe ich alles bedacht.«

Als die Fürstin erfuhr, wozu er hergekommen war,
wurde sie halb im Scherz, halb im Ernst böse, schickte
ihn zurück, sich umkleiden, und er solle Kitty nicht
beim Frisieren stören, denn gleich käme Charles angefahren.

»Sie hat sowieso nichts gegessen die ganzen Tage und
sieht schlecht aus, und du musst sie noch verstimmen
mit deinen Dummheiten«, sagte sie zu ihm. »Scher dich
fort, scher dich fort, mein Lieber.«

Schuldbewusst und beschämt, doch beruhigt, kehrte
Lewin ins Hotel zurück. Sein Bruder, Darja Alexandrowna und Stepan Arkadjitsch, alle in vollem Staat,
erwarteten ihn bereits, um ihn mit der Ikone zu segnen.
Säumen durften sie nicht mehr. Darja Alexandrowna
musste noch zu Hause vorbeifahren, um ihren pomadisierten und kräusellockigen Sohn zu holen, der die
Ikone vor der Braut hertragen sollte. Dann musste der
eine Wagen geschickt werden, um den Bräutigamsfüh-
rer abzuholen, und der andere, der Sergej Iwanowitsch
wegbringen würde, musste zurückgeschickt werden ...
Überhaupt waren sehr viele, höchst verzwickte Überlegungen anzustellen. Jedenfalls stand außer Zweifel,
gezaudert werden durfte nicht, denn es war schon halb
sieben.

Aus dem Segnen mit der Ikone wurde nichts Rech-
tes. Stepan Arkadjitsch stellte sich in komisch-feier-
licher Haltung neben seiner Frau auf, nahm die Ikone,
hieß Lewin sich bis zum Boden verneigen und segnete
ihn mit gutmütigem und belustigtem Lächeln und

küsste ihn dreifach; dasselbe tat auch Darja Alexandrowna und machte sich sogleich eilig auf den Weg und brachte erneut die vorgeplanten Equipagen-Bewegungen durcheinander.

»Also, wir machen es jetzt so: Du fährst mit unserem Wagen ihn abholen, und wenn Sergej Iwanowitsch so gut wäre vorbeizufahren und dann den Wagen zu schicken.«

»Aber gerne.«

»Und wir beide kommen gleich mit. Ist das Gepäck auf dem Weg?« fragte Stepan Arkadjitsch.

»Ja, ist es«, antwortete Lewin und hieß Kusma ihm die Kleider reichen.

III

Eine Menschenmenge, vorwiegend Frauen, umringte die für die Hochzeit erleuchtete Kirche. Wer nicht bis innen vordringen konnte, drängte sich an den Fenstern, stieß und stritt sich und spähte durch die Gitter.

Mehr als zwanzig Wagen hatten die Gendarmen schon entlang der Straße aufgereiht. Ein Polizeioffizier stand, des Frostes nicht achtend, im Glanz seiner Uniform am Eingang. Unablässig kamen weitere Equipagen angefahren, und bald traten Damen in die Kirche, blumengeschmückt und die Schleppe gerafft, bald Herren, die ihr Képi oder den schwarzen Hut abnahmen. In der Kirche waren bereits beide Kronleuchter angezündet und alle Kerzen vor den Ikonen. Der Goldglanz vor dem roten Hintergrund der Ikonostase, das vergoldete Schnitzwerk an den Ikonen, das Silber der Kronleuchter und Kerzenständer, die Steinplatten am Boden, die Teppiche, die Kirchenfahnen oben am Chor, die Stufen des Ambons, die alten, schwarz gewordenen Bücher, die Gewänder und Sticharia – alles war lichtüberflutet. Auf

der rechten Seite der warmen Kirche, in dem Gemenge
von Fräcken und weißen Halsbinden, von Uniformen
und Damast, Samt, Atlas, Haaren, Blumen, entblößten
Schultern und Armen in langen Handschuhen, war ge-
dämpftes und lebhaftes Gerede im Gang, das von der
hohen Kuppel seltsam widerhallte. Jedesmal, wenn die
Tür beim Öffnen quietschte, flaute das Gerede in der
Menge ab, und alle wandten sich um, da sie den Eintritt
von Bräutigam und Braut zu sehen hofften. Aber die
Tür hatte sich schon mehr als zehnmal geöffnet, und
jedesmal war es entweder ein verspäteter Gast, der sich
zum Kreis der Geladenen rechts gesellte, oder eine Zu-
schauerin, die den Polizeioffizier getäuscht oder er-
weicht hatte und sich zur Menge der Fremden links
gesellte. Verwandte wie Zuschauer hatten schon alle
Stufen der Erwartung durchlaufen.

Erst hatten sie gemeint, Bräutigam und Braut würden jeden Moment eintreffen, und hatten der Verzögerung keine Bedeutung beigemessen. Dann blickten sie immer häufiger zur Tür und besprachen zugleich, ob nicht etwas passiert sei. Dann wurde die
Verspätung bereits peinlich, und Verwandte wie Gäste
suchten sich den Anschein zu geben, als dächten sie
nicht an den Bräutigam und wären ins Gespräch vertieft.

Der Protodiakon hustete ungeduldig, dass die Fensterscheiben bebten, als wollte er daran erinnern, wie
wertvoll seine Zeit sei. Vom Chor waren bald Stimm-
proben zu hören, bald das Schneuzen der gelangweilten
Kirchensänger. Der Priester schickte unablässig bald
den Küster, bald den Diakon sich erkundigen, ob der
Bräutigam nicht eingetroffen sei, auch selbst ging er in
seinem lila Priesterrock mit dem bestickten Gürtel immer häufiger zur Seitentür, in Erwartung des Bräuti-
gams. Schließlich schaute eine der Damen auf die Uhr
und sagte: »Das ist aber merkwürdig!« – und alle Gäste

gerieten in Unruhe und brachten laut ihre Verwunderung und ihr Befremden zum Ausdruck. Einer der Brautführer fuhr sich erkundigen, was passiert sei. Kitty stand unterdessen, längst schon bereit, im weißen Kleid mit langem Schleier und einem Kranz aus Pomeranzenblüten, zusammen mit der Brautmutter und ihrer Schwester Lwowa im Saal des Schtscherbazkischen Hauses, schaute zum Fenster hinaus und wartete schon über eine halbe Stunde vergeblich auf die Nachricht ihres Brautführers, dass der Bräutigam in der Kirche eingetroffen sei.

Lewin jedoch ging derweil in Beinkleidern, aber ohne Weste und Frack in seinem Hotelzimmer auf und ab, schaute unablässig zur Tür hinaus und den Flur entlang. Aber im Flur war derjenige, den er erwartete, nicht zu sehen, und so kehrte er, verzweifelt und mit den Armen fuchtelnd, ins Zimmer zurück und meinte zu dem ruhig rauchenden Stepan Arkadjitsch:

»War jemals ein Mensch in einer so furchtbaren, dämlichen Lage!«

»Ja, schon dumm«, bestätigte Stepan Arkadjitsch und lächelte besänftigend. »Aber beruhige dich, gleich wird es gebracht.«

»Also wirklich«, sagte Lewin mit verhaltener Tobsucht. »Diese dämlichen offenen Westen! Unmöglich!« sagte er mit Blick auf die zerknitterte Vorderseite seines Hemds. »Und was, wenn sie das Gepäck schon zur Eisenbahn gebracht haben!« schrie er verzweifelt.

»Dann ziehst du meines an.«

»Hätten wir längst schon tun sollen.«

»Mach dich nicht lächerlich ... Warte! es renkt sich alles ein.«

Die Sache war die, dass Kusma, Lewins alter Diener, als Lewin nach seinen Kleidern verlangt hatte, ihm Frack, Weste und alles Nötige brachte.

»Und das Hemd!« hatte Lewin ausgerufen.

»Das Hemd haben Sie an«, hatte Kusma mit ruhigem Lächeln erwidert.

Ein sauberes Hemd dazulassen, auf die Idee war Kusma nicht gekommen, und als er die Anordnung erhielt, alles zu packen und zu den Schtscherbazkis zu überführen, von wo aus das junge Paar diesen Abend abreisen sollte, tat er wie geheißen und packte alles ein außer dem Frackanzug. Das seit morgens getragene Hemd war zerknittert und bei der offenen Westenmode unmöglich. Zu den Schtschterbazkis zu schicken war es zu weit. So hatten sie jemand ein Hemd kaufen geschickt. Der Lakai kehrte zurück: Alles geschlossen, des Sonntags wegen. Sie schickten zu Stepan Arkadjitsch, ein Hemd wurde gebracht; es war unmöglich, zu weit und zu kurz. Schließlich schickten sie zu den Schtscherbazkis, das Gepäck aufmachen. Der Bräutigam wurde in der Kirche erwartet, dabei lief er wie ein Tier im Käfig durch sein Zimmer, schaute auf den Flur hinaus und dachte mit Entsetzen und Verzweiflung daran, was er alles an Kitty hingeredet hatte und was sie jetzt denken mochte.

Schließlich kam der schuldbewusste Kusma, nach Luft ringend, mit einem Hemd ins Zimmer gestürmt.

»Gerade noch erwischt. Das Gepäck wurde schon aufs Fuhrwerk geladen.«

Drei Minuten später rannte Lewin in Windeseile durch den Flur, ohne auf die Uhr zu sehen, um nicht die Nerven zu verlieren.

»Das hilft jetzt auch nicht mehr«, sagte Stepan Arkajitsch lächelnd, während er ohne Hast hinter ihm hertrabte. »Das renkt sich ein, renkt sich ein, ich sag es dir.«

IV

»Sie kommen ... Da ist er! ... Welcher? ... Der jüngere, oder? ... Und sie, o jemine, mehr tot als lebendig!« hieß es in der Menge, als Lewin, der seine Braut an der Kirchentreppe empfangen hatte, mit ihr zusammen in die Kirche trat.

Stepan Arkadjitsch berichtete seiner Frau den Grund für die Verzögerung, und die Gäste tuschelten es einander lächelnd zu. Lewin nahm nichts und niemand wahr; er wandte kein Auge von seiner Braut.

Alle sagten, sie sehe viel schlechter aus in diesen letzten Tagen und sei unterm Kranz längst nicht so hübsch wie sonst; aber Lewin fand das nicht. Er schaute auf ihre Hochfrisur mit dem langen weißen Schleier und den weißen Blüten, auf den hohen, gefälteten Stehkragen, der ihren langen Hals besonders jungfräulich an den Seiten bedeckte und vorne offenließ, auf die verblüffend dünne Taille, und es kam ihm vor, als sähe sie besser aus denn je − nicht, weil diese Blüten, dieser Schleier, dieses aus Paris georderte Kleid ihrer Schönheit etwas hinzugefügt hätten, sondern weil trotz des ausgesucht prachtvollen Aufzugs der Ausdruck ihres lieben Gesichts, ihres Blicks und ihrer Lippen nach wie vor der besondere Ausdruck unschuldiger Aufrichtigkeit war.

»Ich dachte schon, du wolltest fliehen«, sagte sie und lächelte ihn an.

»Was mir passiert ist, ist so dumm, dass es peinlich ist, davon zu reden!« sagte er errötend und musste sich dem herzutretenden Sergej Iwanowitsch zuwenden.

»Schöne Geschichte mit deinem Hemd!« Sergej Iwanowitsch wiegte lächelnd den Kopf.

»Ja, ja«, erwiderte Lewin, ohne zu verstehen, was ihm gesagt wurde.

»Also, Kostja, jetzt musst du entscheiden«, sagte

Stepan Arkadjitsch mit gespielt erschrockener Miene, »eine bedeutende Frage. Gerade jetzt bist du imstande, sie in ihrer ganzen Bedeutung zu erfassen. Man will von mir wissen: Sollen schon angebrannte Kerzen angezündet werden oder unangebrannte? Der Unterschied beträgt zehn Rubel«, ergänzte er und verzog die Lippen zu einem Lächeln. »Ich habe entschieden, befürchte aber, dass du nicht dein Einverständnis gibst.«

Lewin begriff, dass es ein Scherz war, konnte aber nicht lächeln.

»Also, was? unangebrannte oder angebrannte? das ist die Frage.«

»Ja, ja! unangebrannte.«

»Da bin ich aber froh. Die Frage ist entschieden!« sagte Stepan Arkadjitsch lächelnd. »Wie dumm die Menschen doch werden in dieser Situation«, sagte er zu Tschirikow, als Lewin, nach einem verwirrten Blick, wieder zu seiner Braut ging.

»Pass auf, Kitty, tritt als erste auf den Teppich«, sagte die hinzukommende Gräfin Nordston. Und zu Lewin: »Gut sehen Sie aus!«

»Na, ist dir nicht bang?« fragte Marja Dmitrijewna, eine alte Tante.

»Ist dir nicht kühl? Du bist blaß. Warte, beug dich vor!« Und Kittys Schwester Lwowa bog ihre wunderschönen, fülligen Arme und rückte lächelnd die Blüten auf Kittys Kopf zurecht.

Dolly trat hinzu, wollte etwas sagen, konnte aber nicht, brach in Tränen aus und lachte unnatürlich.

Kitty schaute alle mit ebenso abwesenden Augen an wie Lewin. Auf alles, was ihr gesagt wurde, konnte sie nur mit dem glücklichen Lächeln antworten, das jetzt so natürlich für sie war.

Unterdessen hatte die Geistlichkeit Ornat angelegt, und Priester und Diakon kamen vor zu dem Pult, das im Narthex der Kirche stand. Der Priester wandte sich an Lewin, sagte etwas. Lewin bekam nicht mit, was der Priester gesagt hatte.

»Nehmen Sie die Braut bei der Hand und führen Sie sie«, erklärte der Bräutigamführer Lewin.

Lange konnte Lewin nicht verstehen, was sie von ihm verlangten. Lange korrigierten sie ihn und wollten schon aufgeben, weil er einfach nicht mit der richtigen Hand nach der richtigen Hand griff, bis er schließlich verstand, dass er mit der Rechten, ohne seine Haltung zu ändern, ihre Rechte nehmen musste. Als er die Braut schließlich so bei der Hand hielt, wie es sein musste, ging der Priester ein paar Schritte vor ihnen her und blieb am Lesepult stehen. Die Menge der Verwandten und Bekannten folgte ihnen unter Stimmengemurmel und Schleppengeraschel. Jemand bückte sich und rückte die Schleppe der Braut zurecht. In der Kirche wurde es so still, dass man die Wachstropfen fallen hörte.

Der greise Priester, auf dem Kopf das Kamilavkion, die silberglänzenden grauen Haarlocken hinter den Ohren in zwei Hälften geteilt, holte die kleinen Greisenhände unter dem schweren, silbernen und goldenen Kreuz auf dem Rücken des Priestergewands hervor und ordnete etwas am Pult.

Stepan Arkadjitsch trat vorsichtig zu ihm, flüsterte etwas, zwinkerte Lewin zu und trat wieder zurück.

Der Priester zündete zwei blumengeschmückte Kerzen an, hielt sie schräg in der linken Hand, so dass langsam das Wachs herabtropfte, und wandte dem Brautpaar das Gesicht zu. Es war derselbe Priester, der Lewin die Beichte abgenommen hatte. Er schaute müden und traurigen Blickes auf Bräutigam und Braut, seufzte, zog die rechte Hand unterm Priestergewand hervor, segnete den Bräutigam, und ebenso, doch mit einer Spur vorsichtiger Zärtlichkeit, legte er die geschlossenen Finger auf Kittys geneigten Kopf. Dann reichte er den

beiden die Kerzen, nahm das Weihrauchgefäß und entfernte sich langsam.

›Ist es wirklich wahr?‹ dachte Lewin und schaute zu
seiner Braut. Er sah ihr Profil ein wenig von oben, und
an der kaum merklichen Bewegung ihrer Lippen und
Wimpern erkannte er, dass sie seinen Blick spürte. Sie
schaute nicht zu ihm, aber der hohe gefältelte Kragen
bewegte sich, schob sich zu ihrem rosigen kleinen Ohr
hoch. Er sah, dass ein Seufzer ihr in der Brust stecken-
blieb und die kleine Hand, die die Kerze hielt, in dem
langen Handschuh zitterte.

Alle Hektik um das Hemd und die Verspätung, das
Gespräch mit Bekannten und Verwandten und ihre Unzufriedenheit, seine lächerliche Situation − alles war
verschwunden, ihm wurde froh und bang zumute.

Der schöne, hochgewachsene Protodiakon im silbernen Sticharion, dessen Lockenhaar nach allen Seiten
ragte, trat munter vor, hob mit geübter Geste an zwei
Fingern die Stola hoch und blieb vor dem Priester stehen.

»Lob-prei-se, Ge-bie-ter!« erklangen langsam, nacheinander, dass die Luft ins Schwanken geriet, die feierlichen Töne.

»Gepriesen sei unser Gott allezeit, heute und immerdar und in alle Ewigkeit«, antwortete demutsvoll
und melodisch der greise Priester, dabei ordnete er weiterhin etwas auf dem Pult. Und harmonisch und mäch-
tig, die ganze Kirche von den Fenstern bis zur Kuppel ausfüllend, erschallte der volle Akkord des unsichtbaren Chors, schwoll an, verharrte einen Augenblick
und verhallte leise.

Gebetet wurde wie immer um Frieden von oben und
um Seelenheil, gebetet wurde für den Synod und für
den Herrscher; gebetet wurde auch für die heute sich
Verlobenden, für den Knecht Gottes Konstantin und für
Jekaterina.

»Auf dass ihnen vollkommene Liebe herabgesandt werde, Frieden und Hilfe, lasset uns beten zum Herrn!« Die ganze Kirche schien mit der Stimme des Protodiakons zu atmen.

Lewin hörte die Worte, und er war betroffen. ›Woher wissen sie bloß, dass Hilfe, ja, Hilfe nötig ist?‹ dachte er, seine vor kurzem erlebten Ängste und Zweifel im Sinn. ›Was weiß ich? Was vermag ich in dieser beängstigenden Sache – ohne Hilfe? Ja, Hilfe, das brauche ich jetzt.‹

Als der Diakon die Fürbittlitanei beendet hatte, wandte sich der Priester mit dem Buch an die Brautleute:

»Ewiger Gott, der Du das Getrennte zur Einheit gebracht«, las er mit sanfter, melodischer Stimme vor, »und der Liebe unauflöslichen Bund auferlegt; der Du Isaak und Rebekka gesegnet und als Erben Deiner Verheißung gezeigt: Segne Du auch diesen Deinen Knecht Konstantin und Deine Magd Jekaterina, unterweise sie zu jeglichem guten Tun. Denn Du bist ein gnädiger und menschenliebender Gott, und Dir senden wir Lobpreisung empor, dem Vater und dem Sohne und dem heiligen Geiste, jetzt und immerdar und in alle Ewigkeit.« – »A-amen!« Wieder durchflutete der unsichtbare Chor die Luft.

›Der Du das Getrennte zur Einheit gebracht, und der Liebe unauflöslichen Bund auferlegt – wie tief sind diese Worte, und wie entsprechen sie dem, was man fühlt in diesem Augenblick!‹ dachte Lewin. ›Fühlt sie es so wie ich?‹

Und als er zu ihr sah, begegnete er ihrem Blick.

Und dem Ausdruck dieses Blickes nach schloss er, dass sie es auffasste wie er. Aber dem war nicht so; sie verstand fast nichts von den Worten der Liturgie und hörte nicht einmal darauf während des Verlöbnisses. Sie konnte sie nicht hören und verstehen, so stark war das einzige Gefühl, das ihre Seele ausfüllte und sich

mehr und mehr noch verstärkte. Dieses Gefühl war die
Freude, dass sich endgültig vollzog, was sich in ihrer
Seele schon vor anderthalb Monaten vollzogen hatte
und sie im Lauf dieser ganzen sechs Wochen gefreut
und gepeinigt hatte. In ihrer Seele hatte sich an jenem
Tag, als sie in ihrem braunen Kleid durch den Saal des
Hauses am Arbat schweigend auf ihn zugegangen war
und sich ihm hingegeben hatte − in ihrer Seele hatte
sich an jenem Tag und in jener Stunde ein Bruch mit
ihrem ganzen früheren Leben vollzogen und hatte ein
völlig anderes, neues, ihr völlig unbekanntes Leben begonnen, während in der Wirklichkeit das alte sich fortsetzte. Diese sechs Wochen waren für sie eine überaus
selige und überaus peinigende Zeit gewesen. All ihr Leben, alle Wünsche und Hoffnungen waren auf diesen
einen, ihr noch unverständlichen Mann konzentriert,
mit dem sie ein Gefühl verband, noch unverständlicher
als der Mann, bald anziehend, bald abstoßend, und zugleich lebte sie weiterhin unter den Bedingungen ihres
früheren Lebens. Und in diesem alten Leben war sie
entsetzt über sich selbst, über ihre vollkommene, unüberwindliche Gleichgültigkeit gegenüber allem aus
ihrer Vergangenheit, gegenüber Dingen, Gewohnheiten und Menschen, die sie geliebt hatten und noch liebten, gegenüber der wegen dieser Gleichgültigkeit traurigen Mutter und dem teuren, zuvor über alles auf der
Welt geliebten, zärtlichen Vater. Bald war sie entsetzt
über diese Gleichgültigkeit, bald freute sie, was sie zu
dieser Gleichgültigkeit gebracht hatte. Weder denken
noch wünschen konnte sie sich etwas außerhalb eines
Lebens mit diesem Mann; aber dieses neue Leben war
noch nicht da, und sie konnte es sich nicht einmal klar
vorstellen. Da war nur Erwartung − Angst und Freude
vor dem Neuen und Unbekannten. Und jetzt, noch ein
klein bisschen − und Erwartung, Unbekanntheit und
Reue über die Lossagung vom früheren Leben, alles

wäre zu Ende, und es begänne das Neue. Gewiss war dieses Neue auch beängstigend in seiner Unbekanntheit; doch ob beängstigend oder nicht, es hatte sich in ihrer Seele schon vor sechs Wochen vollzogen; jetzt wurde nur geweiht, was in ihrer Seele längst geschehen war.

Wieder zum Pult gewandt, bekam der Priester mit Mühe Kittys kleinen Ring zu fassen, verlangte nach Lewins Hand und streifte ihm den Ring über das erste Fingerglied. »Verlobt wird der Knecht Gottes Konstantin mit der Magd Gottes Jekaterina«. Und als der Priester den großen Ring über den rosigen, in seiner Schwäche kläglichen kleinen Finger Kittys gestreift hatte, sagte er das Gleiche noch einmal.

Ein paarmal wollten die Verlobten erraten, was zu tun sei, und jedesmal irrten sie sich, und der Priester korrigierte sie flüsternd. Als er schließlich getan hatte, was sein musste, sie bekreuzigt hatte mit den Ringen, gab er Kitty wieder den großen und Lewin den kleinen Ring; wieder gerieten sie durcheinander und gaben einander zweimal den Ring in die Hand, so dass auch dies nicht ablief, wie verlangt.

Dolly, Tschirikow und Stepan Arkadjitsch traten vor, um sie zu korrigieren. Es kam zu Verwirrung, Flüstern und Lächeln, aber der feierlich gerührte Ausdruck auf den Gesichtern der Verlobten änderte sich nicht; im Gegenteil, während die Hände durcheinanderkamen, schauten sie noch ernster und feierlicher denn zuvor, und das Lächeln, mit dem Stepan Arkadjitsch flüsterte, jetzt solle jeder den eigenen Ring überstreifen, erstarb ihm unwillkürlich auf den Lippen. Er hatte das Gefühl, jegliches Lächeln verletze sie.

»Denn Du hast im Anfang das männliche Geschlecht geschaffen und das weibliche«, las der Priester nach dem Wechseln der Ringe vor, »und von Dir wurde dem Manne die Frau beigegeben, zur Hilfe und zur Wiedererstehung des Menschengeschlechts. Denn Du selbst, unser Herr und Gott, hast die Wahrheit herabgesandt auf Dein Erbe und Deine Verheißung, auf Deine Knechte, unsere Väter, im soundsovielten Geschlecht, auf Deine Erwählten: Hab acht auf Deinen Knecht Konstantin und Deine Magd Jekaterina und bestärke ihr Verlöbnis im Glauben, in Eintracht, in der Wahrheit, in der Liebe ...«

Lewin fühlte mehr und mehr, dass alle seine Gedanken über die Heirat, seine Träume, wie er sein Leben einrichten würde – dass alles Kinderei gewesen war und es etwas war, das er bis jetzt nicht verstanden hatte und nun noch weniger verstand, obgleich es sich an ihm vollzog; in seiner Brust stieg ein Beben höher und höher, und unfolgsame Tränen traten ihm in die Augen.

V

In der Kirche war »ganz Moskau«, Verwandte und Bekannte. Auch während der Verlöbniszeremonie war in der strahlend erleuchteten Kirche unter den herausgeputzten Frauen und Mädchen und den Männern in weißen Halsbinden, in Fräcken und Uniformen das geziemend leise Gerede nicht verstummt, das vor allem die Männer unterhielten, während die Frauen die sie stets so berührende feierliche Handlung mit Hingabe und in allen Einzelheiten beobachteten.

Unter denen, die der Braut am nächsten standen, waren ihre beiden Schwestern, Dolly und die ältere, die ruhige, schöne Lwowa, die aus dem Ausland angereist war.

»Wieso kommt Marie in Lila, fast in Schwarz, zu einer Hochzeit?« fragte Korsunskaja.

»Bei ihrer Gesichtsfarbe ist das die einzige Rettung«, erwiderte Drubezkaja. »Ich kann mich nur wundern,

weshalb sie abends Hochzeit halten. Wie bei Kaufleuten ...«

»Viel schöner so. Ich wurde auch abends getraut«, erwiderte Korsunskaja und seufzte, da ihr einfiel, wie
liebreizend sie war an jenem Tag, wie lächerlich verliebt ihr Mann und wie jetzt alles anders war.

»Es heißt, wer mehr als zehnmal Brautführer war,
heiratet nie; ich wollte es zum zehntenmal sein, um si-
cherzugehen, aber der Platz war schon belegt«, sagte
Graf Sinjawin zu der hübschen Prinzessin Tscharskaja,
die Absichten hatte auf ihn.

Tscharskaja antwortete ihm nur mit einem Lächeln.
Sie schaute auf Kitty und überlegte, wie und wann sie
mit Graf Sinjawin an Kittys Stelle stehen und wie sie
ihn dann an seinen heutigen Scherz erinnern würde.

Der junge Schtscherbazki sagte zu dem alten Hof-
fräulein Nikolajewa, er habe die Absicht, die Braut-
krone fest auf Kittys Chignon zu drücken, damit sie
auch glücklich werde.

»Den Chignon hätte es nicht gebraucht«, erwiderte
Nikolajewa, die längst beschlossen hatte, wenn der alte
Witwer, hinter dem sie her war, sie heiraten würde,
gäbe es eine ganz schlichte Hochzeit. »Ich mag solchen
*faste** nicht.«

Sergej Iwanowitsch redete mit Darja Dmitrijewna
und versicherte ihr zum Scherz, der Brauch, nach der
Hochzeit wegzufahren, breite sich deshalb aus, weil
Neuvermählte stets ein wenig ein schlechtes Gewissen
hätten.

»Ihr Bruder kann stolz sein. Sie ist ein Wunder an
Liebreiz. Sie beneiden ihn wohl?«

»Darüber bin ich hinaus, Darja Dmitrijewna«, erwiderte er, und seine Miene wurde mit einemmal traurig und ernst.

---

* Prunk *(frz.)*

Stepan Arkadjitsch erzählte seiner Schwägerin den Kalauer von der Wachablösung.

»Der Kranz muss zurechtgerückt werden«, erwiderte sie, ohne ihm zuzuhören.

»Wie schade, dass sie so schlecht aussieht«, sagte Gräfin Nordston zu Lwowa. »Trotzdem, er ist ihren kleinen Finger nicht wert. Stimmt doch?«

»Nein, er gefällt mir sehr. Nicht, weil er mein künftiger *beau-frère** ist«, erwiderte Lwowa. »Und wie gut er sich hält! Das ist so schwierig, sich in dieser Situation gut zu halten, nicht lächerlich zu sein. Und er ist nicht lächerlich, nicht verkrampft, er ist sichtlich bewegt.«

»Sie scheinen das erwartet zu haben?«

»Beinahe. Sie hat ihn immer geliebt.«

»Schauen wir mal, wer von den beiden zuerst auf den Teppich tritt. Ich habe Kitty dazu geraten.«

»Ganz gleich«, erwiderte Lwowa, »wir sind alle fügsame Ehefrauen, das liegt bei uns in der Familie.«

»Ich habe ihn damals mit Wassili absichtlich als erste betreten. Und Sie, Dolly?«

Dolly stand neben den beiden, hörte sie, erwiderte aber nichts. Sie war ergriffen. Tränen standen ihr in den Augen, sie hätte nichts sagen können, ohne zu weinen. Sie freute sich an Kitty und Lewin; in Gedanken kehrte sie zu ihrer eigenen Hochzeit zurück, blickte immer wieder zu dem strahlenden Stepan Arkadjitsch, vergaß alle Gegenwart und dachte nur an ihre erste unschuldige Liebe. Nicht nur an sich selbst erinnerte sie sich, sondern an alle Frauen, die ihr nahestanden und die sie kannte; sie erinnerte sich bei jeder an die einzigartige, festliche Zeit, als sie wie nun Kitty unterm Kranz standen, Liebe, Hoffnung und Furcht im Herzen, sich lossagten von ihrer Vergangenheit und in eine geheimnisvolle Zukunft schritten. Unter all den Bräuten, die ihr

* Schwager *(frz.)*

ins Gedächtnis kamen, dachte sie auch an ihre liebe
Anna, über deren voraussichtliche Scheidung sie unlängst Einzelheiten gehört hatte. Auch sie war rein
unterm Pomeranzenkranz und im Schleier gestanden.
Und was war jetzt?

»Furchtbar merkwürdig«, murmelte sie.

Nicht nur Schwestern, Freundinnen und Verwandte
verfolgten die feierliche Handlung in allen Einzelheiten; auch unbeteiligte Frauen, Zuschauerinnen, verfolgten sie erregt, mit angehaltenem Atem, wollten
sich keine Regung, keinen Gesichtsausdruck von Bräutigam und Braut entgehen lassen, und voll Verdruss
antworteten sie den Männern oft nicht oder hörten
nicht einmal, was die gleichgültigen Männer sagten,
die scherzhafte und unbeteiligte Bemerkungen machten.

»Was ist sie so verweint? Oder ist es gegen ihren
Willen?«

»Von wegen, gegen ihren Willen, bei so einem
Prachtburschen? Ein Fürst, oder was?«

»Ist das die Schwester, im weißen Atlaskleid? Hör dir
das an, wie der Diakon blafft: ›Sie aber fürchte ihren
Mann‹.«

»Sind die vom Tschudow-Chor?«

»Nein, vom Synodalchor.«

»Ich habe den Lakaien gefragt. Der sagt, der Bräutigam nimmt sie gleich mit aufs Stammgut. Irrwitzig
reich soll er sein. Darum hat er sie auch gekriegt.«

»Doch, ein schönes Pärchen.«

»Sie haben doch bestritten, Marja Wlasjewna, dass
Krinolinen abstehend getragen werden. Schaun Sie
doch mal bei der im Plüschkleid, eine Gesandtengattin,
heißt es, wie das gerafft ist ... Erst so, dann so.«

»Ach, das herzige Bräutchen, und geschmückt wie
ein Lämmlein! Könnt sagen, was ihr wollt, sie dauert
mich, unsere Schwester.«

So wurde geredet in der Menge der Zuschauerinnen, die es geschafft hatten, durch die Kirchentür zu
schlüpfen.

VI

Als die Verlöbniszeremonie zu Ende war, breitete ein
Kirchendiener vor dem Pult mitten in der Kirche ein
rosa Seidentuch aus, der Chor stimmte einen kunstvollen und verschlungenen Psalm an, bei dem Bass und
Tenor einander respondierten, und der Priester drehte
sich um und wies die Verlobten auf das ausgebreitete
rosa Seidentuch hin. So oft und so viel sie beide auch
von dem Omen gehört hatten, wer als erster auf den
Teppich trete, gebe in der Familie den Ton an, doch weder Lewin noch Kitty konnte daran denken, als sie die
paar Schritte machten. Genausowenig hörten sie die
lauten Bemerkungen und Diskussionen, dass nach den
Beobachtungen der einen zuerst er draufgetreten war,
nach Meinung der anderen beide zusammen.

Nach den üblichen Fragen, ob sie die Ehe einzugehen
wünschten und ob sie nicht anderen versprochen seien,
und nach ihren Antworten, die ihnen selbst merkwürdig klangen, begann nun die Trauung. Kitty lauschte
den Worten des Gebets und suchte ihren Sinn zu begreifen, konnte es aber nicht. Je weiter die Zeremonie
fortschritt, desto mehr erfüllte Feierlichkeit und lichte
Freude ihre Seele und nahm ihr jegliche Aufmerksamkeit.

Gebetet wurde darum, dass »ihnen Reinheit gegeben
werde und Leibesfrucht zu Nutz und Frommen, dass sie
sich des Anblicks ihrer Söhne und Töchter erfreuten«.
Erwähnt wurde, dass Gott das Weib aus Adams Rippe
geschaffen, und »um deswillen wird ein Mann Vater
und Mutter verlassen und seinem Weibe anhangen,

und sie werden sein ein Fleisch«, und »dieses Geheimnis ist groß«; erfleht wurde, dass Gott ihnen Fruchtbarkeit schenke und seinen Segen wie Isaak und Rebekka, Joseph, Moses und Zippora, und dass sie die Söhne ihrer Söhne noch sähen. ›Das war alles wunderbar‹, dachte Kitty, als sie diese Worte hörte, ›das kann alles gar nicht anders sein.‹ Und ein freudiges Lächeln, das sich unwillkürlich allen mitteilte, die auf sie schauten, erstrahlte auf ihrem leuchtenden Gesicht.

»Setzt sie ganz auf!« waren Ratschläge zu hören, als der Priester ihnen die Kronen aufsetzte und der junge Schtscherbazki, dessen Hand im dreifach geknöpften Handschuh zitterte, die Krone hoch über Kittys Kopf hielt.

»Setzt sie auf!« flüsterte sie lächelnd.

Lewin schaute zu ihr und war betroffen über das freudige Strahlen, das auf ihrem Gesicht lag; unwillkürlich teilte sich dieses Gefühl auch ihm mit. Und ebenso wie ihr wurde ihm licht und vergnügt.

Vergnügt lauschten sie der Lesung aus dem Apostelbrief und dem Dröhnen in der Stimme des Protodiakons beim letzten Vers, der vom unbeteiligten Publikum mit soviel Ungeduld erwartet wurde. Es war vergnüglich, aus dem flachen Gefäß den warmen Rotwein mit Wasser zu trinken, und noch vergnüglicher war es, als der Priester sein Gewand zurückschlug und ihre beiden Hände in die seine nahm und sie um das Pult herumführte, während der Bass in »Jesaja, frohlocke« ausbrach. Schtscherbazki und Tschirikow, die die Kronen hielten, verhedderten sich in der Schleppe der lächelten und freuten sich ebenfalls, und bald bl sie zurück, bald stießen sie gegen die Vermählten, v der Priester stehenblieb. Der Freudefunke, der sic Kitty entzündet hatte, schien sich allen, die in der I che waren, mitzuteilen. Lewin schien es, als wollt auch Priester und Diakon lächeln, genauso wie er.

Der Priester nahm ihnen die Kronen vom Kopf, las das letzte Gebet und beglückwünschte das junge Paar. Lewin blickte auf Kitty, und noch nie zuvor hatte er sie so gesehen. Sie war hinreißend mit diesem neuen Glücksstrahlen, das auf ihrem Gesicht lag. Lewin hätte ihr gern etwas gesagt, wusste aber nicht, ob alles zu Ende war. Der Priester half ihm aus der Verlegenheit. Sein gütiger Mund lächelte, und er sagte leise: »Küssen Sie Ihre Frau, und Sie küssen Ihren Mann.« Und er nahm ihnen die Kerzen aus der Hand.

Lewin küsste vorsichtig ihre lächelnden Lippen, reichte ihr den Arm, und in dem Gefühl einer neuen, seltsamen Nähe schritt er aus der Kirche. Er glaubte nicht, konnte nicht glauben, dass es wahr sei. Nur wenn ihre verwunderten und scheuen Blicke sich trafen, glaubte er daran, denn er fühlte, dass sie schon eins waren.

Nach dem Abendessen fuhr das junge Paar noch in derselben Nacht aufs Land.

VII

Wronski und Anna reisten schon drei Monate gemeinsam durch Europa. Sie hatten Venedig, Rom und Neapel besucht und waren gerade in einer kleineren italienischen Stadt eingetroffen, wo sie sich eine Zeitlang niederlassen wollten.

Der fesche Oberkellner, das dichte pomadisierte Haar vom Nacken an gescheitelt, in Frack und breiter weißer Batisthemdbrust, ein Bund Berlocken über dem rundlichen Bäuchlein, hielt die Hände in den Hosentaschen und kniff verächtlich die Augen zu, während er einem Herrn, der stehengeblieben war, reserviert Auskunft gab. Als er von der anderen Seite der Auffahrt Schritte die Treppe hochsteigen hörte, drehte sich der

Oberkellner um, und als er den russischen Grafen erblickte, der bei ihnen die besten Zimmer belegte, nahm er respektvoll die Hände aus den Hosentaschen, verbeugte sich und erklärte, ein Kurier sei dagewesen und der Palazzo könne gemietet werden. Der Hauptverwalter sei bereit, den Kontrakt zu unterzeichnen.

»Oh, das freut mich sehr«, sagte Wronski. »Und ist die gnädige Frau zu Hause?«

»Die gnädige Frau waren spazieren, sind aber nun zurück«, antwortete der Kellner.

Wronski nahm den weichen breitkrempigen Hut vom Kopf und rieb sich mit dem Tuch über die verschwitzte Stirn und die schon bis halb über die Ohren reichenden Haare, die zurückgekämmt waren, um seine Glatze zu verdecken. Und nach einem zerstreuten Blick auf den immer noch dastehenden und ihn betrachtenden Herrn wollte er weitergehen.

»Dieser russische Herr hat nach Ihnen gefragt«, sagte der Oberkellner.

Mit gemischten Gefühlen, Verdruss, dass man Bekannten nirgends entgeht, doch auch dem Wunsch, seinem eintönigen Leben wenigstens irgendeine Zerstreuung zu verschaffen, blickte Wronski noch einmal zurück auf den schon weggegangenen und doch wieder stehengebliebenen Herrn; und in ein und demselben Moment blitzten beider Augen auf.

»Golenischtschew!«

»Wronski!«

Tatsächlich, es war Golenischtschew, ein Kamerad Wronskis aus dem Pagenkorps. Golenischtschew hatte im Pagenkorps zur liberalen Partei gehört, hatte es mit einem zivilen Rang verlassen und nirgendwo gedient. Nach dem Pagenkorps hatten die Kameraden sich aus den Augen verloren und waren sich danach nur einmal begegnet.

Bei dieser Begegnung hatte Wronski erkannt, da⸗

Golenischtschew irgendeine hochintellektuelle liberale Tätigkeit ergriffen hatte und infolgedessen Wronskis Tätigkeit und seinen Rang eher verachtete. Darum hatte Wronski bei dieser Begegnung Golenischtschew eine kalte und stolze Abfuhr erteilt, wie er das verstand im Umgang mit Menschen und womit er zum Ausdruck brachte: ›Ihnen mag meine Lebensweise gefallen oder nicht gefallen, das ist mir vollkommen gleich: Sie müssen mich achten, wenn Sie mich kennen wollen.‹ Golenischtschew jedoch war gegenüber Wronskis Ton auf verächtliche Weise gleichgültig geblieben. Diese Begegnung hätte sie eigentlich noch mehr auseinanderbringen müssen. Jetzt aber strahlten sie und schrien auf vor Freude, als sie einander erkannten. Wronski hätte nicht gedacht, dass er sich je so freuen könnte über Golenischtschew, doch wahrscheinlich wusste er selbst nicht, wie langweilig ihm war. Er hatte den unangenehmen Eindruck der letzten Begegnung vergessen und streckte dem ehemaligen Kameraden mit offenem, freudigem Gesicht die Hand hin. Ein ebensolcher Ausdruck von Freude hatte auf Golenischtschews Gesicht die vorherige, beunruhigte Miene abgelöst.

»Wie freue ich mich, dich zu sehen!« sagte Wronski und entblößte in freundschaftlichem Lächeln seine kräftigen weißen Zähne.

»Ich höre − Wronski, weiß aber nicht, welcher. Ich freue mich wirklich sehr!«

»Komm herein. Na, was machst du?«

»Ich lebe schon das zweite Jahr hier. Arbeite.«

»Aha!« sagte Wronski teilnahmsvoll. »Komm doch herein.«

Und nach der üblichen Gewohnheit der Russen, statt auf Russisch zu sagen, was sie vor Dienstboten geheimhalten wollen, redete er auf Französisch weiter:

»Bist du mit Karenina bekannt? Wir reisen gemeinsam. Ich gehe gerade zu ihr«, sagte er auf Französisch und musterte aufmerksam Golenischtschews Gesicht.

»Oh! Das wusste ich nicht (obgleich er es wusste)«, erwiderte Golenischtschew gleichgültig. »Bist du schon lange hier?« fügte er an.

»Ich? Den vierten Tag«, antwortete Wronski und musterte noch einmal aufmerksam das Gesicht des Kameraden.

›Ja, er ist ein anständiger Mensch und sieht die Dinge, wie nötig‹, sagte sich Wronski, da er verstand, was Golenischtschews Gesichtsausdruck und der Wechsel des Themas zu bedeuten hatte. ›Ihn kann ich mit Anna bekanntmachen, er sieht es, wie nötig.‹

Wronski hatte in diesen drei Monaten, die er mit Anna im Ausland verbrachte, sich jedesmal, wenn er neue Leute kennenlernte, die Frage gestellt, wie diese neue Person sein Verhältnis zu Anna sehe, und bei den Männern größtenteils ein Verständnis wie nötig gefunden. Wäre er und wären diejenigen mit einem Verständnis »wie nötig« jedoch gefragt worden, worin dieses Verständnis bestehe, wären er wie auch sie in große Verlegenheit geraten.

Diejenigen, deren Verständnis nach Wronskis Meinung war, »wie nötig«, verstanden im Grunde gar nichts, sondern verhielten sich nur, wie sich wohlerzogene Menschen bei allen komplizierten und unlösbaren Problemen, die das Leben von allen Seiten umgeben, eben verhalten — sie verhielten sich mit Anstand und vermieden Anspielungen und unangenehme Fragen. Sie gaben sich den Anschein, als verstünden sie durchaus die Bedeutung der Situation, akzeptierten sie und billigten sie sogar, hielten es aber für unpassend und überflüssig, dies zu erklären.

Wronski hatte gleich den Eindruck, dass Golenischtschew einer von ihnen war, darum freute er sich doppelt über ihn. Tatsächlich verhielt sich Golenischtschew gegenüber Karenina, als er ihr dann vorgestellt war, so, wie Wronski es sich nur wünschen konnte. Er vermied offenbar ohne jede Anstrengung sämtliche Gespräche, die zu Peinlichkeit führen konnten.

Er hatte Anna früher nicht gekannt und war frappiert von ihrer Schönheit und mehr noch von der Schlichtheit, mit der sie ihre Lage hinnahm. Sie war errötet, als Wronski Golenischtschew hereinbrachte, und diese kindliche Röte, die ihr offenes und schönes Gesicht überzog, gefiel ihm außerordentlich. Aber ganz besonders gefiel ihm, dass sie sofort, wie mit Absicht, damit es in Gegenwart des Fremden ja keine Missverständnisse gebe, Wronski schlicht Alexej nannte und sagte, sie zögen beide in ein frisch gemietetes Haus, das hier Palazzo genannt werde. Diese geradlinige und schlichte Haltung zu ihrer Situation gefiel Golenischtschew. Sah er Annas gutmütig heitere, energische Art, kam es Golenischtschew vor, zumal er Alexej Alexandrowitsch und Wronski kannte, als verstünde er sie durchaus. Es kam ihm vor, als verstünde er, was sie selbst überhaupt nicht verstand: nämlich, wie sie ihren Mann unglücklich machen, ihn und ihren Sohn verlassen und ihren guten Ruf verlieren und sich dabei so energisch heiter und glücklich fühlen konnte.

»Er steht auch im Führer«, sagte Golenischtschew über den Palazzo, den Wronski gemietet hatte. »Dort hängt ein wunderbarer Tintoretto. Aus seiner letzten Schaffensperiode.«

»Wissen Sie, was? Das Wetter ist wunderbar, gehen wir doch hin, schauen wir es uns noch einmal an«, sagte Wronski zu Anna.

»Sehr gerne, ich gehe nur meinen Hut aufsetzen. Sie sagen, es sei heiß?« Sie war an der Tür stehengeblieben und blickte Wronski fragend an. Und wieder überzog ein leuchtendes Rot ihr Gesicht.

Wronski erkannte an ihrem Blick, dass sie nicht

wusste, in welchem Verhältnis er zu Golenischtschew stehen wollte, und dass sie befürchtete, sie verhalte sich nicht, wie er es wünschte.

Er schaute sie mit einem zärtlichen, langen Blick an.

»Nein, nicht sehr«, sagte er.

Und es kam ihr vor, als hätte sie alles verstanden, vor allem, dass er mit ihr zufrieden war; und sie lächelte ihn an und ging raschen Schrittes zur Tür hinaus.

Die Kameraden warfen sich einen Blick zu, und auf beider Gesichtern zeichnete sich Verwirrung ab, als ob Golenischtschew, der offenbar entzückt war von ihr, etwas über sie sagen wollte, aber nicht wüsste, was, und als ob Wronski sich das wünschte und es zugleich befürchtete.

»Also, dann«, begann Wronski, um irgendein Gespräch zu beginnen. »Also hast du dich hier niedergelassen? Also gibst du dich noch mit demselben ab?« fuhr er fort, da ihm das Gerücht einfiel, Golenischtschew schreibe etwas …

»Ja, ich schreibe den zweiten Teil der ›Zwei Ursprünge‹«, sagte Golenischtschew, der bei dieser Frage puterrot geworden war vor Vergnügen, »das heißt, um genau zu sein, ich schreibe noch nicht, sondern bereite es vor, sammle Material. Dieser Teil wird noch viel umfangreicher und wird fast alle Probleme umfassen. Bei uns in Russland will man nicht begreifen, dass wir die Erben von Byzanz sind«, begann er eine lange, hitzige Erklärung.

Wronski war es zunächst peinlich, dass er den ersten Aufsatz über die ›Zwei Ursprünge‹ nicht kannte, von dem sein Verfasser zu ihm sprach wie von etwas Bekanntem. Aber als Golenischtschew dann seine Gedanken ausführte und Wronski sie nachvollziehen konnte, hörte er ihm, auch ohne die ›Zwei Ursprünge‹ zu kennen, nicht ohne Interesse zu, denn Golenischtschew sprach gut. Wronski verwunderte und bekümmerte allerdings die gereizte Erregung, mit der Golenischtschew von dem Gegenstand sprach, der ihn beschäftigte. Je länger er sprach, desto mehr entbrannten seine Augen, desto hastiger widersprach er vorgeblichen Gegnern und desto unruhiger und beleidigter wurde sein Gesichtsausdruck. Wronski hatte Golenischtschew als schmächtigen, lebhaften, gutmütigen und hochsinnigen Jungen im Gedächtnis, im Pagenkorps immer der beste Schüler, darum konnte er die Gründe für diese Gereiztheit nicht verstehen und billigte sie nicht. Insbesondere missfiel ihm, dass Golenischtschew, ein Mann aus besten Kreisen, sich kommun machte mit irgendwelchen Schreiberlingen, die ihn reizten, und in Zorn geriet über sie. War es das wert? Das missfiel Wronski, dennoch spürte er, dass Golenischtschew unglücklich war, und er tat ihm leid. Unglück, beinahe Geistesverwirrung war auf dem beweglichen, ziemlich schönen Gesicht zu sehen, während er, sogar ohne die Rückkehr Annas zu bemerken, weiterhin hastig und hitzig seine Gedanken darlegte.

Als Anna in Hut und Umhang eintrat, mit einer raschen Bewegung der schönen Hand mit dem Schirm spielte und neben Wronski stehenblieb, riss dieser sich erleichtert von den unverwandt auf ihn gerichteten, klagenden Augen Golenischtschews los und blickte mit neuer Liebe auf seine betörende Freundin, die voller Leben war und Freude. Golenischtschew besann sich mit Mühe und war zunächst geknickt und mürrisch, aber Anna, allem gegenüber wohlwollend (so war sie in jener Zeit), munterte ihn durch ihren schlichten und heiteren Umgang bald auf. Sie probierte verschiedene Gesprächsthemen aus, brachte ihn dann auf die Malerei, über die er sehr gut sprach, und lauschte ihm aufmerksam. Sie gingen zu Fuß bis zu dem gemieteten Haus und besichtigten es.

»Über eines freue ich mich sehr«, sagte Anna zu Golenischtschew, als sie schon auf dem Rückweg waren. »Alexej wird ein schönes *atelier* haben. Nimm dir unbedingt jenes Zimmer«, sagte sie zu Wronski auf Russisch und per du, da sie schon begriffen hatte, dass Golenischtschew in ihrer Einöde zu einem nahestehenden Menschen würde und dass man sich vor ihm nicht verstecken müsste.

Golenischtschew drehte sich rasch zu Wronski um. »Malst du denn?«

»Ja, ich habe mich lange damit befasst und jetzt ein wenig angefangen«, sagte Wronski errötend.

»Er hat großes Talent«, sagte Anna mit freudigem Lächeln. »Ich kann das natürlich nicht beurteilen. Aber erfahrene Kunstkenner sagen das auch.«

VIII

Anna fühlte sich in dieser ersten Zeit ihrer Befreiung und raschen Genesung unverzeihlich glücklich und voller Lebensfreude. Die Erinnerung an das Unglück ihres Mannes vergällte ihr nicht das Glück. Diese Erinnerung war einerseits zu schrecklich, als dass sie hätte daran denken können. Andererseits schenkte das Unglück ihres Mannes ihr zuviel Glück, als dass sie hätte bereuen können. Die Erinnerung an alles, was nach der Krankheit mit ihr geschehen war, an die Aussöhnung mit ihrem Mann, den Bruch, die Nachricht von Wronskis Verwundung, sein Auftauchen, die Vorbereitung der Scheidung, an die Abreise aus dem Haus ihres Mannes und den Abschied vom Sohn – all das kam ihr vor wie ein Fieberwahn, aus dem sie, allein mit Wronski, im Ausland erwacht war. Die Erinnerung an das Böse, das sie ihrem Mann angetan hatte, weckte in ihr so etwas wie Ekel, ein Gefühl, wie es wohl jemand empfindet, wenn er am Versinken ist und einen anderen, der sich

an ihn klammert, wegstößt. Und der andere ertrinkt.
Natürlich war das übel, aber es war die einzige Rettung,
und es war besser, sich an diese schlimmen Einzelheiten nicht zu erinnern.

Nur eine beruhigende Überlegung war ihr damals,
im Augenblick des Bruchs, zu ihrer Tat eingefallen, und
wenn sie jetzt an das Vergangene zurückdachte, fiel
ihr diese eine Überlegung wieder ein. ›Ich habe diesen
Menschen unweigerlich ins Unglück gestürzt‹, dachte
sie, ›aber ich möchte dieses Unglück nicht ausnutzen;
ich leide ebenfalls und werde leiden – schließlich verliere ich, was mir am teuersten war: ich verliere meinen
ehrlichen Namen und meinen Sohn. Ich habe übel getan und will deshalb kein Glück, will keine Scheidung
und werde an der Schande und der Trennung von meinem Sohn leiden.‹ Doch wie aufrichtig Anna auch leiden wollte, sie litt nicht. Von Schande keine Spur. Mit
dem Taktgefühl, das beide in solchem Maße hatten,
brachten sie sich im Ausland, da sie russische Damen
mieden, nie in zweideutige Situationen und begegneten überall nur Menschen, die so taten, als verstünden
sie das Verhältnis der beiden zueinander durchaus, besser als die beiden selbst. Die Trennung vom Sohn, den
sie liebte – nicht einmal das bedrückte sie in der ersten
Zeit. Das Mädchen, Wronskis Kind, war so herzig und
nahm Anna, seit ihr allein dieses Mädchen geblieben
war, dermaßen für sich ein, dass Anna selten an ihren
Sohn dachte.

Ihr Verlangen nach Leben, durch die Genesung noch
gesteigert, war so stark und die Lebensumstände waren so neu und angenehm, dass Anna sich unverzeih-
bar glücklich fühlte. Je mehr sie Wronski kennenlernte,
desto mehr liebte sie ihn. Sie liebte ihn um seiner selbst
und um seiner Liebe zu ihr willen. Ihn ganz zu haben
war ihr eine ständige Freude. Seine Nähe war ihr immer angenehm. Die Züge seines Charakters, den sie

mehr und mehr kennenlernte, waren ihr alle unsäglich
lieb und wert. Sein Aussehen, nun verändert in Zivilkleidung, war für sie so attraktiv, als wäre sie ein verliebtes junges Ding. In allem, was er sagte, dachte und
tat, sah sie etwas besonders Hochsinniges und Erhabe-
nes. Ihr Entzücken über ihn ließ sie manchmal selbst
erschrecken, sie suchte nach Unschönem und konnte
doch nichts an ihm finden. Sie wagte es nicht, ihn wissen zu lassen, wie nichtswürdig sie sich vorkam gegen
ihn. Ihr schien, wenn er das wüsste, könnte seine Liebe
bald enden; und nichts fürchtete sie jetzt so sehr, obwohl sie keinen Anlass hatte, als seine Liebe zu verlieren. Doch musste sie ihm einfach dankbar sein für
sein Verhalten zu ihr, musste ihm einfach zeigen, wie
sie ihn schätzte. Er, der ihrer Ansicht nach so deutlich
zu staatsmännischer Tätigkeit berufen war, dazu, eine
wichtige Rolle zu spielen, er hatte ihr seine Ehrsucht
geopfert, ohne je das geringste Bedauern zu äußern. Er
war ihr gegenüber liebevoll und respektvoll, mehr noch
als früher, und der Gedanke, sie dürfe die Peinlichkeit
ihrer Lage niemals spüren, verließ ihn keinen Augenblick. Er, dieser mannhafte Mann, widersprach ihr niemals, mehr noch, er hatte gar keinen eigenen Willen
und war, so schien es, nur darauf aus, ihren Wünschen
zuvorzukommen. Und das musste sie einfach schätzen, obwohl seine ständig angespannte Aufmerksamkeit, die besorgte Atmosphäre, mit der er sie umgab, ihr
manchmal zur Last wurden.

Wronski indes war, obwohl alles, was er so lange gewünscht hatte, vollständig in Erfüllung gegangen war,
nicht ganz glücklich. Er spürte bald, dass die Erfüllung
seines Wunsches ihm nur ein Sandkorn von jenem
Glücksberg verschaffte, den er erhofft hatte. Diese Erfüllung führte ihm den ewigen Fehler vor Augen, den
Menschen machen, wenn sie sich Glück als die Erfüllung eines Wunsches vorstellen. In der ersten Zeit,

nachdem er sich mit ihr vereinigt und Zivilkleidung angezogen hatte, empfand er den ganzen Charme einer Freiheit, die er früher nicht gekannt hatte, auch der Freiheit der Liebe, und war zufrieden, aber nicht für lange. Er spürte bald, dass in seiner Seele der Wunsch nach Wünschen aufkam – die Schwermut. Unabhängig von seinem Willen stürzte er sich auf jede flüchtige Grille, nahm sie als Wunsch und Ziel. Sechzehn Stunden Tageszeit mussten irgendwie ausgefüllt werden, denn sie lebten im Ausland in vollkommener Freiheit, außerhalb der Gepflogenheiten des Gesellschaftslebens, das in Petersburg die Zeit ausfüllte. An die Vergnügungen eines Junggesellenlebens, denen Wronski sich auf früheren Auslandsreisen gewidmet hatte, war nicht zu denken, denn der einzige Versuch dieser Art hatte bei Anna eine überraschende und dem späten Souper mit Bekannten nicht adäquate Niedergeschlagenheit hervorgerufen. Mit der ortsansässigen und der russischen Gesellschaft war, bei der Unbestimmtheit ihrer Situation, ebenfalls kein Umgang möglich. Die Besichtigung von Sehenswürdigkeiten hatte für ihn als Russen und klugen Menschen, zumal alles längst besichtigt war, auch nicht jene unerklärliche Bedeutsamkeit, welche Engländer dem zuzuschreiben pflegen.

Und wie ein hungriges Tier nach jedem zufälligen Gegenstand schnappt, da es Nahrung zu finden hofft, so stürzte sich Wronski vollkommen unbewusst bald auf die Politik, bald auf neue Bücher, bald auf Gemälde.

Da er von jung an eine Begabung für Malerei gehabt hatte und da er, unschlüssig, wie er sein Geld ausgeben sollte, mit dem Sammeln von Gravüren begonnen hatte, entschied er sich nun für die Malerei, befasste sich damit und lenkte darauf den ganzen ungenutzten Vorrat an Wünschen, der nach Befriedigung verlangte.

Er hatte Kunstverstand und die Begabung, Kunst

treffend und mit Geschmack nachzuahmen, und er meinte, das zu haben, was ein Künstler braucht, und nachdem er eine Zeitlang geschwankt hatte, welche Art von Malerei er sich aussuchen solle, die religiöse, historische, die Genremalerei oder die realistische, ging er ans Malen. Er hatte für alle Malarten Verständnis und konnte sich von der einen wie der anderen inspirieren lassen; doch konnte er sich nicht vorstellen, dass man gar nicht zu wissen braucht, welche Arten von Malerei es gibt, und sich unmittelbar davon inspirieren lassen kann, was in der eigenen Seele steckt, ohne sich darum zu kümmern, ob das zu Malende zu einer bestimmten Art gehört. Da er das nicht wusste und sich nicht unmittelbar vom Leben inspirieren ließ, sondern mittelbar, von einem Leben, das bereits in Kunst verkörpert war, ließ er sich sehr rasch und leicht inspirieren und erreichte ebenso rasch und leicht, dass alles, was er malte, jener Malart, die er nachahmen wollte, sehr ähnlich war.

Mehr als alle anderen Malarten gefiel ihm die französische, anmutige und effektvolle Kunst, und in diesem Stil hatte er ein Porträt Annas in italienischem Kostüm zu malen begonnen, und dieses Porträt kam ihm und allen, die es sahen, sehr gelungen vor.

IX

Der alte, verwahrloste Palazzo mit hohen Stuckdecken und Fresken an den Wänden, mit Mosaikböden, schweren gelben Damastvorhängen an den hohen Fenstern, mit Vasen auf Konsolen und Kaminen, mit geschnitzten Türen und finsteren Sälen voller Gemälde – dieser Palazzo hatte, nachdem sie dorthin übersiedelt waren, allein durch sein Aussehen in Wronski die angenehme Verblendung bestärkt, er sei weniger ein russischer

Gutsbesitzer und Stallmeister außer Dienst als vielmehr ein gebildeter Liebhaber und Förderer der
Künste, dazu selbst ein bescheidener Künstler, der sich
zugunsten der geliebten Frau von Gesellschaft, Beziehungen und Ehrsucht losgesagt hatte.

Diese Rolle, einmal erwählt, gelang ihm nach der
Übersiedelung in den Palazzo vollkommen, und als er
durch Golenischtschews Vermittlung einige interessante Persönlichkeiten kennengelernt hatte, war er in
der ersten Zeit ruhig. Er machte unter Anleitung eines
italienischen Malereiprofessors Studien nach der Natur
und befasste sich mit dem Leben im mittelalterlichen
Italien. Dieses Leben im mittelalterlichen Italien be-
zauberte Wronski in jüngster Zeit derart, dass er sogar
Hut und Plaid wie im Mittelalter über der Schulter
trug, was ihm sehr gut stand.

»Wir leben hier und wissen von nichts«, sagte
Wronski einmal zu Golenischtschew, als dieser eines
Morgens zu ihm kam. »Hast du das Bild von Michailow
gesehen?« fragte er, reichte ihm die erst morgens eingetroffene russische Zeitung und deutete auf einen
Artikel über einen russischen Maler, der in derselben
Stadt wohnte und ein Bild beendet hatte, über das seit
langem Gerüchte im Umlauf waren und das schon im
voraus gekauft worden war. Der Artikel enthielt Vorwürfe gegen Regierung und Akademie, weil es diesem
bedeutenden Künstler an jedem Ansporn und jeder
Hilfe mangelte.

»Ja, habe ich«, erwiderte Golenischtschew. »Selbstverständlich mangelt es ihm nicht an Talent, doch geht
er in eine völlig falsche Richtung. Immer noch diese
Einstellung zu Christus und zur religiösen Malerei à la
Iwanow, Strauß und Renan.«

»Was stellt das Bild dar?« fragte Anna.

»Christus vor Pilatus. Christus ist als Jude dargestellt, mit dem ganzen Realismus der neuen Schule.«

Und durch die Frage nach dem Gegenstand des Bilds auf eines seiner Lieblingsthemen gebracht, begann Golenischtschew auszuführen:

»Ich verstehe nicht, wie diese Leute so schwer in die Irre gehen können. Christus hat in der Kunst der großen Alten bereits eine bestimmte Verkörperung gefunden. Sollen sie doch, wenn sie keinen Gott, sondern einen Revolutionär oder Weisen darstellen wollen, aus der Geschichte Sokrates, Franklin oder Charlotte Corday hernehmen, bloß nicht Christus. Sie nehmen ausgerechnet die Person, die man nicht hernehmen darf für die Kunst, und dann ...«

»Stimmt es denn, dass dieser Michailow in solcher Armut lebt?« fragte Wronski; er überlegte, dass er als russischer Mäzen, ob das Bild nun gut war oder schlecht, dem Künstler helfen müsste.

»Wohl kaum. Er ist ein hervorragender Porträtist. Haben Sie sein Porträt von Wassiltschikowa gesehen? Aber er mag anscheinend keine Porträts mehr malen, deshalb ist er vielleicht tatsächlich in Not. Ich meine, dass ...«

»Könnte man ihn nicht bitten, ein Porträt von Anna Arkadjewna zu malen?« fragte Wronski.

»Wieso von mir?« sagte Anna. »Nach dem deinigen möchte ich kein anderes Porträt. Besser eines von Anni (so nannte sie ihr kleines Mädchen). Da ist sie ja«, fügte sie hinzu, nach einem Blick aus dem Fenster auf die schöne italienischen Amme, die das Kind in den Garten hinausgetragen hatte, und nach einem raschen, unmerklichen Seitenblick auf Wronski. Die schöne Amme, deren Kopf Wronski für sein Gemälde abgemalt hatte, war der einzige geheime Kummer in Annas Leben. Wronski war beim Malen von ihrer Schönheit und Mittelalterlichkeit entzückt gewesen, und Anna wagte sich nicht einzugestehen, dass sie befürchtete, eifersüchtig zu werden auf diese Amme, wes-

halb sie die Frau und deren kleinen Sohn besonders um-
schmeichelte und verwöhnte.

Wronski blickte ebenfalls aus dem Fenster und Anna
in die Augen, drehte sich sofort zu Golenischtschew um
und sagte:

»Kennst du diesen Michailow?«

»Ich bin ihm begegnet. Aber er ist ein komischer
Kauz und ohne jede Bildung. Wissen Sie, einer dieser
unzivilisierten neuen Leute, welchen man jetzt häufig
begegnet; wissen Sie, einer der Freigeister, welche *d'em-
blée** in den Begriffen von Unglauben, Verneinung und
Materialismus erzogen wurden. Früher einmal war«,
sprach Golenischtschew, ohne zu bemerken oder bemerken zu wollen, dass sowohl Anna wie Wronski gern
etwas gesagt hätten, »früher einmal war ein Freigeist
ein Mensch, der in den Begriffen von Religion, Gesetz
und Sittlichkeit erzogen worden war und durch Kämpfe
und Mühen zur Freigeisterei gelangte; jetzt aber gibt
es einen neuen Typus urwüchsiger Freigeister, die aufwachsen, ohne je gehört zu haben, dass es einmal Gesetze der Sittlichkeit und Religion gegeben hat, dass es
Autoritäten gegeben hat, die vielmehr unmittelbar in
den Begriffen der Verneinung von allem aufwachsen,
also unzivilisiert. So einer ist er. Er scheint der Sohn
eines Moskauer Kammerlakaien zu sein und hat keinerlei Bildung erhalten. Als er an der Akademie studierte
und schon einen gewissen Ruf genoss, wollte er, denn
dumm ist er nicht, sich bilden. Und er griff zu dem, was
ihm als Quelle der Bildung erschien – zu Zeitschriften.
Sie verstehen, in alten Zeiten hätte jemand, der sich bilden wollte, ein Franzose beispielsweise, alle Klassiker
studiert, die Theologen, die Dramatiker, die Historiker,
die Philosophen, und Sie verstehen, wieviel er an geis-
tiger Arbeit vor sich gehabt hätte. Aber bei uns heute

---

* von vornherein *(frz.)*

ist er sofort auf die verneinende Literatur gestoßen, hat sich sehr schnell den ganzen Extrakt der verneinenden Wissenschaft angeeignet, und Schluss. Und nicht nur das. Vor zwanzig Jahren hätte er in dieser Literatur noch Spuren des Kampfes gegen Autoritäten gefunden, gegen jahrhundertealte Anschauungen, und an diesem Kampf hätte er begriffen, dass es einmal etwas anderes gegeben hat; heute aber stößt er sofort auf Literatur, die uralte Anschauungen nicht einmal eines Widerspruchs für würdig erachtet, sondern sofort sagt: Es gibt nichts, nur *évolution*, Auslese, Kampf ums Dasein – aus. Ich will in meinem Aufsatz ...«

»Wissen Sie, was«, sagte Anna, die längst mit Wronski vorsichtig Blicke gewechselt hatte und wusste, dass Wronski die Bildung dieses Malers nicht interessierte, nur der Gedanke, ihm zu helfen und ein Porträt in Auftrag zu geben. »Wissen Sie, was?« unterbrach sie entschlossen den redseligen Golenischtschew. »Fahren wir zu ihm!«

Golenischtschew besann sich und stimmte bereitwillig zu. Aber da der Maler in einem entfernten Stadtviertel wohnte, wurde beschlossen, eine Kalesche zu nehmen.

Eine Stunde später fuhren sie, Anna neben Golenischtschew und Wronski auf dem Vordersitz der Kalesche, bei einem unschönen neuen Haus in dem entfernten Stadtviertel vor. Von der Frau des Hausknechts, die zu ihnen herauskam, erfuhren sie, Michailow lasse Besucher in sein Atelier, sei jedoch gerade in seiner Wohnung, ein paar Schritt von hier, und sie schickten die Frau mit ihren Visitenkarten zu ihm und baten um die Erlaubnis, seine Bilder sehen zu dürfen.

X

Der Maler Michailow war wie immer an der Arbeit, als ihm die Visitenkarten von Graf Wronski und Golenischtschew gebracht wurden. Morgens hatte er im Atelier an seinem großen Gemälde gearbeitet. Als er nach Hause kam, erboste er sich über seine Frau, weil sie nicht mit der Hauswirtin fertig geworden war, die Geld verlangt hatte.

»Zwanzigmal schon hab ich dir gesagt, du sollst dich nicht auf Erklärungen einlassen. Sowieso bist du dumm, und wenn du auf Italienisch mit Erklärungen anfängst, wirkst du dreifach dumm«, sagte er zu ihr nach langem Streit.

»Lass du es nicht soweit kommen, ich hab keine Schuld. Wenn ich Geld gehabt hätte ...«

»Um Gottes willen, lass mich in Ruhe!« schrie mit Tränen in der Stimme Michailow, hielt sich die Ohren zu, ging in sein Arbeitszimmer hinter der Trennwand und schloss die Tür hinter sich ab. ›So was von begriffsstutzig!‹ murmelte er, setzte sich an den Tisch, öffnete seine Mappe und nahm sich gleich mit besonderem Eifer eine angefangene Zeichnung vor.

Nie arbeitete er mit soviel Eifer und Erfolg, wie wenn es ihm schlecht ging im Leben, und besonders, wenn er sich mit seiner Frau gezankt hatte. ›Ah! Könnte ich einfach verschwinden!‹ dachte er beim Weiterarbeiten. Die Zeichnung zeigte die Figur eines Mannes, der einen Zornausbruch hatte. Er hatte schon früher eine Zeichnung gemacht, war aber unzufrieden damit gewesen. ›Nein, die andere war besser. Wo ist sie?‹ Er ging zu seiner Frau, und mürrisch, ohne sie anzuschauen, fragte er die älteste Tochter, wo das Blatt Papier sei, das er ihnen gegeben hatte. Das Blatt mit der verworfenen Zeichnung fand sich, war aber beschmutzt und mit Stearin betropft. Er nahm die Zeichnung trotz-

dem, legte sie vor sich auf den Tisch und schaute sie
an, aus einiger Entfernung und mit zugekniffenen
Augen. Plötzlich lächelte er und schwenkte freudig die
Arme.

»Ja! Ja!« murmelte er, nahm den Bleistift und begann rasch zu zeichnen. Ein Stearinfleck hatte dem
Mann eine neue Haltung verliehen.

Er zeichnete diese neue Haltung, und plötzlich fiel
ihm das energische Gesicht und vorspringende Kinn
des Händlers ein, bei dem er Zigarren kaufte, und
dieses Gesicht, dieses Kinn zeichnete er dem Mann. Er
lachte vor Freude. Aus einer toten, ausgedachten Figur wurde plötzlich eine lebendige, an der sich zudem
nichts mehr ändern ließ. Diese Figur lebte und war klar
und zweifellos eindeutig. Die Zeichnung ließ sich noch
verbessern, gemäß den Anforderungen dieser Figur, die
Beine ließen sich anders stellen, das musste sogar sein,
die Lage der linken Hand musste geändert, das Haar
zurückgeworfen werden. Aber mit diesen Verbesserungen änderte er die Figur nicht, sondern tilgte nur, was
die Figur verdeckte. Er nahm gleichsam die Hüllen
weg, derentwegen sie nicht ganz sichtbar war; jeder
neue Strich holte die ganze Figur in all ihrer energischen Kraft nur noch deutlicher hervor, so, wie sie ihm
aufgrund des Stearinflecks plötzlich erschienen war.
Er beendete die Figur gerade vorsichtig, als ihm die
Visitenkarten gebracht wurden.

»Gleich, gleich!«

Er ging zu seiner Frau.

»Lass gut sein, Sascha, sei nicht böse!« sagte er zu ihr,
schüchtern und zärtlich lächelnd. »Du hattest Schuld.
Ich hatte Schuld. Ich bringe alles in Ordnung.« Mit
seiner Frau ausgesöhnt, zog er den olivgrünen Mantel
mit Samtkragen an, setzte den Hut auf und ging ins
Atelier. Die gelungene Figur war schon vergessen. Jetzt
freute und erregte ihn der Besuch dieser wichtigen Rus-

sen, die mit der Kalesche angefahren kamen, in seinem Atelier.

Über sein Gemälde, jenes, das gerade auf seiner Staffelei stand, hatte er in tiefster Seele nur ein Urteil: dass noch nie jemand ein derartiges Bild gemalt habe. Er dachte nicht, sein Bild sei besser als alle Raffaels, aber er wusste, dass noch nie jemand ausgedrückt hatte, was er in diesem Bild hatte ausdrücken wollen und auch ausgedrückt hatte. Das wusste er sicher und wusste es längst, seit er das Bild zu malen begonnen hatte; aber die Urteile von Menschen, von wem auch immer, hatten trotzdem eine riesige Bedeutung für ihn und erregten ihn bis in die tiefste Seele. Jede noch so geringfügige Bemerkung, die zeigte, dass der Urteilende zumindest einen winzigen Teil dessen sah, was er in dem Bild sah, erregten ihn bis in die tiefste Seele. Den Urteilenden schrieb er stets ein tieferes Verständnis zu, als er selbst es hatte, und erwartete stets etwas von ihnen, was er selbst in seinem Bild nicht sah. Und oft meinte er, in den Urteilen der Betrachter dies zu finden.

Er ging raschen Schrittes auf die Tür seines Ateliers zu, und trotz seiner Erregung frappierte ihn die weich beleuchtete Gestalt Annas, die im Schatten der Einfahrt stand und dem heftig auf sie einredenden Golenischtschew zuhörte, dabei hätte sie offenbar gerne den näherkommenden Maler betrachtet. Er merkte selbst nicht, wie er im Näherkommen diesen Eindruck aufschnappte und verschlang, genauso wie das Kinn des Zigarrenhändlers, und ihn irgendwo verstaute, von wo er ihn bei Bedarf vorholen würde. Die Besucher, durch Golenischtschews Erzählung über den Maler schon im voraus enttäuscht, waren von seinem Aussehen noch mehr enttäuscht. Mittelgroß, stämmig, mit hüpfendem Gang, machte Michailow in seinem braunen Hut, dem olivgrünen Mantel und den engen Hosen, während längst schon weite getragen wurden, einen

unangenehmen Eindruck, insbesondere, weil sein breites Gesicht gewöhnlich aussah und sich Schüchternheit
darauf mit dem Wunsch paarte, die eigene Würde zu
wahren.

»Ich bitte ergebenst«, sagte er, um einen gleichgültigen Gesichtsausdruck bemüht, trat in den Flur, holte
den Schlüssel aus der Tasche und schloss die Tür auf.

XI

Im Atelier besah sich der Maler Michailow noch einmal die Gäste und hielt in seiner Phantasie noch den
Ausdruck von Wronskis Gesicht fest, insbesondere den
seiner Wangenknochen. Trotzdem sein künstlerisches
Empfinden unablässig arbeitete und Material sammelte, trotzdem er mehr und mehr in Erregung geriet, weil
der Moment des Urteils über seine Arbeit näherrück-
te, machte er sich rasch und subtil, dank unauffälliger
Merkmale, von diesen drei Personen einen Begriff. Der
eine (Golenischtschew) war ein hiesiger Russe. Michailow erinnerte sich weder an seinen Namen, noch wo er
ihm begegnet war und was er mit ihm geredet hatte.
Er erinnerte sich nur an sein Gesicht, wie er sich an alle
Gesichter erinnerte, die er je gesehen hatte, aber er erinnerte sich auch, dass es eines der Gesichter war, die
er in seiner Phantasie in der riesigen Abteilung der verlogen bedeutsamen und ausdrucksarmen Gesichter abgelegt hatte. Die vielen Haare und die sehr hohe Stirn
verliehen dem Gesicht oberflächlich Bedeutsamkeit,
dabei hatte es nur einen kleinen kindlichen, unruhigen
Ausdruck, der oberhalb der schmalen Nasenwurzel konzentriert war. Wronski und Karenina mussten nach Michailows Einschätzung vornehme und reiche Russen
sein, die wie alle diese reichen Russen nichts von Kunst
verstanden, sich jedoch als Liebhaber und Kenner aus-

gaben. ›Sicher haben sie schon alles Alte besichtigt und fahren jetzt die Ateliers der Neuen ab, des deutschen Scharlatans und des dummen präraffaelitischen Engländers, und zu mir kommen sie nur der Vollständigkeit halber‹, dachte er. Er kannte nur zu gut die Manier der Dilettanten (je klüger sie waren, desto schlimmer), die Ateliers zeitgenössischer Künstler einzig zu dem Zweck zu besichtigen, um mit Fug und Recht sagen zu können, mit der Kunst gehe es abwärts und je mehr man sich die Neuen anschaue, desto mehr sehe man, wie unnachahmlich immer noch die großen alten Meister seien. All das erwartete er, all das sah er auf ihren Gesichtern, sah er in der gleichmütigen Nachlässigkeit, mit der sie sich unterhielten, auf die Gliederpuppen und Büsten blickten und ungezwungen umherwanderten, während sie darauf warteten, dass er ein Bild aufdeckte. Trotzdem empfand er, wenn er seine Studien umdrehte, die Vorhänge aufzog und das Leintuch abnahm, starke Erregung, und das um so mehr, als nun, trotzdem alle vornehmen und reichen Russen in seiner Vorstellung Rindviecher und Dummköpfe sein mussten, Wronski und besonders Anna ihm gefielen.

»Hier, wenn's beliebt«, sagte er, trat mit seinem hüpfenden Gang zur Seite und deutete auf das Bild. »Die Belehrung durch Pilatus. Matthäus 27«, sagte er und spürte, wie seine Lippen vor Erregung zu zittern begannen. Er stellte sich hinter die Gäste.

In den wenigen Sekunden, während die Besucher das Bild schweigend betrachteten, betrachtete Michailow es ebenfalls, betrachtete es mit gleichgültigen, unbeteiligten Augen. In diesen wenigen Sekunden glaubte er im voraus, dass ein letztgültiges, überaus gerechtes Urteil gefällt würde von ihnen, von diesen Besuchern, die er vor einer Minute noch so verachtet hatte. Er hatte alles vergessen, was er vorher über sein Bild gedacht hatte, in den drei Jahren, seit er daran malte; er hatte alle seine Vorzüge vergessen, die für ihn außer Zweifel standen – er sah das Bild nun mit ihrem gleichgültigen, unbeteiligten, neuen Blick und sah daran nichts Gutes. Er sah im Vordergrund das verdrossene Gesicht des Pilatus und das ruhige Gesicht Christi und im Hintergrund die Figuren von Pilatus' Kriegsknechten und das Gesicht des Johannes, der beobachtete, was geschah. Ein jedes Gesicht, das nach vielem Suchen, vielen Irrtümern und Verbesserungen in ihm gewachsen war, bis es seinen besonderen Charakter hatte, jedes Gesicht, das ihm so viele Qualen und Freuden bereitet hatte, und alle Gesichter zusammen, zur Wahrung des Gesamteindrucks soundsooft umgruppiert, alle Nuancen des Kolorits und der Farbtöne, mit soviel Mühe erreicht – all das zusammen kam ihm nun, wenn er mit den Augen der Besucher schaute, abgeschmackt vor, tausendfach wiederholt. Das ihm teuerste Gesicht, Christi Gesicht, das Zentrum des Bildes, das ihn in solche Begeisterung versetzte, als er es gefunden hatte, all das war für ihn verloren, wenn er das Bild mit den Augen der Besucher anschaute. Er sah eine gut gemalte (und nicht einmal das, jetzt sah er klar eine Unzahl von Mängeln) Wiederholung jener endlosen Christusbilder von Tizian, Raffael, Rubens, der gleichen Krieger und des gleichen Pilatus. All das war abgeschmackt, armselig und alt und sogar schlecht gemalt, bunt und schwach. Sie würden recht haben, wenn sie in Anwesenheit des Malers geheuchelt respektvolle Phrasen sagen würden und ihn bedauerten und verlachten, sobald sie allein wären.

Ihm wurde das Schweigen unerträglich (obwohl es nicht länger als eine Minute dauerte). Um es zu unterbrechen und zu zeigen, dass er nicht aufgeregt war, bezwang er sich und wandte sich an Golenischtschew.

»Ich hatte wohl schon einmal das Vergnügen einer Begegnung«, sagte er zu ihm, dabei blickte er bald auf

Anna, bald auf Wronski, um sich ja nichts von ihrem Gesichtsausdruck entgehen zu lassen.

»Aber ja! Wir sahen uns bei Rossi, wissen Sie noch, an dem Abend, als dieses italienische Fräulein deklamierte, die neue Rachel«, sagte Golenischtschew leichthin und richtete seinen Blick ohne das mindeste Bedauern vom Bild weg und auf den Maler.

Da er allerdings bemerkte, dass Michailow ein Urteil über das Bild erwartete, sagte er:

»Ihr Bild ist sehr vorangekommen, seit ich es das letzte Mal gesehen habe. Und wie damals frappiert mich auch heute die Gestalt des Pilatus außerordentlich. Man hat soviel Verständnis für diesen Mann, diesen gutmütigen, famosen Kerl, doch Beamten mit Leib und Seele, der nicht weiß, was er tut. Aber mir scheint...«

Das ganze bewegliche Gesicht Michailows strahlte plötzlich auf, die Augen leuchteten. Er wollte etwas sagen, brachte es aber vor Erregung nicht heraus und tat, als müsste er sich räuspern. Wie gering er Golenischtschews Kunstverständnis auch einschätzte, wie unbedeutend die richtige Bemerkung über den treffenden Gesichtsausdruck des Beamten Pilatus auch war, wie kränkend ihm die Äußerung von so Unbedeutendem als erste Bemerkung auch vorkommen mochte, während über Wichtigeres nicht gesprochen wurde, Michailow war von dieser Bemerkung entzückt. Er dachte von der Gestalt des Pilatus dasselbe, was Golenischtschew gesagt hatte. Dass diese Beobachtung eine von Millionen anderer Beobachtungen war, die, das wusste Michailow genau, alle treffend gewesen wären, setzte für ihn die Bedeutung von Golenischtschews Bemerkung nicht herab. Er gewann Golenischtschew für diese Bemerkung lieb, und seine Verzagtheit schlug mit einemmal in Begeisterung um. Sogleich lebte sein ganzes Bild vor ihm auf, in der unaussprechlichen Vielfalt alles Lebendigen. Michailow versuchte erneut zu sagen, dass er Pilatus so verstehe; aber seine Lippen zitterten und gehorchten ihm nicht, er brachte es nicht heraus. Wronski und Anna sagten ebenfalls etwas mit jener leisen Stimme, mit der auf Kunstausstellungen gewöhnlich gesprochen wird, teils um den Künstler nicht zu beleidigen, teils um nicht laut eine Dummheit zu sagen, was so leicht passiert, wenn man über Kunst spricht. Michailow kam es vor, als hätte das Bild auf sie Eindruck gemacht. Er trat zu ihnen.

»Was für ein erstaunlicher Ausdruck auf Christi Gesicht!« sagte Anna. Von allem, was sie sah, gefiel dieser Gesichtsausdruck ihr am meisten, und sie spürte, dass dies das Zentrum des Gemäldes war, darum wäre dieses Lob dem Maler angenehm. »Man sieht, dass ihm Pilatus leid tut.«

Das war erneut eine der Million treffender Beobachtungen, die man in seinem Bild und in der Figur Christi finden konnte. Sie sagte, dass Pilatus ihm leid tue. Christi Gesichtsausdruck musste auch Mitleid enthalten, war er doch der Ausdruck von Liebe, überirdischer Ruhe, Todesbereitschaft und des Bewusstseins von der Vergeblichkeit der Worte. Selbstverständlich war in Pilatus der Beamte ausgedrückt und in Christus Mitleid, da ja der eine das fleischliche, der andere das geistige Leben verkörperte. Dies und vieles andere schoss Michailow durch den Kopf. Und erneut strahlte sein Gesicht vor Begeisterung.

»Ja, und wie diese Gestalt gemalt ist, wieviel Luft um sie ist. Als könnte man um sie herumgehen«, sagte Golenischtschew, und mit dieser Bemerkung wollte er offenbar zeigen, dass er Gehalt und Idee der Gestalt nicht billige.

»Ja, eine erstaunliche Kunstfertigkeit!« sagte Wronski. »Wie diese Gestalten im Hintergrund sich abheben! Das nenne ich Technik«, sagte er zu Golenischtschew, womit er auf ein Gespräch zwischen ihnen anspielte, in dem Wronski gesagt hatte, er habe die Hoffnung aufgegeben, jemals diese Technik zu erwerben.

»Ja, ja, erstaunlich!« bestätigten Golenischtschew und Anna. Trotz des Erregungszustands, in dem Michailow sich befand, versetzte die Bemerkung über die Technik seinem Herzen einen schmerzhaften Stich, er schaute böse auf Wronski, sein Gesicht verfinsterte sich plötzlich. Er hörte dieses Wort Technik oft und begriff eigentlich nicht, was darunter verstanden wurde. Er wusste, dass unter diesem Wort die mechanische Begabung zum Malen und Zeichnen verstanden wurde, völlig unabhängig vom Inhalt. Oft bemerkte er, wie auch beim jetzigen Lob, dass die Technik dem inneren Wert entgegengehalten wurde, als könnte, was übel war, gut gemalt sein. Er wusste, dass viel Aufmerksamkeit und Vorsicht nötig war, um beim Abnehmen der Hüllen das Werk nicht zu beschädigen, auch, um alle Hüllen abzunehmen; aber Malkunst oder Technik war da nicht mit dabei. Wenn einem kleinen Kind sich auftun würde, was er sah, oder seiner Köchin, könnte auch sie herausschälen, was sie sah. Der erfahrenste und kunstfertigste Maltechniker könnte jedoch allein mit seiner mechanischen Begabung gar nichts malen, wenn sich ihm nicht zuvor die Grenzen des Gehalts auftun würden. Außerdem sah er, dass man ihn, wenn schon von Technik die Rede war, dafür nicht loben konnte. In allem, was er malte und gemalt hatte, sah er Mängel, die ihm in die Augen sprangen, die von Unvorsichtigkeit beim Abnehmen der Hüllen herrührten und die er jetzt nicht mehr verbessern konnte, ohne das ganze Werk zu ruinieren. Und fast an allen Figuren und Gesichtern sah er noch Reste nicht ganz abgenommener Hüllen, die das Bild verdarben.

»Eines könnte man sagen, wenn Sie mir die Bemerkung gestatten ...« bemerkte Golenischtschew.

»Oh, da wäre ich sehr froh und bitte Sie«, sagte Michailow mit geheucheltem Lächeln.

»Nämlich, dass Er bei Ihnen ein Menschengott ist und nicht ein Gottesmensch. Im übrigen weiß ich, dass Sie genau das wollten.«

»Ich konnte nicht einen Christus malen, den ich nicht in meiner Seele habe«, sagte Michailow finster.

»Ja, aber in dem Fall, wenn Sie mir die Äußerung meines Gedankens gestatten ... Ihr Bild ist so gut, dass meine Bemerkung ihm nichts anhaben kann, außerdem ist das meine persönliche Meinung. Bei Ihnen ist das ja anders. Schon das Motiv ist ein anderes. Aber nehmen wir einmal Iwanow. Ich finde, wenn Christus auf die Stufe einer historischen Persönlichkeit herabgewürdigt wird, hätte Iwanow besser ein anderes historisches Thema wählen sollen, ein frisches, unberührtes.«

»Aber wenn es das grandioseste Thema ist, das sich der Kunst stellt?«

»Wenn man sucht, finden sich andere. Doch geht es darum, dass Kunst keine Diskussion und keine Vernünfteleien duldet. Und bei Iwanows Bild drängt sich für den Gläubigen wie für den Ungläubigen die Frage auf: Ist er ein Gott, ist er kein Gott? Und das zerstört den einheitlichen Eindruck.«

»Wieso denn? Mir scheint, für gebildete Menschen«, sagte Michailow, »kann es da gar keine Diskussion geben.«

Golenischtschew war damit nicht einverstanden, er beharrte auf seinem ersten Gedanken vom einheitlichen Gesamteindruck, den die Kunst brauche, und widerlegte Michailow.

Michailow erregte sich sehr, wusste aber zur Verteidigung seines Gedankens nichts zu sagen.

XII

Anna und Wronski hatten längst schon Blicke gewechselt, sie bedauerten die gescheite Schwatzhaftigkeit
ihres Freundes, schließlich ging Wronski, ohne auf den
Hausherrn zu warten, zu einem anderen, kleineren
Bild.

»Oh, wie reizend, das ist ja reizend! Ein Wunder! Wie
reizend!« sagten beide wie aus einem Mund.

›Was hat ihnen so gefallen?‹ überlegte Michailow.
Er hatte dieses vor drei Jahren gemalte Bild ganz vergessen. Hatte alle Leiden und Ekstasen vergessen, die
er mit diesem Bild erlebt hatte, als es ihn einige Monate
lang unentwegt, Tag und Nacht, beschäftigte, hatte es
vergessen, wie er beendete Bilder immer vergaß. Er
mochte nicht einmal draufschauen und hatte es nur ausgestellt, weil er einen Engländer erwartete, der es kaufen wollte.

»Ah, nur eine Studie, uralt«, meinte er.

»Wie schön!« sagte Golenischtschew, der sich dem
Reiz des Bildes offenbar auch nicht entziehen konnte.

Zwei Jungen angelten im Schatten einer Weide.
Der eine, ältere, hatte gerade die Angel ausgeworfen
und zog vorsichtig den Schwimmer unterm Busch vor,
völlig versunken in diese Tätigkeit; der andere, ein
wenig jünger, lag im Gras, den wirren Blondkopf auf
die Hände gestützt, und schaute mit nachdenklichen
blauen Augen aufs Wasser. Woran er wohl dachte?

Das Entzücken vor diesem seinem Bild scheuchte in
Michailow die frühere Erregung auf, er fürchtete aber
dieses müßige Gefühl für Vergangenes, mochte es nicht,
und deshalb suchte er, obwohl ihm das Lob Freude
machte, die Besucher zu einem dritten Bild zu lenken.

Aber Wronski fragte, ob das Bild zum Verkauf stehe.
Für Michailow war es nun, in seiner Erregung über die
Besucher, sehr unangenehm, über Geld zu sprechen.

»Es ist zum Verkauf ausgestellt«, erwiderte er, finster und mürrisch.

Als die Besucher fort waren, setzte sich Michailow vor das Bild mit Pilatus und Christus und ging im Gedächtnis durch, was gesagt worden war und was, obwohl nicht gesagt, von diesen Besuchern gemeint worden war. Und merkwürdig: was solches Gewicht gehabt hatte für ihn, als sie noch da waren und als er sich in Gedanken auf ihren Standpunkt gestellt hatte, verlor plötzlich jede Bedeutung. Nun schaute er sein Bild ausschließlich mit seinem Künstlerblick an und erreichte, dass er sich der Vollkommenheit und darum der Bedeutsamkeit seines Bildes wieder sicher war, ein Zustand, den er für die alle anderen Interessen ausschließende Anspannung brauchte, bei der allein er arbeiten konnte.

An dem einen Bein Christi stimmte trotz allem die Perspektive nicht. Er nahm die Palette und machte sich an die Arbeit. Beim Ausbessern des Beins schaute er immer wieder zur Figur des Johannes im Hintergrund, die die Besucher gar nicht bemerkt hatten, die aber, das wusste er, der Gipfel der Vollkommenheit war. Als er das Bein beendet hatte, wollte er an diese Figur gehen, fühlte sich aber zu erregt dafür. Wenn er kalt war, konnte er genausowenig arbeiten, wie wenn er zu weich gestimmt war und zuviel sah. Es gab nur eine Stufe bei diesem Übergang von Kälte zu Inspiration, auf der Arbeit möglich war. Und heute war er zu erregt. Er wollte das Bild zuhängen, hielt aber inne, und das Leintuch in der Hand und selig lächelnd, schaute er lange auf die Figur des Johannes. Schließlich riss er sich fast traurig los, ließ das Leintuch herabfallen und ging müde, aber glücklich nach Hause.

Wronski, Anna und Golenischtschew waren auf der Heimfahrt besonders lebhaft und fröhlich. Sie sprachen über Michailow und seine Bilder. Das Wort Talent,

worunter sie eine angeborene, fast körperliche Begabung verstanden, unabhängig von Verstand und Herz,
und womit sie alles benennen wollten, was von einem
Künstler zu durchleben war, kam besonders häufig in
ihrem Gespräch vor, denn sie brauchten es unbedingt,
um das zu benennen, wovon sie keinen Begriff hatten,
aber reden wollten. Sie sagten, dass man ihm Talent
nicht absprechen könne, dass sein Talent sich aber nicht
entwickeln konnte aus Mangel an Bildung – dem Unglück aller unserer russischen Künstler. Aber das Bild
mit den Jungen hatte sich ihrem Gedächtnis eingeprägt, und andauernd kamen sie darauf zurück.

»Das ist ja reizend! Wie ihm das nur gelungen ist,
und wie schlicht! Er begreift gar nicht, wie gut es ist.
Ja, das dürfen wir uns nicht entgehen lassen, das müssen wir kaufen«, sagte Wronski.

XIII

Michailow verkaufte Wronski sein kleines Bild und war
einverstanden, ein Porträt Annas zu malen. Am vereinbarten Tag kam er und fing mit der Arbeit an.

Ab der fünften Sitzung frappierte das Porträt alle,
insbesondere Wronski, nicht nur durch seine Ähnlichkeit, sondern auch seine besondere Schönheit. Merkwürdig war, wie Michailow diese besondere Schönheit
Annas hatte entdecken können. ›Man müsste sie kennen und lieben, wie ich sie liebe, um diesen so liebenswürdigen Ausdruck ihrer Seele zu entdecken‹, dachte
Wronski, obgleich er erst dank dem Porträt diesen so
liebenswürdigen Ausdruck ihrer Seele erkannt hatte.
Aber dessen Ausdruck war so wahrhaftig, dass es ihm
und anderen vorkam, als hätten sie ihn längst gekannt.

»Wie lange rackere ich mich ab und bringe nichts

fertig«, sagte Wronski über sein Porträt, »er dagegen schaut hin und malt. Was doch Technik ausmacht.«

»Das kommt schon«, tröstete ihn Golenischtschew, nach dessen Begriffen Wronski sowohl Talent hatte wie vor allem Bildung, die einen erhabenen Blick auf die Kunst verlieh. Golenischtschews Überzeugung von Wronskis Talent wurde noch dadurch gestützt, dass er Wronskis Mitgefühl und Lob für seine Artikel und Gedanken brauchte, und er spürte, dass Lob und Unterstützung auf Gegenseitigkeit beruhen müssten.

In einem fremden Haus und insbesondere im Palazzo bei Wronski war Michailow ein ganz anderer Mensch als in seinem Atelier. Er war feindselig respektvoll, als fürchte er eine Annäherung an Menschen, die er nicht achtete. Er nannte Wronski Euer Erlaucht, und trotz Annas und Wronskis Einladungen blieb er nie zum Diner und kam stets nur zu den Sitzungen. Anna war zu ihm herzlicher als zu anderen und dankbar für ihr Porträt. Wronski war zu ihm mehr als höflich und interessierte sich ganz offenkundig für des Malers Urteil über sein eigenes Bild. Golenischtschew ließ keine Gelegenheit aus, Michailow einen wahren Begriff von der Kunst zu vermitteln. Aber Michailow blieb allen gegenüber gleichermaßen kalt. Anna spürte an seinem Blick, dass er sie gerne anschaute; aber er vermied Gespräche mit ihr. Auf Wronskis Gespräche über seine Malerei schwieg er beharrlich, und genauso beharrlich schwieg er, als ihm das Bild Wronskis gezeigt wurde, und Golenischtschews Gespräche waren ihm offenkundig eine Last und er widersprach ihm nicht.

Mit seiner verhaltenen und unangenehmen, gleichsam feindlichen Einstellung gefiel Michailow ihnen überhaupt nicht, als sie ihn näher kennenlernten. Und sie waren froh, als die Sitzungen zu Ende waren, sie das wunderschöne Porträt in Händen hatten, er aber nicht mehr kam.

Golenischtschew äußerte als erster den Gedanken, den sie alle hatten – nämlich dass Michailow schlicht neidisch sei auf Wronski.

»Gewiss, nicht gerade neidisch, denn Talent hat er ja; aber es verdrießt ihn, dass ein hoffähiger und reicher Mann, noch dazu ein Graf (das hassen sie doch alle), ohne besondere Mühe – und womöglich sogar besser – das Gleiche macht wie er, der sein ganzes Leben diesem Tun gewidmet hat. Und vor allem die Bildung, die er nicht hat.«

Wronski verteidigte Michailow, aber in tiefster Seele glaubte er es, denn seinen Begriffen nach musste ein Mensch aus einer anderen, niedrigeren Welt neidisch sein.

Das Porträt Annas – ein und dasselbe, von ihm wie von Michailow nach der Natur gemalt – hätte Wronski den Unterschied zeigen müssen, der zwischen ihm und Michailow bestand; aber er sah ihn nicht. Er hörte bloß nach Michailow auf, an seinem Porträt Annas weiterzumalen, da er fand, das sei jetzt überflüssig. Sein Gemälde aus dem mittelalterlichen Leben setzte er jedoch fort. Er selbst wie Golenischtschew wie vor allem Anna fanden es sehr gut, denn es sah berühmten Bildern viel ähnlicher als Michailows Bild.

Michailow wiederum war, trotzdem ihn Annas Porträt sehr fasziniert hatte, noch viel froher als die drei, wie die Sitzungen zu Ende waren und er Golenischtschews Gerede über die Kunst nicht mehr hören musste und Wronskis Malerei vergessen konnte. Er wusste, dass man Wronski nicht verbieten konnte, mit der Malerei Unfug zu treiben; er wusste, dass er wie alle Dilettanten mit Fug und Recht malte, was ihm beliebte, doch es war ihm unangenehm. Man kann einem Menschen nicht verbieten, sich eine große Wachspuppe zu machen und sie zu küssen. Aber wenn dieser Mensch mit der Puppe ankäme und sich vor einen Verliebten setzte und anfinge, seine Puppe zu herzen, wie der Verliebte diejenige herzt, die er liebt, so wäre das dem Verliebten unangenehm. Solch ein unangenehmes Gefühl hatte Michailow beim Anblick von Wronskis Malerei; für ihn war das lächerlich und verdrießlich, bemitleidenswert und verletzend.

Wronskis Passion für Malerei und Mittelalter hielt nicht lange vor. Er hatte genügend Kunstverstand, um sein Gemälde nicht zu beenden. Das Bild stockte. Er hatte das vage Gefühl, dass die Mängel des Bildes, zu Beginn kaum bemerkbar, auffällig würden, wenn er weitermachte. Ihm widerfuhr das Gleiche wie Golenischtschew, der fühlte, dass er nichts zu sagen hatte und sich ständig selbst damit täuschte, dass seine Gedanken noch nicht ausgereift seien, dass er sie austrage und Material sammle. Aber Golenischtschew erbitterte und zermürbte das, Wronski dagegen konnte sich nicht täuschen und quälen und vor allem nicht erbittert sein. Mit der ihm eigenen Charakterstärke und ohne etwas zu erklären oder sich zu rechtfertigen, hörte er auf, sich mit Malerei zu beschäftigen.

Aber ohne diese Beschäftigung kam ihm und Anna, die sich über seine Enttäuschung wunderte, das Leben so langweilig vor in der italienischen Stadt, der Palazzo wurde plötzlich so augenfällig alt und schmutzig, so unangenehm sprangen die Flecken auf den Vorhängen in die Augen, die Risse in den Böden, der abgeschlagene Stuck an den Karniesen, und so langweilig wurde der immer gleiche Golenischtschew, der italienische Professor und der deutsche Reisende, dass das Leben verändert werden musste. Sie beschlossen, nach Russland zu fahren, aufs Land. In Petersburg beabsichtigte Wronski, mit seinem Bruder das Vermögen aufzuteilen, und Anna, ihren Sohn zu sehen. Den Sommer beabsichtigten sie auf Wronskis großem Familiengut zu verbringen.

XIV

Lewin war den dritten Monat verheiratet. Er war glücklich, doch überhaupt nicht so, wie er erwartet hatte. Auf Schritt und Tritt traf er auf die Enttäuschung früherer Träume und auf neue, überraschende Entzückung. Lewin war glücklich, aber einmal eingetreten ins Familienleben, sah er auf Schritt und Tritt, dass es überhaupt nicht so war, wie er es sich vorgestellt hatte. Auf Schritt und Tritt empfand er, was ein Mensch, der sich am sanften, glücklichen Gleiten eines Bootes über einen See ergötzt hat, empfinden würde, wenn er selbst in dieses Boot stiege. Er sah, dass er nicht nur still sitzen und nicht schaukeln durfte – ohne einen Moment außer acht zu lassen, wohin die Fahrt ging, musste auch bedacht werden, dass Wasser unter einem war und gerudert werden musste, was den ungeübten Händen wehtat, dass nur Zuschauen leichtfiel und dass Selberfahren zwar sehr beglückend war, aber auch sehr schwierig.

Hatte er als Junggeselle bisweilen auf fremdes Eheleben geblickt, auf kleinkrämerige Sorgen, Gezänk und Eifersucht, dann hatte er im Innern bloß verächtlich gelächelt. In seinem zukünftigen Eheleben könnte es, seiner Überzeugung nach, nicht nur dergleichen keinesfalls geben, vielmehr müssten sogar dessen äußere Formen, so kam es ihm vor, dem Leben der anderen vollkommen unähnlich sein. Und da gestaltete sich statt dessen das Leben mit seiner Frau nicht nur auf keine besondere Weise, im Gegenteil, es setzte sich gänzlich aus diesem nichtigen Kleinkram zusammen, den er früher so verachtet hatte, der jetzt aber gegen seinen Willen eine ungewöhnliche und unumstößliche Bedeutung gewann. Und Lewin sah, dass diesen Kleinkram zu regeln überhaupt nicht so leicht war, wie ihm das früher vorgekommen war. Obwohl Lewin meinte, er hätte einen überaus genauen Begriff vom Familienleben, stellte er

sich wie alle Männer unwillkürlich das Familienleben
als reinen Liebesgenuss vor, dem nichts hinderlich sein
und von dem kleinliche Sorgen nicht ablenken dürften. Er müsste, nach seinen Begriffen, seine Arbeit erledigen und sich davon erholen im Glück der Liebe.
Seine Frau müsste sich lieben lassen und sonst nichts.
Aber wie alle Männer vergaß er, dass auch sie arbeiten
musste. Und er wunderte sich, wie sie, diese poetische,
reizende Kitty, nicht nur in den ersten Wochen, sondern gleich in den ersten Tagen des Familienlebens an
Tischtücher und Möbel denken, Gästematratzen im
Sinn haben, sich um ein Tablett, um den Koch, um das
Essen usw. kümmern konnte. Noch als Bräutigam war
er verblüfft gewesen über die Bestimmtheit, mit der sie
eine Auslandsreise abgelehnt und beschlossen hatte,
aufs Land zu reisen, wie wenn sie etwas wüsste, das sein
musste, und außer an ihre Liebe noch an anderes denken könnte. Das hatte ihn damals gekränkt, und auch
jetzt kränkten ihn ein paarmal ihre kleinkrämerige Ge-
schäftigkeit und ihre Sorgen. Aber er sah, dass sie das
brauchte. Und da er sie liebte, musste er seine Freude
daran haben, obwohl er nicht begriff, wozu, obwohl er
sich lustig machte über diese Sorgen. Er machte sich
lustig darüber, wie sie die aus Moskau gebrachten Möbel aufstellte, wie sie ihr und sein Zimmer umräumte,
wie sie Vorhänge aufhängte, wie sie die zukünftigen
Zimmer für Gäste, für Dolly einteilte, wie sie das Zimmer für ihre neue Zofe einrichtete, wie sie beim alten
Koch das Diner in Auftrag gab und wie sie sich auf
Dispute mit Agafja Michailowna einließ, um dieser
die Lebensmittelvorräte aus der Hand zu nehmen. Er
sah, dass der alte Koch lächelte und seine Freude an ihr
hatte, wenn er ihren ungeschickten, unmöglichen Befehlen lauschte; er sah, dass Agafja Michailowna nachdenklich und wohlwollend den Kopf schüttelte über die
Anordnungen der jungen Herrin in der Vorratskammer;

er sah, dass Kitty geradezu allerliebst war, wenn sie lachend und weinend zu ihm kam, um zu verkünden, ihre Zofe Mascha halte sie nach wie vor für ein Fräulein und darum höre niemand auf sie. Ihm kam das allerliebst vor, aber merkwürdig, und er dachte, besser wäre es ohne das.

Er wusste nichts von der Veränderung, die sie empfand, nachdem sie zu Hause manchmal Lust gehabt hatte auf Kohl mit Kwas oder auf Konfekt und weder das eine noch das andere hatte kriegen können, jetzt aber konnte sie bestellen, was sie wollte, Berge von Konfekt kaufen, soviel Geld ausgeben, wie sie wollte, und den Kuchen bestellen, welchen sie wollte.

Sie sah schon jetzt mit Freuden dem Besuch Dollys und der Kinder entgegen, besonders deshalb, weil sie jedem der Kinder seinen Lieblingskuchen bestellen würde, und Dolly könnte ihre neue Einrichtung bewundern. Sie wusste selbst nicht, weshalb und wozu, aber zur Hauswirtschaft fühlte sie sich unwiderstehlich hingezogen. Da sie instinktiv das Frühjahr kommen fühlte und wusste, es kämen auch Tage mit schlechtem Wetter, baute sie ihr Nest, so gut sie konnte, und beeilte sich, gleichzeitig zu bauen und zu lernen, wie man das macht.

Die kleinkrämerige Besorgtheit Kittys, die Lewins Ideal vom erhabenen Glück der ersten Zeit so entgegengesetzt war, war eine seiner Enttäuschungen; die allerliebste Besorgtheit, deren Sinn er nicht verstand, die er aber einfach lieben musste, war eine der neuen Entzückungen.

Eine andere Enttäuschung und Entzückung waren ihre Zankereien. Lewin hätte sich niemals vorstellen können, dass das Verhältnis zwischen ihm und seiner Frau anders wäre als zärtlich, achtungsvoll und liebevoll, und da hatten sie sich gleich in den ersten Tagen derart gezankt, dass sie zu ihm sagte, er liebe sie nicht, liebe nur sich selbst, und anfing zu weinen und mit den Armen zu fuchteln.

Dieser erste Zank brach deshalb aus, da Lewin zu einem neuen Vorwerk geritten und eine halbe Stunde länger ausgeblieben war, weil er auf einem kürzeren Weg zurückreiten wollte und sich verirrte. Er ritt nach Hause, ganz in Gedanken an sie, an ihre Liebe, an sein Glück, und je näher er kam, desto mehr entbrannte seine Zärtlichkeit für sie. Ins Zimmer gestürmt kam er mit den gleichen und womöglich noch stärkeren Gefühlen wie damals, als er für den Heiratsantrag zu den Schtscherbazkis gefahren kam. Und da empfing ihn eine finstere Miene, wie er sie noch nie an ihr gesehen hatte. Er wollte sie küssen, sie stieß ihn zurück.

»Was hast du?«

»Dir ist fröhlich zumute...«, hob sie an in dem Wunsch, gelassen und giftig zu sein.

Aber sie hatte kaum den Mund aufgemacht, da brach ein Schwall von Vorwürfen unsinniger Eifersucht heraus, alles, was sie geplagt hatte in der halben Stunde, die sie unbeweglich am Fenster sitzend verbracht hatte. Nun begriff er zum erstenmal klar, was er nicht begriffen hatte, als er sie nach der Trauung aus der Kirche führte. Er begriff, dass sie ihm nicht nur nahestand, sondern dass er nicht mehr wusste, wo sie aufhörte und er anfing. Er begriff es an dem qualvollen Gefühl der Entzweiung, das er in dem Moment empfand. Er fühlte sich gekränkt im ersten Moment, merkte aber sogleich, dass er von ihr nicht gekränkt werden konnte, dass sie er selbst war. Im ersten Moment hatte er ein Gefühl wie ein Mensch, wenn ihn von hinten plötzlich ein starker Hieb trifft, er sich verärgert und mit Rachegefühlen umdreht, um den Schuldigen zu finden, und erkennen muss, dass er sich versehentlich selbst gestoßen hat, dass keiner da ist, über den er sich ärgern könnte, und er nur den Schmerz ertragen und lindern kann.

Niemals später sollte er das mit solcher Macht erneut empfinden, aber bei diesem ersten Mal konnte er
sich lange nicht fassen. Sein natürliches Gefühl verlangte, dass er sich rechtfertigte, ihr bewies, dass sie
schuldig war; aber zu beweisen, dass sie schuldig war,
hätte bedeutet, sie noch mehr zu reizen und die Kluft,
den Grund für den Kummer, noch zu vertiefen. Das
eine, gewohnte Gefühl drängte ihn, die Schuld von sich
zu nehmen und ihr aufzuladen; ein anderes, stärkeres
Gefühl drängte ihn, schnellstens, so schnell wie irgend
möglich, die Kluft nicht tiefer werden zu lassen, sie ein-
zuebnen. Eine so ungerechte Beschuldigung auszuhalten war qualvoll, aber Kitty durch seine Rechtfertigung
weh zu tun war noch schlimmer. Wie ein Mensch, den
im Halbschlaf ein Schmerz plagt, hätte er die schmerzende Stelle gerne losgerissen und abgeworfen, aber
als er sich gefasst hatte, merkte er, dass die schmerzende
Stelle er selbst war. Er musste sich also nur bemühen
und dazu verhelfen, dass die Stelle den Schmerz aushielt, und darum bemühte er sich auch.

Sie versöhnten sich. Ihr wurde ihre Schuld bewusst;
sie gab es zwar nicht zu, wurde aber zärtlicher zu ihm,
und sie erlebten ein neues, zweifaches Liebesglück.
Aber das verhinderte nicht, dass die Zusammenstöße
sich wiederholten, und zwar besonders oft aus über-
raschenden und nichtigen Anlässen. Oft kamen die Zusammenstöße daher, dass sie noch nicht wussten, was
für den anderen wichtig war, und auch daher, dass sie
beide in der ganzen ersten Zeit oft schlechter Stimmung waren. Wenn der eine guter, der andere schlechter Stimmung war, wurde der Friede nicht gestört,
wenn sie aber einmal beide schlechter Stimmung waren, kam es zu Zusammenstößen aus so unbegreiflich
nichtigen Gründen, dass ihnen hinterher gar nicht
mehr einfiel, worüber sie sich gezankt hatten. Wenn sie
freilich beide guter Stimmung waren, verzweifachte

sich ihre Lebensfreude. Dennoch war diese erste Zeit für sie eine schwere Zeit.

In dieser ganzen ersten Zeit war besonders lebhaft zu spüren, wie gespannt die Kette war, die sie beide verband, wie sie gleichsam in die eine und die andere Richtung zog. Überhaupt war dieser Honigmond, also der Monat nach der Hochzeit, von dem sich Lewin den Legenden nach so viel versprochen hatte, nicht nur kein Honigschlecken, sondern blieb beiden als die schwierigste und erniedrigendste Zeit ihres Lebens in Erinnerung. Beide bemühten sich gleichermaßen, in ihrem folgenden Leben alle hässlichen, beschämenden Umstände dieser ungesunden Zeit, als sie beide selten in normaler Stimmung, selten sie selbst waren, aus ihrem Gedächtnis zu tilgen.

Erst im dritten Ehemonat, nach ihrer Rückkehr aus Moskau, wohin sie für einen Monat gereist waren, verlief ihr Leben gleichmäßiger.

XV

Sie waren gerade aus Moskau zurückgekehrt und freuten sich ihrer Zweisamkeit. Er saß im Arbeitszimmer am Schreibtisch und schrieb. Sie saß in dem dunkelvioletten Kleid, das sie in den ersten Ehetagen angehabt und jetzt wieder angezogen hatte und das ihm besonders denkwürdig und teuer war, auf dem Sofa, auf demselben uralten Ledersofa, das schon bei Lewins Großvater und Vater stets im Arbeitszimmer gestanden war, und stickte an einer *broderie anglaise**. Er dachte und schrieb, dabei fühlte er unablässig und voll Freude ihre Gegenwart. Seine Beschäftigung mit der Gutswirtschaft und mit dem Buch, in dem die Grundprinzipien

* Lochstickerei *(frz.)*

des neuen Wirtschaftens ausgeführt werden sollten,
hatte er nicht aufgegeben; aber wie klein und nichtig
ihm früher diese Beschäftigungen und Gedanken erschienen waren, verglichen mit der Finsternis, die das
ganze Leben verdeckte, genauso unbedeutend und klein
erschienen sie ihm jetzt, verglichen mit dem vom hellen Licht des Glücks überfluteten Leben, das vor ihm
lag. Er führte seine Beschäftigungen fort, merkte jetzt
aber, dass sich der Brennpunkt seiner Aufmerksamkeit
anderswohin verlagert hatte und er infolgedessen die
Arbeit ganz anders und viel klarer sah. Früher hatte
diese Arbeit ihn vor dem Leben gerettet. Früher hatte
er gemerkt, dass sein Leben ohne diese Arbeit zu düster
wäre. Jetzt brauchte er diese Beschäftigungen, damit
das Leben nicht zu eintönig hell wäre. Als er nun wieder zu seinen Papieren gegriffen und gelesen hatte, was
schon geschrieben war, fand er befriedigt, die Sache sei
es wert, sich damit zu befassen. Das war etwas Neues
und Nützliches. Viele seiner früheren Gedanken kamen
ihm entbehrlich und extrem vor, doch wurden ihm
auch viele Lücken klar, als er nun das Ganze im Gedächtnis auffrischte. Er schrieb ein neues Kapitel über
die Gründe für die unvorteilhafte Situation des Ackerbaus in Russland. Er suchte zu beweisen, dass Russlands
Armut nicht nur von der unrichtigen Verteilung des
Landbesitzes und einer falschen Zielsetzung herrühre,
sondern dass in letzter Zeit auch die Russland künstlich
aufgepfropfte äußere Zivilisation dazu beitrage, besonders die Verkehrswege, die Eisenbahnen, die eine Zen-
tralisierung in den Städten und die Entwicklung von
Luxus nach sich zogen und, als Folge davon und zum
Schaden des Ackerbaus, die Entwicklung von Fabrik-
industrie, Kreditwesen und seinem Gefährten, dem
Spiel an der Börse. Er meinte, dass bei einer normalen
Entwicklung des Reichtums im Staat diese Phänomene
erst aufträten, wenn in den Ackerbau schon viel Arbeit

gesteckt wäre, wenn er sich in richtigen, zumindest
geregelten Bahnen bewegte; dass der Reichtum eines
Landes gleichmäßig wachsen müsse, jedenfalls so, dass
andere Reichtumsbranchen den Ackerbau nicht über-
rundeten; dass mit einem bestimmten Entwicklungs-
stand des Ackerbaus auch die Verkehrswege in Einklang
stehen müssten und dass bei unserer unrichtigen Bo-
dennutzung die Eisenbahnen zu früh gekommen sei-
en, nicht aus wirtschaftlicher, sondern aus politischer
Notwendigkeit heraus, und statt dem Ackerbau aufzu-
helfen, was von ihnen erwartet wurde, hätten sie den
Ackerbau überholt und die Entwicklung von Industrie
und Kreditwesen stimuliert, womit sie ihn zum Stillstand brachten, und dass deshalb für die allgemeine
Entwicklung des Reichtums in Russland, genauso wie
die einseitige und verfrühte Entwicklung eines Organs
im Tier seine Gesamtentwicklung stört, Kreditwesen,
Verkehrswege und stärkere Fabrikstätigkeit – alles
zweifellos notwendig in Europa, wo sie der Zeit entsprachen – bei uns nur Schaden anrichteten, da sie wieder
einmal das Hauptproblem verdrängten – die Regulie-
rung des Ackerbaus.

Während er schrieb, dachte sie daran, wie unnatürlich zuvorkommend ihr Mann zu dem jungen Fürsten Tscharski gewesen war, der ihr am Abend vor der
Abreise sehr taktlos den Hof gemacht hatte. ›Er ist
nämlich eifersüchtig‹, dachte sie. ›Mein Gott! wie lieb
und dumm er ist. Meinetwegen eifersüchtig! Wenn er
wüsste, dass sie mir alle soviel bedeuten wie Pjotr, der
Koch‹, dachte sie und schaute mit einem für sie seltsamen Besitzgefühl auf seinen Nacken und den roten
Hals. ›Schade zwar, ihn von der Arbeit abzulenken (aber
die schafft er sowieso!), doch ich muss sein Gesicht
sehen; ob er fühlt, dass ich ihn anschaue? Ich will, dass
er sich umdreht … Ich will es, na!‹ Und sie riss weit die
Augen auf, um die Wirkung ihres Blicks zu verstärken.

»Ja, sie ziehen alle Säfte auf sich und verschaffen falschen Glanz«, murmelte er, hielt im Schreiben inne, und da er fühlte, dass sie ihn ansah und lächelte, blickte er sich um.

»Was ist?« fragte er lächelnd und stand auf.

›Hat sich umgeblickt!‹ dachte sie.

»Nichts weiter, ich wollte, dass du dich umblickst.« Sie blickte ihn an und suchte zu erraten, ob es ihn verdross, dass sie ihn abgelenkt hatte.

»Wie gut es uns doch geht zu zweit! Mir jedenfalls«, sagte er und trat mit glückstrahlendem Lächeln zu ihr.

»Mir geht es auch so gut! Nirgends fahre ich hin, vor allem nicht nach Moskau.«

»Und woran hast du gedacht?«

»Ich? Ich habe gedacht ... Nein, nein, geh und schreib, lenk dich nicht ab«, sagte sie und schürzte die Lippen, »auch muss ich jetzt diese Löchlein ausschneiden, siehst du?«

Sie nahm die Schere und fing mit dem Ausschneiden an.

»Doch, sag schon, woran?« Er setzte sich zu ihr und verfolgte die Kreisbewegung der kleinen Schere.

»Ach, was habe ich gedacht? An Moskau habe ich gedacht, an deinen Nacken.«

»Wie konnte gerade mir solches Glück zufallen? Das ist unnatürlich. Viel zu schön.« Er küsste ihr die Hand.

»Mir geht es umgekehrt – je schöner, desto natürlicher.«

»Du hast ja ein Zöpfchen«, sagte er und drehte vorsichtig ihren Kopf. »Ein Zöpfchen. Siehst du, hier. Nein, nein, wir sind ernsthaft beschäftigt.«

Daraus wurde aber nichts, und die beiden fuhren wie schuldbewusst auseinander, als Kusma eintrat und meldete, der Tee sei serviert.

»Ist der Wagen aus der Stadt gekommen?« fragte Lewin Kusma.

»Gerade eben, sie sortieren jetzt.«

»Komm aber bald«, sagte sie, als sie das Arbeitszimmer verließ, »sonst lese ich die Briefe ohne dich. Und lass uns vierhändig spielen.«

Allein geblieben, räumte er seine Hefte in das neue, von ihr gekaufte Portefeuille, wusch sich die Hände in dem neuen Waschbecken mit dem neuen, auch mit ihr aufgetauchten eleganten Zubehör. Lewin lächelte über seine Gedanken und schüttelte missbilligend den Kopf über diese Gedanken; ein Gefühl wie Reue plagte ihn. Etwas Beschämendes, Verweichlichtes, Capuanisches, wie er das bei sich nannte, war an seinem jetzigen Leben. ›So zu leben ist nicht gut‹, dachte er. ›Bald sind es drei Monate, und ich tue fast nichts. Heute bin ich fast zum ersten Mal ernsthaft an die Arbeit gegangen, und was ist? Kaum habe ich angefangen, lege ich sie weg. Sogar meine üblichen Beschäftigungen, auch sie habe ich fast aufgegeben. Die Gutswirtschaft, auch da gehe und reite ich fast nie durch. Mal tut es mir leid, Kitty alleinzulassen, mal sehe ich, dass sie sich langweilt. Dabei hatte ich gedacht, vor der Heirat sei das Leben mittelmäßig, na ja, zähle nicht, und erst nach der Heirat fange es richtig an. Jetzt sind es bald drei Monate, und ich habe noch nie so müßig und nutzlos meine Zeit verbracht. Nein, so geht es nicht, ich muss anfangen. Versteht sich, sie ist nicht schuld. Ihr wäre nichts vorzuwerfen. Ich hätte selbst entschiedener sein müssen, meine männliche Unabhängigkeit abgrenzen. So gewöhne ich mich noch selber dran und bringe es ihr bei … Versteht sich, sie ist nicht schuld‹, sprach er zu sich.

Doch schwer ist es für einen unzufriedenen Menschen, jemand anderem, und gerade dem, der ihm am nächsten steht, nicht dessentwegen Vorwürfe zu machen, womit er unzufrieden ist. Und es kam Lewin vage in den Sinn, nicht, dass sie schuld sei (schuld sein konnte

sie an überhaupt nichts), sondern schuld sei ihre Erziehung, eine zu oberflächliche und frivole (›dieser
Dummkopf Tscharski, ich weiß, sie wollte ihm Einhalt
gebieten, brachte es aber nicht fertig‹). ›Ja, außer dem
Interesse am Haushalt (das hatte sie), außer ihrer Toilette und außer der *broderie anglaise* hat sie keine ernsthaften Interessen. Weder Interesse an meiner Arbeit,
an der Gutswirtschaft und an den Bauern, noch an der
Musik, von der sie einiges versteht, noch am Lesen. Sie
tut gar nichts und ist es völlig zufrieden.‹ Lewin verurteilte das in seinem Inneren und begriff noch nicht, dass
sie sich vorbereitete auf jene Zeit ihrer Tätigkeit, die
anbrechen musste, wenn sie zur selben Zeit Frau ihres
Mannes und Hausherrin wäre und ihre Kinder austragen, nähren und aufziehen würde. Er begriff nicht, dass
sie dies intuitiv wusste und sich, während sie sich vorbereitete auf diese schlimme Mühsal, keine Vorwürfe
machte wegen Augenblicken der Sorglosigkeit und des
Liebesglücks, die sie nun genoss, solange sie fröhlich ihr
künftiges Nest baute.

XVI

Als Lewin nach oben kam, saß seine Frau beim neuen
silbernen Samowar und dem neuen Teegeschirr, hatte
die alte Agafja Michailowna am kleinen Tischchen
Platz nehmen lassen und ihr ein Tässchen Tee einge-
schenkt, und nun las sie einen Brief von Dolly, mit der
sie in ständigem und regem Briefwechsel stand.

»Ja, hat mich Platz nehmen lassen, Eure Gnädige,
bei sich am Tisch«, sagte Agafja Michailowna und
lächelte freundlich zu Kitty hinüber.

Diesen Worten entnahm Lewin die Lösung des Dra-
mas, das sich in letzter Zeit zwischen Agafja Michailowna und Kitty abgespielt hatte. Er sah, dass trotz allen

Kummers, den die neue Hausherrin Agafja Michailowna zugefügt hatte, da sie ihr die Zügel aus der Hand
nahm, Kitty dennoch gesiegt und sie dazu gebracht
hatte, sie liebzugewinnen.

»Da habe ich einen Brief an dich aufgemacht«, sagte Kitty und reichte ihm einen unbeholfen adressier-
ten Brief. »Er kommt anscheinend von jener Frau bei
deinem Bruder ...« sagte sie. »Gelesen habe ich ihn
nicht. Das hier ist von den Meinen und von Dolly.
Stell dir vor! Dolly hat Grischa und Tanja zum Kin-
derball bei den Sarmatskis ausgeführt; Tanja als Marquise.«

Aber Lewin hörte nicht zu; errötend nahm er den
Brief von Marja Nikolajewna, der ehemaligen Geliebten seines Bruders Nikolai, und begann ihn zu lesen.
Es war schon der zweite Brief von Marja Nikolajewna.
Im ersten Brief hatte Marja Nikolajewna geschrieben,
der Bruder habe sie ohne ihre Schuld fortgejagt, und
hatte mit rührender Naivität hinzugesetzt, obgleich sie
wieder im Elend sei, bitte sie um nichts und wünsche
nichts, nur drücke ihr der Gedanke das Herz ab, dass
Nikolai Dmitrijewitsch ohne sie verloren sei aufgrund
seines schwachen Gesundheitszustands, und sie bat den
Bruder, auf ihn achtzugeben. Diesmal schrieb sie etwas
anderes. Sie hatte Nikolai Dmitrijewitsch gefunden,
hatte sich in Moskau wieder mit ihm zusammengetan
und war mit ihm in die Gouvernementsstadt gefahren,
wo er eine Stelle bekommen hatte. Aber dort habe er
sich mit dem Vorgesetzten zerstritten und sei nach Moskau zurückgefahren, unterwegs aber so krank geworden, dass er wohl kaum wieder aufstehen werde, schrieb
sie. »Ständig spricht der Herr von Ihnen, und Geld ist
auch keines mehr da.«

»Lies mal, Dolly schreibt über dich«, hob Kitty
lächelnd an, stockte aber sofort, als sie den veränderten
Gesichtsausdruck ihres Mannes bemerkte.

»Was hast du? Was ist?«

»Sie schreibt mir, dass Nikolai, mein Bruder, im Sterben liegt. Ich fahre hin.«

Kittys Gesicht veränderte sich sofort. Die Gedanken an Tanja als Marquise, an Dolly – alles war verschwunden.

»Wann willst du fahren?« fragte sie.

»Morgen.«

»Ich komme mit, darf ich?« fragte sie.

»Kitty! Was soll das?« sagte er vorwurfsvoll.

»Was das soll?« Sie war gekränkt, dass er ihren Vorschlag wie mit Unwillen und Verdruss aufnahm. »Warum sollte ich nicht mitfahren? Ich werde dich nicht stören. Ich …«

»Ich fahre, weil mein Bruder stirbt«, sagte Lewin.

»Wozu du …«

»Wozu? Aus demselben Grund wie du.«

›Auch in einem für mich so wichtigen Moment denkt sie nur daran, dass sie sich langweilen wird allein‹, dachte Lewin. Und dieser falsche Zungenschlag bei etwas so Wichtigem ärgerte ihn.

»Das ist unmöglich«, sagte er streng.

Agafja Michailowna sah, dass sich ein Zank anbahnte, stellte leise ihr Tässchen ab und ging hinaus. Kitty bemerkte es nicht einmal. Der Ton, in dem ihr Mann die letzten Worte gesagt hatte, kränkte sie besonders deshalb, weil er offenbar nicht glaubte, was sie gesagt hatte.

»Und ich sage dir, wenn du fährst, dann fahre ich mit dir, fahre unbedingt«, hob sie hastig und zornig an. »Warum ist das unmöglich? Warum sagst du, das sei unmöglich?«

»Weil ich wer weiß wohin fahren muss, wer weiß auf welchen Straßen und in was für Gasthäusern. Du wirst mich behindern«, sagte Lewin, bemüht, kaltblütig zu bleiben.

»Kein bisschen. Ich brauche nichts. Wo du bist, kann auch ich ...«

»Na, schon allein deshalb, weil diese Frau dort ist, mit der du keinen Umgang haben kannst.«

»Ich weiß nichts und will nicht wissen, wer dort ist und was. Ich weiß nur, dass der Bruder meines Mannes stirbt und mein Mann zu ihm fährt, und ich fahre mit meinem Mann, um ...«

»Kitty! Sei nicht empört. Überleg doch mal, das Ganze ist so wichtig, dass mich der Gedanke schmerzt, du könntest ein Gefühl der Schwäche damit vermengen, den Wunsch, nicht allein zu bleiben. Also, wenn es dir langweilig ist allein, also, fahr nach Moskau.«

»Na bitte, immer musst du mir üble, gemeine Gedanken unterschieben«, sagte sie mit Tränen der Kränkung und des Zorns. »Ich habe das nicht, weder Schwäche noch ... Ich fühle, dass es meine Pflicht ist, bei meinem Mann zu sein, wenn er Kummer hat, aber du willst mir absichtlich weh tun, willst absichtlich nicht verstehen ...«

Lewin stand auf, außerstande, seinen Unmut länger zu zügeln. »Nein, das ist ja furchtbar. Regelrecht ein Sklave zu sein!« schrie er. Doch im gleichen Augenblick spürte er, dass er gegen sich selbst wütete.

»Weshalb hast du dann geheiratet? Wärst du frei geblieben. Weshalb nur, wenn es dich nun reut?« stieß sie hervor, sprang auf und rannte in den Salon.

Als er ihr nachkam, war sie tränenerstickt.

Er begann zu sprechen, suchte nach Worten, die sie gar nicht umstimmen, sondern nur beruhigen sollten. Aber sie hörte ihm nicht zu und ging auf nichts ein. Er beugte sich zu ihr und nahm ihre widerstrebende Hand. Er küsste ihre Hand, küsste die Haare, küsste erneut die Hand – sie schwieg. Aber als er ihr Gesicht in beide Hände nahm und »Kitty!« sagte, fasste sie sich auf einmal, weinte noch ein wenig und versöhnte sich.

Beschlossen wurde, morgen gemeinsam zu fahren. Lewin sagte zu seiner Frau, er glaube ihr, dass sie nur mitfahren wolle, um nützlich zu sein, stimmte zu, dass Marja Nikolajewnas Anwesenheit bei seinem Bruder nichts Unschickliches sei; aber in tiefster Seele war er unzufrieden mit ihr und mit sich selbst. Unzufrieden mit ihr war er, weil sie es nicht über sich brachte, ihn ziehen zu lassen, wenn es nötig war (und wie sonderbar war ihm der Gedanke, dass er, der noch vor kurzem nicht an das Glück zu glauben wagte, sie könnte ihn liebgewinnen, sich jetzt unglücklich fühlte, weil sie ihn zu sehr liebte!), und unzufrieden mit sich selbst war er, weil er keine Charakterstärke gezeigt hatte. Noch weniger stimmte er in tiefster Seele zu, dass diese Frau, die bei seinem Bruder war, sie nichts angehe, und er dachte mit Entsetzen an allerlei mögliche Zwischenfälle. Schon allein, dass seine Frau, seine Kitty, im selben Zimmer wäre mit einer Dirne, ließ ihn zusammenzucken vor Abscheu und Entsetzen.

XVII

Das Gasthaus in der Gouvernementsstadt, in dem Nikolai Lewin lag, war eines jener Gouvernementsgasthäuser, die nach neusten, fortschrittlichen Vorbildern eingerichtet sind, mit den allerbesten Absichten in bezug auf Sauberkeit, Komfort und sogar Eleganz, die aber aufgrund des Publikums, das sie besucht, sich außerordentlich rasch in schmutzige Spelunken mit Anspruch auf zeitgemäße Fortschrittlichkeit verwandeln und eben aufgrund dieses Anspruchs dann noch schlimmer werden als alte, einfach schmutzige Gasthäuser. Dieses Gasthaus war bereits in diesem Zustand; der Soldat in schmutziger Uniform, der am Eingang eine Papirossa rauchte und wohl den Portier vorzustellen hatte,

die gusseiserne, durchbrochene, finstere und unangenehme Treppe, der flegelhafte Kellner im schmutzigen Frack, der Speisesaal mit dem verstaubten Wachs-
blumenstrauß als Tischschmuck, dazu Schmutz, Staub
und Schluderei allenthalben, zugleich die neumodische, zeitgemäß eisenbahnhafte, selbstzufriedene Ge-
schäftigkeit dieses Gasthauses – all das wirkte auf die
Lewins nach ihrem jungen Eheleben äußerst trostlos,
besonders da der verlogene Eindruck, den das Gasthaus
machte, sich überhaupt nicht vereinbaren ließ mit dem,
was sie erwartete.

Wie immer stellte sich heraus, dass nach der Frage,
zu welchem Preis sie ein Zimmer wünschten, kein einziges gutes Zimmer frei war; das eine gute Zimmer belegte ein Eisenbahnrevisor, das andere ein Advokat aus
Moskau und das dritte Fürstin Astafjewa vom Landgut
nahebei. Übrig war ein einziges schmutziges Zimmer,
neben dem, so versprach man, gegen Abend ein zweites
geräumt würde. Voll Unmut über seine Frau, weil eingetreten war, was er erwartet hatte, nämlich dass er
sich im Augenblick der Ankunft, da ihm beim Gedanken an den Bruder vor Erregung das Herz stehenblieb,
um sie kümmern musste, statt gleich zum Bruder zu
laufen, brachte Lewin seine Frau auf das ihnen zugeteilte Zimmer.

»Geh nur, geh!« sagte sie und sah ihn scheuen,
schuldbewussten Blickes an.

Er ging schweigend zur Tür hinaus und traf sogleich auf Marja Nikolajewna, die von seiner Ankunft
erfahren hatte und nicht bei ihm einzutreten wagte. Sie
war noch genauso, wie er sie in Moskau gesehen hatte:
dasselbe Wollkleid, Arme und Hals nackt, und dasselbe
gutmütig-stumpfe, nun ein wenig vollere, pockennarbige Gesicht.

»Nun, wie? was ist? wie geht es ihm?«

»Sehr schlecht. Der Herr steht nicht mehr auf.

Hat Sie ständig erwartet. Er ... Sie ... sind mit Gattin hier.«

Lewin verstand im ersten Augenblick nicht, was sie befangen machte, aber sie erklärte es ihm.

»Ich geh raus, geh in die Küche«, stieß sie hervor. »Der Herr wird sich freuen. Hat es schon erfahren, und man kennt sich und erinnert sich aus dem Ausland.«

Lewin begriff, dass sie seine Frau meinte, und wusste nicht, was antworten.

»Gehen wir, gehen wir!« sagte er.

Doch sie setzten sich gerade in Bewegung, da öffnete sich die Tür seines Zimmers, und Kitty schaute heraus. Lewin errötete vor Scham und Unmut über seine Frau, die sich und ihn in solch eine schwierige Situation brachte; aber Marja Nikolajewna errötete noch mehr. Sie duckte sich regelrecht und errötete, dass ihr die Tränen kamen, griff mit beiden Händen nach den Enden ihres Kopftuchs und wickelte sie um ihre roten Finger, da sie nicht wusste, was sie sagen oder machen sollte.

Im ersten Augenblick sah Lewin heftige Neugier in dem Blick, mit dem Kitty auf diese ihr unverständliche, schreckliche Frau schaute; aber das dauerte nur einen Augenblick.

»Nun, was ist? Wie geht es ihm?« wandte sie sich an ihren Mann und dann an sie.

»Wir können doch unmöglich im Flur reden!« sagte Lewin und blickte sich unmutig nach einem Gast um, der gerade auf schlenkrigen Beinen, quasi beschäftigt, durch den Flur schritt.

»Dann kommen Sie herein«, sagte Kitty, nun zu Marja Nikolajewna gewandt, die sich wieder gefasst hatte; doch dann sah sie das erschrockene Gesicht ihres Mannes. »Oder geht, geht und schickt nach mir.«

Sie kehrte ins Zimmer zurück, Lewin ging zu seinem Bruder.

Er hatte überhaupt nicht erwartet, was er bei seinem

Bruder erblickte und empfand. Er hatte erwartet, die gleiche Selbsttäuschung vorzufinden, die, wie er gehört hatte, bei Schwindsüchtigen so oft vorkommt und die ihn während des Bruders Besuch im Herbst so bestürzt hatte. Er hatte erwartet, deutlichere körperliche Anzeichen für das Nahen des Todes vorzufinden, größere Schwäche, größere Magerkeit, dennoch ungefähr den gleichen Zustand. Er hatte erwartet, dass er das gleiche Bedauern vor dem Verlust des geliebten Bruders und das gleiche Entsetzen vor dem Tod fühlen würde wie damals, nur in noch größerem Maß. Und darauf hatte er sich eingestellt; aber er fand etwas ganz anderes vor.

In dem kleinen, schmutzigen Zimmer, dessen farbig gestrichene Wandpanneaus besudelt waren und wo man durch die dünne Wand nebenan reden hörte, in stickiger, von Gestank durchdrungener Luft, lag auf dem von der Wand weggerückten Bett unter der Bettdecke ein Körper. Der eine Arm dieses Körpers lag auf der Bettdecke, und die Hand, riesig wie ein Rechen, war irgendwie an einem dünnen, vom Anfang bis zur Mitte ebenmäßigen langen Stiel festgemacht. Der Kopf lag seitlich auf dem Kissen. Lewin konnte die verschwitzten spärlichen Haare an den Schläfen sehen und die straff bespannte, wie durchsichtige Stirn.

›Es kann nicht sein, dass dieser grauenhafte Körper Bruder Nikolai ist‹, dachte Lewin. Aber er trat näher, erblickte das Gesicht, und jeder Zweifel war unmöglich. Trotz der grauenhaften Veränderung des Gesichts brauchte Lewin nur in die lebendigen, auf den Eintretenden gerichteten Augen zu blicken, die leichte Regung des Mundes unter dem zusammenklebenden Schnurrbart wahrzunehmen, um die grauenhafte Wahrheit zu begreifen, dass dieser tote Körper sein lebendiger Bruder war.

Die glänzenden Augen blickten streng und vorwurfsvoll auf den eintretenden Bruder. Und sogleich stellte sich durch diesen Blick eine lebendige Beziehung zwischen Lebenden her. Sogleich empfand Lewin den Vorwurf in den auf ihn gerichteten Augen und Reue über sein eigenes Glück.

Als Konstantin seine Hand nahm, lächelte Nikolai. Das Lächeln war schwach, kaum merklich, und trotz des Lächelns änderte sich der strenge Ausdruck der Augen nicht.

»Du hast nicht erwartet, mich so vorzufinden«, brachte er mühsam heraus.

»Ja ... nein«, sagte Lewin, sich verhaspelnd. »Wieso hast du denn nicht früher von dir hören lassen, also noch zur Zeit meiner Heirat? Ich hatte mich überall erkundigt.«

Er musste etwas sagen, um nicht zu schweigen, doch er wusste nicht, was er sagen sollte, zumal der Bruder nichts erwiderte, lediglich kein Auge von ihm ließ und offenbar jedes Wort begierig aufnahm. Lewin berichtete dem Bruder, seine Frau sei mitgekommen. Nikolai äußerte sich erfreut, sagte aber, er befürchte, sie durch seinen Zustand zu erschrecken. Schweigen trat ein. Auf einmal regte sich Nikolai und begann zu sprechen. Lewin erwartete etwas besonders Bedeutsames und Wichtiges aufgrund seines Gesichtsausdrucks, aber Nikolai fing von seiner Gesundheit an. Er beschuldigte den Arzt, bedauerte, dass der berühmte Moskauer Arzt nicht da sei, und Lewin begriff, dass er immer noch hoffte.

Lewin nutzte den nächsten Moment des Schweigens, stand auf, da er wenigstens einen Moment das qualvolle Gefühl loswerden wollte, und sagte, er gehe seine Frau holen.

»Schön, und ich lasse hier saubermachen. Hier ist es schmutzig und stinkt, glaube ich. Mascha! putze hier«, sagte der Kranke mit Mühe. »Und hast du geputzt, geh selbst raus«, fügte er hinzu, mit fragendem Blick auf den Bruder.

Lewin erwiderte nichts. Im Flur draußen blieb er stehen. Er hatte gesagt, er gehe seine Frau holen, aber als er sich jetzt darüber Rechenschaft ablegte, was er empfand, beschloss er, sie vielmehr nach Kräften zu überreden, dass sie nicht zu dem Kranken ginge. ›Warum soll sie leiden wie ich?‹ dachte er.

»Nun, was? wie?« fragte Kitty mit erschrockenem Gesicht.

»Ach, es ist furchtbar, furchtbar! Warum bist du hergekommen?« sagte Lewin.

Kitty schwieg kurze Zeit, den Blick scheu und mitleidig auf ihren Mann gerichtet; dann trat sie zu ihm und packte ihn mit beiden Händen am Ellbogen.

»Kostja! Führe mich zu ihm, zu zweit fällt es uns leichter. Führe mich nur hin, führ mich hin, und geh dann«, sagte sie. »Begreif doch, dich zu sehen und ihn nicht zu sehen ist für mich viel schwerer. Dort kann ich vielleicht dir wie ihm von Nutzen sein. Bitte, erlaube es!« beschwor sie ihren Mann, als hinge das Glück ihres Lebens davon ab.

Lewin musste nachgeben, und als er sich gefasst, Marja Nikolajewna allerdings völlig vergessen hatte, ging er mit Kitty erneut zum Bruder.

Leichtfüßig, unablässig auf ihren Mann blickend und ihm ihr tapferes und mitfühlendes Gesicht zeigend, trat sie ins Zimmer des Kranken, drehte sich ohne Hast um und schloss lautlos die Tür. Unhörbaren Schrittes trat sie rasch ans Lager des Kranken, doch so, dass er nicht den Kopf wenden musste, nahm sogleich in ihre frische junge Hand das Gerippe seiner riesigen Hand, drückte sie, und mit der nur Frauen eigenen, nicht kränkenden und mitfühlenden stillen Lebhaftigkeit begann sie zu sprechen.

»Wir sind uns begegnet, waren aber nicht bekannt, in Soden«, sagte sie. »Sie dachten nicht, dass ich einmal Ihre Schwägerin würde.«

»Sie hätten mich nicht erkannt?« fragte er mit dem Lächeln, das bei ihrem Eintreten aufgestrahlt war.

»Doch, ich hätte Sie erkannt. Wie gut Sie daran getan haben, von sich hören zu lassen! Es vergeht kein Tag, ohne dass Kostja an Sie denken und sich Sorgen machen würde.«

Aber die Lebhaftigkeit des Kranken hielt nicht lange vor.

Sie hatte noch nicht zu reden aufgehört, da erschien auf seinem Gesicht wieder der strenge, vorwurfsvolle Ausdruck – der Neid des Sterbenden auf alles Lebende.

»Ich befürchte, dass Sie sich hier nicht recht wohlfühlen«, sagte sie, entzog sich seinem unverwandten Blick und musterte das Zimmer. »Wir sollten den Wirt nach einem anderen Zimmer fragen«, sagte sie zu ihrem Mann, »auch, damit wir in der Nähe sind.«

XVIII

Lewin konnte nicht ruhig seinen Bruder anschauen, konnte nicht in seiner Gegenwart natürlich und ruhig sein. Wenn er zu dem Kranken ins Zimmer trat, umflorten sich unwillkürlich seine Augen und seine Aufmerksamkeit, er sah und unterschied an der Situation des Bruders keine Einzelheiten. Er nahm den schrecklichen Geruch wahr, Schmutz und Unordnung und die Qual und das Stöhnen und hatte das Gefühl, jede Hilfe sei unmöglich. Ihm kam gar nicht in den Sinn, nachzudenken, um den Zustand des Kranken in seinen Einzelheiten zu erkennen, nachzudenken, wie dort unter der Decke dieser Körper lag, wie verbogen diese abgemagerten Unterschenkel, Kreuzbeine und der Rücken gebettet waren und ob man sie nicht irgendwie besser betten und irgendwas tun könnte, damit es, wenn schon nicht besser, doch weniger schlecht wäre. Ihm liefen Kälteschauder über den Rücken, wenn er über diese Einzelheiten nachzudenken begann. Er war felsenfest überzeugt, dass sich überhaupt nichts tun ließ, weder um das Leben zu verlängern, noch um die Leiden zu erleichtern. Das Bewusstsein, dass er jegliche Hilfe als unmöglich erachtete, teilte sich dem Kranken allerdings mit und brachte ihn auf. Weshalb Lewin noch schwerer ums Herz war. Im Zimmer des Kranken zu sein war ihm eine Qual, nicht dort zu sein war noch schlimmer. So ging er unablässig unter den verschiedensten Vorwänden hinaus und wieder hinein, außerstande, allein zu bleiben.

Kitty aber dachte, fühlte und handelte überhaupt nicht so. Beim Anblick des Kranken dauerte er sie. Und Bedauern rief in ihrem weiblichen Herzen überhaupt nicht jenes Entsetzen und Zurückschrecken hervor, das es bei ihrem Mann hervorrief, sondern das Bedürfnis zu handeln, alle Einzelheiten über seinen Zustand zu erfahren und Abhilfe zu schaffen. Und da sie nicht den geringsten Zweifel hegte, dass sie ihm helfen musste, zweifelte sie auch nicht daran, dass es möglich war, und ging sofort ans Werk. Jene Einzelheiten, an die auch nur zu denken ihren Mann in Schrecken versetzte, fielen ihr sofort ins Auge. Sie schickte nach einem Arzt, schickte in die Apotheke, ließ ihre Zofe, die mitgekommen war, gemeinsam mit Marja Nikolajewna ausfegen, Staub wischen, putzen, wischte selbst etwas ab, wusch etwas durch, legte etwas unter die Bettdecke. Einiges wurde gebracht auf ihre Anordnung, einiges aus dem Krankenzimmer weggebracht. Ein paarmal ging sie auch selbst in ihr eigenes Zimmer, ohne die Herren zu beachten, die ihr entgegenkamen, und besorgte und brachte Leintücher, Kissenüberzüge, Handtücher und Hemden.

Der Lakai, der im Speisesaal den Ingenieuren das

Essen servierte, kam ein paarmal, auf ihr Verlangen, mit ärgerlichem Gesicht und konnte doch nicht anders, als ihre Weisungen auszuführen, denn sie erteilte sie mit derart liebenswürdiger Beharrlichkeit, dass man sich ihr einfach nicht entziehen konnte. Lewin billigte das alles nicht; er glaubte nicht, dass dem Kranken daraus ein Nutzen erwachse. Am meisten fürchtete er, dass der Kranke ärgerlich werden könnte. Der Kranke schien zwar alles mit Gleichmut hinzunehmen, ärgerte sich aber nicht, sondern schämte sich nur, überhaupt schien es ihn zu interessieren, was sie mit ihm anstellte. Als Lewin vom Arzt zurückkehrte, zu dem Kitty ihn geschickt hatte, und die Tür aufmachte, traf er den Kranken in dem Moment an, da ihm auf Kittys Anordnung die Wäsche gewechselt wurde. Das lange weiße Gerippe des Rückens mit den riesigen, abstehenden Schulterblättern und den vorragenden Rippen und Wirbeln war entblößt, Marja Nikolajewna und der Lakai hatten den Hemdsärmel verknäult und konnten den langen, herabhängenden Arm nicht hineinstecken. Kitty, die eilends hinter Lewin die Tür zugemacht hatte, schaute nicht hin; aber der Kranke stöhnte auf, und sie ging rasch zu ihm.

»Macht schneller«, sagte sie.

»Kommen Sie nicht her«, murmelte der Kranke ärgerlich, »ich kann selbst ...«

»Was sagen Sie?« fragte Marja Nikolajewna.

Aber Kitty hatte es gehört und begriffen, dass es ihm peinlich und unangenehm war, in ihrer Gegenwart entblößt zu sein.

»Ich schaue nicht, schaue nicht!« sagte sie und rückte den Arm zurecht. »Marja Nikolajewna, gehen Sie auf die andere Seite, rücken Sie dort den Arm zurecht«, fügte sie an.

Und zu ihrem Mann sagte sie: »Geh doch mal bitte, in meinem kleinen Beutel habe ich ein Fläschchen, weißt du, im Seitentäschchen, bring das bitte, unterdessen wird hier fertig aufgeräumt.«

Als Lewin mit dem Fläschchen zurückkehrte, fand er den Kranken bereits frisch gebettet und um ihn alles völlig verändert vor. Der Gestank war dem Geruch von Essig und Parfüm gewichen; Kitty hatte beides, die Lippen vorgestülpt und die roten Wangen aufgeblasen, durch ein Röhrchen zerstäubt. Nirgends war mehr Staub zu sehen, unterm Bett lag ein Teppich. Auf dem Tisch standen akkurat aufgereihte Fläschchen und eine Wasserkaraffe, lag die nötige Wäsche aufgeschichtet und Kittys *broderie anglaise*. Auf dem anderen Tisch, am Bett des Kranken, stand etwas zu trinken, eine Kerze und Arzneipulver. Der Kranke, gewaschen und gekämmt, lag in sauberen Leintüchern, auf hoch aufgeschichteten Kissen, trug ein sauberes Hemd mit weißem Kragen um den unnatürlich dünnen Hals und schaute mit neuer Hoffnung, ohne ein Auge von ihr zu lassen, auf Kitty.

Der Arzt, den Lewin geholt und im Klub gefunden hatte, war nicht derjenige, der Nikolai Lewin behandelt hatte und mit dem er unzufrieden war. Der neue Arzt holte sein Hörrohr hervor und horchte den Kranken ab, wiegte den Kopf und verschrieb eine Arznei und erklärte zunächst besonders eingehend, wie die Arznei zu nehmen, dann, welche Diät einzuhalten wäre. Er riet zu rohen oder leicht gekochten Eiern und Selterswasser mit frisch gemolkener Milch einer bestimmten Temperatur. Als der Arzt fort war, sagte der Kranke etwas zu seinem Bruder; Lewin verstand jedoch nur die letzten Worte »deine Katja«, und an dem Blick, mit dem er Kitty ansah, begriff Lewin, dass er sie gelobt hatte. Der Kranke rief auch Katja, wie er sie nannte.

»Es geht mir viel besser«, sagte er. »Mit Ihnen wäre ich längst gesund geworden. Wie schön!« Er nahm ihre Hand und zog sie an seine Lippen, doch als ob er befürchte, es könnte ihr unangenehm sein, besann er sich anders, ließ sie los und streichelte sie nur. Kitty nahm seine Hand in ihre beiden Hände und drückte sie.

»Jetzt dreh mich auf die linke Seite und geht schlafen«, murmelte er.

Niemand verstand, was er sagte, nur Kitty hatte es begriffen. Sie begriff es, da sie in Gedanken unablässig darauf achtete, was er brauchen könnte.

»Auf die andere Seite«, sagte sie zu ihrem Mann, »er schläft immer auf der anderen. Dreh ihn um, dafür Dienstboten zu holen wäre unangenehm. Ich kann es nicht. Können Sie es vielleicht?« wandte sie sich an Marja Nikolajewna.

»Ich fürchte mich«, antwortete Marja Nikolajewna.

Wie grauenhaft es auch war für Lewin, diesen grauenhaften Körper mit den Armen zu umfangen, unter der Bettdecke nach jenen Stellen zu greifen, von denen er nichts wissen wollte, doch unterm Einfluss seiner Frau machte Lewin sein entschlossenes Gesicht, das seine Frau schon kannte, und schob die Arme darunter und griff zu, war aber trotz seiner Körperkraft verblüfft über die sonderbare Schwere dieser ausgemergelten Gliedmaßen. Während er ihn umdrehte und seinen Hals von der riesigen abgemagerten Hand umfangen fühlte, wendete Kitty rasch und unhörbar das Kissen, schüttelte es auf und schob den Kopf des Kranken und seine spärlichen Haare zurecht, die wieder an der Schläfe klebten.

Der Kranke hielt die Hand des Bruders in der seinen fest. Lewin spürte, dass er etwas mit seiner Hand machen wollte und sie irgendwohin zog. Lewin überließ sie ihm beklommen. Ja, er zog sie an seinen Mund und küsste sie. Lewin wurde von Schluchzen geschüttelt, und außerstande, etwas zu sagen, verließ er das Zimmer.

XIX

›Hast es verborgen den Weisen und hast es offenbart den Kindern und Unmündigen‹. So dachte Lewin von seiner Frau, als er an diesem Abend mit ihr sprach.

Lewin dachte nicht deshalb an den Bibelspruch, weil er sich für weise gehalten hätte. Er hielt sich nicht für weise, doch natürlich wusste er, dass er klüger war als seine Frau und Agafja Michailowna, natürlich wusste er auch, dass er mit sämtlichen Seelenkräften dachte, wenn er über den Tod nachdachte. Er wusste außerdem, dass viele große männliche Geister, deren Gedanken er kannte, nachgedacht hatten darüber und nicht ein Hundertstel von dem wussten, was seine Frau und Agafja Michailowna darüber wussten. Wie verschieden die beiden Frauen auch waren, Agafja Michailowna und Katja, wie Bruder Nikolai sie genannt hatte und wie Lewin sie nun mit besonderem Behagen nannte, darin waren sie einander absolut ähnlich. Beide wussten untrüglich, was Leben war und was Tod war, und obwohl sie die Fragen, die sich Lewin stellten, nicht hätten beantworten können und nicht einmal verstanden hätten, zweifelten beide nicht an der Bedeutung dieses Phänomens und sahen es auf absolut gleiche Weise, und nicht nur sie beide, sondern sie teilten diese Ansicht mit Millionen Menschen. Der Beweis, dass sie unumstößlich wussten, was Tod war, lag darin, dass sie, ohne einen Augenblick zu zweifeln, wussten, wie mit Sterbenden umzugehen war, und sie nicht fürchteten. Lewin und andere konnten zwar viel über den Tod sagen, wussten aber offenbar nichts, denn sie fürchteten sich vor dem Tod und wussten nicht im geringsten, was zu tun war, wenn Menschen starben. Wäre Lewin mit Bruder Nikolai allein gewesen, hätte er ihn mit Entsetzen angeschaut und mit noch größerem Entsetzen gewartet, mehr hätte er nicht zu tun vermocht.

Und nicht nur das, er wusste auch nicht, was er sagen, wie er schauen, wie er gehen sollte. Von anderen Dingen zu reden erschien ihm verletzend, unmöglich; vom Tod oder Düsterem zu reden war ebenfalls unmöglich. Auch zu schweigen war unmöglich. ›Schaue ich, da denkt er, ich studierte ihn, hätte Angst; schaue ich nicht, da denkt er, ich hätte anderes im Sinn. Gehe ich auf Zehenspitzen, ist er unzufrieden; trete ich mit dem ganzen Fuß auf, ist es mir peinlich.‹ Kitty hingegen dachte offenbar nicht an sich und hatte gar keine Zeit, an sich zu denken; sie dachte an den Kranken, denn sie wusste etwas, und es passte alles. Sie erzählte auch von sich und von ihrer Hochzeit, sie lächelte, bedauerte und tröstete ihn, sprach von Fällen der Genesung, und es passte alles; folglich wusste sie etwas. Der Beweis, dass ihr und Agafja Michailownas Tun nicht instinktiv, animalisch und ohne Verstand war, lag darin, dass außer der körperlichen Pflege und der Linderung der Leiden Agafja Michailowna wie Kitty für einen Sterbenden noch etwas anderes forderten, etwas Wichtigeres als körperliche Pflege, etwas nämlich, das mit dem Körperlichen gar nichts zu tun hatte. Agafja Michailowna hatte über einen verstorbenen Greis ja einmal gesagt: »Gott sei Dank, mit Abendmahl, mit Krankensalbung, der Herrgott gebe jedem, so zu sterben.« Genauso hatte Katja, neben allen Sorgen um Wäsche, Durchliegen, etwas zu trinken, gleich am ersten Tag den Kranken zu überreden gewusst, Abendmahl und Salbung seien notwendig.

Als Lewin von dem Kranken zur Nachtruhe in seine zwei Zimmer zurückgekehrt war, saß er da, den Kopf gesenkt, und wusste nicht, was tun. Schon gar nicht konnte er zu Abend essen, sich zum Schlafen herrichten, überlegen, was sie tun würden, nicht einmal mit seiner Frau sprechen konnte er: er hatte ein schlechtes Gewissen. Kitty dagegen war umtriebiger als sonst. Sie

war sogar lebhafter als sonst. Sie bestellte ein Abendessen, packte selbst ihre Sachen aus, half selbst beim
Bettenmachen und vergaß auch nicht, die Betten mit
persischem Insektenpulver zu bestreuen. Sie war von
jener Wachheit und geistigen Beweglichkeit, wie Männer es vor einer Schlacht sind, vor einem Kampf, in gefährlichen und entscheidenden Lebensmomenten, den
Momenten, wenn ein Mann ein für allemal zeigt, was
er wert ist und dass alles Vergangene nicht umsonst
gewesen ist, sondern eine Vorbereitung auf diese Momente.

Alles ging ihr leicht von der Hand, und es war noch
keine Zwölf, da waren alle Sachen ausgepackt, sauber
und akkurat, auf so besondere Weise, dass das Zimmer
heimelig wurde, ihren eigenen Zimmern ähnlich: die
Betten waren gemacht, die Bürsten, Kämme und Spie-
gelchen ausgelegt, die Deckchen ausgebreitet.

Lewin fand es unverzeihlich, zu essen, zu schlafen,
zu sprechen, sogar jetzt, und hatte das Gefühl, jede seiner Bewegungen sei ungehörig. Sie hingegen sortierte
Bürstchen, aber machte es so, dass es nichts Verletzendes hatte.

Essen konnten sie allerdings nichts, auch konnten sie
lange nicht einschlafen, sogar schlafen gingen sie lange
nicht.

»Ich bin sehr froh, dass ich ihn für morgen zur Krankensalbung überredet habe«, sagte sie, dabei saß sie im
Nachtjäckchen vor ihrem Klappspiegel und kämmte
sich mit einem feinen Kamm die weichen, duftenden
Haare. »Ich habe es selbst nie miterlebt, weiß aber, das
hat Mama mir gesagt, dass Gebete um Genesung dabei
sind.«

»Meinst du wirklich, er könnte gesund werden?«
fragte Lewin und schaute zu, wie jedesmal, wenn sie
den Kamm nach vorne zog, der Scheitel an ihrem runden Köpfchen hinten zugedeckt wurde.

»Ich habe den Arzt gefragt, und er sagte, länger als drei Tage würde er nicht mehr leben. Aber können sie es denn wissen? Ich bin jedenfalls sehr froh, dass ich ihn überredet habe«, sagte sie und warf hinter den Haaren vor einen schrägen Blick auf ihren Mann. »Alles ist möglich«, fuhr sie fort mit jenem besonderen, ein wenig gewitzten Gesichtsausdruck, den sie immer hatte, wenn sie von Religion sprach.

Nach ihrem Gespräch über Religion noch zur Zeit des Brautstands hatte weder er noch sie jemals ein Gespräch darüber angefangen, sie aber erfüllte die religiösen Bräuche, Kirchenbesuch und Gebete, in stets dem gleichen, ruhigen Bewusstsein, dass es so sein müsse. Trotz seiner gegenteiligen Beteuerungen war sie fest davon überzeugt, dass er ein ebensolcher und noch besserer Christ war als sie und dass alles, was er darüber gesagt hatte, eine seiner komischen männlichen Grillen war, ebenso wie er von der *broderie anglaise* sagte, gute Menschen stopften Löcher, sie aber schneide absichtlich welche aus, usw.

»Ja, diese Frau, Marja Nikolajewna, hat es nicht verstanden, alles einzurichten«, sagte Lewin. »Und ... ich muss zugeben, dass ich sehr, sehr froh bin, dass du mitgekommen bist. Du hast eine solche Reinheit, dass ...« Er nahm ihre Hand und küsste sie nicht (ihr die Hand zu küssen bei dieser Todesnähe wäre ihm unschicklich vorgekommen), sondern drückte sie nur mit schuldbewusster Miene und sah ihr in die aufleuchtenden Augen.

»Es wäre eine Qual für dich gewesen, allein hier zu sein.« Mit hoch erhobenen Armen, die ihre vor Freude rot gewordenen Wangen verdeckten, rollte sie am Hinterkopf die Zöpfe zusammen und steckte sie fest. »Nein«, fuhr sie fort, »sie konnte es nicht. Ich habe zum Glück vieles in Soden gelernt.«

»Gab es dort wirklich auch solche Kranke?«

»Schlimmer noch.«

»Für mich ist schrecklich, dass ich ihn ständig vor mir sehe, wie er jung war … Du kannst dir nicht vorstellen, was für ein hinreißender junger Mann er war, aber ich verstand ihn damals nicht.«

»Das glaube ich nur zu gern. Wie ich fühle, dass wir Freunde gewesen wären«, sagte sie und erschrak über das, was sie gesagt hatte, blickte sich zu ihrem Mann um, und ihr traten Tränen in die Augen.

»Ja, gewesen wären«, sagte er traurig. »Er ist einer der Menschen, von denen es heißt, sie seien nicht für diese Welt.«

»Uns stehen allerdings noch viele Tage bevor, wir müssen uns hinlegen«, sagte Kitty nach einem Blick auf ihr winziges Ührchen.

XX
Der Tod

Am nächsten Tag empfing der Kranke Abendmahl und Salbung. Während der Zeremonie betete Nikolai Lewin inbrünstig. Seine großen Augen waren auf die Ikone gerichtet, die auf einem mit buntem Deckchen verhüllten Kartentisch stand, und in diesen Augen kam ein so leidenschaftliches Flehen und Hoffen zum Ausdruck, dass es für Lewin schrecklich anzuschauen war. Lewin wusste, dass dieses leidenschaftliche Flehen und Hoffen ihm den Abschied vom Leben, das er so liebte, nur noch schwerer machte. Lewin kannte den Bruder und seine Gedankengänge; er wusste, dass sein Unglaube nicht daher rührte, dass ihm das Leben ohne Glauben leichter fiel, sondern daher, dass die zeitgenössischen wissenschaftlichen Erklärungen der Weltphänomene Schritt für Schritt die Glaubenslehren verdrängt hatten, und daher wusste er, dass des Bruders jetzige Rückkehr nichts Folgerichtiges war, genauso auf dem Weg des Denkens vollzogen, sondern nur etwas Vorübergehendes, Eigennütziges, in der wahnwitzigen Hoffnung auf Heilung. Lewin wusste außerdem, dass Kitty diese Hoffnung durch ihre Erzählungen von ungewöhnlichen Heilungen, von denen sie gehört hatte, noch verstärkte. All das wusste Lewin, und es war quälend schmerzhaft für ihn, diesen flehentlichen, hoffnungsvollen Blick zu sehen und diese abgemagerte Hand, die sich nur mit Mühe heben konnte, um für das Kreuzeszeichen die straff bespannte Stirn und die vorstehenden Schultern und die röchelnde, eingefallene Brust zu berühren, die das Leben, um das der Kranke bat, nicht mehr aufnehmen konnten. Während des Sakraments betete Lewin ebenfalls und tat, was er als Ungläubiger schon tausendmal getan hatte. Er sagte, an Gott gewandt: ›Wenn es dich gibt, mach, dass dieser Mensch geheilt werde (schließlich kam das schon oftmals vor), und du wirst ihn retten und mich dazu.‹

Nach der Salbung ging es dem Kranken auf einmal viel besser. Im Verlauf einer Stunde hustete er kein einziges Mal, lächelte, küsste Kitty die Hand, dankte ihr unter Tränen und sagte, es gehe ihm gut, nichts tue weh und er verspüre Appetit und Kraft. Er richtete sich sogar selbst auf, als ihm Suppe gebracht wurde, und bat noch um Fleischklößchen. Wie hoffnungslos es auch stand um ihn, wie augenfällig es beim bloßen Blick auf ihn war, dass er nicht gesund werden konnte, Lewin und Kitty befanden sich während dieser Stunde in ein- und demselben glücklichen und zaghaften − dass sie sich ja nicht irrten! − Erregungszustand.

»Besser?« − »Ja, viel besser.« − »Erstaunlich.« − »Da ist gar nichts erstaunlich.« − »Immerhin besser«, flüsterten sie und lächelten einander zu.

Die Verblendung war nicht von Dauer. Der Kranke schlief ruhig ein, aber nach einer halben Stunde weckte ihn der Husten. Und auf einmal waren alle Hoffnungen dahin, bei den Menschen um ihn wie bei ihm selbst. Die Wirklichkeit des Leidens hatte sie zunichte gemacht, ohne allen Zweifel, sogar ohne Erinnerung an frühere Hoffnungen, bei Lewin wie Kitty wie dem Kranken selbst.

Ohne noch daran zu denken, was er vor einer halben Stunde geglaubt hatte, als wäre es peinlich, daran zu rühren, verlangte der Kranke, man solle ihm Jod zum Inhalieren geben, in einem Glasgefäß, bedeckt mit durchlöchertem Papier. Lewin reichte ihm das Gefäß, und der gleiche leidenschaftliche Hoffnungsblick, mit dem er die Krankensalbung empfangen hatte, war jetzt auf den Bruder gerichtet und verlangte von ihm eine Bestätigung der Aussage des Arztes, das Inhalieren von Jod wirke Wunder.

»Was ist, Katja nicht hier?« röchelte er und blickte um sich, als Lewin widerstrebend die Aussage des Arztes bestätigte. »Nein? So kann ich reden. Für sie habe ich diese Komödie gespielt. Sie ist so lieb, aber wir beide dürfen uns nichts vormachen. Hier, daran glaube ich«, sagte er, presste das Gefäß in der knochigen Hand und atmete darüber.

Gegen acht Uhr abends tranken Lewin und seine Frau auf ihrem Zimmer Tee, als Marja Nikolajewna atemlos angelaufen kam. Sie war bleich, ihre Lippen zitterten.

»Er stirbt!« flüsterte sie. »Ich fürchte, gleich stirbt er.«

Sie liefen zu ihm. Er saß aufgerichtet, den Arm aufs Bett gestützt, den langen Rücken gebeugt und den Kopf tief gesenkt.

»Was fühlst du?« fragte Lewin flüsternd nach einigem Schweigen.

»Ich fühle, dass ich aufbreche«, sprach Nikolai mühsam, doch mit außerordentlicher Deutlichkeit, lang-

sam die Wörter herauspressend. Er hob nicht den
Kopf, richtete nur den Blick nach oben, ohne das Gesicht des Bruders zu erreichen. »Katja, geh raus!« sagte
er noch.

Lewin sprang auf und veranlasste sie mit gebiete-
rischem Flüstern zum Gehen.

»Ich breche auf«, sagte er erneut.

»Weshalb meinst du?« sagte Lewin, um irgendetwas
zu sagen.

»Weil ich aufbreche«, wiederholte er, als hätte er diesen Ausdruck liebgewonnen. »Das Ende.«

Marja Nikolajewna trat zu ihm.

»Sie sollten sich hinlegen, dann wird Ihnen leichter«, sagte sie.

»Bald werde ich still liegen«, sagte er, »tot«, setzte er
spöttisch und ärgerlich hinzu. »Schön, legt mich hin,
wenn ihr wollt.«

Lewin legte den Bruder auf den Rücken, setzte sich
neben ihn und blickte mit angehaltenem Atem auf sein
Gesicht. Der Sterbende lag, die Augen geschlossen, aber
auf seiner Stirn zuckten ab und zu die Muskeln wie bei
einem Menschen, der tief und angespannt denkt. Lewin
dachte unwillkürlich mit ihm zusammen an das, was
sich nun vollzog in ihm, aber trotz aller Anstrengung
des Denkens, mit ihm Schritt zu halten, sah er am Ausdruck dieses ruhigen, strengen Gesichts und am Spiel
der Muskeln oberhalb der Brauen, dass für den Sterbenden klarer und klarer wurde, was für Lewin noch genauso dunkel blieb.

»Ja, ja, ah so«, sprach der Sterbende langsam, mit
Unterbrechungen. »Moment mal.« Wieder schwieg er.
»Ah so!« meinte er plötzlich gedehnt und beruhigend,
als hätte sich ihm alles gelöst. »O Gott!« sprach er und
seufzte schwer.

Marja Nikolajewna betastete seine Beine.

»Werden kalt«, flüsterte sie.

Lange, sehr lange, wie es Lewin vorkam, lag der Kranke unbeweglich. Aber er war noch am Leben und seufzte bisweilen. Lewin war von der Anspannung des Denkens bereits erschöpft. Er fühlte, dass er trotz aller Anspannung des Denkens nicht begreifen konnte, was »so« war. Er fühlte, dass er weit hinter dem Sterbenden zurückblieb. An das Problem des Todes konnte er nicht mehr denken, doch unwillkürlich kamen ihm Gedanken, was er jetzt, gleich, tun müsste: die Augen zudrücken, ankleiden, den Sarg bestellen. Und seltsamerweise empfand er auch sich selbst als völlig kalt, er fühlte weder Kummer noch den Verlust und noch weniger Mitleid für den Bruder. Wenn er jetzt ein Gefühl hatte für den Bruder, so am ehsten Neid wegen des Wissens, das der Sterbende jetzt hatte, das er aber nicht haben konnte.

So saß er noch lange bei ihm, ständig in Erwartung des Endes. Aber das Ende kam nicht. Die Tür ging auf, und Kitty erschien. Lewin erhob sich, um sie aufzuhalten. Aber gerade als er sich erhob, bemerkte er eine Regung des Toten.

»Geh nicht fort«, sagte Nikolai und streckte die Hand aus. Lewin reichte ihm die seine und winkte ärgerlich seiner Frau, sie solle gehen.

Mit der Hand des Toten in seiner Hand saß er eine halbe Stunde, eine Stunde, noch eine Stunde. Er dachte nun überhaupt nicht mehr an den Tod. Er dachte daran, was wohl Kitty mache, wer im Nachbarzimmer wohne, ob der Arzt ein eigenes Haus habe. Gerne hätte er gegessen und geschlafen. Er machte vorsichtig seine Hand los und betastete die Beine. Die Beine waren kalt, aber der Kranke atmete. Lewin wollte wieder auf Zehenspitzen hinausgehen, aber der Kranke regte sich wieder und sagte:

»Geh nicht fort.«

. . . .

Es wurde hell; der Zustand des Kranken war noch der gleiche. Verstohlen, ohne den Sterbenden anzublicken, machte Lewin seine Hand los, ging in sein Zimmer und schlief ein. Als er aufwachte, erfuhr er statt der Nachricht vom Tod des Bruders, die er erwartet hatte, dass der Kranke in seinem vorherigen Zustand war. Wieder setzte er sich auf, hustete, wieder fing er an, zu essen und zu reden, und hörte wieder auf, vom Tod zu reden, wieder äußerte er die Hoffnung, gesund zu werden, und wurde noch gereizter und mürrischer als zuvor. Weder sein Bruder noch Kitty, niemand konnte ihn beruhigen. Er war auf alle böse und sagte allen Grobheiten, machte allen seine Leiden zum Vorwurf und verlangte, dass der berühmte Arzt aus Moskau für ihn geholt werde. Auf alle Fragen, die ihm nach seinem Befinden gestellt wurden, antwortete er gleichermaßen erbittert und vorwurfsvoll:

»Ich leide furchtbar, unerträglich!«

Der Kranke litt mehr und mehr, insbesondere der wundgelegenen Stellen wegen, die nicht mehr zu behandeln waren, und war mehr und mehr auf die Menschen um ihn böse, machte ihnen alles zum Vorwurf, insbesondere, dass sie ihm den Arzt aus Moskau nicht herholten. Kitty gab sich jede erdenkliche Mühe, ihm zu helfen und ihn zu beruhigen; aber es war alles vergebens, und Lewin sah, dass sie selbst körperlich und moralisch zermürbt war, obwohl sie es nicht zugab. Jenes Todesgefühl, das sich durch Nikolais Abschied vom Leben in der Nacht, als er den Bruder rufen ließ, bei allen eingestellt hatte, war zunichte. Alle wussten, dass er sterben würde, unweigerlich und bald, dass er schon halb tot war. Alle wünschten nur eins – dass er möglichst bald sterben würde, und alle verheimlichten es und gaben ihm Arzneien aus einem Fläschchen, suchten nach Arzneien und Ärzten und machten ihm und sich selbst und einander etwas vor. All das war Lüge, abscheuliche, kränkende und schmähliche Lüge. Und diese Lüge empfand Lewin, sowohl seines Charakters wegen wie auch, weil er den Sterbenden am meisten liebte, besonders schmerzhaft.

Seit langem beschäftigte Lewin der Gedanke, seine Brüder auszusöhnen, wenigstens vor dem Tod, und so hatte er an Sergej Iwanowitsch geschrieben, und als er von ihm eine Antwort erhielt, las er dem Kranken den Brief vor. Sergej Iwanowitsch schrieb, er könne nicht selbst anreisen, bat aber in rührenden Worten den Bruder um Vergebung.

Der Kranke sagte nichts.

»Was soll ich ihm denn schreiben?« fragte Lewin. »Ich hoffe, du bist ihm nicht mehr böse?«

»Nein, nicht im geringsten!« erwiderte Nikolai, über die Frage verdrossen. »Schreib ihm, er solle mir den Arzt schicken.«

Es vergingen drei weitere qualvolle Tage; der Kranke war immer noch im gleichen Zustand. Den Wunsch, er möge sterben, verspürten jetzt alle, wer immer ihn sah: die Lakaien des Gasthauses, der Wirt, alle Gäste, der Arzt, Marja Nikolajewna, Lewin und Kitty. Nur der Kranke brachte diesen Wunsch nicht zum Ausdruck, im Gegenteil, er war böse, weil der Arzt nicht hergeholt wurde, nahm weiterhin Arzneien und redete vom Leben. Nur in seltenen Minuten, wenn das Opium ihn kurze Zeit wegdämmern ließ von den unablässigen Leiden, sagte er im Halbschlaf bisweilen, was in seiner Seele noch stärker war als bei den anderen: »Ach, wenn doch das Ende käme!« Oder: »Wann ist das nur zu Ende!«

Die Leiden, die gleichmäßig zunahmen, taten ihr Werk und machten ihn bereit für den Tod. Es gab keine Lage, in der er nicht gelitten hätte, gab keine Minute, in der er weggedämmert wäre, gab keine Stelle und kein Glied an seinem Körper, die nicht geschmerzt, ihn

nicht gepeinigt hätten. Sogar die Erinnerungen, Eindrücke und Gedanken dieses Körpers erregten nun
ebensolchen Widerwillen in ihm wie der Körper selbst.
Der Anblick anderer Menschen, ihre Reden, seine eigenen Erinnerungen – alles war ihm nur noch eine Pein.
Die Menschen um ihn fühlten das und erlaubten sich
unwillkürlich in seiner Gegenwart weder ungezwun-
gene Bewegungen noch Gespräche, noch eine Äußerung ihrer Wünsche. Alles Leben in ihm strömte zusammen im Leiden und dem Wunsch, es loszuwerden.

In ihm vollzog sich offenkundig jener Umschwung,
der ihn dazu bringen sollte, den Tod als Befriedigung
seiner Wünsche anzusehen, als Glück. Früher war jeder
durch Leiden oder Entbehrung verursachte Wunsch
wie Hunger, Müdigkeit oder Durst durch eine Körper-
verrichtung befriedigt worden, die Genuss verschaffte;
jetzt aber fanden Entbehrung und Leiden keine Befriedigung, der Versuch einer Befriedigung verursachte
neues Leiden. Und deshalb strömten alle Wünsche in
dem einen zusammen, dem Wunsch, alle Leiden loszuwerden mitsamt ihrem Ursprung, dem Körper. Aber
um diesen Wunsch nach Befreiung auszudrücken, fehl-
ten ihm die Worte, deshalb sprach er nicht davon, sondern verlangte aus Gewohnheit nach der Befriedigung
jener Wünsche, die nicht mehr erfüllt werden konnten. »Dreht mich auf die andere Seite«, sagte er und
verlangte gleich danach, dass er hingelegt würde wie
zuvor. »Gebt mir Bouillon. Nehmt die Bouillon weg.
Erzählt etwas, wieso schweigt ihr.« Und sobald sie zu
sprechen anfingen, schloss er jedesmal die Augen und
bekundete Müdigkeit, Gleichgültigkeit und Widerwillen.

Am zehnten Tag nach der Ankunft in der Stadt
wurde Kitty krank. Sie hatte Kopfschmerzen, musste
sich übergeben und konnte den ganzen Morgen nicht
aus dem Bett aufstehen.

Der Arzt erklärte, die Krankheit komme von Übermüdung und Erregung und verordnete ihr innere Ruhe.

Nach dem Diner stand Kitty jedoch auf und ging wie immer mit ihrer Handarbeit zu dem Kranken. Er sah sie streng an, als sie eintrat, und lächelte verächtlich, als sie sagte, sie sei krank gewesen. An diesem Tag schnaubte er ständig und stöhnte kläglich.

»Wie fühlen Sie sich?« fragte sie.

»Schlechter«, stieß er mühsam hervor. »Es tut weh!«

»Wo tut es weh?«

»Überall.«

»Heute geht es zu Ende, Sie werden sehen«, sagte Marja Nikolajewna zwar flüsternd, doch so, dass der, wie Lewin bemerkt hatte, sehr feinhörige Kranke sie hören musste. Lewin zischte pst! und blickte sich zum Kranken um. Nikolai hatte es gehört, doch hatten die Worte keinen Eindruck auf ihn gemacht. Sein Blick war noch genauso vorwurfsvoll und angespannt.

»Wieso meinen Sie?« fragte Lewin, als sie ihm auf den Flur gefolgt war.

»Er macht sich bloß«, sagte Marja Nikolajewna.

»Wie das?«

»So«, sagte sie und zerrte an den Falten ihres Wollkleids. In der Tat bemerkte Lewin, dass der Kranke den ganzen Tag an sich griff, als wollte er etwas von sich reißen.

Marja Nikolajewnas Voraussage stimmte. Auf die Nacht zu war der Kranke nicht mehr imstande, die Hände zu heben, und schaute nur noch vor sich hin, ohne den aufmerksam gesammelten Ausdruck des Blicks zu verändern. Selbst wenn sein Bruder oder Kitty sich über ihn beugten, dass er sie sehen konnte, schaute er genauso. Kitty schickte nach dem Priester, damit er das Sterbegebet spreche.

Während der Priester das Sterbegebet sprach, zeigte
der Sterbende keinerlei Lebenszeichen; seine Augen
waren geschlossen. Lewin, Kitty und Marja Nikolajewna standen am Bett. Der Priester hatte das Gebet noch nicht zu Ende gesprochen, da streckte sich der
Sterbende, seufzte und schlug die Augen auf. Am Ende
des Gebets legte der Priester das Kreuz an die kalte
Stirn, wickelte es dann langsam ins Epitrachelion, stand
noch gut zwei Minuten schweigend und berührte dann
die erkaltete und blutleere riesige Hand.

»Es ist zu Ende«, sagte der Priester und wollte
weggehen; doch auf einmal regte sich der verklebte
Schnurrbart des Toten, und klar waren in der Stille
scharf umrissene Laute tief aus der Brust zu hören:

»Noch nicht ganz … Bald.«

Und eine Minute später hellte sich das Gesicht auf,
unterm Schnurrbart kam ein Lächeln zum Vorschein,
und die versammelten Frauen gingen geschäftig daran,
den Verstorbenen herzurichten.

Der Anblick des Bruders und die Nähe des Todes hatten in Lewins Seele jenes Entsetzen vor der Rätselhaf-
tigkeit und zugleich der Nähe und Unausweichlichkeit
des Todes neu aufleben lassen, das ihn an jenem Herbst-
abend gepackt hatte, als der Bruder bei ihm eingetroffen war. Dieses Gefühl war jetzt noch stärker als zuvor;
noch weniger als zuvor fühlte er sich imstande, den
Sinn des Todes zu begreifen, und noch entsetzlicher erschien ihm seine Unausweichlichkeit; doch jetzt brachte ihn dieses Gefühl dank der Nähe seiner Frau nicht
zur Verzweiflung: trotz des Todes fühlte er die Notwendigkeit, zu leben und zu lieben. Er fühlte, dass die Liebe
ihn vor der Verzweiflung rettete und dass diese Liebe
durch die drohende Verzweiflung noch stärker und reiner wurde.

Kaum hatte sich vor seinen Augen das Geheimnis des
Todes vollzogen, das nach wie vor rätselhafte, da tauch-

te ein anderes auf, ein ebenso rätselhaftes, das zu Liebe und Leben aufrief.

Der Arzt bestätigte seine Vermutungen über Kitty. Ihr Unwohlsein war eine Schwangerschaft.

XXI

Von dem Moment an, da Alexej Alexandrowitsch aufgrund der Unterredungen mit Betsy und Stepan Arkadjitsch begriff, dass von ihm lediglich verlangt wurde, seine Frau in Ruhe zu lassen, sie nicht mit seiner Anwesenheit zu behelligen, und dass seine Frau selbst das wünschte, kam er sich dermaßen verloren vor, dass er nichts mehr selbst entscheiden konnte, selbst nicht wusste, was er nun wollte, sich ganz in die Hände derer gab, die sich mit soviel Vergnügen seiner Angelegenheiten annahmen, und mit allem einverstanden war. Erst als Anna sein Haus verlassen hatte und als die Engländerin fragen ließ, ob sie mit ihm dinieren solle oder separat, begriff er zum erstenmal klar seine Situation und war entsetzt.

Das Schwierigste an dieser Situation war, dass er seine Vergangenheit einfach nicht mit dem zusammenbringen und versöhnen konnte, was jetzt war. Nicht jene Vergangenheit, als er mit seiner Frau glücklich gelebt hatte, verstörte ihn. Den Übergang von jener Vergangenheit zum Wissen um die Untreue seiner Frau hatte er bereits leidvoll durchlebt; dieser Zustand war schwer gewesen, war ihm aber begreiflich. Hätte seine Frau ihn damals verlassen, als sie ihre Untreue verkündete, wäre er betrübt gewesen, unglücklich, aber er wäre nicht in die ausweglose, unbegreifliche Situation geraten, in der er sich jetzt sah. Er konnte seine kürzliche Vergebung, seine Rührung, seine Liebe zu der kranken Frau und dem fremden Kind einfach nicht mit dem zusammenbringen, was jetzt war, also dass er wie zum Dank für alles jetzt allein war, entehrt, und verlacht wurde, von niemandem gebraucht und von allen verachtet.

Die ersten beiden Tage nach der Abreise seiner Frau empfing Alexej Alexandrowitsch Bittsteller, den Kanzleivorsteher, fuhr ins Komitee und erschien zum Diner im Esszimmer wie sonst auch. Ohne sich Rechenschaft abzulegen, wozu er das tat, spannte er in diesen beiden Tagen seine sämtlichen Seelenkräfte an, um ruhig und sogar gleichmütig auszusehen. Wenn er Fragen beantwortete, wie mit den Sachen und Zimmern Anna Arkadjewnas zu verfahren sei, bezwang er sich mit größter Mühe, um auszusehen wie jemand, für den das Geschehene nichts Unvorhergesehenes war und auch sonst nichts hatte, was sich vom üblichen Geschehen so besonders abheben würde, und er erreichte sein Ziel: niemand konnte Anzeichen von Verzweiflung an ihm wahrnehmen. Aber als am zweiten Tag nach der Abreise Kornej ihm die Rechnung aus einem Modegeschäft brachte, die Anna zu bezahlen vergessen hatte, und meldete, der Kommis sei selber da, befahl Alexej Alexandrowitsch, den Kommis hereinzuholen.

»Entschuldigen Sie, Euer Exzellenz, dass ich Sie zu inkommodieren wage. Aber wenn Sie anbefehlen, dass wir uns an Ihre Exzellenz wenden sollten, hätten Sie vielleicht die Güte, ihre Adresse mitzuteilen.«

Alexej Alexandrowitsch versank in Nachdenken, so erschien es dem Kommis, und plötzlich drehte er sich um und setzte sich an den Schreibtisch. Er senkte den Kopf auf die Hände und saß lange in dieser Haltung, hob ein paarmal zu sprechen an und stockte wieder.

Voller Verständnis für die Gefühle seines Herrn bat Kornej den Kommis, ein andermal zu kommen. Wieder allein geblieben, sah Alexej Alexandrowitsch ein, dass er nicht länger imstande war, die Rolle des Entschlossenen und Gelassenen auszuhalten. Er befahl, den ihn erwartenden Wagen auszuspannen, niemanden zu empfangen, und erschien nicht zum Diner.

Er hatte das Gefühl, dass er den allseitigen Ansturm von Verachtung und Erbitterung nicht aushalten würde, die er klar sah, auch auf dem Gesicht dieses Kommis, auch auf dem Kornejs und ausnahmslos aller, denen er in diesen beiden Tagen begegnet war. Er fühlte, dass er den Hass der Menschen nicht von sich ablenken konnte, denn dieser Hass kam nicht daher, dass er schlecht gewesen wäre (dann hätte er sich bemühen können, besser zu werden), sondern daher, dass er schmachvoll und abstoßend unglücklich war. Er fühlte, dass sie deshalb, gerade deshalb, weil sein Herz zermartert war, erbarmungslos sein würden gegen ihn. Er fühlte, dass die Menschen ihn vernichten würden, wie die Hunde einen zermarterten, vor Schmerz winselnden Hund massakrieren. Er wusste, dass die einzige Rettung vor den Menschen war – seine Wunden vor ihnen zu verbergen, und unbewusst hatte er das zwei Tage lang versucht, aber jetzt fühlte er sich nicht mehr imstande, diesen ungleichen Kampf fortzusetzen.

Seine Verzweiflung wurde noch durch das Bewusstsein vertieft, dass er vollkommen allein war mit seinem Kummer. Nicht nur in Petersburg hatte er keinen einzigen Menschen, dem er alles hätte sagen können, was er empfand, der ihn nicht als hohen Beamten bedauert hätte, nicht als Mitglied der Gesellschaft, sondern schlicht als leidenden Menschen; er hatte auch sonst nirgendwo einen solchen Menschen.

Alexej Alexandrowitsch war als Waise aufgewachsen. Sie waren zwei Brüder. An den Vater erinnerten sie sich nicht, die Mutter starb, als Alexej Alexandrowitsch zehn Jahre alt war. Das Vermögen war klein. Onkel Karenin, ein hochgestellter Beamter und seinerzeit Favorit des verstorbenen Kaisers, zog sie auf.

Nachdem Alexej Alexandrowitsch Gymnasium und Universität mit Auszeichnung abgeschlossen hatte, begann er mit Hilfe des Onkels sogleich eine beachtliche Beamtenlaufbahn und widmete von da an seinen Ehrgeiz ausschließlich dem Dienst. Weder auf dem Gymnasium noch an der Universität, noch später im Dienst hatte Alexej Alexandrowitsch zu irgendjemandem freundschaftliche Beziehungen geknüpft. Sein Bruder stand seinem Herzen am nächsten, aber er war Beamter des Außenministeriums und lebte immer im Ausland, wo er auch bald nach Alexej Alexandrowitschs Heirat starb.

Während seiner Zeit als Gouverneur hatte Annas Tante, eine der reichen Damen des Gouvernements, den nicht mehr so jungen Mann, aber jungen Gouverneur mit ihrer Nichte zusammengeführt und ihn in eine Situation gebracht, dass er entweder einen Antrag machen oder die Stadt verlassen musste. Alexej Alexandrowitsch schwankte lange. So viele Argumente damals für diesen Schritt sprachen, so viele sprachen auch dagegen, und eigentlich gab es keinen entscheidenden Beweggrund, um ihn seinem Grundsatz untreu werden zu lassen, bei Zweifeln Abstand zu nehmen; Annas Tante ließ ihn jedoch durch einen Bekannten wissen, er habe das junge Mädchen bereits kompromittiert und nun gebiete die Ehre, einen Heiratsantrag zu machen. Er machte den Heiratsantrag und schenkte seiner Braut und Frau alles Gefühl, dessen er fähig war.

Die Zuneigung, die er für Anna empfand, vertrieb aus seinem Inneren die letzten Bedürfnisse nach Herzensbeziehungen zu anderen Menschen. Und jetzt hatte er unter all seinen Bekannten keinen einzigen, der ihm nahestand. Er hatte viel von dem, was man Verbindungen nennt; aber Freundschaftsbeziehungen hatte er nicht. Alexej Alexandrowitsch kannte viele Leute, die er zum Diner laden konnte oder bitten, an einem ihn interessierenden Projekt mitzuwirken oder jemanden zu protegieren, und mit denen er die Handlungen anderer Personen und der obersten Regierung offen diskutieren konnte; aber die Beziehungen zu diesen Personen waren auf einen von Konvention und Gewohnheit fest umrissenen Bereich beschränkt, der unmöglich zu verlassen war. Es gab einen Kameraden von der Universität, dem er sich später angenähert hatte und mit dem er über persönlichen Kummer hätte sprechen können; aber dieser Kamerad war Kurator eines weit entfernten Lehrbezirks. Von den Personen in Petersburg standen ihm Kanzleivorsteher und Arzt am nächsten, mit ihnen war es noch am ehsten möglich.

Michail Wassiljewitsch Sljudin, der Kanzleivorsteher, war ein kluger, gutherziger und anständiger Mann, und bei ihm spürte Alexej Alexandrowitsch, dass er ihm persönlich zugetan war; aber ihre fünfjährige dienstliche Tätigkeit hatte für intime Aussprachen eine Barriere zwischen ihnen errichtet.

Nach Unterzeichnung aller Schriftstücke schwieg Alexej Alexandrowitsch lange, den Blick auf Michail Wassiljewitsch gerichtet, und ein paarmal setzte er an, konnte aber doch nicht sprechen. Er hatte sich den Satz zurechtgelegt: »Haben Sie gehört von meinem Kummer?« Aber es endete damit, dass er sagte wie sonst auch: »Sie bereiten mir das also vor« – und ihn damit entließ.

Der andere war sein Arzt, der ihm ebenfalls sehr zugetan war; aber zwischen ihnen herrschte seit langem das schweigende Einverständnis, dass beide mit Arbeit überhäuft waren und beide es stets eilig hatten.

An seine weiblichen Freunde und an die erste unter ihnen, Gräfin Lidija Iwanowna, dachte Alexej Alexandrowitsch gar nicht. Alle Frauen waren ihm, einfach als Frauen, ein Greuel und zuwider.

XXII

Alexej Alexandrowitsch hatte Gräfin Lidija Iwanowna vergessen, aber sie hatte ihn nicht vergessen. In jener schweren Minute einsamer Verzweiflung kam sie zu ihm gefahren und trat unangemeldet in sein Kabinett. Sie traf ihn in jener Haltung, in der er noch immer saß, den Kopf auf beide Hände gestützt.

»*J'ai forcé la consigne**«, sagte sie, als sie schnellen Schrittes eintrat, schwer atmend von der Erregung und schnellen Bewegung. »Ich habe von allem gehört! Alexej Alexandrowitsch! Mein Freund!« fuhr sie fort, drückte mit beiden Händen fest seine Hand und blickte mit ihren wunderschönen versonnenen Augen ihm in die Augen.

Alexej Alexandrowitsch erhob sich halb, die Stirn gerunzelt, machte seine Hand von ihr los und schob ihr einen Stuhl hin.

»Darf ich bitten, Gräfin? Ich empfange nicht, weil ich krank bin, Gräfin«, sagte er, und seine Lippen begannen zu zittern.

»Mein Freund!« sagte noch einmal Gräfin Lidija Iwanowna, ohne die Augen von ihm zu wenden, und plötzlich zogen sich ihre Brauen auf der Innenseite hoch und bildeten auf der Stirn ein Dreieck; ihr hässliches gelbes Gesicht wurde noch hässlicher; doch Alexej Alexandrowitsch spürte, dass sie ihn bedauerte und den Tränen nahe war. Und ihn überkam Rührung, er ergriff ihre pummelige Hand und küsste sie.

»Mein Freund!« sagte sie mit vor Erregung versagender Stimme. »Sie dürfen sich nicht dem Kummer überlassen. Ihr Kummer ist groß, aber Sie müssen Trost finden.«

»Ich bin vernichtet, tödlich getroffen, ich bin kein

* Ich habe den Eintritt erzwungen *(frz.)*

Mensch mehr!« sagte Alexej Alexandrowitsch und ließ ihre Hand los, blickte aber weiterhin in ihre tränenerfüllten Augen. »Meine Lage ist schrecklich, denn ich finde nirgends, finde auch in mir selbst keinen Halt.«

»Sie werden einen Halt finden, suchen sie ihn nicht in mir, obgleich ich Sie bitte, an meine Freundschaft zu glauben«, sagte sie mit einem Seufzer. »Unser Halt ist die Liebe, jene Liebe, die Sein Vermächtnis ist. Und Seine Bürde ist leicht«, sagte sie mit dem verzückten Blick, den Alexej Alexandrowitsch so gut kannte. »Er wird Sie unterstützen und Ihnen helfen.«

Wiewohl in diesen Worten jene Rührung vor den eigenen erhabenen Gefühlen lag und jene neue, Alexej Alexandrowitsch übertrieben vorkommende, verzückte mystische Stimmung, die sich seit kurzem in Petersburg ausbreitete, war es Alexej Alexandrowitsch angenehm, das nun zu hören.

»Ich bin schwach. Ich bin am Boden zerstört. Ich habe nichts vorhergesehen und begreife auch jetzt nichts.«

»Mein Freund!« sagte Lidija Iwanowna noch einmal.

»Nicht der Verlust dessen, was nun nicht mehr ist, nicht das«, fuhr Alexej Alexandrowitsch fort. »Nicht darum ist es mir leid. Aber ich muss mich vor den Menschen der Lage schämen, in der ich mich befinde. Das ist übel, aber ich kann nicht, ich kann nicht anders.«

»Nicht Sie haben jenen erhabenen Schritt der Vergebung vollbracht, von dem ich hingerissen bin wie alle, sondern Er, der in Ihrem Herzen wohnt«, sagte Gräfin Lidija Iwanowna, verzückt die Augen erhebend, »und darum können Sie sich Ihrer Tat nicht schämen.«

Alexej Alexandrowitsch furchte die Stirn, verbog die Hände und knackte mit den Fingern.

»Man muss da alle Einzelheiten kennen«, sagte er mit dünner Stimme. »Die Kräfte des Menschen haben Grenzen, Gräfin, und ich habe die Grenze der meinigen erreicht. Den ganzen Tag heute musste ich Anordnungen treffen, Anordnungen für das Haus, die ein Resultat sind (er betonte das Wort Resultat) meiner neuen Lage als Alleinstehender. Dienstboten, die Gouvernante, Rechnungen … Dieses Feuer des Belanglosen hat mich versengt, ich war außerstande, es auszuhalten. Beim Diner … gestern wäre ich mittendrin fast gegangen. Ich konnte nicht ertragen, wie mein Sohn mich ansah. Er fragte mich nicht nach der Bedeutung von alledem, aber er wollte fragen, und ich konnte diesen Blick nicht aushalten. Er fürchtete sich, mich anzuschauen, doch nicht nur das …«

Alexej Alexandrowitsch wollte die Rechnung erwähnen, die ihm gebracht worden war, aber seine Stimme begann zu zittern, und er hielt inne. An diese Rechnung auf tiefblauem Papier, für ein Hütchen und Bänder, konnte er nicht ohne Selbstmitleid denken.

»Ich verstehe, mein Freund«, sagte Gräfin Lidija Iwanowna. »Ich verstehe alles. Hilfe und Trost werden Sie nicht finden in mir, dennoch bin ich einzig dazu hergekommen, um Ihnen zu helfen, wenn ich es kann. Wenn ich Ihnen all diese belanglosen, erniedrigenden Sorgen abnehmen könnte … Ich verstehe, hier bedarf es des Wortes einer Frau, der Anordnung einer Frau. Überantworten Sie es mir?«

Alexej Alexandrowitsch drückte ihr schweigend und dankbar die Hand.

»Wir wollen uns gemeinsam um Serjoscha kümmern. Das Praktische ist nicht meine Stärke. Aber ich will es anpacken, ich werde Ihre Wirtschafterin sein. Danken Sie mir nicht. Ich tue dies nicht selbst …«

»Ich muss Ihnen einfach danken.«

»Allerdings, mein Freund, überlassen Sie sich nicht diesem Gefühl, von dem Sie sprachen – sich dessen zu schämen, was für den Christen das Höchste und Erhabenste ist: Wer sich selbst erniedrigt, der wird

erhöht werden. Auch mir danken können Sie nicht.
Man muss Ihm danken und Ihn um Hilfe bitten. In
Ihm allein finden wir Ruhe, Trost, Erlösung und Lie-
be«, sagte sie, und die Augen zum Himmel erhoben, be-
gann sie zu beten, wie Alexej Alexandrowitsch an ihrem
Schweigen erkannte.

Alexej Alexandrowitsch hatte ihr nun zugehört, und
die Ausdrücke, die ihm früher nicht gerade unangenehm gewesen, jedoch übertrieben vorgekommen waren, kamen ihm nun natürlich und tröstlich vor. Alexej Alexandrowitsch mochte diesen neuen, verzückten
Geist nicht. Er war ein gläubiger Mensch, der sich für
Religion hauptsächlich in politischer Hinsicht interessierte, und die neue Lehre, die sich einige neue Deutungen herausnahm, war ihm, eben weil sie dem Streit
und der Analyse Tür und Tor öffnete, grundsätzlich unangenehm. Er war dieser neuen Lehre zuvor kalt und
sogar feindselig gegenübergestanden und hatte mit
Gräfin Lidija Iwanowna, die sich dafür begeisterte, niemals diskutiert darüber, sondern ihre Aufforderungen
beharrlich mit Schweigen übergangen. Jetzt zum erstenmal hörte er ihre Worte mit Befriedigung und widersprach ihnen innerlich nicht.

»Ich bin Ihnen sehr, sehr dankbar, für Ihre Taten wie
für Ihre Worte«, sagte er, als sie fertiggebetet hatte.

Gräfin Lidija Iwanowna drückte ihrem Freund noch
einmal beide Hände.

»Jetzt schreite ich zur Tat«, sagte sie lächelnd, nach
kurzem Schweigen, und wischte sich die Reste der Tränen ab. »Ich gehe zu Serjoscha. Nur im äußersten Fall
werde ich mich an Sie wenden.« Und sie erhob sich und
ging hinaus.

Gräfin Lidija Iwanowna ging in Serjoschas Räume,
und dort benetzte sie die Wangen des erschrockenen
Jungen mit Tränen und sagte ihm, sein Vater sei ein
Heiliger und seine Mutter sei gestorben.

Gräfin Lidija Iwanowna hielt ihr Versprechen. Sie kümmerte sich nun tatsächlich um die gesamte Organisation und Führung von Alexej Alexandrowitschs Haus. Aber sie hatte nicht übertrieben, als sie sagte, das Praktische sei nicht ihre Stärke. Alle ihre Anordnungen mussten abgewandelt werden, da sie unausführbar waren, und abgewandelt wurden sie durch Kornej, Alexej Alexandrowitschs Kammerdiener, der nun, für alle unmerklich, Karenins gesamtes Haus führte und, während er den Herrn ankleidete, ihm ruhig und behutsam rapportierte, was nötig war. Dennoch war Lidija Iwanownas Hilfe in höchstem Maße wirksam: Sie gab Alexej Alexandrowitsch durch das Bewusstsein ihrer Liebe und Achtung moralischen Halt, besonders da sie, wie zu denken ihr ein Trost war, ihn fast schon zum Christentum bekehrt, das heißt, aus einem gleichgültigen und trägen Gläubigen bekehrt hatte zu einem inbrünstigen und entschiedenen Anhänger jener neuen Auslegung der christlichen Lehre, die sich in jüngster Zeit in Petersburg ausbreitete. Alexej Alexandrowitsch ließ sich leicht überzeugen. Es fehlte Alexej Alexandrowitsch wie Lidija Iwanowna und anderen Menschen, die ihre Anschauungen teilten, rundweg jene Tiefe der Phantasie, jene seelische Begabung, dank welcher Phantasievorstellungen so wirklich werden, dass sie nach Übereinstimmung mit anderen Vorstellungen und mit der Wirklichkeit verlangen. Alexej Alexandrowitsch sah nichts Unmögliches oder Ungereimtes in der Vorstellung, dass der Tod, der für Ungläubige existierte, für ihn nicht existierte, dass auch keine Sünde mehr in seiner Seele sei, da er über den vollkommensten Glauben verfüge, seinem eigenen Urteil und Maßstab zufolge, und dass er bereits hier, auf Erden, die vollständige Erlösung erlebe.

Freilich war Alexej Alexandrowitsch die Leichtfertigkeit und Fehlerhaftigkeit dieser seiner Glaubensvor-

stellung vage bewusst, und wie ihm durchaus bewusst
war, hatte er seinerzeit, da er noch nicht dachte, seine
Vergebung sei die Tat einer höheren Macht, und sich
diesem Gefühl unmittelbar hingab, größeres Glück
empfunden als jetzt, da er jeden Moment dachte, in seiner Seele lebe Jesus Christus, und wenn er Schriftstücke unterzeichne, erfülle er Seinen Willen; aber es war
Alexej Alexandrowitsch unerlässlich, so zu denken, es
war ihm derart unerlässlich, in seiner Erniedrigung auf
einer Höhe zu stehen, sei sie noch so eingebildet, von
der er, der von allen Verachtete, die anderen verachten
konnte, dass er sich wie an einen Rettungsanker an diese vermeintliche Rettung und Erlösung klammerte.

XXIII

Gräfin Lidija Iwanowna war als sehr junges, verzücktes
Mädchen mit einem reichen, hochadligen Mann verheiratet worden, einer Frohnatur, seelengut und lasterhaft. Nach einem Monat verließ ihr Mann sie, und auf
ihre verzückten Zärtlichkeitsbeteuerungen kam von
ihm nur Spott und sogar Feindseligkeit, was die Menschen, die das gute Herz des Grafen kannten und in der
verzückten Lidija keine Mängel sahen, sich überhaupt
nicht erklären konnten. Seither lebten sie getrennt,
auch wenn sie nicht geschieden waren, und wenn der
Ehemann seiner Ehefrau begegnete, verhielt er sich
ihr gegenüber nach wie vor mit giftigem Spott, dessen
Grund unbegreiflich war.

Gräfin Lidija Iwanowna hatte längst aufgehört, in
ihren Mann verliebt zu sein, aber niemals aufgehört
hatte sie seit jener Zeit, in irgendjemanden verliebt zu
sein. Sie war oft in mehrere zugleich verliebt, in Männer wie in Frauen; sie war in fast alle Menschen verliebt, die sich irgendwie besonders hervortaten. Sie war

in alle neuen Prinzessinnen und Prinzen verliebt, die mit der Zarenfamilie in verwandtschaftliche Beziehungen traten, war in einen Metropoliten verliebt, einen Weihbischof und einen Priester. War verliebt in einen Journalisten, in drei Slawen, in Komissarow; in einen Minister, einen Doktor, einen englischen Missionar und in Karenin. Alle diese Lieben erfüllten ihr Herz, bald abflauend, bald aufflammend, gaben ihr Beschäftigung und hinderten sie nicht, die weitläufigsten und kompliziertesten Beziehungen bei Hof und in der Gesellschaft zu unterhalten. Aber seit sie nach dem Unglück, das Karenin getroffen, ihn ihrer besonderen Protektion unterstellt hatte, seit sie in Karenins Haus am Werk war und sich um sein Wohlergehen kümmerte, hatte sie das Gefühl, dass ihre übrigen Lieben alle nicht echt gewesen und dass sie wahrhaft verliebt war nun einzig und allein in Karenin. Das Gefühl, das sie für ihn empfand, kam ihr stärker vor als alle früheren Gefühle. Wenn sie ihr Gefühl analysierte und es mit früheren verglich, sah sie klar, dass sie nicht verliebt gewesen wäre in Komissarow, wenn er nicht Seiner Majestät das Leben gerettet hätte, nicht verliebt gewesen wäre in Ristitsch-Kudschizki, wenn es die slawische Frage nicht gäbe, dass sie aber Karenin allein seinetwegen liebte, wegen seiner erhabenen, unverstandenen Seele, wegen des ihr teuren dünnen Klangs seiner Stimme mit den langgezogenen Intonationen, wegen seines müden Blicks, wegen seines Charakters und der weichen weißen Hände mit den geschwollenen Adern. Sie freute sich nicht nur über jede Begegnung mit ihm, sondern suchte auf seinem Gesicht auch nach Hinweisen auf den Eindruck, den sie auf ihn machte. Sie wollte ihm nicht nur durch ihre Reden gefallen, sondern auch durch ihre ganze Person. Für ihn befasste sie sich nun stärker mit ihrer Toilette als je zuvor. Sie ertappte sich bei Träumereien, was wäre, wenn sie nicht verheiratet wäre und er frei wäre. Sie wurde rot vor Erregung, wenn er den Raum betrat, sie konnte ein Lächeln der Begeisterung nicht zurückhalten, wenn er ihr etwas Angenehmes sagte.

Seit einigen Tagen schon befand sich Gräfin Lidija Iwanowna in höchster Erregung. Sie hatte erfahren, dass Anna und Wronski in Petersburg waren. Alexej Alexandrowitsch musste bewahrt werden vor einer Begegnung mit ihr, sogar vor dem peinigenden Wissen musste er bewahrt werden, dass diese schreckliche Frau sich in einer Stadt mit ihm befand und dass er ihr jeden Moment begegnen konnte.

Lidija Iwanowna zog über ihre Bekannten Erkundigungen ein, was diese widerwärtigen Leute, wie sie Anna und Wronski nannte, zu tun beabsichtigten, und suchte in diesen Tagen sämtliche Bewegungen ihres Freundes zu lenken, damit er ihnen nicht begegnen konnte. Der junge Adjutant, ein Freund Wronskis, durch den sie Nachricht erhielt und der über Gräfin Lidija Iwanowna eine Konzession zu erhalten hoffte, sagte ihr, die beiden hätten alles erledigt und würden am nächsten Tag abfahren. Lidija Iwanowna wollte sich schon beruhigen, da wurde ihr am nächsten Morgen ein Billett gebracht, dessen Schriftzüge sie entsetzt erkannte. Es war die Handschrift von Anna Karenina. Das Kuvert war aus einem Papier so dick wie Borke; auf dem länglichen gelben Papier war ein riesiges Monogramm, und von dem Brief ging ein wunderbarer Duft aus.

»Wer hat das gebracht?«

»Der Kommissionär aus einem Hotel.«

Gräfin Lidija Iwanowna konnte sich lange nicht hinsetzen, um den Brief zu lesen. Vor lauter Erregung bekam sie einen Anfall von Atemnot, wofür sie anfällig war. Als sie sich beruhigt hatte, las sie den folgenden französischen Brief:

»*Madame la Comtesse*, die christlichen Gefühle, welche Ihr Herz erfüllen, verleihen mir die, das fühle ich, unverzeihliche Kühnheit, Ihnen zu schreiben. Ich bin unglücklich durch die Trennung von meinem Sohn. Ich flehe um die Erlaubnis, ihn vor meiner Abreise ein einziges Mal zu sehen. Verzeihen Sie mir, dass ich mich Ihnen ins Gedächtnis rufe. Ich wende mich nur deshalb an Sie und nicht an Alexej Alexandrowitsch, weil ich diesem großmütigen Menschen nicht durch die Erinnerung an mich ein Leid zufügen möchte. Da ich Ihre Freundschaft zu ihm kenne, werden Sie mich verstehen. Wollen Sie Serjoscha zu mir schicken, oder soll ich zu einer bestimmten, festgesetzten Stunde ins Haus kommen, oder werden Sie mich wissen lassen, wann und wo ich ihn außerhalb des Hauses sehen kann? Ich gehe nicht von einer Absage aus, da ich die Großmut dessen kenne, von dem dies abhängt. Sie können sich nicht vorstellen, welches Verlangen ich nach einem Wiedersehen empfinde, und darum können Sie sich auch nicht die Dankbarkeit vorstellen, die Ihre Hilfe in mir wecken wird.

Anna«

Alles an diesem Brief brachte Gräfin Lidija Iwanowna auf, der Inhalt wie der Verweis auf die Großmut und besonders der, wie ihr schien, zu dreiste Tonfall.

»Sag ihm, dass es keine Antwort geben wird«, sagte Gräfin Lidija Iwanowna und schlug sogleich ihre Schreibmappe auf, um Alexej Alexandrowitsch zu schreiben, dass sie ihn nach zwölf bei der Gratulationscour im Palast zu sehen hoffe.

»Ich muss mit Ihnen über eine wichtige und traurige Angelegenheit sprechen. Wo, werden wir dort verabreden. Am besten bei mir, wo ich Ihnen Ihren Tee zubereiten lassen werde. Es ist dringend. Ein Kreuz erlegt Er auf. Doch gibt Er auch die Kraft dazu«, fügte sie noch hinzu, um ihn wenigstens ein bisschen einzustimmen.

Gräfin Lidija Iwanowna schrieb gewöhnlich jeden Tag zwei oder drei Billetts an Alexcj Alexandrowitsch. Sie mochte diesen Prozess des Briefverkehrs mit ihm, denn er hatte die Eleganz und Heimlichkeit, die sie in ihrem persönlichen Umgang vermisste.

XXIV

Die Gratulationscour ging zu Ende. Wer sich beim Aufbruch begegnete, unterhielt sich über die letzte Neuigkeit des Tages, über die neu empfangenen Auszeichnungen und das Revirement hochgestellter Beamter.

»Warum nicht der Gräfin Marja Borissowna das Kriegsministerium, und als Generalsstabchef Fürstin Watkowskaja«, sagtc ein grauhaariger kleiner Greis in goldbestickter Uniform zu einer hochgewachsenen, schönen Hofdame, die ihn nach dem Revirement gefragt hatte.

»Und mit mir als Adjutanten«, erwiderte die Hofdame lächelnd.

»Sie haben Ihre Ernennung schon weg. Sie kriegen das geistliche Ressort. Und als Ihren Gehilfen – Karenin.«

Der Greis drückte einem Hinzutretenden die Hand. »Fürst, seien Sie gegrüßt!«

»Was sagten Sie über Karenin?« fragte der Fürst.

»Er und Putjatow haben den Alexander-Newski-Orden erhalten.«

»Ich dachte, den hätte er schon.«

»Nein. Nun schauen Sie ihn doch an«, sagte der kleine Greis und deutete mit dem bestickten Hut auf Karenin, der an seiner Hofuniform das neue rote Ordensband um die Schulter trug und mit einem einfluss-

reichen Mitglied des Staatsrats an der Saaltür stehengeblieben war. »Strahlt glücklich und zufrieden wie ein
Kupfergroschen«, fügte er hinzu und hielt inne, um einem athletisch gebauten, blendend aussehenden Kammerherrn die Hand zu drücken.

»Nein, er ist alt geworden«, meinte der Kammerherr.
»Vor lauter Sorgen. Er schreibt jetzt ständig Projekte.
Den Unglücksraben entlässt er jetzt nicht, bevor er ihm
nicht alles, Punkt für Punkt, dargelegt hat.«

»Wieso alt geworden? *Il fait des passions**. Ich glaube,
Gräfin Lidija Iwanowna ist jetzt eifersüchtig auf seine
Frau.«

»Also, wirklich! Von Gräfin Lidija Iwanowna bitte
nichts Schlechtes.«

»Ist es denn schlecht, dass sie in Karenin verliebt ist?«
»Stimmt es, dass Karenina hier ist?«

»Nicht hier im Palast, aber in Petersburg. Gestern
bin ich ihr, mit Alexej Wronski *bras dessus, bras des-
sous***, auf der Morskaja begegnet.

»*C'est un homme qui n'a pas*** ...« hob der Kammerherr an, hielt aber inne, um einer vorbeigehenden
Persönlichkeit aus der Zarenfamilie mit einer Verbeugung den Weg freizugeben.

So redeten sie unaufhörlich über Alexej Alexandrowitsch, verurteilten ihn und verlachten ihn, während
er dem Mitglied des Staatsrats, das er abgefangen hatte,
weiterhin den Weg vertrat und seine Darlegung keinen
Moment unterbrach, um ihn nicht fortzulassen, sondern ihm Punkt für Punkt sein Finanzprojekt darlegte.

Fast zu ein- und derselben Zeit, als Alexej Alexandrowitsch von seiner Frau verlassen wurde, stieß ihm das
Bitterste zu, was einem Beamten passieren kann – die

---

  * Er macht Eroberungen *(frz.)*
 ** Arm in Arm
*** Er ist ein Mann, der keine ... *(frz.)*

Aufwärtsbewegung seiner Dienstlaufbahn neigte sich zum Stillstand. Dieser Stillstand war nun eingetreten, und alle sahen es klar, bloß Alexej Alexandrowitsch war es noch nicht bewusst, dass seine Karriere zu Ende war. Ob wegen der Konfrontation mit Stremow, ob wegen des Unglücks mit seiner Frau oder einfach, weil Alexej Alexandrowitsch die Grenze erreicht hatte, die ihm vorherbestimmt war, jedenfalls wurde in diesem Jahr allen augenfällig, dass sein dienstlicher Wirkungskreis am Ende war. Er bekleidete noch einen hohen Posten, er war Mitglied vieler Kommissionen und Komitees; aber er war jemand, der nicht mehr zählte und von dem nichts mehr erwartet wurde. Was er auch sagen, was er auch vorschlagen mochte, man hörte ihn an, als wäre längst bekannt, was er vorschlug, und wäre genau das, was nicht gebraucht wurde.

Aber Alexej Alexandrowitsch merkte das nicht, im Gegenteil, seit er von der unmittelbaren Regierungstätigkeit ferngehalten wurde, sah er nun klarer denn je zuvor die Mängel und Fehler in der Tätigkeit der anderen und hielt es für seine Pflicht, auf Mittel zu ihrer Verbesserung hinzuweisen. Bald nach der Trennung von seiner Frau verfasste er eine Eingabe zur neuen Gerichtsbarkeit, die erste aus einer endlosen Reihe jener von niemandem gebrauchter Eingaben zu allen Verwaltungsbereichen, die zu verfassen sein Schicksal war.

Nicht nur, dass Alexej Alexandrowitsch seine hoffnungslose Lage in der Amtswelt gar nicht bemerkte und gar nicht bekümmert war darüber, er war sogar mehr denn je mit seiner Tätigkeit zufrieden.

»Wer aber gefreit hat, der sorgt um die Dinge der Welt, nämlich wie er der Frau gefalle. Wer ledig ist, der sorgt um des Herrn Sache, nämlich wie er dem Herrn gefalle«, sagt der Apostel Paulus, und Alexej Alexandrowitsch, der sich in allen Dingen jetzt von der Schrift leiten ließ, dachte oft an diese Bibelstelle. Ihm schien, seit-

dem er ohne Frau war, diene er mit diesen Projekten
dem Herrn mehr als früher.

Die offensichtliche Ungeduld des Ratsmitglieds, das
wegwollte von ihm, genierte Alexej Alexandrowitsch
nicht; er hörte erst auf mit seiner Darlegung, als das
Mitglied sich zunutze machte, dass eine Person aus der
Zarenfamilie vorbeikam, und ihm entschlüpfte.

Allein geblieben, senkte Alexej Alexandrowitsch den
Kopf, um seine Gedanken zu sammeln, dann blickte er
zerstreut um sich und ging zu der Tür, wo er Gräfin
Lidija Iwanowna zu treffen hoffte.

›Wie kräftig sie doch alle sind und körperlich gesund‹, dachte Alexej Alexandrowitsch, während er auf
den mächtigen Kammerherrn mit den gestriegelten,
wohlriechenden Koteletten und auf den roten Nacken
des prall in seiner Uniform steckenden Fürsten blickte,
an denen er vorüber musste. ›Zu Recht heißt es, dass
alles in der Welt böse ist‹, dachte er und schielte noch
einmal auf die Waden des Kammerherrn.

Ohne Hast setzte Alexej Alexandrowitsch seine Füße,
und mit seiner üblichen, müden und würdevollen Miene grüßte er diese Herren, die über ihn redeten, und
während er zur Tür blickte, suchten seine Augen Gräfin Lidija Iwanowna.

»Oh! Alexej Alexandrowitsch!« sagte der kleine
Greis mit boshaftem Augenglitzern, als Karenin an ihm
vorüberkam und mit kühler Geste den Kopf neigte.
»Ich habe Sie noch nicht beglückwünscht.« Er deutete
auf das frisch erhaltene Ordensband.

»Ich danke Ihnen«, antwortete Alexej Alexandrowitsch. »Was für ein wunderschöner Tag heute«,
fügte er hinzu, dabei betonte er nach seiner Gewohnheit besonders das Wort »wunderschön«.

Dass sie ihn verlachten, das wusste er, aber er erwartete von ihnen auch nichts außer Feindschaft; daran
hatte er sich schon gewöhnt.

Als er die aus der Korsage emporquellenden gelben Schultern der Gräfin Lidija Iwanowna erblickte, die durch die Tür kam, dazu ihre lockenden, wunderschönen versonnenen Augen, lächelte Alexej Alexandrowitsch, dass seine noch unvergilbten weißen Zähne sichtbar wurden, und ging zu ihr.

Die Toilette hatte Lidija Iwanowna große Mühe gekostet, wie alle ihre Toiletten in dieser letzten Zeit. Ihr Ziel war jetzt das Gegenteil von dem, was sie vor dreißig Jahren mit ihrer Toilette verfolgt hatte. Damals wollte sie sich irgendwie schmücken, und je mehr, desto besser. Jetzt dagegen standen ihre Toiletten zwangsläufig in einem solchen Missverhältnis zu ihren Jahren und ihrer Figur, dass sie nur noch darum besorgt war, den Widerspruch zwischen Herausgeschmücktsein und ihrem Aussehen nicht zu schrecklich werden zu lassen. Und in bezug auf Alexej Alexandrowitsch erreichte sie ihr Ziel, sie kam ihm attraktiv vor. Für ihn war sie die einzige Insel nicht nur von wohlwollender Zuneigung, sondern von Liebe in dem Meer an Feindseligkeit und Spott, das ihn umgab.

Nach seinem Spießrutenlauf durch die spöttischen Blicke reckte er sich naturgemäß ihrem verliebten Blick entgegen wie die Pflanze dem Licht.

»Ich gratuliere Ihnen«, sagte sie und wies mit den Augen auf das Ordensband.

Er unterdrückte ein Lächeln der Befriedigung und zuckte die Schultern, wobei er die Augen schloss, wie um zu sagen, dass ihn dies nicht freuen könne. Gräfin Lidija Iwanowna wusste sehr wohl, dass dies eine seiner größten Freuden war, obwohl er es nie zugeben würde.

»Was macht unser Engel?« Gräfin Lidija Iwanowna meinte damit Serjoscha.

Alexej Alexandrowitsch zog die Brauen hoch und öffnete die Augen. »Ich kann nicht sagen, dass ich ganz mit ihm zufrieden wäre«, sagte er. »Auch Sitnikow ist

mit ihm unzufrieden. (Sitnikow war der Pädagoge, dem
Serjoschas weltliche Erziehung überantwortet war.)
Wie ich Ihnen schon sagte, steckt in ihm eine gewisse Kälte gegenüber den wesentlichen Dingen, die die
Seele jedes Menschen und jedes Kindes berühren sollten.« Alexej Alexandrowitsch begann seine Gedanken
zu dem einzigen Problem darzulegen, das ihn außer seinem Dienst interessierte – der Erziehung des Sohnes.

Als Alexej Alexandrowitsch mit Lidija Iwanownas
Hilfe zu Leben und Tätigkeit zurückgekehrt war, empfand er es als seine Pflicht, sich mit der Erziehung des
in seiner Obhut verbliebenen Sohnes zu befassen. Nie
zuvor hatte Alexej Alexandrowitsch sich mit Fragen
der Erziehung befasst, und so widmete er nun einige
Zeit dem theoretischen Studium des Gegenstands.
Nachdem er viele anthropologische, pädagogische und
didaktische Bücher gelesen hatte, erstellte Alexej Alexandrowitsch einen Erziehungsplan, und nachdem er
den besten Petersburger Pädagogen für die Leitung gewonnen hatte, ging er ans Werk. Und dieses Werk beschäftigte ihn nun fortwährend.

»Ja, aber das Herz? Ich sehe in ihm das Herz des
Vaters, und mit solch einem Herzen kann ein Kind
nicht schlecht sein«, sagte Gräfin Lidija Iwanowna voll
Begeisterung.

»Ja, mag sein ... Was mich angeht, so erfülle ich
meine Pflicht – das ist alles, was ich tun kann.«

»Kommen Sie zu mir«, sagte Gräfin Lidija Iwanowna
nach kurzem Schweigen, »wir müssen über eine für Sie
traurige Angelegenheit reden. Ich gäbe alles dafür, um
Ihnen gewisse Erinnerungen zu ersparen, aber andere
denken nicht so. Ich habe von ihr einen Brief erhalten.
Sie ist in Petersburg.«

Bei der Erwähnung seiner Frau zuckte Alexej Alexandrowitsch zusammen, doch sogleich legte sich auf
sein Gesicht jene tote Reglosigkeit, die zum Ausdruck

brachte, wie vollkommen hilflos er in dieser Angelegenheit war.

»Ich habe es erwartet«, sagte er.

Gräfin Lidija Iwanowna blickte ihn verzückt an, und angesichts seiner Seelengröße traten ihr Tränen der Bewunderung in die Augen.

XXV

Als Alexej Alexandrowitsch das kleine, mit altem Porzellan vollgestellte und mit Porträts vollgehängte, gemütliche Boudoir der Gräfin Lidija Iwanowna betrat, war die Dame des Hauses noch gar nicht da. Sie kleidete sich um.

Auf dem runden Tisch lag ein Tischtuch und stand ein chinesisches Teeservice und ein silberner Spiritus-Teekessel. Alexej Alexandrowitsch betrachtete zerstreut die zahllosen bekannten Porträts, die das Boudoir schmückten, setzte sich an den Tisch und schlug das dort liegende Evangelium auf. Das Rascheln des gräflichen Seidenkleides lenkte ihn ab.

»So, nun wollen wir uns in Ruhe hinsetzen«, sagte Gräfin Lidija Iwanowna und zwängte sich mit erregtem Lächeln hastig zwischen Tisch und Sofa durch, »und uns bei unserem Tee unterhalten.«

Nach einigen vorbereitenden Worten überreichte Gräfin Lidija Iwanowna, schwer atmend und errötend, Alexej Alexandrowitsch den ihr zugegangenen Brief.

Als er den Brief gelesen hatte, schwieg er lange.

»Ich nehme nicht an, dass ich das Recht hätte, es ihr abzuschlagen«, sagte er zaghaft und hob den Blick.

»Mein Freund! In niemandem sehen Sie Böses!«

»Im Gegenteil, ich sehe, dass alles böse ist. Aber ist das gerecht?«

Auf seinem Gesicht lag Unentschlossenheit und Suche nach einem Rat, nach Unterstützung und Leitung in einer Angelegenheit, die ihm unverständlich war.

»Nein«, unterbrach ihn Gräfin Lidija Iwanowna. »Es hat alles seine Grenzen. Unmoral, das verstehe ich noch«, sagte sie nicht ganz aufrichtig, denn sie hatte nie verstehen können, was Frauen zur Unmoral führt, »aber was ich nicht verstehe, ist Grausamkeit, und gegen wen? gegen Sie! Wie kann man sich in der Stadt aufhalten, wo Sie sind? Nein, man lernt doch nie aus im Leben. Und ich lerne zu verstehen, wie hoch Sie stehen und wie tief unten sie.«

»Doch wer wird einen Stein werfen?« sagte Alexej Alexandrowitsch, offensichtlich zufrieden mit seiner Rolle. »Ich habe alles vergeben und darum kann ich ihr nicht verweigern, was für sie ein Bedürfnis der Liebe ist – der Liebe zu ihrem Sohn ...«

»Aber ist das Liebe, mein Freund? Ist das aufrichtig? Nun denn, Sie haben vergeben, Sie vergeben noch jetzt ... aber haben wir das Recht, auf die Seele dieses Engels einzuwirken? Er hält sie für gestorben. Er betet für sie und bittet Gott, ihr die Sünden zu vergeben ... Und so ist es besser. Was würde er aber hierbei denken?«

»Daran habe ich nicht gedacht«, sagte Alexej Alexandrowitsch, offenkundig zustimmend.

Gräfin Lidija Iwanowna bedeckte ihr Gesicht mit den Händen und schwieg. Sie betete.

»Wenn Sie mich um Rat fragen«, sagte sie, als sie gebetet hatte und das Gesicht aufdeckte, »kann ich Ihnen nicht dazu raten. Als ob ich nicht sähe, wie Sie leiden, wie das Ihre sämtlichen Wunden aufgerissen hat! Aber, nun denn, wie immer denken Sie nicht an sich selbst. Doch wozu könnte das führen? Zu neuen Leiden Ihrerseits, zu Qualen für das Kind? Wenn in ihr noch irgendetwas Menschliches geblieben wäre, dürfte sie das nicht wollen. Nein, ich rate ohne zu schwanken davon ab, und wenn Sie mir gestatten, werde ich ihr schreiben.«

Alexej Alexandrowitsch war einverstanden, und Gräfin Lidija Iwanowna schrieb den folgenden französischen Brief:

»Gnädige Frau!

Die Erinnerung an Sie könnte bei Ihrem Sohn zu Fragen von seiner Seite führen, die sich nicht beantworten ließen, ohne in die Seele des Kindes den Geist der Missbilligung gegen das zu senken, was für ihn ein Heiligtum sein sollte, und darum bitte ich, die Absage Ihres Mannes im Geiste der christlichen Liebe zu verstehen. Ich bitte den Allmächtigen um Barmherzigkeit für Sie.

Gräfin Lidija«

Dieser Brief erreichte das geheime Ziel, das Gräfin Lidija Iwanowna sich selbst nicht eingestand. Er verletzte Anna bis in die Tiefe ihrer Seele.

Seinerseits konnte sich Alexej Alexandrowitsch, als er von Lidija Iwanowna nach Hause zurückgekehrt war, an diesem Tag nicht seinen üblichen Beschäftigungen widmen und nicht die Seelenruhe des gläubigen und erlösten Menschen finden, die er früher verspürt hatte.

Die Erinnerung an seine Frau, die dermaßen schuldig war vor ihm und vor der er so heilig war, wie Gräfin Lidija Iwanowna ihm zu Recht gesagt hatte, hätte ihn nicht verstören dürfen; aber er war nicht ruhig, er konnte das Buch nicht verstehen, das er las, konnte die quälenden Erinnerungen an sein Verhältnis zu ihr nicht verscheuchen, an jene Fehler, die er ihr gegenüber, wie ihm jetzt schien, begangen hatte. Die Erinnerung, wie er bei der Rückkehr vom Rennen das Geständnis ihrer Untreue aufgenommen hatte (und insbesondere, dass er nur äußere Schicklichkeit von ihr verlangt, dass er kein Duell vom Zaun gebrochen hatte), darüber plagte ihn nun die Reue. Ebenso plagte ihn die Erinnerung an den Brief, den er ihr geschrieben hatte; insbesondere seine

Vergebung, die niemand gebraucht hatte, und seine Sorgen um das fremde Kind brannten als Scham und Reue in seinem Herzen.

Und genau dasselbe Gefühl von Scham und Reue empfand er nun, wenn er seine gesamte Vergangenheit mit ihr durchging und sich an die ungeschickten Worte erinnerte, mit denen er ihr nach langem Schwanken einen Heiratsantrag gemacht hatte.

›Aber wessen bin ich schuldig?‹ fragte er sich. Und diese Frage rief stets eine andere Frage in ihm hervor – ob sie anders fühlten, anders liebten, anders heirateten, alle diese Leute, diese Wronskis, Oblonskis ... diese Kammerherren mit den dicken Waden. Und in seiner Vorstellung tauchte eine ganze Reihe dieser strotzenden, kräftigen, nicht von Zweifeln befallenen Leute auf, die immer und überall unwillkürlich seine Aufmerksamkeit und Neugier anzogen. Er verscheuchte diese Gedanken, er suchte sich zu überzeugen, dass er nicht für das hiesige, endliche Leben lebe, sondern für das ewige, und dass in seiner Seele Friede und Liebe herrsche. Aber dass er in diesem endlichen, nichtigen Leben, wie ihm schien, einige nichtige Fehler begangen hatte, plagte ihn derart, als ob es diese ewige Erlösung, an die er glaubte, gar nicht gäbe. Die Versuchung war aber nicht von Dauer, und bald war in Alexej Alexandrowitschs Seele jene Ruhe und jene Erhabenheit wieder hergestellt, dank denen er vergessen konnte, woran er nicht denken mochte.

XXVI

»Na, was ist, Kapitonytsch?« fragte Serjoscha, als er rotbackig und fröhlich am Tag vor seinem Geburtstag vom Spaziergang zurückkam und dem hochgewachsenen, von der Höhe seines Wuchses auf den kleinen Mann

herablächelnden alten Portier seinen langen Falten-
mantel überließ. »Was ist, war der Beamte mit dem Verband heute da? Hat Papa ihn empfangen?«

»Hat er. Der Kanzleivorsteher war kaum weg, habe
ich ihn gemeldet«, sagte der Portier und zwinkerte
fröhlich. »Lassen Sie, ich helfe Ihnen.«

»Serjoscha!« Der Erzieher, ein Slawe, blieb an der
Tür stehen, die ins Hausinnere führte. »Ziehen Sie den
Mantel selbst aus.«

Serjoscha hatte zwar die schwache Stimme des Erziehers gehört, beachtete ihn aber nicht. Er hielt sich mit
der Hand am Bandelier des Portiers fest und schaute
ihm ins Gesicht.

»Ja, und hat Papa für ihn getan, was er braucht?«
Der Portier nickte bestätigend.

Der Beamte mit dem Verband, der schon siebenmal
einer Bitte wegen zu Alexej Alexandrowitsch gekommen war, interessierte Serjoscha wie den Portier. Serjoscha hatte ihn einmal im Hausflur getroffen und gehört, wie er den Portier kläglich bat, ihn zu melden,
denn sonst, sagte er, müssten er und seine Kinder sterben.

Seither interessierte sich Serjoscha für ihn, er hatte
den Beamten auch ein zweites Mal im Hausflur getroffen.

»Ja, und hat er sich gefreut?« fragte er.

»Wie denn nicht! Fast wäre er hüpfend davongegan-
gen.«

»Ist irgendwas gebracht worden?« fragte Serjoscha
nach kurzem Schweigen.

»Oh, Herr«, flüsterte der Portier, den Kopf wiegend,
»da ist etwas von der Gräfin.«

Serjoscha hatte sofort begriffen, dass es ein Geschenk
von Gräfin Lidija Iwanowna zu seinem Geburtstag war,
wovon der Portier sprach.

»Was du nicht sagst! Und wo?«

»Zu Papa hat Kornej es gebracht. Bestimmt ein hübsches Dingelchen!«

»Wie groß? So vielleicht?«

»Kleiner, aber was Hübsches.«

»Ein Buch?«

»Nein, ein Dingelchen. Gehn Sie, gehn Sie, Wassili Lukitsch ruft«, sagte der Portier, da er die Schritte des Erziehers näherkommen hörte, löste vorsichtig das Händchen in dem halb abgestreiften Handschuh von seinem Bandelier und wies augenzwinkernd mit dem Kopf auf den Erzieher.

»Wassili Lukitsch, bin gleich da!« rief Serjoscha mit dem fröhlichen und liebevollen Lächeln, das den gewissenhaften Wassili Lukitsch stets besänftigte.

Serjoscha war viel zu fröhlich, viel zu glücklich war alles, als dass er seinem Freund, dem Portier, eine weitere Familienfreude hätte vorenthalten können, die er während des Spaziergangs im Sommergarten von Gräfin Lidija Iwanownas Nichte erfahren hatte. Diese Freude kam ihm besonders wichtig vor, weil sie mit der Freude des Beamten zusammenfiel und mit seiner eigenen Freude, dass Spielzeug gebracht worden war. Serjoscha kam es vor, als sei heute ein Tag, an dem alle sich freuen und fröhlich sein müssten.

»Weißt du, dass Papa den Alexander-Newski-Orden bekommen hat?«

»Wie kann ich das nicht wissen! Es waren schon Leute zum Gratulieren da.«

»Ja, und freut er sich?«

»Wie denn, sich nicht über eine Gunst des Zaren freuen! Hat ihn demnach verdient«, sagte der Portier streng und ernst.

Serjoscha dachte nach, den Blick auf das Gesicht des Portiers geheftet, von ihm erforscht bis in kleinste Einzelheiten, besonders auf das zwischen den grauen Koteletten hängende Kinn, das niemand sah außer Serjoscha, denn er schaute nie anders als von unten zu ihm hoch.

»Und ist deine Tochter lange nicht mehr bei dir gewesen?«

Die Tochter des Portiers war Ballettänzerin.

»Wann soll sie denn, an Werktagen? Die haben auch zu lernen. Und Sie haben zu lernen, Herr, gehn Sie.«

Ins Zimmer gekommen, erzählte Serjoscha, statt sich an seine Lektionen zu setzen, dem Hauslehrer von seiner Vermutung, dass ihm bestimmt eine Lokomotive gebracht worden sei. »Was meinen Sie?« fragte er.

Aber Wassili Lukitsch meinte nur, dass er sich die Grammatiklektion vornehmen müsse, weil um zwei Uhr der Lehrer komme.

»Doch sagen Sie mir eins, Wassili Lukitsch«, fragte er plötzlich, als er schon am Arbeitstisch saß und das Buch in Händen hielt, »was ist höher als der Alexander-Newski-Orden? Sie wissen, dass Papa den Alexander-Newski-Orden bekommen hat?«

Wassili Lukitsch erwiderte, höher als der Alexander-Newski sei der Wladimir.

»Und noch höher?«

»Und am höchsten ist der Andrej-Perwoswanny.«

»Und noch höher als der Andrej?«

»Ich weiß nicht.«

»Wie, auch Sie wissen das nicht?« Und auf die Arme gestützt, erging sich Serjoscha in Überlegungen.

Seine Überlegungen waren höchst kompliziert und vielfältig. Er malte sich aus, wie sein Vater auf einen Schlag den Wladimir wie den Andrej bekäme und wie er darum beim Unterricht heute viel weniger streng wäre, und wie er selbst, wenn er groß wäre, alle Orden bekäme, auch was sie sich noch ausdenken würden, höher als der Andrej. Kaum hätten sie was ausgedacht, hätte er es sich verdient. Sie würden sich noch höhere ausdenken, auch die hätte er sich gleich verdient.

Unter solchen Überlegungen verging die Zeit, und als der Lehrer kam, war die Lektion über die Umstandswörter der Zeit und des Ortes und der Art und Weise nicht gelernt, und der Lehrer war nicht nur unzufrieden, sondern betrübt. Diese Betrübnis des Lehrers rührte Serjoscha. Er fühlte sich unschuldig daran, dass er die Lektion nicht konnte; denn so sehr er sich auch bemüht hatte, er brachte es einfach nicht zustande: Solange der Lehrer es ihm auseinandersetzte, glaubte er es ihm und schien es zu verstehen, aber sobald er allein war, konnte er sich einfach nicht mehr erinnern und nicht begreifen, dass das so verständliche Wörtlein »plötzlich« ein Umstandswort der Art und Weise war. Dennoch tat es ihm leid, dass er den Lehrer betrübt hatte, und er wollte ihn gern trösten.

Er wählte einen Moment, als der Lehrer schweigend ins Buch schaute.

»Michail Iwanytsch, wann haben Sie Namenstag?« fragte er plötzlich.

»Sie sollten besser an Ihre Arbeit denken, Namenstage haben für ein vernünftiges Wesen keinerlei Bedeutung. Ein Tag wie alle anderen, an denen man arbeiten muss.«

Serjoscha betrachtete aufmerksam den Lehrer, sein spärliches Bärtchen, die Brille, die weiter herabgerutscht war als die Kerbe auf der Nase, und versank so in Nachdenken, dass er gar nicht mehr hörte, was ihm der Lehrer erklärte. Er hatte begriffen, dass der Lehrer nicht dachte, was er gesagt hatte, er hatte es an dem Tonfall gemerkt, in dem es gesagt worden war. ›Wieso sind sie sich alle einig, dass sie alles auf die gleiche Weise sagen, alles ganz Langweilige und Unnötige? Weshalb stößt er mich fort, warum mag er mich nicht?‹ fragte er sich traurig, und es fiel ihm keine Antwort ein.

XXVII

Nach dem Lehrer kam der Unterricht beim Vater. Solange der Vater noch nicht da war, setzte sich Serjoscha
an den Tisch, spielte mit einem Messerchen und dachte
nach. Zu Serjoschas Lieblingsbeschäftigungen gehörte,
während des Spaziergangs nach seiner Mutter zu suchen. Er glaubte sowieso nicht an den Tod und an ihren
schon gar nicht, obwohl Lidija Iwanowna es ihm gesagt
und der Vater es bestätigt hatte, und darum suchte er,
auch nachdem sie ihm gesagt hatten, sie sei gestorben,
während des Spaziergangs nach ihr. Jede füllige, anmutige Frau mit dunklem Haar war seine Mutter. Beim
Anblick einer solchen Frau stieg in seinem Herzen ein
Gefühl auf, eine solche Zärtlichkeit, dass es ihm den
Atem verschlug und ihm Tränen in die Augen traten.
Und dann erwartete er, dass sie jetzt gleich zu ihm treten, den Schleier heben würde. Ihr ganzes Gesicht wäre
zu sehen, sie würde lächeln, ihn umarmen, er würde
ihren Duft wahrnehmen, die Zärtlichkeit ihrer Hand
spüren und zu weinen anfangen vor Glück, wie eines
Abends einmal, er hatte sich vor ihre Füße gelegt, sie
hatte ihn gekitzelt und er hatte unbändig gelacht und
in ihre weiße Hand mit den Ringen gebissen. Später, als
er von der Kinderfrau zufällig erfuhr, dass seine Mutter
nicht gestorben sei und der Vater und Lidija Iwanowna
ihm erklärt hätten, sie sei für ihn tot, weil sie nicht
brav gewesen sei (was er nun schon gar nicht glauben
konnte, da er sie liebte), suchte er noch genauso nach
ihr und wartete auf sie. Heute war im Sommergarten
eine Dame gewesen mit lila Schleier, die er ersterbenden Herzens, in der Erwartung, sie sei es, beobachtet
hatte, während sie auf dem Parkweg auf ihn zukam.
Die Dame war nicht bis zu ihnen gekommen, war vorher abgebogen. Heute empfand Serjoscha stärker denn
je eine Woge der Liebe zu ihr, und jetzt hatte er, in Ge-

danken und in Erwartung des Vaters, die ganze Tisch-
kante mit dem Messerchen zerschnitten, dabei schaute
er mit funkelnden Augen vor sich hin und dachte an sie.

»Ihr Papa kommt!« riss Wassili Lukitsch ihn aus seinen Gedanken.

Serjoscha sprang auf, ging zum Vater, und nach dem
Handkuss musterte er ihn aufmerksam, suchte nach
Zeichen der Freude über den Alexander-Newski-Orden.

»Warst du schön spazieren?« fragte Alexej Alexandrowitsch, setzte sich in seinen Sessel, zog das Alte Testament her und schlug es auf. Obwohl Alexej Alexandrowitsch schon mehrfach zu Serjoscha gesagt hatte,
jeder Christ müsse die biblische Geschichte sehr gut
kennen, schaute er beim Alten Testament selbst oft im
Buch nach, und Serjoscha merkte das.

»Ja, es war sehr lustig, Papa«, sagte Serjoscha, setzte
sich seitwärts auf einen Stuhl und begann zu kippeln,
was verboten war. »Ich habe Nadenka getroffen (Nadenka war Lidija Iwanownas Nichte, die von ihr aufgezogen wurde). Sie sagte mir, dass Sie einen neuen
Ordensstern bekommen haben. Freuen Sie sich, Papa?«

»Erstens, kippele bitte nicht«, sagte Alexej Alexandrowitsch. »Zweitens ist nicht die Belohnung von Wert,
sondern die Arbeit. Und ich hätte gerne, dass du das
verstehst. Schau, wenn du arbeitest oder lernst, um
eine Belohnung zu erhalten, dann wird dir die Arbeit
schwer vorkommen; aber wenn du arbeitest aus Liebe
zur Arbeit (sprach Alexej Alexandrowitsch in Gedanken daran, wie ihm sein Pflichtbewusstsein Halt gegeben hatte bei der langweiligen Arbeit des heutigen
Vormittags, dem Unterzeichnen von hundertachtzehn
Schriftstücken), findest du darin deinen Lohn.«

Die vor Zärtlichkeit und Fröhlichkeit funkelnden
Augen Serjoschas erloschen und senkten sich unterm
Blick des Vaters. Das war jener altbekannte Tonfall,
den der Vater ihm gegenüber immer anschlug und den

nachzuahmen Serjoscha schon gelernt hatte. Der Vater sprach immer mit ihm, so empfand es Serjoscha, als wendete er sich an einen Jungen, den er sich ausgedacht hatte, einen von denen, wie sie in Büchern vorkamen, der Serjoscha aber gar nicht ähnlich war. Und Serjoscha suchte vor dem Vater immer so zu tun, als wäre er so ein Bücherjunge.

»Du verstehst das, hoffe ich?« sagte der Vater.

»Ja, Papa«, antwortete Serjoscha im Tonfall des ausgedachten Jungen.

Aufgehabt hatte Serjoscha, ein paar Verse aus dem Evangelium auswendig zu lernen und die Anfänge des Alten Testaments zu wiederholen. Die Verse aus dem Evangelium konnte er recht ordentlich, aber gerade, als er sie aufsagte, blieb sein Blick am Stirnbein des Vaters hängen, das gegen die Schläfe zu einen so heftigen Knick machte, dass er drauskam und das Ende des einen Verses mit dem gleichen Wort an den Anfang des nächsten setzte. Für Alexej Alexandrowitsch war offensichtlich, dass Serjoscha nicht verstand, was er sagte, und das brachte ihn auf.

Er runzelte die Stirn und begann zu erklären, was Serjoscha schon vielfach gehört hatte und sich nie merken konnte, weil er es viel zu klar begriff — ähnlich dem, dass »plötzlich« ein Umstandswort der Art und Weise sei. Serjoscha schaute erschrockenen Blickes auf den Vater und dachte nur noch daran, ob ihn der Vater wiederholen lassen würde, was er sagte, wie das manchmal vorkam. Und dieser Gedanke schreckte Serjoscha derart, dass er nun gar nichts mehr begriff. Aber der Vater ließ ihn nicht wiederholen und wechselte zur Aufgabe aus dem Alten Testament. Die Geschehnisse erzählte Serjoscha gut, aber als er Fragen beantworten sollte, was einige Geschehnisse versinnbildlichten, wusste er nichts, obwohl er dafür schon einmal bestraft worden war. Gar nichts mehr sagen, nur noch herumdrucksen und am Tisch schnitzen und mit dem Stuhl kippeln konnte er an der Stelle, wo er etwas über die vorsintflutlichen Patriarchen sagen sollte. Von ihnen kannte er keinen außer Henoch, den Gott lebendig in den Himmel geholt hatte. Früher hatte er noch Namen gewusst, jetzt aber sie völlig vergessen, hauptsächlich, weil Henoch im ganzen Alten Testament seine Lieblingsgestalt war, und dass Henoch lebendig in den Himmel geholt worden war, daran knüpfte sich in seinem Kopf ein langer Gedankengang, dem er sich jetzt wieder überließ, während er starren Blicks auf die Uhrkette des Vaters und einen halb zugeknöpften Westenknopf schaute.

An den Tod, von dem so oft zu ihm gesprochen wurde, glaubte Serjoscha überhaupt nicht. Er glaubte nicht daran, dass Menschen, die er liebte, sterben könnten, vor allem nicht daran, dass er selber sterben würde. Das war für ihn vollkommen unmöglich und unbegreiflich. Aber ihm wurde gesagt, dass alle sterben würden; er fragte sogar Menschen, denen er glaubte, und die bestätigten es auch; die Kinderfrau sagte es ebenfalls, wenn auch widerwillig. Aber Henoch war nicht gestorben, folglich starben nicht alle. ›Und warum kann sich nicht jedermann so verdient machen vor Gott und nicht lebendig in den Himmel geholt werden?‹ dachte Serjoscha. Schlechte Menschen, also die, die Serjoscha nicht mochte, die könnten ja sterben, aber die guten könnten alle so sein wie Henoch.

»Also, was für Patriarchen noch?«

»Henoch, Enos.«

»Die hast du doch schon genannt. Schlecht, Serjoscha, sehr schlecht. Wenn du dich nicht um das bemühst, was das Wichtigste ist für einen Christenmenschen«, sagte der Vater im Aufstehen, »was kann dich dann noch interessieren? Ich bin unzufrieden mit dir, auch Pjotr Ignatjitsch (das war der leitende Pädagoge) ist unzufrieden mit dir ... Ich muss dich bestrafen.«

Vater und Pädagoge waren beide mit Serjoscha unzufrieden, und tatsächlich lernte er sehr schlecht. Allerdings ließ sich ja überhaupt nicht sagen, er wäre ein unbegabter Junge. Im Gegenteil, er war viel begabter als die Jungen, die der Pädagoge Serjoscha als Beispiel hinstellte. Aus der Sicht des Vaters wollte er nicht lernen, was ihm gelehrt wurde. Im Grunde konnte er das nicht lernen. Konnte es deshalb nicht, weil seine Seele Ansprüche erhob, die für ihn dringlicher waren als diejenigen, die Vater und Pädagoge stellten. Die Ansprüche widerstritten einander, und so kämpfte er regelrecht gegen seine Erzieher.

Er war neun Jahre alt, er war ein Kind; aber seine Seele kannte er, und sie war ihm lieb und wert, er behütete sie, wie das Lid das Auge behütet, und ohne den Schlüssel der Liebe ließ er niemanden in seine Seele. Seine Erzieher klagten, er wolle nicht lernen, dabei war seine Seele übervoll von Wissensdurst. Und so lernte er von Kapitonytsch, von der Kinderfrau, von Nadenka, von Wassili Lukitsch, aber nicht von seinen Lehrern. Das Wasser, das Vater und Pädagoge auf ihren Mühlrädern erwarteten, war längst versickert und arbeitete andernorts.

Der Vater bestrafte Serjoscha, indem er ihn nicht zu Nadenka ließ, Lidija Iwanownas Nichte; aber diese Strafe war für Serjoscha ein Glück. Wassili Lukitsch war guter Laune und zeigte ihm, wie man Windmühlen macht. Der ganze Abend verging bei der Arbeit und bei Wunschträumen, wie man eine Windmühle machen, mit der man sich selber im Kreis drehen könnte, also, sich mit den Händen an den Flügeln festhalten oder sich anbinden und – sich im Kreis drehen. An seine Mutter dachte Serjoscha den ganzen Abend nicht, aber als er zu Bett gegangen war, fiel sie ihm plötzlich ein und er betete in seinen eigenen Worten, seine Mutter solle morgen, an seinem Geburtstag, sich endlich nicht mehr verstecken und zu ihm kommen.

»Wassili Lukitsch, wissen Sie, um was ich, zu allem anderen, noch gebetet habe?«

»Besser zu lernen?«

»Nein.«

»Um Spielzeug?«

»Nein. Sie kommen nicht drauf. Etwas Ausgezeichnetes, aber ein Geheimnis! Wenn es eintrifft, sag ich es Ihnen. Sie kommen nicht drauf?«

»Nein. Sie sagen es mir dann«, meinte Wassili Lukitsch und lächelte, was bei ihm selten vorkam. »Na, legen Sie sich hin, ich lösche jetzt die Kerze.«

»Sowieso sehe ich ohne Kerze besser, was ich sehe und um was ich gebetet habe. Oh, da hätte ich fast das Geheimnis verraten!« sagte Serjoscha fröhlich lachend.

Als die Kerze fort war, hörte und fühlte Serjoscha die Mutter. Sie beugte sich über ihn und sah ihn mit liebevollem Blick zärtlich an. Aber dann tauchten die Windmühlen auf, das Messerchen, alles wirbelte durcheinander, und er schlief ein.

XXVIII

In Petersburg eingetroffen, waren Wronski und Anna in einem der besten Hotels abgestiegen. Wronski separat, im unteren Stockwerk, eines darüber Anna mit Kind, Amme und Zofe, in einer großen Suite, die aus vier Zimmern bestand.

Gleich am Tag der Ankunft fuhr Wronski zu seinem Bruder. Dort traf er seine Mutter, die in Geschäften aus Moskau gekommen war. Mutter und Schwägerin begegneten ihm wie gewöhnlich; sie erkundigten sich nach seiner Auslandsreise, redeten über gemeinsame Bekannte, erwähnten aber mit keinem Wort seine

Liaison mit Anna. Sein Bruder kam jedoch am nächsten Morgen zu Wronski gefahren und fragte selbst nach ihr, und Alexej Wronski sagte ihm unumwunden, dass er seine Liaison mit Karenina als eine Ehe ansehe; dass er hoffe, die Scheidung zu erreichen, und sie dann heiraten werde, dass er sie bis dahin für seine ebensolche Ehefrau halte wie jede andere Ehefrau und ihn bitte, seiner Mutter und seiner Frau das so auszurichten.

»Wenn die Gesellschaft das nicht gutheißt, ist es mir gleich«, sagte Wronski, »aber wenn meine Verwandten zu mir in verwandtschaftlichen Beziehungen stehen wollen, müssen sie in ebensolchen Beziehungen auch zu meiner Frau stehen.«

Der ältere Bruder, der die Ansichten des jüngeren stets respektiert hatte, war sich nicht so sicher, ob er recht hatte, bevor die Gesellschaft diese Frage entschieden hätte; seinerseits hatte er nichts einzuwenden und ging mit Alexej zu Anna.

Vor dem Bruder sagte Wronski wie vor allen Menschen Sie zu Anna und verhielt sich zu ihr wie zu einer nahen Bekannten, aber es verstand sich von selbst, dass der Bruder von ihrem Verhältnis wusste, und es war davon die Rede, dass Anna auf Wronskis Gut fahren würde.

Trotz all seiner Erfahrung als Mann von Welt unterlag Wronski infolge der neuen Situation, in der er sich befand, einem sonderbaren Irrtum. Er hätte eigentlich einsehen müssen, dass die vornehme Welt für ihn mit Anna verschlossen war; doch jetzt tauchten in seinem Kopf vage Ideen auf, dass es so nur in alten Zeiten gewesen wäre, dass jetzt aber, bei dem raschen Fortschritt (unmerklich für ihn selbst war er zum Anhänger jeglichen Fortschritts geworden), dass jetzt die Sicht der Gesellschaft sich gewandelt habe und dass die Frage, ob sie beide empfangen würden, noch nicht entschieden sei. ›Selbstverständlich‹, dachte er, ›wird die Hof-

gesellschaft sie nicht empfangen, aber nahestehende
Menschen können und müssen das richtig verstehen,
wie es sich gehört.‹

Man kann einige Stunden lang mit untergeschlagenen Beinen sitzen, in ein und derselben Haltung, wenn
man weiß, dass einen nichts hindert, die Haltung zu
verändern; wenn ein Mensch aber weiß, dass er so, mit
untergeschlagenen Beinen, sitzen muss, dann bekommt
er Krämpfe, die Beine werden zucken und dorthin drängen, wohin er sie gerne ausstrecken würde. Das empfand Wronski gegenüber der Gesellschaft. Obwohl er
in tiefster Seele wusste, dass die Gesellschaft für sie
beide verschlossen war, probierte er aus, ob sich die Gesellschaft jetzt nicht ändern würde, ob sie beide nicht
empfangen würden. Aber er merkte sehr bald, dass die
Gesellschaft zwar ihm persönlich offenstand, aber verschlossen war für Anna. Wie im Katz-und-Maus-Spiel –
die Arme, die für ihn erhoben waren, senkten sich sofort vor Anna.

Eine der ersten Damen der Petersburger Gesellschaft, die Wronski zu Gesicht bekam, war seine Cousine Betsy.

»Na endlich!« empfing sie ihn freudig. »Und Anna?
Wie ich mich freue! Wo sind Sie abgestiegen? Ich kann
mir vorstellen, wie schrecklich Ihnen nach Ihrer char-
manten Reise unser Petersburg vorkommt; ich kann
mir vorstellen, wie Ihr Honigmond in Rom war. Was ist
mit der Scheidung? Alles erledigt?«

Wronski bemerkte, dass Betsys Entzücken abnahm,
als sie erfuhr, die Scheidung habe noch nicht stattgefunden.

»Man wird Steine auf mich werfen, das weiß ich«,
sagte sie, »aber ich werde zu Anna fahren; ja, ich fahre
unbedingt. Sie werden nicht lange hierbleiben?«

Und in der Tat, noch am gleichen Tag besuchte sie
Anna; aber ihr Ton war überhaupt nicht mehr der von

früher. Sie war offensichtlich stolz auf ihre Kühnheit und wollte, dass Anna die Treue ihrer Freundschaft gebührend würdige. Sie blieb nicht mehr als zehn Minuten, redete über Gesellschaftsneuigkeiten, und beim Abschied sagte sie:

»Sie haben mir noch nicht gesagt, wann die Scheidung ist. Nun denn, ich habe mein Häubchen hinter die Mühle geworfen, aber andere hochgestellte Krägen werden Sie mit Kälte schlagen, solange Sie nicht heiraten. Und das ist ja so einfach heutzutage. *Ça se fait**. Sie reisen also am Freitag? Schade, dass wir uns nicht mehr sehen.«

An Betsys Tonfall hätte Wronski erkennen müssen, was er von der Gesellschaft zu erwarten hatte; aber er unternahm noch einen Versuch in seiner Familie. Auf seine Mutter hoffte er nicht. Er wusste, dass seine Mutter, so entzückt von Anna bei ihrer ersten Bekanntschaft, jetzt unerbittlich gegen sie war, da sich ihretwegen die Karriere des Sohnes zerschlagen hatte. Aber er setzte große Hoffnungen auf Warja, die Frau seines Bruders. Er meinte, sie würde keine Steine werfen und schlicht und entschlossen Anna besuchen und sie auch empfangen.

Am Tag nach seiner Ankunft fuhr Wronski zu ihr, und da er sie allein antraf, trug er unumwunden seinen Wunsch vor.

Sie hörte ihn erst an. »Du weißt, Alexej«, sagte sie dann, »wie ich dich gern habe und wie bereit ich bin, alles für dich zu tun; aber ich habe geschwiegen, weil ich wusste, dass ich dir und Anna Arkadjewna nicht von Nutzen sein kann.« Besonders bemüht sprach sie »Anna Arkadjewna« aus. »Glaube bitte nicht, ich verurteilte sie. Nie und nimmer; vielleicht hätte ich an ihrer Stelle genauso gehandelt. Ich gehe nicht auf Einzelheiten ein,

---

* Das macht man so *(frz.)*

kann es auch nicht«, sprach sie mit scheuem Blick auf sein finsteres Gesicht. »Aber man muss die Dinge beim Namen nennen. Du möchtest, dass ich sie besuche, sie empfange und sie damit in der Gesellschaft rehabilitiere; begreif doch, dass ich das nicht kann. Ich habe heranwachsende Töchter, ich muss mich meines Mannes wegen in der Gesellschaft bewegen. Schön, ich würde Anna Arkadjewna besuchen; sie würde verstehen, dass ich sie nicht zu mir einladen kann oder es so tun müsste, dass sie jene Leute nicht träfe, die das anders sehen; das würde sie doch beleidigen. Ich kann sie nicht auffangen.«

»Ich finde ja nicht, dass sie tiefer gefallen ist als Hunderte von Frauen, die Sie empfangen!« unterbrach Wronski sie noch finsterer und stand schweigend auf, da er einsah, dass der Entschluss der Schwägerin unabänderlich war.

»Alexej! Sei mir nicht böse. Bitte, begreif doch, dass ich nicht schuldig bin«, sagte sie und sah ihn an mit scheuem Lächeln.

»Ich bin dir nicht böse«, sagte er noch ebenso finster, »aber es schmerzt mich doppelt. Mich schmerzt zudem, dass unsere Freundschaft dadurch einen Riss bekommt. Vielleicht keinen Riss, aber es schwächt sie. Du wirst verstehen, dass es für mich nicht anders sein kann.«

Und damit verließ er sie.

Wronski sah ein, dass weitere Versuche zwecklos waren und dass er sich diese paar Tage in Petersburg aufhalten musste wie in einer fremden Stadt, also jegliche Verbindung mit seiner früheren Welt vermeiden, um sich nicht Unannehmlichkeiten und Beleidigungen auszusetzen, die für ihn eine Tortur wären. Eine der größten Unannehmlichkeiten in Petersburg war, dass Alexej Alexandrowitsch und sein Name überall zu sein schienen. Von nichts konnte man reden, ohne dass das Gespräch sich Alexej Alexandrowitsch zugewandt hätte; nirgends konnte man hinfahren, ohne ihm zu begegnen. So zumindest kam es Wronski vor, wie es einem Menschen mit verwundetem Finger vorkommt, dass er ausgerechnet mit diesem verwundetem Finger überall anstößt.

Der Aufenthalt in Petersburg kam Wronski noch um so schwieriger vor, als er die ganze Zeit bei Anna eine neue, ihm unbegreifliche Stimmung wahrnahm. Bald war sie wie in ihn verliebt, bald wurde sie kalt, gereizt und unnahbar. Sie war bedrückt und verbarg etwas vor ihm und schien die Beleidigungen nicht zu bemerken, die ihm das Leben vergifteten und für sie, bei ihrer Feinfühligkeit, noch bedrückender sein mussten.

XXIX

Ein Ziel dieser Reise nach Russland war für Anna das Wiedersehen mit ihrem Sohn. Seit dem Tag, als sie aus Italien abgereist war, trieb der Gedanke an dieses Wiedersehen sie unaufhörlich um. Und je näher sie Petersburg kam, desto größer wurde in ihren Augen die Freude und Bedeutung dieses Wiedersehens. Sie stellte sich überhaupt nicht die Frage, wie dieses Wiedersehen zu bewerkstelligen wäre. Es kam ihr natürlich und einfach vor, den Sohn zu sehen, wenn sie in derselben Stadt wäre wie er; aber nach der Ankunft in Petersburg stand ihr plötzlich ihre jetzige Situation in der Gesellschaft klar vor Augen, und sie sah ein, dass es schwierig war, ein Wiedersehen zu bewerkstelligen.

Sie war schon zwei Tage in Petersburg. Der Gedanke an den Sohn verließ sie keinen Augenblick, aber sie hatte den Sohn noch nicht gesehen. Geradewegs zum Haus zu fahren, wo sie Alexej Alexandrowitsch begegnen könnte – ihrem Gefühl nach hatte sie dazu kein Recht. Womöglich würde sie nicht eingelassen und be-

leidigt. Ihrem Mann zu schreiben, mit ihm in Verbindung zu treten — allein daran zu denken war ihr eine
Qual; ruhig sein konnte sie nur, wenn sie nicht an ihren
Mann dachte. Zu erfahren, wohin und wann ihr Sohn
aus dem Haus ginge, und ihn auf seinem Spaziergang
zu sehen, war ihr zu wenig; sie hatte sich derart vorbereitet auf dieses Wiedersehen, sie hatte ihm soviel zu
sagen, sie wollte ihn derart umarmen und küssen. Serjoschas alte Kinderfrau hätte ihr helfen und sie anlei-
ten können. Aber die Kinderfrau war nicht mehr in
Alexej Alexandrowitschs Haus. Über diesem Zaudern
und der Suche nach der Kinderfrau waren zwei Tage
vergangen.

Als Anna von Alexej Alexandrowitschs nahem Verhältnis zu Gräfin Lidija Iwanowna erfuhr, entschloss
sie sich am dritten Tag, ihr den Brief zu schreiben, der
sie viel Mühe kostete und in dem sie mit Vorbedacht
sagte, die Erlaubnis, ihren Sohn zu sehen, müsse von
der Großmut ihres Mannes abhängen. Sie wusste, wenn
ihm der Brief gezeigt würde, dann würde er die Rolle
des Großmütigen weiterspielen und es ihr nicht abschlagen.

Der Kommissionär, der den Brief ausgetragen hatte,
überbrachte ihr die überaus grausame und überraschende Antwort, dass es keine Antwort geben werde. Sie
hatte sich noch nie so erniedrigt gefühlt wie in dem
Moment, als sie den Kommissionär kommen ließ und
von ihm den ausführlichen Bericht hörte, wie er gewartet habe und wie ihm dann gesagt worden sei: »Es wird
keine Antwort geben.« Anna fühlte sich erniedrigt,
verletzt, aber sie sah, dass Gräfin Lidija Iwanowna von
ihrem Standpunkt recht hatte. Ihr Kummer war um
so größer, als er einsam war. Sie konnte und wollte ihn
nicht mit Wronski teilen. Sie wusste, dass ihm, obwohl
er die Hauptursache für ihr Unglück war, das Wiedersehen mit ihrem Sohn als das unwichtigste aller Pro-

bleme erscheinen würde. Sie wusste, dass er niemals zu
begreifen imstande wäre, wie tief sie litt; sie wusste,
dass sie ihn, sollte er es je erwähnen, für seinen kalten
Ton dabei hassen würde. Und das fürchtete sie mehr
als alles auf der Welt, und darum verheimlichte sie ihm
alles, was den Sohn betraf.

Während sie den ganzen Tag zu Hause saß, dachte sie
sich Mittel und Wege aus für das Wiedersehen mit dem
Sohn und entschloss sich zuletzt, ihrem Mann zu schreiben. Sie verfasste bereits diesen Brief, als ihr Lidija Iwanownas Brief gebracht wurde. Mit dem Schweigen der
Gräfin hatte sie sich abgefunden, sich darein gefügt,
aber ihr Brief, alles, was sie dort zwischen den Zeilen
las, brachte sie derart auf, derart empörend kam ihr
diese Bosheit vor im Vergleich zu ihrer leidenschaftlichen, berechtigten Zuneigung zum Sohn, dass sie nun
gegen andere empört war und nicht mehr sich selbst beschuldigte.

›Diese Kälte ist doch ein erheucheltes Gefühl!‹ sagte
sie sich. ›Sie wollen nichts als mich beleidigen und
das Kind quälen, und ich will mich ihnen auch noch fügen! Auf gar keinen Fall! Sie ist schlechter als ich. Ich
lüge wenigstens nicht.‹ Und sogleich beschloss sie, dass
sie schon morgen, an Serjoschas Geburtstag, geradewegs zum Haus ihres Mannes fahren, die Leute bestechen und täuschen würde, aber unter allen Umständen
den Sohn sehen und diesen greulichen Betrug durch-
kreuzen würde, mit dem sie das unglückliche Kind umgeben hatten.

Sie fuhr zu einem Spielwarenladen, kaufte eine
Unmenge Spielzeug und überlegte, wie sie vorgehen
könnte. Sie würde frühmorgens eintreffen, um acht,
wenn Alexej Alexandrowitsch bestimmt noch nicht auf
wäre. Sie würde Geld in der Hand haben, das sie dem
Portier und dem Lakaien gäbe, damit sie sie einließen,
und ohne den Schleier zu heben, würde sie sagen, sie

käme von Serjoschas Paten, um ihm zu gratulieren, und ihr sei aufgetragen, das Spielzeug an sein Bett zu stellen. Sie hatte sich bloß nicht zurechtgelegt, was sie dem Sohn sagen würde. Soviel sie auch darüber nachdachte, wollte ihr doch nichts einfallen.

Am nächsten Tag, um acht Uhr morgens, stieg Anna allein aus der Droschkenkutsche und klingelte am Haupteingang ihres ehemaligen Hauses.

»Geh und schau, was sie will. Irgendeine Gnädige«, sagte Kapitonytsch, der noch unangekleidet, in Mantel und Galoschen, zum Fenster hinausgeschaut hatte auf die verschleierte Dame, die vor der Tür stand.

Der Gehilfe des Portiers, ein junger Bursche, den Anna nicht kannte, hatte ihr kaum die Tür aufgesperrt, als sie schon eingetreten war, aus dem Muff einen Dreirubelschein zog und ihm hastig in die Hand drückte.

»Serjoscha … Sergej Alexejewitsch«, murmelte sie und wollte schon weiter. Der Portiersgehilfe schaute sich den Schein an und hielt sie an der nächsten, der Glastür auf.

»Zu wem wollen Sie?« fragte er.

Sie hatte seine Worte nicht gehört und gab keine Antwort.

Da Kapitonytsch die Verwirrung der Unbekannten bemerkte, kam er selbst, ließ sie zur Tür herein und fragte, was sie wünsche.

»Von Fürst Skorodumow für Sergej Alexejewitsch«, murmelte sie.

»Der junge Herr ist noch nicht auf«, sagte der Portier und musterte sie aufmerksam.

Anna hatte überhaupt nicht erwartet, dass der völlig unveränderte Anblick vom Entree des Hauses, in dem sie neun Jahre gelebt hatte, so stark auf sie wirken würde. Erinnerungen stiegen in ihrer Seele auf, eine nach der anderen, freudige und bedrückende, und für einen Augenblick vergaß sie, weshalb sie hier war.

»Belieben Sie zu warten?« fragte Kapitonytsch und griff nach ihrem Pelz.

Als er ihn abgenommen hatte, schaute Kapitonytsch ihr ins Gesicht, erkannte sie und verbeugte sich vor ihr, schweigend und tief.

»Bitte sehr, Euer Exzellenz«, sagte er zu ihr.

Sie wollte etwas sagen, aber ihr versagte die Stimme, sie brachte keinen Laut hervor; schuldbewusst und flehend blickte sie den Alten an und ging raschen, leichten Schrittes zur Treppe. Vornüber gebeugt und mit den Galoschen an den Stufen hängenbleibend, rannte Kapitonytsch ihr nach, suchte sie zu überholen.

»Der Lehrer ist dort, vielleicht nicht angezogen. Ich melde Sie.«

Anna stieg weiter die bekannte Treppe hoch, ohne zu verstehen, was der Alte sagte.

»Hierher, bitte sehr, nach links. Entschuldigen Sie, es ist nicht sauber. Der junge Herr ist jetzt im früheren Diwanzimmer«, sagte der Portier keuchend. »Wenn Sie sich ein wenig gedulden wollten, Euer Exzellenz, ich schaue rein«, sagte er, überholte sie, öffnete die hohe Tür einen Spalt und schlüpfte hindurch. Anna blieb wartend stehen. »Der junge Herr wacht gerade auf«, sagte der Portier, als er wieder herauskam.

In dem Moment, als der Portier das sagte, hörte Anna ein Kind gähnen. Allein am Klang dieses Gähnens erkannte sie den Sohn und sah ihn wie lebendig vor sich.

»Lass mich, lass mich, geh nur!« sagte sie und trat durch die hohe Tür. Rechts von der Tür stand das Bett, und auf dem Bett saß aufgerichtet ein Junge, in nichts als einem aufgeknöpften Hemdchen, reckte sich, den Körper durchgebogen, und gähnte sich aus. In dem Moment, als seine Lippen sich schlossen, verzogen sie sich zu einem selig verschlafenen Lächeln, und mit diesem Lächeln ließ er sich wieder langsam und wohlig zurückfallen.

»Serjoscha!« flüsterte sie und ging unhörbar zu ihm. Während der Trennung von ihm und bei jener Woge von Liebe, die sie die ganze letzte Zeit empfunden hatte, hatte sie ihn sich als vierjährigen Jungen vorgestellt, wie sie ihn am meisten geliebt hatte. Jetzt war er nicht einmal mehr so, wie sie ihn verlassen hatte; er war noch weiter weg von dem Vierjährigen, war noch gewachsen und abgemagert. Ach ja! Wie hager sein Gesicht war, wie kurz sein Haar! Wie lang die Arme! Wie hatte er sich verändert, seit sie ihn verlassen hatte! Aber das war er, war seine Kopfform, waren seine Lippen, sein weiches Hälschen und die breiten Schulterchen.

»Serjoscha!« wiederholte sie dicht am Ohr des Kindes.

Er hob sich erneut auf den Ellbogen, drehte den Strubbelkopf nach beiden Seiten, als suchte er etwas, und öffnete die Augen. Still und fragend blickte er ein paar Sekunden auf die unbeweglich vor ihm stehende Mutter, dann lächelte er auf einmal selig und fiel wieder, aber nicht zurück, sondern zu ihr, ihr in die Arme.

»Serjoscha! Mein lieber Junge!« murmelte sie atemlos und umfing seinen pummeligen Körper.

»Mama!« murmelte er und bewegte sich unter ihren Händen, damit sein Körper an verschiedenen Stellen von ihren Händen berührt würde.

Verschlafen lächelnd, noch mit geschlossenen Augen, griffen seine pummeligen Händchen vom Bettgestell nach ihren Schultern, er ließ sich gegen sie fallen, umhüllte sie mit jenem lieben Schlafgeruch und der Wärme, die nur bei Kindern vorkommen, und rieb sein Gesicht an ihrem Hals und ihren Schultern.

»Ich wusste es«, sagte er und öffnete die Augen. »Heute ist mein Geburtstag. Ich wusste es, dass du kommst. Gleich stehe ich auf.«

Als er das sagte, fielen ihm wieder die Augen zu.

Anna betrachtete ihn gierig; sie sah, wie er gewachsen war und sich verändert hatte in ihrer Abwesenheit. Sie erkannte – und erkannte auch nicht – seine nackten, nun so langen Beine, die sich unter der Decke vorgeschoben hatten, erkannte diese abgemagerten Wangen, diese kurzgeschnittenen Haarkringel im Nacken, den sie so oft geküsst hatte. Sie betastete alles und konnte nichts sagen; sie war tränenerstickt.

»Worüber weinst du denn, Mama?« sagte er, nun völlig erwacht. »Mama, worüber weinst du?« rief er mit weinerlicher Stimme.

»Ich? höre schon auf ... Ich weine vor Freude. So lange habe ich dich nicht gesehen. Ich höre auf, höre schon auf«, sagte sie, schluckte die Tränen hinunter und wandte sich ab. »So, du musst dich nun anziehen«, fügte sie hinzu, wieder gefasster, schwieg ein Weilchen, und ohne seine Hand loszulassen, setzte sie sich bei seinem Bett auf den Stuhl, auf dem seine Kleider gerichtet waren.

»Wie ziehst du dich an ohne mich? Wie ...« Sie wollte schlicht und heiter anheben, konnte es aber nicht und wandte sich wieder ab.

»Ich wasche mich nicht mit kaltem Wasser, Papa hat mich nicht geheißen. Wassili Lukitsch hast du noch nicht gesehen? Er kommt gleich. Du hast dich ja auf meine Kleider gesetzt!« Und Serjoscha musste laut lachen.

Sie schaute ihn an und lächelte.

»Mama, meine liebste, meine guteste!« rief er, presste sich wieder stürmisch an sie und umarmte sie. Als hätte er jetzt erst, da er ihr Lächeln sah, klar begriffen, was geschah. »Das brauchst du nicht«, sagte er und nahm ihr den Hut ab. Und als hätte er sie ohne Hut neu erblickt, küsste er sie wieder stürmisch.

»Aber was hast du von mir gedacht? Du hast nicht gedacht, ich sei gestorben?«

»Nie habe ich das geglaubt.«

»Nicht geglaubt, mein Freund?«

»Ich wusste es, ich wusste es!« stieß er seinen Lieb-lingssatz hervor, griff nach ihrer Hand, die über sein Haar strich, drückte die Handfläche an seinen Mund und küsste sie.

XXX

Wassili Lukitsch unterdessen, der zunächst nicht ver-standen hatte, wer die Dame war, und dem Gespräch entnahm, dass es jene Mutter war, die ihren Mann ver-lassen hatte und die er nicht kannte, da er erst danach ins Haus gekommen war – Wassili Lukitsch war sich unschlüssig, sollte er den Raum betreten oder nicht oder Alexej Alexandrowitsch Bescheid geben. Schließ-lich entschied er, seine Pflicht bestehe darin, Serjoscha zu einer bestimmten Zeit aus dem Bett zu holen, darum habe er nicht zu klären, wer da sitze, die Mutter oder jemand anderes, er müsse seiner Pflicht nachkommen, und so zog er sich an, trat zur Tür und öffnete sie.

Aber die Liebkosungen von Mutter und Sohn, der Klang ihrer Stimmen und was sie sagten, brachten ihn von seinem Vorhaben ab. Er wiegte den Kopf, seufzte und schloss die Tür. ›Da warte ich noch zehn Minuten‹, sagte er sich, hüstelte und wischte die Tränen ab.

Unter den Dienstboten des Hauses kam es derweil zu großer Aufregung. Alle erfuhren, dass die gnädige Frau gekommen war, dass Kapitonytsch sie hereingelas-sen hatte und dass sie jetzt im Kinderzimmer war, da-bei ging der gnädige Herr gegen neun immer selbst ins Kinderzimmer, und alle begriffen, dass eine Begegnung der Ehegatten unmöglich war und dass man sie verhin-dern musste. Kornej, der Kammerdiener, stieg hinunter zur Portiersloge, fragte, wer sie eingelassen habe und wie, und als er erfuhr, Kapitonytsch habe sie empfangen und begleitet, tadelte er den Alten. Der Portier schwieg beharrlich, aber als Kornej zu ihm sagte, dafür gehörte er aus dem Haus gejagt, machte Kapitonytsch einen Sprung auf ihn zu, fuchtelte ihm vor dem Gesicht herum und stieß hervor:

»Ja, du hättest sie nicht hereingelassen! Hast zehn Jahre gedient, hast nur Gutes erfahren, aber du würdest jetzt hingehen und sagen: Bitte sehr, raus hier! Du hast eben eine Nase für Politik! Jawohl! Du denk mal lieber an dich selber, wie es ist, den Herrn zu rupfen und Waschbärpelze mitgehen zu lassen!«

»Soldat!« sagte Kornej verächtlich und drehte sich um zur hereinkommenden Kinderfrau. »Was sagen Sie dazu, Marja Jefimowna, lässt sie ein, sagt niemand was, dabei erscheint gleich der gnädige Herr, geht ins Kinderzimmer.«

»So etwas, so etwas!« sagte die Kinderfrau. »Sie sollten, Kornej Wassiljewitsch, ihn irgendwie aufhalten, den Gnädigen, und ich lauf hin, hole sie irgendwie weg. So etwas, so etwas!«

Als die Kinderfrau ins Kinderzimmer trat, erzählte Serjoscha gerade der Mutter, wie er und Nadenka einmal vom Rodelberg heruntergefahren waren und umfielen und drei Purzelbäume schlugen. Sie lauschte seiner Stimme, sah sein Gesicht und sein Mienenspiel, spürte seine Hand, verstand jedoch nicht, was er sagte. Sie musste aufbrechen, musste ihn verlassen – nichts anderes dachte und fühlte sie. Sie hatte Wassili Lukitschs Schritte gehört, wie er zur Tür kam und hüstelte, hörte auch die Schritte der näherkommenden Kinderfrau; aber sie saß wie versteinert, außerstande, zu sprechen oder sich zu erheben.

»Gnädigste, meine guteste!« hob die Kinderfrau an, als sie vor Anna stand, und küsste ihr Hände und Schultern. »Da hat Gott aber unserm Geburtstagskind eine

Freude gebracht. Kein bisschen haben Sie sich verändert.«

Anna kam einen Moment zu sich. »Ach, meine Liebe, ich wusste nicht, dass Sie im Haus sind«, sagte sie.

»Ich wohne nicht hier, wohne bei der Tochter, ich komme zum Gratulieren, Anna Arkadjewna, meine guteste!«

Die Kinderfrau brach plötzlich in Tränen aus und küsste ihr erneut die Hand.

Serjoschas Augen strahlten, sein Lächeln strahlte, mit der einen Hand hielt er sich an der Mutter fest, mit der anderen an der Kinderfrau, und seine fetten nackten Beinchen trappelten auf dem Teppich. Die Zuneigung der geliebten Kinderfrau zur Mutter versetzte ihn in Entzücken.

»Mama! Sie kommt mich oft besuchen, und wenn sie kommt ...« fing er an, stockte aber, da er bemerkte, wie die Kinderfrau etwas der Mutter zuflüsterte und wie auf dem Gesicht der Mutter sich Schrecken breitmachte und so etwas wie Scham, was so gar nicht zur Mutter passte.

Sie trat vor ihn.

»Du mein Lieber!« sagte sie.

Sie konnte nicht Lebe wohl sagen, aber ihr Gesichtsausdruck sagte es, und er verstand. »Lieber, lieber Kutik!« Mit diesem Kosenamen hatte sie ihn genannt, als er klein war. »Du wirst mich nicht vergessen? Du ...« Mehr brachte sie nicht heraus.

Wieviel sie sich hinterher noch Wörter ausdachte, die sie ihm hätte sagen können! Doch jetzt wusste sie nichts zu sagen, konnte es nicht. Serjoscha aber verstand alles, was sie ihm sagen wollte. Er verstand, dass sie unglücklich war und ihn liebte. Er verstand sogar, was die Kinderfrau flüsterte. Er hörte: »Immer gegen neun«, und er verstand, dass vom Vater die Rede war und dass die Mutter dem Vater keinesfalls begegnen durfte. Das verstand er, aber eines konnte er nicht verstehen: Warum lag auf ihrem Gesicht nun Schrecken und Scham? Sie war nicht schuldig, fürchtete ihn aber und schämte sich wegen etwas. Er wollte eine Frage stellen, um diesen Zweifel bei sich auszuräumen, wagte es aber nicht: Er sah, dass sie litt, und sie tat ihm leid. Er schmiegte sich schweigend an sie und flüsterte:

»Geh noch nicht. Er kommt noch nicht bald.«

Die Mutter hielt ihn weg von sich, um zu begreifen, ob er dachte, was er da sagte, und von seinem erschrockenen Gesicht las sie ab, dass er nicht nur vom Vater sprach, sondern sie gleichsam fragte, wie er vom Vater denken sollte.

»Serjoscha, mein Freund«, sagte sie, »hab ihn lieb, er ist besser und gütiger als ich, und ich bin vor ihm schuldig. Wenn du groß bist, wirst du darüber richten.«

»Besser als du ist niemand!« schrie er verzweifelt, unter Tränen, fasste sie bei den Schultern und presste sie mit aller Kraft an sich, dass die Hände vor Anspannung zitterten.

»Mein Herzchen, mein Kleiner!« murmelte Anna und begann ebenso dünn und kindlich zu weinen, wie er weinte.

Da ging die Tür auf, herein trat Wassili Lukitsch. Von der anderen Tür waren Schritte zu hören, und die Kinderfrau flüsterte erschrocken:

»Er kommt.« Und reichte Anna den Hut.

Serjoscha warf sich aufs Bett und schluchzte laut, die Hände vors Gesicht geschlagen. Anna nahm ihm die Hände weg, küsste noch einmal sein nasses Gesicht und ging raschen Schrittes zur Tür. Alexej Alexandrowitsch kam ihr entgegen. Als er sie erblickte, blieb er stehen und neigte den Kopf.

Wiewohl sie gerade erst gesagt hatte, er sei besser und gütiger als sie, wurde sie bei dem raschen Blick, den sie auf ihn warf, auf seine ganze Gestalt mit allen Ein-

zelheiten, von Abscheu und Erbitterung gegen ihn ergriffen und von Neid wegen des Sohns. Sie ließ mit
einer raschen Bewegung den Schleier herab, beeilte
sich noch mehr und rannte beinahe aus dem Zimmer.

Das Spielzeug, gestern mit soviel Liebe und Traurigkeit in dem Laden ausgesucht, hatte sie nicht einmal
aus der Tasche holen können und brachte es wieder mit
nach Hause.

XXXI

Wie heftig Anna auch das Wiedersehen mit ihrem
Sohn ersehnt, wie lange sie darüber nachgedacht und
sich darauf vorbereitet hatte, sie hatte überhaupt nicht
erwartet, dass dieses Wiedersehen so stark auf sie wirken würde. In ihre einsame Hotelsuite zurückgekehrt,
konnte sie lange nicht begreifen, weshalb sie dort war.
›Ja, es ist alles zu Ende, und ich bin wieder allein‹, sagte
sie sich, und ohne den Hut abzunehmen, setzte sie sich
in den Sessel am Kamin. Die unbeweglichen Augen
starr auf die Bronzeuhr geheftet, die auf dem Tisch zwischen den Fenstern stand, dachte sie nach.

Die französische Zofe, die sie aus dem Ausland mitgebracht hatte, kam herein und bot an, ihr beim Umkleiden zu helfen. Sie schaute sie verwundert an und
sagte:

»Später.«

Der Lakai bot ihr Kaffee an.

»Später«, sagte sie.

Die italienische Amme hatte das Mädchen fertiggemacht, kam herein und brachte es Anna. Wie jedesmal, wenn das pummelige, wohlgenährte Mädchen die
Mutter erblickte, streckte es die am Handgelenk wie
mit Fädchen umschnürten nackten Ärmchen nach unten, lächelte mit dem zahnlosen Mündchen und fing an,

mit den Händchen zu rudern wie ein Fisch mit den
Flossen, dabei raschelten die gestärkten Falten des bestickten Röckchens. Es war unmöglich, da nicht zu
lächeln, nicht das Mädchen zu küssen, unmöglich, ihm
nicht den Finger hinzuhalten, den es packte, juchzend
und mit dem ganzen Körper hochschnellend; unmöglich, ihm nicht die Lippe hinzuhalten, die es, gleichsam als Kuss, in sein Mündchen zog. Und all das machte
Anna, sie nahm es auf die Arme und ließ es hüpfen
und küsste das frische Bäckchen und die entblößten Ellbogen, aber beim Anblick dieses Kindes war ihr nur
noch klarer, dass das Gefühl, das sie für das Mädchen
hegte, nicht einmal Liebe war im Vergleich zu dem, was
sie für Serjoscha empfand. Alles an diesem Mädchen
war lieb, aber seltsamerweise rührte alles nicht ans
Herz. Dem ersten Kind, war es auch von einem unge-
liebten Mann, waren alle Liebesenergien zugefallen,
die keine Befriedigung gefunden hatten; das Mädchen
war unter schwierigsten Umständen zur Welt gekommen, und ihm war nicht ein Hundertstel der Fürsorge
zugefallen, die dem ersten Kind zugefallen war. Zudem
war in dem Mädchen noch alles Erwartung, Serjoscha
jedoch war schon fast ein Mensch, und ein geliebter
Mensch; in ihm widerstritten bereits Gedanken, Gefühle; er verstand, er liebte, er verurteilte sie, dachte
Anna, als sie sich seiner Worte und Blicke entsann. Und
sie war ein für allemal nicht nur körperlich, sondern
auch geistig von ihm getrennt, und das war unmöglich
rückgängig zu machen.

Sie gab das Mädchen der Amme, entließ sie und
öffnete ihr Medaillon, in dem sie ein Porträt Serjoschas
hatte, fast in demselben Alter wie jetzt das Mädchen.
Sie stand auf, setzte den Hut ab und nahm vom Tischchen das Album, in dem sie Photographien des Sohnes
in anderen Altersstufen hatte. Sie wollte die Bilder vergleichen und nahm sie aus dem Album. Alle zog sie her-

aus. Nur eines blieb noch, das letzte, beste Bild. Er saß
im weißen Hemd rittlings auf einem Stuhl, die Augen
mürrisch und der Mund lächelnd. Das war sein eigen-
willigster, bester Gesichtsausdruck. Mit ihren kleinen,
geschickten Händen, deren dünne weiße Finger sich
heute besonders angespannt bewegten, zog sie ein paarmal an einer Ecke des Bilds, aber es entglitt ihr, sie bekam das Bild nicht recht zu fassen. Ein Messerchen zum
Aufschneiden war nicht auf dem Tisch, und so zog sie
das Bild daneben heraus (es war ein Bild von Wronski,
aufgenommen in Rom, mit rundem Hut und langen
Haaren) und stieß damit das Bild des Sohnes heraus.
›Ja, das ist er!‹ sagte sie, nach einem Blick auf Wronskis Bild, und plötzlich fiel ihr ein, wer der Grund war
für ihren jetzigen Kummer. Sie hatte den ganzen Morgen kein einziges Mal an ihn gedacht. Doch nun auf
einmal, als sie das mannhafte, edle, ihr so bekannte und
teure Gesicht erblickte, empfand sie eine Woge der Liebe zu ihm.

›Aber wo ist er denn? Wie kann er mich allein lassen mit meinem Leiden?‹ dachte sie auf einmal mit
vorwurfsvollem Gefühl, vergaß dabei, dass sie selbst
ihm alles verheimlicht hatte, was den Sohn betraf. Sie
schickte nach ihm mit der Bitte, er möge jetzt gleich
zu ihr kommen; ersterbenden Herzens dachte sie sich
aus, mit welchen Worten sie ihm alles sagen und welche Äußerungen seiner Liebe sie trösten würden, und so
wartete sie auf ihn. Der Geschickte kehrte mit der Antwort zurück, er habe einen Gast, aber er komme gleich
und lasse fragen, ob sie ihn mit Fürst Jaschwin empfangen könne, der soeben in Petersburg eingetroffen sei.
›Nicht allein kommt er, und hat mich seit dem gestrigen Diner nicht gesehen‹, dachte sie, ›nicht so kommt
er, dass ich ihm alles sagen könnte, sondern er kommt
mit Jaschwin.‹ Und auf einmal kam ihr der seltsame
Gedanke: Was, wenn er sie nicht mehr liebte?

Und wie sie nun in ihrem Sinn die Ereignisse der letzten Tage durchging, war ihr, als sähe sie in allem eine Bestätigung dieses schrecklichen Gedankens: dass er gestern auswärts diniert hatte, dass er darauf bestanden hatte, sie sollten in Petersburg separat logieren, und dass er sogar jetzt nicht allein zu ihr kam, als vermeide er ein Wiedersehen unter vier Augen.

›Aber er muss es mir sagen. Ich muss es wissen. Wenn ich es weiß, dann weiß ich auch, was ich tun werde‹, sagte sie sich, außerstande, sich die Situation vorzustellen, in der sie wäre, wenn sie seine Gleichgültigkeit bestätigt fände. Sie glaubte, er liebe sie nicht mehr, sie fühlte sich der Verzweiflung nah, und infolgedessen fühlte sie sich besonders erregt. Sie läutete der Zofe und ging ins Toilettenzimmer. Beim Ankleiden achtete sie mehr als in den letzten Tagen auf ihre Toilette, als könnte er, falls er sie nicht mehr liebte, sie wieder liebgewinnen, nur weil sie das Kleid und die Frisur trug, die ihr am besten standen.

Sie hörte die Klingel, noch bevor sie fertig war.

Als sie in den Salon trat, empfing sie nicht sein, sondern Jaschwins Blick. Wronski betrachtete die Photographien ihres Sohnes, die sie auf dem Tisch vergessen hatte, und beeilte sich nicht, zu ihr aufzusehen.

»Wir kennen uns«, sagte sie, während sie ihre kleine Hand in die riesige Hand Jaschwins legte, der ganz verlegen war (was sehr seltsam wirkte bei seinem hünenhaften Wuchs und derben Gesicht). »Kennen uns seit letztem Jahr, dem Rennen. Geben Sie her!« Mit einer raschen Bewegung nahm sie Wronski die Bilder des Sohnes weg, auf die er schaute, und blickte ihn mit funkelnden Augen bedeutungsvoll an. »War es ein gutes Rennen in diesem Jahr? Statt dessen habe ich mir ein Rennen auf dem Korso in Rom angesehen. Sie mögen ja das Leben im Ausland nicht«, sagte sie mit freundlichem Lächeln. »Ich kenne Sie und kenne

Ihren Geschmack, obwohl wir uns kaum begegnet sind.«

»Das bedaure ich sehr, denn mein Geschmack ist größtenteils schlecht«, sagte Jaschwin und biss sich auf den linken Schnurrbart.

Jaschwin unterhielt sich eine Weile, und als er bemerkte, dass Wronski einen Blick auf die Uhr warf, fragte er Anna, ob sie noch lange in Petersburg bleibe, dann richtete er seine riesige Gestalt auf und griff zum Képi.

»Wohl nicht mehr lange«, sagte sie unsicher, mit einem Blick zu Wronski.

»So sehen wir uns gar nicht mehr?« fragte Jaschwin beim Aufstehen, an Wronski gewandt. »Wo dinierst du?«

»Kommen Sie doch zum Diner zu mir«, sagte Anna entschlossen, als wäre sie ihrer Verwirrung wegen auf sich selbst ärgerlich, doch errötend wie immer, wenn sie vor jemand Neuem ihre Lage offenbarte. »Das Essen hier ist nicht gut, aber zumindest können Sie ihn sehen. Alexej hat von allen im Regiment niemand so gern wie Sie.«

»Freut mich sehr«, sagte Jaschwin mit einem Lächeln, dem Wronski entnahm, dass Anna ihm sehr gefiel.

Jaschwin verabschiedete sich und ging, Wronski blieb zurück.

»Fährst du auch?« fragte sie.

»Ich bin schon spät dran«, erwiderte er. »Geh nur! Ich hole dich gleich ein«, rief er Jaschwin nach.

Sie nahm seine Hand, sah ihn an, ohne den Blick von ihm zu wenden, und überlegte angestrengt, was sie sagen könnte, um ihn aufzuhalten.

»Warte, ich muss dir etwas sagen.« Sie nahm seine kurze Hand, drückte sie gegen ihren Hals. »Ah ja, macht es nichts, dass ich ihn zum Diner eingeladen habe?«

»Das hast du sehr gut gemacht«, sagte er mit ruhigem Lächeln, das seine lückenlosen Zähne entblößte, und küsste ihr die Hand.

»Alexej, du hast dich mir gegenüber nicht verändert?« Sie presste seine Hand mit ihren beiden Händen. »Alexej, es ist mir eine Qual hier. Wann fahren wir weg?«

»Bald, bald. Du glaubst gar nicht, wie schwer unser Leben hier auch für mich ist«, sagte er und entzog ihr seine Hand.

»Na, geh nur, geh!« sagte sie verletzt und ging rasch von ihm weg.

XXXII

Als Wronski zurückkehrte, war Anna noch nicht da. Bald nach ihm sei, wie ihm gesagt wurde, eine Dame zu ihr gekommen, und zusammen seien sie weggefahren. Dass sie weggefahren war, ohne zu sagen wohin, dass sie bis jetzt nicht zurück war, dass sie morgens noch irgendwohin gefahren war, ohne ihm etwas zu sagen – all das, dazu ihr seltsam erregter Gesichtsausdruck am Vormittag und die Erinnerung an den feindseligen Ton, mit dem sie ihm in Jaschwins Beisein die Bilder des Sohnes fast aus den Händen gerissen hatte, veranlasste ihn zum Nachdenken. Er kam zu dem Schluss, dass er sich mit ihr aussprechen müsse. Und wartete auf sie im Salon. Aber Anna kehrte nicht allein zurück, sondern brachte ihre Tante mit, eine alte Jungfer, Prinzessin Oblonskaja. Eben sie war vormittags schon einmal dagewesen, mit ihr war Anna einkaufen gefahren. Als ob Anna Wronskis besorgten und fragenden Gesichtsausdruck nicht bemerkte, erzählte sie ihm heiter, was sie diesen Vormittag gekauft hatte. Er sah, dass etwas Besonderes in ihr vorging; in ihren funkelnden Augen lag, wenn sie flüchtig auf ihm verweilten, gespannte Aufmerksamkeit, und in ihren Worten und Bewegungen lag jene nervöse Hast und Grazie, die ihn in der ersten Zeit ihrer Bekanntschaft so betört hatte, jetzt aber beunruhigte und erschreckte.

Zum Diner war für vier Personen gedeckt. Alle waren schon beisammen und wollten sich in das kleine Esszimmer begeben, da kam noch Tuschkewitsch, um Anna etwas von Fürstin Betsy auszurichten. Fürstin Betsy bat um Entschuldigung, dass sie nicht komme, um sich zu verabschieden; sie sei unpässlich, bitte jedoch Anna, zwischen halb sieben und neun Uhr zu ihr zu kommen. Wronski warf einen Blick auf Anna bei dieser genauen Zeitangabe, die zeigte, dass Maßnahmen getroffen waren, damit sie niemandem begegne; doch Anna schien das nicht zu bemerken.

»Sehr bedauerlich, dass ich gerade zwischen halb sieben und neun nicht kann«, sagte sie mit kaum merklichem Lächeln.

»Die Fürstin wird es sehr bedauern.«

»Ich auch.«

»Sie wollen sich bestimmt die Patti anhören?« sagte Tuschkewitsch.

»Die Patti? Da bringen Sie mich auf einen Gedanken. Ich würde gerne, wenn eine Loge zu bekommen wäre.«

»Ich könnte eine bekommen«, erbot sich Tuschkewitsch.

»Ich wäre Ihnen sehr, sehr dankbar«, sagte Anna. »Möchten Sie nicht mit uns dinieren?«

Wronski zuckte kaum merklich die Schultern. Er begriff absolut nicht, was Anna machte. Weshalb hatte sie diese alte Prinzessin mitgebracht, weshalb Tuschkewitsch zum Diner aufgefordert und, was das Erstaunlichste war, weshalb schickte sie ihn nach einer Loge? War es überhaupt denkbar, dass sie in ihrer Situation die Abonnementsvorstellung der Patti besuchte, wo die ganze Gesellschaft wäre, die sie kannte? Er sah sie mit einem ernsten Blick an, aber sie erwiderte ihn mit demselben herausfordernden, vielleicht heiteren, vielleicht verzweifelten Blick, dessen Bedeutung er nicht einschätzen konnte. Während des Essens war Anna angriffslustig heiter, kokettierte geradezu mit Tuschkewitsch und Jaschwin. Als sie vom Tisch aufstanden und Tuschkewitsch die Loge besorgen fuhr und Jaschwin rauchen wollte, ging Wronski mit ihm in sein Zimmer hinunter. Eine Weile saß er dort, dann rannte er nach oben. Anna trug bereits das helle Seidenkleid mit Samt und tiefem Décolleté, das sie sich in Paris hatte fertigen lassen, und auf dem Kopf einen teuren weißen Spitzenschmuck, der ihr Gesicht umrahmte und ihre leuchtende Schönheit besonders vorteilhaft zur Geltung brachte.

»Wollen Sie wirklich ins Theater?« fragte er und vermied es, sie anzuschauen.

»Wieso fragen Sie das so erschrocken?« Erneut war sie verletzt, weil er sie nicht anschaute. »Wieso sollte ich denn nicht?«

Sie schien die Bedeutung seiner Worte nicht zu verstehen.

»Versteht sich, da gibt es überhaupt keinen Grund«, sagte er finster.

»Das genau sage ich auch.« Mit Vorbedacht verstand sie die Ironie seines Tonfalls nicht und rollte gelassen einen langen, duftenden Handschuh auf.

»Anna, um Gottes willen! Was haben Sie?« sagte er, um sie aufzurütteln, genauso, wie das einst ihr Mann gesagt hatte.

»Ich verstehe nicht, wonach Sie fragen.«

»Sie wissen, dass es unmöglich ist.«

»Wieso? Ich bin nicht allein. Prinzessin Warwara ist sich ankleiden gefahren, sie kommt mit.«

Er zuckte die Schultern mit einer Miene aus Verwunderung und Verzweiflung.

»Aber wissen Sie denn nicht ...« hob er an.

»Ich will es aber nicht wissen!« Sie schrie beinahe. »Will es nicht! Bereue ich denn, was ich getan habe? Nein, nein und nochmals nein. Und wenn es noch einmal käme, wäre es noch einmal dasselbe. Für uns, für mich und für Sie, ist nur eines wichtig: ob wir einander lieben. Andere Überlegungen gibt es nicht. Wozu wohnen wir hier getrennt und sehen uns nicht? Warum ist das unmöglich? Ich liebe dich, und mir ist alles gleich«, sagte sie auf Russisch und blickte ihn mit besonderem, ihm unbegreiflichen Glanz in den Augen an, »wenn du dich nicht verändert hast. Wieso schaust du mich nicht an?«

Er schaute sie an. Er sah die ganze Schönheit ihres Gesichts und ihrer Toilette, die ihr stets so gut stand. Jetzt aber waren es gerade ihre Schönheit und Eleganz, was ihn verstimmte.

»Mein Gefühl kann sich nicht verändern, das wissen Sie, aber ich bitte Sie, nicht zu fahren, ich beschwöre Sie«, sagte er erneut auf Französisch, mit zärtlichem Flehen in der Stimme, aber mit Kälte im Blick.

Sie nahm die Worte nicht wahr, sah aber die Kälte des Blicks und erwiderte verstimmt:

»Und ich bitte Sie, mir zu erläutern, warum ich nicht fahren soll.«

»Weil Sie sich damit antun könnten, dass ...« Er stockte verwirrt.

»Ich verstehe überhaupt nichts. Jaschwin *n'est pas compromettant**, und Prinzessin Warwara nicht schlechter als andere. Da ist sie ja.«

---

* ist nicht kompromittierend *(frz.)*

XXXIII

Wronski empfand zum ersten Mal Ärger, beinahe Wut auf Anna, da sie ihre Situation mit Vorbedacht nicht verstehen wollte. Diese Empfindung war um so stärker, als er ihr den Grund für seinen Ärger nicht hatte ausdrücken können. Wenn er ihr offen gesagt hätte, was er dachte, so hätte er gesagt: ›In dieser Aufmachung, mit der allbekannten Prinzessin im Theater zu erscheinen, bedeutet nicht nur, den eigenen Status als gefallene Frau anzuerkennen, sondern auch die Gesellschaft herauszufordern, sich also für immer von ihr loszusagen.‹

Er hatte ihr das nicht sagen können. ›Aber wie kann es sein, dass sie das nicht begreift, und was geht in ihr vor?‹ fragte er sich. Er spürte, wie seine Achtung vor ihr abnahm und zugleich das Bewusstsein von ihrer Schönheit zunahm.

Finster kehrte er in sein Zimmer zurück, setzte sich zu Jaschwin, der seine langen Beine auf einem Stuhl ausgestreckt hatte und Kognak mit Selterswasser trank, und ließ sich das Gleiche servieren.

»Du sagst, der Mogutschi von Lankowski. Das ist ein gutes Pferd, und ich rate dir, es zu kaufen«, sagte Jaschwin nach einem Blick auf die düstere Miene des Kameraden. »Es hat einen Hängehintern, aber Beine und Kopf lassen nichts zu wünschen übrig.«

»Ich glaube, ich nehme es«, erwiderte Wronski.

Das Gespräch über Pferde interessierte ihn, aber keinen Moment vergaß er Anna, unwillkürlich lauschte er auf die Schritte im Flur und blickte zur Uhr am Kamin.

»Anna Arkadjewna lassen melden, dass sie ins Theater gefahren sind.«

Jaschwin kippte noch ein Gläschen Kognak in das Sprudelwasser, trank aus und stand auf, knöpfte die Uniform zu.

»Nun? fahren wir«, sagte er mit kaum merklichem Lächeln unterm Schnurrbart, und mit diesem Lächeln zeigte er, dass er den Grund für Wronskis Misstimmung kannte, aber dem keine Bedeutung beimaß.

»Ich fahre nicht«, antwortete Wronski finster.

»Ich muss aber, ich habe es versprochen. Dann – auf Wiedersehen. Oder komm noch ins Parkett, nimm den Platz von Krassinski«, fügte Jaschwin beim Hinausgehen an.

»Nein, ich habe zu tun.«

›Mit einer Ehefrau hat man Sorgen, mit einer Nicht-Ehefrau noch mehr‹, dachte Jaschwin beim Verlassen des Hotels.

Allein geblieben, stand Wronski vom Stuhl auf und wanderte durchs Zimmer.

›Was ist heute? Die vierte Abonnementsvorstellung … Jegor ist dort mit seiner Frau, Mutter wohl auch. Das bedeutet, ganz Petersburg ist dort. Jetzt tritt sie ein, legt den Pelz ab und zeigt sich aller Welt. Tuschkewitsch, Jaschwin, Prinzessin Warwara …‹ stellte er sich vor. ›Und was ist mit mir? Fürchte ich mich, oder überlasse ich es Tuschkewitsch, sie unter seinen Schutz zu nehmen? Wie ich es auch drehe und wende – dumm, zu dumm … Und wieso bringt sie mich in diese Situation?‹ Sein Arm fuhr durch die Luft.

Bei dieser Bewegung blieb er an dem Tischchen hängen, auf dem die Seltersflasche und die Karaffe mit dem Kognak standen, und hätte sie fast umgestoßen. Er griff noch danach, ließ sie aber fallen, gab vor Ärger dem Tisch einen Tritt und läutete.

»Wenn du bei mir dienen willst«, sagte er zu dem eintretenden Kammerdiener, »denk daran, was deine Aufgabe ist. Dass mir so etwas nicht wieder vorkommt. Du musst das wegräumen.«

Der Kammerdiener fühlte sich unschuldig und wollte sich rechtfertigen, doch beim Blick auf seinen Herrn erkannte er an dessen Gesicht, dass er besser schwieg, und so bückte er sich eilends und sammelte die unversehrten und die kaputten Gläschen und Flaschen auf dem Teppich auf.

»Das ist nicht deine Aufgabe, lass den Lakaien das wegräumen und richte mir den Frack her.«

Wronski betrat das Theater um halb neun. Die Vorstellung war in vollem Gang. Ein alter Logendiener nahm Wronski den Pelz ab, und als er ihn erkannte, nannte er ihn »Euer Erlaucht« und schlug ihm vor, kein Nümmerchen zu nehmen, sondern einfach Fjodor zu rufen. Im hellen Flur war niemand außer Logendienern und zwei Lakaien mit Pelzen über dem Arm, die an einer Tür lauschten. Durch die angelehnte Tür war das vorsichtig begleitende Staccato des Orchesters und eine Frauenstimme zu hören, die prononciert eine musikalische Phrase ausführte. Die Tür ging auf, ließ einen Logendiener hindurchschlüpfen, und die ausklingende Phrase schlug deutlich an Wronskis Ohr. Doch die Tür ging gleich wieder zu, Wronski hörte das Ende der Phrase und die Kadenz nicht, merkte aber am donnernden Applaus hinter der Tür, dass die Kadenz zu Ende war. Als er den von Kronleuchtern und bronzenen Gasbrennern hell erleuchteten Zuschauerraum betrat, hielt der Lärm noch an. Die Sängerin war noch auf der Bühne; im Glanz ihrer entblößten Schultern und Brillanten, unter Verbeugungen und Lächeln sammelte sie mit Hilfe des Tenors, der sie an der Hand hielt, die ungeschickt über die Rampe fliegenden Bouquets ein und trat zu einem Herrn, Mittelscheitel im pomadeglänzenden Haar, der mit langen Armen etwas über die Rampe streckte – und das ganze Publikum, im Parkett wie in den Logen, war aufgewühlt, reckte sich vor, schrie und klatschte. Der Kapellmeister auf seinem Podest half bei der Übergabe und rückte seine weiße Halsbinde zurecht. Wronski trat mitten ins Parkett, blieb stehen und blickte sich um. Weniger denn je richtete er seine Aufmerksamkeit auf die bekannte, gewohnte Umgebung, die Bühne, diesen Lärm und diese altbekannte, uninteressante, bunte Herde der Zuschauer im brechend vollen Theater.

Wie immer saßen in den Logen irgendwelche Damen mit irgendwelchen Offizieren im Hintergrund; wie immer diese farbenfrohen Frauen, weiß Gott, wer das war, die Uniformen, die Gehröcke; wie immer auf dem Olymp die gemeine Menge, und unter der ganzen Menge, in den Logen wie den ersten Reihen, gab es vielleicht vierzig wirkliche Menschen, Männer und Frauen. Und auf diese Oasen richtete Wronski sofort seine Aufmerksamkeit, mit ihnen trat er sofort in Verbindung.

Der Akt war zu Ende, als er eingetreten war, darum ging er nicht erst zur Loge des Bruders, sondern gleich zur ersten Reihe und blieb an der Rampe stehen bei Serpuchowskoi, der, das Knie gebeugt, mit dem Absatz gegen die Rampe pochte und ihn, als er ihn von weitem erblickte, mit einem Lächeln zu sich rief.

Wronski hatte Anna noch nicht gesehen, er schaute absichtlich nicht in ihre Richtung. Dank der Richtung aller Blicke wusste er aber, wo sie war. Er schaute sich unauffällig um, suchte jedoch nicht sie; auf das Schlimmste gefasst, hielt er Ausschau nach Alexej Alexandrowitsch. Zu seinem Glück war Alexej Alexandrowitsch diesmal nicht im Theater.

»Wie wenig Militärisches du noch an dir hast«, sagte Serpuchowskoi. »Bist eher ein Diplomat, ein Schauspieler, irgend so etwas.«

»Ja, sobald ich zurück war, habe ich gleich den Frack angezogen«, erwiderte Wronski, lächelte und holte langsam das Theaterglas hervor.

»Darum beneide ich dich, das gebe ich zu. Wenn ich

aus dem Ausland zurückkehre und das hier anlege« – er berührte die Achselschnüre – »ist es mir leid um die Freiheit.«

Serpuchowskoi hatte die Hoffnung auf eine dienstliche Tätigkeit Wronskis längst aufgegeben, aber er mochte ihn nach wie vor und war heute besonders liebenswürdig zu ihm.

»Schade, dass du den ersten Akt verpasst hast.«

Wronski hörte nur mit halbem Ohr zu, er führte derweil das Theaterglas vom Parkett zum ersten Rang und musterte die Logen. Neben einer Dame mit Turban und einem kahlköpfigen alten Herrn, der verärgert im weiterwandernden Theaterglas aufflackerte, erblickte Wronski plötzlich Annas Kopf, stolz, berückend schön und lächelnd im Rahmen der Spitzen. Sie saß in der fünften Parkettloge, zwanzig Schritt von ihm entfernt. Saß vorne, und leicht umgewandt, sagte sie etwas zu Jaschwin. Die Haltung ihres Kopfes auf den schönen und breiten Schultern und das beherrscht erregte Strahlen ihrer Augen und des ganzen Gesichts erinnerten ihn vollkommen an jene Anna, wie er sie auf dem Ball in Moskau erblickt hatte. Jetzt aber empfand er diese Schönheit ganz anders. An seinem Gefühl für sie war jetzt nichts Geheimnisvolles, und darum hatte ihre Schönheit, obwohl sie ihn stärker anzog als zuvor, zugleich etwas Kränkendes für ihn. Sie schaute nicht in seine Richtung, aber Wronski fühlte, dass sie ihn schon gesehen hatte.

Als Wronski das Theaterglas erneut in jene Richtung hielt, fiel ihm auf, dass Prinzessin Warwara besonders rot war im Gesicht, unnatürlich lachte und unablässig zur Nachbarloge hinüberschaute; Anna dagegen hatte den Fächer zugeklappt, pochte damit gegen den roten Samt der Brüstung und spähte irgendwohin, sah aber nicht und wollte offensichtlich nicht sehen, was in der Nachbarloge vorging. Auf Jaschwins Gesicht lag die

Miene, die er sonst hatte, wenn er beim Spiel verlor. Die Stirn gerunzelt, zog er den linken Schnurrbart immer tiefer in den Mund und schielte ebenfalls zur Nachbarloge.

In dieser Loge, links, waren die Kartassows. Wronski kannte sie und wusste, dass Anna mit ihnen bekannt war. Kartassowa, eine hagere, kleine Frau, stand in ihrer Loge, und mit dem Rücken zu Anna legte sie den Überwurf um, den ihr Mann ihr reichte. Ihr Gesicht war bleich und zornig, und sie redete höchst erregt. Kartassow, ein dicker, kahlköpfiger Herr, blickte sich unablässig zu Anna um und suchte seine Frau zu beruhigen. Als seine Frau hinausgegangen war, zögerte ihr Mann lange, suchte Annas Blick und wollte sich anscheinend von ihr verabschieden. Aber Anna bemerkte ihn offenbar absichtlich nicht, halb umgewandt sagte sie etwas zu dem ihr zugeneigten kurzgeschorenen Kopf Jaschwins. Kartassow ging hinaus, ohne sich verabschiedet zu haben, und die Loge blieb leer.

Wronski begriff nicht, was eigentlich vorgefallen war zwischen den Kartassows und Anna, aber er begriff, dass etwas für Anna Demütigendes vorgefallen war. Er begriff es aufgrund dessen, was er gesehen hatte, und vor allem aufgrund von Annas Gesicht, die, das wusste er, ihre letzten Kräfte aufbot, um die übernommene Rolle durchzuhalten. Und diese Rolle äußerer Ruhe gelang ihr durchaus. Wer sie und ihren Kreis nicht kannte, wer nicht die teilnahmsvollen, missbilligenden und verwunderten Äußerungen der Frauen hörte, dass sie sich in der Gesellschaft zu erscheinen erlaube, auch noch so auffällig zu erscheinen, in ihrem Spitzenschmuck und ihrer Schönheit, der weidete sich an der Ruhe und Schönheit dieser Frau und ahnte nicht, dass sie die Gefühle eines Menschen empfand, der am Schandpfahl steht.

Da Wronski wusste, dass etwas geschehen war, aber

nicht wusste, was eigentlich, war er verstört und alarmiert, und da er etwas zu erfahren hoffte, ging er zur Loge seines Bruders. Er wählte absichtlich den Anna gegenüberliegenden Parkettgang, und am Ausgang stieß er auf seinen früheren Regimentskommandanten, der mit zwei Bekannten sprach. Wronski hörte, wie der Name Karenina fiel, und bemerkte, wie der Regimentskommandant Wronski hastig beim Namen nannte, nach einem bedeutsamen Blick zu den beiden.

»Oh, Wronski! Wann kommst du zum Regiment? Ohne Gelage können wir dich nicht ziehen lassen. Du gehörst doch zum festen Stamm«, sagte der Regimentskommandant.

»Schaffe ich nicht, sehr schade, ein andermal«, sagte Wronski und rannte die Treppe hoch zur Loge des Bruders.

Die alte Gräfin mit ihren Stahllöckchen, Wronskis Mutter, war in der Loge. Im Flur des ersten Rangs traf er auf Warja und Prinzessin Sorokina.

Warja begleitete Prinzessin Sorokina zur Mutter, dann gab sie ihrem Schwager die Hand und begann sogleich mit ihm über das zu reden, was ihn interessierte. Sie war so erregt, wie er sie kaum je gesehen hatte.

»Ich finde das nichtswürdig und widerwärtig und *Madame* Kartassowa hatte überhaupt kein Recht dazu. *Madame* Karenina ...« fing sie an.

»Was ist denn? Ich weiß von nichts.«

»Wie, du hast es nicht gehört?«

»Verstehst du, ich höre als Letzter davon.«

»Gibt es jemand Bösartigeren als diese Kartassowa?«

»Was hat sie denn getan?«

»Mein Mann hat es mir erzählt. Sie hat Karenina beleidigt. Ihr Mann fing von Loge zu Loge mit Karenina ein Gespräch an, und Kartassowa machte ihm eine Szene. Sie hat, heißt es, laut etwas Beleidigendes gesagt und ist gegangen.«

Prinzessin Sorokina schaute zur Logentür heraus. »Graf, Ihre *maman* erwartet Sie.«

»Ich warte die ganze Zeit auf dich«, sagte seine Mutter mit spöttischem Lächeln. »Man sieht dich gar nie.«

Ihr Sohn sah, dass sie ein Lächeln der Freude nicht zurückhalten konnte.

»Guten Tag, *maman*. Ich war auf dem Weg zu Ihnen«, erwiderte er kühl.

»Wieso gehst du denn nicht *faire la cour à madame Karenine**?« fügte sie hinzu, als Prinzessin Sorokina sich abwandte. »*Elle fait sensation. On oublie la Patti pour elle.***«

»*Maman*, ich hatte Sie gebeten, nicht mit mir darüber zu sprechen«, erwiderte er stirnrunzelnd.

»Ich sage, was alle sagen.«

Wronski erwiderte nichts, sagte ein paar Worte zu Prinzessin Sorokina und ging. An der Tür traf er seinen Bruder.

»Ah, Alexej!« sagte der Bruder. »Wie widerwärtig! Eine dumme Kuh, nichts weiter … Ich wollte gerade zu ihr gehen. Gehen wir zusammen.«

Wronski hörte ihm nicht zu. Raschen Schrittes lief er nach unten, er fühlte, dass er etwas tun musste, wusste aber nicht was. Ärger über sie, dass sie sich und ihn in eine so verquere Situation gebracht hatte, erregte ihn ebenso wie Mitleid für sie um ihrer Leiden willen. Unten im Parkett begab er sich geradewegs zu Annas Loge. Davor stand Stremow und unterhielt sich mit ihr:

»Es gibt keine Tenöre mehr. *Le moule en est brisé.****«

---

* Madame Karenina den Hof machen? *(frz.)*
** Sie erregt Aufsehen. Ihretwegen vergisst man die Patti. *(frz.)*
*** Das war einmal *(frz.)*

Wronski verbeugte sich vor ihr und blieb stehen, begrüßte Stremow.

»Sie trafen wohl erst spät ein und haben die beste Arie nicht gehört«, sagte Anna zu Wronski mit einem, wie ihm schien, spöttischen Blick.

»Ich bin kein Kenner«, sagte er und blickte sie streng an.

»Wie Fürst Jaschwin«, sagte sie lächelnd, »er findet, die Patti singe zu laut.«

Ihre kleine Hand in dem langen Handschuh griff nach dem Programmzettel, den Wronski vom Boden aufgehoben hatte. »Ich danke Ihnen«, sagte sie, und in diesem Augenblick zuckte plötzlich ihr schönes Gesicht. Sie erhob sich und zog sich in die Logentiefe zurück.

Als Wronski bemerkte, dass während des nächsten Aktes ihre Loge leer blieb, verließ er unterm Gezisch des zur Kavatine verstummten Publikums das Parkett und fuhr ins Hotel.

Anna war schon da. Als Wronski bei ihr eintrat, war sie allein, noch in der Aufmachung, in der sie im Theater gewesen war. Sie saß im ersten Sessel an der Wand und schaute vor sich hin. Sie blickte auf zu ihm und nahm sofort wieder ihre vorige Haltung an.

»Anna!« sagte er.

»Du, du bist an allem schuld!« rief sie mit Tränen der Verzweiflung und des Zorns in der Stimme und stand auf.

»Ich habe dich gebeten, dich beschworen, nicht zu fahren, ich wusste, es würde unangenehm für dich ...«

»Unangenehm!« schrie sie. »Entsetzlich! So lange ich lebe, das vergesse ich nicht. Sie sagte, es sei eine Schande, neben mir zu sitzen.«

»Gerede einer dummen Frau«, sagte er, »aber wozu so etwas riskieren, herausfordern ...«

»Ich hasse deine Ruhe. Du hättest mich nicht bis dahin bringen dürfen. Wenn du mich lieben würdest ...«

»Anna! Was hat meine Liebe damit zu tun ...«

»Ja, wenn du mich lieben würdest, wie ich liebe, wenn du dich quälen würdest, wie ich ...« Und sie blickte ihn mit erschrockener Miene an.

Sie tat ihm leid, dennoch verdross es ihn. Er beteuerte ihr seine Liebe, denn er sah, nur das konnte sie nun beruhigen, und er ließ keine Vorwürfe laut werden, aber in seinem Inneren machte er ihr Vorwürfe.

Die Liebesbeteuerungen, die ihm so abgeschmackt vorkamen, dass es ihm peinlich war, sie auszusprechen, sog sie gierig auf und beruhigte sich allmählich. Am Tag danach reisten sie, vollkommen ausgesöhnt, aufs Land.

SECHSTER TEIL

I

Darja Alexandrowna verbrachte den Sommer mit den Kindern in Pokrowskoje, bei ihrer Schwester Kitty Lewina. Auf ihrem eigenen Gut war das Haus gänzlich verfallen, und Lewin und seine Frau hatten sie überredet, den Sommer bei ihnen zu verbringen. Stepan Arkadjitsch begrüßte diese Unternehmung sehr. Er sagte, er bedaure es sehr, dass sein Dienst ihn hindere, den Sommer mit der Familie auf dem Land zu verbringen, was das höchste Glück für ihn wäre, und so blieb er in Moskau und kam nur selten, für einen Tag oder zwei, aufs Land gereist. Außer Oblonskis mitsamt Kindern und Gouvernante war diesen Sommer auch die alte Fürstin bei Lewins zu Gast, da sie es für ihre Pflicht hielt, auf ihre unerfahrene Tochter ein Auge zu haben, befand sich diese doch in anderen Umständen. Außerdem hatte Warenka, Kittys ausländische Freundin, ihr Versprechen, Kitty zu besuchen, wenn sie verheiratet wäre, eingelöst und war bei der Freundin zu Gast. Sie alle waren Verwandte und Freunde von Lewins Frau. Und obgleich er sie alle gern hatte, war es ihm ein wenig leid um seine Lewinsche Welt und Ordnung, die übertäubt wurde von diesem Andrang des »Schtscherbazkischen Elements«, wie er das bei sich nannte. Von seinen Verwandten war diesen Sommer nur Sergej Iwanowitsch bei ihnen zu Gast, aber auch er war kein Mensch von Lewinscher, sondern von Kosnyschewscher Prägung, so dass der Lewinsche Geist vollkommen unterging.

In dem lange Zeit öden Lewinschen Haus waren nun so viele Menschen, dass fast alle Zimmer belegt waren, und fast jeden Tag musste die alte Fürstin, wenn sie sich zu Tisch setzte, alle durchzählen und einen Dreizehnten, Enkel oder Enkelin, an ein Extratischchen setzen. Auch Kitty, die sich eifrig um den Haushalt kümmerte, hatte reichlich zu tun, um Hühner, Puten und Enten zu beschaffen, die beim sommerlichen Appetit der Gäste und Kinder in Mengen weggingen.

Die ganze Familie saß beim Mittagessen. Dollys Kinder schmiedeten mit der Gouvernante und Warenka Pläne, wo sie Pilze suchen könnten. Sergej Iwanowitsch, der seiner Gescheitheit und Gelehrsamkeit wegen bei allen Gästen eine Achtung genoss, die fast an Verehrung grenzte, verblüffte alle, da er sich in das Pilzgespräch einmischte.

»Nehmen Sie mich auch mit. Ich gehe sehr gerne Pilze suchen«, sagte er mit einem Blick auf Warenka, »ich finde das eine sehr schöne Beschäftigung.«

»Oh, da freuen wir uns aber sehr«, erwiderte Warenka errötend. Kitty wechselte einen bedeutsamen Blick mit Dolly. Der Vorschlag des gelehrten und gescheiten Sergej Iwanowitsch, mit Warenka Pilze zu suchen, bestätigte gewisse Vermutungen, die Kitty in letzter Zeit sehr beschäftigten. Sie begann hastig ein Gespräch mit ihrer Mutter, damit ihr Blick nicht auffiel. Nach dem Essen setzte sich Sergej Iwanowitsch mit seiner Kaffeetasse im Salon ans Fenster, führte das begonnene Gespräch mit seinem Bruder fort und schaute dabei immer wieder zu der Tür, von wo die Kinder kommen mussten, die in die Pilze wollten. Lewin hatte sich neben dem Bruder aufs Fensterbrett gesetzt.

Kitty stand bei ihrem Mann, offenbar wartete sie auf das Ende des für sie uninteressanten Gesprächs, um ihm etwas zu sagen.

»Du hast dich sehr verändert, seit du verheiratet bist,

und zu deinem Vorteil«, sagte Sergej Iwanowitsch, lächelte Kitty zu und hatte offenbar selbst wenig Interesse am begonnenen Gespräch, »aber du bist deiner Passion treu geblieben, die paradoxesten Themen zu vertreten.«

»Katja, Stehen ist nicht gut für dich«, sagte ihr Mann und rückte ihr mit bedeutsamem Blick einen Stuhl her.

»Und im übrigen fehlt uns auch die Zeit«, fügte Sergej Iwanowitsch hinzu, da er die Kinder hereinlaufen sah.

Allen voran kam, in ihren straff sitzenden Strümpfen, Tanja im Seitgalopp hereingesprungen, schwenkte ihr Körbchen und den Hut Sergej Iwanowitschs und hielt geradewegs auf ihn zu.

Kühn stellte sie sich hin vor Sergej Iwanowitsch, und mit funkelnden Augen, die so sehr den schönen Augen ihres Vaters glichen, reichte sie Sergej Iwanowitsch den Hut und tat so, als wollte sie ihm den Hut aufsetzen, dabei verbrämte sie ihre Dreistigkeit mit einem scheuen und herzlichen Lächeln.

»Warenka wartet«, sagte sie, als sie ihm den Hut vorsichtig aufsetzte, denn an Sergej Iwanowitschs Lächeln hatte sie gesehen, dass sie es durfte.

Warenka stand in der Tür, sie hatte sich umgezogen, trug nun ein gelbes Kattunkleid und um den Kopf ein weißes Tuch.

»Ich komme, ich komme, Warwara Andrejewna«, rief Sergej Iwanowitsch, trank die Kaffeetasse leer und verstaute Taschentuch und Zigarrenetui in seinen Taschen.

»Ist sie nicht eine Pracht, meine Warenka?« sagte Kitty zu ihrem Mann, als Sergej Iwanowitsch aufgestanden war. Sie sagte es so, dass Sergej Iwanowitsch sie hörte, was sie offenbar auch wollte. »Und wie schön sie ist, auf edle Weise schön! Warenka!« rief Kitty. »Geht ihr in den Mühlenwald? Wir fahren euch nach.«

»Du vergisst vollkommen, in welchen Umständen du
bist, Kitty«, sagte die alte Fürstin, die eilends zur Tür
hereinkam. »Du darfst nicht so schreien.«

Warenka hatte Kittys Ruf und den Tadel ihrer Mutter gehört, darauf trat sie rasch und leichtfüßig zu Kitty.
Die raschen Bewegungen, die Farbe auf ihrem lebhaften Gesicht – all das zeigte, dass etwas Ungewöhnliches
in ihr vorging. Kitty wusste, was dieses Ungewöhnliche
war, und behielt sie darum besonders im Auge. Jetzt
hatte sie Warenka nur gerufen, um sie in Gedanken
vor dem bedeutenden Ereignis zu segnen, das nach Kittys Vorstellung heute nachmittag im Wald geschehen
musste.

»Warenka, ich bin sehr glücklich, aber ich könnte
noch glücklicher sein, wenn etwas Bestimmtes ein-
träte«, flüsterte sie ihr zu und küsste sie.

Warenka wurde verlegen. »Kommen Sie mit uns?«
fragte sie Lewin, als hätte sie nicht gehört, was ihr gesagt wurde.

»Ich komme mit, doch nur bis zur Tenne, dort bleibe
ich.«

»Muss das wirklich sein?« fragte Kitty.

»Da sind neue Fuhrwerke anzuschauen und zu be-
gutachten«, sagte Lewin. »Und du wirst wo sein?«

»Auf der Terrasse.«

II

Auf der Terrasse war die gesamte weibliche Gesellschaft versammelt. Sowieso saßen die Frauen nach dem
Mittagessen gerne dort, aber heute gab es dort noch etwas zu tun. Außer dem Nähen von Wickelhemdchen
und dem Häkeln von Windelbändern, womit alle befasst waren, wurde heute auch Warenje dort gekocht,
nach einer für Agafja Michailowna neuen Methode,

ohne Zusatz von Wasser. Kitty hatte diese neue, bei ihr zu Hause angewandte Methode eingeführt. Agafja Michailowna, die immer mit dieser Arbeit betraut gewesen war, fand jedoch, was im Hause Lewin gemacht wurde, könne nicht schlecht sein, und hatte den Garten- und Walderdbeeren Wasser zugesetzt in der Überzeugung, anders sei es unmöglich; sie war überführt worden, und jetzt wurden die Himbeeren im Beisein aller gekocht und Agafja Michailowna sollte zu der Einsicht gebracht werden, Warenje gerate auch ohne Wasser.

Agafja Michailowna stand mit erhitztem und bekümmertem Gesicht, das Haar wirr und die hageren Arme bis zu den Ellbogen entblößt, vor dem Kohlenbecken, schwenkte darüber die große Schüssel leicht im Kreis und schaute finster auf die Himbeeren, dabei wünschte sie von ganzem Herzen, dass sie dickflüssig werden und nicht recht durchkochen mögen. Die Fürstin hatte das Gefühl, gegen sie als die Hauptratgeberin für das Himbeereinkochen müsse sich vor allem Agafja Michailownas Zorn richten, darum suchte sie so zu tun, als sei sie mit anderem beschäftigt und interessiere sich nicht für die Himbeeren, sie redete von anderen Dingen, schielte aber immer wieder zum Kohlenbecken.

»Ich erstehe bei Ausverkauf die Kleider für die Dienstmädchen immer selbst«, sagte die Fürstin, in Fortsetzung eines begonnenen Gesprächs. »Sollte man jetzt nicht den Schaum abnehmen, meine Liebe?« fügte sie hinzu, an Agafja Michailowna gewandt. Und sie wehrte Kitty ab: »Es ist nicht nötig, dass du das machst, und heiß ist es auch.«

»Ich mache das«, sagte Dolly, stand auf und fuhr vorsichtig mit dem Löffel über den aufgeschäumten Zucker; um das, was hängenblieb, vom Löffel zu lösen, klopfte sie ihn zwischendurch an einem Teller ab, der schon bedeckt war mit verschiedenfarbigem, gelblichrosarotem Schaum, unter dem blutroter Sirup hervorrann. ›Wie sie das schlecken werden beim Tee!‹ dachte sie von ihren Kindern und erinnerte sich, wie sie als Kind sich gewundert hatte, dass die Großen das Allerbeste nicht aßen – den Schaum.

»Stiwa sagt, Geld zu geben sei viel besser«, setzte Dolly derweil das interessante Gespräch fort, wie man die Bediensteten am besten beschenke, »aber ...«

»Geld, wie kann man nur!« sagten Fürstin und Kitty wie aus einem Mund. »Sie schätzen das doch.«

»Also, ich habe letztes Jahr beispielsweise unserer Matrjona Semjonowna nicht Popeline, aber so etwas Ähnliches gekauft«, sagte die Fürstin.

»Ich weiß noch, sie trug es an Ihrem Namenstag.«

»Ein überaus nettes Muster, ganz einfach und edel. Ich würde mir selbst gerne was draus machen, wenn sie es nicht schon hätte. Ähnlich wie das von Warenka. So nett und billig.«

»Jetzt ist es, glaube ich, fertig«, sagte Dolly und ließ den Sirup vom Löffel tropfen.

»Wenn es sich kringelt beim Tropfen, dann ist es fertig. Lassen Sie es noch ein bisschen kochen, Agafja Michailowna.«

»Diese Fliegen!« sagte Agafja Michailowna ärgerlich. »Das ändert sich jetzt nicht mehr«, fügte sie hinzu.

»Ach, wie nett der ist, verjagt ihn nicht!« sagte Kitty auf einmal, einen Spatzen im Blick, der sich aufs Geländer gesetzt hatte, das Zäpfchen einer Himbeere umkehrte und abpickte.

»Ja, aber du solltest weiter weg vom Kohlenbecken«, sagte ihre Mutter.

»*A propos de* Warenka«, sagte Kitty auf Französisch, wie sie auch die ganze Zeit sprachen, damit Agafja Michailowna sie nicht verstand. »Sie wissen, *maman*, dass ich heute irgendwie die Entscheidung erwarte. Sie verstehen welche. Wie wäre das schön!«

»So eine meisterhafte Heiratsvermittlerin!« meinte Dolly. »Wie vorsichtig und geschickt sie die beiden zusammcnführt ...«

»Doch, *maman*, sagen Sie, was glauben Sie?«

»Was soll ich schon glauben? Er (gemeint war Sergej Iwanowitsch) konnte schon immer eine der besten Partien in Russland machen; jetzt ist er nicht mehr so jung, aber trotzdem, ich weiß, dass ihn auch jetzt noch viele nehmen würden ... Sie ist sehr gutherzig, aber er könnte ...«

»Nun begreifen Sie doch, Mama, warum für ihn wie für sie gar nichts Besseres vorstellbar wäre. Erstens ist sie eine Pracht!« sagte Kitty und bog einen Finger um.

»Sie gefällt ihm sehr, das stimmt«, bestätigte Dolly.

»Dann zweitens: er hat eine solche Position in der Gesellschaft, dass er eine Frau mit Vermögen oder mit Position in der Gesellschaft überhaupt nicht braucht. Er braucht nur eins — eine gute, liebe Frau, eine ruhige.«

»Ja, ruhig kann man sein mit ihr«, bestätigte Dolly.

»Drittens — dass sie ihn liebt. Auch das ist gegeben ... Also, es wäre so schön! Ich warte darauf, dass sie aus dem Wald kommen, und alles ist entschieden. Ich würde es gleich an den Augen sehen. Ich wäre so froh! Was glaubst du, Dolly?«

»Aber reg dich nicht auf. Aufregen darfst du dich überhaupt nicht«, sagte die Mutter.

»Aber ich rege mich ja gar nicht auf, Mama. Mir scheint, heute wird er ihr einen Heiratsantrag machen.«

»Ach, das ist so seltsam, wie und wann ein Mann einen Heiratsantrag macht ... Es gibt da eine Barriere, und plötzlich wird sie durchbrochen«, sagte Dolly mit nachdenklichem Lächeln, in Erinnerung an ihre Vergangenheit mit Stepan Arkadjitsch.

»Mama, wie hat Papa Ihnen den Antrag gemacht?« fragte Kitty auf einmal.

»Das war überhaupt nichts Außergewöhnliches, alles ganz schlicht«, antwortete die Fürstin, doch ihr Gesicht strahlte auf bei dieser Erinnerung.

»Ja, aber wie? Sie haben ihn jedenfalls geliebt, bevor Sie sich aussprechen durften?«

Für Kitty hatte es einen besonderen Reiz, dass sie mit der Mutter jetzt von gleich zu gleich reden konnte über diese wichtigsten Dinge im Leben einer Frau.

»Selbstverständlich habe ich das, er besuchte uns auf dem Gut.«

»Aber wie kam es zu der Entscheidung? Nun, Mama?«

»Du glaubst wohl, ihr hättet etwas Neues erfunden? Immer dasselbe: es entscheidet sich durch Blicke, durch Lächeln ...«

»Wie schön Sie das gesagt haben, Mama! Richtig, durch Blicke, durch Lächeln«, bestätigte Dolly.

»Aber mit was für Worten hat er es gesagt?«

»Mit was für welchen hat Kostja es dir gesagt?«

»Er hat es mit Kreide geschrieben. Das war erstaunlich ... Wie lange scheint mir das her zu sein!« sagte sie.

Und die drei Frauen hingen ihren Gedanken über ein und dasselbe nach. Kitty brach als erste das Schweigen. Ihr war der ganze letzte Winter vor ihrer Heirat eingefallen, wie sie berückt war von Wronski.

»Eines nur ... Warenkas frühere Passion.« Durch eine natürliche Gedankenverbindung kam ihr das in den Sinn. »Ich hätte es Sergej Iwanowitsch gerne irgendwie gesagt, ihn vorbereitet. Sie sind nämlich, alle Männer«, fügte sie hinzu, »furchtbar eifersüchtig auf unsere Vergangenheit.«

»Nicht alle«, sagte Dolly. »Du urteilst nach deinem Mann. Ihn quält bis heute die Erinnerung an Wronski. Ja? Stimmt doch?«

»Stimmt«, gab Kitty zu, ein nachdenkliches Lächeln in den Augen.

»Bloß weiß ich nicht«, schaltete sich die Fürstin ein, ihrer mütterlichen Aufsichtspflicht über die Tochter wegen, »was ihn an deiner Vergangenheit beunruhigen könnte. Dass Wronski dir den Hof gemacht hat? Das kommt bei jedem jungen Mädchen vor.«

»Nun, nicht darüber sprechen wir«, sagte Kitty errötend.

»Und erlaube mal«, fuhr die Mutter fort, »außerdem hast du selbst mir nicht erlauben wollen, dass ich mit Wronski rede. Weißt du noch?«

»Ach, Mama!« sagte Kitty mit leidender Miene.

»Heutzutage seid ihr ja nicht zu bändigen … Deine Beziehungen konnten gar nicht weiter gehen, als sich gehört; ich selbst hätte ihn zur Rede gestellt. Im übrigen, mein Herz, tut es dir nicht gut, dich aufzuregen. Bitte, denk daran und beruhige dich.«

»Ich bin vollkommen ruhig, *maman*.«

»Wie glücklich es sich damals für Kitty gefügt hat, dass Anna angereist kam«, sagte Dolly, »und wie unglücklich für Anna. Genau umgekehrt«, fügte sie hinzu, verblüfft über ihren Gedanken. »Damals war Anna so glücklich, und Kitty hielt sich für unglücklich. Völlig umgekehrt! Ich denke oft an sie.«

»Als gäbe es an nichts Besseres zu denken! Eine abscheuliche, widerwärtige Frau ohne Herz«, sagte die Mutter, die nicht vergessen konnte, dass Kitty nicht Wronski, sondern Lewin geheiratet hatte.

»Muss das sein, darüber zu reden«, sagte Kitty verdrossen, »ich denke nicht daran und will nicht daran denken … Und will nicht daran denken«, wiederholte sie, dabei lauschte sie den vertrauten Schritten ihres Mannes auf der Terrassentreppe.

»Woran willst du nicht denken?« fragte Lewin, als er die Terrasse betrat.

Aber niemand antwortete ihm, und er stellte die Frage nicht noch einmal.

Missmutig ließ er den Blick über alle schweifen und begriff, dass sie von etwas gesprochen hatten, worüber sie in seinem Beisein nicht sprechen würden. »Ich bedauere, dass ich in euer weibliches Reich einbreche«, sagte er.

Einen Moment hatte er den Eindruck, Agafja Michailownas Gefühle zu teilen, ihren Missmut darüber, dass Himbeeren ohne Wasser eingekocht wurden, und überhaupt über den fremden Schtscherbazkischen Einfluss. Er lächelte jedoch und trat zu Kitty.

»Nun, wie steht es?« fragte er sie, denselben Ausdruck in den Augen, mit dem sie jetzt alle ansahen.

»Alles gut, wunderbar«, sagte Kitty lächelnd, »und bei dir?«

»In die Neuen passt dreimal soviel wie in Leiterwagen. Also, holen wir die Kinder ab? Ich habe anspannen lassen.«

»Wie, du willst Kitty im Kremserwagen mitnehmen?« fragte die Mutter vorwurfsvoll.

»Wir fahren doch im Schritt, Fürstin.«

Lewin nannte die Fürstin niemals *maman*, wie Schwiegersöhne das tun, und das war der Fürstin unangenehm. Zwar liebte und achtete Lewin die Fürstin sehr, doch er konnte sie nicht so nennen, das hätte seine Gefühle für seine verstorbene Mutter entweiht.

»Fahren Sie mit uns, *maman*«, sagte Kitty.

»Ich will das gar nicht sehen, diese Unvernunft.«

»Ach, dann gehe ich zu Fuß. Für mich ist das gesund.« Kitty stand auf, trat zu ihrem Mann und nahm ihn bei der Hand.

»Gesund, aber alles in Maßen«, meinte die Fürstin.

»Na, Agafja Michailowna, ist das Warenje fertig?« Lewin lächelte Agafja Michailowna zu, wollte sie aufheitern. »Geht es gut, auf die neue Art?«

»Muss wohl gut sein. Nach unserer Art wäre es ver-
kocht.«

»So ist es besser, Agafja Michailowna, es kippt nicht
um, ist doch unser Eis schon alles geschmolzen, wo
sollen wir das Warenje aufheben«, sagte Kitty; sie
hatte die Absicht ihres Mannes gleich erkannt und
wandte sich aus demselben Gefühl heraus an die Alte.
»Dafür ist Ihr Eingesalzenes von einer Art, dass Mama
sagt, sie hätte so etwas noch nie gegessen«, fügte sie
lächelnd hinzu und zupfte der Alten das Kopftuch zurecht.

Agafja Michailowna sah Kitty ärgerlich an.

»Ihr braucht mich nicht zu trösten, Gnädige. Ich
schau mir bloß Euch und ihn zusammen an, und schon
bin ich vergnügt.« Das unhöfliche »ihn«, nicht »den
Herrn«, rührte Kitty.

»Fahren Sie doch mit uns in die Pilze, Sie könnten uns Stellen zeigen.« Agafja Michailowna wiegte
lächelnd den Kopf, als wollte sie sagen: ›Wäre Euch ja
zu gern böse, aber unmöglich.«

»Folgen Sie bitte meinem Rat«, sagte die alte Fürstin, »legen Sie ein Papierchen obendrauf und befeuch-
ten Sie es mit Rum. Dann wird es auch ohne Eis niemals schimmelig.«

III

Kitty war besonders über die Gelegenheit froh, mit
ihrem Mann unter vier Augen allein zu sein, denn sie
hatte bemerkt, dass ein bekümmerter Schatten über
sein alles so lebhaft widerspiegelndes Gesicht gehuscht
war in dem Moment, wie er die Terrasse betreten und
gefragt hatte, worüber sie redeten, und niemand ihm
antwortete.

Als sie zu Fuß den anderen vorausgingen und außer

Sichtweite des Hauses auf den festgewalzten, staubigen und mit Roggenähren und Körnern übersäten Weg hinaustraten, stützte sie sich fester auf seinen Arm und drückte ihn an sich. Lewin hatte den kurzen unangenehmen Eindruck schon vergessen, und mit ihr allein genoss er nun, da der Gedanke an ihre Schwangerschaft ihn keinen Moment verließ, das für ihn noch neue und freudige, von Sinnlichkeit völlig freie Empfinden der Nähe zur geliebten Frau. Zu sagen gab es nichts, aber er wollte den Klang ihrer Stimme hören, die sich, ebenso wie ihr Blick, in der Schwangerschaft verändert hatte. In Stimme wie Blick lagen nun Weichheit und Ernsthaftigkeit, ähnlich wie bei Menschen, die unablässig auf ein geliebtes Werk konzentriert sind.

»Du wirst nicht müde? Stütze dich fester«, sagte er.

»Nein, ich bin so froh über die Gelegenheit, mit dir allein zu sein, und ich gestehe, so wohl mir auch ist mit ihnen, um unsere Winterabende zu zweit ist es mir leid.«

»Das war gut, und das jetzt ist noch besser. Beides ist besser«, sagte er und drückte ihre Hand.

»Weißt du, wovon wir gesprochen haben, als du kamst?«

»Von Warenje?«

»Ja, auch von Warenje, dann aber darüber, wie Heiratsanträge gemacht werden.«

»Aha!« Lewin horchte eher auf den Klang ihrer Stimme als auf das, was sie sagte, denn er achtete die ganze Zeit auf den Weg, der jetzt durch den Wald führte, und wich den Stellen aus, wo sie hätte stolpern können.

»Und über Sergej Iwanytsch und Warenka. Hast du es bemerkt? Ich wünsche mir das sehr«, fuhr sie fort. »Wie denkst du darüber?« Und sie schaute ihm ins Gesicht.

»Ich weiß nicht, was ich denken soll«, antwortete

Lewin lächelnd. »Sergej ist in der Beziehung für mich sonderbar. Ich habe dir ja erzählt ...«

»Ja, dass er in das junge Mädchen verliebt war, das dann starb ...«

»Das war, als ich noch klein war; ich kenne es nur aus Erzählungen. Ich erinnere mich noch an ihn. Damals war er unglaublich lieb. Aber seither beobachte ich ihn, wie er sich zu Frauen verhält: Er ist liebenswürdig, einige gefallen ihm, aber man spürt, dass sie für ihn einfach Menschen sind, keine Frauen.«

»Ja, aber jetzt, mit Warenka ... Mir scheint, da ist etwas ...«

»Vielleicht ist da etwas ... Aber man muss ihn kennen. Er ist ein besonderer, erstaunlicher Mensch. Der ganz im geistigen Leben aufgeht. Er ist ein viel zu reiner Mensch mit einem erhabenen Gemüt.«

»Wie? Könnte ihn das denn erniedrigen?«

»Nein, aber er ist so daran gewöhnt, ganz im geistigen Leben aufzugehen, dass er sich nicht mit der Wirklichkeit abfinden kann, und Warenka ist immerhin Wirklichkeit.«

Lewin war es nun schon gewohnt, seine Gedanken unbesorgt auszusprechen, ohne sich die Mühe zu machen, sie in genaue Worte zu kleiden; er wusste, dass in solchen Liebesmomenten wie jetzt seine Frau aus Andeutungen verstehen würde, was er sagen wollte, und sie verstand ihn auch.

»Ja, aber sie hat nicht soviel Wirklichkeit in sich wie ich; ich verstehe, dass er mich niemals liebgewonnen hätte. Sie lebt ganz im Geistigen ...«

»Nicht doch, er liebt dich sehr, und mir ist das immer so angenehm, dass meine Angehörigen dich lieben ...«

»Ja, er ist gütig zu mir, aber ...«

»Aber es ist nicht so wie mit dem verstorbenen Nikolai ... ihr hattet einander so recht liebgewonnen«, beendete Lewin ihren Satz. »Warum es nicht aussprechen?« fügte er hinzu. »Ich mache mir manchmal Vorwürfe: Zuletzt vergisst man ihn noch. Ach, was war er doch für ein furchtbarer und prächtiger Mensch ... Ja, wovon sprachen wir?« sagte Lewin nach kurzem Schweigen.

»Du meinst, er könne sich nicht verlieben.« Kitty übersetzte es in ihre Sprache.

»Nicht, dass er sich nicht verlieben könnte«, sagte Lewin lächelnd, »aber er hat nicht die Schwäche, die es braucht ... Ich habe ihn immer beneidet, und sogar jetzt, da ich so glücklich bin, beneide ich ihn trotzdem.«

»Beneidest ihn, weil er sich nicht verlieben kann?«

»Ich beneide ihn, weil er besser ist als ich«, sagte Lewin lächelnd. »Er lebt nicht für sich. Sein ganzes Leben ist der Pflicht untergeordnet. Und deshalb kann er ruhig und zufrieden sein.«

»Und du?« sagte Kitty mit spöttischem, liebevollem Lächeln.

Sie hätte den Gedankengang, der sie lächeln ließ, keinesfalls ausdrücken können; aber ihr letzter Schluss war, dass ihr Mann in der Begeisterung über seinen Bruder und der eigenen Herabsetzung unaufrichtig war. Kitty wusste, dass diese Unaufrichtigkeit von seiner Liebe zum Bruder herrührte, von seinem schlechten Gewissen, weil er zu glücklich war, und vor allem von seinem nie nachlassenden Streben, besser zu sein – sie liebte das an ihm, und darum lächelte sie.

»Und du? Womit bist du unzufrieden?« fragte sie mit demselben Lächeln.

Ihr Misstrauen gegen seine Unzufriedenheit mit sich selbst freute ihn, und unwillkürlich forderte er sie heraus, sich über die Gründe für ihr Misstrauen zu äußern.

»Ich bin glücklich, aber unzufrieden mit mir selbst ...« begann er.

»Wie kannst du unzufrieden sein, wenn du glücklich bist?«

»Tja, wie soll ich es dir sagen? Von Herzen wünsche ich mir nichts, außer dass du nicht stolperst. Das ist ja unmöglich, so zu springen!« Er unterbrach das Gespräch für diesen Vorwurf, weil sie mit einer zu raschen Bewegung über einen Ast auf dem Pfad geschritten war. »Aber wenn ich über mich urteile und mich mit anderen vergleiche, besonders mit meinem Bruder, fühle ich, dass ich schlecht bin.«

»Aber wieso denn?« fuhr Kitty mit demselben Lächeln fort. »Tust du nicht auch etwas für andere? Und deine Vorwerke, deine Gutswirtschaft, dein Buch?«

»Nein, ich fühle es, besonders jetzt: Du bist schuld«, sagte er und drückte ihren Arm, »dass es nicht das Rechte ist. Ich mache alles so nebenbei. Wenn ich das alles so liebgewinnen könnte, wie ich dich liebe ... aber in letzter Zeit mache ich alles wie eine Hausaufgabe.«

»Und was sagst du dann zu Papa?« fragte Kitty. »Ist auch er schlecht, weil er nichts für das Gemeinwohl getan hat?«

»Er? Nein. Aber man müsste über dieselbe Schlichtheit, Klarheit und Güte wie dein Vater verfügen, und habe ich die etwa? Ich tue nichts und quäle mich. Das hast alles du angerichtet. Als es dich noch nicht gab und d a s noch nicht gab«, sagte er mit einem Blick auf ihren Bauch, den sie verstand, »habe ich meine ganze Energie in die Arbeit gesteckt; jetzt kann ich das nicht, darum schlägt mir das Gewissen; ich mache alles wie eine Hausaufgabe, ich tue so als ob ...«

»Und würdest du jetzt gerne mit Sergej Iwanytsch tauschen?« fragte Kitty. »Würdest du gerne etwas für das Gemeinwohl tun und diese Hausaufgabe liebgewinnen wie er und weiter nichts?«

»Natürlich nicht«, erwiderte Lewin. »Im übrigen bin ich so glücklich, dass ich gar nichts begreife. Du denkst jedenfalls, er würde ihr heute einen Antrag machen?« fügte er nach kurzem Schweigen hinzu.

»Ich denke es und denke es wieder nicht. Nur hätte ich es zu gerne. Warte mal.« Sie bückte sich und pflückte am Wegrand eine Margerite. »Zähl mal ab: macht er einen, macht er keinen Antrag.« Damit reichte sie ihm die Blume.

»Er macht einen, macht keinen«, sagte Lewin und riss die schmalen, eingekerbten weißen Blütenblätter ab.

»Nein, nein!« Kitty, die aufgeregt seinen Fingern gefolgt war, griff nach seiner Hand, hielt ihn auf. »Du hast zwei abgerissen.«

»Nun, dafür zählt dieses kleine nicht«, sagte Lewin und riss ein kurzes, nicht ausgewachsenes Blütenblatt ab. »Da holt uns auch der Kremserwagen ein.«

»Bist du auch nicht müde, Kitty?« rief die Fürstin.

»Kein bisschen.«

»Sonst steig ein, wenn die Pferde friedlich sind, und wir fahren im Schritt.«

Aber einzusteigen lohnte sich nicht. Es war nicht mehr weit, und alle gingen zu Fuß.

IV

Warenka mit ihrem weißen Tuch auf den schwarzen Haaren, umringt von Kindern und gutmütig und vergnügt mit ihnen beschäftigt, dazu offenbar erregt über die Möglichkeit der Aussprache mit einem Mann, der ihr gefiel, sah sehr anziehend aus. Sergej Iwanowitsch ging neben ihr und weidete sich immerzu an ihrem Anblick. Dabei fiel ihm alles wieder ein, was sie an Nettem gesagt hatte, alles, was er an Gutem von ihr wusste, und mehr und mehr kam ihm zu Bewusstsein, dass das Gefühl, das er für sie empfand, etwas Besonderes war, was er vor langer Zeit und nur einmal empfunden hatte, in erster Jugend. Seine Freude über ihre Nähe wurde im-

mer stärker und steigerte sich derart, dass er, als er ihr
einen riesigen, dünnstieligen Birkenpilz mit umgebogenen Rändern, den er gefunden hatte, für ihren
Korb reichte, ihr in die Augen schaute; und als er sah,
dass vor Freude und erschrockener Aufregung Röte ihr
Gesicht überzog, wurde er selbst verlegen und schenkte
ihr schweigend ein Lächeln, das viel zuviel sagte.

›Wenn das so ist‹, sagte er sich, ›muss ich das überdenken und einen Entschluss fassen, darf mich aber
nicht wie ein Junge der Neigung des Augenblicks hingeben.‹

»Jetzt gehe ich von allen unabhängig Pilze suchen,
sonst fallen meine Errungenschaften gar nicht auf«,
sagte er und ging vom Waldsaum, wo sie zwischen
vereinzelten alten Birken über seidiges niederes Gras
schritten, allein ins Waldesinnere hinein, wo zwischen
den weißen Birkenstämmen graue Espenstämme standen und dunkle Haselsträucher. Als Sergej Iwanowitsch
vierzig Schritt weit weg hinter einen farbenprächtigen
Spindelstrauch mit rosarotem Hängeschmuck kam und
wusste, dass man ihn nicht mehr sah, blieb er stehen.
Ringsum war es vollkommen still. Nur in den Birken,
unter denen er stand, summten hoch oben Fliegen, unaufhörlich wie ein Bienenschwarm, und bisweilen klangen die Stimmen der Kinder herüber. Plötzlich ertönte
unweit, am Waldrand, Warenkas Altstimme, die nach
Grischa rief, und auf Sergej Iwanowitschs Gesicht erschien ein freudiges Lächeln. Als er sich des Lächelns
bewusst wurde, wiegte Sergej Iwanowitsch missbilligend den Kopf über seine Verfassung und holte eine
Zigarre hervor. Lange konnte er am Birkenstamm kein
Streichholz zum Brennen bringen. Die zarte weiße Rin-
denschicht blieb am Phosphor kleben, und die Flamme
verlosch. Endlich entzündete sich eines der Streichhöl-
zer, und der duftende Zigarrenrauch zog als wallendes
breites Tischtuch vorwärts und über den Strauch nach

oben zu den herabhängenden Birkenzweigen. Sergej Iwanowitsch folgte dem Rauchstreifen mit den Augen, dann ging er gemächlich weiter und überdachte seine Verfassung.

›Warum eigentlich nicht?‹ dachte er. ›Wenn es ein Strohfeuer oder eine bloße Passion wäre, wenn ich nur diese Neigung empfände, diese gegenseitige Neigung (gegenseitig darf ich sie nennen), aber fühlte, dass sie meiner Lebensweise völlig zuwider liefe, wenn ich fühlte, dass ich, dieser Neigung nachgebend, meiner Bestimmung und Pflicht untreu würde... aber so ist es nicht. Das Einzige, was ich dagegen anführen kann, ist, dass ich beim Verlust *Maries* mir gesagt hatte, ich bliebe ihrem Andenken treu. Einzig das könnte ich gegen mein Gefühl anführen... Das ist wichtig‹, sagte sich Sergej Iwanowitsch, spürte aber zugleich, dass diese Überlegung für ihn persönlich keine Bedeutung haben konnte, höchstens in den Augen anderer seiner romantischen Rolle Abbruch tun würde. ›Aber sonst, ich könnte noch soviel suchen und würde nichts finden, was ich gegen mein Gefühl anführen könnte. Wenn ich einzig nach Vernunftgründen auswählte, ich könnte nichts Besseres finden.‹

So viele Frauen und junge Mädchen, die er kannte, er sich auch durch den Sinn gehen ließ, ihm fiel keine ein, die in solchem Maße alles vereinte, wirklich alle Eigenschaften, die er bei kühler Überlegung an seiner Frau gerne gesehen hätte. Sie hatte allen Reiz und alle Frische der Jugend, war aber kein Kind mehr, und wenn sie ihn liebte, so liebte sie bewusst, wie eine Frau lieben sollte – das zum einen. Zum anderen war sie nicht nur weit entfernt von der Hautevolee, sondern hatte offenbar eine Abneigung gegen die vornehme Welt, zugleich kannte sie diese Welt und verfügte über alle Umgangsformen einer Frau aus der guten Gesellschaft, ohne die sich Sergej Iwanowitsch eine Lebensgefährtin nicht denken konnte. Drittens war sie gläubig, nicht wie ein Kind instinktiv gläubig und gut, wie das Kitty zum Beispiel war; vielmehr gründete sich ihr Leben auf Glaubensüberzeugungen. Sogar bis hin zu Kleinigkeiten fand Sergej Iwanowitsch bei ihr alles, was er sich von einer Ehefrau wünschte: Sie war arm und alleinstehend, so dass sie nicht einen Haufen Verwandte und deren Einfluss ins Haus ihres Mannes bringen würde, wie er das bei Kitty sah, sondern wäre in allem ihrem Mann verpflichtet, was er sich für sein künftiges Familienleben ebenfalls immer gewünscht hatte. Und dieses junge Mädchen, das alle diese Eigenschaften in sich vereinte, liebte ihn. Er war nicht eingebildet, aber das konnte er nicht übersehen. Und er liebte sie. Die einzige Überlegung, die dagegen sprach, war sein Alter. Aber er war aus einer langlebigen Familie, er hatte kein einziges graues Haar, nie schätzte ihn jemand auf vierzig, und er erinnerte sich, dass Warenka gesagt hatte, nur in Russland hielten sich Menschen mit fünfzig für Greise, in Frankreich jedoch halte ein Fünfzigjähriger sich für *dans la force de l'âge** und ein Vierzigjähriger für *un jeune homme***. Aber was bedeutete schon die Zahl der Jahre, wenn er sich im Herzen so jung fühlte wie vor zwanzig Jahren? War es denn nicht Jugend, das Gefühl, das er jetzt empfand, als er von der anderen Seite wieder zum Waldrand kam und im hellen Licht der schrägen Sonnenstrahlen Warenkas anmutige Gestalt erblickte, die im gelben Kleid und mit dem Körbchen leichten Schrittes am Stamm einer alten Birke vorbeiging, und als der Anblick von Warenka sich dann verband mit dem frappierend schönen Anblick des unter den schrägen Sonnenstrahlen gelb überfluteten Haferfelds und, weit hinterm Feld, des gelb betupften alten

---

* im besten Alter *(frz.)*
** einen jungen Mann *(frz.)*

Waldes, der in blauer Ferne dahinschmolz? Sein Herz
zog sich freudig zusammen. Ihn überkam Rührung. Er
fühlte, dass er den Entschluss gefasst hatte. Warenka,
gerade gebückt, um einen Pilz aufzunehmen, erhob sich
geschmeidig und sah sich um. Sergej Iwanowitsch warf
die Zigarre weg und ging entschlossenen Schrittes auf
sie zu.

V

›Warwara Andrejewna, als ich noch sehr jung war, schuf
ich mir das Idealbild der Frau, die ich lieben würde und
die meine Ehefrau zu nennen für mich ein Glück wäre.
Ich habe schon ein langes Leben hinter mir und bin
jetzt in Ihnen zum ersten Mal dem begegnet, was ich
gesucht habe. Ich liebe Sie und trage Ihnen meine
Hand an.‹

Das sagte sich Sergej Iwanowitsch, wie er nur noch
zehn Schritte von Warenka entfernt war. Auf Knien
verteidigte sie einen Pilz mit den Händen gegen Grischa und rief die kleine Mascha her.

»Hierher, hierher! Da sind kleine! Viele!« sagte sie
mit ihrer netten Bruststimme.

Als sie Sergej Iwanowitsch näherkommen sah, erhob
sie sich nicht und änderte ihre Haltung nicht; aber alles sprach ihm davon, dass sie sein Nahen spürte und
sich freute darüber.

Ihr schönes, still lächelndes Gesicht unter dem weißen Tuch wandte sich ihm zu. »Nun, haben Sie etwas
gefunden?« fragte sie.

»Keinen einzigen«, sagte Sergej Iwanowitsch. »Und
Sie?«

Sie antwortete ihm nicht, beschäftigt mit den Kindern, die sie umringten.

»Noch den, neben dem Zweig.« Sie wies die kleine

Mascha auf einen kleinen Täubling hin, dessen pralles rosa Hütchen von einem trockenen Grashalm, unter dem er sich emporgeschafft hatte, quer durchschnitten war. Sie stand auf, als Mascha den in zwei Hälften zerbrochenen Täubling hochhielt. »Das erinnert mich an meine Kindheit«, meinte sie, während sie neben Sergej Iwanowitsch von den Kindern wegging.

Sie gingen schweigend ein paar Schritte. Warenka sah, dass er sprechen wollte; sie erriet wovon, und ihr stockte das Herz vor freudiger und banger Erregung. Sie waren so weit weggegangen, dass niemand mehr sie hätte hören können, doch er begann immer noch nicht zu sprechen. Warenka schwieg am besten. Nach einem Schweigen war das, was sie beide sagen wollten, leichter zu sagen als nach einem Gespräch über Pilze; doch gegen ihren Willen, wie aus Versehen, sagte Warenka:

»Sie haben also nichts gefunden? Im Waldesinneren gibt es übrigens immer weniger.«

Sergej Iwanowitsch seufzte und erwiderte nichts. Es verdross ihn, dass sie von den Pilzen zu reden anfing. Er wollte sie zurückführen zu dem, was sie zunächst über ihre Kindheit gesagt hatte; aber wie gegen seinen Willen machte er nach einigem Schweigen eine Bemerkung zu dem, was sie zuletzt gesagt hatte.

»Ich habe lediglich gehört, dass es Steinpilze hauptsächlich am Waldrand gibt, allerdings kann ich Steinpilze gar nicht erkennen.«

Es vergingen noch ein paar Minuten, sie waren noch weiter von den Kindern weggegangen und waren nun vollkommen allein. Warenkas Herz schlug derart, dass sie es pochen hörte und fühlte, dass sie errötete, erbleichte und wieder errötete.

Die Ehefrau eines Mannes wie Kosnyschew zu sein erschien ihr, nach ihrem Dasein bei Frau Stahl, als der Gipfel des Glücks. Außerdem war sie sich fast sicher, dass sie in ihn verliebt war. Und jetzt musste es sich ent-

scheiden. Ihr graute. Graute davor, dass er es sagen
würde, wie auch davor, dass er es nicht sagen würde.
Jetzt oder nie musste die Aussprache stattfinden; das
fühlte auch Sergej Iwanowitsch. Alles an Warenka – ihr
Blick, ihre Wangenröte, die gesenkten Augen – zeigte
schmerzliche Erwartung. Sergej Iwanowitsch sah das,
und sie dauerte ihn. Er fühlte sogar, jetzt nichts zu
sagen hieße sie zu verletzen. Rasch wiederholte er in
seinem Kopf alle Argumente zugunsten seines Entschlusses. Er wiederholte sich auch die Worte, in die er
seinen Antrag kleiden wollte; aber statt dieser Worte
fragte er aufgrund eines ihm überraschend gekommenen Gedankens plötzlich:

»Was ist denn der Unterschied zwischen einem
Steinpilz und einem Birkenpilz?«

Warenkas Lippen zitterten vor Erregung, als sie antwortete:

»Am Hut ist kein Unterschied, aber am Stiel.«

Und sobald diese Worte gesagt waren, begriffen er
wie auch sie, dass es zu Ende war, dass das, was hätte
gesagt werden müssen, nicht mehr gesagt würde, und
beider Erregung, die davor den höchsten Grad erreicht
hatte, flaute nun ab.

»Beim Birkenpilz, da erinnert der Stiel an den un-
rasierten Zweitagebart eines Brünetten«, sagte Sergej
Iwanowitsch nun schon ruhig.

»Ja, das stimmt«, erwiderte Warenka lächelnd, und
unwillkürlich änderte sich die Richtung des Spaziergangs. Sie näherten sich wieder den Kindern. Warenka
empfand Schmerz und Scham, aber zugleich auch ein
Gefühl der Erleichterung.

Als Sergej Iwanowitsch auf dem Heimweg die Argumente noch einmal durchging, fand er, dass seine Überlegungen nicht richtig gewesen waren. Er konnte dem
Andenken *Maries* nicht untreu werden.

»Sachte, Kinder, sachte!« Lewin schrie sogar ärgerlich die Kinder an und stellte sich vor seine Frau, um sie zu schützen, als die Kinderschar unter Freudengekreisch ihnen entgegenstürmte.

Nach den Kindern kamen auch Sergej Iwanowitsch und Warenka aus dem Wald. Kitty brauchte Warenka nicht zu fragen; an dem ruhigen und ein wenig betretenen Gesichtsausdruck der beiden erkannte sie, dass ihre Pläne sich zerschlagen hatten.

»Nun, was ist?« fragte ihr Mann, als sie wieder auf dem Heimweg waren.

»Es pappt nicht«, sagte Kitty, dabei erinnerten Lächeln und Sprechweise an ihren Vater, was Lewin häufig und erfreut wahrnahm.

»Wie – pappt nicht?«

»So«, sagte sie, nahm die Hand ihres Mannes, zog sie an den Mund und berührte sie, ohne die Lippen zu öffnen. »Wie man dem Bischof die Hand küsst.«

»Bei welchem der beiden pappt es nicht?« Er lachte.

»Bei beiden. Es müsste aber so sein ...«

»Da kommen Bauern ...«

»Nein, sie haben nichts gesehen.«

VI

Während die Kinder Tee tranken, saßen die Großen auf dem Balkon und unterhielten sich, als wäre nichts geschehen, obgleich alle, besonders Sergej Iwanowitsch und Warenka, sehr wohl wussten, dass zwar etwas Negatives, aber sehr Wichtiges geschehen war. Sie hatten beide gleichermaßen ein Gefühl ähnlich dem eines Schülers nach einer missglückten Prüfung, wenn er sitzenbleibt oder ganz aus der Lehranstalt verbannt wird. Alle Anwesenden fühlten ebenfalls, dass etwas geschehen war, und sprachen lebhaft über nebensächliche

Gegenstände. Lewin und Kitty fühlten sich besonders glücklich und verliebt an diesem Abend. Und dass sie glücklich waren in ihrer Liebe, das enthielt einen unangenehmen Verweis auf diejenigen, die dasselbe gewollt und nicht gekonnt hatten – darum hatten sie ein schlechtes Gewissen.

»Denkt an meine Worte: *Alexandre* wird nicht anreisen«, sagte die alte Fürstin.

Heute abend wurde Stepan Arkadjitsch von der Bahn erwartet, und der alte Fürst hatte geschrieben, vielleicht komme er auch.

»Und ich weiß auch warum«, fuhr die Fürstin fort, »er sagt, ein junges Paar müsse man in der ersten Zeit allein lassen.«

»Papa hat uns sowieso allein gelassen. Wir haben ihn lange nicht gesehen«, sagte Kitty. »Und überhaupt, wir und junges Paar? Ein altes Paar sind wir schon.«

»Bloß, wenn er nicht kommt, werde ich mich von euch verabschieden, Kinder«, sagte die Fürstin traurig seufzend.

»Aber wieso denn, Mama!« fielen beide Töchter über sie her.

»Überlegt doch mal, und er? Jetzt nämlich ...«

Auf einmal begann die Stimme der alten Fürstin völlig überraschend zu zittern. Die Töchter verstummten und wechselten einen Blick. ›*Maman* findet doch immer etwas Trauriges‹, sagten sie durch diesen Blick. Sie wussten nicht, dass der Fürstin, so wohl ihr auch war bei der Tochter, so sehr sie sich auch gebraucht fühlte, ihrer selbst wie ihres Mannes wegen überaus schwer ums Herz war, seit sie die letzte, geliebte Tochter verheiratet hatten und das Nest ganz leer war.

»Was ist, Agafja Michailowna?« fragte Kitty plötzlich, da Agafja Michailowna sich mit geheimnisvoller und bedeutsamer Miene dazugestellt hatte.

»Wegen dem Nachtessen.«

»Ja, wunderbar«, sagte Dolly, »du gehst deine Anordnungen treffen, und ich gehe mit Grischa eine Lektion wiederholen. Heute hat er nämlich noch nichts getan.«

Lewin sprang auf. »Das ist mir eine Lektion! Nein, Dolly, da gehe ich!«

Grischa, der schon auf dem Gymnasium war, sollte den Sommer über den Schulstoff wiederholen. Noch in Moskau hatte Darja Alexandrowna zusammen mit dem Sohn Latein gelernt, und bei den Lewins eingetroffen, hatte sie es sich zur Regel gemacht, wenigstens einmal am Tag mit ihm schwierige Lektionen aus Mathematik und Latein zu wiederholen. Lewin hatte sich erboten, sie zu vertreten; aber als die Mutter einmal Lewins Unterricht zuhörte und ihr auffiel, dass es bei ihm anders ablief als bei dem Lehrer, der in Moskau repetierte, hatte sie trotz aller Verlegenheit und dem Bestreben, Lewin nicht zu beleidigen, ihm entschieden erklärt, man müsse nach dem Buch vorgehen wie der Lehrer und sie mache es lieber wieder selbst. Lewin war zum einen über Stepan Arkadjitsch verdrossen, weil aufgrund seiner Sorglosigkeit nicht er, sondern die Mutter die Schulbildung überwachte, von der sie nichts verstand, zum anderen über die Lehrer, weil sie die Kinder so schlecht unterrichteten; aber seiner Schwägerin versprach er, den Unterricht so zu führen, wie sie es wollte. Und von nun an unterwies er Grischa nicht mehr auf seine Weise, sondern nach dem Buch, folglich ungern, und vergaß deshalb oft die Stunde. So war es auch heute.

»Nein, ich gehe, Dolly, bleib du sitzen«, sagte er. »Wir werden alles der Reihe nach durchnehmen, nach dem Buch. Bloß wenn Stiwa angereist kommt und wir zur Jagd fahren, dann werde ich schwänzen.«

Und Lewin ging zu Grischa.

Gleiches sagte Warenka zu Kitty. Auch im glücklichen, wohleingerichteten Haus der Lewins wusste Warenka sich nützlich zu machen.

»Ich bestelle das Nachtessen, bleiben Sie sitzen«, sagte sie und ging zu Agafja Michailowna.

»Ja, ja, richtig, Küken haben sie keine bekommen. Dann von unseren ...« sagte Kitty.

»Das werde ich mit Agafja Michailowna besprechen.« Und Warenka verschwand mit ihr.

»Was für ein nettes Mädchen!« sagte die Fürstin.

»Nicht nett, *maman*, sondern so prächtig, wie es das gar nicht gibt.«

»Sie erwarten heute also Stepan Arkadjitsch?« schaltete sich Sergej Iwanowitsch ein, der offenkundig das Gespräch über Warenka nicht fortzuführen wünschte. »Wohl kaum findet man zwei Schwäger, die einander weniger gleichen als Ihre Ehemänner«, sagte er mit feinem Lächeln. »Der eine behend, lebt ganz in der Gesellschaft wie ein Fisch im Wasser; der andere, unser Kostja, lebhaft, rasch, für alles sensibel, aber sobald er in Gesellschaft ist, erstarrt er oder schlägt sinnlos um sich wie ein Fisch auf dem Trockenen.«

»Ja, er ist sehr leichtsinnig«, sagte die Fürstin, an Sergej Iwanowitsch gewandt. »Ich wollte deshalb Sie bitten, ihm zu sagen, dass sie, Kitty, unmöglich hierbleiben kann, sondern unbedingt nach Moskau kommen muss. Er sagt, er würde einen Arzt herholen ...«

»*Maman*, er wird alles tun, er ist mit allem einverstanden!« Kitty war ärgerlich auf ihre Mutter, weil sie in dieser Sache an Sergej Iwanowitschs Urteil appellierte.

Mitten im Gespräch hörten sie von der Allee Pferde schnauben und Räder über den Kies rasseln.

Dolly war noch nicht aufgestanden, um ihrem Mann entgegenzugehen, da sprang unten in dem Zimmer, wo Grischa lernte, schon Lewin aus dem Fenster und half Grischa heraus.

»Das ist Stiwa!« rief Lewin zum Balkon hoch. »Wir sind fertig, Dolly, keine Angst!« fügte er hinzu, und wie ein Junge setzte er sich in Trab, der Equipage entgegen. »*Is, ea, id, ejus, ejus, ejus**«, schrie Grischa und hüpfte durch die Allee.

»Und noch jemand. Bestimmt Papa!« rief Lewin und blieb am Eingang zur Allee stehen. »Kitty, nimm nicht die steile Treppe, geh innendurch.«

Aber Lewin irrte, als er den, der mit Oblonski in der Kalesche saß, für den alten Fürsten hielt. Beim Näherkommen erblickte er neben Stepan Arkadjitsch nicht den Fürsten, sondern einen schönen, füllIgen jungen Mann in einem Schottenmützchen mit langen Bändern hintendran. Es war Wassenka Weslowski, ein Vetter zweiten Grades der Schtscherbazkis — ein mondäner junger Mann aus der Petersburger und Moskauer Hautevolee, »ein höchst vortrefflicher Bursche und passionierter Jäger«, wie Stepan Arkadjitsch ihn vorstellte.

Kein bisschen verlegen über die Enttäuschung, die er verbreitete, weil er statt des alten Fürsten gekommen war, begrüßte Weslowski fröhlich Lewin, erinnerte ihn an eine frühere Bekanntschaft und hob Grischa hoch in die Kalesche, über den Pointer hinweg, den Stepan Arkadjitsch dabeihatte.

Lewin stieg nicht in die Kalesche, sondern ging hinterher. Ihn verdross ein wenig, dass nicht der alte Fürst angereist war, den er um so mehr liebgewann, je länger er ihn kannte, und außerdem, dass dieser Wassenka Weslowski aufgetaucht war, jemand völlig Fremdes und Überflüssiges. Er kam ihm um so fremder und überflüssiger vor, als Lewin auf dem Weg zur Haustür, vor der sich die lebhafte Schar der Großen und Kinder versammelt hatte, sah, dass Wassenka Weslowski besonders liebevoll und galant Kitty die Hand küsste.

---

* der, die, das, dessen, deren, dessen *(lat.)*

»Wir sind *cousins*, Ihre Frau und ich, außerdem alte Bekannte«, sagte Wassenka Weslowski und drückte Lewin noch einmal fest, ganz fest die Hand.

»Na, was ist, gibt es Federwild?« wandte sich Stepan Arkadjitsch an Lewin, während er es kaum schaffte, jedem etwas zur Begrüßung zu sagen. »Wir beide haben nämlich die allergrausamsten Absichten. Wie denn, *maman*, sie waren doch seither nicht in Moskau. Na, Tanja, da ist was für dich! Hol es mal raus, hinten aus der Kalesche!« So redete er nach allen Seiten. »Wie frisch du aussiehst, liebste Dolly!« Er küsste seiner Frau noch einmal die Hand, hielt sie in der seinen und tätschelte sie mit der anderen Hand.

Lewin, noch unlängst fröhlichster Stimmung, schaute jetzt finster auf alle, und alles gefiel ihm nicht.

›Wen hat er gestern mit diesen Lippen geküsst?‹ dachte er beim Blick auf Stepan Arkadjitschs Zärtlichkeit gegenüber seiner Frau. Er schaute auf Dolly, und sie gefiel ihm ebenfalls nicht.

›Sie glaubt doch nicht an seine Liebe. Worüber freut sie sich dann so? Widerlich!‹ dachte Lewin.

Er schaute auf die Fürstin, die ihm noch unlängst so lieb und wert gewesen war, und ihm gefiel nicht, wie sie diesen Wassenka mit seinen Bändern begrüßte, ganz als wäre er bei ihr zu Besuch.

Sogar Sergej Iwanowitsch, der ebenfalls vors Haus getreten war, fand er abstoßend wegen der geheuchelten Liebenswürdigkeit, mit der er Stepan Arkadjitsch empfing, während Lewin doch wusste, dass sein Bruder Oblonski nicht mochte und nicht achtete.

Auch Warenka, auch sie war ihm zuwider, wie sie, ganz *sainte nitouche**, sich mit diesem Herrn bekanntmachte, während sie doch nur daran dachte, wie sie heiraten könnte.

---

* Kräutlein Rührmichnichtan *(frz.)*

Und am meisten zuwider war ihm Kitty, wie sie sich anstecken ließ von der Fröhlichkeit, mit der dieser Herr seine Ankunft auf dem Land umgab, als wäre es ein Fest für ihn wie für alle, und besonders abstoßend fand er das besondere Lächeln, mit dem sie das Lächeln dieses Herrn erwiderte.

Unter lauten Gesprächen ging alles ins Haus; doch sobald alle Platz genommen hatten, drehte Lewin sich um und ging.

Kitty sah, dass mit ihrem Mann irgendetwas los war. Sie wollte einen Moment abpassen und allein mit ihm reden, aber er entzog sich ihr eilig, sagte, er müsse ins Kontor. Schon lange waren ihm die Gutsangelegenheiten nicht mehr so wichtig erschienen wie heute. ›Ihnen ist alles ein Fest‹, dachte er, ›hier aber geht es um unfestliche Dinge, die nicht warten können und ohne die es sich nicht leben lässt.‹

VII

Lewin kehrte erst nach Hause zurück, als er zum Abendessen geholt wurde. Auf der Treppe standen Kitty und Agafja Michailowna und beratschlagten über die Weine zum Abendessen.

»Was macht ihr soviel *fuss**? Serviert dasselbe wie sonst.«

»Nein, das trinkt Stiwa nicht ... Kostja, warte, was hast du?« begann Kitty und lief hinter ihm her, aber er ging erbarmungslos, ohne auf sie zu warten, mit großen Schritten ins Esszimmer und beteiligte sich sofort am lebhaften allgemeinen Gespräch, bei dem Wassenka Weslowski und Stepan Arkadjitsch die Wortführer waren.

* Aufhebens *(engl.)*

»Na, was ist, fahren wir morgen auf die Jagd?« fragte Stepan Arkadjitsch.

»Bitte, lassen Sie uns fahren«, sagte Weslowski und setzte sich seitwärts auf einen anderen Stuhl, das fette Bein untergeschlagen.

»Sehr gerne, fahren wir. Waren Sie dieses Jahr schon auf der Jagd?« Lewin betrachtete dabei aufmerksam Weslowskis Bein, sprach jedoch mit der geheuchelten Zuvorkommenheit, die Kitty so gut an ihm kannte und die so gar nicht zu ihm passte. »Ob wir Doppelschnepfen finden, weiß ich nicht, aber Bekassinen gibt es viele. Bloß müssen wir früh los. Wird Sie das nicht ermüden? Bist du nicht müde, Stiwa?«

»Ich und müde? Noch nie bin ich müde gewesen. Bleiben wir doch die ganze Nacht auf! Gehen wir spazieren.«

»Wirklich, bleiben wir auf! Vortrefflich!« bekräftigte Weslowski.

»Oh, daran zweifeln wir nicht, dass du nicht zu schlafen brauchst und andere nicht schlafen lässt«, sagte Dolly zu ihrem Mann mit jener kaum merklichen Ironie, die sie ihm gegenüber jetzt fast immer anschlug. »Meines Erachtens wäre es schon jetzt Zeit ... Ich gehe, ich esse nicht zu Abend.«

»Bleib doch sitzen, Dolly, Liebste«, sagte er und kam am großen Tisch, an dem gegessen wurde, auf ihre Seite. »Ich muss dir noch so viel erzählen!«

»Bestimmt gar nichts.«

»Stell dir vor, Weslowski war bei Anna. Und er fährt wieder hin. Sie sind nämlich nicht mehr als siebzig Werst von euch entfernt. Und ich fahre auch unbedingt vorbei. Weslowski, komm doch mal her!«

Weslowski wechselte zu den Damen und setzte sich neben Kitty.

»Ach, erzählen Sie bitte, Sie waren bei ihr? Wie geht es ihr?« wandte sich Darja Alexandrowna an ihn.

Lewin blieb am anderen Tischende, und trotz seiner Unterhaltung mit der Fürstin und Warenka sah er, dass zwischen Dolly, Kitty und Weslowski ein lebhaftes und geheimnisvolles Gespräch im Gange war. Und nicht nur, dass ein geheimnisvolles Gespräch im Gange war, er sah auf dem Gesicht seiner Frau auch einen Ausdruck ernsten Gefühls, als sie kein Auge vom schönen Gesicht Wassenkas wandte, der lebhaft etwas erzählte.

»Sehr gut ist es bei ihnen«, erzählte Wassenka von Wronski und Anna. »Ich nehme mir natürlich kein Urteil heraus, aber in ihrem Haus fühlt man sich wie in einer Famlie.«

»Was beabsichtigen sie denn?«

»Auf den Winter zu wollen sie anscheinend nach Moskau übersiedeln.«

»Wie gut, wenn wir uns bei ihnen treffen könnten! Wann fährst du?« fragte Stepan Arkadjitsch Wassenka.

»Ich verbringe bei ihnen den Juli.«

»Und du, fährst du hin?« fragte Stepan Arkadjitsch seine Frau.

»Ich will es längst und fahre unbedingt«, sagte Dolly. »Mich dauert sie, und ich kenne sie. Sie ist eine wunderbare Frau. Ich fahre allein, wenn du fort bist, und behellige niemanden. Es ist sogar besser, wenn ich ohne dich fahre.«

»Na, wunderbar«, meinte Stepan Arkadjitsch. »Und du, Kitty?«

»Ich? Weshalb sollte ich hinfahren?« sagte Kitty, heftig errötend. Und blickte sich um zu ihrem Mann.

»Kennen Sie denn Anna Arkadjewna?« fragte Weslowski sie. »Sie ist eine sehr anziehende Frau.«

»Ja«, antwortete sie Weslowski, noch mehr errötend, stand auf und ging zu ihrem Mann.

»Du fährst also morgen auf die Jagd?« fragte sie.

Seine Eifersucht war in diesen wenigen Minuten,

besonders der Röte wegen, die ihre Wangen bedeckte, als sie mit Weslowski sprach, schon weit gediehen. Wie er ihr nun zuhörte, verstand er alles auf seine Weise. So merkwürdig es ihm später auch vorkam, wenn er daran zurückdachte, jetzt aber schien ihm klar zu sein, dass sie mit ihrer Frage, ob er zur Jagd fahre, sich nur dafür interessiere, ob er dieses Vergnügen Wassenka Weslowski bereiten wolle, in den sie — seiner Vorstellung nach — bereits verliebt war.

»Ja, ich fahre«, antwortete er mit unnatürlicher, ihm selbst widerwärtiger Stimme.

»Nein, bleibt doch besser morgen den Tag hier, Dolly hat ja ihren Mann noch gar nicht gesehen, und fahrt übermorgen«, sagte Kitty.

Den Sinn von Kittys Einwand übersetzte sich Lewin nun schon folgendermaßen: ›Trenne mich nicht von ihm. Dass du wegfährst, ist mir gleich, aber lass mich doch die Gesellschaft dieses betörenden jungen Mannes genießen.‹

»Oh, wenn du möchtest, bleiben wir morgen hier«, erwiderte Lewin mit besonderer Zuvorkommenheit.

Unterdessen war Wassenka, ohne das Geringste von den Leiden zu ahnen, die seine Anwesenheit verursachte, nach Kitty vom Tisch aufgestanden und ihr mit lächelndem, liebevollem Blick gefolgt.

Lewin sah diesen Blick. Er erbleichte und rang gewiss eine Minute nach Atem. ›Wie kann er sich erlauben, so meine Frau anzuschauen!‹ In ihm kochte es.

»Morgen also? Lassen Sie uns, bitte, fahren!« Er setzte sich auf einen Stuhl, und wieder schlug er nach seiner Gewohnheit ein Bein unter.

Lewins Eifersucht gedieh noch mehr. Schon sah er sich als betrogenen Ehemann, den Frau und Liebhaber nur dazu brauchen, um ihnen ein komfortables Leben und Vergnügen zu verschaffen … Aber trotzdem fragte er Wassenka liebenswürdig und gastfreundlich nach seinen Jagdausflügen, der Flinte und den Stiefeln aus und war einverstanden, morgen zu fahren.

Zu Lewins Glück machte die alte Fürstin seinen Leiden dadurch ein Ende, dass sie selbst aufstand und Kitty riet, sich schlafen zu legen. Doch auch da ging es für Lewin nicht ohne neue Leiden ab. Beim Abschied von der Frau des Hauses wollte Wassenka ihr wieder die Hand küssen, aber Kitty zog errötend die Hand weg und sagte mit naiver Unhöflichkeit, wofür die Mutter sie hinterher tadelte:

»Das ist bei uns nicht üblich.«

In Lewins Augen war sie schuldig, weil sie ein solches Verhalten zugelassen hatte, und noch mehr schuldig war sie, weil sie so ungeschickt zeigte, dass ihr dieses Verhalten nicht gefiel.

»Was müssen denn alle schlafen!« sagte Stepan Arkadjitsch, der nach einigen Gläsern Wein beim Abendessen in seiner nettesten und romantischsten Stimmung war. »Schau, Kitty, schau nur«, sagte er und deutete auf den Mond, der hinter den Linden heraufzog, »ist das nicht reizend! Weslowski, ja, jetzt ein Ständchen! Weißt du, er hat nämlich eine famose Stimme. Wir beide haben uns unterwegs eingesungen. Er hat wunderschöne Romanzen mitgebracht, zwei neue. Wenn wir die mit Warwara Andrejewna singen könnten.«

Als sich alle zurückgezogen hatten, gingen Stepan Arkadjitsch und Weslowski noch lange die Allee auf und ab, und zu hören war, wie ihre Stimmen sich mit einer neuen Romanze einsangen.

Lewin hörte diese Stimmen, während er im Schlafzimmer seiner Frau mürrisch im Sessel saß und auf ihre Fragen, was er habe, beharrlich schwieg; aber als sie schließlich, schüchtern lächelnd, selbst fragte: »Dir hat doch nicht irgendwas an Weslowski nicht gefallen?«, da brach es aus ihm heraus, und er sagte alles; und was er sagte, beleidigte ihn und brachte ihn deshalb noch mehr auf.

Er stand vor ihr, die Augen funkelten schrecklich unter den gerunzelten Brauen, und die kräftigen Hände presste er gegen die Brust, als ob er alle seine Kräfte anspannte, um sich zu zügeln. Sein Gesichtsausdruck wäre streng und sogar hart gewesen, hätte sich darin nicht zugleich Leiden ausgedrückt, und das rührte sie. Seine Wangenknochen zitterten, manchmal versagte ihm die Stimme.

»Begreif doch, ich bin nicht eifersüchtig, das ist ein scheußliches Wort. Ich kann nicht eifersüchtig sein und zugleich glauben ... Ich kann nicht sagen, was ich empfinde, aber es ist furchtbar ... Ich bin nicht eifersüchtig, aber es beleidigt und demütigt mich, dass jemand zu denken wagt, jemand dich mit solchen Augen anzuschauen wagt ...«

»Aber mit was für Augen?« Kitty suchte sich möglichst gewissenhaft alle Reden und Gesten des heutigen Abends zu vergegenwärtigen, in allen Nuancen.

In tiefster Seele fand sie, dass schon etwas gewesen sei in dem Moment, als er hinter ihr her zum anderen Tischende ging, aber das wagte sie nicht einmal sich selbst einzugestehen, desto weniger konnte sie es Lewin sagen und damit sein Leiden noch vergrößern.

»Und was kann an mir überhaupt anziehend sein, wie ich jetzt bin?«

»Oh!« rief er und griff sich an den Kopf. »Das hättest du nicht sagen dürfen! Also, wenn du anziehend wärst ...«

»Aber nein, Kostja, aber warte, aber hör doch zu!« Sie blickte ihn an mit schmerzlich teilnahmsvoller Miene. »Wie kannst du nur so etwas denken? Wo es doch für mich keine anderen Männer gibt, nein, keine! Möchtest du vielleicht, dass ich gar niemanden sehe?«

Im ersten Moment war seine Eifersucht beleidigend für sie gewesen; es verdross sie, dass die geringste Zerstreuung, sei sie noch so unschuldig, ihr verboten war; jetzt aber hätte sie gerne noch mehr als diese Lappalien, hätte sie alles geopfert, nur damit er ruhig wäre, um ihn von dem Leiden zu erlösen, das er durchmachte.

»Begreif doch das Furchtbare und Komische meiner Lage«, fuhr er mit verzweifeltem Flüstern fort, »dass er in meinem Haus ist, dass er eigentlich nichts Unschickliches getan hat außer diesem ungezwungenen Benehmen und dem Unterschlagen des Beins. Er hält das für den allerbesten Ton, und darum muss ich liebenswürdig zu ihm sein.«

»Aber, Kostja, du übertreibst.« In der Tiefe ihrer Seele freute sich Kitty über die Stärke seiner Liebe, die jetzt in seiner Eifersucht zum Ausdruck kam.

»Am furchtbarsten ist, dass du − bist wie immer, und nun, da du für mich so ein Heiligtum bist und wir so glücklich sind, so besonders glücklich sind, und auf einmal ein solcher Nichtsnutz … Nein, kein Nichtsnutz, weshalb schelte ich ihn? Ich habe nichts mit ihm zu schaffen. Aber wieso das bei meinem, deinem Glück?«

»Weißt du, ich begreife, wieso es dazu kam«, hob Kitty an.

»Wieso? wieso?«

»Ich habe gesehen, wie du geschaut hast, als wir während des Abendessens sprachen.«

»Eben, eben!« sagte Lewin erschrocken.

Sie erzählte ihm, worüber sie gesprochen hatten. Und als sie das erzählte, rang sie vor Aufregung nach Luft. Lewin schwieg, dann betrachtete er ihr bleiches, erschrockenes Gesicht und griff sich auf einmal an den Kopf.

»Katja, was setze ich dir derart zu! Mein Herz, verzeih mir! Das ist Wahnsinn. Katja, ich bin rundherum schuldig. War es möglich, sich wegen einer solchen Dummheit so zu quälen?«

»Nein, du tust mir leid.«

»Ich? Ich? Was bin ich? Ein Wahnsinniger! Aber dich — weshalb? Furchtbar, der Gedanke, dass jeder fremde Mensch unser Glück zerrütten kann.«

»Selbstverständlich ist das beleidigend ...«

»Also nein, ich werde ihn absichtlich den ganzen Sommer bei uns bleiben lassen und mich in Liebenswürdigkeiten ergehen vor ihm«, sagte Lewin und küsste ihr die Hände. »Du wirst sehen. Morgen ... Ja, stimmt, morgen fahren wir.«

VIII

Am nächsten Tag, die Damen waren noch nicht auf, da standen bereits zwei Jagdequipagen, Bauernwagen und Karren, an der Auffahrt, und Laska, die gleich frühmorgens begriffen hatte, dass es zur Jagd ging, und sich nach Herzenslust ausgejault und ausgetobt hatte, saß neben dem Kutscher auf dem Bauernwagen und äugte aufgeregt und missbilligend wegen der Verzögerung zur Tür, aus der immer noch nicht die Jäger traten. Als erster kam Wassenka Weslowski in neuen hohen Stiefeln, die noch halb die dicken Oberschenkel hochreichten, in grünem Leinenkittel, gegürtet mit einer neuen, nach Leder riechenden Patronentasche, auf dem Kopf das Mützchen mit den Bändern, und dazu hatte er eine nagelneue englische Flinte ohne Riemenbügel und Riemen. Laska sprang zu ihm, begrüßte ihn hüpfend und fragte ihn auf ihre Weise, ob die anderen bald kämen, aber da sie von ihm keine Antwort erhielt, kehrte sie auf ihren Warteposten zurück und erstarrte wieder, den Kopf geneigt und ein Ohr gespitzt. Schließlich wurde die Tür lärmend aufgerissen, und heraus flog, sich drehend und in der Luft überkugelnd, Krak, Stepan Arkadjitschs blassbraun gescheckter Pointer, und heraus kam auch Stepan Arkadjitsch, die Flinte in den Händen und eine Zigarre im Mund. »Tout beau, tout beau*, Krak!« befahl er liebevoll dem Hund, der ihm die Pfoten auf Bauch und Brust warf und sich an der Jagdtasche festkrallte. Stepan Arkadjitsch trug Bauernsandalen und Fußlappen, abgerissene Hosen und einen Kurzmantel. Auf dem Kopf hatte er eine Art Hutruine, aber die Flinte neuster Bauart war ein Prachtstück, und Jagdtasche und Patronentasche, obwohl abgewetzt, waren von bester Qualität.

Wassenka Weslowski hatte zuvor keinen Begriff gehabt von diesem wahrhaften Jägerschick – in Lumpen zu gehen, aber eine Jagdausrüstung zu haben von allererster Güte. Er begriff das jetzt beim Blick auf Stepan Arkadjitsch, dessen elegante, wohlgenährte und heitere Herrengestalt geradezu strahlte in diesen Lumpen, und er beschloss, sich zur nächsten Jagd unbedingt auch so auszustaffieren.

»Und wo ist unser Gastgeber?« fragte er.

»Der hat eine junge Frau«, meinte Stepan Arkadjitsch lächelnd.

»Ja, und eine so reizende.«

»Er war bereits angezogen. Sicher ist er noch einmal zu ihr gerannt.«

Stepan Arkadjitsch hatte es erraten. Lewin war erneut zu seiner Frau gerannt, um sie noch einmal zu fragen, ob sie ihm seine gestrige Dummheit verziehen habe, außerdem um sie zu bitten, sie solle um Himmels willen vorsichtig sein. Hauptsache, sie halte sich von den Kindern fern, die könnten sie jederzeit stoßen. Dann musste er noch einmal von ihr bestätigt bekommen, dass sie ihm nicht böse sei, weil er für zwei Tage

* Brav, brav *(frz.)*

wegfuhr, und sie noch bitten, ihm morgen unbedingt mit einem reitenden Boten ein Billett zu schicken, wenigstens zwei Zeilen, damit er wenigstens wüsste, dass sie wohlauf sei.

Für Kitty war es wie immer schmerzhaft, sich für zwei Tage von ihrem Mann zu trennen, aber als sie seine lebensprühende Gestalt erblickte, die in Jagdstiefeln und weißem Leinenkittel besonders groß und kräftig wirkte, und wie er, ihr unverständlich, strahlte vor Jagdleidenschaft, da vergaß sie über seiner Freude ihren eigenen Kummer und verabschiedete sich heiter von ihm.

»Pardon, meine Herren!« sagte Lewin, als er aus dem Haus gerannt kam. »Das Frühstück ist eingepackt? Wieso der Fuchs rechts? Ah, was soll's. Laska, hör auf, Platz!«

Und zu dem Viehknecht gewandt, der ihn vor der Haustür erwartete: »Tu sie in die Herde zu den Verschnittenen.« Der Viehknecht hatte ihn wegen einiger Ochsen gefragt. »Pardon, da kommt noch ein Übeltäter.«

Lewin sprang vom Bauernwagen, den er gerade bestiegen hatte, dem Zimmermann und Verdinger entgegen, der mit einem Saschenmaß aufs Haus zukam.

»Gestern bist du nicht ins Kontor gekommen, jetzt hältst du mich auf. Na, was ist?«

»Lassen Sie noch ein Stück dranmachen. Bloß drei kleine Stufen dazu. Das passt genau. Ist dann viel einfacher.«

»Hättest du auf mich gehört«, erwiderte Lewin ärgerlich. »Ich habe gesagt: Mach die Treppenwangen, dann setz die Stufen ein. Jetzt kannst du es nicht mehr korrigieren. Tu, wie ich befohlen habe – bau sie neu.«

Es ging darum, dass in dem Nebengebäude, das gerade errichtet wurde, der Zimmermann die Treppe verhunzt hatte; er hatte sie separat gebaut, ohne recht die

Höhe zu berechnen, so dass die Stufen alle schräg standen, als die Treppe an Ort und Stelle kam. Jetzt wollte
der Zimmermann die Treppe so lassen und drei Stufen
hinzufügen.

»Ist dann viel besser.«

»Nur, wo kommt sie dir zuletzt an, mit noch drei
Stufen?«

»Aber ich bitte Sie, mit Verlaub«, sagte der Zimmermann mit geringschätzigem Lächeln. »Kommt direkt
an beim Podest. Geht unten los«, sagte er mit überzeu-
gender Geste, »geht rauf und rauf und kommt an.«

»Die drei Stufen machen sie doch auch länger … Wo
kommt sie demnach an?«

»Wie sie, unten also, losgeht, so kommt sie oben
auch an«, sagte der Zimmermann hartnäckig und
nachdrücklich.

»An der Decke und bei der Wand kommt sie an.«

»Aber ich bitte Sie. Sie geht doch unten los. Geht
rauf, rauf und kommt an.«

Lewin holte seinen Ladestock und zeichnete ihm die
Treppe in den Sand.

»Siehst du?«

»Wie befehlen.« Die Augen des Zimmermanns
leuchteten plötzlich auf, er hatte offenbar endlich begriffen. »Da müssen wir wohl eine neue bauen.«

»Also, tu, wie angeordnet!« rief Lewin und stieg in
den Bauernwagen. »Los! Filipp, halte die Hunde!«

Nun, da Lewin alle Sorgen um Familie und Gut hinter sich gelassen hatte, empfand er eine derart starke
Lebensfreude und Erwartung, dass er gar nicht mehr
reden mochte. Außerdem empfand er dieselbe konzen-
trierte Erregung wie jeder Jäger, sobald er sich dem Ort
des Geschehens nähert. Wenn ihn nun noch etwas beschäftigte, so nur Fragen von der Art, ob sie etwas finden würden im Sumpf von Kolpeno, wie Laska sich
wohl bewährte im Vergleich zu Krak und wie ihm selbst

heute zu schießen gelänge. Ob er sich auch nicht blamieren würde vor dem neuen Mann? Ob Oblonski auch nicht besser schießen würde als er? das ging ihm ebenfalls durch den Sinn.

Oblonski empfand ein ähnliches Gefühl und war ebenfalls nicht gesprächig. Einzig Wassenka Weslowski schwatzte fröhlich und unaufhörlich. Während Lewin ihm jetzt zuhörte, schlug ihm das Gewissen, wie sehr er ihm gestern unrecht getan hatte. Wassenka war tatsächlich ein famoser Bursche, schlicht, gutherzig und sehr fröhlich. Wenn Lewin als Junggeselle ihm begegnet wäre, hätte er sich mit ihm angefreundet. Ein wenig unbehaglich war Lewin seine müßiggängerische Haltung zum Leben und diese Ungezwungenheit seiner Eleganz. Wie wenn er sich einzig deshalb eine hohe und unanzweifelbare Bedeutung beimessen würde, weil er lange Fingernägel hatte und diese Mütze und alles andere Entsprechende; aber das ließ sich seiner Gutherzigkeit und Anständigkeit wegen entschuldigen. Lewin gefiel seine gute Erziehung, seine vortreffliche Aussprache des Französischen und Englischen und außerdem, dass er ein Mensch seiner Welt war.

Wassenka gefiel das Steppenpferd vom Don außerordentlich, das Beipferd links. Ständig äußerte er sein Entzücken.

»Wie schön wäre es, auf einem Steppenpferd durch die Steppe zu sprengen. Ja? Stimmt doch?« sagte er.

Unterm Ritt auf einem Steppenpferd stellte er sich etwas Wildes vor, Romantisches, ohne ein klares Bild; aber seine Naivität, besonders im Verein mit seiner Schönheit, dem hübschen Lächeln und der Anmut der Bewegungen, war sehr einnehmend. Ob nun sein Wesen Lewin sympathisch war oder weil Lewin zum Abbüßen der gestrigen Sünde sich anstrengte, nur Gutes an ihm zu finden, jedenfalls fühlte sich Lewin mit ihm wohl.

Als sie drei Werst gefahren waren, vermisste Weslowski auf einmal Zigarren und Brieftasche und wusste nicht, ob er sie verloren oder auf dem Tisch vergessen hatte. In der Brieftasche waren dreihundertsiebzig Rubel, darum durfte man das nicht auf sich beruhen lassen. »Wissen Sie was, Lewin, ich sprenge auf diesem Beipferd vom Don zurück. Das wäre vortrefflich. Ja?« Er wollte schon aufsitzen.

»Nein, wieso denn?« widersprach Lewin, denn er überschlug, dass Wassenka bestimmt nicht weniger als sechs Pud wog. »Ich schicke den Kutscher.«

Der Kutscher ritt auf dem Beipferd davon, und Lewin lenkte nun selbst die beiden Pferde.

IX

»Also, wie ist unsere Route? Erzähl doch mal ausführlich«, sagte Stepan Arkadjitsch.

»Der Plan ist der folgende: Jetzt fahren wir bis Gwosdewo. In Gwosdewo gibt es auf der hiesigen Seite einen Doppelschnepfensumpf, und hinter Gwosdewo erstrecken sich einmalige Bekassinensümpfe, auch Doppelschnepfen kommen vor. Jetzt ist es heiß, gegen Abend (es sind zwanzig Werst) treffen wir ein und gehen noch auf den Abendstrich; wir übernachten, und morgen geht es in die großen Sümpfe.«

»Und unterwegs, ist da nichts?«

»Schon, aber das hält uns nur auf, auch ist es heiß. Es gibt zwei famose Plätzchen, doch da gibt es wohl kaum etwas.«

Lewin wäre selbst gerne an diesen Plätzchen ausgestiegen, aber die Plätzchen waren nicht weit von zu Hause, da konnte er immer hinkommen, und die Plätzchen waren klein – drei konnten da nicht schießen.

Darum war es ein wenig geschwindelt, dass es wohl kaum etwas gäbe. Als sie zu einem kleinen Sumpf kamen, wollte Lewin vorbeifahren, aber Stepan Arkadjitschs erfahrenes Jägerauge hatte sogleich vom Weg sichtbares Sumpfgras erspäht.

»Fahren wir da nicht rein?« Er deutete auf den Sumpf.

»Lewin, bitte! Wie vortrefflich!« Wassenka Weslowski begann zu betteln, und Lewin konnte nicht nein sagen.

Sie hatten noch nicht gehalten, da sausten die Hunde, sich gegenseitig überholend, schon in den Sumpf.

»Krak! Laska!«

Die Hunde kehrten zurück.

»Für drei wird es eng. Ich bleibe hier«, sagte Lewin und hoffte, dass sie nichts finden würden außer den Kiebitzen, die vor den Hunden aufgestiegen waren und, im Flug gaukelnd, jämmerlich über dem Sumpf klagten.

»Doch! Gehen wir, Lewin, gehen wir zusammen!« rief Weslowski.

»Es ist wirklich zu eng. Laska, zurück! Laska! Ihr braucht doch keinen anderen Hund?«

Lewin blieb beim Leiterwagen und schaute neidisch den Jägern zu. Die Jäger schritten den ganzen Sumpf ab. Außer einem Teichhuhn und den Kiebitzen, von denen Wassenka einen schoss, gab es nichts in dem Sumpf.

»Da sehen Sie, es war mir nicht leid um den Sumpf«, sagte Lewin, »bloß verlorene Zeit.«

»Doch, es war lustig. Haben Sie gesehen?« sagte Wassenka Weslowski und stieg, Flinte und Kiebitz in den Händen, ungeschickt in den Bauernwagen. »Wie famos ich den geschossen habe! Stimmt doch? Kommen wir bald zum richtigen Sumpf?«

Plötzlich stürmten die Pferde los, Lewin schlug mit dem Kopf gegen jemandes Flintenlauf, und es ertönte ein Schuss. Der Schuss ertönte eigentlich zuerst, aber Lewin kam es so vor. Wassenka Weslowski hatte nämlich beim Abspannen der Hähne auf den einen Abzug gedrückt, aber den anderen Hahn gehalten. Die Ladung rauschte in den Boden, ohne jemandem zu schaden. Stepan Arkadjitsch schüttelte den Kopf und lachte vorwurfsvoll über Weslowski. Lewin konnte sich jedoch nicht zu einem Tadel durchringen. Erstens wäre jeder Vorwurf als Folge der vergangenen Gefahr und der Beule erschienen, die auf Lewins Stirn aufschoss; zweitens war Weslowski erst so naiv bekümmert und lachte später so gutmütig und ansteckend darüber, wie verstört sie alle waren, dass man einfach mitlachen musste.

Als sie beim zweiten Sumpf ankamen, der ziemlich groß war und viel Zeit beanspruchen musste, drang Lewin darauf, nicht auszusteigen, aber Weslowski rang es ihm wieder ab. Wieder blieb Lewin als der Gastgeber, da der Sumpf schmal war, bei den Equipagen.

Kaum angekommen, nahm Krak Witterung auf zu den Mooshöckern. Wassenka Weslowski rannte als erster hinter dem Hund her. Und Stepan Arkadjitsch hatte ihn noch nicht eingeholt, da stob schon eine Doppelschnepfe auf. Weslowski schoss daneben, und die Doppelschnepfe verzog sich in eine ungemähte Wiese. Diese Doppelschnepfe wurde Weslowski überlassen. Krak fand sie wieder, stand vor, und Weslowski schoss sie und kehrte zu den Equipagen zurück.

»Jetzt Sie, und ich bleibe bei den Pferden«, sagte er.

Lewin verging allmählich vor Jagdneid. Er übergab Weslowski die Leinen und schritt in den Sumpf.

Laska, die schon lange kläglich winselte und sich über die Ungerechtigkeit beklagte, preschte los, geradewegs zu einer erfolgversprechenden, Lewin bekannten Mooshügelstelle, wo Krak noch nicht gewesen war.

»Wieso hältst du sie nicht zurück?« rief Stepan Arkadjitsch.

»Sie vergrämt sie nicht«, antwortete Lewin; er freute sich für den Hund und eilte hinterdrein.

Je mehr sich Laska den bekannten Mooshöckern näherte, desto ernsthafter wurde ihre Suche. Ein kleines Sumpfvögelchen lenkte sie nur für einen Augenblick ab. Sie drehte eine Runde vor den Mooshöckern, begann eine zweite, und plötzlich zuckte sie zusammen und erstarrte.

»Komm, Stiwa, komm!« rief Lewin. Er fühlte, wie sein Herz heftiger schlug und wie plötzlich, als wäre ein Riegel zurückgeschoben worden in seinem angespannten Gehör, alle Geräusche das Entfernungsmaß verloren hatten und ihn ungeordnet, aber laut erreichten. Er hörte Stepan Arkadjitschs Schritte und nahm sie für fernes Pferdegetrappel; hörte den zarten Laut, wie die Ecke eines Mooshöckers, auf den er trat, mitsamt den Wurzeln abriss, und nahm das Geräusch für den Flug einer Doppelschnepfe. Hörte hinter sich außerdem, nicht weit, ein seltsames Platschen durchs Wasser, das er nicht zuordnen konnte.

Nach einem Platz suchend, um den Fuß aufzustellen, pirschte er zum Hund.

»Voran!«

Keine Doppelschnepfe, sondern eine Bekassine stob vor dem Hund auf. Lewin hob das Gewehr, doch in dem Augenblick, als er zielte, wurde das Platschen durchs Wasser stärker, kam näher, und dazu gesellte sich Weslowskis Stimme, der seltsam laut etwas rief. Lewin sah, dass die Flinte hinter der Bekassine zurückblieb, dennoch schoss er.

Als Lewin sicher war, dass er vorbeigeschossen hatte, blickte er sich um und sah, dass die Pferde mit dem Bauernwagen nicht mehr auf dem Weg standen, sondern im Sumpf.

Weslowski hatte dem Schießen zusehen wollen und war in den Sumpf hineingefahren, wo die Pferde steckenblieben.

»Den reitet der Teufel!« murmelte Lewin, während er zur eingesunkenen Equipage zurückkehrte. »Weshalb sind Sie reingefahren?« sagte er reserviert zu ihm, rief den Kutscher und machte sich daran, die Pferde freizubekommen.

Es verdross Lewin, dass er beim Schießen gestört worden war, dass seine Pferde eingesunken waren und vor allem, dass beim Herausholen der Pferde, beim Ausspannen, weder Stepan Arkadjitsch noch Weslowski ihm und dem Kutscher halfen, da weder der eine noch der andere vom Schirren die mindeste Ahnung hatte. Kein Wort erwiderte er Wassenka auf seine Beteuerungen, hier sei es ganz trocken gewesen, Lewin arbeitete schweigend mit dem Kutscher, um die Pferde freizubekommen. Aber als er dann, von der Arbeit erhitzt, sah, wie bemüht und eifrig Weslowski am Schutzblech des Bauernwagens zog, so dass das Schutzblech sogar abbrach, machte Lewin sich Vorwürfe, dass er unterm Einfluss des gestrigen Gefühls zu kühl war gegen Weslowski, und er bemühte sich, durch besondere Liebenswürdigkeit seine Reserviertheit auszugleichen. Als alles in Ordnung gebracht war und die Equipagen wieder auf dem Weg standen, ließ Lewin das Frühstück vorholen.

»*Bon appétit – bonne conscience! Ce poulet va tomber jusqu'au fond de mes bottes!**« Wieder vergnügt, gab Wassenka ein französisches Bonmot zum besten, während er das zweite Küken aß. »Jetzt haben unsere Missgeschicke ein Ende, jetzt wird alles glatt laufen. Bloß bin ich meiner Schuld wegen jetzt verpflichtet, auf dem Bock zu sitzen. Stimmt doch? Ja? Doch, doch, ich

---

* Ein guter Appetit heißt – ein gutes Gewissen. Dieses Hühnchen wird mir bis in die Stiefelspitzen rutschen *(frz.)*

bin Automedon. Sie werden schauen, wie ich Sie hinfahre!« entgegnete er, ohne die Leinen loszulassen, als
Lewin ihn bat, dem Kutscher Platz zu machen. »Doch,
ich muss meine Schuld büßen, und ich fühle mich
wunderbar auf dem Bock.« Und er fuhr los.

Lewin fürchtete ein wenig, er könnte die Pferde zuschanden fahren, besonders das linke, den Fuchs, den er
nicht zu halten verstand; aber er ließ sich unwillkürlich
von seiner Fröhlichkeit anstecken, lauschte den Romanzen, die Weslowski, hoch auf dem Bock, den ganzen Weg über sang, oder seinen Geschichten und lebendig dargestellten Szenen, wie man auf englisch *four
in hand** lenken müsse; und nach dem Frühstück in
fröhlichster Stimmung, fuhren sie bis zum Sumpf von
Gwosdewo.

X

Wassenka hetzte dermaßen die Pferde, dass sie zu früh
beim Sumpf ankamen, darum war es noch heiß.

Beim Eintreffen an diesem ernsthaften Sumpf, dem
Hauptziel der Fahrt, überlegte Lewin unwillkürlich,
wie er Wassenka loswerden und ungestört jagen könnte. Stepan Arkadjitsch wünschte offenbar das Gleiche;
Lewin sah auf seinem Gesicht jene Besorgtheit, die den
wahren Jäger vor Beginn der Jagd immer befällt, und
eine gewisse, für ihn typische gutmütige Listigkeit.

»Wie gehen wir nun? Ein vortrefflicher Sumpf, ich
sehe, auch Habichte gibt es.« Stepan Arkadjitsch deutete auf zwei überm Riedgras kreisende große Vögel.
»Wo Habichte sind, gibt es bestimmt auch anderes.«

»Also, sehen Sie, meine Herren«, sagte Lewin, zog
mit ein wenig düsterer Miene die Stiefel hoch und

* ein Viergespann *(engl.)*

überprüfte die Pistons an der Flinte. »Sehen Sie das Riedgras?« Er deutete auf ein schwarzgrünes Inselchen in der riesigen, am rechten Flussufer sich ausbreitenden, bis zur Hälfte gemähten feuchten Wiese. »Der Sumpf beginnt hier, gerade vor uns, sehen Sie, wo es grüner ist. Von da geht er nach rechts, dort, wo die Pferde laufen; dort gibt es Mooshöcker, manchmal Doppelschnepfen; auch rund um das Riedgras bis hin zu jenem Erlenholz und bis ganz zur Mühle. Dort, schaut, wo die Bucht ist. Das ist der beste Platz. Dort habe ich einmal siebzehn Bekassinen erlegt. Wir gehen mit jeweils einem Hund in verschiedene Richtungen und treffen uns wieder dort bei der Mühle.«

»Also, wer geht nach rechts, wer nach links?« fragte Stepan Arkadjitsch. »Nach rechts ist es breiter, geht ihr zu zweit, ich geh nach links«, sagte er wie nebenbei.

»Wunderbar! Wir werden ihn überflügeln! Also, gehn wir, gehn wir!« stimmte Wassenka zu.

Lewin musste sich einverstanden erklären, und sie gingen auseinander.

Kaum hatten sie den Sumpf betreten, da nahmen beide Hunde Witterung auf, in Richtung auf rostbraune Tümpel. Lewin kannte Laskas Art zu suchen, vorsichtig und unbestimmt; er kannte auch den Ort und erwartete einen Flug Bekassinen.

»Weslowski, gehen Sie neben mir, neben mir!« sagte er mit gedämpfter Stimme dem hinter ihm durchs Wasser platschenden Jagdkameraden, dessen Gewehrrichtung Lewin nach dem versehentlichen Schuss im Sumpf von Kolpeno unwillkürlich interessierte.

»Nein, ich werde Sie nicht behindern, denken Sie gar nicht an mich.«

Aber Lewin dachte unwillkürlich an ihn und erinnerte sich an Kittys Worte, die ihm beim Abschied gesagt hatte: »Passt auf, erschießt euch nicht gegenseitig.« Näher und näher kamen die Hunde, einer am andern vorbei, jeder auf seiner Spur; die Erwartung von Bekassinen war so stark, dass Lewin schon das Quatschen, wenn er seinen Absatz aus der Rostbrühe zog, für das Kätschen einer Bekassine hielt, und er packte und presste den Gewehrkolben.

Bautz! Bautz! erklang es hinter seinem Ohr. Wassenka hatte in einen Flug Enten geschossen, die über dem Sumpf aufgestiegen und noch längst nicht nah genug auf die Jäger zugestrichen waren. Lewin hatte sich noch nicht umgedreht, da kätschte schon die erste Bekassine, die zweite, die dritte, und gewiss noch acht weitere stoben nacheinander auf.

Stepan Arkadjitsch erwischte eine, gerade als sie zu ihrem Zickzackflug ansetzte, und die Bekassine plumpste wie ein Stein ins Moor. Oblonski hielt ohne Hast auf die nächste, die noch flach über das Riedgras strich, und mit dem Schuss fiel auch diese Bekassine; zu sehen war, wie sie aus dem umgeknickten Riedgras hochsprang, mit der noch heilen, unten weißen Schwinge um sich schlug.

Lewin hatte weniger Glück, er hatte aus zu großer Nähe auf die erste Bekassine gezielt und vorbeigeschossen; er folgte ihr, als sie aufstieg, aber da stob noch eine andere vor seinen Füßen auf und lenkte ihn ab, und er tat den zweiten Fehlschuss.

Während sie die Flinten luden, stieg noch eine Bekassine auf, und Weslowski, der schon vorher geladen hatte, schoss noch zwei Schrotladungen ins Wasser. Stepan Arkadjitsch las seine Bekassinen auf und blickte Lewin mit glänzenden Augen an.

»So, jetzt gehen wir auseinander«, sagte er, pfiff dem Hund, und unter leichtem Hinken auf dem linken Bein, die Flinte schussbereit, ging Stepan Arkadjitsch in die eine Richtung. Lewin und Weslowski gingen in die andere.

Bei Lewin war es immer dasselbe – wenn die ersten

Schüsse misslangen, ereiferte er sich, wurde ärgerlich und schoss den ganzen Tag schlecht. So war es auch heute. Bekassinen gab es sehr viele. Vor dem Hund, vor den Füßen der Jäger standen unaufhörlich Bekassinen auf, und Lewin hätte noch besser werden können; aber je mehr er schoss, desto mehr blamierte er sich vor Weslowski, der fröhlich ballerte, ob passend oder unpassend, nichts erlegte und das überhaupt nicht schwernahm. Lewin war fahrig, ohne Ausdauer, ereiferte sich immer mehr und kam zuletzt soweit, dass er kaum noch zu treffen hoffte, wenn er schoss. Auch Laska schien das zu begreifen. Sie wurde träger beim Suchen und blickte sich wie befremdet oder vorwurfsvoll zu den Jägern um. Schuss folgte auf Schuss. Pulverrauch umgab die Jäger, doch im großen, geräumigen Netz der Jagdtasche waren nur drei leichte, kleine Bekassinen. Dazu war die eine von Weslowski erlegt und die andere gemeinsam. Unterdessen waren von der anderen Seite des Sumpfes die nicht häufigen, doch, wie es Lewin vorkam, bedeutsamen Schüsse Stepan Arkadjitschs zu hören, und beinahe nach jedem folgte: »Krak, Krak, apport!«

Das regte Lewin noch mehr auf. Unaufhörlich kreisten Bekassinen über dem Riedgras in der Luft. Das Kätschen am Boden und das Tickern in der Höhe waren unablässig von allen Seiten zu hören; früher aufgestöberte Bekassinen, die durch die Luft gejagt waren, gingen unmittelbar vor den Jägern nieder. Statt der zwei Habichte kreisten jetzt Dutzende schreiend über dem Sumpf.

Als Lewin und Weslowski den größeren Teil des Sumpfes hinter sich hatten, gelangten sie zu einer Stelle, wo in langen Streifen, bis zum Riedgras, die Heumahd der Bauern unterteilt war, mal mit Trampelpfaden markiert, mal mit einer gemähten Reihe. Die Hälfte der Streifen war schon abgemäht.

Obwohl es wenig Hoffnung gab, im Ungemähten soviel zu finden wie im Gemähten, hatte Lewin Stepan Arkadjitsch versprochen, sie träfen sich, und so ging er mit seinem Gefährten weiter über die gemähten und ungemähten Streifen.

»He, ihr Jäger!« schrie ihnen einer der Bauern zu, die neben einem ausgespannten Karren saßen. »Kommt und vespert mit uns! Schnaps trinken!«

Lewin blickte sich um.

»Kommt, macht doch nichts!« schrie ein fröhlicher, bärtiger Bauer mit rotem Gesicht, bleckte die weißen Zähne und hob die grünliche, in der Sonne funkelnde Schnapsflasche.

»*Qu'est ce qu'ils disent?**« fragte Weslowski.

»Laden zum Wodkatrinken ein. Sie haben bestimmt die Wiese aufgeteilt. Ich würde ja trinken«, sagte Lewin nicht ohne Hinterlist, in der Hoffnung, Weslowski ließe sich vom Wodka verführen und ginge zu ihnen.

»Weshalb bewirten sie uns?«

»Nur so, zum Vergnügen. Wirklich, gehen Sie hin. Das ist interessant für Sie.«

»*Allons, c'est curieux.***«

»Gehn Sie, gehn Sie nur, den Weg zur Mühle finden Sie!« rief Lewin, und als er sich umblickte, sah er befriedigt, dass Weslowski vorgebeugt, auf müden Füßen stolpernd und die Flinte in der ausgestreckten Hand haltend, hinausstapfte aus dem Sumpf zu den Bauern.

»Komm du auch!« schrie der Bauer Lewin zu. »Keine Bange! Piröggchen gibt's auch! Eins a!«

Lewin hätte zu gerne Wodka getrunken und ein Stück Brot gegessen. Er war schlapp und merkte, dass er die schlingernden Füße nur mühsam aus dem Morast zog, und einen Augenblick war er in Zweifel. Aber der Hund stand vor. Im Nu war alle Müdigkeit verflogen,

---

* Was sagen sie? *(frz.)*
** Gehen wir, das ist kurios *(frz.)*

leicht schritt er durch den Morast zum Hund. Vor seinen Füßen flog eine Bekassine auf, er schoss und erlegte sie – der Hund stand noch immer. »Voran!« Vor dem Hund stob eine weitere auf. Lewin schoss. Aber es war ein Unglückstag; er verfehlte sie, und als er die erlegte suchen ging, fand er die auch nicht. Er durchkämmte das ganze Riedgras, aber Laska glaubte nicht daran, dass er den Vogel erlegt hatte, und wenn er sie suchen schickte, tat sie nur so, als suchte sie, suchte aber nicht.

Auch ohne Wassenka, dem Lewin sein Missgeschick angelastet hatte, wurde es nicht besser. Bekassinen gab es auch hier viele, aber Lewin tat einen Fehlschuss nach dem anderen.

Die schrägen Sonnenstrahlen waren noch heiß; die Kleider, vollkommen durchgeschwitzt, klebten am Körper; der linke Stiefel war voller Wasser, war schwer und quatschte; über das Gesicht, beschmutzt mit Pulverrückständen, rannen Schweißtropfen; im Mund war Bitterkeit, in der Nase der Geruch von Pulver und Rostbrühe, in den Ohren das unaufhörliche Kätschen der Bekassinen; die Flintenläufe konnte er nicht berühren, so heiß waren sie; das Herz schlug rasch und kurz; die Hände zitterten vor Erregung, und die müden Füße stolperten und glitschten über die Mooshöcker und durch den Morast; aber er ging immer noch weiter und schoss. Schließlich warf er, nach einem peinlichen Fehlschuss, Flinte und Hut zu Boden.

›Nein, ich muss mich besinnen!‹ sagte er sich. Er hob Flinte und Hut auf, rief Laska her und verließ den Sumpf. Auf festem Boden setzte er sich auf einen Erdhügel, zog die Stiefel aus, goss das Wasser aus dem einen Stiefel und trat dann zum Sumpf, trank von dem Wasser mit dem Rostgeschmack, befeuchtete die erhitzten Flintenläufe und wusch sich Gesicht und Hände. Wieder frischer, zog er von neuem zu einer Stelle, wo eine

Bekassine eingefallen war, in der festen Absicht, sich nicht zu ereifern.

Er wollte ruhig sein, aber es war das Gleiche. Sein Finger drückte auf den Abzug, noch bevor er den Vogel im Visier hatte. Es ging nur immer schlechter.

Er hatte fünf Vögel in der Jagdtasche, als er zum Erlenholz kam, wo er Stepan Arkadjitsch treffen sollte.

Bevor er Stepan Arkadjitsch erblickte, erblickte er seinen Hund. Hinter einer herausgerissenen Erlenwurzel kam Krak vorgesprungen, völlig schwarz vom stinkendem Moor, und mit Siegermiene beschnupperte er Laska. Hinter Krak erschien im Erlenschatten auch die stattliche Gestalt Stepan Arkadjitschs. Rot im Gesicht, verschwitzt, den Kragen aufgeknöpft, so kam er entgegen, noch hinkend wie zuvor.

»Na, was ist? Ihr habt viel geballert!« sagte er fröhlich lächelnd.

»Und du?« fragte Lewin. Aber er brauchte nicht zu fragen, er sah schon die gefüllte Jagdtasche.

»Nicht übel.«

Er hatte vierzehn erlegt.

»Ein famoser Sumpf. Dich hat bestimmt Weslowski behindert. Zu zweit mit einem Hund ist ungünstig«, sagte Stepan Arkadjitsch, um seinen Triumph abzuschwächen.

XI

Als Lewin und Stepan Arkadjitsch an der Bauernhütte eintrafen, wo Lewin immer abstieg, war Weslowski schon dort. Er saß mitten in der Hütte, hielt sich mit beiden Händen an der Bank fest, von der ihn ein Soldat, der Bruder der Hauswirtin, an seinen moorbeschmierten Stiefeln fast herunterzog, und lachte sein ansteckend fröhliches Lachen.

»Ich bin gerade eingetroffen. *Ils ont été charmants**. Stellen Sie sich vor, sie gaben mir zu trinken, zu essen. Was für ein Brot, das reinste Wunder! *Délicieux***! Und der Wodka — besseren habe ich nie getrunken. Und sie wollten auf keinen Fall Geld nehmen. Sagten jedesmal so etwas wie: ›Schon gut‹.«

»Wofür denn Geld? Die haben Euch doch was spendiert. Haben die vielleicht Wodka zu verkaufen?« sagte der Soldat, als er endlich den durchgeweichten Stiefel mitsamt dem schwarz gewordenen Strumpf heruntergezogen hatte.

Trotz der Unsauberkeit in der Hütte, die von den Stiefeln der Jäger und den schmutzigen, sich ableckenden Hunden verdreckt war, trotz des Sumpf- und Pulvergeruchs, der sie erfüllte, und trotz des Fehlens von Messern und Gabeln schmeckte den Jägern ihr Tee und ihr Nachtessen dermaßen, wie das nur auf der Jagd vorkommt. Gewaschen und sauber, gingen sie zur ausgefegten Heuscheune, wo die Kutscher den Herren das Nachtlager hergerichtet hatten.

Obgleich es schon dunkelte, mochte keiner der Jäger schlafen.

Das Gespräch schwankte erst hin und her zwischen Erinnerungen und Geschichten vom Schießen, von Hunden und früheren Jagden, dann stieß es auf ein Thema, das alle interessierte. Aus Anlass von Wassenkas wiederholt geäußertem Entzücken über den Charme dieses Nachtlagers und des Heudufts, über den Charme eines kaputten Karrens (er kam ihm kaputt vor, weil die Vordercrachse abgenommen war), über die Gutmütigkeit der Bauern, die ihn mit Wodka bewirtet hatten, und über die Hunde, die zu Füßen ihres jeweiligen Herrn lagen, erzählte Oblonski vom Charme einer

---

* Sie waren reizend *(frz.)*
** Köstlich *(frz.)*

Jagd bei Maltus, an der er letzten Sommer teilgenommen hatte. Maltus war ein bekannter Eisenbahnma-
gnat. Stepan Arkadjitsch erzählte, was für Sümpfe dieser Maltus im Gouvernement Twer aufgekauft und wie
er sie gehegt hatte, was für Equipagen und Dogcarts
die Jäger hingebracht hatten und was für ein Zelt fürs
Dejeuner am Sumpf aufgeschlagen worden war.

»Ich verstehe dich nicht«, sagte Lewin und richtete
sich auf seinem Heu auf, »dass dir diese Leute nicht zuwider sind. Ich verstehe, dass ein Dejeuner mit Lafitte
sehr angenehm ist, aber ist denn gerade dieser Luxus
dir nicht zuwider? Genau wie unsere früheren Steuerpächter scheffeln alle diese Leute Geld auf eine Weise,
dass sie sich dabei die Verachtung der Menschen zuzie-
hen, setzen sich aber über die Verachtung hinweg, und
dann kaufen sie sich mit dem unehrenhaft Gescheffel-
ten von der früheren Verachtung los.«

»Absolut richtig!« schaltete Wassenka Weslowski
sich ein. »Absolut! Versteht sich, Oblonski tut das aus
bonhomie, doch die anderen sagen: ›Ah, Oblonski fährt
zu...‹«

»Kein bisschen!« Lewin hörte, dass Oblonski lächelte, als er das sagte. »Ich halte ihn für kein bisschen
unehrenhafter als sonst einen reichen Kaufmann oder
Adligen. Die einen wie die anderen wurden gleichermaßen durch Arbeit und Verstand reich.«

»Ja, aber was für Arbeit? Ist das denn Arbeit, sich eine
Konzession zu verschaffen und weiterzuverkaufen?«

»Selbstverständlich ist das Arbeit. Arbeit in dem
Sinne — wenn es ihn nicht gäbe oder seinesgleichen,
gäbe es auch keine Eisenbahnen.«

»Doch ist das keine Arbeit wie die des Bauern oder
Wissenschaftlers.«

»Mag sein, doch Arbeit in dem Sinne, dass seine
Tätigkeit ein Ergebnis hat — die Bahn. Aber du findest
ja, Eisenbahnen seien unnütz.«

»Nein, das ist ein anderes Thema; ich gebe durchaus zu, dass sie nützlich sind. Doch jeglicher Erwerb, der nicht der aufgewandten Arbeit entspricht, ist unehrenhaft.«

»Aber wer bestimmt denn, was entspricht?«

»Ein Erwerb auf unehrenhaftem Weg, durch Schläue«, sagte Lewin und spürte, dass er die Grenze zwischen ehrenhaft und unehrenhaft nicht klar bestimmen konnte. »Genauso wie der Erwerb der Bankhäuser«, fuhr er fort. »Dieses Übel, der Erwerb riesiger Vermögen ohne Arbeit, wie das bei der Steuerpacht der Fall war, hat nur sein Erscheinungsbild geändert. *Le roi est mort, vive le roi!* Kaum war die Steuerpacht abgeschafft, kamen die Eisenbahnen auf, die Banken: ebenfalls ein Profit ohne Arbeit.«

»Ja, das ist vielleicht alles zutreffend und scharfsinnig ... Gib Ruhe, Krak!« rief Stepan Arkadjitsch dem sich kratzenden und das Heu aufwühlenden Hund zu, offenbar überzeugt von der Berechtigung seiner Sichtweise und darum gelassen und bedächtig. »Aber du hast die Grenze zwischen ehrenhafter und unehrenhafter Arbeit nicht bestimmt. Dass ich ein höheres Gehalt bekomme als mein Bürovorsteher, obwohl er sich besser auskennt als ich – ist das unehrenhaft?«

»Ich weiß nicht.«

»Nun, dann sage ich dir: Dass du für deine Arbeit in der Gutswirtschaft nach allem, nehmen wir an, fünftausend bekommst, dagegen unser hiesiger Wirt, der Bauer, so sehr er sich auch anstrengt, nicht mehr als fünfzig Rubel bekommt, ist genauso unehrenhaft, wie dass ich mehr bekomme als mein Bürovorsteher und dass Maltus mehr bekommt als ein Werkmeister bei der Eisenbahn. Im Gegenteil, ich sehe eine gewisse feindliche, mit nichts zu begründende Einstellung der Gesellschaft gegenüber diesen Menschen, und mir scheint, dass da Neid ...«

»Nein, das ist ungerecht«, sagte Weslowski, »Neid kann das nicht sein, aber irgendetwas ist da nicht sauber.«

»Nein, erlaube mal«, fuhr Lewin fort. »Du sagst, es sei ungerecht, dass ich fünftausend bekomme und der Bauer fünfzig Rubel – das ist wahr. Es ist ungerecht, und ich fühle das, aber ...«

»Ist es in der Tat. Weshalb essen, trinken, jagen wir, tun nichts, während er ewig, ewig schuftet?« Wassenka hatte offenbar zum ersten Mal klar darüber nachgedacht und war deshalb ganz aufrichtig.

»Ja, du fühlst das, aber du wirst ihm ja nicht dein Gut geben.« Stepan Arkadjitsch schien Lewin wie mit Absicht aufzustacheln.

In letzter Zeit hatte sich zwischen den beiden Schwägern quasi insgeheim ein feindseliges Verhältnis eingestellt – als wäre seit der Zeit, da sie mit Schwestern verheiratet waren, zwischen beiden eine Rivalität aufgekommen, wer sein Leben besser eingerichtet habe, und jetzt kam diese Feindseligkeit in dem Gespräch zum Ausdruck, das allmählich eine Wendung ins Persönliche nahm.

»Ich gebe es ihm deshalb nicht, weil das niemand von mir verlangt, und selbst wenn ich wollte, dürfte ich es gar nicht weggeben«, antwortete Lewin, »und wem auch.«

»Gib es doch diesem Bauern, er wird nicht nein sagen.«

»Ja, aber wie gebe ich es ihm? Fahre mit ihm einen Kaufvertrag abschließen?«

»Das weiß ich nicht, aber wenn du überzeugt bist, du hättest kein Recht ...«

»Überzeugt bin ich keineswegs. Im Gegenteil, ich fühle, dass ich kein Recht zum Weggeben habe, dass ich Verpflichtungen habe, sowohl dem Boden wie der Familie gegenüber.«

»Erlaube mal — aber wenn du findest, diese Ungleichheit sei ungerecht, weshalb handelst du dann nicht so?«

»Ich handele ja, doch auf negative Weise, in dem Sinne, dass ich den Unterschied zwischen meiner und der Situation der Bauern nicht zu vergrößern suche.«

»Also nein, entschuldige, das ist paradox.«

»Ja, das ist eine etwas sophistische Erklärung«, bekräftigte Weslowski. »Ah, unser Wirt!« sagte er zu dem Bauern, der das quietschende Tor aufzog und in die Scheune kam. »Wie, du schläfst noch nicht?«

»Nein, von wegen Schlaf! Ich habe gemeint, unsere Herrschaften schlafen, aber da hör ich, sie schwätzen. Ich brauch von hier einen Haken. Beißt er auch nicht?« fügte er hinzu und bewegte sich vorsichtig auf bloßen Füßen.

»Und wo schläfst du?«

»Wir gehn zur Nachthut.«

»Oh, was für eine Nacht!« sagte Weslowski. Er schaute auf die im schwachen Licht des Abends durchs offene Tor nun sichtbare Hüttenecke und den ausgespannten Bauernwagen. »Hört doch mal, da singen Frauenstimmen, und gar nicht schlecht. Wer singt da, Wirt?«

»Ah, das sind die Hofmägde, nebenan.«

»Kommt, gehn wir raus! Wir schlafen sowieso nicht ein. Oblonski, komm!«

»Könnte man doch — sowohl liegenbleiben wie rausgehen.« Oblonski räkelte sich. »Es liegt sich vortrefflich.«

»Na, dann gehe ich allein.« Weslowski stand lebhaft auf und zog die Stiefel an. »Auf Wiedersehen, meine Herren. Ist es lustig, hole ich Sie. Sie haben mich mit Federwild bewirtet, und ich werde Sie nicht vergessen.«

»Stimmt doch, ein famoser Bursche?« sagte Oblonski, als Weslowski gegangen war und der Bauer hinter ihm das Tor zugemacht hatte.

»Ja, famos«, erwiderte Lewin, dabei dachte er weiter über den Gegenstand des soeben geführten Gesprächs nach. Ihm schien, er habe seine Gedanken und Gefühle so klar ausgedrückt, wie er nur konnte, indes hatten sie beide, keine dummen Menschen und aufrichtig, einstimmig gesagt, er tröste sich mit Sophismen. Das bestürzte ihn.

»So ist das, mein Freund. Eines von beiden: entweder man erkennt an, dass die jetzige Gesellschaftsordnung gerecht ist, und verteidigt dann seine Rechte; oder man erkennt an, dass man ungerechte Vorteile genießt, wie ich das tue, und genießt sie mit Vergnügen.«

»Nein, wenn das ungerecht wäre, könntest du diese Güter nicht mit Vergnügen genießen, zumindest könnte ich das nicht. Ich muss vor allem das Gefühl haben, dass ich nicht schuldig bin.«

»Wie ist es, sollen wir nicht doch gehen?« Stepan Arkadjitsch war offenkundig des angespannten Nachdenkens müde. »Wir schlafen sowieso nicht ein. Wirklich, komm!«

Lewin antwortete nicht. Was er während des Gesprächs gesagt hatte, dass er gerecht nur im negativen Sinne handele, beschäftigte ihn. ›Kann man tatsächlich nur negativ gerecht sein?‹ fragte er sich.

»Wie stark doch frisches Heu duftet!« sagte Stepan Arkadjitsch und setzte sich auf. »Ich schlafe auf keinen Fall ein. Wassenka bahnt dort schon etwas an. Hörst du das Gelächter und seine Stimme? Sollen wir nicht? Komm!«

»Nein, ich gehe nicht«, erwiderte Lewin.

»Womöglich ebenfalls aus Prinzip?« fragte Stepan Arkadjitsch lächelnd und suchte im Dunkeln nach seiner Mütze.

»Nicht aus Prinzip, aber wozu sollte ich?«

»Weißt du, du bringst dich noch selber ins Unglück.«
Er hatte die Mütze gefunden und stand auf.

»Wieso?«

»Meinst du, ich sehe nicht, wie du zu deiner Frau stehst? Ich habe mitbekommen, wie es für euch eine Frage von höchster Bedeutung war, ob du für zwei Tage auf die Jagd fahren kannst. Als Idylle ist das schön und gut, aber für ein ganzes Leben reicht das nicht. Ein Mann muss unabhängig sein, er hat seine männlichen Interessen. Ein Mann muss mannhaft sein«, sagte Oblonski und machte das Tor auf.

»Das heißt was? Hinter Hofmägden herscharwenzeln?« fragte Lewin.

»Wieso eigentlich nicht, wenn es vergnüglich ist. *Ça ne tire pas à conséquence**. Meine Frau hat es deshalb nicht schlechter, und ich habe mein Vergnügen. Hauptsache, man wahrt das Heiligtum der Familie. Dass im eigenen Haus nichts dergleichen vorkommt. Aber binde dir nicht die Hände.«

»Mag sein«, sagte Lewin reserviert und drehte sich auf die Seite. »Morgen soll es früh losgehen, ich wecke niemanden, gehe aber in der Morgendämmerung.«

»*Messieurs, venez vite**!*« ertönte die Stimme des zurückkehrenden Weslowski. »*Charmante!* Habe ich entdeckt. *Charmante*, ein richtiges Gretchen, und wir haben schon Bekanntschaft geschlossen. Wirklich, bildhübsch!« berichtete er so beifällig, als wäre sie extra für ihn so hübsch geschaffen worden und als wäre er zufrieden mit demjenigen, der ihm das bereitet hatte.

Lewin stellte sich schlafend, Oblonski jedoch schlüpfte in die Schuhe, steckte sich eine Zigarre an und verließ die Scheune, und bald waren ihre Stimmen verstummt.

---

* Das hat keine Folgen *(frz.)*
** Meine Herren, kommen Sie schnell *(frz.)*

Lewin konnte lange nicht schlafen. Er hörte, wie seine Pferde das Heu mahlten, dann wie der Wirt mit dem Ältesten aufbrach und zur Nachthut fuhr; dann hörte er, wie der Soldat sich am anderen Scheunenende schlafenlegte, zusammen mit seinem Neffen, dem kleinen Sohn des Wirts; hörte, wie der Junge mit dünnem Stimmchen dem Onkel seinen Eindruck von den Hunden schilderte, die dem Jungen schrecklich und riesig vorkamen; dann wie der Junge fragte, was diese Hunde fangen würden, und wie der Soldat mit heiserer und verschlafener Stimme ihm sagte, morgen würden die Jäger in den Sumpf gehen und aus Gewehren feuern, und wie er dann sagte, um die Fragen des Jungen loszuwerden: »Schlaf, Waska, schlaf, sonst – pass mir auf«, und bald selbst zu schnarchen anfing, und alles wurde still; nur das Wiehern der Pferde und das Kätschen einer Bekassine war noch zu hören. ›Wirklich nur negativ?‹ fragte er sich noch einmal. ›Ja, und? Nicht meine Schuld.‹ Und nun dachte er über den morgigen Tag nach.

›Morgen geh ich in aller Frühe und nehme mir vor, mich nicht zu ereifern. Bekassinen gibt es in rauhen Mengen. Auch Doppelschnepfen gibt es. Und komme ich zurück, finde ich ein Billett von Kitty vor. Ja, Stiwa hat wohl recht: Ich gehe nicht mannhaft mit ihr um, bin ganz weibisch geworden ... Aber was tun! Wieder etwas Negatives!‹

Im Halbschlaf hörte er das Lachen und das fröhliche Gerede von Weslowski und Stepan Arkadjitsch. Für einen Moment schlug er die Augen auf; der Mond war aufgegangen, und im offenen Tor, vom Mondlicht hell erleuchtet, standen die beiden und unterhielten sich. Irgendwas sagte Stepan Arkadjitsch über die Frische eines Mädchens, verglich sie mit einem frisch geschälten Nüsschen, und irgendwas wiederholte Weslowski zu seinem ansteckenden Lachen, was ihm wohl ein Bau-

ernkerl gesagt hatte:»Streng dich an, dir selber eine zuzulegen!« Lewin sagte im Halbschlaf:

»Meine Herren, morgen bei Tagesanbruch!« und
schlief ein.

XII

Als Lewin im Morgengrauen erwachte, versuchte er die
Kameraden zu wecken. Wassenka lag auf dem Bauch,
streckte einen bestrumpften Fuß vor und schlief so fest,
dass ihm keine Antwort zu entlocken war. Oblonski
lehnte es im Halbschlaf ab, so früh loszuziehen. Sogar
Laska, die am Rand des Heus zusammengerollt schlief,
stand widerwillig auf und reckte und streckte nacheinander träge ihre Hinterläufe. Lewin zog die Stiefel an,
nahm die Flinte, öffnete vorsichtig die quietschende
Scheunentür und trat hinaus. Die Kutscher schliefen
bei den Equipagen, die Pferde dösten. Eines nur fraß
träge Hafer, wühlte ihn schnaubend im Futtertrog auf.
Im Hof war es noch dämmrig.

»Was stehst du so früh auf, mein Herz?« sprach ihn
freundlich, wie einen guten alten Bekannten, die alte
Bäurin an, die gerade aus der Hütte kam.

»Zur Jagd will ich, Tantchen. Komm ich hier zum
Sumpf?«

»Da, hintenherum; vorbei an unserer Tenne, lieber
Herr, und vorbei am Hanf; dort ist ein Pfad.«

Vorsichtig die braungebrannten bloßen Füße aufset-
zend, begleitete sie Lewin und klappte ihm das Gatter
bei der Tenne auf.

»Da läufst du schnurstracks zum Sumpf. Unsre Burschen haben noch abends die Pferde rausgetrieben.«

Laska rannte auf dem Pfad fröhlich voraus; Lewin
ging raschen, leichten Schrittes hinterher und blickte
andauernd zum Himmel hoch. Er wollte gern, dass die

Sonne nicht eher aufginge, als bis er zum Sumpf käme.
Aber die Sonne zauderte nicht. Der Mond, der noch ge-
leuchtet hatte, als er aus der Scheune kam, schimmerte
nun bloß noch wie ein Stück Quecksilber; das Morgen-
rot, zuvor unübersehbar, musste man nun suchen; zuvor
verschwommene Flecken auf einem fernen Feld waren
nun schon klar sichtbar. Es waren Roggenhocken. Der
ohne Sonnenlicht noch nicht sichtbare Tau im duftenden hohen Hanf, aus dem die männlichen Stauden
schon entfernt waren, durchnässte Lewins Beine und
den Kittel bis oberhalb des Gürtels. In der durchsichtigen Morgenstille waren die geringsten Geräusche zu
hören. Eine Biene sauste, pfeifend wie eine Kugel, an
Lewins Ohr vorbei. Er wurde aufmerksam und erblickte noch eine zweite und dritte. Sie alle kamen hinterm Flechtzaun des Bienengartens vorgeschossen und
verschwanden überm Hanf in Richtung Sumpf. Der
Pfad führte geradewegs in den Sumpf. Der Sumpf war
am Dunst zu erkennen, der daraus aufstieg, bald dichter, bald spärlicher, so dass Riedgras und Weidenbüsche
wie Inselchen auf diesem Dunst schwankten. Am Rand
des Sumpfes und des Wegs lagen die Jungen und Männer, die auf der Nachthut bei den Pferden waren, und
jetzt vor Tagesanbruch schliefen alle unter ihren Kaftanen. Unweit davon bewegten sich drei gefesselte
Pferde. Das eine klirrte mit den Fußfesseln. Laska lief
neben ihrem Herrn, wollte zu gerne los und schaute zu
ihm auf. Als sie an den schlafenden Männern vorbei
waren und das erste Sumpfgras erreicht hatten, überprüfte Lewin die Pistons und ließ den Hund laufen.
Eines der Pferde, ein wohlgenährter dunkelbrauner
Zweijähriger, erblickte den Hund, darauf scheute es
und schnaubte mit erhobenem Schwanz. Die anderen
Pferde erschraken ebenfalls und sprangen aus dem
Sumpf, platschten mit ihren gefesselten Beinen durchs
Wasser und verursachten beim Herausziehen der Hufe

aus dem satten Lehm ein Geräusch wie Händeklat-
schen. Laska blieb stehen, schaute spöttisch zu den Pferden und fragend zu Lewin. Lewin streichelte Laska und
pfiff zum Zeichen, dass es losgehen könne. Laska rannte fröhlich und geschäftig über den
schwankenden Moorboden.

Im Sumpf drinnen witterte Laska unter den ihr vertrauten Gerüchen von Wurzeln, Sumpfgräsern, Rostbrühe und dem hier fremden Geruch von Pferdemist
sofort den allerorts verbreiteten Geruch eines Vogels,
jenes stark riechenden Vogels, der sie am allermeisten
erregte. Am Moos und an den Sumpfkratzdisteln war
dieser Geruch stellenweise sehr stark, aber es ließ sich
nicht herausfinden, in welcher Richtung er sich verstärkte oder abschwächte. Um die Richtung herauszufinden, musste sie, den Wind im Rücken, weiter weggehen. Ohne die Bewegung ihrer Läufe zu spüren, jagte
Laska in gesammeltem Galopp, so dass sie, falls nötig,
bei jedem Sprung hätte anhalten können, weiter nach
rechts, weg von dem aus dem Osten wehenden früh-
morgendlichen Wind, und drehte sich dann um, gegen
den Wind. Als sie mit geblähter Nase die Luft einsog,
erkannte sie sogleich, dass es nicht nur Spuren waren,
sondern sie selbst waren hier, vor ihr, und nicht nur
einer, sondern viele. Laska verlangsamte ihren Lauf.
Sie waren hier, aber wo genau, konnte sie noch nicht bestimmen. Um die Stelle zu finden, begann sie schon mit
einer Runde, als die Stimme ihres Herrn sie plötzlich
ablenkte. »Laska! dort!« sagte er und deutete in eine andere Richtung. Sie blieb kurz stehen, fragte ihn, ob sie
nicht besser weitermache, wie sie angefangen hatte,
aber er wiederholte den Befehl mit unwirscher Stimme
und deutete auf eine wasserumspülte Mooshügelstelle,
wo gar nichts sein konnte. Sie gehorchte ihm, tat so, als
suchte sie, nur um ihm eine Freude zu bereiten, durch-
streifte die Mooshügel kreuz und quer und kehrte zur

vorherigen Stelle zurück, und sogleich witterte sie es erneut. Jetzt, da er sie nicht störte, wusste sie, was zu tun war, und ohne vor ihre Füße zu schauen, ärgerlich über hohe Mooshöcker stolpernd und ins Wasser geratend, aber wieder herausschnellend auf ihren elastischen, kräftigen Läufen, begann sie die Runde, die ihr alles erklären musste. Stärker und stärker, deutlicher und deutlicher befiel sie der Geruch von ihnen, und plötzlich war ihr völlig klar, dass einer davon hier war, hinter diesem Höcker, fünf Schritt vor ihr, und sie blieb stehen, und ihr ganzer Körper erstarrte. Auf ihren kurzen Läufen konnte sie nichts sehen, aber aufgrund des Geruchs wusste sie, dass er nicht weiter als fünf Schritt entfernt saß. Sie stand, witterte ihn mehr und mehr und genoss die Erwartung. Ihre straff gespannte Rute war hochgereckt und zuckte nur am letzten Endchen. Ihr Fang war leicht geöffnet, die Ohren waren aufgestellt. Das eine Ohr war beim Laufen umgeknickt, sie schnaufte schwer, aber vorsichtig, und noch vorsichtiger blickte sie sich zu ihrem Herrn um, mehr mit den Augen als dem Kopf. Mit seinem gewohnten Gesicht, aber den für sie stets schrecklichen Augen kam er gegangen, stolperte über die Mooshöcker, und das ungeheuer gemächlich, wie ihr schien. Ihr schien, als gehe er gemächlich, dabei rannte er.

Als Lewin die besondere Suche Laskas bemerkt hatte, wie sie sich ganz gegen den Boden drückte und in großen Schritten gleichsam mit den Hinterläufen schaufelte, den Fang leicht geöffnet, da begriff er, dass sie auf der Spur von Doppelschnepfen war, und während er im stillen zu Gott betete, er möge Erfolg haben, vor allem beim ersten Vogel, rannte er zu ihr. Dicht bei ihr schaute er von seiner Höhe geradeaus und erblickte mit den Augen, was sie mit der Nase sah. In einem Gässchen zwischen Mooshöckern war eine Doppelschnepfe zu sehen. Den Kopf umgewandt, lauschte der Vogel.

Dann breitete er leicht die Schwingen aus, faltete sie wieder, ruckte ungeschickt mit dem Stoß und verschwand um die Ecke.

»Voran, voran!« rief Lewin und stieß Laska in den Hintern.

›Aber ich kann doch nicht‹, dachte Laska. ›Wohin geh ich denn? Von hier wittere ich sie, aber wenn ich weitergehe, weiß ich nicht mehr, wo sie sind und wer es ist.‹ Aber da stieß er sie mit dem Knie und flüsterte erregt: »Voran, liebe Laska, voran!«

›Tja, wenn er das möchte, tu ich es, aber verantworten kann ich das nicht mehr‹, dachte sie und stürmte zwischen den Mooshöckern voran. Jetzt witterte sie nichts mehr, sie sah und hörte nur, ohne etwas zu begreifen.

Zehn Schritt von der ersten Stelle stob mit fettem Quorren und dem typischen, wuchtigen Getön der Schwingen eine Doppelschnepfe auf. Und nach dem Schuss klatschte sie mit der weißen Brust schwer gegen den nassen Moorboden. Eine zweite wartete nicht erst und stob hinter Lewin auch ohne Hund auf.

Als Lewin sich zu ihr umdrehte, war sie schon weit. Aber der Schuss erreichte sie. Vielleicht zwanzig Schritt war sie gestrichen, da stieg die zweite Doppelschnepfe pfahlgerade in die Höhe, und kopfüber fiel sie wie ein hochgeschleuderter Ball schwer auf eine trockene Stelle.

›Das wird doch!‹ dachte Lewin, während er die warmen und fetten Doppelschnepfen in der Jagdtasche verstaute. ›Nicht, Laska, das wird?‹

Als Lewin die Flinte geladen hatte und weiterging, war die Sonne, obwohl hinter den Wolken noch nicht zu sehen, schon aufgegangen. Der Mond hatte allen Glanz verloren und hing weißlich wie ein Wölkchen am Himmel; von den Sternen war kein einziger mehr zu sehen. Das Sumpfgras, bislang silbern vom Tau,

wurde nun golden. Die Rostbrühe war ganz bern-
steinfarben. Das Bläulich der Gräser verwandelte sich
in gelbliches Grün. Sumpfvögelchen wuselten in den
taufunkelnden und lange Schatten werfenden Büschen
am Bach. Ein Habicht war erwacht und saß auf einer
Hocke, drehte den Kopf von einer Seite zur andern und
äugte unzufrieden zum Sumpf. Dohlen flogen aufs Feld,
und ein barfüßiger Junge trieb die Pferde bereits dem
Alten zu, der sich aufgesetzt hatte unterm Kaftan und
sich kratzte. Pulverdampf zog milchweiß über das Grün
des Grases.

Einer der Jungen rannte auf Lewin zu.

»Onkelchen, gestern hat es da Enten gegeben!« rief
er und folgte ihm dann von weitem.

Und angesichts dieses Jungen und seiner beifälligen
Äußerung war es Lewin doppelt angenehm, gleich noch
drei Bekassinen nacheinander zu schießen.

XIII

Das Omen, dass Jagdglück winke, wenn das erste Tier
oder der erste Vogel nicht entwischt, erwies sich als zutreffend.

Müde, hungrig und glücklich kehrte Lewin gegen
zehn Uhr morgens, nach einem Marsch von wohl dreißig Werst, mit neunzehn Stück Sumpffederwild und
einer Ente, die er am Gürtel festgebunden hatte, da sie
in die Jagdtasche nicht mehr hineinpasste, ins Quartier
zurück. Seine Jagdkameraden waren längst erwacht,
hatten auch schon Hunger bekommen und gefrüh-
stückt.

»Moment, Moment, ich weiß, es sind neunzehn«,
sagte Lewin und zählte zum zweitenmal die Doppel-
pelschnepfen und Bekassinen, die nicht mehr so ein-
drucksvoll aussahen wie bei ihrem Aufstieben, sondern

verdrückt und vertrocknet, mit verkrustetem Blut, die
Köpfe seitwärts gedreht.

Die Rechnung stimmte, und Stepan Arkadjitschs
Neid war Lewin angenehm. Angenehm war auch, dass
er bei der Rückkehr ins Quartier schon den Boten vorfand, den Kitty mit einem Billett geschickt hatte.

»Ich bin ganz gesund und vergnügt. Falls Du Dich
meinetwegen sorgst, kannst Du jetzt noch ruhiger sein
als vorher. Ich habe einen neuen Leibwächter, Marja
Wlasjewna (das war die Hebamme, eine neue, wichtige
Person in Lewins Familienleben). Sie ist gekommen,
um nach mir zu sehen. Sie findet mich vollkommen gesund, und wir behalten sie hier bis zu Deiner Ankunft.
Alle sind vergnügt, gesund, und Du hab es bitte nicht
eilig, wenn die Jagd gut ist, dann bleib noch einen Tag.«

Diese beiden Freuden, das Jagdglück und das Billett
seiner Frau, waren so groß, dass Lewin die danach auf-
tretenden kleinen Missgeschicke leichtnehmen konnte.
Das eine bestand darin, dass das Beipferd, der Fuchs,
sich tags zuvor anscheinend überanstrengt hatte und
nun nicht fraß und den Kopf hängen ließ. Der Kutscher
sagte, es sei zuschanden gefahren worden.

»Gestern, das hat ihn abgejagt, Konstantin Dmitritsch«, sagte er. »Kein Wunder, zehn Werst über Stock
und Stein!«

Das andere Missgeschick, das ihm im ersten Moment
die gute Laune verdarb, über das er später aber sehr lachen musste, bestand darin, dass von dem ganzen Proviant, den Kitty in solchen Mengen mitgegeben hatte,
dass es schien, er wäre auch in einer Woche nicht zu ver-
tilgen, nichts mehr übrig war. Auf dem Rückweg von
der Jagd, müde und hungrig, hatte Lewin sich so lebhaft Piröggchen vorgestellt, dass er unweit des Quar-
tiers schon ihren Duft roch und ihren Geschmack im
Mund hatte, wie Laska beim Wittern des Wilds, und
sofort Filipp anwies, ihm welche zu bringen. Wie sich

herausstellte, gab es nicht nur keine Piröggchen, sondern auch keine Küken mehr.

»Ein Appetit ist das!« sagte Stepan Arkadjitsch lachend und deutete auf Wassenka Weslowski. »Ich leide ja nicht an Appetitmangel, aber das ist erstaunlich ...«

»*Mais c'était délicieux**!« Weslowski lobte das Rindfleisch, das er aufgegessen hatte.

»Tja, was tun!« meinte Lewin mit finsterem Blick auf Weslowski. »Filipp, dann gib mir Rindfleisch.«

»Das Rindfleisch haben die Herrschaften verputzt, den Knochen hab ich den Hunden gegeben«, erwiderte Filipp.

Lewin war so gekränkt, dass er verärgert sagte:

»Irgendwas hättet ihr mir schon übriglassen können!« Und er hätte am liebsten geweint.

»Also, nimm das Federwild aus«, sagte er mit zitternder Stimme zu Filipp und vermied es, Wassenka anzusehen, »und leg Brennesseln rein. Und für mich frag wenigstens nach Milch.«

Später, als die Milch ihn gesättigt hatte, schlug ihm das Gewissen, dass er sich vor einem fremden Menschen so ungehalten geäußert hatte, und nun lachte er über seinen Hungergrimm.

Abends gingen sie noch einmal hinaus, dabei erlegte auch Weslowski ein paar Vögel, und auf die Nacht zu kehrten sie heim.

Der Rückweg war ebenso fröhlich wie der Hinweg. Bald sang Weslowski, bald erinnerte er sich genüsslich an sein Abenteuer bei den Bauern, wie sie ihn mit Wodka bewirtet und ihm gesagt hatten: »Schon gut«; bald an seine nächtlichen Abenteuer mit den Nüsschen und der Hofmagd und einem Bauernkerl, der ihn gefragt hatte, ob er verheiratet sei, und als er erfuhr, dass er nicht verheiratet sei, zu ihm sagte: »Dann schiel

---

* Aber es war köstlich *(frz.)*

nicht nach fremden Weibern, streng dich lieber an, dir
selber eine zuzulegen.« Diese Worte hatten Weslowski
besonders erheitert.

»Überhaupt bin ich schrecklich zufrieden mit unserem Ausflug. Und Sie, Lewin?«

»Ich bin sehr zufrieden«, sagte Lewin aufrichtig; es
war ihm eine besondere Freude, dass er nicht nur jene
Feindseligkeit, die er daheim gegen Wassenka Weslowski gehegt hatte, nun nicht mehr fühlte, sondern im
Gegenteil freundlichste Gefühle für ihn empfand.

XIV

Am nächsten Morgen um zehn, Lewin hatte schon seinen Rundgang durchs Gut gemacht, klopfte er an dem
Zimmer, wo Wassenka übernachtete.

»*Entrez**«, rief Weslowski. »Sie entschuldigen mich,
ich habe gerade erst meine *ablutions*** beendet«, sagte
er lächelnd, da er in Unterwäsche vor ihm stand.

»Bitte, tun Sie sich keinen Zwang an.« Lewin setzte
sich ans Fenster. »Haben Sie gut geschlafen?«

»Wie tot. Und was für ein Jagdwetter heute ist!«

»Ja. Möchten Sie Tee oder Kaffee?«

»Weder – noch. Ich dejeuniere. Freilich habe ich ein
schlechtes Gewissen. Die Damen sind wohl schon auf?
Jetzt wäre ein kleiner Gang vortrefflich. Zeigen Sie mir
doch die Pferde.«

Nach einem Gang durch den Garten, einem Besuch
im Pferdestall und nachdem sie sogar gemeinsam am
Barren geturnt hatten, kehrte Lewin mit seinem Gast
zurück und trat mit ihm in den Salon.

»Eine wunderbare Jagd war das, und so viele Ein-

* Herein *(frz.)*
** Waschungen *(frz.)*

drücke!« sagte Weslowski, als er zu Kitty trat, die beim
Samowar saß. »Wie schade, dass die Damen dieses Vergnügen entbehren müssen!«

›Je nun, irgendwie muss er ja mit der Dame des Hauses reden‹, sagte sich Lewin. Wieder kam es ihm vor, als
wäre da etwas gewesen in dem Lächeln, in der Siegermiene, mit der der Gast sich an Kitty wandte …

Die Fürstin, die mit Marja Wlasjewna und Stepan
Arkadjitsch an der anderen Tischseite saß, rief Lewin
her und begann mit ihm ein Gespräch über die Übersiedlung nach Moskau für Kittys Entbindung und über
das Herrichten einer Wohnung. Wie bei der Hochzeit
Lewin sämtliche Vorbereitungen unangenehm gewesen waren, da sie in ihrer Erbärmlichkeit die Größe
des Geschehenden entwürdigten, kamen ihm nun die
Vorbereitungen für die künftige Geburt, deren Zeitpunkt irgendwie an den Fingern abgezählt wurde, noch
entwürdigender vor. Er suchte die ganze Zeit diese
Gespräche nicht zu hören, wie das künftige Kind zu
wickeln sei, suchte sich abzuwenden und die geheimnisvollen, endlosen gehäkelten Bänder nicht zu sehen,
ebensowenig die Dreiecke aus Leinen, denen Dolly besondere Bedeutung beimaß, usw. Die Geburt eines Sohnes (dass es ein Sohn war, wusste er sicher), dieses Ereignis, das ihm vorhergesagt worden war, an das er
aber nicht glauben konnte, so außergewöhnlich kam
es ihm vor – es erschien ihm einerseits als ein so rie-
senhaftes und deshalb unmögliches Glück, andererseits
als ein so geheimnisvolles Ereignis, dass dieses vermeintliche Wissen, was sein werde, und darum auch die
Vorbereitung auf etwas quasi Gewöhnliches, von Menschen Hervorgebrachtes, ihm empörend und erniedrigend vorkam.

Aber die Fürstin verstand seine Gefühle nicht und
erklärte sich seinen Widerwillen, darüber nachzudenken und zu sprechen, mit Leichtsinn und Gleichgültig-

keit, darum ließ sie ihm keine Ruhe. Sie hatte Stepan Arkadjitsch aufgetragen, nach einer Wohnung zu schauen, und jetzt rief sie Lewin her.

»Ich weiß gar nichts, Fürstin. Machen Sie es, wie Sie möchten«, sagte er.

»Es gilt zu entscheiden, wann Sie übersiedeln.«

»Ich weiß es wirklich nicht. Ich weiß nur, dass Millionen Kinder ohne Moskau und Ärzte zur Welt kommen ... wieso dann ...«

»Ja, wenn das so ist ...«

»Aber nein, wie Kitty möchte ...«

»Mit Kitty darf man darüber nicht sprechen! Möchtest du vielleicht, dass ich sie erschrecke? Erst dieses Frühjahr ist Nathalie Golizyna wegen eines schlechten Geburtshelfers gestorben.«

»Wie Sie sagen, so mache ich es«, sagte er finster.

Die Fürstin redete auf ihn ein, aber er hörte nicht zu. Zwar verstimmte ihn das Gespräch mit der Fürstin, doch finster war er nicht aufgrund dieses Gesprächs, sondern aufgrund dessen, was er beim Samowar sah.

›Nein, das ist unmöglich‹, dachte er, wenn er ab und zu hinüberblickte auf Wassenka, der sich zu Kitty beugte und ihr mit seinem schönen Lächeln etwas sagte, und auf Kitty, die rot war und erregt.

Da war etwas Unsauberes in Wassenkas Haltung, in seinem Blick, in seinem Lächeln. Lewin sah etwas Unsauberes sogar auch in Kittys Haltung und Blick. Und wieder verdunkelte sich das Licht vor seinen Augen. Wieder fühlte er sich wie gestern, ohne den geringsten Übergang, von der Höhe des Glücks, der Ruhe und der Würde plötzlich hinabgestürzt in einen Abgrund der Verzweiflung, Erbitterung und Demütigung. Wieder waren ihm alle und alles zuwider.

»Machen Sie es so, Fürstin, wie Sie möchten«, sagte er und blickte sich wieder um.

»Schwer ist die Mütze Monomachs!« sagte Stepan

Arkadjitsch im Spaß zu ihm, womit er offenbar nicht allein auf das Gespräch mit der Fürstin anspielte, sondern auf den Grund für Lewins Erregung, die er bemerkt hatte. »Wie spät du heute dran bist, Dolly!«

Alle erhoben sich, um Darja Alexandrowna zu begrüßen. Wassenka erhob sich bloß einen Moment, verneigte sich knapp, mit dem diesen neuen jungen Leuten eigenen Mangel an Höflichkeit gegenüber Damen, und setzte dann, nach einem Lachen, das Gespräch fort.

»Mich hat Mascha geplagt. Sie hat schlecht geschlafen und ist heute furchtbar launisch«, sagte Dolly.

Das Gespräch, in das Wassenka Kitty hineingezogen hatte, drehte sich wieder um das Gleiche wie gestern, um Anna und darum, ob Liebe sich über gesellschaftliche Konventionen hinwegsetzen dürfe. Kitty war dieses Gespräch unangenehm, es regte sie auf, durch seinen Inhalt wie durch den Ton, in dem es geführt wurde, besonders aber weil sie schon wusste, wie es auf ihren Mann wirken würde. Aber sie war zu naiv und unerfahren, um das Gespräch geschickt abzubrechen und sogar um das oberflächliche Vergnügen zu verbergen, das ihr das offenkundige Augenmerk des jungen Mannes bereitete. Sie wollte das Gespräch abbrechen, aber sie wusste nicht, was sie tun sollte. Was auch immer sie tun würde, das wusste sie, es würde von ihrem Mann bemerkt und alles in übler Weise umgedeutet werden. Und tatsächlich, als sie Dolly fragte, was mit Mascha sei, und Wassenka, wartend, wann dieses ihm langweilige Gespräch zu Ende wäre, gleichgültig Dolly betrachtete, kam Lewin diese Frage als eine unnatürliche, widerliche Finte vor.

»Was ist, fahren wir heute in die Pilze?« fragte Dolly.

»Ja, fahren wir, bitte, ich fahre mit«, sagte Kitty und errötete. Sie wollte Wassenka aus Höflichkeit fragen, ob er mitfahre, tat es jedoch nicht. »Wohin, Kostja?«

fragte sie mit schuldbewusster Miene ihren Mann, als er entschlossenen Schrittes an ihr vorüberging. Dieser schuldbewusste Gesichtsausdruck bestätigte ihm alle Zweifel.

»In meiner Abwesenheit ist der Maschinist gekommen, ich habe ihn noch nicht gesehen«, sagte er, ohne sie anzublicken.

Er ging nach unten, aber er hatte das Arbeitszimmer noch nicht verlassen, da hörte er die vertrauten Schritte seiner Frau, die unvorsichtig rasch zu ihm lief.

»Was willst du?« sagte er reserviert. »Wir haben zu tun.«

»Entschuldigen Sie«, wandte sie sich an den Maschinisten, einen Deutschen, »Ich muss meinem Mann nur kurz etwas sagen.«

Der Deutsche wollte sich entfernen, aber Lewin sagte zu ihm:

»Keine Sorge.«

»Der Zug geht um drei?« fragte der Deutsche. »Dass ich bloß nicht zu spät komme.«

Lewin gab keine Antwort und ging selbst mit seiner Frau hinaus.

»Nun, was haben Sie mir zu sagen?« stieß er auf Französisch hervor.

Er schaute ihr nicht ins Gesicht und wollte nicht sehen, dass sie, in ihrem Zustand, am ganzen Gesicht zitterte und jämmerlich und niedergedrückt aussah.

»Ich ... ich wollte sagen, dass das kein Leben ist, dass es eine Qual ist ...«, stieß sie hervor.

»Da sind Dienstboten im Büffettzimmer«, sagte er ärgerlich, »machen Sie keine Szenen.«

»Dann gehen wir hier herein!«

Sie standen in einem Durchgangszimmer. Kitty wollte ins Nebenzimmer. Aber dort unterrichtete die Engländerin Tanja.

»Dann gehen wir in den Garten!«

Im Garten stießen sie auf den Gärtner, der die Wege
säuberte. Und ohne einen Gedanken daran, dass der
Gärtner ihr verweintes und sein erregtes Gesicht sah,
ohne einen Gedanken daran, dass sie wirkten wie Menschen, die vor einem Unglück davonliefen, gingen sie
raschen Schrittes weiter, da sie fühlten, sie müssten sich
aussprechen und einander umstimmen, zusammen allein sein und sich damit von der Qual erlösen, die sie
beide empfanden.

»Das ist kein Leben, das ist eine Qual! Ich leide, und
du leidest. Weshalb?« sagte sie, als sie schließlich ein
abgelegenes Bänkchen an der Ecke der Lindenallee erreicht hatten.

»Doch sag du mir eins: War an seinem Ton etwas
Unschickliches, Unsauberes, demütigend Furchtbares?«
Wieder stellte er sich in der Haltung vor sie hin, die
Fäuste vor der Brust, wie er neulich nachts vor ihr ge-
standen war.

»Ja«, sagte sie mit zitternder Stimme. »Aber, Kostja,
glaubst du, dass ich nicht schuldig bin? Ich wollte von
morgens an einen Ton anschlagen, aber solche Menschen ... Warum ist er hier? Wie glücklich wir waren!«
Sie erstickte vor dem Schluchzen, das ihren gesamten,
voller gewordenen Leib erschütterte.

Der Gärtner sah verwundert, obwohl nichts hinter
ihnen herjagte und sie vor nichts davonlaufen mussten und nichts besonders Erfreuliches gefunden haben
konnten auf dem Bänkchen – der Gärtner sah, wie sie
mit beruhigten, strahlenden Gesichtern an ihm vorbei
zum Haus zurückkehrten.

XV

Als Lewin seine Frau nach oben geleitet hatte, ging er zu Dollys Räumen. Darja Alexandrowna hatte an diesem Tag selbst großen Kummer. Sie wanderte im Zimmer auf und ab und sagte erzürnt zu dem in der Ecke stehenden, laut heulenden Mädchen:

»Und den ganzen Tag wirst du in der Ecke stehen und wirst allein zu Mittag essen und keine einzige Puppe zu Gesicht kriegen, und das neue Kleid nähe ich dir auch nicht!« Sie wusste nicht mehr, wie sie sie noch strafen sollte.

»Ach, was für ein garstiges Mädchen!« wandte sie sich an Lewin. »Woher hat sie bloß diese abscheulichen Neigungen?«

»Aber was hat sie denn getan?« fragte Lewin recht gleichgültig; er wollte sich zu seinem eigenen Problem einen Rat holen, darum verdross es ihn, dass er so ungünstig hereingeplatzt war.

»Sie war mit Grischa in den Himbeeren, und dort … ich kann nicht einmal aussprechen, was sie getan hat. So garstig ist es. Tausendmal habe ich schon *miss Elliot* nachgetrauert. Die neue passt überhaupt nicht auf, nur mechanisch … *Figurez vous, qu'elle** …«

Und Darja Alexandrowna berichtete Maschas Vergehen.

»Das beweist überhaupt nichts, das sind keine abscheulichen Neigungen, nur Ungezogenheit«, beruhigte Lewin sie.

»Aber du bist irgendwie verstimmt? Weshalb kommst du?« fragte Dolly. »Was ist oben los?«

Am Ton der Frage merkte Lewin, dass er leicht sagen konnte, was er zu sagen vorhatte.

»Ich war nicht oben, ich war allein mit Kitty im Gar-

* Stellen Sie sich vor, dass sie *(frz.)*

ten. Wir haben uns gestritten, zum zweiten Mal seit …
Stiwa hier ist.«

Dolly sah ihn mit klugen, verständnisvollen Augen
an.

»Sag doch mal, Hand aufs Herz, hatte … nicht Kitty,
sondern dieser Herr nicht einen Ton an sich, der unangenehm sein kann, nicht unangenehm, sondern furchtbar, beleidigend für einen Ehemann?«

»Was soll ich dir sagen … Bleib, bleib in der Ecke!«
rief sie Mascha zu, die das kaum merkliche Lächeln auf
dem Gesicht der Mutter gesehen hatte und schon vorkommen wollte. »Die Meinung der Gesellschaft wäre,
dass er sich aufführt, wie alle jungen Leute sich aufführen. *Il fait la cour à une jeune et jolie femme**, und ein
Ehemann von Welt könnte sich dadurch nur geschmei-
chelt fühlen.«

»Ja, ja«, sagte Lewin finster, »aber du hast es bemerkt?«

»Nicht nur ich, sogar Stiwa hat es bemerkt. Gleich
nach dem Tee sagte er zu mir: *Je crois que* Weslowski
fait un petit brin de cour à Kitty**.«

»Ja wunderbar, jetzt bin ich beruhigt. Ich jage ihn
davon«, sagte Lewin.

»Nicht doch, bist du verrückt?« rief Dolly entsetzt.
»Nicht doch, Kostja, besinn dich!« sagte sie lachend.
»Also, du darfst jetzt zu Fanny«, sagte sie zu Mascha.

»Nein, wenn du möchtest, sag ich es Stiwa. Er bringt
ihn weg. Man könnte sagen, dass du Gäste erwartest.
Überhaupt passt er nicht in unser Haus.«

»Nein, nein, das tue ich selbst.«

»Aber du wirst dich nicht zanken?«

---

* Er macht einer jungen und hübschen Frau den Hof
(frz.)

** Ich glaube, dass Weslowski ein klein bisschen Kitty den
Hof macht *(frz.)*

»Kein bisschen. Ich finde es sogar vergnüglich«, sagte Lewin, und tatsächlich funkelten seine Augen vergnügt. »Verzeih ihr, Dolly! Sie wird es nicht wieder tun«, sagte er über die kleine Frevlerin, die noch nicht zu Fanny gegangen war und unentschlossen vor der Mutter stand, bange hochschielte und ihren Blick suchte.

Die Mutter blickte sie an. Das Mädchen brach in Schluchzen aus, vergrub ihr Gesicht im Schoß der Mutter, und Dolly legte ihr die hagere, sanfte Hand auf den Kopf.

›Was haben wir mit ihm überhaupt gemeinsam?‹ dachte Lewin und ging Weslowski suchen.

Wie er durch die Diele kam, befahl er, die Kalesche anzuspannen, für eine Fahrt zur Bahnstation.

»Gestern ist die Feder kaputtgegangen«, gab der Lakai zur Antwort.

»Dann eben den Tarantas, aber möglichst schnell. Wo ist der Gast?«

»Der Herr sind auf sein Zimmer gegangen.«

Lewin traf Wassenka gerade an, als er seine Sachen aus dem Koffer geholt und die neuen Romanzen ausgebreitet hatte und Gamaschen anprobierte, um reiten zu gehen.

Ob nun an Lewins Gesicht etwas Besonderes war oder Wassenka selbst fühlte, dass *ce petit brin de cour*, den er angezettelt hatte, in dieser Familie deplaziert war, jedenfalls war er (soweit das bei einem Mann von Welt möglich) bei Lewins Kommen ein wenig betreten.

»Sie reiten mit Gamaschen?«

»Ja, so ist es viel sauberer«, sagte Wassenka, stellte das fette Bein auf einen Stuhl, schloss das Häkchen unten und lächelte vergnügt und gutmütig.

Er war zweifellos ein guter Bursche, und er tat Lewin nun leid und als Gastgeber war es ihm peinlich, als er in Wassenkas Blick Schüchternheit bemerkte.

Auf dem Tisch lag das Bruchstück eines Stocks, den sie morgens beim Turnen zerbrochen hatten, als sie versuchten, den klemmenden Barren höher zu stellen. Lewin nahm das Bruchstück in die Hand und fing an, die Splitter am zerfaserten Ende abzubrechen, da er nicht wusste, wie er beginnen sollte.

»Ich wollte ...« Er verstummte wieder, aber da ihm Kitty einfiel und alles, was gewesen war, schaute er ihm plötzlich entschlossen in die Augen und sagte: »Ich habe befohlen, für Sie die Pferde anzuspannen.«

»Wie das?« hob Wassenka verwundert an. »Um wohin zu fahren?«

»Für Sie, zur Bahnstation«, sagte Lewin finster, dabei zupfte er am Ende des Stocks.

»Fahren Sie weg oder ist etwas passiert?«

»Passiert ist, dass ich Gäste erwarte«, sagte Lewin, und seine kräftigen Finger knickten rascher und rascher die Enden des zerfaserten Stocks ab. »Nein, ich erwarte keine Gäste und passiert ist auch nichts, sondern ich bitte Sie abzureisen. Sie können sich meine Unhöflichkeit erklären, wie Sie möchten.«

Wassenka richtete sich gerade auf.

»Ich bitte darum, dass Sie mir erklären ...« sagte er würdevoll, als er endlich begriffen hatte.

»Ich kann es Ihnen nicht erklären«, begann Lewin leise und langsam, bemüht, das Zittern seiner Wangenknochen zu verbergen. »Und besser, Sie fragen nicht.«

Und da die zerfaserten Enden schon alle abgeknickt waren, packten Lewins Finger die dicken Enden, rissen den Stock entzwei und fingen sorgfältig das herabfallende Ende auf.

Der Anblick dieser nervös angespannten Hände, der Muskeln, die er morgens beim Turnen gespürt hatte, der funkelnden Augen, der leisen Stimme und der zitternden Wangenknochen überzeugten Wassenka wahrscheinlich mehr als alle Worte. Er zuckte die Achseln, lächelte verächtlich und verbeugte sich.

»Könnte ich nicht Oblonski sehen?«

Achselzucken und Lächeln berührten Lewin nicht. ›Was bleibt ihm schon übrig?‹ dachte er.

»Ich schicke ihn gleich zu Ihnen.«

»Was ist das denn für ein Nonsens!« sagte Stepan Arkadjitsch, als er von seinem Freund erfahren hatte, dass er aus dem Haus gejagt werde, und Lewin im Garten fand, wo er auf und ab ging und auf die Abreise des Gastes wartete. »*Mais c'est ridicule!* Was ist dir denn für eine Laus über die Leber gelaufen? *Mais c'est du dernier ridicule!** Was glaubst du wohl, wenn ein junger Mann …«

Aber die Stelle, wo Lewin eine Laus über die Leber gelaufen war, war offenbar noch empfindlich, denn er erbleichte von neuem, als Stepan Arkadjitsch den Anlass erklären wollte, und unterbrach ihn hastig:

»Bitte, erkläre mir nicht den Anlass! Ich konnte nicht anders! Ich habe dir und ihm gegenüber ein ganz schlechtes Gewissen. Aber für ihn ist es bestimmt kein großer Kummer, wenn er abreist, und mir und meiner Frau ist seine Gegenwart unangenehm.«

»Aber das ist doch beleidigend für ihn! *Et puis c'est ridicule.*«

»Für mich ist es sowohl beleidigend als auch quälend! Und ich bin an gar nichts schuld, ich leide für nichts und wieder nichts!«

»Also, das hätte ich ja nicht von dir erwartet! *On peut être jaloux, mais à ce point, c'est du dernier ridicule!***«

Lewin drehte sich rasch um und ging weg, tiefer in

---

* Aber das ist lächerlich! … Aber das ist in höchstem Maße lächerlich! *(frz.)*

** Man kann eifersüchtig sein, aber derart, das ist in höchstem Maße lächerlich! *(frz.)*

die Allee hinein, und wanderte weiter allein auf und
ab. Bald hörte er den Tarantas poltern und sah zwischen den Bäumen hindurch, wie Wassenka, mit seinem Schottenmützchen im Heu sitzend (zu allem Unglück gab es keine Sitze im Tarantas) und von jedem
Stoß hochgeschleudert, durch die Allee fuhr.

›Was denn noch?‹ dachte Lewin, als der Lakai aus
dem Haus gelaufen kam und den Tarantas anhielt. Es
ging um den Maschinisten, den Lewin völlig vergessen
hatte. Der Maschinist verbeugte sich und sagte etwas zu
Weslowski; dann stieg er in den Tarantas, und zusammen fuhren sie davon.

Stepan Arkadjitsch und die Fürstin waren empört
über Lewins Verhalten. Und er selbst kam sich nicht
nur im höchsten Maße *ridicule* vor, sondern auch rundherum schuldig und schmachbedeckt; aber wenn er
daran dachte, was er und seine Frau durchlitten hatten,
und sich dann fragte, wie er sich ein andermal verhalten würde, gab er sich zur Antwort: ganz genauso.

Dessen ungeachtet wurden gegen Ende des Tages
mit Ausnahme der Fürstin, die Lewin sein Betragen
nicht verzieh, alle ungewöhnlich lebhaft und fröhlich,
gerade wie Kinder nach einer Bestrafung oder Erwachsene nach einem beschwerlichen offiziellen Empfang,
so dass abends in Abwesenheit der Fürstin von Wassenkas Vertreibung bereits wie von einem lang zurückliegenden Ereignis die Rede war. Und Dolly, die von
ihrem Vater das Talent zu witzigem Erzählen hatte,
ließ Warenka schier vom Stuhl fallen vor Lachen, als
sie zum dritten und vierten Mal erzählte, jedesmal mit
neuen humorigen Zutaten, wie sie des Gastes wegen
neue Schleifchen angelegt hatte und gerade in den
Salon trat, da hörte sie plötzlich den Karren rumpeln.
Und wer war im Karren? Wassenka höchstpersönlich,
mit seinem Schottenmützchen, seinen Romanzen und
seinen Gamaschen saß er im Heu.

»Hättest du wenigstens die Kutsche anspannen lassen! Aber nein, und dann höre ich: ›Halt, halt!‹ Na, denk ich, hat sich einer erbarmt. Ich schaue, da wird ihm noch der dicke Deutsche dazugesetzt, und ab die Post … Und meine Schleifchen waren umsonst!«

XVI

Darja Alexandrowna blieb ihrem Vorsatz treu und reiste zu Anna. Es tat ihr sehr leid, ihrer Schwester Kummer und deren Mann Missbehagen zu bereiten; sie sah ein, dass Lewins völlig zu Recht keine Beziehung zu Wronski haben wollten; aber sie hielt es für ihre Pflicht, Anna zu besuchen und ihr zu zeigen, dass ihre Gefühle sich nicht ändern konnten, trotz der veränderten Situation.

Um nicht auf Lewins angewiesen zu sein bei dieser Reise, ließ Darja Alexandrowna im Dorf nach Mietpferden fragen; als Lewin davon erfuhr, kam er und machte ihr Vorhaltungen.

»Weshalb glaubst du, deine Reise bereite mir Missbehagen? Selbst wenn sie mir unangenehm wäre, wäre mir noch viel unangenehmer, dass du keine Pferde von mir nimmst«, sagte er. »Du hast mir nie gesagt, dass du zur Reise entschlossen bist. Mietest du Pferde im Dorf, ist das erstens unangenehm für mich, und vor allem, die gehen drauf ein, aber bringen dich nicht bis hin. Ich habe Pferde. Und wenn du mir keinen Kummer bereiten willst, so nimm meine.«

Darja Alexandrowna musste einwilligen, und am vereinbarten Tag stellte Lewin für seine Schwägerin ein Viergespann mit Wechselpferden bereit, gebildet aus Arbeits- und Reitpferden und sehr unschön, aber es konnte Darja Alexandrowna innerhalb eines Tages hinbringen. Jetzt, da sowohl für die bald abreisende Fürstin

wie für die Hebamme Pferde gebraucht wurden, war
das beschwerlich für Lewin, aber um der Gastfreund-
schaft willen konnte er nicht zulassen, dass Darja Alexandrowna aus seinem Haus auf Mietpferden abreiste,
außerdem wusste er, dass die zwanzig Rubel, die für
diese Reise von Darja Alexandrowna verlangt worden
waren, für sie sehr viel bedeuteten; und Darja Alexandrownas Finanzangelegenheiten, um die es mehr als
schlecht stand, nahmen die Lewins sich sehr zu Herzen.

Auf Lewins Rat brach Darja Alexandrowna noch vor
Morgengrauen auf. Die Straße war gut, die Kalesche
fuhr ruhig, die Pferde liefen gut, und auf dem Bock saß
außer dem Kutscher statt eines Lakaien noch der Kontorist, den Lewin zur Sicherheit mitgeschickt hatte.
Darja Alexandrowna nickte ein und erwachte erst, als
sie schon an dem Ausspann vorfuhren, wo die Pferde
gewechselt werden mussten.

Bei jenem reichen selbständigen Bauern, bei dem
Lewin auf seiner Reise zu Swijaschski Halt gemacht
hatte, trank Darja Alexandrowna ausgiebig Tee, unterhielt sich mit den Bauersfrauen über die Kinder und
mit dem Alten über den Grafen Wronski, den der Alte
sehr lobte, und um zehn Uhr fuhr sie weiter. Zu Hause
hatte sie über all den Sorgen um die Kinder nie Zeit
zum Nachdenken. Nun jedoch, auf dieser vierstündigen
Strecke, türmten sich alle vorher zurückgehaltenen Gedanken plötzlich in ihrem Kopf, wie nie vorher durchdachte sie ihr Leben, und das von den verschiedensten
Seiten. Sogar ihr selbst erschienen ihre Gedanken sonderbar. Zuerst dachte sie an die Kinder, um die sie sich
trotz allem Sorgen machte, obwohl die Fürstin und besonders Kitty (auf die sie am meisten hoffte) versprochen hatten, auf sie aufzupassen. ›Wenn Mascha bloß
nicht wieder ungezogen ist, wenn Grischa bloß nicht
vom Pferd getreten wird, ja und Lily, wenn sie sich bloß

nicht noch mehr den Magen verdirbt.‹ Aber dann wurden die Probleme der Gegenwart von denen der nahen Zukunft abgelöst. Sie dachte darüber nach, wie nötig es wäre, in Moskau vor diesem Winter eine neue Wohnung zu beziehen, die Möbel im Salon auszutauschen und der ältesten Tochter ein Pelzmäntelchen zu fertigen. Dann gingen ihr Probleme der ferneren Zukunft durch den Sinn: wie sie die Kinder dahin brächte, auf eigenen Füßen zu stehen. ›Die Mädchen, das geht ja noch‹, dachte sie, ›aber die Jungen?

Gut, ich lerne jetzt mit Grischa, aber das auch nur, weil ich selbst jetzt frei bin, nicht in anderen Umständen. Auf Stiwa ist da selbstverständlich kein Verlass. Und mit Hilfe guter Menschen werde ich sie auch auf eigene Füße stellen; aber wenn erneut eine Schwangerschaft ...‹ Und ihr kam der Gedanke, wie ungerecht der Ausspruch sei, es liege ein Fluch auf der Frau, dass sie mit Schmerzen Kinder gebären müsse. ›Gebären geht ja noch, aber austragen, das ist eine Qual‹, überlegte sie und stellte sich ihre letzte Schwangerschaft und den Tod dieses letzten Kindes vor. Und ihr fiel das Gespräch mit einer jungen Frau im Ausspann ein. Auf die Frage, ob sie Kinder habe, hatte die schöne junge Frau fröhlich geantwortet:

»Ein Mädchen hab ich gehabt, aber Gott hat mich entbunden, zur Fastenzeit hab ich es begraben.«

»Und? Dauert es dich sehr?« fragte Darja Alexandrowna.

»Wieso dauern? Der Alte hat sowieso viele Enkel. Nichts als Sorgen. Kannst weder arbeiten noch sonst was. Bist immer gebunden.«

Diese Antwort kam Darja Alexandrowna abscheulich vor, trotz des gutmütigen, gefälligen Aussehens der jungen Frau, aber jetzt musste sie unwillkürlich daran denken. In den zynischen Worten steckte auch Körnchen Wahrheit.

›Und überhaupt‹, dachte Darja Alexandrowna beim
Blick zurück auf ihr ganzes Leben in diesen fünfzehn
Jahren Ehe, ›Schwangerschaft, Übelkeit, Abstumpfung,
Gleichgültigkeit gegen alles und ganz besonders Häss-
lichkeit. Sogar Kitty, die junge, hübsche Kitty, wie sieht
sie jetzt übel aus, und schwanger werde ich immer hässlich, das weiß ich. Die Geburt, die Qualen, grässliche
Qualen, diese letzte Minute … dann das Stillen, diese
schlaflosen Nächte, diese schlimmen Schmerzen …‹

Darja Alexandrowna schauderte bei der bloßen
Erinnerung an den Schmerz, wenn die Brustwarzen
schrundig wurden, was sie bei fast jedem Kind erlebt
hatte. ›Dann die Krankheiten der Kinder, diese ewige
Angst; dann die Erziehung, die garstigen Neigungen
(ihr fiel das Vergehen der kleinen Mascha in den Himbeeren wieder ein), das Lernen, das Latein – all das ist
so unverständlich und schwierig. Und obendrein noch –
der Tod ebendieser Kinder.‹ Und wieder stieg in ihrer
Vorstellung die ihr Mutterherz ewig peinigende grausame Erinnerung an den Tod des letzten Jungen auf,
noch Säugling, der an Krupp gestorben war, an seine
Beerdigung, an die allseitige Gleichgültigkeit vor diesem winzigen rosaroten Sarg und ihren herzzerreißen-
den einsamen Schmerz vor diesem bleichen Stirnchen
mit den Haarkringeln an den Schläfen, vor dem halb-
offenen und verwunderten Mündchen, das in dem Moment noch im Sarg zu sehen war, als der rosarote Sarg-
deckel mit der Kreuzborte geschlossen wurde.

›Und wozu das alles? Was kommt dabei heraus? Dass
ich mein Leben zubringe ohne einen Moment Ruhe,
bald schwanger, bald am Stillen, ewig verärgert, gries-
grämig, mir selbst und anderen zur Pein und meinem Mann zuwider, und dass unglückliche, schlecht erzogene und bettelarme Kinder heranwachsen. Wäre
dieser Sommer bei den Lewins, ich weiß nicht,
jetzt durchkämen. Sicher, Kostja und Kitty sind

so feinfühlig, dass es fast nicht auffällt; aber es kann so nicht weitergehen. Kommen bei ihnen noch Kinder, können sie nicht mehr helfen; auch jetzt sind sie schon beengt. Und dann, wird Papa helfen, der sich fast nichts zurückbehalten hat? So dass ich nicht einmal die Kinder allein auf die Füße stellen kann, höchstens mit Hilfe anderer, mit Demütigung. Und nehmen wir mal den günstigsten Fall an: die Kinder werden nicht sterben, ich kann sie irgendwie aufziehen. Bestenfalls werden sie bloß nicht zu Taugenichtsen. Das ist alles, was ich wünschen kann. Und einzig dazu so viele Qualen und Mühen ... Das ganze Leben ist verpfuscht!‹ Wieder fiel ihr ein, was die junge Frau gesagt hatte, und wieder war ihr die Erinnerung daran widerwärtig; aber sie musste zugeben, dass in den Worten auch ein Körnchen derber Wahrheit steckte.

»Na, ist es noch weit, Michaila?« fragte Darja Alexandrowna den Kontoristen, um sich von den Gedanken abzulenken, die ihr Angst machten.

»Ab diesem Dorf, heißt es, noch sieben Werst.«

Von der Dorfstraße fuhr die Kalesche auf ein Brückchen. Über die Brücke ging, laut und fröhlich schwatzend, eine Schar fröhlicher Bauernweiber mit geflochtenen Garbenbändern über der Schulter. Die Weiber blieben auf der Brücke stehen und betrachteten neugierig die Kalesche. Alle ihr zugewandten Gesichter kamen Darja Alexandrowna gesund vor, fröhlich, von aufreizender Lebensfreude. ›Alle leben, alle genießen das Leben‹, hing Darja Alexandrowna weiter ihren Gedanken nach, als sie, an den Bauernweibern vorbei, einen Hügel hinaufgefahren war und nun wieder bei Trab angenehm auf den weichen Federn der alten Kalesche schaukelte, ›ich dagegen bin wie aus dem Gefängnis entlassen, aus einer Welt, die mich zermürbt vor lauter Sorgen, und erst jetzt komme ich für einen Augenblick zur Besinnung. Alle leben, diese Bauernweiber, Schwe ter Nathalie, Warenka, Anna, zu der ich jetzt fahre, nur ich nicht.

Dabei fallen sie über Anna her. Weshalb? Bin ich vielleicht besser? Ich habe zumindest einen Mann, den ich liebe. Nicht, wie ich gerne lieben würde, aber ich liebe ihn, und Anna hat den ihren nicht geliebt. Was ist ihre Schuld? Sie möchte leben. Gott hat uns das in die Seele gelegt. Durchaus möglich, dass ich das Gleiche getan hätte. Und ich weiß bis heute nicht, ob ich gut daran getan habe, dass ich auf sie hörte in jener furchtbaren Zeit, als sie zu mir nach Moskau gereist kam. Ich hätte damals meinen Mann verlassen und mein Leben von vorne beginnen sollen. Ich hätte wahrhaft lieben und geliebt werden können. Ist es jetzt vielleicht besser? Ich achte ihn nicht. Ich brauche ihn‹, dachte sie von ihrem Mann, ›und ich ertrage ihn. Ist das vielleicht besser? Damals hätte ich noch gefallen können, meine Schönheit war mir geblieben‹, hing Darja Alexandrowna weiter ihren Gedanken nach, und sie hätte gern in den Spiegel geschaut. Sie hatte ein Reisespiegelchen in ihrer Tasche, das wollte sie herausholen; aber als sie auf die Rücken des Kutschers und des schaukelnden Kontoristen blickte, merkte sie, es wäre ihr peinlich, wenn sich einer der beiden umsähe, und so holte sie den Spiegel nicht heraus.

Aber auch ohne Blick in den Spiegel dachte sie, es wäre auch jetzt nicht zu spät, sie dachte an Sergej Iwanowitsch, der besonders liebenswürdig zu ihr war, an Stiwas Freund, den gutmütigen Turowzyn, der während des Scharlachs mit ihr zusammen die Kinder gepflegt hatte und in sie verliebt war. Auch gab es noch einen blutjungen Mann, der fand, wie ihr Mann ihr zum Scherz gesagt hatte, sie sei schöner als ihre Schwestern. Und Darja Alexandrowna schwebten die leidenschaftlichsten und unmöglichsten Liebesromanzen vor.

Anna hat vollkommen recht getan, und ich werde ihr

bestimmt keinen Vorwurf machen. Sie ist glücklich, macht einen Mann glücklich und ist nicht abgehärmt wie ich, sondern bestimmt so frisch, gescheit und offen für alles wie immer«, dachte Darja Alexandrowna, und ein schelmisches, zufriedenes Lächeln kräuselte ihre Lippen, vor allem weil Darja Alexandrowna in Gedanken an Annas Liebesromanze sich parallel dazu hineinphantasierte in fast die gleiche Liebesromanze mit dem Kollektivum eines Phantasiemanns, der in sie verliebt war. Sie würde genauso wie Anna ihrem Mann alles gestehen. Und Stepan Arkadjitschs Verwunderung und Verwirrung bei dieser Nachricht machte sie lächeln.

Unter solchen Träumereien kam sie bis zu der Stelle an der Landstraße, wo der Weg nach Woswdwischenskoje abzweigte.

XVII

Der Kutscher hielt das Viergespann an und blickte nach rechts auf ein Roggenfeld, wo bei einem Leiterwagen Bauern saßen. Der Kontorist wollte vom Bock springen, überlegte es sich jedoch anders und rief im Befehlston einen Bauern, winkte ihn zu sich her. Das Lüftchen, das während der Fahrt geweht hatte, legte sich, als sie hielten; Bremsen umlagerten die verschwitzten, aufgebracht sich wehrenden Pferde. Das metallische Geräusch des Sensendengelns, das vom Leiterwagen herüberklang, verstummte. Einer der Männer stand auf und kam zur Kalesche.

»He, bist du eingetrocknet?« rief der Kontorist ungehalten dem Bauern zu, der langsam, auf bloßen Füßen, über die Buckel des uneingeebneten trockenen Weges stapfte. »Komm doch her!«

Der krausköpfige Alte, dessen Haar ein Baststreifen zusammenhielt und dessen gekrümmter Rücken dun-

kel war vor Schweiß, beschleunigte den Schritt, kam
zur Kalesche und hielt sich mit braungebrannter Hand
am Schutzblech fest.

»Nach Wosdwischenskoje, zum Herrenhaus? zum
Grafen?« wiederholte er. »Da fährst du bloß den Bühel
rauf. Und schwenkst nach links. Geradeaus den Prischpekt lang, da stößt du drauf. Zu wem wollt ihr, zu ihm
selber?«

»Wie ist es, mein Freund, sind die Herrschaften zu
Hause?« fragte Darja Alexandrowna ein wenig unbestimmt, da sie nicht einmal wusste, wie sie den Bauern
nach Anna fragen sollte.

»Müssten sie schon«, sagte der Bauer, trat vom einen
bloßen Fuß auf den andern und hinterließ im Staub
einen klaren Abdruck seiner Fußsohle mit den fünf Zehen. »Müssten sie schon«, wiederholte er, da er sich
offenbar gern unterhalten wollte. »Gestern sind noch
Gäste gekommen. Unheimlich viele Gäste ... Was ist?«
Er drehte sich zu dem Burschen um, der ihm vom Leiterwagen etwas zurief. »Ah ja! Vorhin sind sie alle
vorbeigeritten, sich die Mähmaschine anschauen. Jetzt
müssten sie zu Haus sein. Und wo gehört ihr hin?«

»Wir kommen von weit her«, sagte der Kutscher und
kletterte auf den Bock. »Also, nicht mehr weit?«

»Sag ich ja, gleich hier. Sowie du rauffährst ...« sagte
er und strich mit der Hand über das Schutzblech.

Der gesunde, stämmige junge Bursche kam ebenfalls
her.

»Hättet ihr nicht Arbeit bei der Ernte?« fragte er.

»Ich weiß nicht, mein Freund.«

»Also, sowie du nach links biegst, da fährst du drauf
zu«, sagte der Bauer, der offenkundig die Reisenden ungern fortließ und noch reden wollte.

Der Kutscher fuhr an, aber sie waren kaum einge-
bogen, da rief der Bauer:

»Halt! He, Freund! Warte!« riefen beide Stimmen.

Der Kutscher hielt.

»Sie kommen selber! Da sind sie!« rief der Bauer.

»Oho, fest drauflos!« Er deutete auf die vier Reiter und die zwei Leute im Char à banc, die die Straße entlangkamen.

Es waren Wronski mit Jockey, Weslowski und Anna zu Pferd und Prinzessin Warwara und Swijaschski im Char à banc. Sie hatten eine Spazierfahrt gemacht, um zu schauen, wie die neu eingetroffenen Erntemaschinen arbeiteten.

Als die Equipage stehenblieb, ritten die Reiter im Schritt weiter. Vorweg ritt Anna neben Weslowski. Anna ritt ruhigen Schrittes auf einem mittelgroßen, stämmigen englischen Cob mit gestutzter Mähne und kurzem Schweif. Ihr schöner Kopf mit den unterm hohen Hut vorgerutschten schwarzen Haaren, ihre vollen Schultern, die schmale Taille in dem schwarzen Reitkleid wie auch ihre ganze ruhige, anmutige Haltung beeindruckten Dolly.

Im ersten Moment kam es ihr unschicklich vor, dass Anna ritt. Mit der Vorstellung vom Reiten einer Dame verband sich in Darja Alexandrownas Kopf die Vorstellung von junger, leichter Koketterie, was ihrer Ansicht nach zu Annas Situation nicht passte; aber als sie sie aus der Nähe sah, war sie mit ihrem Reiten sofort ausgesöhnt. Trotz der Eleganz war alles so schlicht, ruhig und würdig, in der Haltung wie in der Kleidung wie in den Bewegungen Annas, dass nichts hätte natürlicher sein können.

Neben Anna ritt auf einem grauen, erhitzten Kavalleriepferd, die dicken Beine vorgestreckt und offensichtlich von sich selbst angetan, Wassenka Weslowski in seinem Schottenmützchen mit den flatternden Bändern, und Darja Alexandrowna konnte ein fröhliches Lächeln nicht zurückhalten, als sie ihn erkannte. Hinter ihm ritt Wronski. Er saß auf einem dunkelbraunen

Vollblutpferd, das offenbar noch vom Galopp erhitzt war. Er hielt es zurück, arbeitete mit den Zügeln.

Hinter ihm ritt ein kleiner Mann im Jockey-Anzug. Swijaschski und die Prinzessin suchten in dem nagelneuen Char à banc mit einem gewaltigen rabenschwarzen Traber die anderen einzuholen.

In dem Moment, als Anna in der kleinen, in die Ecke der alten Kalesche geschmiegten Gestalt Dolly erkannte, erstrahlte ihr Gesicht in freudigem Lächeln. Sie schrie auf, fuhr im Sattel hoch und setzte das Pferd in Galopp. Als sie die Kalesche erreichte, sprang sie ohne Hilfe vom Pferd und lief, das Reitkleid gerafft, zu Dolly.

»Ich habe es schon gedacht und wollte es nicht glauben. Das ist ja eine Freude! Du kannst dir meine Freude nicht vorstellen!« Bald drückte sie ihr Gesicht an Dolly und küsste sie, bald lehnte sie sich zurück und betrachtete sie lächelnd.

»Das ist ja eine Freude, Alexej!« sagte sie mit einem Blick auf Wronski, der abgestiegen war und näherkam.

Wronski zog den hohen grauen Hut und trat zu Dolly.

»Sie glauben ja gar nicht, wie wir uns über Ihr Kommen freuen«, sagte er, dabei legte er eine besondere Bedeutung in diese Worte, und ein Lächeln entblößte seine kräftigen weißen Zähne.

Ohne vom Pferd zu steigen, nahm Wassenka Weslowski sein Mützchen ab, und zur Begrüßung des Gastes schwenkte er es mit den Bändern fröhlich über seinem Kopf.

»Das ist Prinzessin Warwara«, gab Anna auf Dollys fragenden Blick zur Antwort, als der Char à banc herankam.

»Oh!« entfuhr es Darja Alexandrowna, und ihr Gesicht drückte unwillkürlich Missfallen aus.

Prinzessin Warwara war eine Tante ihres Mannes,

sie kannte sie seit langem und achtete sie nicht. Sie wusste, dass Prinzessin Warwara sich ihr Leben lang von reichen Verwandten durchfüttern ließ; aber dass sie jetzt bei Wronski lebte, einem ihr fremden Menschen, kränkte sie um der Verwandtschaft ihres Mannes willen. Anna bemerkte Dollys Gesichtsausdruck und wurde verlegen, errötete, ließ das geraffte Reitkleid los und verhedderte sich darin.

Darja Alexandrowna ging zu dem haltenden Char à banc und begrüßte Prinzessin Warwara kühl. Swijaschski kannte sie ebenfalls. Er fragte, wie es seinem kauzigen Freund und dessen junger Frau gehe, und nach einem flüchtigen Blick auf die nicht zusammenpassenden Pferde und die Kalesche mit den geflickten Schutzblechen schlug er den Damen vor, im Char à banc zu fahren.

»Und ich fahre in diesem Vehikel«, sagte er. »Das Pferd ist friedlich, und die Prinzessin kutschiert hervorragend.«

»Nein, bleiben Sie, wo Sie waren«, sagte die hinzugetretene Anna, »wir zwei fahren in der Kalesche.« Und sie hakte Dolly unter und führte sie fort.

Darja Alexandrowna gingen die Augen über vor diesem eleganten Gefährt, wie sie nie eines gesehen hatte, vor diesen wunderschönen Pferden und diesen eleganten, strahlenden Menschen, die sie umringten. Am meisten aber beeindruckte sie der Wandel, der sich in der vertrauten und geliebten Anna vollzogen hatte. Einer anderen, weniger aufmerksamen Frau, die Anna nicht von früher gekannt und vor allem nicht jenen Gedanken nachgehangen hätte wie Darja Alexandrowna unterwegs, wäre an Anna nichts Besonderes aufgefallen. Dolly aber war nun beeindruckt von der flüchtigen Schönheit, die Frauen nur in Momenten der Liebe an sich haben und die sie nun auf Annas Gesicht vorfand. Alles an ihrem Gesicht, die ausgeprägten Grübchen an

Wangen und Kinn, der Schwung der Lippen, das Lächeln, das gleichsam ums Gesicht schwebte, das Funkeln der Augen, Anmut und Lebhaftigkeit der Bewegungen, die tönende Stimme, sogar die Art, wie sie halb verärgert, halb freundlich Weslowski antwortete, der sie um Erlaubnis gefragt hatte, auf ihren Cob überzuwechseln, um ihm Rechtsgalopp beizubringen – alles war äußerst anziehend; und sie selbst schien das zu wissen und sich darüber zu freuen.

Als beide Frauen in der Kalesche Platz genommen hatten, befiel plötzlich beide Verlegenheit. Anna wurde unter dem aufmerksam fragenden Blick verlegen, mit dem Dolly sie betrachtete; Dolly deshalb, weil sie sich nach Swijaschskis Worten über das Vehikel plötzlich der schmutzigen alten Kalesche schämte, in der Anna bei ihr Platz genommen hatte. Kutscher Filipp und der Kontorist hatten das gleiche Gefühl. Um seine Verlegenheit zu verbergen, war der Kontorist den Damen geschäftig beim Einsteigen behilflich gewesen, Kutscher Filipp aber wurde mürrisch und stimmte sich schon mal drauf ein, dass er sich von dieser oberflächlichen Überlegenheit nicht imponieren ließe. Nach einem Blick auf den rabenschwarzen Traber lächelte er ironisch und war sich bereits sicher, dass dieser Rappe am Char à banc nur fürs »Prominieren« taugte und nicht bei der Hitze und ohne Ausspannen vierzig Werst laufen könnte.

Die Bauern am Leiterwagen waren alle aufgestanden und schauten neugierig und vergnügt bei der Begrüßung des Gastes zu, dabei machten sie ihre Bemerkungen.

»Freuen sich auch, haben sich lang nicht gesehen«, meinte der krausköpfige Alte mit dem Baststreifen im Haar.

»Onkel Gerassim, wenn der Rappenhengst die Garben fahren würde, das ginge fix!«

»Sieh dir das an. Die da in den Unterhosen, ist das eine Frau?« fragte einer und deutete auf Wassenka Weslowski, der gerade in den Damensattel stieg.

»Nö, ein Mann. Siehst du, wie er geschickt reinspringt!«

»Was ist, Leute, schlafen werden wir wohl nicht mehr?«

»Von wegen Schlaf heute!« sagte der Alte und schielte zur Sonne. »Schaut, Mittag ist vorbei! Nehmt die Sensen, weiter geht's!«

XVIII

Anna schaute in Dollys mageres, zermürbtes Gesicht mit dem Staub in den Fältchen und wollte sagen, was sie dachte, nämlich dass Dolly abgemagert sei; aber da ihr einfiel, dass sie selbst schöner geworden war und dass Dollys Blick ihr das sagte, seufzte sie und begann von sich zu sprechen.

»Du schaust mich an«, sagte sie, »und denkst, ob ich in meiner Situation glücklich sein könne. Tja! Ich schäme mich, es zu bekennen; aber ich ... ich bin unverzeihlich glücklich. Mit mir ist etwas Zauberisches geschehen, wie im Traum, wenn einem angst und bange wird, und auf einmal wachst du auf und merkst, dass es alle diese Ängste nicht gibt. Ich bin aufgewacht. Ich habe Qualvolles, Grauenhaftes durchgemacht, und jetzt bin ich schon lange, besonders, seit wir hier sind, so glücklich!« sagte sie und blickte mit schüchtern fragendem Lächeln Dolly an.

»Wie ich mich freue!« sagte Dolly lächelnd, unwillkürlich kühler, als sie wollte. »Ich freue mich sehr für dich. Weshalb hast du mir nicht geschrieben?«

»Weshalb? Weil ich es nicht gewagt habe ... du vergisst meine Situation ...«

»Mir? Nicht zu schreiben gewagt? Wenn du wüsstest, wie ich … Ich finde ja …«

Darja Alexandrowna wollte ihre Gedanken vom Vormittag äußern, doch irgendwie kam ihr das jetzt unpassend vor.

»Im übrigen, davon später. Was sind das denn alles für Bauten?« fragte sie, da sie das Thema wechseln wollte; sie deutete auf die roten und grünen Dächer, die hinterm Grün der Akazien- und Fliederhecken sichtbar waren. »Wie ein eigenes Städtchen.«

Anna antwortete ihr aber nicht.

»Nein, nein! Wie findest du meine Situation, was denkst du darüber, sag?« fragte sie.

»Ich bin der Ansicht …« hob Darja Alexandrowna an, aber in dem Augenblick musste Wassenka Weslowski in seinem kurzen Jäckchen, schwergewichtig aufs Wildleder des Damensattels plumpsend, an ihnen vorbeigaloppieren, denn er hatte dem Cob Rechtsgalopp beigebracht.

»Es klappt, Anna Arkadjewna!« rief er.

Anna würdigte ihn keines Blickes; wieder kam es Darja Alexandrowna ungünstig vor, in der Kalesche dieses lange Gespräch zu beginnen, darum kürzte sie ihren Gedanken ab.

»Ich finde gar nichts«, sagte sie, »sondern habe dich immer liebgehabt, und wenn man liebt, liebt man den ganzen Menschen, wie er ist, und nicht, wie ich ihn gern hätte.«

Anna wandte den Blick vom Gesicht der Freundin ab, und mit zugekniffenen Augen (eine neue Angewohnheit, die Dolly nicht an ihr kannte) sann sie nach, um die Bedeutung dieser Worte ganz zu begreifen. Und als sie sie offenbar begriffen hatte, wie sie wollte, blickte sie Dolly an.

»Solltest du Sünden haben«, sagte sie, »würden sie dir alle vergeben für dein Kommen und diese Worte.«

Und Dolly sah, dass ihr Tränen in die Augen traten. Sie drückte Anna schweigend die Hand.

Nach einer Schweigepause wiederholte sie ihre Frage. »Also, was sind das für Bauten? Wie viele es sind!«

»Das sind die Häuser der Bediensteten, das Gestüt, die Pferdeställe«, antwortete Anna. »Und da beginnt der Park. Alles war verwahrlost, doch Alexej hat alles renoviert. Er liebt dieses Gut sehr und widmet sich nun, was ich nie erwartet hätte, mit Passion der Gutswirtschaft. Im übrigen ist er so eine reiche Natur! Was er auch anpackt, alles macht er vortrefflich. Er langweilt sich nicht, im Gegenteil, er ist mit Passion bei der Sache. Ich kannte ihn anders, doch nun ist er zu einem sparsamen, ausgezeichneten Gutsherrn geworden, ist beim Wirtschaften sogar geizig. Aber nur beim Wirtschaften. Wo es um Zehntausende geht, rechnet er nicht«, sagte sie mit jenem frohen und gewitzten Lächeln, mit dem Frauen oft über geheime, nur von ihnen entdeckte Eigenschaften des geliebten Mannes sprechen. »Siehst du dieses große Gebäude? Das ist das neue Krankenhaus. Ich glaube, es dürfte über hunderttausend kosten. Das ist nun sein *dada**. Und weißt du, wie es dazu kam? Die Bauern baten ihn wohl, er solle ihnen Wiesen billiger überlassen, er lehnte ab, und ich warf ihm Geiz vor. Natürlich nicht allein deshalb, aber alles zusammen – er fing an, das Krankenhaus zu bauen, verstehst du, um zu zeigen, wie wenig geizig er ist. Wenn du so willst, *c'est une petitesse***; aber ich liebe ihn dafür um so mehr. Gleich erblickst du das Haus. Es ist noch das großväterliche Haus, und es ist außen unverändert.«

»Wie schön!« sagte Dolly und blickte mit unwillkür-

---

* Steckenpferd *(frz.)*
** das ist unerheblich *(frz.)*

lichem Staunen auf das wunderschöne Haus mit den
Säulen, das aus dem vielfarbigen Grün der alten Park-
bäume auftauchte.

»Schön, nicht wahr? Und aus dem Haus, von oben,
hat man einen erstaunlichen Blick.«

Sie fuhren in den kiesbedeckten, mit Blumenrabat-
ten geschmückten Hof, wo zwei Arbeiter ein umgegra-
benes Beet mit unbehauenen, porösen Steinen einfass-
ten, und hielten unter einer überdachten Einfahrt.

»Ah, sie sind schon da!« sagte Anna mit Blick auf die
Reitpferde, die gerade vom Hauseingang weggeführt
wurden. »Schön, dieses Pferd, nicht wahr? Es ist ein
Cob. Mein Lieblingspferd. Führ es her, und gebt mir
Zucker. Wo ist der Graf?« fragte sie die beiden Lakaien
in Paradelivree, die herausgesprungen kamen. »Ah, da
ist er ja!« Sie hatte Wronski und Weslowski entgegenkommen gesehen.

»Wo bringen Sie die Fürstin unter?« fragte Wronski
Anna auf Französisch, und ohne die Antwort abzuwarten, begrüßte er noch einmal Darja Alexandrowna und
küsste ihr nun die Hand. »Ich denke, im großen Bal-
konzimmer?«

»O nein, das ist so weit weg! Besser im Eckzimmer,
da treffen wir uns häufiger. Na, gehn wir«, sagte Anna,
als sie ihrem Lieblingspferd den vom Lakaien gebrachten Zucker gegeben hatte.

»*Et vous oubliez votre devoir* *«, sagte sie zu dem ebenfalls aus dem Haus gekommenen Weslowski.

»*Pardon, j'en ai tout plein les poches* **«, erwiderte er
lächelnd und steckte die Finger in die Westentasche.

»*Mais vous venez trop tard* ***«, sagte sie, während sie
sich mit einem Tuch die Hand abwischte, die das Pferd

---

* Und Sie vergessen Ihre Pflicht *(frz.)*
** Pardon, ich habe die Taschen voll davon *(frz.)*
*** Aber Sie kommen zu spät *(frz.)*

beim Aufnehmen des Zuckers nass gemacht hatte.
Anna wandte sich an Dolly: »Kommst du für lange? Für
einen Tag? Das ist unmöglich!«

»Ich habe es so versprochen, und die Kinder ...«
sagte Dolly, die sich sehr verlegen fühlte, weil sie ihr
Täschchen aus der Kalesche nehmen musste und weil
sie wusste, dass ihr Gesicht wohl sehr staubig war.

»Nein, Dolly, mein Herz ... Wir werden ja sehen.
Komm, gehn wir!« Und Anna führte Dolly in ihr Zimmer.

Es war nicht das Paradezimmer, das Wronski vorgeschlagen hatte, sondern eines, von dem Anna sagte,
Dolly müsse entschuldigen. Auch dieses Zimmer, das
eine Entschuldigung verlangte, war übervoll von einem
Luxus, in dem Dolly noch nie gewohnt hatte und der sie
an die besten Hotels im Ausland erinnerte.

»Ach, mein Herz, wie bin ich glücklich!« Anna setzte
sich in ihrem Reitkleid einen Augenblick neben Dolly.
»Erzähl mir von den Deinen. Stiwa habe ich flüchtig
gesehen. Aber von Kindern versteht er nicht zu erzählen. Was macht Tanja, mein Liebling? Schon ein großes
Mädchen, nicht?«

»Ja, ein sehr großes«, antwortete Darja Alexandrowna kurz und wunderte sich selbst, dass sie so kühl
von ihren Kindern sprach. »Wir haben es wunderbar
bei den Lewins«, fügte sie hinzu.

»Oh, wenn ich gewusst hätte«, sagte Anna, »dass du
mich nicht verachtest ... Ihr hättet alle zu uns kommen
können. Stiwa ist ja ein alter und guter Freund von Alexej«, fügte sie hinzu und errötete plötzlich.

»Ja, aber wir haben es so gut ...« erwiderte Dolly
verlegen.

»Ja, im übrigen, vor lauter Freude rede ich dummes
Zeug. Jedenfalls, mein Herz: wie ich mich freue über
dich!« sagte Anna und küsste sie erneut. »Du hast mir
noch nicht gesagt, wie und was du über mich denkst,

ich möchte jedoch alles wissen. Aber ich freue mich, dass du mich siehst, wie ich bin. Ich möchte vor allem nicht, dass man denkt, ich wollte etwas beweisen. Ich will nichts beweisen, ich möchte einfach leben und niemandem Böses tun, außer mir selbst. Dieses Recht habe ich doch, nicht wahr? Im übrigen ist das ein langes Gespräch, und wir werden über alles noch ausgiebig sprechen. Jetzt gehe ich mich umziehen, und dir schicke ich die Zofe.«

XIX

Allein geblieben, musterte Darja Alexandrowna mit Hausfrauenblick ihr Zimmer. Alles, was sie bei der Anfahrt und beim Gang durchs Haus gesehen hatte und nun in ihrem Zimmer sah, alles machte auf sie den Eindruck von Überfluss und modischem Prunk und jenem neuen europäischen Luxus, von dem sie nur in englischen Romanen gelesen, den sie aber in Russland und auf dem Land noch nie gesehen hatte. Alles war neu, angefangen von der neuen französischen Tapete bis hin zum Teppich, mit dem das ganze Zimmer ausgelegt war. Das Bett hatte Sprungfedern und eine Matratzenauflage und ein besonderes Kopfende, und die kleinen Kissen hatten rohseidene Bezüge. Das marmorne Waschbecken, der Toilettentisch, die Chaiselongue, die Tische, die Bronzeuhr auf dem Kamin, die Vorhänge und Portieren – alles war teuer und neu.

Die herausgeputzte Zofe, die, modischer frisiert und gekleidet als Dolly, ihre Dienste anbieten kam, war ebenso neu und teuer wie das ganze Zimmer. Darja Alexandrowna taten ihre Höflichkeit, Adrettheit und Dienstfertigkeit wohl, dennoch fühlte sie sich unbehaglich; sie genierte sich vor ihr wegen ihres geflickten Nachtjäckchens, das ihr dummerweise aus Versehen eingepackt worden war. Ihr waren die Flicken und gestopften Stellen peinlich, auf die sie daheim so stolz war. Daheim war klar, dass für sechs Nachtjäckchen vierundzwanzig Arschin Nansouk zu fünfundsechzig Kopeken der Arschin gebraucht wurden, was über fünfzehn Rubel ausmachte, dazu noch der Besatz und die Arbeit, und diese fünfzehn Rubel ließen sich sparen. Doch vor der Zofe – es war ihr nicht gerade peinlich, aber unbehaglich.

Darja Alexandrowna fühlte sich sehr erleichtert, als ihre alte Bekannte ins Zimmer trat, Annuschka. Nach der herausgeputzten Zofe verlangte die Herrin, und Annuschka blieb bei Darja Alexandrowna.

Annuschka freute sich offenbar sehr über die Ankunft der gnädigen Frau und schwatzte ohne Unterlass. Dolly bemerkte, dass sie sich zu gerne über die Situation ihrer Herrin ausgelassen hätte, besonders über die Liebe und Ergebenheit des Grafen gegenüber Anna Arkadjewna, aber Dolly hinderte sie jedesmal, sobald sie davon anfing.

»Ich bin mit Anna Arkadjewna aufgewachsen, die Herrin sind mir das liebste auf der Welt. Nun, nicht wir haben zu richten. Aber, mir scheint, so zu lieben …«

»Bitte, lass mir das rauswaschen, wenn möglich«, unterbrach sie Darja Alexandrowna.

»Zu Befehl. Für die kleine Wäsche sind bei uns extra zwei Frauen eingeteilt, und die andere kommt alle in die Maschine. Der Herr Graf kümmern sich um alles. Ein solcher Ehemann …«

Dolly war froh, als Anna eintrat und durch ihr Kommen Annuschkas Geplauder ein Ende machte.

Anna trug jetzt ein sehr schlichtes Batistkleid. Dolly musterte dieses schlichte Kleid aufmerksam. Sie wusste, was diese Schlichtheit bedeutete und für wieviel Geld sie zu erwerben war.

»Eine alte Bekannte«, sagte Anna über Annuschka.

Anna war nun nicht mehr verlegen. Sie war vollkommen ungezwungen und ruhig. Dolly sah, dass sie
sich nun durchaus gefasst hatte nach dem Eindruck,
den Dollys Ankunft bei ihr hervorgerufen hatte, und
jenen oberflächlichen, gleichmütigen Ton anschlug,
bei dem die Tür zu jener Abteilung, wo ihre Gefühle
und intimsten Gedanken lagen, gleichsam verschlossen
war.

»Und was macht dein Mädchen, Anna?« fragte Dolly.

»Anni? (So nannte Anna ihre Tochter.) Sie ist gesund. Wächst und gedeiht. Du möchtest sie sehen?
Komm, ich zeige sie dir. Es gab fürchterliche Scherereien«, begann sie zu erzählen, »mit den Kinderfrauen.
Wir hatten eine Italienerin als Amme. Eine gute Amme, aber so dumm! Wir wollten sie zurückschicken,
aber das Mädchen hat sich so an sie gewöhnt, dass wir
sie bis jetzt behalten haben.«

»Doch wie habt ihr es geregelt …?« Dolly wollte die
Frage stellen, welchen Namen das Mädchen tragen
werde; aber als sie bemerkte, wie sich Annas Gesicht
plötzlich verfinsterte, gab sie der Frage einen anderen
Sinn. »Wie habt ihr es geregelt? Anni schon abgestillt?«

Doch Anna hatte verstanden.

»Du wolltest nicht danach fragen? Du wolltest nach
ihrem Namen fragen? Nicht wahr? Das macht Alexej zu
schaffen. Sie hat keinen Namen. Das heißt, sie ist eine
Karenina«, sagte Anna, die Augen so zugekniffen, dass
nur noch die zusammenstoßenden Wimpern zu sehen
waren. »Im übrigen«, ihr Gesicht hellte sich plötzlich
auf, »über all das sprechen wir später. Komm, ich zeige
sie dir. *Elle est très gentille**. Sie krabbelt schon.«

Der Luxus, der Darja Alexandrowna im ganzen Haus
beeindruckt hatte, beeindruckte sie im Kinderzimmer
noch mehr. Da gab es Wägelchen, bestellt aus England,

---

* Sie ist sehr lieb *(frz.)*

Vorrichtungen zum Laufenlernen, ein Sofa wie ein Billardtisch, extra zum Krabbeln eingerichtet, Wiegen und besondere neue Badewannen. Alles war englisch, fest und solide und offensichtlich sehr teuer. Das Zimmer war groß, sehr hoch und licht.

Als sie eintraten, saß das Mädchen in nur einem Hemdchen auf dem Kinderstühlchen am Tisch und verspeiste eine Bouillon, mit der es sich das ganze Brüstchen bekleckert hatte. Eine russische Dienstmagd, die im Kinderzimmer aushalf, fütterte das Mädchen und aß offenbar selbst mit. Weder Amme noch Kinderfrau waren zugegen; sie befanden sich im Nebenzimmer, von dort war ihr seltsames Französisch zu hören, die einzige Sprache, in der sie sich verständigen konnten.

Als die Engländerin Annas Stimme hörte, kam sie, schmuck und hochgewachsen, mit unangenehmem Gesicht und unaufrichtiger Miene, hastig zur Tür herein, die blonden Ringellöckchen schüttelnd, und begann sich sogleich zu rechtfertigen, obwohl Anna ihr gar nichts vorgeworfen hatte. Auf jedes Wort Annas murmelte die Engländerin hastig und mehrfach: »Yes, my lady.«

Das schwarzbrauige, schwarzhaarige, rotwangige Mädchen mit seinem kräftigen, von Hühnerhaut umspannten roten Körperchen gefiel Darja Alexandrowna sehr, obwohl es das neue Gesicht unfreundlich beäugte; sie wurde sogar neidisch, so gesund sah es aus. Wie das Mädchen krabbelte, gefiel ihr ebenfalls sehr. Kein einziges ihrer Kinder war so gekrabbelt. Als das Mädchen auf den Teppich gesetzt und das Kleidchen hinten geordnet war, sah es allerliebst aus. Wie ein Tierchen blickte es aus seinen funkelnden schwarzen Augen zu den Großen hoch, offenbar erfreut, dass es gefiel, es lächelte und schob die Beine seitwärts, stützte sich energisch auf die Arme, zog rasch das Hinterteil nach und griff wieder mit den Händchen nach vorn.

Aber die Atmosphäre im Kinderzimmer und insbesondere die Engländerin missfielen Darja Alexandrowna sehr. Nur damit, dass eine gute Engländerin
nicht in eine so unrechtmäßige Familie wie die Annas
gegangen wäre, konnte Darja Alexandrowna sich erklären, dass Anna bei ihrer Menschenkenntnis eine so
unsympathische, unwürdige Engländerin für ihr Mädchen hatte nehmen können. Außerdem erkannte Darja
Alexandrowna sofort, nach wenigen Worten, dass Anna,
Amme, Kinderfrau und Kind sich nicht verstanden
und der Besuch der Mutter etwas Ungewöhnliches war.
Anna wollte dem Mädchen sein Spielzeug geben und
konnte es nicht finden.

Am erstaunlichsten war, dass auf die Frage, wie viele
Zähne es habe, Anna sich irrte und von den letzten beiden Zähnen gar nichts wusste.

»Es bedrückt mich bisweilen, dass ich hier quasi
überflüssig bin«, sagte Anna, als sie das Kinderzimmer
verließ; sie raffte ihre Schleppe, um die Spielsachen in
der Nähe der Tür nicht umzuwerfen. »Anders als beim
ersten.«

»Ich dachte, es wäre umgekehrt«, meinte Darja Alexandrowna schüchtern.

»O nein! Du musst wissen, ich habe ihn nämlich
gesehen, Serjoscha«, sagte Anna mit zugekniffenen
Augen, als spähte sie in weite Ferne. »Im übrigen, das
besprechen wir später. Du kannst dir nicht vorstellen,
ich bin wie ein Hungriger, dem plötzlich ein komplet-
tes Mahl vorgesetzt wird, und er weiß nicht, womit beginnen. Das komplette Mahl – das bist du und meine
bevorstehenden Gespräche mit dir, die ich mit niemand anderem führen konnte, und ich weiß nicht, mit
welchem Gespräch zuerst beginnen. *Mais je ne vous
ferai grâce de rien**. Ich muss alles aussprechen. Ah ja,

* Aber ich werde dir nichts ersparen *(frz.)*

ich sollte dir noch die Gesellschaft skizzieren, die du bei uns vorfindest«, hob sie an. »Ich fange bei den Damen an. Prinzessin Warwara. Du kennst sie, und ich kenne deine und Stiwas Meinung von ihr. Stiwa sagt, ihr ganzer Lebenszweck bestehe darin, ihren Vorrang vor Tantchen Katerina Pawlowna zu beweisen; das stimmt alles; aber sie ist gutherzig, und ich bin ihr so dankbar. In Petersburg gab es einen Augenblick, da brauchte ich dringend *un chaperon**. Und da war sie bei der Hand. Aber sie ist wirklich gutherzig. Sie hat mir sehr meine Situation erleichtert. Ich sehe, dass du nicht ganz die Beschwerlichkeit meiner Situation verstehst ... dort, in Petersburg«, fügte sie hinzu. »Hier bin ich vollkommen gelassen und glücklich. Ja, aber davon später. Ich muss alle aufzählen. Dann Swijaschski, er ist Adelsmarschall, und er ist ein sehr anständiger Mensch, aber er will etwas von Alexej. Verstehst du, bei seinem Vermögen könnte Alexej jetzt, da wir uns auf dem Land niedergelassen haben, großen Einfluss haben. Dann Tuschkewitsch, ihn hast du getroffen, er war stets um Betsy. Jetzt wurde ihm der Laufpass gegeben, und er kam zu uns gereist. Er ist, wie Alexej sagt, einer der Menschen, die sehr angenehm sind, wenn man sie für das nimmt, was sie scheinen wollen, außerdem ist er *comme il faut*, wie Prinzessin Warwara sagt. Dann Weslowski ... ihn kennst du. Ein sehr lieber Junge«, sagte sie, und ein schelmisches Lächeln kräuselte ihre Lippen. »Was ist das für eine aberwitzige Geschichte mit Lewin? Weslowski hat es Alexej erzählt, und wir können es nicht glauben. *Il est très gentil et naïf***«, sagte sie, erneut mit demselben Lächeln. »Männer brauchen Zerstreuung, und Alexej braucht ein Publikum, darum ist mir diese ganze Gesellschaft lieb und wert. Es ist nötig, dass es bei

---

* eine Anstandsdame *(frz.)*
** Er ist sehr lieb und naiv *(frz.)*

uns lebhaft und fröhlich zugeht und dass Alexej nichts
Neues möchte. Dann der Ökonom, ein Deutscher, sehr
guter Mann, kennt sein Fach. Alexej schätzt ihn sehr.
Dann der Doktor, ein junger Mann, nicht gerade Nihi-
list, doch weißt du, er isst vom Messer ... aber ein sehr
guter Arzt. Dann der Architekt ... *Une petite cour*.«

XX

»Da bringe ich Ihnen Dolly, Prinzessin, Sie wollten sie
doch so gerne sehen«, sagte Anna, als sie mit Darja
Alexandrowna auf die große Steinterrasse trat, wo im
Schatten, hinter einem Stickrahmen, da sie einen Ses-
selbezug für den Grafen bestickte, Prinzessin Warwara
saß. »Sie sagt, sie wolle nichts bis zum Diner, aber lassen Sie ihr noch ein Dejeuner servieren, und ich gehe
Alexej suchen und bringe alle her.«

Prinzessin Warwara empfing Dolly freundlich und
ein wenig gönnerhaft und setzte ihr sogleich auseinander, sie habe sich bei Anna niedergelassen, weil sie Anna
stets mehr geliebt habe, als ihre Schwester Katerina
Pawlowna das habe, die Tante, die Anna aufgezogen
hatte, und nun, da alle Anna verlassen hätten, halte sie
es für ihre Pflicht, ihr in dieser so ungemein schwierigen Übergangszeit zu helfen.

»Ihr Mann wird in die Scheidung einwilligen, dann
werde ich mich erneut in meine Einsamkeit zurückziehen, nun jedoch kann ich nützlich sein und erfülle
meine Pflicht, so schwer mir das auch fallen mag, nicht
so wie andere. Und wie lieb du bist, wie gut du daran
getan hast, dass du hergekommen bist! Sie leben absolut wie das allerbeste Ehepaar; Gott wird sie richten, nicht wir. Und was ist mit Birjusowski und Awen-

---

* Ein kleiner Hofstaat *(frz.)*

jew … Und sogar Nikandrow, und Wassiljew und Mamonowa, und Lisa Neptunowa … Hat doch nie jemand etwas gesagt? Und zuletzt haben alle sie empfangen. Außerdem, *c'est un intérieur si joli, si comme il faut. Tout-à-fait à l'anglaise. On se réunit le matin au break fast et puis on se sépare.** Jeder tut, was er mag, bis zum Diner. Das Diner ist um sieben. Stiwa hat sehr gut daran getan, dass er dich hergeschickt hat. Er sollte sich an die beiden halten. Weißt du, über seine Mutter und seinen Bruder kann der Graf alles erreichen. Außerdem tun sie viel Gutes. Hat er dir nichts von seinem Krankenhaus gesagt? *Ce sera admirable***, alles aus Paris.«

Ihr Gespräch wurde von Anna unterbrochen, die die Herrenrunde im Billardzimmer gefunden hatte und mit allen auf die Terrasse zurückkehrte. Bis zum Diner blieb noch viel Zeit, das Wetter war herrlich, darum wurden verschiedene Dinge vorgeschlagen, wie die verbleibenden zwei Stunden zu verbringen wären. Um Zeit zu verbringen gab es in Wosdwischenskoje sehr viele Dinge, und sie waren alle anders als in Pokrowskoje.

»*Une partie de lawn tennis****«, schlug Weslowski vor, lächelte dabei sein schönes Lächeln. »Wir beide wieder zusammen, Anna Arkadjewna.«

»Nein, es ist heiß; besser, wir spazieren durch den Park und fahren Boot, um Darja Alexandrowna die Ufer zu zeigen«, schlug Wronski vor.

»Ich bin mit allem einverstanden«, sagte Swijaschski.

»Ich glaube, für Dolly ist ein Spaziergang das ange-

---

* dieses Familienleben ist so nett, so comme il faut. Ganz nach englischer Art. Man versammelt sich morgens beim Frühstück, dann geht man auseinander *(frz., engl.)*

** Das wird wunderbar *(frz.)*

*** Eine Partie Rasentennis *(frz., engl.)*

nehmste, nicht wahr? Und dann eine Bootsfahrt«, sagte
Anna.

So wurde es beschlossen. Weslowski und Tuschkewitsch gingen zum Badehaus und versprachen, dort das
Boot fertigzumachen und zu warten.

In zwei Paaren gingen sie über den Parkweg, Anna
mit Swijaschski und Dolly mit Wronski. Dolly war ein
wenig verwirrt und verunsichert durch das für sie völlig neue Milieu, in das sie hier geraten war. Abstrakt
und theoretisch hatte sie Annas Schritt nicht nur gerechtfertigt, sondern sogar gutgeheißen. Wie oftmals
moralisch untadelige Frauen, der Eintönigkeit ihres
moralischen Lebens müde, hatte auch sie aus der Ferne
die frevelhafte Liebe nicht nur entschuldigt, sondern
sogar beneidet. Außerdem liebte sie Anna von Herzen.
In der Realität jedoch, da sie Anna nun im Milieu der
ihr fremden Menschen mit ihren für Darja Alexandrowna neuen Manieren sah, fühlte sie sich unbehaglich. Besonders unangenehm war ihr, Prinzessin Warwara zu sehen, die für den Komfort, den sie genoss, den
beiden alles verzieh.

Allgemein, abstrakt hieß Dolly Annas Schritt gut,
aber den Mann zu sehen, dessentwegen dieser Schritt
erfolgt war, war ihr unangenehm. Außerdem hatte ihr
Wronski nie gefallen. Sie hielt ihn für sehr stolz und
fand an ihm nichts, worauf er stolz sein könnte, außer
seinem Reichtum. Doch hier, in seinem Haus, impo-
nierte er ihr gegen ihren Willen noch mehr als früher,
und sie konnte nicht ungezwungen mit ihm umgehen.
Sie hatte in seinem Beisein ein ähnliches Gefühl, wie
sie es vor der Zofe wegen des Nachtjäckchens gehabt
hatte. Wie es ihr vor der Zofe nicht gerade peinlich,
eher unbehaglich war wegen der Flicken, so war es ihr
auch bei ihm nicht gerade peinlich, aber ihretwegen
unbehaglich.

In ihrer Verlegenheit suchte Dolly nach einem Gesprächsthema. Zwar meinte sie, bei seinem Stolz müsste ihm Lob für sein Haus und den Park unangenehm sein, aber da sie kein anderes Gesprächsthema fand, sagte sie doch, ihr habe sein Haus sehr gut gefallen.

»Ja, es ist ein sehr schönes Gebäude, in einem guten alten Stil«, sagte er.

»Mir hat der Hof vor dem Hauseingang sehr gefallen. War das so?«

»O nein!« Sein Gesicht strahlte vor Vergnügen. »Sie hätten den Hof in diesem Frühjahr sehen sollen!«

Und er fing an, erst vorsichtig, dann mit immer größerem Enthusiasmus, ihre Aufmerksamkeit auf einzelne Verschönerungen an Haus und Park zu lenken. Offensichtlich fühlte Wronski, nachdem er in Verbesserung und Verschönerung seines Herrenhauses viel Arbeit gesteckt hatte, das Bedürfnis, vor dem neuen Gast ein wenig zu prahlen damit, und freute sich von Herzen über Darja Alexandrownas Lob.

»Wenn Sie auf das Krankenhaus einen Blick werfen wollten und nicht müde sind, so ist es nicht weit. Kommen Sie«, sagte er nach einem Blick auf ihr Gesicht, um sich zu versichern, dass es sie tatsächlich nicht langweilte.

»Kommst du mit, Anna?« wandte er sich an sie.

»Wir kommen mit. Nicht wahr?« wandte sie sich an Swijaschski. »*Mais il ne faut pas laisser le pauvre* Weslowski *et* Tuschkewitsch *se morfondre là dans le bateau.**
Man müsste hinschicken zu ihnen. Ja, das ist das Denkmal, das er hier hinterlässt«, sagte Anna zu Dolly, mit demselben gewitzten, wissenden Lächeln, mit dem sie schon vorher vom Krankenhaus gesprochen hatte.

»Oh, ein kapitales Werk!« sagte Swijaschski. Aber damit es nicht aussah, als rede er Wronski nach dem

---

* Aber man darf den armen Weslowski und Tuschkewitsch dort im Boot nicht vergeblich warten lassen *(frz.)*

Mund, ließ er sofort eine leicht kritische Bemerkung folgen. »Allerdings wundere ich mich, Graf«, sagte er, »wo Sie in der Gesundheitsfürsorge so viel für das Volk tun, wie Sie den Schulen so gleichgültig gegenüberstehen.«

»*C'est devenu tellement commun, les écoles**« sagte Wronski. »Aber Sie verstehen, nicht deswegen, es begeistert mich nun einmal. Hier lang geht es zum Krankenhaus«, wandte er sich an Darja Alexandrowna und deutete auf einen Seitenweg, der wegführte von der Allee.

Die Damen spannten die Sonnenschirme auf und traten hinaus auf den Seitenweg. Nach ein paar Wegbiegungen, als sie zu einer Pforte hinausgegangen waren, sah Darja Alexandrowna an einer höher gelegenen Stelle ein großes rotes, fast fertiggestelltes Gebäude von kurioser Form. Das noch ungestrichene Blechdach glitzerte und blendete in der grellen Sonne. Neben dem fast fertigen Gebäude wurde noch ein anderes errichtet, von einem Gerüst umgeben, und darauf standen die Arbeiter in ihren Schürzen, schichteten die Backsteine und mörtelten das Mauerwerk mit Schöpfkellen und richteten es aus mit Richtlatten.

»Wie schnell die Arbeit bei Ihnen vorangeht!« sagte Swijaschski. »Als ich das letzte Mal hier war, gab es das Dach noch nicht.«

»Bis zum Herbst ist alles fertig. Innen ist schon fast alles abgeschlossen«, sagte Anna.

»Und was ist dieser neue Bau?«

»Der ist zur Unterbringung von Arzt und Apotheke«, erwiderte Wronski; er sah, wie der Architekt in kurzem Mantel auf ihn zukam, entschuldigte sich vor den Damen und ging ihm entgegen.

* Das ist so etwas Gewöhnliches geworden, die Schulen *(frz.)*

Er ging um den Trog, aus dem die Arbeiter den Mörtel schöpften, blieb beim Architekten stehen und redete heftig auf ihn ein.

»Das Giebeldreieck ist immer noch zu niedrig«, antwortete er auf Annas Frage, was los sei.

»Ich habe ja gesagt, das Fundament hätte höher sein müssen«, sagte Anna.

»Versteht sich, das wäre besser gewesen, Anna Arkadjewna«, sagte der Architekt, »aber dafür ist es nun zu spät.«

»Ja, ich interessiere mich sehr dafür«, gab Anna Swijaschski zur Antwort, der sich über ihre Kenntnisse in Architektur gewundert hatte. »Das neue Gebäude müsste für ein Krankenhaus passend sein. Aber die Idee kam später, und es wurde ohne Plan angefangen.«

Nach dem Gespräch mit dem Architekten gesellte sich Wronski wieder zu den Damen und führte sie ins Innere des Krankenhauses.

Obwohl außen noch die Karniese fertiggestellt und im untersten Stock die Wände gestrichen wurden, war oben schon fast alles abgeschlossen. Sie stiegen die breite gusseiserne Treppe bis zum Absatz hoch und traten in den ersten großen Raum. Die Wände waren marmoriert, die riesigen, durchgehenden Fenster bereits eingesetzt, nur der Parkettboden war noch nicht fertig, und die Tischler, die ein hochgestelltes Quadrat abhobelten, unterbrachen die Arbeit und nahmen die Bänder ab, die ihre Haare zurückhielten, um die Herrschaften zu begrüßen.

»Das ist die Aufnahme«, sagte Wronski. »Hier kommt ein Stehpult her, ein Tisch, ein Schrank und sonst nichts.«

»Hier, gehen wir hier durch. Komm nicht ans Fenster«, sagte Anna und probierte, ob die Farbe trocken war. »Alexej, die Farbe ist schon trocken«, fügte sie an.

Von der Aufnahme gingen sie in den Flur. Hier zeigte
ihnen Wronski die nach einem neuen System gebaute
Ventilation. Dann zeigte er die Marmorbadewannen,
die Betten mit ungewöhnlichen Sprungfedern. Dann
zeigte er nacheinander die Krankenzimmer, den Vor-
ratsraum, die Wäschekammer, dann die Öfen nach
neuster Bauart, dann Schubkarren, die keinen Lärm
machten, wenn nötige Dinge durch den Flur gefahren
wurden, und vieles andere. Als Mensch, der sämtliche
neuen Errungenschaften kannte, wusste Swijaschski
alles zu beurteilen. Dolly staunte nur über alles, was
sie noch nie gesehen hatte, und da sie alles begreifen
wollte, fragte sie nach Einzelheiten, was Wronski offensichtlich Vergnügen bereitete.

»Ja, ich glaube, das wird das einzige durchweg richtig eingerichtete Krankenhaus in Russland«, sagte Swijaschski.

»Wird es bei Ihnen keine Entbindungsstation geben?« fragte Dolly. »Das ist so nötig auf dem Land. Ich
habe oft ...«

Trotz seiner Höflichkeit unterbrach sie Wronski.

»Das ist keine Entbindungsanstalt, sondern ein Krankenhaus, vorgesehen für alle Krankheiten mit Ausnahme der ansteckenden«, sagte er. »Sehen Sie mal,
hier ...« Und er rollte zu Darja Alexandrowna einen
Stuhl für Genesende, den er neu hatte kommen lassen.
»Schauen Sie.« Er setzte sich in den Stuhl und bewegte
ihn. »Der Patient kann nicht gehen, er ist noch schwach
oder die Beine sind krank, aber er braucht frische Luft,
und so fährt er, rollt er hinaus ...«

Darja Alexandrowna interessierte sich für alles, es
gefiel ihr alles sehr, aber am meisten gefiel ihr Wronski
in seinem natürlichen, naiven Enthusiasmus. ›Ja, das
ist ein sehr lieber, guter Mensch‹, dachte sie bisweilen,
hörte ihm nicht zu, sondern schaute ihn an und suchte
seine Miene zu ergründen und versetzte sich in Gedan-

ken in Anna. Er gefiel ihr jetzt dermaßen in seiner Lebhaftigkeit, dass sie verstand, wie Anna sich in ihn verlieben konnte.

XXI

»Nein, ich glaube, die Fürstin ist müde, und Pferde interessieren sie nicht«, sagte Wronski zu Anna, die vorgeschlagen hatte, bis zum Gestüt zu gehen, wo Swijaschski den neuen Hengst sehen wollte. »Gehen Sie nur, ich begleite die Fürstin nach Hause, und wir reden miteinander«, und zu ihr gewandt, »wenn Sie nichts dagegen haben.«

»Von Pferden verstehe ich nichts, da bin ich sehr froh«, meinte Darja Alexandrowna, ein wenig verwundert.

Sie sah an Wronskis Gesicht, dass er etwas von ihr wollte. Sie täuschte sich nicht. Sobald sie durch die Pforte wieder in den Park gekommen waren, schaute er in die Richtung, in die Anna gegangen war, und als er sicher war, dass Anna sie weder sehen noch hören konnte, hob er an:

»Sie haben wohl erraten, dass ich mit Ihnen reden wollte?« sagte er und schaute sie mit lachenden Augen an. »Ich gehe ja nicht fehl, dass Sie Anna freund sind.« Er nahm den Hut ab, holte ein Taschentuch vor und wischte sich den kahl werdenden Kopf ab.

Darja Alexandrowna erwiderte nichts und blickte ihn nur erschrocken an. Als sie nun mit ihm allein war, graute ihr plötzlich: die lachenden Augen und der ernste Gesichtsausdruck schreckten sie.

Die unterschiedlichsten Vermutungen, worüber er wohl mit ihr reden wolle, schossen ihr durch den Sinn: ›Er wird mich bitten, dass ich mit den Kindern zu Besuch herkomme, und ich muss es ihm abschlagen; oder

dass ich in Moskau einen Kreis für Anna bilde ... Oder
womöglich fragt er nach Wassenka Weslowski und seinem Verhältnis zu Anna? Vielleicht auch nach Kitty,
und dass er sich schuldig fühlt?‹ Sie sah nur Unangenehmes auf sich zukommen, erriet jedoch nicht, worüber er mit ihr sprechen wollte.

»Sie haben einen solchen Einfluss auf Anna, sie liebt
Sie so«, sagte er, »helfen Sie mir.«

Darja Alexandrowna sah fragend und scheu in sein
energisches Gesicht, das bald ganz, bald teilweise auf
Sonnenschein traf im Schatten der Linden, bald verdüs-
tert wurde vom Schatten, und sie wartete, was er weiter
sagen würde, aber er stieß den Spazierstock in den Kies
und ging schweigend neben ihr her.

»Wenn Sie uns besuchen kommen, Sie als einzige
Frau aus Annas früherem Freundeskreis – Prinzessin
Warwara rechne ich nicht –, so verstehe ich, dass Sie
das nicht deshalb tun, weil Sie unsere Situation für nor-
mal halten, sondern weil Sie die ganze Beschwerlichkeit
dieser Situation verstehen, jedoch Anna noch genauso
lieben wie zuvor und ihr helfen möchten. Verstehe ich
Sie richtig?« fragte er mit einem Blick zu ihr.

»O ja«, antwortete Darja Alexandrowna und klappte
den Sonnenschirm zu, »aber ...«

»Niemand«, unterbrach er sie und blieb unwillkürlich stehen, vergaß dabei, dass er seine Gesprächspart-
nerin in eine ungünstige Lage brachte, da auch sie
stehenbleiben musste. »Nein, niemand empfindet die
ganze Beschwerlichkeit von Annas Situation stärker als
ich. Das ist auch einsehbar, wenn Sie mir die Ehre erweisen, mich für einen Menschen mit Herz zu halten.
Ich bin die Ursache für diese Situation, darum empfinde ich sie auch.«

»Ich verstehe«, sagte Darja Alexandrowna, unwillkürlich beeindruckt, wie aufrichtig und fest er das
sagte. »Aber eben weil Sie sich bewusst sind, die Ur-

sache zu sein, übertreiben Sie, fürchte ich. Annas Situation in der Gesellschaft ist beschwerlich, das verstehe ich.«

»In der Gesellschaft ist es die Hölle!« stieß er rasch hervor, mit finsterer Miene. »Schlimmere seelische Qualen als diejenigen, die sie in den zwei Wochen in Petersburg durchlebt hat, kann man sich nicht vorstellen ... ich bitte Sie, mir das zu glauben.«

»Ja, aber hier, solange weder Anna ... noch Sie ein Verlangen nach der Gesellschaft verspüren ...«

»Die Gesellschaft!« sagte er verächtlich. »Was könnte ich für ein Verlangen nach der Gesellschaft haben?«

»Solange – und vielleicht ist es immer so – sind Sie glücklich und ruhig. Ich sehe es Anna an, dass sie glücklich ist, vollkommen glücklich ist, das hat sie mir schon mitgeteilt.« Darja Alexandrowna sagte es lächelnd; und als sie das sagte, kamen ihr jetzt unwillkürlich Zweifel, ob Anna wirklich glücklich sei.

Wronski aber schien nicht daran zu zweifeln.

»Ja, ja«, sagte er. »Ich weiß, dass sie aufgelebt ist nach all ihren Leiden; sie ist glücklich. Ist glücklich in der Gegenwart. Aber ich? ... ich fürchte, was uns erwartet ... Pardon, Sie wollten weitergehen?«

»Nein, ganz gleich.«

»Nun, so setzen wir uns hier.«

Darja Alexandrowna setzte sich auf das Bänkchen in einer Ecke der Allee. Er blieb vor ihr stehen.

»Ich sehe, dass sie glücklich ist«, wiederholte er, und der Zweifel, ob sie glücklich sei, befiel Darja Alexandrowna noch stärker. »Aber kann das von Dauer sein? Ob wir gut oder schlecht gehandelt haben, ist eine andere Frage; aber der Würfel ist geworfen«, sagte er, aus dem Russischen ins Französische wechselnd, »und wir sind verbunden fürs ganze Leben. Wir sind durch die – für uns heiligen – Bande der Liebe vereint. Wir haben

ein Kind, wir können noch mehr Kinder haben. Aber
das Gesetz und alle Umstände unserer Situation sind so
beschaffen, dass Tausende von Komplikationen auftreten können, die sie jetzt, da ihre Seele sich erholt nach
allen Leiden und Prüfungen, nicht sieht und nicht sehen will. Das ist auch verständlich. Ich aber kann nicht
wegsehen. Meine Tochter ist nach dem Gesetz nicht
meine Tochter, sondern eine Karenina. Ich will diesen Betrug nicht!« sagte er mit energisch abwehrender
Geste und sah finster und fragend zu Darja Alexandrowna.

Sie antwortete nicht und sah ihn nur an. Er fuhr fort:
»Morgen kann ein Sohn zur Welt kommen, mein Sohn,
und nach dem Gesetz ist er ein Karenin, er wird weder
meinen Namen noch mein Vermögen erben, und wir
können noch so glücklich sein in der Familie und noch
so viele Kinder haben, dennoch besteht keine Verbindung zwischen mir und ihnen. Sie sind alle Karenins.
Begreifen Sie doch, wie schwer und furchtbar diese Situation ist! Ich habe versucht, mit Anna darüber zu
sprechen. Es wühlt sie auf. Sie begreift nicht, und ich
kann ihr nicht alles sagen. Nun betrachten Sie es von
einer anderen Seite. Ich bin glücklich mit ihrer Liebe,
aber ich muss eine Beschäftigung haben. Ich habe diese
Beschäftigung gefunden, ich bin stolz auf diese Beschäftigung und halte sie für edler als die meiner ehemaligen Kameraden bei Hof und im Dienst. Und werde
sie zweifellos nicht mehr gegen die ihre eintauschen.
Ich arbeite hier, in meiner Umgebung, und ich bin
glücklich, zufrieden, und mehr brauchen wir nicht zu
unserem Glück. Ich liebe diese Tätigkeit. *Cela n'est pas
un pis-aller**, im Gegenteil ...«

Darja Alexandrowna merkte, dass er sich beim Erklären hier im Kreis bewegte, sie begriff die Abschwei-

---

* Das ist keine Notlösung *(frz.)*

fung nicht recht, fühlte aber, da er einmal begonn
hatte, von dem zu reden, was ihm am Herzen lag un
worüber er mit Anna nicht reden konnte, musste er alles aussprechen, und seine Tätigkeit auf dem Land befand sich in derselben Abteilung seiner Herzensangelegenheiten wie seine Beziehung zu Anna.

Er besann sich jedoch. »Also, ich fahre fort. Wenn ich
arbeite, muss ich doch vor allem die Überzeugung haben, dass mein Werk nicht mit mir stirbt, dass ich Erben haben werde – und das habe ich nicht. Stellen Sie
sich die Situation eines Mannes vor, der von vornherein
weiß, dass die Kinder, die er mit seiner geliebten Frau
hat, nicht als die seinen gelten, sondern als die eines
Menschen, der sie hasst und nichts von ihnen wissen
will. Das ist doch furchtbar!«

Er verstummte, offensichtlich stark erregt.

»Ja, versteht sich, das begreife ich. Aber was kann
Anna tun?« fragte Darja Alexandrowna.

»Ja, das bringt mich zum Zweck meines Gesprächs«,
sagte er und rang seine Erregung nieder. »Anna kann
etwas tun, es hängt von ihr ab … Sogar, um bei Seiner
Majestät um die Adoption anzusuchen, bedarf es der
Scheidung. Und das hängt von Anna ab. Ihr Mann war
mit der Scheidung einverstanden – damals hatte Ihr
Gatte alles arrangiert. Auch jetzt würde er nicht ablehnen, das weiß ich. Wenn ihm Anna nur schreiben
würde. Er hatte damals die klare Antwort gegeben,
wenn sie den Wunsch äußerte, würde er nicht ablehnen. Versteht sich«, sagte er finster, »das ist eine seiner
pharisäerhaften Grausamkeiten, zu denen nur diese
Menschen ohne Herz fähig sind. Er weiß, welche Qual
ihr jede Erinnerung an ihn bereitet, und obwohl er sie
kennt, verlangt er von ihr einen Brief. Ich begreife, dass
ihr das eine Qual ist. Aber die Gründe sind so gewichtig,
dass sie das muss, *passer par dessus toutes ces finesses
de sentiment. Il y va du bonheur et de l'existence d'Anne*

..e ses enfants.[*] Von mir selbst spreche ich nicht, obwohl mir schwer ums Herz ist, sehr schwer«, sagte er, dabei machte er ein Gesicht, als drohte er jemandem, weil ihm schwer ums Herz war. »Und so, Fürstin, greife ich gewissenloserweise nach Ihnen wie nach einem Rettungsanker. Helfen Sie mir, Anna zu überreden, dass sie ihm schreibt und die Scheidung verlangt!«

»Ja, versteht sich«, sagte Darja Alexandrowna nachdenklich, da sie ihre letzte Begegnung mit Alexej Alexandrowitsch lebhaft vor sich sah. »Ja, versteht sich«, sagte sie entschlossen, da sie auch Anna vor sich sah.

»Nutzen Sie Ihren Einfluss auf sie, bringen Sie Anna dazu, dass sie schreibt. Ich will und kann auch fast nicht mehr mit ihr reden darüber.«

»Gut, ich rede mit ihr. Aber wieso denkt sie selbst nicht daran?« sagte Darja Alexandrowna, und seltsamerweise fiel ihr dabei plötzlich Annas sonderbare neue Angewohnheit ein, die Augen zuzukneifen. Und ihr fiel ein, dass Anna die Augen zukniff, eben wenn es um Herzensangelegenheiten ging. ›Als ob sie vor ihrem Leben die Augen zukneife, um nicht alles zu sehen‹, dachte Dolly. »Unbedingt, ich werde um meinet- und um ihretwillen mit ihr sprechen«, erwiderte Darja Alexandrowna auf Wronskis Dankesbekundungen.

Sie standen auf und gingen zum Haus.

---

[*] sich über diese ganzen Empfindlichkeiten hinwegsetzen. Es geht um das Glück und die Existenz Annas und ihrer Kinder *(frz.)*

XXII

Als Anna Dolly bereits zu Hause vorfand, schaute sie ihr aufmerksam in die Augen, wie wenn sie nach dem Gespräch fragte, das sie mit Wronski geführt hatte, fragte aber nicht ausdrücklich danach.

»Es dürfte schon Zeit sein zum Diner«, sagte sie. »Wir haben uns noch gar nicht recht gesehen. Ich rechne auf den Abend. Jetzt muss ich zum Umkleiden. Du wahrscheinlich auch. Wir haben uns auf dem Bau ganz schmutzig gemacht.«

Dolly ging auf ihr Zimmer, und sie musste lachen. Sie hatte nichts mehr zum Umkleiden, denn sie trug schon ihr bestes Kleid; doch um ihre Vorbereitung zum Diner irgendwie kenntlich zu machen, bat sie die Zofe, ihr das Kleid zu säubern, wechselte Manschetten und Schleife aus und tat sich einen Spitzenschmuck ins Haar.

»Das ist alles, was ich tun konnte«, sagte sie lächelnd zu Anna, die nun im dritten, wiederum außerordentlich schlichten Kleid zu ihr kam.

»Ja, wir sind hier sehr förmlich«, sagte Anna, gleichsam als Entschuldigung für ihre Eleganz. »Alexej ist so angetan von deinem Besuch, wie er das selten von etwas ist. Er ist regelrecht verliebt in dich«, fügte sie an. »Bist du auch nicht müde?«

Bis zum Diner war keine Zeit mehr, über etwas zu reden. Als sie in den Salon traten, trafen sie dort bereits Prinzessin Warwara und die Herren in schwarzen Gehröcken. Der Architekt war im Frack. Wronski stellte dem neuen Gast Arzt und Ökonom vor. Mit dem Architekten hatte er sie schon im Krankenhaus bekanntgemacht.

Der dicke Haushofmeister, das glattrasierte runde Gesicht so makellos wie die gestärkte Schleife an der weißen Halsbinde, meldete, es sei angerichtet, und die

Damen erhoben sich. Wronski bat Swijaschski, Anna Arkadjewna den Arm zu reichen, er selbst trat zu Dolly. Weslowski reichte rascher als Tuschkewitsch Prinzessin Warwara den Arm, so dass Tuschkewitsch, Arzt und Ökonom allein gingen.

Diner, Speisesaal, Geschirr, Bedienung, Wein und Speisen entsprachen nicht nur allgemein dem neuen Luxus des Hauses, sondern schienen noch luxuriöser und das Allerneuste zu sein. Darja Alexandrowna sah sich diesen für sie neuen Luxus genau an, und auch wenn sie gar nicht hoffte, etwas von dem Gesehenen in ihrem Haus anwenden zu können, denn solcher Luxus lag weit außerhalb ihrer Lebenshaltung, achtete sie als Frau, die einem Haushalt vorstand, unwillkürlich auf jedes Detail und fragte sich, wer das alles gemacht habe und wie. Wassenka Weslowski, ihr Mann und sogar Swijaschski und viele Menschen, die sie kannte, dachten nie darüber nach, sondern nahmen für bare Münze, was jeder anständige Gastgeber seinen Gästen vormacht, nämlich dass alles, was ihm so gut gelungen ist, ihn, den Gastgeber, keinerlei Mühe gekostet, sondern sich ganz von allein ergeben habe. Darja Alexandrowna jedoch wusste, dass ganz von allein nicht mal der Frühstücksbrei für die Kinder zustande kommt und dass hinter einer so komplizierten und hervorragenden Organisation jemandes gesteigerte Aufmerksamkeit stecken musste. Und aus den Blicken des Grafen, wie er die Tafel musterte, wie er dem Haushofmeister mit dem Kopf ein Zeichen gab und wie er Darja Alexandrowna die Wahl zwischen Botwinja und Suppe schmackhaft machte, schloss sie, dass hinter alledem der Gastgeber steckte, dass er sich selbst darum kümmerte. Von Anna hing das offenbar nicht mehr ab als von Weslowski. Sie, Swijaschski, die Prinzessin und Weslowski waren gleichermaßen Gäste, die vergnügt genossen, was ihnen geboten wurde.

Anna war nur Gastgeberin, was die Gesprächs-
rung betraf. Und diese Unterhaltung, bei einer kr
neren Tafelrunde für die Frau des Hauses nicht ohn.
Tücken, erst recht in Anwesenheit von Gästen wie dem
Ökonomen und dem Architekten, Gästen aus einer
vollkommen anderen Welt, die angesichts des ungewohnten Luxus gegen ihre Schüchternheit ankämpf-
ten und nicht lange am allgemeinen Gespräch teilnehmen konnten − diese schwierige Unterhaltung führte
Anna mit dem üblichen Taktgefühl, mit Natürlichkeit
und sogar mit Vergnügen, wie Darja Alexandrowna bemerkte.

Zuerst ging es darum, wie Tuschkewitsch und
Weslowski allein Boot gefahren waren, dann erzählte
Tuschkewitsch von der letzten Regatta im Petersbur-
ger Yachtklub. Doch kaum entstand eine Pause, wand-
te sich Anna an den Architekten, um ihn aus seinem
Schweigen zu holen.

»Nikolai Iwanowitsch war beeindruckt«, sagte sie
über Swijaschski, »wie das neue Gebäude gewachsen
ist, seit er das letzte Mal hier war; aber ich bin jeden
Tag hier und wundere mich jeden Tag, wie rasch es
geht.«

»Mit Seiner Erlaucht ist gut arbeiten«, sagte der Architekt mit einem Lächeln (er war ein respektvoller
und ruhiger Mann, sich vollauf seiner Würde bewusst).
»Anders, als wenn man mit den Gouvernementsbehör-
den zu tun hat. Wo dort Stapel von Papier beschrieben
würden, gebe ich dem Grafen Bericht, wir besprechen
es, und fertig ist die Laube.«

»Amerikanische Verfahrensweisen«, sagte Swijaschski lächelnd.

»Ja, mit Verlaub, dort werden Gebäude rational errichtet ...«

Das Gespräch wandte sich der Behördenwillkür in
den Vereinigten Staaten zu, doch Anna lenkte es sofort

ın anderes Thema, um den Ökonomen aus seinem
ıweigen zu locken.

»Hast du jemals Erntemaschinen gesehen?« fragte
sie Darja Alexandrowna. »Wir waren sie gerade besichtigen, als wir dir begegnet sind. Ich habe das selbst zum
erstenmal gesehen.«

»Wie arbeiten sie denn?« wollte Dolly wissen.

»Ganz wie Scheren. Ein Balken, und viele kleine
Scheren dran. So.«

Anna nahm mit ihren schönen, weißen, ringbedeckten Händen ein Messerchen und eine Gabel und zeigte
es. Sie sah wohl, dass aus ihrer Erklärung nichts verständlich wurde, aber da sie wusste, dass sie angenehm
sprach und dass ihre Hände schön waren, erklärte sie
weiter.

»Das sind eher Federmesserchen«, sagte schäkernd
Weslowski, der kein Auge von ihr ließ.

Anna lächelte kaum merklich, antwortete jedoch
nicht.

»Stimmt doch, Karl Fjodorytsch, wie Scheren?«
wandte sie sich an den Ökonomen.

»O ja«, antwortete der Deutsche. »Es ist ein ganz
einfaches Ding.« Und er fing an, die Konstruktion der
Maschine zu erklären.

»Schade, dass sie nicht bindet. Ich habe auf der Wiener Ausstellung eine gesehen, die bindet mit Draht«,
sagte Swijaschski. »Die wäre noch vorteilhafter.«

»Es kommt drauf an ... Der Preis vom Draht muss
ausgerechnet werden.« Und der Deutsche, aus dem
Schweigen gelockt, wandte sich an Wronski: »Das lässt
sich ausrechnen, Erlaucht.« Er wollte schon in die Tasche greifen, wo sein Bleistift in dem Notizbüchlein
steckte, in dem er alles ausrechnete, aber da ihm einfiel,
dass er bei Tisch saß, und er Wronskis kalten Blick auf-
fing, ließ er es bleiben. »Zu complicirt, macht zu viel
Klopot«, schloss er.

»Wünscht man Dochots, so hat man auch Klopots.«
Wassenka Weslowski zog den Deutschen auf. *»J'adore
l'allemand*«*, wandte er sich wieder mit demselben Lächeln an Anna.

*»Cessez**«*, sagte sie in scherzhaft strengem Ton.

Und wandte sich an den Arzt, einen kränklichen
Menschen. »Wir dachten, wir träfen sie auf den Feldern, Wassili Semjonytsch? Waren Sie draußen?«

»War ich, habe mich aber rasch verdünnisiert«, antwortete der Doktor mit grimmigem Scherz.

»Folglich haben Sie sich eine gute Motion gemacht.«

»Eine großartige!«

»Und wie steht es um die Gesundheit der alten Frau?
hoffentlich kein Typhus?«

»Typhus oder nicht Typhus, doch sie entwickelt sich
nicht zu ihrer Avantage.«

»Das tut mir aber leid!« sagte Anna, und da sie der
Höflichkeit gegenüber den Hausgenossen somit Genüge getan hatte, wandte sie sich wieder den Ihren zu.

»Trotzdem, Anna Arkadjewna, nach Ihrer Beschreibung wäre es schwierig, die Maschine zu bauen«,
scherzte Swijaschski.

»Aber wieso denn?« Annas Lächeln deutete an, dass
sie sich bewusst war, mit ihrer Darstellung der Ma-
schinenkonstruktion etwas Nettes gesagt zu haben, was
auch Swijaschski bemerkt hatte. Dieser neue Zug ju-
gendlicher Koketterie berührte Dolly unangenehm.

»Dafür sind Anna Arkadjewnas Kenntnisse in Architektur erstaunlich«, sagte Tuschkewitsch.

»Und wie, ich habe gestern gehört, wie Anna Arkadjewna ›am Stropp‹ sagte und ›Lambris‹«, sagte Weslowski. »Ist es so richtig?«

»Daran ist nichts erstaunlich, wenn man soviel sieht

---

* Ich liebe das Deutsche *(frz.)*
** Hören Sie auf *(frz.)*

und hört«, sagte Anna. »Sie jedoch wissen bestimmt nicht einmal, woraus Häuser gemacht werden?«

Darja Alexandrowna sah, dass Anna unzufrieden war mit dem schäkernden Ton zwischen ihr und Weslowski, aber selbst unwillkürlich in ihn verfiel.

Wronski verhielt sich in diesem Fall überhaupt nicht wie Lewin. Er maß Weslowskis Geplauder offenbar keine Bedeutung bei, im Gegenteil, er spornte noch zu diesen Späßen an.

»Sagen Sie doch, Weslowski, womit werden Steine verbunden?«

»Versteht sich, mit Zement.«

»Bravo! Und was ist Zement?«

»So etwas wie dünner Grützbrei ... nein, wie Kitt!« Weslowski erntete allgemeines Gelächter.

Von den Tischgästen waren nur Arzt, Architekt und Ökonom in grimmigem Schweigen versunken, ansonsten verstummte die Unterhaltung nicht; bald glitt sie dahin, bald hakte sie sich fest und traf jemandes wunden Punkt. Einmal wurde Darja Alexandrowna an einem wunden Punkt getroffen, und sie eiferte sich derart, dass sie sogar rot wurde und hinterher überlegte, ob sie nicht etwas Unnötiges und Unangenehmes gesagt habe. Swijaschski hatte die Rede auf Lewin gebracht und berichtete von seinen sonderbaren Urteilen, Maschinen seien in der russischen Landwirtschaft nur von Schaden.

»Ich habe nicht das Vergnügen, diesen Herrn Lewin zu kennen«, sagte Wronski lächelnd, »doch wahrscheinlich hat er die Maschinen, die er verurteilt, nie gesehen. Und wenn er eine gesehen und ausprobiert hat, dann nicht richtig, und keine ausländische, sondern irgendeine russische. Was kann es da schon für Ansichten geben?«

»Sowieso hat er türkische Ansichten«, sagte Weslowski lächelnd, an Anna gewandt.

»Ich kann seine Urteile nicht verteidigen«, sag
Darja Alexandrowna, über und über rot, »ich kann nu
sagen, dass er ein sehr gebildeter Mensch ist, und wenn
er hier wäre, wüsste er Ihnen zu antworten, ich bin
nicht dazu imstande.«

»Ich habe ihn sehr gern, wir sind auch gute
Freunde«, meinte Swijaschski mit gutmütigem Lächeln. »*Mais pardon, il est un petit peu toqué**. Zum Beispiel behauptet er, Semstwo wie Friedensrichter, das
sei alles nicht nötig, und möchte sich nirgends beteiligen.«

»Das ist unsere russische Gleichgültigkeit«, sagte
Wronski und goss sich aus einer eiskalten Karaffe Wasser in ein dünnes Stielglas, »kein Gefühl zu haben für
die Pflichten, die unsere Rechte uns auferlegen, und
deshalb diese Pflichten abzulehnen.«

»Ich kenne niemand, der in der Erfüllung seiner
Pflichten penibler wäre«, sagte Darja Alexandrowna,
durch Wronskis überlegenen Ton aufgebracht.

»Ich dagegen«, fuhr Wronski fort, bei dem dieses Gespräch offenbar einen wunden Punkt getroffen hatte,
»ich dagegen bin, wie Sie mich hier sehen, sehr dankbar für die Ehre, die mir dank Nikolai Iwanytsch erwiesen wurde (er deutete auf Swijaschski), nämlich dass ich
ehrenhalber zum Friedensrichter gewählt wurde. Ich
meine, dass die Pflicht, zum Plenum zu kommen oder
über den Fall eines Bauern und seines Pferdes zu urteilen, für mich ebenso wichtig ist wie alles, was ich sonst
tue. Und ich werde es für eine Ehre halten, falls ich zum
Semstwo-Abgeordneten gewählt werden sollte. Nur damit kann ich mich für die Vorteile revanchieren, die ich
als Grundbesitzer genieße. Leider wird oft verkannt,
welche Bedeutung in einem Staat die Großgrundbesit-
zer haben sollten.«

---

* Doch verzeihen Sie, er ist ein wenig verschroben *(frz.)*

Darja Alexandrowna mutete es seltsam an, wie gelassen er sich daheim bei Tisch in seinem Recht fühlte. Ihr fiel ein, wie Lewin, der das Gegenteil dachte, daheim bei Tisch ebenso entschieden war in seinen Urteilen. Aber sie mochte Lewin lieber, darum war sie auf seiner Seite.

»Also können wir, Graf, beim nächsten Plenum auf Sie rechnen?« sagte Swijaschski. »Aber wir müssten früher los, um schon am achten dort zu sein. Würden Sie mir die Ehre erweisen, bei mir vorbeizukommen?«

»Ich sehe es schon ein bisschen wie dein *beau-frère*«, sagte Anna. »Bloß anders als er«, fügte sie lächelnd hinzu. »Ich befürchte, dass es in letzter Zeit bei uns zu viele dieser ehrenamtlichen Pflichten gibt. Wie es früher viele Beamte gab, so dass man für alles und jedes einen Beamten brauchte, so ist es nun mit den Ehrenämtern. Alexej ist nun sechs Monate hier, und er ist schon, ich glaube, in fünf oder sechs verschiedenen Institutionen ehrenamtlich Mitglied – ist Kurator, Richter, Semstwo-Abgeordneter, Geschworener und irgendwas mit Pferden. *Du train que cela va**, nimmt das alle Zeit in Anspruch. Und ich befürchte, dass es bei der Vielzahl dieser Dinge nur eine Formalität ist. Sie sind an wie vielen Stellen Mitglied, Nikolai Iwanytsch?« wandte sie sich an Swijaschski. »Ich glaube, an mehr als zwanzig?«

Anna sprach launig, aber ihrem Ton war Gereiztheit anzuhören. Darja Alexandrowna, die Anna und Wronski aufmerksam beobachtete, fiel das sofort auf. Ihr fiel außerdem auf, dass Wronskis Gesicht bei diesem Gespräch sofort eine ernste und hartnäckige Miene annahm. Als ihr auch noch auffiel, dass Prinzessin Warwara, um das Thema zu wechseln, hastig von Petersburger Bekannten zu reden begann, und als ihr einfiel,

---

* Wenn das so weitergeht *(frz.)*

wie unangebracht Wronski im Park von seiner Tätigkeit gesprochen hatte, begriff Dolly, dass mit dieser ehrenamtlichen Tätigkeit ein intimer Streit zwischen Anna und Wronski verbunden war.

Das Essen, die Weine, die gesamte Tafel — alles war sehr gut, aber alles von der Art, wie Darja Alexandrowna das von großen Festmählern und Bällen kannte, deren sie entwöhnt war, und alles von der gleichen Unpersönlichkeit und Angestrengtheit; an einem gewöhnlichen Werktag und im kleinen Kreis machte es auf sie darum einen unangenehmen Eindruck.

Nach dem Diner saß man noch auf der Terrasse. Dann spielte man *lawn tennis*. Die Spieler, in zwei Parteien unterteilt, stellten sich auf dem sorgfältig planierten und festgestampften croquet-ground auf, zu beiden Seiten des zwischen Goldpfosten gespannten Netzes. Darja Alexandrowna versuchte zwar zu spielen, konnte aber das Spiel lange nicht begreifen, und als sie es begriff, war sie so müde, dass sie sich zu Prinzessin Warwara setzte und den Spielenden nur zusah. Ihr Partner Tuschkewitsch gab ebenfalls auf; doch die anderen setzten das Spiel noch lange fort. Swijaschski und Wronski spielten beide sehr gut und ernsthaft. Sie beobachteten scharf den Ball, wie er auf sie zugeflogen kam, rannten geschickt hin, ohne zu hasten und ohne zu zaudern, passten ab, wenn er hochsprang, und trafen den Ball zielsicher und genau mit dem Racket, schleuderten ihn übers Netz. Weslowski spielte am schlechtesten. Er ereiferte sich zu sehr, dafür steckte er die Spielenden mit seiner Fröhlichkeit an. Sein Lachen und seine Rufe verstummten nicht. Wie die anderen Herren hatte er mit Erlaubnis der Damen den Rock abgelegt, und seine stattliche, schöne Gestalt in den weißen Hemdsärmeln, sein rotes, verschwitztes Gesicht und seine ruckhaften Bewegungen prägten sich dem Gedächtnis ein.

Als Darja Alexandrowna in dieser Nacht im Bett lag, sah sie, kaum dass sie die Augen geschlossen hatte, Wassenka Weslowski über den croquet-ground hasten.

Darja Alexandrowna war während des Spiels nicht vergnügt. Ihr missfiel das Geschäker zwischen Wassenka Weslowski und Anna, das sich dabei fortsetzte, außerdem diese Unnatürlichkeit, wenn Erwachsene allein, ohne Kinder, ein Kinderspiel spielen. Aber um den anderen nicht die Laune zu verderben und irgendwie die Zeit zu verbringen, gesellte sie sich nach einer Erholungspause wieder zu den Spielern und tat, als sei sie vergnügt. Den ganzen Tag kam es ihr so vor, als ob sie mit Schauspielern, die besser waren als sie, Theater spiele und als ob ihr schlechtes Spiel alles verderbe.

Sie war mit der Absicht hergekommen, zwei Tage zu bleiben, falls sie sich einlebte. Doch abends, während des Spiels, beschloss sie, am nächsten Morgen abzureisen. Jene quälenden Muttersorgen, die ihr unterwegs so verhasst gewesen waren, stellten sich nun, nach einem ohne sie verbrachten Tag, bereits in anderem Licht dar und zogen sie zurück nach Haus.

Als Darja Alexandrowna nach dem Abendtee und einer nächtlichen Bootsfahrt allein in ihr Zimmer kam, ihr Kleid ablegte und sich setzte, um ihr dünnes Haar für die Nacht zurechtzumachen, fühlte sie sich sehr erleichtert.

Ihr war sogar der Gedanke unangenehm, dass Anna gleich zu ihr käme. Sie wäre gerne allein gewesen mit ihren Gedanken.

XXIII

Dolly wollte sich schon hinlegen, als Anna im Nacht-
wand ins Zimmer trat.

Im Lauf des Tages hatte Anna ein paarmal Gespräche über Herzensdinge begonnen und jedesmal nach
ein paar Worten abgebrochen. »Später, wenn wir allein
sind, reden wir über alles. Ich habe dir soviel zu sagen«,
meinte sie jedesmal.

Jetzt waren sie allein, und Anna wusste nicht, wovon sie reden sollte. Sie saß am Fenster, blickte zu Dolly, ging alle Vorräte an Herzensthemen, die ihr uner-
schöpflich erschienen waren, im Gedächtnis durch und
fand nichts. Es kam ihr in diesem Moment vor, als wäre
schon alles gesagt.

»Nun, was macht Kitty?« fragte sie nach einem tiefen Seufzer und mit schuldbewusstem Blick zu Dolly.
»Sag mir die Wahrheit, Dolly, ist sie mir auch nicht
böse?«

»Böse? Nein«, sagte Darja Alexandrowna lächelnd.

»Aber sie hasst, sie verachtet mich?«

»O nein! Aber weißt du, so etwas verzeiht man
nicht.«

»Ja, ja«, sagte Anna abgewandt, zum offenen Fenster
hinausblickend. »Aber ich habe keine Schuld. Wer hat
schon Schuld? Was ist das, Schuld? Könnte es denn anders sein? Was meinst du? Könnte es sein, dass du nicht
Stiwas Frau wärst?«

»Also, ich weiß nicht. Aber sag du mir einmal ...«

»Ja, ja, aber wir haben zu Kitty noch nicht alles gesagt. Ist sie glücklich? Er sei ein prachtvoller Mensch,
heißt es.«

»Prachtvoll ist gar kein Ausdruck. Ich kenne keinen
besseren Menschen.«

»Oh, das freut mich aber! Freut mich sehr! Aha,
prachtvoll ist gar kein Ausdruck«, wiederholte sie.

ly lächelte.

ber sag du mir etwas von dir. Ich habe dich vieles fragen. Und habe auch gesprochen mit ...« Dolly usste nicht, wie sie ihn nennen sollte. Es war ihr peinlich, ihn Graf und Alexej Kirillytsch zu nennen.

»Mit Alexej«, sagte Anna, »ich weiß, dass ihr gesprochen habt. Doch ich wollte dich ohne Umschweife fragen, was du über mich denkst, über mein Leben.«

»Wie sag ich das so auf einen Schlag? Also, ich weiß nicht.«

»Aber sag du mir wenigstens ... Du siehst, wie ich lebe. Vergiss jedoch nicht, dass du uns im Sommer siehst bei deinem Besuch und wir nicht allein sind ... Aber als wir eintrafen, war es frühes Frühjahr, wir lebten hier völlig allein und werden wieder allein leben, und etwas Besseres kann ich mir nicht wünschen. Aber stell dir vor, dass ich allein bin, ohne ihn, allein, und das wird kommen ... Ich sehe an allem, dass es sich häufig wiederholen wird, dass er die Hälfte der Zeit außer Haus sein wird.« Sie stand auf und setzte sich näher zu Dolly.

»Versteht sich«, fiel sie Dolly ins Wort, die widersprechen wollte, »versteht sich, ich werde ihn nicht mit Gewalt halten. Ich halte ihn auch jetzt nicht. Bald ist ein Pferderennen, seine Pferde nehmen teil, er fährt hin, und das freut mich. Aber überlege mal, stell dir meine Situation vor ... Doch was rede ich!« Sie lächelte. »Worüber hat er denn nun mit dir gesprochen?«

»Er sprach darüber, worüber ich selbst sprechen wollte, darum kann ich leicht sein Anwalt sein: ob es nicht eine Möglichkeit gäbe und ob nicht ...« − Darja Alexandrowna stockte − »deine Situation zu korrigieren, zu verbessern wäre ... Du weißt, wie ich es sehe ... Trotzdem, wenn irgend möglich, solltet ihr heiraten ...«

»Also, Scheidung?« sagte Anna. »Weißt du, dass die einzige Frau, die mich in Petersburg besuchen kam,

Betsy Twerskaja war? Du kennst sie doch? *Au fond c'es(* *la femme la plus dépravée qui existe**. Sie hatte eine Liaison mit Tuschkewitsch, betrog ihren Mann auf die widerwärtigste Weise. Und sie sagte zu mir, sie würde mich nicht mehr kennen, solange meine Situation nicht geregelt sei. Glaub nicht, dass ich vergleiche ... Ich kenne dich, mein Herz. Aber es fiel mir unwillkürlich ein ... Und was hat er denn nun zu dir gesagt?«

»Er hat gesagt, dass er leidet, deinetwegen und seinetwegen. Vielleicht sagst du nun, das sei Egoismus, aber das ist so ein legitimer, edler Egoismus! Er möchte erstens seine Tochter legitimieren und außerdem dein Ehemann sein, ein Recht auf dich haben.«

»Welche Frau, welche Sklavin, kann in solchem Maß Sklavin sein, wie ich es bin in meiner Situation?« fiel sie ihr finster ins Wort.

»Vor allem möchte er ... er möchte, dass du nicht leidest.«

»Das ist unmöglich. Und?«

»Ja, und das Allerlegitimste – er möchte, dass eure Kinder einen Namen haben.«

»Was für Kinder denn?« sagte Anna, ohne Dolly anzusehen, die Augen zukneifend.

»Anni und die künftigen ...«

»Da kann er ruhig sein, ich werde keine Kinder mehr haben.«

»Wie kannst du sagen, dass du keine haben wirst?«

»Ich werde keine haben, weil ich es nicht möchte.«

Und trotz ihrer Erregung musste Anna lächeln, als sie den naiven Ausdruck von Neugier, Verwunderung und Entsetzen auf Dollys Gesicht sah.

»Mir hat der Arzt gesagt nach meiner Krankheit · · . . . .«

---

* Im Grunde ist das die lasterhafteste Frau, die es gibt *(frz.)*

»Gibt es nicht!« sagte Dolly mit weit aufgerissenen Augen. Für sie war das eine der Entdeckungen, deren Folgen und Folgerungen so ungeheuer waren, dass im ersten Moment nur das Gefühl aufkam, das sei gar nicht zu fassen, darüber müsse erst lange, sehr lange nachgedacht werden.

Diese Entdeckung, eine jähe Erklärung für die ihr bislang unverständlichen Familien, die nur ein oder zwei Kinder hatten, rief so viele Gedanken, Überlegungen und widersprüchliche Gefühle in ihr hervor, dass sie nichts zu sagen wusste und nur mit weit aufgerissenen Augen Anna verwundert anschaute. Das war es, wovon sie heute noch unterwegs geträumt hatte, aber als sie nun erfuhr, dass es möglich sei, war sie entsetzt. Sie fühlte, dass es eine zu einfache Lösung eines zu komplizierten Problems war.

»N'est-ce pas immoral*?« sagte sie nur, nach einigem Schweigen.

»Wieso? Überlege doch, ich habe bloß die Wahl, entweder schwanger zu sein, also krank, oder die Freundin und Gefährtin meines Mannes zu sein, und mein Mann ist er ja ohnehin«, sagte Anna in absichtlich oberflächlichem und leichtfertigem Tonfall.

»Ja schon, ja schon«, meinte Darja Alexandrowna, da sie nun die Argumente hörte, die sie sich selbst oft anführte, und sie nicht mehr so überzeugend fand wie zuvor.

»Für dich, für andere«, sagte Anna, als erriete sie ihre Gedanken, »kann es noch Zweifel geben; für mich aber ... Begreif doch, ich bin nicht seine Ehefrau; er liebt mich, solange er mich liebt. Ja, und womit stütze ich seine Liebe? Damit?«

Sie hielt sich die weißen Hände vor den Bauch.

Ungewöhnlich rasch, wie es in Augenblicken der Er-

---

* Ist das nicht unmoralisch? *(frz.)*

regung vorkommt, drängten sich Gedanken und E.
nerungen in Darja Alexandrownas Kopf. ›Ich konnte
dachte sie, ›für Stiwa nicht anziehend bleiben; er ging
fort von mir zu anderen, auch jene erste, für die er
mir untreu wurde, hielt ihn nicht damit, dass sie stets
schön und vergnügt war. Er ließ sie sitzen und nahm
sich die nächste. Sollte Anna Graf Wronski wirklich
damit anziehen und halten können? Falls er das suchen sollte, wird er Toiletten und Verhaltensweisen finden, die noch anziehender und vergnüglicher sind. Wie
weiß und herrlich auch ihre Arme sein mögen, wie
schön ihre volle Gestalt, ihr erhitztes Gesicht unter den
schwarzen Haaren, er wird noch etwas Besseres finden,
genauso wie mein abscheulicher, kläglicher und lieber
Mann es sucht und findet.‹

Dolly gab keine Antwort und seufzte nur. Anna bemerkte diesen Seufzer, der Widerspruch andeutete, und
fuhr fort. Sie hatte noch einen Vorrat an weiteren Argumenten, derart starken, dass ihnen nichts entgegen-
zusetzen war.

»Du sagst, das sei nicht recht? Aber das muss man
doch vernünftig durchdenken«, fuhr sie fort. »Du vergisst meine Situation. Wie kann ich Kinder wollen? Ich
spreche nicht von den Schmerzen, die fürchte ich nicht.
Überleg doch, was wären meine Kinder? Unglückliche
Kinder, die einen fremden Namen tragen. Allein durch
ihre Geburt befänden sie sich in der Zwangslage, sich
ihrer Mutter, ihres Vaters und ihrer Geburt schämen zu
müssen.«

»Aber dafür ist ja auch die Scheidung notwendig.«

Doch Anna hörte sie nicht. Sie wollte sämtliche Beweisgründe vorbringen, mit denen sie sich so oft zu
überzeugen versuchte.

»Wozu ist mir mein Verstand gegeben, wenn ich ihn
nicht dazu verwende, keine Unglücklichen in die Welt
zu setzen?«

ıe schaute Dolly an, aber ohne eine Antwort abzu-
ırten, fuhr sie fort.

»Ich würde mich stets vor diesen unglücklichen Kindern schuldig fühlen«, sagte sie. »Wenn es sie nicht
gibt, sind sie zumindest nicht unglücklich, doch wenn
sie unglücklich sind, ist es allein meine Schuld.«

Die gleichen Beweisgründe hatte Darja Alexandrowna sich selbst oft angeführt; jetzt aber hörte sie sie
und verstand sie nicht. ›Wie kann man schuldig sein
vor Wesen, die gar nicht existieren?‹ dachte sie. Und auf
einmal kam ihr ein Gedanke: Könnte es in irgendeinem
Fall für ihren Liebling Grischa besser sein, dass er nicht
existierte? Und das kam ihr so aberwitzig, so absonder-
lich vor, dass sie den Kopf schüttelte, um diesen Wirbel
verworrener, verrückter Gedanken zu zerstreuen.

»Nein, ich weiß nicht, das ist nicht recht«, sagte sie
nur mit einem Ausdruck von Abscheu im Gesicht.

»Ja, aber vergiss nicht, was du bist und was ich bin …
Und außerdem«, fügte Anna noch an, als ob sie trotz ihrer reichen und Dollys armseliger Beweisgründe doch
zugebe, dass es nicht recht sei, »vergiss die Hauptsache
nicht, dass ich mich jetzt nicht in der gleichen Situation
befinde wie du. Für dich stellt sich die Frage, ob du
keine Kinder mehr haben möchtest, und für mich, ob
ich welche haben möchte. Und das ist ein großer Unterschied. Verstehst du, ich kann das nicht wollen in
meiner Situation.«

Darja Alexandrowna widersprach nicht. Sie hatte
plötzlich das Gefühl, schon so weit weg zu sein von
Anna, dass zwischen ihnen Fragen lagen, über die sie
sich nie einigen könnten und über die sie besser nicht
redeten.

XXIV

»Um so mehr müsstest du deine Situation in Ordnung bringen, wenn möglich«, sagte Dolly.

»Ja, wenn möglich«, sagte Anna plötzlich mit ganz anderer, leiser und trauriger Stimme.

»Ist denn eine Scheidung unmöglich? Man sagt mir, dein Mann sei einverstanden.«

»Dolly! Ich möchte darüber nicht sprechen.«

»Gut, dann nicht«, sagte Darja Alexandrowna rasch, da sie Annas leidenden Gesichtsausdruck bemerkte. »Ich meine nur, dass du alles zu düster siehst.«

»Ich? Ach woher. Ich bin sehr vergnügt und zufrieden. Du siehst ja, *je fais des passions**. Weslowski ...«

»Ja, um die Wahrheit zu sagen, mir gefällt Weslowskis Ton nicht«, sagte Darja Alexandrowna, um das Thema zu wechseln.

»Ach woher! Das kitzelt Alexej, sonst nichts; er ist ein kleiner Junge und ganz in meiner Hand; verstehst du, ich lenke ihn, wie ich will. Er ist so etwas wie dein Grischa ... Dolly!« Ihr Tonfall änderte sich jäh. »Du sagst, ich sähe alles zu düster. Du kannst das nicht verstehen. Es ist zu furchtbar. Ich bemühe mich, überhaupt nichts zu sehen.«

»Doch mir scheint, das muss sein. Es muss alles getan werden, was möglich ist.«

»Aber was ist denn möglich? Gar nichts. Du sagst, ich solle Alexej heiraten, und ich dächte nicht daran. Ich und nicht daran denken!!« wiederholte sie, und Röte schlug ihr ins Gesicht. Sie stand auf, reckte die Brust, seufzte tief und ging mit ihrem leichten Gang im Zimmer auf und ab, blieb dabei manchmal stehen. »Ich und nicht daran denken? Es gibt keinen Tag, keine Stunde, da ich nicht daran dächte und mir nicht Vorwürfe

---

* ich mache Eroberungen *(frz.)*

machte, dass ich daran denke... denn diese Gedanken können einen um den Verstand bringen. Um den Verstand bringen«, wiederholte sie. »Wenn ich daran denke, kann ich ohne Morphium nicht einschlafen. Aber gut. Sprechen wir in Ruhe. Man sagt mir: Scheidung. Erstens wird er nicht einwilligen. Er steht jetzt unterm Einfluss von Gräfin Lidija Iwanowna.«

Darja Alexandrowna, auf ihrem Stuhl gerade aufgerichtet, folgte mit leidendem, mitfühlendem Gesicht jeder von Annas Bewegungen.

»Man muss es versuchen«, sagte sie leise.

»Angenommen, ich versuche es. Was heißt das?« Sie sprach offenbar Gedanken aus, die sie tausendfach durchdacht hatte und auswendig konnte. »Das heißt, ich, die ihn hasst, dennoch sich schuldig fühlt vor ihm – und für großmütig halte ich ihn ja –, ich muss mich demütigen und ihm schreiben... Nun, angenommen, ich bezwinge mich, ich tue es. Entweder ich erhalte eine beleidigende Antwort oder sein Einverständnis. Schön, ich erhalte sein Einverständnis...« Anna war in diesem Augenblick in der entlegenen Zimmerecke, blieb stehen und machte etwas am Vorhang vor dem Fenster. »Ich erhalte sein Einverständnis, aber mein... mein Sohn? Sie werden ihn mir ja nicht zurückgeben. Er wird ja aufwachsen voll Verachtung für mich, bei einem Vater, den ich verlassen habe. Begreif doch, ich liebe, glaube ich, gleichermaßen, doch beide mehr als mich selbst, zwei Wesen -- Serjoscha und Alexej.«

Sie trat in die Mitte des Zimmers und blieb vor Dolly stehen, die Hände auf die Brust gepresst. In dem weißen Negligé erschien ihre Gestalt besonders groß und breit. Sie beugte den Kopf und blickte aus funkelnden nassen Augen von unten herauf die kleine, hagere, in ihrem geflickten Nachtjäckchen und dem Nachthäubchen klägliche Dolly an, die vor Erregung am ganzen Leib zitterte.

»Nur diese zwei Wesen liebe ich, und das eine schließt das andere aus. Ich kann sie nicht vereinen, und das allein brauche ich. Und wenn das nicht geht, so ist alles gleich. Ist alles, alles gleich. Und wird irgendwie ein Ende finden, und darum kann ich, mag ich nicht darüber sprechen. Mach mir also keine Vorwürfe, verurteile mich nicht. Du in deiner Lauterkeit kannst gar nicht alles verstehen, woran ich leide.«

Sie trat her, setzte sich neben Dolly, und mit schuldbewusster Miene sah sie ihr ins Gesicht, nahm ihre Hand.

»Was denkst du? Was denkst du über mich? Verachte mich nicht. Ich verdiene keine Verachtung. Ich bin nämlich unglücklich. Wenn jemand unglücklich ist, so bin ich es«, stieß sie hervor, wandte sich ab und begann zu weinen.

Allein geblieben, betete Dolly zu Gott und legte sich ins Bett. Sie hatte Anna von ganzem Herzen bedauert, solange sie mit ihr sprach; nun aber brachte sie es nicht über sich, noch über sie nachzudenken. Ihr Heim und ihre Kinder tauchten mit besonderer, für sie neuer Anziehungskraft und neuem Glanz in ihrer Vorstellung auf. Diese ihre Welt erschien ihr jetzt so lieb und wert, dass sie auf gar keinen Fall einen weiteren Tag fern davon verbringen wollte und beschloss, morgen unbedingt abzureisen.

Anna hingegen nahm, in ihr Boudoir zurückgekehrt, ein Gläschen und träufelte ein paar Tropfen einer Arznei hinein, in der Morphium ein wichtiger Bestandteil war, schluckte sie und saß eine Zeitlang unbeweglich, danach ging sie beruhigt, ruhigen und heiteren Gemüts ins Schlafzimmer.

Als sie ins Schlafzimmer trat, sah Wronski sie aufmerksam an. Er suchte nach Spuren des Gesprächs, das sie, wie er wusste, da sie so lange in Dollys Zimmer geblieben war, mit ihr geführt haben musste. Aber in

ihrem Gesicht, verhalten erregt und etwas verbergend,
fand er nichts außer ihrer zwar gewohnten, ihn aber immer noch betörenden Schönheit, das Bewusstsein dieser
Schönheit und den Wunsch, dass sie auf ihn wirke. Er
wollte sie nicht fragen, worüber sie gesprochen hatten,
hoffte aber, sie würde selbst etwas sagen. Doch sie sagte
nur:

»Ich freue mich, dass dir Dolly gefällt. Stimmt
doch?«

»Aber ich kenne sie ja seit langem. Sie ist wohl ein
sehr gütiger Mensch, *mais excessivement terre-à-terre**.
Dennoch habe ich mich sehr über ihr Kommen gefreut.«

Er nahm Annas Hand und schaute ihr fragend in die
Augen.

Sie verstand diesen Blick anders und lächelte ihn an.

Am nächsten Morgen brach Darja Alexandrowna auf,
trotz der eindringlichen Bitten ihrer Gastgeber. Lewins
Kutscher in seinem nicht neuen Kaftan und dem fast
kärrnerhaften Hut fuhr das Gespann von Pferden unterschiedlicher Farbe und die Kalesche mit den geflickten Schutzblechen finster und entschlossen zur überdachten, sandbestreuten Einfahrt.

Es war Darja Alexandrowna unangenehm, sich von
Prinzessin Warwara und den Herren zu verabschieden.
Nach dem eintägigen Aufenthalt hatten sie wie auch
die Gastgeber das klare Gefühl, dass sie nicht zueinander passten und sich auch nicht näherkämen. Einzig
Anna war traurig. Sie wusste, dass nun, nach Dollys Abreise, niemand mehr in ihrer Seele die Gefühle auf-
stören würde, die bei diesem Wiedersehen in ihr hoch-
gestiegen waren. Wurden diese Gefühle aufgestört, tat
ihr das weh, dennoch wusste sie, dass es der bessere Teil

* aber übermäßig im Profanen verhaftet *(frz.)*

ihrer Seele war und dass dieser Teil ihrer Seele bei dem Leben, das sie führte, rasch überwuchert würde.

Draußen im freien Feld fühlte Darja Alexandrowna sich angenehm erleichtert, und sie wollte schon die Bediensteten fragen, wie es ihnen bei Wronski gefallen habe, da fing auf einmal Kutscher Filipp von selber an:

»Reich sind sie ja, aber Hafer haben sie nur drei Maß hergegeben. Bis zum Hahnenkrähn war alles weggeputzt. Was sind schon drei Maß? Bloß ein Appetithappen. Der Hafer kostet heut bei Herbergswirten fünfundvierzig Kopeken. Bei uns kriegen Pferde von auswärts soviel zu futtern, wie sie mögen.«

»Ein geiziger Herr«, bestätigte der Kontorist.

»Und seine Pferde, haben sie dir gefallen?« fragte Dolly.

»Die Pferde — eins a. Auch das Essen ist gut. Aber sonst kam es mir irgendwie fad vor, Darja Alexandrowna, ich weiß nicht, ob Ihnen auch«, sagte er, sein schönes und gutmütiges Gesicht zu ihr umgewandt.

»Ja, mir auch. Was ist, schaffen wir es bis zum Abend?«

»Müssten wir schon.«

Nach Hause zurückgekehrt, fand Darja Alexandrowna alle durchaus wohlbehalten und ganz artig vor, und sie erzählte höchst lebhaft von ihrer Reise, davon, wie gut sie aufgenommen worden sei, vom Luxus und geschmackvollen Leben der Wronskis und von ihren Vergnügungen, und sie ließ nichts auf die Wronskis kommen.

»Man muss Anna und Wronski kennen — und ihn habe ich jetzt besser kennengelernt —, um zu begreifen, wie lieb und rührend sie sind«, sagte sie, nun schon vollkommen aufrichtig; sie hatte das unbestimmte Missvergnügen und Missbehagen, das sie dort empfunden hatte, schon völlig vergessen.

XXV

Wronski und Anna verbrachten unter denselben Bedingungen, noch immer ohne etwas für die Scheidung zu unternehmen, den ganzen Sommer und einen Teil des Herbstes auf dem Land. Zwischen ihnen war abgemacht, dass sie nirgends hinfahren würden; aber sie fühlten beide, je länger sie allein lebten, besonders im Herbst und ohne Gäste, dass sie dieses Leben nicht aushielten und dass es geändert werden müsste.

Es schien ein Leben zu sein, wie man es sich besser nicht wünschen kann: sie lebten im Wohlstand, waren gesund, hatten ein Kind und hatten beide ihre Beschäftigung. Anna widmete auch ohne Gäste viel Zeit sich selbst und sehr viel Zeit der Lektüre, von Romanen wie von ernsten Büchern, was gerade Mode war. Sie bestellte sämtliche Bücher, die in den ausländischen Zeitungen und Zeitschriften, die sie bezog, lobend erwähnt wurden, und las sie mit einer Aufmerksamkeit für das Gelesene, wie sie nur in Abgeschiedenheit vorkommt. Außerdem studierte sie alles, womit Wronski sich beschäftigte, in Büchern und Fachzeitschriften, so dass er sich mit Fragen der Agronomie, der Architektur, manchmal sogar der Pferdezucht und des Sports oft unmittelbar an sie wandte. Er staunte über ihr Wissen und ihr Gedächtnis und hatte anfangs, wenn er zweifelte, nach einer Bestätigung verlangt; dann fand sie in den Büchern, wonach er gefragt hatte, und zeigte es ihm.

Die Einrichtung des Krankenhauses beschäftigte sie ebenfalls. Sie half nicht nur, sondern organisierte und erdachte vieles allein. Aber ihre Hauptsorge war doch sie selbst — sie selbst, insofern sie Wronski lieb und wert war, insofern sie ihm alles ersetzen konnte, was er zurückgelassen hatte. Wronski schätzte dieses — für sie zum einzigen Lebenszweck gewordene — Bestreben, ihm nicht nur zu gefallen, sondern auch zu dienen, zugleich aber waren die Liebesnetze, in denen sie ihn zu verstricken suchte, ihm auch eine Last. Je mehr Zeit verging, je häufiger er sich in diese Netze verstrickt sah, desto mehr wollte er nicht gerade freikommen, doch ausprobieren, ob sie seine Freiheit nicht einschränkten. Wäre nicht das immer stärker werdende Bestreben gewesen, frei zu sein, nicht jedesmal, wenn er zu einer Versammlung oder zu Rennen in die Stadt fahren musste, Szenen zu erleben, wäre Wronski mit seinem Leben vollauf zufrieden gewesen. Die Rolle, die er gewählt hatte, die Rolle des reichen Grundbesitzers, und diese sollten ja den Kern der russischen Aristokratie bilden, war nicht nur ganz nach seinem Geschmack, sondern bereitete ihm, nachdem er ein halbes Jahr so verbracht hatte, ein ständig wachsendes Vergnügen. Und während dieses Werk ihn mehr und mehr beschäftigte und fesselte, gedieh es prächtig. Trotz der Unsummen, die ihn das Krankenhaus, die Maschinen, die aus der Schweiz georderten Kühe und vieles andere kostete, war er überzeugt, dass er sein Vermögen nicht zerrüttete, sondern vermehrte. Wo es um Einkünfte ging, um den Verkauf von Wald, Getreide, Wolle, um die Verpachtung von Grund und Boden, war Wronski hart wie Stein und verstand es, seinen Preis durchzusetzen. Was den Betrieb insgesamt anging, auf diesem wie den anderen Gütern, hielt er sich an völlig schlichte, risikolose Vorgehensweisen und war in Kleinigkeiten höchst sparsam und haushälterisch. Trotz aller Schlauheit und Geschicktheit des Deutschen, der ihn zu Käufen animierte und jede Kalkulation so darstellte, als wäre zunächst sehr viel mehr nötig, nach einigem Nachdenken könnte man dasselbe aber auch billiger kriegen und hätte sogleich einen Profit davon, ging Wronski darauf nicht ein. Er hörte sich den Ökonomen an, fragte ihn aus und war jedesmal nur einverstanden, wenn das zu Ordernde

oder Einzurichtende das Allerneuste, in Russland noch
Unbekannte war, das Staunen hervorrufen konnte.
Außerdem ließ er sich nur dann auf eine große Ausgabe
ein, wenn er Geld zur Verfügung hatte, und wenn er die
Ausgabe tätigte, wollte er jedes Detail wissen und beharrte darauf, das Allerbeste zu bekommen für sein
Geld. Weshalb daran, wie er den Betrieb führte, klar
abzulesen war, dass er sein Vermögen nicht zerrüttete,
sondern vermehrte.

Im Oktober waren Adelswahlen im Gouvernement
Kaschin, in dem die Güter von Wronski, Swijaschski,
Kosnyschew, Oblonski und ein kleiner Teil von Lewins
Gut lagen.

Diese Wahlen zogen vieler Begleitumstände und der
beteiligten Personen wegen die Aufmerksamkeit der
Öffentlichkeit auf sich. Man redete viel darüber, man
bereitete sich darauf vor. Aus Moskau, Petersburg und
dem Ausland kamen Gutsbesitzer, die noch nie auf einer Wahl gewesen waren, zu dieser Wahl angereist.

Wronski hatte Swijaschski seit langem zu kommen
versprochen.

Vor der Wahl kam Swijaschski, ein häufiger Gast in
Woswischenskoje, Wronski abholen.

Am Abend davor hätte es zwischen Wronski und
Anna wegen der geplanten Reise fast einen Streit gegeben. Es war die bedrückendste, auf dem Land ödeste
Herbstzeit, und darum hatte Wronski, auf Kampf gefasst, mit strenger und kalter Miene, wie er zuvor noch
nie mit Anna gesprochen hatte, ihr seine Abreise angekündigt. Doch zu seiner Verwunderung nahm Anna
die Nachricht sehr ruhig auf und fragte nur, wann er
zurückkäme. Er sah sie aufmerksam an, da er diese
Ruhe nicht verstand. Sie lächelte auf seinen Blick. Er
kannte diese ihre Fähigkeit, sich ganz in sich zurückzu-
ziehen, und wusste, dass es nur vorkam, wenn sie bei
sich etwas beschlossen hatte, ohne ihm ihre Pläne mit-

zuteilen. Ihm war davor bange; aber er wollte dermaßen eine Szene vermeiden, dass er sich den Anschein gab und zum Teil auch aufrichtig glaubte, woran er gern geglaubt hätte – an ihre Einsicht.

»Ich hoffe, du wirst dich nicht langweilen?«

»Ich hoffe es auch«, sagte Anna. »Gestern habe ich eine Kiste Bücher von Gautier bekommen. Nein, ich werde mich nicht langweilen.«

›Sie möchte diesen Ton anschlagen, und um so besser‹, dachte er, ›sonst ist es immer dasselbe.‹

Und ohne sie zu einer offenen Aussprache veranlasst zu haben, fuhr er zu den Wahlen. Es war das erste Mal seit dem Beginn ihrer Verbindung, dass er sich von ihr trennte, ohne sich restlos ausgesprochen zu haben. Einerseits beunruhigte es ihn, andererseits fand er, so sei es besser. ›Erst wird, wie jetzt, etwas Unklares, Verheimlichtes mit dabei sein, dann wird sie sich daran gewöhnen. Jedenfalls kann ich ihr alles geben, nur nicht meine männliche Unabhängigkeit‹, dachte er.

XXVI

Im September war Lewin wegen Kittys Entbindung nach Moskau übersiedelt. Er lebte bereits einen ganzen Monat müßig in Moskau, als Sergej Iwanowitsch, der im Gouvernement Kaschin ein Gut hatte und an den bevorstehenden Wahlen regen Anteil nahm, sich zu den Wahlen auf den Weg machte. Er forderte seinen Bruder zum Mitkommen auf, denn dieser war im Kreis Selesnjowo stimmberechtigt. Außerdem musste Lewin in Kaschin dringend etwas für seine im Ausland lebende Schwester erledigen, es ging um eine Vormundschaft und den Empfang von Geld aus einem Loskauf.

Lewin war lange unentschlossen, aber Kitty, die sah,

dass er sich in Moskau langweilte, und ihm zu der Fahrt
riet, hatte, ohne ihn zu fragen, eine Adelsuniform für
ihn in Auftrag gegeben, die achtzig Rubel kostete. Und
diese für die Uniform bezahlten achtzig Rubel waren
der Hauptgrund, der Lewin zu der Fahrt bewog. Er fuhr
nach Kaschin.

Lewin war bereits den sechsten Tag in Kaschin, besuchte jeden Tag die Versammlung und kümmerte
sich um die Angelegenheit seiner Schwester, die ewig
nicht vorankam. Die Adelsmarschälle hatten alle mit
den Wahlen zu tun, und in der schlichten Verwaltungs-
sache, die vom Vormundschaftsamt abhing, war einfach nichts zu erreichen. Die andere Angelegenheit, der
Empfang des Geldes, traf genauso auf Hindernisse.
Nach langen Scherereien um die Aufhebung der Se-
questration lagen die Gelder zur Auszahlung bereit;
aber der Notar, ein überaus dienstfertiger Mann, konnte
den Kupon nicht herausgeben, da die Unterschrift des
Vorsitzenden fehlte, der Vorsitzende jedoch war auf der
Sitzung, ohne einen Amtsvertreter bestellt zu haben.
Alle diese Scherereien, die Gänge von einem Amt zum
andern, die Gespräche mit den sehr gutwilligen, anständigen Leuten, die für die unangenehme Situation
des Bittstellers durchaus Verständnis hatten, ihm aber
nicht behilflich sein konnten – alle diese Anstrengungen, die keinerlei Ergebnisse zeitigten, riefen in Lewin
ein peinigendes Gefühl hervor, ähnlich der verdrieß-
lichen Ohnmacht, die man im Traum empfindet, wenn
man Körperkraft einsetzen möchte. Er empfand das
häufig im Gespräch mit seinem herzensguten Sachwalter. Dieser Sachwalter schien alles irgend Mögliche
zu tun und alle seine Geisteskräfte anzuspannen, um
Lewin aus der Verlegenheit zu helfen. »Versuchen Sie
doch mal dies«, sagte er oft, »fahren Sie dahin und dorthin.« Und der Sachwalter entwarf regelrecht einen
Plan, wie das Verhängnis zu umgehen wäre, das al-

lem entgegenstand. Aber er fügte sogleich hinzu: »Verzögern wird man es trotzdem; allerdings, versuchen Sie es.« Und Lewin versuchte, ging hin, fuhr herum. Alle waren gutwillig und liebenswürdig, doch jedesmal wuchs sich das Umgangene zum Schluss wieder aus und versperrte wieder den Weg. Besonders ärgerlich war, dass Lewin einfach nicht begreifen konnte, gegen wen er kämpfte, wer davon einen Nutzen hatte, dass seine Angelegenheit sich hinzog. Das schien niemand zu wissen; auch der Sachwalter wusste es nicht. Wenn Lewin es hätte begreifen können, wie er begriff, warum man zu einem Eisenbahnschalter nicht anders kommen konnte, als wenn man sich anstellte, wäre es ihm nicht ärgerlich und verdrießlich vorgekommen; aber bei den Hindernissen, auf die er in seiner Angelegenheit stieß, konnte ihm niemand erklärten, wozu sie existierten.

Lewin hatte sich jedoch seit seiner Heirat sehr verändert; er war nun geduldig, und wenn er nicht begriff, wozu etwas so geregelt war, sagte er sich, ohne alles zu wissen, könne er nicht urteilen, wahrscheinlich müsse es so sein, und er suchte sich nicht zu entrüsten.

Nun, während seiner Anwesenheit und Teilnahme bei den Wahlen, suchte er ebenfalls nichts zu verurteilen und nichts anzuzweifeln, sondern so gut wie möglich zu verstehen, womit ehrliche und anständige Menschen, die er achtete, sich derart ernsthaft und hingebungsvoll befassten. Seit er verheiratet war, hatten sich Lewin so viele neue, ernsthafte Dinge aufgetan, die ihm früher, aufgrund seiner leichtsinnigen Einstellung dazu, unwichtig erschienen waren, dass er auch hinter den Wahlen eine ernsthafte Bedeutung vermutete und suchte.

Sergej Iwanowitsch hatte ihm Sinn und Bedeutung des bei den Wahlen angestrebten Umsturzes erläutert. Der Gouvernementsmarschall, in dessen Hand nach

dem Gesetz so viele wichtige öffentliche Angelegenheiten lagen – die Vormundschaften (worunter Lewin
derzeit zu leiden hatte), die riesigen Geldbeträge des
Adels, das Mädchen-, das Knaben- und das Militärgym-
nasium, auch die Volksbildung nach der jüngsten Verordnung und schließlich das Semstwo – dieser Gouvernementsmarschall Snetkow war ein Adliger vom alten
Schlag, der ein riesiges Vermögen durchgebracht hatte,
ein gutmütiger Mann, auf seine Art ehrlich, der aber
überhaupt nicht die Bedürfnisse der neuen Zeit verstand. Er vertrat in allem stets die Seite des Adels, er
widersetzte sich geradezu der Verbreitung von Bildung
unterm Volk und gab dem Semstwo, das eigentlich eine
ungeheure Bedeutung haben sollte, ständischen Charakter. Es war notwendig, an seiner Stelle einen frischen, modernen, tatkräftigen Mann ins Amt zu bringen, einen völlig neuen, und die Dinge so zu lenken,
dass aus sämtlichen dem Adel – nicht als Adel, sondern
als Element des Semstwo – geschenkten Rechten alle
nur irgend möglichen Vorteile der Selbstverwaltung
herausgeholt würden. In dem reichen Gouvernement
Kaschin, das den anderen stets in allem voranging, waren jetzt solche Kräfte konzentriert, dass das, was hier
in die rechte Bahn gelenkt würde, als Vorbild dienen
könnte für andere Gouvernements, ja für ganz Russland. Und deshalb hatte das so große Bedeutung. Angestrebt war, entweder Swijaschski oder, noch besser,
Newedowski als Marschall an Snetkows Stelle zu bringen, einen ehemaligen Professor, einen vorzüglichen,
außerordentlich gescheiten Mann und engen Freund
von Sergej Iwanowitsch.

    Eröffnet wurde die Versammlung vom Gouverneur,
der den Adligen in seiner Rede sagte, dass sie die Amtsträger ohne Ansehn der Person, vielmehr nach ihren
Verdiensten und zum Wohle des Vaterlandes wählen
sollten und dass er hoffe, der hochwohlgeborene Adel

von Kaschin werde wie bei den früheren Wahlen seine hehre Pflicht erfüllen und das allerhöchste Vertrauen des Monarchen rechtfertigen.

Nach seiner Rede verließ der Gouverneur den Saal, und die Adligen folgten ihm lärmend und lebhaft, einige sogar begeistert, und umringten ihn, während er seinen Pelz anzog und mit dem Gouvernementsmarschall ein freundschaftliches Gespräch führte. Lewin, der alles zu durchschauen und nichts zu versäumen suchte, stand auch in der Menge und hörte, wie der Gouverneur sagte: »Bitte, richten Sie Marja Iwanowna aus, dass meine Frau sehr bedauert, dass sie ins Waisenhaus fährt.« Danach holten sich die Adligen vergnügt ihre Pelze, und alle fuhren in die Kathedrale.

In der Kathedrale hob Lewin mit allen anderen die Hand und sprach die Worte des Protopopen nach, schwor die schrecklichsten Schwüre, alles zu erfüllen, auf das der Gouverneur hoffte. Ein Gottesdienst hatte immer Wirkung auf Lewin, und als er die Worte »Ich küsse das Kreuz« aussprach und sich zur Menge dieser jungen und alten Menschen umschaute, die dasselbe nachsprachen, fühlte er sich gerührt.

Am zweiten und dritten Tag ging es um die Adelsgelder und das Mädchengymnasium, Dinge, wie Sergej Iwanowitsch erklärte, die keine Bedeutung hatten, und Lewin, mit seinen Amtsgängen beschäftigt, verfolgte die Diskussion nicht. Am vierten Tag wurden am Gouvernementstisch die Gouvernementsgelder geprüft. Und da kam es zum erstenmal zu einem Zusammenstoß zwischen neuer Partei und alter. Die Kommission, der die Überprüfung der Gelder aufgetragen war, berichtete der Versammlung, die Gelder seien alle unvermindert vorhanden. Der Gouvernementsmarschall stand auf, dankte dem Adel für sein Vertrauen und hatte Tränen in den Augen. Die Adligen gratulierten ihm lautstark und drückten ihm die Hand. Aber da sagte ein

Adliger aus Sergej Iwanowitschs Partei, er habe gehört,
dass die Kommission die Beträge gar nicht geprüft
habe, da sie eine Prüfung für eine Beleidigung des Gouvernementsmarschalls erachte. Eines der Kommissionsmitglieder bestätigte das unvorsichtigerweise. Daraufhin sagte ein kleiner, sehr jung aussehender, aber sehr
boshafter Herr, dass es dem Gouvernementsmarschall
gewiss behagt hätte, über die genauen Beträge Rechenschaft abzulegen, und dass die übertriebene Feinfühligkeit der Kommissionsmitglieder ihm diese moralische
Befriedigung nun verwehre. Daraufhin zogen die Kommissionsmitglieder ihre Erklärung zurück, und Sergej
Iwanowitsch begann logisch auseinanderzusetzen, dass
sie entweder zugeben müssten, die Beträge geprüft zu
haben, oder, sie nicht geprüft zu haben, und dieses Dilemma legte er detailliert dar. Ein Schwätzer von der
Gegenpartei widersprach Sergej Iwanowitsch. Daraufhin redete Swijaschski und wieder der boshafte Herr.
Die Debatten dauerten lange und führten zu nichts.
Lewin war verwundert, dass darüber so lange gestritten
wurde, zumal Sergej Iwanowitsch auf die Frage, ob er
vermute, es seien Gelder veruntreut worden, ihm zur
Antwort gab:

»O nein! Er ist ein ehrlicher Mann. Aber dieses uralte
Verfahren, die Adelsangelegenheiten patriarchalisch-
familiär zu führen, musste in Frage gestellt werden.«

Am fünften Tag wurden die Kreismarschälle gewählt. Dieser Tag verlief bei einigen Kreisen ziemlich
stürmisch. Im Kreis Selesnjowo wurde Swijaschski einstimmig gewählt, ohne Ballotage, und an diesem Tag
fand bei ihm ein Diner statt.

XXVII

Auf den sechsten Tag waren die Gouvernementswahlen angesetzt. Der große und der kleine Saal waren voller Adliger in den verschiedensten Uniformen. Viele waren erst zu diesem Tag angereist. Bekannte, die sich lange nicht gesehen hatten, die einen von der Krim, andere aus Petersburg, wieder andere aus dem Ausland, begegneten sich in den Sälen. Am Gouvernementstisch, unterm Porträt Seiner Majestät, wurde debattiert.

Die Adligen hatten sich im großen wie im kleinen Saal in Lagern gruppiert, und an den feindseligen oder misstrauischen Blicken, am Verstummen, wenn sich Fremde näherten, daran, dass manche sich zum Flüstern sogar in einen fernen Flur zurückzogen, war zu sehen, dass jede Seite vor der anderen Geheimnisse hatte. Ihrem Aussehen nach unterteilten sich die Adligen klar in zwei Kategorien, in die alten und die neuen. Die alten trugen größtenteils alte, zugeknöpfte Adelsuniformen samt Degen und Hut oder ihre besonderen Uniformen, die sie sich in Flotte, Kavallerie oder Infanterie erdient hatten. Die Uniformen der alten Adligen waren auf altertümliche Weise gefertigt, mit Püffchen an den Schultern; sie waren offensichtlich zu klein, in der Taille zu kurz und zu eng, als wären ihre Besitzer herausgewachsen. Die jungen hingegen trugen aufgeknöpfte Adelsuniformen mit tiefsitzenden Taillen, breit an den Schultern und mit weißen Westen, oder Uniformen mit schwarzen Krägen und aufgestickten Lorberblättern, den Symbolen des Justizministeriums. Zu den jungen gehörten auch die höfischen Uniformen, die hie und da die Menge schmückten.

Doch die Unterteilung in jung und alt entsprach nicht der Unterteilung der Parteien. Einige der jungen gehörten nach Lewins Beobachtung der alten Partei an, dagegen flüsterten einige der ganz alten Adligen mit Swijaschski und waren offensichtlich glühende Anhänger der neuen Partei.

Lewin stand in dem kleinen Saal, wo man rauchen und einen Happen essen konnte, bei einer Gruppe seiner Leute, hörte zu, was gesagt wurde, und spannte vergebens seine Geisteskräfte an, um zu begreifen, was gesagt wurde. Sergej Iwanowitsch war der Mittelpunkt, um den sich die anderen scharten. Er lauschte jetzt Swijaschski und Chljustow, dem Marschall eines anderen Kreises, der zu ihrer Partei gehörte. Chljustow war nicht einverstanden, dass er und sein Kreis Snetkow auffordern sollten, sich zur Wahl zu stellen, aber Swijaschski wollte ihn dazu überreden, und Sergej Iwanowitsch billigte diesen Plan. Lewin begriff nicht, warum die feindliche Partei den Marschall, den sie abwählen wollte, aufforderte, sich zur Wahl zu stellen.

Stepan Arkadjitsch, der soeben einen Happen gegessen und etwas getrunken hatte, wischte sich mit seinem parfümierten, eingefassten Batisttuch den Mund ab und trat in seiner Kammerherrenuniform zu ihnen.

»Wir gehen in Position, Sergej Iwanytsch!« Er strich sich über beide Koteletten.

Und als er sich das Gespräch angehört hatte, bestätigte er Swijaschskis Meinung.

»Ein Kreis genügt, und Swijaschski ist ja schon offenkundig Opposition«, sagte er, was außer Lewin alle verstanden.

»Na, Kostja, auch du bist, scheint's, auf den Geschmack gekommen?« fügte er hinzu und hakte Lewin unter. Lewin wäre gern auf den Geschmack gekommen, konnte aber nicht begreifen, worum es ging, und als sie sich ein paar Schritte von den Sprechenden entfernt hatten, brachte er vor Stepan Arkadjitsch sein Befremden zum Ausdruck, weshalb der Gouvernementsmarschall aufgefordert werden sollte.

»*O sancta simplicitas**!« sagte Stepan Arkadjitsch und setzte Lewin kurz und klar auseinander, worum es ging.

Wenn, wie bei früheren Wahlen, alle Kreise den Gouvernementsmarschall aufforderten, dann würde er von allen mit weißen Stimmkugeln gewählt. Das sollte nicht sein. Jetzt dagegen waren acht Kreise sich einig, ihn aufzufordern; wenn ihn jedoch zwei nicht aufforderten, könnte Snetkow sich gar nicht erst zur Wahl stellen. Und dann könnte die alte Partei aus ihren Reihen jemand anderes auswählen, und die gesamte Kalkulation wäre umsonst. Wenn aber nur der eine Kreis Swijaschskis ihn nicht aufforderte, würde sich Snetkow zur Wahl stellen. Er würde sogar gewählt, ihm würden absichtlich noch Stimmen draufgelegt, so dass die Gegenpartei aus dem Konzept käme, und wenn der Kandidat unserer Partei aufgestellt würde, würden sie auch ihm etwas drauflegen.

Lewin begriff, aber nicht ganz, und wollte noch ein paar Fragen stellen, als plötzlich alle zu reden und zu lärmen begannen und in den großen Saal strömten.

»Was ist? was? wen?« – »Eine Vollmacht? wem? wozu?« – »Zurückgewiesen?« – »Keine Vollmacht.« – »Flerow wird nicht zugelassen.« – »Was macht es, dass ein Prozess gegen ihn läuft?« – »So wird zuletzt keiner zugelassen. Eine Gemeinheit.« – »Das ist Gesetz!« hörte Lewin von verschiedenen Seiten, und mit allen anderen, die irgendwohin hasteten und etwas zu versäumen fürchteten, begab er sich in den großen Saal, und zwischen den Adligen eingekeilt, näherte er sich dem Gouvernementstisch, an dem der Gouvernementsmarschall, Swijaschski und andere Rädelsführer heftig über etwas stritten.

---

* O heilige Einfalt *(lat.)*

XXVIII

Lewin stand ziemlich weit entfernt. Ein schwer und pfeifend atmender Adliger neben ihm und ein anderer, dessen dicke Sohlen knarzten, verhinderten, dass er deutlicher hörte. Nur von ferne hörte er die weiche Stimme des Adelsmarschalls, dann die schrille Stimme des boshaften Adligen und dann Swijaschskis Stimme. Soweit er verstehen konnte, stritten sie über den Sinn eines Gesetzesparagraphen und über den Sinn der Worte »gegen den ein Verfahren anhängig ist«.

Die Menge trat auseinander, um Sergej Iwanowitsch den Weg zum Tisch freizugeben. Sergej Iwanowitsch wartete ab, bis der boshafte Adlige geendet hatte, und sagte, er halte es für das sicherste, den Gesetzesparagraphen nachzuschlagen, und bat den Sekretär, den Paragraphen herauszusuchen. In dem Paragraphen hieß es, im Falle von Meinungsverschiedenheiten müsse abgestimmt werden.

Sergej Iwanowitsch las den Paragraphen vor und begann seinen Sinn zu erläutern, aber da unterbrach ihn ein hochgewachsener, dicker, leicht buckliger Gutsherr mit gefärbtem Schnauzbart und eng sitzender Uniform, dem der Nacken über den Kragen quoll. Er trat zum Tisch, klopfte mit dem Fingerring darauf und rief laut:

»Abstimmen! Zu den Stimmkugeln! Wozu das Gerede! Zu den Stimmkugeln!«

Da erhoben sich plötzlich noch andere Stimmen, und der hochgewachsene Adlige mit dem Fingerring geriet mehr und mehr in Zorn und schrie lauter und lauter. Aber was er sagte, war nicht auszumachen.

Er sagte das Gleiche, was Sergej Iwanowitsch vorschlug; doch offenbar hasste er ihn und seine ganze Partei, und dieser Hass teilte sich seiner Partei mit und rief auf der anderen Seite Abwehr und ebensolchen, wenn auch ein wenig schicklicher geäußerten Zorn hervor. Geschrei kam auf, eine Zeitlang herrschte Durcheinander, so dass der Gouvernementsmarschall um Ordnung bitten musste.

»Abstimmen, abstimmen! Wer von Adel ist, versteht. Wir vergießen unser Blut ... Das Vertrauen des Monarchen ... Der Marschall braucht nicht zu rechnen, er ist kein Gutsverwalter ... Darum geht es doch gar nicht ... Erlauben Sie mal, zu den Stimmkugeln! Widerlich!« Von allen Seiten waren zornige, ingrimmige Rufe zu hören. Blicke und Gesichter waren noch zorniger und ingrimmiger als das Geäußerte. Sie drückten unversöhnlichen Hass aus. Lewin konnte einfach nicht verstehen, worum es ging, und wunderte sich, mit welcher Leidenschaft die Diskussion ausgetragen wurde, ob über Flerows Fall abzustimmen sei oder nicht. Er hatte, wie ihm Sergej Iwanowitsch später klarmachte, den Syllogismus vergessen, dass zum Wohle der Allgemeinheit der Gouvernementsmarschall gestürzt werden musste; zum Sturz des Marschalls musste man die Mehrheit der Stimmkugeln sichern; zur Sicherung der Mehrheit musste Flerow das Stimmrecht erhalten; und zur Anerkennung von Flerows Wahlbefähigung musste erläutert werden, wie der Gesetzesparagraph zu verstehen sei.

»Eine einzige Stimme kann alles entscheiden, und man muss ernst und konsequent vorgehen, wenn man dem Wohl der Allgemeinheit dienen möchte«, schloss Sergej Iwanowitsch.

Aber Lewin hatte das vergessen, und es bedrückte ihn, anständige Menschen, die er achtete, so unangenehm und böse erregt zu sehen. Um dieses bedrückende Gefühl loszuwerden, ging er, ohne das Ende der Debatten abzuwarten, in den Speisesaal, wo niemand war außer den Kellnern am Büfett. Als er die Kellner erblickte, wie sie geschäftig das Geschirr abwischten und

Teller und Gläser aufstellten, als er ihre ruhigen, lebhaften Gesichter erblickte, fühlte Lewin sich mit einemmal erleichtert, wie wenn er aus einem stickigen Raum an die frische Luft hinausgetreten wäre. Er wanderte auf und ab und schaute vergnügt zu den Kellnern. Ihm gefiel sehr, wie ein Kellner mit grauen Koteletten, durchaus mit Verachtung für die anderen, jungen, die ihn hochnahmen, sie unterwies, wie man Servietten faltet. Lewin wollte gerade ein Gespräch anfangen mit dem alten Kellner, da kam der Sekretär des Vormundschaftsamtes, ein Greis, dessen Besonderheit es war, alle Adligen des Gouvernements mit Vor- und Vatersnamen zu kennen, und lenkte ihn ab.

»Hätten Sie die Güte, Konstantin Dmitritsch«, sagte er, »Ihr Herr Bruder sucht Sie. Es wird abgestimmt.«

Lewin betrat den Saal, bekam ein hübsch weißes Stimmkügelchen, und hinter seinem Bruder Sergej Iwanowitsch trat er zum Tisch, wo mit bedeutsamem und ironischem Gesicht Swijaschski stand, den Bart mit der Faust gepackt hielt und daran schnupperte. Sergej Iwanowitsch streckte seinen Arm in die Wahlkiste, legte seine Stimmkugel irgendwohin, machte Lewin Platz und blieb stehen. Lewin trat herzu, da er aber völlig vergessen hatte, worum es ging, wandte er sich verlegen mit der Frage an Sergej Iwanowitsch: »Wohin leg ich sie?« Er hatte leise gefragt, während in der Nähe geredet wurde, so dass er hoffte, seine Frage werde nicht gehört. Aber die Redenden waren verstummt, und seine unschickliche Frage wurde gehört. Sergej Iwanowitsch runzelte die Stirn.

»Jeder nach seiner Überzeugung«, sagte er streng.

Einige der Umstehenden lächelten. Lewin errötete, steckte hastig die Hand unter das Tuch und legte die Kugel nach rechts, da er sie in der Rechten hielt. Kaum hatte er sie abgelegt, fiel ihm ein, dass er auch die Linke hätte darunterstecken sollen, tat es, aber es war zu spät, und noch viel verwirrter ging er rasch weg und bis zu den hintersten Reihen.

»Hundertsechsundzwanzig Ja-Stimmen! Achtundneunzig Nein-Stimmen!« ertönte die näselnde Stimme des Sekretärs. Danach war Lachen zu hören, denn in der Wahlkiste waren ein Knopf und zwei Nüsse gefunden worden. Flerow war zugelassen, die neue Partei hatte gesiegt.

Doch die alte Partei hielt sich nicht für besiegt. Lewin hörte zufällig, wie Snetkow aufgefordert wurde, sich zur Wahl zu stellen, und er sah, wie eine Menge von Adligen den Gouvernementsmarschall umringte, welcher etwas sagte. Lewin trat näher. Snetkow antwortete den Adligen, er sprach vom Vertrauen des Adels, von der Liebe zu ihm, deren er nicht wert sei, denn sein Verdienst sei allein seine Treue zum Adel, dem er die zwölf Jahre im Amt gewidmet habe. Mehrfach wiederholte er die Worte: »Ich habe nach Kräften gedient, treu und redlich, weiß den Dank zu schätzen« – und plötzlich stockte er tränenerstickt und verließ den Saal. Ob nun diese Tränen daher kamen, dass er sich ungerecht behandelt sah, oder von seiner Liebe zum Adel oder von der Spannung, in der er sich befand, da er sich von Feinden umringt fühlte, die Erregung jedenfalls teilte sich mit, die meisten Adligen waren gerührt, und Lewin empfand herzliche Zuneigung für Snetkow.

Unter der Tür stieß der Gouvernementsmarschall mit Lewin zusammen.

»Pardon, verzeihen Sie, bitte«, sagte er wie zu einem Unbekannten; aber als er Lewin erkannte, lächelte er scheu. Es kam Lewin vor, als wollte er etwas sagen, könnte aber nicht vor Aufregung. Der Ausdruck seines Gesichts und der ganzen Gestalt mit Uniform, Ordenskreuzen und galonierten weißen Beinkleidern, dazu sein hastiger Gang, erinnerte Lewin an ein gehetztes Wild, das sieht, wie schlecht es steht. Der Gesichtsausdruck des Marschalls rührte Lewin besonders, denn erst gestern war er in der Vormundschaftsangelegenheit bei ihm zu Hause gewesen und hatte ihn in seiner ganzen Pracht als gütigen Familienvater erblickt. Ein großes Haus mit alten Familienmöbeln; unelegante, schmuddelige, doch respektvolle alte Lakaien, offenbar frühere Leibeigene, die bei ihrem Herrn geblieben waren; eine dicke, gutmütige Ehefrau mit Spitzenhäubchen und türkischem Umschlagtuch, die ihre hübsche Enkelin hätschelte, die Tochter der Tochter; ein strammer Sohn, Gymnasiast in der sechsten Klasse, der gerade aus dem Gymnasium gefahren kam und zur Begrüßung dem Vater die große Hand küsste; die eindringlich herzlichen Reden und Gesten des Hausherrn – das alles hatte gestern unwillkürlich Lewins Achtung und Mitgefühl geweckt. Lewin rührte und dauerte der alte Mann nun, und er wollte ihm gern etwas Angenehmes sagen.

»Also werden Sie wieder unser Marschall«, sagte er.

»Wohl kaum.« Der Marschall blickte sich erschrocken um. »Ich bin müde, bin schon alt. Da gibt es andere, die würdiger und jünger sind als ich, sollen die einmal dienen.«

Und der Marschall verschwand in einer Seitentür.

Es brach nun der feierlichste Augenblick an. Gleich sollte zur Wahl geschritten werden. Die Rädelsführer der einen und anderen Partei zählten die weißen und schwarzen Kugeln an den Fingern ab.

Die Debatte über Flerow hatte der neuen Partei nicht nur die eine Stimmkugel Flerows verschafft, sondern auch einen Zeitgewinn, so dass noch drei Adlige herbeigeschafft werden konnten, denen durch die Arglist der alten Partei die Teilnahme an der Wahl verwehrt gewesen war. Zwei Adlige mit einer Schwäche für Alkohol waren von Snetkows Helfershelfern betrunken gemacht worden, dem dritten hatten sie die Uniform entwendet.

Als die neue Partei davon erfuhr, schaffte sie es während der Debatte um Flerow, ihre Leute mit der Droschke loszuschicken, um dem einen Adligen eine Uniform zu besorgen und von den beiden Betrunkenen wenigstens einen zur Versammlung zu bringen.

»Einen hab ich hergebracht, ihn mit Wasser übergossen«, sagte der Gutsherr, der ihn geholt hatte, zu Swijaschski. »Geht schon, der macht es.«

»Ist nicht zu betrunken, fällt nicht um?« fragte Swijaschski, den Kopf wiegend.

»Nein, der hält sich. Wenn sie ihn bloß hier nicht animieren ... Ich habe dem Büfetier gesagt, dass er ihm unter gar keinen Umständen etwas geben darf.«

XXIX

Der schmale Saal, in dem geraucht und gegessen wurde, war voller Adliger. Die Erregung nahm ständig zu, auf allen Gesichtern lag Unruhe. Ganz besonders regten sich die Rädelsführer auf, die alle Details kannten und die Zahl aller Kugeln. Sie gaben die Orders in der bevorstehenden Schlacht. Die übrigen, ganz wie gemeine Soldaten vor der Schlacht, stellten sich zwar auf den Kampf ein, doch vorerst suchten sie Zerstreuung. Die einen aßen einen Happen, im Stehen oder sich kurz setzend, andere gingen, ihre Papirossa rauchend, auf und ab in dem länglichen Raum und unterhielten sich mit lange nicht gesehenen Bekannten.

Lewin mochte nichts essen, er rauchte nicht; zu seinen Leuten, also zu Sergej Iwanowitsch, Stepan Arkadjitsch, Swijaschski und den anderen, wollte er nicht gehen, denn bei ihnen stand, in lebhafter Unterhaltung, Wronski in Stallmeistersuniform. Gestern schon hatte Lewin ihn bei der Wahl gesehen und war ihm tunlichst ausgewichen, da er ihm nicht zu begegnen wünschte. Er ging zum Fenster und setzte sich, betrachtete die Gruppen und lauschte, was rings um ihn geredet wurde. Traurig war er besonders, weil alle, soweit er sah, angeregt, interessiert und engagiert waren, und nur er und ein uralter zahnloser, mümmelnder Greis in Flottenuniform, der neben ihm Platz genommen hatte, waren unbeteiligt und unbeschäftigt.

»Das ist ein solcher Spitzbube! Ich habe es ihm gesagt, aber nein. Ach woher! Drei Jahre lang hat er es nicht zusammengebracht«, sagte energisch ein untersetzter, leicht buckliger Gutsbesitzer mit pomadisierten Haaren, die auf dem bestickten Uniformkragen lagen; er pochte dazu kräftig mit den Absätzen seiner neuen, offenbar zur Wahl angezogenen Stiefel. Und nach einem unzufriedenen Blick auf Lewin wandte der Gutsbesitzer sich heftig um.

»Ja, da ist etwas faul, das liegt auf der Hand«, murmelte ein kleiner Gutsbesitzer mit dünner Stimme.

Nach diesen beiden näherte sich Lewin hastig eine ganze Schar von Gutsbesitzern, die einen dicken General umringten. Die Gutsbesitzer suchten offenbar einen Ort, um sich zu bereden, ohne gehört zu werden.

»Wie kann er die Behauptung wagen, ich hätte geheißen, ihm die Hosen zu stehlen! Bestimmt hat er sie vertrunken. Der kann mich gern haben mit seinem Fürstentitel. Er soll das nicht zu behaupten wagen, das ist eine Frechheit!«

»Aber erlauben Sie mal! Die berufen sich auf einen Paragraphen«, hieß es in einer anderen Gruppe, »seine Frau muss als Adlige eingetragen sein.«

»Was scheren mich Paragraphen! Ich spreche freimütig. Wozu sind die Adligen hochwohlgeboren. Man muss Vertrauen haben.«

»Exzellenz, gehn wir, *fine champagne*.«

Eine andere Schar folgte einem laut schreienden Adligen auf dem Fuß; das war einer der drei Betrunkenen.

»Ich habe Marja Semjonowna immer zum Verpachten geraten, denn sie selbst hat keinen Nutzen davon«, sagte die angenehme Stimme eines Gutsbesitzers mit grauem Schnauzbart, der die Obristenuniform des alten Generalstabs trug. Es war jener Gutsbesitzer, dem Lewin bei Swijaschski begegnet war. Er hatte ihn sofort erkannt. Der Gutsbesitzer fasste ebenfalls Lewin ins Auge, und sie begrüßten sich.

»Sehr angenehm. Aber ja! Sehr gut erinnere ich mich. Letztes Jahr bei unserem Marschall.«

»Und wie läuft bei Ihnen die Wirtschaft?« fragte Lewin.

Der Gutsbesitzer blieb neben ihm stehen. »Ja, noch genauso, mit Verlust«, erwiderte er mit ergebenem Lächeln, doch zugleich gefasst und überzeugt, so müsse es sein. »Und was hat Sie in unser Gouvernement verschlagen?« fragte er. »Sind Sie angereist, um an unserem *coup d'état** teilzunehmen?« Die französischen Wörter sprach er entschieden aus, aber schlecht. »Ganz Russland ist zusammengekommen, Kammerherren und fast gar Minister.« Er deutete auf die repräsentative Gestalt Stepan Arkadjitschs in weißen Beinkleidern und Kammerherrenuniform, der mit einem General auf und ab ging.

»Ich muss Ihnen gestehen, dass ich von der Bedeutung der Adelswahlen sehr wenig begreife«, sagte Lewin.

Der Gutsbesitzer sah ihn an.

»Ja, was gibt es da zu begreifen? Bedeutung haben sie keine. Eine heruntergekommene Institution, die nur aus Trägheit sich weiter bewegt. Schauen Sie sich die Uniformen an, auch die sagen Ihnen: Das ist eine Versammlung von Friedensrichtern, von ständigen Mitgliedern und so weiter, doch nicht von Adligen.«

---

* Staatsstreich *(frz.)*

»Und weshalb kommen Sie dann her?« frage Lewin.

»Aus Gewohnheit, das ist das eine. Dann um Verbindungen aufrechtzuerhalten. Aus moralischer Verpflichtung gewissermaßen. Und dann, um die Wahrheit zu sagen, habe ich eigene Interessen. Mein Schwager will sich als ständiges Mitglied zur Wahl stellen. Seine Familie ist nicht reich, darum muss ich mich für ihn einsetzen. Diese Herren da, wozu kommen die her?« Er deutete auf den boshaften Herrn, der am Gouvernementstisch gesprochen hatte.

»Das ist die neue Adelsgeneration.«

»Neu schon. Aber nicht von Adel. Das sind Grundbesitzer, wir dagegen sind Gutsherren. Als Adlige legen sie selbst Hand an sich.«

»Aber Sie sagen doch, die Institution habe sich überlebt.«

»Überlebt schon, dennoch müsste man respektvoller mit ihr umgehen. Wenigstens Snetkow ... Ob wir gut sind oder nicht – wir wachsen seit tausend Jahren. Wissen Sie, wenn Sie vor dem Haus ein Gärtchen anlegen und dazu planen müssen, und da steht an dieser Stelle ein hundertjähriger Baum ... Er ist zwar knorrig und alt, aber für Blumenbeete werden Sie den Greis doch nicht fällen, sondern die Blumenbeete so anlegen, dass Sie auch den Baum nutzen können. So einen zieht man in einem Jahr nicht hoch«, sagte er vorsichtig und wechselte sogleich das Thema. »Und wie steht es um Ihre Wirtschaft?«

»Ja, nicht gut. Vielleicht fünf Prozent.«

»Ja, aber da rechnen Sie sich selbst nicht ein. Sie haben doch auch einen Wert? Ich sage Ihnen, wie es bei mir steht. Bevor ich selbst gewirtschaftet habe, bekam ich dreitausend im Dienst. Jetzt arbeite ich mehr als im Dienst, und ebenso wie Sie bekomme ich fünf Prozent, und das mit Ach und Krach. Und meine Mühen sind kostenlos.«

»Doch wieso machen Sie es dann? Wenn es Verlust bringt?«

»Man macht es eben! Was wollen Sie? Gewohnheit, und man weiß, so muss es sein. Ich sage Ihnen noch mehr«, fuhr der Gutsbesitzer fort, den Ellbogen aufs Fensterbrett gestützt und immer gesprächiger, »mein Sohn hat keine Lust auf die Landwirtschaft. Er wird wohl Wissenschaftler. So dass niemand da ist, um das Werk fortzuführen. Aber man macht es. Gerade habe ich einen Garten angelegt.«

»Ja, ja«, sagte Lewin, »das ist absolut zutreffend. Ich habe immer das Gefühl, dass eigentlich nichts herauskommt in meiner Wirtschaft, aber man macht es … Fühlt sich dem Boden verpflichtet.«

»Und noch eins sage ich Ihnen«, fuhr der Gutsbesitzer fort. »Mein Nachbar, ein Kaufmann, war bei mir. Wir machen einen Gang durch den Betrieb, durch den Garten. ›Also, Stepan Wassiljitsch‹, sagt er, ›bei Ihnen ist alles in Ordnung, bloß der Garten ist vernachlässigt.‹ Dabei ist der bei mir in Ordnung. ›Nach meinem Dafürhalten würde ich diese Linden fällen. Aber wenn sie im Saft stehen. Sie haben tausend Linden, und jede ergibt zwei gute Holzschnitt-Tafeln. Zur Zeit sind Holzschnitt-Tafeln gut im Preis, und ich würde noch Lindenstropps hauen.‹«

»Und für das Geld würde er reichlich Vieh kaufen oder schönes Land kaufen für einen Spottpreis und es stückweise an Bauern verpachten«, führte Lewin lächelnd den Gedanken zu Ende, denn er war offenbar schon oft mit solchen Kalkulationen konfrontiert worden. »Und er würde ein Vermögen machen. Sie und ich dagegen — wenn wir bloß mit Ach und Krach das unsrige halten und an die Kinder weitergeben.«

»Sie haben geheiratet, wie ich höre?« sagte der Gutsherr.

»Ja«, antwortete Lewin mit Stolz und Vergnügen.

»Ja, es ist schon merkwürdig«, fuhr er fort. »So leben wir, ohne recht zu kalkulieren, als ob wir wie die Vestalinnen im Altertum dazu abgestellt wären, ein Feuer zu hüten.«

Der Gutsherr grinste unter dem weißen Schnauzbart.

»Auch bei uns gibt es andere, nehmen Sie nur unseren Freund Swijaschski, oder nun hat sich Graf Wronski hier niedergelassen, die wollen die Landwirtschaft industriell führen; bloß hat das bisher zu gar nichts geführt, nur Kapital verschlungen.«

»Aber wieso machen wir es nicht wie die Kaufleute? Fällen nicht die Gartenbäume des guten Preises wegen?« Lewin kehrte zu dem Gedanken zurück, der ihn frappiert hatte.

»Ja, wie Sie sagen, um das Feuer zu hüten. Das andere ist nicht Sache des Adels. Und unsere Sache wird nicht hier entschieden, bei den Wahlen, sondern daheim, in unserem Winkel. Es gibt auch einen Standesinstinkt, was zu sein hat und was nicht. Auch bei den Bauern, ich schau mir das manchmal an: Ist es ein guter Bauer, pachtet er Land, soviel er kann. Mag der Boden noch so schlecht sein, er ackert. Auch ohne Kalkulation. Und mit Verlust.«

»Ja, genauso wie wir«, sagte Lewin. »Sehr, sehr angenehm, unsere Begegnung«, fügte er an, da er Swijaschski auf sich zukommen sah.

»Das war unsere erste Begegnung nach der bei Ihnen«, sagte der Gutsherr, »und wir sind ins Reden gekommen.«

»Und haben auf die neuen Moden geschimpft?« meinte Swijaschski lächelnd.

»Wie auch nicht.«

»Haben unserem Herzen Luft gemacht.«

XXX

Swijaschski hakte Lewin unter und ging mit ihm zu seinen Leuten.

Jetzt war Wronski nicht mehr auszuweichen. Er stand bei Stepan Arkadjitsch und Sergej Iwanowitsch und schaute geradewegs Lewin entgegen.

»Sehr erfreut. Ich hatte wohl schon einmal das Vergnügen ... bei Fürstin Schtscherbazkaja«, sagte er, als er Lewin die Hand gab.

»Ja, mir ist unsere Begegnung noch sehr gut in Erinnerung«, sagte Lewin, wurde purpurrot und wandte sich sofort ab, begann mit seinem Bruder zu reden.

Wronski lächelte kurz und setzte das Gespräch mit Swijaschski fort, da er offenbar nicht den Wunsch hatte, mit Lewin ins Gespräch zu kommen; Lewin aber blickte, während er mit dem Bruder sprach, sich unablässig zu Wronski um, da er überlegte, worüber er mit ihm reden könnte, um seine Unhöflichkeit auszubügeln.

»Worum geht es nun?« fragte Lewin und blickte sich zu Swijaschski und Wronski um.

»Um Snetkow. Jetzt muss er verzichten oder zustimmen«, antwortete Swijaschski.

»Und was macht er? Stimmt er zu?«

»Darum geht es gerade, dass er keines von beiden tut«, meinte Wronski.

»Und wenn er verzichtet, wer stellt sich dann zur Wahl?« fragte Lewin mit einem Blick auf Wronski.

»Wer möchte«, sagte Swijaschski.

»Werden Sie es tun?« fragte Lewin.

»Bloß nicht«, sagte Swijaschski verlegen und warf einen erschrockenen Blick auf den boshaften Herrn, der neben Sergej Iwanowitsch stand.

»Und wer dann? Newedowski?« Lewin spürte schon, dass er sich verhedderte.

Aber es war noch schlimmer. Newedowski und Swijaschski waren die beiden Kandidaten.

»Also, ich ja in gar keinem Fall«, erwiderte der boshafte Herr.

Er war Newedowski. Swijaschski stellte ihm Lewin vor.

»Nun, auch dich hat es gepackt?« fragte Stepan Arkadjitsch und blinzelte Wronski zu. »Wie beim Pferderennen. Auch wetten könnte man.«

»Ja, das packt einen«, sagte Wronski. »Und hat man einmal angefangen, möchte man es auch durchziehen. Ein Kampf!« Er runzelte die Stirn und spannte seine starken Backenmuskeln an.

»Wie tatkräftig Swijaschski ist! So klar ist alles bei ihm.«

»O ja«, meinte Wronski zerstreut.

Ein Schweigen trat ein, während dessen Wronski, da er ja irgendwohin schauen musste, auf Lewin schaute, auf seine Beine, auf seine Uniform, dann auf sein Gesicht, und als er die finsteren, auf ihn gerichteten Augen bemerkte, sagte er, um irgendetwas zu sagen:

»Aber wieso sind Sie, als ständiger Landbewohner, kein Friedensrichter? Sie tragen keine Friedensrichteruniform.«

»Weil ich finde, dass das Friedensgericht eine alberne Einrichtung ist«, erwiderte Lewin finster, dabei hatte er die ganze Zeit auf eine Gelegenheit gewartet, um mit Wronski ins Gespräch zu kommen und seine Unhöflichkeit von vorher auszubügeln.

»Ich bin nicht der Ansicht, im Gegenteil«, sagte Wronski mit gelassener Verwunderung.

»Es ist Spielerei«, unterbrach ihn Lewin. »Friedensrichter brauchen wir nicht. Ich hatte in acht Jahren keinen einzigen Fall. Und was ich dann hatte, wurde völlig verkehrt entschieden. Der Friedensrichter ist vierzig Werst von mir entfernt. Ich muss wegen eines

Falls, wo es um zwei Rubel geht, einen Bevollmächtigten schicken, der fünfzehn kostet.«

Und er erzählte, wie ein Bauer einem Müller Mehl stahl, und als der Müller es ihm sagte, reichte der Bauer eine Verleumdungsklage ein. Das zu erzählen war unpassend und töricht, Lewin spürte es selbst, noch während er sprach.

»Oh, er ist ein solches Original!« sagte Stepan Arkadjitsch mit seinem allersüßesten Mandellächeln. »Doch gehen wir; anscheinend wird abgestimmt ...«

Und sie trennten sich.

»Ich verstehe nicht«, sagte Sergej Iwanowitsch, der den peinlichen Auftritt des Bruders mitbekommen hatte, »ich verstehe nicht, wie einem in solchem Maß alles politische Taktgefühl abgehen kann. Das fehlt uns Russen einfach. Der Gouvernementsmarschall ist unser Gegner, aber du bist mit ihm *ami cochon** und forderst ihn auf, sich zur Wahl zu stellen. Dagegen Graf Wronski – mein Freund wird er nicht werden; er lädt mich zum Diner, ich fahre nicht hin; dennoch gehört er zu uns, wozu also ihn zum Feind machen? Außerdem fragst du Newedowski, ob er sich zur Wahl stelle. Das tut man nicht.«

»Ach, ich verstehe überhaupt nichts davon! Und das ist alles belanglos«, erwiderte Lewin finster.

»Jetzt sagst du, es sei belanglos, aber schaltest du dich ein, bringst du alles durcheinander.«

Lewin verstummte, und zusammen betraten sie den großen Saal.

Obwohl der Gouvernementsmarschall fühlte, dass sich gegen ihn etwas zusammenbraute, und obwohl ihn nicht alle aufgefordert hatten, entschloss er sich trotzdem, sich zur Wahl zu stellen. Der Saal war verstummt, der Sekretär verkündete lautstark, zur Wahl stehe nun

* dick Freund *(frz.)*

für das Amt des Gouvernementsmarschalls Garderitt-
meister Michail Stepanowitsch Snetkow.

Die Kreismarschälle brachten Tellerchen, auf denen
die Stimmkugeln lagen, von ihren Tischen zum Gouvernementstisch, und die Wahl begann.

»Leg sie nach rechts«, flüsterte Stepan Arkadjitsch
Lewin zu, als dieser mit seinem Bruder hinter dem
Marschall an den Tisch trat. Lewin hatte jetzt aber die
Kalkulation vergessen, die sie ihm erklärt hatten, und
befürchtete, Stepan Arkadjitsch könnte sich mit seinem »nach rechts« geirrt haben. War doch Snetkow der
Feind. Als er zur Wahlkiste trat, hielt er die Kugel in der
Rechten, aber da er dachte, er irre sich, legte er unmittelbar vor der Wahlkiste die Kugel in die Linke und
offensichtlich auch links hinein. Ein Kenner der Prozedur, der bei der Wahlkiste stand und schon an der Bewegung des Ellbogens erkannte, wer die Kugel wohin
legen würde, runzelte unwillig die Stirn. Er hatte seinen Scharfblick gar nicht betätigen müssen.

Der Saal war verstummt, zu hören war, wie die Kugeln gezählt wurden. Dann verkündete eine einsame
Stimme die Zahl der Ja- und Nein-Stimmen.

Der Adelsmarschall war mit einer deutlichen Mehrheit gewählt worden. Alles begann zu lärmen und
stürzte zur Tür. Snetkow kam herein, und die Adligen
umringten und beglückwünschten ihn.

»Jetzt ist es aber zu Ende?« fragte Lewin Sergej Iwanowitsch.

»Es fängt erst an«, sagte Swijaschski lächelnd an
Sergej Iwanowitschs statt. »Der Marschallskandidat
könnte mehr Stimmen erhalten.«

Lewin hatte das wieder völlig vergessen. Ihm fiel
erst jetzt ein, dass es da noch Finessen gab, doch langweilte es ihn, sich genauer zu erinnern. Ihn überkam
Schwermut, am liebsten hätte er sich aus der Menge da-
vongestohlen.

Da ihn niemand beachtete und niemand ihn zu brauchen schien, begab er sich unauffällig in den kleinen Saal, wo gegessen wurde, und fühlte sich sehr erleichtert, als er dort wieder die Kellner erblickte. Der alte Kellner schlug ihm vor, etwas zu essen, und Lewin willigte ein. Er aß ein Kotelett mit Bohnen, plauderte mit dem Kellner über die früheren Herrschaften und ging dann, weil er nicht in den Saal wollte, wo er sich so unbehaglich fühlte, hoch zur Galerie.

Die Galerie war voller festlich gekleideter Damen, die sich übers Geländer beugten, um sich von dem, was unten gesprochen wurde, kein Wort entgehen zu lassen. Bei den Damen saßen und standen elegante Advokaten, Gymnasiallehrer mit Brille und Offiziere. Überall wurde von den Wahlen gesprochen und darüber, wie geplagt der Marschall sei und wie gut die Debatten gewesen seien; in einer Gruppe hörte Lewin Lob für seinen Bruder. Eine Dame sagte zu einem Advokaten:

»Wie froh ich bin, dass ich Kosnyschew gehört habe! Dafür kann man ein wenig Hunger aushalten. Prachtvoll! Wie klar. Und alles zu hören! Bei Ihnen im Gericht spricht niemand so. Höchstens Meidel, doch er ist bei weitem nicht so beredt.«

Lewin fand einen freien Platz am Geländer, beugte sich darüber und schaute und hörte zu.

Alle Adligen saßen hinter Stellwänden bei ihren Kreisen. Mitten im Saal stand ein Mann in Uniform und verkündete mit dünner, durchdringender Stimme:

»Zur Wahl steht für das Amt des Kandidaten des Gouvernementsadelsmarschalls Stabsrittmeister Jewgeni Iwanowitsch Opuchtin!«

Totenstille trat ein, und zu hören war eine schwache Greisenstimme:

»Verzichte!«

Die laute Stimme hob wieder an: »Zur Wahl steht Hofrat Pjotr Petrowitsch Bohl.«

»Verzichte!« ertönte eine junge, schrille Stimme. Wieder hob das Gleiche an, und wieder kam: »Verzichte!« So ging es fast eine Stunde lang. Aufs Geländer gestützt, schaute und hörte Lewin zu. Erst wunderte er sich und suchte zu begreifen, was das bedeutete; dann hatte er sich überzeugt, dass er das nicht begreifen könnte, und ihm wurde langweilig. Dann fiel ihm die Erregung und Erbitterung ein, die er auf allen Gesichtern gesehen hatte, und ihm wurde traurig zumute; er beschloss abzufahren und ging nach unten. Im Flur vor der Galerie traf er auf einen schwermütigen Gymnasiasten mit geschwollenen Augen, der auf und ab wanderte. Auf der Treppe kam ihm ein Paar entgegen, eine Dame, die in raschem Lauf mit den Absätzen klapperte, und ein leichtfüßiger Staatsanwaltsgehilfe.

»Ich sagte Ihnen doch, Sie kommen nicht zu spät«, sagte der Staatsanwalt gerade, wie Lewin zur Seite trat, um die Dame vorbeizulassen.

Lewin war schon auf der Treppe zum Ausgang und kramte aus der Westentasche die Garderobenmarke für seinen Pelz hervor, da erwischte ihn der Sekretär. »Hätten Sie die Güte, Konstantin Dmitritsch, es wird abgestimmt.«

Für das Amt des Kandidaten wurde über Newedowski abgestimmt, der so entschieden abgelehnt hatte.

Lewin ging zur Saaltür – sie war verschlossen. Der Sekretär klopfte, die Tür wurde aufgesperrt, und zwei hochrote Gutsbesitzer schlüpften heraus, Lewin entgegen.

»Ich kann nicht mehr«, sagte der eine hochrote Gutsbesitzer.

Hinter dem Gutsbesitzer streckte der Gouvernementsmarschall sein Gesicht heraus. Ein Gesicht, schrecklich vor Erschöpfung und Furcht.

»Ich habe dir gesagt, niemanden hinauszulassen!« schrie er den Türwächter an.

»Ich habe jemanden hereingelassen, Euer Exzellenz!«

»O Gott!« Und nach einem schweren Seufzer schlurfte der Gouvernementsmarschall, den Kopf gesenkt, in seinen weißen Beinkleidern müde durch die Saalmitte zum großen Tisch.

Newedowski bekam zusätzliche Stimmen, wie kalkuliert worden war, und nun war er Gouvernementsmarschall. Viele waren vergnügt, viele waren zufrieden und glücklich, viele begeistert, viele unzufrieden und unglücklich. Der Gouvernementsmarschall war verzweifelt und konnte es nicht verbergen. Als Newedowski den Saal verließ, umringte ihn die Menge und folgte ihm begeistert, genauso wie sie am ersten Tag dem Gouverneur gefolgt war, als er die Wahl eröffnet hatte, und genauso wie sie Snetkow gefolgt war, als er gewählt worden war.

XXXI

Der neugewählte Gouvernementsmarschall und viele aus der siegreichen Partei der Neuen dinierten an diesem Tag bei Wronski.

Wronski war zu den Wahlen gefahren, weil er sich langweilte auf dem Land und Anna gegenüber seine Freiheitsrechte geltend machen musste, außerdem um Swijaschski bei der Wahl zu unterstützen und sich so für seinen Einsatz zugunsten Wronskis bei den Semstwo-Wahlen zu revanchieren, vor allem aber, um penibel die Pflichten als Adliger und Gutsbesitzer zu erfüllen, die ihm sein neu erwählter Status auferlegte. Keineswegs hatte er jedoch erwartet, dass diese Wahlen ihn so beschäftigen, so packen würden und dass er sich so gut hineinfände. Er war ein völliger Neuling im Kreis der Adligen, hatte aber offensichtlich Erfolg und nahm nicht zu Unrecht an, dass er schon Einfluss gewonnen habe unter den Adligen. Diesen Einfluss beförderte: sein Reichtum und sein aristokratischer Rang; das prächtige Anwesen in der Stadt, das ihm Schirkow zur Verfügung gestellt hatte, ein alter Bekannter, der sich mit Finanzoperationen befasste und in Kaschin eine florierende Bank gegründet hatte; Wronskis vorzüglicher Koch, den er vom Gut mitgebracht hatte; seine Freundschaft mit dem Gouverneur, der sein Kamerad gewesen war, überdies ein von Wronski protegierter Kamerad; vor allem aber sein schlichtes, allen gegenüber gleich freundliches Auftreten, das die meisten Adligen ihr Urteil über seinen angeblichen Stolz sehr bald revidieren ließ. Er merkte selbst, dass mit Ausnahme dieses närrischen Herrn, Kitty Schtscherbazkajas Ehemann, der *à propos de bottes** mit lächerlichem Ingrimm eine Unmenge himmelschreiender Torheiten an ihn hingeschwatzt hatte, jeder Adlige, den er kennengelernt hatte, zu seinem Anhänger geworden war. Er sah klar, und andere räumten das ebenfalls ein, dass er zu Newedowskis Erfolg sehr stark beigetragen hatte. Jetzt, an seiner Tafel, bei der Feier zu Newedowskis Wahl, empfand er angenehme Triumphgefühle für seinen Auserwählten. Die Wahlen selbst hatten ihn derart mitgerissen, dass er schon überlegte, wenn er bei der nächsten Wahl in drei Jahren verheiratet wäre, sich selbst zur Wahl zu stellen – genauso wie er, wenn sein Jockey einen Preis gewann, Lust bekam, selbst mitzureiten.

Nun jedenfalls wurde der Sieg des Jockeys gefeiert. Wronski saß an der Stirnseite der Tafel, rechts von ihm saß der junge Gouverneur, General bei Hof. Für alle war er der Herr des Gouvernements, der die Wahlen feierlich eröffnet, eine Rede gehalten hatte und, wie Wronski sah, Respekt und bei manchen Katzbuckelei

* wegen nichts und wieder nichts *(frz.)*

hervorrief; für Wronski war er der Katka Maslow, so sein Spitzname im Pagenkorps, der sich genierte vor ihm, darum suchte Wronski ihn *mettre à son aise**. Links von ihm saß Newedowski mit seinem jungen, unerschütterlichen und boshaften Gesicht. Ihm gegenüber verhielt sich Wronski schlicht und respektvoll.

Swijaschski ertrug seinen Misserfolg mit Humor. Es war nicht einmal ein Misserfolg für ihn, wie er selbst sagte, mit dem Weinglas in der Hand an Newedowski gewandt: Einen besseren Vertreter jener neuen Richtung, der der Adel folgen sollte, hätten sie nicht finden können. Darum stünden alle, die ehrlichen Willens sind, wie er sagte, auf der Seite des heutigen Erfolgs und feierten ihn.

Stepan Arkadjitsch freute sich ebenfalls, dass er die Zeit vergnügt zugebracht hatte und alle zufrieden waren. Während des wundervollen Mahls wurden einzelne Episoden der Wahlen durchgehechelt. Swijaschski äffte die tränenselige Rede des Adelsmarschalls nach und meinte, an Newedowski gewandt, Seine Exzellenz müsse wohl eine andere Überprüfung der Finanzen vornehmen, anspruchsvoller als Tränen. Ein anderer humoriger Adliger erzählte, für den Ball des Gouvernementsmarschalls seien Lakaien in Livreen mit Kniestrümpfen geordert worden und müssten jetzt zurückgeschickt werden, falls der neue Gouvernementsmarschall keinen Ball mit Lakaien in Kniestrümpfen geben wolle.

Während des Diners redeten die Gäste Newedowski unablässig mit »unser Gouvernementsmarschall« und »Euer Exzellenz« an.

Das sagten sie mit demselben Vergnügen, wie eine junge Ehefrau mit *madame* und dem Nachnamen des Mannes angesprochen wird. Newedowski gab sich den

---

* ihm über seine Verlegenheit wegzuhelfen *(frz.)*

Anschein, nicht nur gleichgültig zu sein, sondern den
Titel geringzuschätzen, doch war offensichtlich, dass er
glücklich war und sich zügeln musste, um nicht in eine
Begeisterung zu verfallen, die dem neuen liberalen Milieu, dem alle angehörten, nicht entsprochen hätte.

Während des Diners wurden an Menschen, die sich
für den Ausgang der Wahlen interessierten, einige
Telegramme geschickt. Auch Stepan Arkadjitsch, der
sehr vergnügt war, schickte Darja Alexandrowna ein
Telegramm des Inhalts: »Newedowski gewählt mit
zwölf Stimmen. Gratuliere. Weitersagen.« Er hatte es
laut diktiert und meinte dann: »Muss ihnen doch eine
Freude machen.« Darja Alexandrowna hingegen seufzte nur, als sie die Depesche erhielt, des Rubels wegen,
und wusste schon, dass es gegen Ende des Diners geschehen war. Sie kannte Stiwas Schwäche, am Ende eines guten Mahls »faire jouer le télégraphe*«.

Alles war, zusammen mit dem vorzüglichen Mahl
und den nicht von russischen Weinhändlern, sondern
im Ausland abgefüllten Weinen, sehr edel, schlicht und
vergnügt. Den Kreis der zwanzig Gäste hatte Swijaschski aus liberalen, gleichgesinnten, tüchtigen neuen
Leuten ausgesucht, die zugleich geistreich und anstän-
dig waren. Trinksprüche wurden ausgebracht, ebenfalls
halb scherzhafte, auf den neuen Gouvernementsmarschall wie auf den Gouverneur, auf den Bankdirektor
wie auf »unseren liebenswürdigen Gastgeber«.

Wronski war zufrieden. Er hätte nie erwartet, in der
Provinz eine so nette Atmosphäre zu finden.

Gegen Ende des Diners wurde die Stimmung noch
vergnügter. Der Gouverneur bat Wronski, zu einem
Konzert zugunsten der Bruderschaft zu kommen, or-
ganisiert von seiner Gattin, die ihn gerne kennenlernen
wollte.

* den Telegraphen in Bewegung zu setzen *(frz.)*

»Danach findet ein Ball statt, dort siehst du auch unsere stadtbekannte Schönheit. Es wird bestimmt großartig.«

»*Not in my line*«, antwortete Wronski mit seinem Lieblingsausdruck, lächelte aber und versprach zu kommen.

Kurz vor Aufhebung der Tafel, als alle schon rauchten, trat zu Wronski sein Kammerdiener mit einem Brief auf dem Tablett.

»Aus Wosdwischenskoje per Expressboten«, sagte er mit bedeutsamer Miene.

»Erstaunlich, wie er dem Staatsanwaltsgehilfen Swentizki ähnlich sieht«, sagte einer der Gäste auf Französisch über den Kammerdiener, während Wronski stirnrunzelnd den Brief las.

Der Brief war von Anna. Noch bevor er ihn las, kannte er schon seinen Inhalt. In der Annahme, die Wahlen wären innerhalb von fünf Tagen beendet, hatte er versprochen, am Freitag zurückzukehren. Heute war Samstag, und er wusste, Inhalt des Briefs wären Vorwürfe, dass er nicht rechtzeitig zurückgekehrt war. Der Brief, den er gestern abend abgeschickt hatte, war wohl noch nicht angekommen.

Der Inhalt war, was er erwartet hatte, doch die Form war überraschend und berührte ihn sehr unangenehm. »Anni ist sehr krank, der Doktor sagt, es könnte eine Entzündung sein. Allein verliere ich den Kopf. Prinzessin Warwara ist keine Hilfe, sie behindert eher. Ich habe Dich vorgestern erwartet, gestern und schreibe nun, um zu erfahren, wo Du bist und was Du tust. Ich wollte selbst fahren, kam aber davon ab, da ich weiß, es wäre Dir unangenehm. Schick mir eine Antwort, damit ich weiß, was tun.«

Das Kind krank, doch sie wollte selbst fahren. Die Tochter krank, und dieser feindselige Ton.

Das unschuldige Vergnügen der Wahlen und die

düstere, bedrückende Liebe, zu der er zurückkehren
musste, bestürzten Wronski durch ihren Gegensatz.
Aber er musste fahren, und so reiste er mit dem nächsten Zug, auf die Nacht zu, nach Haus.

XXXII

Vor Wronskis Abreise zu den Wahlen hatte Anna sich
überlegt, dass die Szenen, die sich bei jeder Abreise zwischen ihnen wiederholten, ihn nur erkalten lassen,
doch nicht an sie binden könnten, deshalb bezwang sie
sich mit aller Kraft, den Abschied von ihm ruhig zu ertragen. Aber jener kalte, strenge Blick, mit dem er sie
angesehen hatte, als er kam, um seine Abreise anzu-
kündigen, hatte sie gekränkt, und er war noch nicht abgereist, da war ihre Ruhe schon dahin.

Als sie danach in Einsamkeit diesen Blick analysierte, der das Recht auf Freiheit zum Ausdruck brachte,
führte es sie wie immer zu demselben Schluss – zum
Bewusstsein ihrer Demütigung. ›Er hat das Recht wegzufahren, wann und wohin er möchte. Nicht nur wegzufahren, sondern auch mich zu verlassen. Er hat alle
Rechte, ich habe keine. Aber da er das weiß, dürfte er
das nicht tun. Allerdings, was hat er getan? Er hat mich
mit kalter, strenger Miene angesehen. Versteht sich, das
ist nicht fassbar, nicht greifbar, aber das hat es früher
nicht gegeben, und dieser Blick hat viel zu bedeuten‹,
dachte sie. ›Dieser Blick zeigt, dass er zu erkalten beginnt.‹

Und obgleich sie nun überzeugt war, dass er zu erkalten beginne, konnte sie trotzdem nichts tun, konnte
sie an ihrem Verhältnis zu ihm nichts ändern. Genau
wie bisher konnte sie ihn allein durch Liebe und Anziehungskraft halten. Und genau wie bisher konnte sie
nur tagsüber durch Betätigung und nachts durch Mor-

phium die schrecklichen Gedanken betäuben, was werden solle, falls er sie nicht mehr liebte. Es gab freilich noch ein Mittel: nicht ihn festzuhalten – da verlangte sie nichts als seine Liebe –, sondern ihm näher zu sein, einen Status zu erlangen, dass er sie nicht verlassen würde. Dieses Mittel war Scheidung und Ehe. Und so begann sie nun, dies zu wünschen, und beschloss, einverstanden zu sein, sobald er oder Stiwa sie das nächste Mal darauf ansprechen würden.

Unter solchen Gedanken brachte sie ohne ihn fünf Tage zu, die fünf Tage, die er abwesend sein sollte.

Spaziergänge, Plaudereien mit Prinzessin Warwara, Besuche im Krankenhaus und vor allem Lektüre, Lektüre eines Buches nach dem anderen, vertrieben ihr die Zeit. Aber als am sechsten Tag der Kutscher ohne ihn von der Bahn zurückkehrte, spürte sie, dass sie nicht mehr imstande war, den Gedanken an ihn und was er dort wohl tue zu betäuben. Da wurde ihre Tochter krank. Anna pflegte sie selbst, aber auch das lenkte sie nicht ab, zumal die Krankheit nicht gefährlich war. Wie sehr sie sich auch bemühte, sie konnte dieses Mädchen nicht lieben, und Liebe vortäuschen konnte sie auch nicht. Als Anna am Abend dieses Tages allein geblieben war, befiel sie eine solche Angst um ihn, dass sie schon in die Stadt reisen wollte, es sich aber aus dem Kopf schlug und jenen widersprüchlichen Brief schrieb, den Wronski erhielt, und per Expressboten abschickte, ohne ihn durchzulesen. Am nächsten Morgen erhielt sie seinen Brief und bereute den ihrigen. Sie erwartete mit Schrecken eine Wiederholung des strengen Blicks, den er vor der Abreise auf sie geworfen hatte, vor allem, wenn er erführe, dass das Mädchen nicht gefährlich krank war. Dennoch war sie froh, dass sie ihm geschrieben hatte. Nun gestand Anna sich bereits ein, dass er sie als Last empfand, dass er seine Freiheit mit Bedauern aufgab, um zu ihr zurückzukehren, und trotz-

dem war sie froh, dass er käme. Sollte er sie doch als
Last empfinden, er wäre aber hier bei ihr, so dass sie ihn
sähe und um jede seiner Bewegungen wüsste.

Sie saß im Salon bei einer Lampe und las im neuen
Buch von Taine, dabei lauschte sie auf das Brausen des
Windes im Hof und erwartete jeden Moment das Eintreffen der Equipage. Ein paarmal meinte sie Räderrasseln zu hören, aber sie täuschte sich; endlich war
nicht nur Räderrasseln, sondern auch das Rufen des
Kutschers und das gedämpfte Geräusch von der überdachten Auffahrt zu hören. Sogar Prinzessin Warwara,
die eine Patience legte, bestätigte es, und Anna stand
auf, feuerrot, aber statt hinunterzugehen, wie sie es
vorher schon zweimal getan hatte, blieb sie stehen. Sie
schämte sich plötzlich ihres Betrugs, doch vor allem
graute ihr, wie er sie empfangen würde. Ihre Kränkung
war schon vergangen; sie fürchtete nur seinen ungehal-
tenen Gesichtsausdruck. Ihr fiel ein, dass die Tochter
schon den zweiten Tag wieder vollkommen gesund war.
Sie wurde sogar ärgerlich auf sie, weil sie sich ausgerechnet da wieder erholt hatte, als der Brief abgeschickt
war. Dann fiel ihr ein, dass er da war, er, mit seinen
Augen, seinen Händen. Sie hörte seine Stimme. Und sie
vergaß alles, lief ihm freudig entgegen.

»Nun, wie geht es Anni?« fragte er, scheu von unten
zu der herablaufenden Anna hochblickend.

Er saß auf einem Stuhl, und der Diener zog ihm den
warmen Stiefel aus.

»Wieder besser.«

»Und dir?« fragte er und rückte die Kleider zurecht.

Sie griff mit beiden Händen nach seiner Hand und
zog sie an ihre Taille, ohne die Augen von ihm zu lassen.

»Nun, das freut mich sehr«, sagte er und betrachtete
sie kühl, ihre Frisur, ihre Toilette, die sie, er wusste es,
für ihn angelegt hatte.

All das gefiel ihm, aber wie oft hatte es ihm schon gefallen! Und jener strenge, steinerne Ausdruck, den sie so fürchtete, legte sich auf sein Gesicht. »Nun, das freut mich sehr. Und du bist wohlauf?« Er wischte sich mit dem Taschentuch den feuchten Bart ab und küsste ihr die Hand.

›Ganz gleich‹, dachte sie, ›wenn er nur da ist, und wenn er da ist, wird er es nicht fertigbringen, wird er es nicht wagen, mich nicht zu lieben.‹

Der Abend verlief glücklich und vergnügt in Anwesenheit von Prinzessin Warwara, die sich bei ihm beklagte, in seiner Abwesenheit habe Anna Morphium genommen.

»Was tun? Ich konnte nicht schlafen ... Meine Gedanken hielten mich ab. In seiner Anwesenheit nehme ich es nie. Fast nie.«

Er erzählte von den Wahlen, und Anna verstand es, ihn durch Fragen auf das zu bringen, was ihn aufheiterte – auf seinen Erfolg. Sie erzählte ihm alles, was ihn zu Hause interessierte. Und alle ihre Berichte waren von heiterster Art.

Spätabends jedoch, als sie allein waren, sah Anna, dass sie ihn wieder ganz beherrschte, und wollte den bedrückenden Eindruck von seinem Blick wegen des Briefes auslöschen. Sie sagte:

»Aber gib zu, der Brief hat dich geärgert, und du hast mir nicht geglaubt?«

Kaum hatte sie das gesagt, begriff sie, so liebevoll er ihr jetzt auch zugewandt war, doch das hatte er ihr nicht verziehen.

»Ja«, sagte er. »Der Brief war schon merkwürdig. Einerseits Anni krank, andererseits möchtest du selbst kommen.«

»Es war alles die Wahrheit.«

»Daran zweifle ich gar nicht.«

»Doch, du zweifelst. Ich sehe, du bist unzufrieden.«

»Keinen Augenblick. Ich bin nur unzufrieden, und das ist wahr, dass du gleichsam nicht anerkennen möchtest, dass es Pflichten gibt ...«

»Pflichten, ins Konzert zu fahren ...«

»Reden wir nicht darüber«, sagte er.

»Warum eigentlich nicht?« fragte sie.

»Ich will damit nur sagen, dass es Dinge geben kann, die unumgänglich sind. Jetzt zum Beispiel werde ich nach Moskau fahren müssen, des Hauses wegen ... Ach, Anna, warum bist du so gereizt? Weißt du denn nicht, dass ich ohne dich nicht leben kann?«

»Wenn dem so ist«, sagte Anna plötzlich mit veränderter Stimme, »so ist dir dieses Leben eine Last ... Ja, du kommst für einen Tag und fährst wieder, so verhält man sich ...«

»Anna, das ist grausam. Ich bin bereit, mein ganzes Leben hinzugeben ...«

Aber sie hörte ihm nicht zu.

»Wenn du nach Moskau fährst, fahre ich mit. Ich bleibe nicht hier. Entweder wir müssen uns trennen oder zusammenleben.«

»Du weißt doch, dass allein dies mein Wunsch ist. Aber dazu ...«

»Braucht es die Scheidung? Ich werde ihm schreiben. Ich sehe, dass ich so nicht leben kann ... Aber ich werde mit dir nach Moskau fahren.«

»Als ob du mir drohen würdest. Ich wünsche mir doch nichts so sehr, als mich nie von dir zu trennen«, sagte Wronski lächelnd.

Aber es blitzte nicht nur der kalte, böse Blick eines verfolgten und verbitterten Menschen in seinen Augen auf, als er diese zärtlichen Worte sprach.

Sie sah diesen Blick und erriet seine Bedeutung.

›Wenn dem so ist, ist es ein Unglück!‹ sagte dieser Blick. Es war nur ein flüchtiger Eindruck, aber sie sollte ihn nie mehr vergessen.

Anna schrieb ihrem Mann einen Brief und bat ihn um die Scheidung, und Ende November verabschiedete sie sich von Prinzessin Warwara, die nach Petersburg reisen musste, und übersiedelte mit Wronski nach Moskau. Da sie tagtäglich Alexej Alexandrowitschs Antwort und danach die Scheidung erwarteten, wohnten sie nun wie ein Ehepaar zusammen.

SIEBTER TEIL

I

Die Lewins lebten schon den dritten Monat in Moskau. Längst war die Zeit um, da nach zuverlässigsten Berechnungen von Menschen, die sich diesbezüglich auskannten, Kitty hätte gebären müssen; doch sie ging noch immer schwanger, und nichts deutete darauf hin, dass die Zeit jetzt näher läge als vor zwei Monaten. Arzt, Hebamme, Dolly, die Mutter und vor allem Lewin, der nicht ohne Schrecken an das Herannahende denken konnte, waren allmählich in Ungeduld und Unruhe; allein Kitty fühlte sich vollkommen ruhig und glücklich.

Sie erkannte nun klar, wie ein neues Gefühl der Liebe zu dem künftigen, für sie zum Teil schon gegenwärtigen Kind in ihr heranreifte, und lauschte mit Wonne auf dieses Gefühl. Das Kind war nun nicht mehr ganz ein Teil von ihr, manchmal lebte es bereits sein eigenes, von ihr unabhängiges Leben. Oft tat ihr das weh, doch zugleich hätte sie lachen mögen ob der seltsamen neuen Freude.

Alle, die sie liebte, waren um sie, alle waren so gut zu ihr, umsorgten sie so, in allem wurde ihr so rundweg nur das Angenehme überlassen, dass sie sich, wenn sie nicht gewusst und gespürt hätte, es müsse bald enden, kein besseres und angenehmeres Leben hätte wünschen können. Eines nur vergällte ihr dieses wohlige Leben, nämlich dass ihr Mann nicht so war, wie sie ihn liebte und wie er auf dem Land zu sein pflegte.

Sie mochte seinen ruhigen, herzlichen und gast-

freundlichen Umgangston auf dem Land. In der Stadt
jedoch wirkte er immerfort unruhig und argwöhnisch,
wie wenn er befürchtete, es könnte ihn und vor allem
sie jemand kränken. Dort auf dem Land wusste er sich
offenbar in seinem Element, er war nie in Eile und niemals untätig. Hier in der Stadt war er immerfort ge-
hetzt, als ob er etwas versäumte, und zu tun hatte er
nichts. Und er dauerte sie. Anderen, das wusste sie, kam
er nicht bedauernswert vor; im Gegenteil, wenn Kitty
ihn in Gesellschaft anschaute, wie man bisweilen den
geliebten Menschen anschaut, um ihn wie mit fremden
Augen zu sehen und sich klarzuwerden, welchen Eindruck er auf andere macht, sah sie, ihrer Eifersucht
wegen sogar voll Furcht, dass er alles andere als bedauernswert, vielmehr sehr anziehend war mit seiner Anständigkeit, seiner ein wenig altmodischen, schüchter-
nen Höflichkeit gegenüber Frauen, seiner kräftigen
Gestalt und seinem, wie ihr schien, besonderen, aus-
drucksvollen Gesicht. Aber sie sah ihn nicht von außen,
sondern von innen; sie sah, dass er hier nicht er selbst
war; anders wusste sie seine Verfassung nicht zu bezeichnen. Manchmal machte sie ihm innerlich Vorwürfe, dass er nicht in der Stadt zu leben verstand;
manchmal jedoch machte sie sich klar, dass er sich sein
Leben hier wirklich nur schwer so einrichten könnte,
um zufrieden zu sein damit.

In der Tat, was sollte er tun? Karten spielen mochte
er nicht. In den Klub fuhr er nicht. Mit vergnügten
Männern wie Oblonski Umgang pflegen, da wusste sie
nun schon, was das hieß ... das hieß trinken und nach
der Trinkerei irgendwohin fahren. Sie konnte nicht
ohne Entsetzen daran denken, wohin Männer in solchen Fällen fuhren. In der Gesellschaft verkehren? Sie
wusste, dass man dazu an der Nähe zu jungen Frauen
Gefallen finden musste, und das konnte sie nicht wollen. Zu Hause sitzen mit ihr, mit Mutter und Schwes-

tern? So angenehm und vergnüglich für sie die ewig gleichen Gespräche auch waren — »die Alinas und Nadinas«, wie der alte Fürst diese Gespräche unter Schwestern nannte —, sie wusste, dass ihn das langweilen musste. Was blieb ihm also? An seinem Buch weiterzuschreiben? Er hatte das auch versucht und war zunächst oft in der Bibliothek gewesen, um Exzerpte und Recherchen für sein Buch zu machen; aber wie er ihr sagte — je länger er nichts tat, desto weniger hatte er Zeit. Außerdem habe er, so beklagte er sich bei ihr, hier viel zuviel über sein Buch geredet, deshalb wären alle seine Gedanken darüber nun verworren und kämen ihm nicht mehr interessant vor.

Der einzige Vorteil dieses städtischen Lebens war, dass es hier in der Stadt nie Zank zwischen ihnen gab. Ob nun die Verhältnisse in der Stadt anders waren oder ob sie beide in der Hinsicht vorsichtiger und vernünftiger geworden waren, jedenfalls zankten sie sich in Moskau niemals aus Eifersucht, wovor sie sich bei der Übersiedlung in die Stadt so gefürchtet hatten.

In dieser Hinsicht kam es sogar zu einem für beide sehr wichtigen Ereignis, nämlich zur Begegnung Kittys mit Wronski.

Die alte Fürstin Marja Borissowna, Kittys Taufpatin, die sie stets sehr gern gehabt hatte, wünschte sie unbedingt zu sehen. Kitty, die ihres Zustands wegen keine Besuche mehr machte, fuhr mit ihrem Vater zu der ehrwürdigen alten Dame und begegnete dort Wronski.

Kitty konnte sich bei dieser Begegnung nur den einen Vorwurf machen, dass für einen Augenblick, als sie an dem Herrn in Zivil die einst so vertrauten Züge erkannte, es ihr den Atem verschlug, ihr das Blut zum Herzen strömte und ein kräftiges Rot, das fühlte sie, ins Gesicht stieg. Aber das dauerte nur ein paar Sekunden. Noch hatte der Vater, der mit Wronski absichtlich laut ein Gespräch anfing, sein Gespräch nicht beendet, da war sie schon durchaus in der Lage, Wronski anzuschauen und, falls nötig, ebenso mit ihm zu plaudern wie mit Fürstin Marja Borissowna, und das vor allem so, dass ihr Mann, dessen unsichtbare Anwesenheit sie in diesem Moment gleichsam über sich fühlte, bis zur letzten Intonation und bis zum Lächeln alles gebilligt hätte.

Sie wechselte ein paar Worte mit ihm, lächelte sogar gelassen zu seinem Scherz über die Wahlen, die er »unser Parlament« nannte. (Das Lächeln war notwendig, um zu zeigen, dass sie den Scherz verstanden hatte.) Aber gleich danach wandte sie sich Fürstin Marja Borissowna zu und blickte kein einziges Mal mehr zu ihm, bis er aufstand, um sich zu verabschieden; da schaute sie ihn an, aber offenbar nur, weil es ungehörig gewesen wäre, einen Menschen nicht anzuschauen, wenn er sich verneigt.

Sie war ihrem Vater dankbar, dass er über die Begegnung mit Wronski nichts zu ihr sagte; aber sie sah an seiner besonderen Herzlichkeit nach dieser Visite, während ihrer üblichen Spazierfahrt, dass er mit ihr zufrieden war. Sie war selbst mit sich zufrieden. Sie hätte nicht erwartet, dass sie die Kraft fände, in der Tiefe ihrer Seele irgendwo die Erinnerungen an ihr früheres Gefühl für Wronski zurückzuhalten und ihm gegenüber tatsächlich gleichgültig und gelassen zu sein und es nicht nur zu scheinen.

Lewin errötete viel mehr als sie, als sie ihm sagte, sie sei bei Fürstin Marja Borissowna Wronski begegnet. Ihm das zu sagen fiel ihr sehr schwer, aber noch schwerer war, danach über Details der Begegnung zu sprechen, denn er fragte sie nicht, sondern schaute sie nur finsteren Blickes an.

»Ich bedaure sehr, dass du nicht dabei warst«, sagte sie. »Nicht, dass du nicht im Raum warst ... in deinem Beisein wäre ich nicht so natürlich gewesen ... Ich erröte jetzt viel mehr, viel, viel mehr«, sagte sie und errötete, dass ihr die Tränen kamen. »Sondern dass du es nicht durch einen Spalt sehen konntest.«

Ihre aufrichtigen Augen sagten Lewin, dass sie mit sich zufrieden war, und obwohl sie errötet war, beruhigte er sich sofort und begann sie auszufragen, und eben das wollte sie ja. Als er alles erfahren hatte, bis hin zu dem Detail, dass sie nur in der ersten Sekunde nicht umhin konnte zu erröten, dass es dann jedoch für sie ebenso einfach und leicht war wie mit irgendeinem Zufallsbekannten, wurde Lewin ganz vergnügt und sagte, er sei sehr froh darüber und würde sich jetzt nicht mehr so töricht verhalten wie bei den Wahlen, sondern bei der nächsten Begegnung mit Wronski sich bemühen, so freundschaftlich wie möglich zu sein.

»Der Gedanke ist peinigend, dass es einen Menschen gibt, der fast dein Feind ist, dem zu begegnen bedrückend ist«, sagte Lewin. »Ich bin sehr, sehr froh.«

II

»Also, fahr bitte bei den Bohls vorbei«, sagte Kitty zu ihrem Mann, als er um elf Uhr, bevor er das Haus verließ, bei ihr hereinschaute. »Ich weiß, dass du im Klub dinierst, Papa hat dich angemeldet. Und vormittags machst du was?«

»Ich will bloß zu Katawassow«, antwortete Lewin.

»Warum so früh?«

»Er hat versprochen, mich mit Metrow bekanntzumachen. Mit ihm möchte ich gern über meine Arbeit reden, er ist ein bekannter Petersburger Wissenschaftler«, sagte Lewin.

»Ach, war das sein Aufsatz, den du so gelobt hast? Und danach?« fragte Kitty.

»Vielleicht fahre ich noch beim Gericht vorbei, in der Angelegenheit meiner Schwester.«

»Und das Konzert?« fragte sie.

»Was soll ich da allein!«

»Doch, fahr hin; sie spielen dort diese neuen Stücke ... Das hat dich so interessiert. Ich würde unbedingt fahren.«

»Auf jeden Fall komme ich vor dem Diner hier vorbei«, sagte er mit einem Blick auf die Uhr.

»Zieh aber den Gehrock an, um gleich noch bei Gräfin Bohl vorbeizufahren.«

»Muss das denn unbedingt sein?«

»Ja, unbedingt! Er hat uns besucht. Was macht es dir schon aus? Fährst hin, setzt dich, redest fünf Minuten übers Wetter, stehst auf und fährst wieder.«

»Du wirst es nicht glauben, ich bin dem so entwöhnt, dass mir eben das peinlich ist. Wozu? Da kommt ein fremder Mensch, setzt sich, sitzt eine Weile ohne Not herum, stört die Leute, verdirbt sich die Laune und geht wieder.«

Kitty lachte.

»Aber als Junggeselle hast du doch Visiten gemacht?«

»Ja, aber peinlich war es immer, und jetzt bin ich dem so entwöhnt, dass ich, weiß Gott, lieber zwei Tage nicht dinieren würde statt diese Visite abzustatten. Richtig peinlich! Ich meine immer, es würde sie verletzen, sie würden sagen: Was kommst du ohne Not daher?«

»Nein, es verletzt sie nicht. Das garantiere ich dir!« Kitty sah ihm lachend ins Gesicht. Sie nahm seine Hand. »Also, leb wohl. Und bitte, fahr hin.«

Er küsste seiner Frau die Hand und wollte schon gehen, da hielt sie ihn auf.

»Kostja, weißt du, dass ich bloß noch fünfzig Rubel habe?«

»Tja, dann hole ich was auf der Bank. Wieviel?« fragte er mit der unzufriedenen Miene, die sie kannte.

»Nein, warte.« Sie hielt seine Hand fest. »Reden wir

darüber, mich beunruhigt das. Ich bezahle, glaube ich, nichts, was nicht sein muss, doch das Geld rinnt dahin. Irgendwas machen wir nicht richtig.«

»Ach woher«, sagte er, räusperte sich und schaute sie von unten herauf an.

Dieses Räuspern kannte sie. Es war ein Zeichen, dass er sehr unzufrieden war, nicht mit ihr, sondern mit sich selbst. Er war tatsächlich unzufrieden, aber nicht, weil viel Geld verbraucht, sondern weil er an etwas erinnert wurde, das nicht in Ordnung war, wie er wusste, und das er gern vergessen hätte.

»Ich habe Sokolow angewiesen, den Weizen zu verkaufen und für die Mühle im voraus zu kassieren. Geld wird auf jeden Fall kommen.«

»Doch ich fürchte ja, dass überhaupt zuviel ...«

»Ach woher, ach woher«, wiederholte er. »Also, leb wohl, mein Herz.«

»Doch, wirklich, ich bedaure manchmal, dass ich auf Mama gehört habe. Wie schön wäre es jetzt auf dem Land! So raube ich euch allen den Nerv, und ein Geld geben wir aus ...«

»Ach woher, ach woher. Seitdem ich verheiratet bin, habe ich mir noch kein einziges Mal gesagt, es wäre besser anders, als es ist ...«

»Wirklich?« Sie schaute ihm in die Augen.

Er hatte das gesagt, ohne nachzudenken, nur um sie zu trösten. Aber als er sie nun anblickte und diese lieben, aufrichtigen Augen fragend auf sich gerichtet sah, sagte er aus ganzem Herzen dasselbe noch einmal. ›Ich vergesse sie viel zu oft‹, dachte er. Und ihm fiel ein, was sie beide so bald erwartete.

»Ist es bald soweit? Was für ein Gefühl hast du?« flüsterte er und fasste sie an beiden Händen.

»Ich habe es so oft gedacht, dass ich jetzt gar nichts mehr denke und weiß.«

»Und graut dir nicht?«

Sie lächelte geringschätzig.

»Kein bisschen«, sagte sie.

»Also, wenn was ist, ich bin bei Katawassow.«

»Nein, es wird nichts sein, mach dir keine Gedanken. Ich fahre mit Papa auf dem Boulevard spazieren. Wir schauen bei Dolly vorbei. Vor dem Diner erwarte ich dich. Ah ja! Weißt du, dass Dollys Situation endgültig unmöglich wird? Sie ist rundum verschuldet, Geld hat sie nicht. Ich sprach darüber gestern mit Mama und Arseni (so nannte sie Lwow, den Mann ihrer Schwester Nathalie), und wir beschlossen, dich und ihn auf Stiwa zu hetzen. Es ist endgültig unmöglich. Mit Papa darf man darüber nicht reden ... Aber wenn du und er ...«

»Was können wir schon ausrichten?« sagte Lewin.

»Trotzdem, wenn du bei Arseni bist, rede mit ihm; er wird dir sagen, was wir beschlossen haben.«

»Nun, mit Arseni bin ich von vornherein in allem einverstanden. Gut, ich fahre zu ihm. Übrigens, falls ich ins Konzert gehe, dann mit Nathalie. Nun, leb wohl.«

Am Hauseingang wurde Lewin von dem alten, noch aus seiner Junggesellenzeit stammenden Diener Kusma aufgehalten, der nun seinem städtischen Haushalt vorstand.

»Den Krassawtschik (das war das linke Deichselpferd, das vom Gut mitgebracht worden war) haben sie neu beschlagen, doch er lahmt immer noch«, sagte er. »Was befehlen Sie?«

Während der ersten Zeit in Moskau hatte sich Lewin um die vom Gut mitgebrachten Pferde gekümmert. Er wollte diesen Bereich so gut und billig wie möglich einrichten; aber wie sich zeigte, kamen die eigenen Pferde teurer zu stehen als Fuhrmannspferde, und Droschken brauchten sie trotzdem.

»Lass den Rossarzt holen, vielleicht eine Quetschung.«

»Und für Katerina Alexandrowna?« fragte Kusma.

Es bestürzte Lewin nun nicht mehr wie in der ersten Zeit seines Moskauer Lebens, dass zur Fahrt von der Woswischenka zur Siwzew-Wraschek-Gasse ein kräftiges Pferdepaar vor die schwere Kutsche gespannt, die Kutsche eine Viertelwerst durch den Schneematsch geführt und dort vier Stunden stehengelassen werden musste, was fünf Rubel kostete. Jetzt kam ihm das schon natürlich vor.

»Lass die Fuhrleute ein Paar für unsere Kutsche bringen«, sagte er.

»Zu Befehl.«

Und nachdem er dank der städtischen Verhältnisse so einfach und leicht eine Schwierigkeit gelöst hatte, die auf dem Land viel Mühe und Bedacht verlangt hätte, trat Lewin vors Haus, rief eine Droschke, stieg ein und fuhr zur Nikitskaja. Unterwegs waren seine Gedanken nicht mehr beim Geld, sondern kreisten darum, wie er den Petersburger Wissenschaftler, der sich mit Soziologie befasste, kennenlernen und mit ihm über sein Buch sprechen würde.

Nur in der allerersten Moskauer Zeit hatten Lewin die für einen Landbewohner sonderbaren, unproduktiven, aber unvermeidlichen Ausgaben bestürzt, die ihm von allen Seiten abverlangt wurden. Jetzt hatte er sich schon daran gewöhnt. Ihm widerfuhr in dieser Hinsicht, was, wie es heißt, Trinkern widerfährt: der erste Schnaps steckt im Hals wie ein Pfropf, der zweite hupft wie ein Wiedehopf, nach dem dritten zwitschern sie wie Vöglein durch. Als Lewin den ersten Hundert-Rubel-Schein zum Kauf von Livreen für Lakai und Portier anbrach, überschlug er unwillkürlich, dass diese eigentlich überflüssigen Livreen, die jedoch offenbar unvermeidlich waren, nach der Verwunderung von Fürstin und Kitty zu schließen, als er andeutete, ohne Livreen ginge es auch – dass diese Livreen soviel koste-

ten wie zwei Arbeitskräfte im Sommer, also, um die
dreihundert Arbeitstage zwischen Osterwoche und Fastenzeit, Tag für Tag Schwerstarbeit von frühmorgens
bis spätabends – und da steckte ihm der Hundert-
Rubel-Schein wie ein Pfropf im Hals. Der nächste allerdings, angebrochen zu Einkäufen für ein Diner mit
der Verwandtschaft, das achtundzwanzig Rubel kostete,
rief Lewin zwar ins Gedächtnis, dass achtundzwanzig
Rubel zehn Tschetwert Hafer waren, der unter Schwit-
zen und Ächzen geschnitten, gebunden, eingefahren,
gedroschen, geworfelt, gesiebt und aufgeschüttet werden musste – dieser nächste hupfte trotzdem leichter. Jetzt dagegen riefen die Scheine beim Anbrechen
längst nicht mehr solche Überlegungen hervor, sie
zwitscherten wie Vöglein durch. Ob die für den Erwerb des Geldes erforderliche Arbeit dem Vergnügen
entsprach, welches das dafür Gekaufte bereitete, diese
Überlegung war längst abhanden gekommen. Die be-
triebliche Kalkulation, dass es einen bestimmten Preis
gibt, unter dem bestimmtes Korn nicht verkauft werden darf, war ebenfalls vergessen. Der Roggen, für
den er den Preis so lange gehalten hatte, wurde um
fünfzig Kopeken pro Tschetwert billiger verkauft, als
noch vor einem Monat dafür geboten wurde. Sogar die
Kalkulation, dass bei solchen Ausgaben das ganze Jahr
unmöglich ohne Schulden zu überstehen wäre – auch
diese Kalkulation war nicht mehr von Belang. Nur
eines war verlangt: Geld auf der Bank zu haben, ohne
zu fragen, wo es herkam, einfach um immer zu wissen, wovon man morgen das Rindfleisch kaufte. An
diese Kalkulation hatte er sich bislang gehalten, er
hatte stets Geld gehabt auf der Bank. Jetzt war das
Geld auf der Bank ausgegangen, und er wusste nicht
recht, wo er welches hernehmen sollte. Und das hatte
ihn, als Kitty das Geld erwähnte, für einen Moment
verstimmt; doch darüber nachzudenken hatte er keine

Zeit. Auf der Fahrt kreisten seine Gedanken um Katawassow und die bevorstehende Bekanntschaft mit Metrow.

III

Lewin hatte sich während dieses Aufenthalts wieder mit seinem ehemaligen Universitätskameraden angefreundet, Professor Katawassow, den er seit der Hochzeit nicht mehr gesehen hatte. Katawassow war ihm wegen der Klarheit und Schlichtheit seiner Weltanschauung angenehm. Lewin meinte, die Klarheit von Katawassows Weltanschauung sei eine Folge seiner ärmlichen Natur, Katawassow wiederum meinte, die Sprunghaftigkeit von Lewins Denken sei eine Folge seiner ungenügenden geistigen Disziplin; doch war Katawassows Klarheit Lewin angenehm, und die Fülle von Lewins undisziplinierten Gedanken war Katawassow angenehm, so trafen sie sich und diskutierten gerne miteinander.

Lewin hatte Katawassow einige Stellen aus seiner Schrift vorgelesen, und sie hatten ihm gefallen. Als Katawassow am Tag zuvor Lewin bei einer öffentlichen Vorlesung begegnet war, sagte er zu ihm, der bekannte Metrow, dessen Aufsatz Lewin so gefallen hatte, sei in Moskau, und was Katawassow ihm von Lewins Werk berichtet habe, interessiere ihn sehr, und morgen um elf Uhr sei Metrow bei ihm und würde sich freuen, Lewin kennenzulernen.

»Eindeutig, Sie bessern sich, mein Lieber, sehr erfreulich«, sagte Katawassow, als er Lewin im kleinen Salon begrüßte. »Ich höre die Klingel und denke mir: kann doch nicht sein, dass er rechtzeitig ... Na, was sagen Sie zu den Montenegrinern? Die geborenen Krieger.«

»Was ist denn?« fragte Lewin.

Katawassow berichtete ihm in kurzen Worten die jüngste Neuigkeit, und als sie in sein Studierzimmer traten, machte er Lewin mit einem mittelgroßen, stämmigen Mann von sehr angenehmem Äußeren bekannt. Das war Metrow. Das Gespräch verweilte kurz bei der Politik und dabei, wie in höchsten Petersburger Sphären die jüngsten Ereignisse eingeschätzt würden. Metrow berichtete, was Seine Majestät und ein Minister, wie ihm aus zuverlässiger Quelle zu Ohren gekommen, aus diesem Anlass angeblich gesagt hätten. Katawassow hingegen hatte erfahren, ebenfalls zuverlässig, dass Seine Majestät etwas ganz anderes gesagt habe. Lewin versuchte sich eine Situation auszudenken, in der das eine wie das andere hätte gesagt werden können, und damit war das Gespräch zu diesem Thema beendet.

»Also, fast ein Buch hat er geschrieben über die natürlichen Voraussetzungen des Landarbeiters im Verhältnis zum Boden«, sagte Katawassow. »Ich bin kein Fachmann, aber mir als Naturwissenschaftler gefällt, dass er die Menschheit nicht außerhalb der zoologischen Gesetze sieht, vielmehr ihre Abhängigkeit von der Umgebung erkennt und in dieser Abhängigkeit nach Entwicklungsgesetzen sucht.«

»Das ist sehr interessant«, sagte Metrow.

»Ich hatte eigentlich begonnen, ein Buch über die Landwirtschaft zu schreiben, aber als ich mich mit dem wichtigsten Werkzeug der Landwirtschaft befasste, dem Arbeiter«, sagte Lewin errötend, »kam ich zu völlig unerwarteten Ergebnissen.«

Und Lewin begann vorsichtig, gleichsam das Terrain sondierend, seine Ansicht darzulegen. Er wusste, dass Metrow einen Artikel gegen die allgemein anerkannte nationalökonomische Lehre geschrieben hatte, aber inwieweit er bei ihm auf Sympathie für seine neuartigen Ansichten hoffen durfte, wusste er nicht und konnte es auch von dem klugen und gelassenen Gesicht des Gelehrten nicht ablesen.

»Worin aber sehen Sie die besonderen Eigenschaften des russischen Landarbeiters?« fragte Metrow. »In seinen, sozusagen, zoologischen Eigenschaften oder in den Verhältnissen, in denen er sich befindet?«

Lewin sah, dass schon in der Frage ein Gedanke steckte, mit dem er nicht einverstanden war; aber er fuhr fort, seinen Gedanken darzulegen, demzufolge der russische Landarbeiter eine von allen anderen Völkern unterschiedliche Einstellung zum Boden habe. Und um diese These zu beweisen, fügte er eilends hinzu, seiner Meinung nach sei diese Einstellung des russischen Volkes eine Folge davon, dass das russische Volk um seine Berufung wisse, die riesigen, unerschlossenen Räume im Osten zu besiedeln.

Metrow unterbrach Lewin. »Man geht leicht in die Irre, wenn man über die allgemeine Berufung eines Volkes Schlüsse zieht«, sagte er. »Die Lage des Landarbeiters wird immer abhängen von seinem Verhältnis zu Boden und Kapital.«

Und ohne Lewin seinen Gedanken zu Ende führen zu lassen, begann Metrow, ihm die Besonderheit seiner eigenen Lehre darzulegen.

Worin die Besonderheit seiner Lehre bestand, begriff Lewin nicht, da er sich gar nicht bemühte, sie zu begreifen; er sah, dass Metrow trotz seines Artikels, in dem er die Lehre der Nationalökonomen widerlegte, genauso wie die anderen die Lage des russischen Landarbeiters nur unter dem Gesichtspunkt von Kapital, Arbeitslohn und Bodenrente betrachtete. Er musste zwar einräumen, dass im östlichen, größten Teil Russlands die Rente noch gleich Null war, dass der Arbeitslohn für neun Zehntel der russischen Bevölkerung von achtzig Millionen nur zur eigenen Ernährung reichte und dass Kapital vorerst nur in Form primitiver Arbeitsgeräte vorhanden war, dennoch betrachtete er jeglichen Arbeiter nur unter diesem Gesichtspunkt, obwohl er mit den Nationalökonomen in vielem nicht einverstanden war und seine eigene, neuartige Lohntheorie hatte, die er Lewin nun darlegte.

Lewin hörte lustlos zu und widersprach anfangs. Er hätte Metrow gerne unterbrochen, um seinen Gedanken auszuführen, der seiner Meinung nach die weitere Darlegung überflüssig machen müsste. Aber da er dann zu der Überzeugung kam, sie hätten dermaßen unterschiedliche Sichtweisen, dass sie sich nie verstehen würden, widersprach er nicht mehr und hörte nur zu. Obgleich ihn nun, was Metrow sagte, überhaupt nicht mehr interessierte, empfand er beim Zuhören eine gewisse Befriedigung. Es schmeichelte seiner Selbstliebe, dass solch ein gelehrter Mann mit solcher Lust, solcher Aufmerksamkeit und solchem Zutrauen zu Lewins Sachkenntnis ihm seine Gedankengänge ausführte, dabei manchmal einen ganzen Themenbereich lediglich andeutete. Er schrieb das seinen eigenen Vorzügen zu, wusste er doch nicht, dass Metrow mit allen, die ihm nahestanden, längst alles durchgesprochen hatte und nun mit besonderer Lust zu jedem neuen Menschen über diesen Gegenstand sprach, sowieso war es ihm eine Lust, mit allen über das zu reden, was ihn beschäftigte, ihm selbst aber noch nicht recht klar war.

»Wir kommen allerdings zu spät«, sagte Katawassow nach einem Blick auf die Uhr, sobald Metrow seine Darlegung beendet hatte.

Und auf Lewins Frage antwortete er: »Ja, heute ist in der Gesellschaft der Freunde eine Sitzung zum Andenken an Swintitsch und zu seinem fünfzigjährigen Jubiläum. Da wollten wir beide hin. Ich habe versprochen, über Swintitschs Werke zur Zoologie zu sprechen. Fahren Sie mit uns, das wird sehr interessant.«

»Ja, wir müssen tatsächlich los«, sagte Metrow. »Fah-

ren Sie mit uns, und wenn Sie mögen, fahren wir von
dort zu mir. Ich würde mir Ihr Werk sehr gerne anhören.«

»Nein, ach woher. Es ist ja noch gar nicht fertig. Aber
zur Sitzung komme ich gerne mit.«

»Haben Sie schon gehört, mein Lieber? Ich habe eine
abweichende Meinung zu Protokoll gegeben«, sagte
Katawassow, der in einem anderen Zimmer den Frack
angelegt hatte.

Und es begann ein Gespräch über die Universitätsfrage.

Die Universitätsfrage war diesen Winter in Moskau
ein sehr wichtiges Ereignis. Drei alte Professoren hatten im Universitätsrat die Meinung der jungen nicht
akzeptiert; die jungen gaben daraufhin eine abweichende Meinung zu Protokoll. Nach dem Urteil der
einen war dies eine schreckliche Meinung, nach dem
Urteil der anderen eine höchst natürliche und gerecht-
fertigte Meinung, und die Professorenschaft teilte sich
in zwei Parteien.

Die einen, zu denen Katawassow gehörte, sahen bei
der Gegenseite nur Urkundenfälschung, Denunziation
und Betrug; die anderen nur Kinderei und Missachtung
der Autoritäten. Obgleich Lewin nicht zur Universität
gehörte, hatte er während seines Moskauer Aufenthalts
mehrfach und viel darüber gehört und gesprochen und
hatte sich diesbezüglich eine Meinung gebildet; er
nahm teil an dem Gespräch, das sich noch auf der
Straße fortsetzte, bis die drei das alte Universitätsge-
bäude erreichten.

Die Sitzung hatte schon begonnen. Am tuchbedeck-
ten Tisch, an dem Katawassow und Metrow Platz nahmen, saßen sechs Männer, und einer davon las etwas
vor, tief über das Manuskript gebeugt. Lewin nahm auf
einem der leeren Stühle Platz, die im Umkreis des Ti-
sches standen, und fragte einen dort sitzenden Studen-

ten flüsternd, was vorgelesen werde. Der Student sagte nach einem unzufriedenen Blick auf Lewin:

»Die Biographie.«

Obgleich Lewin sich nicht für die Biographie des Gelehrten interessierte, hörte er unwillkürlich zu und erfuhr einiges Interessante und Neue über das Leben des berühmten Gelehrten.

Als der Vorlesende geendet hatte, dankte ihm der Vorsitzende und verlas die ihm zu diesem Jubiläum gesandten Verse des Dichters Ment sowie einige Dankesworte für den Verseschmied. Dann trug Katawassow mit seiner lauten, schrillen Stimme seinen Bericht über die wissenschaftlichen Werke des Jubilars vor.

Als Katawassow endete, schaute Lewin auf die Uhr, sah, dass es schon nach eins war, und überlegte, dass er es vor dem Konzert nicht schaffen würde, Metrow seine Schrift vorzulesen, auch hatte er jetzt keine Lust mehr dazu. Während der Vorlesung hatte er über das vorherige Gespräch nachgedacht. Ihm war nun klar, dass zwar Metrows Gedanken vielleicht von Bedeutung waren, seine eigenen Gedanken waren aber auch von Bedeutung; diese Gedanken könnten sich nur dann klären und zu etwas führen, wenn jeder auf dem erwählten Weg für sich arbeiten würde, und würden diese Gedanken geäußert, könnte nichts herauskommen dabei. So beschloss Lewin, Metrows Einladung auszuschlagen, und ging am Ende der Sitzung zu ihm. Metrow machte Lewin mit dem Vorsitzenden bekannt, mit dem er gerade über die politische Neuigkeit sprach. Dabei erzählte Metrow dem Vorsitzenden dasselbe, was er Lewin erzählt hatte, und Lewin machte dieselben Bemerkungen, die er vormittags schon gemacht hatte, doch der Abwechslung halber äußerte er auch seine neue Meinung, die ihm gerade in den Sinn gekommen war. Danach begann wieder ein Gespräch über die Universitätsfrage. Da Lewin das alles schon gehört hatte, sagte

er Metrow eilends, er könne zu seinem Bedauern seine
Einladung nicht wahrnehmen, verabschiedete sich und
fuhr zu Lwow.

IV

Lwow, der mit Kittys Schwester Nathalie verheiratet war, hatte sein ganzes Leben in Russlands Hauptstädten und im Ausland zugebracht, wo er auch erzogen worden und im diplomatischen Dienst gestanden
war.

Im vorigen Jahr hatte er den diplomatischen Dienst
quittiert, nicht aufgrund von Unstimmigkeiten (er hatte nie mit jemand Unstimmigkeiten), und war beim
Moskauer Hofamt in Dienst getreten, um seinen beiden
Jungen eine möglichst gute Erziehung zu geben.

Trotz heftiger Gegensätze in Gewohnheiten und Anschauungen und wiewohl Lwow älter war als Lewin,
hatten sie sich in diesem Winter sehr angefreundet und
gegenseitig liebgewonnen.

Lwow war zu Hause, und Lewin trat unangemeldet
zu ihm ins Zimmer.

Lwow saß im Sessel, in einem langen Gehrock mit
Gürtel und in Wildlederschuhen, und durch ein *pince-
nez* mit blau getönten Gläsern las er in einem Buch, das
vor ihm auf einem Pult lag, dabei hielt seine schöne
Hand vorsichtig und auf Distanz eine zur Hälfte abge-
brannte Zigarre.

Auf seinem wunderschönen, feinen und noch jungen
Gesicht, dem die glänzenden Silberlocken ein noch ras-
sigeres Aussehen verliehen, strahlte ein Lächeln, als er
Lewin erblickte.

»Vortrefflich! Ich wollte schon zu Ihnen schicken.
Nun, was macht Kitty? Setzen Sie sich hierher, das ist
bequemer ...« Er stand auf und zog einen Schaukel-

stuhl heran. »Haben Sie das letzte Zirkular im *Journal de St.-Pétersbourg* gelesen? Ich finde − wunderbar!« sagte er mit leicht französischem Akzent.

Lewin erzählte, was er von Katawassow gehört hatte und was in Petersburg gesagt werde, und als sie ein wenig über Politik geredet hatten, erzählte er von seiner Bekanntschaft mit Metrow und von der Sitzung. Lwow interessierte das sehr.

»Darum beneide ich Sie, dass Sie Zutritt haben zu dieser interessanten Welt der Wissenschaft«, sagte er. Und ins Reden gekommen, verfiel er wie üblich sofort in das ihm kommodere Französisch. »Freilich hätte ich auch keine Zeit. Mein Dienst und dazu die Beschäftigung mit den Kindern berauben mich dieser Möglichkeit; außerdem gebe ich ohne Scham zu, dass meine Bildung zu ungenügend ist.«

»Das glaube ich nicht«, sagte Lewin lächelnd und war wie immer gerührt über seine geringe Meinung von sich selbst, was keinesfalls aufgesetzt war aus dem Wunsch, bescheiden zu scheinen oder auch zu sein, sondern ganz aufrichtig.

»Oh, wie denn nicht! Ich merke jetzt, wie wenig gebildet ich bin. Sogar für die Erziehung der Kinder muss ich vieles im Gedächtnis auffrischen oder schlicht neu erlernen. Denn Lehrer allein reichen nicht aus, es muss auch einen Beobachter geben, wie in Ihrer Landwirtschaft Arbeitskräfte und ein Aufseher gebraucht werden. Das lese ich gerade«, er zeigte die Grammatik von Buslajew, die auf dem Pult lag, »das wird von Mischa verlangt, und es ist so schwierig ... Hier, erklären Sie mir das einmal. Da sagt er ...«

Lewin wollte ihm klarmachen, dass man das nicht begreifen könne, sondern lernen müsse; aber Lwow war nicht einverstanden.

»Na bitte, Sie lachen darüber!«

»Im Gegenteil, Sie können sich nicht vorstellen, wie

ich, wenn ich Ihnen zusehe, stets lerne, was mir bevor-
steht — nämlich die Erziehung der Kinder.«

»Also, zu lernen gibt es da eigentlich nichts«, meinte
Lwow.

»Ich weiß nur eins«, sagte Lewin, »dass ich nie besser erzogene Kinder als Ihre gesehen habe und mir auch
keine besseren Kinder als Ihre wünschte.«

Lwow wollte sich offenbar beherrschen, seine Freude
nicht merken lassen, aber sein Lächeln strahlte.

»Wenn sie bloß besser werden als ich. Das ist alles,
was ich wünsche. Sie ahnen ja gar nicht«, hob er an,
»wieviel Mühe man hat mit Jungen wie den meinen,
die durch dieses Leben im Ausland verzogen waren.«

»Das holen Sie alles auf. Es sind so begabte Kinder.
Die Hauptsache ist die sittliche Erziehung. Das lerne
ich, wenn ich mir Ihre Kinder ansehe.«

»Sie sagen — die sittliche Erziehung. Es ist unvor-
stellbar, wie schwierig das ist! Kaum haben Sie das
eine besiegt, wächst anderes nach, und wieder heißt
es Kampf. Hätte man da keine Stütze an der Religion
— Sie erinnern sich, wir sprachen darüber —, es könnte
kein einziger Vater allein aus eigener Kraft erziehen,
ohne diese Hilfe.«

Dieses Lewin stets sehr interessierende Gespräch
wurde durch das Eintreten der schönen Natalja Alexandrowna unterbrochen, die schon ausfahrbereit war.

»Ich wusste ja gar nicht, dass Sie hier sind.« Sie bedauerte nicht, dass sie dieses ihr längst bekannte und
lästige Gespräch unterbrochen hatte, freute sich vielmehr. »Nun, was macht Kitty? Ich diniere heute bei Ihnen. Also, Arseni«, wandte sie sich an ihren Mann, »du
nimmst den Wagen ...«

Und zwischen Mann und Frau begann das Berat-
schlagen, wie sie den Tag verbringen würden. Da der
Mann von Amts wegen jemanden abholen musste, die
Frau ins Konzert und zur öffentlichen Sitzung des süd-

östlichen Komitees wollte, war vieles zu entscheiden und zu bedenken. Lewin wurde, da zur Familie gehörend, in diese Planung einbezogen. Beschlossen wurde, dass Lewin mit Nathalie ins Konzert und zur öffentlichen Sitzung fahren würde, von dort schickten sie den Wagen ins Amt, um Arseni abzuholen, und er würde bei ihr vorbeikommen und sie zu Kitty bringen; oder aber, wenn er im Amt noch nicht fertig wäre, schickte er den Wagen zurück, und Lewin würde mit ihr fahren.

»Er verdirbt mich«, sagte Lwow zu seiner Frau, »macht mir weis, unsere Kinder seien prächtig, wo ich doch sehe, dass sie viel Schlechtes an sich haben.«

»Arseni neigt zum Extrem, das sage ich immer«, meinte seine Frau. »Wer auf Vollkommenheit aus ist, wird nie zufrieden sein. Es stimmt schon, was Papa sagt: Als wir erzogen wurden, galt das eine Extrem, wir wurden im Entresol gehalten, während die Eltern in der Beletage wohnten; heute ist es umgekehrt, die Eltern kommen in die Rumpelkammer, die Kinder in die Beletage. Die Eltern dürfen heute gar nicht mehr leben – alles für die Kinder.«

»Warum nicht, wenn es so angenehmer ist?« Lwow lächelte sein schönes Lächeln und berührte ihre Hand. »Wer dich nicht kennt, könnte meinen, du wärst nicht die Mutter, sondern die Stiefmutter.«

»Nein, Extreme sind nirgends gut«, sagte Nathalie gelassen und legte das Papiermesser ihres Mannes an den rechten Platz auf dem Schreibtisch.

»Na, kommt mal her, ihr vollkommenen Kinder«, sagte Lwow zu den gerade eintretenden schönen Jungen, die sich vor Lewin verbeugten und dann zum Vater traten, da sie ihn offenbar etwas fragen wollten.

Lewin hätte gern mit ihnen gesprochen, zugehört, was sie dem Vater zu sagen hatten, doch Nathalie begann mit ihm zu reden, dann trat auch Machotin in

Hofuniform ein, Lwows Amtskollege, da sie beide jemanden abholen mussten, und nun begann ein nicht enden wollendes Gespräch über die Herzegowina, über Prinzessin Korsinskaja, über die Duma und den plötzlichen Tod Apraxinas.

Lewin hatte seinen Auftrag völlig vergessen. Erst als sie ins Entree hinausgingen, fiel er ihm wieder ein.

»Oh, Kitty hat mir ja aufgetragen, wegen Oblonski mit Ihnen zu reden«, sagte er, als Lwow auf der Treppe stehenblieb, um seine Frau und ihn zu verabschieden.

»Ja, ja, *maman* möchte, dass wir beide, *les beaux-frères*, über ihn herfallen«, sagte Lwow errötend und lächelnd. »Aber – warum eigentlich ich?«

»Ich falle bestimmt über ihn her«, sagte lächelnd Nathalie, die in ihrem weißen Hundepelz-Umhang auf das Ende des Gesprächs wartete. »Na, fahren wir.«

<h2 style="text-align:center">V</h2>

In der Matinee wurden zwei sehr interessante Musikstücke gegeben.

Das eine war die Fantasie »König Lear in der Steppe«, das andere ein Quartett, das dem Andenken Bachs gewidmet war. Beide Stücke waren neu und von neuer Art, und Lewin wollte sich seine Meinung darüber bilden. Als er die Schwägerin an ihren Platz geleitet hatte, stellte er sich an eine Säule und nahm sich vor, so aufmerksam und gewissenhaft wie möglich zuzuhören. Er war bemüht, sich nicht ablenken und den Eindruck verderben zu lassen durch den Blick auf das Armeschwingen des Kapellmeisters mit der weißen Halsbinde, was immer so unangenehm die Aufmerksamkeit von der Musik ablenkt, auf die Damen mit Hut, die sich fürs Konzert stets sorgfältig die Ohren mit Bändern zubinden, und auf all diese Gesichter, die entweder mit nichts beschäftigt oder mit den unterschiedlichsten Interessen beschäftigt waren, bloß nicht mit der Musik. Er war bemüht, Begegnungen mit Musikkennern und Schwätzern zu vermeiden, stand vielmehr, den Blick zum Boden gesenkt, und hörte zu.

Aber je länger er der Fantasie über König Lear zuhörte, desto weiter fühlte er sich davon entfernt, sich irgendeine bestimmte Meinung bilden zu können. Unablässig begann etwas, als sollte ein Gefühl musikalisch ausgedrückt werden, doch sogleich zerfiel es wieder in Bruchstücke neuer musikalischer Aussagen, manchmal auch in außerordentlich komplizierte Töne, durch nichts verbunden als durch die Laune des Komponisten. Aber auch die Bruchstücke dieser, manchmal schönen, musikalischen Aussagen waren unerquicklich, denn sie kamen ganz plötzlich und waren überhaupt nicht vorbereitet. Fröhlichkeit, Trauer, Verzweiflung, Zärtlichkeit und Triumph tauchten völlig unbegründet auf, wie die Gefühle eines Geisteskranken. Und ebenso wie bei einem Geisteskranken waren die Gefühle plötzlich wieder vorüber.

Lewin kam sich während der gesamten Darbietung vor, wie wenn er taub wäre und Tanzenden zuschaute. Er war vollkommen ratlos, als das Musikstück zu Ende war, und fühlte sich von dem angespannten Lauschen, das nicht belohnt wurde, sehr erschöpft. Von allen Seiten war lautes Klatschen zu hören. Alles stand auf, wandelte umher, plauderte. Um an den Eindrücken anderer Zuhörer seine Ratlosigkeit zu klären, machte Lewin sich auf die Suche nach Musikkennern und war froh, als er einen der angesehensten im Gespräch mit seinem Bekannten Peszow entdeckte.

»Erstaunlich!« sagte Peszows satter Bass. »Guten Tag, Konstantin Dmitritsch. Besonders bildhaft und sozusagen plastisch und farbenreich ist die Stelle, wo Sie das Nahen Cordelias spüren, wo die Frau, *das ewig*

Weibliche, den Kampf gegen das Schicksal aufnimmt. Nicht wahr?«

»Aber wieso denn Cordelia?« fragte Lewin schüchtern, da er völlig vergessen hatte, dass die Fantasie König Lear in der Steppe darstellte.

»Es erscheint Cordelia ... hier!« Peszow klopfte mit den Fingern auf das atlasglänzende Konzertprogramm, das er in der Hand hielt, und reichte es Lewin.

Erst da fiel Lewin der Titel der Fantasie wieder ein; er las rasch die Shakespeare-Verse in russischer Übersetzung, die auf der Rückseite des Programms abgedruckt waren.

»Ohne das lässt es sich nicht verfolgen«, sagte Peszow, an Lewin gewandt, da sein Gesprächspartner schon gegangen war und er sonst niemand zum Reden hatte.

In der Pause entbrannte zwischen Lewin und Peszow ein Streitgespräch über Vorzüge und Mängel der Wagnerschen Richtung in der Musik. Lewin argumentierte, der Irrtum Wagners und seiner sämtlichen Nachfolger sei, dass die Musik in fremde Kunstbereiche übergehen wolle, dass die Dichtkunst genauso irre, wenn sie Gesichtszüge beschreibe, was die Malerei tun sollte, und als Beispiel für einen solchen Irrtum nannte er einen Bildhauer, der sich hatte einfallen lassen, am Standbild eines Dichters, rings um das Piedestal, die Schatten der dichterischen Gestalten aus dem Marmor zu hauen. »Diese Schatten sind bei dem Bildhauer so wenig Schatten, dass sie sich sogar an der Treppe festhalten«, sagte Lewin. Der Satz gefiel ihm, aber er wusste nicht mehr, ob er diesen Satz nicht schon früher gesagt hatte, und zwar zu Peszow, und als er es gesagt hatte, war es ihm peinlich.

Peszow wiederum argumentierte, die Kunst sei eins, und ihre höchsten Ausdrucksformen könne sie nur in der Vereinigung aller Kunstarten erreichen.

Beim zweiten Programmpunkt des Konzerts konnte

Lewin nicht mehr zuhören. Peszow war neben ihm stehengeblieben und redete fast die ganze Zeit, er kritisierte an diesem Stück seine übermäßige, zu süßliche, aufgesetzte Schlichtheit und verglich sie mit der Schlichtheit der Präraffaeliten in der Malerei. Beim Hinausgehen traf Lewin noch viele Bekannte, mit denen er über Politik wie über Musik wie über gemeinsame Bekannte sprach; unter anderem traf er den Grafen Bohl, den zu besuchen er ganz vergessen hatte.

»Dann fahren Sie doch gleich«, sagte Nathalie zu ihm, der er das gestand, »vielleicht werden Sie ja nicht empfangen, und danach holen Sie mich von der Sitzung ab. Da erreichen Sie mich noch.«

VI

»Vielleicht empfangen die Herrschaften nicht?« fragte Lewin, als er den Hausflur bei Gräfin Bohl betrat.

»Sie empfangen, bitte sehr«, sagte der Portier und nahm Lewin entschlossen den Pelz ab.

›Wie verdrießlich‹, dachte Lewin, zog seufzend einen Handschuh aus und beulte den Hut aus. ›Wozu komme ich bloß her? Was soll ich bloß mit ihnen reden?‹

Als Lewin durch den ersten Salon ging, begegnete er an der Tür Gräfin Bohl, die mit besorgtem und strengem Gesicht einem Diener einen Befehl gab. Als sie Lewin erblickte, lächelte sie und bat ihn in den nächsten, kleineren Salon, aus dem Stimmen zu hören waren. In diesem Salon saßen auf Lehnstühlen die beiden Töchter der Gräfin und ein Moskauer Oberst, den Lewin kannte. Lewin trat zu ihnen, begrüßte sie und nahm neben dem Sofa Platz, den Hut auf dem Knie haltend.

»Wie ist das Befinden Ihrer Frau? Waren Sie im

Konzert? Wir konnten nicht. Mama musste zur Toten-
messe.«

»Ja, ich habe davon gehört. Was für ein jäher und un-
erwarteter Tod ...«, sagte Lewin.

Die Gräfin kam, setzte sich aufs Sofa und fragte
ebenfalls nach seiner Frau und nach dem Konzert.

Lewin antwortete und wiederholte seine Frage nach
dem jähen und unerwarteten Tod Apraxinas.

»Ihre Gesundheit war im übrigen stets angegriffen.«

»Waren Sie gestern in der Oper?«

»Ja, war ich.«

»Die Lucca war sehr gut.«

»Ja, sehr gut«, sagte er, und da es ihm vollkommen
gleichgültig war, was sie von ihm hielten, begann er,
das zu wiederholen, was er hundertmal über das besondere Talent der Sängerin gehört hatte. Gräfin Bohl
gab sich den Anschein, als hörte sie zu. Als er dann genug geredet hatte und schwieg, begann der Oberst zu
reden, der bis dahin geschwiegen hatte. Der Oberst redete ebenfalls von der Oper und von der Beleuchtung.
Schließlich, nach einer Bemerkung über eine anste-
hende *folle journée** bei Tjurin, lachte der Oberst, stand
geräuschvoll auf und ging. Lewin stand ebenfalls auf,
doch am Gesicht der Gräfin erkannte er, dass für ihn die
Zeit noch nicht um war. An die zwei Minuten brauchte
es noch. Er setzte sich wieder.

Aber da er ständig dachte, wie dumm das doch sei,
fand er keinen Gesprächsgegenstand und schwieg.

»Fahren Sie nicht zur öffentlichen Sitzung? Es heißt,
das sei sehr interessant«, begann die Gräfin.

»Doch, ich habe meiner *belle-sœur*** versprochen,
sie abzuholen«, sagte Lewin.

---

* einen tollen Tag *(frz.)*
** Schwägerin *(frz.)*

Schweigen trat ein. Mutter und Tochter warfen sich erneut einen Blick zu.

›Jetzt ist es, glaube ich, an der Zeit‹, dachte Lewin und stand auf. Die Damen drückten ihm die Hand und ließen seiner Frau *mille choses** ausrichten.

Der Portier fragte, als er ihm den Pelz hinhielt:

»Wo geruhen Sie zu logieren?« Und notierte es sogleich in einem großen, schön gebundenen Buch.

›Natürlich ist es mir gleich, trotzdem ist es peinlich und schrecklich dumm‹, dachte Lewin, tröstete sich damit, dass alle es machten, und fuhr zur öffentlichen Sitzung des Komitees, wo er seine Schwägerin finden musste, um mit ihr zusammen nach Hause zu fahren.

Auf der öffentlichen Sitzung des Komitees waren viele Leute und fast die gesamte gute Gesellschaft. Lewin kam gerade noch recht zum Tätigkeitsbericht, der sehr interessant war, wie alle sagten. Als die Verlesung des Tätigkeitsberichts zu Ende war, stand die Gesellschaft beisammen, Lewin begegnete sowohl Swijaschski, der ihn für heute abend unbedingt in die Landwirtschaftliche Gesellschaft einlud, wo ein berühmter Vortrag gehalten werde, wie auch Stepan Arkadjitsch, der soeben vom Pferderennen kam, wie auch vielen anderen Bekannten, und Lewin sprach noch und hörte sich noch viele Meinungen über die Sitzung an, über das neue Musikstück und über einen Prozess. Aber weil er allmählich, wohl aus Erschöpfung, ein Nachlassen seiner Aufmerksamkeit spürte, machte er einen Fehler, als er über den Prozess sprach, und dieser Fehler fiel ihm später zu seinem Verdruss mehrfach ein. Als er über die bevorstehende Bestrafung eines Ausländers sprach, der in Russland vor Gericht stand, und darüber, wie falsch es wäre, ihn durch Ausweisung zu bestrafen,

* tausend Grüße *(frz.)*

wiederholte Lewin, was er gestern im Gespräch von einem Bekannten gehört hatte.

»Ich meine, ihn auszuweisen, wäre dasselbe, wie einen Hecht damit zu bestrafen, dass man ihn ins Wasser wirft«, sagte Lewin. Erst später fiel ihm ein, dass dieser Gedanke, ausgegeben quasi als sein eigener, aber gehört von einem Bekannten, aus einer Fabel von Krylow stammte und dass der Bekannte ihn nach einer Zeitungsglosse zitiert hatte.

Als er mit seiner Schwägerin nach Hause kam und Kitty heiter und wohlauf vorfand, fuhr Lewin weiter in den Klub.

VII

Lewin kam zur rechten Zeit in den Klub. Zusammen mit ihm fuhren Gäste und Mitglieder vor. Lewin war sehr lange nicht im Klub gewesen, seit der Zeit, als er nach der Universität in Moskau gelebt und in der Gesellschaft verkehrt hatte. Er erinnerte sich an den Klub, an Einzelheiten seiner Einrichtung, hatte aber ganz vergessen, welchen Eindruck der Klub früher einmal auf ihn gemacht hatte. Aber kaum war er in den weiten, halbrunden Hof hineingefahren, aus der Droschke gestiegen und zum Eingang geschritten, kaum hatte der Portier mit dem Bandelier lautlos vor ihm die Tür geöffnet und sich verbeugt; kaum hatte er in der Portiersloge die Galoschen und Pelze der Mitglieder erblickt, die fanden, es mache weniger Mühe, die Galoschen unten abzulegen, als sie nach oben zu tragen; kaum hatte er das geheimnisvolle Klingelzeichen gehört, das ihn ankündigte, hatte beim Hinaufsteigen der flachen, teppichbelegten Treppe auf dem Treppenabsatz die Statue erblickt und vor der oberen Tür, in Klublivree, den dritten Portier, der gealtert war, den er aber noch kannte und der ihm ohne Hast und ohne Zaudern die Tür aufmachte und den Gast musterte, da umfing Lewin die frühere Klubatmosphäre, der Eindruck von Erholung, Wohlbehagen und Wohlanständigkeit.

»Darf ich bitten, den Hut«, sagte der Portier zu Lewin, der die Klubregel vergessen hatte, den Hut in der Portiersloge zu lassen. »Lange waren Sie nicht mehr hier. Gestern schon haben der Fürst Sie angemeldet. Fürst Stepan Arkadjitsch sind noch nicht da.«

Der Portier kannte nicht nur Lewin, sondern auch alle seine Verbindungen und Verwandtschaften und erwähnte sogleich Menschen, die ihm nahestanden.

Lewin durchschritt den ersten Durchgangssaal mit den Paravents und rechts den abgeteilten Raum, wo der Obstverkäufer saß, überholte einen langsamen Greis und betrat den lärmerfüllten Speisesaal.

Er ging an den fast völlig besetzten Tischen entlang und musterte die Gäste. Bald hier, bald dort traf er auf die unterschiedlichsten Bekannten, auf alte und junge, fernere und nahestehende. Kein einziges Gesicht war verärgert oder besorgt. Als hätten alle mit den Kopfbedeckungen ihre Aufregungen und Sorgen in der Portiersloge gelassen und wollten nun ohne Hast die materiellen Wohltaten des Lebens genießen. Da waren Swijaschski und Schtscherbazki, Newedowski und der alte Fürst, Wronski und Sergej Iwanowitsch.

»Ah! was kommst du so spät?« sagte der alte Fürst lächelnd und reichte ihm über die Schulter die Hand. »Was macht Kitty?« fügte er hinzu und schob die Serviette zurecht, die er sich hinter einen Westenknopf gesteckt hatte.

»Ganz gut, ist wohlauf; sie dinieren zu dritt zu Hause.«

»Ah ja, die Alinas und Nadinas. Tja, bei uns ist kein Platz mehr. Geh zu dem Tisch dort und belege rasch einen Platz«, sagte der Fürst, wandte sich um und nahm vorsichtig einen Teller mit Quappensuppe entgegen.

»Lewin, hierher!« rief von weiter weg eine gutmütige Stimme. Das war Turowzyn. Er saß bei einem jungen Offizier, und neben ihnen waren zwei Stühle gekippt. Lewin ging freudig zu ihm. Er hatte den gutmütigen Zechbruder Turowzyn stets gemocht – mit ihm verband sich die Erinnerung an Kitty und den Heiratsantrag –, doch heute, nach all den angestrengt klugen Gesprächen, war ihm Turowzyns gutmütiger Anblick besonders angenehm.

»Die sind für Sie und Oblonski. Er kommt gleich.«

Der sich sehr gerade haltende Offizier mit fröhlichen, stets lachenden Augen war der Petersburger Gagin. Turowzyn machte sie bekannt.

»Oblonski kommt ewig zu spät.«

»Ah, da ist er ja.«

»Du bist gerade erst gekommen?« fragte Oblonski, als er rasch auf sie zutrat. »Sei gegrüßt. Hattest du schon einen Wodka? Gehn wir.«

Lewin erhob sich und ging mit ihm zu einem großen Tisch, der vollstand mit Wodkas und den vielfältigsten Vorspeisen. Unter zwei Dutzend Vorspeisen war gewiss etwas für jeden Geschmack, hätte man meinen sollen, aber Stepan Arkadjitsch verlangte eine besondere Vorspeise, und einer der dabeistehenden livrierten Kellner brachte sofort das Verlangte. Sie tranken jeder ein Gläschen und kehrten zum Tisch zurück.

Noch während der Fischsuppe wurde für Gagin gleich Champagner serviert, und er ließ vier Gläser einschenken. Lewin lehnte nicht ab und bestellte eine weitere Flasche. Er hatte Hunger und aß und trank mit großem Genuss, und mit noch größerem Genuss beteiligte er sich an den fröhlichen und schlichten Gesprächen der Tischgenossen. Gagin erzählte mit gesenkter

Stimme einen neuen Petersburger Witz, und dieser Witz war, obwohl unanständig und dumm, so komisch, dass Lewin in lautes Lachen ausbrach, so dass die Nachbarn sich nach ihm umsahen.

»Der ist von der gleichen Art wie ›Das allerdings kann ich nicht ausstehen!‹ Kennst du den?« fragte Stepan Arkadjitsch. »Oh, der ist reizend! Bring noch eine Flasche«, sagte er zum Kellner und begann zu erzählen.

»Pjotr Iljitsch Winowski lassen bitten«, unterbrach ein uralter Kellner Stepan Arkadjitsch; er brachte zwei dünnstielige Gläser mit noch perlendem Champagner und bot sie Stepan Arkadjitsch und Lewin an. Stepan Arkadjitsch nahm ein Glas, blickte hinüber zu einem rothaarigen Mann mit Schnurrbart und Glatze am anderen Tischende und nickte ihm lächelnd zu.

»Wer ist das?« fragte Lewin.

»Du bist ihm einmal bei mir begegnet, weißt du noch? Ein netter Kerl.«

Lewin tat es Stepan Arkadjitsch nach und nahm das Glas.

Stepan Arkadjitschs Witz war ebenfalls sehr lustig. Lewin erzählte selbst einen, der ebenfalls gefiel. Dann kam die Rede auf Pferde, auf das heutige Rennen und darauf, wie tollkühn Wronskis Atlasny den ersten Preis gewonnen hatte. Lewin merkte gar nicht, wie das Diner vorüberging.

»Oh, da sind Sie ja!« sagte Stepan Arkadjitsch gegen Ende des Diners, beugte sich über die Stuhllehne und streckte Wronski, der mit einem hochgewachsenen Gardeobersten auf ihn zukam, die Hand entgegen. Auf Wronskis Gesicht leuchtete ebenfalls die fröhliche Gutmütigkeit der Klubatmosphäre. Er stützte sich fröhlich auf Stepan Arkadjitschs Schulter, flüsterte ihm etwas zu, und mit dem gleichen fröhlichen Lächeln streckte er Lewin die Hand entgegen.

»Freue mich sehr, Sie zu treffen«, sagte er. »Damals

bei den Wahlen hatte ich Sie noch gesucht, aber man sagte mir, Sie seien schon abgereist«, sagte er zu ihm.

»Ja, ich war noch am gleichen Tag abgereist. Gerade sprachen wir von Ihrem Pferd. Ich gratuliere Ihnen«, sagte Lewin. »Das läuft ja sehr schnell.«

»Sie haben doch auch Pferde.«

»Nein, mein Vater hatte welche; aber ich erinnere mich und kenne das.«

»Wo hast du diniert?« fragte Stepan Arkadjitsch.

»Wir sitzen am zweiten Tisch, hinter den Säulen.«

»Gratuliert haben wir ihm«, sagte der hochgewachsene Oberst. »Sein zweiter Kaiserpreis; hätte ich nur soviel Glück bei den Karten wie er bei den Pferden. Aber wozu die goldene Zeit verschwenden. Ich begebe mich ins Inferno«, sagte der Oberst und verließ den Tisch.

»Das ist Jaschwin«, erwiderte Wronski auf Turowzyns Frage und setzte sich auf einen freigewordenen Platz neben ihnen. Er trank den angebotenen Pokal und bestellte eine Flasche. Ob unterm Einfluss der Klubatmosphäre oder des getrunkenen Champagners, jedenfalls kam Lewin mit Wronski über die beste Viehrasse ins Gespräch und war sehr froh, dass er diesem Menschen gegenüber keine Feindschaft empfand. Er sagte ihm sogar unter anderem, er habe von seiner Frau gehört, dass sie ihn bei Fürstin Marja Borissowna getroffen habe.

»Ach, Fürstin Marja Borissowna, sie ist reizend!« sagte Stepan Arkadjitsch und erzählte über sie eine Anekdote, die alle zum Lachen brachte. Besonders Wronski brach in so gutmütiges Gelächter aus, dass Lewin sich völlig ausgesöhnt fühlte mit ihm.

»Na, sind wir fertig?« sagte Stepan Arkadjitsch und stand lächelnd auf. »Gehn wir!«

VIII

Nach Aufhebung der Tafel schritt Lewin mit Gagin durch die hohen Räume zum Billardzimmer, dabei hatte er das Gefühl, wie wenn seine Arme beim Gehen besonders regelmäßig und leicht schlenkerten. Als sie den großen Saal durchquerten, stieß er auf seinen Schwiegervater.

»Na, was ist? Wie gefällt dir unser Tempel des Müßiggangs?« Der Fürst hakte ihn unter. »Komm, spazieren wir ein wenig.«

»Ich wollte sowieso ein wenig spazieren, ein wenig schauen. Das ist interessant.«

»Ja, für dich ist es interessant. Aber mich interessiert bereits anderes als dich. Du schaust dir diese Greise an« – er deutete auf einen gebeugten Mann mit Hängelippe, der ihnen entgegenkam und die Beine in den weichen Stiefeln mühsam vorsetzte – »und glaubst, sie seien so zur Welt gekommen, als Schlubben.«

»Als was? Schlubben?«

»Du kennst diese Bezeichnung nicht mal. Das ist im Klub unser Begriff. Weißt du, wie beim Eierrollen an Ostern, wenn man die Eier oft rollt, werden sie zu Schlubben. So auch unsereiner, du fährst jahraus, jahrein in den Klub und wirst zum Schlubben. Ja, du lachst, aber unsereiner schaut bereits, wann er selber unter die Schlubben gerät. Kennst du Fürst Tschetschenski?« fragte der Fürst, und Lewin sah ihm am Gesicht an, dass er etwas Komisches erzählen wollte.

»Nein.«

»Aber, wie denn nicht! Der bekannte Fürst Tschetschenski. Aber egal. Er spielt immer Billard. Noch vor drei Jahren war er nicht unter den Schlubben und tat großspurig. Nannte die anderen Schlubben. Bloß einmal, er kommt angefahren, und unser Portier ... kennst du ihn, Wassili? Na, dieser Dicke. Er ist immer gut für ein Bonmot. Ihn fragt also Fürst Tschetschenski: ›Na, Wassili? Wer ist alles hier? Auch Schlubben?‹ Drauf er zu ihm: ›Sie sind der dritte.‹ Ja, Freund, so ist das!«

Unter Geplauder und Begrüßung von Bekannten spazierte Lewin mit dem Fürsten durch alle Räume: den großen, wo bereits Tische standen und die üblichen Partner um kleinere Einsätze spielten; das Diwanzimmer, wo Schach gespielt wurde und Sergej Iwanowitsch saß, mit jemandem im Gespräch; den Billardraum, wo sich in einer Nische beim Sofa eine fröhliche Gesellschaft, zu der auch Gagin gehörte, bei Champagner versammelt hatte; sie schauten auch kurz ins Inferno, wo sich um einen Tisch, an dem bereits Jaschwin saß, viele Spieler drängten. Möglichst leise betraten sie auch den düsteren Lesesaal, wo unter Schirmlampen mit verdrossener Miene ein junger Mann saß, der sich eine Zeitschrift nach der anderen griff, und ein glatzköpfiger General, vertieft in die Lektüre. Sie betraten auch den Raum, den der Fürst den gescheiten nannte. Darin diskutierten drei Herren heftig über die jüngste politische Neuigkeit.

»Fürst, bitte schön, alles ist bereit«, sagte einer seiner Spielpartner, als er ihn hier fand, und der Fürst ging. Lewin blieb noch, hörte noch zu; aber da ihm sämtliche Gespräche des heutigen Mittags einfielen, wurde ihm auf einmal schrecklich langweilig. Er stand rasch auf und ging Oblonski und Turowzyn suchen, mit denen es vergnüglich war.

Turowzyn saß mit einem vollen Krug auf dem hohen Sofa im Billardzimmer, und Stepan Arkadjitsch führte mit Wronski an der Tür in der entfernten Raumecke ein Gespräch.

»Nicht, dass ihr langweilig wäre, aber diese Unbestimmtheit, Unentschiedenheit der Situation«, hörte Lewin und wollte sich rasch entfernen; aber Stepan Arkadjitsch rief ihn her.

»Lewin!« sagte Stepan Arkadjitsch, und Lewin bemerkte, dass er nicht gerade Tränen in den Augen, doch feuchte Augen hatte, wie das immer bei ihm war, wenn er getrunken hatte oder sentimental wurde. Jetzt traf beides zu. »Lewin, geh nicht«, sagte er und presste am Ellbogen fest seinen Arm, wollte ihn anscheinend gar nicht wieder loslassen.

»Er ist mein wahrhafter, womöglich bester Freund«, sagte er zu Wronski. »Du stehst mir nun auch näher, bist mir noch teurer als zuvor. Und ich möchte und weiß, dass ihr Freunde sein und euch nahe stehen müsst, da ihr beide gute Menschen seid.«

»Tja, da bleibt uns nur der Bruderkuss«, sagte Wronski mit gutmütigem Scherz und reichte seine Hand.

Lewin griff schnell nach der entgegengestreckten Hand und drückte sie fest.

»Ich freue mich sehr, wirklich sehr«, sagte Lewin dabei.

»Ober, eine Flasche Champagner«, rief Stepan Arkadjitsch.

»Auch ich freue mich sehr«, sagte Wronski.

Doch trotz Stepan Arkadjitschs Wunsch und trotz ihrer beider Wunsch hatten sie einander nichts zu sagen, und das spürten sie beide.

»Weißt du, dass er Anna nicht kennt?« sagte Stepan Arkadjitsch zu Wronski. »Ich möchte ihn unbedingt zu ihr bringen. Fahren wir, Lewin!«

»Tatsächlich?« sagte Wronski. »Sie wird sich sehr freuen. Ich würde jetzt auch heimfahren«, fügte er hinzu, »mache mir aber Sorgen um Jaschwin und möchte hierbleiben, bis er aufhört.«

»Wieso, steht es schlecht?«

»Er verspielt ständig, ich allein kann ihn zurückhalten.«

»Wie wär's, ein Pyramidchen? Lewin, spielst du

mit? Ja, wunderbar«, sagte Stepan Arkadjitsch. »Bau das Pyramidchen auf«, wandte er sich an den Markör.

»Ist längst bereit«, erwiderte der Markör, der die Kugeln schon ins Dreieck gelegt hatte und zum Zeitvertreib die rote hin und her rollte.

»Dann lasst uns mal.«

Nach der Partie nahmen Wronski und Lewin an Gagins Tisch Platz, und auf Stepan Arkadjitschs Vorschlag setzte Lewin nun auf Asse. Wronski saß mal am Tisch, umringt von unablässig herzutretenden Bekannten, mal ging er ins Inferno, um nach Jaschwin zu schauen. Lewin empfand nach der geistigen Erschöpfung mittags die Erholung als erquickend. Es freute ihn, dass die Feindseligkeit gegen Wronski ein Ende hatte, und der Eindruck von Gelassenheit, Wohlanständigkeit und Behaglichkeit verließ ihn nicht.

Als die Partie zu Ende war, nahm Stepan Arkadjitsch Lewins Arm.

»Auf, fahren wir zu Anna. Jetzt gleich? Ja? Sie ist zu Hause. Ich habe ihr seit langem versprochen, dich mitzubringen. Wohin wolltest du am Abend?«

»Nichts Spezielles. Ich habe Swijaschski versprochen, zur Landwirtschaftlichen Gesellschaft zu kommen. Warum nicht, fahren wir«, sagte Lewin.

»Vortrefflich! Erkundige dich, ob mein Wagen schon da ist«, sagte Stepan Arkadjitsch zu einem Lakaien.

Lewin ging zum Tisch, bezahlte die bei den Assen verspielten vierzig Rubel, bezahlte auch dem uralten Lakaien, der an der Tür stand, seine auf geheimnisvolle Weise bekannt gewordenen Klubausgaben, und heftig mit den Armen schlenkernd, schritt er durch alle Säle zum Ausgang.

IX

»Für Oblonski den Wagen!« rief der Portier mit verärgertem Bass. Der Wagen fuhr vor, und beide stiegen ein. Lediglich anfangs, solange der Wagen zum Klubtor hinausfuhr, hatte Lewin noch wie im Klub den Eindruck von Ruhe, Behaglichkeit und unbezweifelbarer Wohlanständigkeit der Umgebung; doch sobald der Wagen auf der Straße draußen war und er das Rütteln der Equipage auf dem holprigen Pflaster spürte, den verärgerten Ruf eines entgegenkommenden Droschkenkutschers hörte und in der schwachen Beleuchtung das rote Aushängeschild einer Schenke und eines Ladens erblickte, da zerfiel dieser Eindruck, er begann sein Verhalten zu durchdenken und fragte sich, ob er gut daran tue, dass er zu Anna fuhr. Was würde Kitty sagen? Aber Stepan Arkadjitsch ließ ihn nicht in Nachdenken versinken, und als erriete er seine Zweifel, zerstreute er sie.

»Wie ich mich freue«, sagte er, »dass du sie nun kennenlernst. Weißt du, Dolly wollte das seit langem. Auch Lwow war ja bei ihr, und nicht nur einmal. Wenn sie auch meine Schwester ist«, fuhr Stepan Arkadjitsch fort, »darf ich doch sagen, dass sie eine bemerkenswerte Frau ist. Du wirst ja sehen. Ihre Lage ist sehr bedrückend, besonders jetzt.«

»Warum denn besonders jetzt?«

»Wir verhandeln mit ihrem Mann über die Scheidung. Und er ist einverstanden; aber es gibt da Erschwernisse bezüglich des Sohns, und die Angelegenheit, die längst beendet sein müsste, zieht sich schon drei Monate hin. Sobald die Scheidung erfolgt ist, heiratet sie Wronski. Wie dumm das ist, dieser alte Brauch, das Herumführen im Kreis, das ›Jesaja, frohlocke‹, woran niemand mehr glaubt, was nur dem Glück der Menschen hinderlich ist!« ließ Stepan Arkadjitsch einflie-

ßen. »Nun, danach wird beider Lage so eindeutig sein
wie meine oder deine.«

»Worin liegt die Erschwernis?« fragte Lewin.

»Ach, das ist eine lange und öde Geschichte! Bei uns
ist das alles so uneindeutig. Aber jetzt geht es darum –
sie lebt in Erwartung der Scheidung schon drei Monate
hier, in Moskau, wo alle Welt ihn und sie kennt; sie
fährt nirgends hin und sieht keine andere Frau als
Dolly, denn, verstehst du, sie will nicht aus Barmherzigkeit besucht werden; sogar Prinzessin Warwara,
diese dumme Kuh, reiste ab, da sie es für unschicklich
hielt. Tja, in dieser Lage hätte eine andere Frau bestimmt keine Ressourcen in sich gefunden. Sie dagegen, du wirst ja sehen, wie sie sich ihr Leben eingerichtet hat, wie ruhig sie ist, wie würdig. Nach links, in die
Gasse, gegenüber der Kirche!« rief Stepan Arkadjitsch,
zum Wagenfenster hinausgebeugt. »Puh, wie heiß!«
Und trotz der zwölf Grad unter Null riss er seinen
ohnehin aufgerissenen Pelzmantel noch weiter auf.

»Sie hat doch eine Tochter; sicher ist sie mit ihr beschäftigt?« sagte Lewin.

»Du stellst dir anscheinend jede Frau nur als Weibchen vor, *une couveuse**«, sagte Stepan Arkadjitsch. »Ist
sie beschäftigt, so unbedingt mit Kindern. Nein, sie er-
zieht sie anscheinend vorzüglich, aber von ihr ist nichts
zu hören. Anna ist erstens damit beschäftigt, dass sie
schreibt. Ich sehe dich schon ironisch lächeln, aber zu
Unrecht. Sie schreibt ein Kinderbuch und spricht mit
niemandem darüber, mir las sie es jedoch vor, und ich
gab das Manuskript Workujew ... weißt du, dieser Ver-
leger ... er ist anscheinend auch selbst Schriftsteller.
Er versteht etwas davon, und er sagt, es sei hervorragend. Aber meinst du, sie sei eine dieser schreibenden
Frauen? Mitnichten. Sie ist vor allem eine Frau mit

* als Glucke *(frz.)*

Herz, du wirst ja sehen. Jetzt ist es ein englisches Mädchen mitsamt Familie, womit sie beschäftigt ist.«

»Also, etwas Philanthropisches?«

»Du willst auch überall nur Schlechtes sehen. Nichts Philanthropisches, sondern von Herzen kommend. Sie hatten, das heißt, Wronski hatte einen Engländer als Trainer, ein großer Könner, aber ein Trinker. Er trank nur noch, *delirium tremens*, ließ die Familie im Stich. Anna sah das, half, engagierte sich immer mehr, und jetzt sorgt sie für die ganze Familie; aber nicht von oben herab, mit Geld, sondern sie bereitet die Jungen in Russisch aufs Gymnasium vor, und das Mädchen hat sie zu sich genommen. Aber du wirst sie ja sehen.«

Der Wagen fuhr in einen Hof, und Stepan Arkadjitsch schellte laut an einem Hauseingang, vor dem ein Schlitten stand.

Ohne den aufsperrenden Türhüter zu fragen, ob sie zu Hause sei, trat Stepan Arkadjitsch in den Flur. Lewin folgte ihm unter immer größeren Zweifeln, ob er sich gut verhalte oder schlecht.

Beim Blick in einen Spiegel bemerkte Lewin, dass er rot war; doch überzeugt, nicht betrunken zu sein, stieg er hinter Stepan Arkadjitsch die teppichbelegte Treppe hoch. Oben fragte Stepan Arkadjitsch den Lakaien, der ihn wie einen Freund des Hauses begrüßte, wer bei Anna Arkadjewna sei, und erhielt die Antwort, es sei Herr Workujew.

»Wo sind sie?«

»Im Kabinett.«

Sie durchquerten ein kleineres Esszimmer mit dunklen Holzwänden, und über den weichen Teppich traten Stepan Arkadjitsch und Lewin in das halbdunkle Kabinett, erhellt nur von einer Lampe mit großem dunklem Schirm. Eine andere Lampe, ein Reflektor, brannte an der Wand und beleuchtete das lebensgroße Porträt einer Frau, das unwillkürlich Lewins Aufmerksamkeit anzog. Es war das Porträt Annas, das Michailow in Italien gemalt hatte. Während Stepan Arkadjitsch hinter einem Rankenspalier verschwand und die dort sprechende Männerstimme verstummte, schaute Lewin auf das Porträt, das in der strahlenden Beleuchtung aus seinem Rahmen trat, und konnte sich nicht losreißen. Er vergaß sogar, wo er war, hörte nicht, was geredet wurde, und wandte kein Auge von dem erstaunlichen Porträt. Das war kein Bild, sondern eine lebendige, betörende Frau mit schwarzem Kraushaar, entblößten Schultern und Armen und einem versonnenen halben Lächeln auf den von zartem Flaum überdeckten Lippen, die ihn ansah, siegesgewiss und zärtlich, mit Augen, die ihn verwirrten. Nur darum war sie nicht lebendig, weil sie schöner war, als eine lebendige Frau sein könnte.

»Ich freue mich sehr«, hörte er plötzlich neben sich eine Stimme, offenbar an ihn gerichtet, die Stimme der Frau, die er auf dem Porträt bewunderte. Hinter dem Rankenspalier hervor kam Anna auf ihn zu, und Lewin erblickte im Halbdunkel des Kabinetts die Frau des Porträts in einem dunklen, mehrfarbig blauen Kleid, nicht in derselben Haltung, nicht mit demselben Ausdruck, doch auf derselben Höhe ihrer Schönheit, wie der Maler sie auf dem Porträt eingefangen hatte. Sie war in Wirklichkeit weniger strahlend, dafür hatte die lebendige Frau etwas Neues, Anziehendes, das nicht auf dem Porträt war.

X

Sie trat auf ihn zu und verbarg die Freude nicht, ihn zu sehen. In der Gelassenheit, mit der sie ihm die kleine und energische Hand hinstreckte und ihn mit Workujew bekanntmachte und auf das hübsche rotblonde

Mädchen wies, das gleich daneben an einer Arbeit saß und von Anna als ihre Ziehtochter bezeichnet wurde, lagen die Lewin vertrauten und angenehmen Umgangsformen einer Frau von Welt, immer gelassen und natürlich.

»Ich freue mich sehr, wirklich sehr«, sagte sie mehrfach, und in ihrem Mund erhielten diese schlichten Worte für Lewin seltsamerweise besondere Bedeutung. »Ich kenne Sie seit langem und habe Sie liebgewonnen, sowohl Ihrer Freundschaft mit Stiwa wie Ihrer Frau wegen ... sie kannte ich nur sehr kurze Zeit, aber sie hinterließ bei mir den Eindruck einer reizenden Blume, ja, einer Blume. Und nun wird sie bald Mutter!«

Sie sprach ungezwungen und ohne Hast, ab und zu lenkte sie den Blick von Lewin auf ihren Bruder, und Lewin spürte, dass sie einen guten Eindruck von ihm gewonnen hatte, und sofort fühlte er sich leicht, natürlich und wohl in ihrer Gegenwart, als kennte er sie von Kindheit an.

»Wir haben uns, Iwan Petrowitsch und ich, für unsere Unterredung in Alexejs Kabinett niedergelassen«, erwiderte sie auf Stepan Arkadjitschs Frage, ob er rauchen dürfe, »eben um zu rauchen.« Und nach einem Blick auf Lewin zog sie, statt zu fragen, ob er rauche, ein Zigarettenetui aus Schildpatt her und nahm eine Papito heraus.

»Wie ist heute dein Befinden?« fragte ihr Bruder.

»Es geht. Die Nerven, wie immer.«

»Nicht wahr, es ist ungewöhnlich gut?« Stepan Arkadjitsch hatte bemerkt, das Lewin immer wieder zu dem Porträt schaute.

»Ich habe nie ein besseres Porträt gesehen.«

»Und ungewöhnlich ähnlich, nicht wahr?« sagte Workujew.

Lewin blickte vom Porträt zum Original. Ein besonderer Glanz erleuchtete Annas Gesicht, während sie seinen Blick auf sich fühlte. Lewin errötete, und um seine Verlegenheit zu verbergen, wollte er fragen, ob sie Darja Alexandrowna lange nicht gesehen habe, aber da sagte bereits Anna:

»Wir sprachen gerade, Iwan Petrowitsch und ich, über die letzten Bilder von Waschtschenkow. Haben Sie sie gesehen?«

»Ja, habe ich«, erwiderte Lewin.

»Doch Pardon, ich habe Sie unterbrochen, Sie wollten etwas sagen ...«

Lewin fragte, ob sie Dolly lange nicht gesehen habe.

»Gestern war sie bei mir, sie war Grischas wegen sehr böse auf das Gymnasium. Der Lateinlehrer war anscheinend ungerecht zu ihm.«

Lewin kehrte zu dem begonnenen Gespräch zurück. »Ja, ich habe die Bilder gesehen. Sie gefielen mir nicht besonders.«

Nun sprach Lewin überhaupt nicht mehr mit dem schablonenhaften Bezug zum Gegenstand, wie er mittags geredet hatte. Im Gespräch mit ihr bekam jedes Wort besondere Bedeutung. Und mit ihr zu sprechen war angenehm, noch angenehmer war, ihr zuzuhören.

Anna sprach nicht nur natürlich und klug, sondern klug und leichthin, ohne ihren Gedanken besonderen Wert beizumessen, den Gedanken ihres Gesprächspartners maß sie jedoch großen Wert bei.

Das Gespräch kam auf eine neue Kunstrichtung, die neue Bibelillustration eines französischen Künstlers. Workujew bezichtigte den Künstler eines Realismus, gesteigert bis zur Rohheit. Lewin sagte, die Franzosen hätten das Gekünstelte in der Kunst so weit getrieben wie niemand sonst und sähen deshalb in der Rückkehr zum Realismus ein besonderes Verdienst. Dass sie nicht mehr lögen, darin sähen sie Poesie.

Noch nie hatte Lewin eine kluge Äußerung soviel

Vergnügen bereitet wie diese. Annas Gesicht erstrahlte auf einmal, als sie den Gedanken in seiner Bedeutung erfasste. Sie lachte.

»Ich lache«, sagte sie, »wie man lacht, wenn man ein sehr ähnliches Porträt erblickt. Was Sie gesagt haben, charakterisiert absolut die französische Kunst von heute, die Malerei und sogar die Literatur, *Zola* oder *Daudet.* Aber vielleicht ist das immer so, dass man anfangs seine *conceptions** auf ausgedachten, gekünstelten Gestalten aufbaut, dann sind alle *combinaisons*** gemacht, die ausgedachten Gestalten öden einen an, und man beginnt, natürlichere, zutreffendere Gestalten zu ersinnen.«

»Das ist absolut richtig!« sagte Workujew.

»Ihr wart also im Klub?« wandte sie sich an ihren Bruder.

›Ja, ja, das ist eine Frau!‹ dachte Lewin, vergaß sich und blickte unverwandt auf ihr schönes, bewegliches Gesicht, das sich jetzt auf einmal völlig verändert hatte. Lewin hörte nicht, wovon sie redete, zum Bruder gebeugt, aber er war verblüfft über die Veränderung ihres Gesichtsausdrucks. Vorher so schön in seiner Gelassenheit, drückte ihr Gesicht auf einmal merkwürdige Neugier, Zorn und Stolz aus. Aber das dauerte nur einen Moment. Sie kniff die Augen zu, als suchte sie sich an etwas zu erinnern.

»Nun ja, im übrigen ist das für niemand von Interesse«, sagte sie und wandte sich an die Engländerin:

»*Please, order the tea in the drawing-room.****«

Das Mädchen stand auf und ging hinaus.

»Was ist, hat sie die Prüfung bestanden?« fragte Stepan Arkadjitsch.

---

* Konzeptionen *(frz.)*
** Kombinationen *(frz.)*
*** Bitte, lass den Tee im Salon servieren *(engl.)*

»Ausgezeichnet. Ein sehr begabtes Mädchen, mit einem lieben Wesen.«

»Es wird noch damit enden, dass du es mehr liebgewinnst als dein eigenes.«

»So spricht ein Mann. In der Liebe gibt es nicht mehr und weniger. Meine Tochter liebe ich mit der einen Liebe, sie mit einer anderen.«

»Ich habe zu Anna Arkadjewna gesagt«, warf Workujew ein, »wenn sie nur ein Hundertstel der Energie, die sie für diese Engländerin aufwendet, in das Gemeinschaftswerk der Erziehung russischer Kinder steckte, würde Anna Arkadjewna ein großes, nützliches Werk tun.«

»Nichts zu machen, ich konnte es nicht. Graf Alexej Kirillytsch hatte mich sehr ermuntert (als sie die Worte Graf Alexej Kirillytsch aussprach, warf sie einen scheu bittenden Blick auf Lewin, und er antwortete ihr unwillkürlich mit einem respektvollen und bestätigenden Blick) – mich ermuntert, dass ich mich in der Dorfschule betätige. Ich ging ein paarmal hin. Die Kinder waren sehr nett, aber ich fand keinen inneren Zugang. Sie sagen – Energie. Energie beruht auf Liebe. Und Liebe lässt sich nirgends herholen, lässt sich nicht befehlen. Dieses Mädchen habe ich liebgewonnen, ohne selbst zu wissen, weshalb.«

Und erneut blickte sie zu Lewin. Ihr Lächeln wie ihr Blick – alles sagte ihm, dass sie nur zu ihm sprach, dass sie seine Meinung schätzte und zugleich im voraus wusste, dass sie einander verstünden.

»Ich verstehe das durchaus«, erwiderte Lewin. »Für Schulen und überhaupt für derartige Institutionen darf man nicht sein Herzblut hingeben, und daher zeitigen diese philanthropischen Institutionen, glaube ich, stets so geringe Ergebnisse.«

Sie schwieg eine Weile, lächelte dann.

»Ja, ja«, bekräftigte sie. »Ich konnte das nie. *Je n'ai*

*pas le cœur assez large**, um ein ganzes Waisenhaus mit garstigen kleinen Mädchen liebzugewinnen. *Cela ne m'a jamais réussi***. Es gibt so viele Frauen, die daraus eine *position sociale* machen. Auch jetzt nicht«, sagte sie mit trauriger, zutraulicher Miene, rein äußerlich an den Bruder gewandt, doch offenbar nur zu Lewin. »Auch jetzt, da ich so dringend eine Betätigung brauche, kann ich es nicht.« Und plötzlich, mit ungehaltener Miene (Lewin begriff, dass sie auf sich ungehalten war, weil sie über sich selbst sprach), wechselte sie das Thema. »Ich weiß von Ihnen«, sagte sie zu Lewin, »dass Sie ein schlechter Bürger sind, und habe Sie verteidigt, so gut ich konnte.«

»Wie haben Sie mich verteidigt?«

»Je nach Angriff. Aber möchten Sie keinen Tee?« Sie stand auf und nahm ein saffiangebundenes Buch in die Hand.

»Geben Sie es mir, Anna Arkadjewna«, sagte Workujew und wies auf das Buch. »Es ist es wirklich wert.«

»O nein, da bleibt noch soviel zu tun.«

»Ich habe es ihm gesagt«, meinte Stepan Arkadjitsch zu seiner Schwester und wies auf Lewin.

»Zu Unrecht. Mein Geschreibsel ist nichts anderes als jene geschnitzten Körbchen aus den Gefängnissen, die mir Lisa Merzalowa des öfteren verkauft hat. Sie war in ihrem Verein für die Gefängnisse zuständig«, erklärte sie Lewin. »Und diese Unglücklichen vollbrachten Wunder an Geduld.«

Und Lewin entdeckte noch einen neuen Zug an dieser Frau, die ihm so außergewöhnlich gefiel. Außer Geist, Grazie und Schönheit besaß sie auch Aufrichtigkeit. Sie wollte das Bedrückende ihrer Lage nicht vor ihm verbergen. Als sie das gesagt hatte, seufzte sie, und

---

* Ich habe kein so großes Herz *(frz.)*
** Das ist mir nie gelungen *(frz.)*

ihr Gesicht, plötzlich streng geworden, schien zu ver-
steinern. Mit diesem Gesichtsausdruck war sie noch
schöner als vorher; aber dieser Ausdruck war neu; er lag
außerhalb des Kreises vor Glück strahlender und Glück
spendender Gesichtsausdrücke, die der Maler auf dem
Porträt eingefangen hatte. Lewin schaute noch einmal
auf das Porträt und auf ihre Gestalt, wie sie den Bruder
beim Arm nahm und mit ihm zur hohen Tür ging, und
er empfand für sie eine Zärtlichkeit und ein Mitgefühl,
die ihn selbst verwunderten.

Sie bat Lewin und Workujew, in den Salon voraus-
zugehen, sie selbst wollte noch mit ihrem Bruder über
etwas sprechen. ›Über die Scheidung, über Wronski,
darüber, was er im Klub macht, über mich?‹ dachte
Lewin. Ihn erregte so sehr, was sie wohl mit Stepan
Arkadjitsch besprach, dass er fast nicht hörte, was ihm
Workujew über die Vorzüge des Romans berichtete, den
Anna Arkadjewna für Kinder verfasst hatte.

Beim Tee setzte sich das angenehme, gehaltvolle Gespräch fort. Nicht einen Moment musste nach einem
Gesprächsgegenstand gesucht werden, im Gegenteil,
man hatte vielmehr das Gefühl, als komme man nicht
dazu, alles zu sagen, was man wollte, und als halte man
sich gern zurück, um zuzuhören, was der andere sagt.
Und alles, was gesagt wurde, nicht nur von ihr, sondern
auch von Workujew und Stepan Arkadjitsch, alles bekam, so erschien es Lewin, dank ihrer Aufmerksamkeit
und dank ihren Bemerkungen eine besondere Bedeutung.

Während Lewin dem interessanten Gespräch folgte,
bewunderte er sie unablässig – ihre Schönheit, ihren
Geist, ihre Bildung und zugleich ihre Schlichtheit und
Herzlichkeit. Er hörte zu, sprach selbst und dachte die
ganze Zeit über sie nach, über ihr Innenleben, und
suchte ihre Gefühle zu erraten. Er, der sie früher so
streng verurteilt hatte, suchte sie nun, aufgrund eines

seltsamen Gedankengangs, zu rechtfertigen, zugleich bedauerte er sie und befürchtete, dass Wronski sie nicht ganz verstünde. Als Stepan Arkadjitsch gegen elf Uhr aufstand, um zu gehen (Workujew war schon früher gegangen), kam es Lewin vor, als sei er gerade erst gekommen. Lewin stand mit Bedauern ebenfalls auf.

»Leben Sie wohl«, sagte sie zu ihm, hielt seine Hand fest und schaute ihm mit einem fesselnden Blick in die Augen. »Ich bin sehr froh, *que la glace est rompue**.«

Sie ließ seine Hand los und kniff die Augen zu.

»Richten Sie Ihrer Frau aus, dass ich sie liebhabe wie zuvor, und wenn sie mir meine Situation nicht vergeben kann, wünsche ich ihr, dass sie mir nie vergibt. Um zu vergeben, muss man durchmachen, was ich durchgemacht habe, und davor behüte sie Gott.«

»Unbedingt, ja, ich richte es aus...« sagte Lewin errötend.

XI

›Was für eine erstaunliche, liebe und bedauernswerte Frau‹, dachte er, als er mit Stepan Arkadjitsch in die Frostluft hinaustrat.

»Na, wie? Ich habe es dir gesagt«, meinte Stepan Arkadjitsch, da er sah, dass Lewin vollkommen besiegt war.

»Ja«, erwiderte Lewin nachdenklich, »eine außergewöhnliche Frau! Nicht einfach klug, sondern mit einem erstaunlichen Herzen. Sie tut mir schrecklich leid!«

»Jetzt wird sich alles bald regeln, so Gott will. Siehst du, man darf nicht vorschnell urteilen«, sagte Stepan Arkadjitsch und öffnete den Wagenschlag. »Leb wohl, wir haben nicht den gleichen Weg.«

---

* dass das Eis gebrochen ist *(frz.)*

Unter stetigem Nachdenken über Anna, über die schlichten Gespräche, die er mit ihr geführt hatte, wobei er sich an jede Einzelheit ihres Gesichtsausdrucks erinnerte, immer mehr Verständnis aufbrachte für ihre Lage und Mitgefühl für sie empfand, fuhr Lewin nach Hause.

Zu Hause richtete Kusma Lewin aus, Katerina Alexandrowna sei wohlauf, erst vor kurzem hätten die Schwestern sie verlassen, und reichte ihm zwei Briefe. Lewin las sie gleich, noch im Vorzimmer, um sich später nicht ablenken zu lassen. Der eine war von Sokolow, seinem Verwalter. Sokolow schrieb, den Weizen dürfe man jetzt nicht verkaufen, es würden nur fünfeinhalb Rubel geboten, und anderswoher sei kein Geld zu holen. Der andere Brief war von seiner Schwester. Sie machte ihm Vorwürfe, dass ihre Angelegenheit noch immer nicht erledigt war.

›Tja, verkaufen wir eben für fünf fünfzig, wenn nicht mehr geboten wird‹, entschied Lewin sofort mit ungewöhnlicher Leichtigkeit das erste Problem, das ihm vorher so schwierig erschienen war. ›Erstaunlich, wie hier alle Zeit immer belegt ist‹, dachte er zum zweiten Brief. Er fühlte sich schuldig vor der Schwester, weil bis jetzt nicht erledigt war, worum sie ihn gebeten hatte. ›Heute bin ich wieder nicht zum Gericht gefahren, aber heute war nun wirklich keine Zeit.‹ Er beschloss, es unbedingt morgen zu erledigen, und ging zu seiner Frau. Auf dem Weg zu ihr ließ Lewin rasch den Tagesablauf im Gedächtnis passieren. Alle Ereignisse des Tages waren Gespräche gewesen, Gespräche, bei denen er zugehört und an denen er teilgenommen hatte. Alle Gespräche hatten sich um Gegenstände gedreht, mit denen er sich, allein und auf dem Land, niemals befasst hätte, hier jedoch waren sie sehr interessant. Und alle Gespräche waren gut gewesen; nur zwei

Stellen waren nicht ganz so gut. Das eine war, was er über den Hecht gesagt hatte, das andere – irgendetwas war nicht in Ordnung an dem zärtlichen Mitgefühl, das er für Anna empfand.

Lewin fand seine Frau in trauriger und gelangweilter Stimmung. Das Diner der drei Schwestern war eigentlich sehr fröhlich gewesen, aber dann hatten sie auf ihn gewartet und gewartet und allen wurde es langweilig, die Schwestern fuhren davon und sie blieb allein.

»Na, und was hast du gemacht?« fragte sie und blickte ihm in die Augen, die irgendwie verdächtig glänzten. Aber um ihn nicht abzuhalten, alles zu erzählen, verbarg sie ihren Argwohn und hörte sich mit zustimmendem Lächeln seinen Bericht an, wie er den Abend verbracht hatte.

»Ja, ich war sehr froh, dass ich Wronski begegnet bin. Ich fühlte mich sehr leicht und natürlich mit ihm. Verstehst du, nun will ich mich bemühen, ihn niemals wiederzusehen, aber damit diese Peinlichkeit ein Ende hat«, sagte er, und da ihm einfiel, dass er, bemüht, ihn niemals wiederzusehen, als nächstes zu Anna gefahren war, errötete er. »Da sagen wir immer, das Volk trinke; ich weiß nicht, wer mehr trinkt, das Volk oder unser Stand; das Volk wenigstens nur an Feiertagen, aber …«

Kitty jedoch interessierte sich nicht für Erörterungen, wie das Volk trinkt. Sie sah, dass er errötet war, und wollte wissen, weshalb.

»Gut, und wo warst du dann?«

»Stiwa nötigte mich fürchterlich, zu Anna Arkadjewna zu fahren.«

Und als Lewin das gesagt hatte, errötete er noch mehr, und seine Zweifel, ob er gut oder schlecht daran getan hatte, zu Anna zu fahren, waren endgültig entschieden. Er wusste nun, dass er das nicht hätte tun sollen.

Kittys Augen weiteten sich und blitzten auf beim Namen Annas, aber sie bezwang sich, verbarg ihre Erregung und täuschte ihn.

»Ah!« sagte sie nur.

»Du nimmst es gewiss nicht übel, dass ich hinfuhr. Stiwa hatte mich gebeten, auch Dolly wollte es gerne«, fuhr Lewin fort.

»O nein«, sagte sie, doch in ihren Augen sah er, dass sie sich bezwang, was ihm nichts Gutes verhieß.

»Sie ist eine sehr liebe, sehr, sehr bedauernswerte, gute Frau«, sagte er und berichtete von Anna, von ihren Beschäftigungen und was sie ihm aufgetragen hatte.

»Ja, versteht sich, sie ist sehr bedauernswert«, sagte Kitty, als er geendet hatte. »Von wem hast du einen Brief erhalten?«

Er sagte es ihr, und da er ihrem ruhigen Tonfall glaubte, ging er sich auskleiden.

Zurückgekehrt, fand er Kitty noch im gleichen Sessel. Als er zu ihr trat, sah sie ihn an und brach in Schluchzen aus.

»Was ist? was ist?« fragte er, obwohl er es im voraus wusste.

»Du hast dich verliebt in diese abscheuliche Frau, sie hat dich umgarnt. Ich habe es deinen Augen angesehen. Ja, ja! Was soll daraus werden? Du hast im Klub getrunken, getrunken und gespielt und bist dann – zu wem gefahren? Nein, wir reisen ab … Morgen reise ich ab.«

Lange konnte Lewin seine Frau nicht beruhigen. Endlich gelang es ihm, doch erst, als er einräumte, dass Mitgefühl im Verein mit dem Alkohol ihn irregeleitet hätten, dass er Annas arglistigem Einfluss erlegen sei und dass er sie meiden würde. Am aufrichtigsten räumte er ein, dass er über diesem langen Leben in Moskau mit nichts als Gesprächen, Essen und Trinken ganz närrisch geworden sei. Sie redeten bis drei Uhr nachts. Erst um drei Uhr hatten sie sich soweit ausgesöhnt, dass sie einschlafen konnten.

XII

Als Anna die Gäste hinausgeleitet hatte, setzte sie sich nicht, sondern wanderte im Zimmer auf und ab. Obwohl sie unbewusst (wie sie sich in dieser letzten Zeit allen jungen Männern gegenüber verhielt) den ganzen Abend alles nur Mögliche getan hatte, um in Lewin Liebesgefühle zu wecken, obwohl sie wusste, dass sie das erreicht hatte, soweit das bei einem anständigen verheirateten Mann im Lauf eines Abends möglich war, und obwohl er ihr sehr gefallen hatte (trotz des, aus männlicher Sicht, krassen Unterschieds zwischen Wronski und Lewin sah sie als Frau jenes Gemeinsame, weshalb auch Kitty sowohl Wronski wie Lewin liebgewonnen hatte), doch sobald er das Zimmer verlassen hatte, dachte sie nicht mehr an ihn.

Ein und derselbe Gedanke verfolgte sie unablässig, in unterschiedlicher Gestalt. ›Wenn ich so auf andere wirke, auf diesen liebevollen Ehemann, weshalb ist er dann so kalt zu mir? ... nicht gerade kalt, er liebt mich ja, ich weiß es. Doch jetzt entzweit uns etwas Neues. Weshalb ist er den ganzen Abend weg? Er lässt durch Stiwa ausrichten, dass er Jaschwin nicht alleinlassen könne und auf sein Spiel aufpassen müsse. Ist Jaschwin solch ein Kind? Doch angenommen, es ist wahr. Die Unwahrheit sagt er nie. Doch in dieser Wahrheit steckt etwas anderes. Er ist über die Gelegenheit froh, mir zu zeigen, dass er andere Verpflichtungen hat. Ich weiß das, ich bin damit einverstanden. Doch wozu muss mir das bewiesen werden? Er möchte mir beweisen, dass seine Liebe zu mir nicht seine Freiheit behindern darf. Doch ich brauche keine Beweise, ich brauche Liebe. Er müsste begreifen, wie bedrückend dieses Leben hier in Moskau für mich ist. Lebe ich denn? Ich lebe nicht, ich warte auf die Lösung des Problems, die sich ständig verzögert und verzögert. Wieder keine Antwort! Und Stiwa sagt, er könne nicht zu Alexej Alexandrowitsch reisen. Ich kann jedoch nicht noch einmal schreiben. Ich kann nichts tun, nichts beginnen, nichts verändern, ich beherrsche mich, warte, denke mir allerlei Zeitvertreib aus – die Familie des Engländers, Schreiben, Lesen, aber das ist alles nur Betrug, ist dasselbe wie Morphium. Ihm müsste ich leid tun.‹ Und sie spürte, wie ihr vor Mitleid mit sich selbst Tränen in die Augen traten.

Sie hörte Wronskis stürmisches Klingeln und wischte sich hastig die Tränen ab, und nicht nur die Tränen wischte sie ab, sondern setzte sich zur Lampe und schlug ein Buch auf, tat gelassen. Sie musste ihm zeigen, dass sie unzufrieden war, weil er nicht, wie versprochen, zurückgekehrt war, nur unzufrieden, aber keinesfalls durfte sie ihm ihren Kummer zeigen und vor allem kein Mitleid mit sich selbst. Sie durfte sich selbst leid tun, aber nicht ihm. Sie wollte keinen Kampf, sie warf ihm vor, dass er kämpfen wolle, doch unwillkürlich ging sie selbst in Kampfstellung.

»Na, hast du dich auch nicht gelangweilt?« sagte er, als er lebhaft und heiter zu ihr trat. »Was ist das doch für eine schreckliche Passion, das Spiel!«

»Nein, ich habe mich nicht gelangweilt, habe auch längst gelernt, mich nicht zu langweilen. Stiwa war da mit Lewin.«

»Ja, sie wollten zu dir fahren. Nun, wie gefällt dir Lewin?« fragte er und setzte sich neben sie.

»Sehr. Sie sind vor kurzem gegangen. Was war denn mit Jaschwin?«

»Er war am Gewinnen, siebzehntausend. Ich forderte ihn auf. Und er wollte schon fahren. Kehrte aber wieder um und ist nun am Verlieren.«

Plötzlich hob sie zu ihm den Blick. »Wozu bist du dann geblieben?« fragte sie. Ihr Gesichtsausdruck war kalt und feindselig. »Du sagtest Stiwa, du würdest bleiben, um Jaschwin wegzubringen. Dabei hast du ihn dortgelassen.«

Derselbe Ausdruck kalter Kampfbereitschaft lag auch auf seinem Gesicht.

»Erstens habe ich ihn nicht gebeten, dir etwas auszurichten, zweitens sage ich nie die Unwahrheit. Ich wollte vor allem bleiben und bin geblieben«, sagte er stirnrunzelnd. »Anna, wieso nur, wieso?« sagte er nach einem Moment des Schweigens, beugte sich zu ihr und öffnete die Hand, da er hoffte, sie würde die ihre darauflegen.

Sie freute sich über diesen Appell zur Zärtlichkeit. Doch eine sonderbare böse Kraft gestattete ihr nicht, ihrer Neigung nachzugeben, als ob die Bedingungen des Kampfes ihr nicht gestatteten, sich zu fügen.

»Versteht sich, du wolltest bleiben und bist geblieben. Du tust alles, was du willst. Aber warum sagst du mir das? Wozu?« fragte sie, mehr und mehr in Hitze. »Macht dir denn irgendwer deine Rechte streitig? Aber du möchtest im Recht sein, und so sei im Recht.«

Seine Hand schloss sich, er lehnte sich zurück, und sein Gesichtsausdruck wurde noch störrischer als vorher.

»Für dich ist das eine Sache des Eigensinns«, sagte sie, sah ihn unverwandt an und hatte auf einmal ein Wort gefunden für diesen Gesichtsausdruck, der sie so aufbrachte, »ja, Eigensinn. Für dich geht es darum, ob du bei mir Sieger bleibst, für mich jedoch ...« Wieder tat sie sich selbst leid, und sie wäre fast in Tränen ausgebrochen. »Wenn du wüsstest, worum es für mich geht! Wenn ich wie jetzt fühle, dass du dich feindlich, ja, feindlich gegen mich verhältst – wenn du wüsstest, was das für mich bedeutet! Wenn du wüsstest, wie nah

ich dem Unglück bin in diesen Momenten, wie ich
mich fürchte, fürchte vor mir selbst!« Und sie wandte
sich ab, verbarg ihr Schluchzen.

»Was reden wir!« Er war entsetzt angesichts ihrer
Verzweiflung und beugte sich wieder zu ihr und nahm
ihre Hand und küsste sie. »Weshalb? Suche ich denn
Zerstreuung außer Haus? Meide ich denn nicht die Gesellschaft von Frauen?«

»Wäre ja noch schöner!« sagte sie.

»Sag mir doch, was ich tun soll, damit du ruhig bist?
Ich bin bereit, alles dafür zu tun, damit du glücklich bist«, sagte er, von ihrer Verzweiflung bewegt, »was
würde ich nicht tun, um dich von solchem Kummer wie
jetzt zu befreien, Anna!« sagte er.

»Schon gut, schon gut!« sagte sie. »Ich weiß selbst
nicht, ist es das einsame Leben, sind es die Nerven …
Reden wir nicht davon. Was ist mit dem Rennen? du
hast mir noch nichts erzählt«, fragte sie und suchte den
Triumph über den Sieg zu verbergen, der trotz allem
auf ihrer Seite war.

Er verlangte nach einem Abendessen und berichtete
ihr Einzelheiten vom Rennen; aber an seinem Ton, an
seinen Blicken, die kälter und kälter wurden, sah sie,
dass er ihr den Sieg nicht verzieh, dass jener Eigensinn,
gegen den sie ankämpfte, sich erneut in ihm festsetzte.
Er war kälter zu ihr als vorher, wie wenn er bereute,
dass er sich gefügt hatte. Und als ihr einfiel, welche
Worte ihr den Sieg gebracht hatten, nämlich: »Ich bin
einem schrecklichen Unglück nah und fürchte mich
vor mir selbst«, da begriff sie, dass dies eine gefährliche
Waffe war, die sie kein zweites Mal einsetzen durfte.
Und sie fühlte, dass sich neben der Liebe, die sie verband, ein böser Kampfgeist zwischen ihnen festgesetzt
hatte, den sie nicht vertreiben konnte, weder aus seinem noch — schon gar nicht — aus ihrem Herzen.

XIII

Es gibt keine Lebensumstände, an die der Mensch sich nicht gewöhnen könnte, besonders wenn er sieht, dass alle in seiner Umgebung genauso leben. Lewin hätte vor drei Monaten nicht geglaubt, dass er unter den Umständen, in denen er sich nun befand, ruhig einschlafen könnte; dass er ziellos, sinnlos leben könnte, dazu über seine Verhältnisse, und nach einem Trinkgelage (anders konnte er nicht bezeichnen, was im Klub stattgefunden hatte), nach dem geschmacklosen Freundschaftsbund mit einem Mann, in den seine Ehefrau einst verliebt war, nach dem noch geschmackloseren Besuch bei einer Frau, die nicht anders denn als verloren zu bezeichnen war, nach seinem Entzücken für diese Frau und nach der Betrübnis seiner Ehefrau — dass er unter diesen Umständen friedlich einschlafen könnte. Doch unterm Einfluss seiner Erschöpfung, der schlaflosen Nacht und des getrunkenen Alkohols schlief er fest und ruhig ein.

Um fünf Uhr weckte ihn das Knarren beim Öffnen einer Tür. Er sprang auf und blickte sich um. Kitty war nicht im Bett neben ihm. Doch hinterm Wandschirm bewegte sich ein Licht, und er hörte ihre Schritte.

»Was ist? was ist?« fragte er schlaftrunken. »Kitty! Was ist?«

»Nichts«, sagte sie und kam mit der Kerze in der Hand hinterm Wandschirm vor. »Nichts. Mir war nicht wohl«, sagte sie und lächelte ein besonders liebes und bedeutsames Lächeln.

»Was ist? geht es los? geht es los?« murmelte er erschrocken. »Wir müssen jemanden schicken.« Und er begann sich hastig anzukleiden.

»Nein, nein«, sagte sie lächelnd und hielt ihn mit der Hand zurück. »Wahrscheinlich ist nichts. Mir war nur ein bisschen unwohl. Jetzt ist es aber vorbei.«

Und sie ging zum Bett, löschte die Kerze, legte sich hin und wurde still. Obwohl ihm die Stille ihres gleichsam angehaltenen Atems und vor allem die besondere Sanftheit und Wachheit, mit der sie hinterm Wandschirm vorgekommen war und »Nichts« zu ihm gesagt hatte, verdächtig erschienen, wollte er so gerne schlafen, dass er sofort einschlief. Erst später fiel ihm die Stille ihres Atems wieder ein und er begriff nun, was in ihrer teuren, lieben Seele alles vorgegangen war, während sie, ohne sich zu rühren, in Erwartung des größten Ereignisses im Leben einer Frau neben ihm lag. Um sieben Uhr weckte ihn die Berührung ihrer Hand an seiner Schulter und leises Flüstern. Sie schien zwischen dem Bedauern, ihn wecken zu müssen, und dem Wunsch, mit ihm zu reden, hin- und hergerissen zu sein.

»Kostja, erschrick nicht. Es ist nichts. Aber ich glaube ... Wir müssen nach Lisaweta Petrowna schicken.«

Die Kerze brannte wieder. Sie saß auf dem Bett und hielt die Häkelarbeit in der Hand, mit der sie sich die letzten Tage abgegeben hatte.

»Bitte, erschrick nicht, es ist nichts. Ich habe keine Angst, kein bisschen«, sagte sie, als sie sein erschrockenes Gesicht sah, und presste seine Hand gegen ihre Brust, dann gegen ihre Lippen.

Er sprang hastig auf, ohne sich selbst zu spüren und ohne die Augen von ihr zu wenden, zog den Morgenrock an und blieb stehen, die Augen auf sie gerichtet. Er musste fort, aber er konnte sich nicht von ihrem Blick losreißen. Er liebte ja nun ihr Gesicht, kannte ja nun ihre Miene, ihren Blick, aber so hatte er sie noch nie gesehen. Wie abscheulich und furchtbar dünkte er sich, ihre gestrige Betrübnis im Sinn, nun vor ihr, wie sie jetzt war! Ihr gerötetes Gesicht, umgeben von weichem Haar, das unterm Nachthäubchen vorgerutscht war, strahlte vor Freude und Entschiedenheit.

So wenig auch an Kittys Wesen unnatürlich und gekünstelt war, Lewin verblüffte trotz allem, was jetzt vor ihm bloßlag, da plötzlich alle Verhüllungen abgenommen waren und das Innerste ihrer Seele aus ihren Augen leuchtete. Und in dieser Schlichtheit und Blöße war sie, die er liebte, noch sichtbarer. Sie sah ihn lächelnd an; doch plötzlich zuckte ihre Augenbraue, sie hob den Kopf, kam rasch zu ihm, fasste ihn bei der Hand und schmiegte sich fest an ihn, umfing ihn mit ihrem heißen Atem. Sie litt und beklagte sich gleichsam bei ihm über ihre Leiden. Und im ersten Moment kam es ihm aus Gewohnheit so vor, als sei er schuld. Aber in ihrem Blick war eine Zärtlichkeit, die sagte, dass sie ihm keine Vorwürfe machte, sondern ihn liebte für diese Leiden. ›Wenn nicht ich, wer ist dann schuld daran?‹ dachte er unwillkürlich und suchte nach dem Schuldigen für diese Leiden, um ihn zu bestrafen; aber es gab keinen Schuldigen. Auch wenn es keinen Schuldigen gab, ob er nicht einfach ihr helfen, sie befreien könnte, aber auch das war unmöglich, war nicht nötig. Sie litt, beklagte sich und triumphierte in diesen Leiden, freute sich darüber und liebte sie. Er sah, dass sich in ihrer Seele etwas Wunderbares vollzog, aber was? – er konnte es nicht verstehen. Es ging über seinen Verstand.

»Ich habe zu Mama geschickt. Fahr du rasch Lisaweta Petrowna holen … Kostja! … Nichts, es ist vorbei.«

Sie löste sich von ihm und läutete.

»Jetzt geh, Pascha kommt. Mir ist ganz gut.«

Und Lewin sah verwundert, dass sie ihre Häkelarbeit zur Hand nahm, die sie nachts geholt hatte, und weiterhäkelte.

Während Lewin zur einen Tür hinausging, hörte er, wie zur anderen das Mädchen hereinkam. Er blieb an der Tür stehen und hörte, wie Kitty dem Mädchen detaillierte Anweisungen gab und selbst mit ihr das Bett verschob.

Er kleidete sich an, und während die Pferde angespannt wurden, da es noch keine Droschken gab, rannte er noch einmal ins Schlafzimmer, nicht auf Zehenspitzen, sondern auf Flügeln, so kam es ihm vor. Zwei Mädchen räumten im Schlafzimmer geschäftig etwas um. Kitty ging auf und ab und häkelte, zog rasch die Schlingen und gab Anweisungen.

»Ich fahre jetzt zum Arzt. Lisaweta Petrowna wird schon geholt, aber ich fahre auch vorbei. Ist sonst noch etwas nötig? Ja, und zu Dolly?«

Sie schaute ihn an, offenbar ohne zu hören, was er sagte.

»Ja, ja. Geh nur, geh«, stieß sie hervor, verzog das Gesicht und wedelte mit der Hand, schickte ihn fort.

Er war schon im Salon, als aus dem Schlafzimmer plötzlich ein klägliches, gleich wieder verstummendes Stöhnen zu hören war. Er blieb stehen und konnte es lange nicht einordnen.

›Ja, das ist sie‹, sagte er zu sich, griff sich an den Kopf und rannte nach unten.

»Herr, erbarme dich! vergib und hilf!« sagte er ein ums andere Mal, Worte, die ihm plötzlich auf den Lippen lagen. Und er, der ungläubige Mensch, wiederholte diese Worte nicht nur mit den Lippen. Jetzt, in diesem Augenblick, wusste er, dass seine sämtlichen Zweifel, aber auch die Unmöglichkeit, aus Vernunftgründen zu glauben, wie er das von sich kannte, ihn keinesfalls hinderten, sich an Gott zu wenden. All das flog ihm nun wie Asche von der Seele. An wen hätte er sich auch wenden sollen, wenn nicht an den, in dessen Händen er sich, seine Seele und seine Liebe fühlte?

Das Pferd war noch nicht bereit, aber da er eine besondere Spannung und Körperkraft fühlte und Konzentration auf das, was zu tun war, ging er, um keine Minute zu verlieren, zu Fuß los, ohne auf das Pferd zu warten, und wies Kusma an, ihm nachzukommen.

An der Ecke begegnete er einer eiligen Nachtdroschke. In dem kleinen Schlitten saß mit Samtumhang, ein Tuch umgebunden, Lisaweta Petrowna. »Gott sei Dank, Gott sei Dank!« stieß er hervor, begeistert, als er ihr kleines blondes Gesicht erkannte, das nun einen überaus ernsthaften, sogar strengen Ausdruck hatte. Er ließ den Droschkenkutscher nicht anhalten und trabte nebenher, zurück zum Haus.

»Also seit zwei Stunden? Nicht länger?« fragte sie. »Sie werden den Doktor antreffen, bloß drängen Sie ihn nicht. Und holen Sie Opium in der Apotheke.«

»Also, Sie meinen, es könnte gutgehen? Herr, vergib und hilf!« stieß Lewin hervor, da sah er sein Pferd zum Tor herauskommen. Er sprang auf den Schlitten neben Kusma und hieß ihn zum Arzt fahren.

XIV

Der Arzt war noch nicht aufgestanden, und der Lakai sagte, der Herr sei »spät schlafen gegangen« und habe »nicht geheißen, ihn zu wecken«, stehe aber bald auf. Der Lakai putzte Lampengläser und schien damit sehr beschäftigt zu sein. Diese Aufmerksamkeit des Lakaien für die Gläser und die Gleichgültigkeit für das, was sich bei Lewin vollzog, verwunderte ihn zunächst, er besann sich aber sofort und sah ein, dass ja niemand seine Gefühle kannte und kennen musste und dass er deshalb um so ruhiger, besonnener und entschiedener handeln müsste, um diese Mauer der Gleichgültigkeit zu durchbrechen und sein Ziel zu erreichen. ›Nichts übereilen und nichts außer acht lassen‹, sagte sich Lewin und empfand mehr und mehr Schwung, Körperkraft und Konzentration auf das, was zu tun war.

Als Lewin nun erfuhr, dass der Arzt noch nicht aufgestanden war, griff er unter den Plänen, die ihm in den Sinn kamen, den folgenden heraus: Kusma sollte mit einem Billett zu einem anderen Arzt fahren, er selbst würde zur Apotheke fahren, Opium holen, und wenn er zurück wäre und der Arzt immer noch nicht aufgestanden, würde er den Diener bestechen oder, wenn dieser nicht nachgäbe, den Arzt gewaltsam wecken, unter allen Umständen.

In der Apotheke versiegelte ein hagerer Provisor mit derselben Gleichgültigkeit, wie der Diener die Gläser geputzt hatte, für einen wartenden Kutscher Pülverchen mit Oblaten und verweigerte Lewin das Opium. Bemüht, nichts zu übereilen und sich nicht zu ereifern, nannte Lewin die Namen von Arzt und Hebamme, erklärte, wozu das Opium nötig sei, und suchte ihn zu überreden. Der Provisor fragte auf Deutsch um Rat, ob er welches abgeben dürfe, und als ihm hinter einem Wandschirm hervor die Zustimmung erteilt wurde, griff er zu einem Fläschchen, einem Trichter, goss langsam aus einer großen Flasche ein wenig in die kleine, klebte ein Etikett darauf und versiegelte sie, trotz Lewins Bitten, das nicht zu tun, und wollte sie gar noch einwickeln. Das nun hielt Lewin nicht mehr aus; er entriss ihm entschieden das Fläschchen und rannte zur großen Glastür. Der Arzt war noch nicht aufgestanden, und der Lakai, jetzt mit dem Ausrollen eines Teppichs beschäftigt, weigerte sich, ihn zu wecken. Lewin zog ohne Eile einen Zehnrubelschein hervor, und langsam die Wörter formend, doch ohne Zeit zu verlieren, reichte er ihm den Schein und erklärte, dass Pjotr Dmitritsch (wie groß und bedeutend kam Lewin nun der früher so unwichtige Pjotr Dmitritsch vor!) versprochen habe, jederzeit zu kommen, dass er bestimmt nicht böse würde und dass er ihn deshalb gleich wecken solle.

Der Diener gab nach, ging hinauf und bat Lewin ins Wartezimmer.

Lewin hörte durch die Tür, wie der Arzt hustete, herumging, sich wusch und etwas sagte. Vielleicht drei Minuten waren vergangen; Lewin kam es vor, als sei über eine Stunde vergangen. Er konnte nicht länger warten.

»Pjotr Dmitritsch, Pjotr Dmitritsch!« sagte er mit flehentlicher Stimme durch die offene Tür. »Um Gottes willen, verzeihen Sie mir. Empfangen Sie mich so, wie Sie sind. Seit zwei Stunden schon.«

»Gleich, gleich«, erwiderte eine Stimme, und Lewin hörte erstaunt, dass der Arzt das lächelnd sagte.

»Nur für einen Moment ...«

»Gleich.«

Es vergingen noch zwei Minuten, während der Arzt die Stiefel anzog, und noch zwei Minuten, während der Arzt den Rock anzog und sich kämmte.

»Pjotr Dmitritsch!« wollte Lewin mit kläglicher Stimme erneut anheben, aber da kam der Arzt, angekleidet und gekämmt. ›Gewissenlos, diese Leute‹, dachte Lewin. ›Sich zu kämmen, während wir fast umkommen.‹

»Guten Morgen!« Der Arzt reichte ihm die Hand und schien ihn zu hänseln mit seiner Ruhe. »Nur keine Eile. Was kann ich tun?«

Bemüht, so ausführlich wie möglich zu sein, schilderte Lewin in allen überflüssigen Einzelheiten den Zustand seiner Frau, dabei unterbrach er alle Augenblicke seine Schilderung mit der Bitte, der Arzt möge sofort mit ihm fahren.

»Bloß keine Eile. Wissen Sie, ich werde ja wahrscheinlich gar nicht gebraucht, aber ich habe es versprochen und werde bestimmt auch kommen. Aber es drängt nicht. Setzen Sie sich doch bitte. Darf ich Ihnen Kaffee anbieten?«

Lewin schaute ihn an, und sein Blick fragte, ob er sich über ihn lustig mache. Aber der Arzt dachte nicht daran.

»Ich weiß ja, ich weiß«, sagte der Arzt lächelnd, »ich habe selbst Familie; doch wir Männer bieten in diesen Momenten ein höchst klägliches Bild. Ich habe eine Patientin, deren Mann dabei immer in den Pferdestall flüchtet.«

»Aber was meinen Sie, Pjotr Dmitritsch? Meinen Sie, es könnte gutgehen?«

»Alles spricht für einen guten Ausgang.«

»Sie kommen also gleich?« Lewin sah mit Ingrimm zu dem Diener, der den Kaffee hereinbrachte.

»In einem Stündchen.«

»Nein, um Gottes willen!«

»Dann lassen Sie mich zumindest meinen Kaffee trinken.«

Der Arzt nahm sich den Kaffee vor. Beide schwiegen.

»Wirklich, die Türken werden ja feste geschlagen. Haben Sie die gestrige Depesche gelesen?« sagte der Arzt und kaute an seinem Brötchen.

»Nein, ich kann nicht mehr!« Lewin sprang auf. »Sie werden in einer Viertelstunde bei uns sein?«

»In einer halben.«

»Ehrenwort?«

Als Lewin nach Hause kam, war gerade auch die Fürstin angekommen, und vor der Schlafzimmertür trafen sie zusammen. Die Fürstin hatte Tränen in den Augen, ihre Hände zitterten. Wie sie Lewin erblickte, umarmte sie ihn und begann zu weinen.

»Nun, was ist, liebste Lisaweta Petrowna?« Sie fasste die mit strahlendem und besorgtem Gesicht ihnen entgegenkommende Lisaweta Petrowna bei der Hand.

»Es geht gut«, sagte sie, »bringen Sie sie dazu, sich hinzulegen. Da hat sie es leichter.«

Von dem Moment an, als Lewin aufgewacht war und

begriff, was los war, hatte er sich darauf eingestellt, dass
er ohne nachzusinnen und ohne vorauszuschauen die
eigenen Gedanken und Gefühle unter Verschluss haltend, unbeirrbar, ohne seine Frau zu verstimmen, vielmehr sie beruhigend und in ihrem Mut unterstützend,
ertragen würde, was ihm bevorstand. Ohne sich einen
Gedanken zu gestatten, was käme, wie es zu Ende
ginge, und ausgehend von seinen Erkundigungen, wie
lange es gewöhnlich dauert, hatte sich Lewin innerlich
darauf eingestellt, vielleicht fünf Stunden dulden und
sein Herz in die Hand nehmen zu müssen, und das,
schien ihm, wäre möglich. Doch als er vom Arzt zurückkehrte und erneut ihre Leiden sah, wiederholte er
häufiger und häufiger: »Herr, vergib und hilf«, seufzte
und hob den Kopf gen Himmel; und er bekam Angst,
dass er nicht durchhielte, in Tränen ausbräche oder davonliefe. So sehr peinigte es ihn. Vergangen war jedoch
erst eine Stunde.

Aber nach dieser Stunde verging noch eine Stunde,
vergingen noch zwei, noch drei, alle fünf Stunden, die
er seiner Geduld als fernsten Zeitpunkt gesetzt hatte,
und der Zustand war noch der gleiche; und er duldete
weiter, denn nichts anderes konnte er tun als dulden,
dabei dachte er jeden Moment, seine Geduld sei endgültig an ihre Grenzen gelangt und gleich werde es
ihm das Herz zerreißen vor Mitgefühl.

Aber es vergingen noch mehr Minuten, Stunden und
noch mehr Stunden, und sein Leiden und sein Entsetzen wuchsen und spannten sich noch mehr.

Alle gewöhnlichen Lebensumstände, ohne die man
sich gar nichts vorstellen kann, existierten nicht mehr
für Lewin. Er verlor das Zeitgefühl. Minuten – jene
Minuten, wenn sie ihn zu sich rief und er sie bei der
verschwitzten, bald mit ungewöhnlicher Kraft sich
zusammenpressenden, bald ihn wegstoßenden Hand
hielt – erschienen ihm bald als Stunden, Stunden er-

schienen ihm bald als Minuten. Er war verwundert, als
Lisaweta Petrowna ihn bat, hinter dem Paravent eine
Kerze anzuzünden, und er erfuhr, dass es schon fünf
Uhr abends war. Wäre ihm gesagt worden, es sei jetzt
erst zehn Uhr morgens, wäre er ebensowenig verwundert gewesen. Wo er in dieser Zeit gewesen war, wusste
er ebensowenig, wie wann was gewesen war. Er sah ihr
glühendes, bald fassungsloses und leidendes, bald lächelndes und ihn beruhigendes Gesicht. Er sah auch die
Fürstin, rot im Gesicht, angespannt, die grauen Ringellöckchen in Auflösung, wie sie die Tränen heftig
hinunterschluckte und sich auf die Lippen biss, sah
auch Dolly, auch den Arzt, der dicke Papirossy rauchte,
auch Lisaweta Petrowna mit ihrem festen, entschiedenen und beruhigenden Gesicht und auch den alten
Fürsten, wie er durch den Saal wanderte mit finsterem
Gesicht. Aber wie sie kamen und gingen und wo sie waren, wusste er nicht. Die Fürstin war bald mit dem Arzt
im Schlafzimmer, bald im Kabinett, wo auf einmal ein
Tisch gedeckt war; bald war nicht sie es, sondern Dolly.
Dann erinnerte sich Lewin, dass er mehrfach irgendwo
hingeschickt worden war. Einmal wurde er geschickt,
einen Tisch und ein Sofa woanders hinzutragen. Er tat
es voll Eifer, dachte, es müsse für sie sein, um dann zu
erfahren, dass er sich selbst das Nachtlager gerichtet
hatte. Dann wurde er zum Arzt ins Kabinett geschickt,
um etwas zu fragen. Der Arzt antwortete und fing an,
über die Wirren in der Duma zu reden. Dann wurde er geschickt, aus dem Schlafzimmer der Fürstin
eine Ikone mit vergoldeter Silberverkleidung zu holen,
und mit der alten Zofe der Fürstin stieg er auf ein
Schränkchen und zerschlug beim Herunterholen das
Ikonenlämpchen, und die Zofe der Fürstin beruhigte
ihn, seiner Frau wegen und des Lämpchens wegen, und
er brachte die Ikone und stellte sie an Kittys Kopfende,
steckte sie sorgfältig hinter die Kissen. Aber wo, wann

und wozu das alles geschah, wusste er nicht. Er begriff auch nicht, weshalb die Fürstin seine Hand nahm, ihn mitleidig ansah und bat, sich zu beruhigen, und Dolly auf ihn einredete, er solle etwas essen, und ihn aus dem Zimmer führte, und sogar der Arzt ihn ernst und mit Teilnahme anschaute und ihm Tropfen anbot.

Er wusste und fühlte lediglich, dass das, was sich vollzog, dem glich, was sich im vorigen Jahr im Gasthaus der Gouvernementsstadt auf dem Totenlager von Bruder Nikolai vollzogen hatte. Aber das war Kummer gewesen – dies war Freude. Jener Kummer und diese Freude waren gleichermaßen außerhalb der gewöhnlichen Lebensumstände, waren in diesem gewöhnlichen Leben wie Öffnungen, durch die etwas Höheres sichtbar wurde. Gleichermaßen bedrückend und qualvoll rückte näher, was sich vollzog, und gleichermaßen unfassbar hob sich die Seele beim Schauen dieses Höheren auf eine Höhe, die sie nie zuvor gekannt hatte und wohin der Verstand ihr nicht mehr folgen konnte.

›Herrgott, vergib und hilf‹, sagte er sich ein ums andere Mal und hatte trotz seiner so langen und, wie ihm schien, vollständigen Entfremdung das Gefühl, dass er sich ebenso vertrauensvoll und schlicht an Gott wandte wie während seiner Kindheit und ersten Jugend.

Diese ganze Zeit beherrschten ihn zwei unterschiedliche Stimmungen. Die eine in ihrer Abwesenheit, mit dem Arzt, der eine dicke Papirossa nach der anderen rauchte und diese am Rand des vollen Aschenbechers ausdrückte, mit Dolly und dem Fürsten, wo über das Diner, über Politik und über Marja Petrownas Krankheit gesprochen wurde und wo Lewin momentweise völlig vergessen konnte, was vor sich ging, und sich vorkam wie plötzlich erwacht; und die andere Stimmung in ihrer Anwesenheit, am Kopfende ihres Bettes, wo es ihm das Herz zerreißen wollte vor Mitleiden und doch nicht zerriss und er unablässig zu Gott betete. Und je-

desmal, wenn ein aus dem Schlafzimmer herübertönender Schrei ihn aus einem Moment des Vergessens
holte, erlag er demselben sonderbaren Irrtum, der ihn
schon im ersten Moment befallen hatte; jedesmal,
wenn er einen Schrei hörte, sprang er auf und rannte,
um sich zu rechtfertigen, unterwegs fiel ihm ein, dass
er nicht schuld war, und wollte beschützen, wollte helfen. Doch wenn er auf sie blickte, sah er wieder, dass er
nicht helfen konnte, und geriet in Entsetzen und sagte
sich: ›Herr, vergib und hilf‹. Und je mehr Zeit verging,
desto stärker wurden beide Stimmungen, desto ruhiger wurde er in ihrer Abwesenheit, vergaß sie ganz, und
desto qualvoller wurden ihm ihre Leiden sowie das Gefühl der Hilflosigkeit bei ihrem Anblick. Er sprang oft
auf, wollte davonlaufen und lief doch wieder zu ihr.

Manchmal, wenn sie ihn wieder und wieder herbeirief, klagte er sie an. Aber wenn er ihr ergebenes,
lächelndes Gesicht sah und sie sagen hörte: »Ich habe
dich zermürbt«, klagte er Gott an, aber wenn ihm Gott
einfiel, bat er ihn sogleich um Vergebung und Erbarmen.

XV

Er wusste nicht, war es früh, war es spät. Alle Kerzen waren bereits am Ausbrennen. Dolly war soeben im
Kabinett gewesen und hatte dem Arzt angeboten, sich
hinzulegen. Lewin saß und hörte der Erzählung des
Arztes über einen Scharlatan zu, einen Magnetiseur,
und schaute auf die Asche seiner Papirossa. Es war ein
Moment der Erholung, und Lewin hatte alles vergessen. Völlig vergessen hatte er, was gerade vor sich ging.
Er lauschte der Erzählung des Arztes und verstand sie.
Plötzlich ertönte ein Schrei, der mit nichts zu vergleichen war. Der Schrei war so grauenhaft, dass Lewin

nicht einmal aufsprang, sondern, ohne Luft zu holen, erschrocken und fragend den Arzt ansah. Der Arzt neigte den Kopf zur Seite, horchte und lächelte beifällig. Alles war so ungewöhnlich, dass Lewin nichts mehr bestürzte. ›Sicher muss es so sein‹, überlegte er und blieb sitzen. Wessen Schrei war das? Er sprang auf, rannte auf Zehenspitzen ins Schlafzimmer, ging um Lisaweta Petrowna und die Fürstin herum und stellte sich an seinen Platz am Kopfende. Der Schrei war verstummt, doch etwas hatte sich nun verändert. Was, sah und verstand er nicht und wollte er nicht sehen und verstehen. Aber er sah es an Lisaweta Petrownas Gesicht: Lisaweta Petrownas Gesicht war streng und bleich und noch genauso entschieden, obgleich ihr Kiefer ein wenig zitterte und ihre Augen unverwandt auf Kitty gerichtet waren. Kittys glühendes, zerquältes Gesicht mit der am verschwitzten Gesicht klebenden Haarlocke war zu ihm gewandt und suchte seinen Blick. Ihre hoch erhobenen Hände baten um seine Hände. Sie ergriff mit ihren verschwitzten Händen seine kalten Hände, drückte sie an ihr Gesicht.

»Geh nicht fort, geh nicht fort. Ich hab keine Angst, ich hab keine Angst«, stieß sie rasch hervor. »Mama, nehmen Sie mir die Ohrringe ab. Sie stören mich. Du hast keine Angst? Bald, bald, Lisaweta Petrowna ...«

Sie redete rasch, ganz rasch und wollte lächeln. Doch plötzlich verzerrte sich ihr Gesicht, sie stieß ihn von sich.

»Nein, das ist furchtbar! Ich sterbe, ich sterbe! Geh weg, geh weg!« schrie sie, und wieder ertönte dieser mit nichts zu vergleichende Schrei.

Lewin griff sich an den Kopf und rannte aus dem Zimmer.

»Schon gut, schon gut, alles in Ordnung«, sagte Dolly ihm hinterdrein.

Aber was sie auch reden mochten, er wusste, dass jetzt

alles verloren war. Den Kopf an den Türsturz gelehnt, stand er im Nebenzimmer und hörte, was er noch nie gehört hatte: ein Kreischen, ein Brüllen, und er wusste, da schrie, was früher Kitty gewesen war. Das Kind wollte er längst nicht mehr. Er hasste dieses Kind jetzt. Er wollte jetzt nicht einmal mehr, dass sie lebte, er wollte nur, dass diese furchtbaren Leiden aufhörten.

»Doktor! Was ist das nur? Was ist das? Mein Gott!« sagte er und griff nach der Hand des hereinkommenden Arztes.

»Es geht zu Ende«, sagte der Arzt. Und das Gesicht des Arztes war so ernst, als er das sagte, dass Lewin es geht zu Ende verstand in dem Sinne – sie stirbt.

Außer sich rannte er ins Schlafzimmer. Das erste, was er erblickte, war Lisaweta Petrownas Gesicht. Es war noch finsterer und strenger. Kitty hatte kein Gesicht. Dort, wo es früher gewesen war, war etwas Grauenhaftes, sowohl der Anspannung wie den Lauten nach, die von dort kamen. Er drückte den Kopf aufs Holz des Bettes, er spürte, dass sein Herz zerriss. Der furchtbare Schrei verstummte nicht, er wurde noch furchtbarer, und als er gleichsam die äußerste Grenze des Furchtbaren erreicht hatte, wurde es still. Lewin traute seinen Ohren nicht, aber zu zweifeln war unmöglich: der Schrei war verstummt, zu hören waren stille, geschäftige Bewegungen, ein Rascheln, hastige Atemzüge, und ihre stockende, lebendige und liebevolle, glückliche Stimme sprach still: »Es ist zu Ende.«

Er hob den Kopf. Die Arme kraftlos auf der Decke, ungewöhnlich schön und still, schaute sie ihn schweigend an und wollte und konnte nicht lächeln.

Und plötzlich fühlte sich Lewin aus der geheimnisvollen und furchtbaren, unirdischen Welt, in der er diese zweiundzwanzig Stunden gelebt hatte, schlagartig versetzt in die frühere, gewöhnliche Welt, die nun aber in derart neuem Glückslicht erstrahlte, dass er es nicht ertrug. Die gespannten Saiten rissen. Schluchzen und Freudentränen, die er nicht vorhergesehen hatte, stiegen mit solcher Macht in ihm auf und ließen seinen ganzen Leib derart zucken, dass sie ihn lange am Sprechen hinderten.

Vor dem Bett auf Knien liegend, hielt er vor den Lippen die Hand seiner Frau und küsste sie, und diese Hand erwiderte seine Küsse mit einer schwachen Bewegung der Finger. Und dort am Fußende des Bettes, in Lisaweta Petrownas geschickten Händen, zuckte derweil, wie das Flämmchen über einer Leuchte, das Leben eines Menschenwesens, das es nie zuvor gegeben hatte und das genauso, mit dem gleichen Recht und der gleichen Bedeutung für sich selbst, leben würde und seinesgleichen in die Welt setzen.

»Es lebt! Es lebt! Dazu ein Junge! Keine Sorge!« hörte Lewin die Stimme Lisaweta Petrownas, die mit zitternder Hand dem Kind auf den Rücken klatschte.

»Mama, ist das wahr?« sagte Kittys Stimme.

Nur das Schluchzen der Fürstin antwortete ihr.

Und inmitten des Schweigens, wie eine unbezweifelbare Antwort auf die Frage der Mutter, war eine Stimme zu hören, eine ganz andere als die verhalten sprechenden Stimmen im Raum. Es war der kühne, dreiste, sich um nichts scherende Schrei des von irgendwoher gekommenen neuen Menschenwesens.

Zuvor, wenn Lewin gesagt worden wäre, Kitty sei gestorben und er sei mit ihr gestorben, ihre Kinder seien Engel und vor ihnen stehe Gott — er hätte sich nicht gewundert; nun jedoch, zurückgekehrt in die Welt der Wirklichkeit, musste er große gedankliche Anstrengungen unternehmen, um zu begreifen, dass sie lebte und gesund war und dass dieses so verzweifelt quäkende Wesen sein Sohn war. Kitty lebte, die Leiden waren zu Ende. Und er war unaussprechlich glücklich. Das begriff er, und das machte ihn auch überglücklich. Aber

das Kind? Woher, wieso, wer war es? Er konnte es überhaupt nicht begreifen, konnte sich nicht gewöhnen an
diesen Gedanken. Es dünkte ihm wie des Guten zuviel,
ein Überfluss, an den er sich lange nicht gewöhnen
konnte.

XVI

Gegen zehn Uhr saßen der alte Fürst, Sergej Iwanowitsch und Stepan Arkadjitsch bei Lewin, sprachen
über die Wöchnerin und unterhielten sich dann über
andere Gegenstände. Lewin hörte ihnen zu, und unwillkürlich kam ihm bei diesen Gesprächen das Vergangene in den Sinn, was gewesen war bis heute morgen, und auch er selbst kam ihm in den Sinn, wie er tags
davor noch gewesen war. Als wären seither hundert
Jahre vergangen. Er fühlte sich auf einer unerreich-
baren Höhe, von der er herabzusteigen suchte, um diejenigen nicht zu kränken, mit denen er sprach. Er
sprach und dachte unablässig an seine Frau, an Einzelheiten ihres jetzigen Befindens, und an den Sohn, an
dessen Existenz er sich in Gedanken zu gewöhnen suchte. Die weibliche Welt, die für ihn, seitdem er verheiratet war, eine neue, vorher unbekannte Bedeutung gewonnen hatte, stand nach seinen Begriffen nun so hoch,
dass seine Vorstellungskraft sie gar nicht mehr fassen
konnte. Er hörte dem Gespräch über das gestrige Diner
im Klub zu und dachte: ›Was sie jetzt wohl tut, ist sie
eingeschlafen? Wie fühlt sie sich? Was denkt sie? Ob
Sohn Dmitri schreit?‹ Und mitten im Gespräch, mitten
im Satz sprang er auf und verließ das Zimmer.

»Lass mir ausrichten, ob man zu ihr kann«, sagte der
Fürst.

»Gut, sofort«, sagte Lewin und ging unverzüglich zu
ihr.

Sie schlief nicht, sondern redete still mit ihrer Mutter, machte Pläne für die kommende Taufe.

Gewaschen und gekämmt, in einem schmucken, mit etwas Blauem besetzten Häubchen, die Arme über der Bettdecke, lag sie auf dem Rücken, und als ihr Blick den seinen traf, zog ihr Blick ihn zu sich her. Ohnehin licht, wurde ihr Blick noch lichter, je näher er kam. Auf ihrem Gesicht lag jene Verwandlung von Irdischem zu Überirdischem, wie sie auch auf dem Gesicht Verstorbener liegt; dort aber ist es Abschied, hier war es Ankunft. Eine Erregung, jener gleich, wie er sie im Augenblick der Geburt empfunden hatte, griff ihm erneut ans Herz. Sie nahm seine Hand und fragte, ob er geschlafen habe. Er konnte nicht antworten und wandte sich ab, seiner Schwäche gewärtig.

»Ich dagegen habe geschlummert, Kostja!« sagte sie zu ihm. »Und fühle mich jetzt so wohl.«

Sie schaute ihn an, doch plötzlich veränderte sich ihre Miene.

»Geben Sie es mir«, sagte sie, denn sie hatte das Kind greinen gehört. »Geben Sie es mir, Lisaweta Petrowna, und er kann es auch anschauen.«

»Eben, soll der Papa es anschauen«, meinte Lisaweta Petrowna; sie hob etwas Rotes, Sonderbares und Zuckendes hoch und brachte es. »Aber warten Sie, erst wollen wir uns zurechtmachen.« Und Lisaweta Petrowna legte dieses Zuckende und Rote aufs Bett, wickelte das Kind aus und wickelte es ein, hob es mit einem Finger hoch und drehte es um und bestreute es mit etwas.

Beim Blick auf dieses winzige, klägliche Wesen unternahm Lewin vergebliche Anstrengungen, in seinem Herzen irgendwelche Anzeichen eines väterlichen Gefühls dafür zu finden. Er empfand es nur als abscheulich. Doch als es entblößt wurde und zierliche, dünne Händchen auftauchten und Füßchen, safranrot, mit

Zehchen, sogar einem großen Zeh, der sich unterschied von den anderen, und als er sah, wie Lisaweta Petrowna, als wären es weiche Sprungfederchen, diese ausgestreckten Ärmchen anpresste, sie in die Leinenhülle einsperrte, befiel ihn ein solches Mitleid mit diesem Wesen und eine solche Furcht, sie könnte es beschädigen, dass er ihre Hand festhielt.

Lisaweta Petrowna lachte.

»Keine Angst, keine Angst!«

Als das Kind zurechtgemacht und in eine feste Puppe verwandelt war, wiegte Lisaweta Petrowna es hin und her, wie aus Stolz auf ihre Arbeit, und trat zurück, damit Lewin seinen Sohn in seiner ganzen Schönheit sehen könne.

Kitty wandte kein Auge ab, schielte ebenfalls her.

»Geben Sie es mir!« sagte sie und wollte sich sogar aufrichten.

»Nicht doch, Katerina Alexandrowna, Sie dürfen keine solchen Bewegungen machen! Warten Sie, ich reiche es Ihnen. Zeigen wir noch dem Herrn Papa, was wir für ein Prachtkerl sind!«

Und Lisaweta Petrowna hob zu Lewin mit der einen Hand (die andere stützte nur mit den Fingern den schwankenden Hinterkopf) dieses sonderbare, schwankende und seinen Kopf hinterm Rand der Windel versteckende rote Wesen. Aber es hatte auch eine Nase, Schielaugen und schmatzende Lippen.

»Ein wundervolles Kind!« sagte Lisaweta Petrowna.

Lewin seufzte bekümmert. Dieses wundervolle Kind flößte ihm nichts als Abscheu und Mitleid ein. Dies war überhaupt nicht das Gefühl, das er erwartet hatte.

Er wandte sich ab, während Lisaweta Petrowna es an der noch ungewohnten Brust anlegte.

Ein Lachen ließ ihn plötzlich den Kopf heben. Kitty hatte zu lachen begonnen. Das Kind hatte die Brust angenommen.

»Genug, genug!« sagte Lisaweta Petrowna, aber Kitty ließ es nicht los. Es schlief in ihren Armen ein.

»Nun schau mal«, sagte Kitty und drehte das Kind so zu ihm hin, dass er es sehen konnte. Das Greisengesichtchen wurde auf einmal noch runzliger, und das Kind nieste.

Lächelnd und mit Mühe Tränen der Rührung zurückhaltend, küsste Lewin seine Frau und ging aus dem dunklen Zimmer.

Was er empfand für dieses kleine Wesen, war überhaupt nicht das, was er erwartet hatte. Nichts Heiteres und Freudiges war an diesem Gefühl; im Gegenteil, da war eine neue, quälende Furcht: das Bewusstsein einer neuen Verwundbarkeit. Und dieses Bewusstsein war in der ersten Zeit so qualvoll, die Furcht, dass dieses hilflose Wesen auch ja nicht leiden müsse, war so stark, dass er deswegen auch das sonderbare Gefühl sinnloser Freude und sogar von Stolz nicht bemerkte, das er empfunden hatte, als das Kind nieste.

XVII

Um Stepan Arkadjitschs Finanzen stand es schlecht.

Das Geld für zwei Drittel des Waldes war schon durchgebracht, und mit einem Abzug von zehn Prozent hatte er auch für das letzte Drittel von dem Kaufmann fast alles im voraus geholt. Der Kaufmann gab ihm kein Geld mehr, zumal Darja Alexandrowna diesen Winter zum erstenmal nachdrücklich das Recht auf ihr Vermögen geltend gemacht und sich geweigert hatte, den Empfang des Geldes für das letzte Drittel des Waldes auf dem Kontrakt zu quittieren. Das Gehalt ging gänzlich für die Haushaltsausgaben und die Bezahlung kleinerer, nie ganz vermeidbarer Schulden drauf. Es war überhaupt kein Geld da.

Dies war beschwerlich, genierlich und durfte nach
Stepan Arkadjitschs Ansicht so nicht weitergehen. Der
Grund dafür war, nach seinen Begriffen, dass er zu
wenig Gehalt bekam. Der Posten, den er bekleidete,
war offenbar vor fünf Jahren sehr gut gewesen, jetzt
war er nicht mehr das Rechte. Petrow bekam als Bankdirektor zwölftausend; Swentizki bekam als Gesell-
schafter siebzehntausend; Mitin, Gründer einer Bank,
bekam fünfzigtausend. ›Offenbar bin ich eingeschlafen,
und man hat mich vergessen‹, sagte sich Stepan Arkadjitsch. Und so hörte er sich um, schaute er sich um und
hatte sich gegen Ende des Winters einen sehr guten
Posten ausgeguckt und ging zur Attacke über, zuerst von
Moskau aus, über Tanten, Onkel, Bekannte, dann, als
die Sache reif war, fuhr er im Frühjahr selbst nach Petersburg. Es war dies einer der Posten, wie sie heute in
allen Varianten, von eintausend bis fünfzigtausend Jah-
resgehalt, häufiger zu finden sind als früher die einträglichen Schmiergeldposten; es war dies der Posten
eines Kommissionsmitglieds bei der vereinigten Agentur für Kredit- und Zahlungsbilanz der Südeisenbahnen und Bankhäuser. Dieser Posten verlangte, wie alle
diese Posten, so enorme Kenntnisse und solche Tatkraft,
dass sich das schwer in einem Menschen vereinen ließ.
Und da es niemanden gab, der diese Eigenschaften in
sich vereint hätte, war es immerhin besser, wenn ein
ehrlicher Mann und nicht ein unehrlicher diesen Posten bekleidete. Und Stepan Arkadjitsch war nicht nur
ein ehrlicher Mann (ohne Betonung), sondern er war
ein ehrlicher Mann (mit Betonung), in jener besonderen Bedeutung, die dieses Wort in Moskau hat, wenn
gesagt wird: ein ehrlicher Politiker, ein ehrlicher
Schriftsteller, eine ehrliche Zeitschrift, eine ehrliche
Institution, eine ehrliche Gesinnung, was nicht nur bedeutet, dass der Mann oder die Institution nicht unehr-
lich sind, sondern dass sie bei Gelegenheit der Regie-

rung auch Nadelstiche versetzen können. Stepan Arkadjitsch verkehrte in Moskau in den Kreisen, wo dieses Wort eingeführt war, er galt dort als éhrlicher Mann und hatte darum mehr Anrechte auf diesen Posten als andere.

Dieser Posten brachte sieben- bis zehntausend im Jahr ein, und Oblonski konnte ihn bekleiden, ohne seinen Posten im Amt aufzugeben. Der Posten hing von zwei Ministern, einer Dame und zwei Juden ab; und alle diese Menschen musste Stepan Arkadjitsch, auch wenn sie schon vorbereitet waren, in Petersburg aufsuchen. Außerdem hatte Stepan Arkadjitsch seiner Schwester Anna versprochen, Karenin eine klare Antwort zur Scheidung abzuringen. So erbettelte er von Dolly fünfzig Rubel und reiste nach Petersburg.

Stepan Arkadjitsch saß bei Karenin im Kabinett und lauschte seinem Projekt über die Gründe für die schlechte russische Finanzlage, dabei passte er nur den Moment ab, wann Karenin am Ende wäre, damit er über seine Angelegenheit reden könnte und über Anna.

»Ja, das ist sehr richtig«, sagte er, als Alexej Alexandrowitsch sein *pince-nez* abnahm, ohne das er nicht mehr lesen konnte, und seinen ehemaligen Schwager fragend ansah, »das ist sehr richtig in den Details, dennoch ist das Prinzip unserer Zeit die Freiheit.«

»Ja, aber ich propagiere ein anderes Prinzip, welches das Prinzip der Freiheit einschließt«, sagte Alexej Alexandrowitsch, mit Betonung auf dem Wort »einschließt«, und setzte erneut das *pince-nez* auf, um dem Zuhörer noch einmal die Stelle vorzulesen, wo eben davon die Rede war.

Und Alexej Alexandrowitsch schaute die schön und mit riesigen Rändern geschriebene Schrift durch und las die überzeugende Stelle noch einmal vor.

»Nicht zugunsten des Vorteils von Privatpersonen

will ich kein protektionistisches System, sondern zugunsten des Gemeinwohls – zugunsten der unteren wie der oberen Klassen gleichermaßen«, sprach er und blickte über das *pince-nez* hinweg zu Oblonski. »Aber sie können das nicht begreifen, sie kümmern sich nur um persönliche Interessen und lassen sich von Phrasen hinreißen.«

Stepan Arkadjitsch wusste – wenn Karenin davon anfing, was sie taten und dachten, diejenigen, die seine Projekte nicht annehmen wollten und der Grund waren für alles Übel in Russland, dann war das Ende bereits in Sicht; darum sagte er sich jetzt bereitwillig vom Prinzip der Freiheit los und stimmte voll und ganz zu. Alexej Alexandrowitsch verstummte und blätterte nachdenklich in seiner Schrift.

»Ach, übrigens«, sagte Stepan Arkadjitsch, »ich wollte dich bitten, dass du bei Gelegenheit, wenn du Pomorski triffst, ein Wort dafür einlegst, dass ich sehr gerne den neueingerichteten Posten eines Kommissionsmitglieds bei der vereinigten Agentur für Kredit- und Zahlungsbilanz der Südeisenbahnen übernehmen würde.«

Stepan Arkadjitsch war die Bezeichnung dieses Postens, der ihm so am Herzen lag, bereits geläufig, er brachte sie rasch über die Lippen, ohne sich zu verhaspeln.

Alexej Alexandrowitsch erkundigte sich, worin die Tätigkeit dieser neuen Kommission bestehe, und versank in Nachdenken. Er überlegte, ob an der Tätigkeit dieser Kommission nicht etwas seinen Projekten entgegenstünde. Aber da die Tätigkeit der neuen Institution sehr komplex war und seine Projekte ein sehr großes Gebiet einschlossen, konnte er das nicht gleich überblicken, so nahm er das *pince-nez* ab und sagte:

»Zweifellos kann ich ihm das sagen; aber wozu möchtest du eigentlich diesen Posten übernehmen?«

»Die Dotierung ist gut, bis zu neuntausend, und meine Mittel ...«

»Neuntausend«, wiederholte Alexej Alexandrowitsch und runzelte die Stirn. Der hohe Betrag dieser Dotierung erinnerte ihn daran, dass aus dieser Sicht Stepan Arkadjitschs angestrebte Tätigkeit dem Hauptzweck seiner Projekte zuwiderlief, denn sie waren stets auf Sparsamkeit ausgerichtet.

»Ich finde, und habe dazu auch eine Stellungnahme verfasst, dass diese enormen Dotierungen heutzutage Kennzeichen einer falschen ökonomischen *assiette** unserer Verwaltung sind.«

»Tja, aber was willst du?« sagte Stepan Arkadjitsch. »Mal angenommen, ein Bankdirektor bekommt zehntausend – er ist das auch wert. Oder ein Ingenieur bekommt zwanzigtausend. Ist ja eine lebendige Sache, sag, was du willst!«

»Ich bin der Ansicht, dass eine Dotierung die Bezahlung für eine Ware ist, und sie muss dem Gesetz von Angebot und Anforderung unterliegen. Wenn die Festlegung einer Dotierung jedoch von diesem Gesetz abweicht, wie zum Beispiel, wenn ich sehe, dass zwei Ingenieure von der Hochschule kommen, beide gleichermaßen kenntnisreich und befähigt, und der eine vierzigtausend bekommt, der andere sich mit zweitausend zufriedengeben muss; oder dass die Gesellschaften Rechtsgelehrte oder Husaren, die über keinerlei Spezialkenntnisse verfügen, mit enormer Dotierung als Bankdirektoren einsetzen, so ziehe ich den Schluss, dass die Dotierung nicht nach dem Gesetz von Angebot und Anforderung festgelegt wird, sondern rein aus Gefälligkeit. Darin liegt ein Missbrauch, der schon als solcher von Belang ist und sich auch schädlich auf den Staatsdienst auswirkt. Ich bin der Ansicht ...«

---

* Ausrichtung *(frz.)*

Stepan Arkadjitsch unterbrach seinen Schwager eilends.

»Schon, aber du musst zugeben, dass eine neue, zweifellos nützliche Institution eingerichtet wird. Sag, was du willst – eine lebendige Sache! Besonderen Wert legt man darauf, dass sie éhrlich geführt wird«, sagte Stepan Arkadjitsch mit Betonung.

Aber die Moskauer Bedeutung von ehrlich war Alexej Alexandrowitsch unverständlich.

»Ehrlichkeit ist noch keine positive Befähigung«, sagte er.

»Aber du würdest mir dennoch einen großen Gefallen tun«, sagte Stepan Arkadjitsch, »wenn du bei Pomorski ein gutes Wort einlegen würdest. Nebenbei, im Gespräch ...«

»Das scheint aber eher von Bolgarinow abzuhängen«, meinte Alexej Alexandrowitsch.

»Bolgarinow ist seinerseits vollkommen einverstanden«, sagte Stepan Arkadjitsch und wurde rot.

Stepan Arkadjitsch errötete bei der Erwähnung Bolgarinows, weil er am Morgen dieses Tages bei dem Juden Bolgarinow gewesen war, und dieser Besuch war ihm in unangenehmer Erinnerung geblieben. Stepan Arkadjitsch war sich gewiss, dass die Sache, der er dienen wollte, etwas Neues, Lebendiges und Ehrliches war; heute morgen aber, als ihn Bolgarinow, offenbar mit Absicht, zwei Stunden lang mit anderen Bittstellern im Wartezimmer sitzen ließ, genierte er sich plötzlich.

Ob er sich nun genierte, weil er, Fürst Oblonski, ein Nachfahre Rjuriks, zwei Stunden bei einem Juden im Wartezimmer saß oder weil er zum erstenmal im Leben nicht mehr nur dem Beispiel der Vorfahren folgte und der Regierung diente, sondern ein neues Wirkungsfeld betrat – jedenfalls genierte er sich sehr. In diesen zwei Wartestunden bei Bolgarinow, während Stepan Arkadjitsch munter durch das Wartezimmer wanderte, sich die Koteletten glattstrich, mit anderen Bittstellern Gespräche anknüpfte und sich einen Kalauer ausdachte, wie er gelitten habe beim Juden im Wartezimmer, da verbarg er vor den anderen und sogar vor sich selbst sorgfältig, was für ein Gefühl er empfand.

Jedenfalls war ihm die ganze Zeit genierlich und verdrießlich zumute, weshalb, wusste er selbst nicht — sei es, weil es mit dem Kalauer nicht recht klappen wollte (wie er gelitten habe beim Jidden), oder aus anderem Grund. Als ihn Bolgarinow dann endlich mit ausgesuchter Höflichkeit empfing, offensichtlich triumphierend über seine Demütigung, und ihn fast schon abschlägig beschied, suchte Stepan Arkadjitsch das so schnell wie möglich zu vergessen. Und da es ihm erst jetzt wieder einfiel, errötete er.

XVIII

»Jetzt hätte ich noch ein Anliegen, und du weißt auch, welches. Es geht um Anna«, sagte Stepan Arkadjitsch, nachdem er eine Weile geschwiegen und die unangenehme Erinnerung abgeschüttelt hatte.

Sobald Oblonski den Namen Annas aussprach, veränderte sich Alexej Alexandrowitschs Gesicht vollkommen; statt der vorherigen Lebhaftigkeit zeigte es Müdigkeit und Totenstarre.

»Was eigentlich wollen Sie von mir?« Er ruckte auf dem Sessel und klappte sein *pince-nez* zusammen.

»Eine Entscheidung, irgendeine Entscheidung, Alexej Alexandrowitsch. Ich wende mich nun nicht an dich (›als den verletzten Ehemann‹, wollte Stepan Arkadjitsch sagen, aber da er fürchtete, damit alles zu verderben, sagte er statt dessen:) als den Staatsmann (was unpassend war), sondern schlicht als den Menschen, den guten Menschen und Christen. Du musst Mitleid haben mit ihr«, sagte er.

»Also, weshalb eigentlich?« sagte Karenin leise.

»Ja, Mitleid haben mit ihr. Wenn du sie sehen würdest wie ich – ich habe den ganzen Winter in ihrer Nähe verbracht –, hättest du Erbarmen mit ihr. Ihre Lage ist furchtbar, ja, furchtbar.«

»Mir schien«, erwiderte Alexej Alexandrowitsch mit noch dünnerer, fast quäkender Stimme, »als hätte Anna Arkadjewna nun alles, was sie selbst wollte.«

»Ach, Alexej Alexandrowitsch, um Gottes willen, erheben wir doch keine Rekriminationen! Was vergangen ist, ist vergangen, und du weißt, was sie wünscht und erhofft – die Scheidung.«

»Aber ich war der Ansicht, Anna Arkadjewna verzichte in dem Falle auf die Scheidung, wenn ich verbindlich verlange, mir den Sohn zu überlassen. So habe ich ihr geantwortet und dachte, die Sache habe ein Ende. Und ich halte sie auch für beendet«, quäkte Alexej Alexandrowitsch.

»Aber um Gottes willen, ereifere dich nicht«, sagte Stepan Arkadjitsch und berührte das Knie seines Schwagers. »Die Sache ist nicht beendet. Wenn du mir zu rekapitulieren erlaubst, war es so: Als ihr euch trenntet, zeigtest du Größe, so großmütig man irgend sein kann; du stelltest ihr alles zur Verfügung – die Freiheit, sogar die Scheidung. Sie schätzte das sehr. Ja, glaub bloß nicht! Sie schätzte es wirklich. In solchem Maße, dass sie in jenen ersten Augenblicken, im Gefühl ihrer Schuld vor dir, nicht alles durchdachte und auch gar nicht durchdenken konnte. Sie verzichtete auf alles. Aber die Wirklichkeit und die Zeit bewiesen, dass ihre Lage qualvoll ist und unmöglich.«

Alexej Alexandrowitsch unterbrach ihn, zog die Brauen hoch. »Anna Arkadjewnas Leben kann mich nicht interessieren.«

»Erlaube, dass ich das bezweifle«, entgegnete Stepan Arkadjitsch sanft. »Ihre Lage ist für sie qualvoll, und das ohne jeden Vorteil für wen auch immer. Sie habe es verdient, wirst du sagen. Sie weiß das und bittet dich nicht; sie sagt geradeheraus, dass sie um nichts zu bitten wagt. Aber ich, wir, alle Verwandten, alle, die sie lieben, bitten dich, flehen dich an. Wieso quält sie sich? Wer hat etwas davon?«

»Erlauben Sie, Sie scheinen mich in die Lage des Angeklagten zu versetzen«, stieß Alexej Alexandrowitsch hervor.

»Aber nein, aber nein, mitnichten, versteh mich doch!« Stepan Arkadjitsch berührte erneut Karenins Hand, als wäre er überzeugt, diese Berührung besänftige den Schwager. »Ich sage nur eins: Ihre Lage ist qualvoll, und sie könnte durch dich erleichtert werden, und du würdest nichts verlieren. Ich würde dir alles so regeln, dass du es gar nicht merkst. Du hast es doch versprochen.«

»Das Versprechen wurde früher gegeben. Und ich war der Ansicht, die Frage des Sohnes habe die Sache entschieden. Außerdem hatte ich gehofft, Anna Arkadjewna habe hinreichend Großmut, um ...« brachte Alexej Alexandrowitsch, bleich geworden, mühsam hervor, mit zitternden Lippen.

»Sie stellt auch alles deiner Großmut anheim. Sie bittet, sie fleht nur um eins – sie aus der unmöglichen Lage, in der sie sich befindet, herauszuholen. Sie bittet nicht mehr um den Sohn. Alexej Alexandrowitsch, du bist ein guter Mensch. Versetze dich für einen Augenblick in ihre Lage. Die Frage der Scheidung ist für sie, in ihrer Lage, eine Frage auf Leben und Tod. Hättest du es nicht früher versprochen, hätte sie sich mit ihrer Lage abgefunden und lebte auf dem Land. Aber du hast es versprochen, sie schrieb dir und übersiedelte nach Moskau. Und in Moskau, wo jede Begegnung ihr einen

Messerstich ins Herz versetzt, lebt sie seit sechs Monaten und wartet tagtäglich auf die Entscheidung. Das ist, als ließe man einen zum Tod Verurteilten monatelang die Schlinge um den Hals tragen und stellte ihm vielleicht den Tod, vielleicht Begnadigung in Aussicht. Hab Erbarmen mit ihr, dann nehme ich es auf mich, alles so zu regeln ... *Vos scrupules** ...«

»Ich spreche nicht davon, nicht davon«, unterbrach ihn Alexej Alexandrowitsch mit Abscheu. »Aber vielleicht habe ich versprochen, was zu versprechen ich kein Recht hatte.«

»Somit verweigerst du, was du versprochen hast?«

»Ich habe die Erfüllung des Möglichen niemals verweigert, aber ich möchte Zeit haben, um zu durchdenken, inwieweit das Versprochene möglich ist.«

»Nein, Alexej Alexandrowitsch!« Oblonski war aufgesprungen. »Ich kann das nicht glauben! Sie ist dermaßen unglücklich, wie eine Frau nur unglücklich sein kann, und du kannst ihr nicht verweigern, was ...«

»Inwieweit das Versprochene möglich ist. *Vous professez d'être un libre penseur***. Aber ich als gläubiger Mensch kann in solch einer wichtigen Sache nicht entgegen dem christlichen Gebot handeln.«

»Aber in den christlichen Gesellschaften und bei uns ist, soviel ich weiß, die Scheidung zugelassen«, sagte Stepan Arkadjitsch. »Die Scheidung ist auch von unserer Kirche zugelassen. Und wir sehen ...«

»Zugelassen, aber nicht in diesem Sinne.«

»Alexej Alexandrowitsch, ich erkenne dich nicht wieder«, sagte Oblonski nach einer Pause. »Hast nicht du alles vergeben (und haben nicht wir das sehr geschätzt?) und warst, eben von christlichem Gefühl geleitet, bereit, alles zu opfern? Du hast selbst gesagt: Gib

---

* Ihre Bedenken *(frz.)*
** Sie bekennen, ein Freigeist zu sein *(frz.)*

den Kaftan, wenn dir das Hemd genommen wird, und nun ...«

Alexej Alexandrowitsch stand plötzlich auf. »Ich bitte«, begann er bleich, mit zitterndem Unterkiefer und piepsender Stimme, »ich bitte Sie, dieses Gespräch ... dieses Gespräch abzubrechen.«

»Nicht doch! Verzeih, verzeih mir, wenn ich dir Kummer bereitet habe«, sagte Stepan Arkadjitsch mit verstörtem Lächeln und streckte ihm die Hand hin, »aber ich habe ja nur als Botschafter meinen Auftrag ausgerichtet.«

Alexej Alexandrowitsch reichte ihm seine Hand, dachte nach und sagte:

»Ich muss es durchdenken und nach Weisungen suchen.« Und auf eine Idee gekommen, fuhr er fort: »Übermorgen gebe ich Ihnen eine klare Antwort.«

XIX

Stepan Arkadjitsch wollte gerade gehen, als Kornej kam und meldete:

»Sergej Alexejitsch!«

»Wer ist denn Sergej Alexejitsch?« wollte Stepan Arkadjitsch schon fragen, da fiel es ihm ein.

»Oh, Serjoscha!« sagte er. »Sergej Alexejitsch, das klingt wie ein Departementsdirektor.« Ihm fiel ein: ›Anna bat mich ja, nach ihm zu sehen.‹

Und ihm fiel der scheue, klägliche Gesichtsausdruck ein, mit dem Anna, als sie ihn verabschiedete, gesagt hatte: »Trotzdem, sieh nach ihm. Erkundige dich genau, wo er ist, wer bei ihm ist. Und, Stiwa ... wenn es möglich wäre! Es ist doch möglich?« Stepan Arkadjitsch hatte verstanden, was dieses »wenn es möglich wäre« bedeutete – wenn es möglich wäre, die Scheidung so zu vollziehen, dass sie den Sohn bekäme ... Jetzt sah Stepan Arkadjitsch, dass daran nicht zu denken war, dennoch freute er sich, dem Neffen zu begegnen.

Alexej Alexandrowitsch wies seinen Schwager darauf hin, dass zu dem Sohn nie von der Mutter gesprochen werde und dass er ihn bitte, sie mit keinem Wort zu erwähnen.

»Er war sehr krank nach jenem Wiedersehen mit der Mutter, das wir nicht vorausgesehen hatten«, sagte Alexej Alexandrowitsch. »Wir fürchteten sogar für sein Leben. Aber eine vernünftige Behandlung und im Sommer Baden im Meer halfen seiner Gesundheit wieder auf, und jetzt habe ich ihn auf Anraten des Arztes in die Schule geschickt. Tatsächlich übt der Einfluss der Kameraden eine gute Wirkung auf ihn aus, er ist vollkommen gesund und lernt gut.«

»Was für ein Prachtbursche! Schon wahr, kein Serjoscha mehr, ein richtiger Sergej Alexejitsch!« sagte Stepan Arkadjitsch lächelnd, als er den schönen, breitschultrigen Jungen in dunkelblauer Jacke und langen Hosen munter und ungezwungen hereinkommen sah. Der Junge sah gesund und fröhlich aus. Er machte vor dem Onkel einen Diener wie vor einem Fremden, doch sobald er ihn erkannte, errötete er, und als wäre er verletzt und verärgert, wandte er sich hastig ab. Der Junge trat zum Vater und reichte ihm einen Zettel mit den Noten, die er in der Schule erhalten hatte.

»Nun, das ist ordentlich«, sagte der Vater, »du kannst gehen.«

»Er ist schmaler und größer geworden und ist kein Kind mehr, sondern ein Junge − das sehe ich gern«, sagte Stepan Arkadjitsch. »Erinnerst du dich an mich?«

Der Junge blickte sich rasch zum Vater um.

»Ja, *mon oncle*«, antwortete er mit einem Blick zum Onkel und schlug erneut die Augen nieder.

Der Onkel rief den Jungen her und fasste ihn bei der Hand.

»Na, wie geht es denn so?« fragte er, da er ins Gespräch kommen wollte, aber nicht wusste, was er sagen sollte.

Errötend und ohne zu antworten, entzog der Junge dem Onkel vorsichtig seine Hand. Kaum hatte Stepan Arkadjitsch seine Hand losgelassen, warf er einen fragenden Blick auf den Vater, und wie ein freigelassener Vogel verließ er raschen Schrittes das Zimmer.

Ein Jahr war vergangen, seit Serjoscha zum letzten Mal seine Mutter gesehen hatte. Seit der Zeit hatte er nie mehr etwas von ihr gehört. Und in diesem Jahr war er auch in die Schule gekommen und hatte Kameraden kennengelernt und liebgewonnen. Jene Wunschträume und Erinnerungen an die Mutter, die ihn nach dem Wiedersehen krank werden ließen, bewegten ihn jetzt nicht mehr. Falls sie zurückkehrten, verscheuchte er sie angestrengt, hielt sie für beschämend und nur etwas für Mädchen, aber nicht für einen Jungen und Kameraden. Er wusste, dass es zwischen Vater und Mutter einen Zwist gab, der sie auseinandergebracht hatte, wusste, dass ihm beschieden war, beim Vater zu bleiben, und suchte sich mit diesem Gedanken abzufinden.

Der Anblick des Onkels, der seiner Mutter ähnlich sah, war ihm unangenehm, denn das rief jene Erinnerungen wach, die er für beschämend hielt. Um so unangenehmer war ihm das, als er aufgrund einiger Worte, die er gehört hatte, während er vor der Tür wartete, und besonders aufgrund des Gesichtsausdrucks von Vater und Onkel erriet, dass bestimmt von der Mutter die Rede gewesen war. Und um diesen Vater, bei dem er lebte und von dem er abhing, nicht zu verurteilen, und vor allem, um sich nicht von einer Empfindsamkeit hinreißen zu lassen, die er für derart erniedrigend hielt, bemühte sich Serjoscha, diesen Onkel, der gekommen war, seine Ruhe zu stören, nicht anzuschauen und nicht an das zu denken, woran er erinnerte.

Als aber Stepan Arkadjitsch, der nach ihm hinausging, ihm auf der Treppe begegnete, ihn herrief und fragte, wie er in der Schule die Pausen verbringe, da kam Serjoscha, in Abwesenheit des Vaters, mit ihm ins Gespräch.

»Bei uns fährt jetzt die Eisenbahn«, erwiderte er als Antwort auf seine Frage. »Sehen Sie, das geht so: Zwei setzen sich auf eine Bank. Das sind die Passagiere. Und einer stellt sich aufrecht auf die Bank. Und alle anderen spannen sich davor. Das geht mit den Händen, das geht auch mit den Gürteln, und dann sausen sie durch alle Säle. Die Türen werden schon vorher aufgemacht. Ja, und da Schaffner sein, das ist sehr schwer!«

»Das ist der, der steht?« fragte Stepan Arkadjitsch lächelnd.

»Ja, da muss man waghalsig sein und geschickt, besonders, wenn sie plötzlich haltmachen oder einer hinfällt.«

»Ja, damit ist nicht zu spaßen«, sagte Stepan Arkadjitsch und blickte traurig in diese lebhaften Augen, die Augen der Mutter, nun schon keine kindlichen, keine ganz unschuldigen Augen mehr. Und obwohl er Alexej Alexandrowitsch versprochen hatte, nicht von Anna zu reden, hielt er es nicht aus.

»Erinnerst du dich an deine Mutter?« sagte er plötzlich.

»Nein, ich erinnere mich nicht«, stieß Serjoscha rasch hervor, wurde purpurrot und schlug die Augen nieder. Nun konnte der Onkel nichts mehr bei ihm erreichen.

Der slawische Erzieher fand seinen Zögling eine halbe Stunde später auf der Treppe und konnte lange nicht begreifen, ob er zornig war oder weinte.

»Gewiss haben Sie sich gestoßen, als Sie hinfielen?« fragte der Erzieher. »Ich habe ja gesagt, das ist ein gefährliches Spiel. Man muss es dem Direktor sagen.«

»Wenn ich mich gestoßen hätte, hätte das niemand gemerkt. Ganz bestimmt.«

»Was ist dann?«

»Lassen Sie mich! Ob ich mich erinnere, nicht erinnere ... Was geht ihn das an? Wozu soll ich mich erinnern? Lasst mich doch alle in Ruhe!« rief er nicht dem Erzieher, sondern der ganzen Welt zu.

XX

Stepan Arkadjitsch brachte die Zeit in Petersburg wie immer nicht müßig zu. Wie immer in Petersburg musste er neben seinen Geschäften, also der Scheidung der Schwester und seinem Posten, sich auslüften, wie er sagte, nach dem Moskauer Muff.

Moskau war trotz seiner *cafés chantants* und seiner Omnibusse denn doch ein stehender Sumpf. Das spürte Stepan Arkadjitsch immer. Hatte er eine Zeitlang in Moskau gelebt, vor allem im Dunstkreis der Familie, spürte er, dass ihm der Mut sank. Hatte er lange Zeit, ohne zu verreisen, in Moskau gelebt, ging das so weit, dass er anfing, über die schlechte Laune und die Vorwürfe seiner Frau, über seine Gesundheit, die Erziehung der Kinder und die seichten Probleme im Amt beunruhigt zu sein; sogar, dass er Schulden hatte, beunruhigte ihn dann. Doch er brauchte nur nach Petersburg zu kommen und eine Zeitlang dort zu leben, in dem Kreis, in dem er verkehrte, wo man lebte, ja, lebte, nicht dahinkümmerte wie in Moskau, und schon verschwanden diese Gedanken und schmolzen wie Wachs im Angesicht des Feuers.

Seine Frau? Heute erst hatte er mit Fürst Tschetschenski gesprochen. Fürst Tschetschenski hatte Frau und Familie, erwachsene Kinder, Pagen, und er hatte eine andere, illegitime Familie, in der er ebenfalls Kinder hatte. Obwohl die erste Familie ebenfalls nicht schlecht war, fühlte sich Fürst Tschetschenski in der zweiten Familie glücklicher. Auch nahm er seinen ältesten Sohn in die zweite Familie mit und erzählte Stepan Arkadjitsch, er fände das nützlich und für die Entwicklung des Sohnes günstig. Was würde man dazu in Moskau sagen?

Seine Kinder? In Petersburg behinderten Kinder nicht das Leben der Väter. Die Kinder wurden in Lehranstalten erzogen, es gab nicht diese in Moskau sich immer mehr ausbreitende (Lwow zum Beispiel), hanebüchene Vorstellung, den Kindern stehe aller Luxus des Lebens zu, den Eltern nur Mühe und Sorgen. Hier verstand man, dass ein Mensch sein eigenes Leben zu leben hat, wie eben ein gebildeter Mensch leben muss.

Sein Dienst? Auch der Dienst war hier nicht diese stetige, undankbare Plackerei wie in Moskau; hier hatte man etwas vom Dienst. Eine Begegnung, eine Gefälligkeit, ein treffendes Wort, die Kunst, einen Scherz drollig darzustellen – und mit einemmal machte man Karriere wie Brjanzew, den Stepan Arkadjitsch gestern getroffen hatte und der nun hoher Würdenträger war. Von solch einem Dienst hatte man etwas.

Insbesondere die Petersburger Sicht auf Finanzdinge wirkte beruhigend auf Stepan Arkadjitsch. Bartnjanski, der mindestens fünfzigtausend im Jahr durchbrachte nach dem *train**, den er führte, hatte ihm gestern etwas Bemerkenswertes dazu gesagt.

Vor dem Diner waren sie ins Gespräch gekommen, und Stepan Arkadjitsch sagte zu Bartnjanski:

»Du stehst dich wohl gut mit Mordwinski; du könntest mir einen Gefallen tun, leg bei ihm doch, bitte, ein Wort für mich ein. Es gibt da einen Posten, den ich gerne hätte. Mitglied der Agentur ...«

* Lebensstil *(frz.)*

»Das merke ich mir sowieso nicht. Bloß, was musst du bei diesen jüdischen Eisenbahngeschäften mitmischen? Sag, was du willst, es ist widerwärtig!«

Stepan Arkadjitsch sagte ihm nicht, es sei eine lebendige Sache; Bartnjanski hätte das nicht verstanden.

»Ich brauche Geld, habe nichts zum Leben.«

»Du lebst doch?«

»Schon, aber mit Schulden.«

»Ah ja? Viele?« fragte Bartnjanski teilnahmsvoll.

»Sehr viele, an die zwanzigtausend.«

Bartnjanski brach in fröhliches Gelächter aus.

»O du Glücklicher!« sagte er. »Bei mir sind es anderthalb Millionen, ich besitze gar nichts mehr, und wie du siehst, lebt es sich noch!«

Und Stepan Arkadjitsch sah – das war nicht so dahingesagt, es traf tatsächlich zu. Schiwachow hatte dreihunderttausend Schulden und keine Kopeke in der Hinterhand, dabei lebte er, und wie! Den Grafen Kriwzow hatten längst alle abgeschrieben, doch er hielt zwei Damen aus. Petrowski hatte fünf Millionen durchgebracht und lebte noch genauso weiter und war sogar Finanzdirektor und bekam zwanzigtausend Gehalt. Außerdem tat Petersburg Stepan Arkadjitsch auch körperlich wohl. Es verjüngte ihn. In Moskau schaute er bisweilen auf seine grauen Strähnen, brauchte einen Mittagsschlaf, reckte und streckte sich, stieg im Schritt, schwer atmend, die Treppe hoch, langweilte sich in Gesellschaft junger Damen und tanzte nicht auf Bällen. In Petersburg aber meinte er jedesmal, er hätte zehn Jahre weniger auf dem Buckel.

Er empfand in Petersburg, was ihm erst gestern der sechzigjährige Fürst Oblonski gesagt hatte, Pjotr, der kürzlich aus dem Ausland zurückgekehrt war.

»Wir verstehen hier nicht zu leben«, hatte Pjotr Oblonski gesagt. »Ob du es glaubst oder nicht, ich habe den Sommer in Baden-Baden verbracht, und wirklich,

ich kam mir ganz vor wie ein junger Mann. Sehe ich ein junges Frauenzimmer, kommen mir Gedanken ... Du dinierst, du trinkst ein bisschen was, und du hast Kraft, Frische. Zurück in Russland, musste ich zu meiner Frau, dazu aufs Land – du wirst es nicht glauben, nach zwei Wochen zog ich den Schlafrock an, kleidete mich zum Diner nicht mehr um. Von wegen Gedanken an junge Frauenzimmer! Ich war ein Greis. Da bleibt einem nur, sich ums Seelenheil zu kümmern. Dann fuhr ich nach Paris – und war wieder wohlauf.«

Stepan Arkadjitsch spürte genau den gleichen Unterschied wie Pjotr Oblonski. In Moskau kam er derart herunter, dass er tatsächlich, wenn er dort lange Zeit lebte, sich zuletzt womöglich noch ums Seelenheil kümmern würde; in Petersburg dagegen fühlte er sich erneut als anständiger Mensch.

Zwischen Fürstin Betsy Twerskaja und Stepan Arkadjitsch gab es eine uralte und sehr sonderbare Beziehung. Stepan Arkadjitsch hatte ihr immer zum Spaß die Cour gemacht und ihr, ebenfalls zum Spaß, die unzüchtigsten Dinge gesagt, da er wusste, dass ihr das am meisten gefiel. Am Tag nach seinem Gespräch mit Karenin fuhr Stepan Arkadjitsch sie besuchen und fühlte sich dermaßen jung, dass er bei diesem Courmachen zum Spaß und Geflunker unversehens so weit ging, dass er nicht mehr wusste, wie sich herauswinden, denn unglücklicherweise gefiel sie ihm keineswegs, sie war ihm vielmehr zuwider. Zu diesem Umgangston war es gekommen, weil er ihr sehr gefiel. So dass er sehr froh war über das Eintreffen der Fürstin Mjachkaja, die zur rechten Zeit ihre Zweisamkeit beendete.

»Oh, auch Sie sind hier«, sagte sie, als sie ihn erblickte. »Nun, was macht Ihre arme Schwester? Schauen Sie mich nicht so an«, fügte sie hinzu. »Seitdem alle über sie herfallen, alle, die hunderttausendfach schlechter sind als sie, finde ich, dass sie recht getan hat. Und ich kann es Wronski nicht verzeihen, dass er es mich nicht wissen ließ, als sie in Petersburg war. Ich wäre zu ihr gefahren und mit ihr überallhin. Bitte, richten Sie ihr aus, wie sehr ich sie liebe. Erzählen Sie mir doch von ihr.«

»Ja, ihre Lage ist bedrückend, sie …« wollte Stepan Arkadjitsch zu erzählen beginnen, da er in seiner Herzenseinfalt Fürstin Mjachkajas Aufforderung, »erzählen Sie von Ihrer Schwester«, für bare Münze nahm. Doch Fürstin Mjachkaja unterbrach ihn sogleich, ganz nach ihrer Gewohnheit, und fing selbst zu erzählen an.

»Sie hat getan, was außer mir alle tun, aber verheimlichen; sie aber wollte nicht betrügen und tat recht daran. Und noch mehr tat sie recht daran, diesen Ihren schwachsinnigen Schwager zu verlassen. Sie müssen mich entschuldigen. Alle haben immer gesagt, er sei klug, so klug, bloß ich habe gesagt, er sei dumm. Jetzt, seit er mit Lidija und mit *Landau* zusammensteckt, sagen alle, er sei schwachsinnig, und ich wäre liebend gerne nicht einverstanden mit allen, doch diesmal kann ich nicht anders.«

»Erklären Sie mir doch bitte«, sagte Stepan Arkadjitsch, »was das zu bedeuten hat. Gestern war ich in der Angelegenheit meiner Schwester bei ihm und bat ihn um eine klare Antwort. Er gab mir keine Antwort und sagte, er werde nachdenken, und heute morgen bekomme ich statt einer Antwort eine Einladung für den heutigen Abend zu Gräfin Lidija Iwanowna.«

»Na bitte, na bitte!« stieß Fürstin Mjachkaja freudig hervor. »Sie werden *Landau* fragen, was er dazu sagt.«

»Wie, *Landau*? Wozu? Und was ist *Landau*?«

»Wie, Sie kennen *Jules Landau* nicht, *le fameux Jules Landau, le clair-voyant**? Er ist ebenfalls schwachsinnig, doch von ihm hängt das Schicksal Ihrer Schwes-

---

* den berühmten Jules Landau, den Hellseher *(frz.)*

ter ab. Das kommt davon, wenn man in der Provinz lebt, Sie haben keine Ahnung. *Landau*, wissen Sie, war *commis* in einem Pariser Geschäft und ging zum Arzt. Im Wartezimmer des Arztes schlief er ein und gab im Schlaf allen Kranken Ratschläge. Erstaunliche Ratschläge. Die Frau von Juri Meledinski — dem Kranken, kennen Sie ihn? — erfuhr dann von diesem *Landau* und holte ihn zu ihrem Mann. Er behandelt ihren Mann. Und hilft ihm, meiner Meinung nach, überhaupt nicht, denn er ist immer noch genauso entkräftet, aber sie glauben an ihn und nehmen ihn überallhin mit. Haben ihn auch nach Russland mitgebracht. Hier haben sich alle auf ihn gestürzt, und nun behandelt er alle. Gräfin Bessubowa hat er kuriert, und sie schloss ihn so ins Herz, dass sie ihn adoptiert hat.«

»Wie — adoptiert?«

»Nun, adoptiert eben. Er ist jetzt nicht mehr *Landau*, sondern Graf Bessubow. Aber es geht nicht darum, sondern dass Lidija — ich mag sie sehr, aber sie ist nicht richtig im Kopf — sich natürlich auf diesen *Landau* gestürzt hat, und ohne ihn trifft weder sie noch Alexej Alexandrowitsch eine Entscheidung, daher liegt das Schicksal Ihrer Schwester jetzt in den Händen dieses *Landau* alias Graf Bessubow.«

XXI

Nach einem vorzüglichen Diner und einer großen Menge Kognak, getrunken bei Bartnjanski, betrat Stepan Arkadjitsch mit nur geringfügiger Verspätung das Haus von Gräfin Lidija Iwanowna.

»Wer ist noch bei der Gräfin? Der Franzose?« fragte Stepan Arkadjitsch den Portier, als er Alexej Alexandrowitschs bekannten Mantel vor sich sah sowie einen sonderbaren, naiven Mantel mit Schnallen.

»Alexej Alexandrowitsch Karenin und Graf Bessubow«, antwortete der Portier streng.

›Fürstin Mjachkaja hat ins Schwarze getroffen‹, dachte Stepan Arkadjitsch auf der Treppe. ›Sonderbar! Doch wäre es günstig, mit ihr näher bekannt zu werden. Sie hat enormen Einfluss. Wenn Sie bei Pomorski ein gutes Wort einlegte, ginge es glatt.‹

Es war noch ganz hell draußen, aber in Gräfin Lidija Iwanownas kleinem Salon mit den heruntergelassenen Stores brannten schon die Lampen.

Am runden Tisch saßen die Gräfin und Alexej Alexandrowitsch unter der Lampe und unterhielten sich leise. Ein mittelgroßer, hagerer Mann mit weiblichem Becken und an den Knien einwärts geknickten Beinen, sehr blass, schön, mit wunderschönen, funkelnden Augen und langen Haaren, die am Kragen seines Gehrocks auflagen, stand auf der anderen Seite des Salons und betrachtete die Porträtwand. Nach Begrüßung der Gastgeberin und Alexej Alexandrowitschs blickte Stepan Arkadjitsch unwillkürlich noch einmal zu dem Unbekannten.

»*Monsieur Landau!*« Die Gräfin wandte sich an ihn mit einer Oblonski frappierenden Sanftheit und Vorsicht. Und sie stellte die beiden einander vor.

Landau blickte sich hastig um, trat her, lächelte und legte in Stepan Arkadjitschs ausgestreckte Hand seine reglose und verschwitzte Hand, worauf er gleich wieder wegtrat und die Porträts betrachtete. Die Gräfin und Alexej Alexandrowitsch wechselten bedeutsame Blicke.

»Ich freue mich sehr, Sie zu sehen, insbesondere heute«, sagte Gräfin Lidija Iwanowna und wies Stepan Arkadjitsch den Platz neben Karenin an.

»Ich habe ihn als *Landau* vorgestellt«, sagte sie mit leiser Stimme, nach einem Blick zu dem Franzosen und danach sofort zu Alexej Alexandrowitsch, »doch eigentlich ist er Graf Bessubow, wie Sie wahrscheinlich wissen. Nur mag er diesen Titel nicht.«

»Ja, ich habe davon gehört«, antwortete Stepan Arkadjitsch, »es heißt, er habe Gräfin Bessubowa gänzlich kuriert.«

»Sie war heute bei mir, es ist ein Jammer!« teilte die Gräfin Alexej Alexandrowitsch mit. »Diese Trennung ist für sie entsetzlich. Ein solcher Schlag für sie!«

»Fährt er definitiv?« fragte Alexej Alexandrowitsch.

»Ja, er fährt nach Paris. Er hat gestern eine Stimme gehört«, sagte Gräfin Lidija Iwanowna mit einem Blick zu Stepan Arkadjitsch.

»Aha, eine Stimme!« wiederholte Oblonski, da er das Gefühl hatte, möglichst vorsichtig sein zu müssen in dieser Gesellschaft, in der etwas Besonderes vor sich ging oder vor sich gehen würde, wozu er noch keinen Schlüssel hatte.

Eine Minute trat Schweigen ein, danach sagte Gräfin Lidija Iwanowna, wie wenn sie nun zum Hauptgegenstand des Gesprächs käme, mit feinem Lächeln zu Oblonski:

»Ich kenne Sie seit langem und freue mich sehr, Sie näher kennenzulernen. *Les amis de nos amis sont nos amis**. Aber um ein Freund zu sein, muss man sich in die Seelenverfassung des Freundes hineindenken, und ich befürchte, dass Sie das in bezug auf Alexej Alexandrowitsch nicht tun. Sie verstehen, wovon ich spreche«, sagte sie und hob ihre wunderschönen, versonnenen Augen.

»Zum Teil verstehe ich, Gräfin, dass Alexej Alexandrowitschs Situation ...« sagte Oblonski, da er nicht recht verstand, worum es ging, und deshalb erst einmal allgemein bleiben wollte.

»Eine Veränderung nicht der äußeren Situation«,

* Die Freunde unserer Freunde sind unsere Freunde *(frz.)*

sagte Gräfin Lidija Iwanowna streng, zugleich folgte sie
verliebten Blickes Alexej Alexandrowitsch, der aufgestanden war und zu *Landau* hinüberging, »sein Herz
hat sich geändert, ihm wurde ein neues Herz geschenkt,
und ich befürchte, dass Sie sich noch nicht ganz in die
Veränderung hineingedacht haben, die in ihm vorgegangen ist.«

»Nun, in groben Zügen kann ich mir diese Veränderung vorstellen. Wir waren uns immer freund, und
nun ...« Stepan Arkadjitsch erwiderte zärtlichen Blickes den Blick der Gräfin, dabei überlegte er, welchem
der beiden Minister sie näherstand, um zu wissen, wegen welchem der beiden er sie bitten müsste.

»Jene Veränderung, die in ihm vorgegangen ist, kann
die Liebe zu seinen Nächsten nicht verringern; im Gegenteil, die Veränderung, die in ihm vorgegangen ist,
muss seine Liebe vergrößern. Doch ich befürchte, dass
Sie mich nicht verstehen. Möchten Sie vielleicht Tee?«
sagte sie und wies mit den Augen auf den Lakaien, der
auf einem Tablett Tee servierte.

»Nicht ganz, Gräfin. Selbstverständlich, sein Unglück ...«

»Ja, ein Unglück, das zu einem höheren Glück wurde, als das Herz neu wurde, erfüllt von Ihm«, sagte sie
und blickte verliebt auf Stepan Arkadjitsch.

›Ich kann sie wohl bitten, denke ich, bei beiden ein
Wort einzulegen‹, dachte Stepan Arkadjitsch.

»O gewiss, Gräfin«, sagte er, »doch denke ich, diese Veränderungen sind so intim, dass niemand, nicht
einmal ein nahestehender Mensch, darüber sprechen
mag.«

»Im Gegenteil! Wir müssen darüber sprechen und
einander helfen.«

»Ja, zweifellos, aber es gibt Unterschiede in den
Überzeugungen, und zudem ...« sagte Oblonski mit
sanftem Lächeln.

»Es kann keine Unterschiede geben, wenn es um die heilige Wahrheit geht.«

»O ja, gewiss, aber…« Und Stepan Arkadjitsch schwieg verwirrt. Er hatte verstanden, dass es um Religion ging.

Alexej Alexandrowitsch trat wieder zu Lidija Iwanowna. »Mir scheint, gleich schläft er ein«, sagte er zu ihr, bedeutsam flüsternd.

Stepan Arkadjitsch blickte sich um. *Landau* saß am Fenster, auf Arm- und Rückenlehne des Sessels gestützt, den Kopf gesenkt. Als er die auf ihn gerichteten Blicke fühlte, hob er den Kopf und lächelte ein kindlich naives Lächeln.

»Achten Sie nicht auf ihn«, sagte Lidija Iwanowna und schob mit einer leichten Bewegung Alexej Alexandrowitsch den Stuhl hin. »Ich habe bemerkt«, hob sie an, da kam ein Lakai mit einem Billett herein. Lidija Iwanowna überflog es rasch, entschuldigte sich, schrieb mit außerordentlicher Geschwindigkeit eine Antwort, übergab sie und kehrte zum Tisch zurück. »Ich habe bemerkt«, setzte sie das begonnene Gespräch fort, »dass die Moskauer, insbesondere die Männer, der Religion höchst gleichgültig gegenüberstehen.«

»O nein, Gräfin, mir scheint, dass die Moskauer in dem Ruf stehen, höchst glaubensfest zu sein«, entgegnete Stepan Arkadjitsch.

»Doch soweit ich es verstehe, gehören Sie leider zu den Gleichgültigen«, sagte Alexej Alexandrowitsch zu ihm mit müdem Lächeln.

»Wie kann man nur gleichgültig sein!« sagte Lidija Iwanowna.

»Ich bin, was das betrifft, nicht eigentlich gleichgültig, sondern in Erwartung«, sagte Stepan Arkadjitsch mit seinem allerbesänftigendsten Lächeln. »Ich denke nicht, dass die Zeit dieser Fragen für mich bereits gekommen ist.«

Alexej Alexandrowitsch und Lidija Iwanowna wechselten Blicke.

»Wir können niemals wissen, ob die Zeit für uns gekommen ist oder nicht«, sagte Alexej Alexandrowitsch
streng. »Wir dürfen nicht nachdenken, ob wir bereit
oder nicht bereit sind: Die Gnade lässt sich nicht leiten
von menschlichen Überlegungen; sie fährt bisweilen
nicht auf diejenigen nieder, die sich mühen, sondern
auf die Unvorbereiteten wie Saulus.«

»Nein, mir scheint, jetzt noch nicht«, sagte Lidija
Iwanowna, die unterdessen die Regungen des Franzosen beobachtet hatte.

Landau stand auf und kam zu ihnen.

»Gestatten Sie, dass ich zuhöre?« fragte er.

»O ja, ich wollte Sie nicht stören«, sagte Lidija Iwanowna mit zärtlichem Blick, »setzen Sie sich zu uns.«

»Nur darf man die Augen nicht zumachen, um des
Lichtes nicht verlustig zu gehen«, fuhr Alexej Alexandrowitsch fort.

»Ach, kennten Sie nur das Glück, das wir erfahren,
wenn wir Seine immerwährende Anwesenheit in unserer Seele spüren!« sagte Gräfin Lidija Iwanowna mit
seligem Lächeln.

»Aber der Mensch mag sich bisweilen nicht imstande
fühlen, sich auf diese Höhe zu erheben«, sagte Stepan
Arkadjitsch; er spürte, dass er etwas vorspiegelte, wenn
er die religiöse Höhe anerkannte, zugleich brachte er es
nicht über sich, seine Freigeisterei vor einer Person zu
bekennen, die mit einem einzigen Wort bei Pomorski
ihm den ersehnten Posten verschaffen konnte.

»Das heißt, Sie wollen sagen, die Sünde hindere
ihn?« sagte Lidija Iwanowna. »Aber das ist eine falsche
Ansicht. Für die Gläubigen gibt es keine Sünde, die
Sünde ist bereits gesühnt. *Pardon*«, fügte sie an, den
Blick auf den erneut mit einem Billett hereinkommen-
den Lakaien gerichtet. Sie las es und gab die mündliche

Antwort: »Morgen bei der Großfürstin, richten Sie das aus ... Für den Gläubigen gibt es keine Sünde«, fuhr sie in dem Gespräch fort.

»Ja, aber der Glaube, wenn er nicht Werke hat, ist tot.« Stepan Arkadjitsch war dieser Spruch aus dem Katechismus eingefallen, und einzig sein Lächeln verteidigte noch seine Unabhängigkeit.

»Da wäre es wieder, aus dem Brief des Apostels Jakobus«, sagte Alexej Alexandrowitsch mit gewissem Vorwurf zu Lidija Iwanowna; offenkundig ging es um etwas, worüber sie schon häufig gesprochen hatten. »Wieviel Schaden die falsche Auslegung dieser Stelle angerichtet hat! Nichts stößt derart vom Glauben ab wie diese Auslegung. ›Ich habe keine Werke, ich kann nicht glauben‹, dabei steht das nirgends. Das Gegenteil steht da.«

»Sich für Gott abmühen, durch Mühsal und Fasten die Seele retten«, sagte Gräfin Lidija Iwanowna mit Abscheu und Verachtung, »das sind die hanebüchenen Vorstellungen unserer Mönche ... Dabei steht das nirgends. Es ist bei weitem einfacher und leichter«, fügte sie hinzu und sah Oblonski mit dem aufmunternden Lächeln an, mit dem sie bei Hof die jungen, in der neuen Umgebung verwirrten Hofdamen aufmunterte.

»Wir sind erlöst durch Christus, der für uns gelitten hat. Wir sind erlöst durch den Glauben«, bekräftigte Alexej Alexandrowitsch, und sein Blick hieß ihre Worte gut.

»*Vous comprenez l'anglais**?«fragte Lidija Iwanowna, und als Stepan Arkadjitsch bejahte, stand sie auf und sah die Bücher auf dem Bord durch.

»Ich möchte ›*Safe and Happy*‹ vorlesen – oder ›*Under the wing*‹**?« sagte sie nach einem fragenden Blick

* Verstehen Sie Englisch? *(frz.)*
** ›Errettet und glücklich‹ ... ›Unter dem Flügel‹ *(engl.)*

auf Karenin. Sie fand das Buch, setzte sich wieder auf ihren Platz und schlug es auf. »Es ist sehr kurz. Hier ist der Weg beschrieben, auf dem der Glaube errungen wird, und das alles Irdische übersteigende Glück, das dabei die Seele erfüllt. Der gläubige Mensch kann nicht unglücklich sein, denn er ist nicht allein. Aber Sie werden ja sehen.« Sie wollte schon lesen, da kam wieder der Lakai herein. »Borosdina? Sagen Sie: morgen um zwei … Ja«, sagte sie, legte einen Finger ins Buch und blickte mit ihren versonnenen, wunderschönen Augen seufzend vor sich hin. »So wirkt wahrer Glaube. Kennen Sie Marie Sanina? Wissen Sie von ihrem Unglück? Sie hat ihr einziges Kind verloren. Sie war verzweifelt. Ja, und nun? Sie hat diesen Freund gefunden, und jetzt dankt sie Gott für den Tod ihres Kindes. Solches Glück spendet der Glaube!«

»O ja, das ist sehr …« sagte Stepan Arkadjitsch, zufrieden, dass jetzt vorgelesen würde und sie ihn ein bisschen zur Besinnung kommen ließen. ›Nein, wohl besser, ich bitte sie heute um gar nichts‹, dachte er, ›wenn ich bloß, ohne was anzurichten, hier wieder rauskomme.‹

»Sie werden sich langweilen«, sagte Gräfin Lidija Iwanowna zu *Landau*, »Sie können kein Englisch, aber es ist kurz.«

»Oh, ich werde es verstehen«, sagte *Landau* mit noch dem gleichen Lächeln und schloss die Augen.

Alexej Alexandrowitsch und Lidija Iwanowna wechselten bedeutsame Blicke, und das Vorlesen begann.

XXII

Stepan Arkadjitsch war geradezu bestürzt über die sonderbaren, für ihn neuen Reden, die er gehört hatte. Die Kompliziertheit des Petersburger Lebens wirkte sonst ja wachrüttelnd auf ihn, denn sie riss ihn aus der Mos-

kauer Stagnation; er schätzte und verstand solche Komplikationen allerdings in den Kreisen, die ihm nahestanden und vertraut waren; in diesem fremden Milieu
jedoch war er bestürzt, erschüttert und konnte nicht alles fassen. Während er Gräfin Lidija Iwanowna zuhörte
und *Landaus* schöne, naive oder spitzbübische — das
wusste er selbst nicht — Augen auf sich gerichtet fühlte,
empfand Stepan Arkadjitsch allmählich eine besondere
Schwere im Kopf.

Die verschiedenartigsten Gedanken schwirrten ihm
durch den Kopf. ›Marie Sanina freut sich darüber, dass
ihr Kind gestorben ist … Wie gut wäre es jetzt zu rauchen … Um sich zu erlösen, muss man nur glauben, und
die Mönche wissen nicht, wie das geht, Gräfin Lidija
Iwanowna aber weiß es … Und weshalb habe ich eine
solche Schwere im Kopf? Vom Kognak oder davon, wie
überaus sonderbar alles ist? Trotzdem habe ich mich bisher, glaube ich, nicht unschicklich verhalten. Aber bitten kann ich sie trotzdem nicht mehr. Es heißt, sie würden einen zum Beten zwingen. Hoffentlich zwingen
sie mich nicht. Das wäre nun doch zu albern. Und was
sie da für dummes Zeug vorliest, aber ihre Aussprache
ist gut. *Landau* ist Bessubow. Weshalb ist er Bessubow?‹
Plötzlich merkte Stepan Arkadjitsch, dass sein Unterkiefer sich unaufhaltsam zu einem Gähnen hinabbog.
Er strich sich die Koteletten glatt, um das Gähnen
zu verbergen, und schüttelte sich. Aber dann merkte
er, dass er bereits schlief und demnächst schnarchen
würde. Er kam in dem Moment zu sich, als Gräfin Lidija Iwanownas Stimme sagte: »Er schläft.«

Stepan Arkadjitsch kam erschrocken zu sich, fühlte
sich schuldig und ertappt. Beruhigte sich aber sofort, da
er sah, dass die Aussage »er schläft« sich nicht auf ihn
bezog, sondern auf *Landau*. Der Franzose war genauso
eingeschlafen wie Stepan Arkadjitsch. Aber Stepan
Arkadjitschs Schlaf hätte die beiden gekränkt, wie er

dachte (im übrigen dachte er auch das nicht mehr, so
sonderbar kam ihm alles vor), während *Landaus* Schlaf
die beiden außerordentlich erfreute, besonders Gräfin
Lidija Iwanowna.

»*Mon ami**«, sagte Lidija Iwanowna, raffte vorsichtig, um keinen Lärm zu machen, die Falten ihres
Seidenkleids und nannte vor lauter Erregung Karenin nicht mehr Alexej Alexandrowitsch, sondern »*mon
ami*«. »*Donnez lui la main. Vous voyez?***** Psst!« zischte sie den erneut hereinkommenden Lakaien an. »Wir
empfangen nicht.«

Der Franzose schlief oder stellte sich schlafend, den
Kopf gegen die Rückenlehne des Sessels gelehnt, und
seine verschwitzte Hand, die auf dem Knie lag, machte
schwache Bewegungen, als ob sie nach etwas haschte.
Alexej Alexandrowitsch erhob sich, wollte es vorsichtig
tun, blieb aber am Tisch hängen; er ging hin und legte
seine Hand in die Hand des Franzosen. Stepan Arkadjitsch erhob sich ebenfalls, die Augen weit aufgerissen,
um sich zu wecken, falls er schliefe, und schaute bald
zum einen, bald zum anderen. Er war tatsächlich wach.
Stepan Arkadjitsch merkte, dass ihm immer unwohler
wurde im Kopf.

»*Que la personne qui est arrivée la dernière, celle
qui demande, qu'elle sorte! Qu'elle sorte!*****« sprach der
Franzose, ohne die Augen zu öffnen.

»*Vous m'excuserez, mais vous voyez ... Revenez vers
dix heures, encore mieux demain.*******«

---

    * Mein Freund *(frz.)*
   ** Geben Sie ihm die Hand. Sehen Sie? *(frz.)*
  *** Die Person, die zuletzt gekommen ist, die eine Bitte
hat, soll gehen! Sie soll gehen! *(frz.)*
 **** Sie müssen mich entschuldigen, aber Sie sehen ...
Kommen Sie gegen zehn Uhr wieder, noch besser morgen
(frz.)

»*Qu'elle sorte!*« wiederholte der Franzose ungeduldig.
»*C'est moi, n'est-ce pas?**«

Und als dies bejaht wurde, vergaß Stepan Arkadjitsch, dass er Lidija Iwanowna bitten wollte, vergaß er die Angelegenheit seiner Schwester, und mit nichts als dem Wunsch, möglichst rasch hier rauszukommen, ging er auf Zehenspitzen hinaus, rannte wie aus einem Seuchenhaus auf die Straße und musste lange mit dem Droschkenkutscher schwatzen und scherzen, um sich möglichst rasch zur Besinnung zu bringen.

Im Französischen Theater, wo er gerade noch recht kam zum letzten Akt, und dann bei Champagner im tatarischen Restaurant, in der ihm gemäßen Atmosphäre, schöpfte Stepan Arkadjitsch ein wenig Atem. Dennoch fühlte er sich an diesem Abend gar nicht wohl in seiner Haut.

Zurückgekehrt zu Pjotr Oblonski, bei dem er in Petersburg logierte, fand Stepan Arkadjitsch ein Billett von Betsy vor. Sie schrieb ihm, dass sie sehr wünsche, das begonnene Gespräch zu Ende zu führen, und ihn bitte, sie morgen zu besuchen. Er hatte noch kaum das Billett gelesen und die Stirn darüber gerunzelt, da waren von unten die tapsigen Schritte von Männern zu hören, die etwas Schweres trugen.

Stepan Arkadjitsch ging hinaus, um nachzusehen. Es war der verjüngte Pjotr Oblonski. Er war so betrunken, dass er nicht die Treppe hochsteigen konnte; aber er ließ sich auf die Beine stellen, als er Stepan Arkadjitsch erblickte, und an ihm festgeklammert, ging er mit ihm in sein Zimmer, begann ihm dort zu berichten, wie er den Abend verbracht hatte, und schlief sofort ein.

Stepan Arkadjitsch war von einer Mutlosigkeit, wie sie ihn selten befiel, und konnte lange nicht einschlafen. Woran er auch zurückdachte, es war alles wider-

* Das bin ich, nicht wahr? *(frz.)*

wärtig, am widerwärtigsten jedoch, regelrecht als
Schmach, war ihm der Abend bei Gräfin Lidija Iwanowna im Gedächtnis.

Am nächsten Tag erhielt er die Nachricht, dass Alexej Alexandrowitsch definitiv Anna die Scheidung verweigerte, und er begriff, dass diese Entscheidung auf
dem beruhte, was der Franzose gestern in seinem echten oder vorgetäuschten Schlaf gesagt hatte.

XXIII

Damit im Familienleben etwas unternommen wird, bedarf es entweder eines völligen Zerwürfnisses zwischen
den Ehegatten oder liebevollen Einvernehmens. Wenn
aber das Verhältnis zwischen den Ehegatten ungeklärt
ist und weder das eine noch das andere herrscht, kann
rein gar nichts unternommen werden.

Viele Familien bleiben Jahr um Jahr am altgewohn-
ten, beiden Ehegatten verhassten Ort, nur weil weder
völliges Zerwürfnis herrscht noch Einvernehmen.

Sowohl für Wronski wie für Anna war bei Hitze und
Staub, da die Sonne nicht mehr frühlingshaft, sondern
sommerlich schien und die Bäume auf den Boulevards
längst schon Blätter hatten und die Blätter schon staub-
bedeckt waren, das Leben in Moskau unerträglich; aber
sie übersiedelten nicht nach Wosdwischenskoje, wie das
längst beschlossen war, sondern blieben weiterhin in
dem beiden verhassten Moskau, weil in letzter Zeit kein
Einvernehmen herrschte zwischen ihnen.

Der Verdruss, der sie auseinanderbrachte, hatte keine
äußere Ursache, und alle Versuche einer Klärung besei-
tigten ihn nicht, sondern steigerten ihn nur. Es war ein
innerlicher Verdruss, der für sie im Nachlassen seiner
Liebe begründet war, für ihn in der Reue, dass er sich
ihretwegen in eine schwierige Lage gebracht hatte, die

sie, statt sie zu erleichtern, noch erschwerte. Keiner der beiden nannte die Ursachen für seinen Verdruss, doch beide sahen sie den anderen im Unrecht und suchten das einander unter jedem Vorwand zu beweisen.

Für sie war er ganz und gar, mit all seinen Gewohnheiten, Gedanken und Wünschen, in all seiner seelischen und körperlichen Eigenart, nur eines – Liebe zu Frauen, und diese Liebe, die ihrem Gefühl nach sich ganz auf sie hätte konzentrieren müssen, diese Liebe hatte nachgelassen; folglich musste er, ihrer Logik nach, einen Teil seiner Liebe auf andere Frauen oder eine andere Frau übertragen haben – und sie war eifersüchtig. Eifersüchtig nicht auf eine bestimmte Frau, sondern wegen des Nachlassens seiner Liebe. Da sie noch keinen Gegenstand hatte für ihre Eifersucht, suchte sie danach. Auf den geringsten Anlass hin übertrug sie ihre Eifersucht vom einen Gegenstand zum nächsten. Bald war sie auf jene rohen Frauen eifersüchtig, mit denen er dank seiner Liaisons als Junggeselle so leicht in Beziehung treten konnte; bald war sie auf Damen von Welt eifersüchtig, denen er begegnen konnte; bald war sie auf ein junges Mädchen eifersüchtig, eine Phantasiegestalt, das er, nach einem Bruch mit ihr, heiraten wollte. Und diese letzte Eifersucht peinigte sie am meisten, besonders weil er selbst in einem Moment der Offenheit ihr unvorsichtigerweise gesagt hatte, seine Mutter verstehe ihn so wenig, dass sie sich sogar herausnehme, ihn zur Heirat mit Prinzessin Sorokina zu drängen.

Dermaßen eifersüchtig, grollte ihm Anna und suchte in allem einen Anlass zu Groll. Alles, was an ihrer Lage bedrückend war, legte sie ihm zur Last. Der qualvolle Wartezustand, den sie in Moskau, völlig in der Luft hängend, durchlebte, Alexej Alexandrowitschs Langsamkeit und Unschlüssigkeit, ihre Vereinsamung – alles kreidete sie ihm an. Würde er lieben, verstünde er die bedrückende Schwere ihrer Lage und holte sie da heraus. Dass sie in Moskau lebte und nicht auf dem Land, auch daran war er schuld. Er konnte nicht leben, auf dem Land vergraben, wie sie das wollte. Er brauchte Gesellschaft, und er hatte sie in diese furchtbare Lage gebracht, deren Schwere er nicht begreifen wollte. Zudem war er auch daran schuld, dass sie für immer von ihrem Sohn getrennt war.

Sogar jene seltenen Augenblicke der Zärtlichkeit, die es zwischen ihnen gab, beruhigten sie nicht; in seiner Zärtlichkeit sah sie nun eine Spur Ruhe und Selbstsicherheit, die es früher nicht gegeben hatte und die sie verdross.

Es dämmerte bereits. Anna war allein, erwartete seine Rückkehr von einem Junggesellendiner, zu dem er gefahren war, wanderte auf und ab in seinem Kabinett (der Raum, wo der Lärm vom Straßenpflaster am wenigsten zu hören war) und überdachte in allen Einzelheiten den gestrigen Zank. Von den ihr erinnerlichen verletzenden Worten des Streits ging sie immer weiter zurück zu dem, was der Anlass gewesen war, und gelangte schließlich zum Beginn des Gesprächs. Sie konnte lange nicht glauben, dass das Zerwürfnis mit einem derart harmlosen, niemandem ans Herz greifenden Gespräch begonnen hatte. Doch tatsächlich, so war es. Alles hatte damit begonnen, dass er sich lustig gemacht hatte über Mädchengymnasien, da er sie für überflüssig hielt, während sie dafür eintrat. Er äußerte sich abschätzig über jegliche weibliche Bildung und sagte, Hannah, die von Anna protegierte Engländerin, brauche wirklich nichts von Physik zu wissen.

Das hatte Anna verdrossen. Sie sah darin eine verächtliche Anspielung auf ihre eigenen Betätigungen. Und sie dachte sich einen Satz aus, der ihm den ihr zugefügten Schmerz heimzahlen sollte, und sagte ihn auch.

»Ich erwarte nicht, dass Sie mich und meine Gefühle
im Sinn haben, wie ein liebender Mensch sie im Sinn
hätte, aber ich hätte schlicht Feingefühl erwartet«,
sagte sie.

Und tatsächlich, er errötete vor Ärger und sagte
etwas Unangenehmes. Sie wusste nicht mehr, was sie
geantwortet hatte, doch da musste er, wohl in dem
Wunsch, ihr ebenfalls weh zu tun, zu ihr sagen:

»Mich interessiert Ihre Zuneigung für dieses Mädchen nicht, das ist wahr, denn ich sehe, dass sie unnatürlich ist.«

Diese seine Grausamkeit, mit der er jene Welt zerstörte, die sie sich mit soviel Mühe aufgebaut hatte, um
ihr schweres Leben zu ertragen, diese seine Ungerechtigkeit, mit der er sie der Verstellung, der Unnatürlichkeit beschuldigte, ließen sie explodieren.

»Ich bedaure sehr, dass nur das Rohe und Materielle
für Sie verständlich und natürlich ist«, sagte sie und
verließ den Raum.

Als er gestern abend dann zu ihr gekommen war, erwähnten sie den Streit nicht, aber beide fühlten, dass
der Streit übertüncht war, nicht vorbei.

Heute war er den ganzen Tag nicht zu Hause gewesen, und sie fühlte sich so einsam und war so bedrückt,
mit ihm im Streit zu liegen, dass sie alles vergessen und
vergeben und sich mit ihm aussöhnen wollte, dass sie
sich selbst beschuldigen wollte und ihn rechtfertigen.

›Ich bin selbst schuld. Ich bin gereizt, bin sinnlos
eifersüchtig. Ich söhne mich aus mit ihm, und wir fahren aufs Land, dort werde ich ruhiger sein‹, sagte sie
sich.

›Unnatürlich!‹ Plötzlich fiel ihr ein, was sie am meisten verletzt hatte – weniger das Wort, vielmehr die Absicht, ihr weh zu tun.

›Ich weiß, was er sagen wollte; er wollte sagen: Es ist
unnatürlich, die eigene Tochter nicht zu lieben, aber

ein fremdes Kind zu lieben. Was versteht er schon von
der Liebe zu Kindern, von meiner Liebe zu Serjoscha,
den ich ihm zuliebe geopfert habe? Aber dieser Wunsch,
mir weh zu tun! Nein, er liebt eine andere Frau, es kann
nicht anders sein.‹

Und als sie erkannte, dass sie in dem Bestreben, sich
zu beruhigen, den so oft schon durchlaufenen Kreis erneut durchschritten hatte und zum vorherigen Verdruss zurückgekehrt war, war sie über sich selbst entsetzt. ›Ist es denn unmöglich? Kann ich es denn nicht
auf mich nehmen?‹ sagte sie sich und fing erneut von
vorne an. ›Er ist aufrichtig, er ist ehrlich, er liebt mich.
Ich liebe ihn, in wenigen Tagen kommt es zur Scheidung. Was braucht es noch? Es braucht Ruhe und Vertrauen, und ich nehme es auf mich. Ja, gleich, sobald er
kommt, sage ich, dass ich schuld war, obwohl ich nicht
schuld war, und wir reisen ab.‹

Und um nicht weiter nachzudenken und nicht dem
Verdruss anheimzufallen, läutete sie und ließ die Koffer
bringen, um für die Reise aufs Land zu packen.

Um zehn Uhr kam Wronski zurück.

XXIV

»Nun, war es vergnüglich?« fragte sie, als sie ihm mit
schuldbewusstem und sanftem Gesichtsausdruck entgegenging.

»Wie üblich«, erwiderte er und hatte auf den ersten
Blick erkannt, dass sie in einer ihrer guten Stimmungen war. Er war diese Umschwünge schon gewohnt und
heute besonders froh darüber, denn er selbst war bester
Gemütsstimmung.

»Was sehe ich! Das ist ja schön!« sagte er und deutete
auf die Reisekoffer im Flur.

»Ja, wir sollten reisen. Ich bin ausgefahren, und es

war so schön, dass es mich aufs Land zog. Dich hält
doch nichts hier?«

»Ich wünsche mir nichts anderes. Gleich komme ich,
und wir reden, ich ziehe mich nur um. Lass Tee servieren.«

Und er ging in sein Zimmer.

Es hatte etwas Verletzendes, dass er sagte: »Das ist ja
schön«, wie man mit einem Kind redet, das keine
Zicken mehr macht; und noch verletzender war der Gegensatz zwischen ihrem schuldbewussten und seinem
selbstsicheren Ton; und für einen Augenblick fühlte sie
Kampflust in sich aufsteigen; aber sie bezwang sich, unterdrückte sie und empfing Wronski noch ebenso vergnügt.

Als er aus seinem Zimmer kam, berichtete sie ihm,
zum Teil in vorbereiteten Wendungen, von ihrem Ta-
gesverlauf und ihren Plänen zum Aufbruch.

»Weißt du, das war regelrecht eine Eingebung«, sagte
sie. »Wozu hier auf die Scheidung warten? Ob hier oder
auf dem Land, ist das nicht gleich? Ich kann nicht länger warten. Ich möchte nicht hoffen, möchte nichts von
der Scheidung hören. Ich habe beschlossen, dass dies
nicht länger mein Leben beeinflussen wird. Bist du einverstanden?«

»O ja!« sagte er, nach einem beunruhigten Blick auf
ihr erregtes Gesicht.

»Was habt ihr denn dort gemacht, wer war dabei?«
fragte sie nach kurzem Schweigen.

Wronski nannte die Gäste.

»Das Diner war wunderbar, dann eine Ruderregatta,
alles ganz nett, aber in Moskau geht es nie ab ohne *ridicule*. Es tauchte eine Dame auf, die Schwimmlehre-
rin der schwedischen Königin, und führte ihre Kunst
vor.«

»Wie? sie ist geschwommen?« fragte Anna stirnrunzelnd.

»In einem roten *costume de natation**, war alt und hässlich. Also, wann reisen wir?«

»Was für ein alberner Einfall! Und war an ihrem Schwimmen etwas Besonderes?« fragte Anna, ohne zu antworten.

»Gar nichts Besonderes. Ich sage doch, alles furchtbar albern. Also, wann gedenkst du zu reisen?«

Anna schüttelte den Kopf, als wollte sie einen unangenehmen Gedanken verscheuchen.

»Wann wir reisen? Je früher, desto besser. Morgen schaffen wir es nicht. Übermorgen.«

»Ja ... nein, warte. Übermorgen ist Sonntag, da muss ich zu *maman*«, sagte Wronski und wurde verlegen, denn sobald er den Namen seiner Mutter aussprach, spürte er ihren eindringlichen, misstrauischen Blick. Seine Verlegenheit bestätigte ihr ihren Argwohn. Sie wurde feuerrot und rückte von ihm ab. Jetzt war es nicht mehr die Lehrerin der schwedischen Königin, sondern Prinzessin Sorokina, die mit Gräfin Wronskaja bei Moskau auf dem Land lebte, was Anna vor sich sah.

»Könntest du morgen hinfahren?« fragte sie.

»Nein, wirklich nicht! In der Angelegenheit, derentwegen ich hinfahre, kann ich Vollmacht und Geld nicht morgen bekommen«, erwiderte er.

»Wenn das so ist, werden wir überhaupt nicht reisen.«

»Wieso das denn?«

»Ich fahre nicht später. Am Montag oder nie!«

»Warum denn?« fragte Wronski gleichsam verwundert. »Das ergibt doch keinen Sinn!«

»Für dich ergibt das keinen Sinn, weil ich dir vollkommen gleichgültig bin. Du möchtest mein Leben nicht verstehen. Das Einzige, was mich hier beschäftigt hat, ist Hannah. Und du sagst, das sei Verstellung. Du

* Badekostüm *(frz.)*

hast doch gestern gesagt, ich würde meine Tochter nicht lieben, sondern mich verstellen, ich würde diese Engländerin lieben, und das sei unnatürlich; ich wüsste zu gerne, was für ein Leben für mich hier natürlich sein könnte!«

Für einen Augenblick kam sie zu sich und war entsetzt, dass sie ihrer Absicht untreu wurde. Doch obwohl sie wusste, dass sie sich zugrunde richtete, konnte sie sich nicht zügeln, musste sie ihm zeigen, wie unrecht er hatte, konnte sie sich ihm nicht fügen.

»Ich habe das niemals gesagt; ich habe gesagt, ich sympathisierte nicht mit dieser urplötzlichen Liebe.«

»Weshalb brüstest du dich mit deiner Geradheit, sagst aber nicht die Wahrheit?«

»Ich brüste mich niemals und ich sage niemals die Unwahrheit«, sprach er leise und hielt den aufsteigenden Zorn zurück. »Sehr bedauerlich, wenn du keine Achtung ...«

»Achtung wurde erfunden, um die Leere zu verbergen, wo Liebe sein müsste. Und wenn du mich nicht liebst, wäre es besser und ehrlicher, das zu sagen.«

»Also, das ist allmählich unerträglich!« rief Wronski und stand vom Stuhl auf. Er stellte sich vor sie hin und sprach langsam: »Wozu stellst du meine Geduld auf die Probe?« Er sagte es mit einem Gesicht, als könnte er noch vieles sagen, hielte sich aber zurück. »Sie hat Grenzen.«

»Was wollen Sie damit sagen?« rief sie und schaute entsetzt auf den deutlichen Ausdruck von Hass, der auf seinem Gesicht lag und besonders in den grausamen, drohenden Augen.

»Ich will sagen ...« hob er an, hielt jedoch inne. »Ich muss fragen, was Sie von mir wollen.«

»Was kann ich schon wollen? Ich kann nur wollen, dass Sie mich nicht verlassen, wie Sie es im Sinn haben«, sagte sie, da sie alles verstand, was er nicht sagte.

»Aber nicht das will ich, es ist zweitrangig. Ich will Liebe, und da ist keine. Folglich ist alles zu Ende!«

Sie wandte sich zur Tür.

»Warte! War-te!« sagte Wronski, ohne die finstere Falte zwischen den Brauen zu glätten, aber er hielt sie an der Hand auf. »Was ist denn los? Ich sage, dass die Abreise um drei Tage verschoben werden müsse, und du sagst mir, dass ich lüge und ein unehrenhafter Mensch sei.«

»Ja, und ich wiederhole, dass ein Mensch, der mir vorwirft, er habe meinetwegen alles geopfert«, sagte sie, da ihr eine Bemerkung aus einem früheren Streit in den Sinn kam, »dass er schlimmer ist als ein unehrenhafter Mensch – er ist ein Mensch ohne Herz.«

»Also, meine Geduld hat Grenzen!« rief er und ließ rasch ihre Hand los.

›Er hasst mich, das ist klar‹, dachte sie und ging schweigend, ohne sich umzusehen, unsicheren Schrittes aus dem Zimmer.

›Er liebt eine andere Frau, das ist noch klarer‹, sagte sie zu sich, als sie ihr Zimmer betrat. ›Ich will Liebe, aber da ist keine. Folglich ist alles zu Ende‹, wiederholte sie, was sie gesagt hatte, ›und es muss ein Ende gemacht werden.‹

›Aber wie?‹ fragte sie sich und setzte sich in den Sessel vor dem Spiegel.

Die Gedanken, wohin sie jetzt fahren würde – zu der Tante, bei der sie aufgezogen worden war, zu Dolly oder einfach allein ins Ausland, und was er jetzt wohl allein im Kabinett machte, ob der Streit endgültig wäre oder eine Versöhnung noch möglich, und was alle ihre Petersburger ehemaligen Bekannten jetzt über sie sagen würden, was Alexej Alexandrowitsch davon hielte, und viele andere Gedanken, was jetzt werden sollte, nach dem Bruch, gingen ihr durch den Sinn, doch sie überließ sich nicht von ganzer Seele diesen Gedanken. In ihrer Seele war ein unklarer Gedanke, der allein sie interessierte, aber sie bekam ihn nicht zu fassen. Noch einmal fiel ihr Alexej Alexandrowitsch ein, auch die Zeit ihrer Krankheit nach der Niederkunft fiel ihr ein und das Gefühl, das sie damals nie verlassen hatte. ›Weshalb bin ich nicht gestorben?‹ – ihre damaligen Worte fielen ihr ein und ihr damaliges Gefühl. Und plötzlich hatte sie begriffen, was in ihrer Seele war. Ja, das war der Gedanke, der allein alles lösen würde. ›Ja, sterben!‹

›Sowohl Alexej Alexandrowitschs Schmach und Schande wie auch die Serjoschas wie auch meine furchtbare Schmach – alles gelangt zum Heil durch den Tod. Sterben – und er wird bereuen, wird bedauern, wird lieben, wird meinethalben leiden.‹ Mit einem erstarrten Lächeln des Mitgefühls für sich selbst saß sie im Sessel, zog die Ringe von der linken Hand und streifte sie über, und von allen Seiten stellte sie sich lebhaft vor, welche Gefühle er hätte nach ihrem Tod.

Näherkommende Schritte, seine Schritte, lenkten sie ab. Wie mit dem Ordnen ihrer Ringe beschäftigt, wandte sie sich nicht einmal um zu ihm.

Er trat zu ihr, nahm sie bei der Hand und sagte leise:

»Anna, fahren wir übermorgen, wenn du möchtest. Ich bin mit allem einverstanden.«

Sie schwieg.

»Nun, was ist?« fragte er.

»Das weißt du selbst«, sagte sie, und im gleichen Augenblick, außerstande, sich länger zurückzuhalten, brach sie in lautes Weinen aus.

»Verlass mich, verlass mich nur!« stieß sie zwischen Schluchzern hervor. »Ich fahre morgen weg ... Und ich tue noch mehr. Wer bin ich schon? eine lasterhafte Frau. Dir ein Stein am Hals. Ich will dich nicht quälen, will das nicht! Ich werde dich freigeben. Du liebst mich nicht, du liebst eine andere!«

Wronski beschwor sie, sich zu beruhigen, und beteuerte, dass es nicht den geringsten Grund für ihre Eifersucht gebe, dass er nie aufgehört habe und nie aufhören werde, sie zu lieben, dass er sie mehr liebe als zuvor. »Anna, weshalb quälst du derart dich und mich?« sagte er und küsste ihre Hände. Sein Gesicht drückte jetzt Zärtlichkeit aus, und ihr war, als könnte sie in seiner Stimme Tränen hören und spürte deren Nässe auf ihrer Hand. Und augenblicklich schlug Annas verzweifelte Eifersucht in verzweifelte, leidenschaftliche Zärtlichkeit um; sie umfing ihn und bedeckte mit Küssen seinen Kopf, den Hals, die Arme.

XXV

In dem Gefühl, dass die Aussöhnung vollständig war, ging Anna gleich morgens mit Schwung an die Vorbereitungen zur Abreise. Noch war zwar nicht entschieden, ob sie am Montag oder am Dienstag reisen würden, da beide gestern einander nachgegeben hatten, dennoch bereitete sich Anna tatkräftig auf die Abreise vor, wobei es ihr jetzt vollkommen gleich war, ob sie einen Tag früher oder später reisen würden. Sie stand in ihrem Zimmer vor dem offenen Koffer und sortierte ihre Sachen, als er, bereits angekleidet, früher als gewöhnlich zu ihr kam.

»Ich fahre jetzt zu *maman*, sie kann mir das Geld durch Jegorow schicken. Und bin morgen abfahrbereit«, sagte er.

So gut gelaunt sie auch war, dass er zur Mutter auf die Datscha fuhr, versetzte ihr einen Stich.

»Nein, ich schaffe es selbst nicht«, sagte sie, und sofort ging ihr durch den Sinn: ›Also wäre es so einzurichten gewesen, wie ich es wollte.‹ Sie sagte: »Nein, mach es, wie du wolltest. Geh ins Esszimmer, ich

komme gleich, will bloß noch Überflüssiges aussortie-
ren«, und sie legte noch etwas über Annuschkas Arm,
auf dem schon ein Stoffberg lag.

Wronski aß sein Beefsteak, als sie ins Esszimmer
trat.

»Du glaubst gar nicht, wie mir diese Räume verhasst
sind«, sagte sie und setzte sich neben ihn zu ihrem Kaffee. »Es gibt nichts Schrecklicheres als diese *chambres
garnies**. Sie haben kein Gesicht, keine Seele. Diese
Uhr, die Gardinen und vor allem die Tapeten sind ein
Alptraum. Ich denke an Wosdwischenskoje wie an ein
gelobtes Land. Du schickst die Pferde noch nicht voraus?«

»Nein, sie kommen nach. Willst du noch irgendwo
hinfahren?«

»Ich wollte zu Wilson. Ich müsste Kleider zu ihr
bringen. Also, endgültig morgen?« sagte sie mit vergnügter Stimme; doch plötzlich veränderte sich ihre
Miene.

Wronskis Kammerdiener war hereingekommen und
fragte nach dem Empfangsschein für das Telegramm
aus Petersburg. Dass Wronski eine Depesche erhielt,
war überhaupt nichts Besonderes, doch als wollte er etwas vor ihr verbergen, sagte er, der Empfangsschein sei
im Kabinett, und wandte sich hastig wieder ihr zu.

»Spätestens morgen bringe ich alles zu Ende.«

»Von wem ist die Depesche?« fragte sie, ohne auf ihn
zu hören.

»Von Stiwa«, antwortete er widerwillig.

»Weshalb zeigst du sie mir nicht? Kann es denn ein
Geheimnis geben zwischen Stiwa und mir?«

Wronski rief den Kammerdiener zurück und ließ ihn
die Depesche holen.

»Ich wollte sie dir nicht zeigen, weil Stiwa so leiden-

---

* möblierten Zimmer *(frz.)*

schaftlich gern telegraphiert; doch wozu telegraphieren, wenn noch nichts entschieden ist.«

»Wegen der Scheidung?«

»Ja, aber er schreibt: Konnte noch nichts erreichen. Klare Antwort demnächst versprochen. Hier, lies.«

Mit zitternden Händen nahm Anna die Depesche und las, was Wronski gesagt hatte. Am Ende war noch angefügt: Wenig Hoffnung, aber ich tue alles nur mögliche.

»Gestern habe ich gesagt, es sei mir vollkommen gleich, wann ich und sogar ob ich die Scheidung erhalte«, sagte sie und wurde rot. »Es gab keinerlei Notwendigkeit, das vor mir zu verbergen.« Sie dachte: ›So könnte er seine Korrespondenz mit Frauen vor mir verbergen und tut es auch.‹

»Jaschwin wollte heute morgen mit Woitow vorbeikommen«, sagte Wronski, »er scheint Pewzow alles abgewonnen zu haben, sogar mehr, als dieser bezahlen kann – um die sechzigtausend.«

»Nein«, sagte sie verdrossen, weil er ihr durch diesen Themenwechsel so offenkundig zeigte, dass sie gereizt war, »weshalb meinst du, diese Nachricht interessierte mich dermaßen, dass sie sogar verborgen werden muss? Ich habe gesagt, dass ich nicht daran denken möchte, und ich hätte gerne, dass du dich genausowenig dafür interessierst wie ich.«

»Ich interessiere mich dafür, weil ich Klarheit mag«, sagte er.

»Klarheit ist keine Frage der Form, sondern der Liebe«, sagte sie, mehr und mehr gereizt, nicht durch die Worte, sondern den Ton kalter Ruhe, in dem er sprach. »Wofür möchtest du das?«

›Mein Gott, wieder über die Liebe‹, dachte er und runzelte die Stirn.

»Du weißt doch, wofür: für dich und für die Kinder, die kommen werden«, sagte er.

»Kinder werden keine kommen.«

»Das ist sehr bedauerlich«, sagte er.

»Du brauchst das für die Kinder, aber an mich denkst du nicht?« sagte sie und hatte schon völlig vergessen und nicht gehört, dass er gesagt hatte: »für dich und für die Kinder«.

Die Frage, ob sie noch Kinder haben würden, war längst ein Streitpunkt, der sie verdross. Seinen Wunsch, Kinder zu haben, erklärte sie sich damit, dass er auf ihre Schönheit keinen Wert legte.

»Oh, ich habe gesagt: für dich. Hauptsächlich für dich«, wiederholte er und runzelte wie vor Schmerz die Stirn, »weil ich mir sicher bin, dass deine Gereiztheit größtenteils von der Ungeklärtheit der Situation herrührt.«

›Ja, jetzt hat er aufgehört, sich zu verstellen, und sein ganzer kalter Hass auf mich wird sichtbar‹, dachte sie, dabei hörte sie nicht auf das, was er sagte, sondern starrte entsetzt auf den kalten und grausamen Richter, der ihm aus den Augen schaute und sie drangsalierte.

»Das ist nicht der Grund«, sagte sie, »und es ist mir unverständlich, wie es der Grund für meine, wie du das nennst, Gereiztheit sein kann, dass ich mich völlig in deiner Macht befinde. Wo ist da die Ungeklärtheit der Situation? Im Gegenteil.«

»Ich bedaure sehr, dass du nicht begreifen willst«, unterbrach er sie, da er hartnäckig seinen Gedanken äußern wollte, »die Ungeklärtheit besteht darin, dass dir scheint, ich sei frei.«

»Was das angeht, kannst du vollkommen beruhigt sein«, sagte sie, wandte sich ab und trank ihren Kaffee.

Sie hob das Tässchen hoch, den kleinen Finger abgespreizt, und führte es zum Mund. Nach ein paar Schlucken schaute sie ihn an, und an seinem Gesichtsausdrucks erkannte sie klar, dass ihm die Hand, die Geste und das Geräusch, das ihre Lippen machten, zuwider waren.

»Es ist mir vollkommen gleich, was deine Mutter denkt und wie sie dich verheiraten möchte«, sagte sie und setzte mit zitternder Hand das Tässchen ab.

»Aber nicht darüber sprechen wir.«

»Doch, genau darüber. Und glaube mir, für mich ist eine Frau ohne Herz, ob sie alt ist oder nicht alt, ob sie deine Mutter ist oder eine Fremde, nicht von Interesse, ich will nichts von ihr wissen.«

»Anna, ich bitte dich, nicht respektlos von meiner Mutter zu sprechen.«

»Eine Frau, der ihr Herz nicht sagt, worin Glück und Ehre ihres Sohnes liegt, diese Frau hat kein Herz.«

»Ich wiederhole meine Bitte, von meiner Mutter, die ich achte, nicht respektlos zu sprechen«, sagte er mit erhobener Stimme und strengem Blick.

Sie antwortete nicht. Den Blick unverwandt auf ihn, sein Gesicht und seine Hände gerichtet, erinnerte sie sich in allen Einzelheiten an die Szene der gestrigen Aussöhnung und seine leidenschaftlichen Liebkosungen. ›Diese Liebkosungen, genau die gleichen, hat er an andere Frauen verschwendet und wird es und will es wieder tun‹, dachte sie.

»Du liebst deine Mutter nicht. Das sind alles Phrasen, Phrasen und noch mal Phrasen!« sagte sie und blickte ihn an voller Hass.

»Wenn das so ist, muss ...«

»Muss eine Entscheidung fallen, und ich habe mich entschieden«, sagte sie und wollte gehen, doch in dem Augenblick betrat Jaschwin den Raum. Anna begrüßte ihn und blieb stehen.

Weshalb sie, da in ihrer Seele ein Sturm tobte und sie fühlte, dass sie an einem Wendepunkt ihres Lebens stand, der furchtbare Folgen haben könnte, weshalb sie sich in diesem Moment verstellen musste vor einem fremden Menschen, der früher oder später doch alles erfahren würde, das wusste sie nicht; doch sie beschwichtigte sogleich den Sturm in ihrem Innern, setzte sich und begann sich mit dem Gast zu unterhalten.

»Nun, wie steht es, haben Sie die Schuld bekommen?« fragte sie Jaschwin.

»Es geht; anscheinend werde ich nicht alles bekommen, und am Mittwoch muss ich fahren. Wann fahren Sie?« fragte Jaschwin, schaute blinzelnd zu Wronski und merkte wohl, dass sie sich gezankt hatten.

»Anscheinend übermorgen«, sagte Wronski.

»Sie haben es ja seit langem vor.«

»Aber jetzt ist es endgültig«, sagte Anna und schaute Wronski geradewegs mit einem Blick in die Augen, der ihm sagte, er solle bloß nicht meinen, eine Aussöhnung sei möglich.

»Dauert Sie dieser unglückliche Pewzow eigentlich nicht?« setzte sie die Unterhaltung mit Jaschwin fort.

»Das habe ich mich nie gefragt, Anna Arkadjewna, ob mich jemand dauert. Genauso wie man sich auch im Krieg nicht fragt, ob es einen dauert. Mein ganzes Vermögen steckt ja hier« – er zeigte auf seine Jackentasche – »und jetzt bin ich ein reicher Mann; fahre ich heute in den Klub, komme ich vielleicht als Bettler heraus. Wer sich mit mir ans Spiel setzt, möchte mir ebenfalls das letzte Hemd nehmen, und ich ihm. So kämpfen wir, und gerade darin liegt das Vergnügen.«

»Und wenn Sie verheiratet wären«, sagte Anna, »was hieße das für Ihre Frau?«

Jaschwin lachte.

»Darum wohl habe ich nicht geheiratet und hatte es auch nie vor.«

»Und Helsingfors?« Wronski schaltete sich in das Gespräch ein und blickte zu Anna, die gelächelt hatte.

Als Anna seinem Blick begegnete, nahm ihr Gesicht

plötzlich einen kalten, strengen Ausdruck an, als ob sie ihm sagte: ›Nichts ist vergessen. Alles wie zuvor.‹

»Waren Sie tatsächlich verliebt?« fragte sie Jaschwin.

»O mein Gott! wie oft schon! Nur, verstehen Sie, der eine setzt sich so an den Kartentisch, dass er jederzeit aufstehen kann, wenn die Zeit des *rendez-vous* kommt. Ich dagegen gebe mich so mit der Liebe ab, dass ich mich abends nicht zur Partie verspäte. So richte ich es mir ein.«

»Nein, ich frage nicht danach, sondern nach etwas Echtem.« Sie wollte Helsingfors sagen, wollte aber nicht dasselbe Wort sagen wie Wronski.

Da kam Woitow, der im Begriff war, einen Hengst zu kaufen; Anna stand auf und ging.

Bevor Wronski wegfuhr, trat er zu ihr ins Zimmer. Sie wollte so tun, als suchte sie etwas auf dem Tisch, schämte sich jedoch für ihre Verstellung und sah ihm mit kaltem Blick geradewegs ins Gesicht.

»Was wollen Sie?« fragte sie ihn auf Französisch.

»Ich brauche das Attest für Gambetta, ich habe ihn verkauft«, sagte er in einem Ton, der klarer als Worte zum Ausdruck brachte: ›Zu einer Aussprache habe ich keine Zeit, das würde auch zu nichts führen.‹

›Ich habe keine Schuld vor ihr‹, dachte er. ›Wenn sie sich selbst bestrafen will, *tant pis pour elle**.‹ Aber beim Hinausgehen war ihm, als hätte sie etwas gesagt, und das Herz zuckte ihm plötzlich vor Mitgefühl.

»Was ist, Anna?« fragte er.

»Nichts, nichts«, erwiderte sie ebenso kalt und ruhig. ›Nichts, nun, *tant pis*‹, dachte er, erneut kühler, drehte sich um und ging. Beim Hinausgehen erblickte er im Spiegel ihr Gesicht, bleich, mit zitternden Lippen. Er wollte schon stehenbleiben und ihr ein tröstliches Wort sagen, aber die Beine trugen ihn aus dem Zimmer, be-

---

* um so schlimmer für sie *(frz.)*

vor er sich ausgedacht hatte, was er sagen könnte.
Den ganzen Tag verbrachte er außer Haus, und als er
spät zurückkehrte, sagte das Mädchen, Anna Arkadjewna habe Kopfschmerzen und bitte ihn, nicht zu ihr
zu kommen.

XXVI

Noch nie hatte ein Streit den ganzen Tag angedauert.
Heute war es das erste Mal. Auch war das kein Streit. Es
war das offensichtliche Eingeständnis eines völligen
Erkaltens des Gefühls. War es denn möglich, sie so anzublicken, wie er sie angeblickt hatte, als er ins Zimmer
kam, um das Attest zu holen? Zu schauen auf sie, zu sehen, dass es ihr das Herz zerriss vor Verzweiflung, und
mit diesem gleichgültigen, gelassenen Gesicht schweigend vorüberzugehen? Er war nicht einfach erkaltet,
sondern er hasste sie, weil er eine andere Frau liebte –
das war klar.

Und Anna rief sich all die grausamen Worte, die er
gesagt hatte, ins Gedächtnis, dachte sich dazu noch die
Worte aus, die er ihr offensichtlich hätte sagen mögen
und können, und ihr Verdruss wuchs und wuchs.

›Ich halte Sie nicht‹, hätte er sagen können. ›Sie können gehen, wohin Sie wollen. Sie wollten sich nicht von
Ihrem Mann scheiden lassen, wohl, um zu ihm zurückzukehren. Kehren Sie zurück. Wenn Sie Geld brauchen,
gebe ich es Ihnen. Wieviel Rubel brauchen Sie?‹

Die allergrausamsten Worte, die ein roher Mensch
nur sagen könnte, sagte er ihr in ihrer Einbildung, und
sie verzieh sie ihm nicht, als hätte er sie wirklich gesagt.

›Doch hat er denn nicht gestern erst Liebe geschwo-
ren, er, der aufrichtige und ehrliche Mann? War ich
denn nicht oft schon grundlos verzweifelt?‹ fragte sie
sich danach.

Diesen ganzen Tag, mit Ausnahme der Fahrt zu Wilson, die zwei Stunden beanspruchte, verbrachte Anna in Zweifeln, ob alles zu Ende sei oder ob es noch Hoffnung auf Aussöhnung gebe und ob sie gleich abreisen oder ihn noch einmal sehen solle. Sie wartete den ganzen Tag auf ihn, und als sie abends anordnete, ihm auszurichten, sie habe Kopfschmerzen, und sich in ihr Zimmer zurückzog, sah sie es als Omen an: ›Wenn er kommt, trotz der Worte der Zofe, so heißt das, er liebt mich noch. Wenn jedoch nicht, so heißt das, alles ist zu Ende, dann werde ich entscheiden, was ich tun soll!‹

Sie hörte abends, wie das Rasseln seiner Kalesche stockte, hörte sein Klingeln, seine Schritte und sein Gespräch mit dem Mädchen: Er glaubte, was ihm gesagt wurde, wollte nichts weiter erfahren und ging in sein Zimmer. Folglich war alles zu Ende.

Und der Tod als einziges Mittel, um in seinem Herzen die Liebe zu ihr wiederherzustellen, ihn zu bestrafen und den Sieg zu erringen in dem Kampf, den der böse Geist, der sich in ihrem Herzen eingenistet hatte, gegen ihn führte – der Tod stand ihr klar und lebhaft vor Augen.

Jetzt war alles gleich, ob sie nach Wosdwischenskoje fuhr oder nicht, ob sie von ihrem Mann die Scheidung erhielt oder nicht – es war alles nicht mehr nötig. Nötig war nur eins – ihn zu bestrafen.

Als sie sich die übliche Dosis Opium eingoss und überlegte, dass sie nur das ganze Fläschchen auszutrinken brauchte, um zu sterben, kam ihr das so leicht und einfach vor, dass sie nun wieder genussvoll daran dachte, wie er sich peinigen, wie er bereuen und ihr Andenken lieben würde, wenn es schon zu spät wäre. Sie lag mit offenen Augen im Bett, blickte beim Licht einer einzigen, fast ausgebrannten Kerze zum Stucksims an der Decke und dem es teils verschluckenden Schatten vom Wandschirm, und sie stellte sich lebhaft vor, was er empfände, wenn sie nicht mehr wäre und für ihn nur noch Erinnerung wäre. ›Wie konnte ich diese grausamen Worte zu ihr sagen?‹ würde er sich vorhalten. ›Wie konnte ich das Zimmer verlassen, ohne ihr etwas zu sagen? Aber jetzt ist sie nicht mehr. Sie ist für immer von uns gegangen. Sie ist dort ...‹ Plötzlich schwankte der Schatten des Wandschirms, verschluckte das ganze Sims, die ganze Decke, andere Schatten jagten ihm von der anderen Seite entgegen; für einen Augenblick flohen die Schatten, rückten dann aber mit neuer Geschwindigkeit vor, schwankten, flossen in eins, und alles wurde dunkel. ›Der Tod!‹ dachte sie. Und es packte sie ein solches Entsetzen, dass sie lange nicht begreifen konnte, wo sie war, und lange nicht mit zitternden Händen die Zündhölzchen finden und eine andere Kerze anzünden konnte anstelle der ausgebrannten und erloschenen. ›Nein, Schluss, wenn ich nur lebe! Ich liebe ihn doch. Er liebt mich doch! Das vergeht auch wieder‹, sagte sie sich und spürte, wie ihr Freudentränen über die Rückkehr zum Leben über die Wangen liefen. Und um sich von ihrer Angst zu erlösen, ging sie hastig zu ihm ins Kabinett.

Er schlief im Kabinett einen festen Schlaf. Sie trat zu ihm, leuchtete von oben auf sein Gesicht und betrachtete ihn lange. Jetzt, da er schlief, liebte sie ihn so sehr, dass sie bei seinem Anblick Tränen der Zärtlichkeit nicht zurückhalten konnte; aber sie wusste, wenn er jetzt erwachte, würde er sie kalten Blickes anschauen, von seinem Recht durchdrungen, und bevor sie von ihrer Liebe sprechen könnte, müsste sie ihm beweisen, wie schuldig er war vor ihr. Ohne ihn zu wecken, kehrte sie in ihr Zimmer zurück, und nach einer weiteren Dosis Opium fiel sie gegen Morgen in einen schweren Halbschlaf, während dessen sie sich ihrer selbst ständig bewusst war.

Morgens hatte sie wieder den grauenhaften Alptraum, der sich schon vor ihrer Liaison mit Wronski ein
paarmal wiederholt hatte, und er weckte sie. Ein ur-
altes Männlein mit zottigem Bart machte etwas, über
Eisen gebeugt, und murmelte dazu sinnlose französische Wörter, und wie immer bei diesem Alptraum (das
war auch das Entsetzliche daran) spürte sie, dass dieses
Männlein sie überhaupt nicht beachtete, sondern etwas
Grauenhaftes da machte an dem Eisen über ihr, etwas
Grauenhaftes machte über ihr. Und sie erwachte in kaltem Schweiß.

Als sie aufgestanden war, erinnerte sie sich wie im
Nebel an den gestrigen Tag.

›Es gab Streit. Es gab, was es schon mehrfach gegeben hat. Ich sagte, ich hätte Kopfschmerzen, und er
kam nicht zu mir. Morgen fahren wir, und ich muss ihn
sehen und mich zur Abreise vorbereiten‹, sagte sie sich.
Und als sie erfuhr, er sei im Kabinett, ging sie zu ihm.
Auf dem Weg durch den Salon hörte sie vor dem Haus
eine Equipage halten, und als sie aus dem Fenster
schaute, erblickte sie eine Kutsche, aus der sich ein junges Mädchen mit lila Hütchen beugte und dem Lakaien, der klingelte, etwas auftrug. Nach Hin und Her
am Hauseingang kam jemand nach oben, und beim Salon waren Wronskis Schritte zu hören. Er stieg raschen
Schrittes die Treppe hinab. Anna ging wieder ans Fenster. Da trat er ohne Hut aus dem Haus und ging zu der
Kutsche. Das junge Mädchen im lila Hütchen überreichte ihm ein Päckchen. Wronski lächelte und sagte
etwas zu ihr. Die Kutsche fuhr davon; er rannte rasch
wieder die Treppe hoch.

Der Nebel, der in ihrer Seele alles verhüllte, verzog
sich plötzlich. Die gestrigen Gefühle beklemmten ihr
mit neuen Schmerzen das kranke Herz. Sie konnte nun
nicht mehr begreifen, wie sie sich so weit demütigen
konnte, noch einen ganzen Tag mit ihm in seinem Haus

zu verbringen. Sie trat ins Kabinett, um ihm ihren Entschluss zu verkünden.

»Gerade ist Sorokina mit ihrer Tochter vorbeigekommen und brachte mir Geld und Papiere von *maman*. Ich konnte sie gestern nicht bekommen. Was macht dein Kopf, besser?« sagte er ruhig, da er ihren finsteren und feierlichen Gesichtsausdruck nicht sehen und nicht verstehen wollte.

Sie schaute ihn schweigend an, unverwandt, mitten im Zimmer stehend. Er blickte kurz auf zu ihr, runzelte einen Moment die Stirn und las den Brief weiter. Sie drehte sich um und ging langsam aus dem Zimmer. Er hätte sie zurückholen können, aber sie ging bis zur Tür, er schwieg noch immer, und zu hören war nur, wie das Blatt Papier beim Umdrehen raschelte.

»Ja, übrigens«, sagte er, als sie bereits unter der Tür stand, »morgen fahren wir endgültig? Nicht wahr?«

Sie drehte sich zu ihm um.

»Sie, doch nicht ich«, sagte sie.

»Anna, so zu leben ist doch unmöglich ...«

»Sie, doch nicht ich«, wiederholte sie.

»Das ist allmählich unerträglich!«

»Sie ... Sie werden es noch bereuen«, sagte sie und ging hinaus.

Erschrocken über die Verzweiflung, mit der sie das sagte, sprang er auf und wollte ihr nachlaufen, besann sich aber und setzte sich wieder, biss fest die Zähne zusammen und runzelte die Stirn. Diese, wie er fand, ungehörige Drohung verdross ihn nun doch. ›Ich habe alles versucht‹, dachte er, ›es bleibt nur eins – nicht beachten‹, und er machte sich fertig, um in die Stadt zu fahren und erneut zur Mutter, deren Unterschrift er auf einer Vollmacht brauchte.

Sie hörte seine Schritte durch Kabinett und Esszimmer kommen. Beim Salon blieb er stehen. Aber er bog nicht ab zu ihr, er traf nur die Anordnung, dass der

Hengst in seiner Abwesenheit Woitow übergeben werde. Dann hörte sie, wie die Kalesche vorfuhr, wie die Tür aufgemacht wurde und er wieder aus dem Haus trat. Aber da trat er wieder in den Hausflur, und jemand rannte nach oben. Der Kammerdiener rannte die vergessenen Handschuhe holen. Sie ging ans Fenster und sah, wie er ohne hinzuschauen die Handschuhe nahm, mit der Hand den Rücken des Kutschers berührte und ihm etwas sagte. Ohne zu den Fenstern hochzublicken, setzte er sich dann in seiner üblichen Haltung in die Kalesche, ein Bein über dem anderen, und während er den Handschuh anzog, verschwand er um die Ecke.

XXVII

›Er ist fort! Es ist zu Ende!‹ sagte sich Anna noch am Fenster; und als Antwort auf diese Frage verflossen die Finsternis bei erloschener Kerze und der grauenhafte Traum zu einem einzigen Eindruck und erfüllten ihr Herz mit kaltem Entsetzen.

»Nein, das kann nicht sein!« rief sie, schritt durchs Zimmer und läutete fest. Es graute ihr nun derart vor dem Alleinsein, dass sie das Kommen des Dieners nicht abwartete und ihm entgegenging.

»Erkundigen Sie sich, wohin der Graf gefahren ist«, sagte sie.

Der Diener antwortete, der Graf sei zu den Pferdeställen gefahren.

»Der Herr Graf lassen melden, wenn Sie auszufahren wünschten – die Kalesche käme gleich zurück.«

»Gut. Warten Sie. Ich schreibe gleich ein Billett. Schicken Sie Michaila mit dem Billett zu den Pferdeställen. Möglichst schnell.«

Sie setzte sich und schrieb:

»Ich bin schuld. Komm zurück nach Hause, wir müs-

sen uns aussprechen. Um Gottes willen, komm, mir
graut so.«

Sie versiegelte es und gab es dem Diener.

Sie fürchtete sich, nun allein zu bleiben, und verließ
nach dem Diener den Raum und ging ins Kinderzimmer.

›Aber das stimmt doch nicht, das ist nicht er! Wo sind
seine blauen Augen, das liebe und scheue Lächeln?‹ war
ihr erster Gedanke, als sie ihr pummeliges, rotwangiges
Mädchen mit den schwarzen Haaren erblickte, anstelle
von Serjoscha, den sie in ihrer Geistesverwirrung im
Kinderzimmer erwartet hatte. Das Mädchen saß am
Tisch, patschte hartnäckig und fest mit einem Stöpsel
darauf und blickte aus zwei schwarzen Johannisbeer-
augen verständnislos auf die Mutter. Anna antwortete
der Engländerin, sie sei ganz wohlauf und fahre morgen aufs Land, setzte sich dann zu dem Mädchen und
drehte und wendete vor ihm den Stöpsel der Karaffe.
Aber das laute, kräftige Lachen des Kindes und wie es
die Augenbraue bewegte erinnerte sie so lebhaft an
Wronski, dass sie, ein Schluchzen zurückhaltend, hastig
aufstand und hinausging. ›Ist wirklich alles zu Ende?
Nein, das kann nicht sein‹, dachte sie. ›Er wird zurückkehren. Aber wie wird er mir dieses Lächeln erklären,
diese Lebhaftigkeit, nachdem er mit ihr gesprochen
hatte? Erklärt er es nicht, glaube ich ihm trotzdem.
Wenn ich ihm nicht glaube, bleibt mir nur eins – und
das will ich nicht.‹

Sie schaute auf die Uhr. Zwölf Minuten waren vergangen. ›Jetzt hat er das Billett schon erhalten und
fährt zurück. Nicht mehr lange, noch zehn Minuten …
Was aber, wenn er nicht kommt? Nein, das kann nicht
sein. Er darf mich nicht mit verweinten Augen sehen.
Ich gehe mich waschen. Ah ja, habe ich mich überhaupt
frisiert?‹ fragte sie sich. Und konnte sich nicht erinnern. Ihre Hand betastete den Kopf. ›Ja, ich bin frisiert,

aber wann, weiß ich überhaupt nicht mehr.‹ Sie traute nicht einmal ihrer Hand und ging zum Trumeau, um zu sehen, ob sie tatsächlich frisiert war – oder nicht? Sie war frisiert und konnte sich nicht erinnern, wann sie es getan hatte. ›Wer ist das?‹ dachte sie, als sie im Spiegel auf das glühende Gesicht mit den sonderbar funkelnden Augen blickte, die sie erschrocken anschauten. ›Das bin ja ich‹, begriff sie auf einmal, und während sie sich von oben bis unten betrachtete, spürte sie seine Küsse auf sich, erschauerte und ruckte die Schultern. Dann hob sie ihre Hand zu den Lippen und küsste sie.

›Was ist das, ich verliere den Verstand.‹ Und sie ging ins Schlafzimmer, wo Annuschka aufräumte.

»Annuschka«, sagte sie, blieb vor der Zofe stehen und blickte sie an, ohne zu wissen, was sie ihr sagen sollte.

»Zu Darja Alexandrowna wollten Sie fahren«, sagte die Zofe, als hätte sie verstanden.

»Zu Darja Alexandrowna? Ja, ich fahre zu ihr.«

›Fünfzehn Minuten hin, fünfzehn zurück. Er ist schon unterwegs, gleich ist er hier.‹ Sie holte ihre Uhr vor und schaute darauf. ›Doch wie konnte er wegfahren und mich in diesem Zustand lassen? Wie kann er leben, ohne sich mit mir ausgesöhnt zu haben?‹ Sie ging zum Fenster und schaute auf die Straße. Der Zeit nach hätte er zurück sein können. Aber die Berechnung konnte falsch sein, sie fing wieder an zu überlegen, wann er gefahren war, und die Minuten zu zählen.

Während sie zur großen Uhr ging, um ihre eigene zu überprüfen, fuhr jemand vor. Sie sah aus dem Fenster und erblickte seine Kalesche. Aber niemand kam die Treppe hoch, von unten waren Stimmen zu hören. Es war ihr Bote, der in der Kalesche zurückgekehrt war. Sie ging zu ihm hinunter.

»Den Herrn Grafen habe ich nicht mehr erreicht. Sie sind zur Nischni-Nowgoroder Bahn weitergefahren.«

»Was willst du? Was ist?« fragte sie den rotbackigen, fröhlichen Michaila, der ihr ihr eigenes Billett hinhielt.

›Ach so, er hat es nicht erhalten‹, wurde ihr bewusst.

»Fahre mit demselben Billett zu Gräfin Wronskaja aufs Land, du weißt doch? Und bring umgehend eine Antwort«, sagte sie zu dem Boten.

›Und ich, was werde ich bloß tun?‹ überlegte sie. ›Ja, ich fahre zu Dolly, das ist wahr, sonst verliere ich den Verstand. Ja, ich könnte noch telegraphieren.‹ Und sie schrieb eine Depesche:

»Muss dringend etwas bereden, kommen Sie sofort.«

Als sie das Telegramm abgeschickt hatte, ging sie sich ankleiden. Schon angekleidet und mit Hut, schaute sie erneut der dicklich gewordenen, ruhigen Annuschka in die Augen. Deutliches Mitgefühl war in den kleinen, gutmütigen grauen Augen zu lesen.

»Annuschka, liebe, was soll ich nur tun?« stieß Anna schluchzend hervor und sank hilflos in einen Sessel.

»Was machen Sie sich solche Sorgen, Anna Arkadjewna! So etwas kommt vor. Fahren Sie nur, da zerstreuen Sie sich«, sagte die Zofe.

»Ja, ich fahre.« Anna besann sich und stand auf. »Und wenn ein Telegramm eintrifft, bevor ich zurück bin, schick es zu Darja Alexandrowna … Nein, ich kehre selbst zurück.«

›Ja, ich darf nicht denken, ich muss etwas tun, wegfahren, vor allem weg aus diesem Haus‹, sagte sie sich und horchte voll Entsetzen auf das grauenhafte Tosen in ihrem Herzen; eilends ging sie aus dem Haus und stieg in die Kalesche.

»Wohin wünschen Sie?« fragte Pjotr, bevor er sich auf den Bock schwang.

»Zur Snamenka, zu Oblonskis.«

XXVIII

Das Wetter war heiter. Den ganzen Morgen war dichter, feiner Regen gefallen, nun hatte es vor kurzem aufgeklart. Die Blechdächer, die Platten der Trottoirs, die Pflastersteine, Räder und Leder, Messing und Blech an den Equipagen – alles blinkte hell in der Maisonne. Es war drei Uhr und auf den Straßen die belebteste Zeit.

In der Ecke der behaglichen Kalesche, die leicht auf der elastischen Federung schaukelte beim raschen Trab der Grauschimmel, saß Anna, und zum nicht verstummenden Räderrasseln und den rasch wechselnden Eindrücken an der frischen Luft ging sie erneut die Ereignisse der letzten Tage durch und sah ihre Lage nun in ganz anderem Licht als zu Hause. Jetzt kam ihr auch der Gedanke an den Tod nicht mehr so schlimm und klar vor, und der Tod selbst erschien ihr nicht mehr unvermeidlich. Jetzt warf sie sich vor, dass sie sich zu solcher Demütigung herabgelassen hatte. ›Ich flehe ihn an, mir zu vergeben. Ich habe mich ihm gefügt. Mich schuldig bekannt. Wieso? Kann ich denn nicht ohne ihn leben?‹ Und ohne sich die Frage zu beantworten, wie sie ohne ihn leben würde, begann sie die Aushängeschilder zu lesen. ›Kontor und Lager. Zahnarzt. Ja, ich sage Dolly alles. Sie mag Wronski nicht. Es wird peinlich sein, schmerzlich, aber ich sage ihr alles. Sie mag mich, und ihrem Rat werde ich folgen. Ich werde mich ihm nicht fügen; ich werde ihm nicht erlauben, mich zu erziehen. Filippow, Kalatsche. Es heißt, sie brächten den Teig sogar nach Petersburg. Das Moskauer Wasser ist so gut. Und die Brunnen und Plinsen aus Mytischtschi.‹ Ihr fiel ein, wie sie vor langer, langer Zeit, als sie erst siebzehn war, einmal mit der Tante zum Dreifaltigkeitskloster gefahren war. ›Noch mit der Kutsche. War das wirklich ich, mit roten Händen? Wie vieles von dem, was mir damals so wunderbar und unerreichbar erschien, ist unwichtig geworden, und was damals war, ist jetzt für immer unerreichbar. Hätte ich damals geglaubt, dass ich je zu solcher Demütigung herabsinken könnte? Wie wird er stolz und zufrieden sein, wenn er mein Billett erhält! Aber ich werde es ihm zeigen ... Wie übel diese Farbe riecht. Wieso wird ständig gemalt und gebaut? Mode und Putz‹, las sie. Ein Mann grüßte sie. Es war Annuschkas Mann. ›Unsere Parasiten‹, fiel ihr ein, wie Wronski das nannte. ›Unsere? warum unsere? Furchtbar, dass man die Vergangenheit nicht mit der Wurzel ausreißen kann. Ausreißen kann man sie nicht, aber sie aus dem Gedächtnis verbannen. Und ich werde sie verbannen.‹ Da fiel ihr die Vergangenheit mit Alexej Alexandrowitsch ein, wie sie ihn aus ihrem Gedächtnis getilgt hatte. ›Dolly wird denken, ich verließe meinen zweiten Mann und wäre deshalb bestimmt nicht im Recht. Als wollte ich im Recht sein! Ich kann nicht mehr!‹ sagte sie, und sie hätte am liebsten geweint. Doch gleich wieder überlegte sie, worüber diese beiden jungen Mädchen wohl so lächelten. ›Sicher über die Liebe? Sie wissen nicht, wie unfroh das ist, wie niedrig ... Ein Boulevard und Kinder. Drei Jungen rennen, spielen Pferdchen. Serjoscha! Und ich verliere alles und hole ihn nicht zurück. Ja, alles verliere ich, wenn er nicht zurückkehrt. Er hat sich vielleicht zum Zug verspätet und ist bereits zurück. Wieder willst du Demütigung!‹ sagte sie zu sich selbst. ›Nein, ich trete zu Dolly ins Zimmer und sage ihr gerade heraus: Ich bin unglücklich, ich habe es verdient, ich bin schuldig, trotzdem bin ich unglücklich, hilf mir. Diese Pferde, diese Kalesche, wie bin ich mir widerwärtig in dieser Kalesche, es gehört alles ihm; aber ich werde sie nicht mehr wiedersehen.‹

Während Anna sich ausdachte, in welchen Worten sie Dolly alles sagen wollte, und sich mit Absicht das Herz aufwiegelte, stieg sie die Vortreppe hoch.

»Ist Besuch da?« fragte sie am Eingang.

»Katerina Alexandrowna Lewina«, antwortete der Lakai.

›Kitty! jene Kitty, in die Wronski verliebt war‹, dachte Anna, ›Kitty, an die er sich oft mit Liebe erinnert hat. Er bedauert, dass er sie nicht geheiratet hat. Doch an mich erinnert er sich mit Hass und bedauert, dass er sich mit mir zusammengetan hat.‹

Die beiden Schwestern hielten gerade ein Konsilium ab über das Stillen, als Anna eintraf. Nur Dolly empfing die Besucherin, die in diesem Moment das Gespräch der beiden störte.

»Du bist ja noch nicht abgefahren? Ich wollte dich auch schon besuchen«, sagte sie, »heute bekam ich einen Brief von Stiwa.«

»Wir bekamen ebenfalls eine Depesche«, erwiderte Anna und schaute sich nach Kitty um.

»Er schreibt, er könne nicht begreifen, was Alexej Alexandrowitsch eigentlich wolle, aber ohne Antwort werde er nicht abreisen.«

»Ich dachte, du hättest Besuch. Dürfte ich den Brief lesen?«

»Ja, Kitty ist da«, sagte Dolly verlegen, »sie ist im Kinderzimmer geblieben. Sie war sehr krank.«

»Ich habe davon gehört. Dürfte ich den Brief lesen?«

»Ich hole ihn sofort. Aber er lehnt nicht ab; im Gegenteil, Stiwa hat Hoffnung«, sagte Dolly unter der Tür.

»Ich habe keine Hoffnung, wünsche es auch nicht«, sagte Anna.

›Was soll das, hält Kitty es für demütigend, mir zu begegnen?‹ dachte Anna, allein geblieben. ›Vielleicht hat sie ja recht. Aber nicht ihr, der Kitty, die in Wronski verliebt war, nicht ihr kommt es zu, mir das zu zeigen, auch wenn es wahr ist. Ich weiß, dass mich in meiner Lage keine einzige anständige Frau empfangen kann.

Ich weiß, dass ich von jenem ersten Augenblick an ihm alles geopfert habe! Und das ist der Lohn! Oh, wie ich ihn hasse! Und wozu bin ich hergekommen? Mir ist nur noch schlechter zumute, noch schwerer.‹ Sie hörte aus dem anderen Zimmer die Stimmen der Schwestern, die sich besprachen. ›Und was soll ich nun zu Dolly sagen? Kitty zum Trost, dass ich unglücklich bin? Mich ihrer Protektion unterstellen? Nein, auch wird Dolly ja nichts begreifen. Und ich habe ihr nichts zu sagen. Interessant wäre nur, Kitty zu sehen und ihr zu zeigen, wie ich alle und alles verachte, wie mir jetzt alles gleich ist.‹

Dolly kam mit dem Brief. Anna las ihn und gab ihn schweigend zurück.

»Ich habe das alles gewusst«, sagte sie. »Und es interessiert mich nicht im geringsten.«

»Aber wieso denn? Ich dagegen habe Hoffnung«, sagte Dolly und betrachtete Anna neugierig. Sie hatte sie noch nie in solch einem sonderbaren, aufgebrachten Zustand gesehen. »Wann fährst du?« fragte sie.

Anna schaute mit zugekniffenen Augen vor sich hin und antwortete ihr nicht.

»Was verbirgt sich Kitty denn vor mir?« fragte sie mit Blick auf die Tür und errötete.

»Ach woher, Unsinn! Sie stillt, und es will nicht recht klappen bei ihr, da habe ich ihr geraten … Sie freut sich sehr. Gleich kommt sie«, sagte Dolly verlegen; sie verstand es nicht, die Unwahrheit zu sagen. »Da ist sie ja.«

Als Kitty erfuhr, Anna sei gekommen, wollte sie sich nicht zeigen; aber Dolly hatte sie überredet. Allen Mut zusammennehmend, kam Kitty herein, trat errötend zu Anna und reichte ihr die Hand.

»Ich freue mich sehr«, sagte sie mit zitternder Stimme.

Kitty war befangen, denn in ihr fand ein Kampf statt zwischen der Feindseligkeit gegen diese üble Frau und dem Wunsch, nachsichtig zu sein gegen sie; doch sobald

sie Annas schönes, sympathisches Gesicht erblickte, war
alle Feindseligkeit sofort verflogen.

»Ich hätte mich nicht gewundert, wenn Sie mir nicht
begegnen wollten. Ich bin dergleichen gewohnt. Sie
waren krank? Ja, Sie haben sich verändert«, sagte Anna.
Kitty fühlte, dass Anna sie feindselig ansah. Sie erklärte sich diese Feindseligkeit mit der peinlichen Situation, in der Anna, die sie früher protegiert hatte, sich
ihr gegenüber nun fühlen musste, und sie dauerte sie.

Sie sprachen über die Krankheit, über das Kind, über
Stiwa, aber offenbar hatte Anna für nichts Interesse.

»Ich bin nur vorbeigekommen, um mich von dir zu
verabschieden«, sagte sie und stand auf.

»Wann fahrt ihr denn nun?«

Doch wieder wandte sich Anna, ohne zu antworten,
an Kitty.

»Ja, ich freue mich sehr, dass ich Sie gesehen habe«,
sagte sie mit einem Lächeln. »Ich habe so viel über Sie
gehört, von allen Seiten, sogar von Ihrem Mann. Er war
bei mir, und er hat mir sehr gefallen«, fügte sie hinzu,
offenbar in übler Absicht. »Wo ist er?«

»Er ist aufs Gut gefahren«, sagte Kitty errötend.

»Grüßen Sie ihn von mir, grüßen Sie ihn unbedingt.«

»Unbedingt«, wiederholte Kitty naiv und blickte ihr
teilnahmsvoll in die Augen.

»Also, leb wohl, Dolly!« Anna küsste Dolly, drückte
Kitty die Hand und ging rasch hinaus.

»Noch ganz dieselbe und noch genauso attraktiv.
Sehr schön!« sagte Kitty, als sie mit ihrer Schwester allein war. »Aber sie hat etwas Bedauernswertes! Schrecklich Bedauernswertes!«

»Ja, heute hatte sie etwas Besonderes«, sagte Dolly.
»Als ich sie zur Tür brachte, kam es mir vor, als wollte
sie weinen.«

XXIX

Anna bestieg die Kalesche in noch schlechterer Verfassung, als sie von zu Hause weggefahren war. Zu den bisherigen Qualen kam nun noch das Gefühl des Gekränktseins und Zurückgestoßenseins, das sie bei der Begegnung mit Kitty deutlich empfunden hatte.

»Wohin wünschen Sie? Nach Hause?« fragte Pjotr.

»Ja, nach Hause«, sagte sie, dabei dachte sie gar nicht daran, wohin sie nun fuhr.

›Wie sie mich angeschaut haben, wie etwas Grauenhaftes, Unverständliches und Aufsehenerregendes. Was mag er wohl dem anderen mit soviel Feuer schildern?‹ dachte sie, zwei Fußgänger im Blick. ›Kann man denn einem anderen schildern, was man fühlt? Ich wollte es Dolly schildern, und gut, dass ich es nicht getan habe. Wie hätte sie sich gefreut über mein Unglück! Sie hätte es verborgen, aber ihr stärkstes Gefühl wäre die Freude gewesen, dass ich bestraft bin für die Vergnügungen, um die sie mich beneidet. Kitty, die hätte sich noch mehr gefreut. Wie ich sie durchschaue, durch und durch! Sie weiß, dass ich zu ihrem Mann liebenswürdiger war als sonst. Und sie ist eifersüchtig und hasst mich. Und verachtet mich außerdem. In ihren Augen bin ich eine unsittliche Frau. Wenn ich eine unsittliche Frau wäre, hätte ich ihren Mann in mich verliebt machen können ... wenn ich gewollt hätte. Ich wollte es ja auch. Der da ist mit sich zufrieden‹, dachte sie von einem dicken, rotbackigen Herrn, der entgegengefahren kam, sie für eine Bekannte hielt und den speckglänzenden Hut über dem speckglänzenden Glatzkopf lüftete und dann erst bemerkte, dass er sich getäuscht hatte. ›Er dachte, er würde mich kennen. Dabei kennt er mich genausowenig, wie sonst jemand auf der Welt mich kennt. Ich kenne mich selbst nicht. Ich kenne meine Appetite, wie die Franzosen sagen. Die da möchten von diesem schmutzigen Eis. Das wissen sie ganz bestimmt‹, dachte sie, zwei Jungen im Blick, die einen Eismann anhielten, und der nahm seinen Kübel vom Kopf und wischte sich mit einem Zipfel des Handtuchs das verschwitzte Gesicht ab. ›Alle möchten wir Süßes, Schmackhaftes. Gibt es kein Konfekt, dann schmutziges Eis. Kitty ganz genauso: wenn nicht Wronski, dann Lewin. Und sie beneidet mich. Und hasst mich. Und wir alle hassen einander. Ich Kitty, Kitty mich. Ja, das ist wahr. Pusselkin, *coiffeur. Je me fais coiffer par* Pusselkin*... Das sage ich ihm, wenn er zurückkehrt‹, überlegte sie und lächelte. Aber im gleichen Moment fiel ihr ein, dass sie nun niemandem mehr etwas Komisches sagen konnte. ›Es gibt ja auch gar nichts Komisches oder Heiteres. Alles ist widerlich. Es läutet zur Vesper, und wie akkurat dieser Kaufmann sich bekreuzigt! als befürchte er, etwas fallen zu lassen. Wozu diese Kirchen, dieses Glockengeläut und diese Lüge? Nur, um zu verbergen, dass wir alle einander hassen, wie diese Droschkenkutscher, die sich so böse beschimpfen. Jaschwin sagt: Der andere möchte mir das letzte Hemd nehmen, und ich ihm. Ja, das ist wahr!‹

Aus diesen Gedanken, die sie so gefangennahmen, dass sie nicht einmal mehr über ihre Situation nachdachte, riss sie das Halten der Kalesche vor ihrem Haus. Erst als sie den Portier erblickte, der ihr entgegenkam, fiel ihr wieder ein, dass sie ein Billett und ein Telegramm geschickt hatte.

»Ist eine Antwort da?«

»Ich schaue gleich nach«, antwortete der Portier, blickte zum Comptoir, nahm das dünne, rechteckige Kuvert eines Telegramms und reichte es ihr. »Ich kann nicht vor zehn Uhr kommen. Wronski«, las sie.

»Der Bote ist nicht zurückgekehrt?«

* Ich lasse mir von Pusselkin die Haare machen (*frz.*)

»Nein, ist er nicht«, antwortete der Portier.

›Oh, wenn das so ist, dann weiß ich, was ich zu tun habe‹, sagte sie sich und fühlte unbestimmten Zorn und das Bedürfnis nach Rache in sich aufsteigen, während sie nach oben rannte. ›Ich werde selbst zu ihm fahren. Bevor ich für immer wegfahre, will ich ihm alles sagen. Nie habe ich jemanden so gehasst wie diesen Menschen!‹ dachte sie. Als sie seinen Hut auf der Garderobe erblickte, zuckte sie zusammen vor Abscheu. Sie erfasste nicht, dass sein Telegramm die Antwort auf ihr Telegramm war und dass er ihr Billett noch nicht erhalten hatte. Sie stellte sich vor, wie er sich jetzt gelassen mit seiner Mutter und mit Sorokina unterhielt und sich über ihre Leiden freute. ›Ja, ich muss schnellstens fahren‹, sagte sie sich, noch ohne zu wissen, wohin. Sie wollte schnellstens von den Gefühlen wegkommen, die sie in diesem furchtbaren Haus empfand. Die Bediensteten, die Wände, die Dinge in diesem Haus – alles rief Abscheu und Erbitterung bei ihr hervor und drückte sie nieder wie eine Last.

›Ja, ich muss zu der Eisenbahnstation fahren und, wenn er dort nicht ist, hinfahren und ihn bloßstellen.‹ Anna schaute in den Zeitungen nach den Fahrplänen. Abends ging ein Zug um acht Uhr zwei. ›Ja, das schaffe ich.‹ Sie ließ andere Pferde anschirren und packte in eine Reisetasche alles Notwendige für ein paar Tage. Sie wusste, dass sie hierher nicht zurückkehren würde. Von all den Plänen, die ihr in den Sinn kamen, entschied sie sich vage dafür, dass sie je nachdem, was dort auf der Station oder auf dem Gut der Gräfin vorfiele, auf der Strecke nach Nischni Nowgorod bis zur nächsten Stadt weiterfahren und dort bleiben würde.

Das Diner stand auf dem Tisch; sie ging hin, roch an Brot und Käse, und da sie bestätigt fand, dass der Geruch alles Essbaren ihr zuwider war, ließ sie die Kalesche vorfahren und ging hinaus. Das Haus warf bereits einen Schatten über die ganze Straße, es war ein heiterer, in der Sonne noch warmer Abend. Sowohl Annuschka, die sie mit dem Gepäck hinausgeleitete, wie Pjotr, der das Gepäck in die Kalesche lud, wie der Kutscher, der offensichtlich unzufrieden war – alle waren ihr zuwider und verdrossen sie durch ihre Äußerungen und Bewegungen.

»Ich brauche dich nicht, Pjotr.«

»Und was ist mit der Fahrkarte?«

»Nun, wie du meinst, mir ist es gleich«, sagte sie ärgerlich.

Pjotr sprang auf den Bock, und die Hände in die Hüften gestemmt, befahl er, zum Bahnhof zu fahren.

XXX

›Da ist es wieder! Wieder verstehe ich alles!‹, sagte sich Anna, sobald sich die Kalesche in Bewegung gesetzt hatte und schaukelnd über die kleinen Pflastersteine ratterte, und wieder wechselten sich, nacheinander, die Eindrücke ab.

›Ja, worüber hatte ich zuletzt so gut nachgedacht?‹ suchte sie sich zu erinnern. ›Pusselkin, *coiffeur*? Nein, das nicht. Ja, darüber, was Jaschwin sagt: Der Kampf ums Dasein und der Hass ist das einzige, was die Menschen verbindet. Nein, ihr fahrt ganz umsonst‹, wandte sie sich in Gedanken an eine Gesellschaft in einer vierspännigen Kalesche, die offenbar eine Vergnügungsfahrt ins Grüne unternahm. ›Auch der Hund, den ihr dabeihabt, wird euch nicht helfen. Euch selbst entkommt ihr nicht.‹ Sie warf einen Blick zur Seite, wohin Pjotr sich umgedreht hatte, und erblickte einen tödlich betrunkenen Fabrikarbeiter mit pendelndem Kopf, den ein Schutzmann abkarrte. ›Der noch eher‹, dachte sie. ›Graf Wronski und ich fanden dieses Vergnügen auch nicht, obwohl wir viel davon erwartet hatten.‹ Und nun richtete Anna zum ersten Mal das helle Licht, in dem sie alles sah, auf ihr Verhältnis zu ihm, über das nachzudenken sie bisher vermieden hatte. ›Was hat er in mir gesucht? Weniger Liebe als Befriedigung der Eitelkeit.‹ Sie rief sich seine Worte ins Gedächtnis, seinen Gesichtsausdruck, der an einen gefügigen Vorstehhund erinnert hatte während ihrer ersten Zeit. Und jetzt war alles eine Bestätigung. ›Ja, für ihn war es ein Triumph der Eitelkeit und des Erfolgs. Versteht sich, es war auch Liebe, aber größeren Anteil hatte der Stolz auf den Erfolg. Er brüstete sich mit mir. Jetzt ist das vorbei. Worauf noch stolz sein. Kein Stolz mehr, eher Scham. Er hat sich alles, was er konnte, von mir geholt, jetzt braucht er mich nicht mehr. Ich bin ihm eine Last, und er bemüht sich, mir gegenüber nicht unehrenhaft zu sein. Gestern hat er sich verplappert – er möchte die Scheidung und die Heirat, um alle Brücken hinter sich abzubrechen. Er liebt mich – aber wie? *The zest is gone**. Der da möchte alle in Erstaunen setzen und ist sehr zufrieden mit sich‹, dachte sie beim Anblick eines rotbackigen Kommis, der sein Pferd ritt wie ein Kunstreiter. ›Ja, soviel Geschmack wie früher findet er an mir nicht mehr. Wenn ich von ihm wegfahre, wird er in tiefster Seele nur froh sein.‹

Das war keine Vermutung – sie sah das klar dank dem durchdringenden Licht, das ihr jetzt den Sinn des Lebens und der menschlichen Verhältnisse offenbarte.

›Meine Liebe wird immer leidenschaftlicher und selbstsüchtiger, seine dagegen erlischt mehr und mehr, und darum bewegen wir uns auseinander‹, dachte sie weiter. ›Und abhelfen lässt sich dem nicht. Mir ist er mein Ein und Alles, und ich verlange, dass er sich mehr und mehr mir hingibt. Während er mehr und mehr von

---

* Der Schwung ist raus *(engl.)*

mir weg möchte. Wir sind aufeinander zugegangen bis zu unserer Verbindung, seither bewegen wir uns unaufhaltsam in verschiedene Richtungen auseinander. Und ändern lässt sich das nicht. Er sagt mir, ich sei sinnlos eifersüchtig, auch ich habe mir gesagt, ich sei sinnlos eifersüchtig, aber das ist nicht wahr. Ich bin nicht eifersüchtig, ich bin unzufrieden. Aber ...‹ Sie öffnete den Mund und setzte sich in der Kalesche anders hin vor lauter Erregung über einen Gedanken, der ihr plötzlich kam. ›Wenn ich etwas anderes sein könnte als seine Geliebte, die nichts als seine Liebkosungen leidenschaftlich liebt; aber ich kann und will nichts anderes sein. Und mit diesem Verlangen erwecke ich Abscheu in ihm, er in mir dagegen Grimm, das kann auch gar nicht anders sein. Weiß ich denn nicht, dass er mich nicht hintergehen würde, dass er keine Absichten hat auf Sorokina, dass er nicht verliebt ist in Kitty, dass er mich nicht betrügen wird? Ich weiß das alles, aber davon wird mir nicht leichter. Wenn er, ohne mich zu lieben, aus Pflichtgefühl gut und zärtlich zu mir wäre, aber das nicht wäre, was ich gern hätte – ja, das wäre doch tausendmal schlimmer als Grimm! Das ist die Hölle! Und eben das haben wir. Er liebt mich längst nicht mehr. Und wo die Liebe endet, da beginnt der Hass. Diese Straßen kenne ich gar nicht. Irgendwelche Berge, und überall Häuser, Häuser ... Und in den Häusern überall Menschen, Menschen ... Wie viele es sind, endlos, und alle hassen einander. Nun, denke ich mir doch einmal aus, was ich gern hätte, um glücklich zu sein. Nun? Ich werde geschieden, Alexej Alexandrowitsch überlässt mir Serjoscha, und ich heirate Wronski.‹ Bei der Erinnerung an Alexej Alexandrowitsch stellte sie ihn sich gleich mit ungewöhnlicher Lebhaftigkeit vor, wie lebendig stand er vor ihr mit seinen sanften, leblosen, erloschenen Augen, den blauen Adern auf den weißen Händen, seinen Intonationen und dem Knacken der

Finger, und bei der Erinnerung an das Gefühl, das zwischen ihnen gewesen war und das ebenfalls Liebe genannt wurde, fuhr sie zusammen vor Abscheu. ›Nun, ich werde geschieden und werde Wronskis Frau. Ja und, wird Kitty mich deshalb nicht mehr anschauen, wie sie mich heute angeschaut hat? Nein. Wird Serjoscha nicht mehr nach meinen beiden Ehemännern fragen oder darüber nachdenken? Und zwischen mir und Wronski, was werde ich mir da für ein neues Gefühl ausdenken? Wäre denn noch irgendetwas möglich, kein Glück mehr, lediglich keine Qual? Nein und nochmals nein!‹ antwortete sie sich nun ohne das geringste Schwanken. ›Es wäre nicht möglich! Das Leben bewegt uns auseinander, und ich bin sein Unglück, er ist meines, und ummodeln lässt er sich nicht, ich mich auch nicht. Alle Versuche wurden bereits unternommen, die Schraube sitzt fest. Ah, eine Bettlerin mit Kind. Sie meint, sie dauerte einen. Sind wir denn nicht alle nur dazu in die Welt geworfen, um einander zu hassen und deshalb uns selbst und die anderen zu quälen? Gymnasiasten, sie gehen und lachen. Serjoscha?‹ fiel ihr ein. ›Ich hatte auch gemeint, ich liebte ihn, und war gerührt über meine Zärtlichkeit. Aber gelebt habe ich doch ohne ihn, habe ihn doch eingetauscht gegen eine andere Liebe und mich nicht beklagt über den Tausch, solange ich an jener Liebe Genüge hatte.‹ Und mit Abscheu ging ihr durch den Sinn, was sie jene Liebe nannte. Und die Klarheit, mit der sie jetzt ihr eigenes und aller Menschen Leben sah, machte sie froh. ›So ist es bei mir, bei Pjotr, bei Kutscher Fjodor, bei diesem Kaufmann und bei allen Leuten, die in den Orten an der Wolga leben, zu deren Besuch diese Anschläge auffordern, und so ist es immer und überall‹, dachte sie, als sie schon beim flachen Stationsgebäude der Nischni-Nowgoroder Bahnlinie vorfuhr und die Gepäckträger ihr entgegengerannt kamen.

»Möchten Sie bis Obiralowka lösen?« fragte Pjotr.

Sie hatte völlig vergessen, wohin sie fuhr und wozu, und nur mit großer Anstrengung konnte sie die Frage verstehen.

»Ja,« sagte sie, reichte ihm die Geldbörse, nahm ihr kleines rotes Täschchen in die Hand und stieg aus der Kalesche.

Während sie sich durch die Menge zum Wartesaal erster Klasse begab, holte sie sich stückweise die Einzelheiten ihrer Situation ins Gedächtnis, dazu die Entschlüsse, zwischen denen sie schwankte. Und wieder riss bald Hoffnung, bald Verzweiflung an den alten, schmerzenden Stellen die Wunden ihres zermürbten, furchtbar flatternden Herzens auf. Während sie auf einem sternförmigen Sofa saß und auf den Zug wartete, blickte sie voll Abscheu auf die Hereinkommenden und Hinausgehenden (alle waren sie ihr zuwider), dachte bald daran, wie sie am Ziel ankäme, ihm ein Billett schriebe und was sie ihm schriebe, bald daran, wie er sich jetzt (ohne Verständnis für ihre Leiden) bei seiner Mutter über seine Situation beklagte, und wie sie ins Zimmer träte, und was sie ihm sagen würde. Dann wieder dachte sie daran, wie das Leben noch glücklich sein könnte, und wie qualvoll sie ihn liebte und hasste, und wie furchtbar ihr Herz klopfte.

XXXI

Es ertönte das Glockenzeichen, durch den Saal gingen hässliche, dreiste junge Männer, zwar in Eile, doch achteten sie darauf, was für einen Eindruck sie machten; durch den Saal ging auch Pjotr in seiner Livree und den Gamaschen, das Gesicht stumpf wie ein Tier, und kam herbei, um sie zum Waggon zu begleiten. Die lärmenden Männer verstummten, als sie auf dem Perron an ihnen vorüberging, und einer flüsterte dem andern über sie etwas zu, natürlich etwas Garstiges. Sie stieg die hohe Stufe hoch und setzte sich allein in dem Coupé auf die federnde, verdreckte, einst weiß gewesene Polsterbank; die Tasche wippte noch auf den Sprungfedern und kam zur Ruhe. Vor dem Fenster hob Pjotr mit albernem Lächeln zum Abschied seinen galonierten Hut, der dreiste Schaffner schlug die Tür zu, das Schloss schnappte ein. Eine Dame, hässlich und mit Tournüre (Anna zog die Frau in Gedanken aus und war entsetzt über ihre Scheußlichkeit), und ein kleines Mädchen, das unnatürlich lachte, rannten draußen vorbei.

»Das hat Katerina Andrejewna, alles hat sie, *ma tante*«, schrie das Mädchen.

›Ein Mädchen noch, und schon so missgestaltet und affektiert‹, dachte Anna. Um niemanden zu sehen, stand sie rasch auf und setzte sich in dem leeren Coupé ans gegenüberliegende Fenster. Ein verdreckter, verunstalteter Kerl mit Schirmmütze, unter der wirre Haare hervorstanden, ging an diesem Fenster vorbei, beugte sich hinab zu den Rädern des Waggons. ›Der hat etwas Bekanntes, dieser scheußliche Kerl‹, überlegte Anna. Und als ihr der Traum einfiel, wich sie zitternd vor Angst zur gegenüberliegenden Tür. Der Schaffner sperrte gerade die Tür auf, um ein Ehepaar hereinzulassen.

»Wünschen Sie auszusteigen?«

Anna antwortete nicht. Der Schaffner und die Hereinkommenden hatten unterm Schleier das Grauen auf ihrem Gesicht nicht bemerkt. Sie kehrte in ihre Ecke zurück und setzte sich. Das Paar setzte sich auf die gegenüberliegende Seite und musterte aufmerksam, doch verstohlen ihr Kleid. Mann wie Frau kamen Anna abscheulich vor. Der Mann fragte, ob sie ihm zu rauchen gestatte, offenkundig nicht, um zu rauchen, sondern um mit ihr ins Gespräch zu kommen. Als sie einwilligte, begann er mit seiner Frau auf Französisch ein Gespräch über Dinge, die noch unnötiger waren als das Rauchen. Sie verstellten sich, redeten dummes Zeug, nur damit Anna es hörte. Anna sah klar, wie sie einander überdrüssig waren und wie sie einander hassten. Und es war unmöglich, solche kläglichen Missgestalten nicht zu hassen.

Das zweite Glockenzeichen war zu hören und danach die Verladung des Gepäcks, Lärm, Geschrei und Gelächter. Anna war es so klar, dass niemand Grund zur Freude hatte, darum verdross sie das Gelächter, dass es weh tat, sie hätte sich am liebsten die Ohren zugehalten, um es nicht zu hören. Schließlich erklang das dritte Glockenzeichen, tönte der Pfiff, die Dampflok tutete; die Kette ruckte an, und der Mann bekreuzigte sich. ›Wäre interessant, ihn mal zu fragen, was er darunter versteht‹, dachte Anna mit einem gehässigen Blick auf ihn. Sie schaute an der Dame vorbei zum Fenster hinaus, auf die gleichsam zurückrollenden Menschen, die dem Zug das Geleit gaben und auf dem Perron standen. Der Waggon, in dem Anna saß, rollte, an den Schienenstößen gleichmäßig erzitternd, vorbei am Perron, einer Steinwand, der Signalscheibe, vorbei an anderen Waggons; die Räder tönten nun sanfter und öliger über die Schienen, mit leiserem Pochen, das Fenster wurde beleuchtet von heller Abendsonne, und ein Lüftchen spielte mit dem Vorhang. Anna vergaß ihre Waggonnachbarn, sie sog beim leichten Schaukeln der Fahrt die frische Luft ein und dachte wieder nach.

›Ja, wobei war ich stehengeblieben? Dabei, dass ich mir keine Situation ausdenken kann, in der das Leben keine Qual wäre, dass wir alle dazu erschaffen sind, uns zu quälen, und dass wir alle das wissen und uns andauernd neue Mittel ausdenken, wie wir uns selbst hinters Licht führen. Wenn man aber die Wahrheit sieht, was dann?‹

»Dafür ist dem Menschen der Verstand gegeben, damit er sich von dem befreit, was ihm zu schaffen macht«, sagte auf Französisch die Dame, offensichtlich befriedigt über ihren Satz, eine sprachliche Grimasse.

Die Bemerkung antwortete gleichsam auf Annas Gedanken.

›Sich befreien von dem, was zu schaffen macht‹, wiederholte Anna. Und nach einem Blick auf den rotwangigen Mann und die hagere Gattin hatte sie verstanden, dass die kränkliche Gattin sich für eine unverstandene Frau hielt und ihr Mann sie betrog und diese Meinung in ihr bestätigte. Anna sah gleichsam beider Geschichte und sämtliche Ecken und Winkel ihrer Seelen, wenn sie das Licht auf die beiden richtete. Aber interessant war da nichts, so fuhr sie in ihrem Gedankengang fort.

›Ja, sehr macht es mir zu schaffen, und dafür ist einem der Verstand gegeben, damit man sich befreit; folglich muss ich mich befreien. Warum nicht die Kerze löschen, wenn es nichts mehr zu schauen gibt, wenn es einen anwidert, das alles anzuschauen? Aber wie? Wozu läuft dieser Schaffner an der Stange draußen vorbei, wozu schreien sie, die jungen Leute in dem anderen Waggon? Wozu reden sie, wozu lachen sie? Es ist alles die Unwahrheit, alles Lüge, alles Trug, alles von Übel!‹

Als der Zug in der Station eingelaufen war, stieg Anna in der Menge der anderen Passagiere aus, hielt aber Distanz, als wären sie Aussätzige, und blieb auf dem Perron stehen, um sich zu besinnen, weshalb sie hergefahren war und was sie vorgehabt hatte. Alles, was ihr zuvor als möglich erschienen war, ließ sich jetzt so schwer bedenken, besonders in der lärmenden Menge all dieser scheußlichen Menschen, die sie nicht in Ruhe ließen. Bald kamen Gepäckträger angelaufen und boten ihre Dienste an, bald stolzierten junge Männer unter Absatzgeklapper und lautem Gerede über die Bohlen des Perrons und musterten sie, bald wichen Entgegenkommende zur falschen Seite aus. Als ihr einfiel, dass sie weiterfahren wollte, falls keine Antwort da wäre, hielt sie einen Gepäckträger auf und fragte, ob nicht ein Kutscher hier sei mit einem Billett für den Grafen Wronski.

»Graf Wronski? Da war gerade jemand hier. Um Fürstin Sorokina mit Tochter abzuholen. Wie sieht er denn aus, der Kutscher?«

Während sie noch mit dem Gepäckträger sprach, kam Kutscher Michaila an, rotbackig und fröhlich, in seinem schicken dunkelblauen Wams mit Uhrkette, offenbar stolz, dass er seinen Auftrag so gut ausgeführt hatte, und reichte ihr ein Billett. Sie brach es auf, und ihr Herz krampfte sich zusammen, noch bevor sie es las.

»Bedaure sehr, dass das Billett mich nicht erreicht hat. Ich komme um zehn Uhr«, hatte Wronski mit flüchtiger Hand geschrieben.

›Aha! Das hatte ich erwartet!‹ sagte sie sich mit bösem Lächeln.

»Gut, dann fahr nach Hause«, sprach sie leise zu Michaila. Sie sprach leise, da das rasche Klopfen ihres Herzens ihr den Atem nahm. ›Nein, ich lasse mich nicht quälen von dir‹, und diese Drohung richtete sich nicht gegen ihn, nicht gegen sie selbst, sondern gegen denjenigen, der ihre Qualen veranlasst hatte; und sie ging am Stationsgebäude vorbei den Perron entlang.

Zwei Zofen, die über den Perron spazierten, bogen bei ihrem Anblick die Köpfe zurück und ließen sich hörbar über ihre Toilette aus. »Die sind echt«, sagten sie über die Spitzen, die Anna trug. Die jungen Männer ließen sie nicht in Ruhe. Wieder kamen sie vorbei, blickten ihr ins Gesicht und schrien etwas, lachend und mit unnatürlicher Stimme. Der Stationsvorsteher fragte im Vorübergehen, ob sie fahren wolle. Ein Junge, ein Kwas-Verkäufer, wandte kein Auge von ihr. ›Mein

Gott, wo soll ich nur hin?‹ dachte sie, während sie auf
dem Perron weiter und weiter ging. Am Ende blieb sie
stehen. Damen und Kinder, die einen bebrillten Herrn
abholten und laut gelacht und geredet hatten, verstummten und musterten sie, als sie in ihre Nähe kam.
Sie beschleunigte ihren Schritt und entfernte sich von
ihnen zum Rand des Perrons. Ein Güterzug näherte
sich. Der Perron wurde erschüttert, und ihr war, als ob
sie wieder fahre.

Da fiel ihr plötzlich der überfahrene Mann vom
Tag ihrer ersten Begegnung mit Wronski ein, und sie
wusste, was sie zu tun hatte. Raschen, leichten Schrittes
stieg sie die Stufen hinab, die vom Wasserkran zu den
Geleisen führten, und blieb vor dem dicht an ihr vorbeifahrenden Zug stehen. Sie schaute auf den unteren
Teil der Waggons, auf die Schrauben und Ketten und
die hohen Eisenräder des langsam vorbeirollenden ersten Waggons und suchte die Mitte zwischen Vorder-
und Hinterrädern auszumachen und den Moment,
wenn diese Mitte vor ihr wäre.

›Dorthin!‹ sagte sie sich, den Blick auf den Schatten
unterm Waggon gerichtet, auf den mit Kohle vermeng-
ten Sand, mit dem die Schwellen bestreut waren, ›dorthin, genau in die Mitte, und ich bestrafe ihn und befreie mich von allen und von mir selbst.‹

Sie wollte sich unter den ersten Waggon fallen lassen, dessen Mitte gerade vor ihr war. Aber das rote
Täschchen, das sie vom Arm streifte, hielt sie auf, und
nun war es zu spät, die Mitte war vorüber. Sie musste
auf den nächsten Waggon warten. Ein Gefühl überkam
sie, wie sie es ähnlich immer beim Baden empfunden
hatte, wenn sie ins Wasser gehen wollte, und sie bekreuzigte sich. Die gewohnte Geste des Kreuzschlagens
weckte in ihrer Seele eine ganze Reihe von Jungmäd-
chen- und Kindheitserinnerungen, und die Finsternis,
die ihr alles verdeckt hatte, riss plötzlich auf, und das

Leben stand für einen Augenblick in all seinen lichten, vergangenen Freuden vor ihr. Aber sie wandte kein Auge von den Rädern des näherkommenden zweiten Waggons. Und genau in dem Moment, als die Mitte zwischen den Rädern vor ihr war, warf sie das rote Täschchen weg, und den Kopf zwischen die Schultern gezogen, ließ sie sich unter den Waggon auf die Hände fallen und mit einer leichten Bewegung, als wollte sie gleich wieder aufstehen, nieder auf die Knie. Und im selben Augenblick war sie entsetzt über das, was sie tat. ›Wo bin ich? Was tue ich? Wozu?‹ Sie wollte sich erheben, zurückschnellen; doch etwas Riesiges, Unerbittliches stieß ihren Kopf und zog sie am Rücken. »Lieber Gott, vergib mir alles!« sagte sie in dem Gefühl, dass ein Kampf unmöglich war. Das kleine Männlein arbeitete über dem Eisen, murmelte dazu vor sich hin. Und die Kerze, in deren Licht sie das von Unruhe, Trug, Kummer und Übel erfüllte Buch gelesen hatte, flackerte auf, heller denn je, erhellte ihr alles, was zuvor in Finsternis gelegen war, knisterte, wurde schwächer und erlosch für immer.

ACHTER TEIL

I

Fast zwei Monate waren vergangen. Der heiße Sommer war schon zur Hälfte vorüber, doch Sergej Iwanowitsch schickte sich erst jetzt an, Moskau zu verlassen.

In Sergej Iwanowitschs Leben hatte sich während dieser Zeit einiges ereignet. Vor gut einem Jahr schon hatte er sein Buch beendet, die Frucht sechsjährigen Mühens; es trug den Titel: »Versuch eines Überblicks über Grundlagen und Formen der Staatlichkeit in Europa und in Russland«. Einige Abschnitte dieses Buches und die Einleitung waren in periodischen Schriften veröffentlicht und andere Teile von Sergej Iwanowitsch Menschen seines Kreises vorgelesen worden, so dass die Gedanken dieser Abhandlung für das Publikum nichts absolut Neues mehr sein konnten; dennoch hatte Sergej Iwanowitsch erwartet, dass sein Buch bei Erscheinen in der Gesellschaft ernsthaften Eindruck hinterlassen müsste, vielleicht keinen Umschwung in der Wissenschaft bewirken, doch zumindest starke Unruhe in der Gelehrtenwelt.

Dieses Buch war nach sorgfältiger Fertigstellung im letzten Jahr herausgekommen und an die Buchhändler versandt worden.

Ohne jemanden danach zu fragen, eher mit Unlust und vorgetäuschter Gleichgültigkeit seinen Freunden auf ihre Fragen antwortend, wie das Buch gehe, sogar ohne die Buchhändler zu fragen, wie das Buch sich verkaufe, beobachtete Sergej Iwanowitsch scharfäugig, mit gespannter Aufmerksamkeit, welchen ersten Eindruck sein Buch in der Gesellschaft und der Literatur hinterließ.

Doch es verging eine Woche, eine zweite, eine dritte, und in der Gesellschaft war von einem Eindruck überhaupt nichts zu bemerken; seine Freunde, die Fachleute und Gelehrten, brachten bisweilen die Rede darauf, offenbar aus Höflichkeit. Seine übrigen Bekannten jedoch, ohne jegliches Interesse für ein Buch gelehrten Inhalts, redeten mit ihm überhaupt nicht darüber. Und in der Gesellschaft, die besonders jetzt mit anderem beschäftigt war, herrschte absolute Gleichgültigkeit. In der Literatur wurde das Buch ebenfalls einen ganzen Monat lang mit keinem Wort erwähnt.

Sergej Iwanowitsch hatte sich detailliert ausgerechnet, wieviel Zeit für das Abfassen einer Rezension benötigt würde, doch es verging ein Monat, ein zweiter, und noch immer – das gleiche Schweigen.

Lediglich im »Nördlichen Käfer« waren in einer Feuilletonglosse über den Sänger Drabanti, der seine Stimme verloren hatte, zu Kosnyschews Buch beiläufig ein paar geringschätzige Bemerkungen eingestreut, die zeigen sollten, das Buch sei längst allseits verurteilt und dem allgemeinen Gelächter preisgegeben.

Im dritten Monat schließlich erschien in einer ernsthaften Zeitschrift ein kritischer Artikel. Sergej Iwanowitsch kannte auch den Verfasser des Artikels. Er war ihm einmal bei Golubzow begegnet.

Der Verfasser des Artikels war ein sehr junger und kranker Feuilletonist, sehr forsch als Schreiber, aber äußerst ungebildet und im persönlichen Umgang schüchtern.

Trotz seiner absoluten Verachtung gegenüber dem Verfasser machte sich Sergej Iwanowitsch mit absoluter Hochachtung an die Lektüre des Artikels. Der Artikel war schrecklich.

Offensichtlich hatte der Feuilletonist das ganze Buch

vorsätzlich so aufgefasst, wie es unmöglich aufzufassen war. Aber er hatte so geschickt Stellen herausgepickt, dass für diejenigen, die das Buch nicht gelesen hatten (und offensichtlich hatte es fast niemand gelesen), absolut klar war, dass das ganze Buch nichts anderes war als eine Ansammlung hochtrabender Wörter, überdies schief verwendeter Wörter (was durch Fragezeichen gezeigt wurde), und dass der Verfasser des Buchs ein völliger Ignorant war. Und all das war mit soviel Scharfsinn gesagt, dass Sergej Iwanowitsch selbst solchen Scharfsinn nicht verschmäht hätte; aber gerade das war schrecklich.

Trotz der absoluten Gewissenhaftigkeit, mit der Sergej Iwanowitsch die Argumente des Rezensenten auf ihre Stichhaltigkeit überprüfte, hielt er sich doch keinen Moment bei den Mängeln und Fehlern auf, die dem Spott preisgegeben wurden – zu offensichtlich war alles vorsätzlich herausgepickt –, vielmehr suchte er sich unwillkürlich bis in die kleinsten Einzelheiten an seine Begegnung und sein Gespräch mit dem Verfasser des Artikels zu erinnern.

›Ob ich ihn womöglich gekränkt habe?‹ fragte sich Sergej Iwanowitsch.

Und als ihm einfiel, wie er während der Begegnung den jungen Mann bei einem Wort korrigiert hatte, das seine Ignoranz offenbarte, hatte Sergej Iwanowitsch die Erklärung für den Artikel gefunden.

Nach diesem Artikel legte sich, schriftlich wie mündlich, ein tödliches Schweigen über das Buch, und Sergej Iwanowitsch sah, dass sein sechsjähriges, mit soviel Liebe und Mühe erarbeitetes Werk spurlos untergegangen war.

Sergej Iwanowitschs Situation war darum besonders schwierig, weil er nach Beendigung des Buches auch die Schreibtischtätigkeit nicht mehr hatte, die vorher den größten Teil seiner Zeit in Beschlag gehalten hatte.

Sergej Iwanowitsch war gescheit, gebildet, gesund, tatkräftig und wusste nicht, wohin mit seiner Tatkraft. Die Gespräche in Salons und Komitees, auf Sitzungen und Versammlungen, überall, wo man reden konnte, beanspruchten einen Teil seiner Zeit; aber als alteingesessener Städter erlaubte er sich nicht, ganz in Gesprächen aufzugehen, wie das sein unerfahrener Bruder tat, wenn er in Moskau zu Besuch war; ihm blieb noch viel Muße und geistige Energie.

Zu seinem Glück fand in dieser, aufgrund des Misserfolgs seines Buches für ihn überaus schwierigen Zeit ein Themenwechsel statt: an die Stelle der Andersgläubigen, der amerikanischen Freunde, des Hungers in Samara, der Ausstellung und des Spiritismus trat nun die slawische Frage, die vorher in der Gesellschaft nur geglommen hatte, und Sergej Iwanowitsch, der diese Frage schon vorher aufgeworfen hatte, verschrieb sich ihr nun gänzlich.

In dem Milieu, zu dem Sergej Iwanowitsch gehörte, wurde zu dieser Zeit von nichts anderem gesprochen und geschrieben als von der slawischen Frage und vom serbischen Krieg. Alles, was eine müßige Menschenansammlung auch sonst tut, um die Zeit totzuschlagen, geschah jetzt zugunsten der Slawen. Bälle, Konzerte, Diners, Tischreden, Damentoiletten, Bier, Wirtshäuser – alles zeugte vom Mitgefühl für die Slawen.

Mit vielem, was aus diesem Anlass gesagt und geschrieben wurde, war Sergej Iwanowitsch im Detail nicht einverstanden. Er sah, dass die slawische Frage zu einer jener modischen Passionen geworden war, die, in stetigem Wechsel, der Gesellschaft immer zum Zeitvertreib dienen; er sah auch, dass es viele Leute gab, die sich aus eigennützigen, ehrsüchtigen Motiven mit der Sache befassten. Er räumte ein, dass die Zeitungen viel Unnützes und Überzogenes veröffentlichten, einzig zu dem Zweck, die Aufmerksamkeit auf sich zu lenken und die anderen zu überschreien. Er sah, dass bei diesem allgemeinen gesellschaftlichen Aufbruch alle Erfolglosen und Beleidigten vorpreschten und lauter als die anderen schrien: Oberbefehlshaber ohne Armeen, Minister ohne Ministerien, Journalisten ohne Journale, Parteiführer ohne Parteigänger. Er sah, dass da vieles leichtsinnig und lächerlich war; doch sah und anerkannte er auch den unbezweifelbaren, ständig weiterwuchernden Enthusiasmus, der alle Klassen der Gesellschaft zusammenschweißte und dem man nur Mitgefühl entgegenbringen konnte. Das Gemetzel unter den Glaubensgenossen und slawischen Brüdern rief Mitgefühl mit den Leidenden und Unmut gegen die Unterdrücker hervor. Und das Heldentum der Serben und Montenegriner, die für eine große Sache kämpften, weckte im gesamten Volk den Wunsch, den Brüdern nicht nur mit Worten zu helfen, sondern auch mit Taten.

Darin lag zugleich ein anderes, für Sergej Iwanowitsch erfreuliches Phänomen: das Aufkommen einer öffentlichen Meinung. Die Gesellschaft drückte eindeutig ihren Wunsch aus. Die Seele des Volkes fand Ausdruck, wie Sergej Iwanowitsch sagte. Und je länger er sich mit dieser Sache befasste, desto offensichtlicher wurde ihm, dass es eine Sache war, die enorme Ausmaße annehmen, eine Epoche bilden müsste.

Er stellte sich gänzlich in den Dienst dieser großen Sache und vergaß vollkommen sein Buch.

Seine ganze Zeit war jetzt ausgefüllt, so dass er nicht einmal mehr auf alle an ihn gerichteten Briefe und Forderungen eingehen konnte.

Nachdem er das ganze Frühjahr und einen Teil des Sommers durchgearbeitet hatte, schickte er sich erst im Juli an, zu seinem Bruder aufs Land zu fahren.

Er reiste, um sich zwei Wochen lang zu erholen und

im Allerheiligsten des Volkes, in der ländlichen Einöde, sich am Anblick des in Aufbruch befindlichen Volksgeistes zu ergötzen, von dem er und alle Städter und Hauptstädter durchaus überzeugt waren. Katawassow, der sein Lewin gegebenes Versprechen, zu Besuch zu kommen, längst einlösen wollte, fuhr mit ihm.

II

Kaum waren Sergej Iwanowitsch und Katawassow an der heute besonders belebten Station der Kursker Eisenbahn vorgefahren, aus dem Wagen gestiegen und hatten nach dem Diener Ausschau gehalten, der ihnen mit dem Gepäck folgte, da fuhren in vier Droschken Freiwillige vor. Damen mit Blumenbouquets empfingen sie, und in Begleitung der hinterherströmenden Menschenmenge betraten sie das Stationsgebäude.

Eine der Damen, die die Freiwilligen empfangen hatte, wandte sich am Ausgang des Wartesaals an Sergej Iwanowitsch.

»Kommen Sie auch, um das Geleit zu geben?« fragte sie auf Französisch.

»Nein, ich reise selbst, Fürstin. Zu meinem Bruder, mich erholen. Sie geben immer das Geleit?« fragte Sergej Iwanowitsch mit kaum merklichem Lächeln.

»Wie denn anders!« erwiderte die Fürstin. »Stimmt es, dass von uns schon achthundert geschickt wurden? Malwinski wollte es mir nicht glauben.«

»Mehr als achthundert. Wenn man die mitrechnet, die nicht aus Moskau geschickt wurden, sind es schon über tausend«, sagte Sergej Iwanowitsch.

»Na bitte! Sag ich doch!« fiel die Dame freudig ein. »Und es stimmt auch, dass bisher fast eine Million gespendet wurde?«

»Mehr, Fürstin.«

»Was sagen Sie denn zur heutigen Depesche? Wieder wurden die Türken geschlagen.«

»Ja, ich habe es gelesen«, antwortete Sergej Iwanowitsch. Sie sprachen von der letzten Depesche, die bestätigte, dass die Türken drei Tage hintereinander auf der ganzen Linie geschlagen wurden und geflüchtet waren und dass für morgen eine Entscheidungsschlacht erwartet werde.

»Ah ja, übrigens, ein junger Mann, ein prächtiger Mensch, hat ein Gesuch gestellt. Ich weiß nicht, warum ihm Schwierigkeiten gemacht werden. Ich wollte Sie bitten, ich kenne ihn nämlich, schreiben Sie doch bitte ein paar Zeilen. Er kommt von Gräfin Lidija Iwanowna.«

Sergej Iwanowitsch erkundigte sich nach Einzelheiten, die die Fürstin über den jungen Gesuchsteller wusste, ging dann in den Wartesaal erster Klasse und schrieb ein paar Zeilen an denjenigen, von dem das abhing, um sie der Fürstin zu geben.

»Übrigens, Graf Wronski, der bekannte ... fährt auch mit diesem Zug«, sagte die Fürstin mit triumphierendem und vielsagendem Lächeln, als er sie gefunden und ihr die Zeilen gegeben hatte.

»Ich habe gehört, dass er fährt, wusste aber nicht, wann. Mit diesem Zug?«

»Ich habe ihn gesehen. Er ist hier; nur seine Mutter begleitet ihn. Immerhin – das Beste, was er tun konnte.«

»O ja, versteht sich.«

Während sie sich unterhielten, strömte die Menge an ihnen vorbei zum Mittagstisch. Sie gingen ebenfalls in die Richtung und hörten die laute Stimme eines Herrn, der mit einem Pokal in der Hand vor den Freiwilligen eine Ansprache hielt. »Dienst tun am Glauben, an der Menschheit, an unseren Brüdern«, sprach der Herr, die Stimme immer stärker erhebend. »Für die große Sache segnet euch Mütterchen Moskau. Živio*!« schloss er laut und tränenselig.

Alle riefen Živio!, und noch eine neue Menschenmenge strömte in den Saal und rannte die Fürstin beinahe um.

»Oh, Fürstin, was sagen Sie dazu?« Mitten in der Menge war plötzlich mit freudestrahlendem Lächeln Stepan Arkadjitsch aufgetaucht. »Hat er nicht famos geredet, warmherzig? Bravo! Und Sergej Iwanytsch! Sie sollten selbst ein paar Worte sagen, wissen Sie, zur Ermutigung; Sie können das so gut«, fügte er mit sanftem, achtungsvollem und vorsichtigem Lächeln hinzu und schob Sergej Iwanowitsch leicht am Arm.

»Nein, ich fahre gleich.«

»Wohin?«

»Zu meinem Bruder aufs Land«, antwortete Sergej Iwanowitsch.

»So werden Sie meine Frau sehen. Ich habe ihr geschrieben, aber Sie werden sie vorher sehen; bitte, sagen Sie ihr, dass Sie mich gesehen haben, und es sei *all right*. Sie versteht dann schon. Obwohl, seien Sie so gut, sagen Sie ihr, ich sei ernannt worden zum Kommissionsmitglied der vereinigten ... Na, sie versteht dann schon! Wissen Sie, *les petites misères de la vie humaine**«, sagte er, gleichsam sich entschuldigend, zur Fürstin. »Und Mjachkaja, nicht Lisa, sondern Bibiche, schickt wirklich tausend Gewehre und zwölf Schwestern. Sagte ich Ihnen das schon?«

»Ja, ich habe davon gehört«, antwortete Kosnyschew widerwillig.

»Schade, dass Sie wegfahren«, meinte Stepan Arkadjitsch. »Morgen geben wir ein Diner für zwei Abreisende, Diemer-Bartnjanski aus Petersburg und unseren

---

* Hoch! *(serb.)*
** die kleinen Misslichkeiten des Menschenlebens *(frz.)*

Weslowski, für Grischa. Beide werden fahren. Weslowski hat kürzlich geheiratet. Ein Prachtbursche! Nicht
wahr, Fürstin?« wandte er sich an die Dame.

Die Fürstin schaute, ohne zu antworten, Kosnyschew
an. Aber dass Sergej Iwanowitsch und die Fürstin ihn
anscheinend loswerden wollten, scherte Stepan Arkadjitsch kein bisschen. Lächelnd schaute er mal auf die
Hutfeder der Fürstin, mal nach allen Seiten, als be-
sänne er sich auf etwas. Wie er eine Dame mit Sam-
melbüchse vorübergehen sah, rief er sie her und legte
einen Fünfrubelschein hinein.

»Ich kann diese Sammelbüchsen nicht ruhig ansehen, solange ich noch Geld habe«, sagte er. »Und was
sagen Sie zur heutigen Depesche? Prachtburschen, die
Montenegriner!«

Als die Fürstin ihm berichtete, Wronski fahre mit
diesem Zug, rief er: »Was Sie nicht sagen!« Einen
Augenblick drückte Stepan Arkadjitschs Gesicht Trauer
aus, aber als er eine Minute später, auf jedem Bein
leicht wippend und die Koteletten glattstreichend, den
Raum betrat, wo Wronski sich befand, hatte Stepan Arkadjitsch sein verzweifeltes Weinen an der Leiche der
Schwester wieder völlig vergessen und sah in Wronski
nur den Helden und alten Freund.

»Trotz all seiner Mängel, eines muss man ihm ge-
rechterweise zugute halten«, sagte die Fürstin zu Sergej
Iwanowitsch, sobald Oblonski sie verlassen hatte. »Was
ist er doch eine durch und durch russische, slawische
Natur! Nur fürchte ich, es wird Wronski unangenehm
sein, ihn zu sehen. Was Sie auch sagen mögen – mich
rührt das Schicksal dieses Mannes. Reden Sie unterwegs mit ihm«, sagte die Fürstin.

»Ja, vielleicht, wenn es sich ergibt.«

»Ich habe ihn nie gemocht. Aber das macht vieles
wett. Er fährt nicht nur selbst, sondern nimmt eine
Schwadron auf eigene Kosten mit.«

»Ja, ich habe davon gehört.«

Das Glockenzeichen ertönte. Alles drängte zu den Türen.

»Da ist er!« Die Fürstin deutete auf Wronski, der in langem Mantel und breitkrempigem schwarzem Hut Arm in Arm mit seiner Mutter ging. Oblonski ging neben ihm her und redete lebhaft.

Wronski schaute mit finsterer Miene vor sich hin, als hörte er nicht, was Stepan Arkadjitsch sagte.

Wahrscheinlich auf Stepan Arkadjitschs Hinweis blickte er in die Richtung, wo die Fürstin und Sergej Iwanowitsch standen, und lüftete schweigend den Hut. Sein gealtertes, Leid ausstrahlendes Gesicht wirkte versteinert.

Draußen auf dem Perron ließ Wronski schweigend der Mutter den Vortritt und verschwand im Waggon.

Auf dem Perron erklang »Gott sei des Zaren Schutz«, dann wurde Hurra! gerufen und Živio! Einer der Freiwilligen, ein hochgewachsener, sehr junger Mann mit eingefallener Brust, verbeugte sich besonders auffällig, er schwenkte überm Kopf den Filzhut und sein Blumenbouquet. Hinter ihm reckten sich, ebenfalls sich verbeugend, zwei Offiziere zum Fenster heraus sowie ein älterer Mann mit großem Bart und schmieriger Schirmmütze.

III

Sergej Iwanowitsch verabschiedete sich von der Fürstin, bestieg mit dem wieder dazugestoßenen Katawassow den überfüllten Waggon, und der Zug fuhr an.

Auf der Station Zarizyno wurde der Zug von einem harmonischen Chor junger Männer empfangen, die »Heil dir« sangen. Wieder verbeugten sich die Freiwilligen und reckten sich zum Fenster hinaus, aber Sergej

Iwanowitsch beachtete sie nicht; er hatte soviel mit Freiwilligen zu tun, dass er den Typus dieser Leute bereits kannte, das interessierte ihn nicht. Katawassow hingegen, der über seinen gelehrten Beschäftigungen keine Gelegenheit hatte, Freiwillige zu beobachten, interessierte sich sehr dafür und fragte Sergej Iwanowitsch nach ihnen aus.

Sergej Iwanowitsch riet ihm, in die zweite Klasse zu gehen und selbst mit ihnen zu reden. Auf der nächsten Station folgte Katawassow diesem Rat.

Als der Zug hielt, ging er hinüber in die zweite Klasse, um sie kennenzulernen. Die Freiwilligen saßen für sich in einer Ecke des Waggons und unterhielten sich laut, offenbar in dem Bewusstsein, dass die Aufmerksamkeit der Passagiere und des eingetretenen Katawassow auf sie gerichtet war. Am lautesten redete der hochgewachsene Jüngling mit eingefallener Brust. Er war offenbar betrunken und erzählte eine Geschichte, die sich bei ihnen im Geschäft zugetragen hatte. Ihm gegenüber saß ein nicht mehr junger Offizier im österreichischen Militärkamisol der Gardeuniform. Er hörte dem Erzähler lächelnd zu und unterbrach ihn ständig. Ein dritter saß in Artillerieuniform daneben auf einem Koffer. Der vierte schlief.

Katawassow begann ein Gespräch mit dem Jüngling und erfuhr, dass er ein reicher Moskauer Kaufmann war, der bis zum Alter von zweiundzwanzig ein großes Vermögen verjubelt hatte. Er gefiel Katawassow nicht, weil er verzärtelt war, verzogen und von schwächlicher Gesundheit; offenbar war er überzeugt, besonders jetzt, da er getrunken hatte, dass er eine Heldentat vollbringen würde, und prahlte aufs unangenehmste.

Der andere, ein verabschiedeter Offizier, machte ebenfalls einen unangenehmen Eindruck auf Katawassow. Er war allem Anschein nach ein Mensch, der alles versucht hatte. Sowohl bei der Eisenbahn war er gewesen wie auch Gutsverwalter, hatte selbst Fabriken gegründet und redete über alles und jedes, wobei er ohne Not und am falschen Ort gelehrte Wörter benutzte.

Der dritte, der Artillerist, gefiel Katawassow hingegen sehr. Er war ein bescheidener, stiller Mann, der offenbar vor dem Wissen des verabschiedeten Gardisten und der heldenhaften Aufopferung des Kaufmanns den Hut zog und über sich selbst gar nichts sagte. Als Katawassow ihn fragte, was ihn veranlasse, nach Serbien zu fahren, erwiderte er bescheiden:

»Je nun, es fahren ja alle. Da muss man auch den Serben helfen. Sie tun einem leid.«

»Ja, besonders von euch Artilleristen sind wenige dort«, sagte Katawassow.

»Ich habe ja nicht lang in der Artillerie gedient; vielleicht stecken sie mich in die Infanterie oder Kavallerie.«

»Wieso in die Infanterie, wenn vor allem Artilleristen gebraucht werden?« Katawassow schloss aus dem Alter des Artilleristen, dass er schon einen gewissen Rang haben müsste.

»Ich habe nicht viel in der Artillerie gedient, mich haben sie als Aspiranten verabschiedet.« Und er begann zu erklären, warum er die Prüfung an der Artillerieschule nicht geschafft hatte.

Alles zusammen machte auf Katawassow einen unangenehmen Eindruck, und als die Freiwilligen auf einer Station ausstiegen, um etwas zu trinken, wollte Katawassow im Gespräch mit jemand anderem seinen unvorteilhaften Eindruck überprüfen. Ein mitreisendes altes Männchen im Militärmantel hatte die ganze Zeit Katawassows Gespräch mit den Freiwilligen gelauscht. Da Katawassow nun mit ihm allein war, sprach er ihn an.

»Ja, wie verschiedenartig die Situation all dieser

Leute doch ist, die sich dorthin aufmachen«, sagte Katawassow unbestimmt, denn er wollte seine eigene Meinung äußern und zugleich die des Alten erkunden.

Das Männchen war Soldat gewesen, hatte zwei Feldzüge mitgemacht. Er wusste, was ein Soldat ist, und nach dem Anblick und dem Gerede dieser Herren, nach dem Schneid, mit dem sie unterwegs zur Feldflasche griffen, hielt er sie für schlechte Soldaten. Außerdem wohnte er in einer Kreisstadt und hätte gern erzählt, wie aus seiner Stadt bloß ein dienstunfähiger Soldat gefahren war, ein Trunkenbold und Dieb, dem niemand mehr Arbeit geben wollte. Weil er aber aus Erfahrung wusste, dass es bei der jetzigen Stimmung in der Gesellschaft gefährlich war, eine Meinung zu äußern, die der allgemeinen zuwiderlief, besonders, die Freiwilligen zu kritisieren, nahm auch er Katawassow erst einmal in Augenschein.

»Tja, dort werden Leute gebraucht. Die serbischen Offiziere sollen überhaupt nichts taugen.«

»O ja, die hier sind dagegen tollkühn«, meinte Katawassow mit lachenden Augen. Und sie begannen, über die letzte Neuigkeit vom Kriegsschauplatz zu reden, und beide verheimlichten einander ihr Befremden, mit wem morgen eine Schlacht erwartet werde, wo die Türken doch gemäß der letzten Nachricht auf der ganzen Linie geschlagen seien. Und ohne dass beide ihre Meinung geäußert hätten, gingen sie auseinander.

Als Katawassow in seinen Waggon kam, berichtete er Sergej Iwanowitsch von seinen Beobachtungen bei den Freiwilligen und geriet unwillkürlich ins Flunkern, so dass herauskam, sie seien alle vortreffliche Burschen.

Auf der großen Station in einer Stadt empfingen wieder Gesang und Hochrufe die Freiwilligen, wieder tauchten Sammlerinnen und Sammler mit Büchsen auf, und die Gouvernementsdamen brachten den Freiwilligen Blumenbouquets und folgten ihnen ins Büfett, aber es war alles schon weitaus schwächer und spärlicher als in Moskau.

IV

Während des Aufenthalts in der Gouvernementsstadt ging Sergej Iwanowitsch nicht ins Büfett, sondern spazierte auf dem Perron auf und ab.

Als er das erste Mal an Wronskis Abteil vorbeikam, bemerkte er, dass die Vorhänge zugezogen waren. Als er jedoch das nächste Mal vorbeikam, sah er die alte Gräfin am Fenster. Sie rief Kosnyschew zu sich her.

»Da fahre ich nun, begleite ihn bis Kursk«, sagte sie.

»Ja, ich habe davon gehört«, sagte Sergej Iwanowitsch, blieb vor ihrem Fenster stehen und schaute hinein. »Was für ein wunderbarer Wesenszug von seiner Seite!« fügte er hinzu, als er bemerkte, dass Wronski nicht im Abteil war.

»Aber was blieb ihm schon anderes übrig nach seinem Unglück?«

»Was für ein schreckliches Ereignis!« sagte Sergej Iwanowitsch.

»Ach, was ich durchgemacht habe! Kommen Sie doch herein ... Ach, was ich durchgemacht habe!« wiederholte sie, als Sergej Iwanowitsch eingetreten war und sich neben sie auf die Polsterbank gesetzt hatte. »Das kann man sich nicht vorstellen! Sechs Wochen redete er mit niemandem und aß nur, wenn ich ihn anflehte. Und keinen Augenblick durfte man ihn allein lassen. Wir räumten alles weg, womit er sich hätte umbringen können; wir wohnten im Stockwerk unter ihm, aber es ließ sich ja nichts vorhersehen. Sie müssen wissen, dass er schon einmal auf sich geschossen hat, auch ihretwegen«, und die Augenbrauen der alten Dame zogen sich zusammen bei dieser Erinnerung. »Ja, sie hat geendet, wie eine solche Frau enden musste. Sogar der Tod, den sie gewählt hat, war gemein und niedrig.«

»Nicht wir haben zu richten, Gräfin«, sagte Sergej Iwanowitsch seufzend, »doch ich verstehe, wie schwer es für Sie war.«

»Ach, das ist gar kein Ausdruck! Ich hielt mich auf meinem Gut auf, er war gerade bei mir. Da wird ein Billett gebracht. Er schreibt eine Antwort und schickt sie weg. Wir wussten ja nichts davon, dass sie dort war, auf der Bahnstation. Abends, ich hatte mich gerade zurückgezogen, da sagt mir meine Mary, auf der Bahnstation habe sich eine Dame unter den Zug gestürzt. Das traf mich wie ein Schlag! Ich begriff – das war sie. Das erste, was ich vorbrachte: Sagt ihm nichts. Aber sie hatten es ihm schon gesagt. Sein Kutscher war dort gewesen und hatte alles gesehen. Als ich in sein Zimmer gelaufen kam, war er schon außer sich – ein furchtbarer Anblick. Er sagte kein Wort und sprengte dorthin. Was dort war, weiß ich nicht, jedenfalls, als sie ihn zurückbrachten, war er wie tot. Ich hätte ihn nicht erkannt. *Prostration complète**, sagte der Doktor. Danach begann schon fast Tobsucht.«

Die Gräfin winkte ab. »Ach, was rede ich!« sagte sie. »Eine schreckliche Zeit! Nein, was Sie auch sagen mögen, eine üble Frau. Was sind das bloß für verzweifelte Leidenschaften! Da muss ständig etwas Besonderes bewiesen werden. Das hat sie nun bewiesen. Hat sich zugrunde gerichtet und zwei wunderbare Menschen dazu, ihren Mann und meinen unglücklichen Sohn.«

»Und was ist mit ihrem Mann?« fragte Sergej Iwanowitsch.

»Er hat ihre Tochter zu sich genommen. Alexej war in der ersten Zeit mit allem einverstanden. Jetzt quält

---

* Völliger Zusammenbruch *(frz.)*

es ihn schrecklich, dass er einem fremden Menschen seine Tochter gegeben hat. Doch sein Wort zurücknehmen kann er nicht. Karenin kam zur Beerdigung angereist. Doch wir sorgten vor, damit er Alexcj nicht begegnete. Für ihn, für den Ehemann, ist es trotz allem leichter. Sie hat ihn von allem entbunden. Aber mein armer Sohn hatte sich ihr völlig hingegeben. Ließ alles im Stich – die Karriere, mich, und nicht einmal da hat sie ihn bedauert, sondern vorsätzlich ganz zerstört. Nein, was Sie auch sagen mögen, ihr Tod ist der Tod einer abscheulichen Frau ohne Religion. Gott verzeihe mir, doch ich kann ihr Andenken nur hassen, wenn ich den Untergang meines Sohnes sehe.«

»Aber wie geht es ihm jetzt?«

»Da hat Gott uns geholfen, mit diesem serbischen Krieg. Ich in meinem Alter verstehe ja nichts davon, aber ihm hat Gott das geschickt. Natürlich, für mich als Mutter ist das furchtbar; und vor allem, es heißt, *ce n'est pas très bien vu à Pétersbourg**. Aber was tun! Allein das konnte ihn aufrichten. Jaschwin, sein Freund, der hatte alles verspielt und wollte nach Serbien. Er kam bei ihm vorbei und überredete ihn. Jetzt beschäftigt ihn das. Reden Sie doch bitte mit ihm, ich würde ihn gerne zerstreuen. Er ist so traurig. Und zu allem Unglück hat er noch Zahnschmerzen. Über Sie wird er sich sehr freuen. Bitte, reden Sie mit ihm, er geht auf der anderen Seite auf und ab.«

Sergej Iwanowitsch sagte, das freue ihn sehr, und begab sich auf die andere Zugseite.

---

* das sei nicht sehr gern gesehen in Petersburg *(frz.)*

V

Im schrägen Abendschatten der Bastmattensäcke, die auf dem Perron aufgeschichtet lagen, ging Wronski in seinem langen Mantel, den Hut tief in der Stirn und die Hände in den Taschen, auf und ab wie ein Tier im Käfig und machte nach zwanzig Schritt jeweils rasch kehrt. Sergej Iwanowitsch hatte beim Näherkommen den Eindruck, als sähe ihn Wronski, tue aber so, als ob er ihn nicht sähe. Sergej Iwanowitsch war das gleichgültig. Er war über jederart persönliche Querelen mit Wronski erhaben.

In diesem Moment war Wronski in Sergej Iwanowitschs Augen ein wichtiger Akteur in einer großen Sache, und Kosnyschew hielt es für seine Pflicht, ihn aufzumuntern und anzuspornen. Er trat zu ihm.

Wronski blieb stehen, fasste ihn ins Auge, erkannte ihn, ging Sergej Iwanowitsch ein paar Schritte entgegen und drückte ihm kräftig, sehr kräftig die Hand.

»Vielleicht wünschen Sie mir gar nicht zu begegnen«, sagte Sergej Iwanowitsch, »aber könnte ich Ihnen eventuell von Nutzen sein?«

»Mit niemand könnte mir eine Begegnung so wenig unangenehm sein wie mit Ihnen«, sagte Wronski. »Pardon. Das Leben hat für mich nichts Angenehmes.«

»Ich verstehe das und wollte Ihnen meine Dienste anbieten.« Sergej Iwanowitsch schaute Wronski in das offensichtlich leidende Gesicht. »Benötigen Sie eventuell einen Brief an Ristić oder an Milan?«

»O nein!« Wronski schien ihn nur mit Mühe zu verstehen. »Wenn es Ihnen nichts ausmacht, lassen Sie uns auf und ab gehen. Im Zug ist es so stickig. Einen Brief? Nein, ich danke Ihnen; um zu sterben, bedarf es keiner Empfehlung. Höchstens an die Türken ...« sagte er und lächelte nur mit dem Mund. Die Augen hatten weiterhin einen grimmig leidenden Ausdruck.

»Ja, aber Sie könnten Beziehungen, die nun mal unumgänglich sind, mit einem unterrichteten Menschen
womöglich leichter aufnehmen. Im übrigen – wie Sie
mögen. Ich habe mich sehr gefreut, als ich von Ihrem
Entschluss erfuhr. Es gibt ohnehin viele Angriffe auf
die Freiwilligen, so dass ein Mann wie Sie deren Ansehen in der öffentlichen Meinung heben wird.«

»Als Mensch habe ich den Vorteil«, sagte Wronski,
»dass das Leben mir nichts wert ist. Dass ich jedoch
genügend körperlicher Energie habe, um ein Karree zu
sprengen und den Feind zu überrennen oder selbst zu
fallen – das weiß ich. Ich freue mich, dass es etwas gibt,
wofür ich mein Leben hingeben kann; nicht, dass ich es
nicht mehr brauchte, es ist mir zuwider. So ist es irgendwem nütze.« Und seine Wangenmuskeln bewegten sich ungeduldig, denn der unaufhörliche, bohrende
Zahnschmerz hinderte ihn sogar, mit dem gewünsch-
ten Ausdruck zu sprechen.

»Sie werden wieder aufleben, das verspreche ich Ihnen«, sagte Sergej Iwanowitsch voll Rührung. »Seine
Brüder aus dem Joch zu befreien ist ein Ziel, des Todes wie des Lebens würdig. Gebe Gott Ihnen äußeren
Erfolg – und inneren Frieden«, fügte er hinzu und
streckte die Hand aus.

Wronski drückte Sergej Iwanowitschs ausgestreckte
Hand kräftig.

»Ja, als Werkzeug kann ich noch zu etwas nütze sein.
Aber als Mensch bin ich eine Ruine«, sagte er gedehnt.

Der heftige Schmerz an dem kräftigen Zahn, der
seinen Mund mit Speichel füllte, hinderte ihn am Reden. Er verstummte und starrte auf die Räder eines
langsam und sanft auf den Geleisen herbeirollenden
Tenders.

Und plötzlich ließ ihn – kein Schmerz, sondern
eine andere, qualvolle innere Beklemmung den Zahnschmerz für einen Augenblick vergessen. Beim Blick

auf Tender und Geleise, unter dem Einfluss des Gesprächs mit einem Bekannten, den er seit seinem Unglück nicht gesehen hatte, erinnerte er sich plötzlich an
sie, das heißt an das, was von ihr noch übrig war, als er
wie ein Wahnsinniger in die Arbeiterbaracke an der
Bahnstation gerannt kam: auf dem Tisch der Baracke,
umringt von Fremden, schamlos hingebreitet der blut-
beschmierte Körper, noch voll des jüngstvergangenen
Lebens; zurückgeworfen der unversehrte Kopf mit den
schweren Zöpfen und den Haarkringeln an den Schläfen, und auf dem betörenden Gesicht mit dem halb-
offenen roten Mund ein erstarrter, seltsamer, auf den
Lippen kläglicher und in den reglosen, nicht geschlossenen Augen schrecklicher Ausdruck, der klar und deutlich jenes furchtbare Wort auszusprechen schien – dass
er bereuen würde –, das sie während des Streits zu ihm
gesagt hatte.

Und er suchte sich ihrer zu entsinnen, wie sie damals
gewesen war, als er ihr das erste Mal begegnete, auch
auf einer Bahnstation – geheimnisvoll, betörend, liebend, Glück suchend und Glück spendend, und nicht
grausam rachsüchtig, wie sie ihm vom letzten Moment
im Gedächtnis haftete. Er suchte sich der besten Momente mit ihr zu entsinnen, aber diese Momente waren
ein für allemal vergiftet. Er hatte sie nur als triumphierend im Gedächtnis, ihre Drohung vollstreckend,
die Drohung einer niemandem nützenden, doch niemals zu tilgenden Reue. Er spürte den Zahnschmerz
nicht mehr, Weinen verzerrte ihm das Gesicht.

Zweimal ging er schweigend an den Mattensäcken
entlang, bis er sich gefasst hatte und sich ruhig an Sergej Iwanowitsch wandte:

»Sie erhielten noch keine Depesche seit der gestrigen? Ja, zum drittenmal geschlagen, aber für morgen
wird eine Entscheidungsschlacht erwartet.«

Sie sprachen noch über die Ausrufung Milans zum

König und über die ungeheuren Folgen, die das haben könnte, und nach dem zweiten Glockenzeichen ging jeder zu seinem Waggon.

VI

Da Sergej Iwanowitsch nicht gewusst hatte, wann er aus Moskau loskäme, hatte er seinem Bruder nicht telegraphiert, um sich abholen zu lassen. Lewin war nicht zu Hause, als Katawassow und Sergej Iwanowitsch, vom Staub schwarz wie Mohren, gegen zwölf Uhr mittags in einem auf der Station gemieteten kleinen Tarantas vor dem Haus in Pokrowskoje vorfuhren. Kitty, die mit Vater und Schwester auf dem Balkon saß, erkannte den Schwager und lief nach unten, ihn zu begrüßen.

»Wie konnten Sie bloß uns nichts wissen lassen!« sagte sie, reichte Sergej Iwanowitsch die Hand und hielt ihm die Stirn hin.

»Wir sind bestens angekommen und haben Sie nicht behelligt«, erwiderte Sergej Iwanowitsch. »Ich bin so staubig, dass ich Sie zu berühren fürchte. Ich war so beschäftigt, dass ich nicht wusste, wann ich mich loseisen würde. Sie dagegen«, fuhr er lächelnd fort, »genießen nach wie vor Ihr stilles Glück, fern aller Strömungen, in Ihrer stillen Bucht. Auch unser Freund Fjodor Wassiljitsch hat sich endlich aufgerafft.«

»Aber ich bin kein Neger, ich wasche mich − und sehe menschenähnlich aus«, sagte Katawassow in seinem üblichen scherzhaften Ton, reichte ihr die Hand und lächelte, des schwarzen Gesichts wegen mit besonders blitzenden Zähnen.

»Kostja wird sich sehr freuen. Er ist zum Vorwerk. Müsste aber bald zurück sein.«

»Befasst sich also immer noch mit der Landwirtschaft. Wirklich, eine stille Bucht«, sagte Katawassow.

»Wir in der Stadt haben für nichts mehr Augen als für den serbischen Krieg. Na, wie sieht es mein Freund? Bestimmt anders als sonst die Leute?«

»Ach, wie schon, so wie alle«, antwortete Kitty mit einem leicht konfusen Blick zu Sergej Iwanowitsch. »Ich schicke gleich nach ihm. Mein Vater ist zu Besuch. Er ist kürzlich aus dem Ausland zurückgekehrt.«

Und als sie angeordnet hatte, dass nach Lewin geschickt und den staubbedeckten Gästen, dem einen im Arbeitszimmer, dem anderen in Dollys früherem Zimmer, eine Waschgelegenheit hergerichtet würde und danach ein Dejeuner, nützte sie ihr Recht auf rasche Bewegungen, die ihr während der Schwangerschaft verwehrt gewesen waren, und lief auf den Balkon.

»Es sind Sergej Iwanowitsch und Katawassow, der Professor«, sagte sie.

»Oh, wie beschwerlich bei der Hitze!« sagte der Fürst.

»Nein, Papa, er ist sehr nett, und Kostja mag ihn sehr«, versetzte Kitty lächelnd und gleichsam bittend, da sie die Spottlust auf dem Gesicht des Vaters sah.

»Ich meine ja nur.«

»Geh du zu ihnen, mein Herz«, wandte sich Kitty an ihre Schwester, »leiste ihnen Gesellschaft. Sie haben am Bahnhof Stiwa getroffen, er ist gesund. Und ich laufe zu Mitja. Ausgerechnet heute habe ich ihn seit dem Tee nicht mehr gestillt. Er ist jetzt wach und schreit sicher schon.« Und da sie den Andrang der Milch spürte, ging sie raschen Schrittes ins Kinderzimmer.

Tatsächlich hatte sie nicht bloß geahnt (ihre Verbindung zum Kind war noch nicht abgerissen), sondern am Andrang der Milch bei sich erkannt, dass bei ihm die Nahrung fehlte.

Sie wusste, dass er schrie, noch bevor sie am Kinderzimmer war. Und er schrie tatsächlich. Sie hörte seine

Stimme und legte noch einen Schritt zu. Doch je rascher sie ging, desto lauter schrie er. Die Stimme war gut, gesund, nur hungrig und ungeduldig.

»Schon lange, schon lange?« fragte Kitty hastig die Kinderfrau, als sie sich setzte und zum Stillen bereit machte. »Schnell, geben Sie ihn mir. Ach, was sind Sie saumselig, binden Sie das Häubchen doch hinterher zu!«

Das Kind bekam kaum noch Luft vor gierigem Geschrei.

»Aber das geht doch nicht«, erwiderte Agafja Michailowna, die im Kinderzimmer fast immer zugegen war. »Er muss ordentlich fertiggemacht sein. Eia, eia!« flötete sie über ihm, ohne auf die Mutter zu achten.

Die Kinderfrau brachte das Kind zur Mutter. Agafja Michailowna kam hinterdrein, das Gesicht zerfließend vor Zärtlichkeit.

»Er kennt mich, er kennt mich. Ob Sie es glauben oder nicht, bei Gott, Katerina Alexandrowna, er hat mich erkannt!« überschrie Agafja Michailowna das Kind.

Aber Kitty hörte nicht auf sie. Ihre Ungeduld war genauso am Zunehmen wie die Ungeduld des Kindes.

Vor lauter Ungeduld wollte es lange nicht klappen. Das Kind erwischte nicht, was es sollte, und wurde zornig.

Schließlich, nach einem verzweifelten, halb erstickten Schrei und leerem Schlucken, klappte es, und Mutter und Kind fühlten sich gleichzeitig besänftigt und wurden beide still.

»Er ist ja ganz verschwitzt, der Ärmste«, flüsterte Kitty, während sie das Kind abtastete. »Weshalb meinen Sie, er würde Sie erkennen?« fügte sie hinzu, dabei schielte sie auf die, wie ihr schien, schelmisch unterm verrutschten Häubchen vorschauenden Kinderaugen, auf die gleichmäßig sich blähenden Bäckchen und auf

sein Händchen mit der roten Handfläche, das kreisför-
mige Bewegungen machte.

»Das kann nicht sein! Würde er jemanden erkennen,
dann mich«, sagte Kitty auf Agafja Michailownas Behauptung und lächelte.

Sie lächelte, weil sie zwar sagte, er könne niemanden
erkennen, in ihrem Herzen aber wusste, dass er nicht
nur Agafja Michailowna erkannte, sondern dass er alles
kannte und wusste und verstand und dass er auch vieles wusste und verstand, was niemand wusste und was
auch sie, die Mutter, erst dank ihm erkannt hatte und
zu verstehen begann. Für Agafja Michailowna, für die
Kinderfrau, für den Großvater, sogar für den Vater war
Mitja ein Lebewesen, das rein materielle Pflege verlangte; für die Mutter jedoch war er längst schon ein
Wesen mit Innenleben, und ihre geistigen Beziehungen hatten bereits eine lange Geschichte.

»Wenn er aufwacht, werden Sie ja sehen, so Gott will.
Wenn ich so mache, strahlt er regelrecht, das Täubchen.
Strahlt regelrecht wie der lichte Tag«, sagte Agafja
Michailowna.

»Na schön, na schön, das sehen wir dann«, flüsterte
Kitty. »Jetzt gehen Sie, er schläft ein.«

VII

Agafja Michailowna ging auf Zehenspitzen hinaus; die
Kinderfrau ließ das Rouleau herunter, verjagte die Fliegen unterm Gazevorhang des Bettchens und eine Hor-
nisse, die gegen die Fensterscheibe schlug, setzte sich
und schwenkte einen welken Birkenzweig über Mutter
und Kind.

»Eine Hitze, so eine Hitze! Würde der Herrgott doch
ein bisschen Regen schicken!« murmelte sie.

»Ja, ja, sch-sch-sch …« antwortete Kitty nur; sie

wiegte sich leicht und drückte zärtlich das am Handgelenk wie mit einem Fädchen umschnürte pummelige
Händchen, das Mitja immer noch sacht schwenkte,
während er die Augen bald schloss, bald öffnete. Das
Händchen reizte Kitty; sie hätte es zu gerne geküsst, das
Händchen, befürchtete aber, sie könnte das Kind auf-
wecken. Endlich hörte das Händchen auf, sich zu bewegen, und die Augen schlossen sich. Bloß hin und wieder
hob das Kind beim Weiternuckeln ein bisschen seine
langen, gebogenen Wimpern und blickte aus feuchten,
im Halbdunkel schwarz erscheinenden Augen zur Mutter. Die Kinderfrau hörte zu schwenken auf und döste
ein. Von oben war das Stimmgedröhn des alten Fürsten
und Katawassows Gelächter zu hören.

›Bestimmt sind sie auch ohne mich ins Gespräch
gekommen‹, dachte Kitty. ›Trotzdem ärgerlich, dass
Kostja nicht da ist. Bestimmt ist er wieder beim Bienengarten vorbeigegangen. Es ist zwar traurig, dass er
so oft dort ist, trotzdem bin ich froh. Das zerstreut ihn.
Jetzt ist er schon vergnügter und besser beisammen als
im Frühjahr.

Da war er ja so finster und hat sich so geplagt, dass
mir angst und bange wurde um ihn. Und wie komisch
er doch ist!‹ flüsterte sie lächelnd.

Sie wusste, was ihren Mann plagte. Sein Unglaube.
Zwar hätte sie auf die Frage, ob er ihrer Ansicht nach
im jenseitigen Leben verdammt würde, wenn er nicht
glaubte, zugeben müssen, er würde verdammt werden—
dennoch machte sein Unglaube sie nicht unglücklich;
und wiewohl sie anerkannte, dass es für einen Ungläubigen keine Erlösung geben könne, und mehr als alles
auf der Welt die Seele ihres Mannes liebte, dachte sie
mit einem Lächeln an seinen Unglauben und sagte sich,
er sei zu komisch.

›Wozu liest er das ganze Jahr ständig irgendwelche
Philosophien?‹ überlegte sie. ›Wenn in diesen Büchern

alles geschrieben steht, kann er es begreifen. Wenn die
Unwahrheit drinsteht, wieso liest er sie dann? Er sagt
selbst, er würde gern glauben. Ja, warum glaubt er dann
nicht? Bestimmt darum, weil er viel denkt? Und er
denkt viel aus Vereinsamung. Immer und ewig ist er
allein. Mit uns kann er nicht über alles reden. Ich denke, diese Gäste werden ihm behagen, besonders Katawassow. Mit ihm disputiert er gern‹, überlegte sie
und machte einen Gedankensprung, wo sie Katawassow
wohl am günstigsten einquartierte, allein oder mit Sergej Iwanowitsch. Da kam ihr plötzlich ein Gedanke,
der sie zusammenzucken ließ vor Erregung und sogar
Mitja aufschreckte, so dass er sie streng anblickte. ›Die
Wäscherin hat, glaube ich, die Wäsche noch nicht gebracht, und die Bettwäsche für Gäste ist aus. Wenn ich
nichts anordne, gibt Agafja Michailowna womöglich
Sergej Iwanowitsch benutzte Bettwäsche!‹ Allein der
Gedanke trieb Kitty das Blut ins Gesicht.

›Ja, das werde ich anordnen‹, beschloss sie und kehrte
zu den vorherigen Gedanken zurück, denn sie erinnerte
sich, dass etwas Wichtiges, Seelisches, noch nicht
durchdacht war, und sie suchte sich zu erinnern, was.
›Ah ja, Kostjas Unglaube‹, erinnerte sie sich, wieder mit
einem Lächeln.

›Von wegen Unglaube! Besser, er bleibt immer so, als
dass er wird wie Madame Stahl oder wie ich sein wollte
damals im Ausland. Nein, heucheln wird er gewiss
nicht.‹

Und vor ihr stand lebhaft das Bild, wie sich seine
Güte erst kürzlich gezeigt hatte. Vor zwei Wochen war
ein reuiger Brief von Stepan Arkadjitsch bei Dolly eingetroffen. Er beschwor sie, seine Ehre zu retten und ihr
Gut zu verkaufen, damit er seine Schulden bezahlen
könnte. Dolly war verzweifelt, sie hasste ihren Mann,
verachtete und bedauerte ihn, wollte sich scheiden lassen und nein sagen, doch es endete damit, dass sie ein-

willigte, einen Teil ihres Gutes zu verkaufen. Danach erinnerte sich Kitty mit einem unwillkürlichen Lächeln der Rührung an die Konfusion ihres Mannes, wie er mehrfach ungeschickt von dem anfing, was ihn beschäftigte — er hatte sich nämlich den einzigen Weg ausgedacht, Dolly zu helfen, ohne sie zu kränken —, und wie er schließlich Kitty vorschlug, sie solle ihren Anteil am Gut an sie abtreten, worauf Kitty selbst nicht gekommen war.

›Er und Unglaube? Bei seinem Herzen, bei dieser Furcht, irgendwen zu betrüben, und sei es ein Kind! Alles für die anderen, nichts für sich selbst. Sergej Iwanowitsch meint ja auch, es sei Kostjas Pflicht, sein Gutsverwalter zu sein. Seine Schwester genauso. Jetzt ist Dolly mit den Kindern in seiner Obhut. Und alle diese Bauern, die tagtäglich zu ihm kommen, als wäre er verpflichtet, ihnen zu Diensten zu sein.‹

›Ja, werde nur so wie dein Vater, nur so‹, murmelte sie, übergab Mitja der Kinderfrau und drückte die Lippen auf sein Bäckchen.

VIII

Von dem Moment an, als Lewin beim Anblick des geliebten sterbenden Bruders zum erstenmal auf die Fragen des Lebens und des Todes durch das Prisma jener, wie er es nannte, neuen Überzeugungen schaute, die ihm, ohne dass er es bemerkt hätte, im Alter zwischen zwanzig und vierunddreißig seine kindlichen und jugendlichen Glaubensvorstellungen ersetzt hatten, da graute ihm weniger vor dem Tod als vor einem Leben ohne das geringste Wissen über das Woher, Wozu, Weshalb und was das Leben eigentlich sei. Der Organismus, seine Zerstörung, die Unvergänglichkeit der Materie, das Gesetz von der Erhaltung der Energie und die Entwicklung waren die Wörter, die ihm seinen früheren Glauben ersetzt hatten. Diese Wörter und die damit verbundenen Begriffe waren sehr gut für geistige Zwecke; aber fürs Leben gaben sie nichts her, und Lewin fand sich plötzlich in der Situation eines Menschen, der einen warmen Pelz gegen Musselinkleidung eingetauscht hat und sich im Frost zum erstenmal eindeutig, nicht durch Nachdenken, sondern am eigenen Leib überzeugen kann, dass er so gut wie nackt ist und unweigerlich qualvoll zugrunde gehen muss.

Von dem Moment an empfand Lewin, obwohl er sich keine Rechenschaft darüber ablegte und weiterlebte wie zuvor, unablässig diese Furcht wegen seiner Unwissenheit.

Außerdem hatte er das vage Gefühl, dass das, was er seine Überzeugungen nannte, nicht nur Unwissenheit, sondern dass es eine Denkweise war, die das Wissen, das er brauchte, unmöglich machte.

In der ersten Zeit nach der Heirat hatten die neuen Freuden und Pflichten, die er nun kennenlernte, diese Gedanken völlig zum Schweigen gebracht; in der letzten Zeit aber, als er nach der Niederkunft seiner Frau untätig in Moskau lebte, hatte sich Lewin immer häufiger und immer beharrlicher eine Frage aufgedrängt, die nach einer Lösung verlangte.

Die Frage bestand für ihn in folgendem: ›Wenn ich die Antworten, die das Christentum auf die Fragen meines Lebens gibt, nicht anerkenne, welche Antworten erkenne ich dann an?‹ Und er konnte im gesamten Arsenal seiner Überzeugungen nicht nur keinerlei Antworten finden, sondern auch nichts, was einer Antwort ähnlich gewesen wäre.

Er war in der Lage eines Menschen, der in Spielwaren- oder Waffenläden nach Nahrung sucht.

Unwillkürlich, ohne sich dessen bewusst zu sein, suchte er nun in jedem Buch, in jedem Gespräch und in

jedem Menschen einen Bezug zu diesen Fragen und
ihre Lösung.

Am stärksten verwunderte und verstimmte ihn dabei, dass die meisten Menschen seines Kreises und seines Alters wie er die früheren Glaubensvorstellungen
ersetzt hatten durch die gleichen neuen Überzeugungen wie er, darin aber überhaupt nichts Schlimmes
sahen und vollkommen zufrieden und ruhig waren. So
dass Lewin außer der Hauptfrage noch andere Fragen
plagten: Sind diese Menschen aufrichtig? heucheln sie
nicht? oder begreifen sie womöglich anders als er, klarer, die Antworten, die die Wissenschaft auf die Fragen
gibt, die ihn beschäftigen? Und er studierte gewissenhaft sowohl die Meinungen dieser Menschen wie auch
die Bücher, die diese Antworten darlegten.

Eines hatte er seit der Zeit, da diese Fragen ihn beschäftigten, herausgefunden, nämlich dass er sich geirrt hatte, als er in Erinnerung an seinen jugendlichen
Kreis aus der Universitätszeit annahm, die Religion
habe sich überlebt und existiere nicht mehr. Alle im
Leben guten Menschen, die ihm nahestanden, waren
gläubig. Der alte Fürst wie auch Lwow, den er so liebgewonnen hatte, Sergej Iwanowitsch wie auch alle
Frauen waren gläubig, und seine Frau war so gläubig,
wie er es in der ersten Kindheit gewesen war, ebenso
neunundneunzig Hundertstel des russischen Volkes, das
gesamte Volk, dessen Leben ihm so besondere Achtung
einflößte – alle waren gläubig.

Zum anderen kam er nach der Lektüre vieler Bücher zu der Überzeugung, dass die Menschen, die
seine Anschauungen teilten, gar nichts anderes darunter verstanden und dass sie, ohne etwas zu erklären, lediglich die Fragen ignorierten, ohne deren Beantwor-
tung er nicht mehr leben zu können meinte, und
vollkommen andere Fragen zu lösen suchten, die ihn
nicht interessierten, beispielsweise die Entwicklung

der Organismen, die mechanistische Erklärung der Seele usw.

Außerdem war während der Niederkunft seiner Frau etwas Ungewöhnliches mit ihm geschehen. Er, bei seinem Unglauben, hatte zu beten begonnen, und in dem Moment, als er betete, war er gläubig gewesen. Aber der Moment ging vorüber, und er konnte die damalige Stimmung in seinem Leben nicht mehr unterbringen.

Er konnte nicht anerkennen, dass er damals die Wahrheit gewusst hatte und jetzt sich irrte; denn sobald er ruhig darüber nachzudenken begann, zerfiel alles in Stücke; er konnte auch nicht anerkennen, dass er sich damals geirrt hatte, denn seine damalige Gemütsverfassung war ihm lieb und wert, und hätte er sie als Schwäche eingeschätzt, hätte er jene Momente entweiht. Er war auf qualvolle Weise uneins mit sich selbst und spannte alle Seelenkräfte an, um da herauszukommen.

IX

Diese Gedanken bedrückten und plagten ihn bald schwächer, bald stärker, verließen ihn jedoch nie. Er las und dachte nach, und je mehr er las und nachdachte, desto weiter fühlte er sich von dem verfolgten Ziel entfernt.

Da er in der letzten Zeit in Moskau und auf dem Land zur Überzeugung gekommen war, dass er bei den Materialisten keine Antwort finden würde, las er erneut und auf neue Weise Plato, Spinoza, Kant, Schelling, Hegel und Schopenhauer – die Philosophen, die das Leben nicht materialistisch erklärten.

Die Gedanken kamen ihm fruchtbar vor, solange er Widerlegungen anderer Lehren las oder sich zurechtlegte, besonders der materialistischen; sobald er jedoch

Lösungen seiner Fragen las oder sich zurechtlegte, war es jedesmal wieder dasselbe. Folgte er der jeweiligen Definition unklarer Wörter wie Geist, Wille, Freiheit oder Substanz, begab er sich somit absichtlich in die Wörterfalle, die ihm die Philosophen stellten oder er sich selbst, so war ihm, als begänne er zu begreifen. Aber er brauchte nur den künstlichen Gedankengang zu vergessen und mitten aus dem Leben zurückzukehren zu dem, was ihn befriedigt hatte, solange er nachdachte und dem jeweiligen Faden folgte – und schon fiel das künstliche Gebäude in sich zusammen wie ein Kartenhaus, und es war klar, dass das Gebäude aus wieder nur den gleichen, umgruppierten Wörtern gemacht war, unabhängig davon, was im Leben wichtiger war als der Verstand.

Einmal hatte er, als er Schopenhauer las, an die Stelle seines Willens die Liebe gesetzt, und diese neue Philosophie hatte ihm gewiss zwei Tage Trost gespendet, solange er sich nicht davon entfernte; aber als er dann aus dem Leben auf sie blickte, fiel sie genauso in sich zusammen und war Kleidung aus Musselin, die nicht wärmte.

Sein Bruder Sergej Iwanowitsch hatte ihm geraten, die theologischen Schriften Chomjakows zu lesen. Lewin las den zweiten Band von Chomjakows Schriften, und trotz des ihn zunächst abstoßenden polemischen, eleganten und geistreichen Tons war er beeindruckt von seiner Lehre von der Kirche. Ihn beeindruckte zunächst der Gedanke, dass die Erkenntnis der göttlichen Wahrheiten dem Menschen nicht gegeben sei, doch sei sie der Gesamtheit der in Liebe vereinten Menschen gegeben – der Kirche. Ihn freute der Gedanke, wie es doch leichter sei, an die existierende, jetzt lebendige Kirche zu glauben, die alle Glaubensvorstellungen der Menschen umfasste, Gott an ihrer Spitze hatte und darum heilig und unfehlbar war, und von ihr den Glauben an Gott, an die Schöpfung, an Sündenfall und Sündenvergebung zu übernehmen, anstatt zu beginnen mit Gott, dem fernen, geheimnisvollen Gott, mit der Schöpfung usw. Aber als er dann die Kirchengeschichte eines katholischen Schriftstellers und die Kirchengeschichte eines orthodoxen Schriftstellers las und sah, dass beide Kirchen, ihrem Wesen nach unfehlbar, sich gegenseitig ablehnten, war er auch von Chomjakows Kirchenlehre enttäuscht, und dieser Bau zerfiel genauso zu Staub wie die philosophischen Gebäude.

Dieses ganze Frühjahr war er wie von Sinnen und durchlebte furchtbare Momente.

›Ohne zu wissen, was ich bin und wozu ich hier bin, ist zu leben unmöglich. Wissen kann ich es nicht, folglich ist zu leben unmöglich‹, sagte sich Lewin.

›In der unendlichen Zeit, in der unendlichen Materie, in dem unendlichen Raum wird ein Bläschen abgesondert, ein Organismus, dieses Bläschen hält sich eine Zeitlang und platzt dann, und dieses Bläschen bin ich.‹

Es war dies eine qualvolle Unwahrheit, aber es war das einzige, letzte Ergebnis jahrhundertelangen Mühens des menschlichen Denkens in dieser Richtung.

Es war dies der letzte Glaubensgrundsatz, auf dem fast in allen Bereichen die Erkundungen des menschlichen Denkens aufbauten. Es war dies die herrschende Überzeugung, und Lewin hatte von allen anderen Erklärungen, ohne selbst zu wissen, wann und wie, sich unwillkürlich gerade diese als die immerhin klarste angeeignet.

Aber es war dies nicht nur die Unwahrheit, es war auch der grausame Spott einer bösen Macht, einer bösen und widerwärtigen, der man sich keineswegs unterwerfen durfte.

Von dieser Macht musste man sich befreien. Und diese Befreiung hatte ein jeder selbst in der Hand. Man musste der Abhängigkeit vom Bösen ein Ende setzen. Und dazu gab es ein Mittel – den Tod.

Und Lewin, der glückliche Familienvater, der gesunde Mann, war ein paarmal so nahe am Selbstmord, dass er sogar einen Bindfaden versteckte, um sich nicht daran zu erhängen, und nicht mit dem Gewehr loszuziehen wagte, um sich nicht zu erschießen.

Aber Lewin erschoss sich nicht und erhängte sich nicht und lebte weiter.

X

Wenn Lewin nachdachte, was er sei und wozu er lebe, fand er keine Antwort und geriet in Verzweiflung; wenn er aber aufhörte, sich zu fragen, wusste er gleichsam, was er war und wozu er lebte, denn er handelte und lebte standhaft und entschieden; in dieser letzten Zeit lebte er sogar viel standhafter und entschiedener als früher.

Anfang Juni aufs Land zurückgekehrt, war er auch zu seinen gewohnten Beschäftigungen zurückgekehrt. Die Gutswirtschaft, das Verhältnis zu Bauern und Nachbarn, der Haushalt, die Angelegenheiten von Schwester und Bruder, die in seinen Händen lagen, das Verhältnis zu seiner Frau und den Verwandten, die Sorgen um das Kind und seine neue Leidenschaft für die Bienen, die ihn dieses Frühjahr befallen hatte, nahmen seine gesamte Zeit in Beschlag.

Diese Dinge beschäftigten ihn nicht, weil er sie aufgrund allgemeiner Anschauungen vor sich gerechtfertigt hätte, wie er das früher oft tat; im Gegenteil, einerseits enttäuscht über den Misserfolg früherer Unternehmungen für das Gemeinwohl, andererseits viel zu beschäftigt mit seinen Gedanken und der Vielzahl an Dingen, die von allen Seiten über ihn hereinbrachen, hatte er jetzt sämtliche Überlegungen über das Gemeinwohl völlig aufgegeben, und diese Dinge beschäftigten ihn nur, weil er meinte tun zu müssen, was er tat — weil er nicht anders konnte.

Wenn er früher (das hatte noch fast in der Kindheit begonnen und zugenommen bis ins Mannesalter) etwas zu tun suchte, das allen Gutes brächte, der Menschheit, Russland, dem Gouvernement oder dem ganzen Dorf, war ihm aufgefallen, dass die Gedanken daran angenehm waren, die Tätigkeit selbst aber oft ungefüge, es fehlte die letzte Gewissheit, ob sein Werk tatsächlich notwendig war, und die Tätigkeit, die am Anfang so groß erschien, wurde kleiner und kleiner und zerrann schließlich; nun, da er sich nach der Heirat mehr und mehr auf ein Leben für sich beschränkte, empfand er zwar keine Freude mehr beim Gedanken an seine Tätigkeit, spürte aber die Gewissheit, dass sein Werk notwendig war, sah, dass es ihm viel besser von der Hand ging als früher und dass es größer und größer wurde.

Jetzt drang er, gleichsam gegen seinen Willen, wie ein Pflug tiefer und tiefer in den Boden, so dass er nicht mehr heraus konnte, ohne die Furche aufgeworfen zu haben.

Dass die Familie lebte, wie Väter und Großväter zu leben gewohnt waren, das heißt, in denselben Bildungsverhältnissen, und darin auch die Kinder erzog, musste unzweifelhaft so sein. Es musste ebenso sein, wie zu essen, wenn man hungrig war; und ebenso, wie das Essen erst gekocht werden musste, musste die Wirtschaftsmaschine in Pokrowskoje dazu so geführt werden, dass es Einkünfte gab. Ebenso unzweifelhaft, wie eine Schuld zurückgezahlt werden musste, musste das Land der Familie in dem Zustand gehalten werden, dass der Sohn, wenn er es erbte, genauso dem Vater danken würde, wie Lewin dem Großvater dankte für alles,

was dieser gebaut und gepflanzt hatte. Und dazu durfte das Land nicht verpachtet werden, sondern musste
er selbst wirtschaften, Vieh halten, Äcker düngen und
Wald pflanzen.

Es war unmöglich, die Angelegenheiten Sergej Iwanowitschs und der Schwester nicht zu besorgen oder die
der Bauern, die um Rat kamen und das gewohnt waren,
wie es auch unmöglich war, ein Kind fallen zu lassen,
das man im Arm hielt. Um das Wohlergehen der ein-
geladenen Schwägerin und ihrer Kinder musste er sich
kümmern wie auch um Frau und Kind, und es war unmöglich, nicht wenigstens einen kleinen Teil des Tages
mit ihnen zu verbringen.

Und das alles, mitsamt der Jagd und der neuen Leidenschaft für die Bienen, füllte vollkommen Lewins
Leben aus, welches keinen Sinn für ihn hatte, wenn er
nachdachte.

Doch außer dass Lewin entschieden wusste, was er
zu tun hatte, wusste er ebenso, wie er es zu tun hatte
und was wichtiger war als anderes.

Er wusste, dass Arbeiter so billig wie möglich zu dingen waren; aber sie versklaven, indem man ihnen Geld
im voraus gab, weniger, als sie wert waren, durfte man
nicht, auch wenn es sehr vorteilhaft war. Bei Futter-
mangel den Bauern Stroh verkaufen war möglich, auch
wenn sie einem leid taten; aber Herberge und Schenke,
auch wenn sie Einkünfte brachten, waren abzuschaffen.
Waldfrevel war möglichst streng zu ahnden, aber für
in den Wald getriebenes Vieh durfte keine Geldstrafe
verlangt werden, und auch wenn es die Waldhüter gar
nicht freute und die Angst tilgte, war es doch unmöglich, in den Wald getriebenes Vieh nicht zurückzu-
geben.

Wenn Pjotr dem Wucherer zehn Prozent im Monat
zahlte, musste man ihm Geld leihen, um ihn freizu-
kaufen; aber den Bauern, die ihre Abgabe nicht zahlten,

durfte diese unmöglich erlassen und gestundet werden. Unmöglich war, dem Verwalter durchgehen zu lassen, wenn eine kleine Wiese nicht gemäht war und das Gras nutzlos verkam; aber unmöglich war auch, achtzig Desjatinen zu mähen, auf denen junger Wald gepflanzt war. Unmöglich war, einem Arbeiter zu verzeihen, der in der Hauptarbeitszeit verschwand, weil sein Vater gestorben war, so sehr er einem auch leid tat, und wegen der versäumten wertvollen Arbeitsmonate war ihm weniger auszuzahlen; aber unmöglich war auch, an das alte, zu nichts mehr taugende Hofgesinde nicht das monatliche Lebensmitteldeputat auszugeben.

Lewin wusste ebenso, dass er bei der Rückkehr nach Hause zuallererst zu seiner Frau zu gehen hatte, wenn sie unpässlich war; die Bauern, die schon drei Stunden auf ihn warteten, konnten noch weiter warten; auch wusste er, dass trotz des Vergnügens, das ihm das Einsetzen eines Bienenschwarms bereitete, er sich das Vergnügen versagen und dem Alten überlassen musste, den Schwarm ohne ihn einzusetzen, statt dessen musste er mit den Bauern reden, wenn sie ihn im Bienengarten gefunden hatten.

Ob er gut handelte oder schlecht, wusste er nicht, und er hätte sich jetzt auch nicht auf Begründungen eingelassen, sondern Gespräche und Gedanken darüber vermieden.

Hin- und Herüberlegen stürzte ihn in Zweifel und hinderte ihn zu sehen, was sein musste und was nicht sein durfte. Wenn er aber nicht nachdachte, sondern lebte, fühlte er in seiner Seele unablässig die Anwesenheit eines unfehlbaren Richters, der abwog, welche von zwei möglichen Handlungen besser war und welche schlechter; und sobald er nicht so handelte, wie es zu sein hatte, spürte er es sofort.

So lebte er, ohne zu wissen, was er war und wozu er lebte auf der Welt, und ohne eine Möglichkeit zu sehen,

es zu erkennen, und diese Unwissenheit plagte ihn derart, dass er einen Selbstmord fürchtete, und zugleich
bahnte er sich standhaft seinen besonderen, entschiedenen Weg durchs Leben.

XI

An dem Tag, als Sergej Iwanowitsch in Pokrowskoje an-
langte, erlebte Lewin einen seiner qualvollsten Tage.
Es war die Zeit der allergrößten Arbeitshast, wenn
im ganzen Volk eine so außergewöhnliche, angespannte
Selbstaufopferung in der Arbeit zutage tritt, wie sie unter anderen Lebensumständen niemals zutage tritt und
die hoch zu schätzen wäre, wenn die Menschen, die
diese Eigenschaften an den Tag legen, sie selbst schätzen würden, wenn es sich nicht jedes Jahr wiederholte
und wenn die Ergebnisse dieser Anspannung nicht so
schlicht wären.

Roggen und Hafer schneiden und binden und ein-
bringen, die Wiesen fertigmähen, die Brachen überackern, das Korn ausdreschen und die Wintersaat aussäen — all das erscheint schlicht und gewöhnlich;
doch um alles rechtzeitig zu schaffen, müssen sämtliche Landleute, vom ältesten zum jüngsten, unermüdlich arbeiten in diesen drei, vier Wochen, dreimal soviel
wie sonst, sich von Kwas, Zwiebeln und Schwarzbrot
ernähren, nachts dreschen und Garben einfahren und
nicht mehr als zwei, drei Stunden schlafen je Nacht.
Und so geschieht es jedes Jahr im gesamten Russland.

Da Lewin den größten Teil seines Lebens auf dem
Land zugebracht hatte und in enger Verbindung mit
dem Volk, spürte er in dieser Hauptarbeitszeit jedesmal,
dass der allgemeine Auftrieb des Volkes sich auch ihm
mitteilte.

Frühmorgens war er zur ersten Roggenaussaat ge-

ritten, zum Hafer, der in Schober gesetzt wurde, war
heimgekehrt, als Frau und Schwägerin aufstanden,
hatte mit ihnen Kaffee getrunken und war zu Fuß zum
Vorwerk gegangen, wo die neu aufgestellte Dreschmaschine zur Vorbereitung des Saatguts in Betrieb genommen wurde.

Diesen ganzen Tag dachte Lewin, im Gespräch mit
dem Verwalter und den Bauern und zu Hause im Gespräch mit seiner Frau, mit Dolly, ihren Kindern und
mit dem Schwiegervater, ständig an das eine, das ihn zu
dieser Zeit neben den landwirtschaftlichen Sorgen beschäftigte, und in allem suchte er einen Bezug zu seiner
Frage: ›Was bin ich nur? und wo bin ich? und wozu bin
ich hier?‹

In der Kühle der neu gedeckten Kornscheune, unter
den noch ihr duftendes Laub tragenden Dachlatten aus
Haselholz und den frisch geschälten Espenholzbalken
des Strohdachs, stand Lewin, und bald schaute er durchs
offene Tor, wo der trockene und bittere Dreschstaub
sich wölkte und tanzte, auf das Gras der Tenne draußen
im heißen Sonnenschein und auf das frische, gerade aus
der Scheune gebrachte Stroh, bald auf die spitzköpfi-
gen, weißbrüstigen Schwälbchen, die pfeifend unters
Dach geflogen kamen und flügelschlagend in der Tor-
öffnung verharrten, bald auf die Leute, die in der düsteren und staubigen Kornscheune zugange waren, und
er dachte sonderbare Gedanken.

›Wozu geschieht das alles?‹ dachte er. ›Wozu stehe
ich hier und halte sie zur Arbeit an? Wieso tummeln sie
sich alle und suchen in meinem Beisein ihren Eifer zu
zeigen? Wieso rackert sich die alte Matrjona ab, meine
Bekannte? (Ich habe sie verarztet, als beim Brand ein
Tragbalken auf sie gestürzt war)‹, dachte er, den Blick
auf ein hageres Weib gerichtet, das mit dem Rechen
das Korn umwendete und auf sonnverbrannten Füßen
angestrengt über den unebenen, harten Dreschboden

schritt. ›Damals wurde sie gesund, doch über kurz oder lang oder in zehn Jahren wird sie verscharrt, und nichts bleibt, weder von ihr noch von der Herausgeputzten im rotgemusterten Schürzenrock, die mit so geschickten, sanften Bewegungen die Ähren von der Streu wegschlägt. Auch sie wird verscharrt, auch dieser scheckige Wallach, das schon sehr bald‹, dachte er, den Blick auf das schwer seinen Wanst tragende und mit geblähten Nüstern heftig atmende Pferd gerichtet, das übers schräg unter ihm wegrollende Tretrad schritt. ›Auch er wird verscharrt, auch der Zureicher Fjodor mit seinem streudurchsetzten Krausbart und dem an der weißen Schulter zerschlissenen Hemd wird verscharrt. Da reißt er die Garben auf, kommandiert, schreit die Weiber an und rückt mit schneller Bewegung den Riemen am Schwungrad zurecht. Und vor allem, nicht nur sie, auch mich wird man verscharren, und nichts wird bleiben. Wozu?‹

Das dachte er, und zugleich schaute er auf die Uhr, um zu berechnen, wieviel innerhalb einer Stunde gedroschen würde. Er musste das wissen, um danach das Tagewerk festzusetzen.

›Schon fast eine Stunde, und sie fangen erst die dritte Hocke an‹, überlegte Lewin, trat zum Zureicher und schrie ihm zu, den Lärm der Maschine übertönend, er solle weniger vorlegen.

»Zuviel auf einmal, Fjodor! Siehst du, es staut sich, daher geht es nicht voran. Verteile es gleichmäßiger!«

Fjodor, schwarz von dem Staub, der am verschwitzten Gesicht klebte, schrie etwas zur Antwort, aber machte es immer noch nicht so, wie Lewin wollte.

Lewin trat zur Trommel, schob Fjodor beiseite und legte selber vor.

So arbeitete er bis zur Mittagspause der Bauern, zu der es nicht mehr lange hin war, trat dann mit dem Zureicher aus der Kornscheune, blieb neben einem auf dem Dreschboden als Saatgut sorgsam aufgeschichteten gelben Roggenschober stehen und kam mit Fjodor ins Gespräch.

Der Zureicher war aus einem entlegenen Dorf, demjenigen, wo Lewin früher das Land pauschal an das Artel der Bauern verpachtet hatte. Jetzt hatte er es dem Herbergswirt zur Bewirtschaftung überlassen.

Lewin kam mit dem Zureicher Fjodor über dieses Land ins Gespräch und fragte, ob im nächsten Jahr nicht Platon, ein reicher und guter Bauer aus dem Dorf, das Land übernehmen wolle.

»Der Preis ist hoch, Platon holt das nicht raus, Konstantin Dmitritsch«, erwiderte Fjodor, während er Ähren aus dem verschwitzten Hemd klaubte.

»Aber wie holt es Kirillow denn raus?«

»Mitjucha (so geringschätzig bezeichnete Fjodor den Herbergswirt), der ja, der holt es raus, Konstantin Dmitritsch! Der macht Druck und kommt auf seine Kosten. Den dauert kein Christenmensch. Dagegen Onkel Fokanytsch (so bezeichnete er den alten Platon), zieht der einem Menschen vielleicht das Fell über die Ohren? Dem einen borgt er, dem andern lässt er was nach. Und kommt nicht auf seine Kosten. Bleibt eben Mensch.«

»Aber wieso lässt er was nach?«

»Aber so ist es, die Menschen sind verschieden, der eine lebt nur für seine Bedürfnisse, Mitjucha zum Beispiel, der schlägt sich nur den Bauch voll, dagegen Fokanytsch, der ist ein rechtschaffener Alter. Der lebt für die Seele. Hat Gott im Sinn.«

»Was heißt, hat Gott im Sinn? Was heißt, lebt für die Seele?« Lewin schrie es fast.

»Wie schon, rechtschaffen, in Gottesfurcht. Die Menschen sind eben verschieden. Wenn man Sie nimmt, Sie tun ja auch keinem was zuleid ...«

»Ja, ja, leb wohl!« murmelte Lewin, vor Erregung

atemlos; er drehte sich um, nahm seinen Stock und schritt rasch davon, nach Hause.

Ein neues, freudiges Gefühl hatte Lewin erfasst. Bei den Worten des Bauern, dass Fokanytsch für die Seele lebe, rechtschaffen, in Gottesfurcht, war ein Schwall unklarer, aber gewichtiger Gedanken wie durch eine verschlossene Tür gebrochen, und alle auf ein Ziel gerichtet, kreisten sie in seinem Kopf, blendeten ihn mit ihrem Licht.

XII

Lewin ging mit großen Schritten die Landstraße entlang und horchte weniger auf seine Gedanken (sie konnte er noch nicht ordnen) als vielmehr auf seine Seele, die er noch nie in solcher Verfassung erlebt hatte.

Die Worte des Bauern hatten in seiner Seele gewirkt wie ein elektrischer Funke und einen Schwarm verstreuter, kraftloser Einzelgedanken, die ihn unablässig beschäftigten, auf einen Schlag verwandelt und zu einem Ganzen gefügt. Diese Gedanken hatten, ohne dass er selbst es merkte, ihn auch beschäftigt, während er über die Verpachtung des Landes sprach.

Er fühlte in seiner Seele etwas Neues und betastete dieses Neue mit Entzücken, noch ohne zu wissen, was es war.

›Nicht für seine Bedürfnisse leben, sondern für Gott. Für welchen Gott? Für Gott. Was könnte man Sinnloseres sagen als das, was er gesagt hat? Er hat gesagt, man solle nicht für seine Bedürfnisse leben, also, man solle nicht für das leben, was wir begreifen, wozu es uns hinzieht, was wir wollen, vielmehr solle man für etwas Unbegreifliches leben, für Gott, den niemand begreifen oder bestimmen kann. Tja, und? Habe ich diese sinnlosen Worte Fjodors etwa nicht verstanden? Und da-

nach, habe ich etwa ihre Billigkeit angezweifelt? habe
ich sie dumm, unklar, ungenau gefunden?

Nein, ich habe ihn verstanden, habe ganz genauso,
wie er es versteht, ihn durchaus verstanden, klarer, als
ich sonst etwas im Leben verstehe, und nie im Leben
habe ich daran gezweifelt und kann es auch nie be-
zweifeln. Und nicht ich allein, sondern alle, die ganze
Welt versteht dies eine durchaus und zweifelt dies eine
nicht an und ist sich darin stets einig.

Fjodor sagt, dass Kirillow, der Herbergswirt, für seinen Bauch lebte. Das ist verständlich und vernünftig.
Wir alle können als vernünftige Wesen nicht anders leben als für unseren Bauch. Und da sagt derselbe Fjodor,
für den Bauch zu leben sei von Übel, man solle rechtschaffen leben, für Gott, und ich verstehe ihn beim lei-
sesten Hinweis! Ich selbst wie die Millionen Menschen,
die vor Jahrhunderten gelebt haben und die jetzt leben,
die Bauern, die Armen im Geiste und die Weisen, die
darüber nachgedacht und geschrieben und in ihrer unklaren Sprache dasselbe gesagt haben – wir alle sind uns
einig in diesem einen: wofür man leben soll und was gut
ist. Mit allen anderen Menschen verfüge ich nur über
dieses eine entschiedene, unbezweifelbare und klare
Wissen, und dieses Wissen lässt sich nicht durch den
Verstand erklären – es steht außerhalb und hat keinerlei Gründe und kann auch keinerlei Folgen haben.

Wenn das Gute einen Grund hat, ist es nicht mehr
das Gute; wenn es eine Folge hat, einen Lohn, ist es auch
nicht das Gute. Somit steht das Gute außerhalb der
Kette von Gründen und Folgen.

Und ich kenne es, und wir alle kennen es.

Ich dagegen habe nach Wundern gesucht, geklagt,
ich hätte kein Wunder gesehen, das mich überzeugt
hätte. Dabei ist dies das Wunder, das einzig mögliche,
ständig existierende, mich von allen Seiten umgebende,
und ich habe es nicht bemerkt!

Was für ein Wunder könnte größer sein als dieses? Sollte ich wirklich die Lösung gefunden, sollten meine Leiden jetzt ein Ende haben?‹ dachte Lewin, während er die staubige Straße entlangschritt und weder Hitze noch Müdigkeit bemerkte und ein Gefühl hatte, als sei sein langes Leiden gestillt. Dieses Gefühl war so freudvoll, dass es ihm unglaublich vorkam. Es benahm ihm den Atem vor Erregung, und zum Weitergehen außerstande, bog er von der Straße in den Wald und setzte sich im Espenschatten auf ungemähtes Gras. Er nahm den Hut von dem verschwitzten Kopf und legte sich, auf einen Arm gestützt, ins saftige, breithalmige Waldgras.

›Ja, ich muss mich besinnen und es bedenken‹, dachte er, den Blick unverwandt auf das nicht niedergedrückte Gras vor seinen Augen gerichtet, und folgte den Bewegungen eines grünen Käferchens, das an einem Queckenstengel hochkrabbelte und dabei von einem Gierschblatt aufgehalten wurde. ›Noch einmal von vorn‹, sagte er sich, schob das Gierschblatt beiseite, damit es das Käferchen nicht behinderte, und bog einen anderen Grashalm her, damit das Käferchen überwechseln könnte. ›Was freut mich? Was habe ich entdeckt?

Früher habe ich gesagt, in meinem Körper, im Körper dieses Grashalms und dieses Käferchens (das wollte nun doch nicht auf den anderen Halm, es breitete die Flügel aus und flog davon) vollziehe sich nach physikalischen, chemischen und physiologischen Gesetzen ein Stoffwechsel. Und in uns allen mitsamt den Espen und den Wolken und den Nebelflecken vollziehe sich eine Entwicklung. Eine Entwicklung woher? wohin? Endlose Entwicklung und Kampf? Als könnte es eine Richtung geben und einen Kampf im Unendlichen! Und ich habe mich gewundert, dass sich mir trotz größter Gedankenanspannung auf diesem Weg der Sinn des Lebens, der Sinn meiner Triebkräfte und Bestrebungen doch nicht offenbart hat. Dabei ist der Sinn meiner Triebkräfte in mir so klar, dass ich schon ständig danach lebe, und so habe ich mich gewundert und gefreut, als der Bauer es vor mir aussprach: für Gott leben, für die Seele.

Ich habe nichts entdeckt. Ich habe nur erfahren, was ich weiß. Ich habe die Kraft erkannt, die mir nicht nur in der Vergangenheit Leben gegeben hat, sondern auch jetzt Leben gibt. Ich habe mich vom Irrtum befreit, ich habe erkannt, wer hier das Sagen hat.‹

Und er ging vor sich selbst noch einmal kurz seinen ganzen Gedankengang dieser zwei Jahre durch, der begonnen hatte mit dem klaren, augenfälligen Gedanken an den Tod beim Anblick des geliebten, hoffnungslos kranken Bruders.

Zum ersten Mal hatte er damals klar begriffen, dass jeder Mensch und so auch er nichts anderes vor sich hatte als Leiden, Tod und ewiges Vergessen, und da beschloss er, so zu leben sei unmöglich, er müsse sich entweder sein Leben so erklären, dass es nicht als der böse Hohn eines Teufels erschiene, oder sich erschießen.

Aber er hatte weder das eine noch das andere getan, sondern weiterhin gelebt, gedacht und gefühlt, hatte sogar geheiratet in dieser Zeit und viele Freuden erfahren und war glücklich gewesen, solange er nicht über die Bedeutung seines Lebens nachdachte.

Was aber bedeutete das? Es bedeutete, dass er gut gelebt, aber schlecht gedacht hatte.

Gelebt hatte er (ohne sich dessen bewusst zu sein) mit den geistigen Wahrheiten, die er mit der Muttermilch eingesogen hatte, doch gedacht hatte er, ohne diese Wahrheiten anzuerkennen, vielmehr war er ihnen sorgsam ausgewichen.

Jetzt war ihm klar, dass er nur hatte leben können dank der Glaubensgrundsätze, in denen er erzogen worden war.

›Was wäre ich denn und wie hätte ich mein Leben gelebt, wenn ich nicht über diese Glaubensgrundsätze verfügte, nicht wüsste, dass man für Gott leben solle und nicht für seine Bedürfnisse? Ich würde rauben, lügen, töten. Nichts von dem, was die größten Freuden in meinem Leben ausmacht, würde für mich existieren.‹ Und trotz größter Anstrengung seiner Einbildungskraft konnte er sich nicht jenes animalische Wesen vorstellen, das er wäre, wenn er nicht wüsste, wofür er lebte.

›Ich habe nach einer Antwort auf meine Frage gesucht. Eine Antwort auf meine Frage konnte mir das Denken jedoch nicht geben – es kann die Dimension der Frage nicht fassen. Die Antwort gab mir das Leben, in meinem Wissen, was gut ist und was schlecht. Und dieses Wissen habe ich nicht erworben, es ist mir wie allen anderen gegeben, gegeben deshalb, weil ich es nirgendwoher nehmen konnte.

Woher hätte ich es denn genommen? Bin ich etwa durch den Verstand dahin gelangt, dass man seinen Nächsten lieben soll und nicht erwürgen darf? Es wurde mir in meiner Kindheit gesagt, und ich habe es freudig geglaubt, denn mir wurde gesagt, was in meiner Seele lag. Und wer hat es entdeckt? Nicht der Verstand. Der Verstand entdeckte den Kampf ums Dasein und das Gesetz, das verlangt, alle zu erwürgen, die der Befriedigung meiner Wünsche entgegenstehen. Das wäre die Folgerung des Verstands. Den Nächsten zu lieben konnte der Verstand jedoch nicht entdecken, denn das ist nicht vernünftig.‹

›Ja, der Hochmut‹, sagte er sich, wälzte sich auf den Bauch und begann, Grashalme miteinander zu verknoten, bemühte sich aber, sie nicht zu knicken.

›Und nicht nur der Hochmut des Geistes, auch die Dummheit des Geistes. Vor allem – die Spitzbüberei, ja, die Spitzbüberei des Geistes. Ja, die Schurkerei des Geistes‹, bestätigte er.

XIII

Und Lewin fiel eine Szene ein, die er kürzlich bei Dolly
und ihren Kindern beobachtet hatte. Die Kinder hatten, allein geblieben, Himbeeren über Kerzen gebraten
und sich in hohem Bogen Milch in den Mund gegossen.
Als die Mutter sie dabei ertappte, hielt sie ihnen in Lewins Beisein vor Augen, wieviel Mühe die Erwachsenen das koste, was sie da kaputtmachten, und dass diese
Mühe für sie aufgewandt werde, und wenn sie Tassen
kaputtschlügen, hätten sie nichts mehr, um Tee daraus
zu trinken, und wenn sie die Milch verschütteten, hätten sie nichts mehr zu essen und würden Hungers sterben.

Es hatte Lewin verblüfft, wie ungerührt, muffig
und ungläubig die Kinder der Mutter zuhörten. Sie waren lediglich verdrossen, dass ihr vergnügliches Spiel
ein Ende hatte, und glaubten der Mutter kein Wort.
Sie konnten es der Mutter auch nicht glauben, denn sie
konnten sich nicht vorstellen, welches Ausmaß das hatte, was sie alles in Anspruch nahmen, darum konnten
sie sich auch nicht vorstellen, dass gerade das, was sie
kaputtmachten, das war, wovon sie lebten.

›Das verstehe sich alles von selbst, meinen sie, und
interessant und wichtig sei daran nichts, denn das habe
es immer gegeben und werde es immer geben. Und es
ist auch immer ein und dasselbe. Darüber müssen wir
ja nicht nachdenken, es ist sowieso da; wir aber möchten uns was Eigenes und Neues ausdenken. Und da haben wir uns ausgedacht, Himbeeren in eine Tasse zu
tun und sie über einer Kerze zu braten und uns gegenseitig in hohem Bogen Milch in den Mund zu gießen.
Das ist spaßig und neu und kein bisschen schlechter, als
aus Tassen zu trinken.‹

Und weiter dachte er: ›Machen wir, mache ich das
nicht auch, wenn ich mit dem Verstand nach der Be-

deutung der Naturkräfte und dem Sinn des Menschenlebens suche?

Und machen nicht alle philosophischen Theorien das
auch, wenn sie auf dem Weg des Denkens, einem sonderbaren, dem Menschen nicht entsprechenden Weg,
ihn zum Wissen dessen hinleiten, was er längst weiß
und so sicher weiß, dass er ohne es gar nicht leben
könnte? Ist nicht an der Theorie jedes Philosophen und
ihrer Entwicklung klar zu sehen, dass er ebenso unzweifelhaft wie der Bauer Fjodor und kein bisschen klarer als dieser von vornherein um den Sinn des Lebens
weiß und bloß auf dem zweifelhaften Verstandesweg zu
dem zurückkehren möchte, was allen bekannt ist?

Lassen wir doch mal die Kinder allein etwas erar-
beiten, Geschirr anfertigen, sich die Milch melken
usw. Würden sie Unfug treiben? Sie würden Hungers
sterben. Lassen wir doch mal uns mit unseren Leidenschaften und Gedanken allein, ohne einen Begriff von
dem einen Gott und Schöpfer! Oder ohne Begriff des
Guten, ohne Erläuterung des sittlich Bösen.

Baut doch mal irgendetwas auf ohne diese Begriffe!

Wir machen nur kaputt, da wir geistig satt sind. Kinder sind wir!

Woher stammt mein freudiges, mit dem Bauern ge-
teiltes Wissen, das allein mir Seelenfrieden gibt? Woher habe ich es?

Ich, der ich erzogen bin in der Vorstellung Gottes, als
Christ, dessen ganzes Leben erfüllt ist von geistigen Gütern, die mir das Christentum gegeben hat, der übervoll
ist von diesen Gütern und lebt dank ihnen, ich bin wie
die Kinder ohne Verständnis, ich mache kaputt, das
heißt, möchte kaputtmachen, wovon ich lebe. Und sobald im Leben ein wichtiger Augenblick anbricht, gehe
ich wie die Kinder, wenn sie frieren und hungern, zu
Ihm, und noch weniger als die Kinder, die von der Mutter für ihren Unfug gescholten werden, habe ich das Ge-

fühl, meine kindlichen Versuche, vor Übermut über die
Stränge zu schlagen, würden mir zur Last gelegt.

Ja, was ich weiß, weiß ich nicht durch den Verstand,
es wurde mir gegeben, mir offenbart, und ich weiß es
durch das Herz, durch den Glauben an die Hauptsache,
die die Kirche verkündet.‹

›Die Kirche? Die Kirche!‹ sagte sich Lewin noch einmal, legte sich auf die andere Seite, und gestützt auf
den Arm, blickte er ins Weite, zu der Herde, die am anderen Ufer zum Fluss hinabstieg.

›Aber kann ich denn an alles glauben, was die Kirche
verkündet?‹ überlegte er, da er sich selbst prüfen und
alles bedenken wollte, was seine jetzige Ruhe zerstören
könnte. Absichtlich rief er sich die Kirchenlehren ins
Gedächtnis, die ihm stets am sonderbarsten erschienen
und eine Versuchung gewesen waren. ›Und die Schöpfung? Doch womit erkläre ich das Seiende? Mit dem,
was ist? Gar nicht? … Und Teufel und Sünde? Doch womit erkläre ich das Böse? … Und der Heiland? …

Aber ich weiß nichts, gar nichts, und kann nichts
wissen außer dem, was mir mitsamt allen anderen gesagt wurde.‹

Und ihm war jetzt, als gäbe es in der Kirche keinen
einzigen Glaubenssatz, der die Hauptsache zerstörte –
den Glauben an Gott und an das Gute als die alleinige
Bestimmung des Menschen.

Unter jedem Glaubenssatz der Kirche könnte der
Glaubenssatz stehen, rechtschaffen und nicht nach Be-
dürfnissen solle man handeln. Und jeder Glaubenssatz
stünde dem nicht im Weg, sondern wäre unerlässlich,
damit die Hauptsache geschehe, jenes auf der Welt sich
ständig vollziehende Wunder, das darin besteht, dass es
jedem einzelnen zusammen mit Millionen verschie-
denartigster Menschen, Weiser und Gottesnarren, Kinder und Greise – zusammen mit allen, mit dem Bauern,
mit Lwow, mit Kitty, mit Bettlern und Zaren möglich

ist, ohne zu zweifeln ein und dasselbe zu verstehen und jenes Seelenleben zu entfalten, für das allein es zu leben lohnt und das allein wir wertschätzen.

Auf dem Rücken liegend, schaute er nun in den hohen, wolkenlosen Himmel. ›Weiß ich denn nicht, dass das ein unendlicher Raum ist und kein Gewölbe? Aber wie sehr ich auch die Augen zusammenkneife und mein Sehen anstrenge, ich kann den Himmel doch nicht anders als gewölbt und begrenzt sehen, und trotz meines Wissens um die Endlosigkeit des Raums habe ich zweifellos recht, wenn ich ein festes blaues Gewölbe sehe, ich habe mehr recht, als wenn ich mich anstrengte, weiter zu sehen.‹

Lewin hatte schon zu denken aufgehört und horchte gleichsam nur noch auf die geheimnisvollen Stimmen, die sich freudig und geschäftig untereinander besprachen.

›Sollte das der Glaube sein?‹ dachte er, seinem Glück nicht trauend. »Mein Gott, ich danke dir!« stieß er hervor, schluckte das aufsteigende Schluchzen hinunter und wischte sich mit beiden Händen die Tränen ab, die ihm in den Augen standen.

XIV

Lewin schaute geradeaus und sah die Herde, dann erblickte er seinen Karren, den vorgespannten Woron und den Kutscher, der zur Herde fuhr und dort mit dem Hirten etwas beredete; dann hörte er das Räderrasseln und Schnauben des wohlgenährten Pferdes schon in seiner Nähe; aber er war so in seine Gedanken vertieft, dass er gar nicht überlegte, weshalb der Kutscher zu ihm gefahren kam.

Das wurde ihm erst bewusst, als der Kutscher ganz nah war und ihn rief.

»Die gnädige Frau schicken mich. Ihr Herr Bruder ist eingetroffen und noch ein Herr.«

Lewin stieg in den Karren und nahm die Leinen.

Wie vom Schlaf erwacht, konnte Lewin sich lange nicht besinnen. Er schaute auf das wohlgenährte Pferd, das zwischen den Schenkeln und am Hals, wo die Riemen scheuerten, schaumbedeckt war, schaute auf den Kutscher Iwan, der neben ihm saß, und rief sich ins Gedächtnis, dass er den Bruder erwartet hatte, dass seine Frau sich bestimmt Sorgen machte über sein langes Ausbleiben, und suchte zu erraten, wer der mit seinem Bruder eingetroffene Gast war. Sowohl der Bruder wie seine Frau wie der unbekannte Gast stellten sich ihm nun anders dar als früher. Ihm war, als wäre sein Verhältnis zu allen Menschen nun bereits ein anderes.

›Mit meinem Bruder wird es nicht mehr zu dieser Fremdheit kommen, die stets zwischen uns stand – es wird nicht zu Streit kommen; mit Kitty wird es nie mehr zu Zank kommen; mit dem Gast, wer es auch sein mag, werde ich sanft und gut umgehen; mit den Leuten, mit Iwan – alles wird anders sein.‹

Während er das wackere Pferd, das vor Ungeduld schnaubte und vorwärts drängte, an der kurzen Leine hielt, schaute er auf den neben ihm sitzenden Iwan, der nicht wusste, wohin mit seinen untätigen Händen, darum unablässig sein Hemd straffzog, und suchte nach einem Vorwand, um mit ihm ein Gespräch zu beginnen. Er wollte sagen, Iwan habe den Deichselriemen unnötig hoch gezogen, aber das hätte wie ein Vorwurf geklungen, und er wollte gern ein liebevolles Gespräch. Doch kam ihm nichts anderes in den Sinn.

»Wenn Sie rechts halten wollten, da ist ein Baumstumpf«, sagte der Kutscher und korrigierte Lewin am Lenkseil.

»Bitte, greif nicht ein und belehre mich nicht!« Die Einmischung des Kutschers ließ Lewin heftig aufbrausen. Genauso, wie ihn eine solche Einmischung auch sonst hätte aufbrausen lassen, und Lewin merkte bekümmert, wie falsch die Annahme war, seine Seelenverfassung könnte ihn bei der Berührung mit der Wirklichkeit schlagartig verändern.

Eine Viertelwerst vom Haus entfernt erblickte Lewin Grischa und Tanja, die ihm entgegengelaufen kamen.

»Onkel Kostja! Mama kommt auch, und der Opa, und Sergej Iwanytsch, und noch jemand«, sagten sie, als sie auf den Karren kletterten.

»Wer denn?«

»Ganz furchtbar ist der! Und macht so mit den Armen!« Tanja richtete sich im Karren auf und ahmte Katawassow nach.

»Ein alter oder ein junger?« fragte Lewin lachend; an Tanjas Darbietung kam ihm irgendwas bekannt vor.

›Oh, wäre es nur kein unangenehmer Mensch!‹ dachte Lewin.

Kaum hatte er nach einer Wegbiegung die Entgegenkommenden erblickte, erkannte er unterm Strohhut Katawassow, der beim Gehen tatsächlich so mit den Armen fuchtelte, wie Tanja es vorgemacht hatte.

Katawassow ließ sich gerne über Philosophie aus, seine Vorstellung davon stammte jedoch von Naturwissenschaftlern, die sich nie mit Philosophie befasst hatten; auch in Moskau hatte Lewin in letzter Zeit viel mit ihm gestritten.

Und eines dieser Gespräche, bei dem Katawassow offenbar gemeint hatte, er habe die Oberhand gewonnen, war nun das erste, was Lewin einfiel, als er ihn erkannte.

›Nein, streiten und leichtfertig meine Gedanken äußern werde ich auf gar keinen Fall mehr‹, überlegte er.

Lewin stieg aus dem Karren, begrüßte den Bruder und Katawassow und fragte nach seiner Frau.

»Sie hat Mitja in den Kolok gebracht (das war der Wald unweit des Hauses). Sie wollte ihn dort schlafen lassen, im Haus ist es so heiß«, sagte Dolly.

Lewin hatte seiner Frau immer abgeraten, das Kind in den Wald zu bringen, da er das für gefährlich hielt, und die Nachricht berührte ihn unangenehm.

»Sie schwirrt mit ihm von einem Ort zum anderen«, sagte der Fürst lächelnd. »Ich habe ihr geraten, es mal mit dem Eiskeller zu versuchen.«

»Sie wollte zum Bienengarten kommen. Denn sie meinte, du wärst dort. Und wir gehen auch dorthin«, sagte Dolly.

Sergej Iwanowitsch blieb ein wenig hinter den anderen zurück, gesellte sich zum Bruder und fragte: »Na, was treibst du?«

»Ach, nichts Besonderes. Wie immer, kümmere mich um die Wirtschaft«, erwiderte Lewin. »Und du, bleibst du eine Weile? Wir haben dich längst erwartet.«

»An die zwei Wochen. Sehr viel zu tun in Moskau.«

Bei diesen Worten trafen sich die Augen der Brüder, und trotz Lewins fortwährendem und jetzt besonders starken Wunsch, ein freundschaftliches und vor allem schlichtes Verhältnis zu seinem Bruder zu unterhalten, spürte er, dass er verlegen war, wenn er ihn ansah. Er schlug die Augen nieder und wusste nicht, was er sagen sollte.

In Gedanken ging Lewin die Gesprächsgegenstände durch, die Sergej Iwanowitsch angenehm wären und ihn vom Gespräch über den serbischen Krieg und die slawische Frage ablenken könnten, auf die er mit seiner Bemerkung über Moskau angespielt hatte, und er fing von Sergej Iwanowitschs Buch an.

»Na, gab es Rezensionen zu deinem Buch?« fragte er.

Sergej Iwanowitsch musste über die Absicht der Frage lächeln.

»Das kümmert jetzt niemanden, und mich am allerwenigsten«, sagte er. »Schauen Sie, Darja Alexandrowna, da zieht Regen auf«, fügte er hinzu und deutete mit dem Schirm auf die weißen Wölkchen, die sich über den Espenwipfeln zeigten.

Und diese Worte genügten, dass das nicht feindselige, aber kalte Verhältnis, das Lewin hatte vermeiden wollen, sich zwischen den Brüdern wieder einstellte.

Lewin ging zu Katawassow.

»Wie gut haben Sie daran getan, dass Sie die Idee hatten herzukommen«, sagte er zu ihm.

»Ich wollte es ja längst. Jetzt werden wir uns unterhalten, schauen wir mal. Haben Sie Spencer gelesen?«

»Nein, ich bin noch nicht durch«, sagte Lewin. »Im übrigen kann ich ihn jetzt nicht brauchen.«

»Wie das? Interessant. Weshalb?«

»Also, ich bin endgültig zu der Überzeugung gekommen, dass ich eine Antwort auf die mich beschäftigenden Fragen bei ihm und seinesgleichen nicht finden werde. Jetzt ...«

Doch mit einemmal verblüffte ihn Katawassows gelassener und heiterer Gesichtsausdruck, ihn dauerte dermaßen seine Stimmung, die er mit diesem Gespräch offenbar zerstören würde, dass er, seines Vorsatzes eingedenk, innehielt.

»Im übrigen, davon reden wir später«, fügte er hinzu. »Wenn zum Bienengarten, dann hier lang, auf diesem Pfad«, erklärte er allen.

Auf dem schmalen Pfand gelangten sie zu einer ungemähten Lichtung, die auf der einen Seite gänzlich von leuchtendem Wachtelweizen bedeckt war, zwischen dem allenthalben die hohen dunkelgrünen Stauden des Weißen Germers aufragten, und dort ließ Lewin seine Gäste im dichten, frischen Schatten junger

Espen Platz nehmen, auf einer Bank und auf Holz-
klötzen, bereitgestellt für Besucher des Bienengartens,
die sich vor den Bienen fürchteten, und er selbst ging
hinter die Umzäunung, um Kindern und Erwachsenen
Brot, Gurken und frischen Honig zu bringen.

Bemüht, sich möglichst nicht rasch zu bewegen, und
auf die immer häufiger vorbeifliegenden Bienen hor-
chend, gelangte er auf dem Pfad zur Hütte. Unmittelbar vor der Diele verfing sich eine Biene in seinem Bart
und sirrte, aber er konnte sie behutsam freibekommen.
In der schattigen Diele nahm er sein am Nagel hän-
gendes Netz von der Wand, zog es über und steckte die
Hände in die Taschen, und so trat er in den umzäunten
Bienengarten, wo auf dem abgemähten Platz in akku-
raten Reihen, mit Bast an Pfähle gebunden, die alten
Bienenstöcke standen, alle mit ihrer Geschichte, alle
ihm bekannt, und am Flechtzaun entlang die jungen, in
diesem Jahr erst besetzten Stöcke. Vor den Fluglöchern
schwirrte es nur so von kreisenden oder sich an einer
Stelle drängenden, tanzenden Bienen und Drohnen,
und dazwischen flogen, ständig in einer Richtung, hin
zum Wald, zu den blühenden Linden, und zurück zu
den Bienenstöcken, die Arbeitsbienen und brachten
Höschen um Höschen.

In den Ohren klangen ihm unablässig die verschiedenartigsten Töne, mal eine beschäftigte, rasch vor-
beisausende Arbeiterin, mal ein röhrender, müßiger
Drohn, mal erregte, vor dem Feind ihre Habe schüt-
zende, zum Stechen bereite Wachbienen. Jenseits des
Zauns hobelte der alte Bienenvater einen Fassreif und
sah Lewin nicht. Ohne ihn zu rufen, blieb Lewin mitten im Bienengarten stehen.

Er war froh über die Gelegenheit, allein zu sein, um
sich zu besinnen angesichts einer Wirklichkeit, die
seine Stimmung schon derart heruntergezogen hatte.

Ihm fiel ein, dass er sich bereits über Iwan geärgert,

dem Bruder Kälte gezeigt und leichtfertig mit Katawassow geredet hatte.

›Sollte es tatsächlich nur die Stimmung eines Augenblicks gewesen sein und spurlos vergehen?‹ überlegte er.

Aber im gleichen Moment war er in seine Stimmung
zurückgekehrt und spürte voll Freude, dass sich etwas
Neues und Wichtiges in ihm vollzogen hatte. Die Wirklichkeit hatte den Seelenfrieden, zu dem er gefunden
hatte, nur kurzzeitig überdeckt; er war in ihm jedoch
unversehrt.

Genauso wie die Bienen, die ihn nun umschwirrten,
bedrohten und ablenkten und seine körperliche Ruhe
raubten, ihn veranlassten, sich klein zu machen, um ihnen auszuweichen, so hatten die Sorgen von dem Moment an, als er den Karren bestieg, ihn umringt und
ihm die seelische Freiheit geraubt; aber das dauerte nur
so lange, als er mitten unter ihnen war. Wie seine Körperkraft trotz der Bienen unversehrt war, so war auch
die ihm neu bewusst gewordene Geisteskraft in ihm
unversehrt.

XV

»Weißt du, Kostja, mit wem Sergej Iwanowitsch hergereist ist?« sagte Dolly, als sie den Kindern Gurken und
Honig zugeteilt hatte. »Mit Wronski! Er geht nach Serbien.«

»Und das nicht allein, auf eigene Kosten nimmt er
eine Schwadron mit!« sagte Katawassow.

»Das passt zu ihm«, sagte Lewin. »Gehen denn immer noch Freiwillige dorthin?« fügte er hinzu, nach
einem Blick auf Sergej Iwanowitsch.

Sergej Iwanowitsch antwortete nicht; mit dem
stumpfen Messerende holte er aus einer Tasse, in der
die Ecke einer weißen Honigwabe lag, vorsichtig eine

am ausgeflossenen Honig klebende, noch lebende Biene heraus.

»Und wie! Sie hätten sehen sollen, was gestern auf dem Bahnhof los war!« sagte Katawassow und biss knackend in eine Gurke.

»Also, wie soll man das verstehen? Um Himmels willen, erklären Sie mir, Sergej Iwanowitsch, wohin fahren alle diese Freiwilligen, gegen wen führen sie Krieg?« fragte der alte Fürst, offenbar in Fortsetzung eines Gesprächs, das noch ohne Lewin begonnen hatte.

»Gegen die Türken«, erwiderte mit gelassenem Lächeln Sergej Iwanowitsch; er hatte die hilflos die Beinchen bewegende, vom Honig dunkle Biene freibekommen und setzte sie nun vom Messer auf ein kräftiges Espenblatt.

»Aber wer hat denn den Türken den Krieg erklärt? Iwan Iwanytsch Ragosow und Gräfin Lidija Iwanowna samt Madame Stahl?«

»Niemand hat den Krieg erklärt, sondern die Menschen haben Mitgefühl für das Leiden ihrer Nächsten und wollen ihnen helfen«, sagte Sergej Iwanowitsch.

»Aber der Fürst spricht nicht von Hilfe« – Lewin trat für den Schwiegervater ein – »sondern von Krieg. Der Fürst sagt, Privatpersonen könnten nicht ohne Erlaubnis der Regierung an einem Krieg teilnehmen.«

»Kostja, schau, eine Biene! Wirklich, wir werden alle gestochen!« Dolly wedelte eine Wespe fort.

»Das ist gar keine Biene, das ist eine Wespe«, sagte Lewin.

»Aha, aha, und was hätten Sie für eine Theorie?« sagte Katawassow lächelnd; er forderte Lewin offenbar zum Streitgespräch heraus. »Warum haben Privatpersonen nicht das Recht?«

»Meine Theorie wäre dies: Der Krieg ist einerseits eine derart animalische, grausame, schreckliche Sache, dass kein Mensch, schon gar nicht ein Christ, es persönlich verantworten kann, einen Krieg zu beginnen, das kann nur eine Regierung, die dazu berufen ist und sich einem Krieg stellen muss. Andererseits sagt sowohl die Wissenschaft wie der gesunde Menschenverstand, dass die Bürger in Staatsangelegenheiten, besonders in Sachen Krieg, auf ihren persönlichen Willen verzichten müssen.«

Sergej Iwanowitsch und Katawassow hoben gleichzeitig mit ihren schon fertigen Einsprüchen an.

»Das ist ja der Witz, mein Bester, dass es Fälle geben kann, wenn die Regierung nicht den Willen der Bürger erfüllt, und dann verkündet die Gesellschaft ihren Willen«, sagte Katawassow.

Aber Sergej Iwanowitsch billigte diesen Einspruch offenbar nicht. Er runzelte zu Katawassows Worten die Stirn und sagte etwas anderes:

»Du hast unrecht, die Frage so zu stellen. Da geht es nicht um eine Kriegserklärung, sondern schlicht um die Äußerung eines menschlichen, christlichen Gefühls. Getötet werden Brüder gleichen Blutes und gleichen Glaubens. Und gar nicht so sehr Brüder gleichen Glaubens, sondern schlicht Kinder, Frauen und Alte; das Gefühl empört sich, und russische Menschen laufen hin, um mitzuhelfen, diesem Grauen ein Ende zu setzen. Stell dir vor, du würdest eine Straße langgehen und sehen, wie Betrunkene eine Frau oder ein Kind schlagen; ich denke, du würdest nicht erst fragen, ob diesem Menschen der Krieg erklärt wurde, sondern würdest dich zur Verteidigung auf ihn stürzen.«

»Würde ihn aber nicht töten«, sagte Lewin.

»Doch, du würdest ihn töten.«

»Ich weiß nicht. Wenn ich so etwas sehen würde, ließe ich mich unmittelbar von meinem Gefühl leiten; im voraus kann ich das nicht sagen. Solch ein unmittelbares Gefühl für die unterjochten Slawen gibt es jedoch nicht und kann es nicht geben.«

»Vielleicht für dich nicht. Für andere gibt es das schon.« Sergej Iwanowitsch runzelte unzufrieden die Stirn. »Im Volk sind Legenden über die Rechtgläubigen lebendig, die unterm Joch der ›ruchlosen Muselmänner‹ leiden. Das Volk hat vom Leiden seiner Brüder erfahren und seine Stimme erhoben.«

»Vielleicht«, meinte Lewin ausweichend, »aber ich sehe das nicht; ich bin selbst das Volk, und ich fühle das nicht.«

»Ich auch nicht«, sagte der Fürst. »Ich war im Ausland, habe Zeitungen gelesen und gebe zu, dass mir noch vor den bulgarischen Schreckensmeldungen nicht in den Kopf wollte, weshalb alle Russen mit einemmal die slawischen Brüder so liebgewonnen hatten, während ich keinerlei Liebe für sie empfand. Ich war sehr betrübt, dachte, ich sei aus der Art geschlagen oder Karlsbad habe auf mich diese Wirkung. Aber als ich wieder zurück war, beruhigte ich mich, da ich gesehen habe, dass es auch außer mir noch Menschen gibt, die sich nur für Russland interessieren und nicht für die slawischen Brüder. So auch Konstantin.«

»Persönliche Meinungen haben da nichts zu bedeuten«, sagte Sergej Iwanowitsch, »persönliche Meinungen sind unerheblich, da ganz Russland – das Volk seinen Willen bekundet hat.«

»Aber entschuldigen Sie. Ich sehe das nicht. Das Volk weiß doch von nichts«, sagte der Fürst.

»Doch, Papa ... wieso denn nicht? Und am Sonntag in der Kirche?« Dolly hatte dem Gespräch gelauscht. »Gib mir doch bitte ein Handtuch«, sagte sie zu dem Alten, der lächelnd auf die Kinder schaute. »Es kann ja nicht sein, dass alle ...«

»Was heißt – am Sonntag in der Kirche? Der Priester hatte den Auftrag, etwas vorzulesen. Das hat er getan. Sie haben nichts begriffen, haben geseufzt wie bei jeder Predigt«, fuhr der Fürst fort. »Dann wurde ihnen gesagt, in der Kirche werde für eine Sache gesammelt, nun, zum Seelenheil zog da jeder seine Kopeke raus und gab sie her. Doch wofür wissen sie selbst nicht.«

»Es kann nicht sein, dass das Volk es nicht weiß; ein Bewusstsein von seinen Geschicken hat das Volk immer, und in Momenten wie diesen wird es ihm klar«, sagte Sergej Iwanowitsch, den Blick auf den alten Bienenvater gerichtet.

Der schöne Alte mit dem grau durchsetzten schwarzen Bart und dem dichten silbrigen Haar stand unbeweglich, er hielt das Gefäß mit dem Honig und blickte liebevoll und gelassen von der Höhe seines Wuchses auf die Herrschaften, offenbar ohne etwas zu begreifen oder begreifen zu wollen.

»Ja, so ist es«, sagte er auf Sergej Iwanowitschs Worte und nickte bedeutsam.

»Fragt ihn doch. Er weiß nichts und denkt auch gar nicht daran«, sagte Lewin. »Hast du von dem Krieg gehört, Michailytsch?« sprach er ihn an. »Was da in der Kirche vorgelesen wurde? Was denkst du? Müssen wir Krieg führen für die Christenmenschen?«

»Was sollen wir denken? Alexander Nikolaitsch, der Kaiser, der hat uns bedacht, er bedenkt uns ja in allen Dingen. Er weiß es besser ... Soll ich nicht noch Brot bringen? Kriegt der Bub noch was?« fragte er Darja Alexandrowna und deutete auf Grischa, der am letzten Stück Rinde kaute.

»Ich brauche nicht zu fragen«, sagte Sergej Iwanowitsch, »wir haben Hunderte und Aberhunderte Menschen gesehen und sehen sie noch, die alles stehn und liegen lassen, um der gerechten Sache zu dienen, von allen Ecken und Enden Russlands kommen und ihre Idee und ihr Ziel direkt und deutlich zum Ausdruck bringen. Sie leisten ihr Scherflein oder gehen selbst und sagen direkt, weshalb. Was heißt das wohl?«

»Es heißt, meiner Meinung nach«, sagte Lewin, der

sich zu ereifern begann, »dass in einem Achtzig-Mil-
lionen-Volk sich immer Menschen finden, nicht nur
Hunderte wie jetzt, sondern Zehntausende, die ihre Position in der Gesellschaft eingebüßt haben, draufgänge-
rische Menschen, die immer bereit sind – ob in die
Bande Pugatschows oder nach Chiwa, nach Serbien ...«

»Ich sage dir doch, es sind nicht nur Hunderte und
keine draufgängerischen Menschen, sondern die besten
Vertreter des Volkes!« Sergej Iwanowitsch war so aufgebracht, als verteidigte er seine letzte Habe. »Und die
Opfergaben? Da drückt doch direkt das ganze Volk seinen Willen aus.«

»Dieses Wort ›Volk‹ ist so unbestimmt«, sagte Lewin.
»Amtsschreiber, Lehrer und bei den Bauern einer von
tausend wissen vielleicht, worum es geht. Die übrigen
achtzig Millionen drücken wie Michailytsch gar nicht
ihren Willen aus, vielmehr haben sie nicht die geringste Ahnung, worüber sie ihren Willen ausdrücken sollen.
Was für ein Recht haben wir zu der Aussage, das sei der
Wille des Volkes?«

XVI

Sergej Iwanowitsch, in Dialektik erfahren, widersprach
nicht, sondern lenkte das Gespräch sofort auf ein anderes Terrain.

»Ja, wenn du rein rechnerisch den Geist des Volkes
erfassen möchtest, ist das natürlich sehr schwierig. Und
eine Stimmabgabe ist bei uns nicht eingeführt und
kann nicht eingeführt werden, weil das den Willen des
Volkes auch nicht ausdrückt; dafür gibt es jedoch andere
Wege. Das spürt man in der Luft, das spürt man mit
dem Herzen. Ganz zu schweigen von jenen Strömungen
unter Wasser, die im stehenden Meer des Volkes in Bewegung geraten sind, für jeden unvoreingenommenen

Menschen sichtbar – schau dir doch nur die Gesellschaft im engeren Sinne an. All die unterschiedlichen
Parteien in der gebildeten Welt, die einander früher
so feind waren, sind in eins verschmolzen. Jeglicher Ha-
der hat ein Ende, alle Organe der Gesellschaft sagen
unisono dasselbe, alle spüren die Elementarkraft, die sie
erfasst hat und in dieselbe Richtung trägt.«

»Ja, die Zeitungen sagen alle ein und dasselbe«, warf
der Fürst ein. »Das stimmt. Dermaßen ein und dasselbe, es klingt wie Frösche vor dem Gewitter. Ihretwegen ist nichts zu hören.«

»Frösche hin oder her – ich gebe keine Zeitungen
heraus und mag sie nicht verteidigen; ich spreche vielmehr von der Einmütigkeit in der gebildeten Welt«,
sagte Sergej Iwanowitsch, zum Bruder gewandt.

Lewin wollte antworten, aber der alte Fürst kam ihm
zuvor.

»Also, zu dieser Einmütigkeit ließe sich noch manches sagen«, meinte der Fürst. »Meinen Herrn Schwie-
gersohn, Stepan Arkadjitsch, den kennen Sie ja. Er bekommt jetzt den Posten eines Komiteemitglieds der
Kommission und so weiter, was, weiß ich nicht mehr.
Bloß, zu tun gibt es da nichts – nun, Dolly, das ist kein
Geheimnis! –, dafür achttausend Gehalt. Fragen Sie
ihn doch mal, ob sein Dienst von Nutzen sei – er wird
Ihnen beweisen, es gebe nichts Notwendigeres. Und er
ist ein aufrichtiger Mensch, aber an den Nutzen von
achttausend muss man einfach glauben.«

»Ja, er bat mich, Darja Alexandrowna den Erhalt des
Postens mitzuteilen«, sagte Sergej Iwanowitsch missmutig, da er fand, der Fürst rede nicht zur Sache.

»Genauso ist es mit der Einmütigkeit der Zeitungen. Mir hat das jemand so gedeutet: Sobald es Krieg
gibt, nehmen sie doppelt soviel ein. Wie sollen sie dann
nicht meinen, dass die Geschicke des Volkes und der
Slawen ... und all das?«

»Ich mag viele Zeitungen nicht, aber das ist ungerecht«, sagte Sergej Iwanowitsch.

»Ich würde nur eine Bedingung stellen«, fuhr der Fürst fort. »*Alphonse Karr* hat das vor dem Krieg mit Preußen wunderbar formuliert. ›Sie meinen, ein Krieg sei notwendig? Wunderbar. Wer den Krieg predigt, kommt in eine besondere, vorgeschobene Legion, und dann – auf zum Sturm, zur Attacke, allen voran!‹«

»Die würden mir schön aussehen, die Redakteure!« Katawassow lachte dröhnend, da er sich Redakteure, die er kannte, in dieser erlesenen Legion vorstellte.

»Tja, sie werden davonlaufen«, meinte Dolly, »werden bloß stören.«

»Und falls sie flüchten, werden von hinten Kartätschen eingesetzt oder Kosaken mit Peitschen«, sagte der Fürst.

»Das ist ein Scherz, ein unguter Scherz, verzeihen Sie mir, Fürst«, sagte Sergej Iwanowitsch.

»Ich sehe nicht, wieso das ein Scherz ist, es ist…« hob Lewin an, aber Sergej Iwanowitsch unterbrach ihn.

»Jedes Mitglied der Gesellschaft ist berufen, das Seine zu tun, das, was ihm entspricht«, sagte er. »Und Geistesmenschen erfüllen das Ihre, wenn sie die öffentliche Meinung zum Ausdruck bringen. Und die einhellige und umfassende Darstellung der öffentlichen Meinung ist ein Verdienst der Presse und zugleich eine erfreuliche Erscheinung. Vor zwanzig Jahren hätten wir geschwiegen, jetzt aber ist die Stimme des russischen Volkes zu hören, welches bereit ist, aufzustehen wie ein Mann, und bereit ist, sich für die unterjochten Brüder aufzuopfern; das ist ein grandioser Schritt und ein Vorgriff auf Stärke.«

»Aber es geht ja nicht nur ums Opfern, sondern darum, Türken zu töten«, warf Lewin scheu ein. »Das Volk opfert gern für sein Seelenheil und ist immer bereit dazu, aber nicht fürs Töten«, fügte er hinzu, dabei verknüpfte er das Gespräch unwillkürlich mit den Gedanken, die ihn so beschäftigten.

»Wieso Seelenheil? Seele ist, Sie verstehen, für einen Naturwissenschaftler ein schwieriger Ausdruck. Was ist das denn, die Seele?« sagte Katawassow lächelnd.

»Ach, das wissen Sie doch!«

»Bei Gott, ich habe nicht die geringste Ahnung!« Katawassow lachte dröhnend.

»›Ich bin nicht gekommen, Frieden zu bringen, sondern das Schwert‹, sagt der Herr«, entgegnete seinerseits Sergej Iwanowitsch und führte damit schlicht und wie selbstverständlich jene Bibelstelle an, die Lewin stets am meisten irritierte.

»Ja, so ist es«, wiederholte der Alte, der neben ihnen stand, als Antwort auf einen Blick, der zufällig auf ihn gefallen war.

»Na bitte, mein Bester, Sie sind geschlagen, vollkommen geschlagen!« rief Katawassow vergnügt.

Lewin wurde rot vor Ärger, nicht, weil er geschlagen war, sondern weil er sich nicht zurückgehalten und auf das Streitgespräch eingelassen hatte.

›Nein, ich darf nicht streiten mit ihnen‹, überlegte er, ›sie haben einen undurchdringlichen Panzer, und ich bin nackt.‹

Er sah, dass sein Bruder und Katawassow nicht zu überzeugen waren, und noch weniger sah er eine Möglichkeit, ihnen zuzustimmen. Was sie predigten, war jener Hochmut des Geistes, der ihn fast zugrunde gerichtet hätte. Er konnte nicht zustimmen, dass einige Dutzend Menschen, darunter sein Bruder, das Recht haben sollten, aufgrund dessen, was ihnen Hunderte in die Hauptstadt gekommener schönrednerischer Freiwilliger erzählt hatten, nun zu sagen, sie und die Zeitungen brächten Willen und Gedanken des Volkes zum Ausdruck, zumal Gedanken, die auf Rache und Totschlag hinausliefen. Er konnte dem nicht zustimmen,

weil er im Volk, in dessen Mitte er lebte, diese Gedanken nicht ausgedrückt sah und sie auch in sich nicht
fand (und sich selbst konnte er nicht anders sehen denn
als einen der Menschen, die das russische Volk bildeten), und vor allem, weil er zusammen mit dem Volk
nicht wusste, nicht wissen konnte, worin das Gemeinwohl bestand, aber sicher wusste, dass es nur möglich
war, dieses Gemeinwohl zu erlangen, wenn jenes Gesetz des Guten, das sich jedem Menschen offenbart,
streng befolgt wurde, und darum konnte er keinen
Krieg wollen und irgendwelcher allgemeinen Ziele
wegen den Krieg predigen. Er sagte zusammen mit
Michailytsch und dem Volk, das seine Gedanken in der
Überlieferung von der Berufung der Waräger ausgedrückt hat: »Seid Fürsten und herrscht über uns. Wir
versprechen euch freudig völligen Gehorsam. Alle Mühen, alle Demütigungen, alle Opfer nehmen wir auf
uns; aber nicht wir richten und entscheiden.« Und jetzt
hatte das Volk, nach Sergej Iwanowitschs Worten, auf
dieses so teuer erkaufte Recht verzichtet.

Er hätte gerne noch gesagt, wenn die öffentliche
Meinung ein so unfehlbarer Richter sei, wieso dann die
Revolution, die Kommune, nicht ebenso rechtens
wären wie die Bewegung zugunsten der Slawen. Aber
das waren alles Gedanken, die nichts lösen konnten.
Eines war zweifellos zu sehen – nämlich dass derzeit das
Streitgespräch Sergej Iwanowitsch verdross, und deshalb war es von Übel, noch weiter zu disputieren;
so schwieg Lewin und lenkte die Aufmerksamkeit der
Gäste darauf, dass die Wölkchen sich verdichtet hatten und es besser wäre, vor dem Regen nach Hause zu
gehen.

XVII

Der Fürst und Sergej Iwanowitsch stiegen in den Karren und fuhren; die übrige Gesellschaft ging schleunigen Schrittes zu Fuß nach Hause. Aber die Wolkenfront zog, bald weißer, bald schwärzer, so rasch heran, dass sie noch einen Schritt zulegen mussten, um es vor dem Regen nach Hause zu schaffen. Vorgeschobene Wolken, tiefhängend und schwarz wie rußdurchsetzter Rauch, jagten in ungewöhnlichem Tempo über den Himmel. Bis zum Haus waren es noch zweihundert Schritt, da kam schon der Wind auf, jeden Augenblick konnte der Platzregen einsetzen.

Die Kinder rannten, verschreckt und freudig kreischend, vorweg. Darja Alexandrowna, die mit ihren an den Beinen klebenden Röcken zu kämpfen hatte, ging nicht mehr, sondern rannte und ließ keinen Blick von den Kindern. Die Männer hielten die Hüte fest und gingen in großen Schritten. Sie waren schon am Hauseingang, als ein großer Tropfen auf den Rand der Regenrinne schlug und zersprang. Die Kinder und nach ihnen die Erwachsenen rannten, fröhlich schwatzend, unter den Schutz des Vordachs.

»Und Katerina Alexandrowna?« fragte Lewin Agafja Michailowna, die ihnen in der Diele mit Regenmänteln und Plaids entgegenkam.

»Wir dachten, sie sei bei Ihnen«, sagte sie.

»Und Mitja?«

»Anscheinend im Kolok, mit der Kinderfrau.«

Lewin griff nach den Plaids und rannte zum Kolok.

In dieser kurzen Zeit hatte sich die Wolkenfront schon so massiv vor die Sonne geschoben, dass es dunkel wurde wie bei einer Sonnenfinsternis. Der Wind suchte Lewin hartnäckig aufzuhalten, als beharrte er auf seinem Willen, er riss Blätter und Blüten von den Linden und entblößte unschön und sonderbar die weißen Bir-

kenzweige, beugte alles in eine Richtung – Akazien,
Blumen, Kletten, Gras und Baumwipfel. Die Mägde,
die im Garten gearbeitet hatten, liefen kreischend unters Vordach an der Gesindestube. Der weiße Vorhang
des Wolkenbruchs hatte sich schon vor den gesamten
ferneren Wald und das halbe nahe Feld geschoben und
bewegte sich rasch auf den Kolok zu. Die Nässe des Regens, zersprengt in winzige Tropfen, war in der Luft zu
spüren.

Den Kopf vorgebeugt und gegen den Wind ankämp-
fend, der ihm die Tücher entreißen wollte, hatte Lewin
schon fast den Kolok erreicht und sah schon hinter der
Eiche etwas Weißes, da blitzte mit einemmal alles auf,
entflammte die ganze Erde und schien überm Kopf das
Himmelsgewölbe zu bersten. Als Lewin die geblen-
deten Augen öffnete, erblickte er durch den dichten
Regenvorhang, der ihn jetzt vom Kolok trennte, zuallererst und entsetzt die seltsam veränderte Lage des
vertrauten grünen Eichenwipfels in der Waldesmitte.
»Hat es sie womöglich getroffen?« konnte Lewin gerade
noch denken, da verschwand, in schnellerer und schnellerer Bewegung, der Eichenwipfel hinter den anderen
Bäumen, und er hörte das Krachen des großen Baums,
der auf die anderen Bäume fiel.

Das Licht des Blitzes, das Grollen des Donners und
das Gefühl, wie Kälte seinen Körper überlief, verband
sich für Lewin zu dem Eindruck puren Entsetzens.

»Mein Gott! Mein Gott, ja nicht auf sie!« sprach er.

Und obwohl er sogleich dachte, wie sinnlos seine
Bitte war, sie sollten von der nun schon gefallenen
Eiche nicht erschlagen sein, wiederholte er sie, da er
wusste, Besseres als dieses sinnlose Beten konnte er jetzt
nicht tun.

Als er die Stelle erreichte, wo sie sich gewöhnlich
aufhielten, fand er sie nicht.

Sie waren am anderen Ende des Waldes, unter einer

alten Linde, und riefen ihn. Zwei Gestalten in dunklen Kleidern (sie hatten helle getragen) standen da und beugten sich über etwas. Es waren Kitty und die Kinderfrau. Der Regen war schon am Aufhören und es wurde heller, als Lewin zu ihnen gerannt kam. Der Rocksaum der Kinderfrau war trocken, aber Kittys Kleid war völlig durchnässt und klebte an ihr. Obwohl es nicht mehr regnete, standen sie immer noch in der Haltung, die sie eingenommen hatten, als das Gewitter losbrach. Beide standen da, gebeugt über das Wägelchen mit dem grünen Schirm.

»Am Leben? Unversehrt? Gott sei Dank!« stieß er hervor, während er mit seinem schlappenden, vollgelaufenen Schuh durch noch nicht versickertes Wasser patschte und zu ihnen rannte.

Kittys rotwangiges, feuchtes Gesicht war ihm zugewandt, sie lächelte scheu unter dem verformten Hut hervor.

»Wie kannst du nur! Ich begreife nicht, wie man derart unvorsichtig sein kann!« fiel er ärgerlich über seine Frau her.

»Ich bin, weiß Gott, nicht schuld. Gerade wollten wir fort, da machte er alles voll. Wir mussten ihn trockenlegen. Wir wollten gerade ...« begann Kitty sich zu rechtfertigen.

Mitja war unversehrt, lag trocken und schlief ohne Unterlass.

»Ah, Gott sei Dank! Ich weiß nicht, was ich rede!«

Sie sammelten die nassen Windeln ein; die Kinderfrau nahm das Kind heraus und trug es. Lewin ging neben seiner Frau her, und schuldbewusst wegen seines Ärgers, drückte er ihr, von der Kinderfrau unbemerkt, die Hand.

XVIII

Im Lauf des ganzen Tages, bei den verschiedenartigsten Gesprächen, an denen gleichsam nur die Außen-
seite von Lewins Geist teilnahm, und trotz seiner Enttäuschung über die Veränderung, die sich in ihm hätte
vollziehen müssen, spürte Lewin unablässig und voll
Freude die Fülle seines Herzens.

Nach dem Regen war es zu nass, um spazieren zu
gehen; zumal auch die Gewitterwolken nicht vom Horizont verschwanden und bald dort, bald hier, grol-
lend und schwarz, am Rand des Himmels entlangzogen.
Die ganze Gesellschaft verbrachte den Rest des Tages
zu Hause.

Streitgespräche wurden nicht mehr angezettelt, im
Gegenteil, nach dem Diner waren alle in bester Gemütsverfassung.

Katawassow brachte zunächst die Damen mit seinen originellen Scherzen zum Lachen, die bei der ersten Bekanntschaft mit ihm stets so gefielen, aber dann
schilderte er, von Sergej Iwanowitsch aufgefordert, seine sehr interessanten Beobachtungen über die unterschiedlichen Charaktere und sogar Physiognomien bei
Männchen und Weibchen der Stubenfliege und über ihr
Leben. Sergej Iwanowitsch war ebenfalls vergnügt, und
vom Bruder aufgefordert, legte er beim Tee seine Sicht
auf die Zukunft der orientalischen Frage dar, und das so
schlicht und gut, dass alle gebannt zuhörten.

Nur Kitty konnte nicht bis zu Ende zuhören, sie
wurde geholt, um Mitja zu baden.

Ein paar Minuten nach Kittys Aufbruch wurde auch
Lewin ins Kinderzimmer gerufen. Er ließ den Tee stehen, bedauerte ebenfalls, das interessante Gespräch unterbrechen zu müssen, und zugleich beunruhigt, weshalb er gerufen wurde, da das nur in wichtigen Fällen
vorkam, ging Lewin ins Kinderzimmer.

Obwohl der nur halb gehörte Plan Sergej Iwanowitschs, wie die befreite Welt der vierzig Millionen Slawen zusammen mit Russland eine neue Epoche in der
Geschichte einleiten müsse, ihm vollkommen neu war
und ihn, als etwas völlig Neues, sehr interessierte, obwohl ihn Neugier und Sorge beunruhigten, weshalb er
gerufen wurde – sobald er aus dem Salon trat und allein
war, fielen ihm sofort seine morgendlichen Gedanken wieder ein. Und alle diese Überlegungen über die
Bedeutung des slawischen Elements in der Weltge-
schichte kamen ihm so unbedeutend vor im Vergleich
zu dem, was in seiner Seele vorging, dass er im Nu alles
vergessen hatte und sich in die Stimmung versetzte, in
der er morgens gewesen war.

Er rief sich jetzt nicht, wie früher oft, den ganzen
Gedankengang ins Gedächtnis (das brauchte er nicht
mehr). Er versetzte sich sofort in das Gefühl, das ihn
geleitet hatte, das mit diesen Gedanken zusammenhing, und fand in seiner Seele dieses Gefühl noch stärker und deutlicher vor als früher. Jetzt ging es ihm
nicht wie früher oft bei seinen ausgeklügelten Beruhi-
gungen, wenn er den ganzen Gedankengang rekonstru-
ieren musste, um das Gefühl wiederzufinden. Jetzt war,
ganz im Gegenteil, das Gefühl von Freude und Beruhigung lebhafter als früher, und das Denken konnte mit
dem Gefühl nicht Schritt halten.

Er ging über die Terrasse und schaute zu den beiden
Sternen hoch, die sich am schon dunkleren Himmel ab
zeichneten, und plötzlich fiel ihm ein: ›Ja, beim Blick
zum Himmel dachte ich daran, dass das Gewölbe, das
ich sehe, nicht die Unwahrheit ist, und dabei habe ich
etwas nicht zu Ende gedacht, mir selbst etwas verheimlicht‹, dachte er. ›Aber was es auch sein mag, Einwände
kann es nicht geben. Ich brauche nur nachzudenken,
und alles klärt sich auf!‹

Erst vor dem Kinderzimmer fiel ihm ein, was er sich

selbst verheimlicht hatte. Und zwar, wenn der wichtigste Gottesbeweis seine Offenbarung war, dass es das Gute gibt, wieso sollte sich diese Offenbarung dann allein auf die christliche Kirche beschränken? Welches Verhältnis haben zu dieser Offenbarung die Glaubenslehren der Buddhisten, der Mohammedaner, die sich ebenfalls zum Guten bekennen und Gutes tun?

Ihm war, als hätte er eine Antwort auf diese Frage; aber bevor er sie sich selbst formulieren konnte, war er schon im Kinderzimmer.

Kitty stand mit aufgekrempelten Ärmeln vor der Badewanne, in der das Kind plätscherte, und als sie die Schritte ihres Mannes hörte, wandte sie ihm das Gesicht zu und rief ihn mit einem Lächeln her. Mit der einen Hand stützte sie den Kopf des pummeligen Kindes, das auf dem Rücken schwamm und die Beinchen spreizte, und mit der anderen, unter gleichmäßigem Anspannen der Muskeln, drückte sie über ihm den Schwamm aus.

»Nun schau doch, schau doch!« sagte sie, als ihr Mann zu ihr trat. »Agafja Michailowna hat recht. Er erkennt uns.«

Es ging darum, dass Mitja offenbar seit diesem Tag die Seinen zweifelsfrei erkannte.

Sobald Lewin zur Wanne trat, wurde ihm gleich ein Experiment vorgeführt, und dieses Experiment gelang vollauf. Die Köchin, die absichtlich dafür geholt wurde, ersetzte Kitty und beugte sich über das Kind. Es schaute mürrisch und schüttelte unwillig den Kopf. Kitty beugte sich über ihn – er lächelte strahlend, stemmte die Händchen gegen den Schwamm und pfuste mit den Lippen, und das klang so zufrieden und sonderbar, dass nicht nur Kitty und die Kinderfrau, sondern auch Lewin mit einemmal in Entzücken geriet.

Das Kind wurde mit einer Hand aus der Wanne gehoben, mit Wasser übergossen, in ein Leintuch gehüllt, trockengerieben und nach einem durchdringenden Schrei der Mutter übergeben.

»Also, ich bin froh, dass du ihn allmählich liebgewinnst«, sagte Kitty zu ihrem Mann, nachdem sie sich, das Kind an der Brust, ruhig am gewohnten Platz niedergelassen hatte. »Ich bin sehr froh. Denn das hat mich allmählich schon bekümmert. Du hattest gesagt, du würdest nichts für ihn empfinden.«

»Nein, habe ich denn gesagt, ich würde nichts empfinden? Ich habe nur gesagt, ich sei enttäuscht.«

»Wie, von ihm enttäuscht?«

»Nicht von ihm enttäuscht, sondern von meinem Gefühl — ich hatte mehr erwartet. Ich hatte erwartet, gleichsam als Überraschung würde in mir ein neues, angenehmes Gefühl aufbrechen. Und statt dessen auf einmal — Abscheu, Bedauern ...«

Sie hörte ihm aufmerksam zu, über das Kind hinweg, und dabei zog sie über die schmalen Finger ihre Ringe, die sie abgelegt hatte, um Mitja zu baden.

»Und vor allem, viel mehr Angst und Bedauern als Genugtuung. Heute, nach dieser Angst während des Gewitters, habe ich begriffen, wie sehr ich ihn lieb habe.«

Kitty lächelte strahlend.

»Bist du sehr erschrocken?« fragte sie. »Ich auch, aber jetzt, da es vorbei ist, ist es noch furchtbarer. Ich gehe mir die Eiche anschauen. Und wie nett Katawassow ist! Überhaupt war der ganze Tag so angenehm. Du bist auch zu Sergej Iwanowitsch so gut, wenn du nur möchtest ... Na, geh zu ihnen. Nach dem Baden ist es hier immer heiß und dunstig ...«

XIX

Draußen vor dem Kinderzimmer, wieder allein, fiel Lewin gleich der Gedanke ein, an dem noch etwas unklar war.

Statt sich in den Salon zu begeben, aus dem die Stimmen zu hören waren, blieb er auf der Terrasse stehen, und aufs Geländer gelehnt, schaute er zum Himmel hoch.

Es war schon ganz dunkel, und im Süden, wohin er schaute, waren keine Wolken. Die Wolken standen auf der gegenüberliegenden Seite. Dort zuckten Blitze und war ferner Donner zu hören. Lewin lauschte den gleichmäßig von den Linden in den Garten fallenden Tropfen und schaute zu dem ihm vertrauten Sternendreieck und der in seiner Mitte hindurchführenden Milchstraße mit ihrer Abzweigung. Bei jedem Aufzucken eines Blitzes verschwand nicht nur die Milchstraße, auch die hellen Sterne verschwanden, aber sobald der Blitz erloschen war, tauchten sie, wie von treffsicherer Hand hingestreut, an denselben Stellen wieder auf.

›Also, was irritiert mich?‹ fragte sich Lewin, dabei fühlte er im voraus, dass die Auflösung seiner Zweifel, obwohl er sie noch nicht kannte, in seiner Seele schon bereit war.

›Ja, die einzig offenkundige, unanzweifelbare Erscheinung einer Gottheit, das sind die Gesetze des Guten, die der Welt als Offenbarung kund getan wurden, die ich in mir fühle und in deren Anerkennung ich mich nicht vereinige mit den anderen Menschen, sondern, ob ich will oder nicht, vereinigt bin mit ihnen in der alleinigen Gemeinschaft der Gläubigen, die Kirche genannt wird. Und die Juden, die Mohammedaner, die Konfuzianer, die Buddhisten – was sind dann sie?‹ Er stellte sich die Frage, die ihm gefährlich erschienen war.

›Sollten diese Abermillionen Menschen jenes höchste Gut entbehren müssen, ohne das ein Leben keinen Sinn hat?‹ Er dachte nach, berichtigte sich jedoch umgehend. ›Wonach frage ich eigentlich?‹ sagte er sich. ›Ich frage nach dem Verhältnis zur Gottheit in all den verschiedenartigen Glaubensrichtungen der ganzen Menschheit. Ich frage nach dem Erscheinungsbild Gottes für die ganze Welt mit all diesen Nebelflecken. Was tue ich da? Mir persönlich, meinem Herzen, steht zweifellos ein Wissen offen, das dem Verstand unerreichbar ist, doch ich möchte beharrlich mit dem Verstand und in Worten dieses Wissen ausdrücken.

Weiß ich denn nicht, dass die Sterne nicht wandern?‹ fragte er sich mit Blick auf einen hell leuchtenden Planeten, der in bezug auf den höchsten Zweig der Birke seine Position schon verändert hatte. ›Aber wenn ich auf die Bewegung der Sterne blicke, kann ich mir die Drehung der Erde nicht vorstellen, und ich habe recht, wenn ich sage, die Sterne wanderten.

Und könnten denn die Astronomen irgendetwas begreifen und berechnen, wenn sie all die komplizierten, verschiedenartigen Bewegungen der Erde mit berücksichtigten wollten? All ihre erstaunlichen Schlussfolgerungen über Entfernungen, Gewicht, Bewegungen und Abweichungen der Himmelskörper beruhen nur auf der sichtbaren Bewegung der Gestirne um die unbewegliche Erde, auf genau der Bewegung, die ich jetzt vor mir habe und die für Millionen Menschen jahrhundertelang gegolten hat und immer gleich gewesen ist und sein wird und immer nachgeprüft werden kann. Und genauso wie die Schlüsse der Astronomen unnütz und unzuverlässig wären, stützten sie sich nicht auf Beobachtungen des sichtbaren Himmels in bezug auf einen einzigen Meridian und einen einzigen Horizont, so unnütz und unzuverlässig wären auch meine Schlüsse, stützten sie sich nicht auf jenes Verständnis des Guten, das für alle immer gleich war und sein wird und das mir durch das Christentum offenbart wurde und in meiner Seele jederzeit nachgeprüft werden kann. Die Frage nach den anderen Glaubensrichtungen und ihr Verhältnis zur Gottheit zu entscheiden habe ich weder das Recht noch die Möglichkeit.‹

»Oh, du bist gar nicht fort?« sagte plötzlich die Stimme Kittys, die auf dem gleichen Weg in den Salon ging. »Was ist, bist du auch nicht verstimmt?« fragte sie und betrachtete beim Sternenschein aufmerksam sein Gesicht.

Dennoch hätte sie sein Gesicht nicht genau gesehen, wenn nicht wieder ein Blitz, die Sterne überdeckend, es erhellt hätte. Beim Licht des Blitzes betrachtete sie sein Gesicht genau, und als sie sah, dass es ruhig war und froh, lächelte sie ihm zu.

›Sie begreift‹, dachte er, ›sie weiß, woran ich denke. Soll ich es ihr sagen? Ja, ich sage es ihr.‹ Aber in dem Augenblick, als er zu sprechen anheben wollte, hob sie ebenfalls an.

»Ah ja, Kostja! Tu mir den Gefallen«, sagte sie, »geh ins Eckzimmer und schau nach, wie für Sergej Iwanowitsch alles hergerichtet wurde. Mir ist das peinlich. Wurde ihm das neue Waschbecken hingestellt?«

»Gut, ich gehe, unbedingt«, sagte Lewin, richtete sich auf und küsste sie.

›Nein, ich sollte es nicht sagen‹, überlegte er, als sie vor ihm herging. ›Es ist ein Geheimnis, das nur für mich notwendig und wichtig ist und sich nicht in Worten ausdrücken lässt.

Dieses neue Gefühl hat mich nicht verändert, nicht beglückt, nicht plötzlich erleuchtet, wie ich es erträumt hatte – genauso wie das Gefühl für meinen Sohn. Auch da gab es keine Überraschung. Und der Glaube – nicht Glaube, ich weiß nicht, was das ist – jedenfalls ist dieses Gefühl genauso unmerklich und durch Leiden

in mich gekommen und hat sich in der Seele festgesetzt.

Noch genauso werde ich mich über Kutscher Iwan
ärgern, genauso werde ich streiten, werde meine Gedanken unpassend äußern, genauso wird es eine Wand
geben zwischen dem Allerheiligsten meiner Seele und
den anderen Menschen, sogar meiner Frau, genauso
werde ich ihr meiner Angst wegen Vorwürfe machen
und es dann bereuen, genauso werde ich mit dem Verstand nicht begreifen, weshalb ich bete, und werde ich
beten – aber mein Leben ist nun, mein ganzes Leben,
unabhängig von allem, was mir zustoßen kann, in jedem seiner Augenblicke – es ist keineswegs mehr sinnlos, wie es früher war, vielmehr hat es einen unanzwei-
felbaren Sinn: das Gute, das hineinzubringen in meiner
Macht steht!‹

Ende

ANHANG

ZU DIESER AUSGABE

TEXTGRUNDLAGE

Die Übersetzung folgt der jüngsten kritisch durchgesehenen Ausgabe des Originals: *L. N. Tolstoj: Anna Karenina. Izdanie podgotovili V. A. Ždanov i Ė. E. Zajdenšnur. Moskva 1970.* Sie ist damit die erste deutsche Fassung, in der eine ganze Reihe von Abschreibfehlern und Auslassungen berichtigt sind, die in russischen Ausgaben lange Zeit mitgeschleppt wurden, auch noch in der neunzigbändigen Gesamtausgabe von Tolstois Werken. Einzelne Unklarheiten konnten durch Vergleich mit der Erstveröffentlichung in der Zeitschrift »Russki westnik« (1875–1877) und der ersten russischen Buchausgabe in drei Bänden (Moskau 1878) präzisiert werden. Hilfreiche Hinweise zu problematischen Stellen gaben Tolstoi-Forscher am Moskauer Institut für Weltliteratur (IMLI, Gruppe um Marina Schtscherbakowa) und in Jasnaja Poljana.

SCHRIFTBILD

Fremdsprachige Einschübe hat Tolstoi oftmals in lateinischen Buchstaben belassen, somit fallen sie in kyrillischer Textumgebung besonders ins Auge; in der deutschen Fassung sind solche Stellen *kursiv* gesetzt. Hervorhebungen wurden hingegen g e s p e r r t.

Die Wiedergabe russischer Namen und Realien folgt der sogenannten Duden-Transkription (einzige Ausnahme: nach »e« wird russisches »й« nicht als »i«, sondern als »j« wiedergegeben, da dies eher den deutschen Ausspracheregeln entspricht; also »Andrej«, »Sergej« u. ä.). Lediglich beim Zitieren russischer Buchtitel wird die wissenschaftliche Transliteration verwendet.

EIGENNAMEN

Im Russischen bestehen Eigennamen grundsätzlich aus drei Teilen, aus Vor-, Vaters- und Familiennamen. Die Familiennamen kennen männliche und weibliche Formen (Karenin bzw. Karenina). Die höfliche Anrede zwischen Personen, die sich siezen, verwendet Vor- und Vatersnamen; die Titelheldin beispielsweise wird als Anna Arkadjewna angesprochen, ihr Ehegatte als Alexej Alexandrowitsch. Dabei lassen die russischen Konventionen Mischformen zu; so kann bei vertrauterem Umgang der Vatersname wegfallen, obwohl die Gesprächspartner beim Sie bleiben.

Auch Veränderungen der Namensformen erlauben es, allein durch die Anrede Nuancen in den zwischenmenschlichen Beziehungen auszudrücken. Lewin wird von engen Freunden Kostja genannt – dies einer der Diminutive des Vornamens Konstantin; sein Vatersname Dmitrijewitsch wird in den meisten Fällen zu einem – weniger offiziellen – Dmitritsch verkürzt. Wenn solche Namensvarianten im Text besonders deutliche Signale setzen, gehen die Anmerkungen darauf ein.

MASSE UND GEWICHTE

Die im Roman vorkommenden *Längenmaße* sind auf die folgende Weise umzurechnen:

1 Werst = 1,067 km; 1 Saschen = 2,1336 m (kommt auch als Raummaß vor, dann ist 1 Saschen = 9,71 m^3);

1 Arschin = 71,12 cm; 1 Werschok = 4,445 cm.

Von den *Flächenmaßen* spielt eine Rolle:

1 Desjatine = 1,0925 Hektar.

Zu den *Hohlmaßen (Getreidemaßen)* gehören:

1 Tschetwert = 209,66 l; 1 Osminnik = 2 Tschetwert (oder $^1/_2$ Tschetwert – das schwankt von Region zu Region).

Die wesentliche *Gewichteinheit* jener Zeit ist:

1 Pud = 16,38 kg.

Ohne *fachkundige Beratung* ist ein Werk mit einem in derart vielfältige Gebiete ausgreifenden Wortschatz nicht zu übertragen. Die Übersetzerin dankt allen Helfern und Ratgebern, die zur deutschen »Anna Karenina« beigetragen haben; stellvertretend seien genannt: die Allgäuer Landwirte Alfons und Petra Schad, der Jäger Christopher Lockett de Baviera und der Linguist Vladimir Tourovski.

Anmerkungen und Nachwort stützen sich hauptsächlich auf die folgenden Werke:

Babaev É: »Anna Karenina« L. N.Tolstogo. Moskva 1978

Dnevniki S. A.Tolstoj. Č. 1. 1860−1891. Moskva 1928

Éjchenbaum B.: Lev Tolstoj − semidesjatye gody. Leningrad 1960

Gusev N. N.: Lev Nikolaevič Tolstoj. Materialy k biografii s 1870 po 1881 god. Moskva 1963

Kuzminskaja T. A.: Moja žizn' doma i v Jasnoj Poljane. Vospominanija. Tula ³1960

Mann Thomas: Gesammelte Werke. Band IX−X: Reden und Aufsätze. Frankfurt am Main 1990

Mironov B. N.: Social'naja istorija Rossii perioda imperii (XVIII-načalo XX v.). V dvuch tomach. S.-Peterburg ³2003

Nabokov Vladimir: Lectures on Russian Literature. Orlando u. a. 1980

Tolstaja S. A.: Moja žizn'. Novyj mir, 8/1978

Tolstaja Sofja Andrejewna: Tagebücher 1862−1897 und 1898−1910. Aus dem Russischen von Johanna Renate Döring-Smirnov und Rosemarie Tietze. Königstein/Ts. 1982−83

Tolstoj Il'ja: Moi vospominanija. Moskva 2000

Tolstoj L. N.: Anna Karenina. Primečanija V. F. Savodnika. Moskva-Leningrad 1928

Tolstoj L. N.: Polnoe sobranie sočinenij. T. 48: Dnevniki i zapisnye knižki 1858−1880. Moskva 1952

Tolstoj L. N.: Polnoe sobranie sočinenij. T. 62: Pis'ma 1873−1879. Moskva 1953

Tolstoj L. N.: Sobranie sočinenij v dvadcati dvuch tomach.

T. 8/9: Anna Karenina. Kommentarii Ė. G. Babaeva.
Moskva 1981–82

Tolstoj S. L.: Ob otraženii žizni v »Anne Kareninoj«: Iz vos-
pominanij. Literaturnoe nasledstvo t. 38, Moskva 1939,
str. 566–590

Vinogradov V.: O jazyke Tolstogo (50–60e gody). Literaturnoe nasledstvo t. 35/36, Moskva 1939, str. 117–220

Ždanov V.: Tvorčeskaja istorija »Anny Kareninoj«. Materialy
i nabljudenija. Moskva 1957

ANMERKUNGEN

5 Die Rache ist mein ...: In einigen Entwürfen des Romans steht lediglich »Mein ist die Rache« als Motto über dem Text; russische Kommentare mutmaßen, Tolstoi habe sich durch Schopenhauers »Die Welt als Wille und Vorstellung«, das er 1869, auf Deutsch, regelrecht studiert hatte, zu dem Zitat anregen lassen. In seiner späteren Fassung ist das Motto stärker den entsprechenden Bibelstellen angeglichen (5. Mose 32,35 und Römer 12,19).

7 den dritten Tag nie daheim: Mit dieser Stelle hatten frühere Übersetzer Schwierigkeiten – verständliche Schwierigkeiten, legt das Original doch die Übersetzung nahe: »den dritten Tag *nicht* daheim«. Wie konnte der Hausherr dann, wenige Zeilen später, in seinem Zimmer aufwachen, wenn er tagelang außer Haus war?

Das Russische erlaubt allerdings noch eine andere Interpretation der Stelle, nämlich »war den dritten Tag *nie* daheim«, d. h. er war nicht anzutreffen, ließ sich nicht blicken, war nicht greifbar. Diese Deutung wird unterstützt durch einen Hinweis, den die Übersetzerin von Tolstoi-Forschern am Moskauer Institut für Weltliteratur erhielt: In einem Korrekturexemplar der Erstveröffentlichung (»Russki westnik« 1/1875) findet sich, handschriftlich am Rand, statt »den dritten Tag« die Variante »den *ganzen* Tag«; doch wurde diese Variante nicht in die erste Buchausgabe (Moskau 1878) übernommen, es blieb dort beim »dritten Tag«.

Anders ausgedrückt – der Hausherr tauchte tagsüber nicht auf, übernachtete aber zu Hause, wie es sich in anständigen Familien gehört ...

– Oblonski: Mit »Stepan Arkadjitsch«, der neutralen, höflichen Anredeform, wird Fürst Oblonski im Grunde nur von Untergebenen oder Rangniederen angesprochen; für seinesgleichen ist er überall »Stiwa«. An seinem Beispiel lässt sich Tolstois Taktik der Namensgebung anschaulich verfolgen:

»Stepan« verwandelt sich zunächst in das modische »Steve«, der beginnenden Anglomanie im Russland jener Zeit folgend (die auch Oblonskis Ehefrau Darja zu Dolly werden lässt, ihre Schwester Jekaterina zu Kitty); doch da zur »russischen Natur« des Lebemanns Oblonski kein englischer Name passen will, wird »Steve« flugs wieder zu »Stiwa« russifiziert.

8 Alabin … Darmstadt … Amerika: »Alabin« hieß in früheren Fassungen des Romans die Figur, die der Autor schließlich zu Oblonski werden ließ. Diners jeglicher Art sind Oblonskis Vorliebe, wie der Roman noch mehrfach zeigen wird; außerdem verquicken sich in Oblonskis Traum Bruchstücke realer Zeitungsmeldungen aus jenen Tagen, worauf Vladimir Nabokov in seinen »Lectures on Russian Literature« verweist. So kennt der eifrige Zeitungsleser Oblonski natürlich die »Alabamafrage«: Nach Beendigung der Sezessionskriege zog sich zwischen England und den Vereinigten Staaten jahrelang ein Streit hin, wie die Verluste durch Kaperschiffe (vor allem die Alabama) zu entschädigen seien; ab Januar 1872 tagte in Genf ein internationales Schiedsgericht zur Lösung der Alabamafrage.

Zu »Darmstadt« mag sich der Autor auch durch den Anklang an das russische »darmojed« hingezogen gefühlt haben (d. i. »Schmarotzer«, »Nassauer«, im zeitgenössischen Wörterbuch auch »Freischlucker« genannt).

− *Il mio tesoro:* Arie des Ottavio aus Mozarts »Don Giovanni«. Kein Wunder, dass Oblonski sich nicht für die Arie von Donna Annas unglücklichem Bräutigam erwärmen kann.

9 Reflexe des Gehirns: Die Lehre von den Reflexen war ein Modethema, über das in den Jahren 1872−1874 sowohl in russischen Zeitschriften wie auch in der gebildeten Gesellschaft diskutiert wurde. Zitiert wurde dabei häufig das 1863 erschienene Standardwerk »Reflexe des Gehirns« des Physiologen Iwan Setschenow. Vgl. das Gespräch in Kapitel VII.

11 dass sie schon bald …: Nabokov hat in seinen »Lectures« die gelinde Pronomina-Verwirrung *(sie … sie)* an dieser Textstelle geklärt: Oblonskis Gedanken springen hier von der Gouvernante wieder übergangslos zur hochschwangeren Ehefrau, die einen Monat später niederkommen sollte.

Tolstoi lässt den Leser ab und zu vor persönlichen Fürwörtern stutzen, sie lassen sich nicht jedesmal automatisch zuordnen, womöglich erst nach einem zweiten Lesen der Stelle; die Übersetzerin mutmaßt – vielleicht Absicht, um die Konzentration des Lesers wachzuhalten?

12 Vom Chef des Droschkenstalls: Mit anderen Worten – für Mietpferde oder Droschken ist wieder einmal eine Rechnung fällig.

17 Rjurik: Der Waräger Rjurik (oder »Rurik«, »Hroerekr«), erster Herrscher über slawische Stämme, residierte ab 864 in Nowgorod. Unter russischen Adelsgeschlechtern galt es als besondere Auszeichnung, wenn die Familie ihren Stammbaum auf Rjurik zurückführen konnte. Zur Zeit des Romans waren das noch rund sechzig Familien, darunter die Obolenskis, deren Name offenkundig bei Oblonski Pate stand. Tolstois Freund Fürst Dmitri Obolenski soll der Romanfigur auch einige Charakterzüge geliehen haben.

– *Graf Beust:* Friedrich Ferdinand Graf von Beust (1809– 1886), einflussreicher österreichischer Staatsmann, wurde Ende 1871 als Reichskanzler abberufen und als Botschafter nach London geschickt – ein Revirement, das heftige Zeitungsdebatten auslöste. Anhand zeitgenössischer Meldungen und der Memoiren von Beust (»Aus drei Vierteljahrhunderten«, Stuttgart 1887) datiert Vladimir Nabokov Beusts Reise nach London samt Kurzaufenthalt in Wiesbaden auf die erste Februarhälfte 1872.

– *Kalatsch:* Brötchenähnliches Gebäck aus feinem Weizenmehl, meist in Form eines Kringels, dessen eine Seite bauchig ausgeweitet ist. Ein Synonym des Wohllebens, in Weizengegenden auch ein ländliches Vesper: quasi ein Wecken mit Griff für schmutzige Arbeitshände.

19 Pomade: Beliebtes Sahnekonfekt, die russische Bezeichnung von frz. »pommade«.

25 Es war Freitag: Dank diesem Hinweis und der oben erwähnten Zeitungsmeldung über Graf Beust legt Nabokov den Beginn des Romans auf den 23. Februar 1872 fest (11. Februar nach russischer Zeitrechnung).

27 Rangklasse: In Russland gab es zur damaligen Zeit drei
Rangordnungen, die nebeneinander existierten: die des Mi-
litärs, die der zivilen Beamten und die Hofordnung. Jeder,
der im Dienst des Staates stand, war einer bestimmten Rangklasse zugeordnet, wobei die vornehme Abkunft bereits
weniger Einfluss hatte als die Verdienste im Amt. Wie beim
Militär, war auch bei den Zivilbeamten Rang und Tätigkeitsbereich an der oft farbigen und reich bestickten Uniform abzulesen. Bei festlichen Ereignissen bot also nicht nur
die Damenwelt ein buntes Bild.

30 Porträt ... Gerichtsspiegel: Der russische »Gerichtsspiegel«, von Peter dem Großen eingeführt, wird im Grimm-
schen Wörterbuch nach einer Quelle aus dem 18. Jahrhundert so erklärt: »ein kleines gestelle, welches etliche ukase
betreffs der dem richter schuldigen ehrerbietung darstellt
und bei allen gerichtshegungen auf dem tische stehen muss«.
Gekrönt war das dreiseitige Prisma vom Doppeladler, und in
den Ukasen ging es schon auch darum, dass die Richter das
Gesetz einhalten sollten. Das »Porträt« ist natürlich das des
Zaren.

31 Lewin: Konstantin Dmitrijewitsch Lewin, neben Anna
Karenina die andere Hauptfigur des Romans, trägt wohl
nicht zufällig einen Nachnamen, der von Tolstois eigenem
Vornamen Lew abgeleitet sein dürfte. Tatsächlich stimmt die
Biographie der Romangestalt mit der ihres Schöpfers in vielem überein: das Leben auf dem Gut, die Beschäftigung mit
der Landwirtschaft, die Vorbehalte gegenüber der Stadt,
die Jagdleidenschaft, die rastlose geistige Suche usw. Sergej,
Tolstois ältester Sohn, bestätigt die Übereinstimmungen,
schränkt jedoch ein, Lewin sei quasi ein »schlechtes photo-
graphisches Porträt« des Schriftstellers, eine unvollkom-
mene Momentaufnahme aus den 70er Jahren. Zumal die
Hauptsache fehlt – Lewin ist kein Schriftsteller. In Jasnaja
Poljana aber, darin decken sich Tagebücher und Memoiren
aus Tolstois Umfeld, war der Alltag stets darauf ausgerichtet:
Der Hausherr schreibt.

Tolstoi wäre wohl auch nicht Tolstoi, hätte er die Versatz-
stücke aus der eigenen Biographie zu einem pedantischen
Selbstporträt zusammengefügt. Der geneigte Leser dürfte

gut daran tun, sich nicht zu weit in die Identifikationsfalle locken zu lassen. Als Gegenmittel sei kurz geschildert, welche Unsicherheit sogar bei etwas so Schlichtem wie der Lautung des Namens Lewin herrscht. Tolstoi sprach seinen eigenen Vornamen als »Ljow« aus; im Russischen kann »jo« als Variante von »je« erscheinen, ohne in der Schrift ausdrücklich markiert zu sein, doch beim Vornamen Lew ist die jo-Aussprache kaum üblich (nur dialektal). Bis heute ist unter russischen Forschern die Frage strittig, ob Tolstoi selbst seinen Helden nun »Lewin« oder »Ljowin« genannt habe. Die Schreibweise »Lewin« in der vorliegenden deutschen Fassung folgt der Tradition, die sich in Russland eingebürgert hat.

33 Semstwo: Das »Semstwo«, in deutschen Nachschlagewerken jener Zeit auch »Landschaft« oder »Landstand« genannt, war 1864 eingerichtet worden, im Zuge der Reformen nach der Aufhebung der Leibeigenschaft (1861). Adlige, Bauern und städtische Bürger wählten nach einem bestimmten Wahlzensus ihre Vertreter in das Semstwo. Die neue Institution ließ eine beschränkte, stets mit den staatlichen Stellen abzustimmende Selbstverwaltung zu, beispielsweise in den Bereichen der Gesundheitsfürsorge oder der Volksbildung, des Straßenbaus oder der Bekämpfung von Viehseuchen; dazu durfte das Semstwo eigene Steuern einziehen.

34 hübsch was einzuheimsen: Nach anfänglicher Begeisterung für das Semstwo sieht Lewin auch dort Eigennutz und die in Russland sprichwörtliche Vetternwirtschaft vorherrschen. Solcher Missbrauch der neuen Institution wird bereits Mitte der 70er Jahre in der liberalen Presse angeprangert.

35 dejeunieren ... dinieren: Die Essenszeiten in der damaligen vornehmen Gesellschaft unterscheiden sich von heutigen Gepflogenheiten. Nach einem kargen Frühstück, oft nur einer Tasse Kaffee oder Tee mit Brot und Butter (z. B. einem Kalatsch), folgt um die Mittagszeit ein leichtes Dejeuner. Die Hauptmahlzeit, das aus mehreren Gängen bestehende Diner, findet um 17 oder 18 Uhr statt. Später, nach 21 Uhr, nimmt man noch eine Tasse Tee zu sich, dazu Kuchen oder Süßes. Nach Bällen oder ähnlichen Anlässen gibt es spät in der Nacht noch ein Souper.

37 Dreitausend Desjatinen im Kreis Karasin: Tolstoi selbst besaß Anfang der 70er Jahre, nach Angaben seines ältesten Sohnes Sergej, 750 Desjatinen auf dem Stammgut Jasnaja Poljana und rund 1200 Desjatinen bei dem Dorf Nikolskoje-Wjasemskoje, außerdem kaufte er 1871 ein großes Gut mit 2500 Desjatinen im Gouvernement Samara.

Der Entfernung von Moskau und den Beschreibungen von Landschaft und Natur nach zu schließen ist Lewins Gut Pokrowskoje in derselben Gegend anzusiedeln wie Tolstois Jasnaja Poljana: Mittelrussland, unweit der Stadt Tula, gut 200 km südlich von Moskau. »Karasin« ist ein erfundener Name, Tolstois Gut lag damals im Kreis Krapiwna.

41 Verliebungen: Auch im Original ein auffälliger, sperriger Neologismus.

42 die Abstammung des Lebewesens Mensch: »Die Abstammung des Menschen und die geschlechtliche Zuchtwahl« von Charles Darwin war im Original 1871 und noch im gleichen Jahr in russischer Übersetzung erschienen. Wie schon aus Oblonskis Bemerkung zu Rjurik in Kap. III ersichtlich, waren die neuen Gedanken auch in den Salons Gesprächsstoff.

43 Keiss, Wurst, Knaust, Pripassow: Der russische Name verweist ebenfalls auf Essbares, »pripassy« sind die (Lebensmittel)Vorräte. Womöglich drückt sich in den erfundenen Namen Tolstois Einstellung zur materialistischen deutschen Philosphie aus?

55 Turbot: Steinbutt; aus dem Französischen übernommenes Wort.

61 Die feurigen Pferde …: Vier Zeilen aus einem Gedichtfragment Alexander Puschkins (»Aus Anakreon«), das Oblonski später auch Wronski gegenüber zitiert (Kap. XVII), beide Male ungenau.

64 und voller Abscheu …: Wieder ein Puschkin-Zitat, diesmal aus »Erinnerung«, einem Lieblingsgedicht Tolstois.

67 Himmlisch ist's …: Oblonski bekräftigt seine Lebensphilosophie mit dem auf Deutsch vorgebrachten, nur leicht veränderten Heine-Vers »Himmlisch wars, wenn ich bezwang, / Meine sündige Begier, / Aber wenns mir nicht gelang, / Hatt ich doch ein groß Pläsier.«

68 dieser Herr bei Dickens: Mr. Podsnap in dem Roman »Unser gemeinsamer Freund«. Tolstoi war ein großer Verehrer der Prosa von Charles Dickens.

72 vor dreißig Jahren geheiratet: Ihre älteste Tochter Dolly ist allerdings bereits dreiunddreißig ... Wer aufmerksam liest, kann den Verfasser hie und da bei kleinen Ungereimtheiten ertappen, vor allem, wenn es um Zahlen oder Zeiten geht.

73 Kurse besuchten: Seit den 60er Jahren flammten immer wieder Diskussionen um das Recht der Frauen auf höhere Bildung auf. Ein Universitätsstudium war in Russland noch nicht möglich, dazu mussten Frauen ins Ausland ziehen. Gegründet wurden jedoch besondere »Kurse«, so 1869 in Moskau die »Lubjanka-Kurse«, in denen Frauen nach dem Lehrplan des klassischen (humanistischen) Gymnasiums unterrichtet wurden. Wladimir Guerrier, Historiker an der Moskauer Universität, eröffnete 1872 die »Guerrier-Kurse«, eine Art außeruniversitäre Philosophische Fakultät mit zweijähriger, später dreijähriger Ausbildung – die erste Hochschule für Frauen in Russland. Vom Niveau her standen diese »Höheren Frauenkurse« der Universität keineswegs nach, doch waren Frauen nicht zu den staatlichen Abschlussexamina zugelassen. Die Lubjanka-Kurse entwickelten sich später in naturwissenschaftlicher Richtung weiter, mit den Schwerpunkten Physik und Mathematik.

84 Spiritismus: Mitte des 19. Jahrhunderts zog, von den USA kommend, eine Welle des Spiritismus durch Europa. Die neue Mode erfasste auch Russland, Geisterbeschwörung durch Tischrücken oder »automatisches Schreiben« oder in Trance versetzte Medien wurden Anfang der 70er Jahre zum Gesellschaftsspiel in den Salons. In dem Theaterstück »Die Früchte der Bildung« (1890) nimmt Tolstoi später den Spiritismus noch einmal aufs Korn.

90 Katja, Dascha: Der alte Fürst macht die englische Mode nicht mit, er nennt seine Töchter mit den russischen Koseformen der Namen Jekaterina und Darja.

– Pagenkorps: Im »Pagenkorps Seiner Kaiserlichen Majestät« wurden Söhne des Hochadels erzogen, zur Vorbereitung hauptsächlich auf den Hof- und Militärdienst.

92 Château des fleurs: Moskauer Vergnügungslokal mit buntem Programm, nach Pariser Vorbild.

93 Petersburger Eisenbahnlinie: Die Verbindung zwischen Petersburg und Moskau, die zweite Eisenbahnlinie, die in Russland gebaut wurde, war seit 1851 in Betrieb. Nach Nabokovs Berechnung dauerte die Fahrt zwischen den »beiden Hauptstädten« Anfang der 70er Jahre gut fünfzehn Stunden.

94 Souper für die Diva: Eine Art Benefiz-Diner für eine gefeierte Schauspielerin oder Sängerin, veranstaltet von Herren der Hautevolee, die dafür Geld sammelten.

95 Der Zug ist abgelassen: Im Original ebenfalls ein hier befremdliches Wort, offenbar ein Fachbegriff, der wohl »abgefertigt« bedeutet wie in folgendem Halbsatz aus Gerhart Hauptmanns »Bahnwärter Thiel«: »... dass ein Zug in der Richtung von Breslau her aus der nächstliegenden Station abgelassen sei«.

– *Gepäckträger ... Arbeiter in kurzen Schafpelzen:* Nach der Aufhebung der Leibeigenschaft drängten viele Bauern auf Arbeitsuche in die Städte und dort häufig zu den neuen Eisenbahnen. Sie schlossen sich in der Regel zu einem selbstständig wirtschaftenden »Artel« zusammen. In »Meyers Großem Konversationslexikon« von 1905 ist dieser Wirtschaftsform ein eigener Eintrag gewidmet:

»*Eisenbahnartel*, in Rußland sehr verbreitete besondere Art von Erwerbs- und Wirtschaftsgenossenschaft, übernimmt gewisse mit der Güterbeförderung zusammenhängende Arbeiten (Auf- und Abladen, Ab- und Zurollen, Lagern etc.) auf Grund der allgemeinen Vorschriften für Artelle und der betreffenden Bestimmungen des Handelsgesetzes.«

96 mit Klaras: »Klara« war ein gängiger Vorname von Kurtisanen, wohl deshalb, weil die Betreffenden oft Deutsche aus den russischen Ostsee-Provinzen waren. Dank einem Hinweis des Literaturwissenschaftlers Sergej Botscharow konnte die Übersetzerin eine solche Namensverwendung auch bei dem jungen Dostojewski finden. Am 16. November 1845 schreibt er in einem Brief an seinen Bruder, wobei er den »Minas« und »Klaras« noch herzliche russische Diminutive angedeihen lässt: »Die Minuschkas, Klaruschkas, Mariannes usw. sind unsäglich hübsch geworden, kosten aber grässlich viel Geld.«

97 in den Waggon: Die Übersetzerin hatte Schwierigkeiten, sich die Topographie solcher Waggons vorzustellen, bis sie in Nabokovs »Lectures« auf seine Zeichnung des Grundrisses stieß. Die einzelnen »Abteile« waren offene Nischen, ohne Tür, an deren einer Seite sich der Gang durch den ganzen Waggon zog.

Die Eisenbahnterminologie ist im Deutschen den Gepflogenheiten der damaligen Zeit angeglichen, wie beispielsweise auch bei Fontane zu finden.

121 zum Walzer aufgefordert: Sergej Tolstoi beschreibt die übliche Abfolge der Tänze auf solchen Bällen:

»Der Ball begann mit einem leichten Walzer. Darauf folgten vier Quadrillen, danach eine Mazurka mit Figuren. Nach der Mazurka kam eine Pause; die Paare, die die Mazurka tanzten, gingen gewöhnlich auch zusammen zum Souper. Der letzte Tanz war ein Cotillon, eine Quadrille mit verschiedenen Figuren, zum Beispiel *grand-rond* (großer Reigen) oder *chaîne* (Kette), dazu einleitende Tänze wie Walzer, Mazurka, Galopp, Großvatertanz u. a. Die Damen schätzten besonders die Mazurka; dazu luden die Kavaliere stets die Damen ein, die ihnen am besten gefielen.«

– *Jegoruschka Korsunski:* Dass ein verheirateter, stattlicher usw. Mann mit dem niedlichen Diminutiv »Jegoruschka« benannt wird, schafft einen äußerst komischen Kontrast zu seinen übrigen Attributen.

126 das künftige Theater für die ganze Gesellschaft: Während der Polytechnischen Ausstellung 1872 gab es in Moskau ein »Volkstheater«, das beim Publikum großen Erfolg hatte. Durch die Gründung eines ständigen Theaters mit mäßigen Eintrittspreisen wollte man das staatliche Monopol ablösen – die bis dato existierenden Theater in Moskau und Petersburg unterstanden alle der Kaiserlichen Kanzlei. Für diese Reform traten Theaterleute wie der Dramatiker Ostrowski ein; nach untauglichen Versuchen setzte erst das 1898 gegründete Moskauer Künstlertheater den Gedanken in die Tat um.

136 Krizkis Geschichte: Der gemaßregelte Student stand offenbar der Bewegung der »Narodniki« nahe, die gerade zu dieser Zeit den »Gang ins Volk« propagierten, um die Bauern aufzuklären und aufzuwiegeln.

137 Artel: Nicht nur im Bereich der Eisenbahnen gab es diese Zweckbündnisse, auch für alle möglichen Dienstleistungen, im Bereich des Handwerks, des Kleinhandels und sogar in der Armee organisierte man sich auf diese Weise. Wie es im Pawlowski, dem alten Russisch-deutschen Wörterbuch (Riga ^{5}1911) heißt: »eine Genossenschaft von Soldaten, Arbeitern, Handwerkern, die einen gemeinsamen Tisch führen, oft eine gemeinschaftliche Kasse haben und meist zusammen wohnen«. Bauern, die als ungelernte Arbeiter in die Städte zogen, fanden im Artel eine erste Anlaufstelle, für sie war das Artel überlebenswichtig. Denn damit waren sie in eine Gemeinschaftsstruktur eingebunden, wie sie es aus dem »Mir«, der russischen Dorfgemeinde, gewohnt waren.

139 halb gestopfte Papirossy: Vielleicht ein Hinweis darauf, dass Nikolai Lewin – oder eher seine Lebensgefährtin – sich durch Heimarbeit über Wasser zu halten suchte.

149 das Buch von Tyndall über die Wärme: »Die Wärme betrachtet als eine Art der Bewegung« des Physikers John Tyndall war 1863 im englischen Original, 1864 in russischer Übersetzung erschienen; Tolstoi las es 1872. Seine Notizbücher aus diesem Jahr deuten auf intensive Beschäftigung mit den Naturwissenschaften hin, besonders mit Physik.

155 Glockenzeichen: Eine Glocke kündigte auf Bahnhöfen die Abfahrt des Zuges an: das erste Mal fünfzehn Minuten, das zweite Mal fünf Minuten vor Abfahrt, und nach dem dritten Glockenzeichen setzte sich der Zug in Bewegung.

– im Zwielicht des Schlafwagens: Nach Nabokovs Einschätzung ist das Wort »Schlafwagen« für die damalige Zeit ein Euphemismus, selbst in der Ersten Klasse war das Reisen unbequem und beschwerlich. In den offenen Abteilen standen sich jeweils drei Sessel oder Polsterbänke gegenüber; Betten gab es noch nicht, man konnte höchstens die Polstersessel zurückklappen. Wurde die Tür des Wagens geöffnet, trieb der Wind den Schnee herein; noch in Baedekers »Russland« von 1897, als die Waggons bereits über mehr Komfort verfügten, heißt es, zwar werde »durch Öfen geheizt, oft frei-

lich so, dass die Hitze im oberen Teil des Raumes kaum erträglich ist, während an den Füßen eisige Zugluft durchstreicht«.

– *das Laternchen:* Tatsächlich eine Laterne mit Kerze innendrin, Nabokov hat sie in seinen »Lectures« neben der Waggon-Skizze gezeichnet. Ebenso Annas rotes Täschchen, das die Zofe bei dieser Fahrt auf den Knien hält.

157 der hereinkommende hagere Kerl ... der Heizer: Mit »Kerl« wird hier das russische Wort »Muschik« übersetzt – ein Wort mit weitgespannter Bedeutung. Ein Muschik ist zunächst ein Bauer, und zwar sowohl in der Sprache der »Herren« wie auch der Bauern selbst; daneben hat das Wort die pejorative Bedeutung »grober Kerl«. Für die Zeit der Romanhandlung mit ihren sozialen Umschichtungen und Wanderbewegungen gewinnt die Bedeutung »gemeiner Mann« an Gewicht. Die Arbeitsmigranten, also die »Kerle« vom Land, unterscheiden sich in ihrem Erscheinungsbild – Frisur, Kleidung, Schuhwerk – damals noch deutlich von der städtischen Bevölkerung.

163 Bologoje: Station auf halber Strecke zwischen Moskau und Petersburg, hier wurde während der Fahrt stets ein längerer Halt eingelegt.

168 die Sache mit den Schwesterchen: Eine Wohltätigkeitsaktion, wie sie bei Damen von Stand zum guten Ton gehörte. Tolstois Tante, die Petersburger Hofdame Alexandra Tolstaja, erwähnte zum Beispiel während Tolstois Arbeit an »Anna Karenina« mehrfach in ihren Briefen, dass sie sich um ein »Haus der Barmherzigkeit« kümmere, eine Anstalt zur Aufnahme minderjähriger Prostituierter. Tolstoi erwiderte, trotz allen Mitgefühls mute ihn der Einsatz für »Ihre Magdalenen« doch fremd an (Brief vom 30. Juli 1873).

– *Panslawist:* Die Bewegung des Panslawismus suchte die in unterschiedlichen Staaten lebenden slawischen Völker (Tschechen, Slowaken, Serben, Bulgaren u. a.) aus ihrer Zersplitterung herauszuführen und zu vereinen. Auf Russland, dem damals einzigen unabhängigen slawischen Staat, richteten sich große Hoffnungen, der Zar wurde als »Kaiser aller Slawen« verehrt. Im Lauf der 60er Jahre griff die Bewegung auch in Russland um sich, 1867 wurde in Petersburg und

Moskau mit viel Pomp ein Slawenkongress inszeniert. Für Teile der vornehmen Gesellschaft gehörte es mehr und mehr zum guten Ton, dass man sich um die »slawischen Brüder« kümmerte, Wohltätigkeitsveranstaltungen für sie organisierte oder einen »Slawen« als Hauslehrer anstellte.

172 Duc de Lille: Der Titel »Poésie des enfers« (Poesie des Hades) ist ebenso erfunden wie der Name des Verfassers; womöglich eine Anspielung auf den französischen Dichter Leconte de Lisle, einen Zeitgenossen Tolstois.

189 Vieux-Saxe-Figürchen: Meißener Porzellan aus dem 18. Jahrhundert.

196 Die berühmte Sängerin: Die schwedische Opernsängerin Christine Nilsson, seit ihrem Pariser Debut 1864 ein europäischer Star, gastierte ab 1872 mehrfach in Petersburg und Moskau und wurde enthusiastisch gefeiert.

203 Kaulbach studiert: Wilhelm von Kaulbach (1805–1874) schuf Historiengemälde und Monumentalfresken, deren expressive Gestalten sich tatsächlich zu Ausdrucksstudien für Schauspieler und Sänger eignen. Zudem stammen von Kaulbach Illustrationen zu Shakespeare, Schiller und zu Goethes »Faust«. Christine Nilsson sang unter anderem Ophelia, Desdemona und Marguerite.

205 über den weichen Teppich zu Fürstin Mjachkaja: Hier geht Tolstoi in die Vollen. Denn der Name der harschen Fürstin, Mjachkaja, bedeutet ebenfalls »weich«.

207 Bei Grimm gibt es eine Fabel: Tolstoi entlarvt wieder einmal durch ungenaues Zitieren. Auch Russen wachsen mit den Märchen der Brüder Grimm auf, wissen also, dass die beiden im Plural daherkommen und Märchen, keine Fabeln veröffentlicht haben. Der angedeutete Fall verweist eher auf Adalbert von Chamissos Novelle »Peter Schlemihls wundersame Geschichte«.

209 Bouffes: Das 1870 in Petersburg eröffnete Französische Theater eiferte den »Bouffes-Parisiens« von Jacques Offenbach nach.

214 Ihr Rambouillet: Marquise de Rambouillet (1588–1665) unterhielt einen Salon, in dem sich Literaten, Politiker und hochadelige Damen trafen. Der geistreiche, »preziöse« Stil der Gespräche wurde von Molière verspottet.

– *allgemeine Wehrpflicht:* Ein zu jener Zeit überall diskutiertes Thema. Wenig später, Anfang 1874, sollte ein neues Gesetz über die allgemeine Wehrpflicht in Kraft treten. Die Dienstpflicht, die bisher 25 Jahre betragen, jedoch nur Bauern und Kleinbürger betroffen hatte, wurde jetzt, mit Abstufungen, auf maximal sechs Jahre reduziert, dabei auf alle Stände ausgedehnt.

233 zum Fest Krasnaja Gorka: Russisches Frühlingsfest noch aus heidnischer Zeit, von der orthodoxen Kirche auf den Sonntag nach Ostern gelegt. Mit Gesängen, Reigentänzen und Spielen wurde die warme Jahreszeit begrüßt, junge Mädchen durften zum erstenmal ausgehen, oft wurden auch Hochzeiten auf diesen Tag gelegt.

238 Sury ... Tschefirowka: Namen von Dörfern im Umkreis von Jasnaja Poljana. In diesen ländlichen Kapiteln greift Tolstoi häufig auf Realien aus seinem eigenen Gutsalltag zurück. Während des Jahrzehnts nach seiner Heirat (1862) interessierte er sich besonders für die Landwirtschaft, kümmerte sich um den Ankauf von Vieh oder legte einen noch heute bestehenden riesigen Apfelgarten an. Da konnte er schon mal von sich sagen, er habe die Literatur »vergessen«. Allerdings schrieb und veröffentlichte er in diesen Jahren »Krieg und Frieden« ...

245 Warenje: Dünnflüssiger als Marmelade, wird Warenje nicht aufs Brot gestrichen, sondern zum Tee gelöffelt. Jede Hausfrau, die auf sich hält, schwört auf ihr besonderes Rezept beim Einkochen.

253 Kratt: Niederwald mit dichtem Unterholz und zum Teil verkrüppelten Bäumen, forstwirtschaftlich von geringer Bedeutung. Im Original steht hier ein im Russischen nur regional verbreiteter, erklärungsbedürftiger Begriff, der jungen Wald bzw. Niederwald bezeichnet und von Oblonski falsch verwendet wird, im gegenteiligen Sinn – als sei Wald mit besonders wertvollem Nutzholz gemeint.

254 Die Sandkörnchen zählen: Oblonski zitiert – diesmal richtig – aus der 1784 entstandenen Ode »Gott« von Gawriil Derschawin.

258 Reichsschatzbillette: Meyers Großes Konversations-Lexikon von 1905 erklärt: »*Reichsschatzbillette* nennt man die in Russland seit 1849 und im Krimkrieg ausgegebenen verzinslichen Schatzscheine«.

261 elektrisches Licht: Anfang der 70er Jahre gab es das noch selten, allerdings verfügten Etablissements wie das – Oblonski wie Wronski bekannte – Moskauer *Château des fleurs* schon 1873 über die »elektrische Sonne«.

266 Krasnoje Selo: Ortschaft westlich von Petersburg, unweit der Zarenpaläste Peterhof, Zarskoje Selo, Gatschina und Pawlowsk. Schon zu Peters Zeiten fanden hier sommerliche Manöver statt. Im Lauf des 19. Jahrhunderts wurden die Truppenübungsplätze und großangelegten Manöver von Krasnoje Selo über die Grenzen Russlands hinweg bekannt. Für Wettkämpfe unter Kavallerie-Offizieren schuf das Kriegsministerium in den 60er Jahren ein »Hippodrom«, eine elliptische Rennstrecke von vier Werst Länge. Der beim Ziel errichtete kaiserliche Pavillon aus Holz war mit geschnitzten Säulchen und Arkaden verziert, zu beiden Seiten schlossen sich vier »Galerien« für die Zuschauer aus höchsten Gesellschafts- und Hofkreisen an. Die in Krasnoje Selo ab 1872 abgehaltenen Rennen galten als eines der glanzvollsten gesellschaftlichen Ereignisse des Sommers.

270 finnischen Hütte: Der Baedeker von 1897 weist bei seiner Beschreibung von Krasnoje Selo ausdrücklich darauf hin: »Interessant sind auch die vollständig finnischen Dörfer in der Umgegend.«

274 Frou-Frou: Tolstoi hatte sich 1873 selbst eine englische Stute dieses Namens gekauft. Ergiebiger ist für den Roman eine andere Spur. In der Saison 1872 hatte in Petersburg »Frou-Frou« Premiere, ein »Sittengemälde« von Henri Meilhac und Ludovic Halévy. Das Pariser Erfolgsstück handelt ebenfalls von Liebe und Ehebruch und endet tragisch – eine der vielen Spiegelungen in diesem Roman.

295 das große Jagdrennen: Ein Steeplechase, wie es seit dem Aufblühen des Rennsports Mitte des 19. Jahrhunderts, nach englischem Vorbild, auch in Russland und Deutschland in Mode kam.

Da schon mehrfach angemerkt wurde, wenn Tolstoi das Material zum Roman seinem Lebensumfeld entnahm, sei hier einmal auf das Gegenteil verwiesen. Nach dem Zeugnis seines Sohnes Sergej hat Tolstoi nie ein Rennen miterlebt, er stützte sich bei diesen Episoden auf mündliche Berichte (sowie, versteht sich, auf seine Imagination). Allerdings war er von klein auf mit Pferden vertraut und bis ins Alter ein vorzüglicher Reiter. Zeitgenössische Filmaufnahmen zeigen, wie der Achtzigjährige sich noch ohne Hilfe in den Sattel schwingt.

324 an dem kleinen deutschen Badeort: Es handelt sich um Bad Soden im Taunus, wie später auch im Roman gesagt wird. Mitte Juni 1860 traf Tolstois Bruder Sergej mit dem an Schwindsucht erkrankten Bruder Nikolai zur Kur in Bad Soden ein. 1860 gilt in Soden als »russisches Jahr«, der Badeort war unter Russen höchst beliebt; auch Iwan Turgenjew erholte sich dort und spielte Schach mit Nikolai Tolstoi, während Sergej sich mehr für das Roulett in Wiesbaden interessierte.

Lew Tolstoi reiste in diesem Sommer über Berlin und Leipzig nach Bad Kissingen. Dort blieb er einige Wochen, besuchte Schulen, wie auch an den übrigen Stationen seiner Reise, und diskutierte mit Pädagogen; zu der Zeit beschäftigte ihn vor allem die Volksbildung und seine eigene Schule für die Bauernkinder in Jasnaja Poljana. Am 25. August kam er nach Bad Soden, um ab 29. den inzwischen todkranken Bruder Nikolai (er starb wenige Wochen später) nach Südfrankreich zu begleiten.

Das Stadtarchiv Bad Soden besitzt ein kurioses Dokument von diesem Aufenthalt (StABS, Altsignatur VI-1-53). Trotz der Kürze der Zeit befasste sich Tolstoi auch in Soden mit dem Schulthema. Im Besucherbuch der Sodener Schule vermerkte er (in originaler Orthographie):

»Graf Leo Tolstoy Aus Rußland Gutsbesitzer 1860 Aug. 28+29. Keine bessere Volkshule gesehen.«

328 Nikolai Lewin: Lewins Bruder Nikolai erinnert seinem Charakter und seiner Lebensgeschichte nach keinesfalls an Nikolai Tolstoi, eher an Tolstois Bruder Dmitri, der bereits 1856 gestorben war, ebenfalls an Tuberkulose.

339 Witwenhaus: Wohltätigkeitseinrichtungen, die ab 1803 in Petersburg, Moskau und anderen Städten gegründet wurden. Adlige Damen, deren Männer als Offiziere gedient hatten oder die selbst als Lehrerinnen tätig gewesen waren, konnten hier ihren Lebensabend verbringen. Oft kümmerten die Witwen sich selbst noch um Arme und Kranke.

342 das Hemd weggeben ... der Kaftan: Während in der Luther-Bibel von »Rock« und »Mantel« die Rede ist (Matth. 5,40 und Lukas 6,29), spricht die russische Bibel von »Hemd« und »Oberbekleidung«; »Kaftan« dürfte eine Konkretisierung von Tolstoi sein.

361 als Gutsherr und Vermittler: In den Jahren vor und nach der Bauernbefreiung von 1861 wurden einzelne Landadlige als sogenannte »Friedensvermittler« eingesetzt, um Streitigkeiten zwischen Adligen und Bauern zu schlichten, vor allem bei der Bodenaufteilung. Tolstoi war selbst in dieser Funktion tätig und hat sich in seinem Heimatkreis Krapiwna manchen Ärger mit seinen Standesgenossen eingehandelt.

368 an ein Rätsel: Sergej Iwanowitsch zitiert nur ein Bruchstück, in Tolstois »Abc-Buch« von 1872 ist das Rätsel ausgeführt: »Der eine sagt: ›Wir laufen und laufen‹, der andre sagt: ›Wir stehen und stehen‹, der dritte sagt: ›Wir schwanken und schwanken‹.« Die Lösung: Fluss, Ufer und Gras.

370 Wozu Schulen? Lewins Ansichten über das Semstwo dürften größtenteils den Enttäuschungen Tolstois aus den 60er Jahren entsprechen, doch Lewins Haltung zur Volksbildung deckt sich keinesfalls mit der Tolstois. Gerade in den frühen 70er Jahren wandte sich Tolstoi diesem Thema erneut zu, erneut mit großer Hingabe, schrieb und veröffentlichte sein »Abc-Buch« und mischte sich in pädagogische Diskussionen ein. Zugunsten dieser Interessen ließ Tolstoi mehrfach die Arbeit an »Anna Karenina« ruhen.

372 Friedensrichter: Die Justizreform von 1864 führte in Russland erstmals Gerichte ein, die von den Weisungen der Staatsorgane unabhängig waren. Mit dem Friedensgericht hatte man gleichsam eine Vorinstanz für unkomplizierte Fälle geschaffen, außerdem mit vereinfachtem Verfahren, wobei die Friedensrichter vom Semstwo gewählt wurden und über keine juristische Ausbildung verfügen mussten. An den Kreisgerichten, der ersten Instanz, entschieden nun Geschworene über die Schuldfrage, nicht der Berufsrichter, eine epochale Neuerung gegenüber den früheren Usancen.

376 Kalinowy Lug: Die große Wiese »Kalinowy Lug« am Flüsschen Woronka, wo Tolstoi selbst oft mit den Bauern beim Mähen war, gehört noch heute zum Gelände des Guts Jasnaja Poljana.

398 Petrifasten: Fastenzeit nach Pfingsten, vor dem Apostelfest Peter und Paul am 29. Juni.

416 Philippsfasten: Vierzigtägige Fastenzeit vor Weihnachten, die nach dem Philippstag am 14. November beginnt. Während Fastenzeiten durfte nicht geheiratet werden, darum fanden Hochzeiten oft kurz davor oder kurz danach statt.

424 dank der »Schönen Helena«: Diese Operette von Jacques Offenbach (darin Menelaos als betrogener Ehemann) feierte nach der Pariser Uraufführung von 1864 in ganz Europa Triumphe. Die Premiere in Petersburg war 1866.

432 die Iguvinischen Tafeln: Die bereits 1444 in Italien entdeckten Bronzetafeln mit Inschriften in umbrischer Sprache rückten Mitte des 19. Jahrhunderts dank dem Aufblühen der Sprachwissenschaft erneut ins Blickfeld und wurden erforscht.

433 Felderbewässerung im Gouvernement Saraisk: Nach der Hungersnot von 1873 verfiel man darauf, in gigantischen Plänen zur Felderbewässerung, unter anderem im Gouvernement Samara, die Rettung zu sehen. Außer dass Gelder in private Taschen flossen, scheint dabei jedoch wenig herausgekommen zu sein.

Saraisk ist ein altes russisches Provinzstädtchen, ein Gouvernement dieses Namens gab es nie.

434 Eingliederung der Fremdvölker: Nach 1863 (Aufstand in Polen) änderte sich im Russischen Reich die bis dahin vergleichsweise tolerante Politik gegenüber der nichtrussischen Bevölkerung; die sogenannte »nationale Frage« bemächtigte sich allmählich der Gemüter, und mit der Verbreitung eines russischen Nationalismus setzte in verschiedenen Landesteilen eine Russifizierung der »Fremdstämmigen« ein.

So erleichterte die Regierung während der 60er und 70er Jahre, zur Stärkung des »russischen Elements«, in den vorwiegend von Baschkiren besiedelten Gouvernements Ufa und Orenburg Pacht und Kauf baschkirischer und staatlicher Ländereien. Darauf begannen dort Landspekulationen unerhörten Ausmaßes. Die in solchen Geschäften unerfahrenen Baschkiren, aber auch der Staat wurden, unter Mitwirkung der regionalen Behörden, um Zigtausende von Desjatinen geprellt. Gerüchte über diesen Skandal liefen in der russischen Gesellschaft um und gelangten in die Presse. Es kam zum Prozess gegen die korrupten Beamten, und der seit 1872 für das Staatsvermögen zuständige Minister Walujew musste wegen schleppender Aufklärung des Falls zuletzt seinen Hut nehmen. Nach dem Zeugnis von Tolstois Sohn Sergej trägt Karenin gewisse Wesenszüge dieses Ministers.

449 einen falschen Sprung getan: »faire faux bond« = sein Wort nicht halten. Tolstoi übernimmt die französische Idiomatik wortwörtlich ins Russische – sicher nicht ohne Häme.

452 Sie haben die Häubchen hinter die Mühle geworfen: Noch einmal charakterisiert Tolstoi seine Figur durch einen groben Gallizismus (»jeter son bonnet par-dessus les moulins« = sich über alles hinwegsetzen). Das »schreckliche Kind« wenige Zeilen weiter unten ist natürlich das Enfant terrible.

– *Pajito:* Strohzigarette aus Südamerika.

454 Überraschungsgast: Offenbar ein Großfürst, also ein Mitglied der Zarenfamilie. Wenn ein Großfürst den Raum betrat, erhoben sich alle Anwesenden, auch die Damen.

465 aus Mittelasien: In den 60er und 70er Jahren trieb Russland die Aneignung Mittelasiens voran. Schon 1865 war Taschkent erstürmt worden, und 1873, im aktuellen Jahr der Romanhandlung, eroberten russische Truppen das Chanat von Chiwa. Dabei tat sich besonders der Offizier (und spätere General) Michail Skobelew (1843–1882) hervor, dessen Verwegenheit und Ausdauer auf diesem Feldzug ihm in Russland rasch zu Popularität verhalfen; er kann als Prototyp für Tolstois General Serpuchowskoi gelten. Wer als junger Offizier damals Karriere machen wollte und Ruhm suchte, fand im Generalgouvernement Turkestan das beste Betätigungsfeld, denn die russische Öffentlichkeit interessierte sich sehr für die Militäroperationen in Mittelasien.

486 Die Wirtschaft ... war ihm nun zuwider: Lewins Enttäuschung drückt eine unter den Gutsbesitzern jener Jahre verbreitete Niedergeschlagenheit aus (vgl. Kap. XXVII). Sergej Tolstoi verweist darauf, dass es Jahre dauerte, bis nach der Bauernbefreiung die Gutsbetriebe umstrukturiert waren. Für die Arbeit mit den nun zu dingenden bäuerlichen Taglöhnern musste erst eine Form gefunden werden, eine zusätzliche Schwierigkeit waren die niedrigen Getreidepreise. Die Bauern wiederum gerieten zum Teil in noch größere Armut als vor 1861, da sie hohe Abgaben zu entrichten hatten und die traditionelle, wenig ergiebige Dreifelderwirtschaft betrieben.

495 Adelsmarschall: Adelsmarschälle gab es seit 1785, die Adelsversammlung wählte sie auf der Ebene von Landkreis oder Gouvernement jeweils für drei Jahre. Sie vertraten die Interessen des Adelsstandes gegenüber der staatlichen Verwaltung, kümmerten sich zum Beispiel um Vormundschaftsangelegenheiten und hatten in der Regionalpolitik ein Wort mitzureden, auch auf das Semstwo hatten sie starken Einfluss.

502 Die Emanzipation: Damals gängiges Synonym für die Bauernbefreiung.

505 Stampfding: Eine Dreschmaschine, angetrieben von einem Pferd, das im Kreis herum »stampft« (wie sie offenbar auch auf Lewins Gut eingesetzt wird, vgl. Kap. XI, Teil acht).

– Percherons ... Bitjuki: Das Percheron ist ein äußerst leistungsfähiges schweres Arbeitspferd aus der Normandie. Unter den russischen Arbeitspferden wurden vor allem die »Bitjuki« oder »Bitjugi« aus dem Gouvernement Woronesch geschätzt.

507 urtümliche Bauerngemeinde: Swijaschski täuscht sich, denn der »Mir« bzw. die »Obschtschina« blieb auch weiterhin die vorherrschende Dorfstruktur in Russland (bis zur Stolypinschen Agrarreform von 1906). Dabei wurde das Land unter den Bauern immer wieder neu durch die Gemeinde umverteilt, zugleich haftete das Kollektiv auch gemeinschaftlich für Steuern und Abgaben.

Tolstoi hält 1865 (Eintrag vom 13. August) in einem Notizbuch fest, es sei die Aufgabe Russlands, »die Idee einer Gesellschaftsform ohne Eigentum an Grund und Boden in die Welt zu tragen«. Das Gegenmodell zum Bestehenden sieht er eben in der Obschtschina der Bauern und Kosaken: »Diese Idee hat Zukunft.«

508 Schulze-Delitzsch: Kreditvereine nach dem Vorbild der von Hermann Schulze-Delitzsch gegründeten Genossenschaften entstanden in Russland seit 1865.

— *Lasalle:* Lassalles Gedanken zur Arbeiterfrage waren ab Mitte der 60er Jahre in radikal gesinnten russischen Kreisen in Umlauf, 1870 erschien eine erste Übersetzung seiner Schriften.

— *Mülhausener Einrichtung:* In der oberelsässischen Industriestadt Mülhausen hatte der Fabrikant Jean Dollfus (1800–1887) Einrichtungen zur Unterstützung der Arbeiter geschaffen und ab 1854 eine Arbeiterstadt erbauen lassen, die zuletzt auf mehr als 1000 Häuschen mit Garten anwuchs. Die Bewohner konnten über eine langfristige Abzahlung die Häuschen als Eigentum erwerben.

512 Spencer: Der englische Philosoph und Soziologe Herbert Spencer (1820–1903) war damals in Russland überaus populär, seine Evolutions- oder Entwicklungsphilosophie wurde weithin diskutiert. Swijaschskis Bemerkung entspricht einem Aufsatz Spencers, der Anfang 1874 auf Russisch in der Zeitschrift »Snanije« erschien.

515 das neue Projekt: Tolstoi selbst hatte bereits 1858, also noch vor der Bauernbefreiung, den Versuch unternommen, die Gutswirtschaft gemeinsam mit den Bauern auf Artel-Basis zu stellen. Seine Erfahrungen scheinen ähnlich niederschmetternd gewesen zu sein, wie er es dann bei Lewin beschrieben hat.

520 Kaufmann … Jones … Dubois … Miccelli: Offenbar erfundene, »solid« klingende Namen.

536 einem ausländischen Prinzen: Im Januar 1874 heiratete Alfred, Herzog von Edinburgh, Königin Viktorias zweiter Sohn, in Petersburg die Zarentochter Marija. Zu diesem Anlass kamen Prinzen aus Deutschland, England und Dänemark angereist. Wronski dürfte auch wegen seiner ursprünglichen Erziehung im Pagenkorps als Prinzenbegleiter abgeordnet worden sein, denn für solche Aufgaben wurden die Pagen ausgebildet.

555 Anwaltschaft: Erst seit der Gerichtsreform von 1864 spielte die Verteidigung in den – jetzt grundsätzlich öffentlichen – Verhandlungen eine Rolle. Nun bildete sich der Beruf des Advokaten heraus, er wurde in kürzester Zeit attraktiv und einträglich.

566 Ochotny Rjad: Markt im Zentrum von Moskau, an der Stelle, wo heute das Hotel Moskwa steht. Um das Getümmel bei den Marktbuden mit ihrem üppigen Angebot an Fleisch, Fisch, Gemüse rankten sich viele Geschichten; als »Bauch von Moskau« wurde Ochotny Rjad bezeichnet.

570 Drum sei, o Moralist, nicht streng: Leicht veränderte Anfangszeile eines Gedichts von Afanassi Fet (1820–1892), das zu seinem Zyklus »Aus Hafis« gehört.

587 wenn für die klassische Bildung nicht jener Vorzug spräche …: 1871 hatte Unterrichtsminister Dmitri Tolstoi das Schulwesen reformiert, dabei den klassischen Sprachen mehr Gewicht verliehen und die naturwissenschaftlichen Fächer zurückgedrängt – aus jenen politischen Gründen, die auch beim Tischgespräch genannt werden.

Die Herren disputieren da über ein Thema, das anscheinend ein Dauerbrenner jener Jahre war. Bereits im ersten Teil des Romans hielt ja Fürstin Schtscherbazkaja dieses Thema als »schweres Geschütz« in Reserve, falls das Salongeplauder versiegen sollte.

588 der weiblichen Bildung: Die »Frauenfrage« bewegte die russische Gesellschaft seit mindestens einem Jahrzehnt. Tolstoi hatte sich bereits in seinem frühen Prosawerk »Familienglück« (1859) damit auseinandergesetzt, auch »Krieg und Frieden« enthält Erörterungen über die Bestimmung der Frau, über Ehe und Familienleben.

Neuen Auftrieb bekamen die russischen Diskussionen der Frauenfrage 1869 durch »The Subjection of Women« (Die Hörigkeit der Frau) des englischen Philosophen und Nationalökonomen John Stuart Mill, eine Schrift, die noch im selben Jahr gleich in zwei russischen Ausgaben herauskam und in der Publizistik große Resonanz fand. Mills Gedanken klingen in dem Tischgespräch bei Peszow an, während Sergej

Iwanowitschs Argumente sich einem – gegen Mill und die »westliche Idee« der Frauenemanzipation gerichteten – Zeitschriftenartikel des Philosophen und Literaturkritikers Nikolai Strachow (1828–1896) anlehnen. Mit Strachow sollte sich Tolstoi in diesen Jahren anfreunden (Anlass ist dieser Artikel zur Frauenfrage), Strachow auch wies ihn auf Schopenhauer hin, den Tolstoi an der Wende zu den 70er Jahren liest (und in Äußerungen zur Frauenfrage indirekt zitiert). Während der Arbeit an »Anna Karenina« zeigte sich Tolstoi davon beeindruckt, wie radikal Alexandre Dumas der Jüngere 1872 in dem Traktat »L'homme–femme: réponse à M. Henri d'Ideville« das Thema Ehe und Familie gestellt hatte (eine ungetreue Ehefrau könne zur Not auch getötet werden, meinte der Verfasser der »Kameliendame«).

Tolstois eigene Ansichten, seine unbeugsam konservative Sicht auf Frau und Familie, vertritt im Tischgespräch bei den Oblonskis wohl am ehesten Dolly.

604 In ihrem Gespräch war alles gesagt: Die Szene führt wieder nah an Tolstois eigene Biographie heran. Seine erste intime Aussprache mit Sofja Andrejewna Behrs, seiner späteren Frau, fand auf die geschilderte Weise statt: am Kartentisch, die Wörter nur angedeutet, notiert mit Kreide. Sofja Andrejewna beschrieb die Szene später in ihren Memoiren.

605 Nichts, nichts, Schweigen: Zitat aus den »Aufzeichnungen eines Wahnsinnigen« von Nikolai Gogol.

614 morgen die Hochzeit: Tolstoi hatte es ebenfalls eilig, als er Sofja Andrejewna Behrs 1862 einen Heiratsantrag machte, doch im Unterschied zu seinem Helden Lewin konnte er sich bei den Schwiegereltern durchsetzen: Am 16. September erhielt er das Ja-Wort, am 23. September fand die Hochzeit statt. Auch für die Geständnisse über sein Vorleben, die Tolstoi seinen Lewin während des Brautstands noch machen lässt, gibt es Anhaltspunkte in Tolstois Biographie.

617 Fulda: Berühmtes Moskauer Juweliergeschäft.

619 Froom: »Froom's Railway Guide for Russia & the Continent of Europe«, erschienen 1870.

644 Jelissejew: Exquisite Weinhandlung samt Delikatessengeschäft der »Brüder Jelissejew«. Die pompös ausgestatteten Verkaufsräume des (später erbauten) Jugendstilhauses am Newski Prospekt existieren noch heute, ebenso die um die Jahrhundertwende eröffnete, nicht weniger luxuriöse Filiale an der Twerskaja in Moskau.

645 Kammerherr: Oblonski, zu Beginn des Romans noch in einer »niederen Rangklasse«, war somit in die IV. Klasse der russischen Hofordnung aufgestiegen, eine Stufe, der bei den Zivilbeamten der Wirkliche Staatsrat entsprach, beim Heer der Generalmajor.

655 Ablösung der Wache: Unter Alexander II. fand jeden Sonntag eine feierliche Wachablösung statt, mit Musik und Parade. Der Kalauer (dt. »Ablösung« – »Auflösung«) ist auch im Russischen nicht sonderlich geglückt, obwohl es sich da um ein und dasselbe Wort handelt (»raswod«); Oblonski ist ja selbst nicht zufrieden damit.

In den frühen Ausgaben von »Anna Karenina« stand hier statt »Seine Majestät« jeweils »Feldmarschall« – offenkundig aus Zensurgründen.

664 Ambon ... Lesepult ... Agende: In diesem Kapitel wie auch später, bei der Zeremonie von Verlöbnis und Trauung, hält sich die Übersetzung, soweit möglich, an eingeführte Begriffe aus dem Bereich der russisch-orthodoxen Riten; allerdings scheinen manche Begriffe im Deutschen noch schwankend gebraucht zu werden oder nicht eingebürgert zu sein.

669 Diese beiden Metiers ...: Satz aus »Verstand schafft Leiden« von Alexander Gribojedow (1795–1829); die Aphorismen dieser Komödie gehören bis heute in Russland zum gern eingesetzten Zitatenschatz.

670 Gogols Bräutigam: In der Komödie »Die Heirat« springt Gogols Held Podkoljossin am Hochzeitstag tatsächlich aus dem Fenster.

697 ›Zwei Ursprünge‹ Die Ideen der Slawophilen, ihre Gegenüberstellung von westlicher Entwicklung und »russischem Weg«, vor allem des westlichen und des »wahren«, byzantinischen Christentums, bewegten gerade in den 70er Jahren wieder die Gemüter. 1873 war die Gesamtausgabe der Werke von Alexej Chomjakow (1804–1860) vollendet, dessen Philosophie hauptsächlich dem Geist der russischen Orthodoxie gewidmet war; 1871 erschien die Streitschrift »Russland und Europa« des – später als Ideologe des Panslawismus bezeichneten – Soziologen und Publizisten Nikolai Danilewski (1822–1885).

704 Stallmeister außer Dienst: Wronski hatte also mit einem Hofrang dritter Klasse den Dienst verlassen, eine Stufe über Oblonskis Kammerherrn.

– *à la Iwanow …:* Das Gemälde »Christi Erscheinen vor dem Volk« von Alexander Iwanow (1806–1858), an dem der Maler zwanzig Jahre gearbeitet hatte, übrigens ebenfalls in Italien. 1858 in Petersburg ausgestellt, gab es den Anstoß zu weiteren russischen Bildern mit Christus als historischer Figur, eher Mensch als Gott.

Von David Friedrich Strauß las Tolstoi 1877 »Der alte und der neue Glaube«; »Das Leben Jesu« von Ernest Renan war in Russland verboten, Tolstoi lernte das Buch erst 1878 kennen und urteilte darüber harsch ablehnend.

– *Christus vor Pilatus:* Wie der Michailow des Romans war der Maler Iwan Kramskoi (1837–1887) ein Vertreter der »historischen Schule«, beispielsweise mit seinem »Christus in der Wüste«. 1873, also zur Zeit der Arbeit an »Anna Karenina«, malte Kramskoi in Jasnaja Poljana seine berühmten Tolstoi-Porträts, wozu er den Porträtierten lange hatte überreden müssen. Sofja Andrejewna notiert in ihren Aufzeichnungen am 4. Oktober 1873: »Kramskoi malt zwei Porträts von ihm und stört ein wenig bei der Arbeit. Dafür jeden Tag Streitgespräche und Unterhaltungen über Kunst.«

733 Capuanisches: Während des Zweiten Punischen Kriegs lag Hannibals Armee in Capua im Winterquartier. Nach dem römischen Geschichtsschreiber Titus Livius habe die für Luxus und Sittenverfall bekannte Stadt die Armee so verweichlicht, dass sie anschließend von den Römern geschlagen wurde.

Der Vergleich mit Capua war im 19. Jahrhundert verbreitet. Franz Grillparzer bezeichnete Wien als »Capua der Geister«, auch das prosperierende Paris unter Napoleon III. wurde in der Publizistik als Capua charakterisiert.

774 Komissarow: Ossip Komissarow (1838–1892), ein Hutmacher bäuerlicher Herkunft aus dem Gouvernement Kostroma, befand sich 1866 zufällig am Petersburger Sommergarten, als auf Zar Alexander II. ein Attentat verübt wurde; Komissarow schlug gegen die Hand des Attentäters Karakosow, weshalb der Pistolenschuss sein Ziel verfehlte. Der Retter des Zaren wurde zum Dank als »Komissarow-Kostromskoi« in den erblichen Adelsstand erhoben und überall herumgereicht, eine Zeitlang war er das Hätschelkind der Salons, bis er in Trunksucht versank.

— *Ristitsch-Kudschizki:* Womöglich eine Anspielung auf den serbischen Politiker Jovan Ristić (1831–1899), in den 70ern mehrfach serbischer Ministerpräsident bzw. Außenminister und in Russland recht bekannt.

799 Häubchen ... Krägen ... Kälte: Die Stelle klingt im Original so hanebüchen wie nun im Deutschen, denn Tolstoi diskreditiert Betsy erneut durch wortwörtlich ins Russische übernommene französische Idiomatik. Deshalb darf sie ihr Häubchen werfen (wie im dritten Teil, Kap. XVII), Krägen hochstellen (le collet monté = steif, zugeknöpft, prüde) und sogar mit Kälte schlagen (battre froid à qn. = jdm. die kalte Schulter zeigen).

818 die Patti: Die italienische Koloratursopranistin Adelina Patti, wohl die bekannteste Operndiva des Jahrhunderts, feierte in Petersburg mehrfach Triumphe; im konkreten Fall könnte es sich auch um ihre ältere Schwester Carlotta Patti handeln, die 1872–1875 in Russland gastierte, ebenfalls mit riesigem Erfolg.

871 In Gwosdewo ... auf der hiesigen Seite: Die beschriebenen Jagdorte befinden sich alle im Umkreis von Jasnaja Poljana, allerdings hat der Autor sie umbenannt; ein großer, rund zwanzig Werst vom Gut entfernter Sumpf wurde von einer Bahnlinie durchschnitten, darum »auf der hiesigen Seite«.

884 unsere früheren Steuerpächter: Der Staat hatte es in einzelnen Bereichen »Steuerpächtern« überlassen, gegen bestimmte Zahlungen die Steuern von der Bevölkerung einzuziehen. Das System öffnete dem Missbrauch Tür und Tor, die erhobenen Summen überstiegen die abgeführten oftmals um ein vielfaches. In Russland betraf das vor allem die Branntweinsteuer. 1863 wurde die Steuerpacht abgeschafft.

901 Schwer ist die Mütze Monomachs: »Oh, schwer bist du,

Mütze Monomachs« seufzt Boris Godunow in Alexander Puschkins gleichnamigem Drama. Die »Mütze des Monomach«, eine mit Zobelfell umgebene Krone aus dem 14. Jahrhundert, war bis zu Peter dem Großen die Krönungsinsignie der russischen Herrscher.

918 den Prischpekt lang: »Preschpekt« war die in der Tolstoi-Familie übliche Verballhornung des Wortes »Prospekt« (in der Bedeutung große Straße, vgl. zum Beispiel »Newski Prospekt«). Noch heute heißt so die zum Haus führende Birkenallee auf dem Gut Jasnaja Poljana.

935 lawn tennis: Wie Vladimir Nabokov in seinen »Lectures« berichtet, war die neue Sportart 1873 von einem Major Wingfield in England eingeführt worden. Wir schreiben in dieser Szene erst das Jahr 1875, somit verfügt Wronski auch bei den Freizeitbeschäftigungen über das Neuste vom Neuen.

948 Botwinja: Erfrischende, kalt servierte Sommersuppe mit Kwas, Spinat, Sauerampfer, Gurken und anderem Gemüse sowie Fischstückchen.

951 Dochots ... Klopots: Weslowski streut, die Redeweise des Deutschen nachahmend, verballhornte russische Wörter in den Satz ein: »dochody« = Einkünfte, »chlopoty« = Mühe, Scherereien.

971 Gautier: Traditionsreiche französische Buchhandlung in Moskau.

− *Geld aus einem Loskauf:* Bei der Bauernbefreiung von 1861 war den Gutsbesitzern ihr Land nicht weggenommen worden, sie mussten aber den Bauern unter bestimmten Bedingungen Landparzellen zur Bewirtschaftung überlassen. Die Bauern wiederum erhielten das Recht, Hof und Land »loszukaufen«. Streitfälle regelten, wie schon früher im Roman erwähnt, die von Amts wegen eingesetzten Friedensvermittler.

976 ohne Ballotage: Ohne geheime Abstimmung mit Hilfe von Stimmkugeln.

979 Lewin begriff, aber nicht ganz: Den Lesern könnte es genauso gehen, darum noch ein Versuch, das Wahlverfahren zu erläutern. Wie Sergej Tolstoi berichtet, verlangte das Wahlgesetz, dass zwei Amtsträger gewählt wurden, der Gouvernementsmarschall und sein Stellvertreter (der »Kandidat«), wobei derjenige, der die meisten Stimmen hatte, Marschall wurde. Bei der Wahl mit Stimmkugeln wird jedoch über jeden Bewerber mit Für und Wider abgestimmt, das heißt, wenn bei einem Bewerber die Nein-Stimmen überwiegen, ist zum Schluss womöglich nur ein Bewerber gewählt, und dann ist die gesamte Wahl ungültig.

Die Partei, die den Umsturz plante, musste also im Interesse ihres Kandidaten dafür sorgen, dass der alte Gouvernementsmarschall erneut durchkam, allerdings mit geringerer Stimmenzahl als ihr Kandidat. Deshalb die verzwickten Intrigen.

986 fine champagne: Cognac, gebrannt aus den besten Lagen der Charente.

1004 im neuen Buch von Taine: Von Hippolyte Taine war 1875 »L'ancien régime« erschienen, der erste Band seines mehrbändigen Geschichtswerks über die Entstehung des modernen Frankreich.

1018 was sagen Sie zu den Montenegrinern: 1875 brach in der Herzegowina ein Aufstand gegen die Türken aus, der auch vom benachbarten Fürstentum Montenegro unterstützt wurde. Es entwickelte sich ein Partisanenkampf in den Bergen, mit regem Interesse verfolgt von der russischen Öffentlichkeit.

1021 zum Andenken an Swintitsch: Ausgedachter Name. Tolstoi greift auf, was 1875 auch in der russischen Publizistik verspottet wird: die Sucht, jedes nur erdenkliche Jubiläum zu begehen.

1022 über die Universitätsfrage: In der Zeitschrift »Russki westnik«, in der ab Januar 1875 die ersten Kapitel von »Anna Karenina« erschienen, zog sich über viele Nummern die Veröffentlichung eines Artikels zu diesem Thema hin. Der Verfasser, ein Professor, stellte die Autonomie der Universität in Frage; wenige Jahre später wurde diese tatsächlich eingeschränkt.

1025 Journal de St.-Pétersbourg: Tageszeitung, die in französischer Sprache in Petersburg herauskam und die Haltung der russischen Regierung vertrat.

— *die Grammatik von Buslajew:* Von dem Philologen Fjo-

dor Buslajew (1818–1897) stammen mehrere grundlegende
Werke zur russischen Grammatik aus historischer Sicht.

1028 König Lear in der Steppe: Auf zwei Musikstücke
könnte sich Tolstoi hier konkret beziehen:»König Lear« von
Mili Balakirew (1860) oder die Fantasie »Der Sturm« von
Pjotr Tschaikowsky (1873). Tolstoi lernte Tschaikowsky im
Winter 1876 kennen und unterhielt sich einige Male mit ihm
über Musik und Kunst; an einem dieser Abende spielte
Tschaikowsky dabei Tolstoi den »Sturm« vor und schenkte
ihm die Noten zu dieser Fantasie. Tolstoi äußerte sich in seinen Schriften mehrfach kritisch zur Programm-Musik, da er
in der Anlehnung an ein Werk der Poesie eine Einschrän-
kung der künstlerischen Freiheit sah, ähnlich wie er Lewin
später über die »Wagnersche Richtung in der Musik« sprechen lässt.

Vielleicht war es Tolstoi auch ganz genehm, auf diese
Weise eine Spitze gegen Turgenjew loszulassen, mit dem er
seit einem schlimmen Streit (1861) verfeindet war. Turgenjew hatte 1870 seine Novelle »Steppenkönig Lear« veröffentlicht (dt. meist unter dem Titel »Ein König Lear der Steppe«).

1030 einen Bildhauer …: Beim Wettbewerb zu einem
Puschkin-Denkmal hatte der Bildhauer Mark Antokolski
(1843–1902) einen Entwurf eingereicht, der Lewins Beschreibung entspricht. Die Projekte wurden 1875 in der Akademie der Künste ausgestellt. Gewinner des Wettbewerbs
war Alexander Opekuschin, dessen Puschkin-Statue noch
heute im Zentrum Moskaus steht.

1032 Lucca: Die österreichische Sopranistin Pauline Lucca
(1842–1908), seinerzeit als »Wiener Nachtigall« gefeiert.

1033 Bestrafung eines Ausländers: Ein Sensationsprozess
(der Saal fasste 2000 Zuhörer), in dem neben Chefs einer
bankrotten Moskauer Bank auch der Deutsche Bethel Henry
Strousberg angeklagt war – wegen Bestechung. Das Im-
perium des »europäischen Eisenbahnkönigs« Strousberg
machte damals (November 1876) gerade Konkurs. Trotz des
Schuldspruchs der Geschworenen wurde Strousberg nur aus-
gewiesen.

1034 in den Klub: Der legendäre »Englische Klub« mit den
Löwen am Tor, seit 1831 stets in demselben Gebäude an der

Twerskaja. Puschkin, Gogol und Tolstoi verkehrten dort ebenso wie hohe Offiziere und Staatsbeamte der Moskauer Aristokratie. Noch am Ende des Jahrhunderts charakterisiert ihn der Baedeker als »sehr vornehm«. Die Geschichten, die sich um den Klub ranken, vor allem um seine Spielhölle, das sogenannte »Inferno«, sind Legion. Berühmt war er für seine demokratische Verfassung, aber auch für seine Küche – manche Moskauer Adelshäuser schickten ihre Köche zur Ausbildung in den Englischen Klub.

Nach 1917 wurde das »Museum der Revolution« in den historischen Räumen untergebracht, heute versucht ein neuer Englischer Klub an die Tradition anzuknüpfen.

1048 die neue Bibelillustration: 1875 wurde in einer russischen Zeitung für eine Bibelausgabe mit 230 Illustrationen von Gustave Doré geworben (erschienen bei Hallberger in Stuttgart).

1049 die französische Kunst von heute: Zola genoss in Russland schon früh Popularität. In der Zeitschrift »Westnik Jewropy« veröffentlichte er ab März 1875 »Pariser Briefe«, die als Manifest der neuen naturalistischen Literatur wahrgenommen wurden. Seine Artikel fasste Zola später in den Büchern »Le roman expérimental« und »Les romanciers naturalistes« zusammen.

1098 Landau alias Graf Bessubow: Berühmtestes Medium des Jahrhunderts war Daniel Dunglas Home (1833–1886) aus Schottland, auch er in jüngeren Jahren einmal von einer reichen englischen Lady adoptiert. Home setzte ganz Europa mit Séancen in Erstaunen, vor allem mit seinen Levitationen, und seine größten Erfolge feierte er in Petersburg (Tolstoi sah ihn nach dem Zeugnis seines Sohnes Sergej 1857 in Paris und 1859 in Petersburg). Sowohl seine erste wie, nach deren Tod, seine zweite Ehefrau stammten aus Petersburger Adelskreisen; bei der ersten Hochzeit mit der 17-jährigen Alexandrine war 1858 Alexandre Dumas der Brautführer (Dumas schreibt über Home in seinen Reiseberichten). Diese erste Ehefrau war mit dem Grafen Kuscheljow-Besborodko verschwägert, was Tolstoi zu einem seiner Namensspielchen veranlasste: Aus »Besborodko« (wö. »bartlos«) wird im Roman »Bessubow« (wö. »zahnlos«).

Ein weiteres Medium, der Franzose Camille Brédif, erregte 1874 in Petersburg Aufsehen (er war in Paris Porzellanhändler gewesen, daher wohl der *commis* im Roman). Wegen der rasant um sich greifenden spiritistischen Mode schlug Dmitri Mendelejew, der berühmte Naturwissenschaftler, 1875 der Russischen Physikalischen Gesellschaft vor, Medien experimentell zu überprüfen; die daraufhin gebildete Kommission kam zu dem Schluss, es handle sich um »Aberglauben«.

1104 Safe and Happy … Under the Wing: Die englischen Broschüren und Gräfin Lidija Iwanownas Ansichten verweisen auf Granville Waldegrave Lord Radstock (1833–1913), Anhänger der Brüdergemeinde der »Plymouth Brethren«. Radstock missionierte seit 1874 in den Petersburger Salons der Hocharistokratie. Und er fand Nachfolger, um den ehemaligen Gardeobristen Wassili Paschkow bildete sich eine religiöse Bewegung, deren Erfolg dazu führte, dass sowohl Radstock wie Paschkow schließlich des Landes verwiesen wurden; die Sekte schloss sich später den Baptisten an.

Tolstoi bat seine Verwandte Alexandra Tolstaja, die als Petersburger Hofdame über alle Gesellschaftsereignisse bestens informiert war, ihm Radstock zu schildern. Alexandra Tolstaja charakterisierte ihn (Brief vom 28. März 1876) als einen aufrichtigen, wahrhaft gläubigen, wenn auch naiven Menschen, äußerte jedoch gelinde Skepsis an seinen Bekehrungen – »die menschliche Natur kennt er überhaupt nicht«.

1135 Filippow … : Berühmte Moskauer Bäckereikette, das Hauptgeschäft an der Twerskaja. Besonders beliebt waren die Kalatsche von Filippow. Im Winter lieferte Filippow seine Backwaren tiefgefroren sogar in entfernte Gegenden Russlands.

– *Mytischtschi:* Die erste in Moskau gebaute Wasserleitung führte aus dem Dorf Mytischtschi in die Stadt.

– *zum Dreifaltigkeitskloster:* Das Kloster der Dreifaltigkeit und des Hl. Sergius in Sergijew Possad (in sowjetischer Zeit: Sagorsk) nordöstlich von Moskau, eines der größten Zentren und ein bedeutender Wallfahrtsort der russisch-orthodoxen Kirche, gegründet im 14. Jahrhundert.

1147 Obiralowka: Dorf an der Strecke nach Nischni Nowgorod, damals rund 20 km östlich von Moskau. Erhielt erst durch den Bau der Eisenbahn Bedeutung. Zur Zeit der Romanhandlung gab es in der Umgebung bereits vornehme Sommerhäuser. Im 20. Jahrhundert wuchs Obiralowka mit anderen Dörfern zur Stadt Schelesnodoroschny zusammen. Eine lokale Website weist nicht ohne Stolz auf den Bezug des Ortes zu »Anna Karenina« hin.

«Obiralowka« kommt als Ortsname im Russischen auch anderswo vor, das Wort klingt jedoch komisch. Das alte Dorf hatte seinen Namen wohl daher, dass hier Wegelagerer wohnten, die auf der Landstraße nach Wladimir die Reisenden überfielen – das umgangssprachliche »obirat« heißt »ausrauben«, »plündern«. In der Bedeutungsvariante »etwas von sich reißen« oder »abschütteln« tauchte das Verb allerdings schon in Teil 5, Kapitel XX auf, als Marja Nikolajewna andeutet, Nikolai Lewins Tod stehe unmittelbar bevor. Ein Beispiel, wie Tolstoi seine Wörternetze spannt.

1148 Coupé: Nabokov erläutert, dass in solchen Vorortzügen die Waggons anders aufgeteilt waren als im Nachtexpress: Jeder Waggon umfasste fünf Coupés mit jeweils eigenen Türen, einen Verbindungsgang gab es nicht, der Schaffner konnte während der Fahrt sich nur auf einem Trittbrett außen am Waggon entlanghangeln.

1154 Fast zwei Monate waren vergangen: Zur Erinnerung noch einmal der Zeitrahmen des Romans: die Handlung setzt ein im Februar 1872, Annas Selbstmord erfolgt im Mai 1876, dem Wetter und der Naturbeschreibung nach gegen Monatsende; somit sind wir jetzt in der zweiten Julihälfte.

1155 im »Nördlichen Käfer«: In Petersburg war ab 1825 die Zeitung »Sewernaja Ptschela« (Nördliche Biene) erschienen, nach liberalen Anfängen ein offiziöses Organ, inspiriert von der »Dritten Abteilung«, dem Geheimdienst. 1864 war die Zeitung eingestellt worden.

1157 der Andersgläubigen: Die griechisch-katholische (unierte) Kirche in den polnisch-weißrussischen Gebieten war, seit Polen zu Russland gehörte, dem Druck ausgesetzt, sich mit der russisch-orthodoxen Kirche zu vereinen. 1875 wurde diese Vereinigung endgültig durchgesetzt und offiziell vollzogen, während das Volk weiter an seiner – nun illegalen – Kirche festhielt.

– *der amerikanischen Freunde:* Nach Karakosows Attentat auf Alexander II. traf noch 1866 eine amerikanische Gesandtschaft ein, um den Zaren zu seiner Rettung zu beglückwünschen und Russland für seine Haltung im amerikanischen Bürgerkrieg zu danken. Die Gesandtschaft wurde in Petersburg und Moskau mit großem Pomp empfangen.

– *des Hungers in Samara:* Nach zweijähriger Trockenheit und Missernten brach 1873 im Gouvernement Samara eine Hungersnot aus, bei deren Anzeichen die Behörden untätig blieben. Tolstoi war mit seiner Familie im Sommer des Jahres zur Kumys-Kur auf sein dortiges Gut gereist und hatte erkannt, was der Bevölkerung drohte. Deshalb veröffentlichte er am 15. August 1873 in den »Moskowskije wedomosti« seinen »Brief über den Hunger«, worauf Hilfskomitees gegründet wurden und ein riesiger Strom von Geld- und Getreidespenden einsetzte.

– *von der slawischen Frage und vom serbischen Krieg:* Die Aufstände auf dem Balkan hatten die russische Öffentlichkeit seit längerem bewegt; im Juli 1876 kam die Erregung zum Sieden, da die türkischen Massaker unter der bulgarischen Bevölkerung bekannt wurden und Serbien und Montenegro der Türkei den Krieg erklärten. Die Begeisterung für die »slawischen Brüder« kannte nun keine Grenzen mehr, zur Unterstützung der Serben zogen Freiwillige in den Krieg. Armeeangehörige mussten dazu jedoch ihren Abschied nehmen, denn Russland hielt sich zunächst noch zurück; erst 1877 erklärte es der Türkei den Krieg.

1163 Gott sei des Zaren Schutz: Hymne des Russischen Reiches zwischen 1833 und 1917; Text Wassili Schukowski, Musik Alexej Lwow.

– *Heil dir:* In Zarizyno, einer Bahnstation unweit von Moskau (heute zur Stadt gehörend), wird ein Chor aus der Oper »Iwan Sussanin« (»Ein Leben für den Zaren«) von Michail Glinka gesungen.

1170 Ristić … Milan: Jovan Ristić war 1876 Ministerpräsident unter dem serbischen Regenten Fürst Milan Obrenović, der dann 1882–1889 als Milan I. König von Serbien war.

1172 in die Arbeiterbaracke an der Bahnstation: Das hier mit »Arbeiterbaracke« wiedergegebene Wort irritiert im Russischen zunächst, dort steht nämlich »kasarma«, also »Kaserne«. Aufschluss geben wieder ältere Wörterbücher; seinerzeit konnte auch ein Haus, in dem Arbeiter wohnten, als »kasarma« bezeichnet werden.

Nur eine deutsche Wortwahl, die diese Verbindung herstellt, setzt den Schlusspunkt hinter eine auffällige Motivreihe des Romans. Anna Karenina ist somit im Tod dort gelandet, bei denjenigen, die ihr mehrfach im Traum erschienen waren und solches Grauen einflößten – im Artel bei den Eisenbahnarbeitern, den »Kerlen«, die das Eisen schlagen.

1185 so nahe am Selbstmord: Lewins qualvolle Suche nach dem Sinn des Lebens überschneidet sich stellenweise fast wörtlich mit Tolstois »Beichte«, dem Zeugnis seiner inneren Wandlung in den 70er Jahren (vollendet 1882).

– Leidenschaft für die Bienen: Diese Leidenschaft hatte 1863, im Jahr nach der Hochzeit, auch Tolstoi mit Macht befallen. Wie Sofja Andrejewna in ihren Memoiren berichtet, verhielt er sich damals, »als sei der Bienengarten für ihn die Mitte der Welt und als müssten sich deshalb alle ausschließlich für Bienen interessieren«. Anders als die verständnisvolle Kitty im Roman fährt sie resigniert fort: »Ich bemühte mich, mir die Bedeutsamkeit des Bienenlebens so recht zu Gemüte zu führen, machte aber nur mühsam Fortschritte.« Auf dem Lageplan von Jasnaja Poljana ist heute der Ort jenes Bienengartens vermerkt.

1208 Ragosow: Offenbar erfundener Name. Das mundartliche Adjektiv »ragosny« bedeutet »händelsüchtig«.

1214 Alphonse Karr: Der französische Journalist und Romancier (1808–1890) war vor allem für seine Satiren bekannt, er veröffentlichte sie unter dem Titel »Les Guêpes« (Die Wespen). Apropos …

1216 Seid Fürsten …: Zitat aus der im 12. Jahrhundert entstandenen Nestorchronik. Wegen ihrer ständigen Fehden untereinander sollen die Stämme im Norden des späteren russischen Reichs 862 die Waräger ins Land geholt haben. Erster Herrscher war der mehrfach im Roman erwähnte Rjurik.

WIE WELTLITERATUR ENTSTEHT.
UND FORTLEBT.

NACHWORT

Nach dem Diner habe er einmal auf dem Sofa geruht und geraucht, erzählte Tolstoi einem Besucher, und plötzlich habe er den nackten Ellbogen eines aparten aristokratischen Frauenarms vor sich gesehen. »Unwillkürlich schaute ich mir die Erscheinung genauer an. Eine Schulter tauchte auf, ein Hals und schließlich die gesamte Gestalt einer schönen Frau im Ballkleid, die mich aus traurigen Augen bittend anzuschauen schien.« Da ihn die Vision Tag und Nacht verfolgte, habe er, um sie loszuwerden, nach einer Verkörperung gesucht – so sei es zu »Anna Karenina« gekommen.

Eine andere Anekdote trägt Einzelheiten zum Aussehen der schönen Frau bei. Tatjana Kusminskaja, die Schwester von Tolstois Ehefrau Sofja Andrejewna, schildert einen Abend in der besseren Gesellschaft von Tula. Tolstois Aufmerksamkeit wird von einer unbekannten Dame in schwarzem Spitzenkleid gefesselt. »Ihr leichter Gang trug leicht ihre ziemlich füllige, doch gerade und aparte Gestalt«, schreibt Kusminskaja. Tolstoi erkundigt sich bei der Schwägerin, wer das sei. »M-me Hartung, die Tochter des Dichters Puschkin.« – »Ja, dann ...« Und Tolstoi weist auf die mohrenschwarzen Haarkringel im Nacken der Dame hin. Er unterhält sich am Teetisch mit Marija Hartung, und später gibt er gegenüber der Schwägerin zu, dass er einzelne Züge seiner Anna Karenina nach dem Erscheinungsbild von Puschkins ältester Tochter geformt habe.

So fragwürdig derartige Entstehungslegenden aus dem Umfeld eines großen Schriftstellers auch sein mögen, diese beiden enthalten zweifellos einen realen Kern. Es ist atemberaubend, Tolstois Kunst zu beobachten, wie er treffende Details für seine Prosa aufspürt; ohnehin benötigt er das sprechende Detail, um seine Einbildungskraft in Gang zu setzen. Er berichtet seinem Sohn Ilja, einmal habe er sich tagelang mit der Szene abgequält, wie Anna in Karenins Haus eindringt, um ihren Sohn zu besuchen; sobald ihm einfiel, dass Damen ja ein Hütchen aufhaben, war der Bann gebrochen, das Hütchen zog die Szene nach sich, sie erschien vor seinem inneren Auge. Mit Vorsicht ist allerdings zu genießen, was viele Zeitgenossen – und manche spätere Tolstoi-Forscher – zu ihrem Lieblingssport erkoren haben, nämlich einzelne Figuren, einzelne Szenen allzu eindeutig auf bestimmte Personen oder Ereignisse zurückzuführen. Tolstoi malt zwar »nach der Natur«, aber er ist kein Kopist.

Zu Puschkin führen von »Anna Karenina« noch andere Linien. Oft schon wurde bemerkt, dass von allen Werken Tolstois dieser Roman Puschkins Prosa am nächsten steht – dank seiner strengen Komposition, der schnörkellosen Direktheit der Darstellung. Und dass Puschkins Tochter zur Hauptfigur des Romans angeregt hat, ist jedenfalls ein so unglaubliches Aperçu der Literaturgeschichte, das kann nicht erfunden, das muss Realität sein.

VON DER GESTALT ZUM ROMAN

Am 24. Februar 1870 notiert Sofja Andrejewna über ihren Ehemann: »Gestern abend sagte er zu mir, er sehe den Typus einer Frau vor sich, verheiratet, aus der höchsten Gesellschaft, die aber sich selbst verloren

habe. Er sagte, es sei seine Aufgabe, diese Frau nur erbarmenswert und nicht schuldig darzustellen, und sobald er diesen Typus vor sich gesehen habe, hätten alle
Personen und männlichen Typen, die er schon vorher
gesehen hatte, ihren Platz gefunden und sich um diese
Frau gruppiert.« Anna Karenina geisterte also bereits
1870 durch Tolstois Phantasie, doch es sollte noch dauern, bis sie den Weg aufs Papier fand.

Nach Abschluss von »Krieg und Frieden« hatten für
den Schriftsteller mühselige Jahre begonnen. 1869–70
las er viel (Schopenhauer und Kant, Shakespeare, Goethe und Molière), entwarf zahllose Prosastücke, verwarf
sie wieder, plante eine Komödie und kam auch davon
wieder ab. Mit Leidenschaft stürzte er sich zwischendurch aufs Altgriechische, lernte in Windeseile die
Sprache und konnte tatsächlich nach wenigen Monaten
Homer und Plato im Original lesen. Dann vergrub er
sich in einen historischen Stoff, wollte die Epoche
Peters des Großen darstellen, musste jedoch einsehen,
dass es ihm schwerfiel, »in die Seelen der damaligen
Menschen einzudringen« – sie standen ihm zu fern.
Seine innere Unruhe trieb ihn auf Reisen, nach Moskau
oder zur Kumys-Kur ins Gouvernement Samara, wo er
1871 ein neues Gut kaufte. Zu Hause wandte er sich wieder der Pädagogik zu, verfasste sein erstes »Abc-Buch«,
dessen Misserfolg ihm schwer zu schaffen machte, und
unterrichtete die Bauernkinder von Jasnaja Poljana.
Alle Rastlosigkeit konnte jedoch seine Unzufriedenheit
nicht verdecken: Er wollte schreiben, und zwar träume
er, wie Sofja Andrejewna am 27. März 1871 vermerkt,
»von einem Werk, das ebenso rein und elegant wäre, in
dem es nichts Überflüssiges gäbe, wie die ganze griechische Literatur, wie die griechische Kunst.«

Tatsächlich ist es erneut Puschkin, dieser Übervater
der russischen Literatur, der die längst reifende Frucht
zum Platzen bringt.

Sohn Sergej hatte »Belkins Erzählungen« von Puschkin im Wohn- und Esszimmer der Familie liegenlassen, beim morgendlichen Kaffeetrinken griff Tolstoi zufällig nach dem Buch und las sich dann fest. Schon abends, notierte Sofja Andrejewna am nächsten Tag (19. März 1873), sprach Tolstoi davon, er habe anderthalb Blatt geschrieben »und ich glaube – gut«. Das neue Werk riss ihn geradezu in seinen Sog, denn schon eine Woche später, am 25. 3., schrieb er an Nikolai Strachow, dass ihn selten in seinem Leben etwas derart begeistert habe wie diese Prosa Puschkins; unwillkürlich habe er Personen und Ereignisse erfunden, und herausgekommen sei ein Roman, »mit dem ich sehr zufrieden bin und der, wenn Gott mir Gesundheit gibt, in zwei Wochen fertig sein wird«. Den Brief schickte Tolstoi nicht ab, offenbar misstraute er selbst seinem Optimismus. Bis zum Abschluss des Romans sollte es nicht zwei Wochen dauern, sondern fünf Jahre.

Entzündet hatte sich Tolstois Einbildungskraft an Puschkins Fragment »Die Gäste trafen auf der Datscha*** ein«. Ähnlich wie bei Puschkin, inszeniert Tolstoi eine Salonszene, in deren Verlauf sich eine Dreiecksgeschichte abzeichnet. Stawrowitsch, der Ehemann, ahnt mehr und mehr, dass seine Frau Tatjana ihm untreu ist, kann sie jedoch nicht zu einer Aussprache bewegen. Drei Monate später erfährt der Liebhaber, ein Offizier namens Balaschow, von Tatjana, sie sei schwanger; kurz darauf stürzt er beim Pferderennen.

Von den ursprünglichen Szenen blieben einzelne Handlungselemente im späteren Roman übrig, auch sollten sie im fertigen Werk anders zusammengefügt werden. Tolstoi war kein »geradliniger« Schriftsteller, der am Anfang anfing und weitermachte bis zum Ende, seine Prosa entwickelte sich über zahllose Zwischenschritte, allein vom ersten Buch der »Anna Karenina« gibt es in den überlieferten Handschriften rund zehn

Fassungen; zählt man die Korrekturen für die Zeit-
schriften- und die Buchveröffentlichung hinzu (und
Tolstoi gehörte zu den »gefürchteten« Autoren, die in
den Fahnen noch einmal ganze Kapitel umschreiben),
sind es sogar zwölf. Eruptiv waren erste Kapitel des
Romans aus ihm herausgebrochen, auch sonst fühlte er
sich, dem Bild der Handschriften nach zu schließen,
vom Text oft gedrängt, er schrieb hastig, verwendete
kaum Satzzeichen, während er auf anderen Blättern
wiederum so heftig strich und korrigierte, dass sich der
Betrachter nur wundern kann, wie Sofja Andrejewna
beim Abschreiben überhaupt durchfand.

Ins Reich der Legende gehört jedenfalls, dass Tolstoi, von Puschkin inspiriert, gleich losgelegt habe mit
»Drunter und drüber ging es bei den Oblonskis«, auch
wenn diese Information aus Tolstois Umfeld stammte
(und noch 1940 von Thomas Mann in seiner Einleitung
zu einer amerikanischen Ausgabe des Romans kolpor-
tiert wurde). Erst in der vierten Fassung taucht die Ne-
benhandlung in der Familie Oblonski auf, erst jetzt
trägt das Werk auch den Titel »Anna Karenina« und
den Untertitel »Roman«. Und erst jetzt entwickelt sich
allmählich der zweite, gegenläufige Handlungsstrang,
die Geschichte um Lewin.

Am stärksten verändern sich während der langen
Entstehungszeit die Personen des Romans. Sie wechseln nicht nur mehrfach die Namen, sondern auch die
Charaktere. Zunächst gehört Tolstois Mitgefühl offenkundig dem – sehr freundlich gezeichneten – betrogenen Gatten, während ihn die Gattin eher abstößt. Es ist
faszinierend zu sehen, wie Tolstoi seine Charaktere von
Fassung zu Fassung anreichert, wie er sie vielschichtig
und widersprüchlich werden lässt, mit einem Wort –
lebensecht. Thomas Mann ist im erwähnten Essay begeistert über Karenin, darüber, »mit wie tiefer Kunst
diese unvergleichliche, zugleich abstoßende und über-

legene, komische und ergreifende Hahnrei-Figur« modelliert sei. Und zu Anna stellt Thomas Mann lapidar fest: »Tolstoi liebt Anna sehr, das spürt man.«

Fünf Jahre zog sich also die Arbeit am Roman hin, da waren Durststrecken unvermeidlich. Zumal Tolstoi, wie das typisch war für ihn, sich immer wieder von anderen Passionen hinreißen ließ. Mit Verve mischte er sich in pädagogische Debatten, führte auch selbst einmal einem Pädagogenkollegium vor, wie seiner Ansicht nach Kindern das Abc beizubringen sei, stritt und polemisierte in Zeitschriften und Diskussionsrunden. Trotz des Misserfolgs mit dem ersten »Abc-Buch« ließ er nicht locker, verfasste eine (unvollendete) »Grammatik für Landschulen« und brachte ein »Neues Abc-Buch« sowie mehrere »Lesebücher« heraus. (Diesmal gab der Erfolg ihm recht, vom »Neuen Abc-Buch« erschienen bis 1910 28 Auflagen, die letzten jeweils in 50 000 oder gar 100 000 Exemplaren.) Die ältesten seiner eigenen Kinder mussten mittlerweile ebenfalls unterrichtet werden, dafür waren natürlich Hauslehrer da, aber Rechnen und klassische Sprachen brachte Tolstoi ihnen selbst bei. Die Familie wuchs, nun kam auch der Kummer, drei Kinder starben in diesen Jahren, und Sofja Andrejewna, die zwischen Stillen und nächster Schwangerschaft sowieso kaum je eine Verschnaufpause kannte, begann zu kränkeln. Im übrigen hatte der Graf ja auch seine Güter zu verwalten (so ernst wie sein Held Lewin nahm er das in diesen Jahren allerdings nicht mehr), und wenn er nicht ausritt, um nach dem Rechten zu sehen, ritt er gern zur Jagd oder ging mähen – sein Bewegungsdrang scheint zeit seines Lebens unbändig gewesen zu sein. Als der Maler Kramskoi im Herbst 1873 nach Jasnaja Poljana kam, da er Tolstoi überreden wollte, ihm Porträt zu sitzen, war der Gutsherr nicht im Haus, und Kramskoi ging ihn suchen. Er fragte einen Hofknecht, der gerade Holz

hackte: »Weißt du nicht, mein Lieber, wo Lew Nikolajewitsch ist?« Der Holzhacker sah ihn aufmerksam an:
»Wozu brauchen Sie ihn denn? Das bin ich.«

Zwischendurch also Durststrecken, Niedergeschlagenheit, Überdruss am Roman. Zahllos sind die Brief-
stellen, die das dokumentieren: »Offen gestanden, mir
gefällt er jetzt überhaupt nicht« (10. 5. 1874); »Dieser
Tage war Strachow bei mir, wollte mich für meinen Roman erwärmen, aber ich habe ihn jetzt einfach aufgegeben. Ist mir schrecklich zuwider und zum Ekel«
(29. 7. 1874). Strachow wiederum, neben dem Dichter
Afanassi Fet in diesen Jahren Tolstois engster Freund
und Berater, spricht und schreibt mit Engelszungen:
»Ganz gleich, was Sie meinen, mich frappiert jedesmal
wieder die staunenswerte Frische, die vollkommene
Originalität, als ob ich aus der einen Literaturepoche
mit einemmal in eine andere spränge« (23. 7. 1874).

Im März 1874 hat Tolstoi den ersten Teil von »Anna
Karenina« für eine Buchausgabe in Druck gegeben, will
jedoch im Sommer die Aktion stoppen, da ihn seine
pädagogische Tätigkeit völlig in Beschlag hält und er,
als Korrekturfahnen eintreffen, ohnehin wieder alles
umschreiben möchte. Nach dem Sommer auf dem Gut
bei Samara teilt er Strachow mit (30. 8. 1874): »Mein
Roman kommt noch nicht von der Stelle, aber dank Ihnen glaube ich, dass es lohnt, ihn abzuschließen, und
hoffe, das noch in diesem Jahr zu tun.« Dennoch bewegt
sich auch im Herbst zunächst wenig, und schließlich
greift Tolstoi zu einem Trick, der vielen Schriftstellern
vertraut ist: Er braucht Bargeld, anders gesagt, er ma-
növriert sich in eine finanzielle Zwangslage und setzt
sich damit selbst unter Druck. Er schlägt Katkow, dem
Redakteur des »Russki westnik«, den Roman für seine
Zeitschrift vor und kann ihm ein für die damalige Zeit
unerhörtes Honorar abhandeln: 10 000 Rubel Vorschuss
auf 500 Rubel pro Bogen (zum Vergleich: Dostojewski

erhält für den im selben Jahr veröffentlichten »Jüngling« 250 Rubel pro Bogen). Und 1875 erscheinen in der Januar-Nummer des »Russki westnik« tatsächlich die ersten vierzehn Kapitel von »Anna Karenina«. Bis 1877 zieht sich die Veröffentlichung hin, immer wieder stockt die »Lieferung« aus Jasnaja Poljana, durchschreitet Tolstoi Höhen und Tiefen. Und zu den Beschwörungen der treuen Freunde kommt nun noch hinzu, dass Redakteur Katkow den Autor mit Briefen und Telegrammen bombardiert.

ENZYKLOPÄDIE DES RUSSISCHEN LEBENS

Die Zeitgenossen beeindruckt − wie wohl jeden Leser der »Anna Karenina« − zuallererst Tolstois Kunst der Charakterzeichnung, sein Gespür für die komplizierte Welt der Gefühle. Gleich nach den ersten Kapiteln erscheinen Kritiken, und jede neue Folge ruft neue Rezensionen hervor. Gerühmt wird Tolstois »erstaunliche psychische Analyse«; kaum jemand könne »so tief in die Geheimfächer der menschlichen Seele« blicken wie Graf Tolstoi. Der lässt sich zwar weiterhin von Strachow aufmuntern (am 13. 2. 1875 schreibt Strachow von ersten Reaktionen: »Ich habe gelehrte Menschen gesehen, die fast gehüpft wären vor Begeisterung. ›Ach, wie gut! Ach, wie gut! Wie kann man nur so gut schreiben!‹«); aber gegen Kritiken schirmt Tolstoi sich ab, um sich beim Weiterarbeiten nicht beirren zu lassen. Einmal verbrennt er sogar zwei von Strachow übersandte Rezensionen, ohne sie zu lesen, obwohl zu diesem Zeitpunkt der Roman schon so gut wie beendet ist.

Natürlich sind nicht alle Kritiken zu »Anna Karenina« hymnisch. Was sollen uns heute diese aristokratischen Amouren, taucht mehrfach als Vorwurf auf, das sei doch »Salonkunst«, schade um das große Talent des Grafen. Wo denn, bitte, die wichtigen Themen der Gegenwart blieben, statt dessen Inhaltsleere, Alltäglichkeit – »der idyllische Geruch von Kinderwindeln«. Wenige Rezensenten nehmen den Roman als ein Bild ihrer Gegenwart wahr, und das verwundert, denn aus der Rückschau besticht eben die »Welthaltigkeit« des Werks, wieviel in Beobachtungen und Situationen, oft beiläufig, in kleinen Splittern, von der Zeit eingefangen ist. Mit Fug und Recht lässt sich über Tolstois Roman sagen, was der Kritiker Belinski seinerzeit zur Verteidigung von Puschkins »Jewgeni Onegin« vorbrachte: er sei eine »Enzyklopädie des russischen Lebens«.

Das lang erwartete Manifest zur Bauernbefreiung (1861), die Neuordnung des Gerichts- und Finanzwesens und andere Reformen im ersten Regierungsjahrzehnt Alexanders II. hatten in Russland zu einem Aufschwung geführt und zumindest Teile der Gesellschaft beflügelt. Nun, in den 70ern, zeigte die russische Gründerzeit eher ihre hässliche Seite. Als Gewinner der neuen Ära traten Eisenbahnkönige und Bankinhaber auf den Plan, während Grundbesitzer und Bauern allmählich merkten, dass sie auf die Verliererseite rutschten. Gutsherren konnten, auch wenn sie nicht ihr Besitztum verkommen ließen und verschleuderten wie Oblonski, kaum noch mit Ertrag wirtschaften; Bauern konnten die Umstellung auf die neuen Verhältnisse nicht verkraften und mussten sich als Wanderarbeiter verdingen, deren Strom schwoll gerade in den ausgehenden 60ern schlagartig an. Beides hatte soziale Auswirkungen, auch auf den Bereich, der Tolstoi, wie er selbst sagte, am meisten am Herzen lag: auf die Familie.

Spätestens seit 1863, als der Roman »Was tun?« von Nikolai Tschernyschewski erschien, war nicht nur der »neue Mensch« mit sozialistischen Idealen, sondern

auch die »Frauenfrage« ein Diskussionsthema, das in
Wellen wiederkehrte und die russische Gesellschaft
erregte. Neben der rechtlichen Stellung der Frau und
ihrer Bildung ging es um die Scheidung. Zivile Schei-
dungsgesetze gab es nicht, die Auflösung einer Ehe lag
allein bei der Kirche, und diese ging streng vor – der
Prozentsatz damals legal aufgelöster Ehen ist mit
bloßem Auge kaum erkennbar. Zugleich war der gesellschaftliche Zwang zur Eheschließung groß, unver-
heiratete Frauen traf Geringschätzung, »wilde« Ehen
wurden geächtet. Unglückliche Familienverhältnisse
trieben Frauen immer häufiger in den Selbstmord.
Auch in der Nachbarschaft der Tolstois kam es zu einem
solchen Fall. Anna Pirogowa, Haushälterin und Bett-
gefährtin eines Witwers, sollte ihren Platz räumen, da
der Gutsherr die Gouvernante seines Sohnes heiraten
wollte; Anfang Januar 1872 stürzte sich Anna Pirogowa
in Jassenki, einer Bahnstation unweit von Jasnaja Poljana, unter einen Güterzug. Tolstoi, wie immer auf der
Jagd nach konkreter Anschauung, fuhr sogar nach Jassenki und mutete sich den Anblick der sezierten Leiche
zu.

Soziale Gründe ließen die Selbstmordrate ebenfalls
hochschnellen, weshalb um die Mitte des Jahrzehnts
die Publizistik gar von einer Selbstmordmanie sprach.
»Drunter und drüber« ging es somit nicht nur bei den
Oblonskis, in der ganzen Gesellschaft griff nach den
Umwälzungen Verunsicherung oder gar Verstörung um
sich. Das vorherrschende Lebensgefühl begünstigte
Wunderheiler und Spiritisten. Lewin mit seiner Suche
nach dem Sinn des Lebens steht, und auch das charakterisiert jene Jahre, zwischen seinen beiden Brüdern:
dem ungebärdigen Nikolai, im Idiom der Zeit dem
»Nihilisten«, der verworrenen sozialistischen Ideen an-
hängt und mit den Narodniki sympathisiert; und dem
intellektuell versierten, als Geistesgröße gesellschaft-

lich anerkannten Sergej Iwanowitsch, der sich dem erstarkenden russischen Nationalismus und der panslawischen Verbrüderung verschreibt.

Die Zeitgeschichte wirkte zuletzt gar auf »Anna Karenina« zurück. Als der − 1876 spielende − Epilog des Romans im Mai 1877 beim »Russki westnik« in Druck ging, war die Zuspitzung auf dem Balkan, die sich im Epilog abzeichnet, mittlerweile Realität. Russland hatte im April 1877 der Türkei den Krieg erklärt. Katkow, der Redakteur, der selbst im Slawischen Komitee zur Unterstützung der Serben Freiwillige geworben hatte, stieß sich an Tolstois despektierlicher Haltung zu dieser Bewegung und drängte auf Textänderungen. Tolstoi gab nicht nach, darauf kam es zum Bruch. Statt des letzten Teils stand in Heft 5 des »Russki westnik« eine kurze Meldung, dass der Roman mit dem Tod Anna Kareninas »eigentlich« zu Ende sei; der Autor plane noch einen kurzen Epilog, der dann in der Buchausgabe stehen werde. Doch nicht genug damit − die Meldung verriet in wenigen Sätzen auch die Handlung des Epilogs … Tolstoi habe drei Tage lang getobt, berichten die Familienquellen.

Der Ruhm des Romans war inzwischen stetig gewachsen, erst am 7. Mai hatte der treue Strachow dem Autor mitgeteilt, jede neue Folge werde in den Zeitungen so eifrig annonciert und besprochen »wie eine neue Schlacht oder ein neuer Ausspruch Bismarcks«. Und am 18. Mai, zur Veröffentlichung des siebten Buchs: es habe »besonders starken Eindruck gemacht, eine Explosion geradezu. Dostojewski fuchtelt mit den Armen und nennt Sie einen Gott der Kunst.«

Tolstoi konnte unter diesen Umständen Teil acht innerhalb kürzester Zeit als eigene Veröffentlichung herausbringen. Und noch im Lauf des Juni sah er mit Strachow »Anna Karenina« ein letztes Mal durch; die dreibändige Buchausgabe erschien 1878.

»ANNA KARENINA« IN DEUTSCHEM GEWAND

Annas Zug durch die Welt begann, als 1881 die erste Übersetzung herauskam – ins Tschechische. Es folgte 1885 eine französische und im gleichen Jahr, übersetzt von Wilhelm Paul Graff, die erste deutsche Ausgabe, allerdings gekürzt. (Man rümpfe nicht die Nase über die unverständigen alten Zeiten, auch heute noch sind gekürzte Fassungen des Romans »auf dem Markt«.) Sechs Jahre danach erschienen die zweite und die dritte Übersetzung, und so ging es munter fort. Die deutsche »Anna Karenina« hat viele Gewänder.

Unter den frühen Übersetzern ragt der Slawist und Theatermann Raphael Löwenfeld (1854–1910) besonders hervor. Tolstois »Kreutzersonate« und seine »Beichte« beeindruckten Löwenfeld derart, dass er zweimal nach Jasnaja Poljana reiste, eine Biographie Tolstois (1892) sowie »Gespräche über und mit Tolstoi« veröffentlichte (1901). Seine »Anna Karenina« erschien 1905, die Liste seiner weiteren Tolstoi-Übersetzungen ist lang, auch Theaterstücke gehören dazu, die er im Berliner Schiller-Theater auf die Bühne brachte.

Mit seiner glühenden Tolstoi-Verehrung stand Löwenfeld um die Jahrhundertwende nicht allein, Tolstoi war damals in Deutschland einer der meistgelesenen und umstrittensten Schriftsteller. Die beiden großen Romane – »Krieg und Frieden« war ebenfalls 1885 deutsch erschienen – hatten seinen Ruhm begründet, debattiert wurde jedoch hauptsächlich über »Kreutzersonate« und »Auferstehung«. Das Leserinteresse an »Anna Karenina« ließ dabei nicht nach, und so wurde weiterhin übersetzt und übersetzt. Von den fast ein Jahrhundert zurückliegenden Fassungen sind die von Hermann Röhl (zuerst 1913) und Arthur Luther (zuerst 1924) bis heute in Umlauf. Nach dem Zweiten Weltkrieg kam eine letzte Welle von Neuübersetzungen

(Fega Frisch 1946, Bruno Goetz 1952, Fred Ottow 1955, Hermann Asemissen 1956, Xaver Schaffgotsch 1959), danach – war auf einmal Ruhe. Und das nun seit einem halben Jahrhundert, merkwürdigerweise.

Die Übersetzungsgeschichte der deutschen »Anna Karenina« klingt rekordverdächtig – wurde je ein anderes Werk der russischen Literatur so häufig ins Deutsche gebracht? Wie viele Übersetzungen es gibt, lässt sich allerdings kaum beantworten. Deutsche Fassungen des Romans wurden bei Wiederauflage oftmals bearbeitet, von ihrem Urheber oder einem fremden Redakteur, und wer mag entscheiden, ab wann eine Bearbeitung als Neuübersetzung zu werten ist? (Ein Beispiel für einen unklaren Fall: Die seit 1966 immer wieder bei Insel aufgelegte »Anna Karenina« führt keinen Übersetzer in der Titelei, sie ist »herausgegeben von Gisela Drohla«, während die – lange im selben Buch enthaltene – Verlagswerbung noch Hermann Röhl als Übersetzer nennt. Der Text unterscheidet sich erheblich von Röhls Fassung. Wenn Gisela Drohla, renommierte Russisch-Übersetzerin jener Jahre, in dieser Funktion nicht genannt wird, lässt das kaum einen anderen Schluss zu, als dass sie die Röhlsche Übersetzung bearbeitet hat.) Die Grenzen sind also fließend, entsprechend ungenau ist jede Zählung. Um die zwanzig Übersetzungen dürften es allemal sein.

Eine einschüchternde Zahl. Lastet doch mit jeder Fassung der Rechtfertigungsdruck schwerer auf den Schultern der Neuübersetzerin. Muss das sein, fragt sie sich, dass noch eine, sagen wir mal, einundzwanzigste deutsche »Anna Karenina« herauskommt? Ist das vertretbar, lässt sich dem Original tatsächlich noch Neues entlocken?

Das Original der »Anna Karenina« gab viel mehr Neues preis, als ursprünglich vermutet.

Tolstoi arbeitet in der Romankomposition sehr strikt

mit Parallelen, man denke nur an die beiden Handlungsstränge, an die Doppelung des Familienthemas: Annas Zerstörung der Familie, Lewins Schaffung der Familie. Diese Makrostruktur des Romans wird keine Übersetzung, mag sie noch so fragwürdig sein, je zerstören, es sei denn, sie ergänzt oder kürzt. Anders bei der Mikrostruktur des Textes. Da verfährt Tolstoi genauso strikt, verwendet Parallelen und Doppelungen, manchmal geradezu rigoros. Vor solchen Verfahrensweisen schrecken die bisherigen Übersetzungen oft zurück, sie vermeiden oder vertuschen sie sogar, besonders an den rigorosen Stellen. Das hat wenig mit individuellen Fähigkeiten zu tun, mehr mit Traditionen, mit einer historischen Veränderung des Blicks. Während vor fünfzig Jahren noch das Übersetzerauge fast ausschließlich auf den Inhalt von Werk, Satz und Wort fixiert war, zudem andere Stilkonventionen galten, ist inzwischen die autorenspezifische sprachliche Form ins Sichtfeld gerückt. Und das hat Konsequenzen.

Eine Zwischenbemerkung. Das Übersetzen wird häufig noch betrachtet, als gebe es die eine, ideale, »richtige« Übersetzung eines Werks, das Ziel, auf das alles zustrebe, als seien mehrfache Neuübersetzungen nur Etappen auf diesem Weg, eher ärgerliche, aufgrund des ewigen Unvermögens der Übersetzer. Bei solcher Betrachtung wird auf die vermeintliche Unzulänglichkeit von Übersetzungen abgewälzt, was andere Ursachen hat, was in der Natur der Kunst liegt. Gewiss, Übersetzungen können unzulänglich sein, wer wüsste das besser als die Übersetzer selbst. Und gewiss können die historische Distanz, eine Verschiebung der Perspektive mitsamt den Erkenntnissen aus Philologie und Rezeption eines Werks dazu führen, dass eine spätere Version das Werk schärfer abbildet als eine, womöglich leicht verhuschte, zeitgenössische Variante. Aber natürlich wird das Übersetzen nie an ein Ende kommen. Gerade darin liegt ja der Reichtum eines Kunstwerks, dass es immer wieder neue Deutungen provoziert. Bei Übersetzern genauso wie bei Kritikern und Lesern.

In »Anna Karenina« ist Tolstois Sprache so knapp und sparsam wie nie zuvor in seiner Langprosa, sicher färbte die Strenge und Schlichtheit ab, die er sich damals für das »Abc-Buch« und die »Lesebücher« selbst verordnet hatte. Trotz einer fast patzigen Sprödigkeit – bloß nicht im gängigen Sinne »schön« schreiben! scheint sich der Autor vorgenommen zu haben – gleitet der Leser unmerklich durch den Text, kann mit dem Lesen »nicht aufhören«, wie Nabokov sagt. Beides, sowohl die leichte Verstörung wie die Sogbildung, erreicht Tolstoi oft durch Wiederholungen.

Schon auf der ersten Seite hämmert er gleichsam dem Leser ein, worum es ihm geht: um Familie, Haus und Heim. Und so aufdringlich, wie Tolstoi sein Thema vorführt, kann das auch die Übersetzung nachbilden. Nicht immer lassen sich dieselben Wörter an denselben Stellen wiederholen wie im Russischen, schließlich decken die Wörter verschiedener Sprachen nie die gleichen Bedeutungsfelder ab; grundsätzlich aber folgt die Übersetzung dem Wiederholungsprinzip. Zumal Tolstoi auf diese Weise den Roman im Inneren fest verkettet, kein unwichtiger Umstand bei diesem kapitalen Werk. Auch hübsch satirische Effekte erreicht er durch Wiederholung. Zum Beispiel, wenn er (in 1, XXXIII) Karenins Wahlspruch »Ohne Hast und ohne Müßiggang« zitiert und seinen Helden gleich im nächsten Satz »hastig« Platz nehmen lässt.

Lange Satzperioden baut Tolstoi mit Vorliebe parallel, gliedert sie durch Reihung von »dass« oder anderen Verbindungswörtern, und solche wiederkehrenden Elemente stören nicht, im Gegenteil, sie beschleunigen den Lesefluss. Außerdem bringen sie, als rhetorisches Mittel, eine Spur unmittelbarer Mündlichkeit in den

Erzähltext. Dies wiederum rührt an eines der größten, zugleich schwer zu umreißenden Geheimnisse des Romans.

In »Anna Karenina« scheint der Erzähler streckenweise zu verschwinden. Als ob ihn die Stimmen seiner Gestalten verdrängten. Sie sind so präsent, so voller Leben, dass sie ihn völlig in ihren Bann ziehen. Ihn regelrecht (wie der Literaturwissenschaftler Sergej Botscharow das nennt) mit ihrer Sprechweise »infizieren«.

Das gilt nicht nur für die letzten Kapitel des siebten Buchs, in denen Annas Gedanken, ihr berühmter »Bewusstseinsstrom«, alles überdecken. Auch andere Gestalten verfügen über diese magische Ausstrahlung. Lewin zum Beispiel. Oder sein Bruder Kosnyschew. Oder wenn in der Beschreibung der Hochzeitsvorbereitungen die gluckenhafte Besorgtheit von Fürstin Schtscherbazkaja mitschwingt. Besonders gern »verfällt« Tolstoi seinem Karenin. In dessen Umkreis häufen sich die bürokratischen Wendungen, und nirgendwo sonst würde sich die Übersetzung solche Ungetüme erlauben wie: »... zu seiner Frau habe man Vertrauen zu haben. Warum man Vertrauen zu haben habe ...« (2, VIII).

Noch manches ließe sich ausführen, worauf diese Neuübersetzung besonderen Wert legt: die Dialoge, im Original oft bruchstückhafter als in den vollständigen, »ordentlichen« Sätzen früherer deutscher Fassungen; oder die Realien, die konkreten Details der Romanwelt, von Tolstoi so akribisch ausgewählt und benannt – seiner handfesten Exaktheit eifert die Übersetzung nach; oder Grammatisches, Tolstois gezielter Einsatz der russischen Adverbialpartizipien, die es so im Deutschen gar nicht gibt; oder die stilistische Bandbreite seiner Sprache, ihr Rhythmus, die Klangeffekte ... Doch genug des Handwerklichen. Falls dem einen oder anderen Leser der Gedanke kommen sollte: Hm, das ist ja gar nicht so sehr 19. Jahrhundert, gar nicht so altväterlich erzählt, wie ich das von Tolstoi immer ... – dann hat die Übersetzung ihr Ziel erreicht.

Die Übersetzerin jedenfalls ist Tolstoi und seiner Verlebendigungskunst auf den Leim gegangen. Sie hat sich angefreundet mit Anna, hat gestritten und gehadert mit ihr, auf sie einzuwirken versucht und gebangt um sie.

Nein, nein, Anna lebt!

INHALTSVERZEICHNIS

NEUÜBERSETZUNGEN

Honoré de Balzac, Verlorene Illusionen
Gustave Flaubert, Madame Bovary
Rudyard Kipling, Das Dschungelbuch
Michail Bulgakow, Meister und Margarita
Charles Dickens, Große Erwartungen
F. Scott Fitzgerald, Der große Gatsby

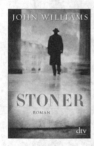

DEUTSCHE KLASSIKER

WEITERE WERKE VON ADALBERT STIFTER

»Stifter ist einer der merkwürdigsten,
heimlich kühnsten und wunderlich
packendsten Erzähler der Weltliteratur.«
Thomas Mann

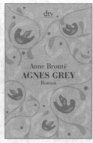

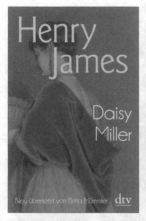
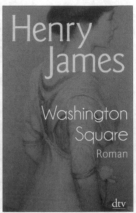